Chine

Pierre-Jean Remy
de l'Académie française

Chine

ROMAN

Albin Michel

IL A ÉTÉ TIRÉ DE CET OUVRAGE
TRENTE EXEMPLAIRES
SUR VÉLIN BLANC BOUFFANT SUPÉRIEUR
DONT VINGT EXEMPLAIRES
NUMÉROTÉS DE 1 À 20
ET DIX HORS COMMERCE
NUMÉROTÉS DE I À X

22, rue Huyghens, 75014 Paris

ISBN 2-226-04854-5
ISBN numérotés 2-226-04931-2

pour Antoine Vitez,
en souvenir...

Voilà plus de vingt ans que j'ai quitté la Chine après deux années passées à Pékin. Certes, j'y suis revenu à deux reprises, mais c'était en voyage officiel, presque en touriste et ma Chine à moi — si tant est que nous portons tous en nous l'image d'un exil, d'un pays, d'un livre... — est restée celle de ces grands défilés d'enfants rouges qui traversèrent un pays encore presque vierge où le passé, un poème, la stèle dressée d'un Victor Segalen ou un paysage de peinture Song quelque part entre Guilin et Chengdu, affleurait encore partout sous les slogans de la Révolution culturelle. Et c'est cette Chine que j'ai tenté de dire dans un livre écrit sur-le-champ, et sous le coup de l'émotion.

Le Sac du Palais d'Eté *a été publié voilà presque vingt ans mais la Chine d'alors est restée fichée en moi comme une épine, une écharde : j'ai vécu à Londres et à Florence, à Paris, bien sûr, j'ai jonglé avec les mots et les livres, je me suis découvert un amour-passion pour l'Angleterre sous la pluie ou pour un matin de printemps en Toscane, mais la Chine était toujours là, absence, béance. Si bien que les personnages du* Sac *— je les avais appelés Simon, Guillaume, Otrick, Jacques Benoist — sont restés au premier plan de la galerie de héros dont le romancier fait toujours, peu ou prou, ses compagnons de route. D'où, pendant des années, la tentation de les retrouver.*

Je les ai d'ailleurs souvent aperçus : celui-ci apparaît sous un nom à peine déguisé dans tel livre et celui-là dans tel autre ; je leur inventais ici et là des passions, un avenir avec lequel je jouais un peu, mêlant la vérité et la fiction. Mais le projet de les retrouver tous, et la Chine avec — mes Vingt ans après, *en somme —, dix fois abordé, me paraissait toujours interdit.*

Il a fallu ce qu'on appelle pudiquement les événements du printemps 1989 pour, soudain, tout réveiller : et l'envie de renouer avec la Chine, et celle de dire les vies croisées de tous ceux pour qui la Chine est une obsession et qui n'ont jamais vécu que pour elle : plus que jamais, la réalité et la fiction.

« Faire roman de tout », disait Aragon. « Faire théâtre de tout », répondait Antoine Vitez qui m'a appris à manier les héros de roman comme des personnages de théâtre, des comédiens qui sont la figure emblématique de leur rôle, et dont la leçon a donné à cette Chine *tout son sens : elle est le point de rencontre de cent personnages, inventés ou réels, romanesques ou historiques, français, chinois, européens, fous, riches, assassins, amoureux qui, tels le Rodrigue et la Prouhèze du* Soulier de satin, *sont partis aux quatre coins du monde pour se retrouver tout au long d'une seule longue nuit, une nuit miraculeuse, de la lumière du soir à celle de l'aube, sous le mistral, à Avignon. Un seul gros livre...*

Voilà trente ans que j'écris des romans et cette Chine *les rassemble tous : ce sont des personnages, des scènes entières que j'ai empruntés à ces livres qui, un à un accumulés, sont devenus ma vie ; mais ce sont des personnages, des scènes entières que j'ai aussi empruntés à ma vie, à celles de mes amis, à d'autres plus lointains, à ceux pour qui l'exil est l'irrésistible tentation ou la mortelle nécessité.*

Ainsi, vingt ans après Le Sac du Palais d'Été, *cette* Chine *a-t-elle pour ambition non pas de clore une époque et moins encore de constituer une « suite », mais, bien au contraire, d'inventer une autre histoire, un autre livre, qui soit une histoire d'amour. Il y a des mots, des images — le gris de Pékin, les collines de l'Ouest, les pavés d'un temple en bordure de la ville ou un lac gelé un soir d'hiver près de la tour de la Cloche — qui continuent à me faire trembler d'émotion, comme ces petits amoureux timides de Pékin, jadis, sur le bord de ce lac, qui se tenaient la main. On a construit des autoroutes, des boulevards circulaires, des hôtels géants — et on a abattu des murailles — mais la Chine demeure, ces images, ces mots et d'autres mots qui la disent.*

Peut-être, en somme, que ce livre est le récit d'une obsession : une obsession qui, par moments, devient un rêve. Et les rêves de la nuit, fût-elle noire et sanglante sur une place au centre d'une ville, sont faits de tous ceux — amis, visages... — que nous avons croisés pendant le jour. La nuit se déchire comme un rideau de scène, le jour se lève : Lavenant, l'homme de théâtre, Verviers, le poète, Guillaume et Simon, Jacques, Melot, Shi Jinan et tous leurs amis qui ont tous un autre nom et un autre visage, sont là, sur le devant du plateau, prêts à dire leur rôle.

I

GUILLAUME traverse en diagonale le grand espace de lumière. Gris, le sol de pierres plates qu'on vient de repaver semble dessiner jusqu'au pied des terrasses de courtes vagues régulières ; ici, l'herbe poussait jadis entre les pierres, mais tout est si bien refait à neuf que les pavés eux-mêmes paraissent avoir été taillés mécaniquement dans le granit. Au-delà, comme en un fabuleux horizon, les terrasses s'élèvent en marées successives, dalles et marches de marbre, parapets, qui s'achèvent à la dernière plate-forme où le bois seul, rouge et dressé, supporte la haute toiture de tuiles jaunes ; Guillaume sait que s'affrontent à son sommet des dragons ou que s'y pressent les génies de terre vernissée qui protègent le palais des mauvais sorts.

La cour est vide, nue, délavée de soleil et, longue encore, l'ombre de Guillaume marche à côté de lui. A gauche, le long des bâtiments bas qui ferment la cour à l'est, s'étend une zone d'ombre bleue. Parvenu au centre de cet espace parfait, carré de pierres plates bordées de marbre, Guillaume s'arrête ; il regarde tour à tour derrière lui, devant lui, au sud puis au nord, à l'ouest, à l'est enfin, dans cette marge d'ombre et se souvient que nulle part mieux que là quatre points cardinaux suffisent à définir un monde.

« Je suis bien revenu », pense-t-il, avant d'allumer une cigarette.

La ville entière était alors un espace fait de signes : l'angle droit des rues qui s'y croisaient répondait aux courtes ornementations des toits, aux frises sur le linteau des portes ; celles-ci, souvent barrées d'un mur placé en quinconce, conduisaient à des cours inaccessibles, à des pavillons sur des terrasses de pierre ou de brique, parfois de marbre. La colline qui fermait au nord la Cité dominait la géométrie rigoureuse des palais auxquels seuls quelques jardins établis au XVIe siècle et restaurés à la fin du siècle dernier donnaient l'allure baroque de chinoiseries.

Du sommet de la colline, si longtemps interdite aux simples visiteurs, on découvrait le carré presque parfait des murailles et la forme haute, massive, élégante aussi des portes d'accès de la vaste enceinte. Sur de vieilles images, des photographies d'albums anciens, on voyait encore la poussière qui s'élevait en tourbillons lumineux, vent de sable venu parfois de Mongolie, à l'entrée des portes, sous le pas des caravanes. A l'intérieur, et dans ce qu'on appelait la ville tartare, chaque maison du quadrilatère principal reprenait en petit le plan étale des palais : les mêmes pavillons, les façades de bois basses sous les toits monumentaux, les lions de pierre. Ainsi, univers de signes, la ville elle-même ressemblait à quelque gigantesque échiquier dont chaque case en aurait reproduit l'image tout entière.

En revanche, au sud, au-delà des deux portes centrales, s'étendait un désordre de ruelles aux maisons plus hautes, de boutiques, de temples, mais où le sang-de-bœuf des palais impériaux était interdit. C'étaient les quartiers du commerce, des plaisirs et des jeux alors que le nord était le siège de la loi et de ceux que le Ciel avait mis en place pour la faire régner.

Plus loin, on parvenait aux contreforts des dernières murailles après un fouillis de cahutes, des étangs pourrissants que dominaient la triple toiture bleue du plus haut temple et, presque à l'horizon, une longue tour aux arcs-boutants puissants ancrés dans la chair de la ville. Guillaume, qui était venu jusque-là un soir d'automne, y avait vu des enfants jouer dans la boue jaunie au pied de cette immense bâtisse qu'on disait hantée par le fantôme d'un renard. Une petite fille s'était détachée d'un groupe qui pataugeait dans une flaque et lui avait tendu la main : dans la petite paume crasseuse, Guillaume avait bien cru voir une pièce d'or que la gamine, peut-être, lui offrait ; mais c'était tout en bas de la ville, dans la zone alors incertaine que bordaient des remparts à demi abattus : lorsque Guillaume avait raconté cette histoire, on ne l'avait pas cru.

Il marche maintenant jusqu'à la terrasse où s'élève le premier de ces grands temples qui peuplent les cours de la Ville close. Une longue plaque de marbre taillée représente ici un phénix, là un dragon ; les escaliers sont semés à intervalles réguliers de gros trépieds de bronze où le soleil joue déjà en reflets vert et brun.

Parvenu à la première marche, Guillaume s'arrête ; il se retourne, contemple derrière lui l'espace qu'il vient de parcourir. Il devine, au-delà de la dernière porte, la rivière-canal qui serpente parmi les pavés et, au-delà encore, la haute muraille pourpre ; il tire de sa poche un paquet de cigarettes, un briquet, allume une nouvelle cigarette, écoute le vent et s'assied enfin au bas de l'escalier. Il n'est que neuf heures du matin, c'est en souvenir de très vieilles amitiés qu'on lui a ouvert si tôt la porte de la Cité encore vierge de visiteurs dont il voulait, seul, retrouver l'air, les formes, les couleurs. Il respire fort, aspire un peu de fumée, écrase vite sa cigarette sous son talon. Il sort de la même poche un étroit carnet rouge, un morceau de crayon et note simplement un mot sur la première page : « Retour. » Puis il s'arrête, écoute, venue de très loin, la rumeur de la ville.

Il y avait eu tant de matins semblables à celui-là... Guillaume quittait le minuscule appartement qu'il occupait dans un immeuble presque neuf et déjà vieilli — les murs lépreux, la cage d'escalier sonore où des petits Pakistanais se disputaient sans fin, le policier maussade en faction devant la grille — de ce quartier éloigné du centre où l'on logeait alors les étrangers. Des gosses, Pakistanais encore, ou des petits Maliens, jouaient autour de sa voiture, qu'il devait écarter comme des mouches. Puis il s'installait au volant de la Simca 1000 au gris métallisé rongé par le vent et le sable, il avait le geste machinal d'allumer la radio qui diffusait seulement des discours politiques ou des chants folkloriques arrangés au goût du jour. Il conduisait ensuite lentement à travers les larges avenues désertes, encombrées sur leurs bas-côtés de nuées de cyclistes dont on pouvait à tout moment redouter que l'un d'entre eux s'écartât de sa route pour brusquement se retrouver sur le chemin du seul automobiliste qui, à cette heure pourtant tardive de la matinée, s'avançait vers la ville.

A main droite, Guillaume laisserait le stade que les grandes manifestations du dernier été allaient remplir des foules d'enfants déchaînés, puis à travers les mêmes avenues larges bordées ici de maisons basses et grises aux tuiles traditionnelles dont l'arête des toits portait, réduits à la dimension de minuscules poupées, les mêmes dragons et les mêmes génies qu'au sommet des plus vastes palais, il gagnerait enfin la grande avenue qui traversait la ville de part en part, d'est en ouest. Là encore, et jusqu'aux remparts, ce n'était qu'un alignement de petites maisons de ce même gris qui, avec les mois, avait fini par illustrer pour Guillaume la couleur, bien sûr, mais aussi la vie même, l'odeur presque, de poussière, de cette cité étalée à plat sur le sol, où il avait choisi de vivre. On passait ainsi l'ancien observatoire des Jésuites et sa terrasse sous le ciel, hérissée de beaux instruments de bronze dont Guillaume ignorait le nom et, par la brèche destinée à faire place à l'avenue, on pénétrait à l'intérieur des remparts. A gauche et à droite, par-delà un remblai, on revoyait alors la masse, grise elle aussi, des anciennes fortifications dominant d'un côté une sorte de fossé poussiéreux où se pressaient des baraques de bois, des masures aux toitures de bambou — et de l'autre, le bel alignement de ces maisons et de ces cours, les portes en quinconce, les pavillons, les terrasses bordées d'arbres, de buissons taillés, de bambous verts.

Bientôt, Guillaume s'avançait vers le centre de la ville et cette grande place où les maisons anciennes et les remparts avaient été balayés pour permettre le monumental alignement des palais modernes, mais surtout pour en dégager la vaste étendue pavée. Là, plusieurs fois par an, des centaines de milliers d'hommes et de femmes, des enfants, des pionniers, soldats, ouvriers et paysans rassemblés, défilaient ou paradaient, s'exerçaient à des jeux guerriers sous le regard du géant débonnaire assis en face d'eux dans les tribunes rouges que dominait encore, large comme la grande porte qui le portait, son portrait aux couleurs très vives.

A mesure qu'il s'approchait de cette place grande comme dix fois, vingt fois la plus grande de nos places en Europe, les maisons anciennes se faisaient plus rares le long de l'avenue, mais elles subsistaient quand même, parsemées çà et là d'immeubles modernes qui s'élevaient parmi elles telles de grosses verrues laides. C'étaient des bâtiments administratifs construits à l'époque de la grande amitié avec le voisin soviétique qui avait depuis lors trahi ; mais leurs façades semblaient déjà décrépies et, hormis les inscriptions ou les banderoles qui proclamaient en caractères rouges les mérites de la Révolution, le blanc du ciment ou des enduits délavés virait au gris des murs de torchis et se fondait peu à peu à la masse neutre des maisons anciennes. Si bien que, d'est en ouest et, jusqu'au cœur même de la ville, on ne voyait qu'un alignement, morne au premier abord, riche en réalité de mille détails, de murs gris et pourtant lumineux qui éclatait subitement, aux abords de la grande place, en constructions monumentales aux formes aiguës, aux couleurs vives. Au sud, seule une porte ancienne se dégageait des blockhaus néostaliniens ; mais au nord, c'était la colossale harmonie des premiers murs et de la première porte, rouge, sang-de-bœuf aux tuiles vernissées jaunes, de la Cité close.

Guillaume garait sa voiture dans un renfoncement de la muraille, achetait son billet d'entrée à un vieil homme endormi dans une guitoune solitaire que nul autre que lui ne fréquentait jamais — hormis quelques hôtes étrangers, ou des touristes arrivés jusque-là par les hasards de quel voyage organisé par quelle agence aventureuse ? — et pénétrait alors dans le superbe alignement des cours et des palais.

Il s'avançait en diagonale à travers les espaces de lumière. Gris, le sol de pierres plates à demi fracassées était en ce temps-là parsemé d'herbe, de feuilles parfois, qui poussaient entre les pavés ; au-delà s'élevaient les terrasses de marbre, le moutonnement des parapets qui montait — ces vagues... — comme une mer jusqu'à la dernière terrasse de marbre dominée par l'immense toiture de tuiles d'or qui écrasait la courte élévation des colonnes et des façades de bois des temples au rouge, en ce temps-là, si bellement passé, délavé...

Guillaume était seul, ou presque, dans ces immenses cours. Il sentait son cœur battre plus vite devant tant de beauté, d'espace et face à cette solitude lourde d'espoir de découvertes ou de fulgurants tête-à-tête avec les richesses d'un exil qu'il s'était choisi et qui alimentait ses rêves comme son imagination. Il traversait ainsi une première cour, franchissait sur des ponts de marbre la rivière qui serpente au milieu de la seconde et parvenait enfin, après une ultime porte rouge aux larges vantaux entrouverts, jusqu'au plus grand des palais qui fermait le quadrilatère fabuleux. Là il demeurerait longtemps à déchiffrer des signes qui semblaient dire en une langue subitement devenue la sienne toute une cosmogonie dont cette cour et les trois palais en croix qu'elle renfermait étaient le centre et dont un empereur, fils de l'homme et du ciel, avait été le prêtre et le bâtisseur.

La gamine en foulard rouge qui, dans un angle, s'affairait lentement à désherber des pavés où l'herbe aurait repoussé à un bout avant qu'elle ait atteint l'autre, était ainsi la figurante muette d'une sorte de théâtre, d'une prière inscrite dans le marbre et la tuile et la brique et le fût des colonnes de bois rouge. Là, un temps immémorial voisinait sans trop de heurts avec l'aujourd'hui d'une révolution où un autre empereur était, comme jadis, le seul médiateur entre les hommes et l'ordre qui régnait sous les cieux.

Guillaume allumait à nouveau une cigarette, tirait de sa poche le même étroit carnet à couverture rouge et notait quelques mots, une phrase, le début d'une idée que, rentré chez lui, il reprendrait, développerait, enrichirait pour en faire, peut-être, un jour, un poème.

De la même manière, vingt-cinq ans plus tard et revenu dans cette cour, assis seul sur la première marche de la terrasse qui mène au grand palais qu'on a tant restauré, badigeonné, repeint, que le sang-de-bœuf en vire presque à l'écarlate et que le superbe entrecroisement des poutres sous l'avancée des toits rassemble tous les bleus, tous les verts, tous les violets et rouges d'une palette technicolore, Guillaume cherche, après le mot « retour », d'autres mots à inscrire sur son carnet rouge pour capter ce moment, quand une rumeur qui semblait tourner autour de lui depuis quelques instants pénètre brusquement dans la cour. Un jour, voilà vingt-cinq ans précisément, ç'avait été la même impression de solitude violemment rompue par des centaines de gosses en brassard rouge, foulard rouge, qui avaient envahi la Cité. Guillaume les avait vus arriver de loin, à travers cette Taihemen qui est la porte de la Suprême Harmonie — la plus grande avant le Taihe Dian, le palais de la Suprême Harmonie : ils étaient les gardiens et les acteurs principaux du renouveau de la révolution qui allaient jeter à bas ce qu'il restait encore d'un monde vieux de tout l'âge du monde et qu'on voulait jeune de toute la jeunesse de ce pays. Ils allaient abattre, renverser, détruire : seule la présence d'esprit de quelques-uns de leurs maîtres empêcherait qu'on commît l'irréparable — et les images, les statues qu'on leur donnerait ici à fracasser, les peintures qu'ils mettraient tant de joie à lacérer ne seraient que des faux, des copies, reflets seulement de la prière profonde que répétait depuis dix mille ans chaque stèle, chaque dalle, chaque figure de pierre ou de marbre de cette Cité posée à plat sous le ciel au cœur même d'un Empire qui était le milieu de la terre.

Il y a vingt-cinq ans, l'armée des enfants en colère avait ainsi débouché dans la cour et l'avait peu à peu envahie, la peuplant de visages enfantins qui criaient leur haine mais aussi leur bonheur — et pourtant cette invasion qu'on avait d'abord pu croire dérisoire et qui deviendrait peu à peu terrible, était l'entrée dans un pays de la jeunesse de ce pays. Alors que la foule, qui, au-delà de Taihemen largement ouverte, s'avance aujourd'hui à travers l'immense espace quelques instants encore désert, n'est que celle des touristes de tous les pays, unis par le même désir d'en voir encore un peu plus, un peu plus vite et un peu plus mal — et qui a fini par s'abattre sur ce pays-là avec la même inconsciente et bruyante volupté que sur n'importe quelle Athènes ou Florence. Américaines vociférantes et lunetteuses, bedonnants Bavarois ou géants blonds aux formes peu à peu informes, bardés d'appareils photo — caméras, vidéos, Polaroïd, enregistrements électroniques ou numériques de l'image, du son, du regard qu'à bout de souffle on ne peut plus jeter soi-même sur les hommes ou sur les choses —, ils sont la dérisoire mais terrifiante armée de ceux qui, après avoir dévasté la plus vieille Europe et les précieuses plages des Afrique et autres Asie de carte postale, s'attaquent maintenant à ce nouveau continent afin d'en faire un monde qui ressemblera enfin à tous les autres.

D'un seul geste, Guillaume s'est levé, il a rangé son carnet rouge dans sa poche, écrasé la nouvelle cigarette qu'il venait d'allumer et gagné très vite la sortie nord de la Cité, afin d'échapper au flot glapissant de la laide armée des hommes de ce temps qui s'acharnent à effacer de la surface de la Chine tous les signes qui la font encore si absolument différente de l'univers qu'ils ont déjà ravagé.

La voiture de l'ambassade attendait Guillaume devant Shenwumen, face à la colline de Charbon ; en quelques minutes, il s'est retrouvé à l'ambassade de France.

II

GUILLAUME traverse maintenant l'étroit quadrilatère pavé de dalles plates qui sépare la résidence de l'ambassadeur de la chancellerie. C'est un espace qu'on n'a jamais réussi à transformer en véritable jardin et tout ce qu'on y a planté y est peu à peu devenu une grisaille uniforme en dépit, çà et là, au printemps, de l'éclat d'une touffe d'iris ou de quelques tulipes ; il n'est jusqu'au gazon, régulièrement entretenu, qui ne soit terne et poussiéreux, lui aussi, de cette même poussière de Pékin qui, ailleurs, en ville, peut apparaître parfois si lumineuse mais dont la surface tondue de près est ici terne, pâle... Les quelques tiges de bambou le long d'un mur font un contraste maladroit avec les maigres rosiers venus d'Europe : on n'est là ni en Chine ni en France et seule l'ouverture circulaire de la porte en forme de lune pratiquée dans le mur entre les jardins des deux villas mises voilà plus de vingt ans à la disposition du premier ambassadeur de France à Pékin a quelque chose de vaguement oriental, incongru toutefois dans ce quartier résidentiel bâti dans les années soixante avec les moyens du bord, parpaings et ciment granité.

La porte ronde franchie, Guillaume s'avance à travers le second jardin, plus gris encore, jusqu'à l'entrée du bâtiment qui abrite les bureaux de la chancellerie. Un garde de sécurité le salue au passage. En pénétrant dans le hall de marbre trop luisant et tout entier occupé par une vaste cage d'escalier à la rampe de cuivre, il croise M. Peng, le téléphoniste, qui occupait déjà ces fonctions il y a vingt-cinq ans. On dirait que le temps a glissé sur M. Peng sans l'atteindre ; c'est tout juste si son front est un peu plus ridé, son dos un peu moins droit. Il salue l'ambassadeur avec la même humilité qu'autrefois : cette humilité pas loin de la servilité qu'il avait, au plus fort de la Révolution culturelle, pour accuser celui-ci ou celui-là : il était alors un humble accusateur, ce fut pourtant son heure de gloire. Dans l'espoir qu'on a oublié ce morceau de passé, M. Peng est redevenu un modeste téléphoniste, plus servile encore que par le passé.

Revenu à son bureau au premier étage, Guillaume appuie sur le bouton de l'Intercom.

— Vous m'appellerez Thierry...

— Tout de suite, monsieur l'Ambassadeur.

La secrétaire qui vient d'entrer, en robe d'un jaune éclatant, incline la tête, son bloc de sténo serré sur la poitrine. Au début, Guillaume avait des regards vers elle : à vingt-six ou vingt-sept ans, les cheveux tirés en arrière, elle est de ces jeunes femmes dont le colonel Guillen, jadis attaché militaire à Pékin, disait que la Chine les faisait s'épanouir. Guillaume, alors, souriait.

Puis Guillaume ouvre un numéro du *Monde* arrivé par la valise diplomatique. Il est vieux de dix jours : là-bas, à Paris, on parle de la crise de l'audiovisuel, on dépose parfois des motions de censure, son ami Lavenant vient de monter *Le Partage de midi* et on en dit du bien. A côté du paquet de journaux déjà devenus de vieux journaux, une pile de lettres : Serge, Iris, Simon.

— Vous m'appellerez M. Benoist, au Quai d'Orsay.

— Tout de suite, monsieur.

Le bureau de Simon Anglade donne sur un jardin bien vert, à l'herbe bien grasse, où se gavent des merles. Les rayons de livres qu'il a trouvés là — de vieilles éditions d'histoire ancienne, des recueils de traités ou d'actes diplomatiques — forment autour de lui une garde à la fausse noblesse, parfaitement inutile. Et le tableau de Patrick Vergnaud, cette tache de lumière et de sang sur le mur opposé au bureau Louis XV qui lui sert de table de travail semble une fenêtre incongrue dans la pièce en rotonde, lumineuse, certes, mais triste.

Devant Simon Anglade, la chemise marquée à ses initiales et, dans la chemise, le recueil de télégrammes de Pékin, tous signés de Guillaume. La sonnerie du téléphone retentit, la voix de Fabienne, sa secrétaire :

— Vous avez votre communication, monsieur.

Puis, aussitôt après, la voix du directeur d'Asie au ministère des Affaires étrangères.

— Allô, Simon !

Simon, tout de suite, enchaîne.

— Mon cher Jacques, j'ai un petit problème...

Simon se racle la gorge ; il va se jeter à l'eau : tout n'est plus que routine.

Deux ans auparavant, son bureau était encore sous les toits, mais au palais de l'Élysée même. De sa fenêtre, il observait la noria des voitures officielles, les allées et venues de fonctionnaires discrets, le déploiement de la garde républicaine, les jours de grande réception. Il se disait que c'était cela, le pouvoir et, déjà, ça ne l'amusait plus.

Le gendarme botté de cuir s'était effacé devant Guillaume en l'introduisant :

— Votre visiteur, monsieur...

Guillaume s'était étonné de la modestie du bureau, la table de bois, les piles de dossiers sur l'étroite bibliothèque, à même le sol. Il revenait alors d'Italie où il avait passé deux ans d'un exil doré, les deux hommes étaient tombés dans les bras l'un de l'autre.

— Assieds-toi... si tu trouves une place !

Simon avait dégagé le fauteuil en face du sien, tout encombré de coupures de presse ; puis il avait parlé de la pluie et du beau temps avant de poser la question qui lui brûlait les lèvres.

— Ça te dirait de retourner à Pékin ?

Vaguement, depuis que Simon l'avait appelé pour lui donner ce rendez-vous, Guillaume avait deviné qu'il s'agissait de Chine. Il aimait Florence et y avait des amis, mais le métier de consul l'occupait peu ; il ne pensait pourtant plus guère à la Chine, il avait quand même répondu tout de suite oui. Puis il avait posé les questions qu'on pose en ces moments-là.

Simon s'était raclé la gorge. Des Craven A de sa jeunesse, il était passé aux Camel sans filtre puis un jour, sans raison, il avait essayé les Boyards maïs ; depuis, il fumait toujours cigarette sur cigarette et traînait derrière lui la même odeur de cendre froide.

— C'est moi qui ai insisté pour que tu succèdes à ce pauvre Louvier. Il fallait à la fois un regard neuf et une vieille habitude pourtant des choses de la Chine.

Gérard Louvier avait cinq ans de plus que Guillaume ; les deux hommes s'étaient parfois croisés dans les couloirs du Quai d'Orsay ou très loin, en Amérique.

— Nous avons de grands projets avec la Chine, tu sais...

La voix de Simon était sourde.

Le ciel était très bleu : c'étaient les premiers jours de ce court printemps de Pékin que les moiteurs de l'été, très vite, vont balayer. Dimanche : le soleil faisait briller le toit de tuiles vernissées de Changling, à l'extrémité de la vallée où les empereurs Ming ont fait creuser leurs tombeaux et élever des temples. Assis sur un muret à demi effondré — cette ruine qui ronge glorieusement les murs encore debout, l'herbe neuve entre les dalles... —, Guillaume écoutait Simon qui lui racontait cette Chine. Il avait vingt-cinq ans. Près de lui, il y avait Inghe, la secrétaire de l'ambassade de Suède — à moins que ça n'ait déjà été May, Anglaise et brune à la peau blanche — et puis John Baker, également au service de Sa Gracieuse Majesté britannique. John Baker avait passé deux ans à Hong Kong pour y apprendre le mandarin, avant d'être nommé premier secrétaire à Pékin. L'hiver, il conduisait une petite voiture rouge décapotable dans les grandes avenues désertes de la capitale ; il roulait très vite et portait sur la tête une chapska aux ailes de fourrure largement déployées. Et puis il y avait André Verviers, ministre-conseiller à l'ambassade de France, qui était revenu en Chine pour la troisième fois.

— Vous verrez, disait Simon à Guillaume, les premiers temps, on croit qu'on va s'ennuyer : un peu, beaucoup, à la folie...

— Et puis, avait achevé John Baker, on se rend vite compte qu'on s'ennuie vraiment...

Sur le sol, Guillaume avait ramassé une tête de lion en céramique vernissée. Il avait interrogé Simon du regard. Celui-ci avait souri :

— Bien sûr que vous pouvez l'emporter, mais cachez-la quand même dans un sac : on ne sait jamais...

Les rangées de kakis, aux branches encore nues, se découpaient sur le ciel. Au-delà de la première enceinte du temple, contre un mur à la pourpre effacée, un paysan binait lentement un bout de terre. Un oiseau montait vers le ciel. Inghe — c'était bien elle : nous n'en étions qu'aux premières semaines du séjour de Guillaume à Pékin — Inghe, donc, posait une main sur l'épaule du jeune homme.

— Tu viens ? On va marcher un peu...

Simon les regardait s'éloigner en direction du tumulus où le troisième souverain de la dynastie des Ming a choisi de vivre son éternité.

— Quand nous avions leur âge..., murmurait André Verviers.

— Vous avez voulu me voir, monsieur l'Ambassadeur ?

Guillaume sursaute. Il pense : « Vingt ans après... » Il a un petit rire que le jeune premier secrétaire debout en face de lui ne comprend pas. Puis il fait le geste de chercher une cigarette et se ravise : fumer moins ; encore une bonne résolution pas toujours tenue ; l'âge, mon ange, l'âge et je n'y peux rien... Il repousse les lettres qu'il vient de lire, cherche parmi les dossiers de ce bureau toujours en désordre qui est le sien, de poste en poste, depuis vingt ans, la liasse des dépêches de l'agence Chine nouvelle traduites en français.

— Oui, Thierry, je voulais vous demander de me préparer un télégramme — quelque chose de rapide, un feuillet — sur l'allocution de Deng, hier soir. Essayez de montrer en quelques lignes que notre vieux crocodile n'a toujours pas choisi.

— En quelques lignes ?

Thierry Destutt s'est étonné : en quelques lignes, essayer de faire comprendre à Paris qui n'y comprend jamais rien ce que nous-mêmes avons tant de mal à essayer de comprendre ? Guillaume sourit. Jadis, René Blondel, son ambassadeur à lui, exigeait déjà cette brièveté, cette économie ; et c'était lui, Guillaume, qui s'étonnait alors : « Vous croyez vraiment que... » « Je crois, oui... » Guillaume s'inclinait, sans être vraiment convaincu. Ce matin, il explique pourtant encore une fois.

— Depuis deux ans, nous nous posons les mêmes questions, ce n'est peut-être pas la peine de répondre, quand nous ne sommes sûrs de rien, non ?

Thierry Destutt incline vaguement la tête, pas convaincu lui non plus.

— Allez, faites-moi ça : j'aimerais signer votre télégramme avant le déjeuner.

Au lendemain du XIIIe congrès du parti communiste chinois, Deng Xiaoping, le rassembleur, ne semble accorder qu'une confiance limitée à Zhao Ziyang, secrétaire général du parti que Li Peng, vice-Premier ministre depuis 1983, a remplacé dans les fonctions de Premier ministre. Guillaume pense : « Un équilibre impossible... » Il rappelle alors Thierry.

— Insistez sur cette ambiguïté que Deng semble prendre un malin plaisir à laisser subsister...

Lorsque, dans les tout premiers mois de la Révolution culturelle, on avait chassé Simon de Chine, ç'avait été une déchirure. M. Liu, qui l'avait convoqué dans le bureau nu qu'il occupait aux Éditions en langues étrangères, lui avait dit : « Je sais que vous resterez notre ami » ; mais Simon n'avait pas répondu.

Il avait fait une ultime promenade dans la ville tartare, autour des murailles pourpres des palais. La chaleur, la foule au loin, les cris d'un groupe de jeunes hommes devant l'Hôtel des Chinois d'Outre-Mer ; il pensait : « Jamais je ne pourrai partir », et il savait qu'il avait quarante-huit heures pour quitter Pékin.

Au nord de la Cité, il avait poussé une porte encore ouverte — qu'on allait bientôt fermer, barricader, interdire — et gravi les premiers degrés de ce jardin en colline qu'était la colline de Charbon. La Ville interdite s'étendait peu à peu comme une vague, une vague multiple et or faite des toits de tuile et des terrasses qui se déployaient davantage devant lui à mesure qu'il s'élevait. Le soleil écrasait tout, une brume, et pourtant ce pays devant lui déroulé qu'il avait si souvent arpenté, mesuré. Clawdia, qui lui disait : « D'ici, tu sais très bien qu'on ne peut s'échapper », avait fui la première.

Assis sur une marche de marbre, devant un lion de pierre qu'on allait bientôt fracasser, il avait soudain pleuré.

— Vous savez, en ce temps-là, nous n'avions pas beaucoup d'autres choses à faire que beaucoup nous promener et beaucoup regarder.

Ils sont une dizaine d'hommes d'affaires réunis autour de l'ambassadeur : avant et après les négociations avec les fonctionnaires chinois, aujourd'hui en veste et cravate, hier en vareuse à col mao mais qui n'ont guère changé, l'ambassade de France à Pékin — un déjeuner, un verre, rarement un dîner : Guillaume a d'autres projets pour ses soirées — est l'étape obligée de tout voyage en Chine. On parle contrats, investissements, intérêts, transferts de devises ou de technologies.

— Je peux vous assurer, s'exclame l'homme des ciments (à moins qu'il ne soit l'homme de la centrale thermique) que les choses ont sacrément changé en cinq ans. Tenez, je me souviens, à Chongqing...

Rouge, congestionné après les deux cognacs et le cigare, ce Potard ou ce Potier raconte la grande ville du Sichuan telle qu'il l'a connue jadis et comme il l'a vue hier, les rues encombrées de marchands, les étals qui se succèdent sur trois, quatre rangs, la foule bigarrée, les centaines, les milliers de marchands de tout, de rien, de pull-overs, de bassines en plastique, de cravates, les chemises de couleur...

— Vous vous souvenez, monsieur l'Ambassadeur, de ces théories d'hommes et de femmes dans la poussière, l'uniforme bleu de chauffe et la natte de ces demoiselles ? Pas plus tard que la semaine dernière, j'en ai rencontré une, dans les rues de Chongqing, maquillée, décolletée, je vous assure bien.

« Nous étions arrivés à la tombée de la nuit, pense Guillaume. Les rues étaient désertes ; çà et là, seulement, s'élevait un filet de fumée. Le silence planait sur toutes choses et l'hôtel, au milieu de la ville, était une grande bâtisse sombre, malcommode. Pourtant, le lendemain, ç'avait été l'éblouissement : la ville tout entière était restée ce qu'elle était au tournant du siècle, murs bas et gris, minuscules maisons aux tuiles sombres, le brasero dans chaque cour et des familles ébahies, qui s'arrêtaient pour nous regarder passer... »

— Vous vous souvenez, reprend l'homme des ciments, celui des huiles ou des potasses, eh bien, pas plus tard qu'hier, dans l'ascenseur de notre hôtel, à Chongqing, j'ai rencontré une fille qui m'a embarqué comme n'importe où dans le monde !

Guillaume lève son verre de cognac à la hauteur de son visage. A travers le liquide ambré, l'homme d'affaires qui évoque ses bonnes fortunes a l'air d'un maquignon rougeaud qui parlerait d'une pouliche achetée à bon compte, jadis, sur une foire, en Auvergne.

— Tu sais qu'à mon retour, ça n'a pas été très facile, avait expliqué Simon Anglade.

Guillaume, assis en face de lui dans le minuscule bureau de l'Élysée d'où Simon, croyant encore qu'il tenait quelques-uns des fils qui déterminent les destinées des hommes, l'avait interrogé :

— Tu avais peur ?

Simon avait allumé une Boyard et toussé un bon coup avant de répondre.

— Oui, j'avais peur.

L'Auvergne, les plateaux du Cantal où il avait fait le coup de feu à la Libération : tout s'était envolé au grand souffle de la Chine. Effacées aussi les veillées du côté du Lioran, lorsqu'un copain à ses côtés, et qui allait tomber le lendemain, lui récitait du René Char, « Jadis, l'herbe... » ; l'herbe était jaune et sèche dans la campagne autour de Pékin et la poussière s'élevait en nuages légers au pied des hautes murailles. Mais M. Liu l'avait convoqué dans la chaleur sèche de son bureau nu : « Je suis désolé, Simon. » Et Simon avait dû partir.

— Je n'ai pas voulu m'attarder en route : après une nuit à Paris, je suis tout de suite revenu en Auvergne.

A Clermont, un ami lui avait trouvé un poste d'assistant à la faculté de droit, et il avait enseigné l'économie politique à des garçons et des filles de vingt ans qui l'interrogeaient : « Et la Chine ? » Il souriait, vaguement mal à l'aise, et leur parlait de l'évolution du produit national brut dans les pays les plus industrialisés de la planète.

A son retour de Chine, au contraire, Guillaume parlait à qui voulait bien l'entendre des deux années qu'il avait passées à Pékin. Là-bas, la Révolution culturelle battait son plein, ici on s'interrogeait, on voulait savoir. Alors, Guillaume discourait à l'infini ; ou écrivait.

— Vous ne voudriez pas nous faire cinq feuillets sur les événements de ces dernières semaines ?

Obligeamment, Guillaume acceptait ; il lisait tous les journaux qui traitaient de la Chine, on l'interrogeait dans des dîners en ville.

— Vous n'avez pas envie de retourner là-bas ?

C'était au milieu des années soixante. Quelques semaines encore, et il allait repartir en poste, il irait à Londres et les murs de briques roses, les grands ciels mouillés, les jeunes filles aux robes rose thé qui rosissent si bien sur l'herbe des maisons de week-end entre Sussex et Surrey lui feraient oublier à son tour le goût sec et âpre de Pékin, les fumées dans les cours et la découverte d'un nouveau temple, très loin au fond d'une ruelle.

— Il faut, disait Simon, s'installer dans la durée ; savoir qu'ici, le temps est fait d'une autre matière qu'en Europe, et apprendre à ne plus attendre.

Assis, un crayon, un papier à la main, sur un muret du Changling, Guillaume essayait de dessiner l'enceinte du temple qui se dressait devant lui. May, l'Anglaise, avait succédé à Inghe, la Suédoise, et les feuilles des arbres avaient viré au rouge, à l'or, à l'orangé, mais John Baker, André Verviers étaient toujours là. C'était le début d'un automne à Pékin ; dans l'herbe, un fragment de tuile vernissée...

— A Taiyuan, répondait John Baker, j'ai trouvé un morceau de tête de bouddha ; les Japonais l'avaient fracassé pendant la guerre. On avait effacé les yeux, le nez, la bouche à coups de marteau et pourtant, dans ces débris, ces brisures, il y avait encore un bouddha de pierre qui m'interrogeait à travers le temps.

— C'est Segalen, remarquait André Verviers, qui raconte un jour comment, devant un tigre Han que le temps avait rongé et dont il ne restait rien, il lui a suffi d'un papier, d'un crayon et d'un peu d'attention pour retrouver les formes de ce monstre.

Guillaume, qui s'était pris depuis quelques jours d'une passion pour le dessin, traçait à son tour sur le papier les formes de ce dragon éclaté, et lui aussi retrouvait peu à peu les courbes manquantes, les lignes à demi effacées.

Le dessin de Guillaume, quelques traits de crayon sur un carnet de croquis, a jauni avec les années. Simon se souvient : Guillaume avait fini par donner le dragon de papier à May, qui en avait elle-même fait cadeau à Jacques Benoist. Celui-ci l'avait abandonné dans un bureau de l'ambassade et Simon l'avait pris là, qui traînait. A son retour à Clermont, il l'a fait encadrer, car il lui rappelle un dimanche d'automne aux tombeaux des Ming, et que Simon vit plus volontiers au passé qu'au présent.

Une porte se referme, doucement :

— Le ministre vous attend depuis cinq minutes, rappelle alors la secrétaire, qu'il n'a pas entendue entrer.

— Eh bien, qu'il attende encore...

« Ici, pense-t-il, le temps est fait de ce que je déteste le plus : l'attente. » Aussi, comme Simon méprise le sous-ministre qui vient lui donner des renseignements dont il n'a que faire mais qu'il devra quand même écouter, il éprouve un plaisir presque enfantin à faire attendre l'importun.

Dans le jardin sous ses fenêtres, une envolée de merles ; une pie a fait son nid dans un arbre du parc. Au fond, on devine l'avenue Gabriel et les grands marronniers du bas des Champs-Élysées.

— Et vous ne vous ennuyez jamais, monsieur l'Ambassadeur ?

La femme de ce Potard — ou Potier : Guillaume ne sait plus, il ne sait pas non plus si c'est lui qui fait dans les ciments ou dans les potasses d'Alsace — l'interroge avec un rire qui ressemble à un hennissement. Elle a d'ailleurs une crinière rousse et c'est bien la jument que son maquignon de mari vient d'acheter sur une foire en Auvergne. « Dans ces cas-là, pense Guillaume, les épouses sont pires que les maris. » Mais il a la courtoisie diplomatique qu'on attend d'un ambassadeur recevant des compatriotes à dix mille kilomètres de la France.

— M'ennuyer ? Vous voulez rire : je n'en ai pas le temps, chère madame !

Le mari, qui tire sur son cigare, sourit finement ; il n'en pense pas moins. Lui, l'homme des ciments, et celui du câble qui lui fait face, celui des huiles, de l'autre côté du salon, travaillent et parcourent le monde pour y vendre le fruit de leur travail ; mais ces diplomates, confits de suffisance dans leurs belles ambassades... Guillaume a deviné la réflexion de l'homme d'affaires. Au fond, ce Potier est encore plus bête qu'on pouvait le croire, car l'ambassade de France à Pékin est franchement laide, les tapisseries de Gromaire ou de Lurçat sur les murs sont atroces et les canapés recouverts d'un tissu ignoble. Il lui rend pourtant son sourire et se retourne vers Mme Potier, qui a une tête à tromper son époux avec son chauffeur.

— Votre mari vous le dira, madame, nous avons, lui et moi, trop de choses à faire ensemble pour avoir le temps de nous ennuyer.

Les hommes d'affaires continuent à déferler sur l'ambassade : la Chine est un marché de plus d'un milliard de consommateurs et Pékin en est le centre bourdonnant...

Jadis, la ville ressemblait à un énorme village écrasé dans la plaine. On aurait dit un de ces échiquiers magiques qu'élèvent avec un peu de terre sèche des sculpteurs vaguement architectes et devenus démiurges, pour dessiner dans des jardins de minuscules cités qui sont les villes d'un passé mythique. Les rues s'y croisaient à angle droit, carrelage régulier sous un ciel immense qui, d'est en ouest, du nord au sud, ne rencontrait, au-delà des murailles, d'autre borne que l'horizon.

Jadis, la ville était un univers de briques et de tuiles au beau gris uniforme, rompu seulement en son milieu par le jaune doré des toits de la Cité interdite que des murailles pourpres cachaient au peuple : les mystères qui s'accomplissaient là ne pouvaient être que divins.

La ville était ainsi une manière de beau et vaste damier sous la lune.

— A quoi bon en sortir ? avait dit un jour M. Liu à Simon qui aurait voulu passer un dimanche un peu au-delà des limites autorisées aux étrangers, à quoi bon ?

M. Liu avait un sourire amusé lorsqu'il se moquait de Simon car, les premiers temps, Simon Anglade n'avait pas compris.

Lorsque Simon était entré pour la première fois dans les deux pièces qui servaient d'appartement à Guillaume lors de son premier séjour à Pékin, il avait cru tout reconnaître, les livres, les lithographies abstraites, jusqu'aux disques à même le plancher. Guillaume n'était pas chez lui. Simon était allé jusqu'à la cuisine et s'était servi à boire, il avait feuilleté des revues, posé un disque sur le plateau du pick-up, écouté du Schubert. C'était le début de l'automne, il ne faisait ni chaud ni froid, bon, simplement, et tiède.

Simon but alors un whisky, un second, et se levait pour retourner le disque quand Guillaume arriva — il avait été retenu à l'ambassade par un journaliste japonais trop amical mais qui ne lui avait rien appris —, ils parlèrent bien sûr de la Chine, mais aussi de la France et d'une certaine Europe.

— Je n'avais plus rien à faire à Paris, expliquait Guillaume.

Simon, enfoncé dans un fauteuil, jouait avec une boîte d'allumettes.

— Il arrive un moment où tout ce que l'on a connu cesse brusquement d'avoir de l'importance ; où même vos meilleurs amis ne peuvent plus rien pour vous. Sinon vous ennuyer ou au mieux vous faire passer le temps. C'est ce qui m'est arrivé. Les rues de Paris — c'est absurde à dire... —, les rues de Paris dont j'avais cru que je ne pourrais jamais me passer — vous savez, marcher un peu au hasard, traîner, regarder, acheter un bouquin, chercher une fille —, les rues de Paris ne m'apportaient plus rien. Je n'avais là non plus rien à faire. J'y étais trop chez moi, il fallait couper.

— S'enfuir, en somme ?

— Non ! Ce n'est pas s'enfuir. Ce n'était pas cela...

Guillaume proteste. Simon croit le comprendre mais ne le comprend pas. Il ne s'agit pas de fuite car il n'y a rien à fuir et encore moins à oublier : à peine une odeur de rue mouillée qu'on a toujours connue et qui cesse de vous parler.

— Les odeurs ne parlent pas, dans mon pays.

— Vous êtes un puriste ennuyeux, vous aussi.

Mais Guillaume rit. Il n'a aucun regret, aucune crainte. Toutes les journées passées à attendre s'anéantissent.

— C'est à cause d'une histoire de fille que vous êtes venu en Chine ?

— Pour cela, oui, peut-être ; et pour d'autres raisons, aussi, que je ne comprends peut-être pas très bien moi-même.

— Mais la Chine entre tous les pays du monde ?

— Un monde en marche — lieu commun..., pense Simon —, un monde debout, qui refuse, et qui cherche pour lui seul un ordre nouveau...

Simon proteste quand même, pour la forme.

— A quel prix ? Ils ne sont pas assez de huit cents millions de Chinois pour le payer.

— Je crois qu'ils le paient de bon cœur. Quand ils crevaient autrefois de faim.

— Ils ont le ventre plein, d'accord, ou à demi plein, ce qui n'est déjà pas si mal.

Simon se levait, buvait encore un whisky, leurs conversations duraient jusqu'à la nuit, alors ils allaient dîner dans un petit restaurant crasseux de Dongdan, un premier étage aux chaises branlantes où l'on mangeait la meilleure soupe aux nouilles de Pékin.

Comme ils rentraient dans les rues désertes :

— Pourquoi êtes-vous resté si longtemps ici, Simon ?

Mais Simon n'avait pas répondu. Patiemment, il tentait de percer une brèche dans le mur des illusions que Guillaume appelait espoir, et à y introduire malgré lui le doute.

Il l'avait ensuite expliqué à une étudiante de Clermont qui lui avait demandé pourquoi il ne lui parlait jamais de la Chine.

— Il faut que tu comprennes que la Chine, pour quelques centaines de millions de Chinois, est le centre du monde ; aussi, pour peu que vous en soyez chassé, les pays que vous retrouvez ne sont que des banlieues grises.

— Tous les pays ? Même la France ? Même cette maison, ici, avec moi ?

Sylvie avait vingt-deux ans, la peau très blanche, des cheveux lisses et blonds ; son père était garagiste, il avait retapé une ferme aux environs de Billiom, une belle bâtisse de pierres grises entourée d'un verger ; une rivière courait au bout du pré : pour l'étudiante en sciences économiques de la faculté de Clermont, c'était un morceau de paradis. Elle y passait avec Simon des fins de semaine ; ils se levaient tard, buvaient, devant la fenêtre ouverte, du café très chaud avec de belles tartines de pain beurré et de miel. Des abeilles bourdonnaient dans le fond du jardin, des ruches... Le facteur faisait sa tournée à bicyclette, on lui offrait un petit verre de rouge quand il apportait des lettres de Paris.

— Tu m'as pourtant dit toi-même que tu n'avais pas toujours été heureux, là-bas ?

Elle l'interrogeait encore, presque suppliante : elle aurait voulu qu'il lui parlât d'elle et de leur bonheur. Simon, qui vidait son bol de café noir, l'avait regardée ; les yeux d'un bleu-gris, les lèvres toujours entrouvertes pour une question, avec cet air qu'il ne devinait que trop : comment lui faire comprendre, à cette Sylvie, que, loin de Chine, il serait encore longtemps un étranger et qu'elle n'y pourrait rien.

A Pékin, Clawdia lui avait dit un jour :

— Je ne pourrai jamais rien pour toi, tu le sais bien...

Elle était couchée, les bras ouverts, sur le grand lit plat de la maison chinoise qu'il occupait derrière le temple des Lamas, très loin de l'ambassade et du quartier des Légations où son mari représentait le plus officiellement du monde les Pays-Bas au cœur de cette Chine où lui-même vivait depuis dix ans.

Simon avait secoué la tête.

— Je ne te demande rien d'autre, qu'être là.

Il avait ajouté, comme une précision qui s'imposait :

— ... de temps en temps...

Guillaume était arrivé pour la première fois à Pékin au début de l'automne 1964. C'était quelques jours avant la fête qui marque, le 1er octobre, l'anniversaire de la fondation, en 1949, de la République populaire de Chine. Ahuri, abruti, endormi après quarante-huit heures de train, il s'était retrouvé sans transition du compartiment qu'il partageait avec un vieil écrivain français maussade venu passer sa mauvaise humeur chronique sur les Chinois dans une chambre capitonnée de l'Hôtel de Pékin.

En ces années d'une préhistoire qui fut celle de toutes ses aventures chinoises, l'Hôtel de Pékin constituait encore une sorte de ghetto au luxe désuet élevé à deux pas des murs de la Cité interdite. Il était défendu au personnel chinois d'entretenir avec la clientèle d'autres rapports que purement professionnels et on racontait qu'un journaliste canadien avait été expulsé de Chine pour avoir, un peu éméché, un soir dans un ascenseur, tiré la natte d'une employée en veste bleue. Quant à la belle terrasse du dernier étage, qui dominait le damier des toits et des palais de la Cité impériale, les touristes n'y avaient pas accès.

Guillaume avait commencé par dormir quinze heures. Puis il était sorti dans la rue et, tout de suite, ç'avait été le formidable coup au cœur, dont il ne devait, en somme, jamais se relever.

Plus tard, il citerait en vrac la foule silencieuse sur l'avenue Wangfujing ou les milliers de bicyclettes garées à perte de vue sur Chang'an, les affiches multicolores appelant tous les peuples de la terre à s'unir dans un même amour pour le président Mao ou sa première traversée des cours de la Cité interdite, sous un soleil gai et clair de début de l'automne.

— En ce temps-là, vois-tu, disait-il à Marianne qui viendrait vivre à

Londres avec lui peu après son retour de Chine : en ce temps-là, tout nous paraissait possible.

Il se servait d'un *nous* qui embrassait tous ceux — Simon, Jacques Benoist, André Verviers, les Français de Chine, mais aussi David Allen ou John Baker des ambassades amies — tous ceux, donc, qui étaient venus jusque-là en quête de moments et de découvertes que la plus vieille Europe ou l'Amérique trop sûre d'elle-même ne savaient plus donner.

— En ce temps-là...

Sa chambre à l'Hôtel de Pékin était meublée de deux lits jumeaux couverts d'une tapisserie rouge ; on avait disposé une dentelle grossière sur les bras et les appuis-tête des gros fauteuils de velours et la classique Thermos d'eau chaude dominait deux tasses de porcelaine sur un plateau de bois.

M. Liu avait dit un jour à Simon : « Je sais que vous resterez notre ami. » Autour de lui, autour d'eux, les foules d'enfants déguisés en petits curés rouges d'une autre révolution déferlaient, innocents et menaçants. On placardait des affiches, on tendait des banderoles et déjà quelques vieillards, des hommes qui, comme M. Liu, avaient construit ce monde-là avec leur sang et leur sueur — ou avec les livres qu'ils avaient écrits — se voyaient traîner devant des jurys de gosses qui les condamnaient à l'infamie.

Mais M. Liu avait dit : « notre ami » et Simon avait marché deux heures, cinq heures dans cette ville qui criait si haut sa haine, puis, à bout de souffle, il était rentré chez lui, s'était enfermé dans sa chambre et, étendu les bras en croix sur son lit, il avait attendu.

Le téléphone avait sonné. C'était John Baker, du bureau du chargé d'affaires britannique — le Royaume-Uni n'avait pas encore droit à une ambassade —, qui venait aux nouvelles. La veille, Simon l'avait croisé à une réception ; ils avaient parlé un moment ; Simon, déjà, devinait.

— Alors ?

La voix amicale, le léger accent de Cambridge du jeune premier secrétaire.

— Rien, avait répondu Simon, je m'en vais.

Un silence au bout du fil, puis la question de John Baker.

— Où ?

— Je ne sais pas.

Simon Anglade, économiste français arrivé en Chine pour quelques mois et qui était resté là dix ans à travailler pour les Éditions en langues étrangères, ne savait pas que, chassé de Chine, on pouvait rentrer en France.

— Je ne sais pas, avait répété Simon.

Il avait raccroché. L'angoisse, alors, était montée.

Quelques jours après le premier rendez-vous dans son bureau de l'Élysée, Simon avait invité Guillaume à déjeuner dans l'un de ces grands restaurants du bas des Champs-Élysées où hommes d'affaires et banquiers se retrouvent entre eux autour d'une cuisine à la mode.

— Tu es quand même heureux de partir, non ?

L'hôtesse, à l'allure d'une femme du monde spécialisée dans l'organisation de rendez-vous équivoques, se penchait vers eux.

— Je vous ai gardé une table dans un coin de la salle du fond, comme d'habitude, monsieur Anglade

Et Simon avait eu un air désolé, comme si Guillaume devait l'excuser de cette habitude-là, de ce restaurant trop luxueux, de l'attention même de la dame du monde hôtesse de restaurant.

— Je ne te dirai pas que c'est ma cantine, tu sourierais et tu aurais raison ; mais c'est vrai que je déjeune souvent ici ; ça impressionne les sous-ministres étrangers !

Puis il avait posé une main sur le bras de Guillaume.

— En tout cas, moi je suis un homme heureux : en t'envoyant à Pékin, c'est un peu comme si j'y retournais moi-même...

Le lendemain, et dans ce même restaurant, Simon avait invité à déjeuner l'ambassadeur de Chine. Ce Chong Baima, était un petit homme discret formé à l'école de Moscou mais qui avait appris le français au Viêt-nam ; on assurait que la victoire du général Giap sur les forces françaises devait beaucoup à celui qui n'était alors qu'un jeune instructeur au service de l'armée vietminh et qui avait réinventé pour elle, en quelques semaines, toute une nouvelle stratégie de la guerre révolutionnaire.

Après le champagne en apéritif et les premières congratulations, M. Chong avait cité deux phrases de Julien Sorel qu'il avait apprises aux côtés d'un jeune professeur vietnamien amoureux de Stendhal jusque dans la jungle autour de Diên Biên Phu. C'était entre Simon et lui une très ancienne plaisanterie, et Simon lui répondait invariablement par la première phrase de *La Chartreuse* qui dit la découverte de la liberté par l'Italie avec l'entrée des troupes françaises à Milan. Puis on était passé à ces conversations sérieuses que les deux hommes avaient depuis qu'au début des années soixante ils s'étaient retrouvés au service des traductions en langues étrangères de l'agence Chine nouvelle. Chong Baima y donnait des cours de stratégie militaire, et Simon avait été de ses étudiants.

— Vous vouliez me poser une question, n'est-ce pas, Simon ?

Simon avait regardé celui qu'il n'appelait pas seulement en public son ami.

— Si vous saviez quelque chose de très important concernant l'avenir des relations entre nos deux pays, vous me le diriez ?

Le visage de l'ambassadeur s'était éclairé, son sourire devint ironique.

— Si les autorités supérieures que je respecte — et vous saisissez la nuance — m'avaient demandé le secret, ne doutez pas un instant que je me tairais, comme vous le feriez vous-même.

Simon lui avait rendu son sourire.

— Alors, buvons à la santé des autorités supérieures que nous respectons tous et parlons de la pluie et du beau temps : est-ce que vous sortez quelquefois de votre uniforme d'ambassadeur acheté chez Tati pour aller au cinéma, au théâtre, comme tout le monde ?

Chong Baima avait levé son verre à son tour.

— Je suis certain que le plus stupide des agents des services français pourrait vous renseigner sur ce point !

Ils avaient ensuite parlé des émeutes qui se poursuivaient au Tibet : Chong avait discrètement regretté la répression des autorités chinoises ; il s'était longuement étendu sur l'espoir qu'il plaçait en Zhao Ziyang.

— Ma seule crainte, avait-il remarqué, c'est que l'échec de ses tentatives de réformes économiques n'ait des conséquences directes sur son avenir. Or, Zhao...

Il s'était arrêté : l'un comme l'autre n'avaient pas besoin qu'il en dise davantage puisque Simon savait les liens personnels qui existaient entre l'ambassadeur et l'ancien Premier ministre chinois, et l'un comme l'autre plaçaient en lui tous leurs espoirs pour une Chine nouvelle.

Il faut dès lors remonter aux tout premiers jours.

Simon disait à Guillaume — il l'avait très vite tutoyé :

— Fais le tour de la ville ; non pas le tour de Pékin tel que tu le vois aujourd'hui — encore qu'il n'ait guère changé depuis que nos grands-pères se promenaient à cheval le long des murailles, leggins et moustaches en croc — mais du Pékin que tu as pu imaginer, celui des photographies anciennes, des gravures qu'en ont rapportées les visiteurs du siècle dernier ou des récits de voyageurs : tu ne verras d'abord que des fossés de poussière grise que dominent, colossales, les murailles avec, çà et là, une porte ou telle de ces constructions énigmatiques, emblématiques, dont la tour du Renard, au sud-est de la ville, est le plus bel exemple : des formes, seulement, et de la poussière.

» Mais pour peu que tu t'arrêtes en chemin, que tu regardes mieux, tu découvriras la foule de ceux qui vivent sous les murs, ouvriers, petits artisans, mendiants parfois, portefaix encore, et ces familles entières qui se meuvent lentement dans les nuages de poussière ou de ce sable gris qui vire au rouge quand c'est le vent de Mongolie qui l'a amené jusque-là.

— Un jour, répond Guillaume, j'ai vu un album de photos qu'une dame avait prises du temps où Claudel...

Claudel aussi, comme Segalen, avait aimé cette terre de Chine ; et tous ceux, toutes celles qui gravitaient autour de lui ; ainsi cette Hélène Hoppenot, épouse de diplomate elle-même et photographe.

— Une porte gigantesque et le convoi de chameaux venus des confins du désert qui s'ébrouaient dans la poussière.

Ils étaient la foule étrangère aux portes de la ville, les marchands qui rapportaient les mille et un trésors de leur Orient à eux, Occident incertain — et les gabelous armés par l'Angleterre qui veillaient au grain, attendaient qu'on leur graissât la patte pour les laisser entrer.

Guillaume fumait cigarette sur cigarette et arpentait derrière Simon ce carré presque parfait qui délimitait un espace mythique où tant d'hommes et de femmes étaient venus de si loin pour se retrouver.

— Tu verras, remarquait Simon face à la porte d'un temple transformé en habitation pour douze ou quinze familles, des murs de ce sanctuaire qu'on n'a pas réussi à anéantir tout à fait à ceux de la ville, il n'y a, somme toute, qu'une manière de prodigieux agrandissement, comme on dit en photographie. Mais l'espace qu'ils définissent est le même : sacré.

Le vice-ministre a tendu à Guillaume une petite main boudinée ; le sourire aux lèvres, il éclate de rire.

— Alors ? J'espère que vous l'avez bien organisé, ce voyage !

Il s'appelle Liang Sipei et s'exprime en un anglais qui rappelle le parler des Indiens éduqués à Oxford : mais M. Liang a fait ses études à l'Institut des langues étrangères de Pékin. Longtemps responsable des dossiers européens, il est maintenant chargé de coordonner l'action de différents ministères chinois auprès de la Communauté économique européenne. Dans huit jours, il partira pour Bruxelles, via Paris : c'est son premier voyage en Europe, il en délire d'émotion. Sa question n'est pas seulement une formule amicale : au fond de lui, M. Liang redoute un peu tout l'aspect pratique du voyage. Guillaume le rassure très vite.

— N'ayez aucune inquiétude : M. Benoist, que vous connaissez bien, s'occupera personnellement de vous à Paris. J'ai aussi demandé à Simon Anglade, conseiller du Président à l'Élysée — qui est un vieil ami de la Chine —, de vous recevoir. Avec lui, vous pouvez être en toute confiance...

Il y a du thé vert dans des tasses de porcelaine fermées d'un couvercle ; sur la table, des cigarettes « Colline parfumée » et des paysages traditionnels aux murs, rochers, temples, poètes et pivoines éclatantes — mais M. Liang affecte la plus occidentale des élégances ; jusqu'à sa chemise qui porte à la pochette un petit crocodile fameux — mais cousu à l'envers, car la chemise en question a été achetée sur un marché, à Hong Kong, pour un demi-dollar.

A côté de M. Liang, un autre personnage, impassible, vêtu lui aussi à l'occidentale, mais dont on voit que le costume et la chemise ont été achetés à Pékin. Depuis un an, Guillaume l'a toujours remarqué derrière M. Liang, ou à côté de lui. Peut-être, la première fois, le vice-ministre a-t-il présenté cet homme plus âgé que lui, long et maigre, comme un de ses secrétaires, ou un interprète : jamais, en un an, Guillaume ne l'a entendu prononcer un seul mot.

— Je suis convaincu que ce voyage sera profitable à nos deux pays..., poursuit le vice-ministre.

Une jeune fille prend des notes à côté de lui. Elle porte un chemisier à fleurs et une jupe en toile écrue, presque à la mode.

Guillaume s'exclame :

— Mais j'en suis convaincu moi aussi, monsieur le Ministre !

De retour à la chancellerie, il monte deux à deux les marches du ridicule escalier à rampe de cuivre qui occupe l'espace central du hall d'entrée.

— Rien de particulier, Sabine ?

La secrétaire secoue la tête : rien : seulement un appel d'un collègue belge. Guillaume sourit : Édouard de Clercs et ses terreurs ! C'est ça, la coopération des Douze : l'ambassadeur de France, qui a la réputation de bien connaître la Chine et les Chinois, rassure à intervalles réguliers l'ambassadeur de Belgique dont toute la carrière s'est déroulée entre Mexico City et la Terre de Feu.

Thierry Destutt, qui l'a entendu rentrer, sort de son bureau.

— Pas de révélation fracassante du côté du cher M. Liang ?

Guillaume hausse les épaules :

— M. Liang serait prêt à vendre la Chine entière aux autorités de Bruxelles ; et quelques centaines de milliers de Chinois avec, pour faire bonne mesure : sa seule inquiétude est de ne pas trouver l'interlocuteur qu'il pourra convaincre.

Thierry Destutt insiste.

— Je fais quand même un télégramme ?

— Bien sûr que vous faites un télégramme. Rassurez-vous, quoi qu'on ait pu vous en dire à Paris, on lit toujours les télégrammes : les télégrammes sont le pain quotidien des sous-directeurs, sans ça, à quoi serviraient ces jeunes messieurs ?

— Je dois te l'avouer, j'ai d'abord été surpris de ta nomination.

Le bureau de Jacques Benoist donne sur l'esplanade des Invalides, d'anciennes cartes, des gravures décorent ses murs, une bibliothèque remplie de vieux récits de voyages : c'est l'un des rares bureaux du Quai d'Orsay à avoir gardé ce que d'aucuns appellent une âme — et Jacques Benoist, aujourd'hui directeur d'Asie, n'en est pas peu fier.

Guillaume a un geste évasif, comme si ces choses-là appartenaient à des mystères qui lui échappaient.

— Disons, poursuit Jacques Benoist, que je te voyais plutôt à Vienne ou à Madrid.

« Il insiste », pense Guillaume, qui se sent cette fois obligé de protester — pour la forme.

— Tu sais que j'ai quand même déjà passé deux ans à Pékin : avec toi !

Jacques Benoist, cheveux coupés court, et qui se fait un point d'honneur à affirmer à qui veut l'entendre qu'il n'est pas seulement un diplomate comme les autres — il a donné des cours d'histoire politique chinoise à Sciences-Po, à l'École pratique des Hautes Études — étale pourtant un large sourire.

— Ne te méprends pas, Guillaume, je suis ravi que tu sois nommé à ce poste.

Un silence. Devant lui, la photographie de Linlin, la petite chanteuse chinoise qu'il a aidée à sortir de Chine : on prête tant d'aventures au directeur d'Asie, lui-même musicien, un peu écrivain et que les femmes adorent. Guillaume, pourtant, n'a pas répondu. Alors, Jacques Benoist revient à la charge : effacer la mauvaise impression que ses premières paroles ont pu faire sur Guillaume. Pour dépendre désormais de lui, celui-ci n'en est pas moins depuis quelque temps un personnage considérable sur l'échiquier du ministère — qu'on n'appelle, ici, que « le Département » — puisqu'il jouit, dit-on, des faveurs de l'Élysée.

— D'ailleurs, je suis certain que nous pourrons faire beaucoup de choses ensemble.

Encore un silence, et il ajoute :

— ... Comme au bon vieux temps.

Ce vieux rêve de Jacques Benoist : revenir à Pékin, bien sûr, où il a déjà fait trois séjours, mais comme ambassadeur, cette fois. Il pense : « Guillaume aujourd'hui ; et demain... » L'un des derniers à demeurer à son bureau, le soir, bien après huit heures, Jacques Benoist lit des poètes chinois ; il se dit qu'avec un peu plus de talent, il aurait pu les traduire. « Mais je les lis, tout de même, et c'est déjà ça. »

« Le vent balaie la brume et m'ouvre la porte
de cette gorge
Il enroule le brouillard et de lui naissent des
maisons sur les monts... »

Qui, de Simon ou du nouveau secrétaire général du Quai d'Orsay, devait se déplacer pour rendre visite à l'autre ? Simon avait éludé la question d'un haussement d'épaules :

— Ce monsieur est un très haut fonctionnaire, je ne suis qu'un conseiller sans grade.

Et il avait refusé de se rendre aux conseils des jeunes loups de son entourage — ce Bernard de Beausséant, surtout, qui revendiquait haut et clair la priorité du moindre chargé de mission au « Château » sur tous les corps de l'État. Inspection et Conseil d'État compris :

— Je suis certain que vous ne connaissez pas le proverbe chinois qui dit : « Plus le singe veut monter haut, plus il montrera son derrière. »

Le jeune Beausséant, énarque de bonne cuvée, avait rougi jusqu'aux oreilles, et Simon avait pensé : « Un cul de singe : j'avais raison ! » puis il s'était fait une joie de lui demander un service urgent, une note à rédiger parfaitement inutile, histoire de le voir rougir davantage.

Avec Gérard Melot, le secrétaire général du ministère des Affaires étrangères, il avait été, au contraire, d'une politesse exquise. Celui-ci l'avait reçu dans l'embrasure d'une fenêtre qui donnait à la fois sur l'esplanade des Invalides et sur la Seine : les chevaux dorés du pont Alexandre-III et, au-delà, les coupoles du Grand-Palais. Trois fauteuils aux coussins moelleux étaient disposés autour d'un guéridon Empire où des sphinx de bronze semblaient attendre une caresse de la main de chaque visiteur. De part et d'autre de la fenêtre, des cartes du monde, peintes à l'ancienne sur les murs, semblaient le débouché naturel des grandes décisions que prenaient jadis dans le même bureau d'angle du troisième étage les Philippe Berthelot et les Alexis Léger.

A l'entrée de Simon, Gérard Melot lui avait tendu une main étonnamment sèche et rude chez ce gros petit homme tout en rondeurs, et l'avait attiré vers l'un des fauteuils.

— Vous auriez tout de même pu me mettre au courant !

Il avait attaqué, bille en tête, sans se départir pourtant du sourire exquis dont, à vingt-cinq ans, il avait décidé que ce serait sa marque de diplomate trop courtois pour n'en penser pas moins. Simon avait sorti un paquet de cigarettes de sa poche. Melot avait soupiré : « Si vous y tenez... » puis il avait écouté les explications du conseiller technique de la Présidence.

— En un mot, c'est de Charlier lui-même que je tenais toute l'affaire, et je ne me sentais pas en droit de...

Il souriait. Jean Charlier, ancien ambassadeur, huit fois ministre sous autant de gouvernements, était un de ces vieux routiers de la politique qui servait avec une foi inébranlable, tous ceux qui faisaient appel à lui. Membre du Conseil constitutionnel, il était devenu, avec les années, une manière de sage dont les avis tenaient souvent lieu de politique en matière d'affaires extérieures.

Écouté de tous, et d'abord du Président, il avait refusé d'avoir un bureau à l'Élysée. On allait en consultation chez lui, rue de Grenelle, dans son grand appartement tout encombré de statuettes et de fragments de sculptures romanes qu'il collectionnait avec passion, se déclarant parfois amoureux d'une Ève ou d'une sainte Geneviève arrachée jadis au tympan d'une abbatiale et qu'il conservait jalousement, enfermée dans un appartement qui était devenu à la fois musée et coffre-fort ou, plus souvent encore, dans sa bastide de Provence, aux environs d'Aix, où il passait désormais le plus clair de son temps. Charlier avait été un des premiers émissaires de la France libre auprès de Tchang Kaï-shek, puis c'étaient d'abord de Gaulle lui-même, Georges Bidault ensuite, qui l'avaient envoyé en ambassade officieuse dans la Chine de Mao que Paris mettrait quinze ans à reconnaître. De Jean Charlier naissaient beaucoup des idées qui devenaient diplomatie lorsqu'on parlait de Chine à Paris.

Le secrétaire général avait eu un geste charmant pour montrer à son interlocuteur que les réticences qu'il avait eues à l'informer des propos de Charlier étaient sans importance : désormais, il sourit.

— Et notre ami Benoist ? Je suppose que vous ne l'avez pas mis non plus au courant.

Simon avait fait non de la tête.

— La direction d'Asie a souvent sa politique qui n'est pas forcément notre politique.

Gérard Melot avait approuvé.

— Et notre ambassadeur à Pékin ? Vous êtes très lié à Guillaume, je crois.

Simon avait à nouveau secoué la tête.

— Nous sommes très liés, en effet. Mais j'ai pensé que le moment n'était pas encore venu.

Encore une fois, le secrétaire général avait approuvé.

— Vous avez bien fait. Le projet est grandiose, et la moindre faute risquerait de faire tout capoter.

De la main, il avait écarté la fumée de la Boyard maïs qui s'était une nouvelle fois éteinte et que Simon avait rallumée.

— Grandiose, avait-il répété, grandiose...

On aurait dit qu'il était lui-même subjugué par l'ampleur du projet, si vaste que Charlier avait d'abord voulu que le secrétaire général lui-même l'ignorât et dont seul le réseau brouillé à plaisir de ses informateurs particuliers avait permis à ce dernier de pénétrer le secret ; qu'il soit désormais au courant d'une telle entreprise l'emplissait subitement d'une immense admiration pour son propre pouvoir : deux mots de lui suffisaient, s'il le désirait, à briser là un travail de plus de vingt ans.

Simon demeura encore quelques instants à évoquer un temps passé auquel tous deux avaient appartenu, puis il se leva et Melot ne fit pas un geste pour le retenir. L'huissier qui veillait sur sa porte lui jeta un regard torve : avec sa veste de velours à grosses côtes, le conseiller technique de la Présidence n'avait pas le genre de la maison.

Une fois dans sa vie, Simon avait tué un homme. C'était, curieusement pour lui, l'humaniste, le rêveur d'alors, un souvenir exaltant. L'herbe était verte et haute — jamais, n'est-ce pas, les prés n'avaient été plus verts qu'en cet été de 1944 — et les trois fils de Justin l'avaient abandonné à l'orée d'un bois en pente, au-dessus d'un champ qu'on avait oublié de faucher parce que c'était la guerre. En contrebas, il y avait un ruisseau très étroit, un pont de bois et une barrière de hêtres. On entendait un peu partout des coups de feu et les Allemands n'essayaient même plus de riposter. Ils s'empilaient dans des camions et partaient le plus loin possible, allant tout droit à la rencontre des armées régulières. A demi abrité dans l'ombre des sapins, Simon attendait, un vieux fusil Mauser à la main. Quelques jours auparavant, il avait dû abandonner sa mitraillette éclatée et n'avait trouvé que ce fusil trop lourd, malcommode, et ne s'en était encore jamais servi. Des camions descendaient d'Apchon. On les entendait de loin, leur bruit de moteur irrégulier, la pétarade de l'essence de mauvaise qualité. Soudain, les deux premiers véhicules débouchèrent en même temps au-dessous des carrières rouges, à cinq cents mètres de Simon. Alors tout se passa très vite. Il y eut une explosion, une bouffée de poussière rose et des soldats allemands partout s'égaillèrent dans la campagne. Ils tiraient un peu au hasard de longues rafales et remontaient vers le bois de sapins. De l'autre côté de la route, au-dessus des carrières, une mitrailleuse commença à les coucher dans l'herbe, en rangs réguliers. Quelques-uns franchirent le ruisseau sans même utiliser le vieux pont, d'un simple saut, et montèrent vers le bois. Un à un pourtant, ils tombaient à leur tour. Bientôt il n'en resta plus qu'un seul qui venait tout droit vers Simon caché derrière un arbre. Il était seul et l'herbe haute du champ qu'on n'avait pas fauché lui venait à mi-cuisses. La pente très forte ralentissait sa course, mais il tirait toujours dans le vide et la mitrailleuse de la carrière continuait à lâcher ses rafales sans l'atteindre, ou peut-être avait-il été atteint mais il ne cessait de marcher. Simon, agenouillé, le regardait venir vers lui. Le Mauser fit le bruit d'une charge de dynamite qui explose dans du roc et l'Allemand s'écroula dans le sens de la pente en jetant son casque et ce fut le silence.

En même temps qu'il tirait, Simon avait pensé en un éclair de seconde à la joie, la joie profonde de demain. L'Allemand mort dont il avait pris l'arme avait quarante ans, un visage gris, il n'était en rien le blond adolescent qu'on pleure un jour d'avoir assassiné quand on est Simon ou le plus jeune des Justin, qui mourut quelques mois après dans les Vosges, le jour même où il avait envoyé à Simon un gros paquet de lettres que Simon ne reçut jamais car les postes fonctionnaient mal en ces temps de 1944, où jamais l'herbe n'avait été plus verte.

D'un geste machinal, Guillaume feuillette le classeur que lui a tendu Sabine : les lettres d'abord, puis les quelques dépêches qu'il signera lui-même. Les télégrammes, c'est Thierry Destutt qui va les lui apporter un peu plus tard.

— Est-ce que c'est bien la peine...

Il relit la note d'information hebdomadaire du poste économique ; sur celle-là, il n'appose que son paraphe. Le sempiternel triomphalisme du conseiller commercial qui semble s'adresser à lui-même les plus officielles des félicitations à chaque contrat signé l'agace un peu, mais ce pauvre Garnier est à deux ans de la retraite, il se fait plaisir.

A la droite de Guillaume, dans un cadre posé sur son bureau, une petite sanguine de Jacopo della Bella, qui fut un disciple de Callot, représente une jeune et jolie femme que la mort, au sourire d'une finesse exquise, entraîne vers la tombe.

Jadis, marcher à travers Pékin — marcher, aussi, autour de Pékin — était, bien sûr, une manière de connaître la ville, la Chine tout entière, mais surtout de se connaître et de se rencontrer. Aussi Guillaume et Simon passaient-ils de longues après-midi à déambuler le long des hutongs étroits de la ville tartare, ou à longer, au contraire, ce qu'il restait encore — en ce temps-là... — de formidablement debout des formidables murailles.

C'était dans le bas de ce qu'on appelait la ville chinoise : déjà presque la campagne avec, à main droite, les murs, les portes, et à gauche des champs encore en friche, une stèle au milieu de rien, des broussailles : la statue de marbre et l'inscription qu'elle porte.

— Pékin, disait Simon, est une ville gigogne où trois cercles, en somme, s'emboîtent l'un dans l'autre : trois cercles qui sont d'ailleurs des carrés, des figures géométriques faites de signes et de lignes droites. D'abord, ces deux villes en une seule enceinte, la tartare au nord et la chinoise au sud, qui ne communiquent que par quatre portes, les passages obligés entre des univers jumeaux et parfaitement étrangers pourtant, puisque l'un relève du mythe et l'autre de la plus exotique des réalités.

Guillaume n'était peut-être venu jusque-là que pour deviner cette cosmogonie.

Les autres, aujourd'hui, Jacques Benoist, Melot qui porte le nom de celui qui trahit Tristan, et puis les Bernard de Beausséant, les Laroche qu'on verra bientôt, jeunes loups : ceux qui sont restés, administrateurs, gérants en somme de cette réalité. Longs couloirs, dès lors, du Quai d'Orsay qui les abrite : cinq étages de corridors infinis, droits, aux moquettes douteuses ; de part et d'autre, des portes. Jacques Benoist au troisième étage. Jadis, au cinquième étage, Guillaume occupa un temps un bureau étroit qui sentait la cigarette éteinte. De l'autre côté du couloir, il y avait le bureau des secrétaires, et une Nicole, blondinette, qui sortait à six heures du soir avec un drôle de béret rouge sur la tête ; dans la cour arrière, face au service de la valise diplomatique, elle enfourchait une bicyclette et pédalait crânement à travers la cour d'honneur, sous le regard ébahi des huissiers.

Le matin, sur le coup de dix heures, il flotte des odeurs de café ; à quinze heures, un huissier à chaîne d'argent apporte *Le Monde* au secrétaire général du ministère.

— Non, monsieur l'Ambassadeur, pas Yang, mais *Ya*ang : avec un accent plus long.

M. Da, le professeur de chinois de Guillaume, sourit pour corriger : *Ya*ang, pas Yang ; et Guillaume de répéter :

— Ya-ang...

Il y a vingt ans, déjà, M. Da corrigeait Guillaume de la même façon : Ya-ang, pas Yang ! et Guillaume répétait un *Ya*-ang qui n'était déjà pas celui que M. Da attendait.

En vingt ans, c'est à peine si les cheveux de M. Da — on l'appelle aussi Daniel, car son vrai nom est Daning, qu'on peut prononcer Daniel... —, c'est à peine, donc, si les cheveux de M. Da ont un peu grisé sur les tempes. Il y a vingt ans, M. Da portait déjà des costumes occidentaux légèrement cintrés à la taille et des cravates de soie tricotée. Un jour, en plein milieu de la Révolution culturelle, il avait disparu ; on l'avait vu réapparaître quatre ans plus tard, portant le même costume et la même cravate. On lui avait demandé : « Ça n'a pas été trop dur, monsieur Da ? » et, sans se départir de son sourire, M. Da avait répondu : « Pas trop. » Son père, son frère étaient morts, l'un dans le Xinjiang, l'autre en Mandchourie. Plus tard, on saurait qu'il avait survécu — et bien vécu, en somme — car il était aussi chanteur d'opéra. « Les paysans, là-bas, où on m'a envoyé, aimaient ça ; alors, ils travaillaient à ma place, et moi je chantais pour eux... »

Le rire de M. Da est légendaire parmi les membres de l'ambassade de France à Pékin qui se sont succédé depuis son ouverture, en 1964 : le rire de M. Da ressemble, déjà, à un air d'opéra ; comme les intonations de sa voix lorsqu'il corrige ce matin Guillaume.

— Pas Yang : *Ya*-ang, monsieur l'Ambassadeur.

Dans le bureau privé de Guillaume, la petite pièce qui lui sert de bibliothèque, il y a les livres qu'il traîne depuis toujours avec lui, à travers le monde et de poste en poste — et le petit tableau carré aux couleurs éclatantes, blanc violent et rouge sang, le bleu de la chair qui meurt à midi en plein soleil, que lui a donné Patrick, jadis, à Oran : c'était il y a trente ans.

— Je n'ai pas fait beaucoup de progrès, mon pauvre monsieur Da !

Le rire de M. Da :

— Oh ! si, monsieur l'Ambassadeur.

Tiré à quatre épingles — le ruban bleu du Mérite à la boutonnière —, M. Da n'a jamais voulu faire de peine à personne.

Simon entraînait Guillaume le long des murailles pourpres de la Ville impériale qui, au sein de la cité tartare, dessinaient une seconde enceinte, périmètre celui-là non plus mythique ni sacré mais simplement protocolaire, à l'intérieur duquel vivaient fonctionnaires et mandarins dans un paysage de lacs et de pagodes.

— Rien n'a changé, disait-il à Guillaume : les trois lacs qui, de Nanhai à Beihai, constituent une sorte de jardin des délices de la Chine d'aujourd'hui, sont encore le domaine privilégié des grands de cette Chine-là : au nord, Beihai et le peuple, qui se presse au pied du dagoba blanc, au centre et au sud, à Zhonghai et Nanhai, la résidence officielle de la cour des mandarins qui entourent Mao — derrière les mêmes murs pourpres que nous longeons sans pouvoir, sur leur flanc, les pénétrer.

A Pékin, Guillaume avait ainsi appris l'ordonnancement d'une ville qui était celui de la cité idéale que, toute une vie, peut-être, il chercherait.

— Buvons une bière, veux-tu..., avait proposé Simon, interpellant une gamine aux tresses sages.

Sous la frange qui lui couvrait le front, un éclair brillait. Mais son regard s'était terni pour servir les étrangers.

Cocktail diplomatique, aujourd'hui à Pékin : l'ambassadeur du Royaume-Uni reçoit ses amis et ceux qui ne le sont pas. Entre sir David Allen et Guillaume, c'est une vieille amitié qui remonte à leurs anciennes années de Chine. Ils ont l'un pour l'autre ce geste qui a d'abord surpris la petite communauté diplomatique de Pékin : lorsqu'ils se retrouvent, ils s'embrassent. Lady Allen a de beaux cheveux gris divisés en bandeaux autour du visage : sir David assure qu'elle cultive un genre vieille fille anglaise du début du siècle auquel elle ne s'est jamais consolée d'avoir dû renoncer en l'épousant : « Elle aurait vécu à l'ombre d'une cathédrale, à York ou à Gloucester, et aurait écouté sonner les cloches à l'heure, au quart et à la demie ; au lieu de cela, je lui ai apporté en cadeau de noces les joies de Pékin, les vaches sacrées de Delhi et les moustiques de Malaisie : il fallait bien qu'elle montre qu'elle n'était pas d'accord ! »

Guillaume s'approche du buffet ; devant lui, Van der Meer, l'ambassadeur des Pays-Bas, et sa femme, longue jument à la carrure de joueur de football ; Guillaume salue l'ambassadeur qui lui rend froidement son salut ; l'ambassadrice, elle, lui a tourné le dos.

David Allen, qui a aperçu la scène, vient vers Guillaume :

— Il y a des choses que notre ami Van der Meer n'a pas connues, mais qu'il ne pardonne pas, n'est-ce pas ?

Guillaume et l'ambassadeur britannique éclatent de rire.

— Et puis, avait dit enfin Simon, il y a le troisième carré, la Cité sainte, avec elle-même, en son cœur, le saint des saints : le palais de l'Empereur lui-même, qui n'était qu'apparat et protocole, mais un apparat réglé par des prêtres, le protocole voulu du Dieu unique, ce Ciel qu'on priait deux fois l'an au sud de la ville et dont l'Empereur, qui se disait à juste titre Fils du Ciel, était l'intercesseur entre les hommes et lui.

Images, clichés dans toutes les mémoires, ces vastes cours, les théories de suppliants, les escaliers de marbre et les terrasses orientées vers l'homme-dieu qui recevait avec un geste las les orants venus de l'autre bout du monde : il leur faisait la grâce de leur permettre de l'apercevoir, eux croyaient lui faire l'honneur de venir jusqu'à lui : qui aurait pu comprendre l'autre ?

L'herbe, alors, pouvait jaunir les pavés carrés des grandes cours et Guillaume et Simon, seuls ou presque seuls, étaient en cet espace mythique les ambassadeurs d'un Occident qui refuseraient certes de se prosterner devant un ordre souverain mais pour lequel ils éprouvaient pourtant une manière de passion.

— Tu verras que tu les aimeras, ces foutus Chinois..., avait prédit Simon.

Quelquefois, en ces années qui avaient suivi son retour et sans laisser un mot à personne, Simon quittait Clermont et ses étudiants, et il partait pour les hauts plateaux du Cantal. Arrivé au Falgoux ou à Collandres, il abandonnait son sac dans une auberge au bord de la route et prenait le chemin de la montagne. Là, il marchait pendant des heures, sur ces longues croupes bosselées, dans l'herbe dure, la gentiane et les éboulis de basalte. Il s'arrêtait parfois et se laissait tomber les bras en croix, face au ciel.

Couché sur le dos dans l'herbe qui le piquait de partout, il entendait mille bruits, l'eau d'un ruisseau — on disait une « sente » — qui courait quelque part près de lui, les insectes dans les fleurs, l'abeille sur un bouton d'or ou des appels venus de très loin, un chien qui aboyait dans un village bien en dessous de lui, un camion qui montait la côte de la Bade ou du col de Serre.

Des images lui passaient alors devant les yeux, vives, colorées, lumineuses, et c'était toujours la Chine qui lui revenait à la mémoire : il était monté jusque-là pour la retrouver. Une longue randonnée dans la plaine au-dessus de Datong, cette forteresse du silence qui dominait, posée à même sur le loess, une falaise de bouddhas mutilés par les hommes.

Il revenait à Clermont deux ou trois jours après, réconcilié avec lui-même. Du moins, le croyait-il.

L'appartement de la rue Guynemer où il vit désormais fait l'angle de la rue de Fleurus. Quatre librairies, de part et d'autre de la rue de Fleurus, semblent monter la garde à ses pieds — et un vieil académicien souriant retient quelquefois Simon dans l'escalier. Des fenêtres, la vue s'étend sur les marronniers du Luxembourg.

— Pas trop fatigué ?

Lorraine est venue à lui, elle a tendu ses deux joues pour que Simon y dépose un baiser. Puis elle est revenue vers le canapé où, à demi étendue, elle est en train d'écrire. Lorraine n'écrit jamais qu'à demi étendue ; ses cheveux font autour de son visage une de ces immenses corolles qu'on retrouve sur les portraits de ces femmes éthérées et énergiques pourtant que peignaient Rossetti ou Burne-Jones. Un jour qu'elle avait lu un récit de Julien Gracq, elle s'était assise aux pieds de Simon et lui avait dit qu'elle était sa servante et lui ce roi Cophetua que Burne-Jones lui-même a illustré sur un long panneau vertical que Lorraine était allée voir à Londres. Elle écrit de courtes nouvelles où des hommes ou des femmes comme vous et moi sont subitement saisis de vertiges ou de passions qui en font des génies ou des monstres.

— Content de ta journée ?

Elle, la jeune femme un peu musicienne aussi, un peu modèle et surtout très belle, et lui, l'ancien baroudeur des maquis auvergnats ou l'échappé d'un Pékin devenu mythique, le conseiller discret de tant d'entreprises souterraines ont, lorsqu'ils se retrouvent dans le grand appartement au-dessus du Luxembourg, des conversations de couple marié depuis hier ou depuis toujours.

— Alors, bonne journée ?

— Excellente, mon amour.

Un jour, ils se sont surpris à échanger ces quelques paroles sans importance, l'un et l'autre en ont souri, c'est devenu un rite. Lorraine a trente-cinq ans, Simon Anglade en a près de soixante-cinq : il importait de le rappeler ici. Puis Simon est allé jusqu'à son bureau, il a parcouru son courrier et ouvert une mince plaquette posée à plat devant lui : « Jadis, l'herbe, à l'heure où les routes de la terre... » C'est René Char qui l'accueille dans l'appartement qu'il partage depuis cinq ans avec Lorraine. La jeune femme s'est levée, elle a posé un disque sur une machine à musique, et Miles Davis lui répond en sourdine. « Harmonie, pense Simon : tout est trop bien en place... »

C'était André Verviers, le ministre-conseiller à l'ambassade de France au temps où Guillaume y était jeune secrétaire, qui disait déjà :

— L'harmonie : faites attention, Guillaume, on risque de s'endormir ! Toute ma vie, face à la beauté qui parfois me submerge, à l'harmonie d'un paysage, d'une femme, d'un poème, j'ai essayé de ne pas m'endormir. Il faut être réveillé, aux aguets — j'allais dire : aux abois ! — pour goûter l'harmonie, la beauté d'une femme, d'un poème, d'un paysage.

Verviers était né en Chine, où son père était alors ambassadeur, puis il était revenu à Pékin quelques mois avant qu'un matin de 1949, le drapeau rouge à cinq étoiles s'élevât dans le ciel d'octobre. Deux ans plus tard, consul général à Séoul, il serait fait prisonnier par les troupes nord-coréennes et disparaîtrait pendant deux ans.

— Les retours, disait-il aussi, les retours : l'horrible et belle chose...

III

POUR Simon, tout avait recommencé au printemps 1981...

Lorsque la voiture de la préfecture du Cantal était arrivée sur la place de Collandres, il avait tout de suite éprouvé un sentiment de gêne. Tout était pourtant arrangé ainsi et c'était lui qui avait donné rendez-vous au chauffeur devant l'auberge des Tilleuls où la mère Chaussade, qui avait connu son père, lui avait préparé un solide déjeuner. Simon avait ainsi mangé tour à tour la patranque de la mère Chaussade, puis son petit salé aux choux, du fromage de la montagne ensuite, une solide tarte aux myrtilles enfin. Il avait bu deux cafés, allumé une cigarette, et attendait.

La CX noire avait atteint sans bruit le sommet de la côte ; Simon s'était levé, un jeune homme avait déjà bondi hors de la voiture, venait vers lui, la main tendue.

— Monsieur Anglade ?

Le garçon s'appelait Charlier ; Simon avait posé la question :

— Comme le ministre ?

Ce Jean Charlier-là avait secoué la tête.

— Le même nom, oui ; mais aucun lien de parenté.

Quelques habitants du village s'étaient rassemblés ; la mère Chaussade avait tenu à porter une des valises de Simon qui pensait : « Tout cela est absurde ! On ne pouvait donc pas faire les choses plus simplement ? » Un homme, le Justin, était venu vers lui ; il lui avait serré vigoureusement la main : un au revoir embué de quelque formule toute faite, respectueuse en somme, qui mettait Simon plus mal à l'aise encore : à douze ans, avec le Justin, il courait la montagne, pêchait la truite à la main en plein jour dans les ruisseaux du Cheylat et ramenait certaines nuits des paniers entiers d'écrevisses.

— Allez : on espère bien que tu reviendras quand même.

Le Justin portait une veste de toile noire ; c'est lui qui lui a fait le dernier signe de la main, tandis que la voiture longeait déjà le cimetière au-dessus de la vallée où les parents de Simon, côte à côte avec ceux de Justin, ceux de la mère Chaussade, les cousins Fouilloux ou Marcombe, regardent encore la montagne.

— Je reviendrai, avait murmuré Simon.

Était-ce le vieux Charlier ou l'ambassadeur Kermeur qui avait avancé son nom ? L'avant-veille, un coup de téléphone de la Présidence avait enclenché un mécanisme et Simon pensait qu'il était, à son tour, un pion sur un échiquier ; un pion soudain un peu plus impatient que les autres, et voilà tout.

— Dites-moi franchement : vous ne regrettez pas le Pékin que vous avez connu autrefois ?

Le journaliste à la fine moustache, menton mal rasé — mais c'est un genre qu'on se donne en reportage — a coincé Guillaume à la sortie du cocktail donné à l'hôtel de la Grande Muraille — on dit : *The Great Wall...* — par les membres d'un groupement d'industries pharmaceutiques français en voyage d'études à travers la Chine. Ces messieurs et celles de leurs épouses que l'idée d'un voyage à Pékin et Shanghai a séduites ont réservé deux ou trois salons de cet immense et lugubre hôtel, américain jusque dans ses vastes baies aux vitrages fumés qui domine un no man's land de chantiers et de début d'autoroutes parsemés de petites maisons de pisé qu'on n'a pas encore eu le temps de détruire. Trois ascenseurs sur quatre fonctionnent néanmoins et la climatisation du salon où on a dressé le buffet, inréglable, dispense un froid subpolaire. Dehors, le soleil écrase la poussière qui, dans ce Pékin qu'on abat, a perdu cette belle qualité de gris lumineux et poudreux qui faisait dire à Guillaume, avec un accent de regret dans la voix, qu'il existait à Pékin un gris plus étincelant que toutes les couleurs de l'arc-en-ciel.

— Dites-moi franchement.

Le journaliste insiste, il a bu trop de rosé de Provence emporté en tonnelets de plastique par ces messieurs les industriels de la pharmacie mais l'ambassadeur l'écarte soudain.

— Je vous le dis franchement : vous m'emmerdez !

La première fois que Guillaume, jeune secrétaire de vingt-cinq ans, avait entendu prononcer les mots « Révolution culturelle », il était à Xi'an, au cœur de la plus ancienne Chine : Xi'an, capitale millénaire devenue une ville tentaculaire où seuls quelques étrangers, parfois... Il venait de passer deux longues heures à déambuler dans cette forêt de stèles qui se dresse dans un temple, hérissée de poèmes et de louanges aux dieux de toutes les religions du monde, et le guide rubicond qui l'avait amené là avait ouvert un journal. De grands titres rouges barraient la première page ; le guide et la petite interprète maigrichotte qui le suivait comme une ombre s'étaient aussitôt plongés dans l'article.

— Qu'est-ce que c'est ? avait interrogé Guillaume.

Il prenait, certes, trois leçons de chinois par semaine avec M. Da, mais était bien incapable de lire un journal, fût-ce seulement les gros titres.

— C'est la grande révolution culturelle prolétarienne qui commence, avait énoncé sentencieusement le guide rubicond.

Guillaume avait encore posé quelques questions, mais ni le guide ni la petite interprète — ni plus tard le représentant du préfet qui l'avait invité à dîner — n'avaient pu lui en dire davantage, sinon qu'après avoir fait la révolution dans le domaine de la politique et de l'économie, restait à la faire dans celui de la culture, et que ce serait bientôt chose faite.

Lorsqu'il avait quitté Pékin, quelques mois plus tard, et — croyait-il alors — pour n'y plus revenir, Guillaume avait décidé de profiter de ce voyage de retour pour musarder en route. Il s'était arrêté à Phnom Penh, avait poussé jusqu'à Angkor où il s'était promené, seul, pendant trois jours. Là, les visages des danseuses sacrées de Banteay Srei l'avaient plongé dans d'étranges méditations. Il avait pensé : « L'amour, peut-être... » : c'était après tout à cause d'une femme qu'il s'en allait. « L'amour, peut-être... » : ces visages de grès rose, qui sourient, gravement...

Puis il avait encore fait escale à Bangkok, à Delhi : plus il se rapprochait de la France, plus il avait hâte de rentrer chez lui. Dans les rues de Delhi, il rêvait d'une église romane, n'importe où, en Bourgogne, peut-être du tympan de Vézelay dans la grande lumière d'un clair matin d'hiver.

C'était seulement à Kaboul et, plus au nord, à la frontière soviétique, dans les ruines retrouvées d'Airanoun, l'Alexandrie transoxiane que mettait à jour une équipe d'archéologues français, qu'il avait eu envie de demeurer plus longtemps. Patrick Vergnaud, son ami peintre qui ne peignait plus depuis l'Algérie et la guerre qu'il y avait faite, faisait partie du petit groupe qu'une longue campagne de fouilles avait réuni pour plusieurs mois. A les voir ensemble si bien former ce qu'ils appelaient eux-mêmes une équipe, Guillaume s'était pris à les envier : il était seul, à travers le monde, ils étaient six, sept amis, à travailler ensemble, à se reposer, à lire et à dormir après, ensemble. Patrick lui avait dit : « Reste un peu : jamais depuis l'Algérie je n'ai vécu comme cela », mais Guillaume devait partir et l'avion qui l'emmenait loin de Kaboul avait bien failli s'écraser en plein désert. De Téhéran, ensuite, il n'avait vu que l'aéroport, mais il était encore resté deux jours à Beyrouth, qu'il avait trouvée calme, belle, ennuyeuse. Il avait dit au fils d'André Verviers, lui-même en poste au Liban : « Je ne veux que le repos absolu d'une église romane — ou la folie de Pékin déchaîné. » Il ne jouait avec aucun paradoxe et expliquait seulement ce qu'il éprouvait : le besoin de Chine et celui de sa terre à lui, tous deux confondus.

Le dernier soir, au moment de prendre le dernier avion qui, en deux sauts de puce, le ramènerait de Beyrouth à Athènes puis d'Athènes à Paris, il s'était posé la question : et si la Chine était devenue son pays ?

C'est parce qu'il ne voulait pas répondre à cette question-là qu'avant même d'arriver à Paris, il avait décidé que la Chine, désormais, appartenait au passé. Et cependant, des mots, des poèmes jouaient encore dans sa mémoire...

Deux jours après le retour de Simon à Paris — on avait aussitôt trouvé pour lui l'appartement de la rue Guynemer —, le ministre l'avait fait appeler...

Simon, qui est arrivé avec un bon quart d'heure d'avance, attend dans le salon dit salon de l'Horloge. Des huissiers passent, affairés ; l'un d'entre eux, grand et noir — il est guadeloupéen — lui adresse un sourire. « Ce ne sera plus très long » ; des jeunes gens vont et viennent qui tiennent des dossiers ; de la pièce voisine, qu'il devine être une salle à manger, arrivent des bruits de couverts : on prépare un dîner pour le soir.

Simon, une cravate en soie tressée au cou — lui qui ne porte plus de cravate depuis tant d'années — est saisi d'une brusque angoisse : et si tout cela n'était qu'une farce ? ou un mauvais rêve ? Il se réveillerait chez lui, à Clermont ou à Collandres, une alouette chanterait sur le ciel, deux pies qui jacassent, un chien en bas dans la vallée. Mais l'huissier noir vient vers lui.

— Le ministre va vous recevoir.

La double porte, le bureau sur le jardin, le ministre qui vient vers lui, la main tendue.

— Mon cher Anglade, je viens de parler au Président : je suis certain que nous allons faire affaire ensemble.

Le ministre des Affaires étrangères a montré un fauteuil à Simon, il va vers un autre et Simon se dit qu'il le croyait plus grand. « Il est beaucoup plus petit que moi », pense-t-il.

Puis le nom de Charlier vient tout de suite dans la conversation : la Chine, que Simon connaît bien lui aussi, l'économie qu'il enseigne à Clermont, le Président, enfin, qui se souvient de lui : une rencontre deux ans auparavant en Auvergne, un dîner dans une mairie de campagne, Pékin, encore, qui était revenu sur le tapis.

— Le Président n'oublie jamais ceux qu'il ne veut pas oublier, dit le ministre.

Nous sommes le 20 ou le 21 mai ; dans le jardin du ministère des Affaires étrangères, un couple de canards.

Jadis, l'aéroport de Pékin était une étrange construction où de grands salons aux boiseries claires et vernies accueillaient les visiteurs de marque dans des fauteuils que décoraient des appuis-tête de dentelle ; il y avait des plantes en pots et des tables basses recouvertes d'une plaque de verre avec des cendriers et des paquets de cigarettes disposés à côté de verres pour le thé que des hôtesses maussades, pantalon bleu et blouse blanche, une sorte de toque sur la tête, ne manqueraient pas d'offrir. Il y avait aussi une vaste salle à manger où on ne servait de repas qu'à des heures improbables et c'était là que des tribus entières de diplomates français ou tchécoslovaques attendaient avec un bel ensemble le retour d'un hypothétique ambassadeur en perdition dans la neige et le brouillard quelque part entre Omsk et Irkoutsk ; on y jouait aux cartes, on buvait de la bière, le temps s'écoulait, déjà, hors du temps. Les voyageurs étaient rares, ils étaient pour la plupart étrangers et les Chinois qui empruntaient l'avion pour se déplacer n'allaient guère qu'à Moscou, ou en mission dans un pays frère ; ils portaient tous les attributs de ce qu'on n'appelait pas encore la nomenclature et arboraient en hiver des toques d'astrakan ou de vison.

Aujourd'hui, l'aéroport de Pékin ressemble à tous les aéroports du monde. Des foules disparates s'y pressent dans des halls aux pâleurs métallisées dont les grandes verrières fermées donnent sur les pistes ; on y trouve comme partout des couloirs sans fin et des satellites bondés de passagers hagards qui n'ont de différent des voyageurs de Roissy ou de Heathrow que leurs accoutrements plus fantaisistes et la ouateur volumineuse de leurs vêtements dès le mois d'octobre.

C'est là que Guillaume est revenu — le retour — au milieu du mois de juillet 1987.

— Je ne suis pas sûr que vous reconnaissiez vraiment la ville...

Jean-Michel Hessing, premier conseiller à Pékin, était venu accueillir son nouveau patron. A la différence de son propre ambassadeur qui, voilà vingt-cinq ans, exigeait que tout son personnel se déplace en masse pour l'attendre, Guillaume a refusé d'autre présence que celle de Hessing. D'ailleurs, les passagers arrivant de Paris ne passent plus par Omsk et Irkoutsk et les avions ne se perdent plus dans le brouillard autour du lac Baïkal que dans la mémoire de Guillaume : en deux escales banales — la moiteur, pourtant, de Karachi —, on se retrouve à Pékin comme on débarquerait à Vancouver ou Las Vegas.

— Je ne suis pas sûr..., répète Jean-Michel Hessing.

Guillaume a sursauté.

— Je vous demande pardon...

Sur la route qui le ramène de l'aéroport vers la ville, il espérait voir au moins une de ces charrettes conduites par des paysans hirsutes, debout à l'avant du lourd chargement de paille, tirant les rênes d'un cheval ou d'un mulet ; mais on n'apercevait que des voitures particulières, et ce ne sont même plus les limousines d'un autre temps, rideaux de dentelle baissés, qu'on importait de Russie ou de Tchécoslovaquie : ce sont simplement de grandes voitures japonaises qu'on imagine dotées de tous les airs conditionnés, jusqu'au milieu de l'hiver.

— Je ne suis pas sûr que vous reconnaissiez la ville : tout a tellement changé.

Jean-Michel Hessing, combien d'années auparavant ? Tout frais émoulu de l'ÉNA et jeune secrétaire en poste à Londres à qui Guillaume affirmait, d'un ton ironiquement sentencieux :

— Savez-vous que le moindre pub de Londres, les quartiers de Limehouse ou même d'Islington — et je ne parle pas de Mayfair — sont cent fois plus exotiques que toutes les Asie et Amérique réunies ?

C'était dans un pub qui s'appelait le « Grenadier » ; des jeunes gens bien y buvaient de la bière et quelques agents de l'ambassade de France s'y retrouvaient régulièrement pour déjeuner.

— Plus exotiques que la Chine ?

Trois mois auparavant, Guillaume en était encore à parcourir les rues de Pékin que les grands défilés de la Révolution culturelle transformaient en podiums de toutes les révolutions. Ce jour-là, il avait vidé son verre d'*ale*, amère comme il l'aimait. Autour de lui, des gamines en minijupes qui étaient secrétaires ou jeunes filles de bonne famille, des Anglais à rouflaquettes comme c'était redevenu la mode, col dur et chemise rayée bleu et blanc ; le barman, moustache en croc, cette bière qui ne ressemblait à aucune autre.

— Plus exotiques que la Chine, oui...

Il fallait forcer le destin.

C'est aussi à Londres, au milieu des années soixante, que Guillaume avait fait la connaissance de Serge Lensky. Lensky enseignait alors la philosophie au lycée français de Cromwell Road et c'était chez Jean Gimpel, marchand de peintures qui disait haïr les peintres mais faisait à perte de souffle l'apologie du faux, des faussaires en particulier et des femmes en général, plus fausses, affirmait-il, que tous les Van Meegheren et autres Legros du monde.

En ce temps-là, Jean Gimpel et sa femme recevaient tous les dimanches des amis à l'heure du thé. Guillaume y avait d'abord vu Lensky de loin, entouré de trois jeunes filles pour qui le jeune professeur réinventait les merveilles du structuralisme mis à la portée de toutes les intelligences. Se gorgeant de Lévi-Strauss, la bouche pleine de Chomsky entre deux verres de gin à l'eau, il assurait à ces demoiselles — toutes ses élèves, au demeurant — les plus brillants des résultats du bac, pour peu qu'elles se donnassent la peine de suivre chez lui des leçons particulières.

— J'ai beaucoup entendu parler de vous..., avait-il simplement lancé à Guillaume lorsque Gimpel le lui avait présenté.

Rond et papelard, il souriait, béat. Mais au moment où Guillaume allait quitter la petite maison de Chelsea toute pleine d'éditions rares et de peintures sans importance, le jeune professeur l'avait interpellé.

— Il faudra qu'on se revoie.

Ils s'étaient donc revus. L'amitié qui était née plus tard entre eux était de celles qui se forgent entre les meilleurs ennemis du monde : chaleureuse et empoisonnée puis, avec le temps le poison s'était peu à peu dilué, il ne restait plus que l'amitié — à l'état pur.

Entre 1964 et 1966, Guillaume avait passé en tout deux ans à Pékin. Il y était arrivé un peu avant les fêtes du 1er octobre, l'année même où la France et la Chine avaient établi des relations diplomatiques, et en était parti peu après ces mêmes fêtes du 1er octobre, six mois après le commencement de la Révolution culturelle.

— Pendant ces deux années, vois-tu, j'ai vécu plus fort et plus vite que je n'ai jamais vécu et ne vivrai jamais fort et vite de toute ma vie, disait-il à Marianne.

Il l'avait retrouvée dans le grand appartement sur le parc Monceau de ses beaux-parents tout encombré d'ivoires, de statues, de souvenirs d'Orient, où elle vivait depuis la mort de Jean-Claude, son mari. Jean-Claude avait été l'ami de Guillaume, c'était la guerre d'Algérie qui l'avait tué. A son retour de Chine, la première visite de Guillaume avait été pour Marianne.

— Et tu ne regrettes pas d'avoir dû t'en aller ?

Elle était assise dans l'embrasure d'une fenêtre : au-delà, c'étaient les frondaisons rousses du jardin ; des enfants jouaient et criaient dans une allée toute proche.

— Sur le moment, ç'a été comme une déchirure, et puis...

Il avait employé les mêmes mots que Simon : une déchirure.

— Et puis ?

La voix de Marianne, un peu enrouée, son visage tendu, trop pâle.

— Et puis, j'ai éprouvé une sorte de sentiment de soulagement : peut-être, justement, parce que j'avais vécu trop vite et trop fort.

Marianne soufflait la fumée de sa cigarette qui devenait bleue dans l'air immobile devant elle. Elle portait un pull-over noir à col montant mais dont les manches étaient courtes jusqu'aux épaules, ce qui lui faisait de longs bras blancs et pâles. Guillaume pensait : « Au fond, peut-être que toute ma vie, je n'ai jamais aimé qu'elle. »

C'était quatre ou cinq ans auparavant, sur une route en Bourgogne : Jean-Claude, Marianne et lui marchaient vers Vézelay, dont la basilique se détachait au bout de l'horizon. Le cœur de Guillaume battait fort, car il venait de passer deux jours avec Marianne et Jean-Claude et il découvrait avec une terrible évidence qu'il était amoureux, amoureux fou de la fiancée de son ami — puisqu'en ce temps reculé de toutes nos jeunesses, il y avait encore des fiancées et des fiançailles, de jeunes fiancés sages. Dans l'église, ils avaient écouté une messe, communié : Marianne était agenouillée entre eux ; il la regardait tant — ses lèvres bougeaient, elle priait — qu'elle s'en était rendu compte et s'était retournée vers lui ; elle lui avait souri. Puis elle avait posé une main sur celle de Jean-Claude et ses lèvres, à nouveau, avaient bougé. Guillaume avait pensé : « Ils sont deux, je suis seul. » Il avait corrigé : « Je suis moi. » Il était encore étudiant, écrivait des poèmes, tout était peut-être possible.

— De Jean-Claude, je crois bien que j'ai tout appris, avait dit un jour Guillaume à Marianne.

Il avait appris René Char — « Jadis, l'herbe... » — et les peintures de Poliakoff, il avait même appris à aimer les peintures de Patrick : tout ce qu'on aime à vingt ans.

Et puis un jour de plein été, de plein soleil, plein midi dans les rues blanches d'Oran, un garçon qui avait son âge avait lancé une bombe pour tuer un homme ; c'était Jean-Claude qui était mort. La tache rouge et noire, blanche, éclatante de ce tableau de Patrick au mur de Guillaume, sur le coffre de Simon : la mort de Jean-Claude, éclatante, monstrueusement lumineuse sur le pavé d'Oran, la mer, le soleil.

— Il m'a fallu vingt ans pour ne pas l'oublier, avait encore dit Guillaume.

Pendant vingt ans, c'était peut-être Jean-Claude qu'il avait aimé à travers Marianne, lointaine et parfois proche, dure, grave, en larmes et qui détournait si souvent les yeux, comme ce matin de 1966, dans l'appartement sur le parc Monceau.

— Et toi, avait-il fini par demander : qu'est-ce que tu vas faire ?

Il venait de lui apprendre la nouvelle : on l'avait nommé à Londres, où il avait toujours voulu vivre. Elle avait écrasé sa cigarette dans un cendrier de pierre dure.

— Je ne sais pas encore. J'attends...

Deux pies se battaient dans les branches presque nues d'un marronnier. Sur le rebord de la cheminée, il y avait un minuscule dessin à la plume qui représentait une chose très noire, comme éclatée aux quatre coins du papier, avec une tache rouge ; c'était un dessin de Patrick, que Marianne avait acheté quelques jours après la mort de Jean-Claude. Elle avait soupiré, allumé une autre cigarette, puis :

— Il y a beaucoup de choses encore à faire dans le monde, non ?

En partant, Guillaume l'avait embrassée comme il le faisait toujours, en grande petite sœur très aimée, mais il l'avait sentie se raidir contre lui : les yeux grands ouverts, les lèvres froides, c'était presque une morte qui fixait au-dessus de l'épaule de Guillaume un point quelque part dans la demi-obscurité de l'appartement.

Guillaume s'était retourné pour suivre ce regard vide : derrière lui, un petit buste de grès rose, une danseuse sacrée. Apsara d'Angkor, peut-être, ou de Banteay Srei dont le sourire était vide, lui aussi, mais rempli de tant de mots. Le cœur de Guillaume s'était serré : entre cette morte vivante tenue entre ses bras et la statue de pierre sur une console, laquelle des deux faisait naître en lui le désir ?

L'appartement des Hessing à Pékin était situé dans la première de ces résidences diplomatiques qu'on a construites pour les étrangers quand il a paru préférable aux autorités de les éloigner du centre de la ville ; c'est la plus ancienne et la plus prestigieuse, aux lourds immeubles de briques roses, vieux confort presque britannique : plus tard, on élèvera pour les mêmes diplomates de sinistres HLM aux cages d'escalier sonores comme des piscines — mais les mêmes militaires galonnés de rouge monteront la garde devant chaque porte pour en interdire l'accès aux amis chinois qui auront osé s'aventurer jusque-là.

— J'ai pensé que, pour ce premier soir, vous préféreriez un dîner... familial.

Jean-Michel Hessing disserte, s'agite, l'air un peu gêné. Avec tout autre, il aurait gardé ce flegme que ses amis disent britannique — il a terminé ses études dans un collège d'Oxford —, mais Guillaume n'est pas un ambassadeur comme les autres ; alors il s'agite, sort un bibelot, montre un livre.

— Henrietta va arriver dans un instant.

Il prend lui-même des mains du maître d'hôtel (après tout, Jean-Michel Hessing est premier conseiller de l'ambassade de France à Pékin, il a droit à maître d'hôtel, cuisinière, serveur, femme de chambre) le plateau et les verres, ouvre maladroitement la bouteille de champagne qui lui coule entre les mains. « C'est fou ce qu'il me fait penser à moi, quand j'avais son âge », pense Guillaume, qui n'a que quelques années de plus que lui.

— J'aurais dû vous proposer du bourbon : c'est bien du bourbon que vous buviez, n'est-ce pas ?

Paradoxe de la vie et des goûts de Guillaume qui, toute sa vie, a proféré haut et clair (mais hors des cercles diplomatiques, cela s'entend) son mépris pour ce que d'aucuns appellent la civilisation américaine, mais qui a toujours préféré le bourbon au whisky. Il fait un geste de la main.

— Vous savez, je ne bois presque plus.

Et puis Henrietta entre dans la pièce, et Guillaume la reconnaît tout de suite : d'un blond roux à la peau claire, belle sous les taches de rousseur, corsage blanc, jupe blanche, cette fausse allure décidée, les yeux verts comme on n'imagine pas que puissent être verts les yeux d'une femme.

Le premier poste de Jean-Michel Hessing à l'étranger avait été Delhi où il s'était ennuyé : dans la grande clameur indienne, mouvante et misérable, c'était un exil qu'il trouvait trop convenu ; il lui fallait trop souvent enfiler la défroque de diplomate compassé qui lui déplaisait et savoir donner le change aux réceptions des ambassades. Alors, il voyageait.

Il allait souvent à Calcutta, qu'il préférait à la Nouvelle Delhi : là, au moins, il retrouvait cette odeur de sable et de poussière qui avait toujours été pour lui synonyme d'exotisme. Il partait seul, prenait une chambre dans un petit hôtel où ne s'égaraient guère les visiteurs occidentaux mais dont le patron, qui le connaissait, lui réservait une pièce au-dessus d'un patio tout encombré de fleurs et de mendiants. Puis il s'en allait à l'aventure : il disait qu'il respirait la ville.

C'est lors de son troisième ou de son quatrième voyage à Calcutta qu'il avait été invité par le consul à un dîner plus ennuyeux encore que ceux auxquels il ne parvenait pas toujours à échapper à Delhi. La dame à sa droite, la quarantaine rousse et altière, était anglaise, elle était née dans le Devon et avait suivi un mari beaucoup plus âgé qu'elle à Calcutta où il représentait les intérêts d'une demi-douzaine de firmes britanniques ; le père de ce Cochran avait été colonel et servait dans la légendaire armée des Indes.

— Nous habitons une maison au bord d'une rivière, avait expliqué la dame, avec un jardin entretenu comme on n'entretient plus les jardins, même dans le Devon !

Elle avait ri de son air ennuyé et l'avait invité pour le lendemain en précisant qu'on dînait de bonne heure mais Jean-Michel Hessing avait erré longtemps avant de trouver la grande demeure coloniale au milieu d'un jardin de roses blanches. Des jeunes filles jouaient au tennis, l'une d'entre elles était Henrietta. Après dîner, à l'heure du café, il s'était assis à côté d'elle sous la véranda de bois peint.

— Est-ce que vous lisez Conrad ? lui avait demandé de but en blanc la jeune fille.

Il avait répondu oui : depuis l'âge de seize ans, il entretenait une relation passionnée avec l'œuvre de Conrad. Lorsqu'elle lui avait encore demandé quel était le roman de Conrad qu'il préférait et qu'il avait répondu *Victory*, elle s'était exclamée :

— Quelle chance ! J'avais peur que vous me répondiez *Nostromo*, comme tous les gens qui affirment aimer Conrad ; moi aussi, c'est *Une victoire* quc j'aimc lc micux.

Tous les deux avaient parlé un moment du héros du roman de Conrad, ce Heyst qui choisit l'exil mais acceptera de briser sa solitude pour une petite fille perdue qui ne lui apportera que la ruine et la mort. Ils avaient ensuite parlé de voyages, de solitude, d'exil donc, et Henrietta avait dit que, pour elle qui était née ici, le seul exil véritable et dont elle souffrirait serait celui qu'elle devrait vivre dans des villes, ailleurs en Occident, à Londres ou à Paris. Puis elle avait parlé du *Fleuve* et du film de Renoir où, fillette, elle avait tenu un petit rôle : Jean-Michel Hessing, deuxième secrétaire à l'ambassade de France à Delhi, se souviendrait alors de l'avoir déjà rencontrée...

L'Élysée, les réunions dans les ministères, les intrigues, aussi, des cabinets, les jalousies, les mesquineries mais l'espoir quand même : ce pouvait être le début d'une belle aventure, s'était dit Simon en ce mois de mai 1981 où tout lui paraissait à nouveau possible.

On lui avait d'abord attribué le tout petit bureau sur la cour d'honneur où Guillaume lui avait rendu sa première visite : dernier étage, sous les toits du palais présidentiel, dans l'aile gauche qui domine la noria des voitures officielles, les ministres qui débarquent, les hauts fonctionnaires qui affectent un peu trop de désinvolture en sortant de leur CX ou de leur 504 pour ne pas éprouver, au-dedans, un peu d'inquiétude.

Le bureau est nu : une table de travail, une bibliothèque qui occupe tout un mur et, accroché derrière lui, en forme de point d'interrogation, le portrait de l'ancien président. L'huissier qui l'a conduit jusque-là s'excuse bruyamment :

— Je suis désolé : on va retirer ça.

Comme s'il s'agissait d'un détail obscène : et Simon qui hausse les épaules :

— Laissez, ça n'a aucune importance.

Il tire de sa serviette une photographie qu'il place devant lui, sur la table. Une jeune femme, les cheveux un peu ébouriffés, lui apporte un sous-main, des crayons, du papier à en-tête de la Présidence, et des trombones.

— Si vous avez besoin d'autre chose, n'hésitez pas.

Elle referme la porte : Simon est seul — et subitement, il se pose la question : et maintenant, qu'est-ce que je vais faire ?

Aux Éditions en langues étrangères, son bureau avait deux mètres sur trois, une table de bois, une fenêtre et une photographie du président Mao. Il travaillait là huit heures par jour, cinq jours par semaine. En face de lui, table à table, nez à nez, Moboto, ancien étudiant camerounais qui avait décidé lui aussi de rester en Chine.

Moboto, ce jour de l'été 1966.

— Tu ne peux pas savoir...

Il est à bout de souffle. Simon repose son crayon, lève les yeux au-dessus de sa Remington des années quarante.

— Savoir quoi ?

Moboto en tremble. De grosses gouttes de sueur ruissellent sur son front.

— Ils m'ont traité de sale nègre et m'ont poursuivi jusqu'à la grille de l'Institut.

— Qui : ils ?

Le regard hagard de Moboto, qui porte été comme hiver de superbes costumes trois-pièces qu'un ami diplomate lui rapporte de Hong Kong.

— Ils, eux : ces gamins, dans la rue, les gardes rouges.

Le regard de Simon, qui se veut très froid.

— Eh quoi ? Ils ont raison : tu es nègre. Là où ils se trompent, c'est que tu n'es pas sale.

Mais Moboto n'est pas d'humeur à plaisanter et Simon l'a compris. Il se lève, le fait asseoir sur son fauteuil à lui ; cherche dans un tiroir une bouteille de cognac.

— Ce n'est pas la Chine, ça..., murmure Moboto, qui se calme peu à peu.

— Mais si, mon vieux, c'est aussi la Chine !

Si bien que lorsque Thierry Destutt pénètre dans le bureau de Guillaume...

— Savez-vous la nouvelle, monsieur l'Ambassadeur ?

Guillaume lève les yeux de la feuille blanche qu'il rature sans conviction vers son jeune collaborateur, haletant, tout au plaisir d'annoncer à son chef un événement que celui-ci ne connaît pas encore.

— Eh bien ? Ne restez pas planté comme ça, Thierry : dites-moi.

Les premiers temps, Guillaume se forçait un peu pour parler sèchement au garçon dont l'humilité, la servilité peut-être, lui déplaisaient ; puis c'est naturellement que ce ton rude lui est venu.

— Eh bien ? Je vous écoute.

Alors Thierry Destutt, d'une seule haleine.

— Voilà : on dit qu'à l'université de Beida, les incidents racistes se multiplient, les étudiants chinois reprochent à leurs camarades africains de bénéficier d'avantages qu'eux-mêmes n'ont pas. Des histoires de bals, aussi, des filles... Il y a eu des bagarres.

— Alors ?

— Alors, on a cassé la figure à un Camerounais. Son ambassade a porté plainte ; et puis...

L'autre continue : la nervosité des étudiants, les étrangers — les Noirs surtout... — qu'on prend comme boucs émissaires.

Guillaume pense : « Eh oui, c'est aussi la Chine. »

Puis le Président lui-même avait convoqué Simon. À son arrivée dans le bureau carré au-dessus d'un des plus grands jardins de Paris, Simon avait été surpris par la jeunesse de cet homme qu'on lui avait dit vieilli, désabusé, fatigué.

Le Président avait quitté son bureau pour le faire asseoir dans l'un des fauteuils de part et d'autre de la cheminée. Il avait d'abord évoqué les livres qu'ils collectionnaient tous les deux, une *Armance* très rare découverte rue Henner ou un exemplaire du *Lys dans la vallée* avec un envoi à Laure de Berny ; puis ils en étaient arrivés au sujet même de leur entretien : au monde où ils vivaient, à Charlier, bien sûr, baron du gaullisme — ensemble, ils avaient longtemps couru les librairies anciennes — et puis la Chine. Ensuite, seulement, le Président avait dit à Simon ce qu'il attendait de lui.

— Considérez-vous auprès de moi comme un homme libre. Ne traitez que les dossiers qui vous intéressent : pour les autres, il y a des fonctionnaires qu'on paie pour cela.

Il lui avait demandé s'il fumait toujours.

— Toujours !

Simon avait tiré le paquet de Boyards maïs de sa poche. Le Président avait ri :

— Au moins, vous n'y allez pas par quatre chemins ; comme disait un de nos amis à qui on conseillait de boire du café décaféiné...

Simon avait terminé pour lui.

— ... « Dans le café, ce que j'aime, c'est la caféine ! »

Puis le Président lui avait fait comprendre que leur entretien était terminé :

— Revenez quand vous voulez : vous n'avez qu'à passer un coup de fil à Mme N., elle vous dira si je suis libre.

Mme N., la secrétaire du Président, était elle aussi auvergnate : à seize ans, dans les maquis d'Auvergne ; Simon, depuis, venait bavarder avec elle dans son bureau.

Cette soirée du retour : Jean-Michel Hessing a montré à Guillaume un rouleau acheté à Shanghai. C'est une peinture Song, et qu'il affirme authentique.

— On a encore de ces surprises, vous verrez...

Sur plusieurs mètres de long qu'on déroule comme une histoire que le peintre n'aurait voulu raconter à personne d'autre qu'à celui qui fait le geste de déployer le rouleau, on découvre les aventures d'un seigneur venu d'un pays lointain pour conquérir et tuer mais qui ne trouve, dans un paysage de lacs et de cascades, de monastères et de nuages suspendus au milieu de pivoines éclatantes, que des femmes et des poètes, des musiciens, des amoureuses. Alors, au lieu de se battre, il aime. Les premières images montrent son voyage, tout caparaçonné qu'il est pour le combat, son arrivée menaçante ; et sur les dernières, on le voit rêver sur un coussin face à la lune, une femme qui pince les cordes d'une cithare à ses côtés. Sur l'ultime scène, il lève une main vers la gorge de la chanteuse ; derrière un massif de fleurs, un homme veille : poète, lui aussi ? Prêtre prêt à bénir ou guerrier venu là pour tuer celui dont ses femmes auraient fort à propos endormi la méfiance ?

— C'est la première fois que je vois un sujet traité avec autant de précision, et en même temps une si belle équivoque.

À travers l'espace et le temps, Guillaume se souvient de ces *cassone* peintes par Botticelli pour une noce de Pucci avec des Medici : trois d'entre eux sont à Madrid, au Prado ; le quatrième à Florence, dans un palais ami. Là, c'est un gentilhomme armé, caparaçonné comme le seigneur Song qui, apercevant une femme nue, va la tuer, donner son cœur aux chiens qui vont le dévorer : quelle revanche a prise le peintre de Florence sur celui qui, combien d'années auparavant, disait à Hangzhou ou à Suzhou semblable trahison ?

— Nous sommes si loin de Chine, parfois..., remarque Jean-Michel.

Le rire brusque de Guillaume, pour couper court à quels attendrissements ?

— Vous auriez dû comprendre depuis longtemps qu'on y revient très vite !

Jean-Michel Hessing regarde celui qui sera son patron : c'est à peine si quelques touffes grises parsèment, çà et là, sa crinière blonde.

— Je m'en suis déjà rendu compte, monsieur l'Ambassadeur.

Il a insisté sur le « monsieur l'Ambassadeur ».

Jean-Michel et Henrietta s'étaient pourtant mariés en Angleterre où le jeune homme avait été nommé après Delhi. La noce avait eu lieu à l'ombre des grands collèges de Cambridge ; un des frères du vieux Cochran y était doyen, il avait invité une centaine d'étudiants et, dans l'herbe du jardin où on avait élevé des buffets, les jeunes filles portaient des robes blanches, des capelines, certaines arboraient des ombrelles.

Le chapelain de Saint-Guy les avait unis, puis on avait jeté du riz, des fleurs : c'était une fête d'un autre temps, en une autre Angleterre où les jeunes gens étaient vêtus de vestes râpées et de pantalons blancs, portaient des cravates aux armes de leurs collèges ; on buvait du punch, des sirops aux couleurs vives et gaies et le gâteau de la mariée qu'il avait fallu deux hommes pour porter était une immense pièce montée de cinq étages en sucre glacé surmontée d'un petit feu d'artifice.

Après le déjeuner, Jean-Michel avait emmené Henrietta faire une promenade en barque sous les hourrah ! des invités. La jeune femme laissait traîner sa main dans l'eau, parmi les herbes qui flottaient comme des chevelures et les plantes d'eau, les nénuphars.

— Tu te souviens, avait dit Henrietta : je t'avais parlé d'exil ?

Jean-Michel se souvenait.

— Eh bien, je crois que j'aime tant cet exil avec toi que je pourrais en mourir de bonheur.

Il avait protesté : il est des mots — la mort — qu'on ne prononce pas le jour de ses noces ; alors, elle avait eu un grand geste pour balancer sa capeline à fleurs au-dessus de l'eau.

— Tu connais ce roman de Boris Vian où la jolie Chloé meurt tout doucement d'un nénuphar qu'elle a, je crois, dans le cœur ?

Jean-Michel s'en souvenait.

— Je crois bien, vois-tu, avait continué la jeune femme, que j'ai moi aussi un nénuphar dans la poitrine, ou quelque chose comme ça ; mais c'est si bon.

Ils étaient revenus sur la rive, les oncles et les cousins les avaient entraînés, puis ils avaient fait un curieux voyage de noces à Malte. À leur retour à Londres, Jean-Michel avait tenu à accompagner lui-même Henrietta chez un médecin de Harley Street, qui avait diagnostiqué non pas un nénuphar dans la poitrine, mais quelque chose comme ça, du côté du cœur.

— Tu me soigneras, n'est-ce pas ? avait demandé la jeune femme, subitement guérie, comme ils ressortaient ensemble du cabinet du médecin, dans la grande lumière blonde et dorée du soleil qui se couche sur la façade blanche des hautes maisons autour de Regent's Park, tu t'occuperas de moi ?

Il lui avait pris la main et l'avait embrassée et ni l'un ni l'autre n'avaient plus parlé de la visite à ce Dr Woodbeam ; Jean-Michel savait seulement qu'à intervalles réguliers, Henrietta se rendait à Harley Street mais qu'elle en revenait rassurée.

Guillaume vivait alors à Londres depuis un an.

C'était bien une autre planète, en effet, que le Londres de ces années-là.

On écoutait des musiques de couleurs étendus sur des planchers blancs : devant nous valsaient des arcs-en-ciel ; ou des bandes de gamins défilaient en costume de Peaux-Rouges sur une King's Road transformée, toutes paillettes au vent, en la cour aux miracles de nos fantasmes les plus doux. Dans les pubs, les filles en minijupes montraient leurs fesses et au-delà tandis que leurs garçons aux cheveux longs parcouraient le monde en l'espace d'une nuit en avalant entre deux bières une petite pilule bleue ou verte.

Mais il y avait aussi ces amis écrivains qui discutaient gravement du sort du Viêt-nam ou de celui de l'Amérique dans leur haute maison de Hampstead ou de Highgate ; il y avait une jeune femme qui s'appelait Penelope et qui sculptait des petites filles nues dans des baignoires ; à Nash House, sur le Mall, on inventait de nouveaux peintres dans des espaces nouveaux tandis qu'au nord de Londres on redécouvrait une autre sorte de théâtre dans un hangar de locomotives désaffecté. Le soir, on dansait à la lumière de projecteurs mauves ou vieux rose, puis on se promenait jusqu'à l'aube dans des parcs où des photographes trop curieux surprenaient d'étranges nymphes.

C'était un autre monde et Guillaume, qui venait d'y débarquer, ne se lassait pas de s'y laisser perdre. Sorti d'une Chine qui était si bien devenue sienne que, pour un peu, il s'y serait cru né, il découvrait un monde fou qui croyait que se peindre le bout du nez avec un peu de poudre d'or était aussi un acte de rébellion.

Et puis, dans ce Londres de tous les plaisirs, Guillaume rencontrait de très jeunes filles qu'il ramenait parfois chez lui et en aimait certaines le temps d'un beau week-end dans les Costwalds ou d'une longue semaine qui durait souvent dix jours.

Tandis qu'autour de lui on célébrait dans Londres tout entière le culte d'une nouvelle Babylone située quelque part dans le vaste monde entre Islington, Whitechapel et King's Road.

Dans les trois premières années de sa mission élyséenne, Simon avait beaucoup voyagé.

Avec le beau titre, bien sonore et suffisamment ronflant pour laisser planer toutes les équivoques, d'envoyé spécial du Président, il se promenait à travers le monde, rencontrait des chefs d'État mais surtout ceux qui, dans la pénombre d'officines moins éclatantes, dictent les textes que les ministres signeront.

Il avait visité des hommes d'État et des conseillers privés comme lui dans des pays où des hommes se battaient et où la mort était là, dans la rue, devant la porte — la voiture qui explose, les rockets par la fenêtre... ; et dans d'autres où rien, en apparence, ne laissait prévoir le pire — qui serait là demain. Chaque fois, il rapportait des notes, des dossiers, des suggestions dont il discutait avec celui qu'il était venu là pour servir et les membres de son cabinet. Au ministère des Relations extérieures on était parfois agacé de certaines de ses initiatives, mais on ne le montrait guère :

grave, serein, Simon savait l'art difficile de conseiller à qui ne reçoit déjà chaque jour que trop de conseils.

Il était allé en Asie et en Amérique latine, à Beyrouth, à Johannesburg même — qui a jamais osé le dire ? — mais il n'était pas revenu en Chine.

— J'attends..., expliquait-il à ceux de ses amis qui s'étonnaient parfois du peu d'intérêt qu'il semblait manifester pour un pays où tant de liens, pourtant, l'avaient si longtemps retenu.

Un jour, enfin, il avait demandé rendez-vous au seul homme auquel il avait le sentiment de devoir rendre des comptes. Arrivé dans le bureau présidentiel, il avait pour la première fois depuis la conversation qu'ils avaient eue lors de son entrée en fonctions, parlé de la Chine.

— Si vous me le permettez, je suivrai seulement ce dossier-là...

Devant la surprise du Président, il avait ajouté :

— Si vous voulez, et pour faire bonne mesure, je m'occuperai aussi un peu de l'Indochine. Tenez, du Camdodge, par exemple !

Le Président avait souri, et lui avait rappelé sa promesse, quelques années auparavant : les dossiers que vous voudrez.

— Vous êtes votre patron, monsieur Anglade. La Chine : oui, la Chine... Pourquoi pas ?

A la fin des années soixante, Henrietta, la femme de Jean-Michel Hessing, avait déjà cette rousseur flamboyante ; mais elle était plus mince, enfantine encore et pourtant pas enfant : elle avait ces vingt ans qui sont ceux des jeunes filles, entre l'enfance encore si proche, exubérante et volubile, et la belle assurance, les épaules rondes et le sourire sérieux de la jeune femme mariée qui croit dur comme fer qu'il n'est rien pour elle en ce monde, hors de son bonheur.

— C'est drôle, avait dit Guillaume à la fin d'un dîner — c'était chez George Mulley, un écrivain du Yorkshire qui croyait à Dieu et surtout au diable : c'est drôle, il me semble que je vous ai déjà rencontrée, et pourtant...

Le sourire d'Henrietta Hessing, née Cochran, quelque part au sud de Calcutta où son père était alors officier, pour parler de la petite fille du *Fleuve ;* et, comme Jean-Michel, quinze ans plus tôt, Guillaume s'était souvenu ; mieux : il s'était émerveillé de si bien se souvenir et de reconnaître Henrietta si parfaitement.

Jean-Michel et sa femme étaient décidés à montrer à Guillaume qu'un peu du Pékin qu'il avait connu était toujours vivant. Aussi, dans ces quartiers incertains entre la tour du Tambour et le lac des Dix Monastères qu'il appelait déjà Shishahai, Guillaume, qu'Henrietta Hessing précède dans les ruelles envahies des cyclistes de six heures du soir, s'avance-t-il vers le bord de l'eau qu'il devine, à l'extrémité de ce boyau entre deux maisons de pisé gris d'où s'échappent des fumées. Partout, malgré le froid intense, des gosses, des vieillards et des jeunes gens à bicyclette qui passent, sans lumière, dans les rues étroites ; symphonie sans cesse renouvelée des sonnettes des bicyclettes, des gosses qui appellent, des grand-mères qui consolent et des radios qui jouent, eh oui, qui jouent de la musique américaine, heureusement étouffée, çà et là, par de vieux gongs chinois sortis de la plus ancienne Chine. Lumière étouffée, rougeoyante d'un cuivre, lampe unique au-dessus d'une table aperçue à travers une vitre et la famille entière réunie autour d'un plat profond : odeurs de viandes grillées, de feu de bois, de soupe un peu douceâtre et qui bout.

— Savez-vous pourquoi Jean-Michel m'emmène si souvent ici ? interroge Henrietta.

Guillaume respire tant d'odeurs retrouvées qu'il en éprouve une sorte de vertige.

— Je ne sais pas...

— Parce que c'est vous qui lui aviez parlé, autrefois, à Londres, de ce quartier de la tour de la Cloche et de la tour des Tambours.

Ils sont parvenus au bord du lac ; un simple parapet les sépare de l'eau que la glace, très noire, a saisie. La femme du conseiller d'ambassade souffle sur ses doigts pour les réchauffer.

— Vous êtes heureuse, ici ?

— Heureuse, oui... Très heureuse...

Le visage d'Henrietta est soudain très près de lui et Guillaume se souvient qu'un jour, à Londres, déjà... Mais elle était si mince, alors, presque chétive, et triste ce jour-là : ici, c'est bien ce bonheur tout neuf qui éclaire son visage qu'il aperçoit à la lumière si faible d'un réverbère ; il recule d'un pas.

— Heureuse, oui..., répète Henrietta, née au bord d'un fleuve, jadis, dans l'Inde de Jean Renoir.

Elle a enfoncé ses deux mains dans les poches de sa grosse capote matelassée chinoise ; en face d'elle, de l'autre côté de l'eau, une rive, une île : des couples se promènent. Ici, jadis, Guillaume a aperçu deux des rares amoureux du Pékin d'alors qui osaient se tenir par la taille... Elle était noiraude et laide et lui paraissait un enfant. Un adolescent passe, à bicyclette, qui le regarde de trop près, curieux de voir un étranger égaré dans ce Pékin si bien pékinois qu'on dirait que le temps, là, s'est arrêté ; il manque tomber, Guillaume le retient et le jeune homme s'excuse en anglais : « Sorry ! » Henrietta n'a rien vu : elle est un peu en avant, qui marche, les mains dans les poches : « Elle aime Pékin comme moi j'ai pu l'aimer », se dit Guillaume.

Ils reviennent à pas lents vers la grande artère qui divise également cette partie du nord de Pékin entre des quartiers ouest, populaires, et les anciens yamens des quartiers est, plus aristocratiques, encore... Fumées à nouveau des vendeurs de brochettes, odeurs de mouton grillé.

— Vous en voulez ? interroge Henrietta. Les autres disent qu'il vaut mieux éviter de manger ces choses-là dans la rue : on voit bien qu'ils n'y ont jamais goûté !

Elle rit, elle paie, elle se brûle les doigts et rit encore.

— C'est bon, n'est-ce pas !

Et Guillaume pense : « Une Chine enfin retrouvée. »

C'était dans la minuscule maison près du temple des Lamas qu'il avait réussi à obtenir de ses chefs — et grâce à l'intervention de M. Liu — que Simon retrouvait parfois Clawdia, lorsque Otrick, occupé à l'une des mille et une réceptions diplomatiques auxquelles il se faisait un point d'honneur d'assister, faisait à sa femme ce signe qu'elle connaissait si bien et qui voulait dire : « Vas-y si tu veux ; nous n'en parlerons pas. » Alors, Clawdia prenait elle-même le volant de sa petite Fiat rouge et, après les larges avenues du centre, s'engageait dans le dédale des hutongs au pied de la muraille nord où se trouvait la maison de Simon.

La première fois, il l'avait interrogée :

— Il se doute de quelque chose, n'est-ce pas ?

— Il sait.

Ni l'un ni l'autre n'avaient plus rien dit à ce propos. Clawdia préparait du thé, fumait des Gitanes que Simon faisait venir de France par l'ambassade des Pays-Bas et elle disait :

— Il n'y a qu'avec toi que je ne me sente pas trop vieille.

Clawdia avait alors trente ans et son corps, un peu lourd, ressemblait à celui d'un modèle pour sculpteur classique. Elle s'étendait sur le lit plat, presque à la hauteur du sol, ils faisaient l'amour, puis Simon lui lisait à haute voix les poèmes qu'il aimait, René Char ou Segalen. « Jadis, l'herbe... »

Simon avait-il jamais vu de l'herbe à Pékin ?

Parfois, Guillaume disait pourtant à Jean-Michel Hessing :

— Ici, autrefois, il n'y avait rien : que la muraille ; avec, dedans, des centaines de petites maisons basses tassées en ce damier régulier qu'on a bien mis à mal mais qu'on devine encore ; et dehors, à l'extérieur, c'était déjà presque la campagne.

L'observatoire qu'ont construit des Jésuites européens au XVIIIe siècle se confond avec la masse des immeubles modernes qui l'entourent de toutes parts ; quant à la muraille, en cette partie est de Pékin où de grandes voies rapides desservent les quartiers des ambassades et l'aéroport, il n'en reste rien.

— Autrefois..., dit encore Guillaume.

Mais il pense : « Je deviens un vieux radoteur ! » Il hume très fort l'odeur de poussière grise qui règne encore dans ce qu'il reste de ruelles — ces hutongs... — au-delà des belles machines de bronze à mesurer le ciel que des savants venus apprendre à la Chine un peu de la science de l'Occident ont élevées sur un tertre de pierre — et s'avance à grandes enjambées dans la ruelle étroite où des marmots, comme jadis, s'ébrouent dans le ruisseau.

— Ne t'inquiète pas, avait déjà prévenu Simon : pour chacun de nous, la Chine a eu un âge d'or et qui était toujours « avant ».

1965 : Simon, Guillaume, André Verviers se promènent dans les allées du parc de Chasse, au milieu des collines de l'Ouest. Au-delà d'un point, la tombe du dernier Liao. Les gongs et les tambours de la Révolution culturelle n'ont pas encore retenti et la Chine tout entière semble sur le point de s'ouvrir. Déjà, les gardes en faction à l'extrémité des routes autorisées paraissent moins sévères à qui fait mine de s'aventurer au-delà des limites du périmètre autorisé sur les marches de ce temple des Nuages azurés où Guillaume s'émerveille de retrouver si précisément un paysage de peinture traditionnelle.

— Tu vois, dit Simon, les diplomates du Pékin d'avant (je veux dire : le Pékin d'entre les deux guerres, et même encore avant) louaient ici un temple pour l'été ; ils y débarquaient en voitures, avec femme et enfants, amah, domestiques, les couverts et l'argenterie et s'y installaient dans des salles désaffectées.

Guillaume imagine ces messieurs aux moustaches en croc qu'il a vus sur de vieilles photographies, le casque colonial au sépia pâli.

— Mon père, remarque Verviers qui est né à Pékin parce qu'Alexandre Verviers fut, dans la première après-guerre, l'un des grands ambassadeurs de France en Chine, mon père m'a raconté qu'il louait pour la saison un temple dans la Colline parfumée, j'ai gardé quelques poèmes qu'il a écrits là-bas ; il y raconte l'eau qui dort et les pivoines qui s'ouvrent, ma mère assise sur une balustrade de marbre et le coucher du soleil qui embrase (c'étaient ses mots !) l'horizon : il n'écrivait pas trop mal, pour un diplomate !

Le rire amusé de Verviers fuse, rempli de toutes les nostalgies d'une Chine déjà deux fois perdue. A vingt ans, il avait épousé une jeune Mandchoue qui s'appelait Yongmei ; en 49, et pour l'aider à sortir de Chine, il s'est marié une seconde fois avec Irène, la fille du Dr Ma qui fut encore, jusqu'au milieu des années soixante, le médecin des ambassades. Irène Verviers est revenue à Pékin ; elle est souvent malade et dit parfois que Pékin n'est plus qu'une patrie d'adoption : « Je me sens tout, sauf Chinoise », affirme-t-elle avec un sourire qui bride encore davantage ses yeux. Son mari, pour qui il n'est de patrie hors de la Chine, a pris Guillaume en affection et a, pour Simon, une ancienne amitié : il s'amuse à leur raconter ce qu'était sa Chine.

— Avez-vous retrouvé ce temple que votre père louait autrefois ?

La terrasse de marbre, les margelles du bassin où, petit garçon, André Verviers apprenait à lire les poèmes de Du Fu et ceux de son papa ambassadeur ; nouveau rire de Verviers. Son temple du parc de Chasse ? Il est à deux cents mètres d'ici, mais interdit aux étrangers !

La Chine de 1965 qui s'ouvre ? Avec prudence...

Après leur promenade dans les collines de l'Ouest, André Verviers est très vite revenu vers Pékin : il part comme cela, quelques heures, respirer l'air de ce qui a été sa jeunesse mais, aussitôt qu'il le peut, rentre en ville où Irène l'attend, étendue sur une chaise longue à l'ancienne, dans la seconde cour de sa maison tout à côté de celle de Simon et du temple qu'on dit temple des Lamas, le Yonghegong.

Il existe quatre mots en chinois pour désigner un temple : on dit *Si* pour un temple bouddhiste : ils sont les plus nombreux à Pékin ; les *Guan* sont des temples taoïstes et les *Miao* sont les temples civils — par extension, on dit *Miao* pour n'importe quel temple ; mais le *Gong* est un temple de lamas et le gong violent et sourd comme un coup de gong va bien à ce temple noir et vert aux larges décors d'un jaune safran où André Verviers entre souvent, en voisin.

Les quelques moines qui l'habitent sont de très vieux lamas venus d'un Tibet mythique dont aucun — Verviers les a interrogés — n'a gardé le souvenir. A ceux de leurs amis à qui ils souhaitent faire plaisir, ils dévoilent après mille recommandations, promesses de n'en rien dire à l'extérieur et autres engagements solennels, quelques figures à l'érotisme coloré qui sont, dans une aile latérale, le principal ornement du Yonghegong.

— Dans ce grand temple sombre, il y a une brutalité, une violence qui me font parfois rêver, remarque souvent Verviers.

Il montre ensuite à ses visiteurs l'harmonie de la belle maison traditionnelle que les autorités du Waijiaobu — le ministère chinois des Affaires étrangères — ont bien voulu lui abandonner lorsqu'au printemps 1964 il a été le premier diplomate français à revenir officiellement en Chine.

— Après le bruit et la fureur contenue de mes braves lamas, vous imaginez le calme retrouvé de cette maison, directement en dessous du plus grand de leurs temples...

Dont le pignon ornementé, sombre et barbare, se découpe au-dessus de l'un des bâtiments en galerie sur la première cour où il peut loger des amis de passage... Puis il offre un verre de thé glacé à ses visiteurs, se laisse lui-même aller dans un antique fauteuil à bascule, une fleur de pavot, une pivoine à la main.

— Promenez-vous, reposez-vous, vous êtes chez vous.

La maison, qui fut un petit palais, un yamen habité par quelque modeste mandarin, dont les toitures de tuiles oblongues ont pourtant gardé le beau gris lumineux des plus belles demeures de Pékin, se développe autour de deux cours. La première est celle où il reçoit ses amis ; la galerie qui l'entoure est peinte d'une couleur mate et des nuages de bois découpé ornent le sommet des courtes colonnes qui en soutiennent l'auvent. Au centre, un bassin où rêvent des poissons rouges, trois bouts de rocher auxquels la main d'un artiste a rajouté quelques excroissances ou des aspérités qui les font ressembler à une montagne sacrée, au fond du Yunnan ou du Shandong, et puis des herbes, des fleurs, des bambous : c'est la cour où l'hôte est à la fois chez lui et ailleurs, en représentation et parmi ses invités.

La seconde cour est celle des chambres, de la vaste salle où on a installé le lit d'Irène. Là, Irène lit, écrit, se souvient. André Verviers dit souvent qu'on dirait qu'elle entre alors en transe — mais « une transe sage », précise-t-il — et que l'âme d'un poète ou d'un peintre mort voilà des siècles pénètre en elle ; dans ces moments-là, elle saisit un pinceau et, sans se départir du sourire qui dessine sur ses lèvres une sorte d'arc légèrement tendu — dont Verviers assure encore que c'est celui du poète Du Fu lorsqu'il chassait une gazelle aux marges de l'Occident —, trace sur le papier de soie des caractères ou des signes qui deviennent tout à la fois peinture et poème.

— C'est que cette maison a été habitée, un temps, par un vieux sage qui réunissait chaque soir des amis pour parler de la lune et de la brise, écouter des musiques, frôler simplement des plaques de jade — et en pleurer d'émotion, explique Verviers qui croit vraiment à ce qu'il dit.

Lorqu'il revient à Sanlitun et à son bureau de l'ambassade, André Verviers est un diplomate comme les autres, qui connaît mieux que personne les arcanes de la Chine d'aujourd'hui et ne laisse nulle place au rêve dans le jugement précis qu'il émet sur ce qu'il voit et que ses télégrammes, très lus au Quai d'Orsay, traduisent avec une sorte de prescience presque infaillible.

— Je vais vous faire un aveu, lui avait dit un jour John Chessman.

Chessman était un ami d'Otrick, tout le monde savait qu'il avait été l'amant de Clawdia avant qu'elle devînt sa femme, et il revenait chaque automne en Chine ; romancier, il n'avait rien publié depuis longtemps et affirmait que c'était seulement à Pékin qu'il retrouverait un peu d'inspiration. Verviers l'aimait bien : Chessman avait le goût du paradoxe et cultivait l'art du scandale et celui du blasphème avec une belle insolence.

— Oui, avait remarqué l'écrivain : pour moi, aucun de vous, pas plus Otrick que votre ami Simon, n'êtes des hommes et des femmes de chair et de sang avec un peu d'esprit sous forme de cervelle molle dans une boule d'os dur au sommet du cou qui s'appelle le crâne.

— Ah oui ? avait souri Verviers. Et que sommes-nous, alors ?

Irène dormait dans la pièce voisine ; un merle chantait dans la cour ; une musique d'opéra traditionnel s'échappait d'un hutong voisin.

— Voyez, écoutez : le décor est en place, avait répondu Chessman. Un bonhomme ou une bonne femme de chair et d'os — j'oubliais l'eau : beaucoup d'eau ! c'est l'essentiel — ne dure que le temps d'une vie, alors que vous avez, vous, et pour peu que vous trouviez celui qui fera ce miracle ! — l'espoir de vivre bien au-delà d'une pauvre et bien médiocre petite vie de diplomate ou d'écrivain. Ce que vous êtes ? Mais des personnages de roman, voyons !

Plus tard, saisi d'une brusque inspiration, John Chessman prendrait peut-être encore quelques notes mais c'est avec une liasse de feuilles blanches qu'il reprendrait au bout de quatre ou six semaines le chemin de l'Angleterre.

— Des personnages de roman ! avait-il répété à Verviers, la veille de son départ, cette année-là.

A Londres, la maison de Guillaume donnait sur Regent's Park ; c'était une de ces hautes demeures construites au début du siècle dernier au milieu d'une rangée — une *terrace* — de vingt autres semblables, pour abriter, autour du palais que ne se ferait jamais élever le Régent, ceux de ses courtisans qui n'avaient pas de maison en ville. D'un côté, il y avait un court jardin tout en fleurs, en glycine, en lierre qui tombait du mur, et de l'autre, à perte de vue, le grand jardin public.

Assis devant un bureau qui ressemblait à une table posée au milieu d'une serre tant la glycine paraissait l'envahir de partout, Guillaume oubliait doucement la Chine. Comme pour conjurer le souvenir qui lui en restait, il écrivait une sorte de récit en forme de long poème qui racontait toutes les Chines : celle qu'il avait connue et les autres, celles qu'il avait rêvées ou que d'autres, avant lui, les Claudel ou les Segalen, avaient pu rêver pour lui.

Un soir, Marianne avait téléphoné :

— Je peux venir ?

Elle était arrivée le lendemain, Guillaume l'avait d'abord installée dans la chambre voisine de la sienne. Dès la première nuit, il l'avait entendue pleurer ; il avait frappé à la porte mais c'était elle qui l'avait rejoint. Elle était toujours aussi pâle, lisait beaucoup, sortait peu.

Quelquefois, lorsque Guillaume devinait la grande détresse qui l'envahissait, il s'approchait d'elle, la prenait dans ses bras.

— Tu sais que je ne t'aime pas..., murmurait-elle en se raidissant d'abord, avant de s'abandonner : tu sais que je ne pourrai jamais t'aimer...

Guillaume, alors, éprouvait une immense tendresse ; ils parlaient parfois de Jean-Claude — comme s'il était encore vivant.

Le soir, très tard, Guillaume retrouvait des notes, des articles qu'il avait découpés, ces années-là, dans la presse de France et de Chine et raturait les courts poèmes qui tentaient, désespérément, de dire cette Chine qui avait, si fort, été la sienne. Il travaillait parfois jusqu'à trois ou quatre heures du matin et, en le voyant gagner à neuf heures et demie son bureau, nul, à l'ambassade, ne se doutait qu'il n'avait passé qu'une courte nuit, agitée par des fièvres qu'il se gardait bien de dévoiler à ses amis.

Il revoyait aussi ce Serge Lensky rencontré chez ses amis Gimpel. Avec lui, il parlait encore écriture, poème, critique. Car Lensky voulait déjà écrire, écrivait déjà beaucoup. Pendant les deux années qu'il avait passées à Londres, il avait vécu dans une péniche qu'il avait louée sur la Tamise, du côté de Chelsea Embankment. De loin, on voyait de l'autre côté du fleuve les cheminées de la centrale de Battersea fumer dans les lumières roses du couchant.

— Parfois, j'ai l'impression d'habiter Venise, avait-il dit à Guillaume lorsque celui-ci lui avait rendu visite pour la première fois.

Pour arriver jusqu'à lui, on traversait quatre autres péniches reliées entre elles par des planches lancées sur l'eau : c'était une manière de village, les gens s'interpellaient d'un bateau à l'autre et se retrouvaient souvent le soir, prenaient ensemble des verres sur le pont de celui-ci ou de celle-là avant dîner.

— Vous ne l'avez sûrement pas remarqué, avait dit Lensky, mais ma voisine de la deuxième péniche est une rousse incendiaire dont le mari est pompier : vous n'imaginez pas les parties de jambes en l'air qu'elle offre à qui ne fait que passer...

Il avait offert à son invité un verre de vin — puisque son père, affirmait-il, était vigneron dans le Beaujolais — et l'avait tout de suite interrogé sur la Chine, d'où Guillaume n'était revenu que depuis quelques mois.

— Je suis certain que ce qui se passe là-bas, c'est en somme l'invention d'un langage nouveau : du seul point de vue de la langue, toutes sémiologies et structures de discours confondues, je me sens déjà presque maoïste !

Il buvait sec avec une belle allégresse et ressemblait à un gros petit moine papelard.

Ce premier jour, cela faisait deux heures que les deux hommes parlaient ainsi, à bâtons rompus, de la Révolution culturelle sur laquelle Serge Lensky avait les idées toutes faites qui traînaient alors en Europe, lorsqu'une porte s'était ouverte dans le fond du salon qui constituait la pièce principale de la péniche. Une gamine — seize ans tout au plus et vêtue seulement d'un peignoir entrebâillé — était apparue, croquant une pomme verte à belles dents.

— Vous en avez encore pour longtemps ? Moi je m'emmerde, à la fin !

C'était la fille du directeur de l'agence londonienne d'Air France, une élève du lycée français. Serge avait ri.

— Tu vois, ma belle, ce monsieur est un diplomate si intéressant — ce qui est bien rare, de nos jours — que j'en suis presque arrivé à t'oublier.

Il s'était levé pour la rejoindre avec une mimique confuse, priant Guillaume de lui pardonner.

— Cela dit, si le cœur vous en dit, nous ne serons pas trop de deux à nous mettre à l'ouvrage !

Il montrait la porte ouverte sur l'autre pièce, qui ne pouvait être que la chambre à coucher. Guillaume avait voulu le prendre sur le même ton :

— Ce serait drôle, mais à deux contre une, le combat serait inégal !

Serge Lensky avait alors éclaté de rire :

— Mais c'est justement sans vous qu'il est inégal ! Je suis seul et elles sont deux, puisque Marie-Christine a amené une petite copine. Et je peux te jurer que cette Marie-Ange vaut le déplacement !

Du coup, Lensky était passé au « tu » ; prudent — ou timoré... — Guillaume s'était récusé. Avant que la porte de la cabine ne retombe sur lui, il avait encore lancé :

— Et puis, il faudra qu'on reparle de la Chine.

— Quelle Chine ! s'exclame Guillaume.

Il a éclaté de rire. Au nord de Pékin, la route qui conduit aux grands tombeaux des empereurs mandchous, autrefois interdite aux touristes comme aux résidents étrangers, file à travers une campagne plate, lumineuse sous le soleil et que parsèment encore, çà et là, de grandes flaques de neige.

— Quelle Chine, oui..., dit Henrietta, assise à côté de lui.

Et Jean-Michel Hessing, à l'avant à côté du chauffeur, se retourne en riant :

— Quelle Chine ?

C'était un dimanche d'hiver très froid ; le printemps pourtant, un jour, bientôt, viendrait d'un coup, et le soleil donnerait à la terre jaune, à la poussière des campagnes, une belle couleur dorée. Et puis, de village en village, des dizaines de paysans, gesticulant, entouraient deux ou trois d'entre eux qui faisaient une partie de billard sur le bord de la route :

comme si cette Chine du nord de Pékin avait découvert d'un coup les joies du tapis vert ou réparti en une seule fois plusieurs centaines de tables de billard qu'on avait sorties des maisons sur le bord de la route, parce que le soleil brille et que c'est dimanche et qu'on respire en Chine un air qui n'est plus celui de la Chine qu'a connu Guillaume jadis.

— C'est tout cela que vous avez dit un jour, remarque Hessing.

— J'ai dit ces gens, ces billards ?

Un rire étouffé de Jean-Michel Hessing.

— Votre livre, oui ; quand bien même on ne jouait pas encore au billard sur le bord d'une route où nul n'avait accès, vous avez dit tout cela, oui.

L'air pur, clair où se découpent très nettes les formes des collines, à main gauche, violettes.

— Quelle Chine ! soupire alors Henrietta.

Après quarante kilomètres encore, on arrive enfin à la première enceinte de ces temples qui sont des tombeaux. La neige, uniforme ici, fait un tapis de lumière, or dans le soleil, d'un bleu pâle et profond à la fois dans les taches d'ombres et sous les arbres, sous les murs — et Guillaume, qui ne connaissait que les tombeaux des Ming, à l'ouest de la ville, reconnaît pourtant tout.

Ici, les temples s'appuient à des collines qui sont d'un beau violet sombre, comme si la neige y devenait de glace. Mais des chemins pavés de grandes dalles lumineuses desservent les allées entre les temples, et des animaux de pierre, des lions, des dragons, et des mandarins aux hautes coiffures en tronc de cône renversé, y montent une garde presque ironique.

— C'est bien notre Chine..., murmure Guillaume qui a tout retrouvé.

Son cœur bat plus vite, il avance sur la neige qui craque, il monte des marches, passe des porches, parvient à ces hauts linteaux qui marquent le début d'un itinéraire sacré où déjà, tant de fois depuis qu'il a quitté autrefois la Chine, il s'est aventuré.

Henrietta est restée sur le seuil d'une première porte à préparer le pique-nique et Jean-Michel s'avance aux côtés de cet ambassadeur en qui il ne voit plus que l'ami des jours anciens de Londres et qui est revenu.

— J'ai pensé qu'il fallait commencer par cela : ces temples et sous la neige.

Neige rare de Pékin et qui, ici, à peine soixante kilomètres plus au nord, enveloppe toute la campagne de sa croûte éblouissante : un jour, à Pékin, c'était l'hiver avant qu'éclatât la Révolution culturelle, Guillaume s'était avancé ainsi dans les vastes cours de la Cité interdite, les escaliers, ses terrasses de marbre que la neige rose avait recouverts d'une très mince couche qui durait pourtant tant le froid était intense ; il était seul, accompagné ou précédé seulement de quelques très hauts dignitaires du régime qui voulaient, comme lui, découvrir cet univers plus hors du monde, hors du temps, que ce monde-ci en ce temps qui est le nôtre.

Vingt-cinq ans plus tard, il respire très fort l'odeur de belle neige pure, et s'aventure parmi les briques relevées, les pavillons aux tuiles vernissées, des buissons qui seront demain en fleurs et Jean-Michel, un pas en arrière, le suit : ne pas troubler la joie de cette première halte.

Lorsqu'il rejoint Henrietta qui a disposé sur les marches glacées, sous un linteau de bois, les paniers, les assiettes, le pain, les fruits, il s'exclame :

— Je suis bien revenu !

Pour la première fois depuis combien d'années, Guillaume a le sentiment de découvrir un moment de très grande paix.

A seize ans, Jean-Michel Hessing croyait qu'il serait peintre.

— Normal, avait répondu Henrietta, le jour où il le lui avait avoué : à cinq ans, je me croyais bien comédienne !

Il revenait presque chaque fin de semaine à Charny dans ce grand château de la Manche où son ami Didier lui avait aménagé un atelier dans un pigeonnier. Torse nu jusqu'au plus fort de l'hiver, barbouillé de mille taches de couleur et un pinceau entre les dents, une brosse dans chaque main et la toile en face de lui qui le défiait, il se battait des journées entières, des nuits aussi.

— Puis, un jour, j'ai compris que je ne serais que diplomate...

— Normal, avait répondu cette fois Guillaume, il y a des diplomates écrivains (Dieu nous en garde !) mais on n'a jamais entendu parler de peintres diplomates !

Couleurs de Guillaume, dès lors : le gris de Pékin, bien sûr ; ou l'orange éclatant des kakis de l'automne, dans la vallée des Ming. Mais aussi couleurs de Guillaume : le crépi jaune et clair de nos villes toscanes où se découpe le gris de la *pietra serena* arrachée aux carrières de Maiano — qui n'est somme toute qu'une variation, camaïeu à peine plus sombre alors, du gris poussière, gris lumière de Pékin...

Gris de Pékin : lumière... c'est presque à regret que Guillaume a dû faire ce saut de quelques jours à Paris où Simon l'a fait rappeler — en mission !

— Je crois, lui avait dit au téléphone le conseiller du Président de la République, je crois que le moment est venu que nous ayons une nouvelle conversation.

Et, dans l'avion qui le ramène vers la France, Guillaume pense : « Et si on me disait de ne pas repartir ? Et si j'étais nommé ailleurs ? » Cela fait un peu plus d'un an qu'il est arrivé à Pékin, et déjà, il ne sait plus ; il ne sait pas s'il est heureux d'être revenu ou s'il s'ennuie à mourir ; il ne sait pas si la Chine qu'il a retrouvée reste quelque part, très loin, celle qu'il portait en lui depuis qu'un autre automne à Pékin on lui dit, voilà plus de vingt ans, qu'il lui fallait s'en aller.

L'hôtesse qui s'occupe de lui avec un soin tout particulier est petite, un peu boulotte, jolie quand même ; la mère de Guillaume aurait dit : « Un visage de petite marquise » — et, à l'idée de rencontrer une marquise dans le vol Air France Pékin-Paris, Guillaume devrait rire ; il n'en a pourtant aucune envie.

L'homme à la barbe lisse et couleur de miel, à côté de lui, est un diplomate iranien ; ils se sont salués à leur arrivée dans l'avion ; plus tard, ils ont échangé quelques paroles polies, mais l'Iranien s'est gardé d'engager toute conversation : comment Guillaume pourrait-il deviner que cet ancien professeur de littérature anglaise reconverti dans la diplomatie khomeyniste a décidé de profiter d'une mission à Paris pour ne plus revenir, ni en Chine, ni chez lui ?

Guillaume renverse la tête en arrière. Le numéro du *Monde* qu'il tenait à la main glisse à terre ; on y parle du nouveau roman de Serge Lensky, de la pièce de Lavenant, d'un discours du vieux Charlier devant le Parlement européen : tout cela, c'est encore demain. Pendant le temps que va durer le voyage, Guillaume, qui revient vers la France, est encore à Pékin.

Et c'est encore à Pékin que Guillaume se retrouve lorsqu'il rejoint Simon dans le même restaurant du bas des Champs-Élysées où la même hôtesse à la fausse allure de dame du monde équivoque murmure à l'oreille du Conseiller technique du Président qu'elle lui a réservé la même table.

— Dans ce coin, personne ne vous dérangera.

Elle a effleuré Guillaume d'un regard rapide, cet air vaguement détaché des femmes de quarante ans qui jugent — et jaugent — leur proie. Simon a insisté pour commander en apéritif un champagne rosé, millésimé, qui va mal aux conversations chaleureuses que les deux hommes ont ensemble depuis tant d'années. L'un et l'autre trempent les lèvres dans les flûtes de cristal, Simon renverse la tête en arrière.

— Alors ?

D'un coup, il voudrait tout savoir : la Chine de Guillaume aujourd'hui et la leur hier, ses rencontres, sa vie, ses amitiés. Et Guillaume raconte la triste petite ambassade retrouvée, les vilaines tapisseries de Gromaire et de Lurçat, l'odeur un peu fade qui règne toujours dans les couloirs ; et puis les amis de là-bas, les collaborateurs, les collègues, une vraie conversation de diplomates qui viennent de se revoir après combien d'années ? Il a quelques mots ironiques sur ce Thierry Destutt qui sait pourtant l'art, depuis longtemps perdu, du beau télégramme diplomatique. Il évoque encore David Allen, qu'ils avaient connu ensemble, ou cet ambassadeur des Pays-Bas, si froid, son épouse, presque grossière. Simon rit :

— Ne t'inquiète pas : c'est encore le souvenir d'Otrick qui traîne derrière eux !

Il était un temps où le nom d'Otrick n'aurait pas amené ce rire sur les lèvres de Simon, mais il est un temps pour tout, pour l'amour, pour le souvenir, pour la trahison.

On a apporté une salade de fruits de mer tiède sur un lit de trop délicates feuilles de chêne. Simon, alors, sans lever les yeux :

— Si je t'ai demandé de faire ce saut à Paris, c'est qu'il fallait que je te parle...

Comme on se jette à l'eau. Et Simon s'est jeté à l'eau. Il a longuement expliqué à Guillaume, ambassadeur de France à Pékin, le grand projet chinois qui est le sien et celui du vieux ministre, ce Jean Charlier dont il est devenu, avec les années, le dernier confident. Il a parlé d'une voix lente, monocorde, comme chaque fois que ce qu'il a à dire est grave, ou important. Le temps de la salade de fruits de mer tiède, puis du loup en croûte — ils ont décidé, d'un commun accord, de faire un repas de poisson — Guillaume a écouté, posant ici ou là une question. Ce sont des jours entiers de ce qu'il a fait, vu, rencontré depuis six mois à Pékin qui lui apparaissent sous une autre lumière. Ainsi, Simon et Charlier avaient tout prévu, tout organisé... L'enthousiasme, alors, le gagne, on dirait qu'il a retrouvé ses vingt ans — et c'est le même enthousiasme qui couve maintenant dans la voix de Simon pendant qu'il continue à expliquer, à démonter le mécanisme qu'il a mis en marche. Lorsque Simon se tait enfin — on vient d'apporter un gratin de fruits frais au sabayon —, Guillaume repose à son tour ses couverts.

— Qui est au courant, en dehors de nous deux ?

La voix de Simon baisse encore d'un ton :

— En France ? Charlier, bien sûr, et Melot, ton secrétaire général...

— Et le ministre ?

— Quel ministre, le tien ? Il ne sait rien, bien sûr : tu voudrais que tout le Quai d'Orsay soit dans le coup ?

— Et Jacques ?

Jacques Benoist, le directeur d'Asie ; le regard de Simon vacille un instant.

— Je ne sais pas ; je ne crois pas, mais je ne suis sûr de rien.

Les liens de Jacques Benoist avec la Chine, bien sûr, affirmés très haut ; mais d'autres amitiés, aussi, ses voyages au Viêt-nam, le soutien sans faille qu'il a toujours voulu montrer aux tentatives de règlement du problème cambodgien : après tout, il a été deux ans en poste à Phnom Penh.

— Il faudra bien qu'il sache, pourtant...

Cette même lueur qui hésite dans le regard de Simon Anglade.

— Et à Pékin, demande alors Guillaume, qui traite l'affaire du côté chinois ?

Simon a un bon vieux sourire, tout rempli de mille souvenirs.

— Ce bon vieux Liu, bien sûr. Et son ami Shi, que tu rencontreras en coulisses ; mais tu sais que ce Shi Jinan est vaguement le cousin de Zhao Ziyang : tu vois, là-bas, tout reste ou redevient une affaire de famille...

Guillaume, qui ne boit jamais d'alcool après un déjeuner, videra pourtant un verre de vieil armagnac.

Puis Guillaume et Simon sont descendus jusqu'à Aix-en-Provence, où le vieux ministre vit maintenant une bonne partie de l'année. Il habite une grande bastide du XVIIIe siècle, large et claire sur des jardins, avec partout autour des eaux qui courent. Au-dessus d'une fontaine, de jeunes déesses de pierre que le temps n'a pas voulu tout à fait ronger tendent à des amours des paniers de fleurs. Le mistral retombe doucement ; il effleure encore les pointes des cyprès. Sur un gazon entretenu comme au milieu de la Normandie, une huppe est venue se poser, face à Guillaume et Simon qu'un domestique en veste blanche a conduits sur la terrasse jusqu'à une table de pierre. Quatre fauteuils de rotin et, en face, la Sainte-Victoire.

— C'est Charlier lui-même qui m'a dit qu'il voulait te voir...

Guillaume remarque que la main de Simon tremble un peu pour allumer sa Boyard : l'âge ? L'émotion... Déjà, dans le TGV qui les conduisait jusqu'à Marseille, il a vu le visage de Simon creusé par la fatigue, les poches sous les yeux, les grandes rides verticales au coin des lèvres ; il s'est posé la question : quel âge, Simon ? Jadis, Simon Anglade, l'ami de toujours depuis les jours de Pékin, lui avait paru sans âge — ou vieux de tout l'âge du monde, de toute sa sagesse aussi. Guillaume avait calculé : vingt ans en 44, dans le maquis, ça fait combien aujourd'hui ? Le visage du vieux ministre lui est apparu alors : et lui ? Et ce vieux monsieur qui a tiré tant de ficelles depuis qu'il a vaguement été sous-ministre quelque part aux Colonies ou à la Marine — sinon au Quai d'Orsay —, dans le cabinet Léon Blum, au temps du Front populaire ?

Un pas a crissé sur le gravillon. Le ministre enveloppé d'une large houppelande à la Clemenceau est arrivé, soutenu par son domestique en veste blanche. Et soudain, Guillaume lui a trouvé une allure à la Briand ; une ressemblance, oui, les moustaches abondantes. Lui aussi, comme l'a fait Simon, a d'abord interrogé le nouvel ambassadeur de France à Pékin.

— Alors ? Votre Chine à vous ?

Et, comme à Simon, Guillaume lui a raconté cette Chine qu'il avait vécue si intensément voilà plus de vingt ans, vers laquelle il est revenu et dont il sait, somme toute, si peu de choses. Il a raconté cet espoir qu'il trouvait chez certains, le commerce qui prospérait partout, et les intellectuels, les étudiants, les cadres même du parti qui s'interrogeaient : peut-on aller aussi vite et sur tous les fronts dans un pays où plus d'un milliard d'habitants en sont encore à chercher la voie qui pourra les sortir de la misère où ils sont confinés depuis que la Chine est Chine ?

Le vieux ministre l'a écouté. De temps en temps, il ramenait sa houppelande sur ses épaules, refusant pourtant de rentrer dans la maison, en dépit des suggestions de Simon, de Guillaume, du domestique en veste blanche.

— Je ne suis heureux que dans cette odeur de pinède et de broussailles.

Le vieil homme, à son tour, a parlé : le plan qu'il échafaudait depuis tant d'années, ses espoirs, ses rencontres, ce M. Liu dont avait déjà parlé Simon, le Président lui-même qui lui accordait sa confiance.

Ils sont restés ainsi deux heures à parler sur cette terrasse, au-dessus des oliviers, face à la Sainte-Victoire : Guillaume retrouvait dans la pinède aixoise des odeurs qui étaient celles des campagnes de Pékin. Puis le vieux monsieur a baissé la voix ; sa tête retombait doucement sur son épaule :

— Pardonnez-moi : je suis très fatigué, ces derniers jours...

À Aix, sur le cours Mirabeau, Guillaume s'est émerveillé de trouver tant de femmes jolies.

Peut-être qu'à l'époque, seul André Verviers savait qui était vraiment M. Liu. Pour Simon, le déjà très vieux monsieur n'était qu'un des chefs du service du protocole, qui supervisait également le service des traductions des Éditions en langues étrangères de Pékin auquel lui-même collaborait : mais, dans l'ombre, M. Liu avait d'autres rencontres. Et seul André Verviers avait été admis, en de rares occasions, dans la maison de M. Liu.

Alors que la presse officielle ne tarissait pas d'éloges sur la modestie de la manière de vivre des dirigeants, le vieux Chinois possédait une grande maison au bout d'un hutong, tout près des quartiers neufs de la gare ; il n'y habitait que rarement, préférant dormir sur un lit de sangle qu'il montait chaque soir dans son bureau. Mais c'était dans cette maison, où vivaient encore sa femme et la fille de son fils, qu'il recevait parfois ses amis. Construite comme celle de Verviers autour de deux cours, elle avait pourtant une autre grandeur.

À sa première visite, André Verviers s'était étonné de la profusion des jades et des peintures anciennes, des meubles en bois de rose qui régnait là ; il s'était toutefois retenu de ne rien faire remarquer de cette surprise, et c'est M. Liu qui avait parlé le premier.

— Eh oui : nous sommes encore quelques-uns à ne pas avoir totalement oublié une certaine manière de vivre. Pour la plupart de mes amis, c'est une ultime concession que font nos maîtres à quelques-uns de leurs plus loyaux serviteurs ; en ce qui me concerne, disons que les maîtres en question ont compris que j'avais besoin de retrouver ces peintures d'hier, ces pierres taillées d'avant-hier amassées par mon père et, avant lui par son père et le père de son père, pour réfléchir avec eux à ce que sera la Chine de demain.

Il avait développé pour celui qu'il appelait son ami une étrange théorie aux termes de laquelle il apparaissait qu'à travers tous les bouleversements et toutes les révolutions, la Chine était une et unique, un bloc, un tout en somme — où le passé, aussi renié, condamné, anéanti fût-il, commandait toujours le présent. Si bien qu'il fallait que quelques hommes comme lui soient là, pour établir entre cet hier mort et ce devenir encore en filigrane sur le papier des décideurs, le lien sans lequel l'avenir ne serait qu'une utopie absurde, ancrée dans le vide et non dans le réel.

— La Chine, voyez-vous, est à la fois pays du rêve et pays du réel ; mais ceux qui n'ont cru qu'à l'une des deux figures de ce dieu bipolaire qui dessine notre destin se sont toujours trompés et ont regardé dans une direction qui ne pouvait être la bonne.

Déjà Segalen, poète en Chine bien plus que poète de la Chine, disait voyager au pays du réel pour mieux parvenir aux empires du rêve dont il faisait poésie.

M. Liu avait d'ailleurs sorti un précieux exemplaire des œuvres du poète imprimé à Pékin, sur les presses du Beitang, la cathédrale d'alors, et il avait lu en français :

> *« Le Dragon couché : le ciel vide, la terre*
> *lourde, les nuées troubles ; soleil et*
> *lune étouffant leur lumière ; le peuple*
> *porte le sceau d'un hiver qu'on n'explique*
> *pas.*
>
> *« Le Dragon bouge : le brouillard aussitôt*
> *crève et le jour croît. Une rosée nourrissante*
> *remplit la faim. On s'extasie comme à*
> *l'orée d'un printemps inespérable.*
>
> *« Le Dragon s'ébroue et perd son vol : à lui*
> *l'horizon rouge, sa bannière ; le vert en*
> *avant-garde et la pluie drue pour escorte.*

Riez d'espoir sous les crépitations de son
fouet lancinant : l'éclair. »

Plié à la chinoise sous sa double couverture de bois clair, le livre portait sur sa première page la signature du poète et un mot affectueux :

— C'est à mon père que votre écrivain l'avait donné : entre eux, il y avait une sorte de pacte ; chacun d'eux apprenait à l'autre les mots d'une langue au-delà des langages qui leur permettait de se comprendre jusqu'au milieu de leurs plus violentes contradictions.

Un à un, M. Liu avait montré à Verviers les plus rares de ses trésors, puis il lui avait fait un cadeau. C'était une photographie dans un cadre d'argent où deux hommes se tenaient la main ; la photo portait une double signature, les belles lettres carrées de Victor Segalen et les trois idéogrammes qui disaient le nom du père de M. Liu. André Verviers avait voulu le remercier, mais le vieux Chinois l'avait arrêté.

— Quoi qu'il arrive dans les années, les mois à venir, il faut que des hommes comme vous et moi, comme mon père et lui (il montrait la photo de Victor Segalen et de son ami chinois) soient là, pour porter témoignage.

Puis, raccompagnant le diplomate jusqu'à la porte, il avait encore remarqué :

— Vous devriez faire davantage confiance à votre ami Simon ; ce n'est pas un traducteur comme les autres, vous savez...

Dans la dernière cour, une petite fille jouait avec une pivoine qu'elle avait tendue au diplomate.

— Meilin sait reconnaître ses amis.

La voix du vieux M. Liu était un murmure qui ressemblait à ces chansons qu'on fredonne, bouche fermée.

— Quelquefois, disait Verviers, mon père quittait sa défroque de diplomate...

Le vieil Alexandre Verviers, qui avait été ambassadeur à Montevideo et à Bruxelles, avant de revenir à Pékin où, à vingt ans, il avait déjà été une première fois en poste, s'habillait d'un simple costume de toile, il changeait son col dur et sa cravate grise pour une cravate de boutiquier et se faisait conduire par un pousse en qui il avait une totale confiance, jusqu'à ces rues de la ville chinoise, au sud de Qianmen, où pullulaient bordels, maisons de jeu, fumeries d'opium.

— Il m'a raconté, bien plus tard et après la mort de ma mère, qu'il avait une amie chinoise qu'il aimait avec passion.

Cette Li Yang était hôtesse dans une sorte de casino et son souteneur de mari la vendait deux ou trois fois par an à un quelconque gogo venu d'Europe qu'elle jurait de suivre jusqu'au bout du monde, disparaissant le moment venu et ne faisant à nouveau surface dans sa maison de jeu qu'après le départ dudit touriste ou diplomate.

— Mais mon père l'aimait vraiment... Je suis sûr maintenant que Li Yang l'aimait aussi et son maquereau avait été obligé de fermer les yeux.

C'est qu'Alexandre Verviers avait assez d'amis parmi les hauts fonctionnaires de la jeune République chinoise pour contraindre un tenancier de bordel au silence. Un jour, pourtant, l'époux de la jeune femme avait tenté une démarche, un chantage.

— Mon père, déguisé en vendeur de magasin, a pris l'air apeuré qui convenait, a donné quelques dollars mexicains (puisque c'était là la monnaie officielle, en ces années d'une étrange Chine ballottée entre tant d'horizons) mais le lendemain, c'était le marlou de Li Yang qui avait disparu.

Nul, hormis Alexandre Verviers, n'avait su que le malandrin dont on avait exposé le corps supplicié, la tête dans un carcan, à l'entrée de Xuanwumen — la porte de la Grandeur des Armes, dite aussi Si Men, porte de la Mort — était le mari de la belle Li Yang qui n'avait pas compris qu'entre un diplomate ami de la Chine et pourvu de beaux dollars et quelques policiers parfaitement corruptibles, il n'y avait pas de place pour un infortuné maquereau tout juste capable de vendre dix fois la même femme à des touristes américains.

— Figurez-vous, a dit un jour Verviers à Simon, que quelques mois après mon retour, j'ai voulu savoir ce qu'était devenue cette Li Yang.

Ils sont assis sur des chaises de rotin dans la deuxième cour de la maison près du Yonghegong ; Irène s'est endormie et André Verviers emmène parfois jusque-là ses amis les plus chers.

— ... Et je l'ai retrouvée, murmure-t-il, le visage subitement bouleversé.

Comment aurait-il pu ne pas être touché par cette très vieille femme aux petits pieds bandés qui, comme dans un rêve, était venue jusqu'à lui dans l'arrière-cour de cette boutique de la rue des Lanternes, au sud précisément de Qianmen, et qui avait tendu les bras en l'appelant du nom de son père mort depuis trente ans.

— Elle avait les yeux aussi blancs que ses cheveux, la peau tellement ridée qu'elle semblait danser sur les os de son visage, et elle prononçait le nom de mon père — Alexandre — avec un sourire que je n'ai jamais vu sur le visage d'aucune femme.

Après un silence, André Verviers murmure :

— Peut-être qu'elle a aimé mon père comme aucune femme n'a jamais su le faire.

Dans la pièce centrale, au fond de la deuxième cour, on entend Irène qui gémit dans son sommeil, et André Verviers se lève :

— Vous permettez...

Simon s'éclipse au moment où la voix de Verviers répond à celle de sa femme ; ce sont des mots très doux qui ressemblent aux paroles de ces berceuses qu'on chante aux tout petits enfants.

Du temps du séjour de Simon à Pékin, le plus ancien des diplomates étrangers dans la capitale était donc ce Jan Van Otrick, qui représentait les Pays-Bas en Chine depuis l'avènement du régime communiste. Il accumulait les livres et les amitiés, entretenait des correspondances avec les quatre coins du monde et prenait un curieux plaisir à jouer les excentriques sans reculer, au besoin, devant le moins subtil des paradoxes.

— Peut-être, disait Otrick à Simon, peut-être que ceux qui nous voient de loin — nous, c'est-à-dire vous-même, mon ami, John Chessman lorsqu'il nous rend visite, Clawdia, votre ami Verviers et moi, bien sûr — peut-être qu'ils se disent que nous formons un groupe, une équipe bien soudée d'amis à toute épreuve — d'abord nous nous ressemblons tant ! Mais ils se trompent : nous sommes au mieux une colonie d'étranges coléoptères livrés à eux-mêmes parmi les fourmis. Que l'un d'entre nous faiblisse, batte de l'aile, et ce sont des milliers de fourmis qui se chargeront de montrer au gros hanneton malhabile qu'il n'est qu'un tas de viande pas très propre.

Il venait de fumer : il était étendu sur un divan de son bureau, la pipe d'opium bien en évidence sur une table basse, et Simon, mal à l'aise en face de lui, se disait seulement : « Je couche avec la femme de cet homme qui me parle comme à un ami. » Il aurait voulu s'en aller, trouver un prétexte pour quitter au moins la pièce ; il se disait que les élucubrations de l'ambassadeur hollandais n'étaient que divagations d'après l'opium, mais il ne pouvait s'empêcher d'être fasciné par le petit homme au visage sec, aux traits tirés, qui avait des amis dans le monde entier et qui avait choisi de vivre là, parmi ces quelques coléoptères aussi perdus que lui au milieu de millions de fourmis. Et quand Otrick l'appelait : « Venez, nous avons un moment de tranquillité, nous pouvons parler... », Simon revenait.

— Quoi que vous puissiez en penser, lui avait répété un jour Otrick, je suis certain que nous nous ressemblons...

Il avait fallu l'été rouge de 1966 pour achever de tout séparer...

D'abord, ç'avaient été de grands cortèges qui traversaient la ville de part en part, ou qui se rassemblaient en son milieu, quelque part sur Chang'an ou sur la place Tian'anmen : des milliers, des dizaines de milliers de gosses, brassard rouge et petit livre rouge à la main, qui criaient leur joie, leur bonheur, leur folie de servir le président Mao.

Venue des quatre coins de Pékin, de Dongzhimen et de Yongdingmen, montée de la gare, descendue de Beida et de toutes les écoles des banlieues ouest, c'était une masse gigantesque et uniforme qui montait à l'assaut de la ville en une houle encore pacifique et heureuse.

« Pacifique et heureuse... », avait alors pensé Guillaume.

Simon, qui avait connu la période des Cent Fleurs et celle du Grand Bond en Avant, était moins pressé que lui de donner un avis.

— Ce sont des gosses, répétait Guillaume.

La petite maison de Simon, derrière le temple des Lamas, semblait jusqu'au fond de son unique cour emplie de l'immense clameur qui déferlait sur la ville.

Deux ans plus tard, à Londres, 1968 n'avait fait qu'effleurer de son aile ébouriffée une jeunesse trop sage pour ces jeunes-là. La London School of Economics avait failli se mettre en grève, et on en était resté là. Guillaume savait par la télévision ce qui se passait en France. Il éclatait parfois de rire ; Marianne, alors, gravement, le rabrouait.

— Tu ne comprends pas que ce sont des choses sérieuses que veulent ces gosses ?

C'était un samedi soir ; ils devaient aller à un dîner que donnait leur ami John Chessman, Guillaume avait souri.

— Tu pourrais le dire, toi, ce qu'ils veulent ?

Le regard de Marianne était devenu très fixe : elle regardait parfois Guillaume ainsi, lorsqu'elle ne pouvait comprendre ce qu'il voulait dire.

— Ils veulent vivre autrement que nous, oui...

C'était une joie, c'était une fête ; partout des musiques, tambours et gongs martelés sans fin, trompettes, des triangles et des cymbales. Et puis des cortèges, encore, qui se formaient.

Sur Wangfujing et dans les rues adjacentes, à travers le marché de l'Est, sur la place qui s'étend devant le Baihuo Dalou, le plus grand magasin de la capitale, partout des enfants couraient.

L'un d'eux a bousculé un petit vieux sous les yeux de Guillaume ; le petit vieux, qui tenait une cage avec un canari, est tombé sur le trottoir : sans un mot, d'un bond, le gosse l'a enjambé.

— Tu vois, a dit Simon à Guillaume : la révolution passe.

Guillaume, alors, n'avait pas encore compris.

— Vous ne pouvez pas dire des choses comme ça ! s'exclamait-il quelques mois plus tard.

— Que celui qui n'a jamais dit de mal de la Chine me jette la première pierre ! avait répondu Barne Nobles, qui avait eu son heure de gloire à vingt-cinq ans pour un roman à clef où il insultait tous ses amis et qu'à trente ans on avait presque oublié.

— Alors, prends ça dans la figure !

Une petite jeune femme à la frange hirsute venait de lui lancer au visage une bouteille vide qui avait éclaté dans un coin de ce studio de Chelsea au beau mobilier Régence. La jeune femme — elle était sculpteur, c'était elle qui fabriquait en série des petites filles nues dans des baignoires — s'était ensuite expliquée.

— Je ne risquerais pas de dire du mal de la Chine ! Je ne sais même pas où c'est !

Elle ne plaisantait qu'à moitié. A Londres, Guillaume avait retrouvé quelques-uns de ses compagnons de Pékin : John Baker, qui avait été nommé responsable du bureau Chine au Foreign Office (on disait le *desk* chinois) ou ce John Chessman, aperçu d'abord en compagnie de Simon. Chessman l'avait présenté à d'autres écrivains, George Mulley ou Barne Nobles, à des marchands de tableaux comme Nicholas Pelley. Ou à Penelope Sage, sculpteur de son état. Et puis Guillaume avait fait connaissance de Clawdia, la femme de cet Otrick qu'il n'avait pas connu mais dont le souvenir était resté si vivace à Pékin ; elle vivait désormais avec Chessman, dans la grande maison que celui-ci possédait au sommet de Hampstead Heath, ce parc de bois et de longues prairies en pente au-dessus de la ville.

Ils avaient, à Hampstead ou à Mayfair, chez Nobles, de longs après-dîners qui duraient jusqu'au petit matin. Ils buvaient beaucoup, des cigarettes bourrées de quelque chose circulaient parmi les invités, ils paraissaient tous fatigués, usés avant l'âge mais tous auraient, en fin de semaine, leur signature au bas de l'un de ces éditoriaux, l'une de ces critiques ou de ces articles de fond qui sont la gloire de la presse anglaise dominicale, tous *Observer* et *Sunday Times* confondus.

Assise dans un coin à côté de Serge Lensky, qui était aussi de ces soirées, Marianne fumait des Rothmans rouges qu'elle ne faisait qu'allumer pour les écraser tout aussitôt dans l'assiette plate qui tenait lieu de cendrier ; elle les observait en silence.

— Tu t'ennuies, n'est-ce pas ? demandait parfois Guillaume.

Elle protestait alors, soulevait les épaules d'un air las.

— Mais non, je ne m'ennuie pas...

Elle ajoutait :

— Je vous regarde.

Et Guillaume éprouvait le curieux et désagréable sentiment que Marianne, peu à peu, devenait sa mauvaise conscience ; pour quelles obscures raisons ne lui avait-il jamais avoué que lui aussi, à sa manière, avait tenté de porter témoignage en réunissant ces notes, ces poèmes sur une Chine qui était, cachée en lui, cette déchirure ?

Lensky lui-même avait fini par devenir maoïste.

Vêtu d'un costume trois-pièces pour donner ses cours — « Il ne faut heurter aucune susceptibilité, affirmait-il, moins que tout autre celle de l'Université qui est vraiment une très vieille dame » —, il s'habillait de bleus de chauffe après six heures du soir et le week-end toute la journée pour entretenir avec ses semblables de la London School of Economics des contacts étroits qui avaient pris la forme d'une revue à laquelle il participait activement. Son premier article : « Appliquer l'esprit de Da Zhai à l'étude des révisionnistes Tolstoï et Dostoïevski » tenait de la boutade — « L'esprit de Da Zhai » avait longtemps été, dans la presse officielle chinoise, l'unique façon de trouver le salut ; puis on avait oublié Da Zhai, bourgade modèle perdue dans le nord du pays, et d'autres slogans l'avaient remplacée ; mais son article suivant, consacré à une analyse sémiotique du vocabulaire petit-bourgeois des travaillistes contre-révolutionnaires anglais avait été pris très au sérieux par le très sérieux *Observer* qui lui avait consacré six colonnes inquiètes.

— Tu vois que la France chinoise se porte bien en Angleterre ! avait-il lancé à Guillaume le dimanche suivant, chez les Gimpel.

Le reste de la carrière maoïste de Serge n'avait plus été qu'une histoire d'excès, d'humour et de vocabulaire : excès en tout, mais sans défaut ; humour bien gros et bien gras et vocabulaire hermétique mais imagé.

— Je vous avais bien dit qu'il y avait encore des découvertes à faire !

Quatre heures du soir en hiver, les rues de Liulichang : çà et là, des fumées déjà s'élèvent d'une cuisine en plein air, de la cheminée au-dessus d'un toit de tuiles grises ou d'un brasero qu'entourent des enfants emmitouflés dans des grosses pelisses et qui rient. Dans l'axe de la ruelle, le dernier rayon du soleil semble traverser de part en part tout le quartier des antiquaires.

— Bien sûr, remarque encore Jean-Michel Hessing, on a tout refait, tout détruit et tout reconstruit, on a tout repeint à neuf, tout astiqué, mais en Chine, le temps reprend toujours ses droits et, dans deux ans, on ne se rendra plus compte de rien.

Tous les temples, tous les yamens de Pékin dix fois rasés, brûlés et qu'on a rebâtis... Guillaume tient à la main une admirable montre de gousset 1900 qui sonne les heures, les demies et les quarts lorsqu'on l'interroge d'une pression de la main sur un petit saphir : comme au temps de la plus ancienne Chine, il en a discuté le prix, âprement et jovialement, avec le vieux marchand barbichu qui l'a sortie de dessous son comptoir.

— Ça, c'est nouveau : depuis deux mois, tout au plus : il y a maintenant les magasins d'État, et les autres...

Désespérément vides, ou remplis d'un désolant bric-à-brac, les magasins d'État de Liulichang, la rue des antiquaires, attendent en vain le chaland ; sur le pas de leur porte, les vieux marchands barbichus comme celui qui vient de vendre un si bel oignon, rabattent le client.

— Je le connais bien, ce M. Xie, dit Jean-Michel, il est professeur d'histoire à l'Université de Pékin.

Stupeur de Guillaume :

— Et alors ?

— Alors ? Eh bien, il gagne dix fois plus en vous vendant une montre et dix autres à dix étrangers qu'en vingt heures de cours par semaine ! Si bien qu'il expédie ses vingt heures de cours devant des étudiants aussi désabusés que lui et qu'il revient en hâte à sa boutique vendre ses montres en or et ses peintures sur verre.

Ils sont arrivés devant le magasin suivant ; et là, c'est le coup de foudre de Guillaume pour l'une de ces peintures sur verre exposées dans la vitrine : une jeune femme en bleu, le sourire lointain, ironique, sensuel, enjôleur... (que d'adjectifs ! pense Guillaume).

Deux heures après, le nouvel ambassadeur de France à Pékin avait fait accrocher par un domestique impassible dans la chambre à coucher de sa résidence, face aux deux fenêtres, la jeune femme en bleu. Déjà à Pékin voilà vingt-cinq ans, puis à Londres avec Marianne, il y avait eu la petite sœur de cette jeune dame-là, puisque ces peintures sur verre vont par paire ; car Guillaume en est sûr, l'autre peinture, celle que Marianne a cassée un jour de grande détresse, était le double de celle-ci, le même sourire, la même épaule pâle. La dame de verre morte à Londres regardait à gauche et tenait un éventail ; celle de ce soir caresse un rouleau de peinture et vous interpelle du côté gauche.

C'était Simon qui avait fait découvrir à Guillaume ces femmes fixées sous verre — des *boli youhua* — dont beaucoup n'étaient que des portraits de putains destinés à décorer le salon des maisons closes du quartier de Dazhalan, derrière Qianmen, où ces messieurs venaient choisir leurs épouses d'une nuit.

— Si tu les regardes bien, tu verras qu'aucune n'a plus de seize ans, avait fait remarquer Simon, mais elles sont si lourdement maquillées que leur âge a depuis longtemps disparu sous le fard.

Dans le salon de l'appartement de la rue Guynemer, tout un mur était occupé de ces étranges figures, aux gestes figés dans une position admirablement artificielle qui les rendait plus irrélles encore, plus loin de la petite fille qui avait servi de modèle au peintre naïf.

— Je les déteste, murmure Lorraine.

Elle vient de leur servir à boire et s'est laissée tomber dans le canapé qui tourne le dos aux putains sur verre si bien qu'à demi accoudée sur l'un des grands coussins de cuir, son profil se découpe sur un fond de visages venus du plus profond de la mémoire de Simon, soudain hantée par le souvenir du plus énigmatique des plaisirs.

Images, alors, d'un autre souvenir — au présent, celui-là.

Simon embrasse Clawdia, appuie son visage sur son épaule, dans le creux de son épaule, sur son sein, ramène les mains sur son corps, enfouit son visage en elle et la serre, et se serre contre elle, en elle.

— Oh ! Clawdia, ne jamais te quitter. Ne jamais quitter ces moments. Durer, Clawdia, par toi, parce que tu es toi.

Simon caresse le visage de Clawdia, écarte et ramène les masses lourdes de ses cheveux, scrute dans la demi-obscurité le silence de ses yeux.

— Clawdia, je voudrais te faire un enfant, un fils. Là, maintenant. Un fils de toi et de moi, qui soit toi et moi.

Elle gémit, comme pour écarter les mains qui l'entraînent, puis les retient quand elle craint de les sentir s'échapper. Les mains de Simon, noires et chaudes, fortes, les mains de Simon, et si désespérées quand elles viennent à elle, la labourent, la cherchent, la gardent.

— J'aimerais un fils, Clawdia, mais de toi seulement.

Elle a un petit rire sec, douloureux.

— Jamais je n'aurai d'enfant, Simon, ni de toi ni de personne. Jamais, maintenant.

Et parce qu'elle a senti ce que sa réponse avait blessé en lui :

— Pardon, Simon, je te demande pardon...

Il est resté comme figé, dur, et c'est elle qui a pris sa main, l'a portée à ses lèvres et l'a embrassée.

Corps de Clawdia. Paysage. La première fois que Simon avait découvert le corps de Clawdia. Corps de Clawdia : souvenir.

Elle a trente ans, le corps d'une femme de trente ans, solide et plein, les seins épais, à peine arqués, le bout sombre des seins de Clawdia. Il y portait les lèvres, elle fermait les yeux.

Les épaules de Clawdia très brunes, musclées, des épaules d'adolescent sportif. Alors que le corps de Clawdia est toute tendresse, toute douceur, arrondis, ombres, surfaces polies et planes. Ainsi les hanches de Clawdia, marquées, courbes ou le ventre de Clawdia, sa tiédeur.

Simon reposait sa tête sur le ventre de Clawdia dans la lumière striée des persiennes. Les grandes palmes du ventilateur faisaient des croix tournantes au plafond. Clawdia nue souriait, se levait à demi, et Simon voyait ses seins retrouver leur forme pleine, leur poids, leur nature même.

Ou bien les cuisses de Clawdia, longues, parce qu'elle était grande, aux muscles pourtant dessinés qu'il se hasardait à suivre des lèvres jusqu'à la rencontre émouvante de l'aine, et Clawdia qui lui disait de durer encore en son baiser.

— Si je ne t'avais pas connue, Clawdia, je serais mort ici.

Avec Serge Lensky, qui avait aussi été l'un des hôtes de ce château de Charny où il passait ses vacances et beaucoup de week-ends, Jean-Michel Hessing avait à vingt ans des débats aussi passionnés qu'inutiles qui se résumaient généralement en deux questions : vaut-il mieux agir ou crier, faire ou écrire, peindre, publier ? Et l'homme est-il né pour agir, créer et vivre seul ou en groupe ?

La discussion commençait le matin, autour de la table du petit déjeuner, les croissants apportés de Saint-Lô par une tante qui ne reculait devant aucun effort, se poursuivait à midi sur les plages des environs, Casteret ou Grandville, pour reprendre le soir, dans le salon de musique où un pianiste ami, parfois une petite violoniste américaine qui établissait volontiers là ses quartiers d'hiver, jouait Liszt, Schubert ou les sonates et partitas pour violon seul de Bach.

Lorsqu'un soir de grande fatigue à Pékin, Jean-Michel avait raconté en se moquant de lui-même les débats qui l'agitaient alors, Guillaume l'avait regardé drôlement.

— Vous aviez quel âge ?

— Vingt ans, avait répondu Jean-Michel, pourquoi ?

Guillaume, un peu ivre, avait vidé encore un verre de vieil armagnac mais il avait laissé sans réponse la dernière question de son collaborateur.

Henrietta, la femme de Jean-Michel, s'était mise au piano. Elle connaissait tout ce que Guillaume aimait : les impromptus de Schubert, la grande sonate posthume, mais aussi Liszt et les *Années de pèlerinage* ; et Guillaume, qui regardait la jeune femme de profil, penchée à contre-jour sur le piano, découvrait que la lumière orangée de la lampe placée derrière elle donnait à ses cheveux, à sa nuque même, une blondeur plus douce encore. Il sentait que son cœur se serrait, des voix perdues, des musiques remontaient jusqu'à lui.

A la fin, il avait un frisson, vidait très vite un second verre d'armagnac, puis se levait et quittait l'appartement anonyme auquel Jean-Michel et Henrietta étaient parvenus à donner une âme, pour gagner à grands pas l'ambassade désolée, de l'autre côté de la rue, ou presque, mais subitement si loin.

— Autrefois, racontait-il parfois à Marianne, autrefois, on se retrouvait. Réunis, au dernier étage de l'hôtel Xin Qiao, derrière la porte de Chongwenmen qu'on a détruite la première. Des douzaines de petits Japonais jouaient au billard à la lumière de néons blafards et Iris, qui était photographe, et Marcuse, qui était journaliste, tenaient toujours à la même table d'interminables conversations avec les hommes d'affaires qu'ils pouvaient taper d'une information à leur retour du Hunan ou de la Mandchourie. On buvait de la bière de Qingdao dans de grands verres à limonade et le barman, toujours de mauvaise humeur, nous apportait de petits canapés recouverts de caviar pressé.

Inghe ou May vidaient cul sec des verres d'un mauvais cognac. Parfois, John Baker se joignait à eux, et avait dans la poche de sa vaste houppelande une bouteille de whisky pur malt.

— Et nous restions à parler jusqu'à ce qu'à minuit on éteigne les barres de néon.

— Vous parliez de quoi ? interroge Marianne.

— De quoi ? De la Chine et des Chinois, bien sûr !

Images, souvenirs, brèves notes : un poème ? Ou peut-être, seulement, notre mémoire à tous. Iris, la photographe de l'agence France Presse, avait pris de cette Chine-là des clichés que Guillaume conservait précieusement dans un gros dossier de carton-toile.

Tout près de Sanlitun, le nouveau quartier diplomatique où s'élève l'ambassade de France, deux régiments de gosses paradaient au pied du grand stade de Pékin sur un terrain nu planté de quelques bambous. C'était le printemps 1966, la tourmente...

Un coup, deux coups de tambour rythment leur exercice : un coup, deux coups, puis un chant très bref qui s'achève en hurlement de joie. Les filles comme les garçons ont des fusils de bois et le général qui les commande est une gamine de quinze ans. Une autre, à l'écart, s'est arrêtée ; elle est penchée en avant, appuyée sur son fusil de bois. Guillaume l'a vue (il a même pris une photographie d'elle qu'il conserve encore, vingt ans après, sous une plaque de verre sur son bureau). La jeune fille a le regard triste. La générale pousse alors deux cris, deux appels et deux jeunes garçons au pantalon dépenaillé mais au beau brassard rouge tout neuf viennent vers elle et l'un d'eux lui applique une formidable claque sur le visage.

La jeune fille au regard triste est rentrée dans le rang, l'exercice a repris : un coup, deux coups de tambour, un chant très bref et puis un hurlement de joie.

Paris, alors, qui chantait et qui croyait au ciel sous le vent d'un soir de mai qui durerait le temps de leur jeunesse à tous : un Thierry Destutt de seize ans qui a cassé les vitres du lycée et Serge Lensky, qui regarde et s'amuse ; Lavenant, comédien, Julien Bidault qui sera journaliste et joue pour le moment à allumer un feu : sous les pavés, la rage, mais la rage simplement de regarder autrement.

L'Odéon est devenu le nom d'une victoire : notre Austerlitz, notre Marengo ; et la Sorbonne en fête, Katangais aux balcons, c'est la dernière des Bastille : celle de la liberté — dit Thierry Destutt à la gamine en blanc qui s'avance avec lui.

Ici aussi, cortèges, rassemblements, meetings et le parti communiste qui ne sait où donner de la tête : Guillaume voit tout en noir et blanc par la petite fenêtre de sa télévision, dans sa maison de Londres qui donne sur un parc.

A travers les parcs de Londres, il regardait les feuilles changer de couleur avec les saisons, du vert le plus délicat à ce vert si vert qu'on le dit précisément anglais, tandis que Marianne revenait de plus en plus souvent pour quelques jours à Paris. Elle y retrouvait Lensky, qui passait désormais plus de temps à Paris qu'en Angleterre.

— Aucun intellectuel digne de ce nom ne peut décemment vivre à Londres ! affirmait-il avec la plus totale des impudeurs.

Il avait fondé chez Maspero une revue qu'il assurait le plus gravement du monde « plus chinoise que la Chine » : des écrivains de tous les bords y donnaient de beaux articles fous et Marianne avait avec lui jusqu'à la fermeture de la Closerie des Lilas — la Closerie, jadis... — des conversations où son visage, enfin, s'animait.

Puis elle reprenait un train de nuit pour Londres — elle disait : « Jean-Claude aimait les trains » — et se retrouvait, froide, pâle, dans la tiédeur innocente de ce printemps de 1968, à Londres, où il ne se passait rien.

— Tu t'es bien amusé ? demandait-elle à Guillaume, comme en passant.

Elle n'écoutait pas sa réponse. Guillaume, lui, ne devinait rien.

Fermer les yeux : la vague rouge s'avance alors, s'enfonce, reflue un instant pour mieux recommencer et s'écarte enfin, s'ouvre, avale le petit vieux à lunettes qui se tenait, indécis, sur le bord de la route, pour le recouvrir. Du petit vieux, de ses lunettes, Simon n'a pas même gardé le souvenir.

Les autres, les jeunes qui poursuivent leur progression de rue en rue, de maison en maison, dévastent et brisent, cassent, fracassent : côte à côte sur ce bord de trottoir, les lions en morceaux d'un temple, les bouddhas dorés du temple et le vieux petit moine qu'on a laissé dans la première cour, lunettes cassées, avec au cou la pancarte infamante.

— Mais ce n'est pas ça, notre Chine, remarque Simon sourdement. Pour se rassurer.

— Pas notre Chine ? répond John Baker ; mais qui a osé croire que la Chine était à nous ?

Il montre les magasins dévastés, les ruines de ce temple, les néons arrachés aux vitrines des boutiques et les gosses qui hurlent leur bonheur à en détruire encore plus.

— Elle est à eux, votre Chine : vous ne l'aviez pas compris ?

— Le premier qui arrive en haut gagne une caisse de champagne !

C'était John Baker qui avait lancé le défi : trois mois, six mois avant. Les autres, Guillaume, Simon, David Allen et le fils de Verviers, en poste à Beyrouth qui était venu voir son père, l'avaient relevé : ils étaient à ce point de la Grande Muraille où, au bord de la passe de Nankou, les touristes s'arrêtaient pour en escalader les premiers degrés ; « en haut », c'était la limite qui leur était autorisée, après un kilomètre couvert de poussière à son sommet, deux tours et des centaines de marches à gravir.

Très vite, John Baker avait devancé ses compagnons. Guillaume et Simon fermaient la marche. A perte de vue sur l'étroite chaussée restaurée entre deux murs à pic, ils découvraient lentement l'immense paysage interdit qui, au-delà de la Grande Muraille, leur apparaissait dans son absolue et lumineuse nudité.

— J'ai toujours pensé que c'était là le début du désert, avait remarqué Simon, qui s'était enfin arrêté.

Et Guillaume, qui avait vu une fois une vraie caravane faite de vrais chameaux franchir la passe, imaginait que l'éclat plus clair, au-delà des sables et jusqu'à l'horizon, était un lac salé dont les rivages étaient sans fin : au-delà, c'était la Mongolie, Gobi peut-être, dont le nom éveillait des échos d'aventures.

Sans se presser davantage, tous deux regagnaient leurs compagnons assis, épuisés, sur la dernière marche autorisée ; une pancarte en chinois et anglais barrait la porte suivante : « No entry : forbidden ».

— Alors ? La France se repose ?

John Baker, hilare, tendait une main à Guillaume pour le hisser jusqu'à lui.

En redescendant, ils s'étaient arrêtés dans l'infect boui-boui mongol aménagé au bord de la route, au pied de la muraille. La lune se levait dans un ciel encore bleu.

— Savez-vous, avait lancé John Baker en montrant l'étroit croissant, à peine visible sur le ciel clair, savez-vous qu'on nous voit de là-haut ?

A la question de Guillaume, il avait éclaté de rire :

— Eh bien, oui : la Grande Muraille est le seul monument de la planète Terre qu'on puisse voir de la Lune ; comme nous sommes sur la Grande Muraille, on nous voit forcément de là-haut !

C'était avant l'exploit de MM. Armstrong and Cie, nul n'avait encore marché sur la lune ; Guillaume et Simon, Pierre Verviers s'étaient regardés sans comprendre.

— Humour anglais ! avait alors expliqué David Allen.

Puis il avait ri plus fort encore que John Baker et Guillaume et Simon avaient bien dû se forcer pour en faire autant.

— Aujourd'hui, dit Guillaume qui se souvient de la scène, les cars débarquent des touristes par centaines à la passe de Nankou.

— Par milliers, a corrigé Simon.

— Je crois que, pour la première fois de ma vie, j'ai pleuré en écoutant de la musique...

C'était à Paris, à la fin des années cinquante, et Guillaume avait emmené une Marianne de dix-sept ans écouter un *Chevalier à la rose* de légende. Marianne portait une robe à la jupe courte et au décolleté pour l'époque d'une audace extrême, toute couleur rose thé. Elle n'avait pas encore rencontré Jean-Claude et Guillaume l'aimait, bien sûr, à la folie. Marianne, alors, ne disait ni oui ni non, c'était une jeune fille comme il y en avait tant en ce temps-là, qui dansaient le plus langoureusement du monde les slows les plus langoureux du monde, mais qu'on raccompagnait à leur porte, rue de Lübeck ou rue du Laos, dès le dernier slow fini. Puis elle avait fait la connaissance de Jean-Claude et Guillaume n'avait plus ni dansé avec elle, ni écouté à côté d'elle ces trois dames qui chantent à la fin du *Chevalier* un trio qui l'avait fait pleurer.

A Londres, dix ans plus tard, elle a pourtant les yeux secs quand Guillaume, de Covent Garden à Glyndebourne en passant par Sadlers Wells ou ces petits festivals de musique qui se tenaient dans d'improbables banlieues, l'emmenait désormais deux fois, trois fois par semaine, à l'opéra.

Il y a eu quand même un soir où les larmes, presque...

C'était un *Fidelio* dirigé par Otto Klemperer et Jon Vickers était le Florestan qu'une épouse passionnée va délivrer de toutes les tyrannies de cette terre. Au milieu de cet immense chant où Beethoven a réconcilié le bonheur ineffable de l'amour conjugal et l'honneur de la patrie libérée, les yeux de Marianne, soudain, s'étaient mouillés ; et puis de longues larmes avaient glissé sur ses joues. Jamais Guillaume, qui la regardait de côté dans la pénombre dorée de la salle, ne l'avait trouvée plus belle. Il avait tendu la main et pris la sienne.

A la sortie dans la foule qui s'écoulait parmi les cageots des halles toutes proches, elle avait dit :

— J'ai pensé à Jean-Claude, ce soir.
Et Guillaume avait revu son ami mort, éclaté, déchiré, tache noire et rouge dans la lumière blanche d'Oran, semblable à ces tableaux que Patrick peignait alors et qui, dans son bureau, dans sa bibliothèque, lui rappelaient le temps des amitiés qu'on a à vingt ans et qui sont toutes si vite perdues.

— C'est drôle, disait Guillaume à John Chessman, au début, je ne pouvais pas ne pas penser qu'à la Chine et seulement à la Chine.
— Et maintenant ?
— Je ne veux plus y penser, je ne veux plus en parler et lorsque j'y pense quand même, c'est comme un mauvais souvenir, une idée noire qu'il me faut chasser très vite, sous peine de la traîner avec moi tout le jour, avec l'angoisse qui l'accompagne...
Ils étaient dans le grand bureau de Chessman, une pièce aux longues verrières suspendues comme celles d'une serre au-dessus de la prairie de Hampstead. Autour d'eux, il y avait des arbres et des branches que la pluie, doucement, berçait ; pourtant, devant eux, des gosses couraient sur l'herbe, à la poursuite d'un chien rouge qui s'ébrouait, d'un ballon qui leur échappait.
— Vous n'avez jamais pensé à écrire ? Je veux dire : à écrire tout cela, à raconter votre Chine ?
Guillaume a eu un petit rire vide ; il a écarté les mains en signe d'impuissance, montré ses paumes et ses doigts grands ouverts.
— Vous le savez bien : Simon m'a dit un jour que j'étais un esthète aux mains nues qui avait, par-dessus le marché, peur de se coincer les doigts dans un encrier ! Comment voulez-vous que je puisse penser à écrire.
A John Chessman non plus, Guillaume n'a pas avoué qu'il tente d'écrire ce livre. Mais Chessman qui le livre lui aussi, le combat aux mains nues contre l'impossible — un roman commencé depuis dix ans où il essaie de rassembler tout ce qui est désormais mort, la Chine et ses amis, et de dire un à un chacun de ces moments, chacun de ses amis — ne peut croire un instant que d'autres aient le même sourd et désespéré désir.
La voix de John Chessman, alors, très sombre :
— Écrire ? Comment voudriez-vous que, moi, je n'y pense pas sans cesse...
La pluie sur Londres est calme, douce, bienfaisante.

Puis les foules sont devenues plus compactes et plus rouges, criant, hurlant, vociférant enfin. Cris, tambours et gongs, appels, clameurs scandées : c'est un gigantesque défilé qui a traversé une ville, un pays, le monde de la nuit et des journées perdues et qui se rassemble à l'instant où, plus rouge encore, rutilant, éclatant, le soleil se lève à l'est sur la Chine entière qui s'est donné un dieu.

Visages fermés que transfigure la lumière, rayons du matin sur une foule silencieuse qu'il anime — et le cri fuse, la joie, la folie. Qianmen, Chang'an, Tian'anmen noires de ces foules d'enfants qui sont devenus hommes et qui hurlent un même amour, une même haine.

Simon, en retrait sur le bord de l'avenue, observe.

Foules de Paris, en ce mois de mai qui durera jusque bien avant dans l'été, gosses qui crient, gosses qui chantent, gosses riches et repus — pense parfois Guillaume, qui n'ose cependant le dire à haute voix : si Marianne entendait —, gosses heureux et dorés qui disent leur bonheur d'être gosses une fois encore et pendant tout ce long mois de mai.

Sur la place du Panthéon, rue Soufflot, rue Gay-Lussac, une fille brandit très haut un drapeau rouge, à cheval sur l'épaule d'un garçon.

Tandis que sur King's Road, au coin de Sloane Square, une autre foule de gosses aux cheveux hérissés de crêtes de couleur, crie que la vie est belle dans le Londres d'alors qui découvre avec ivresse l'abandon délicieux à toutes les libertés.

Doctement, un Pr Lerner explique à la télévision que c'est enfin, et dans le monde entier, le règne de la jeunesse ; il a soixante-cinq ans, des cheveux rares ramenés en une raie sur le front.

— Écoute-moi ce con ! crie Chessman, qui lui balance à la figure une bouteille de whisky encore à demi pleine.

Le poste de télévision explose, Chessman éclate de rire et, dans un silence que troublent seulement les ultimes grésillements des circuits électriques qui achèvent de mourir, il s'assied à son bureau et se remet à écrire : à couvrir deux pages, dix pages encore, avant de s'abattre, épuisé.

C'est un dîner à l'ambassade de France à Londres ; un grand dîner par petites tables que Georges Brenner, l'ambassadeur, donne en l'honneur d'une compagnie théâtrale française qui vient de jouer à l'Aldwych *L'Otage,* de Claudel : depuis vingt ans, l'Angleterre francophone vit dans le souvenir d'Edwige Feuillère et de Jean-Louis Barrault dans un *Partage de midi* fameux, il s'agissait simplement de lui montrer qu'il existe d'autres comédiens, d'autres metteurs en scène capables de monter autrement Claudel et Lavenant, le metteur en scène, a tenu son pari. Parmi ces grands banquiers, ces politiciens de toujours, les écrivains, les critiques et les Gladwyn-Jebb, les Harold Hobson ou les Raymond

Mortimer qui sont depuis toujours les hôtes de la France, Lavenant est à l'honneur.

A son entrée, précédé de la comédienne principale, cette Mina au beau visage limpide, ces messieurs en smoking, les dames en robe longue, se sont levés pour applaudir. John Chessman, George Mulley, qui est lui aussi écrivain, Barne Nobles ont applaudi aussi, plus discrètement : ils avaient déjà vu Lavenant et sa troupe et savaient à quoi s'en tenir. Un jeune journaliste français, Julien Bidault, qui les connaît bien et que Lavenant a emmené dans ses bagages car il est amoureux de Mina, s'est assis à leur table.

— Je vous trouve bien froids...

Il sourit. Chessman hoche la tête :

— Je crois qu'entre le théâtre français tel que le désirent les Anglais et le théâtre français tel qu'ils le voient, il y aura toujours une subtile barrière, très mince, légère comme une feuille de papier à cigarette, mais infranchissable.

George Mulley approuve ; Clawdia, qui a passionnément aimé le Turelure que jouait Lavenant, se tait.

A la table qu'on a disposée au milieu du grand salon, dans l'embrasure d'une des portes-fenêtres donnant sur les jardins de Kensington, Georges Brenner, l'ambassadeur, a placé la comédienne à sa droite ; en face de lui, Lavenant, qu'entourent deux épouses d'anciens ambassadeurs de Grande-Bretagne à Paris ; l'une d'elles a été danseuse ; l'autre a écrit ses mémoires. On parle de Claudel, que Brenner a connu à la fin de sa vie ; Lavenant l'interroge sur le Quai d'Orsay de cette illustre époque, les Berthelot, Giraudoux... Georges Brenner a un geste vague : tant de noms, en effet, qui étaient ceux de ses amis. Puis Lavenant, long, mince, sec — et qu'on sait communiste — s'adresse à celui qui fut l'un des bras droits du général de Gaulle pendant la guerre.

— Vous étiez avec lui, n'est-ce pas ? Dans le même avion.

Brenner acquiesce, mais ne se livre guère : il parle de tout, du monde entier, du théâtre de tous les pays qu'il connaît bien, des poèmes d'Alexis Léger devenu Saint-John Perse, dont il a été l'un des très jeunes collaborateurs ; il se souvient de Munich, où il était allé et dont il a honte — mais ne parle ni de sa guerre à Londres, ni de De Gaulle, pas plus que du temps de ce gaullisme dont on dira bientôt qu'il est un des premiers barons.

Lavenant l'a compris ; lui aussi, il est des sujets sur lesquels il ne veut — et ne peut, ajoute-t-il parfois, s'il a un peu bu — que se taire.

— On m'a dit que vous étiez communiste ? lance à brûle-pourpoint un convive, pour s'étonner qu'un membre du parti communiste ait monté une pièce de Claudel.

— Je suis communiste, oui.

Les regards de l'ambassadeur et de l'homme de théâtre se sont croisés, l'un a soutenu l'éclat de l'autre, l'un comme l'autre ont esquissé un sourire. Des souvenirs...

A l'autre bout du salon, Guillaume regarde Marianne assise en face de lui, entre Chessman et Lensky. Son visage a des traits plus aigus, son cou semble plus long, plus fin que d'habitude. Il pense : « une gazelle » ; il pense encore à ces petits renards du désert qu'on appelle des fennecs ; il pense aussi à des princesses lointaines en des pays perdus, la petite reine Karomama et les rêveries de Milosz, les îles Lofoten — ou simplement Néfertiti au musée de Berlin. Marianne sourit comme il ne l'a pas vue sourire depuis longtemps. Elle parle de ce qui se passe en France, interroge Serge Lensky sur les étudiants qui, dans les rues de Paris... Le rire de Julien Bidault :

— Ils ont pris l'Odéon ! Vous vous rendez compte d'une victoire ! Le vieux Barrault dépassé par tous les Lavenant du monde livre un théâtre clefs en main aux étudiants en colère tandis qu'imperturbablement Lavenant promène Claudel et ses bondieuseries à travers le monde. Signe des temps, non ?

Le sourire de Marianne devient grave :

— Je ne suis pas certaine de donner raison à votre ami Lavenant...

Julien Bidault interroge ensuite Guillaume, à travers la table.

— Et vous ? Vous n'avez rien tenté de tirer de votre séjour en Chine ?

Guillaume fait celui qui ne comprend pas.

— Tirer ? Qu'est-ce que vous entendez par là ?

Lensky éclate de rire.

— Mais Julien veut parler d'écrire, bien sûr : parler de la Chine que tu as vue.

Guillaume ne répond pas. Pourtant, à la fin du dîner, il s'approchera de Lensky.

— Tu parlais tout à l'heure d'écrire...

Et, tout à trac, il avouera tout : le livre commencé, les nuits blanches, les notes, les poèmes. Le regard de Lensky s'allume.

— Dire que tu ne m'as rien dit ! Mais il faudra me montrer ça !

André Verviers fumait la pipe avec application. Il en possédait toute une collection et les quelques dizaines qu'il avait apportées en Chine avec lui n'étaient qu'une infime partie de ce qu'il amassait depuis des années.

— C'est le vieux Charlier qui m'a appris à fumer une pipe, disait-il à Simon.

Charlier, le ministre aux moustaches à la Briand qui croyait dur comme fer qu'entre la Chine et la France il pouvait exister des relations qu'aucun autre pays occidental ne serait à même d'avoir avec Pékin.

— J'ai reçu avant-hier une lettre de lui. Saviez-vous qu'il était lui-même très lié à votre ami M. Liu ?

La surprise de Simon : comme s'il n'était venu jusqu'ici que pour découvrir de nouveaux liens entre tous ceux qu'il connaît ou qu'il a connus.

— Vous voyez beaucoup Otrick, n'est-ce pas ?

La liaison de Simon avec Clawdia n'est un secret pour personne à Pékin ; Simon rougit pourtant.

— Je vois surtout sa femme, vous le savez bien...

André Verviers achève de bourrer la belle pipe d'ambre, couleur de miel, qui représente une sirène aux seins nus.

— Vous pensez bien que ce n'est pas cela que je voulais dire ; non : je pensais à Otrick lui-même.

Un silence, un soupir, puis :

— Méfiez-vous tout de même de lui...

« Nous formons, avait dit Otrick, une étrange colonie de coléoptères... »

— Deux trèfles.

Simon n'a jeté qu'un rapide coup d'œil à son jeu avant de faire à Verviers la réponse conventionnelle.

— Deux cœurs.

— Quatre cœurs.

Leurs partenaires ont passé et, comme prévu, Simon a demandé le contrat à cœur que lui suggérait Verviers. Les deux hommes se retrouvaient souvent à ces dîners suivis de bridge que donnaient les diplomates indiens ou pakistanais qui n'avaient rien d'autre à offrir. L'un et l'autre considéraient le bridge non comme un passe-temps — ni l'un ni l'autre n'avaient de temps à faire passer — mais comme un divertissement qui valait bien les longues fins de soirées à causeries diplomatiques.

L'ambassadrice d'Inde a ramassé sa première levée — elle n'en gagnerait que deux autres, pas plus, Simon et Verviers réussiraient leur contrat — et la main de Simon a tiré sans hésiter le roi d'atout qui fera tomber le dernier petit cœur. Le regard d'André Verviers fixe au loin la silhouette d'Irène, assise à contre-jour devant une lampe. Il sait qu'elle hait ce genre de dîner et il se hait soudain de l'y avoir entraînée. Derrière Simon, Otrick et Clawdia parlent à voix basse. N'eût été la présence d'Irène qui s'ennuyait si fort, Verviers aurait pensé : « Je suis bien ici chez moi. » Ici, c'était ce soir une ambassade indifférente, c'en serait demain une autre, mais c'était Pékin, ses amis de Chine, Simon qui en était un nouveau et Otrick, comme M. Liu, un très ancien.

Passaient les jours et les soirées...

A la fin de la partie, Simon s'était levé.

— Vous me pardonnerez, mais je tombe de sommeil...

Verviers l'a rattrapé sur le perron de l'ambassade d'Inde ; en retrait, de l'autre côté de la grille, veillait le policier chinois en faction. A brûle-pourpoint, il l'a interrogé :

— Vous connaissez M. Liu depuis longtemps ?

La réponse de Simon, évasive. Liu était l'un de ses chefs, et voilà tout.

— Il m'a parlé de vous avec beaucoup d'amitié : vous savez que c'est quelqu'un de très intéressant.

Simon, qui aimait bien M. Liu, a approuvé.

— Il faudra que nous dînions un soir, tous les trois ; je suis sûr que nous aurions beaucoup de choses à nous dire.

Sur le moment, Simon n'avait pas compris ; mais il avait joué pendant deux heures au bridge, bu peut-être un peu trop de cognac et ne se posait encore aucune question.

Quelques jours après, à la fin d'un autre dîner qui ressemblait au précédent, Verviers a, de la même façon, parlé pour la première fois de Charlier, « ce ministre qui connaissait si bien la Chine ».

— A notre retour à Paris, à tous deux, nous organiserons un soir un dîner : je suis certain que vous le trouverez passionnant.

On ne croyait en rien, on était prêt à tout croire, en ce printemps très rouge.

Guillaume l'a dit un jour :

— Si la Chine — et mon départ de Chine — m'a été une déchirure, la Révolution culturelle a peut-être été la brisure, le point de non-retour : après, plus rien, pour moi, n'a été comme avant.

La violence, la fureur, le délire.

— On raconte, dit May, la petite secrétaire britannique, que les gardes rouges cassent les lions en pierre à la porte de tous les temples.

Dans le jardin d'André Verviers, qui a invité ses amis malgré l'orage qui plane sur la ville, Guillaume s'est approché de Simon :

— Et toi : tu as des informations plus précises ?

Parce qu'il travaille directement auprès des autorités chinoises, Simon en sait toujours un peu plus, un peu avant...

— Rien ; tout et rien, sinon que gardes rouges et ouvriers se sont battus à Chongqing ; il y aurait des morts.

— Et ici ?

Le rire triste de Simon.

— Ici ? Tu crois qu'il n'y a qu'à Chongqing qu'on se tue allégrement ?

La petite May, frêle secrétaire de David Allen, a un frisson.

— C'est trop horrible.

Elle vide très vite son verre de gin-tonic pour se donner du courage.

La nuit tombait sur ce parc de Londres où Guillaume avait jeté un temps la cape et le manteau. La fenêtre à guillotine entrouverte. L'appel d'un oiseau de nuit et la petite lampe de la machine à musique qu'on a laissée allumée : il y a une heure, c'était Schubert qui flottait dans la chambre.

Maintenant, le silence du lit. Les draps froissés, la sueur, et Marianne nue jusqu'à mi-corps qui a les yeux fixes levés au plafond. Les yeux secs, la bouche marquée d'un pli presque dur que Guillaume, penché sur elle, déchiffre à la clarté blanchâtre d'une demi-lune perdue quelque part au milieu des arbres du parc.

— Je suis désolée, murmure enfin Marianne, je suis désolée, mais je n'y peux rien.

Et Guillaume, haletant, le corps inondé de sueur, se laisse retomber à son tour en arrière, étendu à côté de la jeune femme, le corps parallèle à son corps et les yeux fixes maintenant comme elle.

— Je sais... Je sais, ce n'est pas ta faute et tu n'y peux rien.

Des larmes, alors, dans les yeux de Guillaume.

Au mur, la petite tache rouge et noire du tableau de Patrick, éclatée de lumière. Dès le lendemain, Guillaume donnera à lire à Serge Lensky les deux cents premières pages de son manuscrit.

— Si tu me jures la discrétion absolue qui va de pair avec la confiance que je vais te faire, je vais te montrer quelque chose qui t'amusera..., avait dit Serge à Guillaume.

La péniche sur la Tamise, les quatre barges traversées et la rousse incendiaire de la deuxième péniche : Guillaume était en condition.

— Tu sais comme moi quels étaient les goûts du cher Pierre Louÿs, qui ajoutait au plaisir le zeste auguste du voyeur en photographiant fort déshabillées celles qu'il aimait le plus fort...

Il avait alors tiré un volume d'un rayonnage entier d'albums photographiques placés au-dessus de son lit et l'avait ouvert.

— Essaie seulement de contrôler tes sentiments.

Goguenard, Serge guettait les réactions de son ami devant les clichés soigneusement tirés en noir et blanc de sept ou huit des élèves de sa classe — la terminale du lycée français de Londres — photographiées toutes sur sa péniche et dans le plus simple appareil. La plus âgée des gamines devait avoir dix-neuf ans, c'était la fille d'un collègue de Guillaume, ministre-conseiller à l'ambassade.

Cette Nanette n'était pas tout à fait nue, elle portait des bas noirs.

— Comme tu le vois, l'enseignement réserve au plus horrible des professeurs les plus jolis souvenirs.

C'était à Londres que Guillaume avait commencé à collectionner ces petits romans du XVIIIe siècle aux belles reliures blondes dont il disait avec un sourire parfois crispé que leur futilité correspondait bien au personnage qu'il jouait à travers le monde.

Il écumait pour cela toutes les librairies de la ville, qui étaient riches en ce temps-là d'ouvrages en français, et poussait le week-end ses expéditions jusqu'à York ou Gloucester, en quête de mines d'or qui se révélaient souvent d'une surprenante richesse.

Il fréquentait beaucoup une étrange boutique de Pimlico Road tenue par deux gamines de très bonne famille — aux minijupes alors au ras des fesses, comme c'était la loi — qui écoulaient en les vendant au mètre les reliures des bibliothèques de leurs grand-tantes du Dorset ou de petits-cousins éloignés des fins fonds du Yorkshire. Jane et Diana, les deux gamines, mettaient de côté pour Guillaume tout ce qu'elles trouvaient de livres en français et lui offraient du thé, des gâteaux, plaisantaient avec lui.

Un après-midi, Jane — ou Diana : allez savoir laquelle ? — était seule dans la réserve qu'elles avaient en sous-sol du magasin qui s'appelait (pourquoi ?) *The Brown Sugar* ; elle classait des livres, des reliures aux armes, et Guillaume l'avait surprise ainsi, agenouillée sur la moquette, cuisses nues, les seins nus aussi sous un vague tee-shirt. Il avait avancé la main et tous deux avaient roulé dans les belles reliures blondes aux armes d'une famille polonaise qui avaient échoué là et où Guillaume découvrirait ensuite des trésors — cette véritable édition originale des *Liaisons dangereuses* en maroquin rouge.

L'autre fille — Diana ou Jane ? laquelle : encore une fois, comment savoir ? mêmes cuisses roses et même fou rire sous les longs cheveux raides et blonds — les avait surpris ainsi, pattes et bras emmêlés et, ma foi, elle s'était mise de la fête : c'était le temps d'un Londres gai et bariolé qui criait bien haut son défi à toutes les pudeurs néo-victoriennes qui l'avaient si grisement étouffé ; on tournait des films, on écrivait des romans qui racontaient ce Londres-là, à la liberté retrouvée ainsi, à trois, renversés parmi les livres qu'on classerait ensuite, si on en avait le temps. Guillaume, Jane et Diana se faisaient un devoir de payer leur écot à cette liberté-là.

Plus tard, Guillaume était revenu souvent à Pimlico Road, pour les livres et pour ses petites amies qui l'invitaient parfois dans les appartements qu'elles partageaient avec d'autres jeunes filles de la même bonne société, *mews* de Notting Hill Gate ou studios à Bayswater. Guillaume en repartait un peu ivre, gai d'abord, incertain ensuite, quand il passait le seuil de sa grande maison sur le parc. Il retrouvait alors Marianne étendue dans le grand lit plat face à la toile de sang qu'avait peinte Patrick Vergnaud ; elle avait les yeux ouverts mais ne disait rien quand il se glissait dans les draps à peine entrouverts.

Marianne ne fermait les yeux que lorsqu'il s'était endormi.

Ces fêtes n'avaient duré qu'un long printemps... Quelques jours avant les vacances d'été, Serge avait été convoqué par le proviseur du lycée français de Londres : trois parents d'élèves menaçaient du pire des scandales s'il n'était pas immédiatement nommé ailleurs. Dieu merci pour Lensky, aucune des trois jeunes filles dont les papas criaient si fort n'était mineure — et les autres n'avaient rien dit.

Le soir de son départ, Serge invita tous ses amis sur sa péniche, on but du beaujolais jusqu'au petit matin et lorsque le soleil rosit enfin la Tamise du côté de Battersea, quatre ou cinq gamines gambadaient encore nues dans la lumière rasante. Assis sur le pont, les jambes pendantes pardessus bord, Guillaume regardait l'eau qui dansait avec elles.

— T'inquiète pas, mon vieux, tant que les filles auront ce que nous savons entre les cuisses et que la Chine restera la Chine, rien ne sera perdu !

La période mao de Serge avait duré deux ans encore, il avait écrit juste ce qu'il fallait dans *Tel Quel* pour avoir droit aux égards de chacun et, le moment venu, avait tout de même été un des premiers à retourner sa veste.

— Mon maoïsme ? Un moment d'inattention, tout au plus !

A la fin du printemps 1968, Marianne avait fini par partir pour Paris : elle voulait voir. Guillaume, qui avait retrouvé un journal qu'elle avait tenu tous ces mois, avait d'abord hésité. Puis il avait osé lire et ce qu'il avait lu lui avait fait peur : ainsi, il était pour Marianne ce vieux jeune homme fatigué, dilettante, indécis, qui la trompait avec des gamines idiotes et pour lequel elle n'avait eu, en somme, qu'une tendresse désespérée qui, lentement, était devenue une sorte de mépris. « Si au moins Guillaume me faisait mal, écrivait-elle d'une grande écriture à l'encre violette, je sentirais quelque chose : mais je ne sens rien. » Elle avait souligné trois fois les derniers mots : « Je ne sens rien. »

Guillaume avait remis le cahier dans le tiroir où il l'avait pris et avait voulu l'oublier ; il y avait assez vite réussi.

Il avait aussi appris à oublier la Chine dans tout ce qui était ce Londres d'alors : on a dit les pubs de King's Road, les filles aux fesses à demi nues sous la minijupe et la musique de ce temps-là, tous Beatles et psychedelic confondus — et les autres musiques, alors ?

Il se gorgeait d'opéra, allait à Covent Garden deux fois, trois fois par semaine, mais aussi à Sadler's Wells, à Saint Pancrace, au bout du monde. Il écoutait, comme autrefois à Paris, des *Chevalier à la rose* à vous fendre l'âme et l'odeur de café bouilli qui flottait dans les couloirs du Royal Opera au moment de l'entracte lui devenait aussi chère que celle, jadis, qui régnait à la Pergola du métro Mabillon, lorsque Geneviève et Philippe, lorsque Jean-Claude, lorsque Marianne...

— Tu ne nous parles plus de Chine ! s'exclamait Nicholas Pelley.

Il allumait une cigarette, vidait un verre de bourbon ou de whisky pur malt, le seul qu'il aimait, en vérité.

— La Chine ? Quelle Chine ?

L'opéra, les gamines aux cuisses nues et les Beatles aussi — pourquoi pas ? — lui tenaient lieu d'exil.

Un jour — c'était au cercle international un après-midi de grande chaleur — Guillaume s'était retrouvé seul au bord de la piscine avec Henrietta Hessing. La femme de Jean-Michel portait un maillot une pièce qui moulait ses formes dont, en lui-même — la formule était si joliment démodée... —, Guillaume se disait qu'elles étaient « graciles ». Le soleil les caressait tous deux, Guillaume sentait la sueur qui ruisselait dans son dos et voyait les mêmes gouttes couler sur les épaules, le cou d'Henrietta. Ni l'un ni l'autre ne disaient rien ; et brusquement, Guillaume se rendit compte que, respirant maintenant avec difficulté dans la fournaise des trois heures de l'après-midi de l'été de Pékin, ni l'un ni l'autre ne voulaient, ne pouvaient cependant bouger de cette dalle de ciment chauffée à blanc par le soleil.

Le regard de Guillaume errait de la surface de l'eau à la limite des murs d'enceinte bordés de maigres eucalyptus quand il rencontra celui de la jeune femme. Aucun des deux, alors, ne cilla — et ils restèrent ainsi, deux minutes, dix minutes, une heure ? à se regarder, calmement, pleinement. Guillaume ne pensait à rien, sinon qu'il aurait pu aimer cette femme — qu'il découvrait soudain — d'un amour qu'il n'avait jamais éprouvé pour aucune autre : elle aurait été la halte, le repos, la compagne, celle pour laquelle on a quitté tous les masques.

Ni l'un ni l'autre ne bougeaient ; ils ne sentaient même plus la chaleur — ni la sueur qui ruisselait maintenant sur eux. Guillaume pensait : « Je suis pétrifié. » Il se disait que ç'aurait été une belle mort que mourir là, d'un coup, frappé de Dieu sait quelle insolation face à la dernière et à la seule femme qu'il aurait aimée. Alors, lentement, il a avancé sa main ; celle d'Henrietta était à vingt centimètres de la sienne : elle l'a doucement déplacée à son tour vers la sienne ; les deux mains, l'extrême bout des doigts, allaient se toucher, et ils en sont restés là : sans bouger davantage, en silence.

Et puis quelqu'un est passé de l'autre côté de la piscine ; un gosse a crié ; il y a eu un plongeon sonore et chacun a repris cette main qu'il avait presque donnée à l'autre.

— On vous voit, ce soir, à la maison ? a demandé Henrietta.

Guillaume a failli hausser les épaules : à quoi bon ? Mais il s'est ressaisi :

— Sûrement, si votre invitation tient toujours ?

Le sourire, alors, de la femme de Jean-Michel, qui a transpercé Guillaume :

— Je ne vois pas pourquoi elle ne tiendrait plus...

Solitude de Guillaume. Pékin en ce début de 1988 que traversent des rumeurs ; Zhao Ziyang secrétaire général du Parti — ami, dit-on, de M. Liu — qui semble attendre son heure ; Pékin de 1988 où les étudiants de Beida affichent aux murs de leur université les mêmes slogans « Vive la démocratie », et Guillaume qui va, qui explore, qui rencontre — seul.

— Est-ce que j'oserai t'avouer qu'après le départ de Marianne, avait-il reconnu un jour devant Simon, j'ai éprouvé une manière de soulagement ?

Mais il y a les soirées à l'ambassade, les nuits.

Couleurs de Londres, avant, odeurs — le café bouilli dont le parfum flotte à l'entracte dans les couloirs de Covent Garden... — et puis ces corps qui fouettaient parfois le désir de Guillaume, éperonnaient ses rêves : les jeunes filles peu sages de Pimlico, les gamines aux soirées que donnaient leurs parents, ou même ces nymphettes qu'un sculpteur amoureux a placées, d'étage en étage plus jeunes, les seins adolescents, sous les lampes des balcons du Royal Opera, bustes nus, poitrine de stuc verni.

Couleurs du Londres de ce temps-là : désir. Seul à sa table de travail, dans la nuit de Londres — Marianne dormait à l'étage —, Guillaume tentait parfois d'écrire, de décrire ces désirs-là. Mais la page, trop vite raturée, n'était bientôt qu'un torchon de papier — tous désirs flambés.

Jean-Michel Hessing avait pâli. Il tenait entre les mains le télégramme qui venait d'arriver de Paris.

— En somme, on me rappelle...

Le sourire de Guillaume, qui ne comprenait que trop bien sa soudaine détresse.

— Mais non ! Ce n'est pas un rappel, c'est une promotion.

Le rire amer, alors, de Jean-Michel.

— Sanaa, le Yémen !

Une lueur était passée dans le regard de Guillaume : comme s'il avait subitement rajeuni de quinze ans.

— Ambassadeur au Yémen, oui...

Ç'avait toujours été l'un de ses vieux rêves que celui de cette Arabie heureuse — sables, anciennes écritures, pitons aux mosquées et aux forts inexpugnables et c'était lui qui allait rester à Pékin alors que Jean-Michel était nommé ambassadeur à Sanaa.

— Vous savez que je n'ai aucune envie de partir.

Guillaume avait secoué la tête :

— Je sais.

Il se sentait subitement très seul : les questions de Jean-Michel, le sourire un peu las d'Henrietta, la couleur de sa peau qu'il n'avait pourtant jamais effleurée.

— Enfin, murmure à contrecœur Jean-Michel, vous viendrez me voir.

Ce voile, alors, dans la voix de l'ambassadeur.

— Sûrement...

Deux mois après, Philippe Baillou remplacerait Jean-Michel Hessing et la Chine serait toujours la Chine, n'est-ce pas ?

Dans la cour de sa maison à l'ombre du temple des Lamas, André Verviers recopie les poèmes que sa femme dessine d'un trait rapide sur le papier de riz.

A deux pas de lui, Irène sommeille.

— Tu n'as besoin de rien ?

Il a entendu un bruit, un soupir... Le visage d'Irène — qui est sans âge : elle peut avoir vingt-cinq comme cinquante-cinq ans — porte les stigmates de la maladie : un peu de rougeur aux joues, et c'est tout ; elle esquisse un sourire.

— De rien, non...

Verviers, qui s'est penché sur elle, revient à sa table au milieu des pivoines en fleur. Autour de lui, l'ordre immuable de cette maison qui reproduit à l'échelle d'un petit palais celui de la Cité interdite, illustration elle-même parfaite de la ville tout entière et, au-delà de Pékin, de la Chine telle que, depuis toujours, ont voulu la penser les Chinois.

« Ainsi, se dit André Verviers, dans cette cour à côté de ma femme, je suis au milieu d'une maison qui est l'image la plus fiable qui se puisse donner d'une certaine Chine pensée par les poètes ou les philosophes. »

Sa main a couru alors plus vite sur le papier et, lorsqu'il a fini, il a relu les vingt lignes serrées qu'il venait d'écrire : c'est seulement à ce moment qu'il s'est rendu compte que ce n'était pas un poème de sa femme qu'il venait de recopier : pour la première fois de sa vie, dans un état second — sans le secours pourtant de cet opium dont tant d'autres, dont Otrick, se servent pour penser « autrement » — il venait d'écrire un poème. Il s'est lu encore, et s'est relu à nouveau. Puis, comme s'il en avait honte, André Verviers a dissimulé la feuille de papier parmi toutes les autres qui contiennent les poèmes d'Irène, qu'il admire.

« *Ville dix fois dite et dix fois reconquise*
Ville *poème*
un moment se dresse la chair qui va tomber
ou parcourir un jour le champ d'éternité
Mais *dressée*
l'encre sèche au fond du fleuve et moi
je devrais apprendre à mon tour à me taire. »

La main d'André Verviers est retombée : chaque soir, désormais, ou presque, il couvre une page, une seule, de sa fine petite écriture de diplomate qui n'a jusque-là pratiqué d'autre art que celui de la dépêche diplomatique ; et chaque matin, se relisant Verviers s'étonne d'avoir si aisément pu dire ce qu'il ne sentait jusque-là que de manière confuse, obscure.

Autour de lui, la nuit sur un Pékin que la Révolution culturelle va bientôt anéantir, des oiseaux dans les arbres de la cour, une chanson, parfois, qui s'échappe d'une maison voisine ; et Irène, sa femme, qu'il aime plus que tout au monde, qui dort sur un grand lit de bois plat dans le pavillon central de la deuxième cour.

Guillaume ouvre parfois le gros cahier toilé qu'il emporte partout avec lui et où il a conservé une cinquantaine de photographies prises par son amie Iris, lors des premiers mois de la Révolution culturelle. Ce sont des images en noir et blanc d'une insoutenable cruauté : vieillards battus, enfants qu'on couvre de crachats, pancartes infamantes au-dessus d'étudiants, de professeurs dont on sait bien qu'ils ne reviendront pas du long voyage dans la nuit qu'ils ont commencé un jour du printemps 1966 — ou alors ce train de la mort que Guillaume avait vu comme Iris, tôt le matin dans la banlieue de Pékin : il roulait doucement dans le froid encore vif et les vingt et quelque wagons à bestiaux à claire-voie qu'il tirait étaient tous bondés — on devrait dire : bourrés, parce qu'on les avait jetés là, en vrac, comme des sacs, pas même comme des cochons — d'hommes nus, blafards et qui tremblaient.

Le train s'était arrêté à un passage à niveau au travers de la route que devaient franchir Iris et Guillaume, au volant de sa Simca 1000 grise, qui voulaient aller jusqu'à la passe de Nankou prendre des photos de la Grande Muraille dans le brouillard. Iris, qui était encore pour quelques mois correspondante de l'AFP à Pékin mais qui était aussi une admirable photographe, avait sorti son Leica, puis avait hésité : des soldats armés la dévisageaient ; alors l'un d'entre eux l'avait encouragée :

— Allez-y ! Prenez des photos de ces chiens ! Que le monde entier sache comment nous traitons les contre-révolutionnaires.

Depuis toujours, Iris photographie des femmes et des enfants ; elle prend de belles images, souvent sereines, parfois heureuses ; mais ce qu'elle sait le mieux photographier, c'est l'horreur, la misère, le crime et la mort. « Je n'y peux rien, dit-elle : c'est comme si le sort m'avait marquée du doigt pour porter témoignage sur ce qui ne doit pas être dit. » Le rouleau entier de photos qu'elle avait prises de ce convoi sinistre, un peu au-delà de l'ancien palais d'Été, était un de ces témoignages-là : l'horreur à l'état pur. Celle à laquelle, même en Occident, on refuserait longtemps de croire.

Amassant les notes éparses, les morceaux de poèmes, les coupures de presse collectionnées pendant les deux années de son séjour à Pékin, Guillaume l'avait pourtant écrit, son livre sur la Chine.

Publié par Daniel Dumas, un ami éditeur de Serge Lensky qui en avait aimé la liberté de ton, le livre avait connu un petit succès de presse — *Le Monde* en avait fait un superbe compte rendu — mais Daniel Dumas n'en avait pas vendu deux mille exemplaires.

— C'est un ouvrage difficile, avait expliqué Serge Lensky : ni récit de voyage, ni poème, ni reportage et tout ça à la fois, comment veux-tu que le lecteur lambda, celui qui fait monter les tirages, ait pu comprendre que c'était aujourd'hui l'itinéraire idéal de toutes les Chines, celle d'hier et celle de demain confondues ?

Le livre s'ouvrait par des images de Pékin en hiver, le froid et la ville immobile et, après un cheminement à travers les sept ou huit provinces que Guillaume avait parcourues au cours de ces deux années, il s'achevait dans le Pékin rouge de cet été brûlant, sanglant, qui avait été la dernière des saisons de Guillaume à Pékin.

On a dit les couleurs de Guillaume : et le jaune éclatant du tournesol de Pékin qui se dresse, unique et solide, vivant, au-dessus du mur gris d'une maison, ici ou là, à travers les hutongs de la ville tartare ? Jaune vif : on le dirait flamboyant — c'était aussi le jaune vivant de cette robe jaune d'une femme qu'il avait aimée et qui, s'en allant dans la nuit, laissait derrière elle la trace d'un soleil jaune.

Ébloui, le petit garçon titube alors dans la lumière. Il tend les bras et sourit ; puis il appelle. Il crie grand-pa ! et André Verviers s'avance vers lui, le prend dans ses bras et le lève très haut vers le ciel, parmi les bambous de la cour et les pins tourmentés, centenaires.

« Écrire un poème après la joie de tenir cet enfant dans mes bras, se dit Verviers : c'est retomber sur terre quand on frôle un moment de bonheur parfait. »

Jean-François, le petit-fils d'André Verviers, a cinq ans ; son père, Pierre, l'a amené avec lui de Beyrouth, où il est en poste. La femme de Pierre Verviers est une Suédoise à la peau de blonde brûlée par le soleil ; Pierre lui-même est brun, le teint mat, avec les traits de son père, ce nez busqué, le grand front aux longues rides horizontales dont une paire de lunettes aux verres épais accentue encore la ressemblance avec un curieux oiseau, mi-faucon, mi-hibou. Jean-François, au contraire, le petit-fils, a le teint et les yeux bridés d'un Chinois de Pékin : comme si le sang d'une race avait fait un saut d'une génération, avant de se retrouver tout entier dans les traits du petit-fils de Yongmei, la première femme d'André Verviers.

« Écrire un poème quand on a cet enfant près de soi ? Foutaise ! » pense encore Verviers.

Ébloui, le petit garçon titube dans la grande lumière et marche vers lui.

IV

D'ABORD ébloui par la trop grande lumière, Jean-Michel Hessing titube : à Pékin, l'air vous avait parfois cette limpidité glaciale en hiver, brûlante en été, mais le ciel était alors d'un bleu intense qui ne blanchissait qu'à l'extrême horizon, comme pour donner aux contours des collines un rendu plus net ; ici, c'est la même immense lumière, l'atmosphère claire et sans grain de Pékin, mais le ciel est blanc, uniformément blanc d'une chaleur écrasante, infinie et blanche qui chauffe à blanc le tarmac de l'aéroport de Sanaa et, au-delà, l'entrée du minuscule bâtiment destiné à recevoir les hôtes de marque.

Un petit homme vêtu de sombre s'avance vers Hessing, la main tendue ; deux autres le suivent à distance, respectueux, battle-dress et tenue de sport, un Kalachnikov à la main. Henrietta s'accroche au bras de son mari.

Le petit homme du service du protocole est arrivé à leur hauteur ; on dirait qu'il claque des talons en inclinant légèrement le buste.

— Bienvenue à Sanaa, monsieur l'Ambassadeur.

Jean-Michel Hessing lui rend son salut dans l'éclatante fournaise de Sanaa en plein midi.

— A Oran, déjà...

Guillaume se souvient : la dalle de la nouvelle préfecture qui s'avançait jusqu'à un quartier de jardins et de villas où, peu à peu, les villas avaient remplacé les jardins ; cette dalle, chauffée à blanc, et un Guillaume de vingt-deux ans qui se chaussait le nez de lunettes noires à la MacArthur pour traverser une fournaise semblable et gagner la dernière villa au bout de ces jardins ; là, Jean-Claude et Marianne l'invitaient presque chaque jour à déjeuner ; la dalle blanche de la préfecture d'Oran, écrasée de lumière : blanche.

Il avait alors une secrétaire noire, d'origine soudanaise, au beau corps allongé de gazelle sombre sous les tailleurs blancs, les jupes à fleurs. Le surlendemain du départ de Guillaume, elle sortait en riant de la préfecture avec une amie ; un homme s'était avancé vers elles, dans ce quadrilatère écrasé par le blanc du ciel, affable :

— Laquelle d'entre vous était la secrétaire de...

Myriam avait ri en disant que c'était elle ; alors, sans un mot, le monsieur affable avait sorti un revolver et tiré trois fois sur elle, en pleine poitrine. Guillaume était déjà parti, on lui avait dit la tache ronde et noire sur la plaque de ciment blanc. Trois mois avant, Jean-Claude avait brûlé vif dans une voiture qui n'était pas la sienne.

« A Oran, déjà », pense Guillaume.

A Sanlitun, dans les derniers temps de son premier séjour à Pékin, on disait avoir vu un cadavre de jeune femme pendu, carbonisé, à un réverbère, avec une pancarte sur la poitrine : « Ennemie de la grande révolution prolétarienne. »

Au parlementaire qui évoque aujourd'hui ce souvenir, Guillaume répond avec un sourire :

— On a prétendu tant de choses...

Ce même député a voulu bouder le déjeuner donné pour lui et ses collègues, car l'ambassadeur, requis au Waijiaobu, n'avait pu se rendre à l'aéroport pour l'accueillir. « Ces hauts fonctionnaires oublient parfois qu'ils doivent leur place aux élus du peuple... » Guillaume, à qui on avait rapporté le propos, avait ri : « Les élus du peuple qui voyagent en première classe tous frais payés mais avec indemnité de déplacement pour rapporter des cadeaux à Madame, je les emmerde ! »

Thierry Destutt avait voulu être drôle :

— Dans le cas précis, Madame se les rapportera elle-même, ses cadeaux, car je crois bien que l'honorable parlementaire fait aussi voyager son épouse aux frais de la princesse République !

Guillaume le regarde et ne rit pas ; il pense : « Encore deux heures à tirer ! » ensuite, il remontera dans son bureau, lira les télégrammes puis quelques pages de Stendhal : tous ceux qui l'entourent l'ennuient subitement si fort qu'il se dit que, télégrammes pour télégrammes, il aurait aussi bien pu lire ses télégrammes dans n'importe quel bureau du Quai d'Orsay !

Déjà, à Prague, la même chape d'ennui...

Après Londres, où il avait passé quatre ans, Guillaume s'était retrouvé en Tchécoslovaquie : les hasards de la carrière... C'était André Verviers, nommé ambassadeur à Prague, qui l'avait fait venir. Le jour de son arrivée, Verviers l'avait fait asseoir dans l'un des grands fauteuils de cuir délicieusement 1930 qui constituaient alors le principal mobilier de son grand bureau peint couleur caramel au premier étage du palais Bucquoy.

— J'espère que vous ne m'en voudrez pas...

Guillaume n'avait pas compris :

— Vous en vouloir ? Mais de quoi ?

Le visage de Verviers était déjà marqué par ces fines rides d'inquiétude que la maladie d'Irène allongerait encore avec les années ; lorsqu'il souriait, on aurait dit qu'un nouveau détachement de rides verticales partait à l'assaut des lignes horizontales.

— De vous avoir fait venir jusqu'ici.

C'était un jour de brouillard ; autour du palais Bucquoy, tout était uniformément gris ; grise la Moldau en contrebas, gris et fantomatique le pont Charles dont les statues, à cent mètres de l'ambassade, semblaient des fantômes dressés, drapés dans des robes de suie.

— ... J'espère que vous ne vous demanderez pas, après trois semaines ou un mois : qu'est-ce que je suis venu faire ici !

— Je me demande bien ce que je suis venu foutre ici !

C'était John Chessman qui avait posé la question à André Verviers — et lui n'avait pas hésité sur le *foutre* lancé avec un admirable accent du Yorkshire — après l'un de ces dîners dont Verviers disait lui-même qu'ils étaient « trop chinois pour être honnêtes ». Dans le grand restaurant du Sichuan, au sud de Chang'an, il avait réuni quelques-uns de ceux qui, dans le Pékin de ces années-là, faisaient profession de tenter de penser un peu ; ils étaient rares : deux ou trois Scandinaves, un petit Suisse raisonneur et timide et David Allen, sur le point de faire ses bagages. Jacques Benoist, de retour, lui aussi, à Pékin, s'efforçait d'expliquer à l'écrivain anglais ce qu'était la Révolution culturelle qui brillait de ses derniers feux.

— Il faut que vous compreniez que c'était une fuite en avant, la recherche dans l'utopie de ce que...

Chessman l'avait interrompu.

— Utopie : mon cul !

Il avait dit : « My ass ! » et en était à son quinzième verre de maotai qu'il vidait cul sec et faisait suivre d'un rot retentissant. Effarouché, le petit Suisse à lunettes s'était déjà excusé ; les Scandinaves, plus ivres que lui, ne l'écoutaient plus. Seul, Jacques Benoist tentait encore d'expliquer :

— D'une certaine manière, on peut dire qu'il y a eu quelque chose d'admirable dans cette démarche d'un Mao Tsétoung lançant lui-même des milliers de gosses excités à l'assaut de la Chine et du Parti qui était son œuvre...

Un verre de maotai et un rot de Chessman :

— Admirable ! Mon cul !

Tard dans la soirée, André Verviers avait dû porter l'écrivain anglais jusqu'à sa voiture ; Jacques Benoist s'était aussitôt éclipsé, affirmant qu'il avait à faire.

Les sorties nocturnes de Jacques Benoist intriguaient déjà Guillaume du temps de ce premier séjour où Jacques, qui faisait son service militaire « en coopération » à l'ambassade, s'en allait de nuit, à vélo, dans un Pékin désert. Il disait :

— J'ai des amies...

En insistant sur le *e* muet d'amies qu'il faisait traîner longuement afin que nul n'ait de doute sur le type de rencontres qui étaient les siennes. On le voyait ensuite revenir à l'aube, les traits tirés, mais il gagnait le petit bureau qu'il occupait au fond d'un couloir et travaillait sans désemparer jusqu'à l'heure du déjeuner. On savait seulement qu'après le déjeuner il se laissait anéantir dans une longue sieste.

Cinq ans plus tard, ayant enfin intégré le ministère des Affaires étrangères, il s'en irait de même à travers les rues du Pékin des années soixante-neuf, soixante-dix. La Révolution culturelle avait des soubresauts de vieux dragon épuisé qu'une vilaine blessure vient parfois réveiller et Jacques disait qu'il allait prendre son pouls.

Il avait racheté la Simca 1000 de Guillaume et s'en allait, tous feux éteints, le long des grandes avenues, puis à travers du plus étroit hutong. Jean Kermeur, l'ambassadeur d'alors, qui avait ses informateurs, avait appris par l'un d'eux que son premier secrétaire se rendait parfois dans un ancien palais livré depuis 1967 aux gardes rouges ; on racontait que des jeunes gens se réunissaient là pour discuter, mais il était pour le moins improbable que la présence d'un étranger parmi eux eût été tolérée, aussi Kermeur ajoutait-il peu de foi à pareille rumeur. Et cependant, Jacques était souvent l'un des premiers à lui annoncer une nouvelle, un nouveau débat, le début d'une campagne qui éclaterait quelques jours après au grand jour dans les journaux.

C'est ainsi que Jacques Benoist avait un jour affirmé que Deng Xiaoping, bien vivant, était en résidence surveillée dans une commune populaire du Heilongjiang ; la presse n'avait évidemment ni confirmé ni infirmé la nouvelle, mais Kermeur l'avait néanmoins communiquée à Paris ; de même, était-ce Benoist qui avait annoncé à Verviers que M. Liu avait lui aussi été épargné : il était retourné dans un village près de Suzhou et écrivait des vers.

— Je peux vous demander comment vous avez appris cela ? s'était tout de même inquiété Kermeur.

Jacques avait eu un petit sourire mystérieux — il cultivait l'art du sourire mystérieux.

— J'ai beaucoup d'amis, vous savez.

Les nuits où il ne disparaissait pas dans les rues d'un Pékin qui, dès six heures du soir, retombait dans une torpeur où ne glissaient plus que des ombres, Jacques Benoist restait chez lui à lire d'anciennes chroniques chinoises, les annales de l'Empire ou, plus souvent encore, des poèmes du temps des Ming ou des Song.

« *La servante a levé le rideau, elle attend*
Et le cœur du maître bat aussi : il attend... »

— Il ne me manque qu'un peu de talent, affirmait-il à Kermeur qui avait découvert sa passion pour les poètes classiques : un tout petit peu de talent, une connaissance plus précise de la langue chinoise, et j'aurais pu être un traducteur fort honorable ; je ne suis qu'un très bon lecteur : après tout, ceci vaut peut-être mieux que cela ?

De retour dans la maison de Verviers, Chessman s'était remis à jurer :

— Tes amis sont des cons !

Mais André Verviers avait corrigé :

— Ce sont des collègues, pas des amis.

— Et ce petit imbécile prétentieux qui nous raconte tout sur une Chine qu'il ne connaît pas ?

Les lignes verticales déjà à l'assaut des horizontales de la douleur sur le visage de Verviers.

— Le petit imbécile, comme tu dis, doit être un des seuls Occidentaux à savoir un peu ce qui se passe ici.

Quelques années plus tard, Simon avait obtenu une chaire pour un semestre à la London School of Economics ; il s'était installé à Londres, chez Chessman. Dès le premier soir, celui-ci l'avait interrogé.

— Et ce petit con — comment s'appelait-il ? Dupont ? Durand, Benoist ? — qui savait tout sur la Chine ?

Rire étouffé de Simon qui vida son verre de whisky pur malt :

— Jacques Benoist ? C'est redevenu un fonctionnaire comme les autres ; mais il ne désespère pas d'être nommé une troisième fois en Chine et nos chers collègues ne désespèrent pas, eux, de bénéficier à nouveau grâce à lui d'une source d'informations exceptionnelle.

Il était assis en face de Chessman, dans ce salon aux fenêtres en avancée sur Hampstead Heath, dont Chessman avait fait son bureau. John Baker, qu'il avait connu à Pékin, était venu boire un verre avec eux. La pièce était très vaste — Chessman avait abattu une cloison avec un cabinet voisin pour l'agrandir encore — et partout des livres, des dossiers, des journaux ou des imprimés traînaient en vrac sur des fauteuils ou à terre ; sur la table de travail, il y avait les milliers de pages que Chessman avait déjà écrites de ce livre entrepris voilà quinze ans, qui l'occupait tout entier et qui ne semblait pas avoir de fin. Clawdia entrait dans la pièce, un plateau et des verres à la main ; elle s'était alourdie, le visage à peine empâté pourtant. A John Baker, qui l'avait interrogé — après tout, Clawdia avait vécu avec Chessman avant de devenir l'épouse d'Otrick en même temps que la maîtresse de Simon pour revenir ensuite vivre chez Chessman, où son amant l'avait rejointe — Simon avait seulement répondu :

— Vous vous doutez bien, n'est-ce pas, qu'entre Clawdia et moi, il n'y a plus jamais rien eu depuis la mort d'Otrick ?

Baker n'en avait jamais douté. De retour dans le bureau de Chessman après avoir raccompagné le diplomate anglais, Simon avait trouvé l'écrivain déjà plongé à nouveau dans ses papiers, ses dossiers.

— Je te dérange...

Chessman avait haussé les épaules :

— Personne ne me dérange jamais ; ou plutôt, j'attends comme le Messie ceux qui pourraient me déranger car, quelquefois, j'ai envie de tout brûler !

Il avait écarté sa machine à écrire d'un geste brusque.

— Un livre qui dirait tout, un roman où tous ceux que nous avons connus vivraient la vie qu'ils n'ont pu vivre dans la vie réelle n'a, par définition, pas de fin : comment veux-tu que j'arrive au bout de celui-là ?

John Chessman avait pourtant été un véritable écrivain. Clawdia n'était encore qu'une très jeune femme, elle le quitterait, reviendrait... Il vivait en Algérie, où il avait connu Jean-Claude et ce Patrick Vergnaud dont les toiles...

A Kristel, sous Oran, il dormait. Il avait appris à dormir avec la conscience aiguë que c'était là le besoin le plus vital de l'animal humain. Il se coupait du monde, verrouillait la grille de sa villa, s'étendait sur un matelas pneumatique au soleil et dormit là plus d'un an.

Le roman qu'il avait publié avant de quitter l'Angleterre lui avait valu une gloire soudaine. Connu et admiré jusque-là par un petit groupe de spécialistes, il avait maintenant touché la masse du grand public et sa disparition brutale de la scène londonienne avait aidé à sa légende. Il était devenu le solitaire, l'exilé ! le romancier maudit et acclamé dont les magazines à grand tirage recherchaient en vain les interviews ou les photographies.

Mais John Chessman dormait.

Il devait dormir, et n'aimait pas être réveillé.

Franck Aiken en fit la douloureuse expérience.

Journaliste à l'*Observer*, Franck Aiken résolut un jour de frapper un grand coup et il descendit en Algérie dans un taxi brinquebalant, gagna Kristel et sonna à la porte de Chessman.

Clawdia vint ouvrir et posa un doigt sur ses lèvres : l'écrivain dormait. Aiken décida d'attendre. Après une heure de plein soleil, dans le chant des cigales, le bruit de la mer qui battait les rochers, le cri des enfants nus tout en bas dans le port, Chessman émergea de sa sieste. Franck Aiken avait eu la naïveté de se faire accompagner d'une jeune fille, photographe au Leica en sautoir : l'écrivain alla vers elle, lui arracha son appareil photo avant qu'elle ait pu dire un mot et le lança sur la falaise ; l'appareil décrivit une courbe et alla s'écraser sur les galets.

— Maintenant, nous pouvons parler plus librement, que voulez-vous ? Moi, je ne vous veux rien, à bon entendeur salut.

Et Chessman de disparaître dans l'ombre bleue et verte de la villa.

Sans pitié, l'*Observer* rapporta l'entrevue dans son numéro suivant sous un titre prometteur : « L'exil et la fureur. » Franck Aiken y racontait simplement comment, voulant enquêter sur les sentiments qui avaient conduit un grand écrivain à quitter son pays, il était revenu de Kristel sans avoir pu dire un mot à Chessman, sans appareil photo et de quelle façon, pour avoir aperçu derrière une haie de la villa une forme féminine nue, il avait reçu en outre quelques coups de poing et l'avis bien précis de ne pas revenir troubler la quiétude de ce havre de grâce, de solitude et de paix.

En lisant un mois après cet article, John Chessman jura qu'il ne remettrait plus les pieds en Angleterre. Il s'installa dans son paradis à fleur de roc pour y vivre et, qui sait, pour y mourir.

Il était pourtant revenu, n'était pas mort mais n'écrirait guère plus : le livre qui aurait raconté toutes les Chines et tous ses amis de Chine, leurs histoires, leur exil, était un amas de milliers de pages où les noms, les dates, les lieux se confondaient toujours.

— Vous avez bien fait de monter, lance Jacques Benoist à son visiteur qu'il a fait asseoir en face de lui, dans l'un de ces fauteuils de cuir anciens qu'il a récupéré lorsqu'on a redécoré le bureau du secrétaire général, à l'extrémité de ce couloir du troisième étage.

Le Chinois — mais ce peut être un Vietnamien de passage, un Cambodgien contraint à quel exil ? — allume une cigarette, en tire une première bouffée, souffle la fumée et sourit.

— Vous m'aviez dit vous-même que...

— Mais je vous le répète : vous avez bien fait.

Les gendarmes à l'entrée principale du Quai d'Orsay ont reçu l'instruction de simplement prévenir Jacques Benoist lorsqu'un visiteur le demandait : le directeur d'Asie reçoit sans rendez-vous.

— Ainsi, vous revenez de Kunming...

Il amorce lui-même la conversation ; le visiteur souffle encore une fois sa fumée, tousse peut-être, puis poursuit de lui-même :

— J'étais à Kunming la semaine dernière, oui...

Jacques Benoist l'écoute attentivement, sans se départir de son sourire affable. Puis, le visiteur parti, il rédigera une petite note sur une carte de bristol qu'il glissera ensuite dans un fichier.

Jacques Benoist enregistre, classe toutes les informations qu'il peut recevoir. Laroche, son plus proche collaborateur, garde une copie de chaque lettre, de chaque compte rendu de visite.

Lors de son troisième séjour à Pékin — c'était au début des années quatre-vingts et tout le monde savait que, lorsqu'il y reviendrait pour la quatrième fois, ce serait en ambassadeur — Jacques Benoist avait cherché à rencontrer M. Liu.

On lui avait communiqué une adresse, un numéro de téléphone. Il avait d'abord téléphoné, il était tombé sur une voix de femme qui avait prétendu tout ignorer de ce M. Liu à qui son interlocuteur étranger voulait parler ; il s'était ensuite rendu à l'adresse qu'il avait pu se procurer, mais la grande maison ancienne, dans le quartier de la gare, paraissait abandonnée.

Il avait alors envoyé un télégramme à Simon qui venait de prendre ses fonctions à l'Élysée. Par retour, celui-ci avait indiqué au jeune ministre-conseiller — c'était alors le titre de Jacques Benoist — le même numéro de téléphone, la même adresse près de la gare à laquelle le diplomate s'était déjà cassé le nez.

— Désolé, avait remarqué Simon quand Jacques s'était résolu à l'appeler : il y a des années que je n'ai pas eu de nouvelles de lui : il a peut-être déménagé...

Devant le silence de son interlocuteur, il avait ajouté :

— ... ou il est peut-être mort.

Cette fois, Jacques avait protesté.

— Oh ! non, il n'est pas mort.

Il avait son réseau d'amitiés, ses informations, ses informateurs... Aucun d'entre eux, pourtant, et pendant les quatre ans qu'avait duré ce troisième séjour à Pékin, n'avait pu le mettre en relation avec M. Liu.

— Mais pourquoi tenez-vous tellement à rencontrer ce vieillard ? avait demandé Denis Laroche, qui travaillait déjà avec lui : il ne représente plus rien — si tant est qu'il ait jamais représenté quelque chose...

Le ministre-conseiller de l'ambassade de France l'avait écouté sans répondre.

— Pour nous, avait admis plus tard André Verviers devant Simon, pour nous, M. Liu était déjà un personnage clef, et je continue à m'étonner que vous ne vous soyez vous-même rendu compte de rien...

L'une des premières missions assignées à M. Liu, au commencement de la Révolution culturelle, avait été un voyage à Shanghai dont le maire, Cao Diqiu, durement mis en cause par certaines factions des gardes rouges — les « rebelles révolutionnaires » avaient ouvert la lutte contre les « gardes écarlates » qui s'efforçaient de le protéger — avait besoin d'un soutien idéologique.

— Savez-vous pourquoi j'ai été choisi ? devait demander avec un sourire ironique M. Liu à André Verviers le lendemain de son retour.

Verviers était un des rares sinologues du moment alors en poste à Pékin à se faire de la Chine quelques idées claires.

— Je crois le deviner, oui...

Pris au dépourvu, M. Liu le dévisageait avec les yeux écarquillés d'un enfant.

— Alors ?

— Eh bien, seul un fin connaisseur de la France tel que vous pouvait expliquer à ce butor de Cao Diqiu les notions élémentaires d'histoire dont il avait besoin pour comprendre qu'on ne peut appliquer en 1967 à la commune de Shanghai le modèle qui a si bien échoué quatre-vingt-seize ans plus tôt avec la Commune de Paris.

Le vieux Chinois avait eu une petite inclination de la tête qui était un salut :

— Bravo !

Puis il avait cru bon d'excuser la vanité de cette mission qu'il avait été obligé d'accepter.

— Que voulez-vous ? Nous avons beau nous enfermer sans fin dans notre Chine à nous, tirer les barrières, abaisser ce que vous appelez si joliment le rideau de bambou, nous ne pouvons pas nous empêcher de continuer à emprunter à l'Occident ce qu'il a de plus douteux : vous verrez que dans quinze ans on vendra du Coca-Cola sur Wangfujing !

Le jour même de son retour de Shanghai, M. Liu était néanmoins allé faire un rapport détaillé de toutes les absurdités qu'il avait constatées là-bas face à un fonctionnaire en apparence anonyme qui l'avait reçu dans un minuscule bureau de l'état-major du Parti ; mais de cela, le vieux monsieur s'était bien gardé de faire la moindre allusion devant André Verviers qui, pour être presque un ami, n'en restait pas moins un diplomate étranger. Le fonctionnaire anonyme, aux fines lunettes cerclées d'acier, était l'un de ses plus anciens compagnons ; il s'appelait Shi Jinan : c'était déjà, entre Zhao Ziyang, alors en exil, et le reste du Parti, une manière d'intermédiaire.

— Je pense, faisait aussi remarquer Simon à Gérard Melot, que vous le savez depuis longtemps : c'est avec une poignée d'amis répartis à tous les bouts de la planète qu'on peut tenter de faire bouger le monde — et les conférences internationales ou les sermons du Conseil de sécurité de l'ONU n'y pourront jamais rien.

Simon avait rencontré le secrétaire général du ministère des Affaires étrangères à l'un de ces dîners où il se rendait une fois par mois place de la Concorde. Le hasard les avait placés côte à côte, à la table d'un banquier, d'un ex-ministre et d'un très jeune député qui talonnait de près tous les autres ; Simon et Melot évoquaient précisément ces hasards-là, ces rencontres fortuites de hauts fonctionnaires et d'hommes politiques où l'on ne tentait surtout pas de refaire le monde — et où, parfois, quelque chose remuait quand même.

A lire les télégrammes politiques que Paris lui répercute des quatre coins du monde, Guillaume éprouve une curieuse forme de plaisir. Un jour — mais c'était de la provocation — il avait assuré à Jean-Michel Hessing que la prose anonyme, signée du nom d'un chef de poste cent fois rencontré mais rédigée par un collaborateur dont les initiales en fin de texte lui étaient parfaitement inconnues ; que n'importe lequel de ces télégrammes diplomatiques, donc, lui apportait les mêmes délices que deux pages du *Journal* de Stendhal ouvert au hasard un soir de désœuvrement.

Parmi ces messages qui disent tout et n'apprennent souvent rien, Guillaume a une prédilection pour ceux qui, précisément, ne rapportent que des faits insignifiants ; dans l'isolement de Kaboul ou la solitude de Port-Vila au Vanuatu, ceux-ci ont souvent des accents de tragédie — ou plutôt : de drames lyriques au cœur de la vraie tragédie. Et c'est souvent des plus anodins d'entre eux qu'il demande à Sabine de lui faire une photocopie, non pour la glisser dans ce sottisier administratif qu'il alimente avec délectation depuis tant d'années, mais pour en fournir au contraire un gros dossier qui devient, avec les jours, son livre rouge de la face la plus noire de son monde : traversé d'un éclat de rire.

— A ceux qui me demandent pourquoi je suis resté dans la carrière diplomatique, j'ai une réponse toute prête : alors que les télégrammes diplomatiques sont devenus ma seule manière de tenter de m'exprimer, où donc aurais-je pu continuer à rédiger des télégrammes sinon dans ce foutu métier ?

Aussi, lorsque Thierry Destutt l'interrompt pour lui soumettre le texte bien anodin qu'il vient de rédiger sur un discours de Zhao Ziyang devant quel comité du Parti dans quelle province reculée de l'Ouest où le secrétaire général du parti communiste chinois est allé porter la parole, jette-t-il un regard soupçonneux sur les deux feuillets dactylographiés que lui tend le jeune homme.

— Trop long..., murmure-t-il avant même d'avoir achevé la lecture de la première page.

Et pourtant, à sa manière, Thierry Destutt est orfèvre en la matière.

Thierry Destutt s'en allait à bicyclette dans les rues de Pékin. Son professeur de chinois lui disait : « Ce n'est pas bien, monsieur Destutt : vous ne devriez pas vous promener en bicyclette » ; Thierry demandait pourquoi et M. Da, avec ce rire gêné qui était d'autant plus éclatant qu'il était plus gêné, répondait : « Parce que ça ne se fait pas : un diplomate étranger roule en voiture, pas à bicyclette, dans les rues de Pékin. »

Mais Thierry ne l'écoutait pas. Il pédalait pendant des heures, en plein soleil, il ne pensait à rien. Il ne regardait même pas autour de lui : il ne regardait même plus. Le pittoresque de Pékin ? Vous voulez rire... Longues avenues hier encore désertes, aujourd'hui encombrées de camions, d'autobus, de voitures particulières ; immeubles en construction, périphériques, passages surélevés, hôtels à demi achevés. Il ne s'aventurait dans aucun des quartiers encore vivants de la Chine d'hier : il fallait qu'il demeurât dans ces grandes artères chauffées à blanc par le soleil, et surtout, surtout qu'il ne voie rien.

— Je suis venu jusqu'ici pour ne rien voir, rien voir, rien voir..., répétait-il à chaque coup de pédalier.

Ainsi, peu à peu, Thierry Destutt avait-il appris à ne rien voir.

Parfois, et sans se rendre compte combien il ressemble à ce jeune collaborateur qu'il affecte par trop de ne pas remarquer, Guillaume se fait conduire jusqu'à l'un des grands hôtels que des chaînes américaines ou occidentales ont édifiés à Pékin, la Grande Muraille ou le Jianguo. Le chauffeur le laisse devant l'entrée principale : lorsque le portier ouvre la porte de sa voiture comme devant n'importe quel palace du reste du monde, Guillaume est encore l'ambassadeur de France ; mais sitôt la porte passée, le hall d'entrée, il essaie de se fondre dans la foule des visiteurs, des touristes ; il se dit : « Ici, je ne suis rien, je suis moi. »

Il s'assied dans l'un des bars, une cafétéria où des dragons peints se dressent sur les murs devant de nobles princesses, et commande n'importe quoi, un café, un bourbon — et il regarde autour de lui. Ne seraient les serveurs chinois, il pourrait être, en effet, dans n'importe quel grand hôtel du reste du monde. Il regarde alors autour de lui ; la plupart des clients sont laids et âgés, hommes d'affaires sûrs d'eux, charters entiers de redoutables Américaines aux lunettes en forme d'ailes de papillon. Mais parfois, parmi ces monstrueux passants, un visage se détache, une silhouette, un regard. C'est une étrangère, elle aussi, Américaine ou épouse d'homme d'affaires comme les autres, mais qu'importe ? Elle est de celles qu'il regardait jadis, qu'il abordait parfois... Elle est de celles auxquelles le Guillaume des jours de Londres ou de Prague s'accrochait dans les heures de plus grande désespérance.

Il sait qu'aujourd'hui il n'adressera la parole à aucune, trop embarrassé par le carcan dont il est affublé : l'ambassadeur de France qui draguerait à l'Hôtel de la Grande Muraille ! Mais il se dit qu'il suffit de la regarder.

Assise à deux tables de lui, une blonde aux cheveux pâles, les yeux plus pâles encore, s'est retournée.

Vingt ans plus tôt, à Prague, c'était déjà la même torpeur. Guillaume habitait alors un appartement aménagé au deuxième étage d'une aile du palais Bucquoy. De ses fenêtres, il voyait l'étroite place des Grands-Prieurs et ses façades baroques avec, en retrait, le vieux palais du Grand Prieur de l'Ordre de Malte d'où parfois des musiques s'échappaient par les fenêtres ouvertes ; en été, des jeunes filles, un violon à la main, venaient s'asseoir sur la barre d'appui, elles parlaient et riaient entre elles.

— Ailleurs, autrement, ces gamines aux corsages blancs soigneusement boutonnés et dont on devinait les vastes jupes bleu marine m'auraient fait rêver, elles m'auraient donné des idées...

Toutes n'étaient pas forcément laides ; mais à son bureau de noyer, devant sa fenêtre à petits carreaux, Guillaume tentait, après l'excitation des années de Londres, de retrouver dans le calme de Prague le fil d'une écriture perdue qui était déjà née de l'exil, quelque part entre Qianmen et les collines de l'Ouest où on se promenait si bien les dimanches d'hiver.

— Mais j'avais beau passer des heures, des journées entières, des samedis, des dimanches, à ma table de travail rien ne venait. Tu comprends ce que ça veut dire : le silence en toi quand, de l'autre côté de la place, des filles jeunes et parfois jolies jouent pourtant du violon ?

Aujourd'hui, à Prague, les façades des palais du centre de la vieille ville ont été repeintes de belles couleurs claires, vert pistache, rose, bleu pâle — et chaque fois on a souligné les bordures des portes et des fenêtres de trompe-l'œil allègres, fausses balustrades blanches, arrondis et volutes de pierre. On travaille si vite à ce rebadigeonnage que nul ne prend vraiment le temps de vérifier l'authenticité du détail ou de la couleur : qu'importe, en quelques mois, la place du Marché de la vieille ville et ses alentours, la maison de Kafka ou les rues en pente de Mala Strana sont devenues un univers de jolies façades claires ; qu'importe dès lors si, derrière les fenêtres, c'est la même misère qu'avant — ou qu'on ait, au contraire, bétonné et recloisonné toutes les salles des anciens palais et des maisons bourgeoises pour en faire des bureaux anonymes : le visiteur qui se promène aujourd'hui dans les rues de Prague y découvre une admirable ville baroque — ce que Prague a, bien sûr, toujours été — aux couleurs délicieusement pimpantes...

A l'époque où Guillaume y était arrivé, la ville était uniformément grise — et non pas de ce gris de Pékin, qui tremblait si bien dans la grande lumière qu'il devenait lui-même lumineux, mais d'un gris couleur de grisaille et de poussière sale, une lèpre de suie qui s'accrochait aux stucs et rongeait les façades comme pour en mettre mieux à nu la brique ternie. Fers rouillés, balcons à demi écroulés, Prague que la guerre avait épargnée se dévorait elle-même de l'intérieur, livrée à un mal plus inexorable encore depuis qu'au cours de l'été 1968, les chenilles des tanks avaient çà et là fait éclater son pavé : sous ce pavé, le silence.

Là, et après les premières promenades des premiers jours à travers les rues d'une ville morte, Guillaume ne sortait plus guère de l'ambassade que pour de rares et prudentes incursions dans les quelques cafés et ateliers d'artistes où des hommes et des femmes écrivaient encore, peignaient, tentaient de penser car cette liberté-là, au moins, leur était restée : un exil intérieur qu'on dit s'être en somme choisi parce que d'autres l'ont choisi pour vous. Mais sur ces écrivains sans livres, ces peintres sans expositions, ces musiciens qu'on ne jouait plus, il portait un regard presque indifférent.

— Le plus difficile, expliquait André Verviers à Guillaume qui avait quitté la Chine à temps, le plus difficile, c'était peut-être de savoir que le peu qu'on nous avait donné, les dimanches à la Grande Muraille ou même une fin d'après-midi d'automne dans les collines de l'Ouest — vous vous souvenez ? nos grands-pères qui louaient là des temples pour la saison : quelle saison ! — que tout cela, donc, vous était maintenant interdit.

Pékin, ville fermée, ville refermée d'un coup après un seul été, carré parfait qu'on avait anéanti, s'était repliée sur elle-même et c'était désormais — Pékin au carré... — la nostalgie de tous ceux qu'on avait enfermés là pour un ailleurs si proche et qu'ils connaissaient si bien, quelques kilomètres à l'ouest, et qui se découpait parfois à contre-jour — la pagode de porcelaine plantée sur l'avancée d'une colline — dans le soleil couchant : un ailleurs subitement interdit.

— De ce Pékin-là, disait pourtant Verviers, naissaient encore des poèmes.

Ainsi Wang Dan, qui avait été le secrétaire de M. Liu, écrivait-il des vers à la gloire du Parti, bien sûr, et de son président ; mais dans ses poèmes, il disait aussi la beauté d'un coucher de soleil sur le mont Emei, il racontait la lente ascension vers un temple sacré, la lumière très bleue qui rosit avec le soir et rougit jusqu'à devenir écarlate, le ciel alors d'un vert venu de l'eau, un ultime rayon qui semble avoir fait le tour de la terre et puis la nuit très pâle, très bleue dont le bleu se fait plus profond, plus sombre jusqu'à la montée de la lune.

— Tu ne crois pas que tu devrais donner à tes poèmes un peu moins de couleurs du ciel et une plus grande coloration politique ? lui avait dit un jour, gravement, son compagnon de chambre Dai Lingsi.

Wang Dan n'avait jamais su si son ami Dai Lingsi se moquait de lui ou s'il était sérieux : il était toujours si grave... C'est d'ailleurs cette gravité qui avait dû si fort déplaire aux jeunes paysans venus du Shanxi au milieu du mois de février 1967 pour extirper les « quatre vieilleries » (vieille culture, vieilles coutumes, etc.) de la rédaction des Éditions en langues étrangères : on avait qualifié d'arrogance la gravité de Dai Lingsi et il avait été un des premiers employés du service à disparaître. Mais en cette année 1965 où Wang Dan écrivait son poème « Sur le mont Emei », la gravité même de Dai Lingsi était simplement appelée sérieux, ou compétence, et Wang avait cru utile de suivre son conseil. Il avait rajouté çà et là quelques vers où la référence obligée au président Mao apparaissait en temps voulu ; pour faire bonne mesure, il y avait ajouté une image de Chou Enlai et une citation de Liu Shaoqi.

Si bien qu'après avoir réglé le cas de Dai Lingsi, les gardes rouges venus du Shanxi et transformés en inquisiteurs s'attaquèrent au problème que leur posait Wang Dan : Liu Shaoqi n'était-il pas un traître exécré, un agent du révisionnisme le plus immonde ? Or, Wang Dan n'avait pas hésité à citer dans l'un de ses poèmes l'infâme ex-président, aujourd'hui justement emprisonné...

C'est alors qu'intervint un jeune homme, doué de quelque instruction, qui s'appelait Bai De. Il avait lui-même taquiné la muse et s'y connaissait en poésie ; il procéda ainsi à une exégèse approfondie du poème consacré au mont Emei par l'infortuné Wang Dan et découvrit ainsi ce qui lui sauta soudain aux yeux et que les précédents censeurs avaient omis de remarquer : non content de saluer au passage Liu Shaoqi, celui qu'on pouvait désormais qualifier d'aussi infâme que lui n'avait pas décrit un lever de soleil sur la montagne fameuse, ainsi que le veut la mythologie marxiste-léniniste chinoise de l'Orient rouge, mais un coucher de soleil ! On saisit la nuance : d'une manière d'autant plus insidieuse qu'elle était roublarde (et d'autant plus roublarde qu'insidieuse), Wang Dan avait fait dans son poème l'apologie d'une vision obscurantiste du monde (la nuit qui tombe sur la révolution), c'est-à-dire qu'il avait exprimé un point de vue dont le moins qu'on pouvait dire était qu'il témoignait d'un insupportable révisionnisme. Ajoutez à cela la mention précédemment citée au président déchu : Wang Dan, battu à coups de fil de fer barbelé, finit par mourir de faim après six mois d'un régime alimentaire exclusivement fait d'une demi-poignée de riz cuit par jour.

— L'exil intérieur ? interroge alors Verviers : soit, à condition d'avoir le ventre plein.

— On connaît aussi l'histoire, lui répond John Baker, de ce vidangeur qui, nommé travailleur d'élite, eut les honneurs d'un voyage à Pékin et d'une poignée de main du même président Liu Shaoqi qui lui remit de ses propres mains le colifichet rouge et or symbole du triomphe du videur de chiottes sur l'idéologie bourgeoise qui, par merde de lettré interposée — il vidait les chiottes d'une école de province — aurait pu le contaminer : au printemps 1967, quelqu'un s'avisa de ressortir la photo du vidangeur serrant la main du suppôt du révisionnisme...

Le camarade vidangeur n'est sorti de prison qu'à l'automne 1976 ; sa femme, condamnée à la même peine pour avoir partagé la vie de semblable individu, était morte depuis trois ans dans un cul-de-bassefosse quelque part au fond du Hebei.

En mars 1967, M. Liu avait été lui aussi arrêté par des gardes rouges qui n'avaient pas hésité à assommer les quelques soldats de l'APL (l'armée populaire de libération) chargés, depuis l'instruction du 28 janvier, de veiller sur ses biens comme sur sa personne. M. Liu n'était pas chez lui, mais on avait enfermé sa femme et sa petite-fille dans l'une des salles de la belle maison près du quartier de la gare, puis on avait allumé au milieu de la seconde cour un grand feu de joie de tous ses livres, ses peintures, des manuscrits précieux qu'il conservait depuis toujours.

Alerté par un soldat qui avait pu s'échapper, M. Liu, inquiet du sort de son épouse, s'était alors jeté dans la gueule du loup en revenant chez lui. On ne l'avait pas laissé approcher de la maison : le garde de faction à l'entrée de la ruelle l'avait repéré de loin ; il l'avait jeté dans un camion et emmené sans ménagement jusqu'à Chengdu, à six heures de route de Pékin.

— Là, raconta plus tard M. Liu à Verviers, on m'a d'abord enfermé huit jours dans une aile de l'ancien palais impérial qu'on avait allègrement pillé : pendant une semaine, j'ai mangé une poignée de riz par jour et bu un demi-verre d'eau sale...

Puis on l'avait sorti de sa geôle, on l'avait coiffé du long chapeau pointu de la honte, et on l'avait promené dans les rues de la ville, un fléau de vidangeur sur les épaules et deux seaux de merde à chaque bout.

— Vous savez, avait précisé M. Liu, comme s'il s'agissait d'une glose nécessaire à la compréhension des traitements qu'il avait subis, vous savez les rapports subtils qui existent dans notre pays entre le parti communiste chinois et le métier de vidangeur...

Plus on l'avait exposé sur une estrade de bois où, pendant deux jours, il avait « fait l'avion » — c'est-à-dire que, debout et tout le buste penché en avant, on l'avait obligé à se tenir les bras largement étendus, dans la position, en somme, d'un planeur.

— On n'était pourtant pas trop méchant avec moi : lorsque j'étais trop fatigué, on me permettait de m'asseoir quelques minutes — dans un de mes deux seaux de merde, bien entendu !

Mais un groupe de soldats était intervenu pour le délivrer, escortant une douzaine de gardes d'une autre nuance de rouge que ceux qui le retenaient prisonnier. On s'était battu pendant plus d'une heure autour de son estrade jusqu'à ce que les nouveaux venus aient mis en fuite ses geôliers — et M. Liu, libéré, avait été ramené à Pékin où un détachement d'un autre groupe encore de gardes rouges était venu lui présenter des excuses. Ce qui n'avait pas empêché sa maison, sa femme et sa petite-fille de continuer à subir la mauvaise humeur du groupe qui s'était chargé de les châtier et sur qui ceux-là mêmes qui s'étaient aussi platement excusés auprès du vieux monsieur ne pouvaient rien...

Maintenant, M. Liu est redevenu une personnalité presque officielle.

— Ça ne vous ennuie pas de vous déranger ? a-t-il demandé par téléphone à Guillaume : pour le moment au moins, je préfère qu'on ne me voie pas trop à l'ambassade de France...

L'ambassadeur a donné à Chu, son chauffeur, la très vague adresse que lui avait indiquée M. Liu mais, sans l'ombre d'une hésitation, Chu s'est tout de suite dirigé vers ce grand immeuble anonyme des années soixante construit en bordure du Parc des expositions, au nord-ouest de la ville.

Un employé vêtu d'une veste grise très occidentale mais constellée de taches d'encre attendait l'ambassadeur de France à la porte aux grandes vitres dépolies. Sans dire un mot, il l'a ensuite précédé le long de corridors malodorants, tournant à gauche, puis à droite, puis encore à gauche, exactement comme s'il avait voulu faire perdre son chemin à Guillaume avant de l'amener à bon port.

A son arrivée, M. Liu était debout dans le petit bureau aux meubles de bois verni — les deux fauteuils de peluche aux appuis-tête de dentelle et le plateau aux deux tasses et à la Thermos d'eau chaude : on dirait, a pensé Guillaume, que rien n'a changé depuis trente ans !

M. Liu non plus n'a pas changé : Guillaume, qui ne l'a jamais rencontré, le retrouve si parfaitement semblable aux descriptions qu'en a faites Simon, qu'on dirait que, passant au-dessus de lui, le temps l'a soigneusement évité ; c'est un vieux monsieur sans âge : entre soixante et quatre-vingt-cinq ans, toutes les suppositions sont possibles. Il tend d'ailleurs à son visiteur une main maigre, certes, mais que ne marque aucune de ces taches de son brunes, sombres, qui sont le signe de l'âge qui vient.

— J'ai pensé que le moment était venu que nous nous rencontrions, dit-il enfin.

Puis il a un geste pour montrer le bureau, les fauteuils, la façade de l'immeuble voisin qu'on aperçoit par la fenêtre.

— Vous me pardonnerez de si mal vous recevoir : je n'ai pas, à proprement parler, de bureau à moi.

Il a ensuite un petit rire pour préciser :

— Ou plutôt, j'en ai tellement que celui-ci ou un autre...

On entre enfin dans le vif du sujet.

L'état de la Chine : Guillaume écoute le professeur de neurochirurgie qui l'a entraîné dans l'embrasure d'une fenêtre de l'ambassade britannique au cours d'une réception :

— Savez-vous que j'ai fait une découverte tout à fait intéressante ?

C'est un Chinois du Sud dans la force de l'âge, les cheveux taillés en une brosse noire et dure ; il porte une cravate Hermès mais s'en est lui-même moqué l'instant d'avant : « Un cadeau de vos amis Allen : je ne pouvais pas ne pas la mettre pour venir chez eux ! » Guillaume, son verre à la main, écoute, donc.

— Depuis toujours, devant la porte de l'hôpital où j'exerce tous les matins, se tient une grosse petite bonne femme qui vend des pains mantou — vous savez, ces petits pains qu'on fait cuire à la vapeur. Ses clients sont des parents, des amis de mes malades ; ils achètent leurs petits pains tout chauds et se brûlent les doigts pour les porter encore chauds à leur grand-mère ou à leur petit frère.

Guillaume connaît bien le goût, à la fois un peu âcre, un peu fade, de ces friandises qui n'ont de pain que le nom, boules d'une pâte blanche cuite à la vapeur, légèrement élastique et compacte.

— Eh bien : savez-vous ce que j'ai découvert ? Ma bonne Mme Ma, qui vend ses pains mantou à tour de bras à la porte de mon hôpital, gagne deux cents yuans par jour — quand moi j'en gagne exactement autant en un mois. C'est une découverte intéressante, non ?

Le Dr Cheng éclate de rire ; pas du tout amer, d'ailleurs. Guillaume s'étonne :

— Et vous êtes furieux, indigné ?

— Pourquoi le serais-je ? C'est une nouvelle forme de la lutte des classes, et voilà tout ! La bonne Mme Ma, dont mon grand-père a dû humilier la grand-mère en lui faisant l'aumône d'une piécette voilà cinquante ans, prend sa revanche aujourd'hui à grands coups de gros paquets de yuans — par pains mantou interposés. Qui a osé dire qu'en Chine, il n'y avait pas de justice ?

Guillaume sait que l'an dernier, le Dr Cheng a fait un stage de six mois dans un hôpital psychiatrique de Glasgow, où il a étonné ses confrères écossais par l'étendue de ses connaissances.

André Verviers, lui aussi, souriait et écoutait. Il tenait table ouverte au palais Bucquoy pour une bonne douzaine de journalistes ou d'écrivains en marge du régime — on commençait seulement à utiliser le mot « dissident » — dont il avait obtenu que la police tchèque toujours en faction devant la porte de l'ambassade — les laissât entrer sans leur poser de questions.

— J'imagine qu'on leur demande leurs papiers à l'entrée de la rue Lázeňskà, disait-il avec un haussement d'épaules résigné.

C'était la petite rue qui débouchait de la grande rue Mostecka et se prolongeait jusqu'à la place des Grands-Prieurs où se trouvait l'ambassade.

Pavel Verkhout, Andrei Havel étaient les habitués de ces verres que donnait chaque vendredi soir l'ambassadeur dans l'un des petits salons de sa résidence. Un soir, il avait pris à part Verkhout, romancier jadis à succès qui n'était plus autorisé à publier dans son pays et dont un ou deux manuscrits s'étaient échappés par la valise diplomatique. Il était préoccupé.

— J'ai eu des informations, j'ai fait quelques recoupements : je suis certain qu'il y a un mouchard parmi vous.

L'écrivain qui se disait exilé de l'intérieur à deux pas de la maison de Kafka avait eu un sourire amusé :

— Si vous pensez qu'il n'y en a qu'un, vous êtes d'un bel optimisme !

Puis il l'avait entraîné vers une fenêtre qu'il avait ouverte pour se pencher à l'extérieur et parler plus à l'écart d'éventuels micros.

— Comment croyez-vous que nous soyons autorisés à venir vous rendre visite chaque vendredi soir ?

Il avait eu alors un rire qui n'était pas aussi triste qu'auraient pu l'exiger les circonstances, avait pensé plus tard Verviers.

— Eh oui, monsieur l'Ambassadeur : moi aussi !

Après sa première visite à M. Liu, Guillaume a suivi à la lettre les instructions de Simon, que le vieux Chinois lui avait confirmées. Il a envoyé un télégramme en distribution « message » à l'Élysée, adressé à Simon Anglade ; en quelques lignes, il expliquait que « le visiteur annoncé était bien arrivé et qu'à moins d'avis contraire du conseiller du Président, un autre visiteur était prévu pour le début de la semaine ».

Thierry Destutt, qui ne pouvait pas ne pas voir le télégramme, s'est étonné.

— Un visiteur... ?

Guillaume a levé vers lui un regard froid.

— Oui, mon cher Thierry : un visiteur. Vous ne l'avez pas vu ? C'est curieux...

Le jeune homme avait compris que l'ambassadeur se moquait de lui et n'avait pas insisté.

La diffusion officielle des télégrammes envoyés en « message » comprend, outre l'Élysée, le cabinet du ministre des Affaires étrangères et le secrétaire général. Sauf mention expresse, les directeurs politiques du Quai d'Orsay — dont le directeur d'Asie — n'en ont pas communication.

Le silence. Au-dessus d'un jardin — et les Champs-Élysées au fond du parc, mais si loin — le bureau de Simon est une cage dorée, une cage de verre suspendue dans le silence. Il n'est jusqu'au pas des huissiers qui prennent le relais des gendarmes pour amener jusqu'à lui les visiteurs, qui ne soit comme étouffé par les moquettes.

« Silence », pense Simon, qui voudrait subitement qu'un coup de tonnerre éclate, qu'une musique venue de n'importe où le réveille.

Une jeune femme a glissé jusqu'à lui sans qu'il l'ait seulement entendue frapper à la porte de bois qui succède à la porte matelassée.

— Si vous n'avez plus besoin de moi...

Cette Fabienne est blonde, fade, indifférente ; peut-être aussi flic, par-dessus le marché, pense Simon qui, de sa tour de silence, se dit soudain qu'il voit le monde de très loin, comme un univers étrangement ordonné où la police, les services spéciaux, les renseignements généraux sont partout et qui veillent. Il a un geste vers la jeune femme et grogne quelque chose qui peut vouloir dire : partez, je n'ai plus rien à faire de vous, je n'ai jamais rien eu à faire de vous. La porte de bois, la porte matelassée retombent doucement.

« Faire quelque chose... », pense Simon.

Il tourne le bouton d'un petit poste de radio posé devant lui sur son bureau ; une musique de violon s'échappe qu'il ne sait reconnaître. La mélodie semble un instant valser dans l'air, ironique, autour de lui. Mais, incapable de lui donner un nom, une époque, agacé en somme de ne pas savoir ce dont il s'agit, Simon tourne brusquement le bouton : le silence. Ce bureau au-dessus du parc n'est pas fait pour la musique.

Il fouille alors dans le grand tiroir plat au milieu de sa table de travail ; il en sort un long registre à la couverture toilée noire. Il l'ouvre : feuillets blancs à petits carreaux.

Alors il cherche un stylo, ouvre son gros Mont-Blanc et, en haut à gauche de la première page, il écrit une date : celle de ce jour. Puis, le plus aisément du monde, la plume court.

Déjà, à Pékin, Simon tenait un journal. Il n'avait alors à sa disposition ni beau cahier toilé, ni même un vrai stylo. Il écrivait sur n'importe quoi, feuilles volantes, cahiers d'écolier ; il écrivait parfois deux heures d'affilée, rien que pour raconter les deux heures qui avaient précédé ; il passait au crible comme au miroir grossissant de sa mémoire le moindre détail de la journée, de la semaine ; ainsi tenait-il un registre de la plus insignifiante de ses pensées face à la Chine qui absorbait chacun de ses instants — se disant que toutes ces notes accumulées seraient la trace qu'il laisserait. A peu près tous les deux mois, il confectionnait une sorte de cartonnier avec deux morceaux de papier plus épais et une grosse ficelle, une chemise rudimentaire où il enfermait, soigneusement paginés, tous les feuillets qu'il avait, au fil des jours, remplis de sa petite écriture fine.

Pendant trois ans, Simon avait ainsi tenu un journal régulier de tout ce qu'il voyait, lisait, entendait. Que d'autres lisaient ces notes dès qu'il avait tourné le dos, il n'en doutait pas un instant, mais peu lui importait, il n'écrivait ni pour eux ni contre eux, il n'écrivait pour personne, que pour lui.

Il rangeait ensuite le dossier ainsi fabriqué, posé verticalement comme un livre, sur une planche de bois, à côté de ceux qu'il avait précédemment achevés. En 1957, au lendemain de la réaction qui avait suivi le mouvement des Cent Fleurs, ses chemises de carton avaient disparu ; Simon ne s'en était plaint à personne.

— Savez-vous que nous sommes faits pour nous entendre, lui avait dit un jour Chessman.

Ils étaient assis côte à côte sur les marches d'une des portes monumentales du temple du Bouddha couché, dans les collines de l'Ouest.

Chessman avait craché loin devant lui comme savaient si bien le faire les vieux Chinois : dans ce foutu pays, comme il disait, il aurait au moins appris ça. Puis il avait continué :

— Eh oui, moi aujourd'hui, vous demain, nous ferons tous deux partie de l'éphémère population des anciens amants de Clawdia...

La femme d'Otrick, qui devait les accompagner dans cette promenade, avait dû suivre son ambassadeur d'époux à un cocktail norvégien ou suédois et les avait tous deux plantés là. Avec application, John Chessman dessinait du bout d'un bâton dans la poussière du sol les quelques caractères chinois qu'il connaissait : homme, femme, pays, maison, bonheur... Puis il effaça tout d'un mouvement brusque.

— Au fond, c'est cela que je devrais essayer d'écrire, au lieu de me torturer l'esprit pour trouver de beaux sujets bien britanniques et à la mesure de nos angoisses trop convenables.

La ligne d'ombre que découpait devant eux le sommet de la colline sur un maquis encore vert semblait s'allonger très vite ; il était six heures du soir, des feux montaient déjà dans le noir.

— Quoi, cela ? Nous ?

Simon savait que l'Anglais avait raison : un peu de temps, et Clawdia serait peut-être encore avec lui, un petit plus de temps encore, et elle ne serait plus là.

— Vous, nous, oui... Je crois que vous tous seriez les personnages idéaux d'une fable qui raconterait la vanité de toutes les fuites, le vide absolu de tout exil...

Il avait repris son bâton et dessinait dans la poussière une sorte d'arbre généalogique : issu d'un seul, qui aurait pu être Simon, Otrick ou lui-même, tous ces personnages se dédoublaient, se multipliaient, chacun en engendrant chaque fois un autre, qui n'était qu'un reflet de lui-même.

— On pourrait aller très loin, comme ça, remarqua Simon, lorsqu'il eut compris.

— Très loin, oui... D'ailleurs, une fois qu'on a commencé, il n'y a plus aucune raison de s'arrêter.

Avec rage, il multipliait maintenant, au milieu de cette cour d'un temple sauvé dans cette Chine au bord du vide, des signes dans la poussière qui s'appelaient l'un Otrick, l'autre Chessman, un autre Clawdia ; il y avait aussi David Allen, alors conseiller d'ambassade, ou John Baker, simple secrétaire ; de l'un à l'autre, de Londres à Paris en passant par Pékin, avec des incursions à Hong Kong ou Bangkok, un univers était en train de naître et prenait forme : au commencement de tout, il y avait une poignée d'amis, un groupe, quelques hommes. Mais les signes se multipliaient encore dans la poussière, et le bras de Chessman, infatigable, semblait ne jamais devoir retomber.

— ... Aucune raison de s'arrêter ! répétait-il.

Avec les jours, Guillaume en était lui aussi à éprouver cette nostalgie du groupe, où les souvenirs de son adolescence et de sa jeunesse se mêlaient à des visages amis, camarades du lycée ou de Sciences-Po, petites copines disparues avec le temps du Mabillon, celui de la Rhumerie martiniquaise ou de la Pergola. Geneviève, Moune, Philippe, et puis Marianne, bien sûr, en compagnie de Jean-Claude, et Patrick Vergnaud, qui peignait déjà sur de minuscules carrés de toile des signes redoutables où il affirmait lire le destin de chacun de ses compagnons.

— On prenait café sur café sans jamais chercher à refaire le monde, puis on allait au cinéma des après-midi entières avant de travailler toute la nuit, s'il le fallait, pour le galop d'essai du lendemain.

Un ami, Jean-Pierre ou Jean-Georges, les rejoignait parfois ; il assurait à Guillaume que lui aussi serait diplomate, qu'ils se retrouveraient à Londres ou à Washington ; et Guillaume, perpétuellement amoureux de telle ou telle, voyait souvent la Brigitte ou la Jordane du moment disparaître au bras du beau Jean-Pierre ou de l'ironique Jean-Georges.

— Je n'étais pas amer : j'en arrivais à me dire que c'était dans l'ordre des choses.

Geneviève et Philippe s'aimaient alors à la folie, le juke-box de la Pergola repassait et repassait sans fin Art Blakey et les Jazz Messengers qui jouaient la musique des *Liaisons dangereuses.* Le film avait fait scandale, on était bien loin de Laclos, mais Gérard Philipe, mal rasé, était un bouleversant Valmont.

André Verviers écoutait Guillaume égrener ses souvenirs.

— En ce temps-là, conclut le jeune homme, je croyais bien que jamais je n'aurais pu vivre autrement qu'avec eux et dans un quadrilatère bien précis qui allait de la Seine au boulevard Saint-Germain, entre la rue du Bac et ce qu'on appelait encore, parfois, le Boul'-Mich.

Après les Jazz Messengers, on passait à la musique de Miles Davis d'*Ascenseur pour l'échafaud* de Louis Malle : le visage de Jeanne Moreau en noir et blanc qui marchait dans Paris, la nuit...

Des images d'alors : la queue devant le Champollion et Louis Jouvet dans une reprise de *Copie conforme* — l'Actua-Champo, un peu plus tard, et *L'Homme de l'Ouest* avec Julie London et Gary Cooper, bandit repenti qui tuait son père adoptif, Lee J. Cobb, dans une ville fantôme perdue dans un désert jaune d'Arizona. Images et sons, rumeurs, musiques, une *Tétralogie* dirigée par un vieillard à la crinière blanche, quatre soirs de printemps au Palais-Garnier et les salles désertes du musée d'Art moderne, où nous nous gorgions de Braque et de Picasso, *Guernica* qu'on n'avait pas encore enfermé dans un bunker et Proust, que nous étions à trois ou quatre à lire en même temps, chacun évoquant pour les autres le passage du côté de chez Swann ou de Guermantes où il en était arrivé : sur les bords de la Seine, Brigitte avait de beaux seins lourds qui consolaient Guillaume d'une Isabelle elle aussi infidèle, en Amérique — et les autobus à plate-forme traversaient un Paris encore sous le signe de Brassaï ou de Robert Doisneau. On racontait que Marguerite Duras écrivait des après-midi entières à une table de café, au coin de la rue Jacob et de la rue Bonaparte, et Guillaume et Philippe, qui admiraient Sartre et méprisaient Camus, se moquaient l'un de l'autre : « Tu ne vas tout de même pas te mettre à écrire comme elle ? »

Image : cette table de café dans le soleil et le Coca-Cola qu'on buvait avec une rondelle de citron, tout le temps d'une après-midi.

Pendant toute sa scolarité à l'ENA, Thierry Destutt faisait lui aussi partie d'un groupe qui se réunissait le soir, deux fois par semaine chez l'un d'eux, rue de Lille. On leur apportait du whisky, des verres, des gâteaux... Il y avait Dominique, économiste de formation, mais aussi amateur de Mozart ; un certain Jean-Marie Erlanger, qui sortirait major de sa promotion, choisirait contre toute attente le Quai d'Orsay et qui était pianiste ; Dominique Flornoy, passionné de tennis, de courses automobiles — il pilotait lui-même une Formule un ; Antoine Weiss, qui avait déjà publié un essai caustique sur l'ENA ; Didier de Wandrille, souriant et mélancolique, et Bernard de Beausséant, champion toutes catégories du droit public, qui s'amusait à émailler de remarques malicieuses ses commentaires des grands arrêts de la jurisprudence administrative — souvent fort pittoresques au demeurant : ces histoires de prostituées qu'on empêchait d'exercer librement leur métier à Toulon pendant l'autre guerre ; ou ces enfants de chœur qui jouaient dans des bénitiers, ces charmeurs de vipères revendicatifs.

En sortant de leurs réunions, Thierry, qui avait lu *L'Homme sans qualités* de Musil, aimait affirmer que tous ses camarades étaient eux-mêmes si pleins de qualités qu'on ne remarquait que davantage l'absence chez lui de toute particularité, de tout passe-temps un peu singulier. Un jour, il avait dit :

— Quand je serai diplomate, on dira que je suis écrivain et, si je deviens vraiment un écrivain, on me prendra pour un diplomate...

C'était pourtant le temps où il jetait encore, d'une haleine, des poèmes vaguement orientaux sur une feuille de papier qu'il se gardait bien de montrer à personne ; un jour, néanmoins, son ami Dominique, qui les avait lus, les avait trouvés bons et Thierry en avait été plus heureux que d'un 19 sur 20 à une épreuve de droit public. Mais Jean-Marie Erlanger, à qui il les avait prêtés, les lui avait en revanche rendus sans rien dire. Aux vacances de Pâques suivantes, ils s'étaient tous retrouvés au château de Charny ; c'est là que Thierry avait pour la première fois rencontré Jean-Michel Hessing, et il avait gardé de toute cette période une curieuse nostalgie du groupe, du travail en groupe, de l'amitié, de l'équipe...

— Avant la guerre, pendant le Front populaire, Julien Duvivier a fait un film avec Gabin, Aimos, Vanel et beaucoup d'autres, qui s'appelait *La Belle Équipe*, avait-il expliqué à Jean-Marie : eh bien, je me dis souvent que, nous aussi, nous formons une belle équipe.

Encore une fois, Jean-Marie Erlanger avait souri sans rien dire : l'idée de comparer ce groupe de bons jeunes gens, énarques des beaux quartiers, à une équipe de copains pendant le Front populaire, lui avait paru saugrenue.

Jean-Michel Hessing avait dix ans de plus que Thierry : « Je suis né trop tard et trop vieux ! » s'exclamait-il pourtant en 1968 lorsque, faute de Résistance ou d'Indochine, sans même la plus petite guerre d'Algérie à se mettre sous la dent, on retournait les pavés de la rue Soufflot en se disant qu'on aurait des lendemains radieux.

Lui aussi avait eu des amis. Avec Serge Lensky et Julien Bidault, et puis Lavenant, plus âgé que lui et qui était comédien, qui serait bientôt metteur en scène, ils avaient ainsi constitué un groupe, une poignée d'amis, qui se retrouvaient dans le château que Didier de Wandrille, qui était des leurs, possédait près de Saint-Lô.

Charny, au milieu des prairies.

Au Moyen Âge, le château était une belle enceinte fortifiée à poivrières et mâchicoulis, entourée de douves : il a fallu le vent frais de la Renaissance pour en décoiffer les donjons, orner l'austère structure de belle pierre grise avant qu'au XVIIe siècle, un Wandrille qui rêvait de délicate grandeur fît entourer les portes et les fenêtres d'une belle chaîne de pierre rose. Plus tard, au siècle dernier, on a abattu une aile, ouvert la cour carrée sur la campagne, des bois, une rivière... Les douves sont restées mais, devenues étangs, des cygnes y passent : Charny, son parc, les allées qui convergent vers le perron de la grosse tour d'angle où, toutes portes-fenêtres ouvertes, les matins d'été nous écoutions Pierre au piano, ou Patrice au violon, Cécilia aussi et son violoncelle — tandis que la lumière du soleil s'ouvrait lentement, comme un éventail, sur toute la façade sud du château, longuement déployée.

Charny : un lieu où l'on se retrouvait, loin des bruits, de la fureur du monde, loin du reste : ailleurs.

Charny, un lien, en somme...

— Je croyais bien, moi aussi, que jamais je ne pourrais vivre loin d'eux ; et vous voyez...

C'est vingt ans plus tard. Hessing, ambassadeur au Yémen, est seul dans la plaine au nord de Sanaa, ce plateau au relief chaotique de terre tourmentée que les volcans ont retourné ; et celui à qui il s'adresse ce matin n'est qu'un compagnon de rencontre à qui il raconte un peu de ce qui compte le moins.

— Car tout cela, voyez-vous, ne représente en fin de compte que si peu de chose...

Il a lentement appris à se détacher de tout. « Les amis, les lieux », Jean-

Michel Hessing ne croit plus qu'en l'amour d'une femme qu'il aime, avec qui il est venu jusque-là ; les autres sont des noms dans la mémoire du cœur, mais la raison se fait très bien de ces absences-là.

Le présent, dès lors, qui nous étouffe...

Guillaume étend la main : à travers la largeur du lit, le dos, la nuque de cette jeune femme qui dort, la poitrine écrasée contre un oreiller ; dos brun, nuque de miel et la broussaille des cheveux défaits. Un instant, sa main erre sur la colonne vertébrale de Marie-Reine, comme un chapelet dont il épellerait les grains ; la jeune femme se retourne et sourit. La main de Guillaume retombe : le sourire de cette femme.

Il soupire puis revient vers elle ; alors, Marie-Reine rampe à sa rencontre, dans toute la largeur du lit où se sont succédé depuis vingt-cinq à Pékin pas moins de neuf ambassadeurs de France en Chine ; il y avait des ambassadeurs mariés, des célibataires, un veuf : combien d'entre eux ont entraîné dans ce lit la femme de l'un de leurs collaborateurs ?

Guillaume ferme les yeux et enfonce ses lèvres au plus profond du pli du cou de Marie-Reine Destutt, la femme de Thierry, son premier secrétaire, puisqu'il est des choses qu'il aime mieux ne pas voir, auxquelles il préfère ne pas penser.

— Je suis bien, tu sais..., murmure la jeune femme.

Et Guillaume pense : « Oh ! Dieu : qu'elle se taise ! »

A Prague, ils se retrouvaient sous le porche d'un ancien palais de la place du Palais-Royal ; une vieille Slovaque aux cheveux blancs sagement jaunis et ramenés en bandeaux autour de la tête tenait là une sorte de salon de thé d'un autre temps où on dégustait, si tant est que le mot convînt à la laborieuse mastication de ces gâteaux à la betterave et tartes aux mirabelles confites de poussière accompagnés d'un thé très fort qu'on buvait dans des verres, sans sucre, en se brûlant les doigts.

Les premiers temps, Guillaume y avait rencontré les quelques écrivains, le cinéaste dissident, la femme peintre dont son prédécesseur lui avait laissé le numéro de téléphone dans un petit carnet rouge qu'il appelait son « testament ». Le cinéaste faisait bravement du Jean-Luc Godard slovaque ; Nina Chlitova peignait de grandes compositions expressionnistes qui représentaient des femmes et des enfants qui tendaient les bras vers le ciel.

— Il y a longtemps, expliquait-elle, que le ciel ne répond plus...

Guillaume l'écoutait avec le sourire un peu las, un peu triste, de celui qui comprend mais qui n'y peut rien. Un jour, Nina Chlitova lui avait demandé de transporter pour elle en France deux toiles roulées enfermées dans un gros tube de carton. Il lui avait bien évidemment rendu ce service ; elle n'avait pas précisé s'il s'agissait de peintures d'elle mais Guillaume n'en avait pas douté un instant. A Paris, il avait eu la curiosité d'ouvrir le tube pourtant attaché avec soin : il contenait deux belles toiles de Kupka et Guillaume s'était senti floué.

Pour son second entretien avec l'ambassadeur de France, M. Liu lui a donné rendez-vous dans l'un des salons du restaurant de Beihai. « Il joue au chat et à la souris avec moi », a pensé Guillaume, que sa voiture a déposé à l'entrée du parc.

C'est un samedi, la foule des promeneurs est dense ; des gosses arborent des ballons qui portent les étoiles de la bannière américaine : « Pourquoi pas ? pense Guillaume : depuis que je suis revenu ici, rien ne me semble une provocation » ; Dieu merci, quelques beaux dragons de papier triomphalement brandis par de gros bébés joufflus viennent lui rappeler que toutes les Chines passées et présentes peuvent désormais coexister sous le grand ciel de Pékin avec le plus innocent des impérialismes.

Guillaume a mis un moment à retrouver le chemin du restaurant célèbre pour son riz glutineux et autres sucreries dont se délectait, dit-on, l'inspection douairière. Errant à travers un jardin de rocaille, il a pu ainsi observer tout à loisir les deux hommes vêtus de vestes grises qui le suivent de loin. Mais M. Liu l'a prévenu : qu'on le suivît ou non était sans importance puisque après tout ce second rendez-vous était presque officiel.

Le vieux monsieur n'était pas seul. A l'arrivée de Guillaume, un homme un peu plus jeune que lui se leva le premier et marcha droit vers lui.

— Je suis très heureux de faire votre connaissance, monsieur l'Ambassadeur : notre ami Liu m'a beaucoup parlé de vous.

Il a parlé d'un trait, en anglais, avec un admirable accent d'Oxford. Guillaume lui serre la main ; il a l'impression d'avoir déjà aperçu l'homme dans une réception ou lors d'un entretien. M. Liu, à son tour, s'est levé. A la lenteur de ses mouvements, Guillaume a l'impression qu'il semble moins jeune que lorsqu'il l'a rencontré dans le bureau anonyme derrière le Parc des expositions.

— Vous ne connaissez pas encore notre ami Shi Jinan, dit-il à Guillaume ; c'est lui qui a insisté pour vous rencontrer. M. Shi est le plus proche collaborateur du secrétaire général.

C'est cela : ce Shi Jinan se trouvait aux côtés de Zhao Ziyang lorsque Guillaume avait accompagné le sénateur Vattier chez le premier secrétaire du parti communiste chinois. Homme politique, certes, mais aussi écrivain, fin connaisseur de la chose chinoise sans pour cela savoir dix caractères chinois, Raymond Vattier avait depuis toujours ses entrées à Pékin : jusqu'au cœur de la Révolution culturelle, il avait trouvé des interlocuteurs avec qui parler du livre qu'il avait en chantier, puisque Raymond Vattier, assisté d'une pléiade de collaborateurs, avait toujours un livre sur la Chine en préparation.

Lors de cette visite, dix mois auparavant, Shi Jinan était alors debout, derrière Zhao Ziyang, et le sénateur et lui avaient eu l'un pour l'autre un regard furtif, puis esquissé un sourire amical — le même sourire qui avait ensuite été échangé entre Zhao Ziyang lui-même et son visiteur.

— Nous nous sommes déjà croisés, mais si brièvement..., a confirmé Shi Jinan.

Puis M. Liu a fait asseoir ses deux compagnons. Il est quatre heures de l'après-midi ; invisibles, des serveurs attendent dans la pénombre de la grande salle tapissée de tissu jaune et de dragons ; le vieux monsieur leur fait signe, ils s'approchent, porteurs de plateaux couverts de petits gâteaux multicolores. C'était déjà là que M. Da, le professeur de français de l'ambassade, avait conduit Guillaume pour fêter son retour à Pékin.

— Et maintenant, je voudrais que ce bon M. Shi nous rapporte ce que le secrétaire général lui a dit hier soir à propos de l'affaire qui nous intéresse.

Deux jours après, M. Liu acceptait enfin une invitation à l'ambassade de France, à l'occasion du passage d'un écrivain français qu'il avait connu pendant la période des Cent Fleurs. Le vieux Chinois avait parlé de tout, de rien, de ses amitiés avec la France, de quelques-uns de ses amis chinois ; il avait prononcé le nom de Shi Jinan pour expliquer :

— Vous le savez bien : en Chine, derrière le pouvoir, il y a toujours et encore le pouvoir. Des hommes qui sont le pouvoir s'agitent et parlent sur le devant du théâtre — tandis que derrière un rideau de scène, par l'interstice entre les lattes d'un volet, d'autres hommes observent : quels sont les vrais maîtres ? Qui sont ceux qui décident ? Je crois bien que les acteurs eux-mêmes de cette farce tragique qu'a été l'histoire de la Chine dès avant Qin Shihuangdi, le premier empereur, qui fit brûler tous les livres en prenant soigneusement garde d'épargner ceux qui lui seraient utiles, que ces acteurs, donc, ceux de l'ombre et ceux de la lumière, ne savent pas qui, un jour, sur ce problème ou sur celui-là, aura le mot de la fin.

» Shi Jinan, que vous avez rencontré avant-hier, fait partie des acteurs qui se tiennent derrière le rideau et qui observent ; il est très rare de le voir s'avancer sur le bord de la scène comme il l'a fait hier...

Puis, sans transition, M. Liu avait tenu à élever auprès de l'ambassade une plainte qu'il avait qualifiée de très grave : s'exprimant au nom de tout le peuple chinois convié à ces agapes, il avait regretté la médiocre qualité du champagne servi lors des réceptions de l'ambassade de France.

— Je suis convaincu que vous pouvez faire mieux !

De même Pavel Verkhout avait-il appelé André Verviers au téléphone.

— Voulez-vous que nous nous rencontrions au café de l'Alcion ?

Sur la place Wenceslas, c'était jadis un des hauts lieux de la vie culturelle et internationale de Prague ; on n'y rencontrait plus que des vieux messieurs qui semblaient somnoler sur le numéro de *Rude Pravo* déployé devant eux, les rares touristes qui s'aventuraient encore en Tchécoslovaquie et quelques gamines qui tapinaient tristement. Guillaume venait parfois y lire un journal — ou essayer d'écrire.

Verkhout était déjà là à l'arrivée de l'ambassadeur. Il s'était levé, avait vidé debout son verre de bière, puis avait tout de suite entraîné le Français.

— Partons vite.

Sourire de l'ambassadeur :

— Vous avez peur d'être suivi ?

Sourire de l'écrivain :

— Douteriez-vous un instant que vous n'êtes pas déjà suivi ?

Derrière la DS bleu métallisé conduite par Vincent, le chauffeur de Verviers, une Fiat rouge, banale en apparence, avec un colosse au volant, un autre à ses côtés. Verkhout hausse les épaules :

— Ça n'a pas beaucoup d'importance.

Une demi-heure plus tard, ils arrivaient devant une grille de jardin, dans la banlieue de Prague. Pavel Verkhout descendait de voiture pour ouvrir lui-même la grille et, après le passage de la voiture, la refermer devant la Fiat rouge dont le conducteur n'avait pas le moins du monde cherché à dissimuler sa filature.

Le parc où ils se trouvaient entourait une sorte de grande villa 1880 précédée d'un immense jardin d'hiver aux verrières absentes. Vincent avait immobilisé la voiture devant le perron, envahi comme le reste de la cour d'entrée par les herbes ; des ronces poussaient jusque sous les fenêtres du rez-de-chaussée. Verkhout monta le premier les marches de pierre ébréchées, poussa la porte qui était entrouverte ; ils parvinrent à un vaste hall où un escalier néo-gothique se perdait très haut jusqu'à une tourelle que Verviers n'avait pas remarquée de l'extérieur. Ignorant l'escalier, ils traversèrent plusieurs salons délabrés mais encore meublés de grands canapés défoncés, de tables de jeu au tapis rongé par les bêtes et l'humidité : sur le beau carrelage noir et blanc, on voyait des crottes de rats...

Un bruit vint du fond d'un couloir et Pavel Verkhout s'arrêta :

— Je crois qu'on nous a entendus arriver.

Un vieux petit monsieur avait fait son entrée dans la salle où ils se trouvaient : il était tout entier enveloppé dans une couverture écossaise en loques dont les franges lui battaient les mollets. A la vue de Verviers, il tendit les mains :

— Monsieur l'Ambassadeur !

Le diplomate ne le reconnut d'abord pas ; mais l'autre s'approcha d'une fenêtre qu'il entrouvrit :

— Il est vrai que dans cette obscurité...

Un rai de lumière pâle frappa le petit homme et il se rendit compte que c'était Harry Hassnek, qu'il avait connu ambassadeur de Tchécoslovaquie à Pékin.

— Eh oui, répondit le petit homme à ses premiers mots de surprise : depuis mon retour à Prague, j'ai découvert quelque chose que je ne connaissais pas. Ce sentiment étrange, pas plus douloureux, en somme, que beaucoup d'autres, s'appelle l'ennui...

Lettré, vieux sinologue, bibliophile aussi, Hassnek avait réussi — par quel miracle de diplomatie ? — à s'installer dans cette ancienne résidence d'une famille disparue depuis longtemps et il vivait seul depuis sept ans sous les plafonds à demi écroulés.

— Ici, je suis bien : c'est un monde à l'abandon, pas plus triste que Pékin hier ou que le reste de la Tchécoslovaquie aujourd'hui ; j'ai une chambre ouverte à l'est, des salles de billard et de musique où je peux m'inventer autant de partenaires que je le veux, j'ai même un vieux phono...

Il n'avait donné son adresse à personne et ne sortait même pas dans le parc qui entourait la maison.

— Mais Pavel n'est pas un ami : c'est un frère — ou peut-être plus précisément un fils, avait répondu l'ancien ambassadeur à la question que Verviers n'avait pas posée.

Puis il avait entraîné le Français vers une aile de la maison qu'une sorte de balcon couvert séparait des autres salons :

— Et ce n'est pas tout ! Il faut que vous voyiez le plus beau.

Le plus beau, c'était une longue bibliothèque, haute de deux étages où courait une galerie de fer que deux escaliers en vis raccordaient au rez-de-chaussée.

— Superbe, n'est-ce pas ?

Hassnek s'était arrêté, les bras croisés, pour que celui qu'il appela plus tard son invité pût jouir du spectacle : alors que toutes les autres pièces étaient dans un état d'abandon proche de la désolation, seule la bibliothèque semblait entretenue, balayée, les reliures cirées, astiquées, briquées ; gros in-folio couverts de parchemin alternant avec des rangées entières de reliures du XVIIIe siècle, volumes en basane ou en maroquin, dos à nerfs ornés de fleurs dorées. Intéressé, Verviers s'approcha ; il prit un livre, l'ouvrit : le texte était en russe. Il le glissa à nouveau dans les rayons, en prit un autre, puis un autre : tous étaient des livres russes.

— Voilà le comble de l'ironie, n'est-ce pas, mon cher ami ? Moi qui, membre du parti communiste tchèque depuis ma naissance, ou presque, me suis toujours refusé à apprendre le russe, j'ai choisi de m'exiler au sein de mon propre pays dans un château-bibliothèque admirable, où il n'est pas un volume qui ne soit en russe, une langue que je ne connais pas : vous n'imaginez pas avec quelle tendresse j'entretiens ces livres ! A chacune de ses visites, Pavel m'apporte de la graisse et de la cire qu'il paie un prix d'or à je ne sais quel trafiquant et j'oserai dire que ma bibliothèque personnelle — permettez-moi de l'appeler ainsi ! — est sûrement une des plus belles, une des plus riches d'Europe.

Verviers demeura encore un moment à se promener dans cet univers où il n'était pas un signe qui ne lui échappât : Hassnek avait raison ; c'était bien le plus total exil qui se puisse imaginer. L'ambassadeur demeura encore un moment à se promener dans ce labyrinthe du savoir où, pas plus que son hôte, il ne trouverait un seul repère qui pût lui en faire découvrir un chemin. Lorsqu'il s'en alla, celui qui avait été son collègue à Pékin l'accompagna jusqu'au seuil.

— Il vaudra mieux, pour vous comme pour moi, que vous ne reveniez pas me voir : sait-on jamais ? Les gens sont si méchants...

Prague encore : Marianne était revenue. Elle avait dit : « Je crois bien que je ne pouvais plus... »

Elle était revenue et, les premiers jours, Guillaume avait peut-être cru que tout, à nouveau, était possible : c'était elle qui l'entraînait vers de nouvelles rencontres, des peintres, des écrivains, des amis de Serge qui faisaient passer en France de courts romans qu'on publiait là-bas pour montrer que le rire et la dérision étaient aussi une arme contre la nuit.

Ils avaient de longues soirées dans des ateliers d'artistes du côté de l'ancien ghetto ; l'un d'eux — il s'appelait Noham, il était sculpteur — prétendait avoir ressuscité le Golem, cette figure de terre qui avait hanté la Prague juive et Marianne l'écoutait inventer des légendes où sa sculpture, devenue vivante, défiait l'ordre établi, brandissait la lumière.

Guillaume regardait la jeune femme : elle était presque vivante ; il avait cru, oui... Et une nuit que les mouettes tournoyaient sur le pont Charles avant de se poser par centaines sur les piles, au ras de l'eau, il avait pu croire, oui... Le visage, alors, pâle, de Marianne ; il avait pensé : une noyée qui pourrait être heureuse.

C'est Li Biannu qui y a tenu : il a donné rendez-vous à Guillaume au Maxim's, derrière la porte Ch'ien Qianmen, à deux pas de ce qui est devenu le « Nouveau Canard de Pékin », monstrueuse usine à nourrir les visiteurs étrangers, où les canards laqués sont découpés par centaines chaque soir et servis dans de minuscules cubicules qu'on appelle des salles à manger particulières.

Le Maxim's de Pékin est un autre cauchemar. C'est en 1983 qu'un prince de la haute couture française a décidé, après Tokyo, d'ouvrir à Pékin une seconde filiale extrême-orientale du célèbre établissement aux destinées duquel il préside désormais.

— Quelle drôle d'idée de se retrouver ici..., remarque Guillaume d'entrée de jeu.

Li Biannu s'est levé à son arrivée. Le coin-bar du Maxim's est plongé dans l'ombre. Mais déjà Mme Fu est venue au-devant de l'ambassadeur de France ; pour Guillaume, elle évoque inévitablement l'hôtesse du grand restaurant pour hommes d'affaires de luxe du bas des Champs-Elysées où Simon l'a invité par deux fois avant son départ pour Pékin. Très digne, Mme Fu s'exclame pourtant devant son hôte ; elle a fait du cinéma, joué un petit rôle dans un film célèbre, elle est sans conteste l'une des personnalités les plus en vue du Tout-Pékin. De la même manière que ces hauts fonctionnaires qui parlent des cabinets de leurs ministres, elle affirme avec un joli sourire : « Les ambassadeurs passent : je reste ! »

C'est escorté par Mme Fu que Guillaume est allé jusqu'à la table basse de Li Biannu dans la partie bar de l'établissement, puis, presque aussitôt, jusqu'à la grande salle à manger où une table lui a été réservée, face à l'estrade où se produiront tout à l'heure des attractions.

— Quelle drôle d'idée de se retrouver ici !

Li Biannu s'est assis le premier ; il porte à ses lèvres le verre de whisky qu'un blond acolyte de Mme Fu a porté jusque-là.

— Cet endroit est le plus admirable que les princes qui nous gouvernent aient eu la bonne idée de laisser s'ouvrir lorsqu'ils se sont mis en tête de faire de Pékin une ville comme toutes les autres : j'éprouve chaque fois une joie morbide à y revenir.

Les murs laqués de chinoiseries dans le goût 1900 revu par le style Maxim's et repensé pour Pékin : le résultat est évidemment accablant, pense Guillaume.

— Vous voyez, remarque Li Biannu : nous demandons un petit bout de liberté, on nous offre un grand morceau de Maxim's.

Il a vidé son verre de JB, en a redemandé un autre : son rire est amer.

C'était sans amertume pourtant que M. Liu parlait des années sombres qu'il avait vécues.

— A partir du moment où on a compris qu'on n'est pas tout à fait mort, on sait qu'on est déjà sauvé, faisait-il remarquer à Verviers.

A la fin de 1967, sa carrière avait connu un nouveau coup d'arrêt. Il était assis dans le petit bureau d'un immeuble gris derrière la poste centrale, celui-là, d'où il disparaissait parfois pour de longues missions aux quatre coins du pays. Officiellement, il était chargé de veiller à l'application de l'Instruction du 18 janvier qui prévoyait la collaboration de l'Armée populaire de libération avec la faction officielle des gardes rouges. Mais comme tel groupe était aujourd'hui reconnu par le pouvoir central pour ne l'être plus demain, ce genre de mission n'allait pas sans risques.

Il revenait de Dalian où un affrontement particulièrement sanglant entre ouvriers et étudiants montés de Pékin avait fait plusieurs dizaines de morts ; l'armée était restée prudemment en retrait. Il venait de mettre la dernière main à son rapport lorsqu'un des étudiants qu'il avait ramenés de Mandchourie entra dans la petite pièce, suivi de deux gamines aux nattes pointues qui portaient un volumineux dossier.

— Nous avons à te parler, camarade Liu !

Le ton n'était pas celui des étudiants qui s'adressaient en général à lui ; à la vue du dossier, M. Liu avait compris : le gros paquet de documents que l'une des petites souris en bleu — l'étoile rouge au front, les lunettes rondes, l'air dur — tenait serré contre une poitrine bien absente (six mois plus tard, M. Liu devait se souvenir de ce détail) n'était rien moins que le sien. La suite lui fit comprendre que le pire n'était pas encore venu : un contremaître d'une usine de machines-outils de Dalian l'avait, paraît-il, reconnu : il était l'un des espions interprètes que les Japonais avaient utilisés en Mandchourie dans les dernières années de la guerre. D'ailleurs, parlait-il japonais ?

— Je parle, en effet, japonais...

Que la scène — cette mise en accusation — se déroulât à quatre, sans autres témoins que ces deux gamines idiotes et dans son propre bureau n'avait rien de bien surprenant, en ces mois-là d'une Révolution culturelle qui naviguait à vue entre les écueils pour foncer tout droit, chaque fois, sur le plus redoutable ; et puis, « on » s'était procuré son dossier. Il eut un regard vers l'appareil téléphonique posé sur sa table : c'était un regard de trop ; l'étudiant en avait déjà arraché les fils.

— Tu n'appelleras plus tes protecteurs, espèce d'immonde espion à la solde des impérialistes japonais !

Le vieux monsieur aurait certes pu leur expliquer que s'il avait appris le japonais, en 1939, c'était précisément pour espionner ; et s'il était bien à Dalian dans ce service japonais en 1943 — ce qui figurait expressément dans son dossier —, c'était aussi pour espionner ; non pour espionner le malheureux peuple chinois alors anéanti, mais bien plutôt pour espionner les Japonais eux-mêmes : cette distinction était trop subtile ce jour-là et devant ce jeune procureur suivi de ses assesseurs femelles aux visages fermés comme des coings jaunes. Il se leva et suivit les trois jeunes gens ; dans la rue attendait le petit groupe de gardes rouges qui les avait accompagnés : M. Liu fut immédiatement hué, puis jeté à terre, ligoté les bras derrière le dos.

— Le souvenir le plus précis que j'ai de cette journée-là, ce n'est pourtant pas celui de l'étudiant (il s'appelait Li quelque chose...) qui était venu m'arrêter, ni celui de l'une ou l'autre des petites filles laides qui l'accompagnaient — mais, à travers les vitres de l'immeuble où je travaillais, derrière les quatre fois six fenêtres du petit bâtiment à quatre étages de mon service, les vingt-trois visages de mes vingt-trois collègues qui regardaient dans la rue, vers moi, sans broncher. J'ai dit vingt-trois, car la vingt-quatrième fenêtre était la mienne ; mais peut-être avais-je déjà été remplacé et peut-être qu'un vingt-quatrième collègue, déjà installé à mon bureau, me regardait lui aussi...

On n'avait pas fait la bêtise, cette fois, de l'emmener à Chengdu ; c'était tout au fond du Sichuan, presque à la frontière du Yunnan, qu'il avait été interné, après un interminable voyage de quinze ou dix-huit jours en train, en camion, en jeep.

Quatre ans plus tard, à la date de mai 1971, Jacques Benoist, alors premier secrétaire à Pékin, rapporte qu'il a interrogé telle personnalité politique chinoise sur la crise du Moyen-Orient : « Bien entendu, nous ne pouvons qu'approuver les peuples qui se battent contre la conspiration du sionisme et de l'impérialisme américain », commence ce M. Ba — pour ajouter ensuite sur le ton de la complicité, cette fois : « Mais nous avons suffisamment d'amis parmi ceux-là mêmes que nous combattons pour tenter, à notre manière, d'apaiser les inquiétudes les plus noires. »

« Discours elliptique, se souvient Jacques Benoist, où l'idéologie marque le pas sur le pragmatisme pour s'effacer ensuite devant lui... »

Quatre ans avaient passé, la Chine faisait partie d'un monde qui était déjà le nôtre.

Quelques mois encore, et c'est la visite de Henry Kissinger à Pékin, puis de Richard Nixon lui-même. Visite de M. Tanaka. Ouverture des relations diplomatiques officielles avec le Japon. « Lentement, note encore Jacques Benoist, un nouvel ordre mondial s'instaure où la Chine occupe la place qui lui revient. »

A l'arrivée du premier ambassadeur des États-Unis à Pékin, Jacques Benoist avait refusé de se déranger pour le cocktail destiné à fêter l'événement.

— Je n'ai rien à fêter, moi ! devait-il faire remarquer plus tard à John Baker.

Et lorsque celui-ci lui avait demandé :

— Tu ne crois pas que tu fais de tes relations avec la Chine une affaire trop personnelle ?

La réponse de Jacques Benoist avait été sans équivoque :

— Mais c'est précisément le cas, mon vieux : c'est une histoire d'amour et, je n'y peux rien, je suis d'un naturel jaloux !

Aux réunions politiques que tient chaque semaine le secrétaire général du ministère des Affaires étrangères, Jacques observe désormais un silence discret ; lorsqu'on l'interroge, il répond, sans plus.

— Mais enfin, Jacques, s'énerve parfois le secrétaire général, vous n'avez rien, aucun commentaire à faire sur le télégramme de Pékin de ce matin ?

Alors, parce qu'on le lui a demandé, et seulement pour cela, le directeur d'Asie se lance dans une analyse de la situation politique chinoise dont serait bien incapable le plus chevronné des sinologues de service au *Monde* ou à *Libération.*

— Merci de vouloir bien quand même nous donner parfois quelques informations, remarque le secrétaire général lorsqu'il a terminé : elles nous sont souvent utiles...

Les autres directeurs réunis autour du célébrant de la grand-messe hebdomadaire esquissent un sourire ; mais Gérard Melot ne leur en laisse le loisir.

— Monsieur Vrin, quoi de neuf en Europe ?

Bernard Vrin, directeur d'Europe, prononce le nom de Mikhail Gorbatchev avec ce qu'il faut de respect pour que ses collègues dressent l'oreille.

Entre deux séjours à Pékin, Jacques Benoist avait passé deux ans au Cambodge aux côtés de Gérard Melot, qui y était alors ambassadeur. Puis Phnom Penh était tombé — cette armée, en plein jour, infinie, qui avait envahi la ville : des ombres rouges, silencieuses, qui emplissaient les rues, les places, les maisons pour ne rien laisser derrière elles — et Jacques avait été l'un des derniers à quitter un pays qui sombrait dans l'horreur.

— Vous ne pouvez pas savoir, disait-il quelquefois : je garde au fond de moi le souvenir de ces jeunes filles, presque des enfants, qui souriaient gravement le jour de mon départ — et je me dis que, le lendemain, elles étaient peut-être mortes.

Il y a dans le regard de Jacques, lorsqu'il évoque les visages de ces petites filles, une tristesse amère.

— D'ailleurs, toutes, vous comprenez bien ? toutes celles que j'ai pu connaître sont mortes, je le sais bien.

Ou alors, il parle du sourire des petites déesses khmères, danseuses sacrées, apsaras, sur les murs des temples à Angkor et autour.

— Dix fois, je suis allé à Banteay Srei et dix fois je les ai toutes reconnues, les petites filles de pierre pâle ou de grès rose : elles sont devenues mes petites sœurs mortes.

Lorsque Simon avait décidé de parler à Jacques, il s'était d'abord posé deux questions ; la première, c'était celle qu'il s'était déjà posée lorsqu'il lui avait fallu mettre le secrétaire général du Quai d'Orsay dans la confidence : devait-il convoquer le jeune directeur d'Asie ou lui rendre visite ? Quant à la seconde, elle était d'un autre ordre : Jacques Benoist et lui-même se disaient-ils *tu* ou *vous* ? Il décida de faire venir Benoist à l'Élysée et de le voussoyer.

— Ne me dites pas que vous vous intéressez à nouveau à la Chine ! s'était écrié ironiquement le directeur d'Asie en pénétrant dans le bureau-volière au-dessus du jardin.

Aux murs, il y avait des photographies d'Amérique, des cratères, des volcans — et une belle eau-forte d'un jeune artiste français qui s'était suicidé quelque dix ans auparavant.

Passé les premières politesses, Simon était très vite entré dans le vif du sujet.

— Inutile de vous préciser que tout ce que nous dirons ici est strictement confidentiel : seul notre secrétaire général — et bien entendu notre ministre ! — sont au courant.

Il avait allumé une Boyard, toussé ce qu'il fallait pour pouvoir continuer. Puis il avait interrogé :

— Est-ce qu'au cours de vos différents séjours en Chine, vous avez eu des contacts personnels avec le premier secrétaire du parti communiste chinois ?

— Vous voulez dire Zhao ?

— Exactement.

Jacques Benoist avait eu un geste ambigu : il l'avait rencontré, en effet... Mais Simon avait bien compris que le directeur d'Asie n'avait, en fait, jamais eu de rapports précis avec Zhao Ziyang.

— Et vous connaissez Shi Jinan ?

Cette fois, Jacques Benoist avait eu une mimique plus naïve encore. Alors Simon entreprit de tout lui raconter.

De retour au Quai d'Orsay après cette entrevue, Jacques Benoist avait fait venir Denis Laroche. Laroche venait de passer trois ans à Pékin : d'un certain Badin à Denis Laroche en passant par des Dupont et autres Durand, Jacques Benoist entretenait depuis toujours son réseau d'informateurs à lui. A travers le temps et l'espace — l'un était aujourd'hui à Addis-Abeba, un autre à New York aux Nations-Unies, un troisième consul à Bombay —, ils formaient ainsi une chaîne ambiguë, où tous savaient qu'au sommet d'une pyramide dont la structure ne figurait sur aucun organigramme (après tout, même son poste de directeur d'Asie, d'où il pouvait tous les manipuler, n'aurait qu'un temps), Benoist lui-même était le seul à disposer de toutes les clefs nécessaires à l'ouverture de chaque dossier-chambre forte qu'ils se mettaient à dix pour constituer.

A l'entrée de Laroche, le directeur d'Asie compulsait une liste. Il ne leva pas les yeux vers son visiteur :

— Est-ce que le nom de Shi Jinan vous dit quelque chose ?

Laroche secoua la tête : il n'avait jamais entendu parler du Chinois.

— A moins, murmura Jacques Benoist pour lui-même, à moins que ce soit un nom qu'ils aient inventé...

Il se sentait vexé d'avoir été si longtemps tenu à l'écart de l'opération ; et ce qui le dérangeait le plus, c'était que Guillaume en ait été informé avant lui : déjà, lors de son dernier séjour à Pékin, il n'avait pu rencontrer M. Liu et il en avait retiré le sentiment d'avoir perdu des points sur Guillaume, qu'il aimait pourtant tendrement.

Dans ces années de l'archéologie d'une Chine qui leur avait si violemment appartenu qu'à devoir la quitter l'un comme l'autre avaient souffert une véritable déchirure, Guillaume et Jacques étaient aussi tous les deux amoureux d'une jeune secrétaire du chargé d'affaires britannique à Pékin ; c'était May.

On dansait alors de longues soirées dans les salons aux lumières tamisées des appartements réservés aux étrangers, chez les Danois ou les Norvégiens : on se saoulait à l'aquavit et à la bière et toutes les jeunes femmes des ambassades scandinave ou britannique se dépensaient sans compter pour distraire les célibataires... Et Guillaume dansait avec May, qui avait vingt ans, des taches de rousseur ; puis May dansait avec Jacques qui la faisait rire, en lui racontant à l'oreille des histoires fort peu convenables.

Au lendemain de l'une de ces soirées, Jacques était venu trouver Guillaume dans son bureau : Guillaume avait vingt-sept ans, Jacques en avait vingt-trois et pourtant, Guillaume considérait toujours le jeune coopérant comme un gosse.

— Tu sais quoi ? avait demandé le garçon.

— Quoi ?

— Eh bien, ça y est : cette fois, May, je me la suis faite...

Guillaume n'avait pas répondu. Une dépêche de l'agence Xinhua racontait comment un ouvrier du Heilongjiang avait décidé à lui seul de transformer son atelier en section de pointe de l'industrie électrique : le jeune ouvrier s'appelait Li Peimeng et Guillaume était certain d'avoir déjà vu ce patronyme sous la photo d'un autre ouvrier de choc, mais dans le Guangdong, celui-là ; l'hagiographie chinoise vous commet quelquefois de ces bévues...

Trois ou quatre jours après, Guillaume couchait à son tour avec la secrétaire de David Allen, et celle-ci niait le plus énergiquement du monde avoir accordé ses faveurs à Jacques Benoist.

— Il rêve ! D'ailleurs, il ne m'a rien demandé !

Et Jacques Benoist, confronté avec l'ironie de Guillaume, haussa les épaules :

— Crois ce que tu veux, mon vieux ! De toute façon, ta May a une vilaine peau avec des taches de rousseur : tu sais bien que je n'aime que les Chinoises.

C'est à quinze ans que Thierry Destutt avait décidé d'être diplomate : pour voir le monde, précisément. Ses parents habitaient un hôtel particulier de la rue de Varenne, il avait eu un oncle ambassadeur à Lisbonne et à Athènes et ne jurait que par Giraudoux ou Claudel.

Plus tard, à ses amis qui voulaient, comme lui, préparer l'ENA et qui parlaient Conseil d'État, Inspection des Finances, il répondait Quai d'Orsay, on le considérait comme un original. Lorsqu'il avait lu le livre que Guillaume avait écrit à son retour de Chine, ç'avait été une sorte de révélation : comme Guillaume, il serait diplomate, et comme lui, il écrirait. Que Guillaume n'ait plus rien publié après ce premier volume lui avait échappé.

Entre deux cours d'économie politique ou de droit public, dans le jardin de l'hôtel de la rue de Varenne où des canards arrivaient avec le printemps, il écrivait des poèmes qui ressemblaient un peu — un peu... — à du Segalen ou à du Saint-John Perse...

— Thierry, tu ferais mieux de rentrer travailler à l'intérieur : il commence à faire frais !

Sa mère l'interpellait d'une fenêtre ; il refermait ses livres, ses cahiers...

— Bien, maman...

Puis il avait rencontré Marie-Reine à un dîner.

Elle portait une robe de Guy Laroche, elle était grande, mondaine, un peu attachée de presse et avait un an de plus que lui ; ses parents avaient de l'argent mais les parents de Thierry avaient de l'argent et l'hôtel de la rue de Varenne ; tout de suite, Marie-Reine avait imaginé les réceptions qu'elle pourrait organiser dans les salons, entre cour et jardin : au printemps, on donnerait des buffets sur les pelouses, on allumerait des torches. Alors, entre deux aventures, elle revenait vers Thierry, qui achevait l'ENA et affirmait toujours qu'il serait diplomate.

— Tu es sûr que tu ne préfères pas choisir le Conseil ?

Le Conseil, c'était le Conseil d'État, naturellement, et Marie-Reine, officiellement fiancée à Thierry depuis Noël, était prise de frayeur à la veille de l'amphi-garnison qui répartirait entre tous ces bons jeunes gens — il y avait aussi quelques charmantes jeunes femmes — la masse des grands corps et le tout-venant du reste : le Quai d'Orsay faisait partie du reste, on l'avait fait remarquer à Marie-Reine (« Si Thierry l'avait voulu, pour l'Inspection, c'est sûrement râpé, mais il a encore toutes ses chances d'avoir le Conseil ! ») et l'idée de se retrouver au Nicaragua ou à Ouagadougou (comme disait son père, ironique et fabricant de vaisselle en plastique) la terrifiait soudain.

— Tu es sûr...

Thierry, qui n'avait jamais répondu que oui à tout ce qu'elle avait pu lui demander, avait cette fois secoué la tête :

— Je suis sûr, oui.

Le lendemain, c'était l'amphi-garnison, Thierry négligeait le dernier poste encore disponible au Conseil d'État et, premier de sa promotion, il choisissait le ministère des Affaires étrangères ; huit jours encore et c'était le mariage à Montfort-l'Amaury, la pluie de riz sur les jeunes époux et la photographie qui les figeait pour la vie, lui godiche, son chapeau à la main dont il ne savait que faire, elle sûre de sa beauté et de ce déhanchement que lui permettait la robe blanche dessinée par Guy Laroche qui, pour la vie, lui donnait sur la photographie l'allure équivoque d'une jeune mariée émoustillante.

La veille, Thierry lui avait promis que, pour son premier poste au moins, il demanderait à rester à Paris.

Cependant, et sans rien dire à Marie-Reine de ces cours de langues que le Quai d'Orsay dispense généreusement à ceux de ses agents qui souhaitent en bénéficier, Thierry Destutt s'était mis à apprendre le chinois.

Chaque fois que Guillaume fait à la jeune femme le signe convenu pour qu'elle le rejoigne un peu plus tard à la résidence, il éprouve un sentiment de fureur : fureur contre lui-même, d'en arriver là ; fureur contre Marie-Reine, si parfaitement disponible, toujours si prête ; fureur surtout contre Thierry lui-même, qui ne peut pas ne pas savoir.

Puis, dans l'air glacé de la chambre que la fournaise du dehors rend presque plus insupportable encore (Guillaume rêve : un souffle d'air frais, une bise, quelque chose qui vienne d'ailleurs...), Guillaume ferme les yeux et se laisse aller aux caresses de cette grande fille à la peau claire dont, quand elle se penche sur lui, les cheveux balaient sa poitrine.

— Repose-toi, murmure-t-elle, ferme les yeux ; ne pense plus à rien ; fais comme moi. Tu vois : j'ai si bien appris à ne plus penser.

A vingt ans, quinze garçons lui faisaient la cour. Cynique, Marie-Reine se disait : « Sur les quinze, il y en a sept qui me trouvent belle et huit qui me trouvent riche — c'est une bonne moyenne. » Et Guillaume pense : « Je l'aurai aimée, ailleurs, ou autrement... » Mais il se dit que désir et fatigue mêlés, solitude, plaisir aussi, c'est quand même de la hargne qu'il éprouve d'abord pour cette longue jeune femme trop soumise qui caresse son buste de ses cheveux. « Et puis, se dit-il, je suis l'ambassadeur, elle est la femme d'un de mes jeunes secrétaires » — Et il ne se sent pas plus fier pour cela d'éprouver ce genre de sentiment.

C'est à Prague qu'il s'était pour la première fois rendu compte de cette maladie. Serge Lensky était venu passer quelques jours chez lui. La Tchécoslovaquie d'après 1968 vous avait de bien séduisants relents de soufre.

— Vois-tu, avait avoué Guillaume dès leur première promenade ensemble, je crois bien que je suis en train de mourir ici, lentement, de sommeil...

Ç'avait toujours été une de ses hantises. A vingt ans, il avait eu une amie en Amérique qui chantait une drôle de chanson où un Julian qui avait couru les sept mers pendant sept fois sept ans finissait pourtant par mourir de sommeil en revenant au port. Serge avait protesté :

— Ici ? Dans cette ville ?

Prague la grise, Prague la triste et sombre était encore pour lui la ville dorée et c'est vrai que les toits du palais royal, au-dessus d'eux, brillaient au soleil. Dans la rue, les femmes étaient jolies, le baroque régnait à profusion, les places ressemblaient à des décors de théâtre pour Mozart ou Marivaux.

— Mourir de sommeil ? Dans cette ville ?

« Il ne veut pas comprendre », avait pensé Guillaume qui s'était renfoncé un peu plus dans sa solitude.

Ils avaient ainsi gravi la longue pente de la Nerudova qui traverse du nord au sud tout le quartier de Malà Strana et, tandis que Serge continuait à s'émerveiller du moindre porche, du plus petit atlante soutenant le plus colossal des balcons, Guillaume regrettait déjà d'avoir suggéré à son ami de lui rendre cette visite.

André Verviers avait ainsi organisé un dîner pour Chessman, qui était lui aussi venu passer quelques jours à Prague. Dans la grande salle à manger du palais Bucquoy, il avait réuni une douzaine de ces écrivains, journalistes, cinéastes qui faisaient le tout-venant des « intellectuels dissidents » reçus à l'ambassade de France, au su et au vu des autorités tchécoslovaques. On en était encore aux cocktails et, debout, John Chessman pérorait.

— A la santé des artistes en prison qui vont dîner en ville ! avait-il clamé en vidant sa coupe de champagne.

Il était huit heures du soir ; depuis deux heures qu'il était rentré d'une courte promenade dans la ville, il n'avait cessé de boire ; déjà passablement saoul, il s'était pris de bec avec un cinéaste qui lui expliquait que, depuis six ans, il n'était pas autorisé à faire de films.

— Et vous, lança-t-il à Pavel Verkhout, vous allez aussi me dire que, depuis six ans, vous n'avez pas publié un livre.

Le Tchèque avait corrigé :

— Depuis dix ans, je n'ai pas été autorisé à publier un livre, si vous me permettez de rectifier vos affirmations.

Alors, Chessman avait éclaté :

— Pas un livre ? Tu me fais rire, va ! Moi c'est pas une ligne ! Depuis dix ans, je ne me suis pas cru autorisé à publier une seule ligne dans ma saloperie de démocratie de merde pas vraiment populaire qui s'appelle le Royaume-Uni !

Puis il s'était retourné vers Verviers, les autres :

— Des impuissants : voilà ce que vous êtes tous, voilà ce que nous sommes tous : des impuissants ! Un auteur de films qui ne fait plus de films, un écrivain qui n'écrit plus de livres ! Nous sommes tous dans la même galère mais vous, vous avez une excuse. « J'ai mon alibi, votre honneur : *on* ne m'autorise plus à écrire. » Alors vous jouez les martyrs et moi je joue les impuissants — alors que nous sommes tous pareils, les châtrés et les martyrs de l'encre qui a séché, du film qui n'a pas voulu tourner dans la petite machine.

Il disait n'importe quoi ; après un moment, Verviers voulut le faire taire, mais l'Anglais se dégagea d'une bourrade et l'ambassadeur trébucha pour s'étaler de tout son long sur le plancher de la salle à manger. Il y eut un silence ; d'un air plein de dignité, Chessman rota bruyamment puis jeta son verre sur le sol et se retira. Pavel Verkhout, d'autres, s'étaient précipités pour aider Verviers à se relever. Le dîner se poursuivit dans un silence gêné. Au dessert, Verviers fit remarquer à ses hôtes que, quoi qu'ils puissent en penser, John Chessman était l'un de ses amis les plus chers ; puis il pria ses invités d'excuser l'attitude de l'écrivain anglais.

Pavel Verkhout avait alors levé son verre pour lui répondre :

— Peut-être que moi aussi, à Londres ou chez vous, j'aurais pris le même plaisir à insulter un chœur de pleureuses qu'on aurait réunies pour me distraire.

Puis ils trinquèrent ensemble à des lendemains qui chanteraient, mais autrement.

De même avait-on réuni, dans un château des environs de Prague, un congrès d'écrivains venus de toute l'Europe. Le président tchèque de cette sauterie avait levé son verre :

— A nos amis, que la loi capitaliste du marché réduit si souvent au silence.

Guillaume avait quand même voulu comprendre.

— Mais oui, avait expliqué le Tchèque qui s'affirmait bien haut écrivain : chez vous, des milliers d'écrivains ne peuvent vendre leurs manuscrits à des éditeurs seulement avides de gagner de l'argent parce que ces commerçants ne sont pas certains de réussir avec ces livres l'opération capitaliste qui est leur raison d'être : j'en conclus que chez vous, sous le masque d'une prétendue liberté de la presse et de la pensée, vos écrivains ne sont pas libres !

Un silence, puis :

— Parce que chez nous, en Tchécoslovaquie, ce ne sont jamais des considérations capitalistes qui déterminent ou non la publication d'un manuscrit.

Guillaume avait quand même posé la question :

— Ce sont quelles considérations, alors ?

La réponse du président de service était tombée, sans l'ombre d'une hésitation :

— Des considérations littéraires, bien sûr !

Mais Prague n'avait été qu'un épisode : c'était la Chine qui restait au cœur des préoccupations de Chessman, et il accumulait les livres qui parlaient d'elle, la documentation : il découpait des articles de journaux, des photographies.

George Mulley, qui était écrivain comme lui, avait voulu savoir :

— Mais ton livre va se passer en Chine ?

Chessman avait grondé :

— Là et ailleurs, oui.

— Alors, pourquoi la Chine ?

Sur le mur derrière son bureau, il avait accroché une grande carte de la République populaire de Chine, marquée de petits drapeaux, d'épingles, de punaises de couleur.

— Pourquoi la Chine ? avait répété Mulley.

Chessman avait grondé à nouveau :

— Il faut bien commencer quelque part, non ?

— Savez-vous, rappelle Simon au jeune loup, énarque au demeurant, qu'on a pris la précaution de placer auprès de lui, savez-vous que, lors d'une conférence de presse qu'il avait donnée peu avant son départ pour la Chine, le président Nixon avait invité André Malraux à lui rendre visite : pour lui parler de la Chine.

Bernard de Beausséant a un rire narquois.

— Malraux à Watergate, on aurait tout vu !

« A quoi bon, pense Simon, à quoi bon faire remarquer à ce jeune homme que ce pauvre Nixon, dont il se gausse si bien, est le premier à avoir osé pousser les portes que tous ses prédécesseurs avaient si bien verrouillées derrière eux... »

Une idée traverse alors l'esprit de Simon ; une image : Malraux en train de raconter à un président américain, avec un luxe inouï de précisions, une Chine où il n'avait peut-être mis les pieds que bien après sa légende. Alors, comme le jeune Beausséant vient de s'éclipser, il sort du seul tiroir qui ne ferme pas à clef de son bureau le cahier où il tient ce qu'il n'ose même pas appeler un journal et griffonne encore quelques lignes.

La Chine, pourtant, rentrait peu à peu dans le rang. Lorsque Richard Nixon s'était enfin rendu en visite officielle à Pékin, le 21 février 1972, Jacques Benoist avait noté dans son journal :

« Tous les efforts que les pays occidentaux ont pu déployer depuis deux ans enfin portent leurs fruits ; notre ambassadeur comme son collègue allemand étaient arrivés à Pékin avec deux idées dans la tête : faire rentrer la Chine dans le concert des nations ; œuvrer, ensuite, par toutes les fibres de leur être, à un rapprochement sino-américain, sans lequel la présence de la Chine à l'ONU ne signifierait rien : je crois bien que, sur les deux plans, nos chers diplomates ont réussi la mission qu'ils s'étaient eux-mêmes imputée. »

Jacques Benoist éprouvait toujours, pour sa part, la même nostalgie.

— Voyez-vous, devait-il dire plus tard à Verviers : chaque fois que la Chine s'ouvre un peu plus, c'est un peu de notre Chine à nous qui s'en va...

On raconte que, pour accueillir Nixon à la Grande Muraille et aux tombeaux des Ming, on avait dépêché des cars entiers de gosses qui, quelques minutes avant l'arrivée du président américain, s'étaient mis à jouer à la marelle ou à sauter à la corde. Dès le départ du cortège présidentiel (le président avait eu, au sommet de la Muraille, le mot qu'il fallait sur les murs qu'on abat) un coup de sifflet avait rappelé tous les enfants à l'ordre qui leur était naturel : adieu marelle, adieu ballon, ils s'étaient mis en rangs par deux et avaient chanté un hymne révolutionnaire avant de réintégrer leurs autocars.

— C'est leur faute, après tout, commente Jacques Benoist : ils n'avaient qu'à ne pas croire à cette Amérique-là !

Au fin fond du Shanxi, le village de Badasi était à peine un village, une succession de hameaux, plutôt, le long d'une route escarpée qui franchissait une barrière de rochers. Les maisons s'étalaient du fond d'un vallon où demeuraient quelques vestiges de temples, des bouddhas sculptés dans le roc, jusqu'au sommet du plateau qui le dominait.

Dès son arrivée, le vieux Liu avait été jeté dans une cabane au toit écroulé remplacé par des nattes que retenaient des pierres plates. Deux hommes se trouvaient déjà dans ce cul-de-basse-fosse et il lui avait fallu trois ou quatre jours pour se remettre des fatigues du voyage ; il souffrait alors de rhumatismes qui le mettaient à la torture.

— C'est que je suis un vieil homme, voyez-vous : je m'en souviens parfois, quand il pleut ! avait-il expliqué à Verviers en lui racontant son exil.

Il avait ainsi joué le malade le temps de réfléchir ; puis il avait décidé qu'il se sentait mieux et il s'était résolu à mettre le nez dehors.

— Vous n'imaginerez jamais la beauté du paysage ! On aurait dit que ces imbéciles avaient froidement décidé de retenir prisonnier un vieux lettré chinois au milieu d'un paysage de peinture Song : des arbres perchés sur un sentier aux marches en désordre et, dans le fond, ce temple où on allait bientôt nous laisser nous promener, après nos huit heures de travail réglementaires.

Les premiers jours — et comme tous les nouveaux arrivants — M. Liu avait été soumis aux quelques traitements humiliants de rigueur, mais ceux qui l'avaient jeté dans la cabane malodorante le jour de son arrivée étaient aussitôt repartis vers une autre mission vengeresse et les paysans du cru étaient plus tolérants.

— Et puis, voilà qu'on a envoyé mon ami Shi Jinan me rejoindre ! C'est ainsi qu'en fin de compte, j'ai passé là-bas un séjour d'un an qui ne m'a pas laissé de mauvais souvenirs...

Les deux hommes faisaient dans la campagne de longues promenades au cours desquelles nul n'aurait plus songé à les déranger.

— Et nous passions ainsi des heures à regarder le soleil plonger au-delà d'une barre de rocher et donner au paysage tout entier l'allure d'un jardin étrangement cultivé où chaque plante, le plus petit arbuste et le plus gros massif de chênes, était à sa place, dans le crépuscule éclatant.

Puis, comme par hasard, un troisième larron, leur vieux camarade Li Tengshi, s'était retrouvé prisonnier lui aussi à Badasi.

— Vous savez le mot célèbre du maréchal Zhu De à la fin de sa vie ? Si vous êtes seul, cherchez l'espion ; si vous êtes deux, ne cherchez plus ; à trois, n'hésitez pas, il est devant vous.

Le rire de M. Liu sonne clair comme celui d'un enfant.

— Enfin, soupire-t-il : peut-être ai-je parfois été vraiment heureux, là-bas...

En ce temps-là, Serge Lensky était déjà devenu une sorte de vedette. Sa rupture avec le maoïsme made in France tel que l'avaient pratiqué les petits curés parisiens d'un nouveau confucianisme venu d'ailleurs avait, en effet, été marquée par la publication d'un livre qui avait fait grand bruit. En une langue de bois qui était encore celle de l'idéologie qu'il avait vénérée, Serge y avait pourtant fait le portrait au vitriol de toute une génération qui, comme lui, s'était moins laissé duper qu'elle n'avait elle-même dupé les autres. « Pour tout un peuple, écrivait-il entre autres délicatesses, la Révolution culturelle a été un rêve rouge : elle ne fut pour nous qu'un rêve au cul qui nous a fait chier rouge... »

Ce genre d'aphorisme faisant merveille dans les dîners en ville, Lensky était aussi devenu la coqueluche des hôtesses en mal de nouveaux visages et des éditeurs en quête de plumes à la mode.

— Rêve au cul et plume entre les fesses, je plume qui me rêve et plus je rêve, plus je plume, affirmait-il, sentencieux, à celles qui lui entrouvraient joyeusement leur salle à manger avant de passer à la chambre à coucher.

Moins de six mois après la parution de son livre, ces dames ne juraient plus que par Serge Lensky qui, préférant toujours les fruits verts, les trompait allégrement avec mesdemoiselles leurs filles.

— Justement : imagine un jardin... Le jardin Vrtba derrière l'église Notre-Dame-de-la-Victoire, à deux pas de l'ambassade. On passe une porte qui ressemble à toutes les autres ; puis on suit un couloir un peu sombre, et on arrive alors au jardin : un jardin au milieu de la ville, fait de pelouses et d'arbres, mais de statues aussi, ces statues que tu aimerais, baroques, véhémentes, qui se dressent sur des balustrades de pierre.

Penché sur le lit d'Irène, André Verviers lui racontait Prague où, depuis son arrivée, elle n'a pas fait plus de deux ou trois promenades frileuses.

— Je suis devenue une petite vieille, n'est-ce pas ? demande quelquefois Irène.

Elle était sans âge, mais avec la maladie, son beau visage plat de Chinoise du Nord est devenu subitement fripé.

— Tu écris un peu ? a encore demandé Irène.

Son mari a pris sa main, l'a serrée très fort, l'a rassurée :

— Un peu, oui, quelquefois...

Au début, il pensait à cette pièce de Bernanos dont Francis Poulenc a tiré un opéra, *Dialogues des Carmélites* : deux religieuses, la Mère

Supérieure et une toute petite sœur fragile y échangent leur mort, et la Mère meurt dans l'angoisse et la douleur pour que Blanche de la Force ait, sur l'échafaud, la mort héroïque des autres Carmélites de Compiègne. « Peut-être Irène et moi avons-nous fait aussi, sans le savoir, un échange : elle est sortie de Chine et elle y est revenue, elle écrivait, j'ai écrit pour elle, elle n'écrit plus, j'écris seul — près d'elle. » Il ressentait une immense émotion et tentait de lire sur le visage de cette femme qui était redevenue la sienne et qui, doucement, s'en allait, les signes de la vie qui durait encore : le dessin des lèvres, très petites, ourlées d'un peu de sueur — et le sourire qui l'éclairait encore lorsqu'il se penchait sur elle.

— Il faut continuer, disait-elle : continuer...

Continuer : survivre...

Après la mort d'Otrick, Clawdia avait passé quelques mois en Italie où un vieil ami de son mari l'avait accueillie près de Florence. C'était dans cette villa La Folia qu'elle avait revu pour la première fois Chessman, lui-même en voyage à travers l'Italie.

— J'essaie de me purger, expliquait-il, contre un trop-plein de brumes nordiques et de foules chinoises. Alors, Florence, peut-être...

Sir Bernard Lew avait déjà plus de soixante ans ; son père avait acheté la villa au tournant du siècle et il avait restitué au parc qui l'entourait toute la splendeur qui était la sienne au XVIIe siècle. Sir Bernard lui-même disait avoir choisi de vivre dans cette villa en dessous de Fiesole parce qu'il pouvait y offrir le gîte et le couvert à de malheureux amis britanniques qui ignoraient ce qu'était le bonheur.

— Vivre au milieu de cette beauté..., expliquait-il.

Le grand salon de La Folia — mais aussi la dernière des chambres d'amis au dernier étage — était encombré de peintures toscanes du Trecento, de *cassone* peints, de bois sculptés. Il avait pourtant installé John Chessman dans une chambre dont il avait eu soin de faire retirer tous les meubles précieux :

— Je me méfie de vous, l'avait-il averti : une nuit de fureur après une journée sans écrire — ou à trop écrire, ce qui pour vous revient au même — et vous seriez capable de tout casser !

C'était une allusion au séjour que Chessman avait fait chez un de ses cousins, dans le Yorkshire où, après son départ, on avait découvert un Van Dyck lacéré à coups de coupe-papier : « Le livre que je lisais était trop mauvais », avait affirmé l'écrivain en guise d'excuse.

Clawdia et Chessman avaient fait quelques promenades à Sienne ou à San Gimignano ; ils étaient allés jusqu'à la ville escarpée de Massa Maritima parce que Chessman voulait voir une cité qui, arrimée au milieu des collines, portait, disait-il, un « nom océan ». Dans l'unique auberge de la bourgade alors désolée, il avait interrogé Clawdia.

— Je voudrais savoir pourquoi tu m'as quitté ? Était-ce parce que tu aimais Otrick ?

Elle avait baissé la tête :

— Je ne sais pas si c'était de l'amour...

Il l'avait obligée à le regarder, lui soulevant le menton du bout de la main.

— Et maintenant ?

Elle s'était dégagé le visage, puis avait secoué la tête.

— Je ne sais pas...

Alors, toute une partie de la nuit, il lui avait posé des questions sur Otrick, sur elle, sur leur vie à Pékin.

— Et pourquoi, ensuite, Simon ? avait-il demandé enfin.

Mais elle refusait de répondre. Le reste de la nuit, il était demeuré penché sur elle, appuyé sur un coude, à la regarder s'endormir, puis dormir. Le matin l'avait surpris endormi à son tour, à demi renversé sur le corps de la jeune femme ; c'était un matin frais et clair de plein printemps et Massa Maritima se réveillait au cri des coqs, à l'appel d'un chien, très bas dans la vallée. Il avait doucement secoué l'épaule de la jeune femme.

— Si je te proposais de revenir habiter à Hampstead avec moi ?

A leur retour à La Folia, sir Bernard avait eu un air désolé :

— Vous me quittez déjà pour les brumes du Nord ?

Pour le vieil Anglais, Bologne ou Venise, c'était déjà le nord ; au-delà du lac Majeur et à plus forte raison des Alpes, commençait le royaume de Grande Barbarie. Au moment de remonter en voiture, Chessman lui avait serré les deux mains :

— Merci, vieux frère.

Sir Bernard les avait suivis des yeux jusqu'à la grille du parc.

Guillaume, Serge et Marianne avaient fait ensemble un bref voyage à travers la Bohême. Un attaché culturel qui parlait un peu le tchèque les accompagnait. Ce Settembrini, qui portait un attachement tout particulier à son nom car c'était celui d'un personnage d'un roman de Thomas Mann, vivait à Prague depuis trois ans ; il avait épousé une Pragoise, Milena, aux longues jambes et au long buste de belle Aryenne blonde à qui Serge avait tout de suite plu. A cinq, ils s'étaient installés dans la vieille 403 de Guillaume.

Les routes étaient mauvaises, les cahots les jetaient les uns sur les autres et Guillaume éprouvait un curieux malaise à voir dans le rétroviseur les genoux de Serge et ceux de cette Milena se rejoindre ; il était lui-même à l'avant, avec le mari, et Marianne somnolait de l'autre côté de Serge. Bientôt, celui-ci et la femme du malheureux Settembrini — qui tentait à côté de Guillaume de déchiffrer une carte routière indéchiffrable — n'avaient même plus cherché à dissimuler les gestes qu'ils avaient l'un pour l'autre.

On était d'abord passé par Kutná Hora ; c'était une longue ville triste, toute en usines et en maisons grises mais dominée par une immense basilique gothique. Settembrini avait suggéré une promenade le long de la terrasse qui prolongeait le parvis de l'église ; des statues baroques d'anges et de prophètes s'élevaient de place en place sur une balustrade de pierre sombre. A côté, on entendait des collégiens jouer au ballon dans la cour de ce que Guillaume découvrit bientôt être un petit séminaire.

— Ça vous étonne ? avait remarqué l'attaché culturel ; mais c'est la règle ici : on donne un tout petit peu de la main droite pour faire oublier tout ce qu'on enlève de la main gauche.

Ils étaient ensuite descendus dans la ville, dont le centre avait gardé quelques belles rues pavées, des maisons aux pignons irréguliers, toits de tuile, sgrafittes sur la façade d'un palais — et Serge s'était encore bruyamment émerveillé de tout ce qu'il retrouvait là d'une très vieille Europe qu'il croyait anéantie. Il tenait par le bras Milena qui s'accrochait complaisamment à lui, et racontait au mari le roman que lui inspirait déjà cette ville.

Ils n'arrivèrent à Hradec Králové qu'à la tombée de la nuit et passèrent là une mauvaise nuit dans un hôtel près de la gare secoué à intervalles parfaitement irréguliers par des convois qui semblaient foncer vers quels brouillards inconnus ? Au matin, Guillaume se plaignit des cafards ; Marianne avait les yeux cernés ; Serge, frais comme un gardon (l'expression était de lui !) avait encore eu des idées pour son prochain livre.

Puis ce fut la découverte du domaine de Kuks. Le château lui-même, immense bâtisse de pierres grises, était suspendu au-dessus d'une vallée que dominaient des balustrades hérissées là aussi de statues ; mais celles-ci étaient cette fois de Mathias Braun, l'un des plus grands sculpteurs de Bohême et Serge, qui avait lu ce qu'il fallait avant d'entreprendre le voyage, décrivit en termes lyriques ces figures énigmatiques, véhémentes, enveloppées dans les voiles de la même nuit qui semblait à jamais abattue sur le pays tout entier.

— Savez-vous, fit-il encore remarquer, que Kuks était en fait une sorte de cité idéale, avec sa fabrique, son hôpital et son château ?

Il montrait en contrebas la rivière qui longeait des bâtiments à demi ruinés ; ainsi là s'était élevée une minoterie, là encore, quels ateliers ? Et ici une maison de retraite pour les pauvres des environs.

Ils continuèrent encore un moment, dans le vent du nord qui les enveloppait, à découvrir un peu de ce que Serge appelait la plus vieille Europe — et qui s'en allait si vite à la dérive. Puis Settembrini entraîna Marianne et Guillaume jusqu'à un bois tout proche où Mathias Braun avait sculpté, à la fin de sa vie, des rochers épars sur le sol. Guillaume avait bien remarqué que ni Serge ni la femme du petit attaché culturel ne les avaient suivis, mais Marianne subitement curieuse de tout, interrogeait sans fin le pauvre attaché culturel qui parlait du livre où Simone de Beauvoir avait raconté cette forêt de Bethléem.

Serge avait apporté son dernier livre à Guillaume : c'était un roman écrit à la première personne, fait d'une seule phrase qui se déroulait, sans ponctuation et en un seul paragraphe, sur quatre cent vingt-sept pages.

— Je réclame ton indulgence, avait-il dit à Guillaume, mais je n'ai jamais eu que deux sujets d'intérêt dans la vie, ma modeste personne et les femmes ; alors...

Serge Lensky n'avait pas dit toute la vérité : dès le premier soir, Guillaume avait tenté de lire le livre — au demeurant parfaitement illisible — de son ami et avait découvert que celui-ci, qui n'avait jamais mis les pieds en Chine, avait néanmoins un troisième centre d'intérêt qui était précisément la Chine. Mélangeant allégrement les lieux et les saisons, le narrateur de cet *Hiver à Pékin* s'y imaginait — tel Raymond Roussel qui avait fait le voyage d'Asie en transsibérien pour ne pas quitter, parvenu en gare de Pékin, le wagon de chemin de fer qui l'avait amené jusque-là — passant toute une saison seul dans la chambre close d'un hôtel donnant sur la Cité interdite. Là, penché sur le corps d'une jeune interprète, native de Mandchourie et qui semblait dotée de bien des qualités, il se souvenait, pour les évoquer une à une, des prouesses techniques comme des détails anatomiques les plus intimes de toutes celles qui avaient précédé la petite Fleur de Pêcher, dans sa vie amoureuse bien remplie.

— J'espère que tu m'as accordé toute ton indulgence, avait à nouveau lancé dès le lendemain Serge à Guillaume, mais, par moments, j'ai été obligé d'avoir recours à quelques ellipses, voire à des métaphores : il y a des choses qu'on ne peut quand même pas dire !

Puis Lensky avait avoué à son ami qu'il avait amené avec lui une valise entière de ses livres, dont il espérait régaler les amis écrivains que Guillaume ne manquerait pas de lui présenter.

Le palais Bucquoy avait été donné en remerciement par l'empereur d'Autriche à une famille française émigrée en Bohême qui avait pris le parti de Vienne contre les Tchèques.

— Des collaborateurs, en somme, remarquait Verviers à l'adresse de ses interlocuteurs venus de Bohême du Sud lui apporter un manuscrit qu'ils voulaient faire passer à l'Ouest.

Les deux hommes, chevelus et moustachus, ressemblaient à des hommes des bois ; professeurs l'un et l'autre dans un collège de Cesky

Krumlov, ils s'étaient mis à deux pour raconter, par le menu, ce qu'était une vie de simple professeur dans la province d'alors.

— Nous avons le choix entre l'humiliation de servir un ordre que nous méprisons et l'humiliation, au demeurant plus supportable, que les tenants de cet ordre nous feront subir si nous ne le servons pas, avait remarqué le plus âgé.

— Entre deux maux, il faut savoir choisir le pire, avait ajouté le second : souffrir dans sa chair les brimades, le renvoi du collège, le chômage, la faim, en somme — plutôt que dans son esprit.

— Parce que, avait repris le premier, les souffrances morales ou intellectuelles sont une délicatesse pour gens bien élevés, à côté du morceau de pain sec et de la bouillie de pois qu'on a pour tout dîner...

— Alors, nous avons résolu d'être nous aussi des collaborateurs, avaient-ils conclu avec un bel accord : nous subissons sans finalement trop de peine l'humiliation de la main qu'on serre et qu'on méprise ; mais nous regardons tout, nous écrivons tout — et grâce à vous, nous publierons tout.

Le palais Bucquoy, à la façade rose sur une place où des tilleuls font en automne une ombre lumineuse et dorée, est un des plus beaux palais de Prague. « Voilà pourquoi j'exerce le métier d'ambassadeur dans une des plus belles ambassades du monde », pense André Verviers en enfermant dans son coffre le manuscrit que lui ont remis ses deux interlocuteurs.

Il éprouve une curieuse jubilation, qu'il n'a plus ressentie depuis ses années de Chine.

— Il faut que vous compreniez bien, expliquait Gong Xiaoqin à Jean-Michel Hessing dans les dernières semaines de son séjour en Chine : il faut que vous compreniez bien que jamais — et je dis bien jamais — aucune (et je souligne de la même façon le mot aucune) — aucune des théories qui ont cours chez vous ne pourra jamais — et je répète jamais — s'appliquer chez nous.

C'était à Shanghai, dans l'un de ces cafés qui commençaient à s'ouvrir sur les petites rues perpendiculaires au Bund, où l'on écoutait de la musique rock en fumant des cigarettes américaines ou, comme ce Gong Xiaoqin qui allumait à la chaîne ses Boyards maïs, des tabacs plus exotiques, arrivés jusque-là par quels cheminements ? Gong Xiaoqin avait fait partie de ces anciens gardes rouges formés à l'école de la Révolution culturelle et qui en savait plus sur la Chine (mais aussi sur le reste du monde) que tous les étudiants de toutes les universités de Shanghai et de Pékin d'aujourd'hui.

— Je continue pourtant à croire...

Gong avait eu un petit rire coupant pour l'interrompre :

— Vous me faites penser à ces jésuites français ou italiens envoyés par vos rois ou vos papes, qui tentaient si désespérément de nous comprendre pour nous expliquer ensuite que, hors de leur foi à eux (et peu importait l'enveloppe !) il n'y avait pas de salut !

— C'est-à-dire ?

— C'est-à-dire que déjà, au XVIIIe siècle, cette Chine que découvraient avec ébahissement vos jésuites ne représentait pas moins du tiers de l'humanité, et que rien n'a changé depuis : peut-être sommes-nous quelques centaines de millions de trop pour que vos belles idées de république ou de démocratie s'appliquent ici aussi joliment que chez vous !

Une jeune fille, presque une enfant, s'était approchée de leur table ; elle portait des jeans moulants, un corsage à l'orange presque fluorescent et dansait d'un pied sur l'autre au rythme du rock qui leur battait à tous les tempes ; elle tendait enfin la main vers Gong Xiaoqin.

— Tu me refiles une de tes cigarettes ?

La voix rauque ; l'accent du Sud — expliquera plus tard le jeune homme :

— En voilà encore une qui croit que la Chine peut ressembler à n'importe quelle Amérique...

Jean-Michel l'interrompit à son tour.

— Je peux savoir alors pourquoi vous m'avez donné rendez-vous ici ?

Gong Xiaoqin qui, comme la fille, est monté de Canton où il écrit régulièrement dans le *Nanfang Ribao,* lui montre la gamine qui s'éloigne, les garçons aux cheveux longs qui se dandinent à ses côtés :

— Pour que vous voyiez combien le rock comme votre démocratie vont mal à la Chine !

Sur l'estrade du Maxim's de Pékin, un Chinois en smoking se serre les doigts de bonheur pour chanter *O Sole Mio* puis, dans la foulée, *Les Feuilles mortes.* La grande salle à manger est vide, à l'exception d'une tablée de diplomates africains qui se disent qu'ils ont retrouvé là un peu de l'esprit de Paris : ce sont des diplomates kenyans ou libériens, des Africains francophones ne s'y laisseraient pas prendre... Et Guillaume, assis en face de l'écrivain Li Biannu, deux fois exclu du parti communiste chinois, en instance de réintégration, l'écoute...

— Depuis 1986, remarque Li Biannu, on croit qu'il suffit pour s'affirmer démocrate d'ouvrir toute grande la porte aux investisseurs étrangers ou de permettre à un milliard deux cents millions de Chinois de vendre ou d'acheter pour leur compte des poulets ou du soja sur un marché libre...

Guillaume a lu deux de ses livres, traduits en français dans une collection de livres de poche publiée par les Éditions en langues étrangères de Pékin : ce sont des reportages à peine romancés sur la vie d'aujourd'hui et sur celle d'après la Révolution culturelle.

— Notre liberté, c'est celle d'acheter de quoi manger à notre faim — à condition que nous ayons de quoi payer, bien sûr ! Lequel de vos écrivains occidentaux a dit que l'homme ne vit pas seulement de son pain ?

Par réaction contre ce que les autres appellent liberté, Li ne porte pas le complet veston désormais de rigueur, mais la veste bleue et le col mao.

— Si on m'avait dit qu'un jour, pour aller un peu plus loin dans la critique du maoïsme, je porterais l'uniforme de Mao ! s'est-il exclamé lorsque Guillaume lui en a fait la remarque.

Sur l'estrade du Maxim's, deux jeunes filles en corsage blanc, jupe longue et camélia à l'épaule, ont joué une sonate de Fauré : pourquoi pas ? Les Kenyans ou les Libériens de la table du fond s'esclaffent brusquement ; Li Biannu parle à voix basse :

— Et pourtant, cette Chine-là, je ne voudrais la quitter pour rien au monde : peut-être ferons-nous quand même de grandes choses !

Il a insisté sur le « quand même ». De son poste de garde, à l'entrée de la salle, Mme Fu, maquillée comme une star de cinéma, surveille son monde : deux tables, neuf clients en tout mais l'ambassadeur de France : ceci compense peut-être cela ?

Le ministère des Transports est une vaste construction néo-mussolinienne que les Soviétiques ont édifiée au milieu des années cinquante. La période du Grand Bond en Avant est venue interrompre les ultimes travaux de finition et les amis soviétiques sont repartis avec les plans et l'argent qui allait avec ; on a remplacé les lourdes portes de bois prévues par des panneaux de contre-plaqué qu'on n'a jamais peints et, depuis trente ans, le ministère des Transports à Pékin est demeuré ce qu'il était : un temple inachevé à la gloire d'une amitié brisée.

Le ministre des Transports est lui-même un cadre éminent du régime. L'un de ses lointains prédécesseurs était le père d'une employée du service des Éditions en langues étrangères qui avait dit à Guillaume : « On m'a brisée pendant dix ans : vous savez ce que ça veut dire que se mettre à revivre après cela ? » Elle rêvait d'Angleterre, d'Italie, d'Autriche même, des pays de la plus vieille Europe auxquels peu d'étudiants chinois ont jamais vraiment pensé...

Derrière le ministre, dans l'ombre, il y a M. Wang, qui reçoit aujourd'hui Guillaume, comme M. Shi l'a reçu avec M. Liu au nom du secrétaire général du Parti.

— Les suggestions que nous avons à vous faire sont très simples, expliquera Guillaume une fois échangées les premières politesses.

On parle avions de transport, TGV : pourquoi pas ? La Chine et la France, la Chine et l'Europe... M. Wang prend à son tour la parole, développe, commente...

Le surlendemain, c'est au ministère des Armées que Guillaume rencontre un certain général Pei.

Pei Wanli a longtemps été dans la mouvance de He Long, maréchal et héros de la Révolution qu'on a laissé mourir en prison parce qu'il était, précisément, un héros de la Révolution, un bandit de grand chemin qui avait découvert la lumière et Mao tout à la fois et les avait servis tous deux avec une égale foi. Diabétique, on a affirmé que ses gardiens lui injectaient du glucose dans le sang. Lorsque sa mort a été annoncée en haut lieu, on a alors prétendu que le maréchal He Long avait refusé de se soigner.

— Tout cela appartient au passé, remarque le général qui reçoit Guillaume en bras de chemise dans un bureau ultramoderne où gronde un appareil à rafraîchir l'air ; tout cela appartient au passé : parlons de l'avenir.

L'avenir, c'est ce contrat possible, que Guillaume est venu discuter : entre la France et la Chine, tout un ensemble d'accords soudain possibles... Le projet dont Guillaume est ici l'artisan s'étendrait aussi à tous les domaines de l'activité économique.

— Tu sais, lui dit Marie-Reine un peu plus tard dans la soirée ; tu sais, j'aime bien Thierry — je l'aime beaucoup, même ! — mais il est quelquefois tellement mou. Si peu sûr de lui : ça me tue, tu vois, quelquefois !

Elle aime se promener nue dans la chambre ; parfois, elle se campe ainsi face à l'appareil à conditionner l'air enclenché à son maximum de puissance, et elle demeure là, glacée jusqu'à l'instant où, n'en pouvant plus, elle s'arrache à l'emprise de l'appareil avec un éclat de rire. Grelottante.

— Tu diras que je suis folle, n'est-ce pas ?

Elle se jette sur lui, glacée en effet, et c'est un peu de ce froid qui pénètre Guillaume. Puis, d'un bond, elle se relèvera après avoir regardé sa montre :

— Mon Dieu ! Tu as vu l'heure qu'il est ! Thierry va encore me demander où je suis allée !

Il y a vingt ans, il y a trente ans, Clawdia quittait de même Simon après s'être rhabillée à la hâte pour retrouver Otrick à l'ambassade des Pays-Bas. Mais Clawdia disait à Simon :

— Sans lui (elle parlait de Otrick), je crois bien que je ne serais jamais rien.

Revenue dans la maison de Hampstead, elle y passe ses journées en peignoir, les cheveux en désordre, les pieds nus dans des savates.

— C'est bon de t'avoir chez soi, lui avait dit un jour Chessman : tu es un remords vivant ; tout le monde n'a pas la chance d'avoir un remords vivant sous la main !

Les livres éparpillés autour de lui, les cahiers, les dossiers : il avait le sentiment de s'être perdu en route et seule Clawdia le rattachait encore à son passé. Pour le reste, il n'était qu'un écrivain en colère... Ainsi, l'incident de la Round House.

On avait transformé ce hangar de locomotives en théâtre en rond et c'était devenu l'un des hauts lieux du théâtre contemporain en Angleterre.

Deux amis de Chessman l'y avaient presque traîné de force : la compagnie du Living Theatre y donnait un spectacle qui racontait, disait-on, la fin du monde ; enfin : la fin de ce monde où nous vivions et qui n'en finissait pas de finir de mourir. Nicholas Pelley gagnait beaucoup d'argent et Chessman avait pardonné depuis longtemps à Franck Aiken l'article féroce qu'il avait écrit vingt ans plus tôt. Les deux hommes partageaient une maison de South Kensington et les mêmes filles, les mêmes éditeurs qui se croyaient des mécènes — et l'un comme l'autre publiaient chaque dimanche une chronique dans tel de ces deux journaux dominicaux, *Sunday Times* et *Observer*, qui sont une manière de *Journal officiel* pour tout ce que le nord de Londres compte d'intellectuels libéraux et de professeurs en retraite.

— Tu ne peux pas rater ça ! avait affirmé Pelley à un John Chessman qui n'avait pas raturé une page depuis huit jours et qui avait déjà fait passer un peu de sa rage sur tout un rayon de sa bibliothèque.

L'écrivain n'avait pas trop protesté mais, tout de suite, l'atmosphère de cathédrale qui régnait dans l'ancien hangar à locomotives l'avait fait gronder :

— C'est la messe, ou quoi, qu'on va nous donner là ?

Il ne se trompait qu'à demi. Le directeur de la compagnie américaine était bien une sorte de prophète barbu qui passait pour un pape aux yeux de toute une génération d'amateurs de théâtre qui avaient allégrement jeté aux oubliettes tous les Shakespeare et autres Bertolt Brecht d'avant-hier. Le spectacle n'avait pas encore commencé que déjà la jeune femme à côté de l'écrivain lui lançait des regards indignés — elle aurait pu être jolie mais avait les cheveux aussi graisseux que le poncho en laine de lama baigné de sueur dans lequel elle s'enveloppait : son compagnon, chevelu comme elle, portait autour du cou un collier d'ambre.

Le noir avait enfin envahi la salle ; sur la scène avaient commencé les quelques contorsions de rigueur accompagnées des nécessaires borborygmes et Chessman, lui, avait commencé à rire. Il ne s'amusait certes pas de ce qui se déroulait devant lui, mais bien plutôt du sérieux de ceux qui assistaient autour de lui à cette célébration. Vaguement gênés, Pelley et Aiken lui jetaient des regards de côté. Après dix minutes de ce jeu, un très jeune homme s'avança dans le public, lançant aux spectateurs des petits papillons de papier décorés d'un drapeau américain taché de sang qui portait, en lettres capitales : « Paix au Viêt-nam », puis le jeune garçon se déshabilla et, nu, revint jusqu'à la scène.

Chessman n'y tint plus :

— Vous avez vu ? Il a la quéquette qui pend ! Il ne bande même pas !

Dans le silence religieux qui évoquait bel et bien la phase centrale d'un mystère sacré, la voix de John Chessman avait éclaté comme un coup de tonnerre. Il y eut des cris indignés mais l'écrivain, qui, pour se donner de l'énergie, avait bu une lampée de cognac d'une bouteille plate tirée de sa poche, reprenait de plus belle :

— Mais vous ne voyez pas, les filles ! Il ne bande pas ! D'ailleurs, aucun d'eux n'est capable de bander !

Le spectacle était marqué d'un pacifisme extrême, on voulut le faire sortir par la persuasion.

— Persuasion ? mon cul !

Il avait flanqué son poing dans la figure du premier barbu lymphatique qui avait porté une main sur lui ; la bagarre fut dès lors générale et, tandis que sur scène, imperturbables, une demi-douzaine de puceaux criaient : « Paix au Viêt-nam » en brandissant des drapeaux de sang, on s'était mis à vingt dans la salle pour tabasser John Chessman qui ne voulait toujours pas sortir.

Lorsqu'il se retrouva enfin dans un pub de Swiss Cottage avec ses deux amis presque aussi amochés que lui, il leva son verre au ciel :

— Et ce sont ces vieux gamins qui crient : « Faites la paix, pas la guerre » ! Vous savez ce qu'il leur faudrait ? Une bonne petite guerre de derrière les fagots !

Il trouva encore le moyen de faire le coup de poing avec le tenancier de l'établissement lorsque celui-ci annonça, à vingt-trois heures, la très britannique fermeture du pub.

— J'emmerde l'Angleterre et les Anglais !

A son retour, Clawdia était endormie sur un canapé, une bouteille vide tombée à terre.

— Il y a le théâtre, et le théâtre dans le théâtre...

Le château lui-même était un décor de théâtre, remanié au XVIIIe siècle par des seigneurs lettrés et charmants qui aimaient à s'y donner la comédie. Dans la salle des fêtes, au-dessus de l'à-pic de la vallée, on avait aménagé une salle de spectacle, la scène, le rideau, le parterre et, sur tout un rang de loges en trompe-l'œil qui couraient à l'étage, des arlequins et des pierrots lançaient d'admirables œillades à des colombines pas trop effarouchées. André Verviers était venu à Krumlov pour rendre visite aux deux hommes qui lui avaient confié ce manuscrit qu'on allait publier à Paris dans un mois ou deux.

— Dans le parc même, on a construit un autre théâtre.

Un théâtre de verdure, celui-là, mais où c'était le spectateur qui se déplaçait à mesure des changements de décor, et non le décor qui demeurait lui-même fixe : assis sur les bancs d'une sorte de plate-forme circulaire, on faisait tour à tour face au palais de Thésée et à celui de Puck et d'Obéron, à la grotte de Titania, scène après scène d'un *Songe d'une nuit d'été* que Verviers avait vu là, en compagnie de ses deux amis — il pensait : mes complices — professeurs au collège de la ville qui voulaient lui montrer que Krumlov était une jolie petite ville de Bohême du Sud, riante, aux belles façades peintes que dominait ce château où des théâtres s'imbriquent dans d'autres théâtres.

— La comédie du pouvoir, en somme : il y a ce qu'on voit, et ce qu'on devine...

— Et cette odeur ? avait interrogé Verviers.

Sur toute la ville, le château, le jardin, les arlequins de la salle de bal et les fées radieuses de Shakespeare, planait une épouvantable puanteur.

— Quelle odeur ?

L'air faussement innocent des deux complices de l'ambassadeur de France.

— Quelle odeur ? Mais vous ne sentez pas ?

Alors, le sourire du premier :

— On s'habitue à tout, vous savez...

Et le second, qui avait bien voulu l'admettre.

— C'est une tannerie, en amont de la rivière. Elle empuantit toute la ville, oui, et nous avec, mais Alec vous l'a dit : on s'habitue à tout.

Cesky Krumlov, jolie petite ville baroque où l'on vient de très loin pour voir du bon théâtre, est empuantie par la plus épouvantable des odeurs de pourriture qui se puisse imaginer.

— On s'habitue à tout, oui, remarque M. Liu, même au silence...

A Pékin et depuis l'installation au pouvoir du régime communiste, il n'avait plus guère eu le temps de rêver ; encore moins d'écrire un poème...

Mais à Badasi, au sommet du plateau qui dominait le village, il pouvait regarder le ciel ; ou bien il se promenait parmi les grands bouddhas de pierre au fond du vallon, qu'on avait simplement recouverts de quelques planches, plus, d'ailleurs, pour les dérober à la frénésie destructrice de quelques exaltés venus de la ville, que pour en dissimuler les horreurs féodales au bon peuple du village qui vivait depuis toujours en leur compagnie.

Là, assis sur une margelle de pierre au bord d'un ruisseau, il contemplait l'eau qui coulait à travers les herbes ou le visage de l'immense divinité à la main droite levée en signe de bénédiction ; et là, entre l'eau et la pierre taillée, il arrivait à M. Liu de sortir un pinceau d'une petite boîte de laque qu'il avait réussi à dissimuler à ses geôliers des premiers jours. Il avait fabriqué un encrier de pierre avec un galet rond et poli qu'il avait lui-même creusé ; un gosse du village lui avait donné un bâtonnet d'encre, quelques feuilles arrachées à un cahier : il écrivait des poèmes où n'apparaissaient ni un Orient trop rouge ni l'amour du président Mao...

Vers le soir, il redescendait au village ; son ami Shi lui tendait un peu de tabac, dont il se roulait avec un morceau de papier une cigarette de fortune, puis, jusqu'à la nuit, ils demeuraient assis sur un mur, à parler d'un temps qui n'était plus — mais aussi d'un autre temps, et qui viendrait bientôt : comme M. Liu, Shi Jinan faisait partie des hommes qui avaient refusé de baisser la tête.

C'est à une réception de l'ambassadeur des Pays-Bas ; ce Van der Meer continue à battre froid à Guillaume : comme il a la réputation d'être un imbécile, l'ambassadeur de France se fait un point d'honneur d'honorer toutes les invitations que le Néerlandais ne peut pas ne pas lui adresser ; il éprouve alors un étrange plaisir à lui serrer la main et, plus encore, à effleurer de ses lèvres la grande patte rougeaude de l'ambassadrice.

Il vient de s'acquitter de cette opération lorsqu'un Chinois au visage rond, lunettes d'écaille et costume aux étranges carreaux trop voyants comme en portent parfois les touristes américains, vient vers lui.

— Il y a longtemps que je voulais faire votre connaissance.

La main tendue ; puis l'homme explique :

— Je crois que vous rencontrez souvent M. Shi Jinan : lui et moi, nous sommes comme les doigts de la main.

Avec un grand éclat de rire, il montre à l'ambassadeur de France sa main droite aux cinq doigts largement écartés.

— Il faudra que nous nous revoyions, maintenant : je suis sûr que nous avons beaucoup à nous dire.

L'homme au costume de coton made in USA s'appelle Li Tengshi.

— Mon ami Shi m'a dit que vous faisiez ici du bon travail, remarque Li Tengshi avant de revenir vers l'ambassadeur hollandais pour prendre congé de lui.

M. Liu, Shi Jinan, jusqu'à ce Li Tengshi maintenant, dont le nom s'ajoute au bas d'une liste : les télégrammes de Pékin sont rares, mais chacun d'eux montre à Simon qu'il est sur la bonne voie ; le moment était venu de faire le point avec le vieux ministre.

Simon a donc fait un voyage éclair à Aix : l'euphorie qui le gagne, ce projet qui, lentement, s'élabore et la Chine entière qui semble aujourd'hui répondre à son attente. Lorsque Simon avait rendu visite à Chessman, celui-ci lui avait expliqué comment il construisait le roman qu'il avait entrepris : des centaines de petites touches, souvent en apparence sans rapport entre elles et qui, toutes pourtant, correspondaient à un ordre souterrain qui n'apparaîtrait que plus tard, une fois le roman terminé ; comme aujourd'hui les télégrammes de Pékin, les multiples démarches de Guillaume, les entretiens qu'il a eus et qu'il aura encore à tous les niveaux et dans tous les secteurs.

« En somme, nous tous, pense Simon, nous sommes en train d'écrire un roman... »

La Sainte-Victoire sous la lune, les longues silhouettes sombres des cyprès, une colonnade autour d'un banc ; Simon pense : « Je suis dans un décor de théâtre. »

Le vieux Charlier l'attendait, sa houppelande et ses moustaches tombantes.

— Alors, Simon ?

— Alors, tout va bien, monsieur le Ministre, je voudrais m'assurer encore de quelques points...

Le vent se lève ; pas le mistral, un vent d'ouest qui apportera peut-être la pluie mais qui amène avec lui, ce soir, des odeurs de mimosa.

De même, Guillaume et M. Liu s'étaient-ils retrouvés à l'Hôtel de la Colline parfumée que l'architecte sino-américain Pei a construit à l'ouest de Pékin. Le verre et le ciment s'y marient assez bien à la nature, de grandes baies prolongent les salons jusque dans des paysages que l'architecte a voulu lui-même inventer. Mais déjà la poussière, un rien de laisser-aller... On raconte que M. Pei, mécontent de n'avoir pas été payé comme il l'avait prévu, a quitté le chantier encore inachevé.

— Cela vous plaît ? demande M. Liu.

Une gamine balaie sans conviction les longs tapis gris du couloir ; il y a vingt-cinq ans, les mêmes gamines balayaient de même à l'Hôtel de Pékin les mêmes tapis, rouges alors ; elles portaient tablier blanc ou bleu de chauffe, celle-ci n'a qu'une jupe grise et un corsage pâle sous un tablier blanc, voilà la différence.

— Ce n'est pas mal, se borne à remarquer Guillaume.

Le vieux monsieur cherche un paquet de cigarettes au fond d'une poche ; il fume cette fois de curieuses cigarettes aplaties, de celles qu'on disait autrefois « égyptiennes ».

— Mon exotisme à moi, explique-t-il en riant à l'ambassadeur de France.

A vingt ans, dévorant en pleine période d'examens *Le Quatuor d'Alexandrie* de Lawrence Durrell, Guillaume fumait des cigarettes semblables ; lui aussi parlait d'exotisme. Il pense soudain à son ami Olivier, frère de Serge, aujourd'hui en poste à Alexandrie : il faudra qu'un jour je voie Alexandrie, se dit-il. Du coup, il demande à M. Liu l'une de ses cigarettes. Après un moment, celui-ci :

— Il paraît que vous avez rencontré M. Li Tengshi.

Le Chinois au costume à carreaux... Guillaume acquiesce.

— Méfiez-vous quand même de lui, remarque alors M. Liu.

Ce jour-là, Guillaume ne pourra obtenir rien d'autre sur ce Li Tengshi.

Après Kuks, Guillaume et Serge avaient voulu pousser jusqu'à Duchkov ; pour l'un et l'autre, il s'agissait d'un lieu magique puisque, bibliothécaire du comte de Waldstein, c'est à Duchkov — appelé alors Dux — que mourut en rédigeant ses mémoires un jeune vieux monsieur qui n'avait toujours pas dételé, Giacomo Casanova de Seingalt.

Settembrini, l'attaché culturel, avait passé deux heures au téléphone pour retenir en chemin des chambres pour la nuit. Ils s'étaient arrêtés pour cela à Liberec, un gros bourg que dominait une belle abbatiale à la façade décapée. C'était le mois de juin, ils étaient arrivés tôt en fin d'après-midi et avaient visité l'église sous la houlette d'un jeune homme en pantalon de toile, chemise kaki, qui faisait de longues stations, prières et signes de croix, devant chaque autel. L'attaché culturel avait expliqué à Serge que la religion était devenue ici une manière de résistance — on organise encore des concerts dans des églises dans le seul but de réunir des catholiques dans un lieu de prière !

L'hôtel où ils devaient passer la nuit était sur la place du marché, face à l'église ; dans la salle commune, des hommes fumaient en buvant de la bière, servis par trois filles en sueur aux corsages largement déboutonnés sur des poitrines volumineuses dont le mince tissu ne dissimulait rien : il régnait là une odeur presque animale, et l'attaché culturel ne parut pas remarquer que sa femme et Serge avaient fini par s'éclipser. Ils ne firent leur réapparition qu'au moment du dîner qu'on leur avait servi dans un coin de la salle commune dont, avec des cris mi-amusés mi-courroucés, l'une des servantes avait chassé les autres buveurs à grands coups de torchon.

— Quel pays ! Bon Dieu, quel pays ! s'exclama Serge en dévorant la maigre pitance qui était dans son assiette.

Puis, à l'adresse de Guillaume :

— Comment peux-tu dire que tu t'ennuies dans ce pays ?

Il lançait des coups d'œil à Milena, la femme de Settembrini, et gloussait de plaisir.

Mais lorsqu'ils arrivèrent le lendemain à Duchkov, Serge était brusquement redevenu sérieux ; grave, même. Gravement, sur les pas d'un vieux petit bibliothécaire qui disait, plein d'une éclatante fausse modestie, qu'il n'était que le très modeste successeur du grand Casanova, ils parcoururent les salles désertes du château. Dans l'aile qu'avait habitée le Vénitien, on se préparait à organiser une sorte de petit musée ; dans l'une des pièces, on avait amassé des livres, des éditions, des Mémoires en toutes les langues et c'est avec une jubilation partagée par Serge que le vieux monsieur feuilletait ici et là un volume. Des peintures 1900 représentant de très jeunes filles très déshabillées étaient accrochées à un mur dans des cadres dorés : après l'auberge bruyante, forte en odeurs, les épaules nues des serveuses, leurs seins lourds qui ballottaient sous les blouses entrouvertes, c'était là une autre forme d'érotisme, plus subtile, bien sûr.

A peine cachée par la table derrière laquelle ils se trouvaient, la main de Serge glissait le long des cuisses de la belle Milena ; il se retourna brusquement vers le mari.

— Vous vous rendez compte de la chance que vous avez, mon vieux : être ici, loin du monde, loin de Paris ? Vous savez que vous faites un métier formidable ?

Puis, à Guillaume :

— Tu pourrais peut-être m'aider, toi, à être attaché culturel quelque part dans le monde ? Ici, par exemple, après le départ de monsieur !

Il avait eu un clin d'œil complice pour le pauvre Settembrini que Guillaume eut presque honte de lui voir rendre.

— Ici, poursuit Serge, ou en Chine ? Pourquoi pas ?

Pendant le trajet du retour, ils avaient traversé de longs paysages baignés par le soleil couchant et, si l'attaché culturel paraissait de temps en temps inquiet, c'était parce qu'il s'aperçut qu'une voiture les suivait.

— Et alors, interrogea Serge, qu'est-ce que ça fait, si une voiture nous suit ?

— Rien.

— Et alors ?

— Alors, rien...

La campagne tchèque était blonde et dorée.

Quelques semaines après son retour de Tchécoslovaquie, Serge Lensky publiera un nouvel ouvrage, consacré celui-là à la « Sémiologie des langages totalitaires : est et ouest, deux pôles, un seul verbe » qui lui ouvrira l'École des hautes études où un célèbre professeur de sémiologie lui demandera, en annexe à son propre enseignement, d'assurer un séminaire de littérature politique comparée. Très vite, et comme au lycée français de Londres, Lensky recrutera ses étudiants préférés dans une clientèle à majorité féminine ; très vite aussi, son principal centre d'intérêt deviendra la Chine dont son passé de maoïste en uniforme lui a donné les rudiments de connaissance nécessaires à n'importe quel enseignant supérieur dans l'Université française.

— Et puis, il suffit de lire quelques bons bouquins, avouera-t-il un soir, en veine de confidences, à son ami Julien Bidault : l'histoire du parti communiste chinois de Guillermaz ou les vieux livres de Fairbank et d'Edgar Snow, et tu en sais autant que tes étudiants ! Il ne te reste plus qu'à les persuader que tu en sais beaucoup plus : la Chine, c'est comme les femmes, tu te les as au bluff ou alors, tu reboutonnes ta braguette, c'est plus la peine de continuer !

M. Liu a un frisson ; un frisson de vieux monsieur, qui se souvient.

— Je l'aimais bien, voyez-vous...

Il parle d'un autre Liu, le seul en ce moment dont on ne puisse ni ne doive pourtant parler, Liu Shaoqi, Président de la République populaire de Chine dont lui sait, alors que le reste du monde ne l'apprendra que bien plus tard, qu'il vient de mourir, squelette déjà pourri recouvert d'une couverture puante, dans une prison de Kaifeng, au milieu du Henan.

— Ils avaient fait de lui une loque encore un peu vivante et qui gémissait.

Liu Shaoqi, qui avait dit à notre M. Liu : « Vous êtes de ceux dont la Révolution saura toujours se souvenir, bien qu'elle ait parfois une mauvaise mémoire, la Révolution. » Elle avait une mauvaise mémoire, en effet, la Révolution : dès 1921, Liu Shaoqi avait rejoint ses rangs, renié ses origines bourgeoises et poursuivi, à partir de 1942 à Yan'an, l'immense tâche d'organisation du Parti.

— Savez-vous les deux reproches qu'on lui a lancés au visage ?

Verviers le sait : Liu Shaoqi, formé à Moscou, du temps de la belle amitié sino-soviétique, donc révisionniste ; Liu Shaoqi cinq fois marié, donc égoïste, jouisseur, corrompu... Arrivé par avion à Kaifeng le 12 octobre, escorté comme un grand criminel, il est mort de froid dans sa prison le 12 novembre. Il est mort nu ; il était Président de la République et on l'a retrouvé mort sans chaussettes ni pantalon. Il avait fait sous lui.

A Chengdu, sous l'immense statue blanche du président Mao, cet été de 1967 : ce sont des milliers de jeunes gardes et de jeunes soldats, d'ouvriers et d'étudiants qui s'affrontent en un des plus formidables combats de rues qu'ait connus la Révolution culturelle.

— On a parlé de bain de sang..., commentera André Verviers.

M. Liu, qui allume difficilement une cigarette à l'aide d'un briquet tempête — le vent s'est levé en rafales de sable rouge sur la partie du parc au nord de Beihai qui rejoint presque le lac des Dix Monastères — doit retenir ses lunettes qu'une bourrasque a failli emporter. Il fait à la fois brûlant et sec.

— Des morts, beaucoup de morts..., murmure le vieux monsieur.

Les noms de Chen Boda et de Wang Li, de Jiang Qing, surtout, qu'on ne prononce pas mais qui, derrière le rideau des appels, des pancartes infamantes et des dazibaos vengeurs, observent.

C'est que Wang Guangmei, la femme de Liu Shaoqi, avait fait un voyage officiel en Indonésie en compagnie de son mari. On l'avait photographiée avec le président Sukarno : elle dansait, en robe décolletée, bijoux, colliers...

— Enfile la robe que tu portais ce jour-là !

Elle n'a d'abord pas compris. Alors on frappe, on gifle :

— Enfile-la !

Le 10 avril 1967, à l'université Qinghua : des gosses hurlent, des étudiants, des enfants. On a fait monter sur une estrade cette femme qui a été belle et là, debout, face à la foule, on la montre :

— Enfile ta robe de putain !

Les bijoux de strass, un collier fait de balles de ping-pong autour du cou, elle est la putain numéro un du jour, et la foule hurle de joie, hurle à la mort ; puis, après quelques séances du même goût un peu partout en Chine, Wang Guangmei sera enfermée en prison. Elle y restera onze ans.

Question de Jacques Benoist à l'un de ses collaborateurs :

— Combien Liu Shaoqi, martyr officiel de la Révolution culturelle, et sa belle épouse Wang Guangmei, avaient-ils eux-mêmes de morts sur la conscience ?

De 1949 à 1955, en Chine...

Raymond Vattier, ce sénateur que Guillaume avait accompagné dans les visites qu'il a rendues un an auparavant aux principaux dirigeants chinois, est descendu à son tour à Aix.

On lui a donné, au premier étage de la bastide où vit le vieux ministre, une chambre qui ouvre sur le jardin : le décor des cyprès, le bassin avec, en toile de fond, la Sainte-Victoire. Sa chambre lui sert aussi de bureau : il y travaille six heures par jour, loin des embarras de Paris, des rendez-vous, du téléphone ; nul, hormis Servanne, sa secrétaire, ne sait le numéro de téléphone où on peut le joindre. Le seul lien qu'il conserve avec le reste du monde — c'est-à-dire avec la Chine et avec l'équipe qui travaille avec lui sur le livre qu'il prépare —, c'est un ordinateur branché sur ses fichiers parisiens.

A midi, dans la chaleur de l'été, toutes persiennes fermées, Raymond Vattier pianote sur son instrument.

Une heure après, au déjeuner, il retrouvera le vieux ministre ; celui-ci lui parlera de la visite de Simon ; Vattier lui rendra compte de la conversation qu'il a eue avec Servanne, sa secrétaire, qui a elle-même parlé à tel secrétaire d'État tout juste revenu de Chine : le livre du sénateur, les projets du vieux ministre se mettent doucement en place.

« Le moment est venu », pense Guillaume.

Puis il fait appeler Thierry Destutt.

— Je crois qu'il serait bien de trouver une bonne raison d'inviter le vieux M. Liu à Paris.

Le jeune homme le regarde, étonné.

— M. Liu ? Le vieux Liu ? Mais...

Il s'arrête : pour lui, le vieux monsieur ne représente rien, qu'une figure pittoresque d'un passé depuis longtemps aboli ; mais il sait aussi que son ambassadeur le rencontre parfois, même si Guillaume s'est bien gardé de lui en dire davantage : jusqu'aux télégrammes qu'il envoie à Paris à son propos, en « messages » et en « réservé » qui, à leur manière, sont eux-mêmes codés.

— Vous avez une objection ? interroge Guillaume.

Thierry Destutt bafouille quelque chose : ne pas vexer son patron qui semble attacher au vieillard plus d'importance qu'il n'en a.

— Pas du tout... pas du tout : c'est une excellente idée. Je vais demander à nos culturels de lui trouver une mission. Je crois me souvenir qu'il s'intéresse à la poésie, non ?

C'est ainsi que M. Liu s'est vu octroyer par le gouvernement français une mission d'études en France de trois mois : pour rencontrer des poètes, des éditeurs de poésie, des critiques...

— Vous voyez bien que Segalen mène à tout ! s'est esclaffé le vieux monsieur, lorsqu'il a appris sous quel prétexte on avait arrangé son voyage.

Quelques jours avant de partir pour Sanaa, Jean-Michel Hessing avait revu ce Gong Xiaoqin rencontré quelques semaines plus tôt à Shanghai. Le journaliste avait alors définitivement quitté Canton et travaillait avec quelques jeunes universitaires, des journalistes comme lui, à confronter ses idées avec les tenants d'un réformisme libéral au sein même du parti communiste chinois. Ils se rencontraient plusieurs fois par semaine dans un bureau discret près de Wangfujing et fumaient, discutaient, raisonnaient à l'infini.

— Vous me faites rire, avec votre romantisme politique, avait répondu Gong Xiaoqin à Hessing, au sortir d'une de ces rencontres, vous me faites rire, mais vous ne m'aurez pas : aussitôt que nous aurons ouvert les portes à une certaine forme de démocratisation, aucun système parlementaire de type occidental ne pourra contrôler la situation.

Ils se retrouvaient au bar de l'Hôtel de Pékin : pour Gong Xiaoqin, c'était encore un bel exemple de l'impossibilité absolue d'importer en Chine un modèle venu d'ailleurs ; et pourtant, on y servait avec une si fière allure thé de Ceylan ou Darjeeling, un nuage de lait, une gaufrette...

— Alors ? demandait Jean-Michel, est-ce que ça veut dire que l'idée même d'une démocratisation — à la mesure de votre pays, je l'entends bien — est totalement impensable ?

Le jeune journaliste avait tiré la dernière Boyard de son paquet qu'il avait sagement remis, vide, dans sa poche.

— Absolument pas. Mais de même que nous devons inventer une forme de démocratie qui nous soit propre, de même devons-nous inventer une forme d'autoritarisme — un néo-autoritarisme, si vous voulez — qui soit à la fois suffisamment éclairé pour éviter les événements du passé et assez charpenté pour prévenir les erreurs à venir.

Jean-Michel avait cru pouvoir lancer une boutade.

— Au XVIIIe siècle, nous appelions cela le despotisme éclairé : l'*Aufklärung* de Frédéric II, en somme : quel bond en avant !

Mais le journaliste n'avait même pas souri.

— Décidément, vous êtes incapable de sortir un instant de votre ethnocentrisme idéologique !

Puis il avait regardé sa montre et planté là le jeune diplomate qui s'était retrouvé seul face à sa tasse de Darjeeling froide et sa gaufrette entamée.

Pour sa dernière promenade autour de Pékin, Jean-Michel a voulu emmener Guillaume jusqu'à cette forteresse circulaire du temps de Qian Long, le Tuancheng qui se dresse encore en bordure de la plaine, à l'est de la route qui va de la Montagne parfumée à Badachu. C'était pour Guillaume l'un des hauts lieux de son Pékin d'autrefois, où il n'était pas revenu depuis son retour. Et pourtant, on en avait déjà détruit tous les portails depuis longtemps, comme les pavillons qui semblaient baliser jusqu'à elle une sorte d'itinéraire sacré, et il ne restait plus, entourée de bâtiments modernes déjà voués à la décrépitude, que l'étonnante muraille circulaire elle-même, à pic sur le vide, et son chemin de ronde inutile, dévoré par les ronces, les plantes sauvages. Comme jadis, des chevaux paissaient devant l'entrée ; deux paysans binaient ou sarclaient un bout de jardin à l'intérieur de l'enceinte : Guillaume y était venu un soir au coucher du soleil avec la petite Kupah qu'il aimait alors et qu'il avait photographiée debout, à contre-jour, au sommet de ce mur.

— Vous voyez, avait conclu Hessing à l'adresse de Guillaume : peut-être que ce que je regretterai le plus, là-bas, — il parle de Sanaa, bien sûr, de ce Yémen encore mythique pour lui vers lequel il va bientôt s'envoler —, peut-être que ce que je regretterai le plus, ce seront les Gong Xiaoqin ces conversations-là, cette rhétorique forcenée.

Ils étaient parvenus tous deux au sommet de la muraille de pierre. Une fumée montait d'un feu allumé en dessous d'eux ; des enfants jouaient dans la poussière ; l'un d'eux arborait une casquette de soldat de l'Armée de libération populaire ; un autre, un bonnet de marin américain.

— Rassurez-vous, avait répondu Guillaume : là-bas aussi, vous trouverez des hommes qui parleront — avec des mots qui seront pourtant les vôtres eux aussi — une langue qui, elle, ne sera pas la vôtre : nous sommes tout juste capables d'exporter les concepts qui vont avec nos usines vendues clefs en main !

Il y a trente ans, sur la plage de Kristel, ce triangle de sable et de galets entre les à-pics de rochers où Chessman avait tenté de vivre au milieu d'une guerre qui n'était pas la sienne : il voulait voir, disait-il.

— J'aimerais savoir qui vous êtes en réalité, monsieur Chessman, demandait le gros colon français tout en sirotant son pastis de six heures du soir : un membre de l'Intelligence Service venu juger sur place notre entreprise de décolonisation ? un espion de Moscou veut donner un petit coup de main aux fellaghas ? ou un agent de la CIA chargé d'emmerder à parts égales Français et Algériens, pour le seul plaisir de savoir qui tuera le premier ?

Clawdia, près de lui, sortait de l'eau ; elle avait le corps d'une fille de vingt ans que le soleil d'Algérie a lentement brûlé ; debout, elle s'essuyait vaguement, indifférente aux regards du Français qui la regardait.

— Dans les trois cas, vous faites fausse route, mon cher Barouin : je suis seulement un écrivain anglais à la recherche d'un sujet de roman et d'un gros colon d'Algérie à plumer au poker par-dessus le marché !

La veille, au sud d'Oran, une patrouille était tombée dans une embuscade, il y avait eu six morts du côté français, Chessman affirmait que ces événements-là fouettaient son inspiration.

— A chacun son Irlande ! lançait-il à ce M. Barouin qu'il allait, en effet, plumer le soir même au poker.

Presque nue sur les rochers brûlants, Clawdia s'éloignait vers la villa.

Une seule fois, pendant tout son séjour à Prague, Guillaume avait éprouvé une manière d'émotion véritable.

— Une seule fois, disait-il à son retour à Simon, tu comprends, je n'étais pas chez moi, je n'étais pas en Chine : je n'étais nulle part.

On donnait un *Don Juan* dans le petit théâtre Tyl où Mozart avait lui-même créé son chef-d'œuvre, une nuit d'octobre 1787. La représentation était bonne, sans plus ; le chef sans chaleur, les interprètes semblaient venus d'un théâtre de province ; et pourtant, parce que c'était *Don Juan* et parce que c'était là, Guillaume avait entendu, au-delà des voix des chanteurs, comme des voix dans la nuit.

Moments, dès lors, venus de très loin, soirées mythiques de Salzbourg ou d'Aix, ces après-midi de Glyndebourne que le disque nous a laissés ; des noms, des notes triomphantes : Cesare Siepi ou Ezio Pinza, John Brownlee et puis ces femmes : Elisabeth Grümmer, Ina Souez, Theresa Stich-Randall au début de toutes nos mémoires.

Marianne était à côté de lui ; elle avait pris sa main, quelque chose, après tout, était peut-être encore possible.

Quelques jours plus tard, pourtant, Marianne avait fait une fausse couche, et Guillaume s'était dit qu'il s'était trompé : rien, non, plus rien n'était vraiment possible.

— Tu parlais quelquefois de la Chine à quelqu'un, à Marianne ?

Simon, à brûle-pourpoint, qui interroge ; et le cri de Guillaume :

— Parler de la Chine ? Sûrement pas ! Et puis, pour quoi faire ?

Face à Thierry, toujours plus humble, toujours plus effacé, Guillaume n'a aucun remords : ni remords ni fierté, d'ailleurs. Il pense même : « Ce pauvre type est tellement con ! » mais cela ne l'empêche pas, lorsqu'il se regarde le matin dans la glace de sa salle de bains, de se dire qu'il a une belle tête de salaud.

Déjà, à Londres ou à Prague, lorsqu'il rentrait de quelle équipée honteuse, qu'il se brossait proprement les dents avant de rejoindre Marianne qui dormait, ou affectait de dormir, dans ce qu'il était convenu d'appeler la chambre conjugale, il essayait — retenu par une obscure pudeur — de ne pas jeter les yeux vers la glace ; et lorsque cela lui arrivait, il se trouvait laid et cherchait à voir autre chose que son propre regard. Mais il avait alors trente, trente-cinq ans et couchait avec de petites putes : il en a près de cinquante et le regard qui interroge le sien, ce matin, c'est celui de Thierry Destutt qui lui tend un télégramme :

— Je pense que ça devrait aller, monsieur l'Ambassadeur...

Guillaume prend le télégramme et se contente de le zébrer de grands coups de crayon rouge :

— Ça va comme ça, Thierry.

Il n'a qu'une hâte : que le mari de cette Marie-Reine, qui était dans son lit voilà moins d'une heure, quitte la pièce...

Ces corps qu'on dirait de bronze gris, ces camaïeux dorés, ces seins effilés et pointus, ces ventres à l'arrondi idéal et puis ces cuisses longues à tout vous permettre et parfois tout donner : il n'y en a pourtant pas beaucoup, au musée de Prague, de ces peintures de la Bohême du temps de Rodolphe qui laissaient parfois Guillaume ébahi, le souffle coupé — mais pour des raisons qu'il n'aurait osé avouer à personne. Lorsqu'il s'engageait dans une conversation avec ces dames plus nues que nues qui s'appelaient Didon, Lucrèce, Diane victorieuse de tous les Actéon, il éprouvait un sentiment d'étrange possession : comme autrefois dans les galeries de Fontainebleau, le désir. Le désir dur et nu, violent — on a dit le souffle court, en somme... — pour une femme peinte voilà quatre cents ans et qui existe si fort, si durement — si nue — dans sa mémoire.

Li Tengshi, Shi Jinan et M. Liu ont passé neuf mois ensemble au village de Badasi.

— Le temps de faire naître une belle amitié, dira plus tard M. Liu.

Qui précisera quand même :

— ... Ou une jolie haine...

En ces années d'un temps suspendu entre deux orages, les trois hommes s'étaient beaucoup rapprochés ; ils se connaissaient déjà de loin puisqu'ils naviguaient dans ces eaux ambiguës du pouvoir où celui qui tient le gouvernail n'est pas toujours celui qui occupe vraiment le devant de la scène. Comme M. Liu, Li et Shi étaient très liés aux hommes alors officiellement discrédités, les Deng Xiaoping, les Zhao Ziyang... Mais seul M. Liu avait été à Yan'an au côté de Mao et cela lui conférait un prestige certain auprès de ses deux compagnons d'infortune.

— Allons ! Pas tant d'infortune que cela, au fond, puisque nous avons enfin le temps d'écouter un filet d'eau couler entre des cailloux et d'en faire un poème !

Ce qui ne les empêchait pas d'avoir de grandes conversations politiques qui se prolongeaient tard dans la nuit, autour d'un pot d'eau chaude parfois agrémentée de quelques pincées de thé que le gamin du village qui avait pris M. Liu en affection leur apportait, sans vraiment se cacher.

— C'est d'ailleurs curieux comme nous étions alors tous du même avis, remarquera M. Liu bien plus tard : on aurait dit que Li, Shi et moi étions les trois moments d'un même discours qui débouchait sur une forme de démocratie à laquelle nous avions l'illusion de vouloir croire.

Alors que M. Shi demeure éloigné de la vie diplomatique, Li Tengshi fréquente assidûment le personnel des ambassades.

— Comment avais-je fait pour ne pas le remarquer jusqu'ici ? interroge Guillaume.

M. Liu s'amuse :

— Mais ce n'est que depuis peu qu' « on » a sorti notre ami Li !

C'est à l'ambassade de Grande-Bretagne, cette fois. Sir David semble très absorbé par la longue conversation qu'il a, dans l'embrasure d'une fenêtre — comme il se doit —, avec Li Tengshi.

— Je crois que notre ami Li a une affection toute particulière pour vos amis britanniques : pourquoi pas ? dit encore M. Liu.

— Pourquoi pas, en effet ?

David Allen n'a pas remarqué Guillaume, à deux pas de lui pourtant. Et Guillaume l'entend qui interroge :

— Vous croyez vraiment que... ?

M. Liu acquiesce.

Il a fallu tout juste une nuit d'avion à M. Liu pour passer d'un monde à l'autre et de Pékin à Paris.

— J'ai voulu que mon premier voyage hors de Chine depuis cinquante ans soit un voyage à Paris, dit le vieux monsieur.

Et Simon, qui le reçoit à dîner à la fin de sa troisième journée parisienne dans ce même restaurant du bas des Champs-Élysées :

— Je peux savoir ce qui vous a le plus surpris en France depuis votre arrivée ?

M. Liu porte à sa bouche un minuscule carré de viande qu'il a soigneusement découpé en fines lamelles.

— Vous voulez vraiment le savoir ?

Simon devine qu'il va être surpris : il approuve.

— Bien sûr...

— Eh bien, c'est de voir que tous ceux qui m'adressent la parole et que je ne connais pas me parlent d'abord anglais.

« Le temps est loin, pense Simon, où M. Nixon invitait M. Malraux à venir lui raconter la Chine... »

M. Liu raconte ainsi sans trêve la Chine à André Verviers qui l'écoute, fasciné.

— Et l'affaire de Chengdu ? interroge le diplomate.

M. Liu a allumé une cigarette et en tire une bouffée, une seule, avant de l'écraser dans le cendrier devant lui.

— A Chengdu, tout s'est terminé comme on pouvait l'imaginer.

C'est à la fin de 1966. Il tient maintenant dans la main droite une longue lettre reçue quelques jours auparavant de l'un de ceux qui l'avaient accompagné à Shanghai, pour sa première mission, auprès du maire d'alors qui voulait tirer des leçons de la Commune de Paris.

— Oui... Le jeune Hong me raconte comment on a fini par tirer à la mitrailleuse sur le dernier carré de gardes rouges qui se disaient investis d'une mission et qui refusaient de dégager la place centrale de la ville ; ils osaient proclamer la corruption de ceux-là mêmes qui les avaient envoyés là dénoncer la corruption de leurs ennemis.

Hong Daishe : vingt-deux ans, étudiant à Pékin, garde rouge, jeune rebelle qui avait déjà fait le coup de poing contre l'unité de l'APL chargée de ramener l'ordre à Shanghai. Pendant un an, il a voyagé à travers la Chine, se joignant à un groupe ici, un autre groupe là, idéologue pour certains, extrémiste pour d'autres : voleur à Chongqing, pilleur d'un magasin de l'armée, organisateur enfin de la résistance des derniers survivants de la place centrale de Chengdu.

— Il se cache quelque part à Pékin où il a trouvé le moyen de revenir ; il m'a fait parvenir ça...

Ça, c'est la lettre que M. Liu tient en main.

— Quand il refera surface, je vous le ferai rencontrer, c'est un garçon intéressant, vous savez.

André Verviers a noté un nom sur un carnet.

— Mais bon Dieu ! Puisque je vous dis que je veux un numéro à Pékin !

La main de Chessman tremble sur le téléphone ; il écume de rage. En été, il est torse nu ; en hiver, il enfile pull-over sur pull-over, cache-nez, cache-col, voire un passe-montagne et, dans le monstrueux désordre de sa maison de Hampstead, il va et vient comme un ours en cage.

— Comment, quel numéro ? Mais je vous l'ai dit, mademoiselle, n'importe lequel ! L'ambassade de Sa Gracieuse Majesté, vous n'avez pas compris ? C'est cela : l'ambassadeur.

Devant lui, le manuscrit qui bute sur un mot, un seul, une date, un jour, quelque part à Pékin : alors, il doit vérifier sur l'instant : quel jour très précisément les rebelles révolutionnaires de Wuzhou, dans le Guangxi, ont-ils été écrasés par l'artillerie lourde ? C'était en 1968, mais quel mois, quel jour ? Un beau bain de sang dans les rues de la petite ville côtière, le canon et le napalm pour faire bonne mesure, et puis les prisonniers exécutés à la mitrailleuse : des centaines — des milliers ? Non, tout de même, il ne faut pas exagérer, et John Chessman corrige — des centaines d'étudiants, donc, menacés.

— Mais bon Dieu de bon Dieu ! vous n'allez pas me dire encore une fois que toutes les lignes sont occupées ?

Au comble de l'exaspération, écumant de sueur — c'est alors le plein été —, Chessman a raccroché.

A son retour du Sichuan, en 1968, M. Liu s'était tout de suite rendu à sa maison, dans le quartier de la gare.

Elle était vide : désertée par les habitants qu'on y avait logés dès l'automne 1966, les salles entières de la première cour étaient presque en ruine ; quant à la petite pièce qu'on avait laissée à celle qu'il avait continué, pendant soixante ans, à appeler Xiao Li, la petite Li, sa femme, elle était vide aussi ; une couche de poussière recouvrait toutes choses.

A peine descendu d'avion, il était venu tout droit au Lao Hutong, et il errait maintenant dans ce qu'il restait de la belle maison de bois où des planches pourries, éclatées, semblaient dissimuler une vie qui, d'un coup, se serait arrêtée quand soudain, parfaitement insolite dans cette désolation, une sonnerie de téléphone avait retenti.

Sans hésiter, M. Liu s'était dirigé vers l'endroit où il savait qu'était branché le téléphone. Et la voix familière, à l'autre bout du fil.

— Je suis désolé, mon ami...

M. Liu avait compris. Il avait pourtant voulu éviter la question trop brutale qui lui brûlait les lèvres :

— Vous avez appris mon retour ?

Petit rire gêné de la voix familière.

— Il nous a fallu plusieurs mois pour vous localiser, mais croyez bien que depuis que nous avons réalisé cet exploit, nous ne vous avons pas perdu de vue un instant.

M. Liu parle encore, discute : gagner du temps avant la nouvelle qu'il redoute.

— Et vous avez quand même mis quelques mois encore à me rapatrier !

Le même rire, mais plus gêné du tout, cette fois : comme soulagé.

— Question de sécurité, mon ami : vous l'imaginez bien.

M. Liu sait que le moment est venu : il est debout dans la pièce vide et grise aux carreaux cassés, meublée seulement de la chaise qu'on semble avoir amenée là pour qu'il s'y assoie — et de ce téléphone. Mais il n'a pas eu à poser la question : la voix familière, à l'autre bout du fil, est celle d'un patron qui est aussi un ami.

— Oui, mon pauvre Badian (qui l'appelle encore Badian, sinon celui-là ?) : elle est morte il y a deux mois. Je me suis occupé de tout. Mais à ce moment-là, je ne pouvais pas encore vous faire revenir.

La maison vide, la cour envahie par les herbes : on a coupé le figuier dont il était si fier, incongru au milieu de Pékin et dont il entourait en hiver le tronc de bandelettes pour le protéger du froid. On a sapé les roses ; seuls les bambous ont repoussé, autour de la mare ; et les nénuphars. Une odeur de pourriture.

— Et Meilin ?

Le rire, rassurant, celui-là.

— Elle est en sécurité depuis longtemps. En Mandchourie ; nous la ferons revenir.

M. Liu a refermé à clef la porte qui fut un jour sang-de-bœuf de ce qui a été sa maison, d'où on a brûlé tous les livres.

— Savez-vous, dira-t-il à André Verviers, que je n'y suis jamais retourné ?

A son tour, Guillaume s'est rendu au Sichuan : pendant les deux années de son premier séjour, voilà vingt-cinq ans, ç'avait toujours été une sorte de mirage, l'objectif impossible de tant de voyages jamais faits.

L'avion qui décolle à la nuit de Pékin pour Chongqing est un vieux bimoteur Iliouchine qui, dans la demi-obscurité de l'aéroport de Pékin, fait penser à ces avions des films américains en noir et blanc des années quarante : le Dakota que ne prendra pas Bogart à Casablanca, sous le regard ironique de Claude Rains.

La cabine réservée aux hôtes de marque est à l'arrière de l'appareil : sièges défoncés comme à l'avant, mais proximité immédiate des toilettes à la porte entrouverte. Odeurs... Une petite hôtesse de l'air offre des bonbons, des oranges, un plateau-repas immangeable.

Trois heures plus tard, l'appareil se pose brutalement dans la nuit noire, totale, de Chongqing ; une demi-heure encore, et c'est le coup au cœur : des centaines, des milliers de petites boutiques ouvertes jusqu'à plus de minuit le long de la route et, à l'entrée de la ville, des restaurants en plein air, des marchands de tout, de rien... Jovial, le guide envoyé par le service local du ministère des Affaires étrangères affirme :

— Comme vous le voyez, l'activité commerciale est intense dans toute la province.

A l'atterrissage du vieil Iliouchine à Chongqing, Guillaume a quand même eu presque peur.

Le petit paysan qui apportait de l'encre à M. Liu et du thé, dans sa prison-retraite du Sichuan, s'appelait Xiao Ni : le Petit Ni.

Après le départ de Liu et de ses deux compagnons de détention, un détachement de jeunes rebelles révolutionnaires est monté à Chongqing : il avait pour mission de s'emparer des trois hommes ; nul n'avait précisé ce qu'ils devraient — ou plutôt : ce qu'ils pourraient — en faire après : un chef les avait convoqués un matin pour leur annoncer qu'il leur faisait cadeau de trois intellectuels renégats qui se la coulaient douce dans un village de rêve : à eux de faire en sorte que...

Petit Ni avait été poussé en avant par le responsable du village : lui n'avait rien vu, rien entendu ; d'ailleurs, c'était Petit Ni qui avait montré aux deux hommes venus en limousine noire par ces routes impossibles jusque dans ce trou perdu, où trouver M. Liu et ses amis. Petit Ni n'avait rien caché : il avait douze ans, on lui avait demandé un renseignement, il l'avait donné.

Les jeunes rebelles révolutionnaires de Chongqing l'ont chargé sur leur camion après l'avoir battu publiquement à coups de gourdin, pour l'exemple : chacun avait tapé dix fois, ils étaient douze, cela faisait cent vingt coups.

Puis on avait enfermé ce qu'il restait de Petit Ni après cent vingt coups de bâton et dix jours de voyage à nu au fond d'un camion sur des routes impossibles, dans une « étable », c'était le nom qu'on donnait alors à des prisons qui n'existaient pas, des culs-de-basse-fosse officieux, en somme, dont jamais, au grand jamais, nulle autorité n'avait entendu parler. Chaque matin, on battait encore Petit Ni, comme on battait la quinzaine d'hommes et même d'enfants enfermés avec lui — Petit Ni était pourtant le plus jeune, mais ce n'était pas une raison pour échapper à un châtiment mérité — et on l'avait battu pendant deux mois et sept jours ; après ce délai, on s'était arrêté de le battre, car il n'y avait plus rien à battre : Petit Ni était mort.

Tous les soirs, vers les six heures, et pendant toute la durée de son séjour à Paris, M. Liu se fait annoncer par la secrétaire de Simon. Il entre alors dans le beau bureau au-dessus du jardin, se coule dans un fauteuil et allume une cigarette :

— Je dois être si bien conditionné par cinquante ans de Chine démocratique et populaire que je suis devenu incapable de ne pas me présenter chaque jour au rapport !

Puis il raconte sa journée à Simon, s'émerveille d'un film de Truffaut qu'il est allé voir dans une petite salle de la rue Champollion ou du concert entendu la veille au Théâtre des Champs-Élysées.

— Le plus surprenant n'est pas que j'aie pu vivre cinquante ans en ayant parfaitement oublié que tout ceci existait ; mais qu'après huit jours à Paris, tout cela me semble si familier !

Des souvenirs lui reviennent à la mémoire de ses années d'étudiant à Paris, des noms : Cortot, Thibaud, Casals...

— Ils sont tous morts, n'est-ce pas ? interroge-t-il.

— Tous.

Le vieux monsieur a un petit rire amusé :

— Paix à leur âme !

Puis, sans craindre de défier le sort, il ajoute :

— Au fond, peut-être que moi, je suis indestructible !

Rues de Chongqing parcourues par Guillaume : étals, boutiques, vendeurs, tout et rien, des centaines de milliers de pull-overs et de bassines en plastique, de tee-shirts, de chaussures, de sandales et de tas de charbon qu'on vous débite avec un seau de bois.

Marchands de charbon, équilibre du fléau de bois sur les épaules, ramoneurs au visage de suie parmi les marchandes de fleurs... Le grand téléphérique qui relie les deux rives du Yang-Tsé se balance dans le vide ; au-dessous, terrasses, écoles, cours, des enfants qui jouent et des marchands, encore des marchands, à l'infini, sur deux, trois, dix rangs dans les larges avenues.

— Comment ils font ? Oh ! c'est très simple ! Une famille met de côté quelques centaines de yuans — en plusieurs mois, ce n'est pas trop difficile : on fait attention à ce qu'on dépense et voilà tout ! — et on envoie l'un des siens à Hong Kong. Il y achète un lot de pull-overs d'une qualité qu'on ne fabrique pas ici, revient, les vend trois fois ce qu'il les a achetés et repart, mais avec un frère, cette fois, ou un cousin, pour acheter un autre lot : deux fois, trois fois plus important. C'est très simple ! conclut le représentant du service d'accueil aux personnalités étrangères.

Il gagne cent quatre-vingts yuans par mois ; il est un peu amer : rues de Chongqing, débordant d'étals, de boutiques, de petits magasins, pull-overs, lessive, viande au détail, seaux de charbon !

— Il y a quand même une chose que j'aurais aimé comprendre, avait un jour demandé Verviers à M. Liu.

La voix un peu trop douce soudain du vieux Chinois, dans ce bureau curieusement encombré de peintures anciennes, de bronzes précieux où il avait dit, au début de la visite du diplomate français, qu'il « camperait pour un temps ».

— Quelle chose ?

André Verviers l'avait regardé de côté :

— Je voudrais savoir pourquoi vous me racontez tout ça ?

— Tout ça ? Quoi : tout ça ?

Jamais M. Liu n'a l'air plus roublard que quand il veut paraître innocent.

— Vous m'avez bien compris : tout ce que vous savez, votre vie, la Révolution culturelle, la mort de Liu Shaoqi et le reste.

Cette fois, les yeux écarquillés de M. Liu derrière le verre de ses lunettes rondes :

— Mais, il faut bien que quelqu'un sache !

Le Président de la République a tenu à recevoir lui-même M. Liu, dans cette propriété du sud-ouest de la France qui permet aux journalistes en mal de copie de si jolies indiscrétions si parfaitement contrôlées.

C'est le milieu de l'été. M. Liu est arrivé à Bordeaux en Mystère 20 ; de là, un hélicoptère l'a conduit jusqu'à la résidence du Président.

A son retour à Paris, le soir même, Simon l'a interrogé :

— Alors ?

Le vieux monsieur a souri, pour répondre simplement :

— Alors, oui...

Simon a insisté :

— C'est tout ce que vous avez à me dire ?

Petit rire de M. Liu.

— C'est tout, oui.

— Même à moi ?

Nouveau rire, à peine gêné, du vieux monsieur.

— Même à vous, oui.

Il a ajouté :

— Pardon !

Puis il a récité de mémoire : « Deux mondes s'abouchent ici. Pour ici monter, quels obstacles ! Quelle refoulée de caravanes ! Quels gains répétés ! Quels espoirs ! »

Mais il n'avait pas précisé à Simon que c'était le Président qui avait cité lui-même, et de mémoire aussi, ces quelques vers de Segalen.

Sur la grande place de Chengdu, s'élève l'ultime et la plus grande statue du président Mao. Gigantesque et pareille à ces bouddhas dont Guillaume a visité les grottes à Longmen — grands sages au regard figé qui portent sur l'épaule de petits enfants — elle semble bénir les foules. Elle est seule, au milieu du vide.

— Qu'est-ce qu'il y a d'autre à voir, dans la ville même ? interroge Guillaume après la visite obligée chez le seul antiquaire encore ouvert ici aux étrangers.

Autour de la place et de Mao toujours debout, comme à Chongqing, des milliers de petites boutiques. Le rire du fonctionnaire qui accompagne l'ambassadeur de France :

— A voir ? Rien d'autre : il y avait des temples superbes, un palais — le plus grand, le plus beau de la province (et l'homme devient lyrique) — mais on a tout détruit pendant la Révolution culturelle... La bande des quatre, vous comprenez ?

Silence.

Une nuit, quelque temps après le voyage de Guillaume, le vieil Iliouchine qui assurait trois fois par semaine la liaison du soir entre Pékin et Chongqing — la cabine arrière pour les hôtes de marque et l'odeur des chiottes... — s'est écrasé à l'atterrissage. Cent vingt morts ; la petite hôtesse qui offrait des bonbons, des oranges et des serviettes chaudes...

M. Liu a pris un air mystérieux lorsque Simon lui a demandé pourquoi il avait besoin des adresses de librairies spécialisées dans les beaux livres anciens et modernes qu'il lui avait demandées :

— A mon âge, on peut bien se permettre des petites folies, non ?

Lorsqu'il est revenu le lendemain au bureau de la rue de l'Élysée, il a sorti un paquet oblong de la vieille serviette noire qu'il traîne toujours avec lui.

— Ça vous amuse de voir la folie que je me suis offerte ?

Lentement, mettant un soin infini à ne pas déchirer le papier qui enveloppe le livre, il a sorti un volume relié à la chinoise de deux planchettes de bois de camphrier. Le livre s'ouvre à la chinoise aussi, pages repliées en accordéon. Il a lu deux vers.

— Ce n'est pas un poème classique, ça ? avait interrogé Simon.

Le petit rire de M. Liu, qui ressemble à un morceau de papier qu'on déchire.

— Un poème classique, ça ? Votre hésitation m'étonne !

Il lui a alors tendu le livre : c'est l'édition originale, publiée en 1912, des *Stèles* de Segalen. M. Liu vient de l'acheter chez un libraire ami de Simon, rue de Seine. Lorsque Simon l'interroge : l'a-t-il payé cher ? M. Liu rit à nouveau :

— Très cher, oui...

Le prix qu'il annonce correspond à peu près à cent fois le salaire mensuel qu'il doit gagner à Pékin. Puis il explique :

— Lorsqu'on a brûlé mes livres, pendant la Révolution culturelle, on a brûlé le volume que Segalen avait lui-même donné à mon père ; j'ai pensé que s'il m'était difficile de vivre sans lui, il me serait encore plus difficile de mourir sans l'avoir retrouvé...

On vient de publier de nouvelles lettres de Victor Segalen ; à sa femme, à ses amis, à Claude Debussy, à Gilbert de Voisins : on découvre et on redécouvre chaque année un peu plus d'un poète que nous étions seulement quelques-uns, voilà si peu de temps, à savoir aimer, pense Thierry Destutt qui a choisi de venir en Chine à cause de deux livres : les *Stèles* de Segalen et ce gros volume que Guillaume a publié, voilà vingt ans. Mais le recueil de lettres du poète qu'il a un jour tant admiré gît sur la table devant lui : il en a lu quelques-unes et l'a refermé.

C'était au château de Charny que Thierry avait découvert Segalen dans un vieux bouquin usé, raturé, annoté, que lui avait prêté Jean-Michel Hessing.

— Et toi, tu ne t'ennuies jamais ?

Assis en face du garçon qui semblait si bien absorbé dans les fichiers de la bibliothèque qu'il ne jetait même pas un regard vers lui, Thierry Destutt interrogeait, sans savoir vraiment pourquoi, ce Paul de vingt ans, au visage mou, aux gestes lents, qui ne disait pas deux phrases de suite et était venu échouer — comme lui, en somme ! — à Pékin.

— Non, je n'ai pas le temps.

Le garçon déplaçait une fiche, se levait, allait vérifier dans les rayons de la bibliothèque la présence d'un livre, revenait à sa table, notait quelque chose sur sa fiche.

— Et tu fais quoi, toute la journée ?

Thierry, presque mordant, interroge ; l'autre a un regard las :

— Tu vois, je classe...

Mais Thierry sait que, dès ses huit heures de bureau terminées, ce Paul van der Goes, au passeport néerlandais, qui travaille pourtant au Centre culturel français de Pékin, enfourche sa bicyclette et disparaît dans les étroits hutongs derrière la tour de la Cloche, où une odeur de vieille Chine flotte encore dans l'air, avec la poussière et la fumée des braseros allumés en plein air.

— ... Je classe, répète le garçon.

Personne, au Centre culturel, ne lui connaît d'amis ; on prétend qu'il vit avec des Chinois, chez des Chinois, mais aux questions qu'on lui pose parfois, Paul van der Goes évite de répondre. Il est blond, presque albinos, et se sait d'une triste laideur ; le moindre rayon de soleil lui fait de grandes brûlures rouges sur le visage. Guillaume lui-même ignore par quelle recommandation, venue d'où ? Paul van der Goes est venu échouer à Pékin. Un jour pourtant, alors qu'on ne lui demandait rien, il a expliqué à un attaché culturel qu'il avait eu un parent qui vivait autrefois à Pékin.

— Il s'appelait Otrick ; c'était un diplomate hollandais.

Lorsqu'au milieu des années soixante. Jacques Benoist était rentré à Paris quelques mois après Guillaume, ils avaient déjeuné au bar du Pont-Royal, que Guillaume venait de découvrir.

— A propos, avait demandé Jacques à Guillaume, tu as eu des nouvelles de Kupah ?

C'était une jeune Birmane — presque une enfant — que Guillaume avait aimée à Pékin : le bruit de sa liaison, pourtant presque innocente, avec la petite fille était devenu une sorte de scandale et c'était à cause d'elle que Guillaume avait dû quitter Pékin : vingt-cinq ans après, il y penserait encore avec le même malaise et chercherait en vain dans sa mémoire à retrouver les traits de cette Kupah dont il avait pu se croire si follement, si scandaleusement amoureux. Mais ce jour-là, au Pont-Royal, le souvenir et le visage de la jeune fille étaient encore en lui, comme la Chine et l'image de Pékin elle-même — une déchirure. Il avait secoué la tête : pas de nouvelles, non. Alors, le regard de Jacques Benoist qui rit, en face de lui, dans la pénombre du bar :

— Eh bien moi, je peux te le dire maintenant, après ton départ...

Il n'achève pas sa phrase. C'est la blessure qui se rouvre en Guillaume ; mais il hausse les épaules :

— Je devine, oui : comme avec May !

La petite secrétaire rousse de David Allen. Mais le rire du garçon :

— Oh ! non : pas comme May. Tu sais bien que je n'aime que les Asiatiques, moi !

La déchirure qui s'élargit en Guillaume, du côté gauche, du côté du cœur. Enfoncée à côté de lui, dans l'un des grands fauteuils de cuir du bar du Pont-Royal, une jeune femme aux épaules carrées, cheveux en frange, qui a l'air de se moquer de lui : est-ce que ça se voit tant que cela, lorsqu'on est malheureux ?

— Elle était mignonne, d'ailleurs, Kupah, poursuit Jacques Benoist : mais pas de quoi fouetter un chat, tout de même.

Il regarde Guillaume de côté pour terminer :

— ... Ni de quoi se faire flanquer dehors de Pékin ! Tu sais que, bien souvent, je ne te comprends pas.

Les derniers temps, à Prague, Guillaume quittait l'ambassade, Verviers, les secrétaires trop jolies et s'en allait, presque en courant, dans la nuit qui tombait. La rue Mostecka, qui prolonge la Nerudova, était à peine éclairée, les dernières boutiques sur le point de fermer et, lancé au-dessus du fleuve sombre, le pont Charles semblait sorti tout droit d'un film expressionniste allemand des années d'avant-guerre.

La rue Charles, la place de la Vieille Ville et la place Wenceslas, seule encore un peu éclairée, quelques lampadaires verdâtres et la chaleur, enfin, du café de l'hôtel Europa. Épuisé, Guillaume se laissait tomber sur une banquette ; la grande fille qui lui servait son thé brûlant ronchonnait en allant chercher le sucre qu'elle avait oublié et ce n'est qu'après avoir vidé son verre, le gosier brûlé, qu'il regardait autour de lui : quelques vieillards, un couple de touristes et des gamines, à l'autre bout de la salle ; blondes, maquillées... Elles le connaissaient.

A deux ou trois, elles venaient à sa table, apportaient avec elles leur verre de soda à l'orange ; alors Guillaume jouait le généreux, commandait du cognac pour tout le monde, les petites putes gloussaient et l'une ou l'autre, très vite, se levait. Guillaume la suivait dans la chambre qu'elles se partageaient au quatrième étage d'un taudis, derrière la place du Marché de la vieille ville. La fille alors avait des gestes très humbles, très enfantins aussi, et Guillaume la laissait faire. Il avait dans sa poche une petite bouteille de cognac qu'il buvait par rasades ; la gamine buvait une fois, deux, pas plus. La chambre sentait le salpêtre, le grésil... ; la suie débordait du vieux poêle en fonte que Guillaume n'avait jamais vu allumé.

D'autres fois, il traînait simplement autour de l'hôtel Yalta qu'on avait construit pour les touristes étrangers, mais les filles étaient moins jeunes, plus professionnelles.

Dans l'appartement de la place des Grands-Prieurs, à côté du palais Bucquoy, Marianne écoutait du Mozart ou recopiait le texte que lui avait fait parvenir celui-ci ou celui-là de leurs amis ; elle préparait un livre sur la Tchécoslovaquie et ne reprochait même plus à Guillaume de ne pas s'intéresser à son travail.

Irène Verviers avait fini par mourir un matin d'hiver. Le ciel était bleu, de ce bleu du ciel de Pékin en hiver, et Verviers y avait vu un signe.

La suite avait été plus compliquée qu'il ne l'avait prévu. La municipalité de Prague, avec laquelle l'ambassadeur était d'abord entré en rapport, s'était déclarée incompétente : le cas n'était pas prévu. Il s'était ensuite adressé au responsable du bureau qui fournissait en personnel comme en logements, voire en tickets d'essence, les diplomates étrangers en poste à Prague, mais là aussi on lui avait opposé une fin de non-recevoir. Quant au curé de Saint-Stéphane, qu'il était allé voir avec une jolie naïveté, il avait levé les bras au ciel.

— Comment voulez-vous que, moi, je puisse faire quoi que ce soit pour vous ?

C'était finalement Pavel Verkhout qui avait tout arrangé, dans la clandestinité qui s'imposait. On avait transporté de nuit le corps de la femme de l'ambassadeur de France jusqu'au crématorium d'un cimetière de banlieue et là, seul avec son ami tchèque, Verviers avait fait procéder à l'incinération d'Irène. On lui avait remis ensuite une boîte en fer-blanc : il savait que ce serait en compagnie de sa femme qu'il ferait ainsi son prochain séjour à Pékin.

— Vous êtes fou ! avait dit à cet homme qui croyait encore à tant de choses Guillaume qui ne croyait plus en rien.

Peut-être était-ce en somme, n'avait-ce jamais été que le désir qui avait été en Guillaume à la source de tous ses engouements, ses passions, ses trop sages folies ?

A Paris, jadis, ses courses à travers les rues, les filles qu'il suivait de loin — ou les semaines qu'il avait perdues plus tard devant la porte d'une Chloé — à attendre. Il disait parfois : « C'est le meilleur — ou c'est le pire — de moi-même » et ne se lassait pas de découvrir les méandres du corps de cette Chloé, ses soubresauts, ses vallées, ses abandons. Jusqu'à la ferveur avec laquelle il parcourait à Londres les allées de la National Gallery, en quête de ces grands Véronèse où des femmes à jamais nues offrent et refusent leurs seins, leurs cuisses, mentent, sourient, s'exhibent — face à des hommes qui n'y peuvent rien.

Peut-être n'était-ce en somme que le désir qui lui avait donné un jour l'envie d'écrire et qui la lui avait si redoutablement, si irrémédiablement reprise ?

Sous la grande lampe à l'abat-jour d'opaline verte qui lui vient d'une grand-mère, et un dictionnaire posé devant lui, Jacques Benoist s'acharne à tenter de traduire un poème de Du Fu.

> « *Une femme jeune, belle entre toutes*
> *habite seule au fond d'une vallée déserte...* »

Mais les mots qu'il trouve dans son gros dictionnaire comme ceux qui lui viennent sous la plume pour dire un idéogramme qui dit, lui-même, tant d'autres choses, lui sont d'un faible recours.

> « *... Elle cueille des fleurs, ce n'est pas pour*
> *ses cheveux*
> *elle ramasse à pleines mains des aiguilles de*
> *cyprès...* »

Alors la main de Jacques retombe, et la feuille de papier sur laquelle il rature et rature encore devient un chiffon qu'il jette dans la corbeille, sous sa table de travail.

Au mur, la petite Chinoise fixée sous verre de Liu Lichang a bien le sourire de toutes celles qu'il a croisées à travers l'Asie, et dont il n'a jamais rien su : il est deux heures du matin, Linlin, son amie, modèle et mannequin, chanteuse peut-être, qu'il a fait sortir de Chine pour l'installer chez lui, n'est pas rentrée, mais pour traduire Li Po ou Du Fu, il faut être aussi poète...

C'était aussi le temps des aveux. Ainsi Chessman, qui se laissait tomber dans l'un des fauteuils au cuir éraflé, déchiré, terni de son bureau :

— Si je devais raconter ma vie, je dirais que, pendant vingt ans, j'ai sucé mon pouce, vingt ans ensuite ont passé où, galamment, j'ai sucé des femmes, et depuis vingt ans et plus je suce, plus goulûment encore, le goulot de la bouteille de gin.

Ou alors, plus sérieux :

— Pendant vingt ans, j'ai cherché des idées et n'ai guère écrit ; les vingt années d'après j'ai écrit, sans beaucoup d'idées, et depuis l'âge de quarante ans, j'ai une idée, mais c'est là le problème : je n'écris plus.

Le gin aidant — sucez, sucez, il en restera toujours quelque chose... — il précisait encore :

— Toute ma vie, en somme, je me suis cherché. Je me suis voulu tour à tour ironique et mondain, héroïque, sacrilège, blasphémateur, érotomane jusqu'au bout de la plume, mais je n'ai jamais été moi-même que sous le masque du romancier ; qu'on soulève pourtant le masque : il ne reste rien.

Il avait tout de même fini par l'avouer :

— Toute ma vie, j'ai cherché le sujet d'un livre et je n'ai pu parler que de moi : j'écrivais, vaille que vaille... et puis j'ai trouvé la Chine, une multitude de Chinois, quelques amis égarés parmi eux et le sujet de mon roman : il ne me reste plus qu'à mettre tout cela en scène, et ça fait vingt ans que ça dure.

Il avait encore dit :

— Je donnerais les neuf vies de l'animal à neuf queues — et deux fois plus de couilles — que j'ai toujours rêvé d'être pour n'avoir jamais foutu les pieds en Chine : j'aurais pu continuer à écrire des romans comme vous et moi : sans danger !

L'affaire du manuscrit des deux professeurs de Krumlov publié en France grâce à l'ambassadeur de France avait fait quelque bruit : un éditeur ami avait parlé, les autorités tchécoslovaques avaient fini par intervenir auprès du Quai d'Orsay par le canal de leur ambassadeur à Paris et Gérard Melot, alors jeune sous-directeur d'Europe orientale, avait convoqué Verviers à Paris.

— Vous comprendrez que dans ces conditions...

Verviers s'était étonné que ce fût à ce niveau qu'on lui signifiât la décision prise à son endroit : une mutation rapide.

— Le secrétaire général a préféré que l'affaire n'ait pas une allure trop disciplinaire.

André Verviers s'était levé. Le gros petit homme qui lui signifiait son congé était vraiment trop laid : lui aussi avait pris sa décision. Il était parti en claquant la porte et adressait le soir même sa lettre de démission à un secrétaire général qui n'avait pas jugé utile de le recevoir.

Il n'était même pas revenu à Prague pour accomplir ces formalités et autres visites protocolaires qu'on appelle une rupture d'établissement : Guillaume se chargerait bien de l'essentiel : quant au reste...

Il éprouvait subitement un extraordinaire sentiment de liberté. Revenu pour trois ou quatre jours à Paris, il n'avait rapporté avec lui qu'un paquet de cahiers sur lesquels, jour après jour, il avait écrit — dans la grisaille de Prague ou la grande lumière des jours comme celui de la mort d'Irène — des notes, des phrases, des pages : il ne savait plus. Dans sa vieille valise de cuir couverte de toutes les étiquettes de tous les palaces du monde où il était descendu en compagnie d'Irène, il y avait aussi la boîte de fer-blanc qu'on lui avait remise, à la sortie de ce crématorium d'un cimetière de banlieue, près de Prague.

Il avait téléphoné à Simon, alors encore en Auvergne, et avait pris le premier train pour Clermont. Ensemble, ensuite, et pendant huit jours, ils avaient marché dans les monts du Cantal.

— Jamais je ne me suis senti plus libre..., répétait-il.

Simon s'avançait à ses côtés dans l'herbe rase et très neuve, piquée de tiges de gentianes droites comme des cierges, entre le Puy-Mary et le Suc-de-la-Tourte. Il lui avait montré, très bas en dessous d'eux, une vallée, trois maisons, le hameau où il était né.

— Et si tout avait commencé là ?

V

THIERRY Destutt s'avance. Il entreprend autour de la ville l'itinéraire idéal qu'il a vingt fois rêvé dans les livres, sur les cartes, cherchant parmi les pages des anciens guides un chemin connu depuis qu'un jour, à l'aube de ce temps, il a lu le mot *Pékin* dans le livre d'un diplomate qui fut, pour quelques mois et le temps d'un seul livre, poète.

Thierry Destutt est parti de Qianmen, la porte du Devant, qui prolonge, entre le temple du Ciel et les murailles pourpres de la Cité, l'axe triomphal du Pékin impérial que remontait, deux fois l'an, au solstice d'hiver et à la première lune, le Fils du Ciel revêtu de bleu.

Marchant vers l'ouest car l'heure n'est pas encore aux symboles, Thierry passe Hepingmen, dont le souvenir même s'est effacé de nos mémoires, pour parvenir à la sombre porte de la Grandeur des armes, Xuanwumen, que franchissaient des carrioles entières de prisonniers décapités ensuite d'un coup de sabre sur le marché aux légumes — et Thierry détourne la tête : les Empereurs, eux, ne passaient jamais cette porte.

Puis le jeune homme oblique à main droite, dans les poussières du matin qui s'ébroue : Fuxingmen et Fuchengmen, la porte qui conduisait aux collines — redire nos grands-pères en casque colonial et leurs épouses couvertes de voilettes, les amants en leggins caracolant à cheval derrière les voitures de ces dames : nous partions vers les collines, quelle aventure ! Ou bien, par Xizhimen qui s'élève comme un bastion d'angle, on retrouvait la route du palais d'Été, l'ancien, que nous avons rasé, et l'autre, le trop neuf, qui nous défie de toutes ses chinoiseries amoncelées.

Le sang de Thierry lui bat aux tempes : comme s'il se souvenait de tout, Guillaume, Simon — et Otrick avant eux, Clawdia — jusqu'à Segalen qui, avant d'être poète, fut médecin en poste à Pékin : tous ceux qui s'échappaient de la ville au plus fort de l'été pour gagner par Deshengmen et les campagnes vertes un peu de fraîcheur autour des tombeaux des Ming ; la tête de Thierry Destutt lui tourne et il s'arrête, s'appuie à un porche : de l'immense muraille qui entourait la ville et de ses portes — Andingmen, Dongzhimen sur le chemin des ambassades — il ne reste rien, que ces boulevards nus ; il y a des hôtels nouveaux qu'on élève comme jadis des arcs triomphaux, des masses de ciment, des avenues vides et le désert d'une poudre sale.

Pourtant, là-bas au sud et tout à l'angle, Thierry a retrouvé dans un amas de constructions déjà vieillies la forme lourde et pourtant élégante, hérissée de toitures, de ce qui était, au-dessus des douves, la tour du Renard. Alors, il s'assied à terre, tire un carnet de sa poche et tente de fixer un souvenir : c'était au tout début de son séjour, il croyait encore à ces souvenirs-là.

De même, dans le bureau de Jacques Benoist, la belle photo en noir et blanc d'une porte de Pékin, ce devait être Fuchengmen, qui menait aussi au désert ; dans une envolée de poussière lumineuse, cette fois, belle poudre grise, sable, cendre de Pékin, une caravane s'approche venue de Mongolie. Hélène Hoppenot, qui fut femme d'ambassadeur et amie de Claudel, a publié dans les années trente ou quarante le grand livre de ces photos-là et, à la fin de sa vie, elle a offert à Jacques, signé par elle, un beau cliché sur papier mat qui fait dire au directeur d'Asie, le montrant avec fierté à ses visiteurs :

— Vous voyez que je n'en suis jamais bien loin !

Il n'a pas besoin de prononcer le mot Chine. Et ce matin non plus, lorsque le conseiller de l'ambassade de Chine pénètre dans son bureau :

— Quelque chose de nouveau, chez vous ?

Le conseiller — il a à peine trente ans, c'est son premier poste à l'étranger — secoue la tête :

— Tout est en ordre.

Jacques Benoist ne fume pas, mais il joue avec des cigarettes qu'il porte à ses lèvres et déchire peu à peu ; il consomme ainsi un paquet par jour : « Je suis un gros non-fumeur ! » remarque-t-il. Il jette alors dans la corbeille à papier ses débris de cigarettes.

— Donnez-moi quand même des nouvelles : vous savez que je suis tout cela de très près.

Mais, aussitôt le conseiller chinois sorti de son bureau, Jacques Benoist se lève, rappelle Laroche qui avait raccompagné son visiteur jusqu'aux ascenseurs.

— Il ne faudrait pas que les affaires chinoises nous fassent oublier le reste, n'est-ce pas ? Pensez à me faire prendre les rendez-vous cambodgiens : là, nous ne pouvons pas nous permettre d'improviser !

La photo d'Hélène Hoppenot, sur le mur entre deux bibliothèques, commence à jaunir ; elle a pris une teinte rousse uniforme qui rend à la poussière de la Mongolie un peu de sa vraie couleur : le sable rouge.

Pendant tout le temps de son premier séjour à Pékin, Guillaume avait caressé le rêve de rentrer en France par le désert de Gobi. Déjà, du sommet de la dernière tour, à la Grande Muraille, ce lac salé, inaccessible... C'était Simon qui l'avait dit le premier : refaire à pas lents le chemin des caravanes.

Le moment venu, le premier vol Air France au départ de Shanghai l'avait déposé à Phnom Penh et il avait passé quatre jours en un pays de paix, vert, luxuriant, qui était le Cambodge, mais il n'avait alors d'autre désir que rentrer très vite : toutes Mongolies disparues, il rêvait de Bourgogne, un chapiteau roman, le soir qui tombe sur Vézelay.

Mais dans son bureau du Foreign Office où, Permanent Under Secretary, il suit désormais la politique britannique dans cette partie du monde, John Baker a un geste vague de la main :

— Le Cambodge ? Nous n'en sommes pas encore là ! Parlez-moi plutôt de ce que vous avez entendu raconter à Pékin, puisque vous en revenez...

Le jeune Kelvin Young, ancien de Cambridge qui a passé un an à faire du chinois à Pékin, égrène quelques noms : Deng, bien sûr, et Zhao Ziyang, mais aussi Li Tengshi, Shi Jinan. Le regard de John Baker s'est allumé :

— Shi Jinan ? Qui est-ce, celui-là ?

Si loin, maintenant, de ces Chines inquiètes...

De joie : le regard de Jean-Michel Hessing brille de joie. Un plaisir intense, fulgurant : celui de posséder un trésor unique mais qui appartient pourtant à tous et qui est là, à demi enterré dans le sable d'où la pelle des ouvriers, lentement, va le faire renaître.

— Venez : tant qu'à faire, autant entrer par la grande porte.

Les deux archéologues l'entraînent au bas des hautes murailles qui se dressent sur rien : le vide. En bas, l'unique arbre rabougri à l'ombre duquel — mais peut-on parler d'arbre ? — on a laissé les voitures ; et devant eux, en un formidable à-pic, ces murailles dont l'origine se perd dans la nuit des temps mais qu'eux, cet homme et cette femme, vont pouvoir bientôt dater à dix ans près ; ils s'approchent plus près encore des murailles :

— Regardez : ces quelques pierres sont gravées. Elles disent...

Les noms, les civilisations qui se rencontrent, se télescopent, l'Orient le plus lointain et la plus proche Asie, mêlés aussi à la Grèce : belles inscriptions sud-arabiques, allongées, verticales, longs caractères élégants, filiformes. Au pied de la muraille, un gamin armé d'un Kalachnikov éclate de rire : nul ne l'a entendu arriver, il est là, il est chez lui.

— Je suis celui qui garde ! dit-il.

Il a treize ans, l'arme en bandoulière ; alors, sans même jeter un regard à l'inscription lentement déchiffrée, il en a dit les mots, la phrase, en un arabe littéraire que les deux archéologues ne relèvent pourtant pas. Venu de nulle part, le gosse parle toutes les langues de cet espace nu dont il est le prince.

— Entrons..., dit enfin la jeune femme aux petites lunettes cerclées de métal qui dirige les recherches.

La porte passée, c'est un autre espace, intérieur celui-là, et parfaitement limité de murailles, où dix, quinze civilisations se sont ajoutées les unes aux autres, l'une recouvrant simplement l'autre, tesson après tesson, sable... En se baissant, Jean-Michel Hessing a ramené un morceau de pierre noire.

— Eh oui, remarque la jeune femme : c'est l'obsidienne, la pierre du temps qui dure : la plus dure. Vous avez de la chance, je n'en ai jamais trouvé ici.

Le gosse au Kalachnikov éclate de rire, Jean-Michel Hessing lui adresse un clin d'œil, il se dit qu'il en a peut-être les poches pleines et c'est bien la joie d'être ici, loin, si loin de tout — même de la Chine... — qui fait briller son regard.

Jean-Michel Hessing avait passé à Charny un dernier week-end avant son départ pour Pékin.

— Je vais t'organiser une fête, avait proposé Didier de Wandrille, le maître des lieux.

Mais Jean-Michel avait refusé :

— Invite seulement ceux que j'aime.

C'était le groupe, les amis de Charny : Simon, bien sûr, Serge, Lavenant, Charles qui était cinéaste et Julien Bidault, qui était journaliste, un pianiste qui s'appelait Pierre et sa femme Marie ; d'autres encore, Paul Manerville qu'on voyait à la télévision, des jeunes hommes plus ou moins près du pouvoir et qui savaient en jouer, ou d'autres musiciens, des jeunes femmes belles qui ne faisaient que passer et de très jeunes gens comme ce Jean-François Verviers, par exemple, le petit-fils de l'ambassadeur, qui glissait le long des murs.

On était au début de l'automne, les arbres sur le parc avaient encore toutes leurs feuilles, d'un orange éclatant parcouru de taches rouges, de filets d'or ; Henrietta s'était levée la première, dans la chambre de la grande tour que Didier donnait à celui dont c'était la fête.

— Ces couleurs..., avait-elle murmuré en tirant les rideaux.

« Ces couleurs, oui, et ces amis », avait pensé Jean-Michel. De très loin, à travers escaliers et corridors, montaient, étroitement mêlés, l'odeur du café du matin et des musiques, Schubert, peut-être, déjà... Jean-Michel s'était habillé très vite et avait retrouvé Didier, Serge à la table du petit déjeuner.

— Ça ne va pas te manquer, tout ça ? avait demandé Serge.

L'écrivain trempait une tartine beurrée dans son bol de café noir. Jean-Michel ne prenait que du thé, deux tranches de pain grillé.

— Bien sûr que si...

Puis il était sorti se promener dans le parc ; Didier marchait à côté de lui : ils n'avaient jamais rien eu à se dire, mais jamais besoin, non plus, de rien se dire.

— C'est toi qui vas nous manquer..., avait remarqué Didier après un moment.

Ce même week-end, un jeune chargé de mission qui avait travaillé un temps avec Jean-Michel s'était approché de lui ; ce Bernard de Beausséant était alors détaché auprès de Simon à l'Élysée ; il tenait pour lui les dossiers, préparait les réunions de travail.

— Ton ami Anglade est bien fatigué, en ce moment...

Hessing n'avait pas répondu ; dans la tribu des loups, jeunes et vieux, on sait bien ce que le mot fatigué veut dire. Que Bernard de Beausséant l'ait prononcé n'était pas tout à fait innocent.

Pourtant, Simon jouait encore au jeune homme ; à Charny, il jouait régulièrement au tennis et avait même accepté de faire un jogging avec Julien Bidault, qu'il rencontrait pour la première fois. Plus tard, il dirait :

— D'un coup, je l'ai trouvé sympathique ; il y a des hommes comme ça...

Et Julien était de ceux-là : il se disait « grand reporter » parce que la formule lui plaisait ; elle vous avait un côté 1920, rétro, Albert Londres ; il parcourait le monde — ou la France — et racontait ce qu'il voyait. Il écrivait dans l'un de ces hebdomadaires du lundi qui ont fini par tant se ressembler que nul ne fait plus qu'en feuilleter les pages de publicité et il s'en excusait :

— Ce n'est pas ma faute : ils me paient pour me promener...

Le journal de Julien s'affirmait de gauche, il haussait encore les épaules :

— Qu'ils disent !

En 1968, il avait fait le coup de poing sur les barricades de la rue Soufflot ; un pavé lui avait abîmé l'arcade sourcilière :

— Ça me donne un genre, non ?

Il en riait.

Pour le moment, il courait aux côtés de Simon.
— Vous faites souvent ça ?
— Quoi ?
— Du jogging !
Simon avait éclaté de rire :
— Moi ? Jamais...
Le rire de Julien, en réponse :
— Moi non plus !
Puis, avec un bel ensemble :
— Alors, pourquoi... ?
Ils s'étaient arrêtés de courir ; Simon reprenait son souffle.
— Il faudra se revoir, à Paris.
A Charny, on ne faisait que se rencontrer.

De loin, assis sur un muret de pierre au-dessus de l'étang, Jean-François, le petit-fils de Verviers, observait.
— Ce qu'ils peuvent avoir l'air con !
Julien Bidault qui court, Simon à bout de souffle, Didier de Wandrille étendu au bord de l'eau.
— Les cons ! répète-t-il.
Il est venu seul à Charny : pour voir ; et il voit : Simon et Julien qui s'éloignent ; Manerville, Serge, qui traversent l'allée.

A Pékin, Serge observait déjà depuis le premier jour. Il se disait : « Je ne suis même venu que pour cela. » Alors, dès son arrivée, il avait commencé par regarder, écouter, noter — et il ne s'était plus jamais arrêté.
C'était Guillaume qui l'avait fait nommer conseiller culturel à l'ambassade de France.
Guillaume avait pourtant eu des scrupules : après tout, c'était un métier qu'être conseiller culturel et Serge Lensky n'était qu'un écrivain !
— Tu es sûr que tu as vraiment envie de faire ce travail ?
Mais celui-ci avait souri :
— Tu sais que je peux faire beaucoup de choses : la preuve ? J'ai écrit quelques belles merdes, dont je ne suis pas très fier, alors ?
Il avait ainsi débarqué à Pékin au tout début de 1976 ; son bureau donnait sur le jardin gris et ras de l'ambassade, et, par la fenêtre au vitrage doublé d'un treillis métallique qui tenait lieu de moustiquaire, il pouvait voir les soldats qui montaient la garde à l'entrée de la cour. Et là, il s'était mis tout de suite au travail.
— Je voudrais que tu me fasses le plus joli relevé qui se puisse

imaginer des perles de l'agence Chine nouvelle, avait-il demandé au jeune Chinois qui travaillait avec lui, Xiao Qin — qu'on appelait, Dieu sait pourquoi, Gilles —, aux cheveux très courts, le front haut.

Depuis trente ans qu'elle existait, l'agence Xinhua diffusait en français — mais aussi en anglais, en russe — des dépêches traduites du chinois qui chantaient sur le mode lyrique le plus époustouflant les exploits de la pensée en marche du président Mao dans toutes les parties de la Chine et du monde : l'humour involontaire de ces textes n'avait d'égale que leur profonde ingénuité. Une paire de ciseaux à la main, le petit Gilles — lunettes énormes de professeur sur son front de collégien — découpait donc les énormités que publiait le plus sérieusement du monde l'agence de presse officielle du gouvernement chinois, et Serge les collait sur un gros cahier recouvert de toile noire.

Il rencontrait parfois des étudiants chinois, quelques professeurs :

— Il est encore un peu tôt, mais ça viendra, expliquait Gilles au nouveau conseiller culturel qui s'étonnait de la timidité de ses interlocuteurs qui hésitaient à fréquenter des étrangers.

— Et toi, tu n'as pas peur ?

Geste alors de Xiao Qin, Petit Qin : un geste qui veut dire : « Oh ! moi, il y a longtemps que je ne crains plus rien. »

Serge s'était mis à apprendre le chinois ; lorsqu'on lui avait annoncé son arrivée, l'ambassadeur avait protesté : un conseiller culturel qui ne parlait même pas chinois ! Mais à Paris, on lui avait fait valoir la célébrité de Serge, ses livres, ses amitiés.

— Tout ça peut servir...

Le vieux diplomate — il était à un an de sa retraite — avait haussé les épaules : que ces abrutis fassent ce qu'ils veulent ! Après tout, lui, la Chine, ça faisait trente ans qu'il y était jusqu'au cou, ou qu'il tournait autour.

Alors, Serge s'était mis au chinois. Daniel, le professeur attitré de l'ambassade, n'avait pas encore reparu : le Bureau des Services du Waijiaobu avait proposé une certaine Wang Fanling, qui était même jolie ; Serge l'avait baptisée Fabienne, parce qu'il avait failli tomber amoureux, à Genève, d'une bonne petite Suissesse qui lui ressemblait presque. Mais Serge, pour qui toute femme était une proie, n'éprouvait — disait-il — que beaucoup d'intérêt pour la petite Fanling qui venait tous les matins, à huit heures trente, lui donner sa leçon de chinois.

« J'apprends la Chine, écrivait-il à Julien Bidault qu'il avait connu en 1968 dans la Sorbonne occupée : nous avons encore quelques leçons à en recevoir. »

— En somme, disait Li Biannu à Guillaume, il s'agit d'inventer une forme de récit qui dise ce qui a été, rien que ce qui a été, mais que le lecteur lise comme une nouvelle ou comme un roman ; en tout cas comme une fiction.

C'était à nouveau chez Maxim's, car rien au monde, affirmait l'écrivain chinois, n'était plus exotique que ce restaurant faussement français installé au cœur d'un Pékin qui s'en allait à la dérive : le pire, en somme, des deux mondes.

— Peut-être que, sans nous en apercevoir, nous sommes en train d'inventer un nouveau genre littéraire.

Li Biannu vidait d'un coup son verre de cognac. Mme Fu faisait signe à un serveur de lui en apporter un autre.

— C'est dans le Sichuan que j'ai appris à boire, remarque l'écrivain qui a passé lui aussi six mois dans une « étable » à deux cents kilomètres de Chongqing : j'échangeais mon bol de soupe contre une gorgée d'alcool que je gardais longtemps dans la bouche, jusqu'à ce que, mêlé à tant de salive, ce que j'avalais ne sente en fin de compte plus rien ; je me disais alors que je n'avais rien bu et j'attendais toute la journée la gorgée suivante.

» Je voudrais aussi inventer, poursuit-il, une sorte de témoin idéal, sans opinion préconçue et au langage parfaitement transparent, qui se contenterait de voir et de dire... »

Pour la première fois, Guillaume remarque que les mains de l'écrivain-journaliste tremblent en serrant le verre de cognac qu'il a vidé encore une fois d'un coup.

Derrière eux, un couple d'Arabes s'entretient à voix basse avec deux Chinois au col Mao boutonné jusqu'au cou.

Pour la première fois, M. Liu paraît gêné ; il est assis en face de Guillaume dans son bureau de l'ambassade et regarde sans sympathie la triste tapisserie du mur.

— J'ai un service à vous demander.

Il s'est enfin lancé à l'eau. Guillaume lui tend un paquet de cigarettes, allume lui-même une Camel sans filtre — c'est une coquetterie qu'il s'offre depuis quelques jours : fumer des cigarettes fortes et sans filtre ; Simon en est bien arrivé aux Boyards ! — puis interroge.

— Alors ?

Le vieux monsieur semble hésiter encore une fois.

— Je ne voudrais pas que vous donniez à ma démarche un autre sens que celui que je lui donne moi-même...

Enfin, M. Liu se décide à parler.

— C'est à propos de Meilin, ma petite-fille, vous vous souvenez...

Guillaume a rencontré la fille du fils aîné de M. Liu, venue avec son grand-père à un cocktail de l'ambassade : ni grande ni petite, un visage régulier, sans ce charme exotique qui l'avait tant ému, jadis, chez la petite Kupah — non : des yeux un peu ronds, un nez presque courbe, des lèvres pourtant charnues. Guillaume se souvient.

— Oui, Meilin.

— Eh bien, voilà : elle a repris des études de littérature française à Beida ; pour beaucoup de raisons, j'ai préféré qu'elle ne suive jusqu'ici qu'un enseignement chinois mais elle a une bourse pour l'année prochaine — à Aix-en-Provence. D'ici là...

D'ici là, Meilin pourrait faire un stage au centre culturel de l'ambassade de France ; s'occuper de la bibliothèque, de la documentation, par exemple...

— Elle pourrait même, si elle le veut bien, suggère Guillaume, me donner quelques cours de chinois ; de la conversation... C'est à peine si ce pauvre Daniel peut maintenant faire face à la demande !

Le sourire un peu las de M. Liu.

— Oui, pourquoi pas... Mais je ne voudrais surtout pas que vous vous mépreniez.

Guillaume éteint sa cigarette et se brûle le bout des doigts : il n'est pas habitué à éteindre des cigarettes sans filtre.

— N'ayez pas peur, monsieur Liu, nous nous sommes parfaitement compris.

Dehors, il fait très chaud ; Guillaume sait qu'il ne quittera la chancellerie que pour traverser à la hâte les deux jardins qui le séparent de la résidence et qu'il s'y enfermera, seul, pour le reste de la soirée.

Lorsque après Londres et Prague, il s'était retrouvé en poste à Paris, il fuyait la solitude avec une sorte de sombre désespérance. Marianne travaillait dans une galerie de la rue de Seine, elle avait ses amis qui s'affirmaient artistes et Guillaume avait les siens qui l'étaient peut-être autant mais le disaient moins. Ils passaient des soirées à parler et à boire, entre Montparnasse et Saint-Germain-des-Prés. On dînait alors dans un restaurant de la rue de Vaugirard transformé depuis en boutique de fringues — ou chez un minuscule bougnat de la rue des Fossés-Saint-Bernard ; on y servait du brouilly ou du gamay, de gros plats mijotés et la patronne, qui pesait cent vingt kilos, appelait tous ses clients « mon amour ».

C'était Charles qui les avait amenés là le premier ; il tournait un film dans le quartier et avait découvert « Chez Nanou » ; ce n'était alors qu'un vrai bougnat, un simple débit de boissons qui, çà et là, livrait encore un peu de bois et de charbon. Charles y avait amené ses comédiens, ceux-ci étaient revenus en compagnie d'autres amis et, le temps de quelques hivers, Nanou était devenu une manière d'institution.

On y retrouvait Serge, bien sûr, mais aussi Lavenant, François Lecoq qui était peintre, cette actrice qui s'appelait Chloé. Guillaume, qui avait échoué à la Direction générale des Affaires culturelles du Quai d'Orsay, s'y ennuyait ferme et, dès six heures du soir, retrouvait le groupe de ses amis boulevard Montparnasse, au Sélect ou à la Palette ; après le passage obligé chez Nanou, on terminait ensuite la soirée à la Closerie des Lilas.

Charles parlait toujours du film qu'il allait faire, qu'il commençait parfois, jamais certain de pouvoir le terminer ; Serge changeait d'éditeur, d'idée, de petite amie : c'était avant son départ pour la Chine, il devenait déjà une manière de vedette ; François Lecoq buvait parce qu'il ne peignait plus et, parmi tous ces gens qu'il estimait bourrés de qualités, de dons, de projets, seul Guillaume n'avait jamais ni livre en train, ni tableau, ni film en chantier ; il couchait un peu avec la petite Chloé et se disait qu'il avait quitté, voilà dix ans, un Paris qui lui appartenait (*Paris nous appartient* était le titre d'un film qu'il avait aimé) pour se retrouver aujourd'hui parfaitement étranger parmi ses amis, désœuvré dans une ville qu'il reconnaissait à peine. Déjà on détruisait allégrement Montparnasse, on avait inventé le dessin barbare d'une rocade Vercingétorix (qui s'en souvient ?) et Guillaume buvait du Jack Daniel's, jouait trop bien les dilettantes et ne pensait à rien.

— C'est formidable comme on s'habitue aisément à ne pas penser, s'étonnait-il parfois auprès de Chloé, la petite actrice.

Celle-ci, qui passait des heures devant une glace à se peindre le visage de doré ou d'argent, le regardait dans le miroir :

— Moi, je pense toujours à quelque chose.

Un jour, il avait voulu savoir.

— A quoi ?

Le regard fixe, car elle se dessinait un sourcil arqué, elle avait répondu à cet homme de trente-cinq ans qui l'interrogeait de l'autre côté du miroir :

— A moi.

A Montparnasse, Chez Nanou ou à la Closerie, Guillaume ne pensait à rien — surtout pas à lui — et c'était mieux comme cela : il fuyait la solitude et avait oublié le temps où Philippe et Geneviève, Marianne, Jean-Claude, Patrick étaient, à la Pergola au métro Mabillon, des amis sans qui il croyait dur comme fer qu'il ne pourrait jamais vivre.

Quand il avait revu Patrick Vergnaud, il ne l'avait même pas reconnu. C'était à la Closerie, un dimanche après-midi. Le café était à peu près désert, Marianne était en voyage en Allemagne pour sa galerie et Guillaume, qui n'aurait pas pu passer un dimanche après-midi seul dans l'appartement de la rue Claude-Bernard, était venu traîner à la Closerie.

A l'extrémité de la salle, dans le renfoncement du bar, un gros homme buvait de la bière ; il avait dévisagé un instant Guillaume à son arrivée puis s'était replongé dans la lecture attentive du petit carnet qu'il tenait à la main ; son visage avait paru vaguement familier à Guillaume, sa façon aussi de porter sa bière à sa bouche.

Et puis, les souvenirs revenaient ; cet homme qu'il ne reconnaissait pas était Patrick Vergnaud, qui avait été l'un de ses meilleurs amis et qui peignait, jusque dans l'enfer d'Oran, ces minuscules toiles où le blanc de la lumière éclatait en gerbes rouges de sang.

Guillaume s'était levé, il était allé vers lui : c'est à peine si Patrick avait paru surpris de le voir ; ils avaient échangé quelques phrases sans importance, et Guillaume s'était vite rendu compte qu'il dérangeait son ami.

— Non, je ne peins plus : je suis dans les affaires, s'était contenté de répondre Vergnaud à la question que lui avait posée Guillaume.

Il avait montré le petit carnet de notes posé devant lui :

— Tu vois : je travaille...

Il n'avait rien dit de plus. Du groupe qui se retrouvait au Mabillon au début des années soixante, Jean-Claude était mort ; Marianne dérivait, désormais si loin ; Geneviève et Philippe venaient de divorcer, quant à Patrick, il avait grossi...

Cette nuit dont Patrick a gardé la mémoire, noire de rage, de défi, de lâcheté, de peur...

Il mordait les draps de son lit pour ne pas hurler, accroché à son lit pour ne pas se laisser emporter par une vague d'horreur, les mains en sang, le sang qui lui battait aux tempes.

Dehors, c'était alors la grande chaleur d'un midi d'août à Oran où, par-delà les cris, les manifestations, les défilés, il avait fendu la foule après avoir lancé sa bombe sur la voiture qui, lentement escortée de motards, s'avançait vers un monument aux morts.

Il avait préparé, mûri son crime, en avait imaginé tous les instants et ceux qui l'avaient suggéré n'auraient pu trouver meilleur ouvrier. Patrick avait tué avec ferveur, comme pour exorciser la rage et l'impuissance que dix mois de haine, de crainte, de tortures lui avaient enfoncées au fond de la gorge.

Itinéraire d'un crime.

Il avait remonté une rue et tourné à gauche dans une autre. Au bout de la rue, en un éclair, la lumière intense de la mer et du ciel.

Patrick a atteint le bas de la dernière rue transversale et se heurte aux deux zouaves qui interdisent le boulevard Front-de-Mer. Ils sont seuls au milieu de la rue étroite, le pistolet-mitrailleur sur la hanche, mais la barrette dorée à l'épaule de Patrick suffit à lui laisser le champ libre.

— Vous attendez le délégué régional ?

— Paraît qu'il ne va pas tarder. C'est le sergent qui l'a dit.

— Où est-il, votre sergent ?

— Oh ! par en bas. Il est allé avec les copains, rue Jules-Simon. Ici, il n'y a personne, mon lieutenant.

Patrick glisse la main droite dans sa serviette. Il tient entre ses doigts le cordonnet tressé. Le caporal s'avance d'un pas jusque sur le trottoir du boulevard, alors que les deux premiers motards arrivent à la hauteur de la rue Jules-Vallès.

« C'est idiot, pense Patrick, ce truc n'éclatera jamais à temps. »

Deux motards encore et la voiture de la police. Patrick a tiré le cordon, sorti la bombe et rejeté son bras en arrière.

Et le mécanisme joue jusqu'au bout. Le bras se détend, la boîte noire tombe deux mètres devant la voiture du délégué. Le coup de frein du chauffeur se confond avec l'explosion qui emplit alors la ville. Avant de fuir, Patrick a pu voir le caporal s'écrouler sur les genoux, probablement atteint d'un éclat.

Immédiatement, la voiture a commencé à flamber...

Des raies noires et claires sur le plafond de la chambre d'hôtel, l'oreiller en sueur. Patrick qui tremblait, se mordait les lèvres pour ne pas crier, la chaleur suffocante et moite de la chambre, les raies claires et noires, noires et claires, tour à tour ; sur le plafond, les murs de la chambre, et des odeurs âcres de Javel et de soude, le bruit des pas sur l'avenue et, de temps en temps, une détonation.

La fumée de la voiture brûlée qui lentement s'estompe et vient se perdre dans l'unique éclat de midi sur la ville pétrifiée de chaleur — un léger nuage qui disparaît au loin sur la mer.

Et dans la rue le corps à demi carbonisé d'un garçon de vingt-cinq ans qu'on emporte à la hâte parce que Patrick Vergnaud vient de le tuer quand il voulait en assassiner un autre, dans l'agonie de ces jours où la foi et la justice, la peur, la mort, le sol et la lumière sont confondus.

« C'est si facile de tuer », pense Patrick.

Il s'est assis, hagard, sur le bord de son lit. Ne viennent à lui maintenant que les bruits réguliers et paisibles d'une nuit du milieu de l'été.

Le jeune mort de vingt-cinq ans s'appelle Jean-Claude.

Patrick est dans les affaires, c'est-à-dire qu'il a des intérêts aux quatre coins du monde — jusqu'en Chine ! Et à Amsterdam, un soir de juin 1973, c'est lui que Jean-François Verviers — qui, à Charny, observait les autres de loin — va retrouver dans une grande maison rose gardée par des chiens : Jean-François, que son grand-père levait vers le ciel en l'appelant son miracle, est maigre, vêtu d'un pantalon de toile, un blouson de cuir ; et Patrick Vergnaud lui compte vingt billets de cinq cents francs.

— C'est tout ? proteste le jeune Verviers.

L'autre a un gros sourire et, de ses gros doigts boudinés, arrache un dernier billet à la liasse qu'il va remettre ensuite dans sa poche.

— Vingt et un. Et c'est mon dernier prix !

Chaque matin, c'est de bonne heure que la jeune Chinoise arrive désormais dans le quartier des ambassades ; elle est à vélo et, après avoir pédalé en silence dans les rues du centre tout encombrées de passants comme elle à vélo — le klaxon cent fois répété des voitures, l'appel encore des marchands ambulants —, elle se met à chanter à mesure qu'elle parvient aux grandes avenues vides de la périphérie.

— Et qu'est-ce que tu chantes, petite sœur ? Je ne connais pas cette chanson-là.

Un grand garçon en vélo lui aussi l'a rattrapée ; il roule à ses côtés, veut engager la conversation, mais Meilin chante toujours. Alors, il insiste :

— C'est une chanson étrangère que tu chantes : tu ne m'en diras pas le nom ?

Meilin s'arrête un instant de chanter pour lui lancer :

— C'est Mozart ! J'aime Mozart.

Elle a déjà accéléré, dépassé le garçon qui répète après elle :

— Mozart... J'aime Mozart.

A la première visite que Guillaume a rendue au centre culturel après l'arrivée de la petite-fille de M. Liu, il a trouvé celle-ci occupée à classer un fichier de la bibliothèque. Elle lui a paru alors plus insignifiante encore que dans son souvenir : c'est une jeune fille, vêtue d'une jupe étroite et d'un tee-shirt bleu clair. Elle porte des lunettes.

A l'arrivée de l'ambassadeur, elle s'est levée ; Guillaume s'est approché.

— J'espère que vous ne vous ennuyez pas trop...

Formule toute faite, protestations : Guillaume jette un coup d'œil sur le fichier ; la lettre A : ce n'est qu'un début, camarade ! A : Aragon, *Aurélien*. La jeune fille esquisse un sourire, se rassied.

« La première fois qu'Aurélien vit Bérénice, se souvient Guillaume, il la trouva franchement laide. Elle lui déplut enfin. »

Pendant quinze ans, dans sa chambre du boulevard des Batignolles, puis à Pékin, à Londres enfin où il n'a pas réussi à se retrouver, Guillaume avait conservé accroché à un mur le masque souriant de l'Inconnue de la Seine. Est-ce que la petite Meilin a seulement esquissé un sourire ?

Un soir de demi-brume, à Londres, une gamine qui ressemblait à son amour avait fracassé le visage de plâtre.

— Tu l'aimes plus que moi, avait-elle expliqué.

Guillaume savait qu'elle n'avait pas tort.

Dans la pièce voisine et devant une grande table de bois clair, Paul van der Goes classe les documents qu'a préparés pour lui le jeune Chinois aux lunettes rondes qui, une paire de ciseaux à la main, découpe sans trêve. Ni l'un ni l'autre ne s'adressent jamais la parole que par monosyllabes ; des phrases rapides. Quelques mots du jeune Européen :

— Sur l'affaire Wang Ming, vous n'avez rien ?

Wang Ming est un étudiant qui fait la grève de la faim à Xi'an pour protester contre la décision des autorités de l'Université d'ajourner sa bourse pour les États-Unis ; la presse nationale parle d'abondance de Wang Ming, comme si on voulait, en haut lieu, en faire un exemple de la tolérance du régime.

Le jeune Chinois fouille parmi des chemises de bristol, puis :

— Rien depuis huit jours ; c'est curieux...

— Curieux, oui.

Paul se replonge dans son travail de classement ; son interprète, qui traduit pour lui à l'occasion un texte plus difficile, est ce même Xiao Qin, dit Gilles, qui faisait déjà le même travail pour Serge, lorsque celui-ci était en poste à Pékin : douze années ont passé, Petit Qin est demeuré le même jeune homme aux traits enfantins, la voix si douce.

— Ah ! je crois que j'ai trouvé ce que vous cherchez.

Dans un quotidien de Xi'an arrivé jusqu'ici par d'obscures complicités, l'article sur Wang Ming.

Comme ces récits témoignages à la manière de Li Biannu que Guillaume en est arrivé à collectionner, quand d'autres, ici, recherchent les boucles de ceinture de jade ou les fausses peintures Ming ; il s'agit cette fois de chansons.

« J'ai composé la musique d'une chanson, dit l'auteur de l'article, qui s'appelle *Déménagement*. Elle commence ainsi : “ Ma grande sœur qui a trente ans/veut se marier depuis cinq ans/impossible sans logement/ toute la famille est en tourment... ! ” Le ton en est très humoristique et la chanson se termine par l'emménagement de toute la famille dans le nouveau logement attribué par l'usine.

Quand on l'a chantée dans la grande salle du Palais des Sports, les chœurs repris par les milliers de spectateurs ont fait crouler de rire le public ; autour de la fosse d'orchestre, les gens frappaient dans leurs mains et les musiciens s'étaient mis à chanter eux aussi ; c'était comme si tous participaient au déménagement de la grande sœur ! Un critique a pourtant condamné ma chanson, affirmant que ce n'est pas le rôle de la musique de dénoncer l'administration. Et cependant, ma chanson est une chanson positive puisqu'à la fin la famille obtient un logement !

« Je considère qu'il est de mon devoir de continuer à m'interroger sur ce que les gens aiment chanter. J'ai ainsi procédé à des enquêtes dans onze universités ; j'avais choisi seize chansons que je chantais moi-même devant les étudiants, puis j'exposais mes idées de création. A la fin, j'invitais les auditeurs à attribuer des notes à chaque chanson et à écrire leurs observations. L'un d'eux m'a donné une très mauvaise note. Je m'étais pourtant attaché à ne choisir que des chansons aux tonalités très différentes ; peut-être qu'elles sont encore trop uniformes... »

Sur la machine à musique de Guillaume, un disque de faux folklore du Gansu, tradition et guimauve mêlées : « Tout comprendre, pense Guillaume, tout voir, tout entendre... »

Écouter, voir : Serge, donc, regardait... Il se disait : « Je suis venu pour cela » ; aussi regardait-il. Intensément. Passionnément. Pensivement. Rues de Pékin, dès lors, que la fièvre certains jours, à certaines heures, saisissait ; la foule des hommes et des femmes à bicyclette ; déjà les voitures plus nombreuses, la queue aux stations d'autobus ou ces parcs à bicyclettes rangées côte à côte à l'infini, cadenassées, cinq cents guidons chromés qui étincellent dans la même lumière sous le regard morose du préposé qui distribue un petit ticket contre quelques fen, quelques mao... Cuisines en plein air, aussi, sortie des magasins de Wangfujing ou de Xidan : c'est dans la foule compacte des grandes avenues davantage que dans ce qu'il reste de hutongs pittoresques, de labyrinthes de poussière entre le gris des murs que Serge Lensky découvre la Chine qui deviendra la sienne, lui qui n'a pas connu le Pékin des longues journées calmes où, tôt dans la brume, des vieillards faisaient leur gymnastique matinale auprès d'un lac ; celle où, tard dans le soir, les fumées des braseros montaient vers le ciel rose : le Pékin de Serge est celui des foules qui se pressent et qui passent, des visages seulement entr'aperçus.

Ainsi : visages de femmes ; visages de très jeunes filles... Serge, pour qui toute femme est objet de désir et désir d'écriture, regarde intensément, passionnément, ces visages qui glissent ; un regard parfois, l'œil qui suit l'étranger puis le foulard rapidement ramené en avant ; visages ronds et poupins des gamines montées des campagnes ; longs visages lisses de celles dont Serge se dit qu'elles sont peut-être étudiantes, professeurs — ou gamines qui, le croisant, pouffent entre leurs doigts comme toutes les gamines du monde.

Le soir venu — sur un gros cahier rouge qu'il a acheté dans l'une de ces papeteries du marché de l'Est où de vieux Chinois barbichus soupirent et palpent longtemps des livres inabordables pour eux — Serge décrit en deux mots, deux lignes, le visage de celle-ci, de celle-là.

Mais le 5 avril du printemps qui a suivi son arrivée, il a aussi rapporté, dans un autre cahier — et noir celui-là —, l'armée qui avait déferlé sur la place Tian'anmen et balayé la foule de ceux qui s'étaient rassemblés pour rendre un dernier hommage à Chou Enlai, mort quelques mois plus tôt. Banderoles et couronnes, gerbes : c'était le jour de la Fête des Morts et les vivants criaient le nom du seul mort illustre qu'ils puissent encore pleurer. Des fleurs de papier disaient aussi leur espoir en la démocratie à venir — et la troupe avait chargé. Déjà : Tian'anmen ravagée par l'ordre d'hier qui déferle sur le rêve de demain et, déjà, Wu De, le maire de Pékin, a dénoncé ce qu'il a appelé les activités subversives inspirées par les partisans du capitalisme.

Dans les jours qui viendront, on arrêtera, on emprisonnera... Jugera-t-on ? Serge écoute et voit — voit ce qu'il peut — et note, note surtout, et tient au jour le jour le carnet de ce qu'il entend, de ce qu'il voit.

Quelques mois plus tard, le 9 septembre 1976 et au lendemain de la mort de Mao Tsétoung, il enverra pourtant à un journal parisien cet article nostalgique d'une mémoire perdue que Simon, plus tard, lui a reproché et dont, un jour, Serge dira lui-même qu'il ne sait plus pourquoi il l'a écrit.

— Tu te souviens de ce journaliste que tu avais croisé à ton retour de Pékin, voilà plus de dix ans ?

De retour à Paris pour quelques jours, Serge buvait une bière au café de la place Saint-Sulpice ; les marronniers étaient en fleur ; à Pékin, le printemps tardait encore : il arrive d'un coup, et c'est déjà l'été ; l'automne, lui, dure jusqu'au milieu de l'hiver.

— Tu te souviens ?

Guillaume se souvient.

— Il te disait : ne pas hurler avec les loups.

Au Cambodge, des petits hommes rouges ont déferlé sur Phnom Penh et, dans les journaux que nous lisons, des journalistes que nous avions pu admirer ont pu écrire...

— Tais-toi ! Aucun d'entre eux n'a jamais su de quoi il parlait.

Cette fois, Serge s'est levé d'un bond.

Aussi, lorsqu'il croise dans un couloir de l'Hôtel de Pékin cet autre journaliste — on l'appellera Fred — qui lui dit revenir du Shandong :

— Là-bas — comme ici, d'ailleurs ! — c'est vraiment le bouleversement total, la liberté : savez-vous qu'ils ont rouvert les temples ?

Serge ne répond pas.

— Et savez-vous qu'on trouve tous les livres qu'on veut ? Tenez : jusqu'au *Rêve du Pavillon rouge*.

Il tient à la main un exemplaire parfaitement neuf du célèbre roman traditionnel et le brandit sous les yeux de Serge.

— Ça, au moins, vous ne pouvez pas le nier !

Fred a passé quinze jours en Chine ; on lui a montré la seule librairie de la ville où on vendait le livre

— Pauvre con !

Serge a tourné les talons.

Quelquefois, Marianne se réveillait la nuit :

— Tu sais l'heure qu'il est ?

Elle avait le sentiment désagréable de tenir un rôle dans une pièce de boulevard : le mari qui rentre tard, ses chaussures à la main, et qui renverse (pourquoi pas ?) le pot de chambre.

— Tu sais quelle heure il est ?

Guillaume inventait une histoire confuse, le théâtre, un film après le théâtre, des amis, Charles, Lensky... Une nuit, Marianne, qui avait allumé sa lampe de chevet, avait rejeté la tête en arrière. Elle avait enfoui son visage dans l'oreiller :

— Pauvre con !

Guillaume n'avait pas répondu.

Guillaume est revenu au centre culturel ; il a revu la petite-fille de M. Liu. Elle est assise de biais devant lui, face à une grande table de bois. Devant elle, les dossiers que Paul van der Goes a préparés : coupures de presse, articles de journaux de province.

— Vous trouvez quelquefois des choses amusantes, dans tout ça ?

— Des choses amusantes ?

Meilin a brusquement rougi ; Guillaume devine qu'elle est en colère, elle tremble presque.

— Des choses amusantes ? Non : c'est la Chine, tout cela, rien que la Chine.

De biais, on dirait un étrange oiseau furibond, un petit rapace au bec acéré, prêt à frapper — et Guillaume pense : elle n'est pas belle, non... mais elle a une certaine élégance, de l'allure ; c'est cela : de l'allure... Il l'imagine (pourquoi ?) vêtue d'une robe blanche, une robe longue. Il tire une chaise et s'assied à côté d'elle.

— Je n'ai pas voulu vous fâcher, et je vous demande pardon. J'ai beau connaître la Chine depuis plus de vingt ans, tout cela me reste tellement étranger, tellement...

Le visage de la jeune fille s'est détendu. Elle sourit :

— Tellement exotique ?

— Exotique ; oui, peut-être...

Il allume une cigarette en dépit de l'écriteau bien visible sur le mur qui interdit de fumer — mais les écriteaux des ambassades ne sont pas faits pour les ambassadeurs.

— Ça vous ennuierait que nous parlions quelquefois ensemble des affaires qui vous paraîtront les plus intéressantes ?

Meilin sourit à nouveau.

— Parler ? Pourquoi pas ?

John Baker a appelé sa secrétaire ; c'est une Miss Giordino qui, en dépit de son nom si joliment italien, est née dans le Buckinghamshire ; elle a passé tous les tests de sécurité et l'Under Secretary au Foreign Office chargé du dossier Asie sait qu'il peut compter sur elle.

Miss Giordino a longtemps été au bureau Europe et a tenu des dossiers confidentiels.

— Dites-moi, Penny, je ne vous demande pas de trahir les secrets de mon collègue et ami du bureau Europe, mais vous n'avez pas entendu parler d'une *french connection* qui suivrait plus particulièrement les affaires de Chine ?

Réponse prudente de Penelope Giordino qui ne sait quels liens existent entre les bureaux Asie et Europe. Alors, John Baker hausse les épaules.

— Ça ne fait rien ; appelez-moi donc John Chessman sur la ligne privée. Il habite quelque part à Hampstead ; Flask Row, je crois : vous trouverez sûrement son nom dans mon carnet.

Puis, quelques minutes plus tard :

— John ? C'est John Baker. Il y a bien longtemps qu'on ne s'est vus. Je voulais vous demander : vous voyez notre ami Simon Anglade, de temps en temps ?

La réponse de Chessman, évasive : il y a des années que Simon n'est pas revenu à Londres ; quant à lui, il ne va plus que si rarement à Paris...

— Pourquoi ? Pour rien, pour savoir... Je pensais à lui, tout d'un coup, et je me disais que s'il passait par Londres, on aurait pu organiser un dîner.

Il entend l'écrivain, à l'autre bout du fil, qui s'exclame : une excellente idée — mais il n'en est pas moins persuadé que Chessman n'en pense pas un mot. Quelques phrases encore, sans importance, puis Baker raccroche. Rappelle Miss Giordino.

— Oubliez tout ce que j'ai pu vous dire, et ne croyez surtout pas que sir George et moi (sir George Chapman est son collègue qui dirige, précisément, le bureau européen du Foreign Office) ne travaillons pas la main dans la main.

Penelope Giordino n'a rien à répondre, les querelles de chefs ne sont pas de son ressort.

— D'ailleurs, poursuit John Baker, si ces foutus Français mijotaient quelque chose à Pékin, nous serions les premiers informés, non ?

Miss Giordino s'incline, presque ironique.

— Mais certainement, monsieur.

Dans leur jargon à eux, les agents du *desk* Chine du Foreign Office parlent pourtant depuis quelques mois d'une *french connection.*

Après son retour de Prague, André Verviers avait passé quelques mois à se promener à travers l'Europe ; il retrouvait des amis et s'habituait peu à peu à ce qu'il avait appelé sa liberté. John Chessman lui avait ainsi prêté une petite maison, au bout de son jardin ; comme de la grande maison, on voyait le parc de Hampstead avec, tout au bout, Londres qui ressemblait à un gros village écrasé au fond d'une vallée.

— Savez-vous que je me pose parfois une question ? demandait Chessman, un verre de whisky sec à la main.

Le vent, bien sûr, dans les branches, qui balayait les fenêtres, et la pluie.

— Je crois bien que je me pose la même depuis vingt ans !

Le rire de John Chessman aurait pu, disaient ses amis lorsqu'il avait vingt ans, déplacer des montagnes.

— Je vous écoute.

— Eh bien, je me demande pourquoi vous êtes ici, chez moi ; et pourquoi je suis en face de vous, en train de vous parler : mais, bon Dieu ! qu'est-ce que nous pouvons bien avoir de commun tous les deux ? Vous le savez, vous ?

Le rire d'André Verviers, léger, lointain.

— Ça a peut-être un très beau nom, mon cher John : ça doit s'appeler l'amitié...

Déjà à Pékin, où Chessman était venu rendre visite à Otrick et à Clawdia, Verviers et lui avaient fait ensemble une promenade parmi les temples escarpés de la Colline parfumée, dans un dédale de sentiers, d'escaliers taillés dans le roc et de balcons d'où on découvrait la plaine de Pékin. Assis côte à côte sur un muret, ils regardaient au loin, du côté de la colline de la Pagode de Porcelaine, un nuage blanc, immobile au ras du sol.

— Vous savez ce que c'est, là-bas, au pied de la colline ?

Chessman avait eu un geste évasif :

— Un tourbillon de poussière ?

— Pas du tout : ce sont dix mille hommes et femmes qui sont en train de creuser ensemble un canal ; ils en creusent ainsi — à main d'homme, à pied d'homme, à la pelle, à la pioche, à la brouette — vingt mètres par jour.

Le rire de l'écrivain.

— Il faut bien être chinois pour faire ça !

Mais Verviers avait secoué la tête :

— Dites plutôt qu'il faut être chinois pour construire un pays à la force du poignet.

C'est alors que John Chessman l'avait regardé de côté avant de lui poser la question :

— Je me demande bien ce que je fous ici avec vous en ce moment ? Je crois que jamais de ma vie je n'ai échangé plus de dix phrases avec un homme que je comprends aussi peu que vous.

Et André Verviers avait répliqué :

— Je crois que je vous aime bien, moi...

Dès le soir de l'arrivée de celui-ci à Londres, Chessman avait organisé un dîner pour lui ; il y avait des anciens de Chine, John Baker, encore simple rédacteur au Foreign Office, David Allen dont on disait qu'il serait le premier ambassadeur britannique à Aden — ou Iris, qui avait été correspondante de l'AFP à Pékin mais qui restait surtout une des meilleures photographes du monde. Et puis il y avait des amis de Chessman : George Mulley, Kenneth Andrew, Nicholas Pelley, sir Bernard Lew qui rentrait de Florence.

Silencieuse, Clawdia allait de l'un à l'autre, servait à boire ; André Verviers l'avait déjà trouvée vieillie. « Dire que pour cette femme... », se disait-il ; il pensait à l'amour de Chessman pour elle puis à celui d'Otrick, à Simon ensuite et au suicide d'Otrick.

Iris était venue s'asseoir à côté de lui ; elle aussi avait vieilli, les épaules carrées, les mains surtout, bien carrées, aux ongles coupés ras. Elle portait ses cheveux en une sorte de casque noir qui, peu à peu, devenait plus gris. Elle avait parlé d'Irène :

— Vous savez que je l'aimais beaucoup...

Puis elle avait prononcé le nom d'Ismène, qui était la fille qu'Irène avait eue en Angleterre ; Verviers, à l'époque séparé d'elle et qui ne devait la retrouver que bien plus tard, n'avait pas cherché à savoir qui était le père de l'enfant. Une curiosité soudaine, alors :

— Vous la voyez quelquefois ?

— Quelquefois, oui... Elle fait une thèse sur les Jésuites en Chine au XVIIIe siècle ; c'est du bon travail...

Assise dans l'encoignure d'une fenêtre, Clawdia buvait, seule. Verviers l'avait montrée à la photographe, qui avait hoché la tête.

— Clawdia fait partie de ces femmes qui ont aimé beaucoup d'hommes mais qui ne peuvent supporter la solitude ; alors elles se raccrochent à celui qui leur reste : il faut bien qu'il y en ait un qui soit le dernier.

Il y avait de l'âpreté dans sa voix ; Verviers s'en était étonné.

— Vous la détestez tant que ça ?

Au tour d'Iris, alors, de s'étonner.

— Moi ? C'est une de mes seules amies...

John Baker s'était approché d'eux, Iris s'était levée trop brusquement :

— Je vous laisse à vos conversations de diplomates.

Baker et Verviers avaient alors parlé de la Chine : que pouvaient-ils faire d'autre lorsqu'ils se retrouvaient ?

Serge notait déjà dans son cahier noir :

« *16 novembre 1976* : On donne pour la première fois à Pékin une pièce qui ose parler de la réalité chinoise ; l'auteur y a mis en scène les événements du 5 avril dernier sur la place Tian'anmen ; elle s'appelle *Le Grondement du silence*.

« *18 novembre* : Hua Guofeng lui-même — c'est-à-dire le pouvoir, fût-ce une marionnette placée sur le devant de la scène pour faire patienter la galerie — Hua donc, calligraphie lui-même le titre du recueil de poèmes publié en un volume qui réunit plusieurs des poésies affichées en avril dernier sur la place Tian'anmen.

« *19 novembre* : Gilles me signale l'apparition, à Xidan, d'un dazibao mettant directement en cause Mao ; c'est la première fois. On peut y lire que si Mao n'avait pas apporté son soutien à la Bande des Quatre, jamais ceux-ci n'auraient pu destituer aussi aisément Deng Xiaoping.

« *20 novembre* : Gilles me lit un autre texte placardé à Xidan : il est signé Wu Wen, ce qui veut dire : " La sous-culture ". L'auteur y fait l'apologie de Chou Enlai et proteste contre le fait que ce soit Hua et non Deng qui ait calligraphié le titre des poèmes de la place Tian'anmen. »

Cette brisure, la déchirure...

La petite-fille de M. Liu racontera à Guillaume :

— J'habitais encore chez ma grand-mère. Mon grand-père était loin, je le voyais peu. Mon père était lui aussi très occupé, quant à ma mère, elle vivait à Shanghai...

La grande maison de M. Liu, pas loin des larges avenues et de la gare de Pékin, mais dans un entrelacs de ruelles, ces hutongs gris et parfumés où s'élevaient, dès la tombée de la nuit, des fumées...

— Un soir, on a entendu des bruits, des cris, à l'autre bout de la rue ; moi, je n'ai d'abord pas compris, mais ma grand-mère m'a dit : « Pour eux, c'est aujourd'hui ; pour nous, ce sera demain, après-demain au plus tard. »

La grand-mère de Meilin ne s'était pas trompée : vingt-quatre heures plus tard, une horde de gosses à l'accent du Sud enfonçait une porte dont il suffisait pourtant de tirer le loquet pour l'ouvrir et faisait irruption dans la maison.

— Ils ont tout cassé, entassé les meubles au milieu de la cour et ils ont fait un feu de joie qu'ils regardaient avec une sorte de haine.

La grand-mère de Meilin pleurait mais elle habitait une belle maison et le père de la petite fille occupait un poste important au ministère des Transports, il fallait faire un exemple. Sept ou huit familles, venues des banlieues, s'étaient entassées dans les sept ou huit pièces principales qu'on avait réquisitionnées, laissant une seule chambre, obscure, à la grand-mère et à sa petite-fille.

— Ils étaient comment, les nouveaux locataires ? demande Guillaume.

— Comment voulez-vous qu'ils soient ? Chaque fois que je mettais le nez hors de ma chambre, ils me traitaient de sale petite cochonne capitaliste et me jetaient des pierres.

Meilin, petite fille chinoise, avait alors sept ans et Guillaume se rend compte que ces dix années qui ont marqué tout un peuple ont bien laissé sur elle aussi cette trace...

« *21 novembre,* note encore Serge : Nouveau dazibao signé de Wu Wen : il réclame le jugement des " parents de l'Empereur ", c'est-à-dire de la femme de Mao. Trois mois après la mort de Mao... »

Sur une feuille volante, Serge avait aussi écrit : « Tout ici est signe ; Barthes a pu parler de " l'Empire des signes " à propos du Japon : et cette Chine, alors ? La leur, la nôtre ? Celle de ces gosses qui se font juges et de ces vieillards qui tiennent les rênes ou observent de loin ? Qui a calligraphié le titre du poème (signe sur le papier, pinceau, encre...) est aussi important que celui qui a écrit le poème... Notre Chine... »

Le seul livre, peut-être qui ait tenté de tout dire, images et texte étroitement imbriqués, est posé à plat sur la table basse du grand bureau de Hampstead. Verviers, qui ne l'avait pas encore vu — « Pardonnez-moi : je vis parfois très loin de ce qui me touche le plus ; ce doit être une faiblesse congénitale... » —, en feuillette d'abord quelques pages distraitement. Puis...

L'horreur. L'horreur totale, l'horreur absolue, des images qu'Iris a rapportées de la Chine de ces années-là, vieillards qu'on humilie, enfants tragiques battus et, plus tragiques encore, ceux qui battent. Ce couple dans une ruelle derrière l'hôtel Xin Qiao où elle buvait de la bière de Qingdao avec des journalistes japonais, ce couple : lui, le visage recouvert d'excréments, la pancarte infamante au cou et elle, devant lui, les genoux sur un semis de gravillons pointus et la pancarte à son cou à elle : « J'adore mon dieu à moi : un cochon puant. »

Images en noir et blanc ; le noir qui paraît plus clair parfois que le blanc, insoutenable : blanc d'un mur badigeonné des caractères qui veulent dire mort, haine, famine, ordure. Et puis le commentaire des images, en une langue pourtant crue, mais poignante, sans emphase.

— Je sais, murmure Chessman qui s'est approché sans bruit de Verviers ; je sais : mon texte n'arrive pas à la cheville de ce qu'elle a réussi à montrer.

Les photos sont d'Iris, le texte qui les commente est de John Chessman ; Iris a pris ses photos dans les rues de Pékin et de Tianjin, certaines à Xi'an ou à Shanghai, John Chessman a écrit son texte à son bureau de Hampstead, sur le parc.

— Assis sur mon cul, précise-t-il : mon gros cul !

Stefania Baker avait tenu à inviter elle aussi André Verviers à déjeuner un dimanche : après tout, André avait connu John à Pékin — et les déjeuners du dimanche de Stefania Baker, la femme de John, étaient alors très courus dans un certain Londres qui, à deux pas de celui de Chessman, n'était pourtant pas du tout le même.

Tout en haut de Rosslyn Hill, au sommet du village de Hampstead, Stefania avait acheté très cher une grande maison de bois dont elle rappelait parfois à son mari avec un peu trop d'insistance qu'elle n'appartenait qu'à elle : le père de Stefania s'appelait lord Kenneth, il possédait un journal à Fleet Street et beaucoup d'usines à Manchester ; celui de John Baker s'appelait Cedric Baker et il avait été fonctionnaire. La cuisine donnait dans la salle à manger qui ouvrait elle-même sur le salon mais, dans les trois pièces, c'était le même désordre de fauteuils aux tapisseries usées, coussins maculés de beaucoup de choses, vieux journaux, bouteilles de vin entamées et fleurs séchées : Stefania disait (en français) qu'elle était « bohème » et John s'était habitué sans trop de mal à un genre de vie qui l'amusait ; les trois gosses traînaient par terre avec autant de chats, un épagneul, un raton-laveur et, chaque dimanche, on se retrouvait à quinze ou vingt devant des montagnes de sandwichs que les deux filles au pair polonaises que Stefania logeait par charité et payait peu mais traitait comme des petites sœurs avaient passé la nuit à tartiner. Le vin était italien : on disait du *vino ;* parfois, il venait d'Espagne, il était plus mauvais encore mais nul ne s'en rendait compte et les journalistes politiques du *Daily Telegraph* ou du *Sunday Express* qui se retrouvaient là se disaient qu'il existait encore, Dieu merci, à Londres des lieux où on pouvait se rencontrer entre gens d'esprit.

C'est au milieu de ce désordre, très londonien au demeurant, que Verviers avait débarqué un dimanche. Baker l'avait présenté à ses amis ; il ne connaissait guère que Nicholas Pelley et Clawdia, qu'il ne s'attendait pas à trouver là. Chessman, expliqua-t-elle, travaillait si bien qu'elle n'avait pas voulu le déranger.

On parlait de la Chine ; Kelvin Young, qui n'était alors qu'un étudiant, venait d'y passer un an ; il évoquait la démaoïsation avec des accents de pucelle effarouchée, se disait Verviers. Tout ce qui s'y passait alors correspondait peu aux clichés avec lesquels le jeune homme était parti là-bas : il y avait trouvé une autre Chine et, sous couvert d'en proclamer la nouveauté, paraissait inconsolable :

— Imaginez qu'il y a même des journaux non officiels ! et qui sont distribués dans la rue...

Sa voix tremblait d'émotion ; le 16 décembre précédent, Serge Lensky avait déjà noté dans son cahier rouge, avec force points d'exclamation : « Apparition du premier journal *libre* : on a affiché six pages polycopiées intitulées *La Tribune du 5 avril* sur le mur de la Démocratie. »

— D'ailleurs, poursuivait le jeune Kelvin, le mur de la Démocratie lui-même...

La voix suraiguë de Stefania s'était alors élevée :

— Le mur de la Démocratie ? Qu'est-ce que c'est ? Ne me dites pas que c'est le nom d'un nouveau mur de Berlin ou celui d'une prison communiste de plus à Pékin !

Une jeune fille brune aux cheveux longs soigneusement peignés dans le cou s'était alors approchée.

— Le mur de la Démocratie, c'est simplement l'espoir de tout un peuple, Stefania.

Verviers s'était brusquement retourné. La jeune fille était chinoise.

— C'est vrai, avait remarqué John Baker : vous ne connaissez pas Ismène ; Ismène est une amie de Stefania...

Stefania dit d'Ismène :

— Elle n'a jamais mis le pied en Chine et je sais qu'elle est, pourtant, plus chinoise que tous ceux qui proclament leur foi en caractères tracés à grands coups de pinceau noir sur les murs blancs de la haine.

A vingt et un ans et chinoise jusque dans l'arc délicat de ses sourcils qui est celui de la peinture sur verre bleu dont Guillaume a pu dire un jour qu'il en était amoureux « comme une bête » — Ismène est une vraie intellectuelle de Hampstead. Assise derrière elle sur le sofa où elle est en train de lire une grave étude sur le père Matteo Ricci publiée à Pékin au tournant du siècle, Stefania Baker peigne lentement les longs cheveux de la jeune fille :

— Ma belle, ma toute belle, murmure-t-elle doucement : ma si belle aux plus beaux cheveux du monde.

Le visage d'Ismène demeure d'une immobilité absolue. « Le vide », pense Stefania Baker, qui en éprouve un curieux frisson de peur. Matteo Ricci fut de ces Jésuites aventureux pour qui la Chine était un livre ouvert à la page qui racontait leur vie.

Verviers avait voulu revoir Ismène et lui avait donné rendez-vous dans un salon de thé de Rosslyn Hill. Le vieil homme et la jeune fille sont restés deux heures à parler devant des gâteaux trop sucrés, une limonade, n'importe quoi. Mais ni Verviers ni celle qui avait été la fille de la seule femme qu'il ait jamais aimée ne s'étaient rendu compte de ce qu'ils mangeaient, de ce qu'ils buvaient.

Diffusée par un haut-parleur invisible et crachotant, la musique d'un quelconque Vivaldi était à la mesure de la sordide tristesse de ce salon de thé pour sages de Hampstead, bois bien ciré et alignements de pots de confitures fabriquées à la maison auxquels pourtant Verviers crut bien, un moment, qu'il ne pourrait jamais s'arracher. Ce fut Ismène qui se leva, soudain désolée, en regardant sa montre : elle avait rendez-vous avec un père catholique, un jésuite, précisément, qui l'aidait à corriger sa thèse.

Le même soir, André Verviers rencontrait dans un restaurant hongrois de Soho un diplomate français alors en poste dans une organisation européenne qui n'était ni la CEE ni l'OTAN ; ce Jean-René Pallas, grand bourgeois et homme de confiance d'un certain nombre de ministres aux cabinets desquels il avait été attaché, affirma d'entrée de jeu qu'il s'intéressait à la Tchécoslovaquie, d'où Verviers, en somme, revenait, et lui posa beaucoup de questions sur son travail à Prague, ses collaborateurs, les Tchèques plus ou moins dissidents qu'il rencontrait. On leur servait des brochettes flambées à la sauce au paprika, la patronne paraissait bien connaître Pallas, elle lui avait fait un clin d'œil entendu à leur arrivée.

— Où voulez-vous en venir ? finit par s'étonner Verviers, vous travaillez pour vous-même ou pour un service particulier ?

Le visage de Pallas s'était alors détendu.

— Je vous demande pardon de tant de détours ; je ne voulais pas vous aborder de front sur une question qui, après tout, n'est plus directement de votre ressort : je voulais vous parler de la Chine...

Puis, comme un violoniste trop magyar pour n'être pas né entre Liverpool et Birmingham entamait pour les beaux yeux d'une dame à la table voisine de la leur une czardas effrénée, Pallas se pencha vers son convive.

— Je suis, voyez-vous, un ami de Charlier et, de même que Charlier, je suis persuadé qu'entre la France et la Chine, il existe des liens comme aucun pays occidental — je dis bien : aucun — ne pourra jamais en établir.

Mais André Verviers, qui avait pourtant le même amour-passion que le vieux Charlier pour la Chine, avait quitté le Quai d'Orsay quelques mois auparavant en s'affirmant un homme libre :

— Je suis désolé, mon cher Pallas, mais tout cela est maintenant très loin de moi...

Jean-René Pallas, diplomate et homme du monde, fin lettré aussi, avait cité Claudel, Segalen, Philippe Berthelot peut-être, et n'avait plus parlé que de livres anciens car il était bibliophile et connaissait mieux encore les officines des libraires londoniens que les restaurants de Soho.

— J'espère en tout cas que nous nous reverrons quand même...

Ils s'étaient quittés au coin de Greek Street et de Dean Street, devant une boîte de nuit qui s'appelait le Coq au Rico ; c'était l'une de ces boîtes de strip-tease minables comme il en existe des dizaines dans le quartier de Soho : elle affichait en vitrine des photos de « vedettes françaises ». Verviers y entra, par désœuvrement.

Les notes du cahier rouge de Serge alternaient avec celles qu'il prenait dans le cahier noir : dans le second, au jour le jour, la chronique grave et attentive de cette Chine qu'il entendait faire sienne ; dans le premier, celle de ses rencontres, des visages, des corps de femmes qu'il a possédées. Des photos aussi, parfois.

La petite Fanling, qui lui a donné des leçons de chinois : le corps renversé en arrière sur un fauteuil de toile écrue, les seins minuscules, petit ventre plat, cuisses courtes et longs mollets.

— Tu ne veux pas ouvrir un peu plus les jambes, comme ça...

Fanling, brusquement dégrisée, s'était ressaisie :

— Tu es fou ? Tu te rends compte de ce que tu me demandes !

Il y a des gestes, des mots surtout, qu'on ne dit pas en chinois. Alors la jeune fille l'avait injurié en chinois avant de claquer la porte derrière elle. Mais, dans le cahier rouge, Serge note : « Son corps renversé en arrière sur un fauteuil de toile écrue, les seins minuscules, petit ventre... »

A Gilles, pour qui il n'a aucun secret, il dira même :

— La connaissance de la Chine passe forcément pour moi par celle des Chinoises ; plus précisément, elle passe entre leurs cuisses. Faute de quoi, je suis bien incapable de connaître quoi que ce soit d'un pays donné, fût-il Andorre ou Monaco. Alors, la Chine, huit cents millions de Chinois, quatre cents millions de Chinoises : j'ai du pain sur la planche.

Gilles se garde bien de répondre, mais les cahiers rouges s'ajoutaient aux cahiers rouges dans la bibliothèque de Serge.

Mais aujourd'hui il a donné rendez-vous à Simon au bar du Pont-Royal où tous deux ont repris leurs habitudes ; le barman ne s'appelle plus Francis ; la table du fond y est devenue une annexe de la maison Gallimard mais c'est quand même un des seuls endroits de Paris où l'on puisse déjeuner en vingt minutes ou passer deux heures en retrouvant toujours deux ou trois amis. Affalé dans un fauteuil, l'écrivain raconte son dîner de la veille, dans un hôtel particulier sur le parc Monceau.

— Mais les choses se sont gâtées lorsque j'ai aperçu parmi les invités un autre ami à vous : l'infâme Jacques Benoist.

Simon ne répond pas ; cela fait dix ans que la guerre est déclarée entre Jacques Benoist et Serge Lensky ; le premier, diplomate et sinologue, a toujours considéré la Chine comme une chasse gardée ; le second, qui n'a vaguement appris le chinois qu'à trente ans pendant son séjour à Pékin, dirige maintenant un séminaire de littérature chinoise dans le cadre de son travail aux Hautes Études : pour Jacques Benoist, c'est une usurpation de passion en même temps qu'un abus de confiance.

— Votre amie Marie-Laure n'était donc pas au courant de la situation ?

La verve de Serge, ses fureurs, son ironie ont toujours amusé Simon : eh non ! l'écho des grandes querelles des petits messieurs du monde politico-littéraire parisien n'est pas parvenu aux oreilles de leur hôtesse, dont les relations les plus intimes dans le domaine intellectuel ne dépassent guère le cadre de l'Académie française. Serge hausse les épaules :

— Enfin, tout s'est passé le mieux du monde, comme tu peux le deviner, c'est-à-dire très mal.

Avant même de s'asseoir à table, les deux hommes s'étaient déjà pris de bec. Jacques avait reproché à Serge son article de 1976 sur la mort de Mao : « Les larmes comme celles que vous avez versées ce jour-là tachent souvent plus que le sang : vous ne vous en êtes pas rendu compte ? » Serge avait répliqué d'une pirouette : il n'avait fait, ce jour-là, que pleurer avec les loups et l'arrivée tardive d'une jeune femme que Jacques Benoist avait présentée comme sa compagne n'avait fait qu'envenimer les choses :

— Vous ne pouvez pas imaginer, commente Serge pour Simon : c'était une Chinoise de vingt ans, mannequin par-dessus le marché, et qui s'appelle Linlin : tout ça — parce qu'elle est belle, en plus de ça ! — avec ce personnage ridicule !

Pendant tout le dîner, Serge n'avait cessé de parler à voix basse à la jeune femme, assise à sa gauche, sous l'œil furibond de Jacques Benoist.

— Elle avait une façon de porter sa fourchette à ses lèvres, de mordre dans un morceau de pain : un poème ! Tout est d'ailleurs poème en elle...

Le directeur d'Asie du ministère des Affaires étrangères avait peu apprécié cet amour soudain de Lensky pour la poésie : il avait fini par se lever aussitôt le dessert avalé, prétextant un téléphone urgent à passer à Pékin — « avec le décalage horaire : tu parles ! » avait commenté Serge — et avait entraîné la belle Linlin.

— Je n'ai perdu qu'une bataille, commente enfin Serge : il nous reste une belle guerre !

Meilin, elle, raconte d'autres combats.

— Un matin, j'ai voulu chercher de l'eau — parce qu'on nous avait coupé l'eau : tout le monde devait vivre à la même enseigne et chercher son eau à la même fontaine. Il devait y avoir une manifestation ce jour-là, je ne sais pas, les gosses qui surveillaient habituellement notre rue étaient partis, ils avaient demandé à des enfants du quartier de les remplacer. Je les connaissais tous, j'avais joué avec eux ; comme ils étaient pauvres et que ma grand-mère avait de l'argent, je leur donnais des bonbons, des petits pains.

Ils montaient la garde au haut du hutong, fiers de leurs brassards et de leurs grandes tiges de bambou. Lorsqu'ils avaient vu la petite Meilin, son broc à la main, qui allait à la fontaine, ils lui avaient crié de rentrer chez elle : un fruit pourri comme elle n'avait rien à faire dans la rue, un jour semblable à celui-là où ouvriers, paysans et travailleurs intellectuels se réunissaient sur la place Tian'anmen pour apporter leur soutien au président Mao. Mais cette fois, Meilin n'avait pas voulu les écouter : après tout, elle les connaissait ! Et puis sa grand-mère avait froid, elle avait besoin d'eau pour faire son thé blanc, qui était de la simple eau chaude bouillie sur un morceau de tourbe. Alors elle avait continué son chemin.

— Vous ne pouvez pas savoir, murmure-t-elle — et à vingt ans de distance, la voix de Meilin s'éteint encore pour dire ces mots-là —, vous ne pouvez pas savoir : ils m'ont tous craché dessus. Si bien craché dessus et si nombreux à le faire que j'étais, au sens propre du mot, couverte de crachats, dégoulinante de crachats verts et filants comme des limaces.

Sa voix s'éteint, mais elle répète les derniers mots : « des crachats verts et gluants comme des limaces » parce qu'à vingt ans de distance, il faut qu'on sache encore. Son visage est calme, d'une étonnante limpidité d'eau claire, que rien, désormais, ne pourrait troubler.

Quelques jours après, Jacques Benoist dînait à nouveau en ville ; c'était chez un ancien ministre, devenu baroudeur professionnel. Ce Jean-Paul Bonloup était marié à une avocate connue pour ses engouements, ses passions : Danièle Bonloup défendait les humiliés et les offensés avec une rage qui était presque devenue un sacerdoce. Ils avaient organisé un dîner pour Jacques car Bonloup, qui rentrait de Chine, voulait le rencontrer.

Danièle, de son côté, avait invité le journaliste qui venait de faire sur l'une de ses clientes — une employée de bureau bretonne violée par tous ses supérieurs et qu'on avait presque forcée à porter plainte — un reportage en forme de voyage au cœur de la France d'hier qui demeure encore celle d'aujourd'hui : la vie d'une petite sous-préfecture du Finistère, ses mensonges, ses secrets... C'était Julien Bidault.

Et ce fut, cette fois, un coup de foudre : Julien écouta Jacques discourir sur la Chine, s'inquiéta de ses points de vue.

— Ainsi, selon vous, ce que vous voyez se passer en ce moment à Pékin ne durera pas plus que, disons les Cent Fleurs ou le printemps de 1978 ?

Linlin, qui accompagnait encore Jacques, semblait déguster chaque bouchée de viande tenue à l'extrême pointe de sa fourchette avec cette même délicate gourmandise qui avait ému Serge la semaine précédente.

— Et vous ? interrogea Julien, vous avez une opinion sur ce qui se passe en Chine ?

La jeune fille eut un tout petit rire, très bref :

— Vous savez, j'ai quitté la Chine il y a deux ans et j'ai fermé la porte derrière moi ; depuis, la Chine est un grand pays peuplé de beaucoup de Chinois auxquels je me dis parfois que je dois ressembler un peu — et voilà tout !

Elle avait à nouveau porté à ses lèvres une bouchée du fabuleux civet de marcassin que leur servait Danièle et on devinait ses dents de petit félin, prêtes à tant et à si bien déchirer... Julien allait lui poser une autre question, mais Danièle l'interrompit.

— Vous-même, Julien, vous n'avez jamais eu envie d'aller en Chine ?

Julien Bidault a alors éclaté d'un bon rire :

— J'espère que votre mari, qui revient précisément de Pékin, me pardonnera de vous dire que je n'ai jamais aimé faire comme tout le monde.

Un vague silence, puis :

— Parlez-moi de Morlaix ou de Quimperlé : voilà où je trouve mon exotisme !

Jacques Benoist était né à Ploudamezeau ; il enchaîna sur la vie cachée de la Bretagne profonde, devint presque lyrique et, le lendemain, Julien qui déjeunait avec Simon devait lui dire :

— Curieux personnage que ce Benoist : il peut paraître odieux et dans le même temps, il est tout à fait adorable...

Entre Julien et Simon, aussi, qui se retrouvent dans ce restaurant du bas des Champs-Élysées.

— Vous n'avez jamais pensé à écrire votre vie ?

La même question, à nouveau posée.

— Pourquoi ? Vous la publieriez ?

Julien s'occupe d'une petite maison d'édition qui publie précisément ces reportages vécus dont il voudrait lui aussi faire un genre littéraire.

— Pourquoi pas ? Après tout, vous avez été — et vous êtes encore ! — ce qu'on appelle, dans le jargon d'aujourd'hui, un fabuleux témoin !

Les cahiers entreposés dans le vieux coffre encastré dans le mur du bureau volière au-dessus d'un jardin.

— On en reparlera.

Une idée, peut-être, va germer...

A Pékin, Serge, témoin lui aussi, avait déjà noté :

« Une figure, un visage : il s'appelle Wei Jingsheng, c'est un étudiant, il a l'air grave ; je l'ai rencontré très vite, en cachette, derrière l'hôpital de Wangfujing : certains de ses amis ont besoin de papier, d'appareils à photocopier, ils s'adressent aux ambassades et Wei leur sert d'intermédiaire. Wei me dit : " Je travaille avec toute la Chine. " Il développe ses idées : à la campagne officielle pour les quatre modernisations, il en ajoute une cinquième : la modernisation de la pensée. Les autres parlent économie, Wei dit : " D'accord, mais il faut aussi sortir des structures de pensée que nous impose un héritage dépassé. "

« C'est ce qu'ils appellent le printemps de Pékin... »

Ou encore : « *Janvier 1978* : une nouvelle fois la place Tian'anmen — deux ans après ! —, des dizaines de milliers de jeunes gens se réunissent pour commémorer le troisième anniversaire de la mort de Chou Enlai. Défilés, musique et des paysans venus en haillons se joindre aux étudiants. Ce sont des plaignants, ils se plaignent du passé. Des slogans ? Vive la démocratie et les droits de l'homme. »

Printemps 1988 : Guillaume a fini par poser la question à la jeune fille :

— Vous accepteriez de dîner un soir avec moi ?

La petite-fille de M. Liu l'a regardé : elle paraît ne pas comprendre.

— Mais bien sûr, pourquoi pas ?

L'ambassadeur a alors proposé à Meilin de passer la prendre le lendemain soir, à la sortie du centre culturel.

— Si vous avez une idée de restaurant...

Meilin a envie de rire : comme si elle connaissait les restaurants de Pékin où vont les étrangers !

Dix ans auparavant, 14 janvier 1978, place Tian'anmen. Deuxième grande journée de manifestation des « plaignants ». Banderoles : « Deng, toi l'incorruptible : aide-nous ! » On crie, on chante puis on s'endort sur la place, devant les grandes portes rouges du saint des saints, les lacs de l'Est près de la Cité interdite, ce Zhongnanhai, où vivent dans le calme de leurs pavillons au milieu de jardins les dignitaires du régime. Il fait froid (moins 15 degrés) ; on raconte que certains paysans plaignants venus de très loin sont morts de faim. Le service d'ordre intervient ; sans vigueur aucune. En 1978, les étudiants chinois appellent Deng Xiaoping : l'Incorruptible...

« *18 janvier 1978* : lettre ouverte à Deng Xiaoping : pourquoi n'avoir pas encouragé le mouvement de critique contre Mao ? C'est la première fois. Dazibao, rumeur.

« *23 janvier* : premières rumeurs d'une répression : bastonnades place Tian'anmen, arrestations. La prison numéro 2 de Pékin est une ancienne forteresse mandchoue où on enferme d'abord ceux à qui on n'a rien de sérieux à reprocher ; un bol de bouillon, un petit pain moisi, des coups. La prison — note Serge — porte un joli nom ; elle s'appelle : " La Forêt des bienfaits ".

« En 1978, les étudiants chinois attendent déjà une réponse de Deng Xiaoping. »

Peut-être, explique Meilin, peut-être est-ce l'histoire de Fu Yuehua qui a tout déclenché...

Par provocation, la petite-fille de M. Liu a finalement choisi le restaurant, et c'est elle qui, à son tour, a demandé à Guillaume de l'emmener dîner au Maxim's de Qianmen (« Je veux voir... », a-t-elle expliqué). Mme Fu leur a donné une table au fond de la salle principale ; il y a foule, ce soir : pour l'essentiel des hommes d'affaires américains à qui on a dû vanter le parisianisme du lieu.

— Et je crois que c'est bien que je vous parle ici de Fu Yuehua.

Guillaume a déjà lu des comptes rendus du procès de cette jeune femme, plusieurs fois violée par l'un de ses supérieurs en un temps où ce genre d'incident n'avait guère de conséquences ; puis le « printemps de Pékin » est venu et Fu Yuehua est montée à Pékin. Pour se plaindre : elle est elle aussi devenue une plaignante.

— Mais, pour le pouvoir en place, elle était surtout une emmerdeuse : elle répétait des vérités qui n'étaient pas bonnes à entendre.

Meilin a prononcé le mot « emmerdeuse » sans sourire. Elle contemple son verre de vin qu'un maître d'hôtel vient de remplir aussitôt qu'elle l'a reposé, et Guillaume devine ce qu'elle pense : une bouteille de ce vin de France coûte un mois de salaire d'un travailleur chinois, et on sert ce vin-là en plein Pékin, à deux pas de la place Tian'anmen où Fu Yuehua et Wei Jingsheng se sont battus.

— A cette époque j'ai rencontré plusieurs fois Fu Yuehua ; elle m'expliquait qu'elle disait tout haut ce que des centaines de millions de femmes, pendant des siècles, avaient pensé tout bas.

C'était dans les premiers jours de 1979. Dès le 8 janvier, Fu Yuehua avait fait partie des premiers protestataires qui s'étaient réunis devant les portes rouges de Zhongnanhai : le 18 janvier, à six heures du matin, la police l'arrêtait enfin.

— On l'a traitée de putain...

Meilin lève les yeux vers Guillaume ; elle le regarde bien en face ; autour d'elle, les hommes d'affaires américains font grand tapage ; l'un d'entre eux a entamé un air de comédie musicale où il est question de cerisiers en fleur et de Japon : la Chine, le Japon, vous voyez la différence, non ?

— On a accusé Fu Yuehua d'avoir couché avec des ambassadeurs étrangers, dit Meilin.

Tandis que Guillaume la reconduit chez elle du côté des murailles nord de la ville, Meilin pose encore une question :

— Savez-vous comment s'appelle la prison où Fu Yuehua a été gardée je ne sais combien de semaines sans jugement ?

— Je suppose..., commence Guillaume.

Meilin regarde cette fois droit devant elle.

— C'était là-bas, oui...

La prison Qincheng n° 1 : la Forêt des bienfaits.

Guillaume a quitté la jeune femme à l'entrée de sa rue : aller plus loin aurait été contraire à un certain ordre des choses en Chine. Puis, seul dans la voiture qui le ramène à l'ambassade, il allume une cigarette : Meilin a bien cette beauté triste qu'il a aimée sur les peintures sur verre, jadis, à Liulichang...

Il rêve.

Serge n'avait fait, en somme, que tenir la chronique de ces années-là.

« *24 janvier* : les premiers dazibaos protestant contre l'arrestation de Fu Yuehua apparaissent sur le mur de la Démocratie : c'est la première arrestation officielle.

« *27 janvier* : Deng s'envole vers les États-Unis ; Wang Guangmei, la veuve de Liu Shaoqi — celle qu'on a exhibée sur les places publiques avec des balles de ping-pong en guise de collier de perles, celle dont on avait montré au peuple tout entier la photographie en robe du soir au bras du président Sukarno — est revenue. Trois jours plus tard, des paysans qui criaient devant le Palais du Peuple à l'occasion du nouvel an chinois qu'ils avaient faim, sont dispersés à coups de bâton ; deux d'entre eux, arrêtés, seront condamnés à cinq ans de prison. On a organisé un tournoi de bridge au Palais du Peuple.

« *1er février* : un article du *Quotidien du Peuple* encourage la liberté d'expression et la critique des dirigeants. »

Guillaume a enfin franchi le pas : il s'est rendu à un cocktail de l'ambassade des Pays-Bas en compagnie de Meilin ; ce qui l'a le plus surpris est l'aisance avec laquelle la jeune femme a accepté ; comme pour le dîner du premier soir, il paraissait gêné, embarrassé de lui en faire la proposition ; elle l'a regardé du même air tranquille.

— Pourquoi pas ? Si ça ne vous ennuie pas trop...

Elle a même ajouté :

— Ça m'amusera de voir...

Ce qui a amusé Guillaume, ç'a été de voir l'air interloqué de Van der Meer et de son épouse lorsqu'il leur a présenté la jeune fille ; le diplomate néerlandais, qui affecte de porter monocle les jours de cérémonie, a laissé tomber le sien de surprise et c'est une bien vilaine grimace qui a traversé le visage rougeaud de son épouse : il y a vingt ans, Guillaume était chassé de Pékin parce qu'il rencontrait en cachette une petite Birmane de quinze ans.

Deux ou trois étudiants hollandais, qui connaissaient Meilin, sont venus vers elle ; elle leur a parlé en allemand. Puis Thierry et Marie-Reine Destutt sont entrés à leur tour dans le salon. La femme de Thierry n'a d'abord pas remarqué la présence de la jeune fille aux côtés de Guillaume ; puis elle l'a aperçue ; elle a vu le geste de Guillaume pour lui tenir le bras en s'avançant dans la foule des invités ; leurs regards se sont croisés. Meilin souriait, Marie-Reine s'est approchée d'eux.

— Je ne vous dérange pas ?

Guillaume parlait avec lady Allen, la femme de sir David — Lucy avait connu Kupah, pensait alors Guillaume — et ils se sont retournés ensemble vers Marie-Reine.

— Je ne te dérange pas ? a répété la jeune femme du collaborateur de Guillaume en insistant sur le *tu*.

C'est à ce moment que Meilin a ri.

Dans la voiture qui les ramène chez eux, Marie-Reine ne décolère pas. Et Thierry, dont on devrait supposer qu'il ne sait rien de l'incident, ou n'a pas compris pourquoi sa femme a voulu, tout d'un coup, quitter l'ambassade hollandaise, conduit en silence. Mais — toujours ces jeux de regards ! — Guillaume a lu le désarroi tout à l'heure, dans les yeux du jeune homme. « Il sait, bien sûr », s'est-il dit.

Et Thierry, qui sait en effet que sa femme couche avec son patron, est brusquement pris d'une immense pitié pour elle. C'est comme un voile qui se serait déchiré : Marie-Reine, la glorieuse, soudain très nue devant lui.

C'est après cela que la dérive de Thierry Destutt a commencé. Seul, il a besoin de parler à quelqu'un qui l'écoute — et il a découvert Paul van der Goes ; alors, Thierry revient de plus en plus souvent au centre culturel. Il évite soigneusement d'y croiser Meilin dont il a vaguement peur, sans savoir pourquoi, et va tout droit à la petite salle de documentation où Paul van der Goes travaille en face de Gilles. Il se laisse alors tomber sur une chaise de l'autre côté de la table, saisit au hasard un journal, tente d'y déchiffrer quelques caractères puis, sans transition, il parle.

Il raconte à ce garçon qu'il ne connaît pas, dont le nom ne lui dit rien — Thierry n'a jamais entendu parler de Jan van Otrick — la Chine qu'il espérait, celle qu'il aurait pu, qu'il aurait tant voulu aimer.

— Quclqucs jours après mon arrivée, j'ai fait le tour de ce qui était autrefois les murailles de Pékin.

La première promenade au pays du rêve, Xuanwumen, la porte qui conduisait au supplice, et Fuchengmen, comme embuée des sables de la Mongolie.

— Il n'en restait rien, vous savez, et c'était pourtant comme si toutes étaient là.

Paul van der Goes sourit, sans vraiment répondre ; c'est Gilles, le traducteur, qui relance la conversation.

— Autrefois, près de Fuchengmen, il y avait un célèbre marché aux oiseaux...

Ce pourrait être le commencement d'un conte oriental : « Jadis, près de la porte de Mongolie, un vieillard vendait des oiseaux de toutes les couleurs... » Mais Thierry ne l'écoute pas ; il n'écoute que lui-même en train de répéter :

— La Chine dont j'aurais pu rêver...

Le sourire un peu las du jeune homme assis en face de lui : écoute-t-il vraiment, lui ?

Serge parlait lui aussi de cette Chine qu'il découvrait avec une sorte de jubilation :

— Nous commençons tout de suite : je vais te conduire.

Jean-Bernard André est cinéaste ; il travaille pour FR3 et on parle beaucoup à Paris de ce « printemps de Pékin ». Alors, avec un cameraman, il est venu voir.

— Au fond, remarque-t-il, tous les deux ou trois ans, ça recommence : le goulag, puis l'étau se desserre, on parle de liberté, on chante un nouveau printemps — alors la répression commence, l'étau, le goulag, et tout recommence.

Déjà à Paris, dans les couloirs de Sciences-Po, Jean-Bernard était ce grand jeune homme cynique, lunettes rondes et fausse roublardise :

— Alors, tu me le montres, ton mur ? Je veux quand même savoir à quoi ça ressemble, un mur de la Démocratie. En général, les murs, c'est plutôt tout le contraire de la démocratie !

Il interpelle son cameraman, qui se réchauffe — janvier ? février ? ce début de 1979 en tout cas — en buvant un grog brûlant qu'a préparé le maître d'hôtel de Serge.

— Tu viens, Gaston : on va se payer une tranche de mur avec plein de démocratie autour !

Devant Jean-Bernard qui entraîne son cameraman, Serge Lensky fend la foule des badauds, et des curieux.

Affiche rouge et blanche, sur le mur, que filme longuement Gaston :

« La demande en mariage.

Estimé vice-président Wang.

Je suis un homme du peuple, de ce peuple qui est sous vos ordres. J'habite à Pékin, j'ai le statut d'ouvrier et suis un simple citoyen. Je voudrais vous entretenir d'un fait très pénible et vous demander un coup de main.

J'ai dépassé la trentaine et n'ai jamais épargné mes forces pour édifier le socialisme. Mais jusqu'à maintenant, je n'ai pas encore pu trouver d'épouse. Je ne suis pourtant pas mal, tant de visage que de corps (dans la rue les filles ne dédaignent pas de me lancer quelques œillades). Je ne suis pas non plus sans talents, j'ai des lettres et pratique passablement musique et peinture. Je suis d'une origine pauvre, certes, mais j'appartiens à la classe qui dirige la nation : la classe ouvrière. Je devrais donc trouver une compagne selon mon cœur et pourtant, jusqu'à ce jour, aucune n'a accepté de me suivre.

Dernièrement, on a construit beaucoup de nouveaux pavillons à Zhongnanhai. J'ai entendu dire qu'on vous avait construit une villa, qui avait coûté jusqu'à mille yuans le mètre carré, et qu'on avait construit pour votre fille Wang Yanqun une luxueuse résidence de cinq pièces, qui était revenue à plus de huit cents yuans le mètre carré. Je n'ai jamais eu la chance de voir le visage de votre honorable fille, mais cet appartement est déjà suffisant pour faire pencher mon cœur. Je voudrais vous demander de servir d'intermédiaire, et de faire une bonne action, en permettant l'accomplissement des liens d'affinité prédestinée qui m'unissent à votre fille. Et même si son visage était grêlé, je ne regretterais rien ! Vous ne savez peut-être pas combien il est plus difficile à Pékin de trouver un appartement qu'une petite amie ! Si vous ne me croyez pas, descendez donc voir parmi nous. Vous comprendrez alors les raisons de mon coup de foudre... »

Serge explique :

— C'est un superbe exemple d'humour chinois : Wang Dongxing, ancien chef de la Sécurité du temps de Mao, vice-président du Parti, est un des derniers caciques en place ; on raconte qu'il a amassé une fortune considérable. Alors on l'attaque : avec les moyens du bord.

Jean-Bernard André se frotte les mains :

— Tout cela me paraît excellent !

Il a fait prendre à Gaston de longs plans du dazibao ironique, avec en premier plan le visage radieux d'une très jeune fille qui lisait la demande en mariage déjà délavée par la pluie, la neige, le froid de cette fin d'un printemps au milieu de l'hiver. Et Gaston de conclure :

— Votre humour chinois, c'est ce qu'on appelle le rire jaune, non ?

Satisfait de sa plaisanterie, le cameraman remballe son matériel ; la jeune fille qui lisait les deux petits feuillets dactylographiés s'est approchée, curieuse :

— Américains ?

Serge se retourne vers Gaston.

— T'es pas si con, Gaston : les colonialistes à moustaches qui représentaient la France dans le Pékin du début du siècle avaient créé une revue satirique à leur usage exclusif ; sais-tu comment elle s'appelait, la revue de nos grands-pères ?

Et avant même que le cameraman, ahuri, ait trouvé une réponse :

— *Le Rire jaune !* Il y en a quelques exemplaires bien cachés au centre culturel.

Le Rire jaune : suite...

« Estimé vice-président Wang Dongxing, continue le signataire de la demande en mariage dont Jean-Bernard a préservé la trace, estimé camarade président, voici l'histoire de ma vie, elle vous touchera, j'en suis certain.

Avec ma première petite amie de dix-neuf ans, tout allait bien quand je la rencontrais dans le parc ; nous étions très heureux. Mais dès que je l'ai amenée à la maison, ça a été foutu. Parce que chez moi, c'est très, très serré : huit personnes, “ trois générations sous un même toit ”, vivent dans une pièce de huit mètres carrés. Les gens dorment dans des petits lits à trois étages. Même la bicyclette a dû être pendue à la poutre centrale. On peut dire que notre " collectivité " emploie au maximum l'espace et pourtant on ne peut même pas se retourner. Une fois, j'avais amené chez moi une nouvelle petite amie. Comme il n'y avait pas de place ailleurs, j'ai dû lui demander de s'asseoir sur mon " grand lit ". Malheureusement, elle n'a pas fait attention et les croquenots qui pendaient à la poutre lui ont fait une grosse bosse au front. Après m'avoir foudroyé du regard, elle a sauté, dans un grincement, à bas de mon " grand lit ", et elle est partie sans tourner la tête. Si vous saviez comme j'étais malheureux !

« En 1976, quand il y a eu le tremblement de terre, je me suis construit sur un espace libre non loin de chez moi une cabane anti-tremblement de terre. Elle prenait le vent par tous les côtés, et pourtant je l'adorais, parce qu'elle avait deux mètres carrés de plus que mon " foyer ". Quand j'ai de nouveau trouvé une petite amie dans un parc, je ne l'ai pas amenée chez moi, je l'ai embarquée dans mon abri. Ça marchait : elle était d'accord en principe pour se marier avec moi dans la cabane (sans doute parce qu'on ne parlait que de tremblement de terre et qu'elle avait peur de mourir écrasée dans une vraie maison). Juste au moment où l'installation de notre " chambre conjugale " était terminée, et alors que nous nous apprêtions à organiser la cérémonie, un ordre d'en haut est soudain tombé : pour ne pas nuire à l'hygiène municipale, toutes les cabanes anti-tremblements de terre devaient être immédiatement démolies. C'était fichu : elle est partie, elle aussi. Elle m'a quitté pour toujours. Et je ne pouvais rien faire d'autre que soupirer, allongé en l'air sur ma couchette du troisième étage. Mes vieux parents, encore plus tristes que moi, pleuraient. Moi, je n'ai pas pleuré. Abruti, je ruminais profondément ses dernières paroles : " Je t'aime, mais nous ne pouvons pas dormir sur la couchette. Pour toi, pour moi, comme pour nos descendants, il vaut mieux... "

« A partir de ce moment, dans mon âme blessée, j'ai fait le serment de ne plus avoir de petite amie que si elle avait un appartement : estimé président Wang, donne-moi ta fille à marier et tout sera pour le mieux dans le meilleur des mondes... »

Guillaume a fini par poser la question à Meilin :

— Je voudrais savoir pourquoi vous acceptez de me voir si souvent ?

Ils s'avancent dans les ronces et les broussailles de ce qui reste de l'ancien palais d'Été. Construit par des architectes européens au début du XVIIIe siècle, c'était un étonnant paysage de colonnes doriques et de volutes baroques ; des vasques latines y recevaient l'eau venue par des canalisations de pierre, il y avait des grottes, des rocailles dont le fabuleux ordonnancement a été anéanti lorsque d'autres Européens, victorieux, ceux-là, ont envahi la Chine en 1860. De la splendeur d'antan, on a gardé un recueil de planches gravées plus ou moins fantaisistes offertes à Napoléon III : ce sont de bien étranges fontaines, des pavillons classiques qu'on a drôlement sinisés — mais qui, de l'architecte qui les inventa ou du dessinateur qui en a tracé les images, a joué la carte de l'exotisme, et pour qui ? Les Jésuites pour les Chinois à qui ils élevèrent ces palais, ou les visiteurs étrangers à l'intention de l'Empereur des Français, pour qui ils gravèrent ces dessins ?

En quelques heures de combats dérisoires, tout fut pourtant anéanti. Pendant cent ans, cet immense parc, traversé çà et là de rizières, planté parfois de maigres champs de blé, est resté un territoire en friche, où la nature avait repris ses droits, face à ce qu'il restait d'une colonne brisée, d'un arc écorné : Guillaume s'y était promené alors, l'un des seuls parmi les Occidentaux de ce temps à savoir trouver le chemin de cette jungle de pierre et d'eau perdue dans l'entrelacs des routes qui desservent, à l'ouest de la capitale, tout un quartier universitaire, des usines, des casernes. Et puis d'autres architectes venus d'Europe, des archéologues appliqués ont entrepris de relever ces ruines ; on a défriché, arpenté, puis numéroté des pierres, rassemblé quelques fûts de colonnes.

— Pourquoi ?

Meilin s'est baissée pour ramasser un minuscule fragment de marbre : ce fut une feuille d'acanthe.

— Pourquoi ? Peut-être d'abord pour voir...

Guillaume à son tour a cueilli dans la poussière un fragment cannelé : le rebord d'une vasque. La voix de Meilin, alors :

— Qui ose dire qu'entre vous et nous il y a cet abîme d'incompréhension ? Vous avez construit ce parc pour le détruire ensuite et le reconstruire après, tandis que nous tentons de bâtir notre démocratie pour mieux l'anéantir quand elle s'élève trop haut ; mais à peine est-elle à terre, écrasée par un maire imbécile sur le pavé de Tian'anmen, que nous entreprenons tout aussi vite de la redresser...

Guillaume sourit du paradoxe.

— Vous êtes toujours aussi diablement sérieuse ?

Le rire de la jeune fille, alors, fuse :

— Sérieuse, moi ? Quand je dis des bêtises ?

Le nouveau palais d'Été, celui qu'a construit Cixi, l'impératrice douairière, pour effacer le désastre de 1860, se dresse à l'horizon ; derrière ces colonnes qu'on relève, on devine les tuiles vernissées du Foxiang Ge, le palais des Nuages ordonnés, qu'on appelle aussi le palais des Dix Mille Bouddhas ; sa haute tour domine le paysage, roc de tuiles et de bois peint accroché sur le roc. En bas, il y a un lac.

— Vous savez très bien que je ne suis jamais sérieuse, répète Meilin.

Guillaume se retourne : derrière lui, les vasques et la colonne, l'encorbellement de ce qui fut un balcon. Il regarde alors la jeune fille avec une soudaine bouffée de tendresse et pense : « Plus tard, je me dirai que tout a commencé ici... »

Les ruines neuves de l'ancien palais d'Été.

Parfois, Serge s'approchait lui aussi d'une jeune fille en train de lire ces dazibaos qui explosaient dans Pékin : il y avait eu la période des Cent Fleurs, c'était aujourd'hui la saison — affiches rouges, vertes, jaunes, multicolores, papillons roses sur le mur de la Démocratie — c'était la saison des dix mille, des cent mille pétales de cent fois plus de fleurs qu'on ramenait en gerbes de tous les rouges et tous les bleus, les plus beaux verts du monde — ou qu'on lisait gravement, comme cette jeune fille dont Serge, toujours flanqué d'un Gilles qui traduisait pour lui, s'approchait à travers la foule.

— Je suis français.

Il avait décidé d'ouvrir toutes les conversations par cette affirmation prononcée à mi-voix ; il se disait qu'au-delà de la pointe d'exotisme que représentaient pour ces filles de vingt ans les Américains subitement découverts et qui pullulaient désormais dans les rues, il devait bien vibrer quelque part, dans le cœur de ces demoiselles, une petite corde un peu française.

— Je suis français.

Chaque fois, la jeune fille se retournait, engageait la conversation ; dans bien des cas, on parlait plus longtemps ; il y avait aussi des cas où les demoiselles voulaient bien faire encore un petit bout de chemin...

De la provocation, dès lors, ce poème collé sur le tronc d'un arbre, devant le mur de la Démocratie ?

« Ouverture sexuelle.
Ami, tu es un jeune du 5 avril ?
Alors, soutenons ensemble l'ouverture sexuelle.
Comment, tu es en train d'apprendre l'anglais ?
Très bien, souviens-toi de cette expression : Sex Open (prononcer se-ke-se, ou-pen).
L'année 1979 est l'année Sex Open,
Si on la compare à une jeune fille,
Sex Open est le petit bonnet de laine qu'elle porte sur la tête.
Si tu ne le portes pas, tu es vraiment trop ringard.
Ouverture sexuelle, ouverture sexuelle,
Balayons d'un coup la pensée féodale.
Sex Open, sex Open,
Exaltons un mode de vie moderne.
Sex Open, O.K. »

Ils se retrouvent maintenant presque chaque jour, en fin d'après-midi. Que le personnel de l'ambassade, ses collègues, les Français de Pékin le sachent et échangent des regards entendus ne gêne guère Guillaume ; il se dit qu'il écoute la Chine qu'on lui raconte.

Parce que, de la même voix douce d'écolière appliquée, Meilin parle. Le printemps s'avance mais le ciel reste très bleu ; avec une énergie qui fait sourire la jeune fille, Guillaume tente de retrouver des traces de ce qui a été.

Ainsi, le hall des Classiques...

Jadis, le Guo Zi Jian, à l'ouest du Kong Miao — le grand temple de Confucius — était fermé aux visiteurs. Mais Guillaume avait lu des descriptions de cette sorte de bibliothèque nationale — on l'appelait donc : le hall des Classiques — faite de bâtiments disposés comme ceux d'un temple, terrasses, pavillons où l'on abritait religieusement tous les textes sacrés ou profanes, afin de les préserver d'une folie de destruction semblable à celle qui anima l'empereur Qin Shihuangdi lorsqu'il décida de brûler tous les livres.

Meilin pousse la grande porte :

— Entrons...

L'étonnement de Guillaume :

— On peut entrer ?

Et le sourire de Meilin :

— Pourquoi ne pourrions-nous pas entrer ?

Ils s'avancent dans les cours, les allées. Au centre, entouré d'une rivière où le bleu du ciel se reflète d'un bleu plus violent encore, un pavillon circulaire, à la fois temple, mémoire de pierre de temps révolus, hommage au Ciel dont le Fils, empereur, fut entre les hommes et lui l'intercesseur unique.

Derrière eux, un vieillard trottine, vêtu à l'ancienne d'une grande robe, houppelande rembourrée de coton matelassé, qui donne à sa maigre petite silhouette une allure comique, ballottante. Meilin, qui s'est retournée, l'a reconnu et tous deux échangent des exclamations animées, ils parlent très vite et Guillaume, bien sûr, ne comprend pas. Puis Meilin revient à Guillaume, elle fait les présentations.

— L'ambassadeur de France, le professeur Xie.

Le vieillard s'incline deux fois, dix fois en riant, serre longuement la main du visiteur : sa main à lui est sèche, minuscule, comme craquante sous les doigts de Guillaume ; il les entraîne ensuite vers l'un des pavillons latéraux où sont encore les textes, les livres, les rouleaux, les manuscrits.

— Jadis, explique Meilin, et pour qu'on ne puisse les brûler, on recopiait les textes les plus précieux sur des stèles de pierre.

Le vieillard, pour qui Meilin a traduit sa phrase, éclate à nouveau de rire : petit rire filé, drôle, des cailloux qui roulent dans le lit d'un ruisseau.

— Que dit-il ?

Guillaume veut savoir.

— Il dit que les chenapans qui lui ont rendu visite il y a une vingtaine d'années savaient qu'on peut aussi bien briser les stèles de pierre que brûler les livres de papier.

Le vieil homme leur offre encore du thé, bavarde un moment ; il est entouré d'un essaim de jeunes filles qui rangent, classent puis qui s'éparpillent soudain. Un vieux réveille-matin a sonné, strident, il est six heures, elles sont déjà parties.

Alors Meilin s'assied dans un coin de la pièce en longueur où le vieux monsieur, seul, vaque à de lentes et mystérieuses occupations de rangement.

— C'est ici que Liu Ting a longtemps travaillé, dit-elle.

Ting était l'ami de Meilin quand la Chine était en colère.

La Chine qui se dressait...

Déclaration des Droits de l'homme en Chine affichée sur le mur de la Démocratie en janvier 1979 :

« L'Alliance pour les Droits de l'homme en Chine a formellement proclamé sa constitution le 1er janvier 1979 à Pékin. Elle a discuté et adopté le présent manifeste. Les événements de Tian'anmen, qui ont éclaté en 1976, sont fondamentalement un mouvement pour les Droits de l'homme. *La lutte pour les Droits de l'homme a une signification beaucoup plus profonde et beaucoup plus importante que tout le reste. C'est une réelle nécessité de notre époque.* Cette année, le mouvement pour les Droits de l'homme en Chine, par son esprit novateur et original, a gagné le soutien et l'admiration du monde entier. Il a concouru à accélérer l'établissement des relations diplomatiques entre les gouvernements chinois et américain. Pour stimuler la réalisation des Quatre Modernisations et promouvoir la paix mondiale et la cause progressiste, nous avançons les dix-neuf points suivants :

1. Les citoyens réclament la liberté de pensée et de parole. Qu'on libère les détenus pour délits d'opinion dans tout le pays. Qu'on se réfère constamment dans la Constitution à la pensée d'une seule personne (Mao) et que le successeur soit nommément désigné par les

statuts du Parti et par la Constitution relèvent d'une même absurdité. (...).

Les citoyens exigent l'élimination radicale des croyances divines et du culte des idoles. Qu'on déménage le sarcophage de cristal et qu'on transforme le mausolée en simple mémorial. Qu'on célèbre solennellement chaque année l'anniversaire du mouvement du 5 avril.

2. Les citoyens demandent que la Constitution garantisse effectivement le droit de critiquer et de juger les dirigeants du Parti et de l'État. Pour éviter les malaises actuels et futurs, pour garantir la vérité et la justice, pour développer les forces productives, les citoyens exigent que soit aboli à jamais le critère toujours en vigueur du pouvoir impérial-féodal, selon lequel en s'opposant à une " personne " (Mao), on est " contre-révolutionnaire ". Que notre société soit vraiment établie sur les principes de la démocratie populaire.

3. Qu'on accorde aux minorités nationales un réel pouvoir d'autonomie.

4. Les citoyens réclament l'application du suffrage universel direct dans tout le pays, pour élire aussi bien les dirigeants de l'État que les dirigeants locaux, etc. »

Histoire de Liu Ting, étudiant de deuxième année à la faculté d'histoire de Pékin.

Fils de paysans pauvres, il a été l'un des premiers engagés sous les drapeaux des gardes rouges, au cœur de l'été 1966 ; il avait dix-huit ans et criait sa haine pour tous ceux qui incarnaient un ordre dont on lui avait dit qu'il fallait l'abolir et sa joie de servir, d'écouter, d'aduler le président Mao.

— J'étais comme un soldat, devait-il dire bien plus tard à Meilin : soldat d'une armée qui couvrait la Chine entière.

Il avait été de ces troupes de choc qu'on avait envoyées conduire la révolution dans le pays — la commune de Shanghai ou les violences rouges de Chongqing : ici ou là, qu'importe, il était au premier rang.

— On l'avait chargé de s'occuper des intellectuels ; après tout c'était lui-même un intellectuel, il savait comment on s'occupe de ces animaux-là !

Liu Ting possédait les clefs des bibliothèques et de leurs pavillons : il brisait — mais lisait d'abord. Jusqu'au milieu des émeutes qu'il conduisait lui-même, il lisait, lisait éperdument.

— Si bien que lorsque Mao a décidé que le fer de lance du combat qu'il avait mené contre le Parti avait fini de jouer son rôle et qu'on avait résolu de rappeler les chiens, Liu n'avait pas voulu répondre au coup de sifflet du maître.

Il avait alors pris le maquis, la campagne ; il était devenu un vrai rebelle révolutionnaire, harcelant ceux qui étaient rentrés dans l'ordre au nom d'un ordre qui n'était déjà plus l'ordre de Liu Ting ; il avait voyagé, s'était battu — et il avait lu, encore lu, lu toujours davantage.

Quand Liu Ting et ceux qui, comme lui, affirmaient trop haut que la révolution n'était pas finie sont devenus trop encombrants, on a envoyé la troupe, l'armée, mais aussi des ouvriers, des paysans ; on a tiré, tué, bains de sang dans ces villes au milieu d'une Chine du Milieu dont nul, en Occident, n'a jamais entendu parler.

— Liu a vu ses amis morts à côté de lui : on les avait achevés d'une balle dans la nuque.

Beaux enfants rouges de Mao devenus trop rouges et que le sang, alors, camarade... Le combat était fini, Liu Ting est rentré à Pékin, il a retrouvé l'université, ses camarades, pour repartir aussitôt pour la campagne : « Jeune Instruit », il a vécu cinq ans avec des paysans d'une commune proche de Qufu où vécut Confucius ; il travaillait la terre, transportait le purin, la merde — et lisait toujours.

— C'est là que je l'ai connu, avoue alors Meilin : je n'étais qu'une petite fille, c'était un homme qui avait vécu, qui avait lu surtout, et qui m'a parlé.

Tous les soirs, la jeune fille s'échappait de la maison des filles et retrouvait Liu sous un arbre qu'ils avaient fini par appeler l'arbre de la Sagesse. C'était un mûrier.

— Est-ce que vous..., commence Guillaume, qui s'arrête aussitôt.

Il a compris que sa question n'est pas de celles qu'on doit poser.

— Savez-vous, dit Meilin, où Liu a appris à être un vrai, un bon dissident ? Un dissident efficace ? Dans les journaux que nous lisions sous le mûrier de la Sagesse.

Dans leur antisoviétisme aveugle, les journaux les plus officiels de la Chine d'alors décrivaient complaisamment les activités, les écrits, les revendications de ceux qui étaient les bannis de Moscou : les dissidents soviétiques. L'exemple d'un Sakharov ou d'un Soljenitsyne vous a de ces accents révolutionnaires...

— Et puis ? demande Guillaume.

La voix, très calme, de Meilin :

— Liu est parti le premier ; je l'ai un peu revu à Pékin ; il était de ceux que la police a arrêtés après le 5 avril.

— Et après ?

— Après ? Pendant des années. On n'a plus rien su...

La prison Qincheng n° 1 : la Forêt des bienfaits. A Xi'an, rassemblés, c'est dans la Forêt de stèles, qu'on a conservé, précieusement dans de vastes pavillons aux toits de tuiles vernissées les écrits qui racontent le monde.

Meilin explique encore : Wei Jingsheng a posé la vraie question : est-il vrai que si les droits démocratiques étaient accordés au peuple, on risquerait de tomber dans le désordre et l'anarchie ?

Au contraire, corrige Wei, la presse de notre pays vient précisément d'exposer tous les scandaleux abus auxquels nos despotes, petits et grands, ont pu se livrer grâce à l'absence de démocratie. Voilà le vrai désordre, voilà la vraie anarchie ! Le problème du maintien de l'ordre démocratique est un problème de politique intérieure que seul le peuple a compétence pour régler, et il n'a nul besoin que les privilégiés, armés de pouvoirs spéciaux, s'en occupent à sa place, car le souci de ces gens-là n'est nullement de protéger la démocratie, mais bien de prendre prétexte de cette protection pour dépouiller le peuple de ses droits. Bien sûr, ce problème de politique intérieure ne sera pas résolu du jour au lendemain. Il faudra tout un processus de développement durant lequel, inévitablement, des erreurs se produiront, qui devront être constamment rectifiées. Mais c'est là notre affaire à nous, et ce système vaut mille fois mieux que l'arrogante tyrannie de notre présente aristocratie féodale, laquelle ne laisse aucun recours contre l'injustice. Quant aux gens qui s'inquiètent à l'idée que l'avènement de la démocratie pourrait entraîner le chaos, ils me font penser à ceux qui, au lendemain de la révolution républicaine de 1911, craignaient que, sans empereur, la Chine ne sombre dans le chaos. Leur conclusion, c'est : « Subissons patiemment l'oppression ! » Sans un tyran pour vous chevaucher l'échine, craignez-vous donc de vous envoler ?

Principal théoricien du printemps de Pékin, Wei Jingsheng a été arrêté le 29 mars 1979 en même temps que Chen Li, un autre étudiant engagé dans le combat pour les Droits de l'homme et la démocratie.

Serge avait alors interrogé Gilles, son traducteur.

— Et maintenant ? Ils vont le traduire en justice ? L'exécuter ?

Silence du jeune Chinois, qui ne répond pas aux questions qui ne sont pas de sa compétence.

— Mon pauvre Gilles, tu ne veux pas te mouiller, n'est-ce pas ?

Le jeune homme a eu un rapide sourire.

— Ce sont toujours les gens mouillés qui reçoivent les plus grosses averses.

Aphorisme en forme de poème : Serge s'incline, le Chinois a gagné.

Le 5 avril revient, troisième anniversaire des émeutes de 1976. La place Tian 'anmem est noire de monde, étudiants, ouvriers, des paysans venus parfois de très loin ; mais il n'y a ni affiches — ni banderoles. Le silence ; et la police autour.

— Là-bas, dit Meilin, j'avais une petite sœur.

Pour la première fois, la jeune fille prononce le nom de Meifang.

— Meifang : c'était vraiment votre sœur ?

La campagne autour de Pékin semble retombée dans le bleu de l'hiver ; un brusque coup de froid ; il a neigé, dit-on, du côté de Chengde. Sur la route de la Pagode de Porcelaine, un camp militaire ; ou une prison... Voilà vingt ans, des milliers de Chinois, ensemble et les mains nues, ont creusé ce canal.

— Non pas vraiment : c'était mon amie, c'était le hasard, nous étions toutes les deux...

Meifang avait quelques années de moins que Meilin ; lorsque la première revenait des soirées passées sous l'arbre la Sagesse, elle retrouvait la seconde, dans l'ombre du dortoir ; les autres, jeunes instruites et petites paysannes mêlées, ronflaient, rêvaient. Meilin et sa compagne parlaient.

— C'était comme ma petite sœur ; je lui apprenais tout ce que Liu Ting m'avait enseigné. La science, la connaissance, le savoir, c'est cela : des mots qu'on se passe les uns aux autres, des paroles, quand il n'y a pas de livres.

Guillaume qui, toute sa vie, a vécu derrière une barrière de livres ; sa Grande Muraille à lui.

— Vous n'aviez pas de livres ?

Le rire de la jeune femme : décidément, ces étrangers sont d'une innocence désarmante.

— Des livres ?

Elle rit encore, un vrai fou rire — qu'elle tente de retenir en posant sa main à plat sur sa bouche ; la tour blanche de la Pagode de Porcelaine, à mi-chemin de la colline, épingle un point précis de l'horizon — en bas, un camp, a-t-on dit ? Bien plutôt une prison. Prison pour cadres supérieurs, qu'on traitera supérieurement mal.

— Des livres ? Eh bien, oui, j'en avais un : un seul. Si je vous disais lequel ?

La tentation qu'a subitement Guillaume d'effleurer cette main que la jeune fille vient de retirer de son visage et qu'elle a posée sur son genou droit.

— C'était *Le Rouge et le Noir :* Stendhal en français au milieu de la campagne du Shandong !

La seule chose qu'elle avait pu sauver ; un matin, à un garde qui l'interrogeait, soupçonneux, elle avait répondu que c'était un classique de la littérature révolutionnaire mondiale : « Marx, Engels, Lénine et Julien Sorel : tu connais bien, grand frère ? » Le grand frère paysan, la baguette à la main, lui avait rendu le livre.

— C'est avec Stendhal que j'ai appris le français à Meifang ; et vous savez où est Meifang, aujourd'hui ?

Cette fois, Guillaume va répondre :

— A Paris.

Meilin, l'air désolé :

— Je vous l'avais déjà dit ?

La pagode blanche au-dessus des ciels de basse-fosse : cette Chine...

— Il m'arrive, parfois, de deviner les choses.

Meifang, assistante de littérature comparée à l'École pratique des hautes études est, avec son amie Cécile, la plus proche collaboratrice de Serge Lensky.

Thierry Destutt a vu Guillaume rentrer à l'ambassade, après avoir déposé Meilin près de chez elle.

L'ambassadeur est monté dans son bureau ; Thierry devine qu'il est en train d'écrire ; noter peut-être ce que lui a dit tout à l'heure la jeune femme. Les bureaux sont déserts, les secrétaires parties. A la porte, un garde de sécurité, en survêtement de jogging, écoute une vieille cassette des Beatles qu'on lui a rapportée de Hong Kong. Thierry, resté plus tard que d'habitude dans son bureau, hésite : frapper à la porte de l'ambassadeur. A ce moment, le téléphone sonne.

— M. Destutt ? Je vous passe votre femme.

La voix de Marie-Reine, sèche, coupante. Il ne va pas tarder, il a encore une visite à faire aux services culturels, et il rentre tout de suite — c'est promis. Il raccroche ; et pense : « Pauvre Marie-Reine. » Il se dit qu'il n'a peut-être pas su, pas vraiment voulu...

Comme un voleur, il quitte à la hâte l'ambassade et se dirige en voiture vers le centre culturel ; il sait que Paul van der Goes est là, toujours occupé à trier des coupures de presse : il revient vers lui, comme un voleur.

— Je ne vous dérange pas ?

Il n'y a qu'à lui qu'il puisse raconter tout ce qu'il a un jour espéré et qui, sous la lumière de Pékin, s'effrite en cette poussière impalpable.

— J'avais tant rêvé de ce gris de Pékin.

— Partir ?

Poussière, gravats, une odeur de cendres froides.

— Partir ? Mais pour aller où, bon sang !

Le garçon élève à la hauteur de sa tempe le revolver qu'il tient en main.

— C'est Rimbaud qui l'a dit : on ne part pas !

Le garçon laisse retomber lentement sa main.

— Qui ça, Rimbaud ? On est prié de laisser en sortant les lieux aussi propres qu'on souhaite les trouver quand on y entre ; alors, pas de saloperie ; tu n'as pas encore compris que la culture, ça salit, non ?

Ils sont trois dans la cabane à demi écroulée près de Montfort-l'Amaury, au fond d'un jardin que l'herbe envahit. Sur le sol de la cabane, gravats, détritus, deux sommiers défoncés, les ressorts qui percent la toile déchirée et Jean-François Verviers qui tend la main vers le revolver que brandissait son ami Max, le saisit à son tour et met en joue Julie, l'unique fille du trio.

— Un jour, dit Julie, tu tireras pour de bon.

— Et alors ?

— Alors, boum ! Adieu, Julie...

Elle a vingt ans, des cheveux raides ; elle porte une chemise d'homme et Jean-François sait qu'elle peut être jolie. Il se retourne vers celui qu'on appelle Max.

— On attend quoi, exactement ?

— On n'attend rien, mon gros : rien, absolument rien et c'est de l'art, ça, crois-moi !

Parfois, des garçons en moto s'arrêtaient sur la route de Montfort-l'Amaury, en bordure du parc d'une grande maison. Des Allemands, des Hollandais barbus sortaient des cartes, des lampes électriques, si c'était la nuit — car ils venaient le plus souvent la nuit — et ils cherchaient le chemin de la Maison-Neuve qu'on leur avait indiquée à Utrecht ou à Rotterdam : difficile à trouver, la cabane de Max, cachée derrière son bouquet de saules, au bout du chemin encombré par les ronces.

Hans ou Dieter, celui qui passe par là ce soir, s'est perdu dans un no man's land de maisons en construction, pas loin de la nationale. A la lumière de sa lampe torche, il examine le morceau de papier chiffonné sur lequel un Otto ou un Peter lui a dessiné un plan au crayon quand il sent une présence derrière lui ; il se retourne brusquement, sa lampe levée comme une matraque.

— Vous cherchez quoi, au juste ?

Jean-François et Max sont en face de lui ; le revolver. Hans ou Dieter, le nouvel arrivant, hésite.

— Tu es Max ?

L'arme est retombée.

— Non, lui, c'est Jean-François ; il est avec moi. C'est moi, Max.

Jean-François Verviers avait huit ans, neuf ans ; son père était jeune secrétaire d'ambassade en Allemagne, André Verviers revenait de Prague.

— Vous ne m'avez jamais parlé de votre équipée coréenne

André Verviers a un geste vague :

— Tout cela est si loin.

L'homme qui l'interroge, assis dans le renfoncement d'un pub tout près du Royal Court, c'est à nouveau Jean-René Pallas, ce haut fonctionnaire discret en poste à Londres, qui s'intéressait à la Chine. Il fume cigarette sur cigarette face à quelques-unes de ces poupées habillées en Desdémone ou en Falstaff qu'on a placées dans des niches sur les murs : théâtre oblige et le Royal Court, alors, est l'un des temples de la renaissance du théâtre en Angleterre.

— C'est si loin..., répète Verviers.

Mais l'autre insiste :

— On en a beaucoup parlé, à l'époque.

Verviers rit :

— Ç'a surtout été le prétexte à un bel arrêt de jurisprudence administrative !

L'« arrêt Verviers », précisément, qu'on retrouve dans tous les manuels de droit public : l'exemple type d'une reconstitution de carrière. André Verviers gérait le consulat de France à Séoul lors de l'entrée des troupes nord-coréennes : disparu ensuite pendant trois ans, André Verviers. Ni mort ni vivant : disparu ; sa femme seule à Paris, trois enfants, n'avait eu droit ni à la retraite ni au traitement de son mari ; ses amis s'étaient cotisés pour lui permettre de survivre. A la réapparition du disparu, on avait donc procédé à la reconstitution de sa carrière, son avancement — jusqu'aux primes qu'il aurait dû toucher et qu'on avait calculées, a posteriori : un des fleurons du droit public français, l'arrêt Verviers. Mais ce n'est pas cela qui intéresse Pallas.

— Vous avez connu White, là-bas...

Pendant trois ans, Verviers a traîné de prison en prison, sur les routes de Corée et de Chine ; il marchait, marchait dans le froid ou la grande chaleur jusqu'à épuisement ; et ceux qui tombaient restaient là : une balle dans la tête. George White marchait à ses côtés : consul britannique, on l'avait arrêté en même temps que Verviers. Entre les deux hommes, ç'avait été une de ces amitiés comme seule la mort en bordure du chemin, toujours présente, peut en inventer. Mais White avait connu ensuite un autre destin : lavage de cerveau, rééducation, formation psychologique. Trois ans après son retour — il était revenu à peu près en même temps que Verviers —, il n'avait eu que le temps de repartir : on avait découvert qu'avec les Burgess et les MacLean de l'époque, il était — par Corée puis Chine interposées — devenu un des pions importants du KGB sur l'échiquier européen ; pendant quelques mois, il avait travaillé à l'OTAN en même temps que Pallas.

— Une de mes inquiétudes, voyez-vous, c'est que votre ami George White...

Jean-René Pallas avait insisté sur le « votre ami » mais Verviers ne le relèvera pas :

— Que voulez-vous que je vous dise ? Il nous a tous trompés : les autres, moi, alors pourquoi pas vous ?

Face à Othello, dans le pub de Royal Court, Iago ricane — mais André Verviers est devenu un homme libre, il n'a plus d'yeux que pour Desdémone.

Peut-être est-ce la présence de M. Liu à Paris : les souvenirs refluent maintenant en Simon qui, dans son bureau de la rue de l'Élysée, met de l'ordre dans ses dossiers, classe des lettres, des photos.

Il a fait venir de Clermont deux caisses pleines de papiers qui datent de son séjour à Pékin et il lit, parfois très tard dans la nuit, des lettres qu'il a reçues alors, ou d'autres, écrites par lui et jamais envoyées.

A quelle femme — la lettre commence par « Ma toute belle... » — a-t-il ainsi écrit que chaque homme portait en lui son exil et « qu'à tout prendre, la Chine valait bien tous les alcools et toutes les maîtresses pour retrouver un peu de soi-même dans les limbes d'une imagination trop fertile » ? En relisant la formule dont il n'était plus sûr d'en vraiment comprendre le sens, Simon a souri.

Si bien que, lorsque Bernard de Beausséant est venu lui apporter le télégramme de Guillaume qu'il attendait, il lui a lancé, avec un rire amusé :

— Savez-vous que la Chine vaut bien tous les plus vieux cognacs du monde pour parvenir à oublier ?

Le jeune homme l'a regardé, interloqué :

— Oublier quoi ?

Mais Simon hausse déjà les épaules : il n'a rien à dire à ce garçon dont la cravate porte les couleurs d'un collège d'Oxford où il a peut-être d'ailleurs été.

— Figurez-vous que j'ai oublié !

Beausséant a quitté le bureau de Simon en pensant que son patron n'a décidément rien du chef pour lequel un homme comme lui éprouve du plaisir à travailler.

C'était au début des années 1920. M. Liu, qui n'était encore qu'un Liu Badian anonyme, s'accoudait au bastingage. Dans la grande lumière vaporeuse d'un soir d'été, Shanghai disparaissait peu à peu, univers rose et gris pâle traversé de lueurs orangées qui basculait dans un horizon de plus en plus incertain, une masse lentement cotonneuse qui confondait, de minute en minute, la mer et le ciel.

— Crois-tu que nous saurons un jour revenir ?

C'était Shi Jinan qui avait posé la question. A côté d'eux, une Française enveloppée dans un manteau blanc et l'homme qui l'accompagnait, col relevé d'un imperméable anglais.

— Crois-tu que nous pourrons revenir ?

Liu Badian était un très jeune homme qui ne quittait la Chine que pour y revenir.

Une cloche sonna ; il était temps pour les passagers de seconde et de troisième classe d'évacuer le pont supérieur ; à six par cabine, dans le flanc du grand paquebot blanc des Messageries maritimes. Liu, Shi et beaucoup d'autres commençaient leur voyage vers l'Occident.

Simon lève à nouveau les yeux vers Bernard de Beausséant, qui se tient devant lui, un article à la main, n'importe quoi, qu'il veut lui montrer.

— J'ai frappé, mais vous n'avez pas répondu.

Sur le bureau, les mêmes lettres anciennes : lettres de femmes, mais aussi d'hommes, d'amis ; cette lettre d'Otrick qu'il avait reçue quelques jours avant la mort de l'ambassadeur et qui prend subitement un sens nouveau.

« Mon ami, j'ai le sentiment que les charges écrasantes qui m'accablent parfois me détournent trop souvent de l'essentiel : il y a les tracasseries, les intrigues, le va-et-vient des menues ambitions et des grands secrets qui ne sont que des baudruches, si facilement éclatées, éventrées ; mais il y a tout ce que, tout au long d'une vie, je n'ai pas pris le temps de faire : l'essentiel, en somme, qui ne m'apparaissait pourtant que comme le superflu. Si tout était à recommencer, je m'offrirais le luxe de ne vivre que du superflu — tout le reste est foutaise... »

Le regard de Beausséant est empreint d'ironie, comme s'il avait le sentiment très aigu que son patron, lentement, glisse, s'efface. Il s'incline avec l'air navré d'avoir dérangé qui n'est plus, que de très loin, occupé à ce qui est pour lui l'essentiel.

— Je reviendrai tout à l'heure, si vous voulez.

— C'est cela, tout à l'heure.

La nuit est presque tombée, Simon n'a pas encore allumé sa lampe, le bureau tout entier est plongé dans l'ombre mouvante des souvenirs.

Liu Badian avait trouvé un emploi dans un atelier d'imprimerie de la rue Servandoni, derrière Saint-Sulpice. Shi Jinan, qui travaillait dans une chaudronnerie avenue de Châtillon, avait lu Balzac ; il affirmait à Liu que son imprimerie sortait tout droit d'un roman de Balzac.

— Et comment s'appelle le roman ? avait demandé Liu.

— *Les Illusions perdues !*

C'était tout un programme. Liu Badian avait éclaté de rire : depuis leur arrivée en France, l'un comme l'autre travaillaient douze heures par jour six jours par semaine — et ni l'un ni l'autre n'avaient le temps de suivre aucun des cours pour lesquels ils étaient venus. Pour Shi, qui déclarait lui-même étudier des choses qui ne servaient à rien, c'était plus facile : il était inscrit en littérature en Sorbonne et pouvait toujours lire Balzac ou Stendhal lorsqu'il rentrait dans la chambre qu'ils partageaient, au cinquième étage rue Pierre-Nicole ; mais Liu, qui faisait de l'économie politique, était désespéré.

— Nous avons fait tout ce chemin pour ça !

Il pensait aux puanteurs, à la crasse de la rue Servandoni. A Qufu, où il était né, il vivait dans une vaste maison, près du temple de Confucius. Shi Jinan lui faisait un clin d'œil.

— Pense au nombre de caractères que tu aurais eu à manier si tu étais imprimeur à Pékin : ici, tu n'as que vingt-six lettres !

Pendant longtemps, ce séjour à Paris serait pour Liu Badian le voyage jusqu'au bout de la vingt-sixième lettre.

— Je ne sais pas si ça se fait chez vous, remarque Meilin, mais je peux vous assurer que ça ne se fait pas du tout chez nous !

Il est onze heures du soir ; Guillaume l'a invitée à regarder la cassette d'un film qu'il vient de recevoir de Paris ; un vieux film avec Viviane Romance comme il aime en voir maintenant. Avant, pendant le dîner, ils ont à nouveau parlé des années que Meilin a passées à la campagne et sur lesquelles Guillaume l'interroge et l'interroge encore. Il se retourne vers elle.

— Si quoi se fait ?

— De dire à un homme qu'on a envie de coucher avec lui.

La dernière image du film vient de s'éteindre sur l'écran du téléviseur. Guillaume remarque que la jeune fille se mord la lèvre. A contre-jour, son visage paraît encore plus aigu, le nez étrangement proéminent pour une Chinoise, le menton fort, lui aussi. Il réfléchit une seconde :

— Chez nous, ça se fait.

Il s'est levé le premier.

A Londres, du temps de Marianne, il avait rencontré une jeune femme au cours d'un dîner et avait d'abord pensé qu'elle était sans charme. C'était loin du côté d'Islington, dans une avenue déserte. Sur le chemin du retour, Marianne avait fait une réflexion sur ce qu'elle avait appelé l'exceptionnelle laideur de cette fille.

Trois jours après, Guillaume appelait cette Suzanne et se persuadait, pendant trois semaines, qu'il était amoureux d'elle. Ensuite, à Nicholas Pelley qui se moquerait de lui, il dirait :

— Tu sais, au lit...

Avec une mimique qu'il jugerait sur le moment significative mais dont, plus tard, il aurait honte.

— Regarder pousser une feuille de marronnier..., disait M. Liu.

Lorsqu'il quittait l'atelier de la rue Servandoni, il comptait les pièces qu'il avait en poche, puis se dirigeait place Saint-Sulpice vers le Café de la Mairie. Il s'asseyait face à la fontaine dont il avait découvert qu'on l'avait surnommée la fontaine des « Quatre Point cardinaux » et se disait que ça lui aurait bien suffi d'être un tout petit évêque dans cette France qui le rejetait si bien.

A sept heures, Shi Jinan le rejoignait, un livre sous le bras. Montrant l'église de l'autre côté de la place, il citait alors Théophile Gautier :

« *Je hais les tours de Saint-Sulpice*
Et quand je les rencontre
Je pisse
Contre. »

Le jour où il avait lancé sa boutade, Liu Badian lui avait demandé :

— Tu les hais donc tant que ça ?

Le rire un peu douloureux du jeune Shi Jinan, lunettes cerclées de fer et Stendhal sous le bras.

— Tu as compris, j'espère, que je les adore !

Un moment, puis :

— Je me demande même quelquefois comment je ferai un jour pour vivre sans elles !

Maintenant, Meilin parle à l'oreille de Guillaume.

— J'ai été heureuse, tu sais.

Puis, quand elle rouvre les yeux et que la nuit est encore là, l'ombre seulement des lattes des volets à travers les fenêtres et la lune qui trace des raies blanches sur le lit, c'est lui qui se penche vers elle.

— Et là-bas, est-ce que...

Il est revenu à ces années passées près de Qufu où Meilin, « Jeune Instruite », apprenait une vie qui n'était pas la sienne. Elle rit contre son oreille, et c'est un bruissement d'arbre, des feuilles que le vent balaie.

— Là-bas, oui, quelquefois. Il fallait se cacher, bien sûr, car tout cela était interdit, surveillé, contrôlé...

Elle raconte les visites médicales qu'on passait tous les mois, les questions, les camarades toujours prêtes à vous dénoncer...

— Mais tout n'était pas si mal que ça...

Plus tard, elle expliquera que, pendant ces années-là, elle a eu le sentiment — elle corrigera : la certitude — d'être enfin utile à quelqu'un.

— A qui ? murmure Guillaume.

Mais elle remue la tête contre son épaule ; il est trop tôt, la lune est haute encore entre les lattes du volet coulissant.

— A des gens, des amis...

Un samedi en fin d'après-midi, Liu Badian et son ami avaient poussé jusqu'aux Champs-Élysées ; ils se promenaient, le ciel était clair, les feuilles roussissaient déjà dans les arbres.

Arrivés à la hauteur du Fouquet's, ils avaient fait leurs comptes : à eux deux, ils disposaient bien de quoi s'offrir deux bocks. Ils s'étaient assis à une table en terrasse et avaient commandé leurs bières. Autour d'eux, des hommes et des femmes élégants, jeunes pour la plupart ; vestes de tweed, quelques hommes en pantalons clairs. Shi avait reconnu à quelques tables d'eux un diplomate, écrivain célèbre, un éditeur. Il y avait aussi un romancier qui publiait ses récits de voyages ; il était allé en Chine, avait parlé de la misère de Canton.

— Pour tous ces gens, nous ne sommes rien, que des étudiants chinois auxquels on ne prête même pas attention.

Le diplomate écrivain s'était levé, il accueillait une femme blonde, aux cheveux légers, en l'embrassant sur les deux joues.

— J'ai lu un livre de lui, avait dit Shi : c'était léger, léger...

Au moment de payer, il leur avait manqué deux francs : la bière coûte plus cher au Fouquet's qu'au Café de la Mairie, place Saint-Sulpice. Le garçon avait haussé les épaules.

— Allez, filez...

Et c'était Liu qui avait remarqué, cette fois :

— Pour ces gens, nous sommes si peu de chose qu'on ne se donne même pas la peine de nous réclamer deux francs.

Meilin raconte aussi à Guillaume d'autres histoires.

Ainsi, cet homme, l'homme de Pékin, qui se souvient :

« J'ai quitté le lycée en 63 après mon brevet, je n'ai pas réussi à entrer dans la classe supérieure. J'ai attendu que l'on m'attribue un travail, à l'époque on ne parlait pas de " jeunes en attente de travail ", on disait : jeunes travailleurs sociaux. On ne pouvait pas créer d'entreprise privée, rien d'autre à faire que traîner dans la rue. Ce n'était pas aussi libéral que maintenant, on ne voyait que rarement des films de Hong Kong, quant aux films américains... Je me rappelle très bien avoir fait la queue toute une nuit pour aller voir une version de Hong Kong du *Rêve du Pavillon rouge*. Je ne suis pas resté plus de dix minutes, d'abord c'était en dialecte de Suzhou, je n'y comprenais rien, et en plus ce n'était que des acteurs d'ici. J'ai récupéré à la porte le talon de mon billet, puis je l'ai revendu. Je l'avais acheté cinq maos, et après avoir vu un bout du film, je me suis finalement retrouvé avec un yuan en poche. J'ai découvert ce jour-là que ce n'était pas une mauvaise affaire. Je me suis renseigné sur les films à succès, et quand j'ai été sûr de moi, je suis allé faire la queue à trois, quatre heures du matin ; je n'avais pas beaucoup d'argent, j'ai seulement pu acheter une dizaine de tickets dont j'ai augmenté le prix de revente. Puis j'ai recommencé et je me suis fait un petit magot ! En un mois, j'ai gagné quelques dizaines de yuans. A l'époque, ça représentait une certaine somme. On pouvait manger au restaurant pour un yuan. Une part de canard laqué coûtait huit maos, avec les galettes, les oignons et la soupe, tout compris, un yuan et six fens. Aujourd'hui, si tu n'as pas dix yuans en poche, pas question d'aller au restaurant ! »

Des histoires...

— Je suis désolé, mon pote, c'est pas de ma faute, mais tu sers plus à rien !

L'accident. Liu Badian avait glissé sur une tache d'huile ; pour ne pas se faire broyer la main par l'énorme presse qui roulait devant lui, il était tombé de tout son poids sur sa cheville gauche.

— Je suis désolé, mon pote...

Le patron était un gros homme avec de minuscules petites lunettes rondes sur le bout du nez. Cheville enflée, fêlée, M. Liu, qui boitillait, proposait de se débrouiller quand même.

— Désolé, mon pote : pour un Chinetoque, t'étais plutôt sympa...

Un billet de cinquante francs à la main, l'imprimeur de la rue Servandoni était désolé, oui, mais qu'y faire ? Liu avait enlevé son tablier, il avait décroché son manteau et il était parti vers Saint-Sulpice, en boitillant.

« Je hais les tours de... », se répétait-il en lui-même, comme une comptine enfantine.

Et toujours des histoires ; c'est l'homme de Pékin qui parle encore : de son travail. Il est croque-mort, en somme, à la fin des années soixante-dix :

« ... Quant au boulot, je peux dire que je travaille pas mal. En été, le cadavre pue, donne envie de vomir ! Les jours de pluie ou de neige, on est tout trempé et boueux, tant pis, mon boulot, c'est ça ! Ces dernières années, j'ai été élu travailleur d'avant-garde. Ceci n'est pas difficile dans notre unité de travail. Les gens se rendent compte de nos efforts et de nos difficultés, soit par compréhension, soit par reconnaissance. Quand il s'agit d'un autre genre de travail, ce n'est pas pareil, si vous dites que vous travaillez bien, l'autre réplique qu'il travaillerait mieux que vous, s'il était à votre place. Mais pour mon métier, c'est autre chose, n'est-ce pas ? Hélas ! la littérature, le cinéma, la télé ne daignent pas aborder les sujets relatifs à notre métier ! Tout le monde doit mourir, mais personne ne veut voir un spectacle sur les morts. La mort est un état définitif, mais qui veut voir ce qu'est cet état définitif sur le petit écran ? En d'autres termes, il est difficile de définir notre genre de travail. Constitue-t-il la dernière étape de la vie ou la première de l'état définitif ? On considère la mort comme un retour chez soi, mais on n'est pas rentré chez soi. On occupe encore une place dans le monde humain. Il faut qu'on vienne frapper à la porte du crématoire pour être transformé en poussière. »

— Sais-tu comment nous sommes devenus ce que nous sommes ? demande Meilin.

La main de Guillaume sur l'épaule de la jeune fille ; il pense : douce, sa peau ; longue, cette nuit.

— On nous avait ordonné de purger les bibliothèques de tout ce qu'elles pouvaient contenir de dangereux ; alors, pour savoir ce qui était dangereux, il fallait lire.

Le destin de Liu Ting, déjà. Meilin et ses amis — elle prononce à nouveau le nom de Meifang et pour la première fois ceux de Rongniu, de Wang Fanling — s'étaient mis à lire, à lire des journées, des nuits entières : tout ce qui pouvait être dangereux. Dostoïevski, Camus, Sartre, Romain Rolland. Elle rit :

— Jusqu'aux œuvres de Maurice Thorez ! On ne savait pas ce que c'était, mais c'était français, alors on espérait.

Guillaume ne lui demande pas si elle a été déçue. Elle continue, énumère des écrivains, des livres : Italo Svevo qu'une de ses amies avait trouvé dans une bibliothèque de Tianjin.

— Nous avons tout lu, conclut-elle, et rien oublié ; on a purgé les bibliothèques mais on s'est souvenu des livres. C'est comme ça que je suis devenue une « Jeune Instruite » : une « Instruite » qui en savait vraiment beaucoup.

D'où la révolte, six mois, un an après... Rongniu, l'amie de Meilin qui avait lu Svevo à Tianjin, a été tuée d'une rafale de fusil-mitrailleur, tirée à bout portant par un jeune soldat de l'Armée populaire de libération à qui on avait dit de ramener de l'ordre. A Tianjin.

Guillaume, alors, relit des notes d'un carnet ancien.

Pour se rendre à Tianjin, il suffisait de prévenir les autorités chinoises — le ministère des Affaires étrangères — vingt-quatre heures à l'avance. Un unique contrôle des documents de voyage s'effectuait au pont de Palikao.

« ... Nous allions à Tianjin peut-être une fois par mois. Le trajet — qui n'était que de cent vingt kilomètres — nous paraissait long pourtant. Encombré de convois de chariots tirés par des chevaux et des mules, de bicyclettes ou même d'herbes ou de blé qu'on faisait sécher sur la route, au long d'un paysage morne et sans charme. Une plaine grise et plate, creusée souvent de fondrières.

La route brillait dans une manière de lumière blanche où se découpaient en ombres chinoises les arbres secs de l'hiver et les chariots sur le ciel.

On traversait des villages rares et tristes. Des maisons de pisé ou même de tôle ondulée, longue banlieue des grandes villes, étendue là à l'infini dans des champs que les pluies de l'été transformaient en cloaques.

La route entre deux rangées d'arbres et des charrettes : convois de charrettes entre Pékin et Tianjin. Par groupes de cinq ou dix attelages, les hommes encapuchonnés de pelisses et de peaux de chèvre fumaient des pipes de laiton au long tuyau d'ébène ou plus simplement de bambou... L'été, ils dormaient parfois tout en haut de leurs charges et les deux chevaux, le cheval et le mulet qui tiraient l'attelage, suivaient le chariot qui précédait, obstinément, pendant cent vingt kilomètres. Il y avait des haltes, et des petits feux qui fumaient où bouillait l'eau chaude dans une marmite noircie. La route : la seule ainsi librement ouverte aux étrangers... »

Rue de Seine et les quais, rue des Saints-Pères, l'antre d'un bougnat presque à l'angle de la rue de Verneuil et la cheville de Liu Badian qui enfle, qui pèse, qui tire ; il s'est dit : je marcherai. Alors, Liu marche dans les rues d'un Paris en hiver où il ne reconnaît plus rien, grelottant de froid, de fièvre. Il a vingt ans, il est venu en France pour apprendre, savoir, connaître : il apprend, oui... Il apprend.

— Tu bois quelque chose, ou tu sais même pas le mot qui veut dire boire, Chinetoque de mes deux ?

Le bougnat est un brave type, il est auvergnat ; mais les Chinetoques, les Sidis, les Polacks, pour lui, c'est du tout pareil : ça cause pas français.

— Tiens, file-toi ça derrière la cravate, comme ça, on t'entendra plus. Déjà que t'es pas causant !

Il a posé d'office un verre de rouge sur le comptoir de zinc que Liu

Badian avale d'un coup, avant de repartir, claudiquant, rue de l'Université, rue de Bellechasse, des quartiers, somme toute, comme il en existe à Pékin, autour de la Cité impériale. Mais Pékin, c'est Pékin et Paris, c'est la France. « Je suis venu pour apprendre, se répète-t-il, apprendre, apprendre, apprendre » : une autre comptine enfantine.

La voix de la petite-fille de M. Liu s'est enfin tue. Son corps est revenu vers celui de Guillaume, sa bouche, ses mains, et Guillaume se laisse à nouveau entraîner dans la profondeur de cette nuit qui revient, neuve avec le matin.

Il pense : « Le plaisir » — et le mot lui paraît rempli de tendresse. C'est lui, maintenant, qui se penchera à son tour vers la jeune fille et donnera à son tour ce qu'il a reçu : « Donner et recevoir » : la nuit va durer encore jusqu'au vrai matin.

A Paris, la nuit pourtant ne fait que commencer et Simon, qui est rentré à pied jusqu'à la rue Guynemer, a trouvé l'appartement vide. Il sait que Lorraine est avec un autre ; il sait qu'elle répondrait aux questions qu'il pourrait lui poser ; il sait aussi qu'elle rentrera tard au milieu de la nuit, qu'il ne dormira pas, qu'il la verra se glisser, nue et blanche, entre les draps ; il sait que la main de la jeune femme cherchera la sienne, qu'elle murmurera peut-être « pardon » à son oreille — mais il sait aussi qu'il ne dira rien ; ne posera aucune question...

A vingt-cinq ans, il se gorgeait de musique. C'était l'aube du microsillon et il découvrait la joie de posséder (il se disait : « je possède ») une symphonie entière, tout un opéra en deux ou trois disques qu'il écoutait presque religieusement dans la chambre qu'il occupait dans le bout de la rue Bonaparte, près de la place Saint-Sulpice, déjà...

Au retour d'un voyage en Amérique, Jean-René Pallas, qui était son ami, lui avait rapporté un coffret qui contenait presque tout *Le Crépuscule des dieux*. Ensemble, ils avaient écouté les morceaux qui le faisaient trembler d'émotion : la mort de Siegfried, la Marche funèbre, l'Immolation de Brunnhilde. Les chanteurs étaient inconnus, ils portaient des noms tchèques ou moldo-volaques et Simon s'était étonné de leur anonymat alors que le Siegfried, la Brunnhilde étaient parmi les plus émouvants qu'il ait jamais entendus. Jean-René Pallas avait éclaté d'un petit rire sec :

— Inconnu, mon Siegfried ? Ma Brunnhilde ? Allons donc !

Puis il avait expliqué qu'il s'agissait d'un enregistrement du festival de

Bayreuth publié de la manière la plus illégale possible par une petite firme américaine qui, pour ne pas tomber sous le coup de la loi, avait inventé pour l'étiquette du disque des noms fantômes ; mais ce Hans Dichter-Pakula inconnu, cette Helga Kohout dissimulaient en réalité quelques-uns des chanteurs les plus illustres du Nouveau Bayreuth d'alors.

— L'imposture, mon cher Simon : tout un art qu'il faut cultiver comme un art, même en musique.

Le rire de Pallas ressemblait quelquefois à une sorte de sanglot un peu déchiré. Toute la nuit qui avait suivi, Simon, resté seul, avait écouté et réécouté Wolfgang Windgassen et Martha Mödl chanter l'amour, la musique et la mort. « J'avais si peu de disques, alors, pense-t-il, et que j'écoutais si bien... »

Aujourd'hui, dans l'appartement désert de la rue Guynemer, les disques comme les livres montent à l'assaut des murs, des rayons, des bibliothèques, et Simon se dit : « J'ai tant de disques, aujourd'hui, tant de musique que je n'écoute plus. »

A cinq heures du matin, Lorraine est rentrée ; sa main a pris celle de Simon qui lui a répondu en la serrant un instant, doucement.

— Bien sûr, au début, j'aurais dû me méfier, avait avoué Simon quelques années après son entrée en fonctions à l'Élysée.

On avait nommé à ses côtés un jeune diplomate : Jean-Michel Hessing ; c'était peu avant son départ pour Pékin, il portait le titre de conseiller diplomatique adjoint et nul n'avait jamais précisé de qui Hessing était le conseiller diplomatique : de celui qu'on appelait le Patron — ou de Simon.

— Je ne pouvais pas refuser..., avait expliqué le jeune homme lors du premier déjeuner qu'ils avaient pris ensemble.

Ils étaient dans l'une des salles à manger de la Présidence, c'est-à-dire cette succession de trois, quatre pièces de la rue de l'Élysée transformées en salons façon hôtel trois étoiles de province, nappes roses et chaises couvertes de velours, où on servait au personnel de rang supérieur un menu fort convenable. Hessing y était déjà venu, invité par de précédents occupants du Château. Il avait déjà été en poste à Delhi et à Londres, sa nouvelle nomination n'était en rien une promotion.

— Je ne pouvais pas refuser : je voulais rester à Paris ; ma femme est un peu souffrante, en ce moment.

Alors, il racontait à celui auprès duquel il allait servir pendant deux années le système d'intrigues et de conspiration qui prévaut dans les basses cours du pouvoir.

— Regardez ce garçon avec une raie sur le côté, qui dîne avec une femme entre deux âges...

Il lui expliquait qui était qui, a qui se fier et, surtout, de qui se défier.

— Vous ne les aimez pas beaucoup, n'est-ce pas ?

Jean-Michel Hessing s'était arrêté dans son geste de porter un verre à ses lèvres :

— Vous voulez savoir pourquoi ?

Il avait bu deux gorgées d'un médiocre chablis, reposé son verre :

— Parce que j'ai peur de trop leur ressembler !

C'était en effet la valse des fantômes, grands commis de l'État qui n'étaient plus rien après s'être cru tant de choses et de ceux, après eux, qui croyaient à leur tour tout posséder.

— Somme toute, avait remarqué un autre jour Hessing venu dans le bureau de Simon lui présenter des lettres à signer, ce ne sont pas les plus vieux, ceux qui ont blanchi sous le harnais et changé dix fois leur fidélité d'épaule qui sont les plus méprisables : ce sont des crocodiles, ils ont pris des coups et ont la peau dure. Non : les plus odieux sont les plus jeunes, ceux qui en sont encore à se faire les dents : je les appelle les rats. Et les pires entre les pires sont les rats de cabinet : vous apprendrez à les connaître, allez ! Pour eux, tout emploi est fromage et toute manœuvre est souricière dans laquelle ils n'ont qu'un espoir, c'est que vous tombiez.

La porte du bureau s'était ouverte à ce moment et un homme avait passé une tête à l'intérieur :

— Je ne vous dérange pas ?

Hessing s'était retiré très vite et, calé dans un fauteuil en face de Simon, Jean-René Pallas, qui lui rendait parfois visite, lui avait alors lancé :

— Tiens ? Ce jeune homme est un de vos rats ?

Il n'avait pas compris pourquoi Simon avait éclaté de rire. Puis Pallas avait allumé une cigarette.

— Jc sortais du bureau de...

Il avait prononcé le nom du numéro deux ou du numéro trois de l'auguste maison.

— ... Et j'ai eu envie de passer un moment à bavarder avec vous.

Depuis près de trente ans qu'ils se connaissaient, les deux hommes ne s'étaient jamais tutoyés.

— Oui, continua Pallas, je voulais vous parler de la Chine. Je suis convaincu que nous n'y avons pas la place que nous devrions y avoir. Et qu'il serait très facile de...

Quelques mois plus tard, Hessing partait pour Pékin. Bernard de Beausséant le remplacerait.

Couleurs, donc, de Simon : le vert, le vert épais, lourd des foins qu'on va couper en Auvergne et qui, fanés, sèchent lentement, virent alors au gris, pleins d'odeurs ; ou ce vert plus pâle des hauts plateaux, ce qu'on appelle « la montagne » entre Collandres et le Puy-Mary, les gentianes dressées, la motte de terre qui glisse, herbue, sous la chaussure : vert de l'Auvergne, de l'enfance et du temps du maquis que Simon, jusqu'au milieu de la Chine, n'a pu oublier.

Il fallait un commencement à tout... Shi et Liu avaient fait partie du groupe d'étudiants chinois qui avaient manifesté en 1921, à Lyon, au fort Saint-Irénée, pour entrer dans un Institut franco-chinois qui ne voulait pas d'eux. La police était intervenue ; il y avait eu un début de bagarre, des arrestations.

Un mois après, Shi était embarqué sous bonne garde à Marseille. Destination : la Chine. Retour.

— Je suis venu pour apprendre, disait-il à son compagnon d'infortune, brave garçon bourru qu'on connaîtrait plus tard sous le nom de Chu De.

— Et tu as appris ?

Il tenait encore un volume de Balzac sous le bras.

— J'ai appris, oui.

Liu Badian passerait à travers les mailles du filet policier mais rentrerait quand même en Chine dix mois plus tard à bord d'un vieux rafiot gris qui s'arrêtait dans tous les ports entre Aden et Tianjin.

— Je n'y peux rien, j'aime quand même la France..., avouerait-il au jeune diplomate français qui l'avait pris en affection et lui parlait de son désir, à lui, de connaître l'Orient.

Le jeune diplomate s'appelait Alexandre Verviers. C'était le père d'André qui, déjà, partait à la découverte de la Chine. Il avait une main sur l'épaule du Chinois qu'il avait fait monter en cachette sur le pont des secondes, parce qu'il aimait parler avec lui.

— Je crois que, moi, je vais aimer la Chine, avait répondu Verviers : peut-être que nous sommes faits pour nous comprendre.

Paul van der Goes est revenu à pied à travers les petites rues du nord de la ville tartare. Un peu avant ce hall des Classiques où Meilin a conduit Guillaume, il s'est enfoncé dans un hutong étroit, sombre — il fait sombre aujourd'hui sur Pékin : l'un de ces nuages épais, opaques, qu'on dirait tout plein du sable de Mongolie —, entre deux constructions de brique qui remontent aux années cinquante ; au milieu de la rue, il reste encore une sorte d'arc de bois enjolivé d'une girandole d'ampoules de couleurs qui marquait une fête, mais des gosses se sont amusés à viser une à une les ampoules avec des pierres et toutes ont éclaté : toutes sauf une ; chaque fois qu'il rentre chez lui, Paul van der Goes se dit en lui-même : « Pourvu qu'ils ne l'aient pas cassée ! Pourvu qu'ils ne l'aient pas cassée ! » et il presse le pas, aussitôt le début du hutong, pour vérifier que la dernière ampoule, qui fut jaune, est encore intacte ; c'est la septième à partir de la gauche : un soir, il les a comptées, et s'est dit que le chiffre sept était de bon augure, elle durerait encore longtemps.

Presque sous la girandole de lampes éclatées, un morceau de pierre grise, informe, témoigne de ce qui fut : avant 1966, deux lions de pierre gardaient là la seconde partie du hutong ; au-delà, un grand yamen abritait la famille d'un vieux général qui avait été à Yan'an avec Mao et qui vivait avec une très jeune fille qu'on soupçonnait bien ne pas être sa nièce, comme il l'affirmait pourtant sans plus de gêne. Dès les premiers jours de la Révolution culturelle, le palais du général Chen avait été la cible des gardes rouges : ce qui s'était passé alors... Des gens du quartier l'avaient raconté à Gilles, qui l'avait répété à Paul.

Dix ou douze mètres après la girandole éteinte, le jeune homme a tourné encore une fois à gauche, poussé la porte de bois qui marquait la fin de l'impasse et s'est retrouvé dans un minuscule jardin illuminé de trois pieds de tournesol ; d'autres fleurs encore, blanches, le long d'une allée de pierres plates et un arbre, un seul, un saule, qui laisse couler ses feuilles sur une vasque de porcelaine où dorment, immobiles, deux poissons rouges, de ceux — on les paie très cher — qu'on appelle des poissons d'or.

Gilles est debout, au-delà du jardin, sur le seuil de la maison, qui l'accueille et l'embrasse ; il a préparé du thé, des petites galettes de blé dur.

Chaque soir, Xiao Qin, dit Gilles, prend bien soin de quitter le centre culturel un quart d'heure avant Paul, il enfourche sa bicyclette d'un mouvement désinvolte et nul ne soupçonne que l'interprète chinois partage la demeure du jeune employé néerlandais du centre culturel.

— Tu as vu, murmure ensuite Gilles, ils ont cassé la lampe jaune.

Ce soir, pour la première fois depuis des semaines, Paul n'a pas vérifié si la septième ampoule à partir de la gauche était toujours là.

Chaque fois qu'il rentrait chez lui, le vieux général Chen montrait à sa nièce les beaux lions de pierre qui marquaient l'entrée de son yamen en disant :

— Tu vois, Petite Fleur, tant que ces lions seront là pour nous protéger, ni toi ni moi ne risquerons rien.

Les lions de pierre avaient été érigés sous le règne de l'empereur Qianlong, deux siècles auparavant.

Paul van der Goes le pense en secret : tant que la dernière ampoule... Mais les lions ont été arrachés au rocher d'une montagne du Shandong et l'ampoule était de verre, fabriquée à Tianjin — aussi le vieux général Chen est-il mort tristement mais très vieux ; quant au petit-fils de Jan van Otrick...

Dès le lendemain, un instituteur qui enseignait à la petite école française l'a abordé dans un couloir pour lui demander n'importe quoi, un service que Paul aurait sûrement pu lui rendre. Mais ce Berlut — c'était le nom de l'instituteur, ridicule le dimanche en short et tee-shirt blanc à faire son jogging autour de l'ambassade — déplaisait au jeune homme. Et puis il a cru le surprendre en train de faire des avances à Gilles ; une nuit, Gilles s'est réveillé pour lui raconter les grivoiseries que lui avait lancées Berlut. Aussi Paul a-t-il éconduit l'instituteur d'un mot sec. L'autre, alors, a craché de rage :

— Merci quand même, pédé !

Paul a rentré la tête dans les épaules ; sans répondre ; mais à midi, Berlut est revenu à la charge. Gilles travaillait en face de Paul ; il découpait un article d'un journal de Canton qui parlait de ce « nouvel autoritarisme » dont la Chine avait peut-être besoin ; à l'autre bout de la pièce, Meilin traduisait un texte des années soixante. L'instituteur se préparait à partir déjeuner quand il a aperçu Gilles et Paul, qui travaillaient face à face. Alors, il est passé derrière le jeune Qin, lui a caressé la nuque puis, s'adressant à Paul :

— Alors, le pédé d'Amsterdam, tu dis rien quand on caresse ta petite chèvre ?

Cette fois, Paul s'est levé, il a voulu frapper ; l'autre a tapé plus fort. Un très mauvais coup sur l'œil gauche, et Paul est tombé. Meilin s'est précipitée vers lui, le garçon semblait évanoui.

— Petite Fleur, demandait le vieux général Chen à sa petite nièce, qu'est-ce que tu feras quand je ne serai plus de ce monde pour te protéger ?

La petite fille avait eu un très joli sourire :

— Je prendrai un mari très jeune et très fort qui me protégera lui aussi.

Les quatre ou cinq premiers gardes rouges à entrer dans le yamen du général s'étaient d'abord attaqués au vétéran de la Longue Marche : à cinq ou six jeunes, on a facilement raison d'un vieux héros ; ce n'étaient que les suivants qui s'étaient occupés de Petite Fleur.

A peu près à la même époque, Guillaume, qui savait qu'il lui faudrait bientôt quitter la Chine, avait réussi à faire une dernière promenade au bord du lac des Dix Monastères en compagnie de Kupah, la petite Birmane qu'il n'aurait jamais dû, précisément, emmener en promenade.

— Et quand je serai parti ? avait-il demandé.

Un tournesol éclatait au-dessus d'un muret gris, la fumée d'un feu de charbon de bois, le drelin-drelin des bicyclettes : il était six heures du soir et le soleil se couchait sur Shishahai.

— Eh bien, toi, tu retourneras en France, et moi je retournerai à mes poupées : c'est ça qu'ils veulent, non ?

Deux gosses, ébahis de voir des étrangers se promener dans ce quartier lointain de la capitale, étaient tombés le derrière nu dans la poussière.

Un vieillard regardait sans fin un canari dans une cage, obstinément silencieux.

On a transporté Paul à l'hôpital de Wangfujing, celui qu'on avait appelé si longtemps l'hôpital Rockefeller. Et Guillaume est venu rendre visite à son jeune collègue, dont on craint — le médecin vient de le confirmer — qu'il perde un œil.

Étendu sur le dos, dans une des chambres réservées aux amis étrangers, Paul van der Goes répond par monosyllabes aux questions qu'on lui pose : il s'est battu, oui, mais tout est de sa faute et il n'a rien à dire.

Meilin, qui a accompagné l'ambassadeur jusqu'à la porte de la chambre, lui a pourtant tout raconté. Guillaume, un instant assis sur une chaise, s'est relevé.

— Nous verrons ça plus tard, ne vous en faites pas, on va bien s'occuper de vous.

Il rit un peu tristement, en lui-même, du caractère convenu de ces paroles de consolation.

Dès son retour de Paris, après la mission qui lui a permis de rencontrer la plupart de ses interlocuteurs français, M. Liu a dîné en compagnie de Guillaume dans l'une des salles anonymes du nouveau Canard de Pékin ; dans les salons voisins, des charretées entières de touristes hollandais ou espagnols avalent les mêmes platées de canard laqué cuit à la chaîne dans des fours vastes comme des usines ; on porte des *kam-pei* à l'amitié entre les peuples.

— Je trouve que le lieu convient parfaitement à nos retrouvailles, avait fait remarquer le vieux monsieur.

Pour ajouter aussitôt après :

— Quand je pense que vous autres, étrangers — Français surtout — vous vous lamentez de ce que nous avons fait de Pékin : mais est-ce que vous vous rendez compte de ce que vous avez fait, vous, de votre Paris ?

Un silence, un petit verre de maotai, puis :

— Un massacre...

Guillaume, ambassadeur de France à Pékin, n'avait pas répondu.

Dans l'avion d'Air France qui l'avait ramené, M. Liu s'était souvenu du paquebot des Messageries maritimes et du jeune diplomate qui lisait *Le Partage de midi* en lorgnant l'épouse d'un planteur de Saigon.

Dans le Boeing de l'aller, il n'avait rien remarqué, mais au retour, il goûtait avec délectation — il se disait : « Je savoure » — le confort de la première classe, l'attention des hôtesses et jusqu'au bordeaux bien moyen qu'on lui avait servi avec les rites réservés aux plus grands crus. Il avait pensé : « Et demain matin, je retrouve Pékin. » Il n'était ni triste ni gai, il était bien, faisait signe à l'hôtesse pour qu'on lui serve un second petit verre de cognac et se disait qu'il passerait une bonne nuit.

Suspendue dans le temps, la cabine de première classe n'était nulle part et partout à la fois.

— Je suis bien..., répétait M. Liu.

A haute voix, cette fois. Sa voisine, une vieille dame française à lunettes, a souri.

Guillaume n'a rendu qu'après trois semaines une nouvelle visite à Paul van der Goes ; plusieurs fois, il s'est dit : « Je devrais y aller... » et puis les Français qui déferlent en troupeaux serrés sur la Chine, le voyage d'un secrétaire d'État, celui d'un ancien ministre, tous ces gens qui s'intéressent désormais de si près, de si loin à ce qui se passe ici... : il a chaque fois dû remettre sa visite au lendemain.

Un lundi soir, enfin, vers les six heures du soir, il s'est décidé, mais c'est pour apprendre que Paul avait quitté l'hôpital de Wangfujing.

— Vous savez où habite le jeune van der Goes ?

Il a interrogé Sabine, sa secrétaire, qui interroge à son tour à la ronde ; en vain. Et Meilin n'en sait pas plus.

— Quelque part dans le nord de la ville tartare, je crois.

Enfin, un employé chinois des services culturels :

— Je peux vous y conduire ; enfin : presque jusqu'à la porte. Mais vous ne direz pas que c'est moi...

Le chauffeur a fini par trouver son chemin dans le dédale des hutongs jusqu'à cette ruelle sombre qui s'ouvre entre deux bâtiments de brique ; à partir de là, il faut continuer à pied. Meilin est restée dans la voiture ; l'employé qui a servi de guide s'est éclipsé après avoir donné à l'ambassadeur toutes les explications : l'impasse à gauche, la porte du fond. Guillaume pousse alors la porte — et c'est la cour minuscule, les trois pieds de tournesol et cet arbre qui pleure au-dessus d'une vasque de porcelaine.

Jadis, on découvrait ainsi des havres de grâce au détour d'une rue. C'était un mur à repousser les esprits qui barrait une porte, puis une première cour et le jardin, des fleurs, alors, un bassin, et puis...

La maison où André Verviers prenait en note les paroles d'Irène, la minuscule maison d'Inghe, la secrétaire suédoise — ou celle où John Baker entassait tout ce qu'il pouvait encore trouver de livres, de manuscrits anciens et qu'il avait déjà la certitude de sauver du feu ou de l'oubli : la porte sang-de-bœuf qui grince sur ses gonds, puis la cour et la vasque où s'étalent des nénuphars.

— Pour moi, Pékin est la ville des pivoines.

Les vieux guides touristiques anglais disaient des « peonies » et Guillaume trouvait que le mot était beau.

Toujours dans le Boeing d'Air France — le bordeaux pas si mal que ça, le cognac aidant — M. Liu s'était pris d'une brusque amitié pour la vieille dame française assise à ses côtés et lui parlait de Pékin.

— Là-bas, avait-il dit, le temps devient espace...

C'était une phrase de Verviers, qui citait un livret de Wagner, mais soudain rien ne paraissait mieux définir Pékin que ces quelques mots d'un vieux sage d'Europe pour faire découvrir à un jeune homme innocent un royaume sacré.

A l'entrée de Guillaume dans sa maison, Paul s'est pourtant redressé, furieux :

— Que venez-vous faire ici ? Personne n'a mon adresse.

Guillaume est l'ambassadeur, Paul le plus humble des agents, ou presque, des services culturels, mais il se fâche — ou va se fâcher — quand un regard de Gilles, qui veille à ses côtés... Alors sa voix retombe.

— Je vous demande pardon, monsieur l'Ambassadeur.

Puis, sur le ton d'un petit garçon pris en faute :

— Je ne sais toujours pas si je reverrai un jour de mon œil droit.

Dans la bagarre, Paul van der Goes s'est en outre brisé une cheville : c'est elle, plâtrée, qui attire l'attention ; il n'a, sur l'œil qu'il va perdre — Gilles l'a deviné, qui tient la main de son ami — qu'un tout petit pansement bleu. Mais le jeune Chinois se redresse déjà :

— Je vous offre quelque chose à boire, monsieur l'Ambassadeur ?

Guillaume s'est assis dans un haut fauteuil laqué, comme on en voit dans les musées de la Cité interdite, malcommode, superbe et écaillé.

— Vous savez que c'est miraculeux d'avoir pu obtenir une maison comme celle-là ?

Il faut bien commencer une conversation qui s'annonce difficile ; tout de suite, pourtant, Van der Goes s'est redressé sur son lit.

— Miraculeux, oui...

— Jadis, se souvient encore Guillaume, avant le passage à niveau qui barrait Zi'anmen Daqu, se dressait au milieu d'un temple à demi en ruine, la Fatasi — ce qui voulait dire : la « petite pagode fatiguée ».

On raconte qu'elle avait été édifiée il y a des siècles et des siècles en Mongolie et qu'elle rêva, une nuit, de la Cité interdite ; c'était pour elle le saint des saints. Alors, la petite pagode s'arracha à sa terre natale, se mit en route et marcha pendant des jours, des mois, des années. Pékin semblait reculer à mesure qu'elle s'avançait vers lui.

— Et puis, un jour, poursuit Guillaume, elle arriva en vue des murs de la ville chinoise.

Elle était à bout de souffle, épuisée ; elle parvint encore à franchir la première muraille, mais ne put aller plus loin.

— J'ai vu la petite pagode fatiguée, raconte Guillaume ; elle était toute jolie, fine avec ses neuf étages, mais du temple qu'on avait construit autour d'elle, il ne restait rien.

La petite pagode remonte au temps de Yongle, le troisième souverain

Ming, qui fut le vrai architecte de Pékin, construisit la plus grande bibliothèque du monde et donna le pouvoir aux eunuques.

— Miraculeux, a répété Paul van der Goes.

Il a soudain envie de parler. Sous le regard attentif de Gilles, son ami chinois, il commence par raconter son quartier, la vie de la ruelle, du hutong voisin, le vieux moine enfermé dans une salle d'un temple haut perché et qui vient s'occuper des trois pieds de tournesol et rêver devant le saule pleureur, parce qu'on a abattu les arbres de son temple et que les fleurs n'y ont jamais repoussé. Paul parle encore de ses amis, de la jeune voisine qui prépare quelquefois pour Gilles et lui de grands bols d'une soupe sucrée.

Guillaume, alors, pose la question :

— On m'a dit que vous êtes le petit-fils d'un ancien ambassadeur de Hollande à Pékin, Jan van Otrick...

— C'est vrai, remarque Paul van der Goes ; qui poursuit : l'hiver, nous allumons des lanternes dans le jardin...

— Je crois que vous serez contente, avait dit M. Liu.

Elle s'appelait Dupont ; vraiment Dupont : Mme Léon Dupont — et elle était veuve. Dans l'avion, M. Liu avait été amusé par cette petite vieille dame qui entreprenait seule, à soixante-dix-neuf ans, un voyage en Chine ; il s'était pris d'affection pour elle et s'était penché vers elle :

— Je vais vous montrer quelque chose qu'aucun touriste étranger ne voit jamais : notre Cité interdite, en somme.

Et le lendemain, il était venu la chercher à l'Hôtel de la Grande Muraille dans une grande Mercedes 600, flambant neuve. Ils avaient traversé un Pékin écrasé de chaleur pour parvenir à la porte principale du parc où s'étendent, à l'ouest de la vraie Cité interdite, des lacs, des pavillons, des jardins de repos et des salles de travail. Les soldats en faction sur le seuil avaient d'abord paru étonnés, mais un coup de téléphone avait confirmé les dires de M. Liu et ils s'étaient aussitôt mis au garde-à-vous devant cette petite vieille dame française à lunettes qui allait pénétrer à Zhongnanhai où aucun étranger ne s'aventurait jamais. Là, à l'ombre des saules et parmi les fleurs, vivent, travaillent et se haïssent les vrais maîtres de la Chine.

— J'ai pensé que ça vous amuserait, répétait M. Liu en suivant la vieille dame qui trottinait dans une allée.

Il s'amusait déjà de la surprise de Guillaume à qui il raconterait cette visite organisée à l'intention exclusive d'une Mme Léon Dupont, veuve de son état, et Parisienne du sixième arrondissement qui faisait, à soixante-dix-neuf ans, son voyage en Chine.

C'est trois jours, huit jours après ; deux fois, trois fois, l'ambassadeur est revenu au chevet du jeune blessé, et chaque fois, il écoute le garçon lui raconter les belles et improbables histoires d'une vie que Guillaume n'aurait jamais soupçonnée.

— ... Quelquefois, nous allons faire un tour en barque, sur le lac de Nanhai : vous pensez bien qu'il n'y a personne.

Pendant ce temps, Gilles, qui a pris un congé, vaque dans la pièce ; il prépare des plats sucrés, des petites friandises chinoises traditionnelles qu'il apporte à Guillaume, à Paul.

— Il n'y a que nous, poursuit le jeune Hollandais, nous amenons un joueur de flûte qui joue à l'arrière du bateau ; la ville est autour de nous, nous sommes dans une Chine qui n'existe plus.

Zhongnanhai — ou la seule Cité interdite qui soit demeurée interdite.

Guillaume interrogera Meilin :

— Tu crois qu'il dit vrai ? Est-ce que c'est possible que de hauts dignitaires chinois invitent ce gosse ?

Le sourire de Meilin.

— C'est possible — et ce n'est pas possible.

Alors des souvenirs remontent, très anciens, dans la mémoire de Guillaume. Jacques Benoist, un tout jeune homme en ce temps-là — il avait l'âge du petit-fils d'Otrick — et qui lui rendait visite au milieu de la nuit, sonnait à sa porte, le réveillait et s'abattait, épuisé, à moitié ivre, sur un canapé du dérisoire salon de Sanlitun où Guillaume tentait de rassembler ses livres, quelques objets chinois, cette boîte à musique rapportée de Tianjin que la main de Jacques frôlait.

— Si tu savais d'où je viens !

La boîte à musique jouait du Rossini revu à la sauce chinoise ; le regard vague, Jacques racontait.

— Quelquefois, la nuit, je vais jusqu'à un carrefour de Dazhalan, où se dresse encore une ancienne maison de thé qu'on a transformée en magasin de fourrure ; et là, derrière les peaux de lapin à dix yuans et les peaux de vison à dix mille yuans, il y a une porte qui conduit...

La porte conduisait à une salle de jeu où on jouait très cher la partie de poker — ou le jeu de mah-jong. Il y avait des personnages d'un autre temps, des femmes vieilles et peintes, de gros hommes gras qui affectaient de porter des robes à la chinoise sur leur tunique mao.

— Il y a surtout une vieille actrice, disait Jacques Benoist, on dirait qu'elle mène le jeu, distribue les rôles en même temps que les cartes, donne les ordres : une sorte d'impératrice douairière demeurée embaumée pendant plus d'un demi-siècle.

La voix de Jacques prenait des accents incantatoires ; on aurait dit qu'il récitait un poème — et Guillaume pensait : c'est un gosse, un gosse qui invente des histoires, et rien de plus.

— Quelquefois, disait encore le jeune homme, de grosses berlines noires, fabriquées en Union soviétique, s'arrêtent, tous rideaux tirés, devant la porte. La vieille actrice peinte donne un ordre et nous nous engouffrons à l'intérieur des voitures.

Alors, comme dans les histoires de Paul aujourd'hui, les voitures roulaient lentement dans les rues d'un Pékin vidé par la nuit et passaient les portes rouges des palais de Zhongnanhai...

Parce qu'au commencement de tout, il y a, bien sûr, le roman de Segalen et qu'ils ont tous lu l'histoire de ce René Leys, jeune professeur de chinois dans la Chine des derniers jours de la dynastie mandchoue, qui invente pour un narrateur inconnu de somptueux et terribles mensonges.

« — *Dites-moi, interrogeait le professeur : comment l'avez-vous connu votre ami ? Comment êtes-vous entré pour la première fois au Palais ? Qui vous a introduit au Palais ?*

« *La réponse de René Leys, qui lui ferme la bouche :*

« — *Comment j'y suis entré ? Ah ! c'est mon affaire !* »

La boîte à musique rapportée de Tianjin est revenue à Pékin : Guillaume a tenu à la ramener en Chine ; c'est comme un signe. Et les notes qu'il avait prises alors :

« Je me reconnaissais trop dans les rues de Tianjin. Il y avait une odeur qui était la nostalgie trop parfaite de nos banlieues honteuses. L'habitude aussi de nous y retrouver... Je me souviens brusquement, à dix ans de distance, d'un voyage d'un jour que nous y fîmes avec un couple d'amis que je connaissais peu, mais de longue date, et que je ne devais guère revoir tout en le regrettant profondément — mais qui, l'espace de ces deux ou trois jours où nous vécûmes ensemble, m'apprirent tous deux presque brutalement ce que pouvait être l'amitié.

« Noter au passage que ces amitiés-là, nées sous ces exils, ces brusques rencontres, ces chemins faits quarante-huit heures seulement côte à côte, loin de tout, loin de nous (de tout ce qui nous ressemble), flamboient d'un feu plus riche que bien d'autres amitiés établies sur une longue connaissance de l'autre, de ses habitudes et de ses faiblesses. Chine, donc, terre d'amitiés nouvelles.

« Toute la journée, nous avons traîné dans les petites boutiques, chez les vrais antiquaires et chez les faux, les fripiers qui nous vendaient plus ou moins sous le comptoir leurs trésors. C'est chez eux que d'anciens bourgeois mettaient en quelque sorte au clou leurs montres d'or si fines que, dans le creux de la main, elles ressemblaient à ces dollars mexicains qui avaient cours légal dans la Chine des Dix-Huit Provinces avant et pendant l'occupation japonaise. C'est chez eux aussi que j'ai trouvé cette minuscule statuette en blanc de Chine d'époque Song et simplement posée aujourd'hui sur un rayon de bibliothèque à Paris devant des livres qui parlent de Stendhal.

« Avec les L., donc, nous avons marché dans Tianjin. Ce devait être l'hiver et je pense que nous portions des bonnets de fourrure. Derrière nous, l'habituel groupe de gosses, badauds et vieillards qui nous suivaient, se bousculant pour être plus près de nous. C'est ainsi que nous sommes arrivés au très officiel magasin d'exportation d'antiquités, réservé aux étrangers dont tous les achats ne sont payables qu'en devises. Et là, j'ai découvert la plus admirable des boîtes à musique qui se puisse imaginer. C'était un coffre 1880 d'acajou verni incrusté de nacre, de cuivre et d'ébène de quatre-vingts centimètres de long, sur quarante de large et un peu moins de profondeur. A l'intérieur, protégé par une vitre, se trouvait un rouleau qui animait un orgue, un piano, un tambour, des castagnettes, plusieurs clochettes et cymbales, et qui donnait en même temps vie à deux danseuses de porcelaine. La musique de cette admirable mécanique — suisse, bien entendu ! — était faite d'airs d'opéras chinois. J'imagine le délire sage du distingué amateur de musique du Hebei qui, par-delà les mers et les montagnes, commande à un fabricant helvète dix airs classiques de son répertoire à lui, le Chinois, du Zuzuantai au Qinwugang indéfiniment chantonnés ; et les ouvriers des cantons de Saint-Gall ou de Glarus qui lentement inscrivent l'air sur le cylindre d'acier.

« La machine coûtait très cher, trop cher : je dus renoncer à l'acheter, et je redescendis me consoler chez un fripier où je trouvais toujours des petits bleus et blancs du siècle dernier à des prix de bazar. Je n'étais pas plutôt entré dans le magasin que je la vis. Ma machine. Elle était là, sous des manteaux de peau de chèvre, la même, la même musique, les mêmes airs au vingtième du prix qu'on m'en avait demandé quelques instants avant. Sans pudeur, je l'achetai sur-le-champ, et comme elle ne pouvait tenir dans le coffre de notre voiture, je fis tout le trajet du retour enfoncé dans la banquette arrière avec cette lourde boîte de bois et de métal posée sur les genoux et qui, à chaque cahot, m'écrasait les cuisses. Cent vingt kilomètres de route de nuit, sur des chemins défoncés, fondrières, la pluie, les cyclistes surgis de nulle part et les phares qui aveuglaient, qui tanguaient en face de nous, comme des lapins éblouis sur une route de Sologne ; la boîte sur mes genoux s'incrustait dans ma chair, c'était épuisant, délicieux. »

Dans les rues de Tianjin, où, dans les derniers mois de 1966, John Baker avait été attaqué.

La Révolution culturelle ignorait jusque-là les étrangers ou, au contraire, en faisait parfois des témoins ; c'est à dessein que des armées de gosses manœuvraient ainsi à deux pas du quartier de Sanlitun, que ces petites filles au regard dur en condamnaient d'autres, à genoux, et les bras écartés, à « faire l'avion », frappées chaque fois qu'elles se redressaient, jusqu'à ce qu'elles tombent de faiblesse.

Si bien que John Baker se promenait dans les rues grises et rouges de Tianjin avec une belle curiosité pour les gosses qui paradaient, qui détruisaient — anéantie, la boutique aux boîtes à musique... Il avait un appareil photo à la main, prenait çà et là un cliché. Et puis il y avait eu cette autre petite fille.

Seize ans, tout au plus, la natte serrée, le brassard rouge — qui semblait donner des ordres, envoyer des gosses ici et là à l'abattage ; les autres, plus âgées souvent, obéissaient — et John Baker avait pris deux, dix photos d'elle, jusqu'à ce qu'elle s'en aperçût. Alors...

Alors, ç'avait été un ordre encore donné et dix, vingt gosses qui s'étaient abattues sur le jeune diplomate ; et qui avaient hurlé, craché, frappé.

— Ce sont des choses qui n'arrivent que rarement, avait remarqué un journaliste spécialisé dans les questions chinoises, lorsque Guillaume lui avait rapporté l'incident.

— Ce sont, dit Paul van der Goes, des choses qu'on ne sait pas.

Dans les palais de Nanhai, au bord du lac le plus reculé, il existe un pavillon où les dignitaires du régime reçoivent les soins les plus tendres de très jeunes filles qu'on amène de très loin et qu'on renvoie parfois très vite, plus loin encore...

— J'en ai vu une qui n'avait pas douze ans, dit encore Paul : nous étions dans un salon séparé en deux par une tenture. Une voix l'a appelée, à travers le rideau. Elle m'a tendu la main avant de soulever le pan d'étoffe brodé et de disparaître de l'autre côté.

— On raconte, affirmait de son côté Jacques Benoist — et le son aigrelet de la boîte à musique semblait accompagner un curieux opéra dont il aurait été l'unique récitant —, on raconte que Mao lui-même ne dédaigne pas de participer à ces jeux et qu'il tire un regain de vigueur du sang jeune et frais de ces gamines-là.

Il regardait Guillaume un peu trop fixement pour ajouter ensuite :

— On le raconte, mais je ne suis sûr de rien, bien sûr...

Et René Leys, enfin, personnage de roman égaré dans tous ces romans-là :

« — *Il (l'Empereur) aimait à écouter tout ce qu'on effleure : un gong que l'on touche sans frapper : il s'en pâmait ! Il fallait le soutenir. Il demandait à voix basse qu'on le touchât de nouveau. Et quand le gong avait fini de vibrer, il écoutait jusqu'au bout du silence, et pleurait alors de sanglots...* »

Un soir où Jacques Benoist, ivre peut-être de trop de maotai, s'était laissé aller à ces confidences devant témoins, John Baker avait protesté :

— Vous ne croyez pas que vous vous moquez de nous ?

Baker avait bu lui aussi : Jacques, au contraire, brusquement dégrisé, avait bondi :

— Dites tout de suite que je mens !

Il avait crié d'une voix suraiguë. Guillaume avait pensé : « La voix d'un eunuque dans les récits de René Leys. » Mais John Baker avait crié encore plus fort et les deux jeunes gens en étaient venus aux mains. C'était à l'issue d'un dîner chez Inghe ou chez May ; la jeune secrétaire poussait de petits cris, on se battait dans son salon et le café, bouillant, avait volé à travers les pièces.

— Sale petit prétentieux ! criait Baker, sale menteur !

Il mesurait vingt centimètres de plus que Jacques, on le savait sportif et c'était pourtant lui qui avait eu le dessous ; avec une agilité surprenante, Jacques avait fini par lui faire une prise de karaté brutale qui l'avait envoyé au tapis.

— Mon salaud ! s'était écrié Baker, je ne savais pas que tu avais ce don-là

Il s'était relevé, lui avait tendu la main, tous les deux s'étaient remis à boire et s'étaient affirmés, dès lors, les meilleurs amis du monde ; mais Guillaume, à vingt ans de distance, n'est toujours pas certain que Jacques Benoist, aujourd'hui directeur d'Asie au ministère des Affaires étrangères, et John Baker, Permanent Under Secretary au Foreign Office, ne se haïssent pas comme les pires ennemis du monde.

Et Guillaume d'évoquer à nouveau les courses folles que faisait alors à travers Pékin le jeune secrétaire d'ambassade anglais au volant de sa petite voiture décapotable.

— Curieux type...

La police pékinoise, si sourcilleuse alors d'éviter la moindre infraction — on n'avait pas le droit de fumer en conduisant et les flics repéraient à cent mètres un étranger avec une cigarette au volant — la police, donc, ne lui a jamais rien dit.

— Ou bien, dit encore Guillaume, il nous lisait à haute voix des poésies chinoises qu'il traduisait pour nous en anglais :

« Le matin, je joue en la mer de vase pourpre ;
Le soir, je revêts un manteau de vapeur rouge.
Agitant la main, je cueille un brin d'arbre Jo,
Pour en arrêter l'éclat du soleil couchant...
Je veux à jamais, suivant la bise infinie,
Par-delà le ciel, tourbillonner à mon gré. »

— Curieux type... Je sais qu'il a longtemps travaillé à un énorme recueil de traductions de poèmes du temps de Li Po. Et puis...

— Et puis ? demande Meilin.

— Et puis : rien, je ne sais en somme rien de plus sur lui.

Jacques Benoist s'était, en tout cas, bien gardé de raconter à nouveau devant Baker les histoires de la maison cachée de Dazhalan et ses promenades de nuit jusqu'au palais de Nanhai.

A Guillaume, en revanche :

— La vieille actrice, tu sais ? celle dont je te parlais.

Guillaume écoute avec ce qu'il faut d'ironie dans le sourire pour ne pas paraître tout à fait dupe.

— La vieille actrice, oui...

— Eh bien, elle est d'une telle méchanceté, d'une telle jalousie qu'elle invite certains soirs — et sous le vague prétexte de leur faire jouer la comédie, de les faire chanter — des petites comédiennes, des chanteuses d'opéras chinois. Elle les choisit en général jolies, et puis...

Guillaume attend.

— Et puis ?

Rire brusquement gêné de Jacques.

— Oh ! rien (comme s'il regrettait d'en avoir trop dit) ; rien... Elle leur fait faire des choses...

— Quelles choses ?

Même petit rire, cette fois franchement gai.

— Rien, je te dis... Des bricoles, et puis ensuite elle les bat !

— Aujourd'hui encore, je ne peux savoir ce qu'il y avait de vrai dans tout cela. Parce qu'à l'époque, la vieille actrice...

Meilin est couchée à côté de lui, sa lèvre est contre son oreille.

— La vieille actrice...

Guillaume ne veut plus ni croire ni ne pas croire à ces histoires vieilles aujourd'hui de plus de vingt ans.

— Eh bien, la vieille actrice, personne dans les milieux diplomatiques où nous vivions n'avait jamais vraiment entendu parler d'elle.

Et surtout personne n'avait la moindre idée de ce qu'elle deviendrait, la vieille actrice laide et peinte des orgies que décrivait Jacques Benoist, quelque part au milieu d'un parc interdit.

Alors, Meilin :

— Mais aujourd'hui : tu lui as posé la question ? Tu l'as interrogé sur ce qu'il te racontait alors ?

Guillaume se redresse, attire contre lui le cou de la jeune femme.

— Bien sûr, que je l'ai fait ! Mais il jure ses grands dieux qu'il ne se souvient de rien, n'a jamais rien raconté de pareil et que c'est moi qui ai inventé tout cela !

Est-ce qu'un jour Paul van der Goes jurera lui aussi qu'il n'a jamais dit à Guillaume que tel ou tel dignitaire actuel du régime...

— J'ai rencontré votre ami Shi Jinan, l'autre soir, à la fin d'un banquet très — comment dire ? — très privé...

L'œil bandé, la cheville dans son plâtre, il est toujours étendu sur son lit, dans la jolie maison au fond d'une impasse — et les tournesols éclatants ont paru saluer Guillaume à son arrivée.

— Il y avait aussi un secrétaire très — comment dire ? — très particulier du vieux Deng ; il semble que celui-ci s'interroge sur le mouvement de libéralisation actuel, sinon sur Zhao Ziyang lui-même : est-ce qu'on n'est pas en train d'aller trop loin ?

Rentré à l'ambassade, Guillaume a eu un étrange réflexe : il a rédigé à la hâte un télégramme, l'a fait taper par Sabine puis, au moment de le signer, l'a tout de même déchiré. Une boulette de papier qu'il a jetée dans la corbeille à ses pieds — pour la reprendre aussitôt, la défroisser et la passer à la déchiqueteuse : même les rêves d'un jeune homme rempli d'imagination ne doivent pas tomber sous des yeux indiscrets.

— Il te fascine, n'est-ce pas ? interroge plus tard Meilin.

— Il me fascine ?

Guillaume n'aime pas le mot « fasciner » : c'est un de ces mots dont on abuse, qu'on tire à hue et à dia et qui ne veulent plus rien dire.

— Disons qu'il m'intéresse...

Puis il corrige encore une fois :

— ... qu'il m'amuse.

Peut-être est-ce le moment de rapporter un bien curieux incident qui s'était déroulé à l'ambassade de France à la fin de 1971. Jacques Benoist, revenu à Pékin comme premier secrétaire, avant d'y être à nouveau dix ans plus tard nommé ministre-conseiller, était entré dans le bureau de son ambassadeur pour lui présenter un télégramme qu'il venait de rédiger. L'ambassadeur — c'était alors Jean Kermeur — l'avait lu, l'avait relu, puis avait vigoureusement retiré ses lunettes avant de s'exclamer :

— Vous voulez que je signe cela !

Jacques Benoist avait eu un mouvement de la tête.

— Si vous voulez bien, monsieur l'Ambassadeur.

— Et je peux vous demander d'où vous tenez ces informations stupéfiantes ?

Jean Kermeur avait dit « stupéfiantes » mais il pensait aussi : « Et quand même pas totalement impossibles. » Pourtant, il lui fallait savoir.

— Vous comprendrez, j'espère, que je ne peux pas faire partir ce télégramme sans que vous m'en ayez précisé la source.

Le menton de Jacques Benoist : menton carré, volontaire ; et son refus.

— Je suis désolé, monsieur l'Ambassadeur, mais je ne peux...

Kermeur lui avait coupé la parole :

— C'est moi qui suis désolé, et qui ne peux.

Il lui avait rendu le télégramme.

— Votre papier ne partira pas.

Il pensait dans le même temps : « Je suis convaincu que je fais la bourde de ma vie et que l'information de ce petit con est vraie. » Mais il avait refusé de signer un télégramme dans lequel, trois jours avant le journaliste canadien qui en diffusa le premier la nouvelle, il aurait annoncé la mort dans un accident d'avion au-dessus de la Mongolie — l'exécution ? la liquidation ? — du maréchal Lin Piao.

Jacques Benoist n'avait sur le moment rien dit mais, nommé deux ans après au cabinet du ministre, il avait envoyé le vieux Kermeur, amoureux de la Chine et spécialiste du monde asiatique, finir sa carrière en Uruguay.

« Après tout, s'était-il dit à l'époque pour se donner moins mauvaise conscience, après tout, il ne l'a pas volé : par entêtement, il a refusé d'annoncer à Paris un événement capital dans l'histoire de la Chine. »

Et Jean Kermeur, connaisseur s'il en était des arcanes du pouvoir dans l'univers chinois et subitement chassé du monde qui était le sien, en était encore à se demander d'où celui qu'il considérait toujours comme un petit con (il corrigeait aussitôt : « Con, mais dangereux ! ») avait tenu son information.

Lorsque, avant lui, Guillaume avait dû quitter Pékin — et l'ambassadeur de l'époque, un ami pourtant, n'avait pas mâché ses mots : flirter en pleine Révolution culturelle avec la fille de quatorze ans d'un diplomate birman était impardonnable ! —, ses collègues avaient fait une collecte pour lui offrir un cadeau de départ. Qui avait eu l'idée d'acheter ce recueil de peintures érotiques anciennes vendu sous le manteau par un brocanteur — pourtant bien officiel ! — de Liulichang ?

Pour faire bonne mesure, John Baker avait ajouté un carnet d'adresses : il contenait, affirmait-il, les noms et numéros de téléphone de trois cent soixante-six filles — une par jour, même en année bissextile — connues sur la place de Londres pour leurs spécialités orientales.

— Pour que vous n'oubliiez pas la Chine, mon cher Guillaume !

Le pire, pense aujourd'hui Guillaume, c'est que je ne suis pas certain que notre ami Baker ait réellement voulu plaisanter.

— Et le carnet ? interroge Meilin : tu t'en es servi ?

Piteusement, Guillaume avoue :

— Je l'ai perdu presque aussitôt :

Puis une idée soudaine :

— A moins — pourquoi pas ? — qu'on me l'ait volé !

— Tout cela paraît si loin, si improbable, dit Guillaume à Meilin, mais Baker et moi étions alors si près l'un de l'autre.

La maison de l'Anglais, derrière l'ancien hôpital Rockefeller de Wangfujing : Guillaume qui arrivait chez lui, un volume de poésie à la main. L'Anglais l'accueillait avec une fanfare de Purcell, la noce gaie et tendre de la *Fairy Queen* et le maître d'hôtel chinois leur apportait de grands verres d'un cocktail au citron, au maotai, au gin et à la menthe que John Baker appelait un « Old China Hand » : pour corser le tout, il y ajoutait lui-même une pincée de poivre puis, le premier, il lisait deux vers de D. H. Lawrence :

« *There is a Smile of Love*
And there is a Smile of Decent... »

Guillaume enchaînait par un ou deux vers bien carrés, bien solides.

« *Je suis le veuf, le ténébreux...* »

Mais très vite, il passait aux choses sérieuses et tentait de lui expliquer pourquoi Segalen, en dépit du titre *Stèles* et de l'exotisme qu'il s'était fabriqué, ne parlait pas seulement de la Chine.

« *Comme le geste au carrefour accusant la bonne route, préserve des faux pas et des heurts —, que ceci, non équivoque, fixe amicalement l'Orient pur.* »

— En somme, concluait John Baker, la Chine est pour ton Segalen une manière de métaphore ?

— En somme, oui.

De la cour de la maison voisine, qu'une porte en forme de lune percée dans le mur mitoyen avait jadis reliée à celle de Baker, venaient les mêmes rires d'enfants.

Une voix, aussi, chantait l'opéra.

Comme celui de Simon, le départ de Guillaume avait été empreint d'une grande tristesse.

— Je me souviens de ma dernière promenade... Le Waijiaobu nous avait autorisés à visiter les grottes du Yungang, à Datong.

« Nous étions arrivés à Datong longtemps après, longtemps avant. Le départ (le vrai départ) avait été une manière de train de plaisir. L'une de ces rares excursions organisées à Pékin pour une partie du corps diplomatique — mais Datong était alors vraiment une ville fermée. Des livres anciens découverts dans les rayonnages poussiéreux du marché couvert de l'Est nous en avaient donné, depuis des mois, l'envie. Datong, au nord de Shanxi, si près cependant de Pékin... Les livres anciens illustrés de mauvais dessins à la plume montraient des rangées, des colonnes entières de bouddhas de pierre, sculptés à pleine falaise au-dessus du désert. Des amis très anciens, presque autant que les livres, nous avaient raconté leur première rencontre avec cette formidable armée, plus noble encore que Longmen et venue tout droit, à travers l'Asie entière, des caves de Bamiyan et de Gandhara. Et ce fut une vision irréelle, féerique, un voyage au pays de l'Ailleurs que cette équipée-là.

« J'ai longtemps rêvé sur les cartes de l'Asie centrale... Et puis, un de mes oncles avait bercé les repas de famille, la Toussaint, la Noël et la nouvelle année, des récits homériques de la " Croisière jaune " à laquelle, très jeune homme, il avait pris part. Si bien que les héros de cette aventure, le lieutenant Point, Sivel, l'ingénieur du son, Teilhard, le jésuite, et le malheureux Georges-Marie Hardt étaient presque des figures familières. Mais les lieux qu'ils avaient traversés demeuraient imprégnés d'un halo de mystère, d'inconnu. La terre, la seule terre vraiment étrangère... Je vous abandonne toutes les Patagonie, le Sud saharien, le Brésil et les Minas, pour une seule tranche de Gobi, la quête éperdue de villes fantômes, nées des sables sur le passage des caravanes — et mortes dans les sables. Et je me suis dessiné moi aussi ma carte des " retours " impossibles : Datong en était un peu le départ. Comme, au-delà de la Grande Muraille, par très beau temps, le lac salé qui brillait au soleil et dont nous savions que nous ne l'approcherions jamais. Les mythes plus récents aussi, Buzzati et *Le Désert des Tartares :* tout avait joué pour nous donner l'envie crue, forte, enivrante, de Datong et des grottes de Yungang.

« J'ai dit un train de plaisir : qu'on imagine une vingtaine de Français, vivant ensemble depuis plusieurs mois à Pékin et soudain lâchés dans la Chine. Abjects, obscènes, monstrueux, heureux, rigolards, émus, attentifs, émus encore : quels adjectifs pour qualifier ce que nous fûmes ? Tout au long du voyage, nous avons chanté des chansons à boire ou joué au poker. Sérieux, les Chinois du train nous regardaient, sans comprendre. A l'hôtel, il y a eu d'étranges échanges de chambres, de longues négociations, et nous avons bu une bière brune et très forte qui nous a tous enivrés.

« Le lendemain matin enfin nous sommes partis pour les grottes. Plongée plus radicale au centre même de ce que je ne croyais plus possible, je n'en ai pas connu... Mais nous, les barbares bardés d'appareils de photo, de caméras, nous voulions tout garder. Je crois qu'en plus d'un sens nous avons bien tout gardé... Heureusement : ceux qui nous ont suivis, quelque quatre ou cinq ans plus tard, m'ont dit que les falaises du Wuzhoushan, au-dessus de la rivière Shi Li, dominent maintenant des usines et des cheminées. M'ont dit qu'entre Datong et Yungang c'est une banlieue ininterrompue, un paysage minier de corons et d'entrées de puits. M'ont dit que les habitants de Datong ne se pressaient plus sur le passage d'un Européen... Alors, je garde précieusement cette rare découverte de ce qui n'est plus : l'impression que j'ai pu avoir d'avancer ainsi de quelques pas " ailleurs "... et d'oublier le reste. »

« Au cœur de Datong qui n'a pas vu d'Européen depuis vingt ans et plus, une foule dense et silencieuse se presse autour de vous, vous regarde et vous suit ; c'est un mur bleu et sombre qui glisse et vous accompagne le long des façades grises et ouvrées de motifs d'inspiration musulmane ou de lions de pierre noire et cette foule qui vous regarde et qui vous suit, qui ne tend pas les mains mais qui voudrait le faire, cette foule dense et silencieuse d'une ville fermée qui soudain s'ouvre, cette vie sans bruit d'un gigantesque village aux marges de la steppe mongole où rien de ce qui était autrefois n'a tout à fait disparu, cette foule, à son tour, voudrait elle aussi comprendre.

« Et les temples, enfin : les toits successifs montant à même la falaise en un long développement vertical de rouges et verts et d'ors sur la roche claire. Ils sont la parure brillante, l'écrin somptueux et baroque derrière lequel, à l'ombre moite du rocher, se dessinent les bouddhas de pierre. A mesure qu'on avance à l'intérieur des cours et qu'on se rapproche ainsi de la falaise, des détails fantastiques de lions de bois et de dragons peints se révèlent, et ces étranges têtes de buffles morts aux longues cornes blanches qui ornent le sommet des colonnes de bois comme un chapiteau barbare. Tout cela c'est le décor dont les Mandchous venus du nord ont choisi d'entourer les plus sobres figures qui se puissent concevoir, les bouddhas sculptés au VIe siècle par les Wei sur la falaise de Yungang. »

« Et puis, dit Guillaume, la découverte... Au-dessus de Yungang et de sa falaise s'élèvent les murs d'une cité fantôme dont personne ne sait ici ce qu'elle fut. C'est, au milieu d'une steppe et de sable, une ville carrée aux murs d'un *li* de côté, hautes murailles jaunes aux tours d'angle rondes. Elle est vide et le vent seul pourrait l'emplir. Elle résonne parfois de bruits venus de loin. Des chèvres y broutent. Elle est peut-être aussi le défi qu'on attend, la marque de ce qui ne peut plus être et qui se dresse pourtant. Dans l'ombre d'une porte, j'ai vu deux cercueils fermés couverts de voiles blanches.

Le vent qui rase le plateau courbe jusqu'aux herbes les plus rases. Il enveloppe ces lanternes des morts dressées contre l'horizon et plus nous avançons entre les champs de pierres, plus montent vers nous l'espace, le ciel et cette terre jaune de Chine à l'infini, sèche et rêche : le plateau s'étend encore au-delà, que rien ne borne.

Plus tard, nous marcherons longtemps sur les plateaux derrière cette ville. Nous franchirons des rivières, des gorges, nous irons face au ciel. Une pierre sculptée posée à plein sol sera notre seule rencontre et ce lieu qu'elle marque est le carrefour béant de tous les horizons ; au-delà, c'est la ligne du vide, les montagnes, un grand lac salé comme à Nankou l'hiver, et Gobi qui répond : sable. »

Sables encore : sables. Ici, le désert est de roc, de blocs de lave et des cratères à nu ; plus loin, des plateaux qui s'écrasent sur la plaine et, née de ce sable-poussière : Sanaa.

Il a fallu quatre ou cinq semaines à Jean-Michel Hessing pour prendre la mesure de ce qui sera désormais son domaine : la ville fermée de murs, la foule bariolée du marché, des bazars, et le désert sanéen, lent et calme, nu, le désert nu et riche des rues vides de l'ancienne ville. A midi, quand l'ombre des hautes maisons laisse seulement un filet bleu dans la poussière, Jean-Michel découvre sous la grande lumière crue le bleu et blanc des façades peintes, et la brique, et la pierre.

— Nous tentons, explique cet ingénieur chargé de la restauration du quartier, de retrouver le vieux système de dalles carrées qui recouvraient autrefois toutes les rues de la ville.

De son bureau, sept étages à pic sur des terrasses et d'autres tours comme celle-là : tours de Sanaa sur la crête des monts bleus qui se découpent au loin.

Sur les deux heures de l'après-midi, le nouvel ambassadeur revient vers la villa blanche, à l'écart de la ville, qu'on appelle pompeusement la résidence : murs peints à la chaux, le jardin, les grands arbres. Henrietta, alors, sur une chaise longue.

— Tu es fatiguée, n'est-ce pas ?

La jeune femme ne répond pas ; elle sourit, esquisse un léger mouvement des épaules : depuis son arrivée au Yémen, cette langueur qui s'est emparée de tout son être ; une sorte d'épuisement, dit-elle, qui l'atteint partout, membres lourds, membres gourds, l'envie seulement de retrouver cette chaise longue qu'un domestique déplace sous les grands arbres rouges en suivant le mouvement du soleil.

A côté d'elle, le carnet, le crayon :

— Tu as écrit quelque chose ?

Elle a le même sourire, un peu las, heureux.

— Quelques idées, des impressions...

Elle ajoute :

— ... des mots.

Et Jean-Michel sait que ce sont bien des mots qu'elle aligne côte à côte sur la page blanche ; mais des mots nus, isolés, si crus, parfois, dans leur solitude — et qui disent pourtant mieux que tous les longs récits de voyageurs, ce pays où elle vient d'arriver et qu'épuisée, donc, elle a si peu vu.

— On peut voir autrement..., a-t-elle expliqué à Jean-Michel la première fois qu'il a lu deux pages qu'elle avait laissées traîner — et qu'elle ne lui cachait pas.

Jean-Michel a effleuré son front de ses lèvres, posé un instant ses doigts dans les cheveux roux de la petite fille du *Fleuve* puis est rentré se changer.

Seule sous son arbre rouge, Henrietta note alors, sur le papier blanc, les mains de son mari dans ses cheveux et le bruit d'une charrette qu'on pousse au-delà de la grille.

Ce soir, Meilin est rentrée chez elle ; elle a parlé d'une petite cousine malade... Seul dans les salons déserts de l'ambassade, Guillaume se fait servir un bourbon, deux bourbons. Il se dit aussi : « Il y a des soirs où il n'y a vraiment rien à faire à Pékin. » Voilà six mois, il s'invitait au débotté chez les Hessing, Jean-Michel ouvrait une bouteille d'un bordeaux que son beau-père, amateur comme peut l'être un Anglais qui aime le bordeaux, lui faisait venir de l'un ou l'autre de ces quelques châteaux pour lesquels, disait-il, on se damnerait ; Henrietta mettait un disque. Monteverdi souvent, sur l'appareil à musique — et après le dîner, Guillaume rentrait tôt à l'ambassade ; il n'était pas seul.

Il va ce soir vers le magnétoscope et glisse dans l'appareil une cassette : un vieux film d'Autant-Lara qui s'appelait *Douce*. Il pense : « Nous étions deux ou trois, Philippe, Serge et moi, à nous souvenir de *Douce* : Marguerite Moreno qui faisait la charité à Saturnin Fabre et Douce, à la fin, qui mourait dans un bal à l'opéra. Il y avait la photographie en noir et blanc, la musique, la chanson de *Douce* : Un peu d'amour, un peu d'espoir, et puis bonsoir. »

— Je vais te dire quelque chose, Jean-Michel.

C'était la veille, ou le lendemain, sous l'arbre d'Henrietta. Jean-Michel Hessing s'était servi lui-même un gin-tonic et, enfoncé dans son fauteuil de corde, tentait d'entendre le bruit du soir qui vient, la prière du muezzin, un cri d'enfant au bout de l'horizon.

— Je vais te dire...

Ils ont parlé de Pékin, des amis laissés là-bas, de Guillaume, et subitement, Jean-Michel a deviné.

— Tu es sûre que tu veux me le dire ?

— Je veux, oui...

Comme un poème qu'elle se réciterait pour elle seule, une très vieille histoire venue de très loin, Henrietta a commencé à parler :

— Il faut que tu saches : si jamais un homme au monde... Enfin : si j'ai pu jamais regarder un autre homme au monde avec les yeux que j'ai pour toi, je crois bien que cet homme a été Guillaume.

Jean-Michel ne répond pas ; il ne peut pas répondre. Il boit seulement une gorgée, deux gorgées de liquide, les glaçons qui s'entrechoquent dans son verre.

— Mais tu sais aussi, Jean-Michel...

La lune se lève à main gauche, au-dessus d'une haie grise.

— Je sais, dit Jean-Michel.

Le temps, l'espace, l'amour, une femme — et puis la haine, la mort — sinon le ventre en flammes, les tripes à l'air : laborieusement alignés, les mots passe-partout qui diront ce que d'autres appellent la vie. Penché sur sa feuille de papier blanc à l'ombre maigre d'un marronnier d'automne, Jean-François Verviers se dit qu'il est peut-être aussi poète. Alors, dans la cahute de Montfort-l'Amaury, à deux pas des belles maisons à parcs et enclos de ces bourgeois qu'il hait — résidences secondaires : le mot seul le fait trembler de rage —, le petit-fils d'André Verviers essaie à sa manière fruste de découvrir les rudes chemins de la poésie.

— Tu vois, dit-il à cette Julie qui l'a suivi jusque-là ; tu vois : c'est tout cela qu'il faut pouvoir dire, chanter, hurler.

L'amour, la mort, la haine — les tripes à l'air.

— Et pourtant..., avait dit M. Liu au père d'André Verviers lors de son premier retour en Chine.

Il y avait eu le patron de la rue Servandoni, ses petites lunettes et son air désolé pour le mettre à la porte ; et puis les flics de Lyon et tous les autres, le bougnat de la rue des Saints-Pères qui servait son Pernod au Chinetoque qu'il confondait presque avec un Polack ou un Sidi. Mais il y avait le reste : le Café de la Mairie, place Saint-Sulpice, les jeunes filles à qui on osait parfois parler au Luxembourg, Stendhal et Balzac que son ami Shi lui avait fait lire. Ou ces journées sur les routes de France. A bicyclette.

Tout l'argent qu'ils avaient pu économiser en dix mois y était passé et, au début de l'été 1920, tous deux s'étaient fait prêter deux bicyclettes et étaient partis à l'aventure. Meudon, d'abord, et Saint-Germain ; puis la route de l'ouest ; ils avaient dit : nous irons en Bretagne.

La première auberge, la première nuit, était une auberge de bord de route, un rendez-vous de chasseurs ou d'amants clandestins : elle était belle et cossue, façade à colombage et des fleurs partout aux fenêtres. Un cuisinier de bois découpé tenait devant la porte un « menu gastronomique » : des terrines, des grenouilles, poularde truffée, gigot en croûte : il y en avait trop, Shi Jinan et Liu Badian n'attendaient que cela. Par précaution, Shi avait demandé le prix du dîner pour deux et celui de la chambre : c'était très précisément la moitié de ce qu'ils avaient en poche pour ces quinze jours. Ils s'étaient regardés et avaient eu le même rire. Et lorsque le sommelier s'était approché, trop cérémonieux avec son taste-vin d'argent au bout d'une chaîne autour du cou, Liu n'avait pas hésité à commander un mission-haut-brion dont il avait entendu parler rue Servandoni par un prote bordelais comme d'une « bénédiction de Dieu ».

Religieusement, et jusqu'à la dernière goutte, Liu et Shi avaient bu leur bouteille de vin. A la fin du repas, la patronne était venue à leur table ; elle devait les prendre pour de riches et excentriques marchands de Shanghai venus claquer en France une petite fortune ; elle avait offert le pousse-café.

— Elle est belle, notre France ! avait-elle lancé en insistant pour leur faire goûter un alcool de poire distillé par son père.

— Elle est belle, oui !

Elle était belle, oui, cette France-là, pense aujourd'hui M. Liu, qui a raccompagné à l'aéroport la vieille Mme Dupont ; pour un peu, il aurait écrasé une larme. Il pense : « une larme de vieillard » ; mais il n'a pas honte.

Le vent alors emporte tout en rafales soudaines : les gros nuages chargés de pluie qu'une bourrasque chasse d'un coup et les cimes des arbres — marronniers, hêtres, les ormes encore vivants — agitées, éperdument.

En bas, les cheveux balayés comme les branches des arbres, André Verviers s'avance à grands pas sur l'herbe verte et rase du grand parc de Hampstead qui descend jusqu'à la ville en une longue pente.

« Demain, pense-t-il, après-demain, ou dans un mois, dans six mois, je partirai... » D'ici là, André Verviers savoure sa liberté à grandes goulées de cet air de Hampstead, au-dessus de Londres, qui le balaie lui aussi. « J'ouvrirai bien grand les deux bras, et je pourrai m'envoler. »

Comme ce cerf-volant si haut dans le ciel subitement bleu, lavé par la pluie — qu'un enfant de douze ans retient d'un fil si mince que nul ne saurait le voir.

Une heure, encore, de cette sorte d'extase puis, à longues enjambées sur l'herbe si courte qui pourtant ploie à chaque rafale, Verviers revient vers la maison de briques roses où l'attend son ami Chessman.

Chessman qui s'était levé d'un bond, au cours de ce dîner qu'on avait donné pour lui à Pékin.

— Mais vous n'avez pas encore compris ? Mais vous n'avez pas compris que l'écrivain, le poète qui chante l'action des autres, le romancier qui invente mille vies vit de ces vies-là, ces actions, nos luttes en somme, mille fois plus intensément que vous, qui menez vos petits bonshommes de combats à la va-comme-je-te-pousse.

Il gesticulait, un verre de maotai à la main : c'était de la provocation, et Verviers l'avait bien compris ; M. Liu aussi, qui commença par sourire sans répondre. Puis prit un verre en main comme pour porter un toast et se racla la gorge :

— Cher monsieur, vous êtes un poète, un aventurier, vous avez des amis partout dans le monde et je ne doute pas un instant que l'écrivain que vous êtes vive par procuration les mille vies de chacun d'eux, comme vous dites si bien — j'en ajouterai d'ailleurs une, pour faire mille et une : la formule est plus jolie. Je ne doute pas non plus qu'aux yeux d'un citoyen de Sa Très Gracieuse Majesté britannique, la lutte de tout un peuple qui a été celle du peuple chinois depuis la Longue Marche, Yan'an et la libération de 1949 jusqu'à ce jour, ne soit qu'un petit bonhomme de combat si elle se réduit à l'expérience d'un individu aussi faible, aussi démuni que moi, en revanche...

Le vieux monsieur allait continuer, mais John Chessman s'était déjà rassis et, après avoir vidé un nouveau verre d'alcool de riz, il rotait maintenant bruyamment : c'était une étonnante cascade sonore de rots admirablement contrôlés qui ne pouvait manquer de passer, elle aussi, pour de la provocation. Alors M. Liu vida son verre à son tour.

— Je vois que la littérature britannique fait table rase des convenances : pardon de ne pouvoir leur résister.

Le sourire qu'avait alors adressé M. Liu à Verviers était d'une immense gaieté : recevoir un ami étranger, écrivain de surcroît, était un plaisant divertissement — et pour être d'apparence modeste, le restaurant des Trois Tables, à l'est de la ville, était un haut lieu de la gastronomie du moment.

M. Liu avait roté à son tour : plus fort que l'Anglais.

Ils étaient arrivés en Bretagne. Dès le départ, l'un comme l'autre savaient ce qu'ils voulaient. M. Shi voulait aller à Pont-Aven, parce qu'une jeune fille rencontrée à la Grande Chaumière où il avait passé quelques heures « pour voir » (disait-il avec un petit rire entendu) lui avait fait découvrir Gauguin. Il était tombé tout aussi éperdument amoureux des peintures de la période tahitienne du peintre que du corps lourd et blanc de la jeune fille française qui, étudiante en sciences naturelles, posait nue devant des vieilles filles et des apprentis peintres voyeurs. Alors, il avait vu tous les Gauguin qu'on peut voir à Paris et cette Léa, avant de repartir pour Lille où, sa licence en poche, elle avait gagné un lycée de jeunes filles, lui avait fait cadeau d'un beau grand livre sur le peintre, qu'il avait dévoré.

La crique était déserte ; une barque à fond plat qui dormait sur l'eau ; des arbres qui ressemblaient à ceux qui jouaient sur les peintures chinoises.

— Tant de choses sont parties de là ! disait Shi qui décrivait à son ami le Christ jaune de Pont-Aven.

Liu écoutait l'eau qui jouait entre les roches, le crissement de l'anneau qui retenait la barque, un cri d'oiseau puis, remontant la rivière, le teuf-teuf d'une barque à moteur. A Qufu, si loin de tout, si loin de l'eau, de la mer, déjà, ces musiques...

Ensuite, c'était Liu qui avait entraîné son camarade jusqu'à Huelgoat. D'abord, il ne lui avait rien dit ; puis, parvenu en bordure de la forêt, il lui avait expliqué que c'était là qu'on avait retrouvé, endormi, mort, le poète ami de son père qui avait offert à celui-ci le volume de ses *Stèles* imprimé à Pékin.

> « *Face à face avec la profondeur, l'homme,*
> *front penché, se recueille.*
> *Que voit-il au fond du trou caverneux ?*
> *La nuit sous la terre, l'Empire de l'autre.* »

Liu Badian avait marché un moment le long d'un sentier, s'était aventuré sous les chênes, avait trouvé une clairière que frappait un rayon de soleil, à travers les branches.

— Peut-être ici..., avait-il murmuré.

Une manière d'hommage ; lui, l'étudiant chinois venu en France, se rendait en pèlerinage auprès d'une ombre : celle d'un poète français qui était venu en Chine — et qui s'appelait Victor Segalen.

— Personne, avait murmuré Liu, aucun étranger n'a mieux dit la Chine en une langue qui n'a pourtant jamais été que la sienne — française jusque dans le soupir qu'on n'entend pas à la fin du dernier vers.

— Pourquoi n'essaies-tu pas à nouveau ? demanda Meilin.

— Essayer quoi ?

Le rire de la jeune fille fuse.

— Mais d'écrire, parbleu !

Guillaume s'amuse : dans la bouche de la jeune Chinoise, l'argot d'un autre temps ou les expressions populaires dont elle se sert le plus naturellement du monde paraissent drôlement décalés — l'espace et le temps.

— Mon pauvre amour, je crois qu'il y a des hommes nés pour l'action, d'autres pour l'écriture.

Le même éclat de rire, mais plus ironique encore :

— Et toi, tu crois que tu es né pour l'action !

Et le même sourire de Guillaume :

— Qui te dit que je suis né pour autre chose qu'être près de toi ce soir, dans une ville où tout ce que je rêve de construire va peut-être m'échapper, d'où on m'a déjà chassé une fois, d'où on me chassera peut-être une seconde fois à cause de toi, mais où je sais, maintenant, que je réapprends à vivre ?

La main de Meilin sur sa nuque : ils sont quelque part sur les collines de l'Ouest — ou dans le jardin de l'ambassade à la tombée de la nuit.

— Et si tu réapprenais à écrire en même temps ? Ce n'est peut-être pas plus difficile !

Guillaume, cette fois, ne répond pas.

Meilin ne l'avait d'abord pas dit à Guillaume, mais dès 1978, elle avait écrit quelques nouvelles — et elle continuait à le faire.

Au début, ç'avait été dans l'enthousiasme de ce printemps de Pékin qui avait vu éclore partout dans la capitale et bientôt dans le pays tout entier des centaines d'affiches murales, ces dazibaos qui, dix ans plus tôt, chantaient la gloire du régime et, aujourd'hui, en dénonçaient la faiblesse. Aux affiches avaient bientôt succédé les journaux et c'était par dizaines qu'ils en étaient l'écho, aux noms remplis d'espoir :

Ces journaux, *La Tribune du 5 Avril* ou *Le Printemps de Pékin*, publiaient des contes, des nouvelles.

— Ma première nouvelle, avoue maintenant la jeune fille à Guillaume, racontait l'histoire d'un vieil homme dont on a détruit la maison et qui, l'orage passé, réunit tous ses voisins pour renverser l'ancien comité de quartier qui, toujours en place, a couvert cinq ou six ans plus tôt de telles ignominies.

Meilin saisit brusquement la main de Guillaume et, dans un geste qui lui ressemble bien peu, la porte à ses lèvres. Elle a rougi.

— C'était ridicule, bien sûr, mal fichu, mais en ce temps-là, il fallait pouvoir porter témoignage et — c'était le vocabulaire du temps — dénoncer les erreurs du passé.

Julien Bidault s'en était presque excusé lui aussi auprès de Simon.

— Après tout, Hemingway et les Américains de la grande époque ne faisaient pas autre chose : c'était de la nouvelle-reportage.

Simon et lui se lancent parfois dans des randonnées à travers Paris. Ils prennent un taxi jusqu'à la porte d'Orléans, par exemple, et reviennent à pied par des rues qui s'appellent rue des Fossés-Saint-Jacques ou de la Tombe-Issoire ; et tout en marchant, ils parlent.

— Vous n'imaginez pas le nombre de gens que ça intéresse.

A la vitrine d'un libraire plus marchand de journaux que libraire, les souvenirs d'un journaliste de télévision qu'on a mis au placard voisinent avec ceux d'un P-DG dynamique qui donne ses recettes pour réussir en affaires — et la dernière édition du *Monde :* encore sept morts cette nuit au Liban. Le regard de Simon glisse.

— Non, proteste Julien, qui a compris ; non, il ne s'agit pas de ça : il s'agit de renouer avec une tradition qui a été entre les deux guerres celle des Morand, des Kessel : voir et dire.

Mais voir la France et dire la France ; avec trois ou quatre amis, Julien a constitué ce qu'il appelle une coopérative d'édition.

— A l'enseigne du *Baladeur,* et je vous jure bien que nos balades à nous seront aussi de la littérature.

Zhang Xinxin et Song Ye ont ainsi publié dans les années quatre-vingt tout un ensemble de ces visites-reportages réunis en français sous le titre : *L'Homme de Pékin.* Ils ont rencontré des paysans, des étudiants, jusqu'à un éditeur ; et ils racontent ces rencontres.

— Comment veux-tu que je fasse ? Ils sont tous passés avant moi !

Verviers était resté plus longtemps à Londres qu'il ne l'avait pensé ; presque tous les jours, il rencontrait Iris ou tel ami de Chessman qu'il avait connu chez lui ; ainsi s'était-il lié d'amitié avec George Mulley, qui ne descendait qu'une ou deux fois par mois de son Yorkshire où il vivait avec femme et enfants dans une ferme désolée sortie tout droit d'un roman des sœurs Brontë ; puis il y avait Ismène, la fille d'Irène avec qui il prenait toujours de longs cafés dans la même petite pâtisserie de Rosslyn Hill, mais d'Ismène et de ce qu'ils pouvaient se dire — de ces après-midi entières passées à se parler à voix basse — André Verviers ne disait jamais rien.

Aussi était-ce vers Chessman lui-même qu'il revenait toujours, comme fasciné par l'effort désespéré de l'écrivain pour rassembler en un seul livre ce qui avait été leurs vies à tous.

Chessman, en ces années-là, buvait plus que jamais, fumait de courts cigares italiens à l'odeur infâme qui s'accrochait à ses vestes de tweed, ses pantalons de velours — et se désolait bruyamment de n'avoir pas encore achevé son livre.

— Ils sont tous passés avant moi : tous ceux que j'admire un peu, beaucoup, à la folie ou pas du tout ; les Lawrence Durrell et les Malcolm Lowry. Alors, moi qui veux montrer un monde, j'en suis encore à chercher la clef de la porte d'entrée.

Sur la mauvaise machine à musique du salon de Hampstead, la musique — éraillée, crachotante — d'un vieil enregistrement du troisième acte de *Parsifal ;* mais l'aiguille sautait toujours avant « L'enchantement du vendredi saint ».

Une nuit, l'écrivain avait entraîné son ami sur le Heath. La lune, presque pleine, s'accrochait aux arbres agités par le vent. Ils avaient quitté la maison par la porte de derrière, qui donnait directement sur le grand parc public et, dans une tache de lumière blanche, tout contre le mur de la maison, ils avaient aperçu un couple en train de s'embrasser qui s'était enfui à leur arrivée. Puis un chien, tout près, avait aboyé — et le cri d'un hibou.

— Nous sommes au milieu d'un film de la Hammer des années soixante, avait plaisanté Chessman.

La firme Hammer produisait alors d'étonnants films d'épouvante où la lune, précisément, et le cri des hiboux venaient troubler à jamais d'éphémères amours.

Ils marchaient maintenant sur l'herbe de l'immense prairie, parfaitement seuls sous la lune.

— Et moi, continuait Chessman, je me sens un peu comme un Dr Frankenstein qui aurait mis au monde un monstre dont il ne saurait que faire.

Il parlait de son livre, bien sûr, qui lui échappait un peu plus chaque jour.

— Quand je pense que j'ai décidé un jour d'être écrivain, seulement écrivain, et que j'ai renoncé pour ça à tout le reste !

Verviers l'avait interrompu :

— Tout le reste : quel reste ?

Chessman avait eu un rire presque méchant.

— Mais j'aurais pu être comme vous, cher ami : un homme d'action, un diplomate !

Ils étaient restés une heure encore, à marcher dans le vent qui s'était levé ; puis un gros nuage avait masqué la lune, la nuit était devenue d'un coup parfaitement noire et les deux hommes étaient rentrés. Jusqu'au matin, ensuite, Verviers avait entendu Chessman qui marchait de long en large dans son bureau et qui jurait à haute voix.

Pour la première fois, cette nuit-là, Chessman avait brûlé un gros paquet de feuillets de son livre.

— Je crois bien qu'il y a en moi, comme en chacun de nous, un ange et un démon, avait-il dit le lendemain à Verviers ; eh bien, cette nuit, l'ange a marqué un point sur le démon.

Après deux gorgées de whisky, il avait ajouté :

— Le problème, c'est que j'aime bien mon démon, et que le pauvre ange m'ennuie terriblement !

Verviers ne lui dira donc pas qu'il a choisi l'ange : l'ordre, les mots en équilibre et à leur juste place, l'univers mis en forme, en une géométrie rigoureuse comme le plan de Pékin qu'on voyait jadis d'en haut, du sommet de la colline de Charbon : une harmonie qu'un souffle aurait pu troubler mais qui, jusqu'à l'orage, est demeurée cette rigoureuse construction de briques, de tuiles, de jardins, de cours — et de mots, de verbes : le nom qui dit enfin l'indicible.

Remonté dans sa chambre, André Verviers tire alors d'un carton à dessin une belle feuille de papier blanc, ouvre son stylo, la bouteille d'encre et, comme jadis M. Liu calligraphiait six idéogrammes qui devenaient poème, il dessine — il n'y a pas d'autre mot : il dessine — au milieu de la page nue quelques mots en lettres bêtement, lourdement romaines, qui disent le temps passé depuis que, du haut de cette colline artificielle au nord de la ville, il est parti.

Quinze mots, dix lignes peut-être, de sa belle écriture noire, heurtée, pointue comme un dessin de l'école de Ferrare, en plein milieu de la feuille au grain épais et où la plume accroche : douze lignes tout au plus, et la main de Verviers retombe. Il a tout dit.

« Nous en resterons là. »

— Et puis merde ! s'écrie alors Gilles.

Un dimanche après-midi, dans la cour de la maison chinoise de Paul.

— Je peux savoir pourquoi ?

La voix flûtée du jeune Chinois pour prononcer des mots dont il n'est pas certain que ce soient tout à fait des gros mots.

— Ce sont vos foutus imparfaits du subjonctif : je m'y perds encore une fois.

Paul se lève, va jusqu'à son ami assis à une petite table devant la vasque aux poissons rouges ; une grande tendresse le saisit : Gilles là, devant sa feuille à demi recouverte d'une fine écriture noire, et le calme de ce jardin, un oiseau revenu dans l'unique cerisier.

— On peut savoir pourquoi tu uses et abuses de l'imparfait du subjonctif ?

Gilles relève la tête vers lui ; il porte des lunettes rondes cerclées de rouge qu'un camarade lui a rapportées de Hong Kong :

— Question de style, mon cher : ou bien j'écris dans votre foutue langue — et j'écris bien ; ou alors, je reviens aux chinoiseries de mes ancêtres !

Puis le jeune homme se penche à nouveau sur sa feuille, un dictionnaire à portée de la main, et reprend le récit des amours ingénues de deux étudiants dans le Pékin du début de 1979. En effet, Xiao Qin, dit Gilles, étudiant chinois à l'université de Beida avant d'entrer au centre culturel français où il a d'ailleurs joué parfaitement le rôle qu'on attendait de lui en rapportant scrupuleusement aux services de police chargés de l'interroger chaque vendredi soir de menus renseignements dénués du moindre intérêt ; Xiao Qin, donc, dit Gilles, a entrepris d'écrire un roman en français.

— La langue de votre Louis-Ferdinand Céline pour dire la merde où nous ont foutus ces sales cons : quoi de plus adapté ?

La voix flûtée du jeune homme joue dans les notes hautes comme l'accent d'un contre-ténor.

Puisqu'ici tout devient écriture. Non pas littérature mais écriture : le mot nu qui tente de dire ce qu'aucun autre, ni la plus longue phrase, le volume de six cents pages ne feront parfois qu'effleurer.

— Et vous, vous n'avez jamais eu envie d'essayer de...

C'est dans le café-pâtisserie de Rosslyn Hill ; Ismène, penchée sur sa tasse vide, lève les yeux vers cet homme qui a épousé sa mère, qui l'a vue mourir et qui, aujourd'hui — mais demain ? — ne parvient pas à la quitter. Elle : la haute Chinoise du Nord, qui ressemble tant à cette autre Chinoise venue du Nord que fut Irène que, lorsqu'elle détourne un instant la tête pour appeler la serveuse, pour jeter un coup d'œil vers un couple qui parle à voix basse à l'autre bout de la minuscule salle, Verviers pourrait croire que ce sera Irène qui se retournera ensuite vers lui.

A Ismène, Verviers a en effet peu à peu tout raconté : Paris désert, Prague interdite mais surtout Pékin perdu, simplement parce qu'il l'a quitté. Et les poèmes d'Irène qu'il a lentement recueillis :

— Un jour, plus tard, je les publierai.

La voix de la jeune fille lui répond en écho :

— Un jour, plus tard, oui...

Il a dit aussi l'angoisse de Chessman dans le terrible face-à-face qui l'oppose depuis tant d'années à un livre unique, toujours recommencé.

— Et vous, reprend Ismène, vous n'avez jamais eu envie d'écrire à votre tour ?

C'est le seul secret qu'il y ait encore entre eux : Verviers a le rire négligent qui convient à la situation.

— Mon pauvre ange : j'en suis bien incapable !

Il appelait Irène mon ange, il a failli se reprendre mais il a répété :

— Mon pauvre ange...

La serveuse qui leur apporte un autre café a de gros seins qu'on devine blancs sous le corsage tiré.

— Il faut que je parte, dit Ismène.

— Plus tard, pourtant, remarque encore Meilin, j'ai essayé de raconter autre chose que mes petites histoires à moi.

Elle ose enfin ; elle est allée chercher un numéro récent d'une de ces revues éphémères qui ont vu le jour à la fin de 1986 ; elle est imprimée sur un mauvais papier, dont les feuillets sont retenus par des agrafes.

— Regarde.

Les deux pages aux minuscules idéogrammes entre les mains de Guillaume.

— Tu vois, je crois que c'est quand même mieux que tout le reste.

Sourire de Guillaume, qui a deviné :

— Tu ne veux pas me le traduire, bien sûr ?

Sourire de Meilin, qui reprend les feuillets :

— Bien sûr que non : quand tu seras grand, peut-être que tu comprendras les choses.

C'est l'histoire d'une jeune fille qui voit revenir des camps, de la campagne et de l'oubli un père qu'elle n'a pas connu — et qui a peur, soudain, d'avoir oublié comment on peut aimer un père.

M. Liu, le grand-père de Meilin, a revu sa petite-fille après douze ans d'absence. « Le plus extraordinaire, pense-t-elle encore aujourd'hui, c'est que je l'ai tout de suite reconnu. »

Le reste ne sera plus que la comédie des aveux.

Iris, avec les ans, est devenue plus pâle et plus solide en même temps. Les cheveux courts en frange raide sur le front, les lèvres rouges qu'elle rougit encore en écrasant chaque matin sur sa bouche un tube de rouge écarlate. Et Verviers, qui marche à ses côtés dans les petites rues le long de la Tamise, entre King's Road et la rivière, se dit qu'il y a quinze ans, elle a été si belle qu'Irène, dans un sourire, avait remarqué que si, un jour, elle avait aimé les femmes...

La main carrée d'Iris qui prend son bras.

— Nous sommes ce que nous sommes, voyez-vous, et je suis ce que je suis ; et pourtant...

Une étrange intimité s'est peu à peu créée entre le diplomate en rupture de diplomatie et la photographe qui ne photographie plus guère que des objets, des bouts de papier, des morceaux de crayons brisés dans son atelier de Chelsea.

— C'est bien que vous soyez resté à Londres, dit-elle encore.

Avant de parler de Simon.

L'hôtel Xin Qiao en ces années-là : au-dessus de la muraille, presque à cette porte de Chongwenmen qu'on a fait tomber la première.

— Je n'oublierai jamais le matin où j'ai remarqué les ouvriers, torse nu, qui s'affairaient dans les échafaudages de bambou : j'ai cru qu'il s'agissait de restaurer, de décaper, que sais-je...

Il s'agissait de détruire : pierre à pierre, et la première pierre, en tombant du haut de la haute porte, avait éclaté sur le sol.

— Au bar du dernier étage, on ne se doutait encore de rien. La lumière y était comme d'habitude, glauque et triste ; dès le soir, on y allumait d'ailleurs des barres de néon qui le rendaient plus sinistre encore. De petits journalistes japonais jouaient frénétiquement au billard ; Bloom, du *Toronto Globe,* buvait seul dans un coin du bar, attablé devant la bouteille de whisky qu'il avait tirée de sa serviette, et Marcuse, derrière son monocle et sa bouteille de cognac posée sur la nappe brodée de sa table, regardait autour de lui avec l'air de se moquer du monde.

Jacques Marcuse, journaliste qui avait connu toute la Chine et qui était lui aussi revenu.

— Je suis allé m'asseoir à sa table et je lui ai raconté ce que j'avais vu — la première pierre de la grande porte noire fracassée —, il m'a tendu sa bouteille et j'ai bu à même le goulot. « Ce matin, m'a-t-il lancé d'un ton un peu trop solennel, nous fêtons une aube nouvelle. Vous vous rappelez la phrase de Goethe à Voling : " Aujourd'hui commence une ère nouvelle — ou je ne sais plus trop quoi — et vous pourrez dire que vous étiez là ! " : eh bien, nous pourrons dire nous aussi que nous y étions. »

C'est à ce moment que Simon était arrivé ; il venait d'apprendre qu'on le chassait de Chine ; il traînait la patte et, sans un regard pour les journalistes japonais ni pour aucun des autres clients du Xin Qiao, il s'était dirigé vers la table où, bruyamment, Iris et Jacques Marcuse vidaient leur bouteille de scotch.

— Il avait l'air si triste, si misérable...

La petite plaie qu'il s'était faite au talon lui faisait subitement mal et Iris s'était agenouillée devant lui. Avec un peu d'eau gazeuse, elle avait nettoyé la coupure.

— Viens, avait-elle fini par dire à Simon en se relevant.

— Et Simon est venu, conclut Iris.

Ils sont assis devant la porte du grand atelier qui donne, au bout d'un jardin, sur la Tamise. La photographe a précédé Verviers dans la pièce qu'une verrière éclaire sur une hauteur de deux étages. L'ancien diplomate s'est laissé tomber sur un canapé défoncé et Iris est allée se chercher à boire ; du gin pur. Elle lui a tendu la bouteille.

— Vous êtes sûr que vous n'en voulez pas ?

Devant elle, loin sur le fleuve, une péniche, qui semble immobile et puis, plus loin encore, les cheminées de la centrale de Battersea. Ils vont rester ainsi une heure, en silence. Iris boit, Verviers regarde l'eau qui coule, les bateaux, un petit remorqueur qui pétarade devant une grande barge de sable. Enfin, Iris soupire :

— Si jamais dans ma vie j'ai aimé un homme — un seul ! — ç'a été Simon ce soir-là.

Le jour où, accrochés sur des échafaudages en bambou, des Chinois torse nu détruisaient allégrement la première des portes de Pékin.

Plus tard, quand la Tamise a commencé à rougeoyer comme le Grand Canal à Venise, le ciel a pris des couleurs incroyables : tous les rouges, tous les ors, et l'eau qui passait de ces rouges violents à de longues zones d'ombre verte. Iris a soupiré ;

— Il faudrait, bien sûr, photographier tout cela autrement. Pouvoir montrer à la fois le fleuve et les morts, les noyés qui sont dans le ventre du fleuve.

Elle a cité de mémoire quelques phrases de Virginia Woolf qui raconte, dans *Orlando*, la Tamise gelée et les morts sous le fleuve que la glace a surpris.

— Mon plus cher désir, murmure-t-elle : pouvoir tout montrer. Mais autrement.

Alors, pour la première fois, André Verviers a parlé. Il a dit les poèmes qu'il écrivait sous la dictée d'Irène, oui, mais aussi les siens, la grande feuille de papier blanc tirée du carton à dessin et les quelques mots, les quelques lignes écrites comme on dessine : des mots-dessins, des lettres-figures.

Il répète :

— Des lettres-figures... La Chine.

Iris s'est levée. Elle est parfaitement ivre, mais elle marche très droit. Elle va jusqu'à Verviers, s'effondre enfin à côté de lui sur les mauvais ressorts du canapé :

— Vous êtes un homme heureux, André...

A son tour, Guillaume a recommencé à griffonner sa Chine sur de minuscules feuilles de papier pliées en deux qu'il glisse ensuite dans un tiroir ou oublie sur son bureau, sur une table, entre les pages d'un livre.

Ce ne sont que des images rapides, quelques mots qui disent un visage aperçu dans un cocktail ou au cours d'une promenade dans la ville. A Meilin, qui a trouvé une de ces feuilles de papier et qui l'a lue, puis la lui a rendue sans rien dire, il a fait remarquer :

— Ne te méprends pas : je prends des notes comme les bonnes dames de Barbézieux font du tricot : parce qu'elles n'ont rien à faire.

Mais Meilin ne sait pas où est Barbézieux.

Lors de son dernier séjour à Pékin, John Chessman avait rencontré John Baker. Tous deux avaient emmené Guillaume dîner dans un restaurant mongol, au premier étage d'une maison de bois au bord de Shishahai. On y mangeait du mouton et des légumes bouillis dans une grande marmite fumante placée au milieu de la table. C'était l'hiver, il faisait froid et la marmite servait de système de chauffage à l'unique pièce battue par un froid vent du nord.

Baker avait cité un livre que ni Guillaume ni même Chessman ne connaissaient. C'était un étrange volume publié par le poète américain E. E. Cummings, au retour d'un voyage en URSS : collage, montage de textes venus de tous les horizons, Cummings y disait mieux l'Union soviétique de l'entre-deux-guerres avec des poèmes et des bribes de discours que bien des spécialistes de cette science combien inextricable qu'on appelait la kremlinologie.

— Voilà comment il faudrait dire la Chine, avait achevé Baker : par bribes, par fragments, avec des mots, pas de phrases. Et puis, surtout ne pas juger, refuser de juger.

Guillaume avait noté le titre du livre de Cummings sur un calepin. Mais Chessman avait secoué la tête :

— Pas plus de phrases que de mots, mon vieux Baker : pour dire la Chine, il faut des hommes, des femmes, des culs, des odeurs et beaucoup de merde ; après tout, c'est l'odeur de ce pays — et c'est aussi un bien joli mot.

A peine plus sérieusement, parce qu'il se prend, somme toute, au sérieux — il est après tout un écrivain arrivé — Serge répond volontiers aujourd'hui aux journalistes qui l'interrogent.

— Je vis entre deux mondes : celui de mon œuvre et celui de la Chine ; et je prends un soin particulier à ne pas aller de l'un à l'autre sans refermer la porte du couloir qui les sépare.

Professeur de littérature politique comparée aux Hautes Études, Serge ne fait plus travailler ses étudiants que sur la littérature chinoise contemporaine. Jacques Benoist, qui a lu son interview dans un hebdomadaire du lundi, hausse les épaules :

— Entre deux mondes ? Tu veux dire qu'il a le cul entre deux chaises, notre sinologue à la noix qui réussit le tour de force d'enseigner la Chine sans parler chinois !

Julien Bidault sourit : il aime bien le directeur d'Asie et il connaît depuis trop longtemps Serge Lensky pour répondre à l'un ou l'autre. D'ailleurs, tout cela n'est que littérature.

Un soir, enfin, André Verviers dînait en compagnie d'Ismène dans un restaurant du bas de Walton Street. C'était l'un de ces restaurants à la mode et prétentieux comme seuls les Londoniens savent en découvrir de nouveaux tous les six mois. La nourriture y était suffisamment mauvaise pour qu'après deux ou trois essais mal transformés, peu de ses plus fidèles découvreurs se hasardent à y revenir.

— Ignoble..., avait dit Ismène en repoussant son assiette.

Verviers buvait trop : seul le vin, très cher au demeurant, était à peu près acceptable.

— Je suis désolé...

Sortis du cadre habituel du café de Rosslyn Hill, on aurait dit qu'ils n'avaient, ce soir-là, plus rien à se dire. Aux tables voisines, des hommes aux chemises rouges, cheveux longs dans le cou comme on les portait alors. Et puis, d'un coup, tout avait éclaté : la vitrine sur la rue, la table voisine soufflée par l'explosion, la salle à manger tout entière de ce restaurant à la mode. Le banquier qui dînait à côté d'André en compagnie d'une petite secrétaire était déjà mort, le bas du corps coupé en deux — la bombe était placée sous sa banquette — et si la secrétaire bougeait encore, elle allait bientôt s'arrêter. Quant à Verviers, il avait une jambe à demi arrachée.

C'était l'IRA, l'Armée républicaine irlandaise, qui protestait ainsi contre l'arrivée de troupes britanniques en Irlande du Nord.

Trois jours auparavant, le haut fonctionnaire qu'on a vu rendre à Simon, à Verviers, d'énigmatiques visites, poser des questions sur la Chine ou discrètement proposer ses services, avait lui aussi tué un homme.

C'était dans la forêt de Fontainebleau. La DS grise était immobilisée en bordure de la route. Jean-René Pallas l'avait vue de loin. Au volant de sa voiture américaine de location, il l'avait dépassée, puis il avait fait signe au conducteur de le suivre. Lentement, les deux voitures s'étaient engagées sur un chemin forestier ; Pallas savait qu'il se terminait par une barrière de bois. Lorsqu'il avait été obligé de s'arrêter, il avait laissé le moteur tourner, était sorti de la voiture. Il s'était approché de la DS. L'autre avait baissé la vitre.

— Qu'est-ce qu'il se passe ? Je croyais que nous allions tout de suite chez votre ami.

Pallas avait pris l'air gêné pour secouer les épaules.

— Je crois bien que je me suis perdu ; vous n'avez pas une carte ?

C'était pendant que l'homme, à demi retourné, fouillait dans la boîte à gants que Pallas lui avait tiré une balle dans la tête. Il avait fait le tour de la voiture, pris la serviette de cuir déposée sur le siège du passager, à côté du mort, et était reparti à grandes enjambées dans le sous-bois en direction de la route.

Sur le bas-côté, tous feux éteints, une autre DS grise l'attendait.

— Quelquefois, dit Simon, il me semble que le monde ressemble à un théâtre. Il y a les grands premiers rôles, les vedettes en somme, et puis ceux qui ne font que passer, la soubrette, le valet de chambre de comédie. Et pourtant...

— Pourtant ?

Julien sourit en écoutant Simon, et celui-ci pense que le sourire de son ami est quelquefois celui d'un carnassier. Il se dit : « Un carnassier aux aguets. »

— Eh bien : jeune premier, traître de mélodrames ou soubrette à courte jupette, ils ne sont tous que des personnages avec, derrière, un metteur en scène qui les place, leur indique le moment de s'embrasser et leur montre le point précis où ils devront mourir.

Alors, dans le jardin de la baraque de bois où il vit maintenant depuis deux mois à la lisière d'un bois près de Montfort-l'Amaury, Jean-François Verviers dépose une boîte en fer-blanc au bout d'un piquet ; il recule de vingt mètres, sort le pistolet de sa poche, tire — et rate la boîte.

Max, son copain, sort de la baraque en hurlant :

— Tu n'es pas malade ? Tu veux nous faire repérer, ou quoi ?

Calmement — il se dit : « Je dois paraître très calme » — Jean-François rempoche son arme.

— Et toi, tu n'es pas fou de crier comme ça ? Tu veux ameuter tout le village, ou quoi ?

L'appartement qu'ils occupent est déjà le plateau d'une scène de comédie de boulevard : larges canapés et caoutchoucs en pot, bibliothèque aux reliures trop serrées et trop neuves, table basse avec, disposés en éventail, les livres d'art qui vont avec. C'est un décor pour appartement de grands bourgeois sorti tout droit de « Au théâtre ce soir ». Mais Thierry et Marie-Reine Destutt ne vivent ni à Paris ni à Barbézieux : ils habitent Pékin, au dernier étage de l'un des nouveaux immeubles diplomatiques du quartier de Sanlitun.

— Je n'en peux plus, tu comprends ce que ça veut dire ? Je n'en peux plus !

Décoiffée et le peignoir de soie à demi entrouvert sur la poitrine, Marie-Reine va et vient, gesticule à travers la pièce.

— Mais ma chérie..., commence son mari.

La jeune femme a un rire mauvais.

« Mais ma chérie ! mais ma chérie ! » C'est tout ce que tu trouves à dire. Quand on te traîne plus bas que terre, que tu te laisses faire et que nous sommes tous à en supporter les conséquences dans ce foutu pays !

Dans sa rage, elle a renversé un guéridon, le vase, les fleurs qui étaient dessus. Alors elle éclate en sanglots.

— Je n'en peux plus ! Je suis à bout...

Par la porte entrouverte qui donne sur l'office, le vieux cuisinier à la minuscule barbiche blanche n'a rien perdu de la scène : on l'a bien dit, il y a le traître de mélodrame, le cocu et la coquette de comédie.

Plus tard, dans l'embrasure d'une fenêtre, au cocktail du premier conseiller allemand : scène deux, deuxième tableau du même acte de vaudeville à cocottes et portes qui vont claquer.

— Je te jure bien que je vais finir par faire un scandale, tu sais : un scandale ! Et je n'ai pas peur, moi, du scandale.

Marie-Reine chuchote très fort sa rage et son dépit à un Guillaume qui, une fois encore, s'est rendu à une réception diplomatique en compagnie de la petite-fille de M. Liu. Le champagne qu'on lui sert n'est que du *sekt* mais les saucisses sont vraiment bavaroises et Guillaume, ambassadeur de France en service commandé qui a laissé un instant Meilin en compagnie d'un diplomate anglais, affecte une parfaite indifférence.

— De quoi j'ai l'air, moi, à la fin ? fulmine encore la femme de son premier secrétaire.

Alors Guillaume, très calme :

— Mais tout simplement de l'épouse d'un premier secrétaire en train d'accompagner d'un peu trop près son ambassadeur au cours d'un cocktail dans une ambassade amie.

Il pense en lui-même : « Je suis un pantin, un fantoche, un guignol et cette femme en face de moi que j'ai pu tenir un moment dans mes bras est la caricature de tout ce que, toute ma vie, j'ai si désespérément, si vainement tenté d'éviter : la complaisance, la facilité, le ridicule. » Il pense encore : « C'est cela, je suis parfaitement ridicule ! »

Cependant que Marie-Reine Destutt poursuit ses imprécations :

— Que tu ne veuilles plus de moi, que tu préfères cette horrible Chinoise, passe ; mais que tu t'affiches avec elle à des réceptions officielles...

La voix plus blanche encore, comme étranglée, pour enfin lui lâcher :

— C'est pour toi que je te dis ça, mon vieux, les gens rigolent et tu ne t'en rends même pas compte.

Meilin et le diplomate britannique se rapprochent d'eux, et Marie-Reine Destutt, le visage subitement déformé par la haine, a éructé sa dernière menace.

— Tu ne perds rien pour attendre, mon cochon !

Guillaume lui a brusquement tourné le dos : « Nous sommes des fantoches et moi je suis le roi des guignols ! » Il pense encore — n'ose vraiment penser pourtant — : « Un ambassadeur d'antichambre et de boudoir ! »

A l'autre bout du grand salon encombré de trop beaux chameaux vernissés Tang pour qu'il ne s'agisse pas de copies — et ces rouleaux de peinture sur soie, ces fleurs, ces oiseaux : vingt ans auparavant, c'étaient de vraies fleurs et de vrais oiseaux du siècle passé qu'on trouvait dans les échoppes de Liulichang —, Thierry a deviné les mots de Marie-Reine, sa hargne, sa haine, son dépit.

Une jeune femme blonde — secrétaire à l'ambassade d'Allemagne — vient vers lui, un sourire de commande aux lèvres :

— Vous ne buvez rien, Thierry ?

Parce qu'à Pékin, comme dans beaucoup de ces villes à l'autre bout du monde, l'exil fait éclater les hiérarchies. Mais Thierry tourne brusquement le dos à la jeune femme trop pulpeuse. À travers toute la longueur du salon, il croise le regard de Guillaume.

« Le salaud... », pense-t-il.

Il se rend compte que la haine qu'il éprouve subitement pour son ambassadeur est celle-là même qu'a fait éclater Marie-Reine : dépit, admiration refusée. Les images se bousculent en lui : sa femme, oui, mais aussi Guillaume qui lui rend un télégramme laborieusement rédigé : « Refaites-moi ça, ce n'est pas très clair » — jusqu'au visage un peu mou, un peu veule de Paul van der Goes dont Guillaume, croit-il, lui a désormais ravi l'amitié.

« Il m'a tout pris, pense Thierry, tout : et il ne me reste rien ! »

Puis la même idée que celle qui a traversé l'esprit de Guillaume s'impose alors à lui : « Je suis un guignol, un guignol cocu ! »

Souvenir d'un autre temps, subitement, pour tenter de calmer les brûlures trop vives : l'amitié, le groupe et sa vie d'étudiant. Il ne connaissait ni Guillaume ni Marie-Reine, et il était heureux.

Jean-Marie qui jouait du piano après un exposé de droit public ; Dominique et ses états d'âme : sortir à l'Inspection ou rien — et Didier de Wandrille, et Antoine... Thierry pense alors : et moi ?

On se retrouvait deux fois, trois fois par semaine dans le grand bureau-salon de la rue de Lille et tout était possible. C'était ce qu'on appelait un « groupe de travail » qui préparait à six — exposés, discussions, corrections — les examens de sortie de l'ENA, mais c'était plus que cela : ils étaient ensemble, Didier et Jean-Marie, Thierry, Dominique, Antoine... Jean-Marie disait : « Vous connaissez l'histoire des Treize, de Balzac ? Nous sommes les Treize ! »

Jean-Marie qu'on aperçoit dès maintenant, entre deux lignes, entre deux télégrammes venus de Moscou où il est en poste. Les rues de Moscou sous la neige, la librairie ancienne où Jean-Marie revient deux fois par semaine à la recherche d'épaves, de restes de bibliothèques anéanties : la chapska enfoncée sur la tête, la joie de la découverte au cœur, Jean-Marie Erlanger arpente les rues de Moscou par tous les temps et se saoule de cette liberté-là ; celle qu'il a lui-même trouvée là-bas et celle que découvrent ses amis de là-bas. Glasnost, perestroïka, des mots qu'aucun dictionnaire politique ne mentionnait jusque-là et qui sont aujourd'hui dans toutes les bouches. Sa toque de loutre un peu en arrière de la tête, Marina, la petite interprète du centre culturel, ressemble à ces jeunes filles, lumineuses et lointaines, qui traversent la place de l'Étang-des-Patriarches dans les romans d'hier, Boulgakov et toutes ses Marguerite confondus.

— Vous avez vu, s'exclame Marina dans la librairie aux belles vitrines vides : un livre sur la Chine !

C'est un ouvrage en français de la fin du siècle dernier, des images, des dessins à la plume : Pékin, le temple du Ciel, la Cité interdite.

— Je vais le prendre ; j'ai un ami à Pékin que ça amusera sûrement...

C'était dans les allées du parc Monceau. Thierry avait quinze ans, et Claude, sa sœur, deux ans de plus. Lorsqu'un brusque chagrin, une fille déjà qui le trahissait — « Elles m'ont toujours quitté », constatait-il avec une sombre amertume — ou quand, simplement, il ratait une version grecque, puisqu'il avait fait du grec et en avait longtemps éprouvé une satisfaction qu'il arborait un peu trop aisément, Claude le retrouvait sur un banc du parc, du côté de cette colonnade dressée au-dessus d'une eau morte et qu'à dix ans il trouvait romantique. Elle prenait sa main, murmurait des mots tendres, doux, comme seules quelques sœurs, très rares, savent en dire à un frère à peine plus jeune qu'elles, et Thierry sentait alors un immense bonheur, un peu flou, un peu mou, mais si grand, l'envahir.

— Tu ne me quitteras jamais, n'est-ce pas, Claude ?

La voix de Claude à son oreille, un baiser dans son cou.

— Mais non, nigaud, tu sais bien que je ne te quitterai pas.

Elle ne répétait pas « jamais » après lui, mais Thierry ne retenait de tout cela que la main de Claude dans la sienne, ses lèvres sur son cou et la grande lumière, cette transparence bleue et claire dans le regard.

— Je ne sais pas pourquoi, murmure Meilin, je me souviens tout d'un coup de cette petite sœur dont je t'ai déjà parlé.

Meifang enfantine, aux bonnes joues rondes, le regard étonné, dans la campagne du Shandong où elles s'étaient découvertes : longues prairies planes, collines maigres et pelées et puis rizières soudain, étendues jusqu'à l'horizon que ferme encore une colline ; en bordure de la terre et de l'eau, il y a ce qu'il reste d'un temple.

— Nous étions seules, tu comprends : seules dans cette campagne où tout était si calme, si serein, que les orages n'en étaient que plus violents.

Et le regard calme, serein de la petite Meifang, ses grands yeux ouverts et ronds comme des billes d'agate claire — son père, petit cadre, qui la battait, sa mère disparue —, qui découvrait avec Meilin et jusque dans la crasse et la puanteur de la porcherie qui leur servait d'abri un autre monde où les livres, la beauté, la musique étaient au-delà de l'odeur de merde grasse qui régnait autour d'elles, un décor de mots, de souvenirs, de livres arrachés à la bêtise des hommes.

— Dans son regard, poursuit Meilin, il y avait une si belle clarté...

Mais ce qu'elle ne dit pas encore, c'est le chef de la brigade de production, le Grand Ni qui, après avoir échoué dans ses tentatives auprès d'elle, avait rejoint un jour Meifang dans la porcherie transformée en dortoir à l'heure où les autres étaient aux champs et là, sur l'une des paillasses de crin...

— Je voudrais vous présenter un ami de passage. C'est un écrivain qui arrive de Berlin.

Comme un film qui se déchire, les souvenirs égrenés par Meilin se sont brusquement arrêtés.

Affable, souriant, le ministre-conseiller de l'ambassade de la République fédérale d'Allemagne a rejoint Guillaume et la jeune Chinoise dans l'angle d'un buffet.

Thierry Destutt, qu'un écrivain chinois revenu d'un reportage dans la région de Jinan a coincé dans la même embrasure de rideau, se rend compte qu'il n'écoute pas un mot de ce que son interlocuteur, volubile, lui raconte.

— Vous n'imaginez pas la surprise que j'ai eue à découvrir, dans une librairie perdue au fond d'un village perdu de cette campagne perdue aux fins fonds du Shandong, un volume des œuvres de votre Albert Camus !

L'homme a de longs cheveux noirs rejetés en arrière et parle d'une voix cassée ; mais Thierry, le regard fixé sur le visage de son interlocuteur, pense seulement : « Comment faire pour partir ? Partir tout de suite : maintenant, avant qu'il ne soit trop tard ? »

— Quelquefois, pourtant, je me disais moi aussi qu'il aurait mieux valu en finir...

Ainsi ce long hiver où la neige recouvrait les collines pelées et la carcasse d'un vieux temple taoïste qu'on avait transformé en grenier à grain. Les pieds enveloppés de morceaux d'étoffe, Meilin transportait avec un seau percé le blé dur pourri entassé dans la salle principale de l'ancien temple jusqu'à une sorte de four où son amie Meifang, accroupie dans la chaleur violente d'une pièce minuscule, essayait de le faire sécher.

Il était six heures du soir ; la nuit commençait à tomber et un petit vent aigre, glacial, s'était levé. Le pied gauche à demi nu car les bandes d'étoffe dénouées se détachaient peu à peu, Meilin était venue s'abattre en larmes à côté du four de briques quand le Grand Ni, leur chef de brigade, s'était approché.

— Tu préfères te chauffer les orteils plutôt que faire ton travail ?

Il avait alors avisé Meifang, vêtue d'une simple chemise et pieds nus dans des sandales de plastique :

— Eh bien, nous allons demander à ta petite sœur de te remplacer.

Puis il avait donné un ordre :

— Allez, Meifang, prends le seau et va jusqu'au temple.

Meilin s'était relevée, avait protesté, mais le Grand Ni n'avait rien voulu entendre ; d'une bourrade, il l'avait d'ailleurs jetée à terre et, pieds nus dans la neige et dans la nuit, c'était Meifang qui était repartie, le seau à la main.

— Le soir, elle avait les pieds en sang et bleus, presque gelés. Je les ai chauffés longtemps contre moi, doucement, tendrement dans le creux de mon ventre, tu comprends ? raconte Meilin à Guillaume. Tout doucement, tout tendrement, la main de Meifang s'est posée sur moi : Meifang, ma petite sœur. Tu comprends, n'est-ce pas ? Sans elle, cet hiver-là, je crois bien que j'aurais décidé, moi aussi, d'en finir.

Serge Lensky avait rencontré Meifang six mois après son arrivée à Paris.

— Je ferais n'importe quoi pour rester en France...

Il avait regardé la jeune fille qui se tenait devant lui. Elle avait été envoyée par un ami professeur à Paris V. Sa bourse du gouvernement chinois venait d'expirer : vêtue d'une jupe noire étroite où elle avait rentré une chemise d'homme, elle était indiscutablement jolie. Il avait souri :

— N'importe quoi, vraiment ?

— N'importe quoi, oui.

Mais lorsqu'il avait avancé une main vers elle, la jeune fille s'était subitement dérobée ; il avait insisté et avait reçu une gifle vigoureuse.

— Je crois que nous ne nous sommes pas compris ; j'ai dit que je ferais n'importe quoi pour rester à Paris, mais je parlais de ménages, de vaisselle, ou de leçons de chinois.

Sa voix était douce mais péremptoire. Six mois plus tard, elle était devenue, avec Cécile, son assistante ; Serge n'avait jamais couché avec elle et affirmait très haut qu'il la respectait ; elle prétendait de son côté le mépriser mais ils formaient à eux deux une des plus solides équipes de chercheurs qui se puisse trouver aux Hautes Études.

— Comme quoi le respect de l'un multiplié par le mépris de l'autre peuvent conduire à la plus totale efficacité, avait conclu Serge pour Julien qui l'interrogeait sur ses relations avec la jeune femme.

Il n'en éprouvait pas moins, au plus profond de lui-même, une amertume extrême.

Ou alors, dans la petite salle de la rue Henri-Barbusse où il réunit ses étudiants.

— Je souhaiterais que l'un d'entre vous — ou plutôt l'une d'entre vous, mesdemoiselles... — me prépare pour le début du mois prochain un petit travail sur la littérature féminine dans la presse des années soixante-dix-quatre-vingt : vous voyez, les Zhang Xinxin, Shu Ting et les...

Serge est assis sur le bord de la table qui lui sert de bureau, à côté de Cécile. En face de lui, vingt-trois jeunes femmes et un garçon, un seul, que les autres appellent Boris mais que son professeur n'appelle pas, car il ne s'adresse jamais à lui. Serge interroge à la ronde :

— Qui veut se lancer là-dedans ? Meifang ? Cécile ?

Cécile, blonde, les cheveux dans le dos et Meifang se regardent.

— On va tirer au sort, suggère Cécile.

Serge a un sourire plein de componction et se frotte les mains ; il se dit parfois que, l'âge venant, il ressemble à un confesseur rondouillard entouré d'une douzaine de petites nonnes attentives à ne pas omettre un Ave des chapelets qu'il leur donne en pénitence — et ce rôle n'est pas pour lui déplaire ; dans la valse des pantins où Serge et ses amis dansent éperdument, il est le gros curé de rigueur.

Meifang et Cécile se sont retrouvées au Luxembourg. Chaque jour, depuis six mois, Meifang donne une leçon de chinois à son amie. Assises au bord du bassin, les pieds sur la margelle de pierre, Cécile répète les phrases que lui chante sa compagne ; car, comme Daniel à Pékin, lorsque la jeune fille énonce lentement la phrase d'une leçon, on dirait qu'elle la chante sur un air d'opéra classique.

— Pendant dix ans, on n'a rien donné d'autre dans les théâtres de Pékin que les trois opéras qu'avait autorisés Jiang Qing, la femme de Mao, qui avait été actrice.

Souvenir, pourtant — et émotion aussi — de cette *Fille aux cheveux blancs* que la petite Meifang, trois ou quatre ans peut-être, avait vu au Théâtre du Peuple à Shanghai : la plainte désespérée de la jeune fille humiliée, outragée — qui relevait la tête. Sur le bassin du Luxembourg, deux voiliers passent, la voile rouge croise la voile blanche dans un lent mouvement que le vent, à peine, incline.

— Je voudrais quand même un jour aller à Pékin, dit Cécile.

Très vite, Serge avait découvert que Meifang disposait d'un véritable réseau d'amitiés, étudiants de tous bords exilés de Pékin qui s'étaient retrouvés à Paris, mais aussi à Londres, à New York, à San Francisco — et qui l'alimentaient en informations venues de Chine dont la jeune fille le faisait bénéficier.

— Tu crois que tu ne pourrais pas leur en demander un peu plus...

Serge avait alors rédigé de véritables questionnaires, que la jeune fille avait envoyés à ses amis ; des réponses étaient arrivées, qu'elle avait classées, collationnées, enregistrées et qui, ajoutées aux données dont disposait déjà Lensky, constituaient le plus formidable appareil de documentation sur une période précise d'histoire de la Chine : le premier printemps de Pékin, cet hiver 1978-1979, où tout, soudain, avait paru possible.

Mais Meifang corrigeait très vite, avec un rire ironique :

— Tout ? Il ne faudrait quand même pas exagérer...

— Comédie ! Comédie ! s'écrie Jacques Benoist qui voit sortir de la bibliothèque de Langues-O le moine Lensky en compagnie de quatre ou cinq de ses nonnettes.

Le directeur d'Asie, qui dirige deux fois par mois les travaux d'un séminaire sur l'histoire du parti communiste chinois jusqu'à 1949 — cette année où pour la première fois le drapeau rouge est monté dans le ciel de Pékin — a mis un point d'honneur à n'adresser qu'un salut très sec à Serge Lensky qui lui a répondu d'un sourire d'autant plus large qu'il est triomphal : ces demoiselles se battent pour assister à ses cours, alors que le séminaire de Benoist ne réunit jamais qu'une dizaine de futurs sinologues besogneux.

— Je me demande quelquefois si ce Lensky ne joue pas un drôle de jeu, remarque le diplomate un peu plus tard.

Laroche, dont on dit qu'il est l'âme damnée du directeur d'Asie, esquisse un sourire :

— J'ai eu, en effet, des contacts avec quelques-unes de ses étudiantes. Tout cela n'est pas très net.

— Je crois, affirme sentencieusement John Chessman, que chacun d'entre nous est né pour jouer le pitre ou le sage, le fonctionnaire, le gardien de but ou le traître, et que même sous un autre habit — parce que traître ou pitre dans l'âme, on n'a pas toujours les moyens d'en porter le masque — il restera quand même au fond de lui ce qu'il aurait dû être.

C'est au gin pur que Chessman a décidé de fonctionner ce matin, aussitôt après le petit déjeuner. Et Iris, qui est venue lui montrer un album de vieilles photographies prises jadis à Hong Kong et qu'elle a retrouvé — « Je crois que ça pourrait t'intéresser » — sait faire la part du feu, c'est-à-dire du Beefeater glacé.

— Et toi, tu es né quoi ?

— Pour être un clown, voyons !

Chessman a accompagné sa réponse d'un renvoi retentissant.

— Et tu caches le clown sous le masque de quoi ?

« Encore une question, et je pète », pense Chessman qui répond pourtant :

— Sous celui du pitre : tu saisis la nuance ?

Iris fait alors comme si elle avait compris.

Il pleut sur Londres. Greek Street, Soho Square, Gerard Street : Chessman déambule maintenant dans Soho. A Soho Square, la chapelle française avec une fresque de Cocteau : il y a dix ans, se souvient Chessman, nous venions y ramasser les jeunes filles au pair en détresse. Il pense aussi : il y a à Soho une crasse chaleureuse, tohu-bohu de poubelles encore pleines, de vidéo-shops et autres sex-shops, restaurants chinois dont les odeurs débordent dès midi sur les trottoirs et les filles, petite mallette de faux cuir à la main qui, de boîte en boîte, se rendent au strip-tease permanent du Blue Bell ou du Coq au Rico.

Ou alors, escaliers gris, humides — des rats, parfois, mais bien nourris — qui mènent, raides et à pic, jusqu'à des ateliers, des échoppes en étage où ces demoiselles dont le nom sonne bien — Mademoiselle Aglaé, Éloïse, simplement Jeanne sur la carte de visite épinglée à la porte — proposent dans le désordre massages ou leçons de français.

« Exotique, leur Chine ? allons donc, murmure en lui-même Chessman, trouvez-moi un exotisme plus torride que ces boîtes de strip-tease minables où, pour de petits employés attablés devant leur pinte de bière tiède et vêtus de l'imperméable kaki assorti, des filles aux seins mous montrent tout en moins que rien ! »

D'un pas décidé, l'écrivain franchit alors la porte du Coq au Rico, établissement réputé pour sa remarquable médiocrité.

Cependant que de grandes lueurs or, vert diapré d'orangé, longues lignes lumineuses de nuages en barrière sur l'horizon et le soleil rouge qui plonge enfin dans les sables sont quand même là, parfois, pour nous faire battre le cœur.

Il est sept heures du soir. La voiture — une Land Rover tout-terrain — s'est arrêtée à l'entrée du village, quelque part entre les ruines de Ma'in et Al Bayda. Pendant quatre heures, lui-même au volant de la grosse voiture verte, Jean-Michel Hessing a crapahuté sur la piste au fond de l'oued à sec qui l'a mené là. Sables d'abord, alluvions qui s'en vont en poussière, puis terre sèche, rêche, grise d'un gris qui vire au jaune, la piste a traversé une rivière et ç'a été, sur quelques dizaines de mètres, un paysage subitement calme, vert et tendre de grands arbres aux branches basses avant qu'en un seul tournant le désert ne reprenne ses droits.

A sept heures du soir enfin, dans ce qu'il appelait à quinze ans un couchant glorieux, il est arrivé au village d'Al Matamah. Sans rempart ni la moindre cahute pour l'annoncer, la ville-village a surgi de très loin mais c'est d'un coup que Hessing s'est retrouvé devant la première maison de terre sèche, haute de six ou sept étages, étonnante tour carrée, vertigineux à-pic à peine resserré à son sommet, de la même couleur ocre rouge que le désert autour.

Là, Jean-Michel a mis pied à terre, suivi de son guide qui a tout de suite commencé à parlementer avec les trois ou quatre Yéménites venus à leur rencontre. Lentement, le rouge éclatant du ciel s'est strié d'un vert d'abord émeraude, pourpre violent ensuite, qui a pâli peu à peu ; des feux se sont allumés, des lampes derrière les fenêtres d'albâtre. Puis quatre, cinq gamines se sont avancées à contre-jour au sommet d'une butte, entre Hessing, le ciel et la ville. L'une d'elles a dénoué le voile qui lui masquait le bas du visage : une gosse de quinze ans, et qui rit aux éclats.

Dans cette immense lueur d'un soleil éclaté qui finit de s'enterrer derrière l'horizon, Jean-Michel a éprouvé alors un sentiment étrange, une sorte de plénitude sereine qui n'était peut-être, en somme, que le bonheur — ou qu'un aspect du bonheur.

Une fois, déjà, Jean-Michel Hessing avait éprouvé cette sorte d'exaltation très calme, à la fois contemplative et riche d'une joie qui transformait peu à peu tout ce qui était la banalité du tous-les-jours en une confiance fervente. C'était à Charny un soir du mois de juin. Didier ramenait du fond du parc deux chevaux bais qu'il tenait par la bride. Une jeune femme inconnue rentrait d'un tennis et venait à sa rencontre, un livre sous le bras. Derrière eux, dans la trouée des grands arbres, il y avait le même ciel au coucher du soleil : comme à Al Matamah mais en plein bocage normand, un soleil rouge foudroyé semblait s'ouvrir en une chaude lumière verte qui pâlissait très vite. De Didier et de ses chevaux, Jean-Michel s'était dit que ç'aurait pu être un tableau de Stubbs, un morceau de l'une de ces études champêtres, nobles et sereines dont le peintre anglais a alimenté les rêves de tant de générations de cavaliers ; la jeune femme qui arrivait vers lui, jupe blanche, sa raquette à la main, sortait, elle, d'une peinture des années trente, quelque Tamara de Lempicka aux contours décidés ; quant à ce soleil qui illuminait d'une gaze d'or clair tout l'arrière-plan de la grande pelouse de Charny, c'était bien sûr un Lorrain, voire une grande toile de Turner toute en lumière diffuse ; et l'ensemble constituait pourtant une étonnante vision, parfaitement harmonieuse où — le soleil maintenant tout à fait tombé à l'arrière-plan d'un tableau — un lent mouvement alliait en une même forme de couleurs et d'ombres découpées la poésie de Didier, l'ami aux chevaux bais dans le calme du parc, à l'allure altière, parfaitement dessinée de la joueuse de tennis.

Le cœur de Jean-Michel avait battu plus vite ; il y avait eu la main d'Henrietta soudain sur son épaule — et, d'un coup, tout le miracle du moment avait éclaté comme une bulle de savon parce qu'un groupe de jeunes gens avait déboulé à l'improviste dans la scène, déjà vêtus de smoking pour le dîner du soir, cravate noire, le verbe haut, la désinvolture qu'imposait leur statut de banquiers ou de conseillers d'un ministre. Jean-Michel avait sursauté ; c'était comme si des pantins grotesques et ricanants faisaient irruption en plein cœur d'un moment de grande poésie, et le charme de cet instant suspendu avait été balayé par les rires maladroits de ces guignols.

Parce que lui aussi voulait en savoir davantage, Jacques Benoist a convoqué à nouveau Laroche.

— Il faudrait que vous me fassiez quand même vérifier — discrètement, bien sûr — d'où viennent ces gamines qui tourbillonnent autour de notre ami Lensky.

Meifang, une certaine Channi et puis d'autres, dont les noms en français se disaient Fleur de Lumière ou Petit Nuage, et qui, arrivées de Chine un mois, six mois plus tôt, suivent toutes avec une remarquable assiduité les cours de Serge Lensky aux Hautes Études.

Mais il y avait aussi Linlin, et encore bien d'autres ; Linlin, qui accompagne Jacques Benoist dans des dîners en ville et qui, haute et droite sur sa chaise, mange du bout de sa fourchette, avec la même élégance appliquée.

C'est chez Simon, qui demande parfois à Lorraine de lui organiser ce qu'il appelle un dîner-à-tout-faire : il invite quelques amis, quelques importuns, deux ou trois jolies filles et écoute distraitement les conversations qui l'ennuient le moins mais auxquelles il met un point d'honneur à se mêler.

— Ils sont merveilleux, a-t-il remarqué à voix basse en se penchant vers Julien, chacun d'eux est si parfaitement dans la peau de son rôle : il y a le journaliste intègre, le mannequin de haute couture qui veut donner l'impression de penser, et le diplomate bien élevé qui veut faire croire, lui, qu'il ne pense à rien. Quant à vous, mon cher Julien, je vous vois parfaitement dans l'emploi de l'ancien journaliste sur le point de jeter son froc aux orties, quitte à le regretter ensuite tout le temps (nous l'espérons fort long !) qu'il lui restera à vivre !

— Et vous-même ? a demandé Julien à Simon comme a pu le faire hier ou avant-hier Iris à Chessman : et vous, quel est votre rôle, dans tout cela ?

Simon a allumé une cigarette, toussé, puis répondu :

— Il y a trente ans, j'aurais peut-être rêvé d'être le metteur en scène de cette comédie mondaine ; mais le rôle de spectateur me convient parfaitement.

Julien a ri ; il aime bien Simon.

— Vous trichez, mon vieux !

C'est à ce moment qu'il a croisé le regard de Lorraine.

Un peu plus tard, comme on se lève de table, Julien a rejoint Jacques Benoist sur le bord d'un canapé. Au début du dîner, il a commencé par faire à Linlin les deux doigts de cour nécessaires, pour passer ensuite à son chevalier servant qui commente la situation :

— En général, on ne m'aime pas beaucoup : je ne sais vraiment pas pourquoi ! Alors peut-être est-ce mon inconscient qui me fait emmener une Linlin avec moi dans les dîners en ville pour séduire le beau monde ; le résultat alors est simple : ou pour n'avoir pas de chance auprès de Linlin, on me déteste plus cordialement encore — la jalousie, monsieur, la jalousie... ; ou on cherche à gagner Linlin en gagnant d'abord ma sympathie : le résultat est le même dans les deux cas, Linlin passe sous le nez de ses admirateurs, mais j'y gagne parfois un ami.

Le discours du diplomate a amusé Julien :

— J'espère que vous me comptez parmi les amis gagnés !

Julien s'est dit que ce Benoist, dont tant de ses amis pensent si peu de bien, n'est pas si mal que ça ; dès le lendemain, ils déjeunent ensemble au bar du Pont-Royal.

— Mais vous n'avez pas compris, cher ami, que ces demoiselles sont des marionnettes ? demande le plus gravement du monde Chessman à ce John Brown en costume gris qui profite de l'heure du déjeuner au Coq au Rico pour contempler, béat, les pauvres seins maigres d'une fille aux strass ternis.

Chessman et John Brown sont donc seuls dans la petite salle basse, mal éclairée du club de strip-tease, à deux pas de Soho Square, où l'effeuilleuse éclairée de plein fouet du feu blanc d'un seul projecteur vient d'achever son numéro, de laisser tomber le dernier bout de tissu qui ne cachait plus rien et de disparaître en coulisses pour, aussitôt rhabillée, se déshabiller à nouveau cent mètres plus loin, sur la scène du Get Your Gun ou du Rose Garter, établissement concurrent du Coq au Rico mais également triste à en pleurer.

John Brown, bien sûr, n'a pas répondu ; d'ailleurs, une Lola a déjà remplacé la Suzy effeuillée, l'employé de bureau retient son souffle, boit sa bière et transpire un peu tandis que Chessman — penché vers lui car il a décidément besoin d'un témoin — commente à voix basse les mensurations apparentes de la donzelle dont les seins passent, selon lui, le seuil fatidique du franchement laid pour atteindre la catégorie du tout juste acceptable qui mérite un examen plus approfondi.

Titubant parmi les chaises vides, Chessman s'est levé et s'avance vers l'estrade.

Après Lola et Praline, c'est enfin le tour de Jeanne ; debout sur l'étroite estrade du Coq au Rico à midi, elle semble crucifiée par le cercle rond du projecteur qui l'épingle nue, bras et jambes écartés, au rideau de fond de scène. Assis à quelques centimètres d'elle — la salle est petite et les tables serrées, quand bien même elles sont vides — Chessman a expliqué à son compère qu'il aime sentir l'odeur des choses.

Jeanne, vingt ans tout au plus et qu'on a certifiée vraie blonde, est habillée en Marlène dans *L'Ange bleu* : au premier coup de chapeau, Chessman est subjugué. Il la rejoint en coulisses :

— Il faut que je vous parle.

Chessman, transfiguré.

Il suffit parfois d'une découverte, voire seulement d'un regard... Au cours du dîner qu'a donné Simon pour Jacques, Julien et quelques autres, le regard de Julien a croisé celui de Lorraine, et quelque chose a tremblé.

C'est elle qui lui a téléphoné la première :

— Ça ne vous gêne pas trop que je vous appelle ?

Un rire un peu embarrassé, puis :

— C'est moi qui ai failli le faire...

Et c'est vrai ; dès le lendemain matin, Julien a eu le geste de prendre le téléphone ; puis il a pensé : « La maîtresse de Simon. » Le souvenir alors d'une épaule nue pendant le dîner, et cet air qu'elle avait de tout voir et de ne pourtant rien entendre.

— Je suis heureux que...

Il lui donne rendez-vous à la Closerie des Lilas — après tout, la rue Guynemer n'est pas très loin — à six heures du soir. Le jour même.

Cependant que, seul dans l'appartement au-dessus du Luxembourg, Simon tente d'écouter un disque. N'importe quoi : il se souvient d'une pièce anglaise dont le héros posait avec d'infinies précautions sur le plateau de sa machine à musique le premier disque d'un *Parsifal* enregistré à Bayreuth et, dérangé par divers importuns, ne parvenait jamais au bout du prélude du premier acte. C'est le prélude de ce premier acte qu'il essaie donc d'écouter, longues harmonies nobles, où murmure déjà la joie à venir : il se lève brusquement du fauteuil où il était assis et arrache d'un coup le disque à la machine ; il ne peut plus.

« Jadis, à Pékin... », se souvient-il : pour se raccrocher à la première image qui lui vient à l'esprit. Mais aucun souvenir ne lui remonte vraiment à la mémoire.

Tandis que Marie-Reine Destutt va mettre sa menace à exécution.

C'est un déjeuner qu'on a donné pour des industriels français de passage ; ils sont remplis de projets, d'ambitions : la Chine s'ouvre, et ça paie ! Ils construiront des usines de montage d'automobiles en Mandchourie ou de moteurs d'avions à Luoyang, à l'ombre des grands bouddhas assis qui, au bord d'une rivière, et depuis treize ou quatorze siècles, défient le temps. Le conseiller commercial, triste à lunettes, tente de s'attribuer le mérite de cette ouverture :

— On peut dire que nous n'avions pas ménagé nos efforts ; d'ailleurs, depuis le début, la DREE...

En bout de table, ou presque, Marie-Reine étudie le visage de chacun et attend le moment opportun. Presque en face de Guillaume — « Ma parole, pour un peu, il lui aurait fait présider la table avec lui » —, Meilin raconte à un gros aérocrate rougeaud des histoires bien chinoises qui le font bien rire. Guillaume, lui, joue à la perfection le rôle qu'on attend de lui, décrit ses conversations avec les autorités chinoises responsables des investissements étrangers, les M. Ma et M. Zhou par qui s'effectuent tous les contacts officiels, puis, profitant d'un silence de Meilin, s'adresse à elle :

— D'ailleurs, notre amie Meilin, qui travaille aux services culturels mais qui connaît bien M. Ma...

Alors, lui coupant la parole, la voix de Marie-Reine s'élève, à l'autre bout de la table :

— Parce que vous l'avez deviné, messieurs : rien de ce qui se passe entre l'ambassade de France et les autorités chinoises ne se fait plus qu'avec l'accord et la bénédiction de Mlle Meilin, dame de compagnie et professeur de chinois de notre ambassadeur.

Les fourchettes se sont arrêtées au-dessus des filets de veau aux morilles — venues séchées de Finlande par les soins d'un fournisseur spécialisé dans les menus plaisirs des ambassades.

— D'ailleurs, Mlle Meilin..., poursuit Marie-Reine.

Que son mari interrompt brusquement :

— Ça suffit comme ça !

Le rire, alors, méchant, mais méchant parce qu'il est désespéré, de la jeune femme :

— Pardonnez à mon mari, messieurs, ça ne lui ressemble guère. D'habitude, il est plutôt de ceux qui acceptent et savent aussi se taire...

Thierry est devenu blême ; il s'est levé, a marché jusqu'à sa femme, qu'il a tirée en arrière ; une chaise est tombée, la jeune femme s'est redressée et une gifle a claqué.

Silence.

Marie-Reine Destutt l'avait promis : elle ferait un scandale.

Comme au cirque quand, après la chute mortelle du trapéziste, on enchaîne avec un intermède orchestral sonore et guilleret, c'est soudain le ballet des domestiques, la voix du conseiller commercial qui ramène, pour une fois à bon escient, toutes les conversations à lui, Guillaume qui fait comme si rien ne s'était passé et Meilin dont le visage en feu s'anime encore davantage.

Dans le hall d'entrée de la résidence, marbre et vitrines de petits jades, tapis mongols et éclairages indirects, Marie-Reine Destutt, effondrée, en larmes, pique enfin une vraie crise de nerfs et se laisse entraîner par Thierry qui sait que, pour lui, une page est tournée.

— Il faut me pardonner, tu sais, remarque Jacques Benoist à l'intention de Linlin qui ne l'écoute guère : il faut me pardonner mais quelquefois, je me lève avec une belle haine au cœur : comme d'autres se lèvent avec la gueule de bois, ou avec une belle migraine...

Il a retrouvé la jeune Chinoise qui partage en ce moment sa vie, au bar de la Closerie des Lilas et boit coup sur coup deux Jack Daniel's purs et sans glace avant de continuer.

— Alors, je suis de la plus épouvantable humeur qui se puisse imaginer. Je ressasse les noms de tous ceux à qui je veux du mal — et la liste est infinie. Je me plante en face de la glace de la salle de bains, pour me laver les dents, et je me trouve laid. Je me dis que tous, autour de moi, sont beaux, jeunes, riches, et que ma mère faisait des ménages chez un notaire de Ploudamezeau : la basse Bretagne ! Une mère qui, pendant vingt ans de sa vie, a fait des ménages chez un notable de Bretagne bretonnante : ça vous donne quand même quelques droits à haïr les autres. Puis...

La main de Linlin joue avec un tube de rouge à lèvres — ou avec un briquet : chaque fois que Jacques passe ainsi aux aveux, elle se sent mal à l'aise.

— Et puis, poursuit le diplomate, j'ouvre très fort le robinet d'eau chaude de la douche, je me laisse ébouillanter cinq bonnes minutes et j'en sors calme comme Baptiste : rien de tel que l'eau bouillante pour laver à grande eau les petits accès de trop belle haine. Je mange alors deux tartines de pain beurré que je me fais un devoir de tremper, comme un plouc, dans un bol de café au lait, et vogue la galère ! Je suis prêt à aimer le monde entier.

Le regard de Linlin se fige : il est l'heure pour elle de rejoindre, dans une boutique de la place des Victoires, cette vieille styliste qui lui veut tant de bien. Elle se lève, alors Jacques, imperturbable :

— Dieu merci, j'arrive à mon bureau, je tombe sur ce faux derche de Laroche ou — mieux ! — sur cette conasse de Françoise de-je-ne-sais-plus-quoi qui me sert de secrétaire, et ma belle haine repart au galop : comme avant, mieux qu'avant !

Mais Linlin est déjà partie, elle aussi, et Jacques Benoist adresse dans le vide un au revoir désabusé avant de commander un troisième Jack Daniel's.

Le Caledonian Bay est probablement l'un des hôtels les plus misérables qui se puisse trouver entre Soho Square et Shaftsbury Avenue. Au-dessus d'un sex-shop et d'une charcuterie kascher, c'est un escalier tout droit qui monte sur cinq étages avec quatre chambres à chaque palier : à quinze guinées la passe — car il parle encore de guinées... —, William McCab, né de mère chinoise et de père highlander, se fait un revenu assurément confortable qui lui permet de satisfaire sa passion pour les classiques anciens de l'érotisme : il collectionne les éditions originales de l'Arétin comme celles des *Mémoires d'une chanteuse allemande* et autres ouvrages subversifs. C'est à ce titre que, par Iris, il est jadis entré en rapport avec John Chessman — et celui-ci lui conserve ainsi depuis longtemps sa clientèle.

— Tu sais que tu ressembles à quelqu'un que j'ai bien connu..., murmure l'écrivain d'une voix rauque.

La putain nue sur le lit glousse.

— Celle-là, je l'ai jamais entendue !

Le patron du Coq au Rico n'a trompé personne sur la qualité de sa marchandise : Jeanne, la pute qui se déshabille en Marlène, est une vraie blonde ; avec des moiteurs rousses.

— Ma mère, dit la pute, était pute avant moi.

Chessman n'a pas quitté sa cravate et deux heures ont pourtant passé : enfoncé le moins inconfortablement que possible dans l'unique fauteuil défoncé de la chambre 59 du Caledonian Bay, jambes croisées, cigarette qu'il laisse fumer au bout des doigts, il écoute la vraie blonde assise en crapaud sur son lit de fer lui raconter sa vie.

— Elle était française, née à Brighton d'une pute comme elle et d'un père inconnu qu'on soupçonnait pourtant de venir des Charentes...

Fasciné, l'écrivain écoute la putain nue qui, d'une voix de dame du monde, raconte sa naissance, son éducation et ses premiers pas dans la carrière que sa mère a choisie pour elle.

— C'est à treize ans qu'elle m'a amené mon premier client ; il avait une belle bedaine et la soixantaine bien mûre : j'ai tout de suite aimé ça...

Tandis qu'elle raconte le marin de passage, le navire à quai, l'odeur de mer sur la Tamise et la bière qu'on pissait ensuite contre le mur de brique d'un entrepôt désaffecté, une étrange image a traversé la mémoire de Chessman. C'est une gamine de quatorze ans comme Jeanne quand elle aimait son matelot — et les mots de la pute qu'il se répète en lui-même sont une vraie chanson des années trente : Damia, Fréhel ou Suzy Solidor, goélands, la guinguette et les volets fermés —, c'est une gamine de quatorze ans, un peu maigre, qui se presse contre un garçon de son âge, aussi brun qu'elle est blonde. Ils habitent, loin dans le Yorkshire, une maison au bord d'un parc, et la main de la petite fille dans celle, à peine plus large, du garçon, palpite comme un oiseau blessé.

« L'image est idiote », se dit Chessman qui lutte encore avec le souvenir.

— A quinze ans, dit alors Jeanne, j'étais veuve, on avait tué mon marin : en un mot, j'étais prête pour le trottoir.

Du coup, John Chessman écrase une larme... A vingt ans, pourtant, il avait une petite sœur qu'on lui a aussi tuée. Il écrase une seconde larme et écarte les cuisses de la fille : l'heure n'est pas aux souvenirs.

— Depuis, dit la putain lorsqu'il a fini ce qu'il avait à faire, je suis passé aux clercs, aux ministres...

Un soir, à la fin d'une surprise-party où on dansait un peu, on fumait un peu, on s'embrassait un peu, Thierry avait vu Linda dans les bras d'un copain. Le garçon s'appelait Guy-René, il faisait Sciences-Po, Thierry n'était encore qu'un lycéen et Linda — elle était américaine — était la seule fille dont il ait jamais osé caresser les seins : il se disait qu'il l'aimait à la folie. Et cette Linda qui, dix minutes auparavant, se laissait aller contre lui au rythme d'un slow d'un autre temps, s'abandonnait maintenant dans les profondeurs d'un canapé aux caresses d'un Guy-René : Thierry ne pouvait détacher ses yeux de la main du garçon, de ses genoux qui entrouvraient ceux de l'Américaine.

Rentré chez lui, il avait d'abord vomi, puis s'était effondré au travers de son lit, une bouteille de cognac à la main ; c'était comme cela que Claude l'avait trouvé : pour Claude, cette immense tendresse... Elle s'était approchée, avait posé la main sur son front, ses lèvres... et les lèvres alors, les mains de Thierry, longuement, désespérément...

Un moment, Claude l'avait laissé faire ; elle avait fermé les yeux, respirait plus fort, très fort, et le moment avait duré. Combien de temps ? Jusqu'où les mains, les lèvres de Thierry étaient-elles allées ? Lorsque Claude, sa sœur, s'était redressée après un moment, elle avait eu un dernier geste très tendre, pour l'apaiser ; puis elle avait regagné sa chambre.

Ni le lendemain ni plus tard, Thierry ni sa sœur n'avaient évoqué cette nuit-là.

De la même manière, ces souvenirs remontent parfois dans la mémoire de Jean-René Pallas, le fonctionnaire intègre qui sait si bien tuer : c'était à Cambridge un soir d'automne et de pluie.

La petite fille qui marchait près de lui sur la route mouillée, qui foulait à pleines bottes les feuilles vertes du bas-côté — et puis la grosse voiture qui avait débouché brusquement : pas même un coup de frein, pas même un cri, simplement le corps désarticulé d'une petite fille de quinze ans, la tête noire de sang, déjà, dans les feuilles pourries. « Mais, s'est dit Jean-René Pallas pendant quarante ans, ce sont des images qu'il faut garder en soi, vivantes, parce que après celle-là, toute autre mort — un ami, un ennemi — n'est rien qu'un peu de sang sur des vêtements souillés. »

Pendant quarante ans, il n'y a eu autour de Jean-René Pallas que des morts violentes, brutales, avec un peu ou beaucoup de sang. Mais la première mort violente de Pallas avait été celle d'une petite fille que, petit garçon, à peine jeune homme, il aimait éperdument.

Dès lors, le corps de Lorraine, Lorraine longue, Lorraine pâle à la chevelure rousse et longue, dénouée, peut ployer entre les bras de Julien qui, le visage plongé au plus profond d'elle, sait désormais qu'il n'y aura d'autre bonheur pour lui que cette femme et ces moments volés à un autre homme, Simon, qui est son ami.

Mais c'était Simon lui-même qui, dans la petite maison chinoise au nord de la ville tartare, se penchait sur le corps de Clawdia :

— Tu ne regrettes rien ; tu es sûre que tu ne regrettes rien ?

Il y avait quelque part sur une table de la pièce une minuscule photo d'Otrick en uniforme de l'armée américaine ; un jour, celui-ci avait dit : « Si je réfléchis bien, je crois pouvoir avancer que j'ai porté les uniformes de cinq armées différentes. » Simon en avait fait le compte : l'armée américaine, donc, et néerlandaise évidemment ; l'armée chinoise peut-être, peut-être l'armée britannique : mais la cinquième armée ? Comme on dit la Cinquième Colonne... Le regard de Clawdia s'était fixé sur la photographie qu'elle ne connaissait pas.

— Comment voudrais-tu que je ne regrette rien ? Comment pourrais-tu imaginer que je ne regrette, au contraire, pas tout : lui, toi, moi, nous...

Elle avait alors pleuré.

Presque tous les soirs, maintenant, Serge se retrouve à la Closerie des Lilas. Il y fait vers les minuit une entrée soigneusement étudiée, précédé de deux ou trois de ses étudiantes, suivi d'une autre et parfois d'un garçon parfaitement falot, Boris ou un autre, choisi pour cela. Que le garçon en question, quel qu'il soit, admire sans réserve Serge et son œuvre, ne fait qu'ajouter à sa médiocrité, remarque Serge lui-même, lorsque, à intervalles réguliers, il échange le jeune homme pour un autre.

Lensky s'installe au bar, l'œil rivé sur l'unique table, bien entendu occupée à cette heure de la soirée, qu'il considère depuis deux ans comme la sienne, à gauche de l'étroit passage qui conduit à la terrasse couverte ; qu'une chaise, une seule, se trouve libre à la table elle-même ou dans son voisinage immédiat, et c'est le début d'une manœuvre d'intimidation qui consiste pour Serge et ses amis à s'installer sans façon, au coude à coude avec les actuels occupants de la table convoitée, à parler haut, à interpeller d'autres clients jusqu'à ce que la table entière ait été totalement évacuée par les importuns. Serge est alors chez lui : on discute et boit ferme jusqu'à l'heure de la fermeture.

Il a croisé ce soir-là une jeune femme assise à l'autre extrémité de la pièce ; elle est chinoise, en compagnie d'une fille sans conséquence et Serge l'a tout de suite reconnue : c'est Linlin, l'amie de Jacques Benoist.

— Tu vois cette chose, là-bas, sur la banquette ?

Il s'adresse à Julien, qui vient de le rejoindre ; il a reconnu lui aussi Linlin.

— Bien sûr : c'est la petite copine de ton ennemi intime — dont je pense, soit dit en passant, le plus grand bien.

Serge Lensky en est à sa cinquième ou sixième vodka que Cécile, son assistante, a tenté sans succès de l'empêcher de boire :

— Sois dit en passant, tu es un imbécile. Mais que la chose en question soit à ce tas de merde, c'est donner des perles à des cochons. Attends un peu...

Renversant une chaise sur son passage, Serge a traversé la salle. Deux minutes plus tard, il a passé un bras sur l'épaule de la jeune femme et adresse à Julien un clin d'œil triomphant.

La première fois que Thierry Destutt avait vu sa sœur en compagnie de Jean-Bernard André, qui était son ami, il avait tout de suite compris : il est des regards qui ne sauraient tromper.

C'était à Charny, une fin d'après-midi d'hiver. Claude et Thierry étaient arrivés la veille ; par tendresse, bien sûr, mais il y avait aussi une part de jeu, de la provocation, le frère et la sœur s'étaient tenu la main pendant une bonne partie du trajet de la gare Saint-Lazare à celle de

Lison où Didier envoyait chaque fin de semaine des voitures chercher ses amis au train. Jean-Bernard conduisait l'une d'elles, on s'était empilés à six dans la grosse 604 et Claude, assise sur les genoux de Thierry, était devant, à côté de Jean-Bernard.

Pendant le trajet, on avait parlé du film que Jean-Bernard achevait de tourner : « Ce sera, avait-il lancé, un hymne à toutes nos jeunesses » ; il avait ajouté : « ... pour nous qui ne nous sommes pas aperçus que nous n'avions plus vingt ans ! » Il parlait aussi du groupe et des amitiés qui naissaient à Charny, il disait parfois des choses drôles, qui faisaient rire Claude. Et puis le lendemain, en fin d'après-midi, Thierry les avait vus revenir d'une grande promenade à travers champs, bottés, mouillés, riants, heureux...

Même Paul van der Goes, le jeune employé néerlandais des services culturels français à Pékin, avait eu lui aussi semblables regards pour Margot, qui était sa demi-sœur.

La mère de Paul, Hélène, vivait seule à Veere, une petite ville presque morte du nord des Pays-Bas ; c'était un ancien port, jadis des bateaux y arrivaient des quatre coins du monde, il flottait sur la jetée des odeurs d'épices, de cannelle et puis, avec l'âge, Veere s'était endormie. Paul était allé à l'école, au collège des Pères qui animaient encore un peu un quartier de la ville. Margot allait chez les bonnes sœurs, son frère l'attendait à la sortie, ils revenaient ensemble par le quartier de l'ancien port qui ne sentait plus que la vase.

Sur le chemin de la maison, Paul et Margot se tenaient par la main, les camarades du garçon se moquaient parfois de lui, mais lui-même s'en moquait bien.

Un jour, un homme était venu à Veere, il avait une quarantaine d'années et la mère de Paul l'avait présenté comme un cousin. Il était arrivé sans crier gare ; on lui avait installé un lit dans le petit bureau où Paul lisait et travaillait et, toute la première nuit, les enfants l'avaient entendu qui parlait avec leur mère, sur le ton de gens qui ne se sont pas vus depuis longtemps et qui mettent une grande tristesse à se disputer.

— C'est mon père, avait dit Paul à Margot.

Aucun des deux n'en avait douté un instant. Le lendemain matin, Hélène avait les yeux rouges, l'inconnu demeurait silencieux, vaguement gêné quand il croisait le regard de celui qui était peut-être son fils mais pour lequel il n'avait eu rien d'autre, précisément, que ces regards gênés. Puis l'homme était reparti après deux ou trois jours et Paul s'était dit que s'il haïssait une seule personne au monde, ce devait être ce père — parce que c'était son père, il le savait maintenant, qui avait débarqué dans leur vie sans dire un mot pour s'en aller de même.

Paul avait alors quinze ans, Margot treize : ils ont eu seize ans et quatorze ans, puis dix-sept, quinze, on aurait dit que la tendresse qu'ils avaient l'un pour l'autre croissait avec l'âge. Un jour qu'ils se tenaient assis sur le pas de la porte, côté jardin, à observer n'importe quoi, un oiseau dans un arbre, Paul avait embrassé sa sœur dans le cou comme on le fait à une jeune fille qu'on aime d'un autre amour que celui d'un frère pour sa sœur ; Hélène les avait aperçus un peu plus tard, qui s'embrassaient à nouveau, et elle avait giflé Paul, pour éclater tout aussitôt en sanglots et lui demander pardon.

Le 1er février — quelques jours avant les dix-huit ans de Paul —, l'inconnu avait fait sa réapparition. Tout s'était passé comme la première fois : le lit dans le bureau, la dispute toute la nuit et les yeux rouges. Paul pensait : « Je le hais » — il avait même ajouté, en lui-même : « Je le tuerai. » Quand, trois jours après et avec l'air de n'y attacher aucune importance, Hélène avait annoncé à ses enfants que le « cousin » retrouvé s'installait pour quelque temps chez eux, Paul avait attendu encore un jour ou deux, pour voir — et il était parti.

Il avait quitté Veere sans même embrasser Magot, qui se promenait déjà sur le port en tenant par la main le prétendu cousin de sa mère. Puis le « cousin » était reparti à son tour...

Pendant quarante-huit heures, Thierry n'a pas su ce qu'il allait faire. Comme elle l'avait promis Marie-Reine l'avait eu, son scandale. Guillaume, pourtant, n'avait rien dit lorsque, le soir même, son premier secrétaire lui avait apporté le courrier à signer ; il avait même affecté une trop belle indifférence. Alors Thierry était parti dans les rues de Pékin ; il avait laissé sa voiture en bordure de la ville tartare et s'était dit qu'il marcherait un peu, pour réfléchir. Autour de lui, des hommes et des femmes de son âge, qui portaient des costumes made in Hong Kong, des gosses un casque de walkman sur le crâne ; et puis des musiques qui étaient du rock, du pop : toute une Chine qui avait basculé, lui semblait-il, sans qu'il s'en soit vraiment rendu compte. Alors, marchant maintenant à grandes enjambées le long de la muraille pourpre de la Cité interdite, il se disait qu'il haïssait cette Chine-là : la quitterait-il demain qu'il n'en éprouverait qu'un immense et triste plaisir.

Paul van der Goes avait déambulé dans les rues d'Amsterdam ; il avait trouvé refuge dans un squatt près de la gare où tous, comme lui, trafiquaient un peu, pour survivre. Un petit bonhomme fluet qu'on appelait Ricky leur apportait deux fois par semaine quelques sachets de cocaïne qu'ils écoulaient autour du Dam à de plus paumés qu'eux. Le soir, Paul regagnait l'espèce d'entrepôt où ils étaient une douzaine à dormir dans des sacs de couchage, à même le ciment. On fumait ce qu'on avait, en resquillant un peu sur la coke pour en garder pour soi. Une fille avait mis la main sur une cargaison de pilules bleues ; ils ne savaient pas ce que c'était, ils disaient qu'ils fumaient des rêves bleus.

Une semaine où Ricky n'avait pas reparu, c'était un gros homme français qui était venu à leur rencontre sur le Dam où ils traînaient. Il avait demandé qui était Joseph — c'était un peu leur chef à tous — et lui avait annoncé qu'on avait fini de faire des bricoles : maintenant, il fallait être sérieux. Il leur avait présenté un autre homme, aussi fluet que Ricky, et qu'on avait immédiatement baptisé Ricky II. Et Ricky II avait désormais fait les choses sur une base beaucoup plus organisée ; chacun d'eux devait écouler tant de sachets par jour et, pour éviter toute tentation de coulage, chacun avait également droit à tant de sachets par mois pour son usage personnel.

Le soir, dans l'entrepôt squatté, la grosse fille qui avait inventé pour eux les rêves bleus jouait sur sa guitare des airs américains d'un autre temps, 68 et baba-cool et, certains jours, Paul se disait que tout cela ne pouvait pas durer.

Une nuit, la fille avait voulu rêver avec Paul ; elle s'était accrochée à lui dans sa dérive, elle avait commencé à le toucher, alors Paul s'était mis à crier.

Les seins de la fille penchée sur lui qui ballottaient lourdement à la hauteur de son visage ; et une odeur, la moiteur inconnue d'un corps qui n'était pas le sien, la broussaille enfin des cheveux gras qui balayaient son front : il avait hurlé, hurlé plus fort, puis s'était mis à trembler de tous ses membres. On avait dû lui glisser un gros crayon entre les dents, car il écumait.

La crise avait duré deux heures ; lorsqu'on le lui avait arraché, le corps de la grosse fille sans importance était labouré de coups de griffes.

Alors, Serge Lensky éclate de rire.

— Tu n'aimes pas ça ? T'as pas envie ?

Linlin, effarée, regarde le sexe de Serge, gonflé, énorme, qu'il exhibe devant elle dans le bureau où il a réussi à l'entraîner ; le prétexte : lui faire lire quelques lettres, témoignages d'écrivains chinois qui l'intéresseront sûrement.

— Ne me dis pas, poursuit Serge en rigolant toujours, que ton Jacquot en a une aussi belle que ça !

D'un coup, Linlin s'est mise à pleurer ; à petits sanglots, de plus en plus forts, et puis elle a crié à son tour : un cri perçant à rameuter tous les étudiants dispersés dans les autres bureaux. Alors, sans même prendre le soin de rentrer son affaire, Serge a ouvert la porte et jeté la jeune Chinoise, hurlante, dans le couloir.

— Connaissant notre ami Benoist, je me demande si la belle Linlin n'est pas un travelo ! a-t-il remarqué à l'endroit d'un ami à qui il racontait l'histoire.

Dans un énorme éclat de rire.

Quand Paul s'est rendu compte que l'inconnu en imperméable mastic qui buvait de la bière à quelques tables de lui dans la taverne enfumée où il retrouvait chaque soir ses amis avant de reprendre avec eux le chemin du squatt était le même homme qui avait débarqué à Veere sans crier gare et que sa mère avait appelé son cousin, il s'est glissé par la porte de derrière qui donnait sur l'impasse aux poubelles.

Ne plus revoir cet homme : ne jamais l'écouter. Le petit-fils d'Otrick avait fait du stop d'Amsterdam à Bruxelles ; ce n'était que le commencement de la route — au bout, il y avait la Chine.

Où Jan van Otrick avait choisi de mourir.

— Tu es sûre qu'à la fin tu ne t'étais rendu compte de rien ? demande Iris.

Clawdia, les épaules carrées dans la chemise d'homme qu'elle porte pour errer seule dans la maison de Hampstead, a secoué la tête.

— Mais de quoi voulais-tu que je me rende compte ?

Le verre de gin à la main, et qui tremble.

— De quoi..., répète-t-elle.

La voix d'Iris, qui a bu elle aussi, est rocailleuse, la gorge tout encombrée de la fumée de cinquante cigarettes par jour trois cent soixante-cinq jours par an pendant quarante ans ; des Gauloises sans filtre qui lui ont jauni les mains, ont fait du bout des doigts cette matière cornée, comme de l'ivoire brûlé.

— Mais qu'il fuyait, voyons : tu ne t'es pas rendu compte qu'à la fin il voulait s'enfuir ?

Les dernières semaines d'Otrick à Pékin, un voyage à Hong Kong, un autre à Moscou et les autorités chinoises qui avaient « déconseillé » ce voyage : simplement « déconseillé », n'est-ce pas ? Puisque après tout Jan van Otrick, ambassadeur des Pays-Bas à Pékin, bénéficiait de toutes les immunités diplomatiques du monde.

Un jour, précisément dans les dernières semaines, Otrick et Iris avaient eu au bar de l'hôtel Xin Qiao une discussion animée. Ils parlaient de l'amour, des femmes, de la violence et de la guerre ; Otrick était un homme qui aimait les femmes en collectionneur avide, âprement, capable pourtant des plus grands émois — et Iris était une femme qui aimait les femmes : désespérément.

Le ton montait ; non loin d'eux, des journalistes japonais, frénétiques, s'agitaient autour du mauvais billard qu'éclairaient des barres de néon. Enfin, Iris s'était levée : il était des paroles qu'elle ne pouvait entendre, et les phrases qu'avait eues Otrick pour une jeune femme qui les intéressait tous deux étaient de celles-là.

— Ignobles, mon cher ! s'était écriée Iris, vous avez des mots ignobles.

Otrick avait pensé, en la voyant sortir : « Une autre m'aurait giflé... » Il était demeuré seul dans la grande pièce basse de plafond au dernier étage de l'hôtel : on l'a dit, à deux pas de là, on détruirait un jour l'antique porte de Chongwenmen — mais le temps n'était pas encore à ces preuves-là de l'existence de Dieu.

David Allen, qui était alors deuxième conseiller auprès du chargé d'affaires britannique était assis au bar en compagnie de Sergei, un diplomate soviétique. Il lui avait fait signe de loin, puis était venu le rejoindre.

— Vous permettez ?

Otrick avait trente ans de plus que lui et un prestige considérable. L'Anglais voulait lui parler d'une rumeur qui courait — déjà — sur une maladie de Chou Enlai. Mais Iris était revenue à ce moment ; elle s'était assise à nouveau en bougonnant en face d'Otrick et s'était adressée à Allen.

— Il a de la chance, voyez-vous : il est de ceux à qui les femmes tirent tout de suite une balle dans la tête — ou alors qu'elles ne se résoudront jamais à quitter.

Prudemment, David Allen s'était levé.

Et aujourd'hui, ambassadeur de Sa Très Gracieuse Majesté à Pékin, sir David Allen lit et relit le télégramme marqué *très secret* qu'il vient de recevoir de Londres, où le sous-secrétaire d'État chargé du département d'Asie, John Baker, lui demande, à l'occasion d'une rencontre (dont on souligne qu'il ne doit en aucun cas la provoquer lui-même) avec son collègue français, d'interroger directement celui-ci sur ce M. Shi Jinan — qui gravite depuis quelque temps, semble-t-il, autour de l'ambassade de France.

« Qu'est-ce que ce M. Shi peut fabriquer ? » se demande d'abord sir David ; qui pense ensuite : « Et à quoi ce diable de John veut-il en venir ? »

Cela fait plusieurs mois, déjà, que sir Allen s'interroge sur les vraies raisons qui poussent John Baker à telle ou telle démarche.

Un jour — il parlait d'une remarque un peu trop désinvolte de John Baker sur un de leurs collègues —, l'ambassadeur avait dit en riant à sa femme que, décidément, ce Baker était un drôle de bonhomme !

A Pékin, les hivers duraient jusque très avant dans le printemps, puis c'était d'un coup l'été, il n'y avait pas de printemps ; l'hiver, cette année-là, était mou et gris. On se retrouvait au restaurant mongol de Shishahai et, tour à tour, Simon ou Guillaume, John Baker évoquaient des souvenirs, un en deçà de la Chine qui était leur vie d'avant.

Le rire de Baker, parfois, éclatait, et les serveurs chinois qui apportaient les fines lamelles de mouton qu'on allait tenir quelques secondes dans l'eau bouillante de la marmite au milieu de la table étaient pris à leur tour de fous rires, tant la bonne humeur de l'Anglais était communicative.

Il avait pourtant aussi de grands élans de mélancolie : il parlait alors de son père, qui avait traîné ses bottes dans tous les services plus ou moins spéciaux M15 ou M16 de Sa Majesté britannique et qui avait été l'ami de Lawrence en Arabie, qui avait bourlingué à Malte, à Chypre, à Ankara où il avait passé une partie de la guerre qu'il avait finie à Londres, assurant la liaison entre les hommes du colonel Passy et les services anglais.

— Il avait même connu votre ami Otrick, dont vous me parlez si souvent ! avait-il dit à Simon.

Pour John Baker, Cedric, son père, était une manière de héros qui lisait lui aussi, comme lui, les poèmes de Blake ou ceux de D. H. Lawrence, l'autre Lawrence.

— Personne au monde, pas même pendant les années que j'ai passées à Cambridge, n'a eu une aussi grande influence sur moi ! disait-il comme si c'était là une découverte hors du commun.

Cedric Baker avait écrit, pendant des années, des lettres d'amour à sa femme, Jane Balfour, et à la mort de celle-ci, John, leur fils, les avait lues :

— L'amour vrai... Savez-vous ce que c'est, l'amour vrai ? C'était l'amour que mon père portait à ma mère.

Cedric Baker était mort au lendemain de la guerre : son fils avait à peine sept ans.

Guillaume, Simon écoutaient... Le mouton bien rouge pâlissait dans l'eau bouillante et le rire de John éclatait à nouveau, comme pour balayer toute la mélancolie de son discours.

— L'amour vrai...

Dans la salle à manger privée, au premier étage de l'Hôtel de Crillon où il les a conviés à un déjeuner avec vue sur la place de la Concorde,

Serge Lensky s'adresse à un groupe d'écrivains chinois invités à Paris par le ministère de la Culture.

— Votre visite, messieurs, est un nouveau caillou blanc sur le chemin pourtant déjà droit et clair qui est celui de l'amitié véritable entre nos deux pays.

Cécile, qui lui sert d'interprète, essaie de traduire au mieux la métaphore. Lorsque Serge a achevé son toast, la Mme Mei qui conduit la délégation a répondu d'un discours sensiblement plus long, puis on a échangé des cadeaux.

— Est-ce que Serge s'est rendu compte qu'aucun de ces prétendus écrivains ne représente quoi que ce soit dans la Chine d'aujourd'hui ? demande Jacques Benoist à Denis Laroche lorsque celui-ci est revenu du Crillon, où il avait représenté son ministère pour lui rapporter l'atmosphère de la rencontre.

Mais le directeur d'Asie a aussitôt haussé les épaules :

— Question idiote : bien sûr qu'il s'en rend compte ! Mais ce serait perdre la face que d'admettre que ses interlocuteurs de Pékin lui ont promis des écrivains et lui ont seulement dépêché une brochette d'apparatchiks !

Au milieu de la place de la Concorde, en face de l'Hôtel de Crillon, une quinzaine de pantins vêtus de costumes trop stricts et de cravates multicolores échangent des saluts d'opérette.

Tandis qu'à Sanaa, où il a fait venir trois poètes français, Jean-Michel Hessing a préparé trois après-midi de rencontres avec des poètes yéménites sur le thème : « Poètes d'hier et poètes d'aujourd'hui ». Il n'y a plus une écriture arabe et une écriture occidentale, mais deux verbes qui se rejoignent en une même espérance, avec un temps du passé qui s'appelle découverte et un temps du présent qui sera amitié.

L'un des Français a cité Segalen : « *Silence, le plus digne hommage ! Quel tumulte d'amour emplit jamais le très profond silence ?* »

— Je suis désolé..., dit Guillaume.

Il pense : « Je n'arrive même pas à être désolé de tout cela ; pas même emmerdé : la vérité, c'est que je m'en fous ! » Mais il a pris la mine de circonstance qui s'imposait pour entendre de la bouche de Thierry Destutt la décision qu'il n'a même pas eu besoin de lui souffler : sa demande de mutation, son rappel à Paris.

— Je suis désolé..., répète après lui le jeune homme.

Un bureau les sépare, couvert de papiers, de journaux, de notes : lorsque Guillaume entend des collègues, des ministres proclamer sentencieusement qu'ils travaillent selon la méthode de la table nue, du bureau vide, il a envie de les plaindre : lui connaît la joie du fouillis des dossiers où la minute que l'on passe à chercher un document est une minute de liberté.

— Je suis désolé..., dit encore une fois Thierry Destutt.

Guillaume regarde sa montre : l'avion de Paris part dans deux heures et demie et l'attente à l'aéroport de Pékin fait partie des rites obligés de tout départ de Chine, fût-ce le départ d'un ambassadeur convoqué à Paris pour consultation : Guillaume et Destutt voyageront par le même avion, mais la Compagnie Air France, bonne enfant, assure à l'ambassadeur un surclassement en première classe.

Paul Claudel quittant jadis son poste de consul à Tianjin ou à Fuzhou, plus tard d'ambassadeur à Tokyo, savait qu'il n'y reviendrait pas avant six mois ; la lente remontée vers l'Occident, l'étrave blanche qui fendait la vague : dès le lendemain après-midi, Guillaume, lui, est déjà à Paris dans le grand bureau de son ministre, la porte-fenêtre, le perron qui descend jusqu'au jardin.

— Eh bien, monsieur l'Ambassadeur, il ne me reste plus qu'à vous féliciter encore une fois...

Le ministre des Affaires étrangères n'est pas un diplomate blanchi sous le harnais : il a été homme d'affaires, banquier, mais c'était toujours au nom de l'État qu'il travaillait, négociait, arrachait des contrats à travers le monde ; pourtant, face aux diplomates de carrière, il affecte un sens aigu du protocole et une immense modestie, bien qu'il ne se cache pas, en privé, de formuler des jugements tranchants sur eux : « 40 % d'incapables, 30 % de technocrates, 20 % de politiques mais 10 % de parfaitement utilisables : c'est une bonne moyenne. » Comme tous ceux qui connaissent la formule, Guillaume se demande dans quelle catégorie le classe son ministre. Pendant quarante minutes, il a exposé le dossier dont il a été chargé, fait état des diverses assurances qu'il a pu avoir ici et là, officielles et officieuses ; une fois seulement, le ministre l'a interrompu :

— Que pense Benoist de tout cela ?

Il a eu un geste vers le téléphone, pour faire appeler le directeur d'Asie, puis s'est repris :

— Après tout, ce qui compte, c'est votre opinion et celle de votre ami Anglade : les services n'auront qu'à suivre.

Il a ensuite raccompagné son visiteur jusqu'à la porte lambrissée du bureau qui mène au salon de l'Horloge :

— Eh bien, monsieur l'Ambassadeur, il ne me reste plus qu'à vous féliciter.

Guillaume traverse les salons de l'hôtel du ministre et, par des escaliers dérobés, gagne le corps central du ministère l'odeur de poussière familière des longs couloirs.

— Tout cela n'a pas eu l'air trop difficile, a remarqué Jacques Benoist quelques minutes après.

— Pas trop, non...

C'est la première fois que Guillaume remarque une petite photographie de Saint-John Perse. Il regarde tour à tour la photo, puis Jacques Benoist ; il pense : « Nous avons été amis... » C'était vingt-cinq ans auparavant, Jacques avait une petite tête blonde, au bout d'un long cou maigre ; lui-même affirmait en riant qu'il était le vilain petit canard.

Il a un rire qui sonne faux.

— Tu sais, poursuit Benoist, qu'au début, je ne nous donnais pas une chance sur cent de réussir.

Il a dit « nous » et Guillaume l'a remarqué.

— Tu sais à quoi je pense ? conclut le directeur d'Asie : à nous deux, je crois que nous ferons une sacrée équipe. Le petit milliard de Chinois qui n'est pas encore de cet avis n'a qu'à bien se tenir !

Guillaume pense : « Et Simon, alors ? » Mais Jacques Benoist a l'air si content de lui.

Et John Chessman, debout, nu maintenant devant la putain qu'il a fait se rhabiller, qui murmure :

— Imagine que si je n'avais jamais foutu le pied dans ce foutu pays, je n'aurais jamais eu l'idée de ce foutu roman et que j'en serais encore à écrire de beaux livres bien torchés qui me rapporteraient la considération de la critique et le fric qui va avec, alors que depuis quinze ans je tourne en rond et je ne bande plus.

Alors Jeanne, la putain magnifique, reprend le récit de ses aventures.

— Un vieux ministre même, répète-t-elle : j'ai eu, voilà pas si longtemps, un vieux ministre dans ma clientèle ; il était tout gentil et s'habillait en pompier pour ne pas me faire grand-chose !

Elle est toujours nue dans la chambre du Caledonian Bay et Chessman, soudain inspiré, s'est mis à écrire, écrire éperdument.

Sur le mur couvert d'un ancien papier à fleurs, un gros cafard, bien brun, de ceux qui craquent si joliment sous le pied quand on les écrase...

Pour son anniversaire, Lorraine a offert à Simon un gros album de photographies comme on les faisait autrefois, cuir orné, fermeture en cuivre et les pages de carton évidées où l'on glisse les photos. En quelque cinquante clichés qu'elle a dû mettre plusieurs mois à rassembler, l'album raconte toute la vie de Simon. Il y a les années d'Auvergne, la ferme dans le Cantal et l'école de Collandres, Clermont puis le maquis et le retour à Clermont. Puis enfin l'Élysée, et, au beau milieu du livre, les années de Chine : un Simon si jeune encore, entre Otrick, Iris, Clawdia, Guillaume lui-même.

La dernière photographie représente un vieil homme assis rue Guynemer devant une fenêtre d'où il semble désespérément guetter quelque chose — espérer... — dans les allées du Luxembourg.

— Simon, à ma droite ; tu ne m'en veux pas, Guillaume ? a dit Danièle Bonloup.

Qui cette fois donne un dîner en l'honneur de Guillaume : la salle à manger sur un autre jardin, les allées du parc Monceau où Guillaume, enfant, promenait son cœur en bandoulière.

Il y a Serge, Simon, Lorraine, Lavenant dont *Le Partage de midi* qu'il a mis en scène ouvre le lendemain à l'Odéon. Le sénateur Vattier, qui a un nouveau livre sur la Chine en chantier. Et puis il y a Julien et un diplomate anodin, incolore, qui a lui aussi écrit, jadis, sur la Chine ; il dirige de loin les affaires culturelles du Quai d'Orsay, on l'appellera René Lempety.

— On peut dire, commence tout de suite Danièle à l'endroit de Guillaume, on peut dire qu'on ne t'aura vu qu'entre deux avions !

Guillaume écoute, n'écoute pas ; jeu de regards autour de lui : Lorraine qui rencontre le regard de Julien, Julien qui évite celui de Simon, Simon qui plante le sien dans celui de Serge, ironique :

— On raconte que ces dames se bousculent à votre séminaire de littérature chinoise.

Serge Lensky corrige :

— Ce serait plutôt un séminaire de littérature comparée, où la Chine tiendrait la première place.

Question de Simon, à la cantonade :

— Pour qui, parmi nous ce soir, la Chine ne tient-elle pas la première place ?

Jusqu'à Danièle qui a accompagné Jean-Paul, son mari, dans ses divers voyages à travers la Chine.

René Lempety lève le doigt, comme s'il demandait la permission avant de parler :

— Si je vous disais que je ne m'intéresse plus du tout à la Chine...

Mais nul ne relève sa remarque : qui s'intéresse à un René Lempety, ministre plénipotentiaire qui se prétend vaguement écrivain ? On parle maintenant de la pièce de Claudel, du livre qu'achève Lensky, d'un procès que Danièle, avocate, espère gagner... Guillaume, lui, a repoussé sa chaise : le brouhaha des conversations, le tintement des verres, les fourchettes contre le bord des assiettes, toute une rumeur qui monte et descend autour de lui. Une vague. Guillaume pense : « La vague qui déferle sur les côtes parisiennes... » Regards encore, Simon, Lorraine, Jean-Paul Bonloup lui-même, et Danièle qui a peut-être, un jour, été amoureuse de Simon. Puis Serge, goguenard, qui observe le tout. « Peut-être que lui aussi se rend compte... », pense Guillaume.

Après le dîner, Jean-Paul Bonloup s'est approché de Raymond Vattier :

— Et vous, mon cher Raymond, vous y croyez, vous, à ces relations privilégiées entre la Chine et nous ?

Guillaume a fait comme s'il n'avait pas entendu ; Serge Lensky, lui, a souri.

Sans aucune pudeur, Serge, toujours goguenard — il préfère le mot rigolard, avec ce qu'il a de grasseyant et d'un peu vulgaire : moine papelard des lettres françaises, il ne peut être qu'également rigolard — Serge, donc, a convoqué dans son bureau la jolie Channi, trente-trois ans, qui, boursière du gouvernement chinois, souhaiterait un poste d'assistante quelque part, dans une université française.

— On ne sait jamais comment les choses vont évoluer là-bas, soupire-t-elle.

Là-bas, c'est la Chine. Serge soupire avec elle.

— Comme vous avez raison...

Un autre soupir, puis :

— Dites-moi : il paraît que vous avez une fille ! Et vous m'aviez caché ça !

La fille de la jolie Channi a quatorze ans ; elle est à l'école dans le XIIIe arrondissement ; la rumeur est venue jusqu'à Serge qu'elle jouait du luth, et la mère de la cithare — à moins que ce ne fût le contraire. Des images, très vite, dans la tête de Lensky : un doux duo, la mère et la fille ; ou un trio : pourquoi pas ?

La jolie Channi rougit violemment comme seules savent rougir, écarlates alors, les jolies Chinoises.

— Si vous voulez ; nous viendrons un soir... c'est cela.

Rigolard, Serge Lensky a tendu à la jeune femme une carte de visite avec son adresse.

— Venez donc demain, vers huit heures ; et n'oubliez pas ces petits instruments.

Il ne peut se retenir d'aller jusqu'au bout du mauvais goût qu'il cultive avec délectation :

— ... Ils peuvent servir... à l'occasion !

Comme lui, John Chessman aime rire : on connaît son rire très fort, gras, qu'il retient le temps qu'il faut sous le masque de l'homme du monde.

Il est resté un écrivain célèbre : le monde — et singulièrement le monde littéraire, le seul, en somme, qui l'intéresse — abonde de grands artistes qui cultivent, comme lui, le silence. Aussi lady Giorgiana — dont l'époux, lord Avon, depuis longtemps ami de Chessman, a été ambassadeur à Pékin — a-t-elle décidé d'organiser un dîner pour celui qui demeure envers et contre tout écrivain.

— Vous connaissez tout le monde, n'est-ce pas ?

C'est un grand appartement, très victorien, dans l'une des hautes maisons d'Eaton Square : hautes fenêtres, hauts plafonds, hauts tableaux de famille, les Van Dyck et les sir Peter Leley placés haut sur le mur tendu d'une soie admirablement défraîchie. Sur le piano, des photographies signées par la famille royale au complet, jusque dans ses cousinages les plus reculés. Et puis les invités, que Simon connaît, en effet : George Mulley, lady Arabella, Nicholas Pelley, sir Bernard Lew, Kenneth Andrew, Iris même : une réunion de famille, en somme, et puis un directeur de Sotheby's, un vieux ministre qui a lui aussi vécu en Chine. Chessman, lui, est venu avec deux femmes : Clawdia et Jeanne, la putain, qu'il présente à la ronde :

— Et vous, en revanche, je suis certain que vous ne connaissez pas mon amie Jeanne : elle a écrit un livre admirable, sulfureux, qui paraîtra dans quelques mois.

Jeanne joue son rôle à la perfection ; mais, lorsqu'elle arrive devant le vieux ministre, elle éclate de rire. Le vieil homme bafouille quelque chose. Plus tard, avant de passer à table, elle glissera à Chessman :

— Vous avez compris, n'est-ce pas : c'est mon ministre !

Et comme le regard de Chessman demeure indécis, elle précise :

— Celui qui se déguise en pompier !

Alors John Chessman éclate de rire : c'est bel et bien à un dîner de têtes qu'on l'a convié. Lady Giorgiana, qu'il a un jour aimée, se penche vers lui :

— Vous êtes bien gai, mon cher John.

Un reproche dans sa voix ; puis un coup d'œil à Jeanne.

— Je suppose que cette jeune femme est la dernière de vos égéries...

Chessman pense : « Si elle avait dit " La dernière de vos muses ", je lui aurais expliqué l'usage précis que je fais de mes muses. »

On est passé à table, les vins sont de beaux et vieux bordeaux comme on n'en sert plus qu'en Angleterre, millésimes perdus dans la nuit de nos souvenirs. Par quel hasard, lady Giorgiana a-t-elle placé le vieux ministre à côté de Jeanne ? Une idée traverse Chessman, qui lance au vieil homme, à travers toute la table :

— Mon amie Jeanne m'a dit que vous étiez de très vieux amis : je suis sûr que nous avons beaucoup de choses en commun. Peut-être pourrons-nous nous rencontrer un de ces jours ?

Le vieux ministre bafouille un peu plus, manque s'étrangler avec son potage à la tortue relevé de juste ce qu'il faut de xérès. Et John Chessman éclate de rire : puisqu'il est devenu un écrivain impuissant, pourquoi ne pas jouer les voyeurs ?

Ce n'est que très tard dans la soirée — Jeanne, à demi saoule dans un canapé, éclate de petits rires suraigus — que John se penchera vers George Mulley. Ils sont assis au coin d'un de ces tristes feux qu'on n'allume que dans les cheminées londoniennes, sans bois qui risquerait de faire de la fumée, rien qu'un charbon sec ; et tous deux chauffent un très ancien cognac servi par lord Avon dans une carafe de cristal épais.

— Vous ne reculez devant rien, n'est-ce pas ? demande Mulley.

Lui-même a déjà beaucoup bu et les fausses flammes du foyer accentuent les zones d'ombre et de lumière que de grandes rides verticales déterminent sur son visage. Chessman se racle la gorge :

— Vous connaissez ma protégée ?

Le visage marqué de Mulley est grave ; John Chessman pense : « Avec ces fichus catholiques, on ne sait jamais s'ils ne se préparent pas à vous demander l'absolution », car Mulley, fils de pasteur, s'est converti à un catholicisme pur et dur. Mais Chessman aime bien Mulley, qui sait boire mieux encore que lui et qui, du fond de sa ferme du Yorkshire, tonne contre le monde qu'il hait et Londres qu'il méprise plus encore.

— Disons que nous nous sommes rencontrés, votre amie Jeanne et moi.

Mulley a vidé son verre ; lord Avon, qui passait à sa hauteur, la cravate de smoking légèrement de travers, s'est penché vers lui, le flacon de cristal à la main :

— Je vous en redonne un peu ?

Mulley se redresse :

— Un peu ? Vous voulez dire un peu beaucoup !

Un bref échange de regards entre les deux hommes, que Chessman ne comprend pas. Puis George Mulley s'est rassis.

— Vous êtes un homme fort, John, jusque dans vos faiblesses et vos échecs : savez-vous que je vous envie ?

Chessman regarde Iris et Clawdia qui parlent, à l'écart ; un peu plus loin, une jeune femme brune qu'il n'avait pas remarquée ; c'est Ismène, la fille d'Irène : vue de loin, à contre-jour devant une lampe basse, on dirait une très jeune fille, presque une enfant.

— Un jour, si vous voulez, je vous dirai d'où je tire ce que vous appelez ma force.

Huit jours à Paris avant de rentrer en Chine : huit jours qui n'en sont déjà plus que quatre, plus que trois ; Guillaume va de dîner en dîner ; Marie-Laure, qu'il a un jour aimée, a invité pour lui quelques amis ; il y a Anselme, académicien, qui sait mieux que tout autre l'art de pérorer tout en étant parfois intéressant ; et puis Jacques Benoist, que Marie-Laure a rencontré lors d'un de ces voyages qu'à vingt ans elle faisait en Chine aussi bien qu'au Pérou, au fin fond des Deux-Sèvres. Elle revenait alors de Niort ou de Shanghai en soupirant : « Ah ! l'exotisme... » Il y a encore Julien, on soupçonne le journaliste d'avoir une aventure avec Marie-Laure ; et puis il y a aussi — tant est que les dîners en ville sont comme ces romans où tous les personnages finissent bien par se retrouver à la fin d'un chapitre — John Baker et Stefania, de passage à Paris. L'Anglais est tombé dans les bras de Guillaume.

— Tout ce temps, Guillaume, tout ce temps !

Ils ne se sont pas revus depuis les trois années que Guillaume a passées à Londres, à son retour de Chine. John Baker a ensuite entraîné Guillaume dans un coin du salon :

— On me dit que tu ne vois pas autant qu'on pourrait le croire notre ami David ; pas le temps, je suppose ?

Puis, un peu plus tard :

— Il se passe tant de choses à Pékin, en ce moment. C'est la cour des derniers Ming : tout y est possible.

Guillaume ne fait qu'esquisser un sourire, une réponse polie ; d'ailleurs, on est passé à table. Julien et Jacques ont vu la pièce que leur ami Lavenant a mise en scène.

— Il y a trop de rigueur dans tout ce qu'il fait, soupire Jacques, on dirait qu'il tente par tous les moyens de bloquer les sentiments.

Et Julien :

— Mais c'est justement cela qui est admirable : Lavenant verrouille tout ce qu'il y a de trop foisonnant dans Claudel...

Les deux hommes se regardent, éclatent de rire ; et Guillaume se souvient : ah ! oui : Claudel. Ses amis parlent, il les écoute mais ne les entend guère : les rumeurs de Pékin vous rendent sourd à d'autres bruits.

Ils sont allés terminer la soirée à la Closerie. La même chaleur, la même rumeur, presque les mêmes visages. Jadis, Guillaume s'étonnait des cheveux blancs de celui-ci, qu'il avait connu à vingt ans, ou des traits tirés de celle-là, qu'il avait failli aimer. Aujourd'hui, c'est du nombre de ceux qui n'ont pas changé qu'il est souvent surpris. Ainsi ce grand garçon blond, mèche raide sur un front pâle et la mâchoire serrée qui parle avec animation à une table en face du bar : il ressemble tant à Philippe lorsqu'il avait vingt ans que ce ne peut, bien sûr, être Philippe, puisque Philippe ne doit pas avoir loin de cinquante ans avec la bedaine qui va avec ; mais le garçon se retourne vers lui, se lève, l'embrasse, et Guillaume le présente à Julien :

— Philippe, que j'ai connu à vingt ans.

Philippe a divorcé de Geneviève, il a épousé Pascaline, il a un fils marié déjà... Et ce gros homme, lippu, qui détourne si ostensiblement le regard tandis que Philippe lui fait place à sa table. Le pianiste, au piano qu'on a déplacé vers l'entrée, n'est plus ce Boris qui se plaignait de son ulcère à l'estomac, mais la dame du vestiaire n'a pas changé.

— Tu as vu, là-bas ? fait remarquer Philippe. Tu te souviens ?

Il a montré le gros homme, au fond de la salle.

Mais le regard de celui-ci évite délibérément le sien. Guillaume a un rire triste :

— Je sais, je l'avais déjà revu : c'est Patrick Vergnaud ! Il ne veut plus nous reconnaître...

Patrick, l'ami de Philippe et de Geneviève, de Moune, jadis, de Marianne et de Guillaume lui-même, qui peignait ces petites toiles blanches et rouges, noires aussi, violentes, éclatantes de lumière et de sang.

— Depuis qu'il s'est arrêté de peindre, il est devenu comme ça, explique Philippe. Ça a pris des années : il a d'abord évité de nous reconnaître, puis il s'est mis à grossir.

— Et qu'est-ce qu'il fait ? demande Baker.

Philippe hausse les épaules ; c'est Julien qui répond :

— Il trafique...

Julien connaît bien Patrick ; le nouveau Patrick, celui qui parle maintenant à voix basse à l'oreille d'un garçon au blouson déchiré, le front marqué d'une cicatrice bleue.

Vingt ans auparavant, à leur retour d'Oran : Patrick, Guillaume.

— Voilà Marianne, dit Guillaume.

Patrick muet hésite à tendre la main.

— La femme de Jean-Claude, tu sais, insiste Guillaume.

Marianne a le visage blanc et sec. Froide. Elle serre les dents, garde les yeux très grands ouverts, dit deux mots rapides et s'assied. Patrick la regarde. Elle est jolie, oui, jolie. Mais au-delà de tout ce qu'il pouvait dire, car sa tristesse à elle, il le sait, n'a pas de nom. Et sa rage à lui ? Sa haine ? Sa peur ?

— J'habite chez les parents de Jean-Claude, dit Marianne.

Le grand appartement sombre, les meubles trop larges, les carpettes, les tapis de Chine.

— Je cherche un studio, quelque chose. Je veux être un peu seule maintenant.

— Dans quel quartier ?

Guillaume essaie de lui répondre. Patrick, les yeux fixes, les mains moites.

— Par ici. Dans le septième ou le sixième. Pas trop cher, bien sûr.

— Bien sûr...

C'est Patrick qui a demandé à Guillaume d'arranger cette rencontre, et maintenant c'est le silence. Guillaume pose des questions, s'intéresse à Marianne — s'intéresse tant ! Patrick sent au travers de la gorge une boule qui ne passe pas —, sourit, offre des cigarettes.

— Patrick voulait beaucoup te rencontrer.

— Oui, dit seulement Patrick.

— Il n'a pas connu Jean-Claude, mais je lui en avais parlé.

— Oui, dit encore Patrick.

Les cheveux de Marianne balaient son front, elle les écarte de la main.

— Voilà. Maintenant, je veux vivre seule. Mes parents...

— Tes parents ?

— Oh ! ils sont très gentils... comme la mère de Jean-Claude, mais ils ne comprennent pas...

Les journaux du soir annoncent les entretiens d'Évian, l'espoir d'une paix, de nouveaux carnages dans les rues de Meknès.

— Je suis très fatigué, il faut me pardonner, dit Patrick, qui se lève et s'en va.

Trois jours encore, plus que deux jours : à son tour, Guillaume va voir la pièce de Claudel mise en scène par Lavenant.

L'Odéon, ses ors et ses pompes : voilà dix ans, Lavenant ne jouait guère qu'en banlieue, entre Issy et Vitry ; ils n'étaient que quelques-uns à connaître son travail, moins encore à l'aimer. Sans même que Guillaume s'en soit vraiment rendu compte, Lavenant est devenu célèbre, adulé, révéré : une institution.

Et ce *Partage*, ce soir, à l'Odéon, avec une jeune comédienne que Guillaume a connue, déjà jeune et sans âge, beau visage grave, immobile de chanteuse triste. Elle s'appelait Mina, on lui disait : « Mina de Vanghel, tu connais ? » Elle secouait la tête, presque triste, pour répondre que oui, elle connaissait.

Serge a accompagné Guillaume ; un peu avant le lever du rideau, il se penche vers lui :

— Lavenant n'a monté la pièce que pour elle : il a dix filles, s'il le veut, vingt filles à la fois, mais il est amoureux fou d'elle et ne veut qu'elle — qui a dix amants, vingt amants, quelquefois, et se donne éperdument à tous, sauf à lui. Voilà ce qu'on appelle l'amour triste.

Il rit :

— Moi, je n'ai jamais voulu connaître que l'amour gai : tu sais, la formule de Chamfort : « L'amour ! mais c'est le contact de deux épidermes ! » Surtout, ne pas sortir de là ! Sinon, on se ruine la vie comme Mina et Lavenant, à s'aimer en dessous de la ligne de flottaison et dans le désespoir.

A la fin du spectacle, ils iront embrasser Lavenant et Mina en coulisses. Mina serre tendrement Guillaume contre elle, un instant de plus qu'il n'est nécessaire. Elle chuchote : « Tu te souviens, Ancy-le-Franc ? » Guillaume se souvient, mais à quoi bon évoquer Ancy-le-Franc, qui est si loin, si doucement loin dans leur passé à tous deux ? Lavenant a pris une douche, il sort, écumant, de sa loge : il jouait le mari.

Il prendra Guillaume à part :

— Tu sais que je n'ai monté *Le Partage* que pour jouer mon propre rôle : dans l'ombre de Mina ?

Puis :

— Tu as bien compris, aussi, que toute la pièce n'est qu'une lente approche de l'exil absolu, de la Chine ?

De Hong Kong, Iris a rapporté une étonnante collection de photographies de petites prostituées qu'elle a prises dans les années soixante, pour le compte d'un vieux banquier chinois, K. C. Chen, exilé dans la colonie depuis 1949 : son frère, le général Chen qu'on a vu à Pékin, a fait la Longue Marche, K.C., lui, bras droit de ce Soong qui fut le beau-frère de

Tchang Kaï-shek, a accumulé tour à tour les dollars mexicains, les livres sterling, les dollars US et plus tard les yens.

Comme son frère le général, celui qu'on appelle K.C., — il vit toujours, dans une villa-forteresse presque au sommet du Pic — a toujours sacrifié à l'amour, mais un amour ni gai ni triste : un amour grave et souvent cruel, qui déchaîne parfois le rire aussi bien que les larmes. C'est ainsi qu'Iris avait constitué pour lui cet extraordinaire album où des gamines de treize ans, nues, plus que nues : obscènes dans les gestes qu'elles ont, les colifichets dont elles sont affublées, ont toutes reçu l'ordre de sourire, de sourire éperdument à l'objectif qui les fouaille comme un sexe monstrueux. C'est dès lors ce sourire forcé, atroce, de gamines qu'on va violer dans l'instant qui suit au plus profond d'elles-mêmes, cœur et corps, âme peut-être, qui est le plus obscène encore.

Chessman s'est souvenu de ces images ; il a posé la question, presque haletant, le lendemain du dîner chez les Avon.

— Tu as gardé quelques-uns des clichés de ces petites filles chinoises nues ?

Mais Iris a secoué la tête.

— Le vieux Chen a exigé que je lui donne les négatifs, qu'il a brûlés devant moi.

Elle ajoute :

— Tu te souviens de ces photos qui ont circulé entre les deux guerres d'un Chinois qu'on dépèce sur la place du marché aux légumes, derrière la porte de Xuanwumen ? Georges Bataille les a publiées dans un de ses livres : on torture le condamné qui sourit, sourit ; eh bien, mes petites filles étaient comme ça — et leur sourire était le même.

— Allons, avait grogné Chessman, tout n'est pas encore perdu.

André Verviers, la bombe dans un restaurant, des semaines à l'hôpital et puis la vie, quand même, qui reprenait ses droits. John Chessman le forçait à marcher, à voir encore, à regarder.

Ils étaient à la National Gallery, devant l'un de ces tableaux de Piero di Cosimo où des monstres s'entre-tuent avant de s'embrasser.

— Je vous en prie, mon ami, disait Chessman à Verviers, je vous en prie : devriez-vous vous forcer, il faut écrire. Fût-ce durement, désespérément : vous devez écrire.

Verviers regardait le couple d'humains moins qu'humain enlacé sur le devant du tableau : l'un mourait, l'autre l'aimait.

— Et pourquoi, s'il vous plaît ?

Soupir de Chessman : il ne riait pas du tout :

— Le seul salut, possible, mon ami. Le seul salut...

Ils étaient à nouveau dans la grande maison de Hampstead, le feu qui brûlait dans la cheminée, la bouteille de gin...

— Peut-être, disait Chessman, peut-être est-ce seulement une vision de romancier — mais je ne peux imaginer ma vie autrement que partagée entre deux ou trois univers auxquels j'appartiens complètement. Entendez bien : des univers au sens physique le plus précis du mot. Ainsi Paris peut être pour vous un univers comme la Provence, que sais-je ? les hauts plateaux d'Auvergne de notre ami Simon. Mon univers à moi c'est Londres : j'en connais les chemins les plus secrets, j'y découvre chaque jour de nouveaux itinéraires, Hampstead répond à Highgate et Greenwich à Durlwich, il y a des villages, Blackheath, Hammersmith — et puis d'immenses perspectives embaumées qui sont les allées royales du roman : on se croise sur le Mall, on complote dans les allées de Saint James's Park et les couloirs, les salles de la National Gallery, entre Titien et Pisanello, Piero di Cosimo ou Piero della Francesca, constituent en somme des univers parallèles où je viens parfois errer, pour tenter de retrouver mon chemin.

— Et la Chine ? avait alors demandé Verviers, pour qui la Chine était une mémoire perdue qu'il commençait seulement à retrouver.

— La Chine ? C'est l'autre monde, l'envers de la médaille, le profil gravé en creux que nous portons en nous : c'est le labyrinthe où une Ariane dont j'ai peut-être fini par oublier le nom m'a un jour attiré et dont le Minotaure, désormais, ne me laisse plus m'échapper.

— Pourquoi je suis revenu vivre ici ? disait encore Chessman à Verviers en montrant Hampstead, le parc et Londres qui s'étale en dessous, dans une brume opalescente, pourquoi ? D'abord, parce qu'ici je trouve un village dont je peux allégrement haïr les habitants qui me ressemblent trop. Dira-t-on jamais assez de mal des intellectuels britanniques, de leurs vestes de tweed fripées et de leurs épouses, si énergiques ? Et puis parce qu'il me suffit de quelques pas pour me retrouver en ville, et là j'invente à loisir les itinéraires idéaux qui me mènent des putes au roman et du roman à mes personnages avec l'effarante irrégularité qui, seule, me permet de ne pas mourir tout à fait.

Il soupirait, pour ajouter :

— D'ailleurs, il n'y a qu'à Londres qu'on puisse vivre, si Pékin ou Kristel, sous Oran, sont les deux pôles entre lesquels oscille la vie de qui n'a d'autre nord sur sa boussole que le désir d'écrire et la certitude désormais absolue que l'écriture est devenue pour lui une sorte de paradis perdu. Dès lors, purgatoire pour purgatoire, Londres, à tout prendre, vaut bien le SoHo des Américains bien tranquilles ou un Saint-Germain-des-Prés qui n'existe plus...

Dans l'avion qui le ramène vers Pékin, Guillaume éprouve soudain un sentiment de joie intense. L'hôtesse est presque jolie, longue, trente ans, et deux hommes d'affaires qui vont tenter de s'approprier un gros morceau de Chine lui ont fait les avances qu'il serait indécent de rcpousser lorsqu'on est hôtesse de première classe sur un vol de long courrier.

Lorsque la jeune femme a enfin disposé de quelques instants pour ce passager à l'avant de la cabine qui est tout de même ambassadeur de France à Pékin, elle s'est penchée vers lui.

— Nous arrivons dans vingt minutes, monsieur l'Ambassadeur...

En dessous, la poussière seulement d'un plateau sec, strié çà et là de longues failles plus sombres — et Guillaume qui reconnaît tout, qui jubile, ne peut s'empêcher de répondre à l'hôtesse.

— Eh oui, je reviens chez moi.

Dix ans auparavant, André Verviers avait éprouvé la même jubilation quand, sur un coup de tête, il avait pris l'avion qui le mènerait à Montevideo. Cela faisait trop de temps qu'il traînait à Londres. Alors, tout s'était passé très vite : il avait reçu une lettre d'un ami uruguayen qui s'appelait Carros. Révolutionnaire toujours en quête d'une révolution, Miguel Carros avait bourlingué dans le monde entier avant de revenir — cela avait été son mot : « s'abattre à Montevideo ».

« Pourquoi ? écrivait-il à Verviers : parce que c'est à la fois mon pays, et un exil. Et puis, Lautréamont et Laforgue, Supervielle, c'est un peu la France, beaucoup de poésie... »

Carros écrivait des vers que Verviers avait lus ; du coup, il avait relu un peu de Supervielle, et s'était dit : « L'exil... » ; il avait dû penser : « Pourquoi pas ? » et il était parti. Seule Ismène, en somme, le retenait à Londres. Et la jeune fille avait dit elle aussi : « Vous y rejoindre un jour : pourquoi pas ? »

Dans l'avion des Aerolineas Argentinas qui le conduisait à Buenos Aires, le cœur de Verviers battait comme celui d'un adolescent qui va à un premier rendez-vous. Il n'avait emporté avec lui qu'une mallette de cuir avec quelques livres, du papier, des photographies...

Trois jours apres Guillaume, une vieille dame revient à son tour à Pékin. Le ministre de la Culture Wang Meng est à l'aéroport pour l'accueillir, ainsi qu'une dizaine de personnalités, d'écrivains et quelques fonctionnaires ; parmi eux, Shi Jinan, qui l'a embrassée sur les deux joues.

— Nous étions quelques-uns à espérer depuis longtemps vous revoir...

Il paraît ému ; puis on a entraîné la vieille dame dans le salon d'honneur réservé aux personnalités de très haut rang. M. Liu lui-même s'est déplacé ; il a fait signe à une jeune fille de s'approcher avec un plateau, des verres, une bouteille de gin ; avec un sourire :

— Vous le buvez toujours pur et pas glacé, n'est-ce pas ?

Les mains solides et carrées de la vieille dame, la frange jaunâtre de ses cheveux qui ne parviennent pas à blanchir tout à fait.

— Toujours, monsieur Liu, toujours — mais si j'en bois moins qu'avant, ce qui pourra peut-être vous rassurer, je fume, en revanche, deux fois plus.

C'est M. Shi qui a sorti un paquet de Gitanes sans filtre de sa poche :

— Vous voyez que nous avons pensé à tout.

Puis la vieille dame s'étonne :

— Est-ce que mon ambassadeur bouderait mon retour ?

Elle fait mine de chercher Guillaume, parmi les Chinois qui sourient, vaguement gênés. C'est M. Shi qui va répondre :

— Pouvons-nous dire la vérité ? Nous vous voulons tout entière à nous !

Iris alors, car c'est elle, éclate d'un rire qui est bien celui de cette femme qui, voilà vingt-cinq ans, bravait les foules de gamins en folie pour photographier sans trêve la fin d'une Chine qu'elle avait aimée et qui, elle le voit bien aujourd'hui, n'a pas tout à fait disparu. Elle allume une cigarette, vide allégrement son verre :

— *Ganbei !* A vous tous, mes amis.

Elle ajoute :

— ... et à la Chine !

Étendu sur le dos dans le lit de sa chambre aux fenêtres largement ouvertes sur un jardin qui, avec la fin de l'été, achève de jaunir, Jean-Michel Hessing a pris la main de sa femme :

— Il y a ce jardin, un mur, puis quelques rues, une route encore, et enfin rien, c'est-à-dire tout, c'est-à-dire ce pays.

L'Arabie heureuse des anciennes légendes où celui qu'on appela le Fou sut aimer d'un amour de légende. Jean-Michel tient très fort, alors, la main de cette femme qu'il aime et récite quelques vers du Fou traduits en français par un ami de France. Puis il se penche vers elle :

— La route, le plateau, le sable, l'infini, tout, rien... Ces morceaux du passé qui sont pierre rongée des sables : je verrai tout à travers vos yeux, mon amie...

Depuis qu'il a rencontré Henrietta, Jean-Michel Hessing ne lui a jamais dit que « vous ». Il est des secrets entre les êtres : ce « vous » n'en est pas un, il n'appartient pourtant qu'à eux ; l'un comme l'autre mettent une sorte d'énergie amusée à dire très vite « tu » à tous ceux qui les approchent.

Sable, lœss, terrasses multipliées par d'autres terrasses, le ciel par-dessus, en un à-plat étourdissant : au-delà, pourtant, de ces étendues qui sont à la mesure de nos exils, les hommes.

Le 18 janvier 1976, dix jours après la mort de Chou Enlai, M. Liu avait été un des premiers à soutenir Hua Guofeng dans son effort de reprise en main du Parti. Son ami, Shi Jinan, avait protesté : Hua n'était qu'un opportuniste, sans avenir. Mais Liu avait mis longtemps à allumer sa cigarette avant de répondre :

— Derrière Hua, il y a des hommes que nous méprisons, mais derrière Hua et derrière eux, il y a peut-être toi, peut-être moi, peut-être la seule voie possible, à la rencontre de toutes les modernisations.

C'était le vocabulaire à la mode, dont M. Liu prononçait les mots du rituel avec un sourire amusé.

Quelques mois plus tard, Wu De, le maire de Pékin, faisait évacuer par la force les jeunes hommes, les jeunes filles, les paysans venus de leur campagne qui encombraient la place Tian'anmen des fleurs, des pancartes et des couronnes qu'ils avaient apportées pour rendre à Chou Enlai — le seul, disaient-ils, qui ait toujours su entendre... — un dernier hommage en ce 5 avril, jour de la fête où l'on honore les Ancêtres morts, Serge était là, en compagnie de Gilles, qui observait. Il voyait les rangs de policiers qui remontaient de loin l'avenue de Chang'an, l'armée qui prenait position devant le Palais du Peuple, le long du mur pourpre de la Cité interdite et son regard suivait tour à tour celui-ci ou celle-là, parmi les jeunes gens en colère, les paysans qui demandaient justice ou simplement du pain ; il les voyait déambuler un moment parmi leurs camarades, il apercevait une bannière qui flottait au-dessus des têtes puis la perdait de vue tandis que, à l'est comme à l'ouest, sur la large avenue de Chang'an, se déployaient ce qu'il est convenu d'appeler les forces de l'ordre. Ce faisant, Serge Lensky éprouvait lui aussi un étrange sentiment de jubilation, comme si, ce 5 avril 1976, c'était tout à la fois une page d'histoire et un chapitre de roman qui s'inscrivait, sous ses yeux, dans l'immense quadrilatère de la place Tian'anmen, barrée à l'est par le palais de l'Assemblée du Peuple, à l'ouest par le palais des Musées, au nord par la monumentale Tian'anmen, la porte de la Paix céleste de la Cité interdite, et au sud par la ligne grise des immeubles déjà vieux qui ont remplacé l'ancienne muraille entre la ville tartare et la ville chinoise.

Lorsque l'armée a chargé et que ceux qu'on allait pourchasser et emprisonner dans les jours suivants se sont dispersés après une brève résistance, Serge s'est senti comme Fabrice à Waterloo : il avait vu.

Gilles n'avait cependant pas souri quand son conseiller culturel lui en avait fait la confidence.

Au lendemain de la journée du 5 avril, qui a marqué la première tentative des étudiants de Pékin pour faire entendre leur voix, John Baker, lui aussi revenu en Chine pour la deuxième fois, avait envoyé à Londres un télégramme prémonitoire. Selon lui, la jeunesse intellectuelle chinoise entrait dans l'ère du soupçon : il connaissait bien la littérature française et prenait un malin plaisir à en assaisonner sa prose, ce qui échappait bien sûr à ses correspondants du Foreign Office.

Il annonçait aussi que Chou Enlai, aujourd'hui porté aux nues, peut-être simplement parce qu'il était mort quelques semaines auparavant, serait à son tour critiqué par une jeunesse qui lui reprocherait de n'avoir pas dénoncé assez fort les ultra-gauchistes qui avaient mené la Chine à sa ruine.

— Ce Baker est un drôle de zèbre, avait déjà remarqué David Allen, qui n'était pas encore « sir David » et qui, sous-directeur au bureau Asie du Foreign Office, avait rencontré plusieurs fois Chou Enlai et avait pour lui une véritable vénération.

A la mort de Chou Enlai, Jean Charlier, l'ancien ministre, avait éprouvé une vive tristesse. Il avait retrouvé dans le fond d'un classeur quelques lettres que lui avait adressées en 1943 à Chongqing celui qui était alors le tout-puissant envoyé de Mao auprès du gouvernement chinois et des représentants des Alliés repliés dans le Sichuan et avait publié un très bel article, ma foi, dans la *Revue des Deux Mondes.*

Mais qui lisait la *Revue des Deux Mondes* en 1976, quand la Chine galopait vers un nouveau destin ?

L'une des plus belles photos de Chou Enlai représente le Premier ministre serrant la main de l'ambassadeur de France. Penché vers son interlocuteur, un sourire à demi esquissé sur les lèvres, Chou donne l'impression de retenir avec difficulté une immense envie de rire ; non pas un rire ironique ou narquois : simplement celui qui éclate d'un coup, dans un groupe d'amis, sans vraie raison. C'est Iris qui a pris la photo en 1965.

— Vous la reconnaissez ?

Elle rougit de bonheur lorsque M. Liu la tire d'une enveloppe de papier kraft pour la lui montrer :

— Nous aussi, nous aimons beaucoup cette photo, remarque M. Shi qui semble ne plus quitter son vieil ami.

En échange Iris a alors ouvert l'espèce de grand portefeuille de cuir noir qu'elle ne quitte pas plus que son vieux Leica au boîtier comme écorché par les coups qu'elle et lui, l'appareil et la photographe, ont pris ensemble pendant trente ans, pour en sortir une chemise de bristol contenant une autre photographie. Une seule. C'est le portrait d'une jeune femme sur un fond blanc très nu, très cru. Le visage, que d'aucuns ont pu trouver un peu trop aigu, le nez trop long pour une Chinoise, est d'une immense beauté : le regard, aigu et serein à la fois, la bouche très dessinée, plus sensuelle que dans la réalité. Les mains de M. Liu tremblent :

— Je ne savais pas que vous l'aviez rencontrée...

C'est une photographie de Meilin qu'il tient entre ses doigts et c'est un autre visage, disparu depuis si longtemps, qui lui revient à la mémoire ; la jeune femme rencontrée à Yan'an à la fin des années trente et que des voyous ont laissée mourir tant d'années après, dans le pavillon à demi ruiné au-dessus d'un jardin ravagé, quelque part près de la gare de Pékin : comment cette ressemblance, presque violente tant elle le touche soudain, lui a-t-elle échappé toutes ces années ?

— Je ne savais pas..., reprend-il.

Il veut rendre la photo qu'Iris repousse :

— Je vous la donne...

Comme le gros K. C. Chen à Hong Kong — mais Iris a presque honte de la comparaison qui s'est esquissée dans son esprit — elle a brûlé le négatif :

— Il n'existe qu'un seul exemplaire de cette photo : celui-là. Il est à vous.

Pas plus que M. Liu, Guillaume n'a d'abord su qu'Iris avait rencontré Meilin peu après son retour à Pékin. C'est Ismène, la fille d'Irène, qui avait parlé à Iris de la jeune fille.

— Nous ne nous sommes, bien sûr, jamais rencontrées, mais je sais que ma mère la voyait souvent. Elle venait lui raconter sa vie, elle lui lisait des poèmes qu'elle écrivait déjà.

Les deux femmes, la vieille Européenne de retour à Pékin et la jeune Chinoise qui se rapprochait chaque jour un peu plus de l'Europe, se sont donné rendez-vous dans la maison de thé qui domine le jardin de Beihai, puis Meilin a accompagné la photographe dans ce qu'elle appelait sa « tournée souvenirs » à la Grande Muraille, aux tombeaux des Ming ou dans le parc de la Colline parfumée, qui avaient été les hauts lieux de ses années de Chine, là, à travers la marque que le temps avait laissée — le grand hôtel de Pei à la Colline parfumée, en fin de compte parfaitement exotique —, elle tentait de retrouver ce que sa mémoire, et son Leica, en avait sauvé.

— Je crois que le plus grand plaisir que je puisse trouver dans le métier qui est le mien, c'est de prendre deux fois la même photographie...

Elle avait ajouté :

— A vingt ans, trente ans d'intervalle.

Elle recherchait dès lors non seulement le même sujet, le même monument ou le même paysage, mais le même cadrage et la même lumière.

— Je suis même parvenue quelquefois à retrouver les mêmes visages...

La photo de la petite-fille de M. Liu entre les mains de son grand-père...

Au cours de leur dernière promenade — ç'avait été aux tombeaux des Ming — la jeune fille avait aidé Iris à gravir l'escalier encore à demi écroulé qui conduisait au chemin de ronde, au sommet du mur d'enceinte du De Ling, le tombeau de Tienqi qui, sous le nom posthume de Xi Zong, semble encore veiller sur le plus petit, le plus beau aussi dans sa solitude, des treize édifices qui parsèment la vallée des Tombes impériales.

Des feuilles mortes, feuilles d'or, sur la pourpre du mur ; un escalier de marbre blanc qu'envahissent les feuilles et, çà et là, des fragments de tuiles dorées ; il y avait aux arbres les kakis du début de l'automne et des fumées montaient très droit vers le ciel de quelques cabanes, du côté du grand réservoir qui ferme au sud-est la vallée. Iris respirait très fort, retrouvait tout : des odeurs, des couleurs. De temps en temps, elle prenait une photographie : pas trop, il fallait retrouver le cadrage même qui, vingt-cinq ans auparavant, lui avait permis de fixer sa mémoire.

Le même soir, Meilin s'est penchée sur Guillaume, déjà presque endormi. Elle a simplement avancé les mains, les lèvres ; puis, étendue sur le dos près de lui, la jeune fille a les jambes jointes, les deux mains ramenées sur la poitrine et ses yeux grands ouverts fixent au plafond les lignes régulières d'ombre et de lumière qui passent entre les rais des volets.

Une solide tradition chinoise veut que le sage puise dans l'abstinence sexuelle une bonne partie de sa sagesse. De cela, M. Liu s'amusait beaucoup :

— Toutes ces histoires pour un peu de sperme qui s'accumule un peu plus, au fil des nuits, dans le crâne du sage chinois qui sait retenir jusqu'au bout l'ultime libération ? Foutaises ! Les vieux sages au front bombé d'années entières d'éjaculation retenue n'ont qu'un gros crâne mou. La sagesse est un muscle bandé, pas un bocal à poissons rempli de lait caillé !

C'était chez lui, où Guillaume lui avait rendu visite.

Du bout du pinceau, il écrivit ensuite un poème sur la feuille posée à plat devant lui que retenaient deux plaques de jade portant l'une le sceau de Yongle et l'autre celui de Chongzhen : entre les deux, trente centimètres de papier de riz et six siècles d'une histoire dont il a recommencé, sans plus se cacher à personne, à relire la Chronique.

On raconte que, quelques jours avant sa mort, Mao a dessiné sur un bout de papier les six caractères sibyllins : — « Avec toi, je suis tranquille » — par lesquels il a fait Hua Guofeng, alors premier secrétaire du Parti, son héritier.

— Le tout est de savoir ce qu'il voulait dire par là, a remarqué M. Liu le jour même où son ami Shi lui reprochait d'avoir trop vite accepté de se ranger aux côtés du nouveau patron de la Chine : « Tranquille, parce que tu iras plus loin que moi » : ou « Tranquille, parce que tu en resteras là. »

Mais, ce jour-là, Shi Jinan n'était pas d'humeur à rire.

Peu après, M. Liu avait rendu visite à son vieil ami, le général Chen. On se souvient de ce vieux monsieur qui vivait avec de très jeunes filles qu'il appelait ses nièces dans un grand palais rempli de jade et de peintures précieuses derrière le hall des Classiques : la Révolution culturelle avait tout balayé. On avait incendié le palais et le vieux monsieur n'avait trouvé d'autre refuge que la minuscule cahute, dans un coin de la deuxième cour, qui tenait lieu de latrines. A demi retombé en enfance, obèse bien qu'il ne mangeât à peu près rien, le vieux général Chen avait une énorme verrue sur le sommet du crâne.

— Tu vois, avait-il dit à son ami Liu : je suis, moi aussi, devenu un sage.

Puis il avait avoué que la première à avoir allumé l'incendie qui avait ravagé sa maison avait été une jeune garde rouge qui, quelques mois auparavant, était encore sa nièce préférée :

— Elle m'a craché au visage, m'a enfermé ici — c'étaient les latrines où il se trouvait encore — et a ordonné à ses amies d'aller chercher dans toutes les maisons voisines autant de baquets de merde qu'elles pourraient en trouver pour m'en recouvrir...

Le récit était immonde, mais le vieil homme riait, plus ignoblement encore ; tout en riant, il buvait — et l'odeur qui se dégageait des lieux était pestilentielle.

— Tu as bien entendu ce que j'ai dit ? s'était encore inquiété l'ancien seigneur de la guerre rallié aux communistes, héros de la Longue Marche — et qui était devenu cette chose gonflée, ignoble, dans la puanteur d'un palais calme. Tu as bien entendu : j'ai dit : *elles. Elles* sont allées chercher de la merde ; *elles* m'en ont recouvert !

Un rire qui s'achève en sanglot.

— La pauvre chère petite nièce avait eu la délicatesse de n'amener, pour détruire ma maison, que des jeunes filles.

Lorsque M. Liu a raconté cette histoire à Guillaume, il a eu un sourire ambigu.

— Le général Chen n'a jamais vécu que pour la gloire et pour le sexe. Lorsque la gloire s'est éloignée de lui, il ne lui est resté que le sexe ; alors, il en a fait une obsession unique qui lui a permis de ne pas tout à fait mourir. La question que je me pose est aujourd'hui la suivante — si vous me permettez de me servir du français pour dire ce que je ne saurais dire en aucune autre langue : vaut-il mieux pourrir, mais ne pas mourir ; ou mourir, mais ne pas tout à fait pourrir ?

C'est Hua Guofeng qui a fait élever au milieu de la place Tian'anmen le grotesque mausolée qui achève de la défigurer.

— Et savez-vous ce qu'il y a à l'intérieur ? interroge à nouveau M. Liu : une momie de cire. Parce que le vrai corps de Mao a un peu trop souffert de la chaleur pour être convenablement embaumé : après dix jours, il puait tant qu'on a préféré s'en débarrasser discrètement et le remplacer par une figure de cire que n'aurait reniée ni M. Grévin ni Mme Tussaud.

Iconoclaste, M. Liu se sent en verve ; sa petite-fille, assise à côté de lui, le regarde de temps en temps avec tendresse, et Guillaume se dit qu'il se trouve aujourd'hui au milieu d'une Chine qui se résume à un vieillard et à une jeune femme : sait-il encore en voir autre chose ?

Dès lors, tour à tour, M. Liu et Meilin parlent, il écoute.

— Savez-vous, poursuit M. Liu, qu'on a découvert qu'au cœur de la commune Étoile Rouge, bien connue de tous les amis étrangers de la Chine, Hua avait fait construire un petit musée qui n'était consacré qu'à lui, dans sa vie et dans ses œuvres ? Et qu'il a fallu quelques articles de journalistes indignés par ce nouveau culte de la personnalité pour qu'il se décide à faire éparpiller les reliques qu'on avait réunies là ?

Ce n'est qu'après trois semaines que Guillaume a fini par apprendre la présence d'Iris à Pékin. D'abord un peu vexé — fâché, surtout, du silence de Meilin, qui la rencontrait presque chaque jour — il a organisé un dîner pour elle à l'ambassade et a tenu à inviter le petit-fils d'Otrick, tout juste convalescent mais un œil à jamais perdu.

Après le dîner, Paul a longuement conversé avec la vieille dame, mais lorsque l'ambassadeur s'est approché d'eux, assis côte à côte sous l'une de ces tapisseries auxquelles Guillaume a pourtant fini par s'habituer, le jeune homme, qui parlait avec animation, s'est brusquement tu.

A l'écart, Meilin feuilletait l'album de photos qu'Iris lui avait donné en arrivant.

Avant de quitter Pékin, la photographe s'est approchée de Guillaume :

— J'ai une faveur à vous demander.

Ils sont déjà dans le salon d'honneur de l'aéroport où, cette fois, M. Liu et M. Shi ont bien voulu convier l'ambassadeur de France. Verres dépolis, climatisation invisible, mais les mêmes gros fauteuils aux appuis-tête de dentelle qu'il y a vingt ans.

— Une faveur ?

— Une faveur, oui.

Lentement, sans jamais donner l'impression de se presser, la vieille dame a encore pris des centaines de photographies depuis son arrivée.

— Mon ami Weidenfeld, à Londres, va publier un recueil de mes photos, celles d'aujourd'hui et celles d'hier, la Révolution culturelle, les années de peur et celles de l'espoir : accepteriez-vous de les accompagner d'un texte ?

Guillaume a plus de cinquante ans ; ministre plénipotentiaire, ambassadeur de France en Chine, il rougit comme un enfant. Balbutie :

— Mais je ne suis pas un écrivain...

Le sourire de la vieille dame.

— Vous avez donc oublié le livre que vous avez publié à votre retour de Pékin, il y a vingt ans ! Moi pas.

Se souvenir que c'est parce qu'il avait lu le livre de Guillaume que Thierry Destutt avait demandé à partir à son tour pour Pékin ; pour travailler avec Guillaume.

Dans la grande maison blanche qu'il habite au-dessus de la mer, André Verviers a disposé sur sa table des photographies, des lettres anciennes, des fragments de poèmes arrachés à Irène. Devant lui, la baie s'arrondit à droite où la ville commence ; à gauche, de grands arbres feuillus viennent mourir sur la mer : Montevideo aux grandes marées de l'équinoxe — et les vagues à l'assaut de la digue.

Avec les lettres et des photographies d'une Chine plus vivante encore en lui que lorsqu'il l'a quittée, il y a devant André Verviers une feuille de papier blanc ; une seule.

Plus tard, il se mettra au volant de la vieille Fort T. qu'il a achetée à un propriétaire foncier ruiné ; c'est une voiture des années trente que ce Luis Mario a conservée intacte depuis le temps où, jeune marié, il traversait deux cents kilomètres de plaine au nord du Rio de la Plata pour venir perdre en une nuit le salaire de ses cinquante péons qui l'appelaient Monseigneur et lui baisaient les mains.

En vingt minutes, André Verviers gagnera la grande carcasse blanche, délavée par les embruns, de l'hôtel Casino qui dresse au-dessus de la mer ses murailles nues de palace à demi abandonné. Il laissera sa voiture au pied d'un perron monumental dont nul portier en uniforme galonné ne garde plus l'accès et se lancera à travers les enfilades de couloirs déserts et sonores pour arriver jusqu'à la vaste salle à manger déserte où il demeurera, accompagné par la musique de tango que diffusent les haut-parleurs crachotants perdus loin dans les stucs de la coupole. Il avalera un potage clair, une viande mal cuite comme seul l'antique Casino ose en offrir à ses clients, et un entremets au caramel, très sucré. Il boira de la bière, seul dans cette immense pièce, servi d'ailleurs par un maître d'hôtel maugréant.

Il y a vingt ans, on donnait des bals dans le salon voisin, mais l'herbe envahit aujourd'hui les perrons, les terrasses...

A côté de l'album de photos que Lorraine lui a constitué et qui représente sa vie, Simon a posé un autre album, qu'il a trouvé tout en bas d'une bibliothèque. C'est un gros volume relié d'un cordonnet de soie qu'il a acheté chez le bouquiniste du marché du Peuple, quelques mois avant que la Révolution culturelle balaie tout ce qu'il restait là de livres des années trente publiés par les jésuites de Beitang ou de gros guides de la Chine imprimés dans une Amérique qui n'était pas encore celle de Roosevelt, mais celle de la Grande Dépression.

Les quelque soixante pages de l'album oblong, à l'italienne, contiennent une collection de photographies prises à Pékin et dans ses alentours par un monsieur aux fines moustaches blondes qu'on ne voit que sur la page de garde finement illustrée de son portrait accompagné de sa signature : Ferdinand Brun, ingénieur.

Ingénieur où ? Mécanicien ? Électricien ? Ce Ferdinand Brun a dû séjourner à Pékin dans les dix premières années du siècle. Il a photographié sa famille, des amis, beaucoup de petites filles en robes claires sur des marches de temples, dans les rues. Lui aussi a probablement loué un temple pour la saison d'été à Badachu ou dans les sentiers de la Colline parfumée : une famille entière y habitait, y prenait ses repas dans des cours ; on y dansait au son d'un énorme gramophone à rouleau qu'on voit dans l'angle presque gris, presque blanc, d'une photo au sépia jauni.

Et puis, curieusement, six photos étonnantes d'un condamné à mort qu'on exécute, semblables à celles qu'on a déjà vues et qu'a décrites Georges Bataille ; mais sur ces images monstrueuses, le supplicié ne sourit plus.

— Notre Chine..., murmure Simon.

A son arrivée en Uruguay, et dès le premier dîner chez son ami Miguel Carros, qui habite une maison en bordure de la ville, en pleine campagne — une campagne presque française, prairies imbibées d'eau, une haie vive et la rangée de peupliers qui se découpait sur l'horizon —, Verviers avait remarqué :

— La Chine est une drogue ; lorsqu'on vous en prive et que vous avez décidé de n'y plus toucher, il s'agit seulement de lui trouver un substitut.

Tous les soirs, à dix heures très précisément, André Verviers quitte la salle à manger de l'hôtel Casino après avoir laissé sur la table, bien en évidence, un gros pourboire que le maître d'hôtel maugréant ne ramassera qu'après son départ, en maugréant encore davantage, grognant contre les étrangers qui viennent se nourrir à la sueur du peuple uruguayen.

Verviers reprend le volant de son admirable vieux tacot et se dirige vers le centre de la ville, où s'élève le club des Propriétaires fonciers. Là aussi, voilà vingt ans, régnait une activité bourdonnante, cosmopolite. Des Argentins venaient de Buenos Aires gagner ou perdre des fortunes et des jeunes femmes esseulées promenaient des regards langoureux sous les lambris des salles de fête. Marbre, bois doré, torchères de bronze et statues nues de porphyre rouge, albâtre : c'était une débauche 1890 d'un luxe sagement tempéré que la poussière achève aujourd'hui de figer dans le silence. L'escalier seul reste sonore, car les pas résonnent sur ses marches privées de leur tapis à travers les quatre étages de sa cage monumentale.

Après avoir ainsi gravi deux étages, André Verviers se retrouve dans un salon étroit que domine une galerie d'où les membres du club pouvaient jadis s'installer pour observer sans être vus les simples invités qui n'étaient pas admis plus loin. Et de là, Verviers observe à son tour : trois tables de bridge sont disposées dans le salon, où trois fois quatre vieillards aux visages de cire, comme tassés par le temps, jouent à un bridge très ancien dont Verviers lui-même ne connaît plus les règles ; ils sont les survivants d'une race que les Tupamaros d'abord, la démocratie ensuite, ont balayée. Avidement, Verviers lit sur leurs traits des sentiments dont il croyait qu'ils n'existaient plus chez des vieillards : la haine, l'avidité, le désir, l'espoir...

Lorsqu'il s'était installé dans sa maison de Pékin derrière le temple des Lamas — et jusqu'au plus fort de la laïcisation de la Chine du début des années soixante — Verviers entendait, la nuit, les cloches tibétaines et les moulins à prières qui rythmaient le chant monocorde des prêtres. Avant la Révolution, de sombres histoires de touristes kidnappés traînaient à travers les salles et les pavillons du Yonghegong, le temple de l'Harmonie éternelle, et l'Anglais Arlington, qui fut l'auteur d'un vieux guide célèbre : *In Search of Old Peking*, raconte qu'attaqué lui-même un jour par quelques bonzes particulièrement inquiétants, il ne dut son salut qu'au revolver qu'il portait toujours à la ceinture.

— En 1966, j'ai entendu — je peux dire que j'ai littéralement entendu — les cloches se taire, les moulins à prières s'arrêter et le silence habiter le temple.

Dans le Jawf, où il est revenu en compagnie d'une jeune femme yéménite qui a fait des études d'archéologie en France, Jean-Michel Hessing voit subitement se dresser, comme né de rien : du vide, du sable, du désert — la forme exacte d'un temple dont le sol a gardé l'empreinte. Ils sont déjà passés là quelques heures auparavant, il n'y avait rien, et subitement, ce miracle.

— C'est la lumière rasante du soleil qui va se coucher, explique Yasmina : elle fait ressortir les petits reliefs.

Rares sont, à Sanaa, les jeunes femmes qui ont fait des études universitaires ; plus rares encore celles qui ont fait ces études en France. Yasmina, vingt-cinq ans, très mince, le nez busqué, n'est pas très belle : ses yeux, seulement, très grands, éclairent un visage aux traits trop marqués.

— Regardez, dit-elle au Français, la même lumière nous permet de lire sur cette pierre de réemploi tout un texte bien antérieur, qui explique que là — mais était-ce là ? — on sacrifiait à un dieu de lumières...

— C'est un très vieil homme qui m'a donné envie d'en savoir davantage, a dit Yasmina lorsque la nuit est tout à fait tombée.

Ils ont décidé de dormir chacun dans l'une des deux Range Rover dont les chauffeurs se sont évanouis vers des maisons quelque part à l'ouest, un village dont on ne saurait deviner l'existence, loin au-delà de l'ouedin asséché qu'ils ont franchi avant d'arriver à la trace que le temple a laissée ; mais il est tôt encore, sept heures tout au plus et, devant le feu qui achève de se consumer, Yasmina parle :

— J'avais seize ans ; bien sûr, jamais mon père n'aurait accepté que je travaille avec ce Ferrari bien qu'il ait été un de ses amis. Alors, j'ai profité d'un voyage qu'il faisait au Caire pour m'enfuir.

Seule avec le vieil archéologue italien dont ce serait la dernière campagne — il mourrait le surlendemain de son retour, sans raison, dans sa chambre d'hôtel de Sanaa —, elle était allée jusqu'aux confins du Jawf et de la plaine de Ma'in pour mesurer les vestiges de l'ancien barrage de la reine de Saba, qui irriguait une plaine entière en ces temps mythiques mais inscrits cependant dans la terre et dans la pierre.

— Est-ce que je peux vous dire la vérité ? demande soudain Yasmina, je crois bien que je n'ai jamais aimé un homme comme j'ai aimé ce Ferrari qui, le dernier jour, m'a seulement baisé la main.

Au Yémen, la reine de Saba s'appelle Bilqis : elle n'est pas pour Jean-Michel la souveraine altière des fresques d'Arezzo, mais une très petite fille semblable, en somme, à la reine Karomama de ses enfances.

Rentré chez lui, vers les deux heures du matin, la main d'André Verviers joue avec les clichés jaunis qu'il a disposés devant lui ; mais ce qu'il voit d'abord, ce ne sont pourtant pas les vieilles photos sur carton fort des temples de Pékin, mais ses mains à lui, que l'âge a déformées : les doigts arqués, grosses veines bleues gonflées et les myriades de taches brunes qui parsèment ses mains. Il soupire, puis revient aux photos : temple des Lamas, temple des Ancêtres impériaux, Gulou — ou tour du Tambour et, plus loin, dernière balise de cet alignement fabuleux qui, depuis le temple du Ciel au sud, traverse Pékin en une longue verticale, la tour de la Cloche : debout.

Légende : on raconte que le maître-ouvrier qui fondit la cloche qu'abrite la tour ne parvenait pas à en obtenir la note qu'il voulait qu'elle sonnât et l'Empereur était fort mécontent : une vieille femme lui apprit donc que seul le sang d'une vierge mêlé au bronze et à l'airain permettrait d'y parvenir. Une nuit, sa plus jeune fille décida de se sacrifier pour sauver son père et sauta dans le métal en fusion : voulant la retenir, le fondeur ne parvint à saisir qu'une pantoufle de soie qui lui resta dans les mains ; voilà pourquoi, chaque fois qu'on la frappe, la cloche de la tour de la Cloche gémit tendrement « Xie... » — qui veut dire « chaussure ».

Irène avait écrit son nom sous l'ancienne photo de la tour de la Cloche, prise par un officier de marine qui avait laissé toute sa collection à Pékin.

Parfois, de curieuses nostalgies envahissent aussi M. Liu. Face à son ami Shi qui vient de lui verser une tasse de thé vert dans le minuscule bureau qu'il a gardé au ministère des Affaires étrangères, c'est autant pour lui-même que pour son compagnon qu'il parle de la tendresse de Meilin lorsque, petite fille, celle-ci traversait en courant la deuxième cour de la grande maison chinoise près de la gare.

— Elle partait d'abord tout droit, poussée par son élan, puis tanguait un peu sur ses deux petites jambes toutes enveloppées de gros pantalons rembourrés de coton ; je la voyais qui vacillait presque au milieu des pivoines mais, en arrivant à moi, elle reprenait son élan et sautait presque en avant pour se jeter dans mes bras.

Shi Jinan, qui n'a que peu d'années de moins que M. Liu, se sent parfois lui aussi un vieillard : il lui suffit d'entendre les mille et une histoires que lui raconte son ami pour retrouver un peu de jeunesse : « Si, à son âge, je suis comme lui, tout ne sera pas perdu... »

Vingt ans auparavant, Shi Jinan était à côté de Zhao Ziyang lorsqu'on forçait celui-ci, debout sur une estrade et le haut du corps penché en avant, les deux bras écartés, à « faire l'avion » devant une foule de gosses déchaînés : Shi, les bras grands ouverts comme son compagnon, était tombé deux fois sur les genoux ; la troisième fois, Zhao lui avait seulement lancé : « Courage, grand frère » ; du coup, Zhao, qui était presque arrivé au bout de son temps de supplice pour la journée, en avait repris pour deux heures.

Libérés après dix mois encore, les deux hommes se retrouvaient à nouveau en 1976 côte à côte en Mongolie où Shi rédigeait avec Zhao un long rapport sur l'état du Parti ; de même, en 1972 dans le Guangdong, puis dans le Sichuan... Aujourd'hui, secrétaire général du parti communiste chinois, Zhao a demandé à Shi de travailler avec M. Liu avec qui, dans les années vingt — Zhao s'est souvenu de l'anecdote —, il parcourait la France.

Puis Deng Xiaoping avait accepté l'invitation du président Carter de se rendre aux Etats-Unis.

— Tu ne peux pas imaginer ce que ça a représenté pour un peuple tout entier, explique Meilin à Guillaume, une violente — oui, c'est ça, violente — bouffée de vérité.

Et pourtant, ce n'était que cela : des magasins qui regorgent du superflu après le nécessaire, des rues encombrées de voitures, des foules bien habillées, Coca-Cola, hamburgers, halls d'hôtel, électronique partout, subway, U-Turn, turnpike, Fifth Avenue. Le voyage que la télévision chinoise retransmettait en direct attirait des centaines de millions d'hommes et de femmes agglutinés à travers toute la Chine devant les postes des villages et des communes : ils découvraient subitement que les États-Unis et l'enfer capitaliste ne vivaient pas dans cette misère dont depuis des lustres on leur brossait le tableau le plus noir.

« Vous ne pouvez pas savoir l'impact qu'a eu dans tout le pays ce voyage, écrivait de son côté John Baker à ses correspondants du Foreign Office : une page de l'histoire de la Chine est tournée sans retour. »

Quatre ans plus tôt, Baker avait manifesté une autre inquiétude devant un autre voyage de Deng : celui que le secrétaire général du parti communiste chinois avait fait alors en France.

« Je crois utile de demander au Foreign Office de mobiliser tous ses services compétents en France et en Europe afin qu'aucun détail de la visite du secrétaire général Deng Xiaoping n'échappe à la vigilance de nos observateurs ; il sera plus particulièrement utile de redoubler d'attention à l'occasion des rencontres que pourra avoir le secrétaire général avec tous ceux, officiels ou non, qui ont eu des contacts avec lui dans le passé, fût-ce lorsqu'il séjournait en France à la fin des années vingt. »

C'est après ce télégramme — et quelques autres arrivés en réponse — qu'était née à Whitehall l'idée d'une « French Connection ».

Julien a demandé à Lorraine de l'accompagner et la jeune femme, sans oser prévenir Simon, a pris avec le journaliste le premier avion pour Athènes ; de là, par Chypre et Larnaka, ils s'efforceront de gagner Beyrouth. Julien Bidault a décidé de rédiger en treize jours une descente aux enfers : treize jours sous les bombes à travers le Liban chrétien, qu'il publiera en treize numéros dans un quotidien du matin — *Libération,* si on tient à le nommer.

— Tu es sûre que tu ne regrettes rien ?

C'est la deuxième fois qu'il pose la question ; debout à côté de lui à l'avant de la vedette qui vient de quitter le port de Larnaka, les cheveux de Lorraine volent autour d'elle, mêlés d'embruns, de sel et de soleil. Mais la vitesse est telle, et le bruit, et la mer qui leur bat le visage, que la jeune femme ne peut l'entendre ; elle répond d'un sourire et Julien la serre un peu plus fort contre lui.

— Treize jours de vérité ! crie Julien dans le vent.

Dans le sac de tissu plastifié qu'il porte au côté, il y a cinq cahiers à reliure spirale, un petit dictaphone et des boîtes entières de cassettes ; René, le photographe qui les accompagne, a du mal à se tenir debout sur la vedette qui tremble avec les vagues : une balle dans le genou gauche, cinq ans plus tôt, au nord de Kaboul.

Qui avait prévenu Simon de ce voyage : le Quai d'Orsay ? le ministère de l'Intérieur ? Un ami à Matignon qui connaissait bien Julien ? Ce n'est pas de la colère que Simon a ressentie, encore moins de la jalousie et même pas de la peine, mais de la peur ; seulement de la peur. Depuis qu'il sait que Lorraine est partie pour treize jours au Liban en compagnie de Julien, l'angoisse qui a saisi Simon ne le quitte ni jour ni nuit.

— Qu'il ne lui arrive rien... — et ses lèvres remuent : une prière ? Mon Dieu : faites qu'il ne lui arrive rien.

Et pourtant, l'obus a explosé à dix mètres d'eux, dans la pièce voisine, mais la violence du souffle a emporté toutes les cloisons, les portes, les fenêtres.

Couché sous un amas de gravats, René est mort, en travers du corps de Lorraine au visage couvert de poussière, de plâtres, de fumée. Et Julien, qui se penche sur elle, voit ses yeux qui remuent, ses lèvres qui s'entrouvrent.

— Tu n'as pas trop mal ? Ne bouge pas, ne bouge surtout pas...

Ils avaient répondu à l'invitation d'un vieil écrivain arabe, depuis toujours lié à la France et qui leur racontait sa version à lui de cette guerre. Pendant deux heures, le vieil homme leur avait parlé de Beyrouth avant les bombes, des chrétiens et des juifs, des Arabes qui vivaient ensemble, écrivaient, construisaient un pays. Il avait aussi parlé d'amour et de ses frères, de ses sœurs : de l'écrivain, qui venait de passer dans la pièce à côté chercher des livres, des photos, il ne reste que des débris sanglants.

Des hommes sont arrivés, qui dégagent d'abord le corps du photographe, puis Lorraine ; Lorraine qui se relève d'elle-même, qui secoue ses vêtements, qui ramène ses cheveux en arrière : le sang qui coule alors sur son front.

— Tu es sûre que tu vas bien ?

Lorraine ne répond pas ; elle sourit, secoue la tête ; le sang coule plus fort.

— Tu es sûre que..., répète Julien.

Mais Lorraine sourit toujours : l'explosion l'a rendue sourde — et elle ne parle pas. Lorraine s'est tue, à jamais. Puis elle tombe.

Gérard Melot a réuni dans son bureau Jacques Benoist et Daniel Verrier, directeur du personnel du ministère. Autour de la petite table devant la fenêtre ouest du grand bureau aux cartes peintes sur les murs, il y a aussi un conseiller technique au cabinet du ministre de l'Intérieur.

— Vous n'estimez donc pas qu'il serait opportun de lui faire ne fût-ce qu'une mise en garde : pour la forme ?

L'homme du ministère de l'Intérieur secoue la tête :

— Nous ne pouvons bien entendu rien assurer : mais mes services sont formels au moins sur un point : la jeune femme en question est connue de nous, son père a été un haut fonctionnaire chargé de questions purement techniques au ministère des Transports. En revanche, bien sûr, son grand-père a eu depuis toujours de nombreux contacts avec beaucoup d'étrangers ; surtout des Français, d'ailleurs...

Gérard Melot tapote du bout de son crayon le plateau au milieu de la table.

— Je vous remercie, mais nous connaissons tous M. Liu, et depuis longtemps.

A Jacques Benoist d'intervenir à son tour :

— Et nous connaissons aussi tous Guillaume : disons qu'il a des faiblesses, mais que les faiblesses en question — et nous savons lesquelles — n'ont jamais empiété en quoi que ce soit sur sa vie professionnelle.

— Ce serait dans un pays de l'Europe de l'Est, à Prague où il a été en poste, la situation serait radicalement différente. Mais en Chine !

L'homme du ministère de l'Intérieur paraît lever les bras au ciel pour répéter après le secrétaire général :

— Évidemment, en Chine !

Le bout du monde, encore, pour ce jeune énarque frais émoulu de sa sous-préfecture bretonne et promu soudain à des responsabilités qui l'ont amené à se poser la question : les relations qu'entretient à Pékin notre ambassadeur avec une jeune Chinoise sont-elles de nature à nécessiter une intervention ? sinon un rappel, du moins un rappel à l'ordre ? Mais la conclusion de ces quatre hommes, réunis dans le beau bureau d'angle qui domine la Seine — tout près, le pont Alexandre-III et ses statues dédorées par les ans — est simple : pour le moment, on n'adressera même pas une mise en garde à Guillaume.

— Il nous rend à l'heure actuelle des services inestimables : il ne s'agit surtout pas de remettre en question le travail qu'il a accompli, remarque gravement Jacques Benoist.

Qui ajoute :

— Et je ne suis pas sûr que la présence de cette jeune femme à ses côtés n'y soit pas aussi pour quelque chose...

La liste que Max a rapportée à Montfort-l'Amaury comprend vingt noms : dix-neuf hommes et une femme, avec vingt adresses et surtout vingt professions — ou fonctions : ingénieur général des armements, directeur général de la SNECMA, secrétaire générale — c'est une femme — du syndicat de la magistrature.

— Les dossiers vont suivre dans deux ou trois jours, précise Max à Jean-François Verviers, qui s'est bruyamment étonné du peu de précisions figurant après chaque nom.

A la radio, un air de Mozart : Figaro, et *Non più andrai,* que le petit-fils de Verviers sifflote sans répondre.

— Et puis merde avec ta radio, tu m'écoutes, ou quoi ?

D'un geste brusque, Max a tourné le bouton du vieux poste de radio en bakélite qui date des années cinquante : un chef-d'œuvre de style rétro, pourtant.

— De toute façon, ajoute encore Max, ce ne sont que des noms qu'on a, en somme, tirés d'un chapeau : on peut en imaginer beaucoup d'autres.

Plus tard, dans la matinée, Jean-François ouvrira un livre qu'il a tiré d'un tiroir d'une commode de bois blanc, dans la maison. Il en lira quelques phrases à haute voix, faisant rouler les mots, comme un mauvais comédien dans un vieux théâtre, puis refermera le livre et le posera à côté de lui ; c'est la précieuse édition de 1894 des quatre premiers *Chants de Maldoror ;* Isidore Ducasse, comte de Lautréamont, né en 1846 à Montevideo.

A Montevideo où André, son grand-père, s'est penché à travers la table poisseuse d'une assiette grasse vers son ami Miguel, qu'il rencontre chaque jour dans un café de la place de l'Indépendance. Aux tables voisines, des hommes plus vieux encore qu'eux poussent des pions sur des damiers, dans un silence que trouble parfois, de temps à autre, l'exclamation étouffée d'un joueur qui vient de réussir un beau coup.

— Et toi, Miguel, depuis combien de temps n'as-tu pas écrit une ligne ? Une seule ligne : un seul vers, un seul mot ?

Le vieux poète, né lui à Duragno à deux cents kilomètres au nord de Montevideo, a un sourire amusé :

— Si je te disais que l'écriture a toujours dépendu pour moi d'autre chose que la simple inspiration du moment ? Ou même de la seule volonté de mener à bien une page entamée la veille et qu'il s'agit d'achever ?

Il y a un silence. Miguel Carros, dit « el Gaucho », se racle la gorge avant de tirer sur la pipe à bout d'argent qu'il tient à la main gauche. Puis :

— Pour moi, écrire a toujours été un acte politique ; je veux dire que l'action et l'écriture ont toujours été pour moi indissociables.

Il tire à nouveau deux fois sur sa pipe. Puis encore :

— Et regarde-moi aujourd'hui : vieillard dans ce pays de vieux qui a réussi sa vieille révolution pour en arriver là : que veux-tu que je fasse, que veux-tu que j'écrive ?

Le café de la place de l'Indépendance aux stucs pourris qui s'effritent, aux tristes néons et les petits vieux, plus vieux encore que Miguel « el Gaucho » et qu'André Verviers, qui poussent leurs pions sur leurs damiers :

— Que veux-tu que j'y fasse ? Je suis devenu ce que je redoutais le plus d'être un jour : un poète sans combat.

Quelques semaines avant son départ, Chessman avait entraîné encore une fois Verviers dans une grande marche sur le Heath. Puis ils étaient rentrés chez lui sous une pluie battante.

— Savez-vous, avait alors lancé Chessman, que je vous examine avec la curiosité d'un entomologiste amoureux du coléoptère qu'il va empaler à la pointe de son épingle ?

Hampstead sous la pluie, les grands arbres du parc qui se déchiraient devant les fenêtres et un chien rouge et fou qui tournait en rond, danse folle sur la prairie. Verviers lisait un gros livre qu'on venait de publier sur la Chine ; il avait levé la tête.

— Ne me dites pas que je suis, moi aussi, un personnage de votre roman.

Le rire de Chessman pouvait être violent : à remuer des montagnes.

— Eh si, mon vieux, eh si : et même un personnage capital !

Tellement plus étouffé, le rire de Verviers : à peine un hoquet amusé.

— Je serais curieux de savoir en quoi un diplomate à bout de souffle peut intéresser le romancier démiurge que vous êtes !

— Mais c'est très simple, vous êtes le diplomate qui devient poète : une figure classique dans l'histoire littéraire de notre pays : Claudel, Saint-John Perse, vous n'avez qu'à choisir ! Un cliché, en somme.

Cette fois, le rire de Verviers s'était enflé.

— Moi, poète ?

Il y avait les poèmes d'Irène qu'il transcrivait, bien sûr, mais de là à...

— Moi, poète ?

Alors Chessman s'était levé pour venir jusqu'à lui :

— En vérité, en vérité, je vous le dis, aujourd'hui Verviers, mon ami vous êtes diplomate, mais demain vous serez poète !

La tempête faisait rage, maintenant, et les branches d'un arbre caressaient de très près la fenêtre ovale derrière le bureau.

— Et pourquoi, je vous prie ?

Le rire, encore une fois, de Chessman — puisqu'il était incapable de bouleverser des montagnes, il pouvait bien modeler un personnage à sa façon :

— Parce que j'ai besoin, dans mon roman, d'un diplomate-poète, et voilà tout.

Puis, d'un coup, la branche de l'arbre trop près de la maison avait cassé la vitre ; la pluie, le vent s'étaient engouffrés dans le bureau, comme pour ajouter à la prédiction de l'écrivain un doigt de solennité. Verviers s'était levé, pensif.

Quinze ans auparavant, Miguel Carros était tapi dans l'encoignure d'une porte. Près de lui, un garçon de vingt ans, la télécommande à la main.

La voiture du procureur avançait lentement vers eux ; elle avait tourné le coin de l'avenue plantée de beaux arbres aux feuilles encore vertes et s'était engagée dans l'étroite ruelle bordée d'un côté par la palissade d'une usine désaffectée. Derrière elle, une voiture plus grosse venait d'entrer à son tour dans la ruelle, les lumières allumées en pleins phares.

— Merde ! La fille est avec lui.

Dans le pinceau des phares de la deuxième voiture, deux silhouettes se sont découpées sur la banquette arrière de la voiture du procureur, derrière le chauffeur et le garde du corps — et le compagnon de Miguel a juré.

— Et alors ? souffle Miguel au jeune homme, tu as peur des femmes, maintenant ?

C'est lui qui a saisi la télécommande et qui a appuyé sur le bouton noir ; vingt mètres devant eux, deux explosions presque simultanées et les deux véhicules projetés sur la palissade de l'usine de produits pharmaceutiques désaffectée qui s'enflamme tout entière.

— Tu savais, n'est-ce pas, que la fille serait avec lui ? demande le jeune homme lorsque, à bout de souffle, les deux hommes se sont laissés tomber à l'arrière de la camionnette qui a démarré en trombe.

— Bien sûr, que je le savais ; c'est même moi qui le lui ai suggéré : crois-tu que notre bonhomme serait venu sans cela ?

Le garçon a juré à nouveau, mais en anglais, cette fois :

— *Bastard !*

— Vous êtes un salaud, dit simplement Simon à Gérard Melot, qui a tenu à lui rendre visite lui-même à son bureau de la rue de l'Élysée.

Le secrétaire général du Quai d'Orsay sourit :

— Il y a bien longtemps que je ne me fais pas d'illusions sur mon propre compte ; et je n'ai d'autre part aucune sympathie particulière envers vous, vous le savez bien. J'ai simplement voulu vous mettre en garde : le temps passe beaucoup plus vite qu'on ne le croit, dans ces pays où on dit pourtant que le temps est immobile ; et vos amis chinois pourraient changer d'avis avant même que vous ne vous en soyez rendu compte.

Le visage de Simon est marqué de longs plis verticaux ; ce matin, en se regardant dans le miroir devant lequel il se rasait, il s'est dit : « Je suis gris, je suis vieux, je suis laid. » Aurait-il eu à la main un vieux rasoir-sabre comme son père, encore, en utilisait, qu'il se serait coupé la gorge là, pour voir...

— C'est vous qui avez monté tout cela, n'est-ce pas ?

Pour la première fois depuis longtemps, il a le sentiment que des cartes lui échappent, des atouts maîtres, un as, un roi et surtout une dame : Lorraine, rapatriée du Liban, est dans une clinique près du Trocadéro, les médecins sont réservés sur leur pronostic.

— Quels que soient mes sentiments personnels, vous savez bien que je suis de votre côté, mon vieux : c'est pour cela que j'ai tenu à vous prévenir. Mais il y a eu quelques signes d'impatience, des hésitations peut-être, je ne sais pas. Ne vous inquiétez pourtant pas trop : rien n'est encore venu confirmer ces premiers soupçons, et ce n'est encore qu'une simple mise en garde.

Un sourire ironique sur les lèvres du secrétaire général ; et Simon pense : « C'est absurde, il faut que je me ressaisisse. » Il se lève, prend une Boyard dans le tiroir gauche de son bureau, se lève, va jusqu'à la fenêtre : la pluie, un jardin sous la pluie. Il se répète : « Il faut que je me ressaisisse » et pivote brusquement sur lui-même.

— Je vous demande pardon, Gérard ; moi non plus, je n'éprouve pas une sympathie excessive à votre égard, mais je sais recevoir un message. Merci, en tout cas, d'être passé me voir.

« Je sais bien, mon cher Guillaume, écrit-il le même soir sur un papier à lettres dont le seul en-tête est son adresse de la rue Guynemer ; je sais bien que le temps des aventures est terminé depuis longtemps, mais je suis également convaincu que, pour traiter de la Chine et des affaires chinoises, le temps des seuls ordinateurs et des techniciens qui les gèrent n'est pas encore venu. Alors, Guillaume ? Eh bien, péniblement, difficultueusement, je voudrais trouver une voie médiane. Après tout, parlant de la Chine, nous avons toujours cherché une troisième voie : pourquoi pas cette fois encore ? La dernière, peut-être... »

La nuit est tombée depuis longtemps sur le Luxembourg. Devant lui, Simon a posé la lettre qu'il a reçue de Julien et qu'il n'a pas voulu ouvrir. A quoi bon ? Julien était son ami ; il se reprend et pense : « Julien *est* mon ami. »

John Baker a fini par faire appeler à Londres l'ambassadeur du Royaume-Uni à Pékin pour consultation.

— Je suis désolé, David, mais il fallait que je vous voie...

Le bureau de Baker, au feu de faux bois qui brûle dans la cheminée, et la secrétaire, Miss Giordino, qui vient d'apporter le thé, les biscuits. Alors John Baker éclate :

— Tout cela est ridicule ! Vous connaissez Guillaume depuis vingt ans, moi aussi ; d'ailleurs, nous les connaissons tous : Benoist au Quai d'Orsay, Anglade à l'Élysée ! Et nous sommes incapables de rien savoir sur ce qui se passe là-bas ! C'est tout de même un peu fort !

Sir David Allen n'a pas tout de suite répondu. Alors John Baker s'est levé :

— On ne peut pas ne pas se poser certaines questions. Par exemple, la retraite de Hu est-elle si totale qu'on le dit ? Est-ce qu'il ne rencontre pas parfois quelques-uns de nos chers amis français ?

Hu Yaobang : le secrétaire général du parti communiste chinois éliminé par Deng en 1986. Mais sir David ne répond toujours pas.

Le tintement des petites cuillères d'argent qui agitent le thé dans les tasses en vieux Wedgewood rapportées par Stefania de Chadwick Hall, où elle est née. Puis la voix de John Baker, subitement grave :

— Écoutez, David ; je suis désolé, mon vieux, mais il me faut quelque chose de précis dans les quinze jours ; sinon...

— Sinon ?

Brusquement gêné, Baker a détourné les yeux.

— Ne me faites pas dire ce que je n'ai pas envie de dire.

Il a pourtant prononcé le nom de Hu Yaobang, il prononcera

encore celui de Zhao Ziyang : lequel de ces hommes — ou quel autre ? — est en train d'échapper au contrôle de ses services ?

John Baker était en poste à Pékin lorsqu'il avait pour la première fois attiré l'attention de ses chefs du Foreign Office sur la personnalité complexe du nouveau directeur adjoint de l'Académie des sciences qu'était alors Hu Yaobang.

C'était en 1972. Cet homme encore relativement jeune — il était né en 1915… — avait quand même fait la Longue Marche ; après la Libération, et pendant une quinzaine d'années, il avait sillonné le monde en tant que secrétaire de la Ligue de la Jeunesse. C'était un homme de petite taille, tout petit, même — plus petit encore que Deng Xiaoping, remarquait-on dans les milieux des spécialistes de la Chine, comme si la taille de Deng était devenue, comme son âge, le mètre-étalon à l'aune duquel on jugeait les hommes et les demi-dieux du Parti. Mais Hu était surtout un personnage particulièrement dynamique, qui avait son franc-parler et ne s'embarrassait guère de la langue de bois alors en vogue à Pékin. Comme tant d'autres, il avait eu à souffrir de la Révolution culturelle, mais il avait réapparu au début des années soixante-dix. Très discrètement, d'abord. Et puis…

— Je crois, avait fait remarquer un jour Baker à David Allen, que ce type-là nous réservera des surprises.

Dès 1975, Hu était déjà l'un des plus fidèles soutiens de Deng.

— Je vous fais le pari…, avait dit alors John Baker.

De la même façon, Chessman lui avait dit un jour :

— J'ai une suggestion à vous faire, mon ami…

C'était au cours d'un de ces dîners où Iris, David Allen et quelques autres se retrouvaient à intervalles irréguliers pour évoquer le passé, la Chine, une sorte d'âge d'or révolu — sous le regard de Chessman, qui voyait en somme s'agiter devant lui les personnages de son roman.

— Oui, mon cher Baker, avait poursuivi l'écrivain, vous êtes pour moi l'image parfaite du parfait diplomate britannique.

Les autres — David Allen, Iris… — s'étaient tournés vers lui, ils écoutaient.

— Eh bien, en parfait diplomate britannique, souvenez-vous de vos collègues Burgess, Mac Lean et consorts : en parfait diplomate britannique, vous ne pouvez dès lors vous-même qu'être un peu, beaucoup, voire passionnément, un parfait espion !

Il y avait eu un silence. Puis la voix de Baker, subitement blanche, s'était élevée :

— Je ne trouve pas ça drôle !

Alors, le rire de Chessman :

— Mais je parle des personnages que vous incarnerez dans mon roman, bien sûr. Comme notre ami Verviers, diplomate français lettré jusqu'au bout des ongles, ne peut être que poète, vous-même devez répondre aux clichés qu'on attend de vous : je vous en prie, pour me faire plaisir, soyez au moins un tout petit peu espion !

Là-dessus, David Allen avait évoqué d'autres diplomates français un peu poètes, Gobineau, par exemple, ou Giraudoux — mais après le dîner, Stefania s'était approchée de son mari :

— Je n'approuve pas beaucoup l'humour de notre hôte.

Baker avait souri : très largement.

— Eh bien moi, je trouve Chessman très drôle et sa suggestion tout à fait intéressante. Il m'a d'ailleurs donné une idée : je serai un peu espion. Juste un peu : pour voir !

Alors Jean-François va vers la fenêtre ; la neige recouvre maintenant la campagne, bosselée çà et là, dans le minuscule jardin, de taches plus sombres qui sont des vieux pneus abandonnés, un bidet de porcelaine où on a planté des géraniums.

— Vois-tu, Max, il y a une chose que tu n'as pas encore comprise. Pardonne-moi de te citer un homme que tu méprises sûrement, mais je te dirai ce que mon grand-père me répétait souvent, lorsqu'il parlait de la Chine : il y a les hommes qui ont le pouvoir, ceux qui en possèdent du moins toutes les apparences et en détiennent ouvertement tous les attributs ; et puis, derrière, il y a ceux qui les observent à travers les lattes d'un rideau ou les planches disjointes d'un paravent et qui dirigent chacun de leurs gestes, leur soufflent toutes leurs paroles. Qui, dès lors, a le vrai pouvoir : celui qui dit « je veux », ou celui qui lui souffle de le dire, ce « je veux » ?

La voix de Jean-François Verviers est subitement très douce : on dirait qu'il récite un poème. Max, qui n'en a jamais tant entendu, le regarde, effaré. Alors, pour le rassurer, son compagnon reprend le volume de Lautréamont enveloppé de papier de soie et lui en lit à haute voix une page bien violente ; rassuré, le nommé Max retourne à la lecture de sa bande dessinée.

Pendant les quelques jours qu'il avait passés à Paris, M. Liu avait évoqué avec Simon le souvenir d'Otrick.

— S'il y a une chose au monde que je ne me pardonnerai jamais, avait remarqué Simon, c'est peut-être la mort d'Otrick.

Clawdia, qui rejoignait Simon dans la petite maison chinoise au nord de la Cité impériale ; et l'ambassadeur des Pays-Bas qui s'était tiré une balle dans la tête, au milieu de ses papiers, de ses livres.

— Vous savez bien qu'Otrick avait mille raisons de se suicider...

C'était dans ce grand restaurant du bas des Champs-Élysées, où la conversation qu'ils ont sur un ami mort voilà plus de vingt ans paraît subitement incongrue à Simon.

— Je revois quelquefois Clawdia : c'est devenu une très vieille femme.

Petit rire du Chinois :

— Et vous donc, mon ami ! Vous vous êtes regardé, quelquefois, dans une glace ?

« Le rasoir de mon père, pense Simon : un seul geste, et ce serait fini. »

— D'ailleurs, ajoute M. Liu, notre ami Otrick n'était peut-être pas du tout ce que nous avons cru, vous et moi...

Sur le moment, Simon n'a pas relevé la remarque du vieux Chinois.

Il y avait bien cette vieille histoire qui traînait et que Jean Charlier vient de lui rapporter : l'arrivée de Jan van Otrick à Chongqing, en 1943, en uniforme d'officier soviétique. En compagnie de deux représentants officiels de l'URSS en Chine, il venait d'entrer dans le salon où Charlier et le capitaine Guillermaz s'entretenaient avec l'un des plus proches collaborateurs de Chou Enlai, et s'était brusquement détourné en apercevant les deux Français ; il s'était laissé pousser une fine moustache, portait des lunettes cerclées de métal, mais Charlier l'avait parfaitement reconnu ; quelques instants après, il quittait la pièce.

Jean Charlier avait serré la main des deux Soviétiques puis il avait interrogé l'un d'entre eux :

— Qu'est devenu votre camarade officier ? celui qui est arrivé tout à l'heure avec vous ?

Le Russe avait rougi.

— Quel camarade officier ? L'homme qui est entré avec nous est notre chauffeur, cher ami.

Ainsi, le cinquième uniforme d'Otrick avait été l'uniforme russe.

Guillaume a relu deux fois le télégramme de Paris qui lui demande de prendre l'attache des représentants à Pékin du parti des Khmers rouges : Pol Pot et un génocide derrière eux. Il appelle Sabine, sa secrétaire, et dicte une brève réponse.

Il a fait très froid, cette nuit, et le ciel est très bleu.

L'ancienne ambassade de France à Pékin : c'était un grand espace vert entouré de murailles ouvert sur la rue des Légations par un grand porche classique que gardaient deux lions assis. Et puis la Révolution est passée et, si les Chinois ont pu récupérer leur ambassade de l'avenue George-V, la France a dû accepter, en 1964, de s'exiler à Sanlitun, sur la route de l'aéroport. Quant à la belle ambassade du quartier des Légations, elle était devenue la résidence pékinoise du prince Norodom Sihanouk...

Deux employés en chemise blanche ont introduit Guillaume dans un grand salon aux rideaux de peluche où le drapeau du Kampuchéa démocratique orne, de part et d'autre de la cheminée, des murs nus. Deux hommes, vêtus d'une veste mao, s'approchent, affables. L'un après l'autre, Guillaume leur serre vigoureusement la main : tous les deux s'expriment en un français presque parfait, ils sont l'un et l'autre les représentants à Pékin du mouvement khmer-rouge — et l'un comme l'autre a sur les mains le sang de milliers d'innocents.

— Je suis charmé de votre visite..., semble chanter le plus jeune, tant sa voix est haute, aux inflexions délicates.

— Nous sommes charmés, corrige l'autre.

L'un des employés qui ont fait entrer Guillaume revient avec un plateau, du thé chaud, de la bière, un soda à l'orange.

— Vous nous ferez bien le plaisir de boire quelque chose : ensuite, nous pourrons causer.

Fasciné, Guillaume ne perd pas un mot ni un geste des deux messieurs si polis qui s'inclinent et sourient — et qui ont su si bien tuer...

— Le jour de l'explosion où Lorraine a été... — la voix de Julien se trouble un peu, puis il se reprend : ce jour-là, l'ami arabe qui nous avait invités pour nous parler de son amour pour la France, avait auprès de lui son fils aîné et sa petite-fille qui s'appelait Yasmina ; elle avait sept ans ; l'obus qui a tué René a criblé d'éclats tout le corps de la petite fille. C'est moi qui l'ai accompagnée à l'hôpital parce que son père était comme fou, et c'est moi qui l'ai vue mourir doucement, presque lentement, sans un cri, presque sans une larme. Elle me regardait, elle tenait ma main serrée dans la sienne, et son visage était grave, grave...

D'un coup, alors, Julien s'est écroulé, à genoux sur le tapis, secoué d'un immense sanglot. Et Simon, qui regarde cet homme qui lui a pris la femme qu'il aimait pleurer au milieu de son salon, demeure à demi incliné au-dessus de lui, incapable d'un geste. Une pensée alors l'effleure : « Mais ce bonhomme m'emmerde, à la fin ! »

Et Julien, entre deux sanglots, répète les noms mêlés de la femme qu'il a prise et de la petite fille morte.

— Lorraine... Yasmina...

L'autre Yasmina, la jeune Yéménite au nez busqué qui a accompagné Jean-Michel Hessing jusqu'aux ruines redécouvertes du temple de Ma'in, au milieu du Jawf, a tenu à rendre visite à Henrietta.

— Il ne faudrait pas que votre femme croie, n'est-ce pas...

A demi étendue sur l'un de ces lits de repos qu'on appelle une méridienne, Henrietta lui a offert une citronnade glacée.

— Je ne voudrais pas que vous croyiez, madame..., a commencé ensuite la jeune femme.

La femme de Jean-Michel a secoué la tête :

— Mais je ne crois rien du tout ; et puis, soyez gentille, voulez-vous ? Ne m'appelez pas madame : je m'appelle Henrietta...

Deux heures plus tard, les deux femmes étaient les meilleures amies du monde ; Yasmina, qui avait épousé un ingénieur français, expliquait à Henrietta que sa famille l'avait reniée, qu'elle n'était pas plus chez elle à Sanaa qu'à Paris mais que tout cela importait, somme toute, très peu.

— Vous savez où je me sens vraiment chez moi ? Devant n'importe quelle butte, n'importe quel tertre, où je sais que j'ai une chance — une toute petite chance parfois, mais une chance quand même — de trouver ne fût-ce qu'un tesson ancien, une inscription, un bout de colonne : n'importe quoi qui soit caché...

C'était Jean-René Pallas qui avait donné rendez-vous à Simon à ce même Café de la Mairie, place Saint-Sulpice. Simon occupait depuis six mois déjà son bureau de la cour d'honneur de l'Élysée, il se sentait las, se posait des questions sur la décision qu'il avait prise de quitter Clermont, ses étudiants, les monts du Cantal en fin de semaine.

— Vous avez une sale gueule, mon vieux, avait tout de suite remarqué Pallas.

Simon n'avait pas répondu : Pallas lui-même, les yeux cernés de mauve, était livide. Il parlait cependant de la pluie et du beau temps. Il y avait eu un silence, et le haut fonctionnaire avait posé la question :

— Vous ne m'en voudrez pas d'être direct, mais je voudrais vous parler de votre ami Otrick...

La surprise de Simon avait été totale : Pallas lui avait fixé ce rendez-vous, affirmant qu'il avait des choses importantes à lui apprendre, et voilà qu'il l'interrogeait sur un ami mort tant d'années auparavant.

— Je sais, avait remarqué Jean-René Pallas, tout cela est fort surprenant ; mais nous avons aujourd'hui de fortes raisons de penser que l'ambassadeur des Pays-Bas à Pékin travaillait en fait pour une puissance qui n'était ni la Hollande bien sûr, ni même la Chine...

Encore un silence ; Simon ne pense même pas à répondre. Alors Pallas de but en blanc :

— Voilà ce que je voulais vous demander : je sais que vos fonctions vous donnent accès aujourd'hui à bien des dossiers qui me sont à moi-même interdits. La question que je vous pose est, dès lors, très simple : pourriez-vous, discrètement, bien sûr, tenter de savoir ce que les services de l'époque avaient pu réunir sur votre ami ?

La surprise de Simon demeure entière :

— Mais je croyais que votre frère...

Le visage de Jean-René Pallas se rembrunit : parce qu'il y a un autre Pallas, Clément, celui-là, et son aîné de deux ans ; Clément dont nul n'ignore le rôle plus ou moins occulte qu'il joue lui-même dans l'organisation de certains services de renseignements ; mais nul n'ignore non plus qu'entre les deux frères règne une hostilité dure et profonde que ni le temps ni les postes importants que Jean-René Pallas a tour à tour occupés dans des administrations proches de la Défense n'ont réussi à éteindre.

— Si je vous demande cela, mon cher Simon, c'est précisément parce que je ne veux pas — je dis bien : je ne veux pas ; et pas que je ne le peux pas ! — m'adresser à mon frère.

Une jeune fille en jupe courte traverse en diagonale la place Saint-Sulpice — et Simon pense : « Oh ! Se lever, là, maintenant, tout de suite — et la suivre ! »

Tant d'années auparavant : un salon de la maison d'Otrick et Otrick qui soulevait ses lunettes sur son front pour remarquer :

— Clawdia m'a dit que vous teniez une sorte de journal de votre séjour en Chine ? Très, très intéressant.

L'ambassadeur souriait, de son sourire pâle.

— Et vous racontez... Comment dire ? Vous racontez tout ? Vous vous souvenez de tout ?

Simon se le rappelle : sur le moment, il s'était senti embarrassé.

— Tout ? Disons : presque tout...

Quelque chose troublait Otrick, qui aurait peut-être voulu poser une autre question mais ne s'y résolvait pas. Et c'est un mois après que l'armoire de Simon avait été fracturée, qu'on lui avait dérobé les notes des trois années passées.

— N'en parlez pas trop, avait conseillé M. Liu.

M. Liu, qui avait prié Otrick lui-même de faire preuve de discrétion.

Juin 1962, l'ancienne ambassade de France où une réception est donnée par le ministre chinois des Affaires étrangères pour un groupe d'amis étrangers.

— Je ne savais pas que vous aviez vos entrées auprès du maréchal Chen Yi, s'était étonné Otrick qui avait surpris un aparté entre

M. Liu et le maréchal, héros de la Longue Marche et ministre des Affaires étrangères, vous êtes un grand de ce monde et vous me l'avez caché !

Le sourire qu'a M. Liu quand une question ou une remarque l'embarrasse.

— Soyez gentil, mon ami, pour vous-même comme pour tout le monde, je ne suis qu'un humble chef de bureau au service des traducteurs des Éditions en langues étrangères de Pékin.

Sous le petit tableau rouge et sang de Patrick, le coffre-fort dont la combinaison est la date de la mort de Mao : qui le sait ? Et, dans le coffre, les carnets des notes prises au jour le jour, depuis cette journée de mai 1981 où une voiture noire est venue chercher Simon sur la place du village de Collandres où il est né.

— Il faudrait pourtant, dit Yasmina, aller plus loin : avez-vous entendu parler de la ville de Chahara ?

Une montagne de roc à la limite des sables, la route qui gravit le sommet par des à-pics étourdissants et, très loin sur ces cimes vertigineuses, la cité : hautes maisons de pierre, citernes rondes ouvertes la nuit à la lune et celui que Yasmina appelle le vieux cheikh et qui a été le maître de son père.

— Je ne vois plus mon père, mais je suis revenue à Chahara, remarque encore la jeune femme.

Qui ajoute — elle parle à Jean-Michel Hessing et regarde Henrietta dans les yeux : quel accord passé entre ces deux femmes :

— Je crois que vous serez heureux d'aller à votre tour à Chahara.

C'est de Chahara qu'une partie de la sagesse du monde irrigue aussi l'Islam.

— Lorsque les services néerlandais ont envoyé l'un de leurs grands patrons à Pékin pour explorer le contenu de la maison d'Otrick après sa mort, personne n'a rien trouvé, a remarqué Pallas : que des esquisses de poèmes, des lettres reçues des quatre coins du monde et des notes très personnelles — et puis des milliers de livres...

C'est avec curiosité que Simon écoute le haut fonctionnaire, dans le jardin du Luxembourg où ils se sont retrouvés : les reines de pierre que le temps ronge sur les terrasses contemplent à leurs pieds des amas de feuilles mortes. Simon, frileux, a relevé le col de son pardessus.

— J'ai deux questions à vous poser, mon cher Pallas : d'abord, êtes-vous convaincu qu'il y avait quelque chose à trouver chez Otrick ? Et ensuite, si c'était le cas, qui a pu s'occuper de le faire disparaître ?

Le regard de Jean-René Pallas : depuis trente ans qu'il pose des questions, il s'est toujours gardé de répondre à celles des autres...

Dans un autre parc, à Londres, John Baker fait sa promenade d'après le déjeuner. Depuis deux ans qu'il occupe ses fonctions dans ce bureau qu'un écran d'ordinateur et un simple clavier relient au monde entier — sous le portrait de la Reine, cela va de soi —, il s'efforce de ne jamais accepter de déjeuner avec des collègues ou des ambassadeurs étrangers. Il avale rapidement deux sandwichs, partage une bouteille de juliénas avec la secrétaire qu'il a lui-même recrutée à son entrée en fonctions, boit le mauvais café anglais qu'offre l'administration dans des machines Cona en perpétuelle ébullition, puis va marcher une demi-heure — hiver et été, soleil ou pluie — dans Saint James Park, presque sous ses fenêtres. Il y donne parfois des rendez-vous...

Sept ou huit ans auparavant, déjà ; mais c'était à Hampstead Heath, le royaume de Chessman et aussi celui de Baker, qui vit tout près, sur le chemin de Highgate... Ce samedi après-midi, Baker traversait donc le Heath pour arriver jusqu'à Rosslyn Hill, quelques antiquaires, des libraires aussi. Stefania l'accompagnait parfois.

— Surpris de me voir ? avait demandé Jean-René Pallas.

Ils venaient de se retrouver précisément dans l'une de ces librairies anciennes, presque au sommet de Rosslyn Hill, où l'on découvrait encore, en ce temps-là, beaucoup de livres français. Pallas feuilletait un petit roman du XVIIIe siècle, joliment habillé de maroquin rouge.

— Surpris ? Pas vraiment. Mais je ne savais pas que vous vous intéressiez aussi à la littérature romanesque française du XVIIIe siècle.

— Ce qui prouve, avait remarqué Jean-René Pallas, qu'entre la vieille Angleterre et la France, tous les ponts ne sont pas rompus : voyons-nous un de ces jours, nous reparlerons de tout cela.

Le libraire était un vieil homme, gras et barbu, dont l'arrière-boutique, séparée du magasin par un rideau de velours, recélait bien des trésors ; après un geste amical, Pallas s'y engouffra, et le rideau retomba.

Un peu plus tard, John Baker recevait par porteur spécial un paquet à son domicile ; c'était une des sept ou huit éditions des *Liaisons dangereuses* publiées à Paris la même année que l'original, mais elle était reliée en maroquin d'époque.

Simon avait dix-huit ans lorsqu'il avait découvert Laclos ; c'était en été en Auvergne, il avait trouvé le livre dans une valise abandonnée à l'Hôtel des Voyageurs de Collandres par un touriste qu'un télégramme avait brusquement rappelé à Paris.

— D'abord, il faut être fou pour venir passer un mois dans ce trou perdu ! avait remarqué la mère de Simon qui, Auvergnate d'adoption, regrettait la vie qu'elle avait menée à Marseille dans sa jeunesse.

Le contenu de la valise était étrange : seulement des livres, Laclos, donc, mais aussi Cendrars, Max Jacob, et puis des philosophes allemands, Schopenhauer, Heidegger. C'était l'été, Simon avait l'habitude de partir à pied, il lisait dans la montagne, assis sur une butte d'herbe piquante au pied d'un bloc de basalte que le temps avait coupé de telle manière que les fragments hexagonaux en forme de tuyau d'orgue qui le constituaient ressemblaient à un trône. De là-haut, la vue s'étendait jusqu'aux confins de la Corrèze à l'ouest et, au sud, à tous les plateaux de la Margeride et du Cézalier. Il pensait : « Assis sur mon trône, je lis au-dessus du monde. »

Lorsque sa main glisse, près de cinquante ans plus tard, sur la belle reliure blonde d'une édition originale de Crébillon c'est le souvenir de ces lectures « au-dessus du monde » qui lui revient brusquement à la mémoire ; avec la nostalgie des plateaux du Cantal où il n'est pas revenu depuis six ans, sept ans.

« Mais qu'est-ce que je fous ici ? » se surprend-il à penser. Pour un peu, il passerait sa mauvaise humeur sur le petit roman libertin qu'il finira quand même par mettre en place, dans la bibliothèque déjà trop pleine de la rue Guynemer, qui ne domine, elle, qu'un jardin public.

A Sanaa, Jean-Michel Hessing a achevé ses derniers préparatifs : à deux voitures, ils vont donc prendre la route de Chahara. Malgré l'heure matinale, Henrietta a tenu à se lever pour le voir partir. La petite fille rousse du *Fleuve* est devenue cette femme belle et pâle, aux traits tirés, les pommettes creuses, mais dont la chevelure flamboie du même feu. Lorsque Yasmina va vers elle pour l'embrasser, la femme de Jean-Michel a le même geste qu'elle a pour son mari : un très bref signe de croix, de l'ongle du pouce, sur le front de la jeune femme.

— Je sais que la route sera belle...

Elle leur fait encore un signe de la main tandis que les deux quatre-quatre passent un à un le portail du jardin.

Au-delà, les plateaux nus, les blocs aussi de basalte noir, la route : ensuite, ce sera la piste.

Lorsqu'il avait atteint le plateau qui s'étend — il avait pensé : « Jusqu'en Mongolie... » — au-dessus des grottes Wei de Datong, Guillaume avait déjà éprouvé cette formidable excitation : entre le ciel et lui, il n'était d'autre limite que la crête de pierre à l'horizon que le vent balayait sans fin — et on aurait dit que les sables chantaient...

Est-ce vrai ? se demande dès lors Simon.

On lui a raconté que, quelques jours avant le débarquement allié en Normandie, Jean-René Pallas, qui avait passé toute la guerre en Auvergne, sans plus de contact avec les maquis de la région dont Simon faisait partie qu'avec l'occupant, avait rencontré Otrick dans une brasserie de la place de Jaude. Celui qu'on a déjà vu sous tant d'uniformes, et qui finirait sa vie sous la défroque d'un ambassadeur mort à Pékin, portait un manteau de cuir, à la manière des polices d'alors. Il s'en était excusé :

— Je sais : mais nous avons tous besoin d'un masque.

C'est lui qui avait ensuite transmis à Pallas les ultimes recommandations ainsi que le nom du responsable de la Résistance qui allait mourir à point pour que Pallas soit précisément là pour le remplacer.

— Ce que nous avons à faire est difficile, cher ami : dans quinze ans, dans quarante ans, l'affaire qui commencera demain ne sera peut-être pas encore achevée ; je reviens de Chine, je repartirai dans quelques jours pour la Birmanie : entre le plan que nous venons d'élaborer pour faire sauter un viaduc au-dessus d'un affluent de la Dordogne et les conversations qu'on mène en ce moment précis à Nankin ou à Chongqing, au-dessus du Yang-Tsé, il y a peut-être beaucoup plus de points communs que vous ne pensez — que je ne peux moi-même l'imaginer.

Puis il s'était levé, avait appelé le garçon pour régler les consommations, et s'était enfin penché vers Pallas qui demeurait assis, son journal à la main.

— Nous ne devons plus essayer de nous revoir, au moins de longtemps : vous l'avez compris, je l'espère.

C'est en compagnie de M. Liu qu'Otrick reviendrait plus tard à Chongqing. L'appareil, un vieux zinc hérité des Tigres volants du général Chesnault, se poserait tant bien que mal sur un terrain d'aviation improvisé au milieu des rochers. Dans la manœuvre, il effleurerait le sol d'une aile et tournerait brusquement sur lui-même avant de s'immobiliser tout net. « Si une fois dans ma vie, j'ai cru être déjà mort, c'était cette nuit-là », dirait plus tard Otrick à Clawdia — car l'atterrissage clandestin avait en outre eu lieu de nuit.

Une jeep de l'armée américaine les attendait au bord de la piste improvisée et les avait conduits à un ancien temple, à une heure de route de là, le long d'une piste qui devenait peu à peu sentier de mulet au flanc d'une montagne. La pluie s'était mise à tomber, par moments on aurait cru que le sol s'effondrait sous les roues du véhicule qui avait fini par s'immobiliser sur une plate-forme au-dessus du vide. C'était l'entrée du temple, et le chemin s'arrêtait là ; mettant pied à terre, Otrick avait vu un abîme vertigineux au-dessous de lui. Mais le temple était éclairé, aménagé en une confortable résidence d'automne. L'homme qui les attendait, corpulent, vêtu d'une vareuse grise, était venu au-devant de ses visiteurs ; deux jeunes femmes l'accompagnaient, qui avaient préparé du thé, des gâteaux — et puis un alcool blanc, très fort, qui n'était pas du maotai : plus râpeux et sirupeux à la fois.

— Je savais bien que nous nous rencontrerions un jour, avait dit l'homme à Otrick.

Que cette rencontre ait eu lieu à quelque cinquante kilomètres de Chongqing où tout ce qui complotait un peu, beaucoup, le plus souvent à la folie, semblait s'être donné rendez-vous, ne surprenait pas Otrick : l'homme qui l'accueillait cette nuit-là était habitué à ces gestes spectaculaires.

— Nous avons beaucoup de choses à nous dire : nous commencerons tout de suite, si vous le voulez bien.

Lorsqu'il était revenu à Veere après la mort de sa mère, Paul van der Goes avait cherché dans les papiers que son grand-père faisait parvenir là, parfois par caisses entières et qu'on entreposait dans une pièce nue au-dessus du salon qui donnait sur le port. Il savait qu'Otrick avait entretenu une correspondance avec beaucoup d'écrivains, d'artistes de son temps, et c'était cela qu'il cherchait ; le reste — tout ce qui intéresserait les autres, Simon, Pallas... — était pour lui de peu d'importance.

De même Clawdia avait-elle passé plusieurs mois à la villa de Fiesole où Otrick avait également fait envoyer des malles de papiers et de documents, dans l'espoir d'y découvrir quelque chose qui expliquât ce geste qu'il avait eu, dans son bureau de Pékin, de se tirer six mois auparavant une balle dans la tête ; elle non plus n'avait rien trouvé de ce qui l'intéressait. Elle aussi avait négligé d'examiner le reste.

Lorsque Paul était tombé sur un paquet de lettres d'Otrick à Clawdia — où la tendresse s'alliait parfois à une étrange et violente obscénité —, il avait eu un haut-le-corps.

Le voyage de Sanaa à Chahara ne prend guère plus d'une journée — mais c'est une belle et longue journée.

Par une route en lacets réguliers, on commence par s'élever au-dessus de la cuvette où s'étale la ville pour atteindre des plateaux volcaniques que marquent, çà et là, des affleurements de rochers noirs. On laisse ensuite à main droite le chemin qui conduit à l'ancienne forteresse qui domine la capitale où l'accès à un poste d'observation militaire est strictement interdit aux étrangers, pour arriver à la longue route droite construite par les Soviétiques qui, du nord au sud, traverse tout le pays.

Là encore, éboulis de roches volcaniques, des restes de citadelles, villages parfois perchés au-dessus d'à-pics où des maisons de plusieurs étages bâties en dur, beaux blocs de pierre taillée, dominent les gorges nues d'où s'échappe la faille d'ouedins desséchés.

— Savez-vous, dit Yasmina, que, pour la plupart, ces maisons ont été construites avec des pierres arrachées à d'anciens sites archéologiques sud-arabiques qui s'élevaient à côté ?

— Des villes... ? demande Hessing.

— Des villes, oui : d'autres villes et dont il ne reste rien.

Ainsi, au-dessus de Datong, se dressaient les murs d'une forteresse, ou d'une cité carrée, des murs de terre et que le temps rongeait ; le vent nous cinglait le visage, se souvenait Guillaume.

Un berger, vêtu d'une vaste houppelande, était seul au milieu de ce désert ; Guillaume lui avait fait demander par le téléphoniste de l'ambassade, qu'on avait emmené pour servir d'interprète, ce qu'était cette ville et quand elle était morte.

— Personne ne sait : elle était là quand je suis né..., avait simplement répondu le vieil homme.

Il était blotti dans une anfractuosité de la muraille de terre qui le protégeait du vent : c'était un très, très vieux vieillard, brûlé de soleil, dévoré de froid, que son immense cape en poil de chèvre recouvrait tout entier.

A l'écart de la muraille, à quelque vingt ou trente mètres, il y avait des tombes blanches ; l'une d'elles semblait refermée d'hier, ou peu devait s'en falloir.

On a ouvert aussi des tombes tout près de Siam Reap et d'Angkor ; des tombes, ou plutôt des fosses communes où les hommes, après le passage du groupe de soldats en armes, ont entassé les corps des femmes qu'ils avaient trouvées seules au village et abattues une à une, d'une balle dans la nuque, après les avoir violées.

— Mais tout cela, remarque tristement Jacques Benoist, à qui un journaliste a raconté l'affaire, se passe si loin de nous...

Après Al Huqqa qui n'est qu'un gros village deviné à flanc de montagne sur la droite, la route du nord file ensuite tout droit dans de grands espaces nus, paysage sublunaire que parsèment, mais de plus en plus rares, les blocs de lave. Un embranchement conduit à l'ouest à la route qui permet, par d'autres plateaux, de gagner la côte, la rive brûlante de la mer Rouge et Mokka enfin, qui n'est plus qu'un vieux et vilain port enfoui dans un passé qu'on a anéanti.

— J'ai eu l'impression, a dit Yasmina un peu après l'embranchement, j'ai eu l'impression — et c'est peut-être pourtant absurde de le croire — que votre femme était heureuse de nous voir partir tous les deux !

Jean-Michel Hessing, assis à l'avant du quatre-quatre que conduit un chauffeur du Sud, presque noir, se retourne vers la jeune femme.

— Henrietta fait partie de ces rares êtres humains pour qui le bonheur est une chose très simple, sereine, et qu'on peut vivre à travers un autre.

Ils se sont arrêtés à Amrasse. C'est une ville fermée d'où seules quelques rares maisons s'échappent de l'enceinte des remparts. Des tentes, un campement de nomades à côté d'une haute construction de béton peinte en blanc, un ruisseau qui semble surgir de la muraille. Pendant que les chauffeurs mangeaient leur ration de foul qui bouillonnait dans des marmites de pierre d'une cahute en bordure de la route, Jean-Michel et Yasmina se sont aventurés dans la ville ouverte seulement par quatre portes, encore munies des lourds vantaux de bois. A l'intérieur, les rues se coupent en angle droit avec de curieux et brusques déhanchements ; un ruisseau central pour l'écoulement des eaux où stagnent, çà et là, des flaques sans odeur, et partout autour, du sol jusqu'au sommet des plus hautes maisons, les ruelles parfois voûtées, les palais, l'encadrement des portes : la terre sèche ; les rues aussi désertes que le paysage qu'ils viennent de traverser.

— Ne croyez pas cela, fait remarquer Yasmina, les femmes sont partout, derrière les volets, parfois derrière ce moucharabieh qui nous observent et qui s'étonnent souvent de voir une femme comme elles marcher dévoilée et seule dans la rue avec un homme comme vous.

Sur une petite place où s'amoncelle un tas d'ordures, un gosse en gris mène un troupeau de chèvres : dans ce pays, lorsqu'on s'approche d'un enfant, il se plante devant vous, souriant, et répète le mot qui veut dire « image » pour qu'on le photographie.

— Voyez-vous, reprend la jeune femme lorsqu'ils sortent de la ville, depuis cinq ans que je vis autrement qu'eux, je ne sais plus si je suis, ici, avec eux, ou avec vous, ailleurs. Mais ce qui me paraît encore le moins vraisemblable, c'est d'être ici, avec vous.

C'est Jacques qui a demandé au secrétaire général la permission de passer un instant dans son bureau. Devant Melot, des piles de télégrammes que celui-ci annote à l'encre violette, d'un geste rageur ; il relève à peine la tête à l'entrée du directeur d'Asie dans son bureau.

— Pardonnez-moi, Jacques, mais je n'ai pas plus d'une minute à vous consacrer.

Jacques Benoist s'assied dans l'un des deux fauteuils de tapisserie qui font face à ce bureau de bois sombre dont on dit qu'il fut celui de Talleyrand.

— Une demi-minute suffira : je crois que nous sommes allés un peu trop vite sur l'affaire cambodgienne.

Le rire, presque triomphant, de Gérard Melot.

— Là, vous ne m'apprenez rien. La conclusion ?

— La conclusion, c'est d'envoyer un télégramme à Pékin, dire à Guillaume de tout laisser tomber pour le moment et de s'occuper de choses plus sérieuses.

Le rire, à nouveau, du secrétaire général ; mais avec une question :

— C'est-à-dire ?

— Eh bien, affaires chinoises ! De quoi voulez-vous que nous parlions d'autre, si nous ne parlons pas du Cambodge ?

Troisième variation sur le thème du rire ; cette fois, d'une sombre ironie :

— Si je comprends bien, vous donnez à vos amis chinois une dernière chance.

Mais Jacques Benoist s'est déjà levé : la minute offerte dure déjà depuis quatre-vingt-dix secondes.

— Il y a plus de quarante ans que nous tournons autour de cette dernière chance : il serait peut-être temps de conclure, non ?

— Je crois, pourtant, que dans tous ces papiers qui ne m'intéressaient pas vraiment, il y avait quand même quelque chose qui vous aurait intéressé, vous...

Le regard de Paul van der Goes est oblique : il ne veut pas donner l'impression de taquiner la curiosité de Guillaume, et dans le même temps, il épie sur son visage l'effet que fera sa révélation :

— Oui, poursuit-il, c'était une sorte de journal qu'il a tenu de manière irrégulière dans les années quarante... Il y notait à la fois ses rencontres et puis...

Le jeune homme a un petit rire dont il prend bien soin de faire un rire que Guillaume devra qualifier de « gêné ».

— Et puis ? interroge donc Guillaume.

— Et puis des histoires de bonnes femmes.

Les pièces d'un étrange puzzle se mettaient pourtant en place. Ainsi, sir Bernard Lew, qui avait connu à Cambridge les hommes — Philby, Burgess, Mac Lean et Anthony Blunt — par qui le scandale était arrivé, avait-il raconté à Chessman qu'un de ses amis...

— Ainsi Anthony Blunt, espion au service de l'Union soviétique mais aussi conservateur des tableaux de la Reine, s'était-il rendu à Moscou pour préparer une exposition des chefs-d'œuvre de la peinture russe.

Et là, comme un de ses collègues de la galerie Tretiakov l'avait conduit dans des réserves situées dans un bâtiment moderne qu'on était en train de construire, à travers le jeu de panneaux coulissants où étaient accrochées les œuvres de Roublev et de l'école de Novgorod, il avait aperçu deux hommes qui s'étaient brusquement détournés, de crainte d'être reconnus.

— Vous devinez, n'est-ce pas, qui était l'un de ces deux hommes ? avait conclu l'historien d'art : votre ami Otrick, bien entendu !

Une nuit, Max était revenu à Montfort-l'Amaury au volant d'une superbe BMW à plaques diplomatiques. Il portait un blouson flambant neuf et avait au poignet une grosse montre américaine.

— Tu n'es pas fou, non ?

Cette fois, Jean-François s'était vraiment fâché : Max, qui lui donnait d'habitude tant de leçons, manquait cette fois singulièrement de discrétion :

— T'inquiète pas ! avait protesté l'autre, c'était seulement pour le plaisir. Et personne ne m'a vu : tous ces ploucs sont couchés depuis longtemps.

Il était quatre heures du matin. A deux voitures, ils avaient gagné la forêt de Rambouillet et là, avec un bidon d'essence, ils avaient mis le feu à la BMW. Pour faire bonne mesure, Max avait jeté la montre dans le brasier ; puis, cahin-caha en Deux-Chevaux, ils avaient regagné leur tanière.

Le lendemain, la photographie de l'attaché militaire assassiné s'étalait en première page du *Figaro* comme de *Libération.*

— Tu sais ce dont je rêve, quelquefois ? avait demandé Julie qui s'était coupé les cheveux très court, presque tondue.

— Dis toujours.

C'était pour Jean-François qu'elle parlait.

— Un rêve idiot, bien sûr, mais un rêve quand même : on est mariés tous les deux, tu travailles dans un bureau, je m'occupe des deux mômes et on mène une existence pépère, tranquille et tout, à Argenteuil ou à Évry-Ville-Nouvelle.

Dans *Libé* comme dans *Le Figaro,* des témoins rapportaient que l'un des deux assassins qui avaient abattu de six balles dans la tête l'attaché militaire était une fille.

— C'est tout de même dommage, constate Bernard de Beausséant en repliant le journal.

Simon, qui a appelé son collaborateur afin d'organiser avec lui le voyage qu'il doit faire en fin de semaine à Genève, lève les yeux :

— Qu'est-ce qui est dommage ?

Il a brusquement peur d'avoir compris.

— Eh bien, cet attaché militaire assassiné : il s'occupait aussi d'affaires chinoises, non ?

— Comment le savez-vous ?

Le regard de Simon ne quitte pas celui du jeune homme : nulle part ailleurs que dans le dossier bleu enfermé à double tour dans le coffre-fort, sous le tableau noir et rouge de Patrick, ne figurait le nom du diplomate abattu la veille au soir ; mais Bernard de Beausséant est trop habile pour avoir commis là une bévue ; il rougit pourtant, affecte le plus grand embarras.

— Mais, je crois bien que vous me l'aviez dit... ; à moins que Jacques Benoist ne l'ait dit devant moi. Ou Laroche, qui travaille avec lui.

Le regard de Simon reste fixe : ni Benoist ni le jeune Laroche ne savaient rien du rôle de cet attaché militaire et, pour peu qu'il soit informé, de quelque chose, Beausséant n'ignorait pas cela. Simon a envie de rire : toute cette affaire ressemble à une farce ; une pantalonnade ; un roman d'espionnage comme on se plaît aujourd'hui à les faire, compliqué à plaisir et dont, une fois terminé, on n'est toujours pas sûr d'avoir compris la conclusion. Mais le souvenir de Lorraine sur le lit de la clinique — Lorraine qu'il doit passer voir en fin d'après-midi — lui traverse l'esprit. Et le jeu auquel s'amusent tant de ceux qui l'entourent lui semble subitement dérisoire. D'un mot, il a congédié Bernard de Beausséant.

— Je ne suis pas sûr, après tout, d'aller à Genève cette fin de semaine...

Jean-François Verviers, qui regarde les actualités à la télévision, en interrompt brusquement le son ; se retourne vers Max.

— Tu veux que je te dise ? Ta liste de noms, c'est du bidon. Un attaché militaire de moins ou de plus : tu crois que ça change quelque chose ? Ce ne sont pas les noms des attachés militaires, pas plus que ceux des ministres ou des patrons de multinationales qui devraient figurer sur ta liste : ceux-là, on les trouve partout ; ils ont une plaque sur leur porte avec leur nom.

Julie se promène, les seins au vent, dans l'étroite pièce ; de la main, elle caresse la nuque de Jean-François qui l'écarte :

— Non, poursuit-il, c'est une autre liste qu'il nous faudrait. La vraie liste... Les vrais noms...

Bernard de Beausséant a rencontré Denis Laroche, l'adjoint de Jacques Benoist, dans le café derrière le Palais-Bourbon où les assistantes parlementaires des députés de la majorité se laissent conter fleurette par des journalistes de l'opposition : Beausséant et Laroche étaient camarades de promotion à l'ENA ; quoi de plus naturel que de prendre un café ensemble, sur le coup de deux heures et demie de l'après-midi ?

— Alors ? Alors, il n'a pas eu l'air trop surpris..., répond Beausséant à une question de son ami.

Denis Laroche hausse les épaules.

— Eh bien, nous trouverons un autre moyen de le surprendre.

Il se reprend et corrige :

— ... de *les* surprendre.

La veille de son départ de Pékin, Iris est venue dîner à l'ambassade ; Guillaume est seul en compagnie de Meilin.

— Je ne sais pas pourquoi, remarque la photographe à la fin du repas — elle s'est resservi elle-même un verre de mission-haut-brion et le rouge lui était monté aux joues —, mais j'ai l'impression que je ne reviendrai jamais dans ce pays.

Meilin a protesté :

— Mais pourquoi ? Les choses changent si vite.

Le visage d'Iris est devenu grave.

— Justement : les choses changent très vite et pourraient changer plus vite encore ; pour le meilleur ou peut-être pour le pire...

C'est la première fois qu'Iris se laisse aller à des considérations de cet ordre : presque politiques.

— Vous pensez que...

Il s'est arrêté et elle a achevé pour lui :

— ... qu'il y aura un retour de manivelle ? J'en suis convaincue. La Chine n'est pas un pays de quelques dizaines de millions d'habitants mais de plus d'un milliard : même les plus ouverts de vos amis chinois savent qu'arrivera un jour où on ne pourra pas aller plus loin.

— Alors ?

Iris a vidé son verre de vin, fait claquer sa langue :

— Alors : ce ne sera sûrement pas pour le meilleur qu'on se décidera à revenir en arrière.

Quand John Chessman — qui ne faisait que tenter de rassembler les fils épars de toutes leurs vies — avait appris que Guillaume serait nommé ambassadeur à Pékin, il avait éclaté de rire. Iris l'avait interrogé :

— Je peux savoir...

— Pourquoi je ris ? Mais comment donc, mon ange ! En relisant des notes, hier, je me suis rendu compte que l'idée me trottait dans la tête depuis plusieurs mois : ce jeune Français qu'on a croisé dans les rues de Pékin au moment de la Révolution culturelle ne pouvait qu'y revenir vingt ans plus tard et comme ambassadeur ! J'avais même écrit quelques pages sur ce thème — et voilà que notre ami Guillaume repart pour la Chine ! Qui a osé prétendre que la réalité dépassait la fiction ? C'est la fiction qui tisse la trame de la réalité...

Lui aussi buvait, mais du gin pur. Et son visage était écarlate :

— Mais ton Guillaume n'est qu'un pantin parmi tous ceux qui s'agitent au bout de mes fils, et ce n'est pas son destin qui m'intéresse : ce qui m'intrigue et me passionne, c'est celui de tous mes personnages, pris ensemble, en groupe, solidaires en somme les uns des autres.

Il avait soupiré, puis reposé son verre.

— Et c'est pour cela que le travail dans lequel je me suis lancé me paraît quelquefois sans fin : un groupe vit et meurt ou se démultiplie à l'infini ; chaque personnage en engendre dix autres et leur vie s'étend ainsi à l'infini : comment veux-tu que le romancier qui tente de raconter tout cela ne se perde pas dans le jeu de ses fiches, dans l'amoncellement des pages, la cataracte des noms qui appellent toujours d'autres noms ?

A Charny, Jean-Michel Hessing disait déjà à Didier de Wandrille :

— Toi, moi, les autres, nous formons un groupe qui a sa vie propre, indépendante peut-être — et peut-être différente — de la vie de ceux qui la composent. Et j'aime cette vie, je t'aime, j'aime nos amis, tous ensemble ou pris séparément. Et pourtant...

— Et pourtant...

Le soleil était haut encore à l'horizon et éclairait de plein fouet la cour carrée du château qu'ils dominaient de la hauteur d'un perron : sur le gravier de la cour, le contour crénelé des tours et des toits, en ombres très nettes, presque violettes. Jean-Michel pensait : une forme de bonheur.

— Et pourtant, je sais que je dois aller plus loin.

La route de Chahara...

A Khamir, les voitures se sont à nouveau arrêtées ; cette fois, les chauffeurs ont longuement expliqué qu'ils étaient fatigués. En bordure de la route s'étend une sorte de marché ; des hommes accroupis qui vendent des choses, de la viande, des objets dont Jean-Michel ne comprend pas toujours la destination.

— Regardez les cheveux de celui-là.

Cheveux longs en longues boucles qui s'échappent de la calotte de toile blanche.

— Un juif. Il y en a beaucoup, ici : peut-être sont-ils les vrais descendants de la reine de Saba ?

Assis sur ses talons, l'homme taille un morceau de bois dans la rumeur de la foule où, çà et là, passent d'autres hommes aux cheveux comme lui en guirlandes bouclées ; un gosse, le crâne rasé, avec seulement ces longues bouclettes qui lui battent les joues : il court après une chèvre et rit.

A l'écart, on dépèce un mouton : des nuées de mouches.

Huth : nouvelle étape. A l'entrée de la ville, l'immense mosquée neuve, toute de marbre et de verre qu'un riche marchand du Pakistan a construite pour ses frères yéménites sur l'emplacement d'une autre mosquée, beaucoup plus ancienne, dont les murs désormais ruinés disparaissent déjà sous le béton qu'on couvrira d'autres dalles.

Yasmina entraîne Jean-Michel à travers un autre marché qui grimpe, celui-là, le long des rues de la ville, s'accroche aux pierres, déborde sur des petites places ; là encore, le mouton, la chèvre qu'on égorge, et les morceaux de viande à l'étal du boucher en plein air : la mouche verte sur l'œil figé, rond, du mouton mort.

Et puis, parmi les marchands de légumes et de poulets, le marchand d'armes. Accroupi devant une bâche à demi refermée, les Kalachnikov qui s'alignent sur le sol et les clients, autour de lui, qui sortent les dollars et qui discutent ferme ; c'est tout juste si, à l'arrivée de Guillaume, on a levé les yeux vers lui : mitraillettes, fusils-mitrailleurs, cartouches en boîte ou en vrac...

— Les tribus ne sont jamais tout à fait en paix ; alors, on tire en l'air : quelquefois, on fait mouche..., commente Yasmina.

Qui ajoute :

— ... Ou bien on prend des voyageurs en otage — tenez, l'an dernier : l'ambassadeur de Chine, qui n'y a rien compris ! — et on fait coup double : on accuse la tribu voisine d'avoir fomenté le coup — et on empoche la rançon !

Soudain, l'un des hommes qui entouraient le marchand — la grosse poignée de dollars encore à la main droite — a remarqué l'étranger qui l'observe et la femme qui l'accompagne. Il a tiré d'un coup la bâche de toile verte sur son arsenal à vendre. Un grondement se lève, les hommes debout, un chien qui hurle.

— Je crois qu'il vaut mieux revenir aux voitures, dit Yasmina.

C'est à Huth qu'on quitte la route construite par les Russes — on fait le plein d'essence à la dernière station-service — pour s'engager sur la piste qui va mener à la montagne de Chahara.

Pendant près de deux heures, par un chemin de rocher parfois coupé de grosses coulées de terre, ils vont gagner le fond de la plaine intérieure où vingt oueds serpentent, secs, parmi les épineux, les cactus et les touffes opulentes de flamboyants. Et là, d'un coup, ce sont vingt pistes qui s'ouvrent, toutes plus ravinées les unes que les autres, traversant vingt fois, cinquante fois, le lit à sec d'un même ruisseau où, brutalement — c'est presque un ravin qu'une courbe du terrain dissimulait — l'une des deux voitures s'est renversée. Le chauffeur de celle de Jean-Michel et de sa compagne est allé dégager son camarade, on a entassé quelques sacs dans la première voiture et on est repartis : désolé mais têtu, le chauffeur de la Toyota accidentée n'a pas voulu quitter son véhicule.

— Ne vous inquiétez pas, a expliqué Yasmina : on dirait, comme ça, qu'il n'y a personne — le désert, en somme — mais vous pouvez être certain qu'ils sont peut-être cinquante à nous observer de loin : des hommes, des gosses, des femmes même ; ils ne se montrent que lorsqu'ils le veulent bien — et aussitôt que nous aurons tourné le dos, ils vont arriver, discuter, se faire payer pour remorquer la voiture jusqu'à la route.

Déjà, le quatre-quatre qui a survécu aux premiers ravins n'est plus, pour le chauffeur abandonné, qu'une masse noire qui tangue sur la surface bosselée de la piste : au loin, montagne parmi d'autres montagnes, la montagne de Chahara ressemble à ces rochers bleus qui s'élèvent de l'eau et des nuages sur les peintures chinoises dans la région de Guilin.

Lorsque, une demi-heure plus tard, la deuxième voiture tombera en panne, ce sera Yasmina qui, la première, jurera — en anglais.

— Rien à faire, explique le chauffeur.

Qui n'explique pourtant rien. La jeune femme s'est rapprochée de Jean-Michel.

— Ne nous éloignons pas trop de la voiture : quelqu'un va bien finir par se montrer...

Autour d'eux : le silence ; sable, soleil, l'herbe courte qui émerge du sol, en touffes décolorées — et le superbe massif de flamboyants qui fait tout de même un peu d'ombre.

— L'ennui, dit encore la jeune femme, c'est que c'est précisément par ici que des tribus se sont accrochées, ces derniers temps.

Elle finira par parler d'un affrontement entre tribus rivales, et de quelques morts. Un rire très bref :

— N'ayez tout de même pas trop peur : ils ne touchent pas aux étrangers.

Ces histoires d'otages... Quelques pas jusqu'au sommet d'une butte pour tenter de découvrir autre chose que d'autres buttes, des cactus, des herbes qui jaillissent du sable, le lit d'un ruisseau à sec qui peut être une piste, une piste qui s'achève en ruisseau à sec et, au loin, bleue dans la lumière du début d'après-midi, montagne bleue figée dans le bleu du ciel, la montagne de Chahara.

Lorsqu'ils reviennent à la voiture, le chauffeur a disparu. Ils sont seuls : sable, ciel, lumière.

Guillaume a demandé à son chauffeur de le laisser au début de l'avenue de Chang'an, à la hauteur de ce qui fut autrefois l'observatoire des Jésuites et qui ne dresse plus sa carcasse de pierre hérissée de sphères de bronze qu'au milieu d'un désordre d'immeubles et de nœuds de voies express.

— Je veux marcher un peu, a-t-il expliqué en quittant Meilin.

Et là, parvenu à un reste de rempart dominé de partout par de grandes constructions désolées que vingt ans ont suffi à ruiner, il tente de suivre le parcours de l'ancienne muraille.

Celle-ci se perd parmi des empilements de blocs de béton et de chaussées surélevés, il y a des ponts qui ne traversent rien, des amorces de passages souterrains écroulés dans les gravats avec, çà et là, quelques cahutes encore debout et puis des gosses qui jouent. Mais des fantastiques murs qui faisaient de Pékin cette cité mythique, fermée, carrée, aux perspectives définies par la plus parfaite des géométries qui se puisse imaginer, il ne reste rien. Peut-être que d'avion, on repérerait le tracé ancien à la prolifération des masses de béton qui, sur plusieurs centaines de mètres de largeur, ont débordé en vrac, toutes hauteurs et surfaces mêlées, de la ligne si droite qu'un empereur mongol a d'abord rêvée pour qu'un Ming, après lui, qui fit sa capitale, en achevât les plans. Quant aux portes... Chaoyangmen, Dongzhimen et Andingmen au-dessus du temple des Lamas : la trace elle-même s'en est évanouie.

En trois heures, Guillaume a fait à pied les trois quarts du tour des remparts qui n'existent plus.

— Ne vous inquiétez pas, le rassure pourtant M. Liu, M. Shi et moi-même sommes parvenus à convaincre les plus irréductibles. Jusqu'au plus redoutable admirateur des États-Unis — pour ne pas parler des anciens élèves des bons pères soviétiques — qui ont compris que ce n'est ni par Washington, ni bien sûr par Moscou que passe le chemin qui nous conduira à cette Chine forte et indépendante dont nous avons pu rêver un jour, dans les montagnes du Shanxi comme à Beida ou dans les ateliers de Shanghai ou de Canton.

Les mots qu'on veut entendre dire ; il y a quelques jours, Guillaume s'est dit : « Si tout marche comme prévu, je m'arrête de fumer. » Meilin le regardait avec un sourire amusé — comprenait-elle ? En prévision du pire, qui serait le meilleur, il allume à la hâte une Camel sans filtre.

— Quant aux Japonais, poursuit M. Liu, nul ici ne doute que nous continuerons à recevoir d'eux ce que nous en attendons, sans autre engagement que nos obligations commerciales.

Le vieux monsieur a encore prononcé les noms de Zhao Ziyang et de son compagnon Hu Qili, de Hu Yaobang, toujours à l'écart depuis sa demeure forcée du poste de secrétaire général en 1986, et de Qiao Shi, responsable de la commission de discipline du Comité central — qui les surveille tous.

— Ne vous inquiétez pas, reprend M. Liu, la Chine en est arrivée à un moment de son histoire où tous les déséquilibres qui la travaillent en tous sens sont tels que, d'une certaine manière, un équilibre miraculeux s'est créé. Des hommes, comme Zhao, comme Hu, peuvent encore reprendre les rênes du pouvoir, si bien que...

C'est un curieux sentiment de plénitude qu'éprouve dès lors Guillaume dans la voiture qui le ramène vers l'ambassade. Comme si tout ce qu'il a vécu jusque-là, ses rêves, les livres qu'il a lus — ce livre même qu'il a jadis écrit... — n'avait jamais tendu que vers un seul objectif — une raison, en somme, de vivre, de lire, d'écrire, d'agir peut-être — qui lui apparaît soudain avec une précision redoutable : ce projet à propos duquel M. Liu lui a dit : « Ne vous inquiétez pas... » Renversé en arrière dans la grosse Peugeot grise qui traverse Pékin, Guillaume ne s'inquiète plus.

Des noms balisent désormais cette certitude qui l'envahit : Liu, Shi, Zhao Ziyang, Hu Yaobang lui-même.

Le visage du nouveau secrétaire général du Parti lui semble presque familier, chaleureux. Il pense à Chou Enlai croisé, perdu dans un couloir d'hôtel, en compagnie du général Guillermaz, alors attaché militaire à Pékin. Quant à Hu Yaobang, qu'il a rencontré à deux ou trois reprises... Le petit homme fonçait vers les obstacles avec une aisance déconcertante. Qui a dit, parmi ses collègues du Quai d'Orsay : « Hu est l'homme des vingt-cinq idées par jour, dont vingt-quatre mauvaises et une géniale... ? » Une idée géniale, se dit Guillaume : une seule... Hu avait lui-même affirmé : « Je ne suis pas un homme d'acier, mais un homme de passion, de chair, de sang. »

La voiture s'approche du quartier des ambassades : les grands immeubles, déjà, en bordure de l'avenue. Et Guillaume, cette fois, pense : « Une idée, une seule, mais géniale, dans le cœur d'un homme de passion. » Pour un peu, la tête lui tournerait, comme si le thé qu'il a bu tout à l'heure en compagnie de M. Liu était un de ces alcools très forts, très puissants et qui, l'espace d'une belle cuite, vous libèrent d'un coup et le cœur, et l'esprit.

La nuit est maintenant très sombre ; dans le jardin gris et pâle de l'ambassade, les boules des réverbères allumés dès la tombée du jour font des halos d'un blanc verdâtre qu'on dirait mouillé jusqu'au cœur de l'été le plus sec, et Guillaume, qui vient, d'un mouvement machinal, d'aller jusqu'à la fenêtre où il n'y a rien à voir, s'est rassis à son bureau. Le papier, le gros stylo noir, la bouteille d'encre pour pallier les défaillances techniques ; et puis cette lumière rose orangé où baigne toute la pièce, trop douce, trop confortable, si pareille en somme à celles de ces chambres d'hôtel anonymes aux éclairages savamment étudiés qu'on construit jusqu'au cœur de la Chine et qui, Marseille ou Draguignan, Bangkok, Canton, Le Mans ou Brasilia, sont rigoureusement semblables, avec le chocolat pour la nuit déjà posé sur l'oreiller dans un emballage de carton par la femme de chambre qui vient de faire la couverture.

Mais dans la mémoire de Guillaume, soudain, tant d'images, visages, paysages ; des mots : « Un mot qui dirait tous les autres », pense-t-il. Alors il dévisse lentement le capuchon de son gros stylo noir et l'écrit, ce mot, qu'un autre va suivre et qu'un autre, encore, suivra après.

Assis à son tour dans la pénombre de la chambre de cette clinique de la Muette ou de Passy, Julien scrute le visage de Lorraine. Elle dort ; les yeux fermés, un début de sourire aux lèvres : seule la position de la tête, un peu trop droite sur l'oreiller, a quelque chose de vaguement artificiel. Comme le bruit de sa respiration : régulier, si régulier...

Julien pense : « Tant que cette femme restera ici, silencieuse, je serai à ses côtés. » Il se dit aussi : « Il ne me restait qu'une chose à apprendre : apprendre à me taire... »

La même nuit — ailleurs, et un autre temps, trois heures du matin — et la lampe allumée devant la fenêtre, la fenêtre qui donne sur la prairie et la prairie qui s'achève doucement à la mer. André Verviers a ouvert le cahier blanc qu'à la mort d'Irène il a laissé fermé sur le mot « encore » ; c'était alors encore un peu de vie, encore un peu d'amour, quelques lignes peut-être encore : sur la page d'en face, il répète le mot : « Encore » — puis repose sa plume.

Trois heures, quatre heures du matin : pas un mot encore ne s'est ajouté à cet « Encore » mais une nuit, voilà trois ans, quatre ans — Verviers s'en souvient-il ? — il s'est réveillé en sursaut, pressé par l'urgence d'écrire un mot encore, un seul, à la suite de ceux qu'il avait tracés sous la dictée d'Irène ; puis il avait pensé : « J'ai le temps : j'ai encore tout le temps du monde. » Comme si la mort d'Irène lui avait ouvert les portes du temps.

La nuit aussi dans l'ancien cimetière de Highgate, près de chez Chessman, il s'en passait d'étranges... De l'autre côté de la route qui conduit au village de Highgate, on a aménagé un autre cimetière qui est le « nouveau cimetière » de Highgate ; mais c'est dans l'ancien que John Chessman se promène parfois, à la recherche d'ombres.

Tombeaux néogothiques, vastes nécropoles que le lierre a couvertes ou simples dalles éclatées par le temps, le vieux cimetière est le lieu d'étranges rendez-vous : on raconte qu'on y a déterré de jeunes mortes et que des vieillards s'y livrent à des jeux interdits. Alors, à l'affût et par des nuits d'orage, John Chessman, qui a su trouver un passage dans le mur d'enceinte, épie, surveille, écoute...

Les nuits sont parfois traversées d'éclairs très blancs.

Ou alors, sous la pluie, il se rend au nouveau cimetière et pisse longuement, rituellement au pied d'un if égaré là. Plus loin, dans un carré qu'on n'entretient plus guère mais que quelques mains inconnues fleurissent, un buste massif et gris s'élève au-dessus d'une tombe nue : c'est la tombe de Karl Marx. Par jeu et à chaque visite, John Chessman y jette quelques pennies, comme à la fontaine de Trevi.

— Oubliez le musée, dit alors M. Liu, oubliez les morts et les gardiens des morts et ne regardez que le plan qui se développe devant vous en une impossible et rigoureuse harmonie : c'est un monde idéal qui s'étend devant vous.

Il est six heures du soir ; les derniers visiteurs ont quitté l'enceinte de la Cité interdite et seuls Guillaume et M. Liu en arpentent les grandes cours dallées.

— La porte du Méridien, qui est le milieu du monde, conduit, à travers la Rivière aux Eaux d'or, jusqu'à la porte de la Suprême Harmonie...

Et là, terrasses qui se succèdent comme des vagues de marbre dominées çà et là par l'étrave d'un palais, Harmonie parfaite, Harmonie préservée, puis le mur, la porte de la Clarté éblouissante, le palais de la

Pureté céleste et enfin celui de l'Union : on parvient à l'ultime demeure, le Kunninggong, ou palais de la Tranquillité terrestre.

— Rien n'a changé, remarque alors Guillaume qui se souvient des grands vases de bronze qui brillaient dans le soleil des matins froids.

M. Liu allume une cigarette :

— Rien, approuve-t-il, rien. Ni vous, ni moi, ni eux...

Eux, ce sont ces palais à l'infini mais aussi ces hommes et ces femmes autour, qui sont la jeunesse du monde : Guillaume se retourne et voit des dizaines d'enfants qui déferlent vers lui.

A ses étudiants qui lui demandent parfois quel livre il leur faut lire pour tenter d'approcher de ce monde et de ces mythes, Serge Lensky fait toujours la même réponse :

— Tous les bouquins sur la Chine sont de la merde. Mais il y a merde et merde : vous avez le choix entre la merde des journalistes aigris, la chiasse des sinologues pontifiants, la bouillie des maolâtres et des démaolâtrisés qui sont les mêmes un an avant ou un an après.

Alors, à tout prendre et avec un haussement d'épaules, par goût du paradoxe aussi, il suggère la lecture du seul livre qu'aucun d'eux ne lira jamais, écrit voilà plus de vingt ans par un homme qui n'était ni sinologue, ni journaliste, ni poète ou romancier et pas même écrivain mais qui, en trois cent cinquante pages serrées, a tenté de tout dire.

Mais à Guillaume, qui ne lui avait pourtant rien demandé, Serge Lensky a répondu un jour :

— Ton bouquin ? Mais c'est de la merde ! Que voulais-tu faire d'autre ? Tu n'es ni sinologue, ni journaliste, ni même écrivain.

Lors de sa parution en librairie, à la fin des années soixante, le livre de Guillaume s'est vendu à six cent trente-trois exemplaires.

Quant à celui de Chessman, c'est devenu, sur sa table de travail et sur le plancher, sur des chaises, sur des canapés, débordant la moquette usée jusqu'au palier, montant à l'assaut des étages, une mer, un océan de feuillets en désordre où chacun des héros de cette histoire est devenu un masque, un emploi, une silhouette semblable à ces images qu'on découpait aux ciseaux au siècle des Lumières pour en faire des profils perdus : un fantoche, en somme, un pantin. Il y a le profil de l'espion et celui de l'écrivain, le masque de l'ambassadeur, la silhouette de la jolie Chinoise, celle du vieux ministre ; et que ces marionnettes portent des noms : Otrick, Clawdia, Liu, Simon, Iris, John Baker ou Guillaume, ne change rien à l'affaire. Chessman a aimé Clawdia qui l'a quitté pour Otrick avant de revenir à nouveau vers lui ; Simon s'est glissé au passage, Guillaume occupe pour un temps le devant de la scène, Iris est revenue du pays des Chinois et M. Liu, son masque impassible, commente l'impossible.

— Un roman, tout cela ?

John Chessman, agenouillé sur le tapis usé de son bureau qu'entourent des portraits, des feuillets griffonnés, raturés, souillés — l'encre noire aussi, la marque ronde d'un fond de verre de vin, le verre lui-même qui éclabousse l'encre, l'humidité qui pénètre de partout le bureau sur le parc et puis le temps, simplement les années, les chiures de mouches, les rats qui ont envahi un hiver la maison de Hampstead Heath —, compte et recompte ses pages qui se chiffrent par milliers, illisibles, inutiles, où les noms d'Otrick, de M. Liu, de Simon ont pâli. « Un théâtre de carton-pâte où s'agitaient des guignols dont j'emmêlais jadis les fils avec tant de plaisir... », pense encore Chessman.

Qui épelle les noms : M. Liu, sir David, Iris, John Baker.

C'est à la fin du dernier automne que John Baker a remplacé Donald Chase au poste de gouverneur de Hong Kong. Il est devenu sir John Baker et habite une résidence blanche et basse au milieu d'un jardin qu'entourent de partout des immeubles géants : entre deux tours de verre et d'acier, on voit encore un peu la mer, Kowloon et les Nouveaux Territoires : au-delà, la Chine.

Là-bas, sur la piste de Chahara, des hommes armés se sont approchés de la Range Rover ; quelques secondes avant leur arrivée, Yasmina les a entendus, les a devinés, plutôt :

— Les voilà.

Surgis de la nuit émeraude, ils ont d'un coup entouré la voiture. Jean-Michel Hessing et sa compagne ont levé les bras en l'air.

VI

— JE crois que tu ne te rends pas compte. Je crois que personne, en France, ne se rend vraiment compte.

Penché en avant sur les verres qui encombrent la table, Serge agite ses mains, comme chaque fois qu'il veut convaincre. Jean-Bernard André qui l'écoute avec, aux lèvres, le sourire ironique dont il ne se départit que dans les instants de grande émotion, vide son verre, fait signe à Lionel, le barman, de lui servir un autre J & B, allume une cigarette et, peu à peu, son sourire se fige. « Il est ferré... », pense Serge Lensky, qui continue de plus belle :

— En quelques mois, la Chine s'est mise à vivre quarante fois plus vite qu'elle n'a vécu ces quarante dernières années et nous, nous restons ici, le cul sur nos chaises derrière nos tables de bistrot, à discuter : veux-tu que je te dise, il y a quelque chose de choquant dans tout cela...

Meifang, assise à côté de Lensky, fume en soufflant devant elle la fumée de sa cigarette ; elle arrondit ses lèvres et Jean-Bernard André se dit que Serge, toujours entouré de son essaim d'étudiantes, est un sacré veinard.

— Tu m'écoutes, ou quoi ?

La voix de Serge Lensky se fait rude lorsqu'on ne lui accorde pas totalement l'attention qu'il croit mériter, et le regard de son ami pour Meifang l'agace :

— Tu m'écoutes ? Je te parle de la Chine, pas des Chinoises !

La Closerie des Lilas, minuit, brouhaha des conversations, verres vides, verres pleins, fumées, alcools : nous étions si nombreux à nous y retrouver.

— Maintenant, vous comprenez pourquoi j'ai voulu que vous reveniez ici ?

Du revers de la main, M. Liu essuie une goutte de sueur qui coule sur sont front : accroché au bras de sa petite-fille, il semble soudain très vieux et très fragile et Guillaume se rend compte qu'il n'a jamais cherché à savoir l'âge du vieux monsieur. Quatre-vingts ans, M. Liu ? Peut-être un peu moins, peut-être beaucoup plus... Mais M. Liu semble deviner ses pensées et rit :

— Allons, tout cela est sans importance. Et puis, la Chine est un peuple de vieillards et de tout petits enfants : regardez !

Accroupies contre le mur d'enceinte du temple, vingt petites boules rouges et jaunes, multicolores, s'affairent autour d'un tas de feuilles mortes : enfants de toutes les Chines du monde, amusez-vous !

— Ici, pourtant, tout est différent..., poursuit M. Liu.

Ici, c'est Qufu, quelque part au fond du Shandong, le village de la famille des Kong, où naquit Confucius : un moment d'une Chine pourtant bien perdue et qu'on a su ici sauver. C'est là que, le temps d'un voyage, M. Liu a voulu emmener Guillaume et Meilin, parce qu'il y a vingt ans, Guillaume y était déjà venu.

— Vous ne pouvez pas vous imaginer ce qu'était en ces années-là — la Révolution culturelle — cette Chine-là.

Puis Guillaume raconte : un récit.

— Selon les renseignements fournis par l'agence de voyages de Pékin, nous devions arriver à Qufu à 11 h 20. A 11 h 26 très exactement le train s'est arrêté dans la petite gare : à peine avions-nous eu le temps de descendre qu'il était déjà reparti. Nous nous trouvions en rase campagne au milieu des champs de blé encore verts. Le vent soufflait, très faible. En contrebas de la voie, un autocar rouge et déjà bondé de voyageurs attendait. Poussant, tirant, on nous y introduisit avec de grands sourires entre les paysannes à baluchons et les enfants qui piaillaient. L'autocar s'ébranla enfin pour s'arrêter quelques mètres plus loin, sur un chemin de terre aux ornières sèches ; des chariots de charbon encombraient le passage, attendant les enfants et les vieillards qui allaient les tirer sous le grand soleil et dans la lumière jaune. L'opération se fit en quelques minutes, dans la bonne humeur, puis l'autocar repartit à travers une campagne très verte peuplée de peupliers où, de place en place, en groupes ou isolées, s'élevaient des stèles de pierre dans les blés.

« Les villages que nous traversions — et chaque fois le véhicule brinquebalant s'arrête pour décharger quelques voyageurs, des paquets de journaux, des sacs indéfinissables — paraissent à peu près déserts. Les maisons en terre battue, les toits de chaume, et des arbres un peu partout, très hauts, ombragent des cours ou des petites places comme j'imagine que le Berry de George Sand devait en compter : une lumière verte filtre entre les feuilles, des chants d'oiseaux, parfois une vieille assise sur un banc de bois. C'est encore le décor de *Giselle* au Bolchoï de Moscou, mais aussi un village de Chine au milieu des blés : le village est resté ce village et le grand temple dédié à Confucius qui s'élève en son centre, entouré d'une belle enceinte carrée, est demeuré un temple où — se souvient Guillaume — " il pleuvait des oies sauvages ".

Meilin rit et interroge son grand-père :

— Il pleuvait des oies sauvages ! Tu comprends ce que ça veut dire, ça, toi, grand-père ?

Mais M. Liu ne rit pas. Le temple de Confucius est un sanctuaire à peu près inviolé : l'herbe pousse entre les dalles et de grands oiseaux qui sont des grues hantent les branches les plus hautes de cette forêt-temple. Qufu devient ainsi un havre de calme vert et transparent qui a des couleurs d'eau, des limpidités glauques, miraculeuses... M. Liu marche à tout petits pas dans les allées de ce jardin-temple, parmi les hauts bambous, les arbres plus hauts encore, très loin vers le ciel, où des oiseaux bruissent.

— Je crois que je comprends, oui.

Puis il se tait. Meilin se tait ; le bras toujours accroché à celui de son grand-père, elle a pris la main de Guillaume et tous trois déambulent maintenant parmi les pavillons, les terrasses, ce miracle : Qufu préservé des ans dans ses murs de brique qu'ouvrent seulement cinq portes. Miracle : qu'on vive ici à l'heure des oiseaux, des grues géantes et folles et qu'un épervier à midi fonde sur un poussin dans la rue, qu'on chasse les faisans au ras des blés ; miracle : que les lettres rouges et blanches sur le mur des tombes s'effacent lentement, que le vent fasse onduler les épis, que vous sentiez le goût du soir où le soleil glisse et ces visages d'enfants, plus tard, dans la rue...

« Le soleil est tombé : la montagne et les eaux se calment, le vent fait naître pour vous une voix dans les pins... »

Dans le temple de Confucius, des pierres gravées marquent le temps ; un empereur à robe très longue que coiffe une manière de bonnet phrygien pêche de longs poissons à queue d'étoile au-dessus d'un lac où baignent un pavillon, une barque, une rive. Penchés sur l'eau nue, l'empereur et ses femmes, ses serviteurs, ceux qui sont la parure de sa gloire, guettent l'instant propice où le poisson — firmament qui danse dans l'eau nue — voudra se ranger à l'ordre d'En-Haut. C'est une stèle Han, retrouvée à deux *li* au nord de la ville et transportée là, sous les ombrages.

Ou bien, quelques lignes de Segalen : « Ce que je sais d'aujourd'hui en hâte je l'impose à ta surface, pierre plane, étendue invisible et présente : ce que je sens — comme aux entrailles l'étreinte de la chute —, je l'étale sur ta peau, robe de soie fraîche et mouillée ; sans autre pli que la moire de tes veines ; sans recul hors l'écart de mes yeux pour bien te lire... »

M. Liu s'est assis sur les marches d'une terrasse. Il a porté la main à son cœur, très furtivement, comme honteusement. Puis il relève la tête :

— Pendant quatre-vingts ans, dit-il, je me suis battu contre cette Chine-là.

Il montre un vieillard cassé en deux, à la tête couverte de la calotte noire traditionnelle en forme de demi-pastèque qui balaie une dalle de marbre ; puis il rit à nouveau.

— Ce petit vieillard contre moi : quel affrontement de Titans !

Meilin a brusquement échangé un regard avec Guillaume : inquiet ? Mais M. Liu a repris la main de la jeune femme.

— Allons, tout cela n'est pas si grave, puisque nous sommes revenus.

A son retour de Qufu, voilà plus de vingt ans, Guillaume avait noté sur un de ses carnets à couverture de moleskine noire : « J'imagine qu'ici la Révolution culturelle a été une fête de village, comme autrefois on allumait des feux et on brûlait des pétards pour chasser les dragons. Peut-être qu'un petit vieillard aux joues de parchemin a été condamné sur la place publique à passer une semaine entière confiné dans la dernière cellule, tout au bout du grand temple — et puis on l'a envoyé de par les champs : le bras recourbé, le front levé vers l'est, il a semé du millet pour les oiseaux. Plus tard, les enfants de Qufu ont mis le feu à des mannequins de paille et à de vieux chiffons qui représentaient un Kong ou un arrière-petit-fils des Kong — ensuite nous sommes tous rentrés chez nous, un peu ivres de vin jaune, et nous avons dormi jusqu'au premier chant du coq.

« C'est cela : la Chine que je décris ainsi est une bergerie. J'y retrouve tout entier mon goût du XVIIIe siècle et je n'oublierai jamais qu'en arrivant ici par le chemin de la forêt, j'ai eu l'impression très vivante de me trouver plongé d'un coup au cœur d'une gravure ancienne. Le chemin était de terre battue, large assez cependant pour qu'un chariot y passât, et des herbes hautes en rongeaient les côtés. De part et d'autre de la route, il y avait des chaumières de paille et de bois : Restif de La Bretonne ou *La Mare au diable*. N'eût été ce cortège de paysans vêtus de blanc qui conduisait un mort au rythme de quelques gongs...

« Une Chine alors très ancienne et très semblable à celle dont nous avons rêvé... “ J'habite moi-même ce pays de sépultures et, par un chemin tout à fait différent, je regagne le sommet de la colline où est ma maison... ” Jeune consul en Chine, Claudel entendait les mêmes voix : ce sont des voix mortes, des rêves, le murmure étouffé du vent à la porte du yamen qui affecte le ton de la conversation. Redressé sur le lit plat et dur dans le palais transformé en hôtel j'ai pensé : “ Il y a dehors le cri des oies sauvages et le silence. ”

« Cette Chine-là est celle de ma mémoire — mais le miracle est que, l'instant d'une étape, deux jours, trois, je l'ai retrouvée. C'est une halte très vive, un soupir, un moment de répit.

« Colonnes sculptées que rase à six heures du soir le soleil couchant, dragons, phénix s'y tordent dans le délire fixé des marbres blancs : sages, les rayons derniers viennent et les ombres abruptes coupent le temple en deux. Un vieil homme erre là : il ouvre les portes et, de porte à porte dans l'ultime enfilade des cours, nous conduira jusqu'à la terrasse unique où le soleil fait des flaques blanches sur les nuages de pierre : je sais que, silence à nos mots vains, nous ouvrirons des chemins dallés, des canaux, des marches de pierre dure pour découvrir au sein du dernier sanctuaire, entre les colonnes sculptées, les façades de bois, l'ombre double du sage et de sa pierre. »

— Au fond, reprend Serge la question n'est pas de savoir qui le vieux Deng choisira pour successeur, mais bien plutôt lequel de ces vieux messieurs un peu moins vieux que les autres sera encore debout le jour venu.

— Et si Deng revenait en arrière ? interroge Jean-Bernard André, s'il sortait un Hu Yaobang, par exemple, de son placard ?

Le sourire condescendant de Lensky.

— Hu, Li Peng, Zhao : tout cela est sans importance et du pareil au même ; blanc bonnet et bonnet blanc. Ce qui compte, c'est l'appareil derrière.

Meifang, qui s'est enfoncée un peu en arrière sur la banquette, semble ne plus l'écouter. Jean-Bernard, en revanche, commence à rêver d'un voyage : il produit depuis six mois sur une chaîne publique une émission télévisée de grand reportage...

En sortant du temple, M. Liu a quitté ses amis. Pendant que Guillaume et Meilin regagnaient, à deux pas de là, l'hôtel qu'on a aménagé dans l'ancienne maison des descendants de Confucius — pavillons encore, terrasses, minuscules jardins carrés entourés de barrières de bois — le vieux monsieur s'est fait conduire jusqu'au tombeau du Maître. Il est descendu de la grosse limousine noire à l'entrée du bois jadis sacré et, de là, par un étroit sentier, il a marché jusqu'à la dalle dressée. Alors, soudain très droit lui-même, il est demeuré un long moment debout.

A son premier séjour, Guillaume avait écrit :

« Ici, je me retire. Je laisse parler cette lumière qui tremble. Muet, j'assiste au défilé millénaire de ce qui n'a pas changé. »

Un poète avait dit : « Au babil des oiseaux, je sais qu'ils perchent pour la nuit ; à la chute des feuilles, je devine un souffle de vent. C'est un concert de bruits divers qu'on entend si bien, une harmonie de sons variés qui tinte haut et clair. »

C'était du temps des Song ou des Ming...

— Vois-tu, dit plus tard Serge à la petite Meifang, vois-tu, je joue les bravaches, comme ça, les forts en gueule, mais je n'ai qu'un rêve : gloire faite — et fortune aussi, par la même occasion — retourner dans mon Bordelais natal, m'acheter un petit château, quelques hectares de vignes, un petit cru, et jouer les Mauriac à Malagar : beaucoup d'enfants, des domestiques fidèles, de bons gros romans classiques avec, au bout — pourquoi pas ? — le Nobel pour solde de tout compte !

Il est deux heures du matin ; la Closerie est maintenant à peu près vide. Autrefois, avec Charles, François Lecoq, Boris et quelques autres, Serge et Guillaume disaient ainsi qu'ils « faisaient la fermeture » de la Closerie des Lilas. De même, sur le coup de six heures de l'après-midi, on disait qu' « on allait au bureau » pour boire le premier J & B de la soirée, affalés à discourir sur les banquettes de cuir rouge.

— Vois-tu, Meifang, poursuit Serge qui a l'alcool nostalgique ; vois-tu, je rêve encore...

Mais le sourire de Meifang est ironique et Cécile, qui joue encore pour quelques semaines les assistantes fidèles, se lève déjà :

— Moi, j'ai sommeil ; je vais me coucher. Bonsoir...

Étendu à plat sur le grand lit carré et bien dur qui occupe le centre de la chambre, M. Liu écoute la nuit envelopper Qufu. Il a laissé ouvertes les deux portes de bois, les fenêtres — et le vent dans les arbres, des frôlements, froissements, déchirements, les feuilles que le vent lisse à rebrousse-feuille. Et puis les oiseaux qui s'appellent, ululent, se répondent ; un chien, un pleur d'enfant, une radio, très loin peut-être, qui joue une musique inconnue, le gong, la cithare aux accents étouffés : étendu à plat sur le dos, tout habillé, M. Liu écoute éperdument ; il pense : « Je *bois* ces bruits. » Il a les yeux ouverts et sait que chacun de ces frôlements, de ces appels, pénètre en lui, qu'il en est le réceptacle, le tabernacle unique et que, lui mort, il n'y aura plus personne pour dire, comme il aurait pu la dire, la nuit qui dure sur Qufu.

A Paris, Simon s'est avancé à travers la demi-obscurité du grand salon-bibliothèque de la rue Guynemer. Sous ses fenêtres, le jardin du Luxembourg baigné de lune donne à la pièce cette belle lumière bleue et blanche. Les vitres sont fermées mais les rideaux grands ouverts ; pour peu qu'il se penche, Simon découvrira au-delà du sommet déjà roux des marronniers, mais roux et bleu sous la lune, le dessin d'une allée, un banc, la forme de pierre d'une femme debout.

Il est revenu à son bureau : si vive, si grande la lumière de la lune qu'elle a balayé les arbres de cette obscurité tamisée pour devenir vraie lumière pâle dans laquelle, assis maintenant à son bureau, le peignoir de nuit croisé sur les genoux, Simon sent monter de très loin des mots oubliés. Des mots qui disent des femmes, des moments, ce temple aussi à Pékin que Verviers saura, lui, décrire — et la Chine entière qui semble, dans le vent qui se lève sur le jardin du Luxembourg, battre à ses fenêtres.

La veille, Julien est venu pour le lui annoncer : Lorraine est enceinte. Le rire un peu gêné, alors...

— On peut quand même savoir de qui, non ? a demandé Simon.

Le rire grave de Julien pour répondre :

— De vous, de moi... comment savoir ? Je sais seulement qu'elle veut garder l'enfant.

Simon, en écho :

— Nous garderons l'enfant.

A Pékin, dans la petite maison de bois derrière le temple des Lamas, Clawdia disait à Simon : « Oh ! je voudrais tant pouvoir... » Elle avait accouché à vingt ans d'un enfant mort-né dont elle ne connaissait pas le père.

— Nous garderons l'enfant.

Jeune diplomate tout juste reçu au Grand Concours — il n'avait passé ensuite que deux années au service des affaires d'Extrême-Orient —, Jean Charlier était arrivé à Pékin en 1937.

— C'était encore un temps heureux, expliquera-t-il à Simon, où l'entrée en Asie se faisait au rythme des escales du grand paquebot blanc des Messageries Maritimes qui — Alexandrie, Port-Saïd, Djibouti, Bombay — vous amenait lentement à devenir un autre. A bord, les femmes changeaient de toilettes à mesure que se rapprochaient la Ligne puis Ceylan, Singapour... on les voyait devenir ces longs papillons blancs, ces tulles, ces voilettes, mousselines, capelines autour desquelles, merles blancs ou cacatoès, des fonctionnaires déjà bedonnants, des officiers en mal de conquêtes et de jeunes diplomates comme nous, émerveillés, tournaient...

Pékin était encore une ville hors du temps qu'à partir de Tianjin on gagnait par la rivière ou le chemin de fer. Ses formidables murailles, ses portes monumentales, crénelées, épineuses, aux toits de tuiles décorées de dragons, lui donnaient l'allure d'une étrange citadelle surgie comme d'un rêve d'une campagne grise...

— Et là, continuera Jean Charlier, j'ai commencé à découvrir...

C'était alors une Chine écartelée entre Nankin, sa capitale du moment, Shanghai et Canton qui s'ouvraient au monde mais surtout Pékin où le quartier des Légations constituait, au sud de la cité tartare, une manière de petite ville occidentale, avec sa police et les soldats de chaque nation qui montaient la garde à la porte des ambassades.

— J'habitais à l'intérieur du *compound* de l'ambassade de France : les rues autour de moi s'appelaient Legation Street et rue Marco-Polo, rue Labrousse, rue Lagrenée, Canal Street...

Ses amis étaient diplomates journalistes ; il y avait ce père jésuite qui, au milieu de ses vieilles pierres, écrivait des livres, et des colonels écossais, des reporters en kaki, William Levinson, du *Times* ou du *North China Daily* tandis que les Soviétiques Bliniss et Spilvanek attendaient la fin de la pièce qui se jouait entre les Japonais et les nationalistes, devant les puissances aux aguets et les agents très officieux du parti communiste chinois qui intriguaient aussi.

— Le Pékin d'alors était une citadelle assiégée dont j'ai vu, un à un, tomber les avant-postes.

En liaison avec les attachés militaires, Jean Charlier était chargé de tenter de deviner qui gagnerait, et où : à Wanping, à Xiyuan, à Nanyuan d'abord, — ou au pont Marco-Polo : une minuscule cité murée, des casernes, un terrain d'aviation, un pont de marbre sur une rivière sèche, et dans tout le nord de la Chine ensuite, où l'armée japonaise allait déferler.

— C'est au cours d'une expédition que j'ai faite jusqu'à Kalgan, aux portes de la Mongolie, que j'ai rencontré pour la première fois M. Liu, a fini par reconnaître Jean Charlier.

Il avait toujours entretenu sur ses rapports avec le vieux Chinois un flou qu'il disait en riant « artistique » : les deux hommes, laissait-il volontiers croire, ne s'étaient connus qu'en 1963 à Pékin, ce qui évitait de remonter trop loin dans le passé de chacun.

— Liu était alors — officiellement du moins — interprète d'un attaché militaire belge qui ne sortait guère de sa légation : notre ami Liu sortait pour lui.

Toute la nuit, ensuite, M. Liu a écrit. Il a allumé une sorte de veilleuse placée à la tête de son lit en cas de panne d'électricité, une mèche qui trempe dans l'alcool, la flamme nue sous un verre épais, et c'est six, dix feuillets qu'il a couverts de caractères minuscules.

Le matin l'a surpris endormi ainsi, sur la table de bois noir devant la fenêtre.

Serge Lensky l'affirme quelques jours après, c'est en première page de *Libération : « La Chine s'échappe.* » La Chine échappe aux sinologues, aux diplomates, aux spéculations, elle échappe aux politiciens qui tirent des plans sur la comète : « Fin connaisseur de la Chine » (le chapeau qui précède l'interview le présente ainsi), Lensky prévoit le pire. Il répète : Hu, Li Peng, Zhao, peu importe, l'histoire de la Chine est faite de mouvements en avant et de retours en arrière. « Témoin lui-même du “ printemps de Pékin ” qui marqua en 1978 et au début de 1979 un renouveau d'espoir suivi tout aussitôt d'un regain d'autoritarisme, Serge Lensky supplie ceux qui s'intéressent à la Chine de voir le signal rouge qui clignote. »

Meifang sourit : la formule ne veut rien dire pour elle. Mais Serge, qui referme son journal et commande d'un geste large au barman un double J&B, allume une cigarette et commente :

— Il faut bien faire parler de soi de temps en temps, non ?

La Closerie des Lilas, onze heures du matin. L'équipe de Serge — son assistante, ses collaboratrices... — s'est transportée là le temps d'une autre interview, pour un hebdomadaire du lundi, celui-là. A une table voisine, un polémiste à tout faire ricane.

— Celui-là — il parle de Serge —, je le crois capable de tout : même d'arriver à pied par la Chine.

C'était, dans les années soixante et du temps de Guillaume, une contrepèterie qui faisait fureur parmi les journalistes réunis à l'heure de l'apéritif au dernier étage de l'Hôtel Xin Qiao.

Jean Charlier s'était trouvé bloqué par l'offensive que les Japonais avaient lancée sur Shanghai où il était descendu au début de l'automne. Toutes les nuits, des terrasses des plus hautes maisons de la concession française, on voyait le ciel s'embraser, entre le Yang-Tsé et la concession internationale.

Les bombes tombaient souvent dru, parfois un avion s'écrasait du côté de Datang ou sur la voie ferrée entre Baoshan et Zhabei : les Japonais voulaient établir une tête de pont avant de pousser sur Nankin.

— Une nuit que nous buvions du champagne quelque part sur le Bund en regardant les obus tomber, un petit monsieur en gris est venu vers moi. Il m'a expliqué qu'il s'appelait Shi Jinan, qu'il était un ami de M. Liu...

Shi et Charlier s'étaient isolés dans un coin du salon de ce M. Ma qui les recevait avec un faste d'autant plus éclatant que dehors la guerre faisait rage. De jeunes hôtesses aux jupes fendues passaient avec des verres de whisky, des bouteilles d'un Krug millésimé et savaient entraîner au moment opportun tel invité au-delà d'une tenture soulevée, dans des salons plus intimes.

— Je crois, avait remarqué M. Shi après quelques réflexions sur les plaisirs qu'on dispensait là, que vous auriez grand intérêt à rencontrer quelques-uns de mes compagnons d'armes : à l'heure où les États-Unis n'ont rien à défendre dans cette partie du monde et où le lion britannique restera toujours figé sur les intérêts de son Empire, la France, avec l'Indochine — mais aussi toutes les amitiés que vous avez su vous faire dans ce pays — a, plus que tout autre pays occidental, mille bonnes raisons de manifester sa présence et de consolider lesdites amitiés.

Peut-être que ce Shi Jinan — il avait expliqué qu'il avait passé plusieurs années à Paris aux côtés de ses amis Liu et Chou Enlai — allait en dire davantage, mais l'arrivée d'un attaché militaire allemand l'avait éloigné. Le Chinois avait tendu une carte à Charlier ; dès le lendemain celui-ci avait voulu lui rendre visite et s'était rendu à l'adresse indiquée, mais on lui avait répondu que M. Shi était parti le matin même pour les provinces de l'Ouest.

Charlier avait alors envoyé une note chiffrée à son ambassadeur et le 13 décembre de la même année, Nankin tombait aux mains des forces japonaises.

Dans le discours qu'il lui avait tenu — la France, les États-Unis —, M. Shi avait omis de parler de l'Union soviétique.

Jean-Bernard André, qui a lu l'article de Serge, a rendu visite, au cinquième étage de la Maison de la Radio, au directeur des programmes de FR3.

— Je crois qu'il n'y a plus de temps à perdre.

Les yeux un peu plissés d'Yves, le directeur en question, se plissent encore davantage.

— Plus de temps à perdre pour quoi ? pour qui ?

Il rit : parce qu'il sait que Jean-Bernard n'a, depuis des mois, qu'une idée en tête : partir pour la Chine. Aussi Jean-Bernard hausse-t-il les épaules :

— Ne te moque pas de moi. Tu vas voir que, là-bas, tout va casser, dans un sens ou dans l'autre. Mais bientôt, il sera trop tard pour tout le monde. Et nous aurons raté tous les deux un grand moment de télévision !

Pendant ce temps, à Pékin, l'automne s'achève. Les arbres des collines de l'Ouest, les kakis aux tombeaux des Ming ont pris de belles couleurs fauves, orangées, tous les roux du monde, les ors, les sanguines. Et le minuscule jardin de Meilin lui-même, où se dresse un seul arbre, éclate en ors sombres.

— Tu vois, dit-elle à Guillaume, j'étais si sûre que jamais je ne t'amènerais jusqu'ici... Alors, je me disais que tu pouvais tout me prendre et que je pouvais tout te donner, il me resterait toujours cela : ce morceau de jardin avec un seul arbre et deux pavillons où j'ai cru que je vivrais toujours seule.

La maison de la petite-fille de M. Liu est faite de deux petits corps de bâtiment que sépare ce jardin. Dans l'un, il y a le lit, une table, deux chaises et un rideau qui dissimule une salle de bains. La cuisine est une manière de recoin ouvert sur un côté du jardin. Dans l'autre, il y a des livres, beaucoup de livres, et un bureau placé devant une fenêtre. Sur le bureau, du papier blanc, du papier de riz, des pinceaux, un bâtonnet d'encre et un gros stylo noir, les livres, livres chinois et livres français, anglais mêlés, sont — dit Meilin — son unique trésor.

— Je voulais que tu voies tout cela, dit la jeune fille : je voulais qu'ici aussi, chez moi, tu sois chez toi.

Après le départ de Guillaume, Meilin a pris une douche ; puis elle s'est étendue en peignoir sur le grand lit de sa chambre et a placé un disque laser dans l'appareil à musique rapporté de Hong Kong par un diplomate anglais : un concerto pour piano de Mozart. Elle a ouvert un livre et s'est plongée dans le récit des amours impitoyables de *Vanina Vanini.* Stendhal et Mozart : elle s'est subitement interrompue dans sa lecture pour se dire : « Moi, Meilin, étudiante chinoise, j'écoute un concerto de Mozart et lis au milieu de Pékin en automne une nouvelle italienne écrite par un écrivain français. » Une manière de frisson. Une crainte aussi : une angoisse.

A quelque deux kilomètres de là, de l'autre côté de la ville tartare et au nord-ouest de la Cité interdite, Gilles s'applique à écrire sur une grande feuille de papier blanc un poème en français :

« *Extase : je passe et le temps et la nuit*
A ne plus oser attendre... »

Il s'arrête soudain, la plume en suspens, et le regard de Paul fixé sur lui.

Paul a fait quelques pas, il s'est penché, il a pris le papier, lu les premiers vers ; alors, un grand élan de tendresse.

— Mon Gilles, mon petit Gilles...

Mais le jeune Chinois s'est brusquement raidi.

Dans la pièce qui lui sert de bureau au dernier étage d'un immeuble 1880 de la rue de Seine, Jean-Bernard André a refermé le dossier qu'il a annoté. En face de lui, Claude, sa femme, le visage un peu pâle, lisait comme lui un ouvrage de Simon Leys ou d'Alain Jacob. Thierry Destutt, le frère de Claude, vient d'arriver à l'improviste.

— Alors ? interroge Thierry : tu as vraiment l'intention de partir là-bas ?

Jean-Bernard André — qui a toujours refusé qu'on l'appelle JBA — hoche la tête :

— Bien sûr.

Car le projet de Jean-Bernard a pris de l'ampleur. Yves Jaigu, qui dirige les programmes de FR3, lui a donné carte blanche : dix heures, vingt heures sur la Chine, pourquoi pas ? A Pékin, bien sûr, et dans tout le pays, mais à Paris aussi, et à Londres, à Rome : interroger les témoins, tout filmer, tout traquer.

Thierry lance un regard presque désespéré en direction de sa sœur.

— Et Claude ? Tu vas la laisser seule ? En ce moment ?

Claude, enceinte de sept mois, qui s'est levée pour apporter du whisky, du Perrier.

— Tu crois que je ne pourrai pas me débrouiller seule pour attendre le retour de monsieur ?

Et Jean-Bernard, agacé :

— Et puis toi, tu seras là, non ?

Gravement, Thierry répète après lui :

— Je serai là, oui...

Il voudrait dire : « D'ailleurs, peut-être que je ne suis revenu que pour ça ! »

Thierry est encore resté quelques minutes à parler avec sa sœur, puis il s'est éclipsé très vite et remonte la rue de Seine : les librairies, les antiquaires, un bistrot. Une fille, qui le croise, le bouscule presque, elle a un rire amusé. Dans la vitrine d'un marchand de peintures, en surimpression sur le Dubuffet exposé, son propre visage qu'il s'arrête pour contempler — observer, plutôt : pâle, les cheveux trop longs, les yeux qu'il devine gonflés. Thierry Destutt se dit : « Je ne me reconnais même pas ! »

Arrivé au carrefour de Buci, et en souvenir d'un livre lu autrefois, il pense : « La marquise sortit à cinq heures » et, devant lui, une belle merde, une crotte de chien parfaitement dessinée, comme moulée, qu'il écrase rageusement. Alors, il dit à haute voix :

— Un pied dans la merde, et tout le reste avec !

Rue de Buci, rue Jacob, la place de Furstenberg un peu plus loin : tout un Paris qui a tant été celui de ses années d'étudiant qu'il se disait parfois qu'il ne pourrait jamais le quitter — et qui lui est désormais si absolument étranger.

Un couple qui passe, l'homme (il a son âge) a eu un vague sourire, comme s'ils s'étaient, un jour, connus — mais Thierry Destutt ne reconnaît plus personne à Paris : il est étranger dans une ville étrangère.

Tandis que, rue Henri-Barbusse, Serge Lensky passe en revue ses troupes : face à une batterie d'ordinateurs, les étudiants — et singulièrement les étudiantes, puisqu'il y a cinq jeunes filles pour un garçon dans le petit noyau d'étude qu'il a constitué — relèvent dans chacun des textes qui ont d'abord été dazibaos, journaux muraux, avant de devenir journaux tout court, souvent imprimés sur un exécrable papier déjà jauni, la fréquence des mots qui reviennent le plus souvent : liberté, jeunesse et même parfois amour.

— La connaissance de la Chine est en train de devenir une science exacte, affirme-t-il sans sourire à Julien qui lui a rendu visite — et je crois bien être celui qui donne à cette nouvelle science exacte sa dimension humaine.

Cette fois, Serge a tout de même souri. Meifang, qui a observé toute la scène du bureau où elle rédige un début de mémoire, a souri elle aussi.

— J'éprouve une curieuse impression, fait remarquer Guillaume à Richard Blondin, le jeune secrétaire d'ambassade qui a remplacé Destutt : il me semble que les vingt années que j'ai passées hors de Chine, entre mon premier séjour et celui-ci, n'ont été qu'une parenthèse de moyenne importance. Et que ma vie, dès lors, s'appuie sur deux piliers qui sont la Chine de 1966 et celle d'aujourd'hui : la Révolution culturelle, en somme, et cette nouvelle vague de fond qu'on sent sourdre de partout et dont je me dis qu'elle balaiera peut-être tout le reste.

Blondin est arrivé depuis six semaines : il écoute Guillaume avec tout le respect qu'un secrétaire d'ambassade doit à son ambassadeur ; mais celui-ci a vu le sourire un peu narquois, un peu absent aussi, qui flottait sur les lèvres du jeune homme ; il a pensé : « En voilà un qui ne m'aime pas beaucoup : j'ai senti ça depuis le premier jour. » Pourtant, cette idée ne le dérange pas vraiment, lui qui voulait à vingt ans que tout le monde l'aimât et proclamait : « Un seul regard hostile, et je trébuche ! » : c'est qu'il y a entre la Chine et lui ce qu'il appelle « une belle alliance ».

Au premier étage de l'ambassade où elle est montée se changer avant d'accompagner Guillaume à un cocktail, Meilin jette alors un coup d'œil à la glace qui renvoie son image : tailleur Chanel, sac assorti, talons hauts, elle ressemble à une gravure de mode ; mais si, à Paris, les mannequins asiatiques font fureur et se coulent dans n'importe quelle robe de Saint Laurent ou de Kenzo, Meilin éprouve ici, à Pékin, un curieux sentiment et Guillaume, qui est monté la rejoindre, le ressent aussi.

— Tu me trouves comment ?

Meilin, haute et longue, les cheveux ramenés en un chignon étroitement serré, interroge Guillaume dont le reflet en retrait dans la glace accroît encore son malaise.

— Tu es sublime. Tout simplement sublime.

Guillaume n'a pas hésité un instant et pourtant, il sait qu'il y a, dans leur présence à tous deux, au milieu de cette pièce aux moquettes épaisses, à l'éclairage maladroitement tamisé, lui en complet sombre, Légion d'honneur et cravate Hermès et elle, trop Chanel, en somme, qui l'interpelle, quelque chose de — il ne veut même pas imaginer le mot. C'est Meilin qui pose alors la question :

— Je ne suis pas trop ridicule ?

Il l'attire contre lui et la serre un instant.

— Mon ange...

Un mot qu'il n'a jamais prononcé, s'adressant à la jeune Chinoise, et qui accroît encore cette gêne subite.

C'est à bord d'un vieux bimoteur dont la carlingue entière avait tremblé pendant deux mille kilomètres, que Jean Charlier, chargé d'une mission itinérante, était arrivé à Chongqing à la fin de l'été 1941.

— Le consul d'alors avait mis à ma disposition une petite maison située derrière la chancellerie sur une sorte de balcon d'où l'on pouvait voir, comme à Shanghai, la ville embrasée par les bombardements japonais.

Escarpée au confluent des deux fleuves, ville-montagne, ville-escalier avec des quartiers hauts au-dessus de quartiers bas faits de cent mille cabanes accrochées au flanc des rochers, Chongqing-la-noire vivait alors sous la pluie et sous les bombes. On reconstruisait aussi vite qu'on détruisait tandis que, sur la boucle du Yang-Tsé, de vieux torpilleurs sombraient lentement dans une mer d'eaux boueuses et de cadavres descendus sur le fleuve. Parfois, les escadrilles vrombissantes des Flying Tigers du général Chesnault traversaient le ciel, presque rassurantes, puis, à peine disparues à l'est, c'étaient des bombardiers japonais qui revenaient à l'assaut de cette fourmilière où une poignée d'étrangers tentaient de survivre au-dessus des centaines de milliers d'habitants qui en faisaient la ville la plus peuplée de la Chine occidentale.

— C'était l'Indochine, bien sûr, qui était au cœur de nos affaires à nous, Français, explique Charlier qui veut remonter à l'origine des choses et du fleuve d'une mémoire qui charrie la matière des mille récits que nous tentons de tisser en une seule aventure ; c'était l'Indochine : battus, nous y tolérions une présence japonaise que nos amis chinois jugeaient dangereuse ; il s'agissait pour Philippe Baudet, alors chef de la mission diplomatique dont je dépendais, puis Jean Paul-Boncour, qui lui avait succédé, de tenter d'empêcher le pire, c'est-à-dire l'entrée des troupes chinoises au Tonkin ; et c'est pied à pied qu'il avait parfois fallu discuter avec des généraux et des politiciens chinois pour qui la France, quelque part entre les puissances d'Asie et le Royaume-Uni, n'était qu'un petit pays écrasé qui ne représentait plus rien sur l'échiquier politique et militaire du monde.

— Et c'est alors que j'ai revu M. Shi...

Le regard de Charlier qui raconte cette vie en marge de la guerre et au cœur pourtant de la guerre brille.

— Nous sommes au bout du monde...

La nuit sur le bord de la piste : l'espèce de cahute de bois où Jean-Michel Hessing et sa compagne ont été retenus enfermés par une poignée de membres d'une tribu rebelle est à deux pas de la piste effondrée qui va du bas du plateau central du Yémen à la montagne de Chahara, mais c'est à dix mille kilomètres de tout ce que nous osons appeler civilisation qu'Hessing a subitement le sentiment de se trouver enfermé.

Les murs sont faits de quelques planches et de bambous, de branches et de feuilles d'alfa retenues par des cordes de chanvre ; le plafond, c'est une plaque de tôle qui ne suffit pas à cacher le ciel si clair que les étoiles vont mettre longtemps à paraître.

— Vous n'avez pas peur ? interroge enfin l'ambassadeur.

La jeune femme sourit : Jean-Michel voit son sourire dans la pénombre, l'éclat des dents très blanches et le visage au bel ovale régulier sous le voile blanc autour de la tête.

— Peur ? Je n'y ai pas pensé.

Dans cette partie du Yémen, entre Sanaa et Saada, des tribus s'affrontent depuis toujours, et retenir prisonnier un voyageur pour qu'on accuse la tribu rivale de son enlèvement fait partie d'une stratégie millénaire.

— Peur ? Il ne nous arrivera rien.

Le silence. Le silence. Puis une sorte d'appel, ou de chant, venu de très loin :

— Écoutez, dit Yasmina, la nuit, le désert vit d'une autre vie.

Le théâtre, seul, peut tout conter.

C'était à l'un de ses passages à Paris. Jean-Michel et Henrietta étaient alors allés à leur tour à Nanterre voir le *Partage de midi* mis en scène par Lavenant.

— Peut-être que nous aurions dû nous aussi arriver en Asie en bateau, avait remarqué Jean-Michel à l'entracte : aujourd'hui, il suffit de quinze heures d'avion, et tout est coulé dans le bronze, réglé, définitif ; il n'y a rien d'autre à attendre que l'arrivée : nous avons perdu le goût des voyages...

A l'entracte, ils avaient retrouvé Lavenant, qui rongeait son frein, en coulisses.

— J'ai voulu, avait expliqué le metteur en scène, montrer cet espace de temps parfaitement défini et totalement infini qui s'appelle un voyage.

Jean-Michel et sa femme avaient échangé un regard.

— J'ai voulu, avait dit encore Lavenant, tenter de montrer le silence.

— Elle ne nous entend pas, dit Julien, vous pouvez me dire tout ce que vous avez sur le cœur : soyez certain que je sais ce que je mérite.

Ils sont assis de part et d'autre du lit de la jeune femme qui, la tête bandée, les yeux grands ouverts, semble fixer un point quelque part au-dessus de ce lit de clinique, du côté du Trocadéro ; penchés tous deux, ils contemplent le visage de Lorraine qui n'entend rien, ne dit rien. Mais seul Julien parle ; Simon se tait. Il se dit : « Tout est devenu silence » ; avec, dans la poitrine, une sorte de boule qui l'étouffe.

— Je suis un salaud, répète Julien : et pourtant vous savez que je ne peux pas, et que je ne pourrai jamais regretter ce que j'ai fait.

Un jour, devant le visage de Lorraine endormie, Simon a pensé que jamais le plus émouvant des Botticelli, la plus bouleversante des madones selon Filippo Lippi, n'avait soulevé en lui cette émotion. Comme Yasmina dans le désert yéménite, Lorraine qu'on vient d'opérer porte une manière de tchador blanc.

Ç'avait pourtant été une autre sorte d'espoir.

— Tu ne peux pas savoir : nous avions le sentiment qu'un peuple entier se levait pour saluer un Maître qui n'était autre que le théâtre français.

Dans les années cinquante, Lavenant dont le *Partage de midi* fait aujourd'hui courir les foules, faisait partie de la troupe du TNP. Aux côtés de Jean Vilar et de Gérard Philipe, il était allé jouer *Le Cid* en Union soviétique — et il y avait eu ce matin d'hiver, froid, lumineux, sur la place Rouge.

— Les femmes autour de nous, toutes en foulards, gros manteaux, pauvres bottes, bas de laine : toutes me semblaient belles. Elles venaient vers nous... Tu ne peux pas savoir : la veille, une demi-heure de rappels avait salué la fin de la pièce.

Lavenant hausse les épaules :

— Comment voulais-tu que je n'y croie pas, moi aussi ?

Simon, devant qui il évoque ses souvenirs, s'est subitement surpris à l'envier : voilà trente ans, un acteur qui s'appelait Lavenant, membre du parti communiste français, et devenu aujourd'hui un des plus grands metteurs en scène de son temps, croyait de toute sa jeunesse en quelque chose qui était pour lui la lumière.

Simon a pourtant eu un doute :

— Et tu ne regrettes rien ?

Le visage de l'homme de théâtre est devenu grave.

— Rien...

Gérard Melot, qui a convoqué Jacques Benoist dans son bureau, achève de relire avec lui le télégramme posé sur sa table. Adressé à Guillaume, il demande de prendre à nouveau l'attache du représentant des Khmers rouges à Pékin. Jacques lève vers son interlocuteur des yeux très clairs, étonnés.

— Vous n'avez pas peur qu'une deuxième initiative vienne interférer dangereusement avec les projets de notre ami Simon ?

Le secrétaire général du ministère des Affaires étrangères secoue la tête.

— Tout n'est pas si simple, Jacques ; tout n'est jamais si simple, d'ailleurs : une chance s'offre au Cambodge, c'est le moment ou jamais de la saisir.

La main de Melot, presque crispée sur le vieux stylo de laque qui lui a servi à signer des télégrammes dans déjà cinq ambassades à travers le monde, trace très vite ses initiales dans l'espace réservé à cet effet sur le papier qu'il rend à Jacques Benoist.

— Nous allons quand même essayer d'aider encore un peu Anglade...

Melot, qui a été élevé à la dignité d'ambassadeur de France lors de son entrée en fonctions au secrétariat général, a épousé trois ans auparavant une jeune femme de vingt-six ans, Raphaële, dont il a une petite fille, qu'il a également appelée Raphaële. Ils forment un de ces couples qu'on admire encore sur la place de Paris : ils s'aiment et ne le cachent pas. La petite Raphaële a soixante-deux ans de moins que son père qui est gros, gras, laid, bedonnant, redondant.

Depuis vingt ans, Gérard Melot tient un journal détaillé de chacune de ses journées ; il en lit des pages, le soir, à sa femme, qui s'amuse beaucoup ; car si le journal intime de Melot, secrétaire général du ministère des Affaires étrangères, traite des affaires d'État, il évoque aussi, sans pitié, les noms de ces insectes tout caparaçonnés de titres et de décorations, engoncés dans un épais plastron de ridicule, qui en sont les bien irresponsables responsables.

A trois heures de l'après-midi, après une nuit entière et un matin de veille au chevet de Lorraine, Simon s'est éclipsé sur la pointe des pieds : Julien, toujours en face de lui, sommeillait et le regard de Lorraine, fixé au plafond, n'a pas bougé de ce point invisible et très précis qu'elle observe jour et nuit depuis son réveil, au retour de la salle d'opération.

Simon a quitté la clinique comme un voleur et, dans la rue, les odeurs d'éther et de formol, de légumes bouillis et d'eau de Javel mêlée de Cologne qui sont celles de toutes les cliniques du monde se sont dissipées. Il a marché alors d'un bon pas jusqu'au bout de l'avenue Paul-Doumer ; parvenu à la hauteur du cimetière du Trocadéro, il y est entré, simplement parce qu'il n'y était jamais entré de sa vie. La chapelle qui sert de tombe à Marie Bashkirtseff — sa mère donnait des matinées littéraires au-dessus de la crypte où dormait la jeune fille — est ouverte. Une jeune femme en noir est agenouillée sur un prie-Dieu devant l'autel. A ses pieds, une couronne de fleurs séchées. Le cœur de Simon bat.

— Peut-être, remarque Guillaume, serait-il bon de faire un petit télégramme sur tout ça, qu'en pensez-vous, Richard ?

Richard Blondin donne l'impression de s'incliner :

— Certainement, monsieur l'Ambassadeur.

Plus tard, il dira à Ghislaine, sa femme, qui a trente ans et qui passe ses journées à se promener dans les rues de Pékin :

— Il y a quelque chose de pas net, dans ce type.

Mais la femme du jeune diplomate, qui sait qu'on a trouvé récemment des micros dissimulés dans un linteau d'une porte à l'ambassade du Maroc, lui fera signe de se taire. C'est sur un morceau de papier qu'elle griffonnera alors : « Moi aussi, ce type me déplaît. »

Guillaume a cinquante ans : il y a vingt-cinq ans, il était lui aussi un jeune diplomate.

Thierry Destutt est encore un jeune diplomate — mais pour combien de temps ? Un poste l'attend au Quai d'Orsay, auprès de Gérard Melot, précisément, mais il n'est guère pressé de l'occuper. On lui a donné trois semaines de congé, et il erre dans Paris.

— Ça ne va pas fort, Thierry, on dirait ?

La question de Dominique Flornoy, qui fut l'un des six du groupe de la rue de Lille, au temps de leur scolarité à l'École d'administration, a fait se redresser le jeune homme.

— Pourquoi ça n'irait pas ? Je suis rentré en France et je peux t'assurer que je ne regrette rien !

Comme si tous ses amis, le Quai d'Orsay tout entier, ne savaient pas qu'on a dû le rappeler en France ; qu'il s'est produit à Pékin ce qu'on appelle un « incident » — pas même diplomatique ! Mais lui fait mine d'ignorer que tout le monde sait et Flornoy joue le jeu avec lui.

— Et si on se faisait un petit dîner, comme autrefois ?

Le regard de Thierry qui se raccroche soudain à quelque chose, à quelqu'un :

— Tu crois que tu pourrais ?

Dominique Flornoy, en poste aux Nations unies, se trouve en mission pour quelques jours à Paris. Il va réunir une fois encore le groupe de la rue de Lille : Jean-Marie Erlanger, secrétaire à Moscou, mais lui aussi de passage à Paris, et puis les autres, Beausséant, Didier de Wandrille et Antoine Weiss, qui est inspecteur des Finances, qui ne s'est jamais marié, qui n'a jamais quitté Paris, mais qui a très vite quitté l'administration... Bonheur, alors, de Thierry de les retrouver tous les cinq et de boire un vieux calva que Didier a rapporté de Charny, qu'il habite maintenant dans la Manche une partie de l'année parce que la vie de fonctionnaire ne l'amusait pas.

— Et Marie-Reine ? interroge subitement Antoine, qui ne sait pas : elle a bien supporté Pékin ?

Thierry aura un geste de la main qui veut dire qu'à deux heures du matin, et après quatre ou cinq verres d'un très vieux calvados, Marie-Reine, les femmes à Pékin ou ailleurs, ça ne compte guère.

Le lendemain, il s'installera pour la première fois dans le minuscule bureau, de l'autre côté du couloir étroit qui le sépare de l'assistante de Gérard Melot dont il est devenu le chargé de mission et le secrétaire particulier : le secrétaire, en somme, du secrétaire général.

— Dites-moi, Destutt, vous avez encore oublié de rappeler à la direction d'Asie la note sur les affaires cambodgiennes !

Melot l'a sonné ; presque humblement, un bloc de sténo à la main, Thierry est entré dans le bureau aux cartes peintes sur le mur et le secrétaire général ne lui a pas proposé de s'asseoir.

— Je suis désolé, monsieur le Secrétaire général.

La porte matelassée refermée sur lui, Melot murmure entre ses dents :

— Mon Dieu, que ce type est con !

Mais Thierry, qui a oublié une fois une note qu'il devait demander à un service, ne l'oubliera pas une seconde fois.

Le soir, Melot a lui aussi organisé un dîner pour retrouver des anciens d'Asie. Il y a sir Horace Bird, qui fut le premier ambassadeur britannique à Pékin, Jacques Loiselle, alors en poste à Vientiane, et Lemerle qui était à Saigon pendant que Rossignol jouait les chargés d'affaires à Bangkok : on disait alors au Département que l'Indochine entière était abandonnée aux oiseaux.

Charlier, monté d'Aix-en-Provence pour consulter son médecin, a accepté de venir passer un moment chez les Melot, qui habitent quai de Bourbon, un des plus beaux appartements de l'île Saint-Louis, haut de plafond et bourré de livres. Sur les murs, dans les rares espaces libres entre les bibliothèques, des peintures chinoises du XVIIIe siècle, copies de rouleaux plus anciens, Ming, ou même Song.

— Au fond, constate le secrétaire général du Quai d'Orsay, je crois que le seul vrai regret de ma vie est de n'avoir jamais été en poste en Chine.

Loiselle y a séjourné deux fois, Lemerle y a été ministre conseiller du temps de Lucien Paye et Rossignol lui-même...

— La Chine est une maladie, murmure Jean Charlier, remerciez plutôt le ciel de ne pas l'avoir attrapée.

Sir Horace a parlé de vérole et tout le monde a ri. Alors le vieux Charlier a allumé une de ces cigarettes de tabac gris qu'il se roule lui-même depuis le temps de Shanghai et de Chongqing, puis s'est raclé la gorge avant de remarquer :

— J'ai même l'impression, en ce moment, que ça peut devenir une maladie mortelle.

Il a échangé un regard avec le secrétaire général qui n'a pas baissé les yeux. Mais Raphaële Melot s'est penchée vers Charlier et le vieux ministre a découvert à son tour que son visage avait la douceur et la tendresse de tous les Botticelli du monde.

— Remerciez le ciel d'avoir échappé à la Chine, a-t-il répété à voix si basse que seule la jeune femme a pu l'entendre : regardez-nous ! Nous sommes tous devenus des pantins dont aucun de nous ne sait quel est celui qui tire réellement les ficelles...

Raphaële Melot a eu alors le geste parfaitement inattendu de poser sa main sur celle, aux grosses veines bleues et aux vilaines taches de brunissures, du vieux monsieur :

— Disons alors que vous êtes un bien merveilleux pantin...

Alors qu'il n'était encore qu'un jeune comédien attaché à Jean Vilar et au TNP comme on l'est à une église, Lavenant avait assisté, à Dijon, à un spectacle de marionnettes : on en était aux balbutiements d'un certain théâtre « sérieux » pour la jeunesse et la comédienne qui montrait aux élèves des lycées un *Dialogue de vieux messieurs* avait réussi à raconter avec quelques poupées de chiffon comment, en 1940, la France s'était abandonnée dans les bras d'un vieux maréchal.

— Tu permets que je reste un peu avec toi ?

Lavenant avait retrouvé cette Clothilde après la représentation et, le lendemain, il avait annulé d'un coup de téléphone sa participation à un minable téléfilm façon Buttes-Chaumont, pour passer huit jours à Dijon. Pendant huit jours, il avait joué avec les poupées que Clothilde avait baptisées Pétain ou Daladier, Léon Blum. Il les manipulait, les faisait se battre ou s'embrasser — comme dans la vie.

— Il suffit de si peu de chose...

Il avait aussi fabriqué lui-même deux marionnettes qu'il avait appelées le Diable et le bon Dieu, puis une troisième, qui était Papa Joseph — Staline, on l'entend bien... — dont il ne savait déjà plus très bien s'il était agent du Diable ou encore serviteur du bon Dieu.

— Lorsqu'il s'agit de montrer le monde, avait déclaré Clothilde, on doit d'abord inventer des figures très simples : des clichés, des pantins, des stéréotypes. A nous de savoir ensuite les dépasser pour que le monde réel devienne celui que nous avons inventé.

Toute la nuit l'ambassadeur a expliqué à la petite archéologue yéménite ce goût d'ailleurs qui lui a tout fait quitter. Il a dit sa quête à travers le temps, l'espace, le vide — ce désert... — à la recherche d'un semblant de vérité, sinon de vide, précisément, qui saurait lui déchirer enfin le cœur.

Dehors, des oiseaux s'appelaient, un cheval, peut-être, ou un renard des sables ; le cri d'une sorte de chouette et le va-et-vient régulier d'une herbe sur le toit de tôle, le crissement des insectes de nuit : la nuit au-dessus de la cabane, ce morceau de ciel pâle qui s'est assombri avec les heures tandis que les étoiles, peu à peu, montaient...

Puis Jean-Michel a raconté à la jeune femme la présence d'Henrietta à ses côtés, sa confiance, l'envie souriante qu'elle a de vivre quand la maladie la mine peu à peu ; alors, en écho — voix alternées — Yasmina a dit sa découverte de la France, Paris.

— L'exil le plus absolu, peut-être, parce qu'à New York ou à Houston (elle avait aussi fait des études là-bas), il n'y a pas cette volupté de voir et de s'arrêter que je n'ai trouvée qu'en France.

Et puis l'époux qu'elle avait suivi, ce jeune ingénieur né quelque part dans le XVIe arrondissement et qui, revenu dans son XVIe arrondissement, avait retrouvé les hommes et les femmes de son XVIe arrondissement et oublié la petite archéologue qu'il avait menée jusque-là.

— Alors je ne suis peut-être moi aussi revenue jusqu'ici que pour cela.

Ce morceau de lune, maintenant, qui apparaît dans un morceau de ciel au-dessus d'eux : le désert.

Nuit qui dure, alors, nuit d'écriture peut-être et de temps suspendu : dans sa chambre au-dessus de la plage à Montevideo, André Verviers boit du café trop fort pour retenir le temps. « Il faudrait pouvoir se souvenir de tout, pense-t-il : aujourd'hui, cette heure ; hier, celles de Chine, et toutes les réunir. »

C'est dans une bouteille thermos en plastique rouge qu'il conserve au chaud son café très fort, mais il le verse, tasse après tasse, dans une porcelaine de Limoges, blanche à bords dorés, où s'entrelacent des fleurs de lys et des bleuets, des coquelicots.

— Tout retrouver, murmure-t-il, tout réunir...

Retour à la nuit claire dans le désert. Jean-Michel se souvient encore et le dit à mi-voix : sa mère s'appelait Simone ; elle était à moitié roumaine et jouait du violon, qu'elle avait appris avec Georges Enesco.

— Toi, disait-elle à Jean-Michel qui l'écoutait passionnément enchaîner le *Poème* de Chausson sur une chaconne de Bach : toi, tu seras violoniste, un jour, tu verras...

— Et moi ? demandait Anne, la petite sœur.

Simone était mince et pâle, les pommettes hautes, une mouche sur la joue droite.

— Toi ? Tu seras poète : il y a si peu de femmes que ces messieurs ont la bonté de sacrer poètes, qu'il ne faut pas moins de ma fille pour relever le gant !

Jean-Michel avait sept ans, dix ans, il jouait ainsi le *Poème* de Chausson, la chaconne de Bach, des suites gaies, une anglaise, une sarabande. Sa mère l'écoutait gravement ; Anne, sa sœur, plus gravement encore. Ils habitaient un appartement qui donnait sur le parc Monceau ; parfois, Jean-Michel jouait — toutes fenêtres ouvertes — dans le parc.

Simone Hessing était morte à trente-cinq ans, d'un coup, en quelques heures. La nuit, Jean-Michel se levait pour chercher son violon, il allait dans la chambre d'Anne, ouvrait très grand la fenêtre qui donnait sur le parc et jouait, jouait longtemps.

— Tu seras poète, n'est-ce pas ? disait-il à sa petite sœur.

La nuit s'allonge, très lumineuse maintenant.

Cependant qu'à la Rhumerie Martiniquaise, Julien a sorti de son portefeuille une photographie ancienne, qui représente une gisante dans une cathédrale, en Italie :

— C'est Ilaria del Caretta, que le sculpteur Jacopo della Quercia a figée à jamais dans le marbre, à Lucca : elle sourit et dort, loin de nous — cinq siècles ! — et cependant si près : je sais que Lorraine a le même sourire quand elle ne nous entend plus.

La voix de Jacques Benoist lui répond, autre écho :

— Je t'envie, vois-tu : tu as ce visage, cette femme de marbre, ton amour même pour cette autre femme blessée. Moi...

Ils sont passés au *tu* sans que ni l'un ni l'autre ne l'ait remarqué. Alors, d'une voix rauque, le directeur d'Asie au ministère des Affaires étrangères, ce Jacques Benoist qu'on sait cynique, désabusé, entouré de femmes, parle de sa solitude.

— Tu vois, même Guillaume, même Simon, je les aime bien : mais ils ne le savent pas, ne se doutent de rien et passent à côté de moi ; s'ils me parlent, ce n'est que de la Chine...

D'autres aveux : à Montevideo, ou dans la grande villa vide qu'il avait gardée à Punta del Este, le vieux Miguel, qui avait été de toutes les guerres, racontait aussi ses combats à Verviers.

— Parce qu'il faut que tu comprennes que je ne me suis donné le droit d'écrire qu'après avoir beaucoup tué...

Le gendre de ce propriétaire terrien de ses amis qu'il avait abordé, une nuit, à la sortie d'un club (« Vous permettez ? Je n'ai même plus de feu pour allumer mon cigare, puisque j'ai tout perdu, briquet d'argent et coupe-cigare en prime. »), pour l'abattre ensuite, d'une balle dans la nuque, son cigare allumé.

— C'était un salaud qui savait tout sur chacun de nous et qui vendait très cher ses petits secrets à la police d'alors...

Le vieux Miguel Carros, jadis fils de propriétaire montevidéen et milliardaire, Tupamaro encore hier, peut-être par orgueil et — ce soir, cette nuit — poète.

— En ce temps-là, il fallait avoir tué et une flaque de sang bien rouge sur un trottoir pour avoir le droit de jouer ensuite avec un peu de papier et de minuscules taches d'encre, bien noires...

Dans les rues de Pékin, Ghislaine, la femme de Richard Blondin, prend des photographies.

— Peut-être que je pourrais les publier ? Peut-être en faire un livre ?

Son mari a souri. Parce qu'il a rencontré, quelques années avant sa mort, un vieux monsieur aux cheveux blancs qui sortait un appareil de photographie d'un sac en plastique pour prendre, sur une plage, des photos de jeunes filles et le remettait ensuite en place, repliait le plastique et lui adressait un sourire complice, Richard a acheté à sa femme le même vieux boîtier Leica que celui de Jean Lartigue, qui a désormais son musée au Grand-Palais.

— Regarde cette gamine aux cheveux longs : une vraie pin-up des années trente, dit Ghislaine qui remet, doucement, son Leica dans le sac qu'elle porte en bandoulière.

Mais le sac de Ghislaine Blondin est en cuir, et vient de chez Gucci, à Florence.

Pendant son premier séjour à Pékin, Guillaume accompagnait parfois Iris qui photographiait des visages, des regrets et, parfois, un éclat d'âme...

— Je ne voudrais pas vous paraître injuste, a fait un jour remarquer Melot, mais je me demande si notre ami Guillaume ne serait pas un aussi bon ambassadeur à Tirana ou à Berne qu'à Pékin ? Je dirais plus : je me demande s'il ne serait pas un aussi bon journaliste qu'un bon ambassadeur, ou un aussi bon ajusteur chez Renault que journaliste à *Libération* — ou encore : s'il ne serait pas meilleur comme ajusteur que comme ambassadeur. Mais la réponse me vient tout de suite, et c'est non : il faut un peu plus de spécialisation et beaucoup moins de dilettantisme pour travailler chez Renault, ce qui n'est pas le cas dans notre bonne maison. Voilà probablement pourquoi notre ami Guillaume est ambassadeur à Pékin !

Les interlocuteurs du secrétaire général du Quai d'Orsay rient beaucoup de ses jugements à l'emporte-pièce.

Dans le bureau voisin du sien, Thierry Destutt tient le calendrier de ses réunions, convoque pour lui des ambassadeurs et rédige un compte rendu des entretiens auxquels il assiste. Il voit passer beaucoup de monde, des ambassadeurs étrangers, des hauts fonctionnaires français, parfois un ministre.

Il prend beaucoup de notes par désœuvrement : tout près, si loin pourtant de la rue de Lille où son retour à Paris l'a si durement ramené.

Au cours de l'été qui avait précédé l'éclatement de leur groupe de travail, Jean-Marie Erlanger avait joué la seconde des *Années de pèlerinage*, de Liszt. C'était l'Italie, les fantômes de Tivoli, Pétrarque.

— Être en poste à Rome : ça te dirait ? avait demandé Dominique Flornoy à Thierry.

Mais Thierry avait lu le livre de Guillaume : il pensait à la Chine. Tandis que les mains de Jean-Marie couraient sur le clavier et que Christine, la femme de Dominique, leur servait un vieux porto blanc qu'elle buvait elle-même avec des mines de chatte gourmande...

Jean-Marie reprenait alors le dialogue de Liszt avec Pétrarque et la musique balayait bien des doutes. La Chine, encore lointaine.

Nul, aujourd'hui, ne peut plus rien en dire ; pour la dernière fois, John Chessman a reposé sa plume. La feuille, devant lui, est blanche avec seulement quelques mots au sommet de la page, consciencieusement raturés : des noms, Guillaume, Simon, Otrick, Clawdia, Hessing même qu'il a croisé un jour. En vingt années de travail sur un manuscrit qui lui échappe de partout, plus vivant peut-être que la vie mais comme elle sans plan ni forme, ni autre durée que celle prêtée par le hasard, John Chessman en revient à des noms, quelques noms qui sont pour lui un langage si familier qu'il ne trouve plus les mots qui pourraient parler cette langue aux autres.

Des noms ?

Certains se sont effacés sans même qu'on s'en soit rendu compte. Ainsi, la disparition de Clawdia...

Un matin, Clawdia avait quitté Hampstead. Cela faisait tant de mois — des années ? — qu'elle vivait dans la pénombre de la grande maison sur le Heath que Chessman lui-même, qui la croisait quand même dans un couloir ou dans l'escalier, ne lui adressait plus que quelques mots gentils, un sourire ; mais celle qui avait été sa maîtresse avant de devenir la femme d'Otrick lui répondait à peine. Parfois elle souriait — et son sourire lui faisait retrouver un instant les traits de la jeune femme nue dans l'eau verte au-dessous de Kristel, comme si un mot de Chessman suffisait à raviver en elle des souvenirs perdus — puis le rayon de lumière s'effaçait aussi vite qu'il avait percé l'ombre des angoisses et le visage de Clawdia se refermait ; c'est d'un air buté, le regard vide, qu'elle se dirigeait vers sa chambre ou la cuisine. Là, une bouteille de gin déjà à demi vide.

— Mais elle ne t'a rien dit ? rien expliqué ? s'est étonnée Iris, lorsqu'elle a appris son départ.

Sur le visage de Chessman, une sorte de soulagement :

— Rien, non...

Clawdia avait emporté une seule valise, avec des vêtements d'été, et une liasse de lettres qu'Otrick lui avait écrites, avant leur séjour à Pékin.

Chessman avait bien, alors, fait quelques recherches, il avait passé des coups de téléphone à des amis — Clawdia avait une mère en Allemagne... — mais ses forces à lui et sa volonté le trahissaient déjà et il n'avait guère insisté.

Iris vient d'entrer, une tasse de café à la main :

— Alors ?

Le rire de Chessman est sourd, plus terrible peut-être parce qu'il est étouffé.

— Alors ? Eh bien : rien. C'est fini.

Depuis plusieurs mois, la photographe s'est installée dans l'une des chambres vides au deuxième étage de la maison de Chessman, qu'elle ne quitte plus : elle sent la fièvre qui le ronge...

— Ton livre...

A nouveau le rire de John, mais éclatant, cette fois :

— Il s'agit bien de mon livre : c'est de mon fric qu'il s'agit, mon ange : de fric, de flouze, de picaillons ! Plus un sou, plus une branche, plus un radis, plus rien !

Il boit la tasse que lui tend son amie, l'avale trop vite, se brûle, s'étrangle, s'étouffe, agité par une quinte de toux, puis :

— Avon ne paie plus. Il a décidé d'arrêter les frais. Et moi, je n'ai plus qu'à les arrêter aussi.

Lord Avon, cousin éloigné de la Reine — Avon Court dans le Yorkshire et la grande maison d'Eaton Square : un nouveau pion sur l'échiquier qui rassemble dans l'espace et le temps les pièces éparses de nos existences conjuguées ; Avon, c'est une tour, une manière de cavalier seul ; et pourtant, depuis trente ans, c'était lui qui subvenait aux besoins d'un écrivain en mal d'écriture : Gérald Avon entretenait Chessman, assuraient ses amis, comme d'autres entretiennent des danseuses.

— Et maintenant, comment veux-tu que, sans fric, sans flouze, sans picaillons, je puisse à longueur d'années me payer mon gin tiède ou l'armagnac de propriétaires qui huilent la machine à fabriquer des mots ?

Iris est revenue, une autre tasse de café à la main : Avon disparu, le vide, le plongeon, le livre jamais achevé...

— Je vais m'occuper de tout cela, soupire-t-elle.

La photographie que Ghislaine Blondin a prise de la petite Chinoise de Wangfujing déguisée en pin-up 1930 naît lentement du bain qu'éclaire seulement la lumière rouge. La gamine a dix-huit ans, tout au plus ; elle est très maquillée, irréelle en somme au milieu de la foule pressée de la grande avenue où la femme de Richard Blondin a su la saisir au vol.

Et le cœur de Blondin, jeune secrétaire d'ambassade venu à la Chine comme il serait allé, pour peu qu'on l'y eût nommé, à Berne ou à Tirana, tremble presque en voyant, sous la lampe écarlate, les traits qui se dessinent, la bouche plus charnue, plus provocante : cette chose qui s'appelle le désir.

Des photographies... Puisque le nom de lord Avon a été prononcé : dans l'un de ces albums de photos anciennes d'une Chine enfuie que Simon a achetés au cours des années — un brocanteur du marché Paul-Bert, à Saint-Ouen, lui en avait vendu une douzaine à la fois, reliés de soie jaune, impériale... — une image à peine jaunie représente une douzaine de jeunes gens debout sur les marches d'un pavillon de bois à l'université de Pékin, dans les années vingt de ce siècle. Plus de la moitié sont de jeunes Chinois ou Mandchous, vêtus à l'européenne, le regard abrité derrière les lunettes de métal ou de grosse écaille qui convenaient à leur dignité de fins lettrés modernes ; les autres sont quatre ou cinq Anglais vêtus, eux, à la chinoise. La photo a peut-être été prise à l'aube d'un pique-nique dans les collines de l'Ouest ou à la veille d'un examen.

Simon a identifié deux des Occidentaux qui jouent aussi aux étudiants chinois : Bernard Lew, devenu sir Bernard Lew, qui vit aujourd'hui à Florence, et lord Avon, qui se destinait alors à la carrière de diplomate dont il faudra un joli scandale bien croustillant pour l'éloigner. Le bras droit d'Avon entoure l'épaule gauche de Lew qui semble faire un geste pour s'en dégager.

Accroupie sur la moquette usée, déchirée, maculée de tant de taches de café renversé qu'elle n'a plus ni couleur ni épaisseur, tout juste une trame de corde, Iris tente alors de rassembler les pièces du puzzle que Chessman — faute d'argent ! affirme-t-il — ne peut plus continuer.

Il y a, en dix lignes ou en vingt pages, des portraits d'Avon et de Bernard Lew, mais aussi de Clawdia dont il ne s'est même pas rendu compte qu'il l'avait déjà oubliée, et de M. Liu, qui se regarde aujourd'hui dans un miroir à Pékin pour lire les marques de l'âge, sinon de la maladie, sur son visage.

Assise de côté, les jambes repliées sous le corps, Iris est une vieille femme qui relit quelques pages, classe des chapitres et glane ici ou là une poignée de lignes sur Jan van Otrick qui fut ambassadeur en Chine ou sur Guillaume, qui l'est aujourd'hui.

Guillaume, qui dit à Meilin :

— Je crois bien que peu de femmes au monde ont su, l'espace d'une vie, réunir autour d'elles autant d'amitiés, de ferveur et d'amour : d'hommes, en somme.

Depuis quelques jours le souvenir de Clawdia le hante.

Il dit encore :

— Elle portait le nom d'une héroïne de Thomas Mann : la Clawdia Chauchat de *La Montagne magique.* Comme tout le roman se passe dans un sanatorium, en Suisse, Clawdia ne donnera jamais à Hans Castorp, le héros du livre, que la part d'elle-même pour laquelle elle est venue jusque-là : une photographie — la radiographie... — de son poumon malade. Et puis, au premier jour de la guerre qu'on disait si allégrement la dernière, Hans Castorp, guéri, s'en ira se faire tuer. Si allégrement...

Il évoqua alors les noms d'Alma Mahler, de Lou-Andréas Salomé, ces femmes et tous ces hommes...

— J'aurais vécu avant, et autrement, j'aurais moi aussi aimé Clawdia. Elle était cette femme, oui... Ces hommes autour, et puis la Chine.

Clawdia, quatre ou cinq fois seulement apparue à Guillaume, fantôme hagard, ivre, échevelé, dans les couloirs de la maison de Hampstead.

— Mais tu as toujours la Chine, toi, a répondu Meilin.

Rire amer de Guillaume :

— Mais j'ai cinquante ans, mon ange.

Remontée dans sa chambre, où elle a entreposé ses propres photos qu'elle classe, depuis des années, dans des cartons de chaussures, Iris est ensuite partie à la recherche de visages perdus qui sont ceux de ces hommes et de ces femmes que Chessman voulait faire revivre.

Et ils sont bien tous là : Avon en robe chinoise, John Baker au volant de sa petite MG rouge dans les nuits glacées, une toque de fourrure sur la tête. Aux mots en vrac répandus dans le bureau du rez-de-chaussée, répondent à l'étage des images, des visages.

« Est-ce que mes photos dureront un peu plus longtemps ? » se demande Iris, qui devine vaguement que les mots de Chessman, deux étages au-dessous, sont déjà anéantis par le temps.

Et puis, soudain, sur l'une des plus anciennes photographies, un vieillard la regarde en ricanant. C'était quelque part en Sicile, on disait qu'il était un vieux sage, c'était leur ami à tous — une sorte de parrain, en somme... — mais Iris, qui appuyait sur le déclencheur de son appareil, le haïssait.

— Ne vous faites aucune illusion, avait lancé le vieillard ; j'ai fait contrôler votre appareil de photo par mes gens : auriez-vous dissimulé un revolver derrière l'objectif que je l'aurais su !

Il trouvait sa plaisanterie drôle, et ricanait.

— Tout, murmure Iris, est peut-être parti de là : il aurait fallu le tuer, l'anéantir et non pas le photographier pour le faire durer encore un peu.

Quelques mois après, un tremblement de terre sur Notto, et le vieillard mourait sous son palais écroulé. Mais il avait eu quatre-vingt-dix-neuf ans pour accumuler, dans des cartons à chaussures lui aussi, des milliers de fiches et de photographies qui en disaient sur tous ceux qui étaient passés près de lui bien davantage que les pages en désordre de Chessman, et que les photos d'Iris.

Montrer — on y revient toujours... — ces pantins-là dans l'exercice de leurs fonctions.

Ainsi, Lavenant avait fait ses débuts de directeur de troupe à Gennevilliers dans un hangar de la SNCF que la CGT avait obtenu pour lui : dès les premiers jours, il avait parlé à ses amis de ce qu'il appelait son « projet artistique ».

— Je veux montrer les grands de ce monde dans leur vie de tous les jours, avait-il déclaré sans sourire : en train de se déculotter, de baiser leurs femmes laides et grosses, de trembler ou de faire dans leur culotte à la veille d'une révolution.

Puis il avait parlé de ses comédiens ; il en avait cinquante : un acteur, une actrice et quarante-huit marionnettes qu'il appelait, pêle-mêle, Kennedy ou Mao, Staline, Fidel, Marilyn, Fernandel et Brigitte Bardot.

— Il faut remonter aux sources mêmes du théâtre : Arlequin et Pantalon, la commedia dell'arte, des fantoches et un gendarme qui reçoit les coups.

Le soir de la première, c'étaient pourtant moins Mao et Malraux surpris dans une scène de ménage qui avaient choqué les spectateurs que Marilyn Monroe courant aux W-C avec une belle chiasse : il giflait là un mythe et les mythes sont tout ce qui reste, quand les lendemains ne chantent plus. Ses amis de la CGT avaient menacé de lui retirer son hangar...

— Et si toute ma vie je m'étais trompé ? demande Julien à Jacques Benoist ?

Le journaliste a prononcé sa phrase sans lever les yeux sur son interlocuteur, de l'autre côté d'une table de la Rhumerie Martiniquaise. Jacques, lui, le regarde en face :

— Vous ne vous êtes pas trompé, et vous le savez bien : toute votre vie, vous n'avez fait que ce que vous avez voulu, vous.

Une gamine aux bras nus sous une sorte de blouse indienne lorgne vers eux tout en buvant une limonade. Il est onze heures du matin, un vieux comédien mal rasé trempe une tartine de pain dans sa tasse de café au lait : ses yeux pâles ne voient devant lui que le vide.

— Et vous, reprend Julien, vous n'avez pas fait ce que vous avez voulu, peut-être ?

Alors, Jacques Benoist, très sombre :

— Pas exactement, non. Mais ce n'est pas de moi qu'il s'agit.

Un silence, puis :

— Puis-je savoir en quoi vous vous êtes trompé ?

Julien Bidault a un rire presque mauvais :

— Toute ma vie, je n'ai fait que regarder les autres. La solitude du voyeur : vous comprenez ce que je veux dire ?

La fille aux bras nus sous la blouse indienne ne porte pas de soutien-gorge et la pointe de ses seins, qu'on devine à travers le tissu, est brune et gonflée. Mais Julien Bidault n'a plus ces flambées de désir-là.

Sa main tremble en portant à ses lèvres le septième café de la matinée. Pendant vingt ans, il a joué les grands reporters des fins fonds de l'Afrique à ceux de la Bretagne, du Liban sous les bombes à la Corrèze sous la pluie (il disait : « Brive ou Phnom Penh ? des maisons, des rues, des hommes... » et il ajoutait : « Et puis des bonnes femmes ! ») : depuis vingt ans, il voit, il regarde, il observe.

— La solitude du voyeur, tu comprends ? Seul en face d'une petite fille qu'une grosse bombe déchire à Beyrouth, je ne vaux pas mieux que le gros monsieur qui se branle en solitaire dans un vidéo cochon.

Un silence, puis Julien de reprendre de la même voix sourde que Chessman, un jour de pluie sur Londres :

— La solitude du voyeur de fond : pardonne-moi à la fois la formule et l'à-peu-près, mais cette solitude-là, vois-tu, je n'en veux plus !

Autour d'Hessing et de sa sœur, de Didier de Wandrille, bien sûr, qui les recevait, un groupe s'était formé, qui venait et revenait à Charny. Le soir, on faisait de la musique, Cecilia au violoncelle ou Pierre au piano. Parfois, Jean-Michel apportait lui-même son violon et il jouait lorsque la plupart des invités étaient partis ; les autres musiciens étaient élèves du Conservatoire, déjà des professionnels, et Jean-Michel n'était après tout qu'un énarque. Seuls Didier et Anne restaient alors dans le salon de musique où brûlait un feu de bois. Et Simon ou Joseph, qui était architecte et disait qu'il construirait un jour une Cité de la Musique. Les yeux d'Anne ne quittaient pas son frère qui ne jouait que pour elle. Alors Didier regardait Anne : à eux trois — avait pensé Simon — ils formaient le plus beau des trios à cœur — comme on dit un trio à cordes.

Un soir, après avoir éteint une à une toutes les lumières des salons, ils étaient montés ensemble ; Didier les avait embrassés sur le premier palier avant de les quitter, pour gagner la chambre d'adolescent, qu'il avait gardée tout au bout d'un couloir — et le frère et la sœur s'étaient retrouvés seuls dans la galerie rouge, ornée des portraits de toutes les dames de Wandrille qui s'étaient succédé à Charny depuis la fin du XVIIIe siècle.

— Bonsoir...

La voix d'Anne tremblait un peu. Celle de Jean-Michel :

— Bonsoir.

Ils étaient blonds, tous les deux, les mêmes yeux bleus. Puis :

— Est-ce que tu veux...

Jean-Michel ou Anne ? Une question ? Anne ou Jean-Michel : l'un a poussé une porte, l'autre l'a suivi. Plus tard, sur les trois heures du matin, la chaconne de Bach à travers les corridors.

A Yasmina, cette nuit, qui écoute — écoute intensément, le visage tendu, lèvres pâles — Jean-Michel a pourtant tout dit. La lune alors descend lentement dans le ciel nu.

A Charny, jadis, ces musiques...

C'était quand Jean-Michel était encore en poste à Paris. Rédacteur à la direction d'Europe, au ministère des Affaires étrangères, il s'occupait de la Hongrie et de la Tchécoslovaquie. Deux ou trois fois par an, il faisait le voyage de Prague ou de Budapest, où il rencontrait des écrivains, des journalistes qui lui disaient la vie qu'ils menaient sous une chape de plomb.

Et pourtant, lorsqu'au milieu des années soixante-dix, Lavenant lui annonça son intention de quitter le Parti, il en fut presque choqué.

— Je croyais que tu ne regrettais rien ?

Il était allé le retrouver dans sa loge au théâtre d'Aubervilliers où il avait monté un *Hernani* que la presse, avec une belle unanimité, avait descendu en flammes : Mina, rencontrée quelques semaines auparavant, était sa Dona Sol. Il avait souri, gravement :

— Mais je ne regrette rien, je te le répète !

— Alors ?

— Alors ? Eh bien, il y a un moment où même l'amoureux le plus fou, le cocu le plus magnifique baisse les bras et refuse d'être plus longtemps cocu. Tu comprends ?

Jean-Michel, pour qui l'humanisme un peu simpliste qu'il avait hérité de ses années d'étudiant était resté le seul mode de pensée dont il ait réussi à ne pas se défier, ne comprenait pas. D'une certaine manière, il était choqué. Lavenant avait ri, cette fois.

— On dirait que tu es déçu ! On dirait que tu regrettes de ne plus pouvoir te dire — ou même de ne plus pouvoir dire à tes amis — : « Mon ami Lavenant, qui est resté au Parti envers et contre tout... »

Peut-être avait-il, en somme, touché juste. Jean-Michel avait baissé la tête. A ce moment, Mina-Dona Sol était entrée dans la loge, encore en jupons, brune aux cheveux longs. Elle frissonnait, la naissance de la gorge dégagée.

— Il y a subitement pour moi des choses plus graves que la vieille question : « En être, ou pas. »

Mina était tchèque ; elle avait quitté Prague, où elle n'était pas heureuse, sur un coup de tête ; elle était plus malheureuse encore à Paris que là-bas.

— Peut-être, poursuit Julien, que je vis dans la nostalgie de ma jeunesse, ou même de mon adolescence : tu sais, le temps où nous nous retrouvions à sept ou dix, ici à la Rhumerie ou n'importe où, au cinéma. J'y reviens toujours, vois-tu : le groupe, les amis, la cellule... Voilà pourquoi mes séjours à Charny sont un peu le reflet d'un paradis perdu.

Il soupire, achève son huitième café :

— Le temps des voyeurs solitaires, comprends-tu, est fini.

Huitième café, neuvième café, la matinée va s'achever à la Rhumerie Martiniquaise ; la rouquine délurée est partie au bras d'un gros garçon à lunettes. Julien va reprendre le chemin de la clinique où Lorraine, sans rêve, dort ; et Jacques va reprendre celui du bureau où un message de l'Élysée l'attend, un appel urgent, une note à signer.

Comme Simon qui rêvait jadis, sur les routes qui lui auraient fait quitter la Chine par la Mongolie et l'Asie centrale, Jacques imagine parfois sur la carte d'Asie accrochée dans son bureau de fabuleux itinéraires qui, de Pékin à Chongqing, du Xinjiang au Yunnan, puis au Viêt-nam, au Cambodge enfin, réinventeraient — ville après ville, pays après pays — un nouvel équilibre de cette partie du monde qui, depuis qu'un jour il a mis un pied en Chine, est devenue si profondément sa patrie.

Bernard Vrin, le directeur d'Europe qui vient d'entrer dans son bureau — ils étaient camarades de promotion à l'ENA, ce qui ne les a pas tout à fait séparés — hausse les épaules.

— Mon pauvre Jacques, je me demande ce que tu ferais si tu te retrouvais un jour dans un trou en Afrique — ou même quelque part, au fond de notre vieille Europe !

Pour Bernard Vrin, qui suit au jour le jour le combat de Mikhaïl Gorbatchev pour une nouvelle Europe, l'Asie est un continent lointain, enveloppé des brouillards de l'imagination dont le recouvrent trop soigneusement sinologues et Asiates, tous plus ou moins intoxiqués par leur passion comme on l'était cent ans plus tôt de l'opium fumé entre Fuzhou, Hanoi et Saigon. Jacques l'a bien compris, qui hausse les épaules.

— Si je devais me retrouver au Zimbabwe ou à Tirana ? Eh bien, je prendrais trois ans de congé sans solde — aujourd'hui, on appelle ça : se mettre en disponibilité — et j'irais élever des moutons dans les Causses ; ça me rappellerait les hauts plateaux de Shaanxi.

Alors, Bernard Vrin a éclaté :

— Vous nous emmerdez tous, à la fin, avec votre Chine !

Il est sorti en claquant la porte.

— Nous portons tous notre Chine en nous, comme une déchirure..., murmure David Allen, ambassadeur britannique à Pékin, lors d'un dîner que Melot, précisément, a donné pour lui lors d'un de ses passages à Paris.

C'est encore un dîner d'anciens d'Asie : pour Gérard Melot, c'est un rite, une messe. Outre les habitués, les Lemerle et autres Loiselle, il y a aussi cette fois Iris, venue reprendre des clichés à l'agence qui distribue ses photos en France : elle veut faire table rase.

— Et puis, que nous le voulions ou non, l'Asie tout entière se réduit pour nous aux dimensions de la Chine, avait poursuivi le Britannique.

Mais, parce qu'il souhaite revenir au projet de conférence sur le Cambodge dont les contours peu à peu s'élaborent dans les bureaux du Quai d'Orsay, Gérard Melot a interrompu son ami :

— La Chine ? Pourquoi seulement la Chine ? Vous croyez que je ne porte pas, moi aussi, qui n'ai pourtant jamais mis les pieds en Chine de ma vie, ma déchirure ? Elle s'appelle Cambodge.

L'ambassade de France à Phnom Penh était un îlot de verdure dans une ville-jardin ; des domestiques silencieux, des petites femmes de chambre timides y glissaient doucement et là, dans cette sorte de cage de verre suspendue au-dessus de l'abîme, Gérard Melot avait connu une sorte de bonheur.

— Ce qu'ils ont fait à la Chine, pourtant..., répond David Allen.

La voix de Melot éclate, presque furibonde :

— Et ce qu'ils ont fait au Cambodge, donc !

C'est au cours de ce dîner que Gérard Melot a pris la décision de tout mettre en œuvre pour qu'aboutisse une conférence sur l'avenir du Cambodge qui se réunira à Paris.

Simplement retrouver les forêts du Cambodge, les rizières où des corps pourris, gonflés... — et la nuit qui tout d'un coup était tombée.

— Quelquefois, dit Jacques à Simon, je pense que tout ce que nous tentons en Chine n'est en fin de compte qu'une sorte de puzzle — un puzzle diabolique, certes, mais quand même un jeu, alors que...

— Alors que...

Les deux hommes se sont donné rendez-vous au bar du Pont-Royal : la demi-obscurité qui règne en ce sous-sol vaguement éclairé comme un bar de bateau, les fauteuils profonds, les conversations chuchotées aux tables voisines et les amis qu'on salue d'un sourire complice : tout, ici, pousse à la confidence feutrée, au calme aussi — quand bien même ce sont des charniers que Jacques Benoist a à l'esprit.

— Alors que le Cambodge est un autre défi : parce qu'un jour, en poursuivant un Vietnamien de trop qui s'était peut-être aventuré un peu trop loin, un premier Américain a mis un pied — un pied de trop ! — au

Cambodge, c'est un pays entier qui nous a éclaté à la figure ; et nous ne sommes pas encore près de compter les corps de ceux qui sont restés sur le terrain.

Simon connaît l'histoire des jeunes filles assassinées dont Jacques, parfois, conjure le souvenir.

— Il ne faudrait pourtant pas que notre souci d'arriver à une solution là-bas nous fasse oublier ce que vous appelez un puzzle et qui demeure pour moi le projet d'une vie.

Le sourire de Jacques Benoist s'éclaire : c'est le jeune sourire d'un jeune vieux jeune homme qui mord la vie à belles dents.

— Mais pour moi aussi, Simon, c'est le projet de toute une vie...

Devant ses étudiantes, Lensky développait ce qu'il appelait sa théorie du statisme pendulaire et centralisateur. Pour lui, ce n'étaient ni les hommes ni les masses qui jouaient un rôle privilégié dans les aléas de la vie politique chinoise : les premiers se bornaient à insuffler au pendule qui représentait l'équilibre des pouvoirs et des libertés un mouvement dans un sens — vers un peu plus de liberté ou, au contraire, en faveur d'un recentrage autoritaire — que celles-là s'appliquaient ensuite à compenser par un mouvement de sens inverse qui ramenait le pendule à son point de départ ; puis, le retour au point zéro effectué, le mouvement reprenait, inversé.

— En somme, avait remarqué Meifang, pour vous, la caractéristique principale de la Chine, c'est son immobilisme ?

Mais Serge était parti d'un bel éclat de rire :

— Pas du tout ! Qui dit immobilisme dit absence de mouvement ; alors que le statisme pendulaire et centralisateur que je tente de définir est un état particulier qui suppose d'abord qu'on y parvienne et ensuite qu'on s'en échappe, fût-ce seulement pour mieux y revenir.

C'était Cécile, alors, qui avait élevé la voix.

— Tout cela est d'un pessimisme noir !

Le même rire de Serge, plus noir encore :

— Crois-tu que la vie, telle que nous avons le bonheur de la vivre tous les jours, soit d'un rare optimisme ?

Il s'était approché de la jeune fille :

— Sache bien, mon enfant, qu'il n'y a de rose autour de moi que la couleur de tes fesses ; pour le reste, le gris l'emporte, quand ce n'est pas le rouge d'un bel attentat ou d'un joli massacre ou le noir de ce qui reste, quand tout a fini par brûler.

C'est sans un regard alors pour Thierry Destutt que Melot donnera l'instruction au jeune homme de préparer la réunion de consultation à douze sur le Cambodge pour les derniers jours de la présidence grecque des Communautés européennes.

— Je vous fais tout de suite un télégramme à tous les postes ? interroge Thierry.

Mais le regard de Melot survole son collaborateur, sans s'attarder sur lui. Il hoche seulement la tête :

— De deux choses l'une, mon vieux : ou vous êtes un con, ou vous êtes un imbécile ! Mais, dans les deux cas, et si vous prévenez les postes à ce stade, c'est le projet entier qui s'effondre. Alors, choisissez !

Le secrétaire général a réintégré son bureau, laissant un Thierry Destutt qui sait bien, désormais, que comme Guillaume à Pékin, Gérard Melot n'a pour lui que mépris. Mais Thierry avait rejoint Guillaume à Pékin parce qu'il l'admirait alors qu'il n'a, pour le haut fonctionnaire modèle que passe pour être Melot, qu'autant de mépris que celui-ci en éprouve à son égard.

Simon devine-t-il que la partie qui se joue depuis des années et qu'il a voulu relancer de l'Élysée risque de se poursuivre sans lui ? Sans s'en rendre vraiment compte, il a déjà pris ses distances... Depuis trois jours, il n'est pas revenu à son bureau ; il n'est pas non plus retourné à la clinique de la Muette ou de Passy. Chez lui, au-dessus du Luxembourg — la même lumière, ce matin de pluie, que sur Hampstead l'autre matin, lorsque John Chessman a reposé sa plume —, il relit ce qu'il aime. Saint-John Perse. Ou Segalen, puisqu'on en revient toujours à lui :

« La cime haute a défié ton poids, même si tu ne peux l'atteindre, que le dépit ne t'énerve : Ne l'as-tu point pesée de ton regard. »

Et les mots que d'autres ont tissés font naître en lui le vertige d'autres mots.

D'autres vertiges, et les vies de ceux que nous avons aimés : dans le désert au pied de la montagne de Chahara, la lune a parcouru l'étroit espace de ciel entre les deux bords du toit fendu ; lentement, une lumière pâle envahit à nouveau l'espace et Yasmina a laissé retomber sa tête sur l'épaule de son compagnon qui, la masse de cheveux bruns dénoués sur le cou, retient son souffle pour ne pas l'éveiller.

La nuit s'allonge peu à peu vers le matin.

Le jour de ses vingt et un ans, qu'on avait fêtés à Charny, la sœur de Jean-Michel avait enfin annoncé qu'elle épouserait Didier.

Les flammes des bougies, le gâteau d'anniversaire grand comme une roue de moulin, une amie chanteuse, qui murmurait une ballade américaine — et le même jeu de regards : Didier, Anne, Jean-Michel.

Jean-Michel s'était levé ; il était allé vers son ami, sa sœur assise à côté de lui, et lui avait pris les mains. La chanteuse américaine chantait une histoire d'amour triste et gaie.

— Tu es heureuse ? avait demandé Jean-Michel à sa sœur.

— Et toi ?

Jean-Michel, dans un souffle :

— Oui...

A partir de ce soir-là, on était revenus à Charny tous les week-ends, il y avait toujours plus d'amis autour de nous et le violon de Jean-Michel jouait très tard dans la nuit : du Bach comme la *Méditation* de *Thaïs :* pourquoi pas ?

— Il y a des lieux, répétait Jean-Michel : des lieux où tout est possible.

A l'impossible pourtant, nul n'était tenu, et Lavenant avait encore mis deux mois avant de renvoyer sa carte du Parti. Quelques jours après sa décision — il s'était encore passé ceci ou cela à Prague ou à Bucarest... — *L'Humanité* avait publié un article vengeur sur ceux que le rédacteur appelait « les amateurs de bortsch qui crachent dans la soupe ». Mais Lavenant avait eu un rire triste :

— Je ne suis pas plus heureux pour autant, croyez-le bien !

Jean-Michel s'est réveillé en sursaut : ainsi, lui aussi s'était endormi. Déjà debout, les cheveux noués sous le foulard, Yasmina parle à voix basse à un vieil homme qui se tient sur le seuil de la cahute. Lorsque l'ambassadeur s'est levé à son tour, la jeune femme a traduit les propos du vieil Arabe.

— Il dit qu'il vous demande pardon, que la France est son amie et que ses fils, qui nous ont attaqués, ont commis une erreur...

Quelques minutes encore d'explications, d'excuses et de grands sourires, puis les prisonniers libérés et leur ravisseur confus ont rejoint un groupe d'hommes qui s'affairent à l'écart, dans la fumée du matin qui grimpe, très droite, vers un ciel encore glacé.

Le feu brûle près d'un fourneau, la marmite de pierre, le foul qui bout déjà et puis la cuiller qu'on se passe. Le vieil homme parle maintenant sans s'arrêter : du temps qui file et des hommes qui veulent en accélérer le cours ; de la guerre toujours dans l'air, des guerriers virils, des pages du Coran.

— Lui-même est né à Chahara ; il nous y fera conduire par ses fils.

Le vieillard s'adresse maintenant aux plus jeunes, qu'il invective, l'air courroucé ; les autres, la mine confuse, baissent les yeux. Jean-Michel a surpris le regard de l'un d'entre eux, sa main qui s'est crispée sur la crosse du couteau à sa ceinture. Il est à peine cinq heures du matin et la pâleur dans le ciel n'est pas l'aube mais celle qui suit le passage de la lune, comme pour l'accompagner jusqu'au bord du plateau d'où, la veille, les voyageurs sont descendus. Le vieillard est revenu vers eux, la main droite sur la poitrine.

— Il demande, dit Yasmina, s'il ne nous dérange pas ; s'il peut encore nous offrir un peu de thé et parler avec nous.

Jean-Michel s'est assis à l'extérieur de la cabane, devant le feu qui donne les mêmes lueurs rouges et tremblantes au visage du vieil homme, à celui de Yasmina. Et l'homme, infiniment, parle d'un temps qui était celui de sa jeunesse, d'une Arabie heureuse et guerrière qui n'est plus.

— Il a, dit-il, un petit-fils qui n'a jamais lu le Prophète — et qui prétend pourtant se battre en son nom.

De la même manière, ce jeune homme aux cheveux longs, boucles repoussées en arrière du visage et qui, dans un grand éclat de rire lumineux, un beau sourire de jeune homme beau et riche, dira à Miguel, le Tupamaro redevenu poète, qu'il n'a jamais lu une ligne de poésie.

— Mais tu es mon petit-fils, Manuel ! Tu connais au moins le nom d'Isidor Ducasse, comte de Lautréamont, poète français né à Montevideo ! s'indigne le vieil ami d'André Verviers.

L'éclat de rire du petit-fils :

— Isidore quoi ?

Puis, avec le même bon sourire :

— Tu sais, grand-père, on n'a plus besoin de ces gens-là dans l'Uruguay que tu nous as fabriqué !

Miguel Carros a alors baissé la tête.

Revenu dans sa grande villa du bord de mer, il a cherché longtemps dans les paquets de livres moisis qui s'empilent, posés à plat sur les rayons des bibliothèques, une mince plaquette publiée à Paris, à compte d'auteur, quelque part entre les deux guerres. Ce sont des poèmes d'un autre Miguel Carros qu'il a connu jadis, poète uruguayen installé en France et qui chantait tout à la fois Lautréamont, Laforgue et Supervielle. Un beau dessin de Pascin en orne la première page ; c'est un portrait de cette Lucy, la femme que le peintre a aimée et pour laquelle, avant de mourir les veines ouvertes dans sa salle de bains, il a tracé sur le miroir du lavabo, avec son sang, les mots « Lucy, je t'aime ».

La main du Miguel Carros d'aujourd'hui, poète uruguayen, revenu en Uruguay et qui a tué depuis pour devenir un autre, tremble en découvrant, dans les pages du livre, une photo de lui-même à vingt ans :

pour un dîner de têtes, il s'était fait le masque imaginaire d'Isidore Ducasse, comte de Lautréamont. Près de lui, Pascin était en marquis de Sade et Lucy en Théroigne de Méricourt, dont on venait tout juste de redécouvrir le nom.

Segalen qui disait :

« ....*Nul ne devra*
divulguer le mot GLOIRE *ni commettre le caractère*
BONHEUR »

Plongé dans ses livres, Simon n'a d'abord pas répondu à la sonnerie de la porte. Quand il s'est enfin décidé à ouvrir, il a trouvé Julien Bidault, épuisé et ivre, pâle, qui l'a supplié :

— Laissez-moi entrer.

Comme s'ils étaient devenus des ennemis... Simon a soutenu le journaliste qui s'est laissé tomber sur un canapé. Simon lui a préparé un café très fort et Julien a commencé à parler.

— Je comprends bien des choses, maintenant, vous savez.

Ni l'un ni l'autre n'a prononcé le nom de Lorraine. Mais après deux heures, au moment de s'en aller, Julien a saisi Simon aux épaules.

— Toute votre vie vous avez regardé les autres parce que vous les aimiez ; toute ma vie, je les ai regardés pour parler d'eux mais, surtout et par la même occasion, pour parler de moi. Il faut que vous me promettiez quelque chose.

Simon a hoché la tête :

— Je ne peux plus rien.

Julien n'a pas voulu l'écouter.

— Vous pouvez beaucoup, au contraire : il faut que ce soit vous qui racontiez comment nous en sommes tous arrivés là. Vos fonctions vous donnent accès à tous les dossiers, tous les documents, toutes les pièces de l'histoire d'une partie du monde depuis quarante ans ; vous n'avez pas le droit de vous taire.

— Et vous ?

— Moi ? Je n'ai plus le droit de parler, voyons : le temps des voyeurs solitaires est fini !

Dès son arrivée à Paris, Meifang s'était rendu compte que le montant de sa bourse ne lui suffirait pas pour vivre, dormir, manger à sa faim et lire tout ce qu'elle voulait lire. Elle avait alors décidé de travailler et s'était retrouvée jeune fille au pair chez un couple de médecins du parc Montsouris.

— Elle était pédiatre, lui gynécologue : des fenêtres du salon, on voyait toute une partie du parc, des gosses, des bonnes d'enfants.

Serge, qui l'interrogeait sur ces premières semaines, s'était penché vers elle.

— Et la nuit, mon ange ? La nuit...

Meifang avait rougi.

— La première nuit, le gynécologue n'a rien fait ; la seconde, sa femme était de service aux Enfants-Malades, alors...

— Alors ?

Serge, le souffle un peu court.

— Alors ? Eh bien, le gynécologue a dû soigner lui-même la belle quadruple balafre que je lui ai faite avec mes ongles au milieu du visage.

— Et toi ?

— Moi ?

Rire de Meifang : Serge pense parfois, une rivière de perles...

— Moi ? J'ai dû chercher une autre place !

Ce que Jean-Michel n'a tout de même pas avoué à la jeune femme qui boit du thé très chaud, maintenant, devant la flamme nue du feu de bois.

Un vendredi matin, comme il appelait sa sœur pour préparer leur départ, le soir même, pour Charny, la voix d'Anne avait été très sèche, au téléphone :

— Je suis désolée, mais je ne viendrai pas ce week-end.

Jean-Michel n'avait pas compris :

— Mais Didier t'attend.

Très sèche, à nouveau, la voix de la jeune fille ·

— J'ai prévenu Didier.

Puis :

— Tu me pardonnes : je suis pressée.

Elle avait déjà raccroché. Il était dix heures : à midi et demi, elle prendrait un avion pour New York en compagnie d'un jeune banquier qu'elle épouserait six mois plus tard.

— J'ai prévenu Didier.

Le soir de ce mariage, Jean-Michel prendrait la route de Charny sur le coup de minuit ; là, pour Didier et pour lui seul, il jouerait le *Poème* de Chausson, la chaconne de Bach ; puis il rangerait son violon.

« Jamais plus », avait-il pensé.

Anne Hessing, devenue Anne Brown-Stauber, n'avait jamais été poète.

Après le départ de Julien, Simon est resté encore un moment à errer parmi ses livres — les livres des autres — puis, tout d'un coup, ç'a été cette révélation : « Et si je disais tout ? »

Pour un peu, il l'aurait crié : parce que c'est vrai, il n'y a que lui à pouvoir tout dire ; Julien a raison : il n'y a que lui à savoir se reconnaître dans l'écheveau savamment embrouillé de ces fils ténus ou épais comme de grosses ficelles qui, de Jean Charlier jadis à Chongqing au même Charlier aujourd'hui dans sa bastide d'Aix, d'Otrick hier à ce Jean-René Pallas qui, jusqu'à la veille de sa mort, venait encore l'interroger, ont tissé depuis près de cinquante ans ce tissu serré d'incertitudes tenues et de tenaces certitudes qui représente la Chine et tous ceux qui, comme lui, ont tenté de s'y retrouver : lui seul, Simon Anglade, pourrait peut-être savoir où commencent les fils, où s'achèvent les rêves.

Une étrange exaltation le saisit, qui ne le quittera plus : ce n'est pas sa vie qu'il va raconter, comme l'a suggéré Julien qui se fait de l'écriture une idée d'écrivain, ni l'histoire de la Chine que d'autres connaissent mieux que lui — mais celle de la Chine à travers tous ceux qui l'ont approchée, lui, Simon, et qui lui en ont dit un peu, beaucoup, passionnément — à la folie.

Il s'assied à son bureau, tire d'un sous-main une feuille de papier blanc et écrit des noms. Charlier, donc, et Otrick, et Pallas, mais aussi Melot, Liu et Shi, John Baker, jusqu'à ce vieil homme à Palerme dont tous les autres lui ont parlé...

Ce vieil homme qui réunissait chez lui, en Sicile, tous les auteurs d'un drame qui serait l'histoire du monde : il y avait des écrivains, des poètes et des diplomates, des hommes politiques et des banquiers ; certains croyaient au diable, d'autres n'y croyaient pas, beaucoup allaient mourir jeunes en Espagne ou sur le front russe, dans un camp comme dans l'autre, mais, ensemble, ils avaient appris, chez ce vieil homme, la haine.

D'autres avaient tenté de parler d'amour...

— Je crois, a dit la jeune femme, que nous ne pouvons pas refuser...

C'est ainsi que Jean-Michel a accepté l'invitation du vieil Arabe à passer encore un jour et une nuit dans sa demeure pour se faire pardonner la nuit de réclusion sous le toit fendu de la cahute : lorsque cet homme, au visage marqué de tant de rides et de plis qu'ils semblent dessiner sur sa peau sèche un réseau infini de lignes striées comme un dessin au burin sur l'acier du graveur, lorsque cet homme, donc, parle, il y a dans ses yeux une lueur d'amitié que l'ambassadeur n'a découverte que dans le regard de quelques-uns de ses amis les plus chers : Julien ou Didier de Wandrille à Charny.

— Dites-lui que nous resterons.

Alors, tout le temps qu'a duré ce long matin, puis pendant la séance de qat qui a réuni les hommes entre eux l'après-midi, et toute la soirée enfin, le vieil homme a parlé de l'Arabie qu'il avait connue et de celle, aujourd'hui, de ses fils et de ses petits-fils.

— Quelquefois, lorsque je les regarde, je me demande s'ils sont vraiment le fruit de cette semence que mon père, avant moi, a semée dans le ventre d'une femme.

Le vieil homme mâche deux ou trois feuilles de l'herbe très verte qu'on lui a rapportée le matin même de Huth puis il soupire :

— Et pourtant, je sais que l'homme qui meurt sans avoir enfanté meurt lui-même deux fois.

Lorsque la nuit est à nouveau tombée sur cette plaine au bas du plateau d'où ils sont descendus voilà déjà quarante-huit heures, le vieil homme répète encore :

— ... Celui qui meurt sans avoir enfanté est déjà mort deux fois.

Puis, dans un soupir :

— Peut-être qu'il aurait mieux valu que je meure trois fois.

En dépit des recherches qu'Iris avait fait entreprendre à son tour pour tenter de retrouver Clawdia — elle avait lancé deux agences de détectives privés sur sa trace —, nul ne savait ce qu'était devenue celle qui avait été la femme d'Otrick, la compagne de Chessman, celle de Simon.

On prétendit l'avoir aperçue à Nice, une amie italienne assura qu'elle était revenue rôder à Florence, du côté de la villa La Folia où elle avait habité un temps, mais aucune preuve n'était venue corroborer ces dires.

Seule Iris, peut-être, avait vraiment souffert, car elle avait aimé Clawdia. Elle se souvenait aussi d'un film d'Antonioni, qu'elle avait vu vingt-cinq ans auparavant, à Paris. Dans *L'Avventura*, une jeune femme disparaissait ainsi, sans laisser de traces, sur une île nue et déserte, au large de l'Etna. Son amant et sa meilleure amie la chercheront un peu, beaucoup, passionnément, puis plus du tout. Ils oublieront... Monica Vitti, blonde et inquiète, jouait le rôle de la meilleure amie.

Comme Guillaume l'avait deviné lorsqu'on lui en avait appris la nouvelle, Iris savait que la disparition de Clawdia était la fin de beaucoup de choses. Il ne leur restait, en somme, que l'avenir.

— Si court, si bref..., avait murmuré Iris.

La nuit venue, et parce qu'il les a pris pour mari et femme, le vieil Arabe a disposé des tapis au sol d'une unique pièce puis a souhaité le bonsoir aux deux voyageurs. C'est la jeune femme qui, la première, a osé un geste. Mais elle a seulement défait son foulard et l'a étendu à plat, entre eux, sur le tapis rouge sombre. Ensuite, un moment encore, cette femme et l'homme allongé à ses côtés sont restés à parler, puis ils se sont tus, les yeux grands ouverts sur le plafond peint à la chaux, puis leurs yeux, enfin, se sont fermés.

Au matin, le voile blanc était intact et n'avait en rien été dérangé — avec pourtant, tout au bout, une tache d'un rouge plus sombre que celui du tapis.

Deux jours plus tard, Iris décidait de se rendre à Avon Court, chez lord Avon et ses amis.

— Il faut bien vivre, non ?

Elle avait en main assez de clichés admirablement compromettants pour faire chanter tous les Avon d'Angleterre, du vieux lord si sûr de lui et de son art à cultiver des jardins, à Giorgiana, son épouse et aux quelque sept ou huit amants qu'ils se partageaient et traînaient toujours dans leur sillage sulfureux.

— Tu verras, le fric reviendra, et avec lui l'oseille, les picaillons...

— Peut-être que je n'ai rien voulu faire d'autre que mettre le monde entier sur une scène de théâtre : tous les continents, des peuples, des hommes et des femmes, et leur donner un peu de vie.

Lavenant, homme de théâtre égaré parmi ceux qui croient refaire le monde, s'est écroulé dans un fauteuil au dernier étage de cet immeuble de la Cinquième Avenue où vit depuis quelques mois Dominique Flornoy, camarade de promotion de Thierry Destutt, de Jean-Marie Erlanger, de Bernard de Beausséant et de tant d'autres. C'est le soir de la première à New York d'une tournée qui conduira pendant deux mois Lavenant et sa troupe à travers les États-Unis et l'Amérique latine où ils présenteront à nouveau Claudel. Après *Partage de midi*, c'est *Le Soulier de satin* qu'il vient de mettre en scène. Dominique Flornoy, Lavenant, ses comédiens, Mina qui joue cette fois Dona Prouheze, sont ainsi devenus à leur tour acteurs de la formidable farce qui s'achève une nuit de juin à Pékin et dont tous les autres, les Guillaume, les Serge et les Jacques Benoist, André Verviers lui-même sur sa plage au bout du monde, comme Chessman ou Iris, Julien Bidault, Didier de Wandrille, attendent avec eux le dénouement.

— Claudel, seul, a eu le courage de vouloir tout dire et tout réconcilier : la farce avec la tragédie, l'Amérique des conquistadores et une Chine de carte postale, un Dieu qui était pour lui la raison et des passions auxquelles il s'abandonnait avec la même énergie. C'était un sage et un hypocrite, un juste injuste jusque dans ses plus grandes ferveurs, un notable et un paysan : Claudel seul se dresse dans le tous-les-jours de notre littérature comme un géant. Près de lui, les autres sont au pire des littérateurs, au mieux des écrivains.

Si Lavenant a rompu voilà dix ans avec le parti communiste français, il en a gardé la nostalgie des Églises.

— Et vous, demande-t-il à Dominique Flornoy, est-ce que vous avez un Dieu, au moins, sur lequel asseoir vos incertitudes ?

Dominique Flornoy éclate de rire :

— Mais bien sûr, mon cher, j'en ai un, et un seul, il s'appelle l'État : le Service public, si vous préférez.

Lavenant a bien vu que Dominique Flornoy rit trop fort parce qu'il est parfois trop sérieux.

— J'ai bien peur que tout cela ne soit un peu désordre...

Vincent Dignimont, directeur adjoint des archives du Quai d'Orsay, s'excuse en ouvrant à Simon la porte qui conduit aux réserves. C'est un homme de soixante-quatre ans, à un an de la retraite, qui a fait toute sa carrière en Europe : quinze ans à Londres, sept à Helsinki, quatre à Lisbonne, Madrid, Tirana où il a été chargé d'affaires entre deux ambassadeurs ; il parle de ce temps en disant : « Pendant mon ambassade en Albanie... » Son père était vaguement cousin du peintre oublié dont il porte le nom, alors lui-même est un peu peintre, peintre du dimanche.

— Le problème, remarque Simon, c'est que je ne sais pas exactement ce que je cherche.

Vincent Dignimont avale une poignée de cachous :

— Si nous savions ce que nous cherchons, irions-nous nous perdre dans une salle d'archives ?

On racontait qu'à Londres, dans son grand appartement de Holland Park et sous le nez de sa femme et de ses enfants, il faisait venir chaque samedi après-midi de jeunes modèles qui posaient nues pour lui. « Vincent a un talent fou, expliquait sa femme à leurs amis, son seul problème est le temps : comment voulez-vous qu'il puisse peindre sérieusement en ne consacrant qu'un après-midi par semaine à la peinture ! » Les jeunes modèles empochaient une livre ou deux mais chacun, pourtant, y trouvait son bonheur.

— Je voudrais essayer de retrouver tout ce qui concerne la mission française à Chongqing, dans les années de guerre, explique Simon ; et puis, peut-être, si vous avez quelque chose sur les activités d'un ambassadeur des Pays-Bas à Pékin, qui s'appelait Jan van Otrick.

Lorsqu'on est conseiller technique auprès du Président de la République, beaucoup de dossiers s'ouvrent tout seuls et la règle des trente ans qui prévaut en matière d'archives peut subir des entraves légères... Vincent Dignimont, conseiller des Affaires étrangères qui ne sera jamais ministre plénipotentiaire, hoche la tête.

— Je vais essayer de vous retrouver cela...

Lorsque Simon ouvre enfin le premier dossier, sa main tremble un peu ; mais aussitôt qu'il a pris quelques notes, dès que les figures de ceux dont il veut parler et qui seront le début de sa Chine retrouvée se détachent de la grisaille des documents administratifs, c'est d'une écriture ferme, droite — fort différente, en somme, de son écriture habituelle plus rapide, plus heurtée — qu'il commence à retracer les destins d'Otrick ou de Charlier, d'André Verviers ou même d'un Jean-René Pallas énigmatique et qui ne fait que passer parmi eux avant de mourir brusquement, d'une balle dans la tête dans son appartement de la place Saint-Sulpice.

En sortant des Archives, Simon a croisé Laroche, l'adjoint de Jacques Benoist, ce qui n'a rien de surprenant puisque son bureau est quelques étages au-dessus dans ce même Quai d'Orsay ; mais Laroche était en compagnie de Bernard de Beausséant, son collaborateur à lui, qui aurait dû se trouver à ce moment rue de l'Élysée.

— Vous connaissez Denis Laroche ? Nous sommes camarades de promotion.

Les deux jeunes hommes ont disparu dans la cage d'escalier sonore et très vaste ; leurs voix résonnent sans pourtant qu'aucune parole distincte ne parvienne à Simon.

Parce qu'il s'ennuie désespérément dans son bureau-antichambre du troisième étage, Thierry Destutt s'échappe parfois pour se réfugier chez Laroche.

— Melot n'est pas seulement un salaud, c'est pire que ça : c'est un salaud qui sait qu'il est un salaud et qui en jouit. En vrai salaud !

Denis Laroche part d'un bel éclat de rire.

— Essaie quand même de tenir le coup trois ou quatre mois. Le temps que les choses se tassent ; après, on verra... Par Anglade ou n'importe qui à la Présidence, on arrivera bien à te tirer de là...

L'allusion aux « choses » qui devraient bien finir par se « tasser » a fait frémir Thierry ; mais pour le reste, il espère, oui : il faudra bien qu'on le tire de là...

Le visage fermé de Gérard Melot, alors, à travers la double porte capitonnée qui donne sur le minuscule bureau de son souffre-douleur favori :

— Ce dossier sur le sommet franco-allemand, c'est pour aujourd'hui ou pour demain ?

Lorsque Gérard Melot le veut, il peut — diplomate jusqu'au bout des ongles — être d'une admirable vulgarité.

Tous les après-midi, Simon revient chercher des traces de ce qui a été dans le labyrinthe des archives du Quai d'Orsay.

— J'ai besoin, a-t-il expliqué à Iris qui passait pour vingt-quatre heures à Paris, j'ai besoin de comprendre : comprendre tout ce que je n'ai jamais fait qu'accepter parce que je me posais bien des questions, sauf celles que j'aurais dû vraiment me poser...

Alors, mois après mois, il dépouille les liasses de dépêches, de télégrammes qu'un Jean Charlier, un Cosme, un Guillermaz adressaient de Chongqing ou de Pékin à un ministre des Affaires étrangères tout-puissant qui, inlassablement, classait.

— Ce qu'il y a de fou, a encore remarqué Simon, c'est que personne ne s'est posé les vraies questions : pas même ceux qui rédigeaient ces lettres — ni ceux, surtout, qui les recevaient.

Note après note, télégrammes retrouvés, dépêches jaunies dont il fait un récit nouveau : Simon découvre à son tour les vertiges de l'écriture, celle qui témoigne.

Et puis, soudain, dans tel dossier (on l'appellera CS 49 - 2f) un blanc, un trou. Le cahier d'enregistrement de ce mois-là mentionne pourtant deux lettres, relatives à Jan van Otrick — alors à Chongqing ; et une autre, concernant un jeune fonctionnaire, Jean-René Pallas précisément, mais le cartonnier est vide : premiers trous, premières fissures d'un édifice incertain.

La mort de Pallas : c'était un jour de novembre qu'un coup de téléphone l'avait annoncée à Simon. Sans raison apparente — pas même une lettre laissée derrière lui, un aveu, une confession, ni même un chagrin d'amour pour expliquer la chose... —, ce haut fonctionnaire brillant à qui tout — la carrière et les femmes — avait toujours souri s'était suicidé d'une balle dans la tête dans son appartement de la place Saint-Sulpice.

— On murmure que la balle a certes été tirée dans la tête, mais d'un peu trop loin, avait remarqué à l'époque Gérard Melot, qui n'avait guère d'amitié pour Pallas.

Il avait ajouté :

— Il est vrai que notre ami avait, dit-on, le bras long : ceci expliquerait cela...

Mais Melot était un des rares serviteurs de l'État à ne pas avoir, sur le haut fonctionnaire modèle qu'avait été Jean-René Pallas, une opinion flatteuse.

— On prétend qu'il fréquentait les bordels, finira d'ailleurs par avouer Melot, pour expliquer son antipathie.

— A ce propos, j'ai quelque chose d'amusant à vous montrer...

Vincent Dignimont s'est approché de Simon, toujours assis à la même table dans l'angle de la salle de consultation des archives.

— Tenez : à vous je peux, je crois que ça vous fera rire.

Il s'agit d'un rapport marqué « très confidentiel » sur les activités de Pallas pendant un séjour à Londres, auprès d'un service qui dépendait de l'UEO, l'Union de l'Europe occidentale. Le rédacteur du document que Simon lit avec amusement indique que Pallas fréquentait en effet une maison fort équivoque de Bayswater, dans laquelle il semblait qu'il eût d'ailleurs lui-même quelques intérêts financiers — et où certains de ses amis avaient aussi leurs habitudes. Les noms de Chessman, de Verviers (alors en poste à Londres) sont plusieurs fois cités, ainsi que celui de John Baker.

Lors de l'enterrement, qui avait eu lieu à Saint-Sulpice, on s'était étonné de la foule qui se pressait dans l'église jusqu'à l'emplir tout entière. Il y avait, bien sûr, une multitude de hauts fonctionnaires et de diplomates, mais aussi des écrivains, un peintre fameux, un philosophe qui avait eu son heure de gloire — et des femmes, beaucoup de femmes. Certaines, certains aussi, étaient venus de très loin.

La famille était représentée par la femme divorcée de Pallas, Yvonne, sa maîtresse du moment, Laurence, et son frère aîné, Clément, dont nul, un peu au courant de ces choses, n'ignorait qu'il occupait lui-même une place importante dans l'un de ces services qui, dans l'ombre, protègent les intérêts de quelques-uns au nom de celui de tous qu'ils leurrent ainsi allégrement. A la sortie de l'église, Simon avait serré rapidement la main de Clément Pallas, tout enveloppé d'un pardessus gris, le cou serré dans un vaste cache-col. Se retournant au moment de traverser la rue, il avait vu John Baker sortir à son tour, en compagnie de Gérard Melot.

John Baker, nouveau gouverneur de Hong Kong, qui vient de s'installer dans sa résidence : la chaleur de l'automne dure. Stefania y a déjà ses amies et lui, dans le bureau du palais qui fut jadis glorieux et que les gratte-ciel, aujourd'hui, cernent de toutes parts, contemple à travers deux immeubles qui lui barrent l'horizon ce qu'il reste de mer encore visible de sa fenêtre : entre deux banques de quarante étages, ou deux hôtels, deux immeubles d'affaires, qu'importe ? la mer n'apparaît plus que commme un étroit rectangle bleu qui relie l'île à Kowloon. Dans cet espace parfaitement défini manœuvrent des ferries, des remorqueurs, la silhouette parfois d'un vrai bateau qui glisse lentement.

Kelvin Young, son adjoint, le lui a fait remarquer le jour de son arrivée :

— Dans six mois, vous ne verrez plus rien : on vient d'accorder un permis de construire à une nouvelle banque, juste dans l'échancrure entre les deux autres.

Il rit pour ajouter :

— Comme s'il manquait une dent à la mâchoire d'un requin !

Dans six mois, le petit rectangle de mer et les derniers ferries auront disparu de l'horizon du nouveau gouverneur, dont la résidence ne sera plus qu'un grain de sable victorien au milieu d'un univers en délire qui s'érige plus vite encore depuis qu'on le sait plus éphémère.

— Ici, a ajouté Kelvin Young, on amortit un immeuble en six ans : nous avons dix ans jusqu'en 1997 !

C'est en 1997 qu'expire le bail accordé par la Chine et en 1997 que Hong Kong redeviendra chinois.

« Après nous, le déluge... », pense Baker qui aperçoit encore, dans la brèche entre les immeubles, un grand bateau gris, bateau de guerre venu traverser son morceau d'horizon.

En ces années de guerre, l'orage qui déferlait sur le monde tournait autour Chongqing comme autour d'un vaste entonnoir dont il attaquait parfois les rives, écrasant alors des milliers de Chinois — et quelques diplomates, deux ou trois journalistes, des bons pères ou des bonnes sœurs égarés dans cette tourmente.

Jean Charlier montre la manche de sa veste qui pend, vide, sur son côté gauche :

— Un mur soufflé par un obus ! Il ne restait de mon bras gauche qu'une chose plate qui me pendait à l'épaule : une vraie boucherie...

Cependant que le généralissime et Mme Soong, TV Soong et MM. Kung, les deux beaux-frères de Tchang Kaï-shek, tentaient de maintenir sur leur cour un apparat corseté d'intrigues, d'interdits et, lorsque c'était nécessaire, d'exécutions hâtives. On racontait que lors de la prise de Hong Kong, Soong Ai-ling, l'épouse de M. Kung et la sœur de Mme Tchang avaient fait descendre quelques hommes d'affaires chinois de l'avion qui les emmenait vers la liberté pour faire place à leurs petits chiens.

— Et c'est parmi ces pasteurs méthodistes et autres évêques catholiques ou représentants américains, Stilwell et général Claire Chennault confondus, que notre ami Shi Jinan a reparu !

On l'avait présenté comme le secrétaire particulier de l'émissaire officiel du parti communiste chinois, venu à Chongqing convaincre les provinces occidentales de la volonté réelle des hommes de Mao, réfugiés à Yan'an, de collaborer avec Chiang et le Kuomintang. Chou Enlai, qui avait été chargé de cette tâche, avait très vite conquis, par son esprit, sa culture et sa modération, l'estime des moins irréductibles des antibolcheviques de la petite communauté ; toujours à deux pas de son maître, Shi Jinan notait avec un soin scrupuleux les conversations que celui-ci avait avec les diplomates étrangers. En apercevant Charlier, il lui avait fait un clin d'œil qui voulait dire : « Je savais bien que nous allions nous retrouver... »

Quelques jours après cette première rencontre, une grosse voiture américaine à la suspension fracassée était venue, tous rideaux de soie baissés, chercher Charlier pour le conduire au village de la Falaise rouge, au-dessus de la rivière Jialing, où la mission communiste avait ses bureaux. Mgr Jantzen, archevêque catholique de Chongqing, venait d'être lardé de coups de couteau par une de ses ouailles qui s'intéressait plus au coffre-fort du prélat qu'à la bonne parole que celui-ci dispensait généreusement et les communistes de la Falaise rouge avaient été les premiers à s'indigner de ce crime et à faire porter des gerbes de fleurs à Mgr Jantzen.

— Nous sommes des gens tolérants, avait dit Shi Jinan à Charlier dans la voiture où il avait débouché une bouteille de vieux cognac en abordant le dernier tournant au-dessus de la rivière.

— Le théâtre, seul, peut montrer tout cela, répète Lavenant : le théâtre de quelques hommes de théâtre : Claudel, par exemple.

Après sa tournée aux États-Unis, il est revenu à Paris, et il joue sa pièce à Chaillot, où ses amis, tour à tour, vont le voir.

— *Le Soulier de satin,* explique-t-il à Serge Lensky, c'est l'histoire de toute l'humanité, avec ses puissants et ses humbles, ses fous, ses prêtres, ses Chinois et ses Négresses — et l'amour, bien sûr, et le pouvoir pour couronner le tout, mais c'est aussi une histoire tourmentée que portent le souffle de l'aventure, le vent de l'exil, l'alizé de tous les départs toujours réinventés et le calme plat des retours impossibles : peut-être qu'en jouant *Le Soulier,* je tente désespérément de me faire pardonner de n'avoir jamais su moi-même ni partir ni, à plus forte raison, revenir.

Le front de la petite Meifang, qui a accompagné Serge, est plissé d'attention.

— *Le Soulier,* c'est notre histoire à tous, mais transposée à l'échelle de l'univers, poursuit-il : nous nous aimons, nous disparaissons tous aux quatre coins du monde et nous portons tous en nous le désir de savoir un jour nous retrouver. Pense à Hessing au milieu de son Arabie, à Guillaume à Pékin, à notre ami Simon qui frôle le pouvoir : il y a les femmes, l'aventure, tout semble éclater dans toutes les directions et pourtant, au bout du chemin, il existe un ordre auquel, secrètement et que nous le voulions ou pas, nous finirons bien par tous répondre un jour.

Paul Claudel, consul de France à Fou Tcheou, aurait en somme pu être personnage du livre que Chessman avait rêvé.

C'est d'ailleurs Chessman qui a envoyé les lettres à Simon.

« On m'a dit, mon vieux, que vous vous intéressez à ce drôle de bonhomme qu'a été votre compatriote Jean-René Pallas ; je l'ai moi-même connu lors de son séjour à Londres, et j'ai reçu de lui quelques lettres qui vous amuseront peut-être... »

Écrites sur un papier épais et d'un bleu soutenu marqué des trois initiales JRP, comme on en trouve seulement dans quelques papeteries autour d'Albany et de Piccadilly, les lettres qu'avait lues Simon révélaient un dandy amusé, qui parcourait « le monde où l'on s'ennuie » — c'étaient ses propres mots : il voulait dire le monde diplomatique — avec un sourire narquois. Simon, qui avait connu en Pallas un travailleur infatigable, un dévoreur de dossiers et un négociateur à l'habileté suprême, retrouvait l'amateur de jolies femmes et de vieil armagnac et même le bibliophile ami, qui aurait traversé l'Atlantique pour acheter chez un libraire de Buenos Aires ou de Montevideo n'importe quel petit roman du XVIIIe siècle relié en joli veau marbré qu'il ne possédait pas.

Ainsi ce Pallas, dont Simon espérait qu'il lui fournirait peut-être la clef du labyrinthe où il s'enfonçait un peu plus chaque jour, ne lui offrait qu'une nouvelle image inversée dans un morceau de miroir.

Yvonne, la femme dont Pallas avait divorcé, était longue et brune ; l'âge avait à peine épaissi sa taille et ses yeux, verts, pleuraient de vraies larmes sur les marches de l'église Saint-Sulpice : Clément Pallas, le frère de Jean-René, était passé devant elle sans oser lui adresser la parole.

Simon avait remarqué qu'en revanche, il avait pris un instant le bras de Laurence, qui avait été la dernière en date des maîtresses officielles du haut fonctionnaire qu'on enterrait là, dans toutes les pompes d'une cérémonie hautement mondaine. Laurence était blonde, elle avait trente ans ; le visage pâle que soulignait à peine le mauve des lèvres, elle portait un long paletot gris semblable, en somme, à celui de ce Clément qui lui parlait à mi-voix. Le regard de Simon avait croisé celui de la jeune femme mais déjà celle-ci se retournait vers Pallas, qui semblait lui poser une question à voix basse.

Ce n'est qu'après coup que Simon en avait été surpris : à cet enterrement presque officiel et si mondain, en somme, où se pressaient diplomates et hauts fonctionnaires, n'assistait aucun ministre.

Datée de Chongqing, une lettre de Pallas racontait un coucher de soleil sur le confluent des deux fleuves : il parlait de la lumière du monde.

— Je vous l'ai dit, répète volontiers Charlier lorsqu'il essaie de se souvenir : il y a deux Chines qui n'ont jamais cessé de s'observer à travers un rideau de bambou, celle du pouvoir, et celle des apparences du pouvoir.

Il ajoute alors aussitôt :

— Mais peut-être que la vraie Chine demeure celle des apparences. L'autre ne serait, dès lors, qu'une construction abstraite ou une vue de l'esprit.

Ainsi sa rencontre avec Chou Enlai. Rien, pourtant, n'avait été dit au moment de la rencontre du Rocher rouge. Chou était assis à sa table de travail, en face d'un jeune homme que Shi avait présenté à Jean Charlier comme Xiao Shi : son frère ; ce dernier s'était levé pour chercher dans une armoire une autre bouteille de ce même vieux cognac de propriétaire que Shi Jinan avait servi dans la voiture :

— Vous voyez que nous avons déjà quelques amis en France..., avait commenté Chou, après avoir fait signe à son visiteur de s'installer en face de lui dans un grand canapé de cuir anglais.

Puis Chou avait raconté son séjour en France, il avait dit l'amitié qui l'avait lié alors à Shi Jinan et à Liu... puis il avait évoqué ces poètes que Liu lui avait fait découvrir, Segalen dont il ne se souvenait guère, et Baudelaire dont, en un français chancelant, il prononça quelques vers.

— Ensuite, se souvient Charlier, nous avons parlé de la Chine, du reste du monde et de la France.

La conversation s'était prolongée tard dans la soirée, on avait apporté un repas sur des plateaux de laque et dans des paniers de bambou tressé. Au moment de se retirer, Charlier avait posé la question :

— Je sais, bien sûr, que nous n'avons fait qu'esquisser une conversation mais vous ne verrez pas d'objection, je pense, à ce que j'en rende compte à ceux qui, à Londres, veillent encore au destin de la France ?

Le visage du chef de la mission communiste était devenu grave.

— Comme vous le dites vous-même, nous n'avons qu'esquissé une conversation, parlé de poésie française et de cognacs anciens, et c'est bien pour que vous évoquiez auprès d'autres qui sont vos chefs ces propos à bâtons rompus que je vous ai invité à passer cette fin d'après-midi à rêver à haute voix au-dessus de la rivière. Mais nous savons tous, et vous le premier, avec quel discernement nous devons choisir ceux que nous jugeons dignes de recueillir nos confidences.

Chou avait raccompagné Charlier jusqu'à sa voiture et c'était Xiao Shi qui, cette fois, l'avait reconduit en ville. En chemin, le jeune homme avait repris le poème de Baudelaire — c'était *L'Invitation au voyage* — là où Chou l'avait laissé. Il avait dit n'avoir qu'un rêve : se rendre à son tour en France, lorsque la guerre — il avait corrigé : lorsque *les* guerres seraient finies.

— J'écris moi aussi un peu de poésie..., avait avoué Xiao Shi avant de quitter Charlier.

Un an après, capturé par des troupes de l'un des seigneurs de la guerre qui ravageaient encore la Chine centrale pour le compte du Kuomintang, il serait horriblement supplicié et Shi Jinan, son frère, recevrait sa tête exsangue, presque momifiée, dans l'un de ces paniers de bambou tressé où l'on avait servi à la table de Chou des beignets cuits à la vapeur et des morceaux de chair de poulet parfumés au gingembre.

— Je suppose, a remarqué le frère de Jean-René Pallas, que ma visite ne vous surprend pas.

Complet gris, cravate grise sur une chemise blanche aux mêmes rayures sombres, Clément Pallas porte autour du cou un cache-col qu'il a soigneusement noué sur sa gorge.

— J'ai pensé que le moment était peut-être venu que nous ayons tous deux une conversation.

Le bureau vert sur les jardins : il y a sept ans, pense Simon, c'était le frère de cet homme qui me rendait ainsi visite ; et ses premières paroles étaient à peu près les mêmes...

— Vous permettez ? demande Pallas avant de s'asseoir dans le fauteuil qui fait face à celui du conseiller du Président de la République. On m'a dit, commence-t-il aussitôt, que vous aviez entrepris certaines recherches...

Dès le départ de son visiteur, Simon a tiré d'un sous-main les notes qu'il a prétendu ne pas posséder pour ne pas avoir à les lui communiquer : des dépêches signées Charlier ou du représentant de la France à Chongqing ; et puis quelques rapports en apparence anodins sur des fonctionnaires français de rang subalterne qu'on avait décidé de renvoyer en France ; voire le compte rendu d'une visite éclair de Jean-René Pallas à Charlier : rien de bien sérieux, dans tout cela ; tout au plus des rapprochements que n'importe qui aurait pu faire.

— Vous savez, avait fait remarquer Clément Pallas avant de se retirer, depuis la mort de mon frère, beaucoup de gens n'ont pas hésité à dire... beaucoup de choses !

Mais Simon n'a pas répondu. Jean-René faisait partie de ces gens qu'il aurait souhaité mieux connaître. Les lettres envoyées par Chessman avivaient maintenant son regret — comme cette histoire de bordel à Bayswater et, bien sûr, une visite à Chongqing que nul n'avait jamais expliquée. Et puis cette mort ; ces morts...

« Je ne vis plus, pense Simon, qu'entouré de quelques morts qui ont sûrement la vie plus dure que moi ! »

— Il est certain, fait remarquer Gérard Melot au jeune homme au costume trop bien coupé qui suit les questions d'Asie au cabinet du ministre, il est certain que le moment vient un jour ou l'autre où, à force d'avoir trop attendu qu'une situation soit bien mûre, celle-ci est devenue blette sans qu'on s'en soit même rendu compte !

— Je ne suis pas sûr de vraiment vous comprendre, répond le jeune homme — il s'appelle Philippe de Ligne, oui, comme le Prince, prend-il un certain plaisir à souligner, sans trop élaborer sur la lointaine parenté qui pourrait le rattacher au grand homme.

Gérard Melot fait le tour de son bureau ; derrière lui, les coupoles du Grand-Palais se détachent sur le ciel, au-delà des arbres que l'hiver a déjà dépouillés.

— Je veux dire, répond le secrétaire général du Quai, qu'il ne me paraîtrait pas absurde que le Ministre finisse par s'inquiéter d'un certain retard dans l'affaire chinoise.

Cette fois, le jeune Philippe de Ligne a compris :

— Vous voulez dire que l'idée d'une conférence sur le Cambodge, elle, est presque mûre ?

« Ce garçon est peut-être un peu moins bête qu'il n'en a l'air », pense Gérard Melot qui — c'est une expression bien datée mais charmante — « sourit finement ».

Encore quelques paroles sans conséquence, puis le jeune chargé de mission s'éclipse.

Dans le bureau attenant, il croise le regard de Thierry Destutt.

— Alors ? On ne s'ennuie pas trop à jouer les utilités pour notre vertueux secrétaire général ?

Destutt se lève brusquement :

— Je ne joue pas les utilités, mais les plantons ; il y a une nuance.

Philippe de Ligne, beaucoup moins bête encore que n'a pu le croire Melot, l'a compris. Il sourit à nouveau, puis rentre dans son bureau — on l'appelle « la Chambre du Maréchal » et quelqu'un lui a dit que le Maréchal en question n'était autre que Goering, ce qui l'a déçu : il espérait au moins un maréchal d'Empire ! — et note très vite quelques mots sur un agenda rouge.

Resté seul, le secrétaire général est allé jusqu'au coffre-fort dissimulé entre les deux fausses portes condamnées qui donnent sur le palier. Il a fait jouer la combinaison puis s'est accroupi pour extirper de l'énorme bloc de fonte un étroit cahier à couverture noire.

Il est alors revenu à son bureau ; a d'abord tiré du cahier une photo de femme qui lui sert à en marquer les pages. Puis, très lentement, très posément, il a lui aussi écrit quelques lignes sur la page de droite. Pour ce faire, il a sorti son vieux stylo de laque, à petite plume d'or, qu'il a trempée dans un encrier d'encre violette. Il a ensuite séché son texte avec un buvard, regardé un instant la photographie de Raphaële et a remis le tout dans le coffre-fort dissimulé entre deux portes, qu'il a refermé d'un coup sec.

Devant lui, une statuette de grès rose, arrachée à la pierre d'un temple du côté d'Angkor...

Une heure plus tard, c'est encore du Cambodge qu'il s'agit. Jacques Benoist, que Melot a convoqué dans son bureau, hoche la tête :

— Il est certain que la rencontre de Fère-en-Tardenois a été un signe positif, mais de là à...

A l'Hostellerie du Château, restaurant trois étoiles au Guide Michelin, Norodom Sihanouk avait reçu Hun Sen, chef du gouvernement de Phnom Penh : ce premier entretien avait été suivi d'un autre, puis d'un autre encore. Jacques Benoist émet pourtant une dernière réserve :

— Vous ne craignez pas que le projet chinois...

Mais il se reprend aussitôt :

— Vous avez probablement raison, la balle est dans notre camp : à nous de persuader Sihanouk de se montrer plus...

Il a laissé sa phrase en suspens, mais les seuls noms de Sihanouk ou de Son Sann, de Hun Sen même, le ramènent à un autre vieux rêve que, tout jeune diplomate, il avait caressé pendant son séjour à Phnom Penh : un Cambodge enfin en paix avec lui-même, et ami de la France.

— Vous avez probablement raison...

Jacques Benoist a répété sa phrase, comme pour se convaincre lui-même qu'il n'y a là aucun danger. Il sait pourtant que si la conférence sur le Cambodge débouche sur un constat de désaccord, ses amis de Pékin risquent de refermer les portes entrebâillées.

— Vous avez même sûrement raison...

Sur le bureau de Gérard Melot, le sourire de la petite statue de grès paraît plus lumineux.

Comme transfiguré, le visage de Lorraine semble respirer à nouveau.

C'est un matin de soleil; sur le boulevard Saint-Germain, elle marche au bras de Julien et l'un et l'autre, sur ce trottoir, semblent deux amoureux qui ne se seraient jamais quittés : jusqu'aux yeux de la jeune femme qui donnent l'impression qu'elle rit, qu'elle sourit au moins, même si sa bouche est immobile.

Et Julien lui parle à mi-voix. Il lui raconte la vie qui sera la leur, les livres, le soleil en été peut-être sur l'Auvergne et, parce que le sourire des yeux a gagné peu à peu tout le visage — les lèvres enfin... — Julien se dit que ce matin, peut-être et pour la première fois, Lorraine qui marche à son bras est heureuse.

Lorraine silencieuse qui ne dit rien, n'entend rien.

Plus tard, à la Rhumerie Martiniquaise, Didier de Wandrille s'est assis à leur table.

Plus tard encore, Didier racontera :

— D'un coup, j'ai été frappé — oui, c'est bien le mot : frappé — d'une folle tendresse pour cette jeune femme qui me regardait sans un mot. Et je me suis dit que peut-être, oui, peut-être, je pourrais tenter de lui apporter une bribe de ce qui lui manquait aussi atrocement, aussi évidemment : un tout petit morceau d'espoir.

Beaucoup plus tard encore, il avouera :

— Tout de suite, j'ai pensé qu'à Charny, où, sait-on jamais, elle pourrait, dans le silence, réapprendre à entendre les voix qui se sont tues.

Mais ce matin d'hiver froid et lumineux — le soleil dans les branches des arbres devant la terrasse du café... — Didier parle à Julien de tout, de rien, de Charny, de ses amis musiciens, Cecilia, Jean-Marie Erlanger, qui s'y retrouvent parfois, de ses amis médecins — du monde ou sans frontières — qui s'y retrouvent toujours.

— Je sais que, si je me sens très mal et très seul, je n'ai qu'à revenir là-bas.

Le regard de Lorraine est posé sur Didier et Didier pense que, tout d'un coup, l'impossible vient de fondre sur lui : il aime Lorraine, l'amie de son ami Julien.

— Frappé d'une folle tendresse..., répétera-t-il.

— J'avais vingt ans...

Thierry Destutt a pensé à mi-voix. La secrétaire de Melot, qui traversait son bureau, a jeté un regard inquiet vers lui, mais il ne l'a pas remarqué : il classe des télégrammes et, déjà, s'ennuie.

« J'avais vingt ans... » : Thierry se souvient. Le dîner, quelques jours auparavant : ce sont les soirées de la rue de Lille retrouvées, ses années d'étudiant : « Nous avions vingt ans, et nous étions ensemble... »

Jean-Marie Erlanger jouait du piano ; toute sa vie, il avait joué du piano et, lorsque leur séance de travail s'achevait, il allait vers le Steinway à queue du salon et commençait à jouer. De mémoire, n'importe quoi ; Bach surtout : il commençait par un passage du *Clavecin bien tempéré*, enchaînait sur les *Variations Goldberg* et achevait sur une anglaise, la sarabande d'une *Suite* qu'ils connaissaient tous. Jean-Marie voulait lui aussi être diplomate, Dominique rêvait de journalisme, Bernard de Beausséant disait sans sourire qu'il serait gigolo... Et tous les quatre s'étaient pourtant retrouvés au Quai d'Orsay : Thierry et la Chine, Jean-Marie en poste à Moscou, Dominique Flornoy à New York et Beausséant, qui paraissait les observer tous, ironique.

Autrefois, rue de Lille, ils étaient six garçons qui s'étaient, en somme, presque juré de ne jamais se quitter — et qui étaient dispersés aujourd'hui aux quatre coins du monde.

A Moscou, Jean-Marie Erlanger joue désormais avec une sorte de ferveur les *Années de pèlerinage.*

Sa femme, Joëlle, s'occupe des enfants qui sont des jumeaux, Joseph et Josepha et lui, qui rentre tous les soirs de l'ambassade vers dix-huit heures, commence par errer un moment dans l'appartement aux boiseries grises qui leur a été alloué au-dessus d'un terrain vague où la neige sale a mis quatre mois à fondre le premier hiver. Puis il tente en vain de regarder la télévision pour revenir au piano crapaud qu'il a réussi à faire admettre dans son déménagement lorsqu'il est venu de Paris.

Sa femme n'écoute guère, trop occupée par les jumeaux, et les voisins du dessus — des diplomates finlandais — renforcent, pour protester, le son de leur télévision. Loin de Paris, loin du groupe de Charny, de ses amis, Jean-Marie Erlanger, marié, père de famille et diplomate, est seul, lui aussi. Alors, il y a la musique. Nos musiques...

Par la fenêtre aux vitres sales, des enfants jouent dans la cour-terrain vague : il observe sans voir et Liszt l'accompagne, vaille que vaille...

L'amour monstre, aussi, de Claudel, pour celles qu'il brisait.

— Peut-être est-ce parce qu'il était catholique, notable, ambassadeur, académicien, que sais-je ? que moi, qui ne suis rien, je me sens tant d'affinités avec lui, dit encore Lavenant.

Lorsqu'il énonce les formidables paradoxes qui font parfois sursauter les journalistes, le metteur en scène a l'air grave, presque inquiet, comme s'il avait peur de réellement choquer ses interlocuteurs. Ainsi de Claudel, dont la foi, somme toute, ressemblait à la sienne.

— C'était un colosse aux gros souliers bien maculés de terre de labour et mon père était un ouvrier agricole.

C'est à seize ans, en 1943, que Lavenant a rejoint les rangs des jeunesses communistes.

— Depuis trois ans, il n'est pas une journée de ma vie que nous ne passions ensemble, Claudel et moi.

Il a retrouvé Julien et Serge Lensky dans un de ces cafés de la place du Trocadéro que hantent les jeunes comédiens de Chaillot et les lycéennes des beaux quartiers.

Ce Gérard, ce Léo et cette Nathalie, cette Sandra parlent à voix basse, penchés les uns vers les autres. Alors, comme s'il n'y tenait plus, Lavenant s'est levé.

— Viens, je vais te les présenter...

Une heure, deux peut-être, ils sont alors restés à parler de Claudel, du *Soulier de satin,* de Mina qui joue Prouhèze et de ce Rodrigue qui avait vu, une fois dans sa vie, le visage d'un ange...

Lorsqu'il a quitté Le Coq, vers les sept heures du soir, Julien s'est dit qu'il enviait Lavenant et ses jeunes compagnons d'avoir si aisément appris qu'un plus un plus un plus un, c'est beaucoup plus que quatre ou cinq. Serge Lensky a dû le comprendre, qui a murmuré :

— Peut-être que si je n'avais pas été ce que je suis, j'aurais aimé être un Lavenant...

Simon se souvient : c'était en 1985 ou 1986, quelques mois avant la mort de Jean-René Pallas. Jean Charlier ne sortait déjà que rarement de sa maison d'Aix, aussi Simon prenait-il lui-même une fois par mois l'avion de Marseille pour lui rendre visite. Il passait une journée en compagnie de l'ancien ministre, dormait dans une chambre à la toile de Jouy ornée de chinoiseries champêtres — c'était, sans le vouloir, une attention de Jean Charlier — puis repartait le lendemain, par le premier avion.

Cette fois-là, il avait remarqué dans la foule des voyageurs qui se pressaient à l'embarquement, à Orly, les deux frères Pallas ; c'est à peine si Jean-René et Clément s'étaient salués : on aurait dit deux étrangers. Plus tard, Simon en avait après fait la remarque à Charlier. Alors Charlier, à son tour, s'était souvenu.

— Figurez-vous que j'ai eu la même surprise à Prague, dans les années soixante-dix où j'étais allé voir votre ami Verviers. Dans un salon de l'hôtel Alcron, deux hommes se tournaient résolument le dos : c'étaient nos deux frères Pallas.

Plus tard, quelques apparatchiks tchécoslovaques étaient venus chercher Jean-René, dont Verviers lui avait confirmé qu'il était bien en mission officielle à Prague, mais nul n'avait eu le moindre regard pour le monsieur en gris, cravate grise et mêmes rayures sombres sur une chemise blanche, qui lisait un journal russe à la table voisine.

— Je n'ai jamais su trop que penser de ces deux-là, avait murmuré Charlier.

Mais l'heure était à d'autres problèmes, Deng Xiaoping venait de marquer encore un point et Simon voulait mettre les bouchées doubles.

Au lendemain du troisième plénum du XIIIe Comité central, on avait annoncé des mesures énergiques de lutte contre l'inflation, une attention plus grande aux abus de certains et un renforcement des contrôles sur les activités économiques du pays — comme s'il avait paru nécessaire de doubler le rideau de silence qu'on avait imposé aux intellectuels d'un écran de fumée soigneusement tiré entre les profiteurs du régime et le pouvoir.

— Personne n'y peut rien, avait remarqué Charlier, pas même Zhao Ziyang : il faut qu'ici ou là des fusibles sautent, sinon la pression sera trop forte. A nous de savoir choisir le moment où ceux qui sont nos amis là-bas seront en position de force.

Simon avait rectifié en lui-même : ou en position de moindre faiblesse...

— Il n'y a qu'une règle de savoir-vivre à observer ici, avait un jour fait remarquer Shi Jinan à Charlier, c'est d'éviter de mélanger ses interlocuteurs : la moindre erreur serait alors fatale.

La communauté diplomatico-militaire de Chongqing était bien cet entonnoir grouillant d'insectes de toutes espèces dont la ville évoquait inévitablement la forme. Les Américains y méprisaient allégrement les représentants de Vichy tout en ignorant les agents de la France libre. Le général Pechkoff, dont on disait qu'il était le fils adoptif de Gorki et dont on découvrit plus tard qu'il n'était autre que le frère de Iakov Mikhaïlovitch Sverdlov, l'un des plus proches compagnons de Lénine, y avait été envoyé par de Gaulle et il avait eu tout de suite recours aux services de Charlier, qui connaissait les dédales de ce labyrinthe. En face de lui, une mission Meynier venait d'ailleurs d'arriver pour représenter le général Giraud et le gouvernement d'Alger, ce qui achevera de faire de la ville un nid d'intrigues et de rivalités que l'évolution pro-japonaise de l'ambassadeur de France à Pékin agitait d'étranges soubresauts, sous l'œil impavide des observateurs soviétiques — dont certains, vétérans du Kuomintang rescapés de la commune de Canton, avaient de solides amitiés parmi les habitants de la Falaise rouge.

— Est-ce que je peux savoir, avait répondu Charlier à son ami chinois, quel est, parmi ces messieurs réunis qui se font si discrets, celui que vous pouvez considérer comme votre interlocuteur ?

Shi avait souri :

— Mais je n'ai pas d'interlocuteur parmi ces messieurs...

Devant l'air surpris du diplomate français, il avait ajouté :

— C'est vous qui êtes mon interlocuteur.

Il avait même corrigé :

— ... Mon *seul* interlocuteur.

Puis — c'était dans un cocktail en territoire neutre, chez un riche marchand chinois plus ou moins cousin de la famille Soong — il avait désigné un homme au crâne rasé qui remplissait à ras bord un verre de cognac.

— Ces messieurs, comme vous dites, seraient d'ailleurs plutôt mes ennemis, si je devais préciser les choses.

Le Russe au crâne rasé parlait à mi-voix à un homme d'une quarantaine d'années, aux traits aigus, le regard d'un bleu très pâle, qui n'était autre qu'Otrick — mais à ce moment-là (c'était au début de 1943), Jean Charlier n'avait encore jamais entendu le nom d'Otrick.

Un soir de grande fatigue, celui-ci s'était penché vers Simon.

— Oh ! Simon ! Pourquoi faut-il que ce soit ici, à Pékin, que j'aie découvert que tout ce sur quoi reposait ma vie pouvait avoir moins de consistance que quelques notes graves dans une sonate de Schubert : j'écoute le passage, j'en retiens chaque murmure, chaque silence et je suis sur le point de croire que le temps pourrait s'arrêter — puis le temps continue, et je me rends bien compte qu'on peut parfaitement oublier ces moments-là, Schubert ou Mozart.

Otrick revenait du cagibi derrière son bureau où, sur un lit tendu d'une vieille soie jaune, il lui arrivait de plus en plus souvent de fumer une pipe que Clawdia, agenouillée devant lui, avait préparée : jamais Simon n'avait remarqué combien le visage de celui qui l'appelait son ami — il couchait avec sa femme ! — avait les traits tirés, secs, aigus, du visage d'un mort.

Ce que Simon ne sait pas encore : à Cambridge où ils avaient fait ensemble une partie de leurs études, un peu avant la guerre, Jan van Otrick et Jean-René Pallas faisaient partie d'un groupe de jeunes gens qui, sans se réclamer ouvertement de l'idéologie fasciste, n'en avaient pas moins des comportements qui mettaient en fureur la plupart des étudiants étrangers et quelques Britanniques qui allaient plus tard s'illustrer sur d'autres terrains.

C'est ainsi qu'à propos d'une affaire de filles...

La serveuse du Green Horseman s'appelait Nancy, elle avait les épaules nues et suivait sans façon les étudiants qui avaient la bonne idée de lui glisser deux shillings avant de l'entraîner dans le bûcher voisin. Le patron, Mc Cormack, fermait les yeux et recevait trois pence sur chaque shilling. Deux garçons, qui s'appelaient Burgess et MacLean et que les femmes n'intéressaient pourtant guère, avaient fait le projet de l'emmener eux aussi et, à deux... Otrick et Pallas avaient eu vent de l'affaire :

l'un comme l'autre se prétendraient amoureux éperdus de la petite putain et l'affaire s'était bien terminée dans le bûcher derrière le pub, mais à quatre, et c'était MacLean qui avait failli fendre le crâne de Pallas avec une bûche.

Peu après, Burgess et MacLean partiraient pour l'Espagne, puis auraient le destin que l'on sait et, en pleine guerre froide, finiraient par se réfugier à Moscou. Quant à Pallas et à Otrick, ils panseraient leurs blessures chez un bouquiniste à tête de faune qui tenait sur Barrow Road une petite boutique tout encombrée sur trois étages de livres et de gravures plus ou moins déchirés. Chez ce vieux Petrus, on buvait du gin pur et on louchait en coin sur une gamine de quinze ans, Jenny, que le libraire affirmait être sa nièce.

C'était un univers de livres ajoutés à des livres, de piles incertaines, de rayonnages en labyrinthe.

Mais ce dont Simon se souvient parfaitement, ce sont des bibliothèques d'Otrick à Pékin, alignement parfait d'éditions originales d'auteurs célèbres, amis de l'ambassadeur et qui, presque tous, avaient zébré la page de garde d'un bel envoi.

— Tous des amis ? avait demandé, presque candidement, Simon.

Otrick avait eu un curieux sourire.

— De très bons amis, ou de parfaits ennemis...

Somerset Maugham, André Maurois, Henry Miller, jusqu'à Robert Musil classés côte à côte, par ordre alphabétique et sous couverture de papier cristal, en un ordre régulier.

Ce sont à peu près les mêmes livres qu'on retrouvera d'ailleurs dans la bibliothèque de John Baker ; comme si les livres tissaient, page après page, entre ceux que le hasard et le temps ont éparpillés aux quatre coins du monde, un fil étroit de connivences, un réseau secret de mémoires qui, peu à peu, se reconnaissent toutes.

Maugham, donc, Miller et Musil, mais aussi Virginia Woolf, Vita Sackville-West ou Violet Trefusis, des dames.

Vice-roi de Hong Kong, en somme, dans le petit palais qu'entourent désormais de partout buildings et gratte-ciel, John Baker surveille les deux boys, Tim et Wang, en train de classer sa bibliothèque ; en salopette et chemise d'homme, Stefania Baker, elle, met la main à la pâte. Les volumes de Violet Trefusis ou de Vita Sackville-West sont dédicacés à sa mère, qui était une Trevor-Hopper.

Une bibliothèque, c'est déjà le début d'une histoire.

Simon, ou l'histoire d'une vie passée dans l'espoir d'un rêve qui n'a cessé de se dérober : la Résistance et René Char, le souvenir de Jean Prévost, aussi, et puis Camus, Sartre, notre après-guerre et les volumes salis, emmenés jusqu'en Chine, la Chine elle-même et Segalen, bien sûr, Saint-John Perse, tous ceux qui l'ont chantée pour terminer sur les livres que Simon achète aujourd'hui, qui sont chers et tout pleins, eux aussi, d'autres vies, d'autres histoires : cet exemplaire de Stendhal appartenait à Théophile Gautier, ou ce volume de Balzac avec un envoi à Laure de Berny.

Bibliothèque labyrinthe, encore, où Simon se réfugie quand le reste se dérobe.

Ainsi, cet après-midi aux archives du Quai d'Orsay : tout un dossier marqué Ch. 49.DLG 6b, qui était dans les rayons la semaine précédente, a été retiré de son casier.

— Une note du cabinet du ministre à la direction d'Asie, murmure Vincent Dignimont, en guise d'excuse

Jacques Benoist se penche sur la jeune femme encore à demi endormie.

— Tu sais que je t'aime bien, petite Linlin.

La jeune femme grogne un peu, s'étire, soupire :

— Mais je t'aime bien, moi aussi, mon beau Jacques...

C'est un jeu entre eux, et depuis les premiers jours : Linlin était chanteuse d'opéra comme de mélodies sirupeuses à la mode de Hong Kong lorsque Jacques l'a rencontrée à Shanghai et les mille et une amitiés qu'il avait à Pékin lui ont permis, sans trop de peine, de faire quitter la Chine à la jeune fille. A Paris, Linlin est devenue chanteuse de rock, puis modèle. Longue et mince, elle sait sourire mais elle est restée la petite Linlin et Jacques Benoist son beau Jacques.

— Et pourtant, remarque celui-ci trop sentencieusement pour être vraiment grave : et pourtant, tu n'es pas toujours très fidèle...

Linlin s'étire à nouveau, et c'est tout son buste qui émerge des draps, belle tige aux seins minuscules, si parfaitement ronds, pointes du plus bel ocre qu'on puisse imaginer au bout de seins bien ronds — qu'après deux ans de vie commune, Jacques en a encore le cœur qui bat.

— Mais je suis très belle, non ? Et tu m'aimes mieux très belle et un peu infidèle que très fidèle et pas très belle, non ?

La logique de Linlin est incontournable ; Jacques se penche à nouveau sur elle.

— Heureusement que tu n'es pas la première et que tu ne seras sûrement pas la dernière à me tenir ce langage, autrement je serais très malheureux.

Sourire de Linlin, qui élève vers lui ses deux bras tièdes, la ligne du dos, le corps entier qui se cabre.

— Et tu n'es pas très malheureux, n'est-ce pas ?

— Non, je suis seulement un peu triste... Ceci compense probablement cela...

Jacques Benoist habite rue de la Harpe : un grand Nègre en bonnet de coton chante du jazz sous ses fenêtres et Jacques sait qu'on a beau dire les Chinois très racistes, sa Chinoise à lui n'a pas dédaigné le jazz du beau Noir, américain de surcroît.

— Ainsi va le monde, murmure-t-il, et ce n'est pas ma faute.

Lorsqu'il avait une vingtaine d'années et que, futur énarque achevant son service militaire dans une ambassade, il vivait à Pékin aux côtés de Guillaume, de Simon et de John Baker, Jacques racontait à qui voulait l'entendre ses fabuleuses histoires ; il y avait toujours quelque part — et déjà — dans sa vie une chanteuse d'opéra chinois follement amoureuse ou la fille d'un cadre du Parti qui aurait trahi pour lui père et mère — et Mao par-dessus le marché ! — mais ce n'est que bien des années plus tard que Guillaume avait appris la vérité.

— La vérité ?

Jacques était parti d'un éclat de rire embarrassé. Guillaume, de passage à Paris — il habitait alors Prague ou Londres —, était venu le voir. Sous ses fenêtres, la rue de la Harpe bruissait des faux étudiants et des vrais touristes du dimanche après-midi.

— La vérité ? Tout ce que je t'ai dit et tout ce que je te dirai jamais sur cette année à Pékin est vrai et sera toujours plus vrai que nature ; mais au-delà de toutes ces belles histoires...

Il avait prononcé pour la première fois le nom de Shiying, qui avait vingt ans et qui servait de pseudo-gâteaux viennois et du thé rouge trop fort aux clients étrangers du Café du Marché Couvert, alors l'un des hauts lieux à Pékin d'un Occident des années trente. Jacques lui avait souri deux fois, trois, peut-être que deux fois ils avaient réussi à se parler et c'était tout.

— La voilà, la vérité ! la vérité vraie, comme je disais quand j'étais petit : pendant un an, j'ai été amoureux comme un collégien d'une serveuse de magasin à qui je n'ai jamais osé, ou presque, adresser la parole. Ça ne te fait pas rire ?

Guillaume avait ri ; pour la forme. Le visage de Jacques était redevenu grave.

— Mais je te jure bien que toutes mes autres aventures, la belle Wei, fille d'un maréchal de la Longue Marche avec qui j'ai bel et bien forniqué du côté de Dazhalan ou cette actrice dont j'aime mieux oublier le nom, c'était vrai, aussi : la vérité vraie, encore une fois ! Seulement, toutes celles-là ne faisaient que passer. Alors que Shiying...

Une peinture sur verre au mur de l'appartement donne peut-être l'image de ce qu'a été la petite vendeuse du marché couvert : bouche minuscule, les yeux très bridés, les pommettes hautes, elle a l'air triste.

— Oui, dit Jacques Benoist : je l'ai trouvée chez un brocanteur à Liulichang, et je l'ai achetée parce qu'elle lui ressemblait.

Et puis, on ne rit plus.

— Si vous le permettez, monsieur le Secrétaire général, je demande le rappel immédiat de Fouquet.

Le directeur d'Asie, rouge de colère, brandit devant Gérard Melot le télégramme qu'il a reçu le matin même de Hanoi.

— Sans prévenir personne, notre ambassadeur au Viêt-nam a pris sur lui d'entreprendre auprès des autorités du pays de sa résidence une démarche concernant le Cambodge, c'est-à-dire un pays tiers, qui n'entre nullement dans le domaine de sa compétence !

Ennuyé — Claude Fouquet, presque au bord de la retraite, est un vieil ami —, Gérard Melot joue avec un stylo.

— Il est évident..., commence-t-il.

Mais il est des jours où Jacques Benoist n'entend pas prendre de gants : en quelques minutes, il devient ce haut fonctionnaire sec et cassant que beaucoup affectent de seulement voir en lui.

— Il est évident que l'information en est arrivée jusqu'aux oreilles des amis de Sihanouk et que tous nos efforts vont s'en trouver retardés de six mois.

— Il est évident, en effet..., reprend Gérard Melot.

Alors, la voix très posée de Jacques Benoist :

— Voilà pourquoi notre ambassadeur au Viêt-nam doit être immédiatement rappelé. Avec votre permission, monsieur le Secrétaire général.

Gérard Melot, cette fois, n'a pas répondu. Il sait que Fouquet est aussi un ami de Simon : appeler Simon pour faire revenir le directeur d'Asie sur sa décision ? Et puis il hausse les épaules — à quoi bon ?

Le premier nom qu'a trouvé Jean-François Verviers dans l'enveloppe que lui a remise Max est celui de Simon. Il a peut-être un peu pâli.

— D'où viennent les instructions ?

Julie, la fille qu'ils se partagent — un aménagement facile : il y a les nuits paires et les nuits impaires, bien que la fille ait pour Jean-François une vraie tendresse — ouvre les yeux.

— Qu'est-ce que vous allez encore faire comme connerie ?

Elle qui a su si bien, et en d'autres temps, en faire de belles, en la matière. Mais on ne répond pas à ces remarques-là ; pas plus qu'à la question de Jean-François.

— T'occupe, lance Max, et toi, occupe-toi du bonhomme.

— Tu veux dire : le Simon Anglade de l'Élysée ?

Max achève de s'en rouler une :

— Lui-même. Ça te défrise ? Tu le connais ?

Cette fois, Jean-François rougit brusquement.

— Bien sûr que je le connais pas !

Il pleut sur Montfort-l'Amaury et Julie, qui est sortie de bonne heure pour acheter des œufs dans une ferme voisine, a les cheveux mouillés, l'air d'une petite fille battue.

— Et si la violence elle-même pouvait se représenter par un signe ? avait demandé Lavenant gravement.

A la fin des années soixante et lorsque le maoïsme était à la mode, Lavenant ne cachait à personne son mépris pour la solution qu'affirmaient apporter les maolâtres parisiens.

Serge Lensky l'avait pris à partie à la sortie de l'Odéon où chacun venait de communier religieusement au grand mystère Beckett :

— Quoi que tu veuilles et quoi que tu fasses, mon pauvre Lavenant, tu ne seras jamais qu'un vieux stal !

Puis Lensky s'était animé.

— Tu ne comprends pas que ce qui se passe là-bas, c'est l'histoire même du théâtre ! On *joue* la révolution : tout est geste, mot d'auteur, rite et simulacre !

Quand il le voulait, Lavenant pouvait être d'un sérieux imperturbable.

— C'est toi qui confonds tout. Songe : il y a le théâtre politique, mais il n'y a pas de politique-théâtre.

Il buvait verre de rouge sur verre de rouge et les deux gamines qui l'accompagnaient — deux petites comédiennes dont il avait fait, affirmait-il sans rire, de véritables marionnettes — semblaient s'ennuyer ferme à ses côtés, mais elles étaient jolies et Serge, pour la première fois, avait envié son ami.

Vingt ans plus tard, c'est le même regard qu'il pose aujourd'hui sur lui.

— Ce que je tente de faire, explique Serge à Lavenant, c'est de rassembler toutes les données disponibles sur ce qu'on a appelé, entre 1978 et 1979, le « printemps de Pékin », et que j'ai moi-même vécu : je suis convaincu qu'à la lumière de ce qui s'est passé voilà dix ans, nous pouvons tirer des conclusions à peu près certaines sur ce qui se passera dans les mois, voire dans les années à venir.

Les mots, cette fois, qui se dressent : Lavenant l'écoute, attentif à la force même des mots.

— Je ne crois qu'à la violence pour nous ramener à un peu plus de tendresse ! s'exclamait aussi le libraire à la barbiche de faune.

Chez Petrus, à Cambridge, où se retrouvaient Pallas et Jan van Otrick, on croisait des figures étranges. Petrus lui-même ressemblait à un satyre bedonnant et poilu sorti d'une légende anglaise. Il collectionnait les recueils d'alchimie, se disait un peu druide et, les nuits d'été, il allait couper du gui dans les bois alentour qu'il distribuait ensuite à ses amis étudiants en leur murmurant à l'oreille d'épouvantables obscénités.

Le régime hitlérien était depuis longtemps bien installé à Berlin et Petrus proclamait hautement son admiration pour l'ordre nouveau qui allait enfin régner sur l'Europe. Et pourtant, ce soir du mois de juin, on buvait de la bière en fumant de grosses pipes bourrées jusqu'à la gueule d'un tabac parfumé, écœurant.

— Longue vie à ceux qui savent reconnaître le maître de l'esclave ! s'était écrié Petrus.

Il était ivre. Otrick était ivre ; Jean-René Pallas lui-même était ivre et les filles qu'ils avaient ramenées du Green Horseman étaient plus ivres encore.

— Longue vie..., avait répété.

Alors, quelqu'un avait crié très fort :

— Alléluia !

Jean-René Pallas s'était retourné ; celui qui blasphémait avec une si belle ardeur était ce Burgess connu, avec son ami MacLean, pour ses liens avec le parti communiste anglais. Le jeune homme, qui avait remarqué sa surprise — Burgess, homme de gauche, parmi ces laudateurs du régime nazi ? —, lui avait adressé un clin d'œil narquois ; alors, Jean-René Pallas avait compris.

Et plus tard, Otrick avait eu un sourire indulgent pour la naïveté de son compagnon :

— Il faut bien sauver les apparences, non ? Mais ce soir, nous étions entre nous et plus personne n'avait rien à cacher à personne. D'ailleurs, nous sommes tous engagés dans un combat diabolique où il n'y a ni bons ni méchants, mais seulement des hommes qui se battent pour sauver ce qui peut encore l'être.

Et puis, il y avait eu Jenny : longtemps Jean-René Pallas porterait en lui comme une brûlure le souvenir de la petite fille que le libraire de Cambridge lui avait présentée un jour comme sa nièce.

Elle avait quinze ans, il en avait dix-sept, il l'avait d'abord aperçue dans un cagibi rempli de livres ; un lit étroit y était apparu un matin et Jenny, en chemise, y dormait. Très vite, alors... Et le regard en vrille du libraire qui se posait sur eux ; il semblait dire : « Allez-y, mes enfants » — mais, dès ce deuxième ou ce troisième jour où elle avait pris sa main,

Jean-René avait lu une menace dans le regard aigu de Petrus qui l'avait pourtant pris à part pour lui lancer :

— Tu sais, avec elle : c'est quand tu veux, comme tu veux !

Jean-René avait serré les dents sans répondre, sans demander surtout comment cet homme, qui se prétendait un oncle... et le lendemain, ç'avait bien été, en effet, quand il voulait, comme il voulait, mais il en avait été bouleversé de tendresse et, longtemps, il était resté à caresser ces cheveux longs et raides qui s'échappaient entre ses doigts.

De la même façon, le regard que pose Didier de Wandrille sur le visage nu — c'est cela : nu — de Lorraine, dans ce café du boulevard Saint-Germain. Alors il se penche vers Julien et pose enfin la question :

— Tu ne voudrais pas venir passer quelques jours — une semaine, davantage si tu veux — à Charny ?

Un soupir, l'attente, puis :

— Vous viendriez tous les deux ; je vous donnerais la grande chambre de la tour ronde.

Plus tard, il pensera encore : « Réinventer une nouvelle forme d'amour, et d'amitié... »

La main de Julien s'est posée sur l'avant-bras de Lorraine ; il a senti une sorte de tremblement : comme si elle avait compris.

— Quelques jours à Charny, oui, pourquoi pas ?

Avec Jenny, ç'avait duré quelques jours, en effet ; quelques jours de ce bonheur fulgurant, incroyable, dans un Cambridge d'automne qu'un soleil rouge et violent, violacé le soir à la tombée du jour, illuminait comme un grand tableau de Turner, indécis et brouillé.

— Toi seul, répétait la petite fille : toi seul, jamais...

Elle avait une peau très blanche et des os saillants de petit chat maigre avec, çà et là, des sortes de marques bleues ; elle avait fondu en larmes :

— Oh ! ne me regarde pas !

Ils s'aimaient sur le lit étroit, parmi les piles de livres qui s'écroulaient parfois sur eux ; mais ils s'aimaient aussi chez Jean-René, qui habitait une chambre en ville, ou encore dans la campagne, au pied d'un arbre ; elle disait :

— Toi, là, maintenant...

Avec une terrible impudeur de petite fille qui sait que rien de tout cela ne pourra durer : le visage ensuite marqué de terre et de boue, quand il l'avait renversée dans les feuilles de l'automne.

Le regard grave de Chessman, qu'on ne saurait laisser de côté dans ce partage d'une tendresse confuse, unique, celle de l'homme encore enfant qui découvre l'enfant ; le regard qu'il a posé, lui aussi, à dix-sept ans, sur cette petite sœur de quatorze ans dont il a dit un jour à George Mulley qu'elle était au commencement de tout ce qui avait été sa vie.

Ils habitaient alors une grande maison du nord de l'Angleterre, pas loin, précisément, d'Avon Court, où lord Avon reçoit avec un faste d'un autre temps des amis, dont Chessman lui-même. John et Emily, qu'un père toujours absent, une mère plus lointaine encore, avaient confiés à deux domestiques, galopaient sur les *moors* comme dans un roman des sœurs Brontë ; et si John se prenait un peu pour Heathcliff, il aurait voulu qu'Emily s'appelât Catherine ; il la serrait dans ses bras à lui faire mal mais un jour où il était entré dans sa chambre et qu'elle était à demi habillée — deux seins de petite fille, tout juste nés... —, il avait eu presque peur et, de la journée, de la semaine peut-être, avait à peine pu la revoir.

— Pardon, oh ! pardon...

Elle avait souri.

Le regard, alors, de Chessman, qui se souvient.

Petrus, le libraire, avait prévenu Jean-René :

— Avec Jenny, ça ne peut pas durer, tu l'as compris ?

Déjà, le libraire avait fait rencontrer au jeune Français d'autres hommes, qui lui parlaient d'autres engagements, d'autres serments. Mais quand Petrus était revenu à la charge :

— Il va falloir que Jenny quitte Cambridge, sinon...

Jean-René avait lu de la haine dans son regard, et il lui avait rendu cette haine pour dire seulement :

— Non.

Comme le regard de Didier quand l'image de Lila...

C'était un peu avant la chute de Phnom Penh, les Khmers rouges ne montraient pas encore leur vrai visage et Didier était parti là-bas sur un coup de tête, avec des amis de Médecins sans frontières. Il y avait rencontré Gérard Melot qui se préparait à fermer son ambassade ; Melot l'avait envoyé dans un camp de réfugiés auprès d'une de ses amies, médecin à la Pitié qui avait tout quitté pour cet enfer-là.

— Vous ne savez rien faire, n'est-ce pas ? avait lancé la femme.

Didier avait secoué la tête :

— Rien.

Alors il avait été infirmier, garçon de salle, il lavait les malades et les planches de bois dans un hôpital improvisé à quelques kilomètres seulement de Phnom Penh sur le point d'être investi. C'est ainsi qu'il avait recueilli une petite fille qui n'avait plus qu'un bras. Elle parlait bien français, ils avaient parlé, il l'avait appelée Lila ; de son unique main, elle l'attirait vers lui :

— Ne t'en va pas ; ne me quitte pas...

Un jour, de ses lèvres, il avait effleuré les lèvres de Lila, et ç'avait été tout.

— C'est tout ? avait demandé Lila, avec un petit rire.

— Demain..., avait-il répondu, dans un murmure.

Il était rentré pour la soirée à Phnom Penh, mais il n'y avait pas eu de lendemain : pendant la nuit, l'artillerie rebelle avait anéanti le camp, l'hôpital, et la petite fille qui n'avait plus de bras droit avait disparu sous les bombes. L'image, alors, de celle qu'il avait appelée Lila, la nuit, et qui revient...

Mais cette fois le regard de Lorraine s'est posé sur Didier et Julien a répondu :

— Venir passer quelques jours à Charny : oui, pourquoi pas ?

Puis, un soir où ils rentraient vers Cambridge, sur la route de Londres, une voiture avait foncé, tous feux éteints, sur eux. Jean-René, qui marchait sur le bas-côté, ne risquait rien, mais Jenny avait reçu le choc de plein fouet...

Les feuilles mortes sur son visage de morte, et les traces de boue. Le buste à demi dénudé de la petite fille, les linges rougis : le corps déchiré, mutilé, abîmé.

Tous feux éteints, la voiture s'était éloignée très vite ; de loin, Jean-René l'avait vue faire demi-tour pour repartir vers Londres. Elle était passée près de lui, l'avait frôlé et il avait compris.

Sur le visage de Petrus, ce soir-là, au-delà de l'air savamment désolé, une sorte d'ironie. Puis cette remarque :

— Tu sais, mon garçon, des nièces comme Jenny, ça se retrouve...

Il avait presque gloussé. MacLean venait de quitter à son tour l'Angleterre : autour du libraire on serrait les rangs. Pour la première fois, un homme arrivé de Moscou et qui ne s'en cachait pas était venu à Cambridge pour rencontrer, affirmait-il, Jean-René. Alors, dans le cœur de Jean-René Pallas, et depuis ce jour-là, cette haine...

Un vertige a saisi Chessman : les lèvres closes d'Emily, les paupières baissées, une manière de sourire, pourtant : elle avait quatorze ans, le visage très pâle, et un peu de boue — une trace de boue... — sur la tempe gauche.

De la haine, alors ?

De la rage, plutôt. Et, depuis soixante ans, cette rage.

— Pourquoi elle ? crie encore parfois, après cinquante années, John Chessman qui se souvient de sa sœur qu'on avait retrouvée morte, violée, le corps mutilé, les vêtements en lambeaux, le sang.

Jean-François Verviers au cœur, lui aussi, de ces violences et de ces immenses désespoirs : la rage qu'il met à interroger cet homme gros et lourd, cet homme-tronc appuyé à une table de la Rhumerie Martiniquaise.

— Mais pourquoi lui ?

Le nom de Simon, sur la liste : le premier. Mais Patrick Vergnaud, qui a été peintre un jour et dont les toiles noires et rouges disaient la mort sous le soleil d'Algérie, la guerre, la mort plus ignoble encore, Patrick Vergnaud qui distribue aujourd'hui et la mort et les armes, secoue simplement la tête :

— Les ordres, mon petit : les ordres ! Tu ne comprends pas ?

A travers la longueur de la salle, il a aperçu ces deux hommes et cette femme, Julien, Didier, Lorraine, à qui Jean-François a fait un petit signe de la tête en entrant.

— Et puis, je t'avais dit de ne jamais venir me voir.

La main de Jean-François s'élève encore, comme pour implorer, mais celle de Patrick Vergnaud, énorme poussah ventru, déformé, difforme, se pose sur son avant-bras et le serre très fort.

— Les ordres, mon petit, les ordres.

Ces morts, ces haines.

Le corps, ensuite, carbonisé du vieux Petrus, dans sa librairie en flammes, le pétrole qu'on a jeté sur les livres pour que nulle trace ne subsiste : ces morts, ces haines... Et Jean-René qui court à travers les rues de Cambridge, comme rasséréné.

— Je peux tout faire ! crie-t-il dans la nuit glacée de ce dernier soir d'automne.

La haine, la mort — et le voyage à Zurich, un peu plus tard, pour rencontrer d'autres hommes, venus de Moscou et même de Canton ; parce qu'il a vu à dix-sept ans le corps mutilé d'une petite fille dont on avait décrété la mort.

— Je peux tout faire, répétait Jean-René.

Après Zurich, Lucerne ou Tanger, il s'était ainsi retrouvé à Chongqing un matin de 1943 : l'histoire de la Chine, alors, ne faisait que recommencer.

Tout à trac, Lavenant a interrogé Lensky :

— En somme, ce printemps de Pékin sur lequel tu travailles depuis tant d'années, ce serait un Mai 68 qui aurait eu une vraie dimension politique ? Ce n'aurait plus seulement été « sous les pavés, l'espoir » mais « sous les affiches de ton mur de la liberté, la liberté » ?

Ils se sont retrouvés à la Closerie des Lilas, après la dernière représentation du *Soulier de satin.*

— Une pièce achevée, le dernier rideau tombé, les décors qui vont déjà à la casse, c'est un peu comme l'enfant dont une mère vient d'accoucher : on se sent vide et nu.

Pendant les dix mois qu'il a joué sa pièce, Lavenant s'est arrêté de fumer : il vient de s'y remettre, c'est la quinzième cigarette de la soirée.

— Vide et nu — et en même temps, on revit.

Il a soufflé la fumée devant lui, a regardé les volutes bleues flotter au-dessus de son verre. Puis il a repris son souffle, comme on se jette à l'eau.

— J'ai une proposition à te faire...

Lensky a ri :

— Tu veux que je t'emmène en Chine ?

— C'est plus que ça : je veux que toi et moi, à nous deux, nous écrivions une pièce sur ce *Printemps de Pékin :* on pourrait la créer au printemps prochain, précisément.

Printemps 1989 à Chaillot : pourquoi pas ? Serge Lensky a tendu la main à Lavenant, que l'autre a serrée vigoureusement.

— Affaire conclue ?

— Affaire conclue.

A l'autre bout de la salle, près de l'angle du bar, Patrick Vergnaud observe.

— Je suis maintenant convaincu, remarque Jean-Bernard André, que l'heure n'est plus aux discours ni aux supputations : il faut voir, tenter de comprendre, puis montrer.

Jacques Benoist vient de placer dans son bureau une très belle calligraphie qu'il a reçue de Pékin où Gilles, qui fut son ami bien avant de devenir l'amant de Paul van der Goes, trace encore parfois ces caractères étranges, tourmentés, sur de longs rouleaux de papier qu'il envoie, par la valise diplomatique, à ses amis français repartis aux quatre coins du monde.

— Vous comprenez pourquoi j'ai besoin de votre aide, poursuit Jean-Bernard, je suis certain que personne en France ne sait mieux que vous ce qui se passe en Chine. Il faut que vous m'en parliez. Le film que je rapporterai de là-bas sera le contrepoint par l'image de tout ce que vous m'aurez dit.

Le rire de Jacques éclate alors, moqueur, amical :

— Le contrepoint de ma pensée, en somme ? Vous ne croyez pas que vous exagérez un peu ? Alors qu'il y a la Chine entière, et qui nous défie tous ? Un peu de fraîcheur, jeune homme : un peu de fraîcheur !

Puis, pendant deux heures, pendant deux jours, Jacques Benoist a parlé de la Chine pour Jean-Bernard André qui va s'embarquer pour Pékin.

Il est onze heures du matin. Comme chaque mardi, la réunion du cabinet vient de s'achever et le ministre a fait signe à la secrétaire qui vient de passer une tête dans l'entreporte :

— M. Anglade est-il arrivé ?

Janine, la secrétaire du ministre, l'a suivi depuis sept ans, du Commerce extérieur où il a fait ses premières armes, à la Défense, où il s'est fait un nom ; en riant, elle affirme qu'il a tour à tour été VRP, puis marchand de canons. Pourtant, depuis que son patron est aux Affaires étrangères, c'est le plus sérieusement du monde que Janine Della Casa affirme qu'elle « frôle l'avenir du monde ».

— Il attend dans le salon de l'Horloge, monsieur le Ministre.

Même rue Saint-Dominique, Janine avait encore appelé son patron par son prénom, Gilles — mais les dorures et les ormoulus du Quai d'Orsay la retiennent désormais.

Quelques instants après, Simon pénètre dans le bureau du ministre qui s'avance vers lui, la main tendue. Et tout de suite :

— Vous savez que je m'inquiète un peu de notre affaire. Vous n'avez pas peur que, mis au pied du mur sur le Cambodge, vos amis chinois se dérobent ?

Pris de court, Simon a failli s'inquiéter : et si le ministre avait des informations que lui-même ne possède pas ? Mais, à la question précise qu'il lui pose, Gilles Beriot esquisse un geste vague.

— Non, rien du tout... Simplement, je ne voudrais pas qu'à force de courir deux lièvres à la fois...

Encore une dizaine de minutes de propos lénifiants — Simon veut rassurer le ministre qui, ce faisant, le rassure lui-même —, puis Simon quitte le Quai d'Orsay sans passer par le bureau de Jacques Benoist ni par celui de Melot.

C'est en revenant rue de l'Élysée qu'il apprendra qu'on vient de lui retirer son principal collaborateur, Bernard de Beausséant, nommé à Matignon dans l'équipe de conseillers diplomatiques qui entoure le Premier ministre.

— Mais on vous trouvera quelqu'un, lui affirme le secrétaire général adjoint de l'Élysée, ne vous inquiétez pas !

Simon s'inquiète-t-il ? Les notes qu'il a prises aux Archives s'accumulent dans le coffre de son bureau, sous la petite peinture de Patrick Vergnaud.

Patrick Vergnaud qui, énorme et un cigare aux lèvres, a lui-même coché le nom de Simon sur la liste que lui a remise Max.

— Ce petit Verviers m'inquiète : il faut qu'il comprenne qu'il doit faire ce qu'il a à faire !

L'enveloppe donnée ensuite par Max à Jean-François Verviers ne contiendra qu'une feuille blanche, pliée en deux, avec deux mots : « J'attends. »

C'était peut-être la visite que Shi Jinan avait faite en France au début de 1963 qui avait redonné espoir à Charlier. Alors ambassadeur à Berne, il voyait défiler beaucoup de représentants, officiels ou non, de la

République populaire de Chine dans les bureaux que les autorités suisses mettaient complaisamment à la disposition des diplomates en poste chez eux qui ne pouvaient recevoir n'importe qui dans leurs propres chancelleries. Shi Jinan avait été de ceux-là.

— Vous savez que votre ami Liu aurait aimé venir à ma place, lui avait lancé d'entrée de jeu le Chinois.

Puis ils avaient passé quarante-huit heures à discuter des conditions du voyage en France de Shi lui-même. Le moment venu, celui-ci avait été reçu par Georges Pompidou, à qui il avait remis un message pour le général de Gaulle. Christian Fouchet l'avait invité dans ce même restaurant du bas des Champs-Élysées où, vingt-cinq ans plus tard, Simon entraînerait M. Liu.

— Au-delà de la simple ouverture d'une ambassade, avait tout de suite précisé M. Shi, vous savez que nous sommes quelques-uns à Pékin à vouloir qu'entre la France et la Chine...

Pour la première fois, le mot *traité* avait été prononcé. Christian Fouchet avait transmis le message à Georges Pompidou dont le conseiller technique pour les affaires d'Asie s'appelait alors Gérard Melot.

En quinze jours, et le plus discrètement du monde, Shi Jinan avait ainsi rencontré tous ceux qui, à Paris, suivaient les affaires chinoises. Il en connaissait déjà beaucoup, ne fût-ce que de nom ; d'autres, en revanche, lui étaient inconnus ; aussi ne fut-il en rien étonné lorsqu'on lui présenta, comme un spécialiste des questions stratégiques en Extrême-Orient, un haut fonctionnaire de l'OTAN alors en poste à Bruxelles et qui avait, lui dit-on, fait un saut à Paris pour le rencontrer. L'homme s'appelait Jean-René Pallas.

De retour à Pékin, on affirma pourtant à Shi — qui rendait compte de chacun de ses rendez-vous, de tous ses déplacements... — qu'hormis un bref passage à Chongqing ce Pallas n'était en rien un spécialiste des affaires chinoises.

Sur le moment, Shi Jinan n'avait relevé rien de bien étonnant à cette remarque, mais c'est M. Liu qui, quelques jours plus tard, avait froncé les sourcils.

— J'aimerais savoir si c'est pendant qu'Otrick était à Chongqing que M. Pallas y a fait son « bref passage »...

Un an plus tard, Claude Chayet, chargé d'affaires français en Chine, rejoignait Verviers à Pékin, bientôt suivi de l'ambassadeur et de toute son équipe, Yves Pagniez, le général Guillemaz, Jean-Pierre Angremy, Philippe Guillemin, Claude Martin : ils étaient nombreux, avides d'en savoir plus, mais en somme, la France n'avait fait qu'ouvrir une ambassade en Chine, et rien de plus.

Vingt-quatre ans après, Jacques Benoist, qui était, lui aussi, de cette première équipe, interroge le secrétaire général du Quai d'Orsay.

— Si je vous disais que j'ai simplement envie de revenir là-bas, vous ne vous opposeriez pas à mon idée d'aller faire un petit tour en Chine ?

Gérard Melot soulève ses lunettes sur son front ; les initiatives du directeur d'Asie ne cesseront de le surprendre.

— Eh bien, allez-y, mon vieux, allez-y. Peut-être que votre ami Guillaume a besoin qu'on lui remonte le moral !

Sur la carte peinte au mur, à droite de la fenêtre qui donne sur l'esplanade des Invalides, la Chine n'est pas plus grosse que l'Inde : à peine une petite Europe.

Couloirs du Quai d'Orsay, longues moquettes usées jusqu'à la trame, murs d'un gris uniformément grisâtre — allons ! on repeindra tout ça bientôt ! — et, aux murs, reproductions de gravures qui représentent, égrenés un à un, des ministres oubliés.

Escaliers sonores du Quai d'Orsay, grandes cages 1930, faux marbre, taches de café sombre sur la pierre autour des machines à distribuer des boissons et les grandes toilettes à chaque bout du corridor où ces messieurs, gravement, côte à côte, pissent.

— Dites donc, Laroche ?

Laroche qui pisse longuement, consciencieusement, la tête penchée en avant, se retourne brusquement.

— Monsieur l'Ambassadeur ?

Ici, côte à côte et jusque dans les pissoires, tout le monde a plus ou moins été, est encore ou sera ambassadeur ; ou presque.

— Dites donc, Laroche ! votre patron va partir pour Pékin : ça ne serait pas mal que vous l'accompagniez.

Les deux hommes remontent leur braguette avec un bel ensemble puis Laroche regagne le couloir de la direction d'Asie, l'ambassadeur redescend vers le troisième étage.

Fabriquer, ainsi, la Chine...

Serge Lensky a réussi le tour de force de réunir en vingt jours, au Centre de conférences international de l'avenue Kléber, un colloque de cent spécialistes sur l'évolution de la Chine contemporaine.

Gravement, avec humour aussi, tous ceux pour qui la Chine est proche ont tour à tour évoqué la politique, la culture, l'économie chinoises. Serge Lensky a répondu à toutes les questions des professionnels du colloque et des abonnés aux séminaires tout-terrain, avant de laisser la parole à Meifang, qui s'est lancée dans un discours étrange, vibrant, sur la condition féminine dans la Chine d'aujourd'hui. Puis, d'un coup, la jeune fille a éclaté en sanglots et elle a quitté la tribune.

Dans les couloirs, Cécile, accompagnée de Léo, comédien de la troupe de Lavenant et qui est son ami, l'a entraînée vers une petite salle fermée de portes vitrées tendues de rideaux à plis.

— Il faudrait pouvoir tout dire, a enfin murmuré la jeune Chinoise, mais il faudrait surtout qu'ils sachent, eux, tout entendre.

Pendant les débats, quelques anciens maos de Nanterre ou de la Sorbonne ont trop bruyamment battu leur coulpe.

— Ils ont, remarque Cécile, la même bonne conscience à tout dénoncer aujourd'hui que cette formidable bonne conscience qu'ils avaient, voilà quinze ans, à tout accepter.

Le visage de Serge, dans l'entrebâillement de la porte :

— Tu as fait un tabac, Meifang, mon amour ; avec ça, je crois bien qu'ils ont tout de même fini par comprendre !

Le colloque de l'avenue Kléber est « sponsorisé » — le joli mot... — par un mensuel bourré jusque dans ses pages publicitaires d'une bonne conscience agressive, lui-même subventionné par quelques ministères et autant d'officines qui ont érigé cette conscience chatouilleuse au rang d'humanisme universel.

— Après tout, lance Serge avec un beau cynisme à la clôture des travaux, tout ce que la France compte de sinologues appointés et de penseurs professionnels y est allé de son couplet — il faut bien la fabriquer, cette Chine qui nous échappe de partout !

La fabriquer : Serge Lensky lui-même n'a pas reculé devant le mot.

La Chine — mais le reste du monde : les initiatives de Mikhaïl Gorbatchev, la démocratisation du Chili, ou la paix au Cambodge qui fait l'objet de nouvelles spéculations.

— Tout est pourtant beaucoup plus difficile qu'on ne peut l'imaginer, remarque Gérard Melot : d'un côté vous avez un homme qui croit incarner une légitimité, son peuple en somme, mais qui vit dans le passé ; et de l'autre un autre politicien qui vit dans le présent avec deux puissants alliés à ses côtés mais qui sait bien, au fond de lui, qu'il n'est là que parce que ce sont eux qui l'ont voulu. En face, il y a une race de monstres, tueurs de sang-froid élevés dans nos universités et aidés — c'est là l'ultime paradoxe ! — tout à la fois par la Chine et par les États-Unis. Pour ne pas parler d'une quatrième force qui, elle, représente bien peu de chose mais sans l'accord de laquelle rien n'est possible : voilà le Cambodge d'aujourd'hui. Sur cet échiquier miné de toute part, à nous de jouer, messieurs !

Sihanouk et la Chine, Hun Sen et ses amis russes et vietnamiens, Pol Pot et ce qu'il reste de Khmers rouges et le FNLPK de Son Sann : une partie carrée qui ne peut pourtant pas se jouer à quatre. C'est à la fin d'une réunion dans le bureau du secrétaire général. Content de sa formule, Melot se tourne vers Jacques Benoist.

— Alors, Jacques, comment suggérez-vous de jouer ?

Mais Jacques ne sourit pas :

— Je proposerais une attaque par le fou : qui penserait au fou ?

Tous les regards se tournent vers lui.

— On peut savoir qui tient le rôle du fou, dans cet amas de pièces ?

Jacques Benoist ne se démonte pas :

— Mais moi, monsieur le Secrétaire général, moi : je suis prêt à tous les dévouements !

Puis, avec un sourire :

— Ce serait d'ailleurs une excellente raison de plus pour aller faire un tour à Pékin voir un peu ce qu'en pensent les deux amis de notre ami le Prince !

Le regard de Bernard Vrin, directeur d'Europe qui dit tout ignorer des choses de l'Asie, se fixe sur lui. Comme pour chaque réunion qu'il tient dans son bureau, Gérard Melot a demandé à Thierry Destutt de prendre des notes, puis d'en faire un compte rendu : en levant la séance, Melot lui a simplement lancé :

— Essayez d'être bref, pour une fois, Destutt.

Alors Thierry se raccroche à son tour à qui lui offre un peu d'amitié.

— Ça ne va pas fort, hein ?

Rire gêné de Thierry Destutt.

— Pas très fort, en effet.

Laroche, qui passait devant le bureau du secrétaire général, a fait deux pas dans l'antichambre où, sans fin, le chargé de mission que s'est choisi Gérard Melot pour organiser son emploi du temps et classer ses télégrammes, planifie l'emploi du temps de Melot et, interminablement, lit ses télégrammes.

— On devrait déjeuner, un jour, lance encore Laroche avant de s'éclipser : je suis sûr qu'on pourra te sortir de ce guêpier !

Il a failli ajouter : « Fais-moi confiance ! », mais s'est tout de même retenu.

Ce soir-là, Thierry a eu un geste qui l'a laissé pétrifié : pétrifié d'horreur face au monde entier, face à sa femme, face à lui-même. Lorsque, bien après dix heures du soir, Marie-Reine est enfin rentrée dans le triste appartement pour diplomate à la dérive dans le Paris de la rue Huysmans — « J'avais des courses à faire tout l'après-midi, tu comprends ? Alors, j'étais épuisée, et je suis allée au cinéma ! » — il l'a frappée de toutes ses forces, giflée à pleine main, en plein visage, et la lèvre de sa femme, croit-il, s'est fendue.

Tandis qu'il déambule maintenant, ivre de trois cognacs qu'il a bus tour à tour dans trois bistrots du quartier Montparnasse.

Il a cru, en refermant la porte sur lui, que Marie-Reine dont la lèvre était fendue riait.

Linlin a ri elle aussi quand Jacques lui a proposé de l'emmener avec lui à Pékin.

— Retourner là-bas ? Tu es fou, ou quoi ?

La jeune femme a remporté un succès personnel en présentant les collections d'été d'un jeune couturier qui s'est mis à son compte et qui a fait déferler sur Paris boléros et fanfreluches, couleurs, tourbillons de soieries et jupons que Linlin, longue et mince, porte avec une si belle insolence.

— Tu es ma perle d'Orient, a murmuré le couturier, le soir de la présentation.

Puis il s'est dirigé vers Jacques, qui était resté dans l'ombre.

— Vous en avez une sacrée chance, mon vieux !

C'est lui, on l'a dit, qui l'a fait sortir de Chine et qui lui a trouvé son premier travail, et ceux qui ont suivi.

— Revenir en Chine, même avec toi : il faudrait que je sois folle, moi aussi !

Un instant, le visage de Jacques s'est refermé ; puis il a haussé les épaules.

— Tu as raison, ma belle : je crois que je suis un peu fou.

Le soir même, Linlin a téléphoné à Laroche, qu'elle rencontre en cachette :

— J'ai bien fait, non ?

Calme, la voix du jeune diplomate, à l'autre bout du fil :

— Tu as très bien fait, oui.

Et le même soir, M. Liu a rendu visite à son ami Shi. Celui-ci rangeait des lettres, des notes. Un feu était allumé dans un grand brûle-parfum de bronze, où des papiers achevaient de se consumer.

— Ne me dis pas que tu as peur de quelque chose ?

Voilà près de soixante ans, dans le poêle en fonte de la mansarde qu'il habitait rue Saint-Sulpice, Shi avait fait brûler un cahier entier de poèmes : « Je n'écrirai plus un seul vers tant que notre peuple... », avait-il affirmé gravement, et Liu s'était moqué de lui : « Peut-être que notre peuple ne sait pas à quel danger il vient d'échapper ! » Mais ce ne sont plus des poèmes dont les cendres se sont maintenant refroidies dans la cheminée.

— Je n'ai peur de rien de particulier : je prends simplement mes précautions.

M. Liu a allumé une cigarette qu'il a tirée — la dernière... — d'un paquet écrasé dans la poche de sa veste.

— Peut-être que, moi aussi, je suis venu ce soir pour prendre mes dernières précautions.

Il est très pâle, le souffle court, et des gouttes de sueur lui perlent aux tempes.

— Si tu savais, murmure-t-il, combien je voudrais pouvoir vivre encore un an. Un an seulement : sur toute une vie, est-ce trop demander ? Un an de plus ?

Puis M. Liu éclate de rire, il efface au coin des lèvres un peu de sang.

— Allons ! Nous autres survivants des maoïstes morts, nous prenons encore beaucoup trop de choses beaucoup trop au sérieux !

Toute la nuit, ensuite, ils ont parlé. Puis, sur les quatre heures du matin, Shi Jinan, le premier, s'est assoupi dans la haute chaise droite d'ébène noire et M. Liu, jusqu'à l'aube, est resté assis, le corps plus droit encore que le dossier de sa chaise, à regarder le vide.

— L'âge, a-t-il murmuré pour lui tout seul, est-ce que l'âge change quelque chose à l'affaire ?

Allégresse, alors, euphorie, ce bonheur fulgurant qui ressemble presque à l'angoisse tant il est fort et poignant, qui envahit Jacques Benoist à mesure que l'avion s'approche de Pékin.

D'abord, ç'a été au fond de lui-même comme une rumeur : des bruits, en somme, qui revenaient à sa rencontre, des bribes de conversations, des éclats de voix, une musique — celle de ces haut-parleurs qui, sous ses fenêtres pendant la Révolution culturelle voilà plus de vingt ans, diffusaient des airs joyeux, entraînants et qui duraient tout le jour. Puis la joie est devenue plus grave, jubilation faite de souvenirs très rapides, des images : l'écrivain Liu Binyan dans un restaurant mongol, au-dessus du lac des Dix Monastères ou le regard d'une gamine effrontée qu'il avait suivie un dimanche dans la foule de Beihai. Alors les visages lui sont revenus par centaines, avec les odeurs, et les fumées dans le soir. Si bien que, lorsque l'avion a enfin survolé les grandes plaines basses, grises et rousses, la route tranchée droit, au vif, dans la terre, et le carré des anciens villages murés, la tête de Jacques Benoist, qui revenait en Chine, éclatait d'un bonheur fou — comme on dit l'amour fou.

— C'est bien, quand même, de se retrouver, a dit simplement Guillaume.

Jacques lui serre la main ; les deux fonctionnaires du Waijiaobu venus officiellement accueillir le directeur d'Asie se tiennent à l'écart, discrets, attendant leur tour. L'interprète au visage tanné de petite pomme blette est une femme entre deux âges, un sourire amusé aux lèvres : elle aussi connut Jacques Benoist, jadis.

Deux pas derrière Jacques, Laroche tient à deux mains un porte-documents de cuir sombre dont il affecte depuis dix ans, à travers le monde et les missions qu'il y fait, de ne pouvoir se séparer. Un jour, Jacques Benoist a affirmé que le porte-documents en question ne contenait que des revues pornographiques et Laroche, blessé, a rougi.

— C'est bon, oui..., a répété après l'ambassadeur le directeur d'Asie.

L'un comme l'autre, Guillaume comme Jacques, avaient presque oublié que, voilà plus de vingt ans et dans un Pékin qui semblait alors appartenir à une autre planète, ils avaient pu partager une de ces amitiés comme il ne s'en fabrique qu'à l'autre bout du monde : à peine Jacques a-t-il mis un pied sur le tarmac de l'aéroport que tous les souvenirs, d'un coup, sont revenus.

La veille de son départ, Laroche avait dit à Linlin :

— Ne t'inquiète pas : ce ne sera qu'un mauvais moment à passer.

Étendue sur son lit dans le studio qu'elle a quand même gardé au-dessus des voies de chemin de fer de la gare Montparnasse, la jeune femme attendait maintenant que la sonnerie du téléphone la tirât de sa torpeur. Lorsque celle-ci a retenti enfin, elle a pris le temps de s'adresser un sourire dans le long miroir placé au pied de son lit avant de décrocher.

— Linlin à l'appareil.

La voix, à l'autre bout du fil, lui était complètement inconnue.

Un peu plus tard, Linlin retrouvait Bernard de Beausséant à la terrasse du Sélect.

— Il paraît que vous savez une foule de choses sur la Chine.

On avait souvent dit à Linlin que son sourire était « énigmatique » : elle en a abusé une fois encore :

— Sur la Chine, en effet, et sur les Chinois.

En réponse, le sourire si poli de Beausséant.

— ... Et sur les Chinoises aussi, je suppose.

Rire alors de Linlin :

— Je suppose, en effet.

Alors, Bernard de Beausséant, presque brusquement :

— Il paraît que vous êtes très liée à Jacques Benoist.

Cette fois, la jeune femme n'a plus besoin de se forcer pour sourire :

— Tout est une question d'argent, mon cher monsieur !

A leur arrivée à l'ambassade, Meilin les attendait dans le salon aux vilaines tapisseries de Gromaire ; mais au lieu de serrer simplement la main de la jeune fille, Jacques l'a embrassée avec une effusion amusée.

— Vous vous connaissez déjà ? s'étonne Guillaume.

Jacques Benoist a un bon sourire.

— Tu sais bien que je connais la terre entière, et comme Pékin — pensée, dessinée, élevée selon les règles de plus stricte géomancie — n'est qu'une représentation figurée, dans la pierre et la poussière, de tout l'univers, quoi d'étonnant, dès lors, que je connaisse ici la terre entière, c'est-à-dire d'abord Meilin, à qui tant de souvenirs...

Il a pris à ne pas achever sa phrase un air suffisamment mystérieux pour que la jeune fille éclate de rire et Guillaume pense qu'il ne l'a jamais vue rire ainsi — mais aucune jalousie, cependant, ne l'effleure.

— Le danger, explique Meifang, c'est le réveil soudain de ceux qui ont pu rêver presque sérieusement pendant quelques années d'une vraie démocratie et qui se rendent d'un coup compte que le libéralisme économique actuel conduit à l'échec. D'où la tentation d'une solution nouvelle. Il s'agit, après tout, de sortir de l'ornière, n'est-ce pas ?

Les étudiants de Serge, dont Meifang dirige une fois par semaine les travaux, prennent scrupuleusement en note le commentaire que leur fait l'assistante de Lensky d'un récent article du *Renmin Ribao*.

— On pourrait, dès lors, parler d'un nouvel autoritarisme.

La plus jeune des étudiantes de Serge Lensky s'appelle Sébastienne ; elle a dix-neuf ans ; Serge a couché avec elle dès le soir de son troisième cours ; elle jette à Meifang un regard sans aménité.

— En somme, plus ça change, plus c'est la même chose !

La jeune assistante approuve :

— En quelque sorte, oui... Quoique le nouvel autoritarisme que définissent des hommes tels que Liu Donghua au Xia Qiongqin offre la double caractéristique d'être présenté d'entrée de jeu comme un mal nécessaire et provisoire...

Puis ils sont partis à trois dans les rues de Pékin, à leur tour retrouvées. On a dit les odeurs, les fumées que Jacques sentait déjà d'en haut : dans les ruelles autour de Shishahai où ils se sont tout de suite avancés, ce sont ces odeurs et ces fumées dont Jacques s'est d'abord saoulé. Frôlant des marchands de brochettes ou de pain mantou, grillades, vapeurs, eau qui bout, parfumée, il hume très fort et n'a qu'à sentir ainsi pour qu'une Chine qui avait pourtant basculé dans le champ du rêve, du mythe, du lointain qu'on ne peut plus que caresser, redevienne Chine réelle, de brique, de poussière et d'odeurs.

Peu à peu, cette ivresse se fait communion et, à travers cette Chine vieille de vingt ans retrouvée par Jacques, c'est toute une Chine à lui, Datong ou Beihai en hiver, les grandes parades d'Octobre ou les tombeaux des Ming au milieu de l'automne, que Guillaume imagine à nouveau telle qu'il l'a vécue jadis et qu'il la vit encore aujourd'hui, autrement.

Revenu à la tour de la Cloche, une violente bouffée de vent lui a projeté au visage un tourbillon de poussière et c'est cette poussière grise et fine — on dirait poudreuse si poussière n'était déjà poudre, terre pulvérulente — qui a achevé leurs retrouvailles : sans autre raison que cette poussière-là et leur joie d'être ensemble, ensemble ils ont ri, debout, face à la haute construction de la tour de cette Cloche qu'il fallut, dit-on, le sacrifice d'une jeune fille pieuse pour fondre voilà dix fois dix mille ans — ou plus.

Plus que la Chine vraie — sa terre et sa chair, la sueur de son peuple et les copies de ceux, timoniers de tous bords, qui tentent de la mener au port — la Chine la plus vraie ne serait-elle, dès lors, que celle que nous avons tous rêvée ? Celle qu'un Victor Segalen a dite, exil absolu, exotisme si plein, si riche que la Chine devient l'ailleurs de nos imaginations ?

Aussi André Verviers, qui garde en lui une Chine pourtant deux fois, dix fois vécue, sait-il bien que ce n'est pas le voyage qu'il fit un jour à Tiamlongshan, au-dessus de Taiyuan, qui a greffé dans sa tête et dans son cœur ces images de plateaux infinis qui, lentement, s'élèvent jusqu'à des monts brutalement coupés, falaises dès lors où naissent des bouddhas : c'est le souvenir qu'il en garde peut-être, mais surtout le rêve qu'il a élaboré avec les ans.

Une promenade de dix jours sur des pistes défoncées, des temples abandonnés dans des trous de rochers, ici des tombes, le demi-cercle de craie et la femme, en cachette, qui s'y agenouille, et puis la montagne sacrée qu'on a désacralisée à la pioche et au pic : les têtes deux fois tombées des bouddhas Wei, d'abord sous les coups de soudards venus du Japon qui voulaient en faire de l'or, puis sous les insultes de gamins montés de toute la Chine pour que ces têtes sereines taillées voilà quatorze cents ans retournent à la poussière. C'est le rêve qu'André Verviers, lentement devenu poète, a fait de cette Chine-là qui est devenu sa vraie Chine.

Alors, André Verviers écrit en belles lettres rondes au sommet d'une page blanche les trois mots : *Rêver la Chine* qui seront au commencement d'une autre Chine qui est autant la sienne que la nôtre.

« Le monde, disait Mao aux enfants, est à la fois le nôtre et le vôtre, mais c'est d'abord à vous qu'il appartient. »
Rêver la Chine.

Fabriquer la Chine : suite.
En compagnie de Cécile, Serge Lensky relit la transcription du colloque de l'avenue Kléber. Tel sinologue formé à l'école de Paris voit dans l'ouverture actuelle des dirigeants du parti communiste chinois une timide tentative pour répondre à l'attente de Moscou ; tel autre, venu de San Francisco, n'y observe, au contraire, que le mouvement d'un balancier qui, du Printemps au Regel (comme on dit le dégel) rythme la vie d'un peuple ; cet autre, enfin, y trouve peut-être un nouveau modèle de développement où le mou qu'on laisse à l'économie n'a de contrepartie possible que la bride retenue aux intellectuels, aux écrivains.
— Savez-vous qu'on traduit Proust en ce moment, à Shanghai : tout Proust !
C'est Lensky qui a lancé cette remarque à la tribune du colloque qu'il a lui-même monté (comme on monte une crème fouettée...) ; puis il a cité quelques noms : ceux de ces traducteurs qu'il a connus et qui, à Shanghai, ont déjà publié *Du côté de chez Swann*.
Cécile corrige ici l'orthographe fantaisiste d'un nom chinois estropié par la secrétaire qui en a dactylographié la transcription ; ici, la romanisation même d'un mot d'usage courant dont l'auteur de la communication n'a su trancher entre le vieux système Wade et la nouvelle transcription pinyin.
Alors, elle adresse un coup d'œil à Meifang :
— Qu'est-ce qu'on ne nous fait pas faire !
La jeune Chinoise lui répond d'un autre clin d'œil :
— Tout : nous faisons tout ! nous fabriquons une Chine à l'image de ceux qui veulent surtout s'y perdre.
Soupir de Cécile, qui a, en somme, tout compris :
— Si, au moins, ils apprenaient à s'y retrouver...

Jacques, qui a déambulé tout le jour dans la ville tartare, a donné rendez-vous à Guillaume dans un autre restaurant mongol, du côté du marché couvert de Xidan, celui-là. C'est une petite construction de bois sur deux étages reliés par un escalier de fer en colimaçon qu'on dirait venu d'un magasin de nouveautés du siècle dernier, quelque part entre Saintes et Libourne. Autour de la marmite fumante, des visages inconnus que Jacques semble parfaitement connaître, deux vieillards et une très jeune fille. L'un des hommes a été chanteur d'opéra, un autre romancier : l'un comme l'autre se sont tus. Quant à cette Ninnin de seize ans,

Jacques n'a pu la rencontrer — quel âge, alors ? — pendant ses précédents séjours et sa main, pourtant, se pose sur la nuque de la jeune fille :

— Ninnin et moi sommes de très vieux amis...

Sortie de nulle part, la petite fille sourit, parle du rock qu'elle connaît, du jazz, qu'elle ne connaît pas et qu'elle voudrait connaître.

— Tu m'as dit un nom : John Coltrane, c'est cela ?

Elle s'est retournée vers Jacques ; les deux vieux hommes ont le sourire indulgent de qui en a tant vu, tant entendu... A la seule autre table occupée de la salle, trois Pékinois entre deux âges font gravement bouillir, comme eux, leurs bouchées de viande dans la marmite dont un serveur en toque blanche aplatie vient par moments attiser les braises. L'un d'eux s'est levé pour venir à leur table ; il s'est penché sur celui des convives qui a été chanteur d'opéra : ni Guillaume ni Jacques n'ont compris la question qu'il a posée. Meilin a brusquement rougi. Puis la petite Ninnin a éclaté de rire.

— Savez-vous que ce monsieur est un professeur d'astrophysique célèbre ? Il dit que nos amis étrangers ont l'air d'aimer la Chine et que c'est bien pour la Chine et pour nos amis étrangers, et trouve que nos amis étrangers...

Elle s'est perdue dans la suite de sa phrase. A la fin du dîner, Jacques a tout de même dit à Guillaume qu'il avait déjà rencontré quelques-uns des amis qu'il était venu voir à Pékin.

— Tu es allé au Waijiaobu ? Tu as déjà trouvé des gens ?

Sourire évasif de Jacques : ici, là... Puis il s'est éclipsé très vite, expliquant qu'il voulait se promener un peu sous la lune :

— La lune est belle, tu sais, cette nuit.

La petite Ninnin marchait à ses côtés, très droite, enfantine.

Des tiroirs entiers remplis de visages.

Depuis ses années de Londres, Serge Lensky collectionne les photos de femmes... De femmes ? De très jeunes femmes, de très jeunes filles plutôt. Mais depuis que la Chine est devenue sa patrie, ce sont des visages de femmes chinoises, des corps de jeunes Chinoises dont, tiroir après tiroir, il accumule les images. Classées avec un soin méticuleux, il y a les jeunes, belles et vigoureuses — et puis les enfants, les presque enfants au corps gracile, étendues sur des lits ou debout, l'air embarrassé ou nonchalant.

— Tu n'as pas honte ? lui a demandé Meifang, lorsqu'il lui a montré pour la première fois sa collection.

Le regard étonné, presque vide : vide d'étonnement, en somme, de Serge :

— Honte de quoi ?

Jamais Meifang n'a permis à Serge de prendre une photo d'elle, fût-elle vêtue jusqu'au cou et dans un lieu public, à la Closerie, dans la rue.

Ainsi, les souvenirs que Guillaume a forgés sont-ils si bien devenus ceux de Jacques, qui était son ami.

« C'était l'automne aux tombeaux des Ming, pense Jacques. Ô rêver soudain : revoir les couchants d'automne aux Ming rouges sur un monde orangé dans le plus bleu des ciels. Un tombeau, c'était une avenue d'ormes, un pont de pierre, un autel, des ruines et des portiques éteints. Nous allions de l'avant, cherchant des restes de colonnes, ce qui restait de ce qui fut ; des colonnes, d'énormes fûts amenés du Yunnan. Puis le dernier pont passé, une tour que cernait un long chemin de ronde, tumulus géant d'où croulaient les briques jaunes dans le désert des ronces et des dragons de marbre sur les allées désertes où tombait le soir : un enfant ramassait une feuille rouge, c'était l'automne à Pékin.

« Je regardais à contre-jour une branche chargée de kakis dorés et je me souvenais du *bleu comme des oranges :* ainsi, c'était bien vrai. Dès lors, nous pouvions lire, dessiner, écrire dans une lumière si fragile que l'heure qui passait lui donnait tous les jaunes, tous les ors, tous les rouges sur le même front bleu.

« A Deling, tombeau de Tian Qi — seizième empereur de la dynastie —, dans l'ombre d'un mûrier, j'ai ramassé l'éclat d'une brique violette. Il y avait un pont de pierre sur des douves sonores et des enfants jouaient à se poursuivre entre les murs.

« A Zhaoling, plus tard, nous avons retrouvé la trace d'un fossé orienté vers le sud : un chemin de miracle que l'automne embrasait. On pouvait réveiller des animaux de pierre semblables à ceux qui veillent sur l'ombre de Yongle. C'était l'instant de l'attente. L'automne était à son zénith : il pleuvait des copeaux de miel blond. Demain, à terre, les kakis éclatés seront les flaques du soleil. »

Guillaume, qui regarde Jacques Benoist marcher à côté de la petite Ninnin, se dit soudain que cet homme qui s'avance devant lui, ce haut fonctionnaire d'un ministère auquel lui-même appartient, n'est ce soir qu'un gamin de vingt ans, qu'il n'a quitté l'espace de vingt autres années que pour le retrouver tel qu'il l'a vu pour la première fois.

— Au fond, lance Jacques sans se retourner — comme s'il voulait appeler une réponse à la question que Guillaume ne lui a pas posée — : au fond, je ne suis vraiment chez moi qu'ici, en Chine !

Il dit encore, en riant :

— Quand elle se sentait bien, heureuse, ma grand-mère disait : « Je me sens à l'aise. » Eh bien, moi, il n'y a qu'ici que je me sente « à l'aise ».

Il s'est, cette fois, retourné, pour ajouter :

— Sais-tu qu'il y a très exactement vingt-cinq ans, un jour de printemps, je suis venu me promener aux tombeaux des Ming en compagnie de la mère de Ninnin ?

Il tient dans sa main la main de la jeune fille : Meilin est accrochée au bras de Guillaume.

— Mais tu ne comprends pas, dit Jacques à Guillaume (qui comprend très bien...), que la Chine est là ; que c'est elle qui nous regarde en riant, qui nous défie et qui se défie elle-même et dans le même temps ?

Quelque part derrière l'Hôtel de Pékin, dans l'avenue qui mène à l'Hôtel des Chinois d'Outre-Mer, il a entraîné Guillaume et Meilin, qui n'y était jamais venue, dans un bar d'étudiants. Un vrai bar, avec du vrai whisky — qui peut se le payer ? là n'est pas la question — et des filles jolies, et du jazz.

— John Coltrane..., murmure Ninnin, qui ne quitte pas Jacques.

Ce n'est ni Coltrane ni Miles Davis mais qu'importe, là non plus n'est pas la question. Penchés l'un vers l'autre au travers d'une minuscule table de bistrot, deux adolescents parlent fiévreusement ; un autre lit un journal anglais. Et Meilin répète :

— Je ne connaissais pas cet endroit.

Le bar d'étudiants sur la grande avenue qui va vers le nord n'est ouvert que depuis six mois : voilà combien de temps que Jacques Benoist n'était pas revenu à Pékin ?

— Et moi, je le connais bien, tu vois ! répond Jacques.

Il parlera aussi de M. Liu, de Shi Jinan, de Wang Meng, ministre de la Culture qui a écrit un roman, *Papillons :*

— C'est un de mes amis, dit-il.

Le patron du bar, qu'il a salué en entrant, lit un texte de Heidegger en anglais.

— Je crois que nos affaires ne vont pas trop mal, dit encore Jacques.

Pour ajouter tout aussitôt :

— Au moins de ce côté du monde.

L'autre côté, c'est la France, les cabinets ministériels, les antichambres ; c'est Simon, bien sûr, c'est Melot, mais ce sont aussi les Beausséant et les Laroche — qui a pris l'avion de Shanghai, pour y rencontrer, a-t-il expliqué, d'autres amis.

— Mais si ce n'est ni Coltrane ni Miles Davis..., interroge encore Ninnin.

Lorsqu'elle pose une question, ses lèvres dessinent une sorte de cœur entrouvert. Jadis, on disait des lèvres minuscules et rondes des jolies femmes de Pékin, que c'étaient des lèvres en forme de cerise.

Les deux adolescents qui discutaient fiévreusement à côté du juke-box se sont retournés en même temps. L'un d'eux porte au poignet une grosse montre Rolex en or.

A la Closerie, le même adolescent chinois, le cheveu gominé, à la même trop grosse Rolex au poignet : il s'est penché vers Serge pour chuchoter quelque chose à travers la table. Il parle anglais, très vite, et Meifang écoute en silence. Elle a un sourire amusé aux lèvres ; après un moment, c'est en chinois qu'elle l'interrompt.

— Tu ne parles pas français ?

Le Chinois secoue la tête.

— Tu ne parles pas chinois ? continue Cécile en chinois.

Le garçon secoue la tête de la même façon :

— Je parle seulement cantonais.

Puis, sans accorder un autre regard à l'importune, il prend un carton à dessin posé à terre et en tire quelques feuilles soigneusement pliées.

— J'ai tout cela pour vous : donnez-moi un prix ?

Ce sont des dazibaos, des affiches murales ramassées à l'université de Canton et dans les rues de Gweilin que John Chu, Chinois de Macao, propose au plus offrant.

Souvenirs de Meifang.

La nuit sur cette commune du Shandong où elle avait échoué, aux côtés de Meilin : ciel très sombre, nuages bas et, dans l'herbe haute, de longs frémissements qui ressemblent à des vagues ; la lune, pourtant, et sa lumière d'argent qui frôlait les cheveux des jeunes filles.

— J'ai peur, disait Meifang.

Elle se blottissait contre l'épaule de son amie et là, longtemps, ne bougeait pas ; elle sentait battre le cou de Meilin :

— Tu as peur, toi aussi ?

Les lèvres de Meilin sur le front de Meifang qu'elle appelait « petite sœur », ou « la petite » ou encore « notre petite » — mais jamais : « *Ma* petite ».

— Bien sûr, que j'ai peur, moi aussi.

A minuit, une heure du matin, cela dépendait de son travail de la journée, le grand Ni s'approchait des deux filles. Meifang pleurait ; Meilin alors se levait :

— Laisse-la, disait-elle au chef de brigade, elle est fatiguée ; moi, je suis en forme, ce soir : prends-moi, tu n'auras pas à le regretter.

Une fois sur deux, le grand Ni finissait par se laisser faire ; il faut dire que Meilin savait trouver les mots — les plus obscènes, parfois —

pour le convaincre ; les autres fois, il haussait les épaules et se penchait vers Meifang :

— C'est elle, que je veux : elle est plus ronde.

La lune disparaissait derrière un nuage et Meifang fermait les yeux, serrait les poings puis, écrasée par le gros homme qui sentait l'ail et plus encore la merde, elle se disait qu'elle, elle ne sentait rien.

En Jacques Benoist, cette vieille haine pour ces garçons aux cheveux soigneusement gominés, bagues aux doigts, gourmette, Rolex donc, qui paradent aujourd'hui dans les halls des hôtels, les cafés pour étrangers et qui, sous la table — et souvent sur la table même : sans se cacher — trafiquent.

— Regarde..., murmure Jacques.

A côté du jeune homme gras, bouffi, qui compte ses dollars entre ses genoux, une jeune fille de dix-sept ans, tout au plus, le maquillage clair, léger... léger...

— Cette beauté..., souffle Jacques.

Qui n'en hait que davantage le gros garçon qui pose maintenant sur les genoux de la jeune fille une main boudinée : le regard de Jacques tremble.

Le lendemain, il va commencer à rendre visite à ses amis les plus anciens, ceux dont, trois ans encore auparavant, il n'aurait pas franchi le seuil de la porte de crainte de les compromettre.

Dans un grand matin clair, les rues s'ouvrent devant lui : les passants qui semblent sourire, les portes qu'il suffit de pousser.

— Tu connais Li Biannu, bien sûr ?

C'est Jean-Michel Hessing qui avait fait connaître l'écrivain à Guillaume : leur première conversation, dans la demi-obscurité de la grande salle du Maxim's, à côté du restaurant du Canard de Pékin — et l'hôtesse en jupe fendue, qui tournait autour de lui, féline, insistante.

Cette fois, c'est chez Li Biannu lui-même que Jacques a conduit Guillaume.

— Tu n'étais jamais venu ?

Le regard vague de Jacques, lorsqu'il ne veut pas répondre à une question trop précise. Et chez Li Biannu les livres, les livres partout et en toutes les langues qui montent à l'assaut du minuscule appartement au-delà du temple du Ciel, dans un no man's land incertain où des immeubles inachevés semblent surgir de mares boueuses.

— Vous avez tout, dit Guillaume qui montre sur les murs les livres en anglais, en français, en allemand, Marcuse, Heidegger, Schopenhauer, jusqu'à Élie Wiesel.

— Tout, oui : il faut tout savoir, non ? Pour oser parler ensuite un peu, un peu seulement de notre Chine.

Devant lui, les épreuves de la traduction en français des récits-enquêtes de Liu Binyan : *Le Cauchemar des mandarins rouges.*

Liu Binyan, l'ami le plus proche de Li Biannu, a été exclu deux fois du parti communiste chinois, peut-être simplement parce que, ami de Hu Yaobang, il voulait raconter, sous forme de reportage, sa Chine à lui.

— Là-bas, dit Meifang à Cécile, être une femme, c'était d'abord se battre.

— Et ici ?

Le rire de Meifang, qui s'amuse.

— Ici ? Vous vous battez parfois, mais vous n'avez qu'un seul ennemi et, à la première escarmouche, vous baissez les armes !

Cécile a rougi.

Le visage de Meifang à la clarté d'une lampe, comme éclairé de l'intérieur.

Ce sont des nuits entières qu'elle passe parfois en compagnie de Serge à travailler dans l'appartement de la rue Henri-Barbusse transformé en bureau, en séminaire, en chapelle : inlassablement, ils lisent, relisent et classent.

Penchée sur l'ordinateur, la jeune fille s'est redressée : ses yeux légèrement cernés de mauve, les lèvres un peu plus épaisses avec le soir, les pommettes si hautes. Le regard de Serge s'attarde sur elle, mais Meifang sait qu'elle n'aura désormais plus à se dérober.

— On m'a dit qu'à Qufu même, patrie de Confucius..., commence Serge.

La voix de Meifang : nette, précise :

— J'ai quatre fiches sur Qufu, on vérifiera tout cela, si tu veux...

Dans l'arrière-boutique d'un antiquaire de Liulichang qu'il a connu professeur de linguistique à Beida et qui, parce que l'homme vit aussi de son pain, a décidé de faire comme les autres : du commerce — Jacques a discuté longtemps le prix de l'admirable copie Ming d'une peinture Song qui représente, sur un long rouleau horizontal, un paysage de montagnes et de vallées, avec des rivières, des cascades, des arbres, des nuages, des pivoines. Penchée avec lui sur le rouleau de soie, Meilin a découvert de minuscules personnages parmi les rochers et la petite Ninnin s'est amusée à trouver une ressemblance entre elle-même et la jeune personne qu'un moine salue humblement, au portique d'un temple.

— Ces quelque trois ou quatre mètres d'une peinture qui semble n'en pas finir racontent l'histoire d'une vie, d'un pays tout entier qui, pendant vingt siècles, n'a pas bougé d'un pouce et dont rien, lorsque le peintre traçait ici, sur un rocher, les caractères qui disent l'éternité — ou même lorsque le copiste en imitait, quatre siècles plus tard, le dessin — ne pouvait laisser croire que rien n'y bougerait jamais.

Une autre peinture, un rouleau sur la table d'André Verviers qui le déroule et qui redécouvre, un à un, les temples qui ont été les buts de ses promenades avec Irène : là le Chang'ansi sur la route de Badachu, ici le Lingguangsi dont on sait qu'il porte aussi le nom de Dent de Bouddha. Édifié par les Song, remanié sous les Ming, c'est aussi la copie au-delà du temps de ce qui, déjà, se perdait dans les brumes du temps.

La main d'André Verviers trace alors un à un les caractères qui disent la Paix éternelle ou — Sanshan An — le monastère des Trois Montagnes et, de ce promontoire (le *Shan*) qu'il réinvente dans les collines de l'Ouest, André Verviers qui fut un jour à Pékin un homme heureux marié à une femme heureuse qui racontait la Chine du bout de son pinceau — André Verviers, donc, se campe de toute la hauteur de ses souvenirs pour voir, de très haut et très loin, Pékin qui s'étale dans la brume du soir.

Jacques est revenu avec une nouvelle calligraphie de Gilles, l'ami de Paul ; ce sont des caractères anciens dont le jeune homme a fait son écriture : une peinture subitement moderne où les mots qui disent le ciel ou la montagne, l'Empire, le nuage, redeviennent bel et bien montagne et ciel, nuages, empire...

— Sais-tu que ce Gilles est un immense artiste ? remarque Jacques.

La petite Ninnin marche à ses côtés dans la lumière du printemps qui, dans l'éblouissement d'un cerisier prêt à porter ses fleurs, éclatera demain, au-dessus de chaque muret de pierre.

— Gilles sait dire en même temps qu'il montre et montrer ce qu'il dit sans que rien, pas un caractère, pas un signe, ne soit redite ou pléonasme.

Une visite, ensuite, chez Gilles et Paul, dans ce jardin qui semble s'ouvrir comme une fleur neuve : brusque flambée des souvenirs et l'ombre d'une Chine qui fut la nôtre et qui s'étend à nouveau sur nous.

« Otrick... », pense Guillaume.

Le sourire soudain lointain de Paul van der Goes.

— Savez-vous, monsieur l'Ambassadeur, que j'ai retrouvé des pages d'un journal qu'avait tenu mon grand-père ?

Le regard de Guillaume se fige : cette autre Chine dont Simon, si plein d'espoir, a entrepris la redécouverte.

— Et ces pages... ?

Sourire plus lointain encore aux lèvres du petit-fils d'Otrick : comme s'il tirait la toile d'un drap où il aurait voulu s'endormir.

— Ces pages ? Il y parlait de sa vie à Pékin, bien sûr, de ses amis, de ce Simon qui est, je crois, votre ami.

Puis la voix de Paul se trouble.

— Il y a aussi des choses que je ne peux pas dire : des choses que je ne pourrai jamais dire.

Il tremble soudain et son visage est devenu livide.

— Des choses ? Sur lui ? Sur Pékin ? Sur ses amis ?

Le regard de Paul, alors, se voile.

— Sur moi.

Guillaume a retenu la question qui lui brûlait les lèvres.

Un soir — il était six heures —, la grosse limousine de l'ambassade de Hollande s'était arrêtée devant la porte de Simon.

Otrick et Clawdia étaient assis à l'arrière et l'ambassadeur, malgré la tiédeur encore de la température, avait les genoux recouverts d'un plaid écossais. Tous deux se serrèrent sur la banquette pour faire place à côté d'eux à Simon. Le chauffeur, le visage fermé, avait déposé son sac de voyage en mauvais cuir rouge dans le coffre de la voiture.

— Vous voyez, dit Otrick en se retournant à demi vers la lunette arrière, nous sommes traités en VIP !

Derrière eux, il y avait une vieille Moskvitch noire, lourde et briquée, qu'occupaient deux officiers en uniforme.

— C'est pour sortir de la zone normalement autorisée, expliqua-t-il encore.

Ils quittèrent la ville tartare par Xizhimen, tout encombrée de bicyclettes et de pousses et, comme ils s'engageaient sur la route de la fontaine de Jade, Simon eut l'impression fulgurante qu'il partait pour un très long voyage, que les quelque quarante kilomètres à peine qu'ils allaient parcourir à travers une plaine et des collines dont il connaissait pourtant si bien, au moins au départ, chaque accident de terrain, chaque toit de tuiles, représentaient une sorte d'évasion inimaginable et inimaginée, totalement nouvelle.

Otrick, à côté de lui, était gai cette fois, véritablement gai. Et Clawdia souriait aussi. Elle chantonnait même, enfoncée profondément dans son siège, à demi cachée aux regards de Simon par la silhouette, frêle, de son mari. Lorsqu'ils arrivèrent à la hauteur de la pancarte placée sur la droite de la route et qui indiquait qu'aucun étranger n'était autorisé à aller plus loin, le chauffeur ne ralentit même pas et Simon ne vit aucun policier ni soldat apparaître dans la vitre arrière pour contrôler après leur passage le numéro d'immatriculation de la voiture. La vieille Moskvitch, à la même distance d'eux depuis le début du voyage, les suivait toujours.

Peu à peu, ils s'engagèrent ainsi sur une route plus escarpée qui s'élevait par paliers au flanc d'une colline. Le revêtement d'asphalte avait fait place à du gravillon, puis à des cailloux. Le chauffeur dut passer en seconde et la Moskvitch parut les suivre plus difficilement.

Après un quart d'heure, ils parvinrent à l'entrée du temple. C'était une grande porte cloutée au milieu d'un mur rouge délavé. La voiture s'arrêta, trois ou quatre hommes en veston bleu apparurent et ouvrirent tout grands les deux battants.

Clawdia avait pris le bras de son mari. Ils avancèrent ainsi, Simon à côté d'eux, le long d'un chemin dallé qui conduisait à un arc triomphal en marbre blanc d'où partaient, de palier à palier et jusqu'à une terrasse supérieure, plusieurs envolées d'escaliers aux balustrades sculptées. Otrick gravissait lentement les marches usées et les hommes en veste bleue, quelques pas derrière eux, portaient les valises sur leurs épaules.

Arrivés enfin au sommet, ils s'arrêtèrent pour contempler la vue : elle était immense, déroulée au-dessous d'eux comme sur le long rouleau horizontal d'un paysage classique. Au premier plan s'inscrivait en une tache sombre le vallon boisé dominé par le temple. Au-delà, les collines de l'Ouest, frappées par la lumière rouge du soleil couchant, puis la plaine de Pékin, déjà dans une sorte de brume pâle.

— Je savais que vous aimeriez cela, dit Otrick.

Il regardait Simon, puis sa femme, la campagne enfin au-dessous d'eux, avec une joie totale.

— Ici, je me sens mieux, je respire.

Pour mieux le prouver, il s'était dégagé du bras de Clawdia qui le soutenait toujours et il s'était avancé au bord extrême de la terrasse, où s'élevait une grande grue de bronze, le cou tendu, infiniment, vers le ciel.

— Si près de la ville, pourtant, dit-il encore.

Un gros petit monsieur en bras de chemise venait vers eux. Il s'élança jusqu'à Otrick dont il serra les deux mains avec effusion. L'ambassadeur se retourna ensuite vers Simon pour le lui présenter.

— C'est M. Li, dit-il en anglais. M. Li est un moine taoïste plus ou moins défroqué et qui a colonisé à lui seul ce monastère après sa désaffectation. Il en est à la fois l'unique officiant, le gardien, l'historiographe, que sais-je encore ? Mais il possède surtout une admirable bibliothèque de textes anciens dont il a bien voulu, en plusieurs occasions, me permettre d'inventorier les trésors.

M. Li s'inclina un peu cérémonieusement devant Clawdia et secoua les mains de Simon.

— Je vais vous montrer vos appartements, dit-il. Vous en excuserez l'aspect modeste : nous ne recevons ici que si peu d'hôtes distingués...

Les deux officiers en uniforme, qui avaient quitté la Moskvitch en même temps que l'ambassadeur de Hollande montait vers le temple, jetèrent un dernier coup d'œil autour d'eux, comme pour s'assurer que tout était bien en ordre, puis ils disparurent.

— Par ici, dit M. Li, en s'effaçant pour laisser passer ses invités.

Ils franchirent encore une porte et parvinrent dans une cour latérale. Le pavillon le plus important, gardé par des lions de bronze doré, devait leur servir de salon et de salle à manger. Deux bâtiments un peu plus petits qui le flanquaient de part et d'autre en fer à cheval leur furent ensuite attribués. La chambre de Simon était une grande pièce nue éclairée par des fenêtres à petits carreaux et meublée sommairement d'un lit plat et bas, d'une table et de deux fauteuils. Des roses jaunes dans un vase de verre en étaient le seul ornement.

— Une collation sera prête dans quelques instants, dit M. Li en se retirant.

Simon ne fit qu'ouvrir son sac de voyage et changer ses chaussures pour une paire d'espadrilles de corde puis il rejoignit aussitôt Otrick et Clawdia qui étaient revenus dans le pavillon central où leur repas les attendait.

Tous trois s'installèrent autour d'une table ronde. La nuit était brusquement tombée et quelques chandelles seulement éclairaient la pièce où s'étaient creusées de grandes grottes sombres. Deux serveurs en veste bleue apportaient déjà des plats ; sur la table, il y avait un cruchon de mao-tai et un pot de vin jaune tiédi.

— M. Li est un fin gourmet, remarqua Otrick en puisant dans le premier plat, et en général on mange divinement bien au Lingguangsi.

Et la chère était bonne, en effet. A mesure que les plats s'accumulaient sur la table — crevettes sautées, délicat potage aux algues, bœuf mariné à la sauce aux huîtres —, Simon sentait une sorte de torpeur l'envahir. Il buvait beaucoup, vidant son verre pour le remplir aussitôt, et Otrick parlait sans fin — d'une voix un peu plus claire que d'habitude, aux intonations plus chantantes — du temple dans lequel ils se trouvaient, de son histoire.

— Savez-vous que, dans l'une des salles du monastère, il existe une pierre sur laquelle on faisait autrefois asseoir les femmes stériles ?

Le visage de Clawdia était éclairé par la flamme toute proche d'une bougie qui dessinait en traits noirs et précis les contours normalement doux, presque flous de ses joues et de son menton. Elle mangeait en silence et sans lever la tête.

— Bien entendu, la petite histoire veut, poursuivait Otrick, qu'un moine paillard se chargeât, moyennant offrande dûment comptée, de tenter régulièrement l'impossible pour engrosser les dames rétives. Elles devaient en effet venir ici les soirs de pleine lune et passer une nuit entière seules dans la salle où se trouvait la pierre magique.

L'alcool et le piment, le poivre de ce qu'il mangeait faisaient monter de la chaleur aux joues de Simon. Peut-être aussi l'odeur d'encens qui flottait encore dans les salles désertes du temple ajoutait-elle à cette ivresse qui peu à peu l'envahissait. Il voyait Otrick discourir tout en mangeant, mais il ne l'entendait plus et l'ambassadeur paraissait s'éloigner. Clawdia, au contraire, à égale distance de lui pourtant autour de la table ronde, était plus proche, comme à portée même de ses mains.

La tête lui tournait, et il se mit à désirer la jeune femme comme il ne l'avait pas désirée depuis longtemps : avec une urgence totale et que seule aurait pu assouvir la plus totale des étreintes.

C'est alors que, sous la table, il sentit la jambe de Clawdia se tendre vers lui et le pied de la jeune femme se poser sur le sien. Le désir l'étouffait. Il ne mangeait plus et percevait dans son corps le besoin qu'il avait de posséder cette femme, de jouir avec elle et d'un coup, sans rémission possible.

Autour de lui, les serveurs glissaient, éphémères, fantômes d'un autre temps dans ce temple qui était déjà lui-même, à sa manière, une ruine hantée par des présences mortes.

Otrick, indifférent semblait-il, parlait toujours.

— Au cours de la dernière guerre, au moment de l'Occupation, les Japonais ont parqué ici même, dans cette pièce, je crois, des femmes et des petites filles.

Le regard de Clawdia était fixé sur Simon. Son pied reposait sur la pointe du sien, exerçant à peine une pression légère, mais les yeux de la jeune femme, grands ouverts, écarquillés même à la flamme vacillante des chandelles, traduisaient en elle aussi une émotion violente. Simon sentit que sa gorge se nouait, comme aux moments extrêmes du plaisir.

— Alors, continuait Otrick impassible, ils ont lâché une vingtaine de soldats ivres dans le temple et les brutes se sont attaqués aux femmes. Ils les ont toutes violées, systématiquement, brutalement...

La bouche de Clawdia s'ouvrit et ses lèvres commencèrent à trembler. Simon comprit qu'elle respirait plus fort. Les odeurs d'encens aussi étaient devenues plus violentes, pénétrantes, qui les enveloppaient, elle et lui, de toutes parts.

— Ils ont forcé des gamines de douze ans, jambes écartées entre les cuisses de leurs mères, déjà pénétrées, tuées peut-être d'un coup de baïonnette dans le ventre, encore pantelantes...

Clawdia paraissait osciller sur sa chaise. Elle avait, comme Simon, laissé tomber ses baguettes et ne mangeait plus. Ses yeux, toujours aussi ouverts, imploraient, et la main de Simon se crispa sur une coupe de porcelaine posée devant lui.

— Puis toutes, les unes après les autres, dans la salle même où nous nous trouvons, ils les ont ouvertes en deux.

La coupe de porcelaine se brisa, entaillant profondément la main de Simon. Une goutte de sang, une autre s'étalaient sur la nappe blanche. Alors Clawdia, tendue, tordue sur sa chaise, poussa un cri.

Ce fut tout : les serveurs étaient à nouveau des Chinois en veste bleue, la pièce où ils dînaient une sorte de salle de restaurant à peu près déserte, et Otrick avait achevé son récit.

— Vous vous êtes blessé, dit-il simplement à Simon.

— Ce n'est rien.

Les paupières closes, Clawdia ne bougeait pas. Son souffle pourtant devenait un soupir régulier. L'un des serveurs avait apporté de l'eau tiède, un morceau d'étoffe, et il soignait la coupure de Simon.

— Étrange lieu que ce temple, dit encore Otrick.

Ils se levèrent de table et passèrent à l'autre extrémité de la pièce, où des canapés avaient été installés autour d'une table basse. La démarche de l'ambassadeur était légère, presque sautillante, comme s'il n'avait été affecté en rien par l'alcool, le repas abondant, l'odeur d'encens.

— J'avais pensé avoir une longue conversation avec vous, ce soir, dit-il à Simon comme il s'asseyait à côté de lui — Clawdia elle-même avait pris place sur un autre canapé, séparée des deux hommes par la table basse et les tasses de thé fumantes qu'on leur avait apportées —, mais je me demande maintenant si c'est vraiment la peine. D'ailleurs je suis si fatigué.

Il eut un petit rire ironique qui démentait sa dernière remarque, puis il sortit de sa poche deux feuillets qu'il déplia.

— A la place, je vais vous lire une lettre que je viens de recevoir de mon ami Chessman. Vous le connaissez, n'est-ce pas ?

Il regarda Simon de côté, et commença à lire :

— « Depuis quinze jours je ne sors pas de chez moi. La pluie autour de moi, sur Hampstead, m'habite et me sépare. Je ne désire rien et c'est la première fois, c'est bien et bon. Je ne dors pas non plus. Peut-être à cause du café que je bois, peut-être simplement parce que je n'en ai ni le désir ni le besoin. J'attends. Je sens confusément que ma retraite est éphémère, inutile, contre nature, mais je ne veux rien faire pour la briser. Je regarde tomber la pluie.

« J'ai écrit. J'écris encore, mais je détruis le lendemain les quelques pages de la veille. Avec une sorte de ferveur. Ces pages pourtant, je le sens et je le sais, sont bonnes. Parfois elles sont tellement ce que je voulais dire depuis tant d'années que leur destruction même m'est plus précieuse : plus dure que l'acte d'écriture, si simple, lui, tellement évident pour peu qu'on soit un peu entraîné. L'écrivain boit, mange, dort, écrit, et le reste. Moi je ne fais plus que le reste. Je me purifie doucement, je me vide.

« Je maigris. Mon estomac bedonnant seul résiste à cette purge. Il est agressif encore, le matin, au réveil, et nu devant la glace, je ris de me voir ainsi, livide et laid, mes poils gris, ma bedaine donc. Et le reste aussi, mais qui n'est plus qu'épisodique.

« Je dis : épisodique. Je sors en effet de chez moi deux fois par semaine avec la ponctualité d'un petit curé. Je vais à Soho, chez une fille, Bella, que je connais depuis longtemps. Je connais tout : ses seins, qui sont gros, son cul, qui est beau, son ventre, qui est plat. Je la regarde surtout : elle fait ce que je veux et je la regarde faire avec un calme olympien. Pour un peu, et si elle me voyait pour la première fois, Bella croirait que je suis pédé ou châtré — pardonne-moi de mettre ainsi, Jan, les points sur les *i*, mais je me sens salaud aussi, j'oubliais de le dire. Bella se tortille et s'encule ou s'enconne sur à peu près tout ce qui lui tombe sous la main.

« Rentré chez moi... Tu sais bien d'ailleurs tout cela. Mais je suis tellement conscient de la nécessité de chacun de mes gestes que je n'aurais garde, gravement, posément, d'en oublier aucun. Je me purge. Demain peut-être, ou plus tard, je ferai surface à nouveau. Mes amis me diront que je n'ai pas changé et ils auront raison. Ce que je ressens — j'ai dit que je maigris — n'existe qu'au fond de ma conscience. Si précisément que j'en bave de joie. Tu me vois baver ? La mousse un peu blanchâtre, baveuse, au coin des lèvres. Un filet de bave sur le menton. Je me dis que j'ai une attaque et ma main droite s'immobilise alors, raide, paralysée.

« Et elle se fige ainsi, saugrenue, dans mon geste d'écrire. Donc ce soir, Jan, je ne peux que... »

La lettre s'arrêtait là. Elle avait été postée de Hampstead et l'enveloppe en était tapée à la machine.

— C'est amusant, n'est-ce pas ? interrogea Otrick.

Simon savait que cette lecture à haute voix était, elle aussi, un défi. Il se força pour répondre.

— C'est intéressant.

Sa réponse ne l'engageait à rien et Otrick eut un petit rire.

— Après cela, moi, je n'ai plus rien à ajouter. John Chessman s'exprime si bien à ma place et ses mots ont tellement plus de poids...

Clawdia n'avait pas ouvert la bouche. Elle vida d'un trait sa tasse de thé et se leva.

— Où vas-tu ?

Otrick avait fait un geste pour la retenir.

— Sur la terrasse. Voir la nuit.

Elle disparut. Simon hésitait à la suivre. A ce moment, M. Li entra dans la pièce. Il avait un coffret de bois noir à la main.

— Ah ! c'est vrai, dit Otrick.

Il fit signe au Chinois d'ouvrir la boîte d'ébène qu'il avait apportée, et celui-ci, accroupi devant la table basse, déploya une sorte de damier aux cases nombreuses et toutes semblables.

— M. Li est un champion de go et chaque fois que je monte ici, il est de rigueur que nous ayons notre partie, expliqua Otrick, qui ajouta : Vous savez jouer ?

— Non, dit Simon.

— Vous devriez apprendre. Le go est un jeu fascinant.

Déjà, assis face à face, les deux joueurs commençaient à déposer sur le tableau des pierres noires et blanches. Simon les regarda un moment, puis il se leva.

Sur la terrasse, accoudée à une balustrade de marbre, Clawdia contemplait le gouffre qui s'ouvrait au-dessous du temple. Elle ne bougea pas lorsque Simon s'approcha d'elle, mais quand il posa une main sur son épaule, elle se dégagea.

— Pas ici, dit-elle.

Il voulut parler, mais elle lui fit signe de se taire.

— Écoute, dit-elle encore.

Les bruits de la nuit montaient à eux, criquets, bruissements de feuilles. Un mince torrent quelque part au fond du ravin, l'appel d'un oiseau.

— Jan joue au go avec M. Li, dit quand même Simon au bout d'un moment.

— Je sais.

Il se tut à nouveau. Il aurait voulu encore parler mais Clawdia lui imposait ce silence. Enfin elle se retourna :

— Rentrons.

Il n'avait rien pu dire : ni l'émotion du dîner, ni le désir à nouveau qu'il avait d'elle et qui le brisait.

— Rentrons.

Aucun des joueurs ne leva les yeux vers eux. Clawdia alla s'asseoir à côté de son mari et Simon demeura debout à les regarder. Otrick jouait avec les pierres noires. Il avait constitué une formation solide, une constellation de cailloux sombres arrimés à un angle du tableau de jeu et que les galets de porcelaine blanche de M. Li harcelaient, dessinant autour des positions de son adversaire un réseau lâche et mouvant qui peu à peu resserrait son emprise. Tous deux jouaient à une vitesse étonnante et pourtant chaque coup semblait le fruit d'une profonde méditation. Le visage de M. Li était éclairé d'un mince sourire.

La partie durait. Acculé dans son coin, Otrick se défendait. Il tentait des sorties — pierres noires soudain surgies à l'extérieur des lignes adverses, plus au milieu du tableau mais que les jetons du Chinois absorbaient aussitôt et anéantissaient. Et puis, d'un coup, il réussit à constituer un petit groupe de pierres en un ensemble apparemment imprenable sur une autre partie du damier et M. Li dut retourner ses batteries.

— Ça devient intéressant, murmura-t-il.

Et la partie se poursuivit alors dans une tout autre direction.

— Je vous battrai, monsieur Li, dit Otrick.

Il souriait aussi.

La fatigue de la journée, le poids du repas et des vins envahissaient maintenant Simon. Il eut un regard vers Clawdia, mais celle-ci, fascinée, ne quittait pas des yeux le mouvement alterné — figures, serpents, croix indéfiniment répétées — des pierres noires et blanches sur l'échiquier.

— Je vais me coucher, dit-il.

Comme nul ne lui répondait — les deux joueurs acharnés à se battre et Clawdia totalement captivée par le combat — il quitta la pièce.

Quelques instants après, torse nu, il était étendu sur le lit dur et plat de sa chambre. Il écouta un moment à nouveau les bruits de la nuit, puis il s'endormit.

Quand il s'éveilla, d'un coup, brusquement, Clawdia était debout devant son lit.

— C'est moi, dit-elle.

Il tendit une main vers elle, mais elle recula. Il regarda sa montre : il était deux heures du matin.

— Que se passe-t-il ?

— Rien. Je suis venue. Jan dort.

— Ils ont fini leur partie ?

— Je t'ai dit qu'il dormait. Il a gagné, bien sûr ; il dort.

Elle alla s'asseoir sur l'une des deux chaises de bois, à l'autre extrémité de la chambre.

— Il va mourir, tu sais.

Simon ne répondit pas.

— Depuis quelques semaines, il parle beaucoup. De lui, de ses amis, de sa jeunesse. Des projets qu'il a faits autrefois, de ceux qu'il a réalisés, et puis des autres aussi.

— Pourquoi a-t-il voulu venir ici ?

— Je ne sais pas. Peut-être pour montrer qu'il en avait encore la force ; qu'il se moquait bien de ce que les autres pensent. Je crois aussi — il te l'a dit d'ailleurs — qu'il voulait te parler.

— Il ne m'a rien dit...

Simon était tout à fait réveillé et s'était redressé sur son lit, le dos appuyé contre le mur peint à la chaux.

— Il a lu la lettre de John. Et peut-être qu'au dernier moment, s'il avait autre chose à dire, il a reculé. Ou peut-être que demain...

Il la voyait, en face de lui, qui se découpait en sombre sur le mur blanc. Dehors, c'était la pleine lune et une lumière très pâle, presque bleutée, emplissait la chambre.

— J'ai froid, dit-elle soudain.

— Viens.

Elle se leva et s'approcha de lui.

— J'ai froid, répéta-t-elle.

— Viens.

Elle était à nouveau debout devant lui.

— Couche-toi...

Il écartait les draps, mais elle eut un geste pour l'arrêter.

— Tu ne me toucheras pas, n'est-ce pas ?

— Mais...

Elle l'arrêta encore.

— Pas cette nuit. Je ne veux pas.

Il baissa la tête et elle s'étendit à ses côtés. Elle frissonnait et il sentait son corps tout près du sien — elle avait passé un peignoir mince sur sa chemise de nuit —, mais il savait qu'il ne pouvait même pas — cette nuit — avancer une main vers elle. Le drap, pourtant, retomba sur eux, les unissant.

Ils parlèrent encore longtemps, puis Clawdia s'assoupit, étendue très droite, la respiration régulière. Quand elle fut tout à fait endormie, Simon, l'oreille aux aguets, entendit un frôlement contre la porte de sa chambre puis, dans la cour, une toux lointaine et un peu sèche.

Il s'endormit enfin.

A son réveil, la jeune femme avait quitté la pièce. Le soleil était déjà haut dans le ciel. Il se leva : c'était le miracle du temple envahi par l'automne de Pékin mais qui, la veille au soir, à l'approche de la nuit, n'était apparu que voilé dans sa splendeur. Le matin, au contraire, la beauté du marbre et des toits vernissés était nue sous le ciel bleu. Totale. Illuminée par les rouges, les roux, les bruns, les carmins des feuilles.

Simon fit quelques pas sur la terrasse. Otrick était là, assis sur un fauteuil de rotin. Il buvait une tasse de thé, Clawdia à ses côtés.

Les deux jours qui suivirent furent semblables à cette matinée : calmes et sans mystère, éclairés seulement de la beauté des lieux, et Otrick ne parla plus que de sculptures Han et de peintures tantriques.

Gérard Melot a refermé le recueil de reproductions de peintures Song que sa femme lui a offert pour son anniversaire. Il vient d'avoir soixante-quatre ans et pense : « Un an encore et pour moi, tout sera fini... »

Il a poussé un soupir. Puis, comme s'il se ressaisissait il saisit son téléphone :

— Appelez-moi M. Vrin...

Et, lorsqu'il a le directeur d'Europe à l'autre bout du fil :

— Dites-moi, Bernard, avez-vous vu le télégramme de Pékin sur la visite à Moscou de Qian Qichen ?

Qian Qichen, ministre chinois des Affaires étrangères, qui s'est attelé à la formidable tâche de retrouvailles concrètes entre Pékin et Moscou : Melot a deviné le rire de Vrin :

— Si je comprends bien, vous jugez par trop excessive la prudence de notre ami Guillaume ?

Il devine maintenant que Vrin se cure les ongles — ou le nez — avec application, tout en tenant le combiné de la main qu'il n'utilise pas : Bernard Vrin est un excellent diplomate et il y a des lustres que la diplomatie n'est plus une affaire de bonnes manières.

— Il n'en reste pas moins que ce nouveau signal intervient à un moment un peu fâcheux, non ?

Alors la voix de Bernard Vrin, triomphante :

— Mais non, monsieur le Secrétaire général : au bon moment, au contraire ! Est-ce ma faute à moi si tout ne va pas pour le mieux dans le meilleur des mondes de notre ami Guillaume ?

— Rien, dit alors Li Biannu, rien ne nous autorise à l'optimisme.

Guillaume a allumé une cigarette : il ne comprend plus.

— Je sais, reprend l'écrivain, tout semble s'ouvrir ; tout paraît s'offrir. La vérité s'étale elle-même, d'elle-même, sur les affiches aux coins des rues, dans les pages de nos journaux et pourtant...

Guillaume découvre au-dessus des dernières rangées de livres, dans le petit appartement d'au-delà le temple du Ciel, d'autres rayons de livres : Camus, Sartre, mais aussi Brasillach. Sa surprise :

— Vous lisez Robert Brasillach ?

Le regard de l'écrivain chinois se pose sur l'ambassadeur.

— Oui, j'ai lu Brasillach, mais là n'est pas la question.

Puis, à Jacques Benoist, à Meilin qui l'écoute, le visage tendu, en fumant cigarette sur cigarette :

— Le passé, voyez-vous, n'est pas toujours sûr ; il n'en demeure pas moins pour nous tous une hypothèse de travail qui n'a rien d'invraisemblable.

Au moment où ses amis se lèveront pour le quitter, il remarquera pourtant :

— Allons ! disons-nous que rien ne nous autorise au pessimisme.

Pataugeant pour regagner leur voiture dans la boue qui s'étend au pied de l'immeuble inachevé où vit et travaille l'un des premiers écrivains chinois de ce temps, Guillaume et Jacques Benoist sont demeurés silencieux. C'est Meilin qui a posé la question, comme la portière de la Renault 25 se refermait sur eux :

— Vous croyez vraiment que...

Mais elle s'est aussitôt arrêtée.

— Peut-être que déjà, dans les papiers d'Otrick..., tentera d'expliquer Guillaume à son ami.

Mais Jacques Benoist, directeur d'Asie au ministère des Affaires étrangères, peut-il répondre à ces questions qu'on ne pose pas ? Quand Simon lui-même, une à une, accumule pourtant les notes, les lettres.

Ainsi, cet autre voyage, bien avant, à travers un pays qui devenait un continent.

Ils partirent de nuit, en avion, de l'aéroport militaire à l'ouest de Pékin. La lune éclairait les collines d'une lumière presque violette et la tour dentelée de la fontaine de Jade se découpait sur un ciel de nuages sombres.

Otrick s'était assis à côté de son guide dans l'étroite cabine réservée aux passagers et bientôt le bourdonnement des hélices du vieil Iliouchine empêcha toute conversation. Le Chinois avait une cinquantaine d'années et il portait une tunique gris pâle admirablement coupée. Ses petits yeux presque verts s'abritaient derrière de grosses lunettes aux verres fumés. Il se pencha vers l'ambassadeur mais dut s'y reprendre à trois fois pour se faire entendre.

— Nous arriverons dans deux heures.

Otrick ne savait pas où ils allaient. On avait sonné à sa porte au début de la soirée et le fonctionnaire, qui depuis ne l'avait pas quitté, lui avait simplement annoncé qu'on souhaitait le voir au plus tôt, cette nuit même, qu'il ne devait rien en dire à personne et le suivre. Dans la voiture, Otrick n'avait pas posé de question et il ne s'était pas étonné de voir la grosse automobile russe s'arrêter près d'un avion, au milieu de la campagne pékinoise.

Une jeune femme souriante se penchait vers lui avec un plateau de verres remplis de mao-tai et de cognac. Otrick choisit le cognac et vida son verre d'un trait. Deux heures plus tard, l'avion se posait dans un vaste paysage aux lignes molles qu'il ne reconnut pas. Deux autos les attendaient et, tous rideaux tirés, ils roulèrent environ une demi-heure.

Le salon était grand et massif — vastes fauteuils recouverts de peluche rouge, des tables basses aux plateaux de verre, des fleurs, des glaïeuls surtout, épars dans des vases et sur l'un des murs une admirable peinture Ming.

— Vous admirez mon paysage de montagnes et d'eau...

Le président lui-même, une cigarette à la main, souriait dans l'embrasure de la porte.

— C'est l'ami de la Chine que j'ai voulu accueillir ce soir, et non pas l'ambassadeur...

Il savait qu'Otrick parlait parfaitement sa langue, aussi avait-il renoncé à tout interprète. Les deux hommes qui avaient introduit Otrick, le fonctionnaire de Pékin s'étaient éclipsés.

— Ce que vous avez fait pour nous depuis près de trente ans, monsieur Otrick, ne peut se payer d'aucun remerciement ni d'aucune formule de politesse. Nous avons eu beaucoup d'amis fidèles et désintéressés, heureusement pour nous, mais peu d'entre eux ont eu à mes yeux un rôle aussi décisif que le vôtre dans l'histoire de notre pays.

Otrick, plus ému qu'il ne voulait le paraître, avait accepté la cigarette que lui avait offerte son hôte.

— Notre pays a besoin d'amis. Il a besoin d'amis de tous bords. Nous sommes un peuple pacifique et nous voulons la paix. Mais si on nous veut la guerre, nous savons faire la guerre. Et nous savons que nous ne sommes pas seuls. Grâce à des hommes comme vous.

Il pensait aux savants, aux chercheurs de tous les pays qu'Otrick avait, depuis dix ans peut-être, dirigés vers Pékin puis vers ces usines du Xinjiang ou du Sichuan... Et Otrick, qui le rencontrait pour la deuxième fois — leur première rencontre avait eu lieu en 1942, près de Yan'an et le président fumait comme ce soir cigarette sur cigarette, et regardait la vallée étendue au-dessous de lui pour parler, aussi, de paix —, ne savait lui répondre.

— J'ai voulu vous rencontrer cette nuit, monsieur Otrick, parce que je suis un vieil homme, il se passe beaucoup de choses dans ce pays. Je voulais pouvoir vous dire, en vous tenant la main comme à un ami, que quoi qu'il puisse désormais arriver, vous aurez fait beaucoup pour la Chine et pour le monde. Vous êtes un de ces hommes dont la tâche ne peut que s'effectuer dans l'ombre, mais c'est grâce à vous que l'ombre, lentement, se dissipe et qu'on peut voir un jour le sommet de la montagne. Dans un ciel alors étincelant. Demain matin, vous serez de retour à Pékin et il est probable, il est sûr, que je ne vous reverrai jamais. La Chine va connaître dans les mois à venir des heures mouvementées, la jeunesse de ce pays va lentement s'éveiller davantage aux réalités de la Révolution et nous risquerons alors d'oublier nos amis. Je voulais, ce soir, que l'un d'entre eux reçoive pourtant un témoignage personnel de notre éternelle gratitude.

Il parla encore un moment, Otrick lui répondit enfin, surmontant son émotion. Puis le président appuya sur un bouton. Les fonctionnaires congédiés au début de l'entretien revinrent dans la pièce et à l'heure du petit déjeuner, Otrick lisait dans *Le Quotidien du Peuple* qu'une réunion du comité central du Parti venait de se tenir à Beidahe et que des décisions fondamentales pour l'avenir des campagnes chinoises y avaient été prises. On parlait aussi de communes populaires.

— Peut-être, dira Jacques à son tour, peut-être que toute ma vie je me suis moi aussi trompé. Peut-être que je n'ai jamais su voir le regard derrière le regard, l'homme dissimulé derrière la natte de bambou qui observe et, le moment venu, décide.

La petite Ninnin a de grands yeux très noirs et la main de Jacques s'est posée sur son épaule. Il frissonne presque.

— Pardonne-moi, dit-il alors à Guillaume, mais toute cette Chine, tout d'un coup, si forte, si vivante : c'est un alcool trop fort que j'ai bu trop vite.

Un silence, puis :

— Demain, je te le promets...

Il se retourne vers Meilin et corrige :

— Demain, je vous le promets, ça ira tout à fait bien.

Ninnin a prévu son geste et s'est levée la première. Une voiture attendait à la porte de l'ambassade, Jacques et la jeune fille ont disparu au-delà de la grisaille du jardin de poussière.

Jardin. Pivoine : le mot éclate sous la plume de Verviers comme un fruit très mûr ; il prend tous les violets, les vieux mauves, tous les grenats, les incarnats du monde ; pivoine : fruit et fleur à la fois, le rouge aux lèvres d'une femme aimée, cette fleur qu'on dérobe au cœur du corps d'une femme désirée.

— Pivoine, poème..., se souvient André Verviers dont la maison envahie de fleurs avait servi de décor aux images disparues d'un film oublié.

Très droit sur sa chaise, comme paralysé au-dessus de la table de bois où, jadis, Irène, à Pékin, écrivait, André Verviers tente à son tour, désespérément, tente passionnément le geste qui dira à son tour cette Chine jadis et retrouvée, son bonheur.

Pendant qu'étendu sur la couche de bois, l'oreiller dur, la tête renversée, la nuque raidie, M. Liu s'abandonne à cet autre plaisir, lent, nuageux, qui l'envahit et le pénètre de partout.

— Depuis quarante-deux ans, murmure-t-il.

Voilà quarante-deux ans, c'était dans une maison de Shanghai où une mission l'avait amené et la jeune femme qui lui avait préparé la pipe était une prostituée qui, ensuite et dans sa demi-torpeur... Mal réveillé à trois heures du matin sur le Bund, titubant, il avait juré que jamais plus.

— ... que jamais..., répète-t-il après quarante-deux ans.

Mais sa voix est un souffle et le sommeil l'entraîne maintenant vers des régions qu'il avait cru ne plus jamais habiter : de très loin reviennent, très vite, en un galop lent, amorti, ralenti, les images d'un pays qu'il ne reconnaît plus et qui, pourtant, était le sien.

— Surtout, fait remarquer Serge à Jean-Bernard André venu avec une équipe de FR3 l'interroger sur les conclusions du colloque de l'avenue Kléber, surtout, ne pas négliger un instant le poids du passé !

La caméra le fixe de son œil rond ; derrière l'objectif, Gaston, le chef opérateur, affine son cadrage : qu'à gauche du visage de Lensky apparaisse celui de Meifang, légèrement incliné et, à droite, comme décalé par rapport aux deux autres, celui de Cécile, qui semble observer.

— Tu y vas ? lance Jean-Bernard André.

La voix de l'opérateur, content de son image :

— Ça tourne. Tu reprends ta question.

Une demi-heure plus tard, Serge se démaquille.

— Tu veux connaître mon secret ?

Il a subitement un rire gouailleur de gosse qui va vous sortir une énorme bêtise.

— Ton secret ?

— Mon secret, oui : comment je fais — colloque, pièce de théâtre, recueil de textes — comment je fais pour vous moudre de la Chine par tous les bouts ?

Jean-Bernard attend le pire.

— Dis toujours.

Alors Serge éclate de rire en montrant Cécile, Meifang, deux autres étudiantes assises dans un coin qui bavardent en l'attendant.

— Qui a donc inventé le mot de nègre ? Moi, je ne m'en cache pas : j'ai mes négresses blondes, mon vieux. Ou bien bridées — et nul n'y voit que du feu.

L'émission s'est achevée, le colloque, le recueil de textes sur le printemps de Pékin est déjà sous presse et ce soir, cette nuit, dans la rumeur de la Rhumerie Martiniquaise ou de la Closerie des Lilas, Serge Lensky va retrouver Lavenant pour parler de la pièce qu'ils doivent monter ensemble, pour y montrer la Chine.

— Elles sont mignonnes, mes négresses bridées, non ?

— Tu sais, a dit M. Liu à sa petite-fille qui est venue prendre de ses nouvelles, tu sais que je suis profondément heureux que tu vives près de ce Guillaume. C'est un homme bien ; d'ailleurs, pour un ambassadeur, il est même très bien !

L'odeur de l'opium froid flotte encore dans l'air ; sur le front du vieil homme toujours étendu, la main de la jeune fille, fine, pâle.

— Je sais, grand-père, Guillaume est quelqu'un de très bien.

Alors, comme venue d'un autre temps, d'une autre histoire, la voix du vieux monsieur devient un souffle.

— Mais n'oublie pas la Chine, petite Meilin : n'oublie ni la Chine ni les Chinois.

Le visage incliné de la jeune fille.

Il était sept heures, huit heures du matin, et la brume montait de la mer. Entre l'île et la pointe de Kowloon, c'était déjà le va-et-vient des ferries, l'appel d'une corne de brume ou, venu de beaucoup plus loin dans le port, le cri rauque et prolongé d'une sirène ; çà et là, encore, le mouvement lent d'un sampan qui paraissait égaré en un monde qui n'était pas le sien.

Du balcon qui surplombait la rue, on devinait au loin, par-delà les grands immeubles de la ville et ceux des Nouveaux Territoires, une ligne de montagnes ; et ceux qui vivaient alors là avec nous, dans l'ombre d'une Chine encore interdite, savaient qu'au-delà de ces sommets pelés — le Tai Mo Shan qui « dominait » à peine, à l'horizon... c'était bien de la Chine qu'il s'agissait. En deçà, Hong Kong vivait dans ses touffeurs moites.

Souvenir plus lointain encore d'un autre Hong Kong qui n'était pas le nôtre : le club colonial où les Chinois n'étaient pas admis et cet ancien consul qui était jockey et montait chaque week-end en course ; ou les courses de lévriers, les paris qu'on prenait à propos de tout, n'importe quoi, les garçons d'étage qui pariaient sur le premier ascenseur arrivé au bas du Hang Seng Bank Building où nous avions nos bureaux.

— Chaque matin, se souvient Guillaume qui a passé là quelques mois avant de gagner Pékin, je descendais à pied à travers les rues étroites, si pentues que j'en avais parfois mal au bout du pied qui heurtait douloureusement la pointe d'une chaussure.

Les odeurs de la ville montaient, fumées des petits braseros au début d'un hiver subitement froid, puis des brumes, brouillards épais, humides, qui vous pénétraient de partout : l'odeur du brouillard qui s'accroche aux pentes du pic et qui dure jusqu'aux derniers jours du mois de mars ; et puis, à mesure qu'il descendait vers la ville — s'enfonçait en somme dans les tiédeurs de la ville dès le printemps venu —, les odeurs devenaient plus âcres : encens, bien sûr, ces baguettes qu'on brûlait à l'orée d'un temple, mais aussi cambouis, mauvaises graisses, fritures, crabes, crevettes frites, petits pains cuits à la vapeur à l'approche du marché avec enfin, écœurante, l'odeur du poulet bouilli : deux pas encore, et il était en ville, paradis aseptisé des magnétophones vendus à des prix fracassés, des chaînes dites hi-fi, des Minox, Minolta, Nikkon, Olympus et la vue, enfin, du cinquième étage du Hang Seng Bank Building où étaient nos bureaux qui s'étendaient sur la rade.

Le cri rauque d'une sirène : un Star Ferry arrive à quai.

— C'est toi qui as voulu revenir, remarque Jacques.

Debout au milieu d'une passerelle qui traverse le vide, un carrefour surélevé au milieu de Hong Kong qui ne ressemble plus à rien, Guillaume ne reconnaît plus rien.

— On m'avait dit..., murmure-t-il.

Debout à côté de lui sur cette passerelle qu'un escalier mécanique dessert à chaque extrémité qui, à deux pas d'un Hilton ou d'un Hyatt, frôle des buildings inconnus, l'immense tour que l'architecte Pei a construite pour les Chinois de Chine au milieu des Chinois d'ici, Jacques Benoist éclate de rire.

— Tu as voulu revenir à Hong Kong : te voilà revenu !

De Pékin à Shanghai en trente-six heures de train, la visite du consulat, quarante-huit heures encore à traîner sur le Bund ou rencontrer celui-ci, celui-là dont M. Liu leur a donné le nom puis, d'un coup d'Airbus venu d'ailleurs, ils sont arrivés ici : Hong Kong où Guillaume a pu vivre, un jour, et qu'il ne reconnaît plus.

— Je suis incapable de retrouver une rue ! s'exclame-t-il.

La ville qui grouillait de moiteurs, de touffeurs, est devenue cet univers de passerelles et de voies express, de grandes banques nues, d'hôtels d'acier, de verre.

— Ou bien, dit Guillaume, nous nous aventurions parmi les cases de cet échiquier de rues parallèles qui se coupaient à angle droit du côté de Wanchai et dont Chessman plus tard m'a parlé — il y a vécu, je crois, au fond d'un bar, avec une putain. C'était un monde souterrain d'hôtels, de bistrots, de bars et de restaurants calamiteux où déambulaient, comme de grands fantômes blancs, les marines américains qui tiraient une bordée à terre entre deux plongées dans l'enfer vietnamien. Les affiches multicolores répondaient aux noms des bars, lettres romaines, idéogrammes mêlés : le Blue Bar, les Gay Follies, la Maison de Sister Jane, la Casa de Cousine Woo.

Derrière les portes qu'on ne fermait vraiment que les jours de typhon, les filles attendaient, assises sur de hauts tabourets le long de longs bars de bois où officiaient des serveurs fatigués ; jupes étroites, petits genoux pointus, lèvres peintes — le grenat, l'incarnat des pivoines... — elles disaient : « Hello, chéri » en je ne sais plus combien de langues.

— Je crains, remarque Jacques Benoist, que cet Hong Kong-là existe encore, pour peu que tu veuilles bien te donner la peine de le chercher.

— D'ailleurs, dit encore Jacques, crois-tu que j'ai reconnu Pékin à mon retour ?

Autour de la ville, ces dessertes, tunnels, voies rapides qui ne débouchent sur rien ; et les hôtels inachevés, ces immeubles au sud du temple du Ciel où Li Biannu vit parmi ses livres.

— Sais-tu que, le premier jour, je n'ai pu retrouver l'observatoire des Jésuites, alors même que j'étais à deux pas de lui ?

Pékin d'alors, Pékin d'ici, murailles abolies, univers là-bas aussi de béton, d'autoroutes, des chantiers gris.

Par les portes-fenêtres qui donnent sur la baie, on ne voit plus la baie : seul un lambeau de mer entre deux immeubles qu'on vient d'achever.

— Se retrouver ici ! lance John Baker.

Il a serré Guillaume contre lui ; avec Jacques, un peu plus de froideur : en arrivant à la résidence du gouverneur, le directeur d'Asie a soufflé à l'oreille de Guillaume :

— Je crois bien qu'il me hait !

Enveloppée de ses châles, lady Stefania s'est serrée à son tour contre Guillaume. Elle sent, pense celui-ci, des odeurs de vieux musc, de dentelles anglaises, de lavande passée.

— C'est une chance, poursuit Stefania, que vous ayez été libre dès le soir de votre arrivée : je n'aurais pas supporté que vous passiez votre première soirée à Hong Kong ailleurs qu'à la maison.

Deux maîtres d'hôtel en veste blanche apportent des plateaux, des verres de gin-tonic glacé, une rondelle de citron vert, ou un sherry très sec comme on en buvait déjà à Pékin chez John quand il avait trente ans.

Puis, peu à peu, les invités de ce premier dîner sont arrivés : Chan Yumin, qui dirige le grand journal communiste de Hong Kong, et James Wang, propriétaire des studios Wang, Wang et Wang — qui débitent les films de karaté ou d'amours cantonnaises à raison de sept ou huit bobines par semaine, soixante-dix films par an. Et puis Kelvin Young, adjoint de John Baker, qui s'est tout de suite présenté à Guillaume :

— Je crois que vous êtes un ami de John Chessman...

Avec, ensuite, un sourire d'une infinie modestie :

— Oh ! lui ne se souvient sûrement pas de moi, mais je l'ai rencontré quelquefois.

Comme cette femme, Eurasienne au profil aigu, dont le premier salut ressemble à une étrange œillade.

— Tiens ? J'entends parler de John Chessman ? C'était aussi un de mes grands amours. Mais voilà si longtemps...

Il y a encore un banquier chinois de Hong Kong, Fei ; et, pour faire bonne mesure, un banquier chinois de Chine : Ma Yuan. Et puis un major anglais qui semble sorti d'un régiment des Indes et qui s'appelle Laurie : tout ce monde se retrouve comme s'il venait de se quitter, boit ferme, se congratule. Guillaume lance à Jacques un regard qui veut dire : « Qu'est-ce que c'est que tout ça ? » ; et le sourire amusé de Jacques : « Ça ? Mais c'est Hong Kong, et voilà tout. »

Hong Kong qui, malgré ses autoroutes suspendues, ses passerelles, les escaliers mécaniques qui, de passage en galerie, font du centre de la ville un dédale de vitres et de métal hors du monde — Hong Kong qui redevient subitement Hong Kong le temps de ce dîner-là.

— Alors, monsieur Benoist : vous avez voulu revenir voir de vos propres yeux à quoi ressemblait Pékin ?

Ma Yuan, le banquier chinois, fume un cigare dont il se fait envoyer chaque mois une caisse entière de Cuba, via Berlin-Est et Pékin.

— Des bruits courent à Pékin, monsieur Benoist : on raconte que vous y avez beaucoup d'amis et aussi de grands projets...

Jacques a souri sans répondre. Chan Yumin, le directeur du *Da Gong Bao* de Hong Kong, s'est approché à son tour :

— Ne croyez rien de ce que racontent les banquiers : ils ne savent rien, ne donnent rien et ramassent tout.

Puis, à John Baker :

— Monsieur le Gouverneur, si vous n'intervenez pas, j'ai bien peur que notre ami Ma Yuan ne finisse par lasser notre ami Benoist.

Le regard de Mrs. Tan, l'Eurasienne au profil de médaille, glisse sur ceux qui l'entourent. Il se fixe enfin sur Guillaume.

— Peut-être me ferez-vous l'honneur, monsieur l'Ambassadeur, de me rendre une petite visite ? Je possède une collection de peintures qui pourraient vous amuser.

Le jeune Kelvin Young, au moment de passer à table :

— Si vous me le permettez, monsieur l'Ambassadeur, évitez cette dame.

Un rire étouffé, puis :

— Je crois qu'en français, vous appelez cela une maquerelle, non ?

On a servi à table un château-mouton-rothschild 1945 et Stefania, qui préside à l'anglaise à une extrémité de la table face à son mari, a fait un clin d'œil à Guillaume :

— Tous les charmes de la vie coloniale, quoi !

Pendant le dîner et avec une curiosité amusée, Guillaume et Jacques Benoist ont observé ce qui se déroulait autour d'eux : regards, échanges de brèves paroles, monologues soudain.

— Alors, monsieur Ma : quand Hong Kong sera chinois, de quoi vivrez-vous ?

Le major Laurie joue les provocateurs ; le visage de Kelvin Young s'empourpre, celui de Mrs. Tan est subitement sans âge.

— Il fallait venir là, non ? Nous n'avons pas perdu notre soirée ? remarque Jacques Benoist au moment de regagner le Peninsula où, refusant l'hospitalité aléatoire d'un ennuyeux consul, il a préféré descendre.

— On aurait dit un roman d'espionnage des années cinquante ! conclut Guillaume.

Hong Kong subitement devenu l'un des lieux de ces mémoires retrouvées où une action — l'action... — qui naquit un jour à Pékin va maintenant se développer, prendre peut-être des racines mais surtout s'étendre à d'autres branches, d'autres visages, d'autres profils perdus dans cet univers où les personnages ne sont plus que des silhouettes, les phrases qu'ils échangent les bribes d'un dialogue jamais tout à fait achevé.

— Ce Kelvin n'est plus supportable, lance lady Stefania au moment de refermer la porte qui sépare son appartement de celui de son gouverneur de mari.

— Plus supportable ? Mais en quoi donc ?

Lorsque John Baker le veut, il peut avoir la plus roublarde des innocences. Alors Stefania éclate :

— Il a l'air si désespérément, si platement honnête : ce n'est pas supportable, non ?

Puis la porte claque.

Chez lui, dans l'appartement un peu gris qu'il occupe dans Conduit Road, à quelques pas de ce qui fut le Club de la Presse étrangère et que les bulldozers ont miraculeusement épargné, Kelvin Young s'est approché du balcon : en dessous de lui, la rade dans la nuit ; les girandoles de lumières qui ponctuent les contours d'un navire de guerre américain et le dernier ferry qui crie, qui crie une dernière fois dans la nuit.

Face au vide qui s'enfonce, à pic au-dessous de lui, Kelvin respire très fort ; il a froid dans ce début de printemps et sent pourtant la sueur qui lui coule à grosses gouttes sur les tempes ; un instant, le vertige qui le saisit : sauter...

Puis il se retourne d'un coup, rentre dans l'appartement et tire derrière lui la porte-fenêtre coulissante. Les quatre pièces sont vides : à peine quelques tapis, un canapé, un lit dans une chambre, et des cartons de livres partout ; sur une pile, près du matelas posé sur un sommier qu'on a appelé lit, les romans de John Chessman, ceux de George Mulley, et puis de John Cowper Powys, les *Confessions d'un pécheur justifié* de James Hogg ; mais pour le reste, rien : un appartement vide dans un quartier à demi abandonné.

De l'autre côté de la rue, le Club de la Presse étrangère est devenu une manière de jungle où les pierres, rongées par le temps, la moisissure, les plantes qui les dévorent, meurent debout, parmi les souvenirs de films très anciens, de livres qui ne mériteraient rien d'autre que l'oubli, de femmes qui furent belles, qu'on a pu aimer, qui sont devenues vieilles, folles peut-être, alcooliques, dans des maisons faites pour qu'on s'y repose.

On voit de loin la Chine et le Tai Mo Shan qui se découpe sur la lune : pendant sept ans, Kelvin Young a étudié le chinois et sait sur la Chine tout ce qu'on doit en savoir ; il rêve de Chine et vit à Hong Kong. En lui-même, il dit : « Je crève à Hong Kong. »

Le lendemain, John Baker a reçu Guillaume et Jacques, mais dans son bureau, cette fois : c'était le gouverneur de Hong Kong qui donnait une audience à l'ambassadeur de France à Pékin accompagné du directeur d'Asie du ministère des Affaires étrangères.

Cérémonial alors tout britannique, les deux *privates* vêtus de kaki qui montent la garde devant la porte et le majordome qui s'incline, conduit les visiteurs jusqu'à un petit salon aux meubles de rotin peints en blanc ; au plafond, les pales lentes d'un ventilateur et, sur la table basse, des revues : *House and Garden, Town and Country*, un autre monde. Sur la couverture d'un très vieux *Tatler's*, le profil de Stefania, en capeline blanche, Ascot années soixante-dix...

— Messieurs, laissez-moi vous redire tout le plaisir que j'ai à vous voir ici.

A leur entrée dans son bureau, John Baker, redevenu sir John — ce frémissement de la narine gauche... —, leur a tendu la main de très loin, toute la longueur du bras. Puis leur a fait signe de s'asseoir :

— Café ?

Un vrai café anglais, de la crème, des petits biscuits, et on a parlé de la Chine.

— Selon vous, messieurs, de quel côté va pencher le fléau de la balance ?

Les deux noms : Li Peng et Zhao Ziyang, encore une fois revenus. Alors, au détour d'une phrase :

— J'ai cru comprendre que Hu — enfin : Hu Yaobang — ne se portait pas très bien...

On prêche le vrai pour en savoir un peu plus ; amorcer la pompe, en somme : l'information est aussi arrivée jusqu'à Jacques Benoist qui a un petit mouvement des épaules :

— Qui d'entre nous se porte bien, aujourd'hui ? On nous invente tous les jours de nouvelles maladies...

Le visage de Baker est soudain devenu plus dur. Du coup, beaucoup plus directement :

— Avez-vous rencontré des gens intéressants au cours de votre séjour à Pékin, Zhao, par exemple ?

Jacques secoue la tête ; mais Baker a encore un nom à lancer :

— ... ou le cher M. Shi ?

Cette fois, le sourire de Jacques Benoist s'éclaire.

— M. Shi est, comme M. Liu, un de nos plus anciens amis.

Il a dit : « Un de *nos* amis. »

Dans le même temps, ou presque, le vice-ministre vietnamien des Affaires étrangères, Dinh Nho Liem, a passé quelques jours à Pékin : pour des « consultations privées » sur le Cambodge, s'est bornée à annoncer l'agence Chine nouvelle.

— Tout cela ne semble pas émouvoir outre mesure notre ami Guillaume, a fait remarquer Philippe de Ligne à Gérard Melot

Le secrétaire général a cru bon de préciser :

— Guillaume est en ce moment à Hong Kong, où il accompagne Benoist pour quelques jours.

Sourire discret de l'homme de cabinet :

— C'est bien ce que je vous disais : pendant qu'on discute du Cambodge à Pékin, notre ambassadeur et le directeur d'Asie font du tourisme à Hong Kong !

Deux heures, pourtant, sans baisser la garde, le gouverneur de Hong Kong s'est encore battu contre le directeur d'Asie : deux univers, deux Chines, deux approches de la Chine inconciliables. Alors, Jacques Benoist suggère :

— Peut-être, mon cher John, que tu oublies trop facilement Hong Kong où tu as été nommé et ses habitants, qui devraient compter quand même sur toi.

Il a parlé en français, et il a dit : *tu.* Un rire cynique frôle le visage du gouverneur.

— Je n'oublie rien, mon vieux : rien du tout. Mais crois-tu que les dix millions d'habitants de cette île et de ses environs fassent le poids, face au milliard et quelques de Chinois de l'autre côté du Tai Mo Shan ? J'ai une mission, oui, et je la remplis, crois-le bien ; et pourtant je pense aussi — et surtout — à ce qui se passera après.

Une demi-heure encore, pendant laquelle le gouverneur de Hong Kong parlera de tout, de la Chine, du monde — et pas de Hong Kong. Sur la colonie, une seule remarque, subitement lâchée :

— C'est bien un de vos rois qui a dit : « Après nous, le déluge » ?

Puis, l'entretien terminé, le gouverneur se lèvera, tendra la main à ses visiteurs.

— De toute façon, nous nous revoyons avant votre départ, n'est-ce pas ?

Dans la voiture qui les ramène vers le bas de la ville, Guillaume allume une cigarette.

— Drôle de gouverneur, non ?

Mais Jacques Benoist ne sourit pas :

— Il est bien ce que nous savions qu'il était.

— A savoir ?

Un rapide sourire, alors :

— Un agent de Sa Majesté très dévoué au service des intérêts de Sa Majesté en Chine, c'est-à-dire aux intérêts d'une certaine Chine, qui n'est pas la nôtre.

A Pékin, voilà trente ans, John Baker se baignait nu dans le lac artificiel qui prolonge la vallée des tombeaux des Ming. Il s'ébrouait jusqu'au début de l'hiver dans l'eau très froide et en ressortait — nu — en poussant des cris d'orfraie, pour la plus grande joie des petites secrétaires suédoises ou norvégiennes qui étaient venues avec lui jusque-là.

Un jour, le chargé d'affaires britannique — il n'avait pas encore le titre ni le rang d'ambassadeur — avait reçu une lettre officielle du Waijiaobu : une gardienne de chèvres de soixante-sept ans se plaignait qu'un grand diable blond ait affolé ses animaux en bondissant hors du lac ; il importait que le chargé d'affaires rappelât dans les meilleurs délais à son collaborateur que le corps diplomatique n'était en aucune manière autorisé à effrayer les animaux pacifiques du peuple chinois

De la nudité de John Baker — qui bandait en outre comme un bouc, malgré l'eau glacée et, cette fois, pour le plaisir plus avoué encore d'Inghe ou de May — il n'était fait nulle mention dans la lettre de protestation.

Ou John qui s'était penché vers Guillaume à la fin d'une soirée à l'ambassade des Pays-Bas : depuis deux heures, Guillaume dansait avec la petite Kupah et se saoulait du souffle de la petite fille à son oreille.

— Fais attention, vieux : on te regarde...

Il avait alors entraîné la jeune Birmane dans un boogie effréné avant de la rendre, pantelante, à son ami.

— Je te conseille d'en faire autant : plus de slows, vieux, plus de slows, ou tu vas tout droit à l'incident diplomatique !

Guillaume ne l'avait pas écouté : lumière tamisée, les Platters, Miles Davis qui jouait un blues ou *Michèle* et les Beatles, et deux semaines après c'était bel et bien l'incident diplomatique. La main de John, alors, sur l'épaule de Guillaume qui allait quitter la Chine.

— T'en fais pas, vieux. C'est pour ça que le bon Dieu a fait un petit trou entre les jambes des filles : pour nous faire faire, à nous, des folies...

Le jour du départ, à l'aéroport, John Baker avait été l'un des seuls diplomates étrangers à accompagner Guillaume.

— Allons, vieux, dit à son tour Jacques Benoist, il faut le retrouver, que diable, notre Hong Kong !

Il a laissé à l'hôtel la voiture officielle du consulat pour prendre un taxi jaune et vert, brinquebalant, ressorts défoncés :

— Les amortisseurs morts sur les nids-de-poule de Hong Kong : tu ne te souviens pas ? Évidemment, ce n'est ni le pavé délicatement proustien de Saint-Marc à Venise, ni celui de la cour du duc de Guermantes, mais c'est tout de même une sacrée machine à faire remonter les souvenirs !

Puis, au-delà du tunnel, dans l'une de ces rues de Wanchai qui se coupent à angle droit et où rien n'a changé — bars, bains, bordels, pharmacies, Minox et Minolta, bars encore et bordels plus loin —, ils sont entrés dans un bar dont rien, pourtant, ne rappelait rien à Guillaume :

— Tu te souviens, Guillaume ?

Un ambassadeur français dans un bar-bordel de Hong Kong : Guillaume ne se souvenait de rien. Les filles étaient là, assises le long du bar, et le barman livide essuyait, essuyait désespérément un verre sale. May, Suzy, Helen, Flower — l'une d'entre elles s'appelait même Chow-Fleur ! — : les filles montaient bel et bien leur morne garde et, à l'entrée des deux Français, c'est avec une même hâte qu'elles se sont approchées d'eux.

— Tu veux boire ?

— Tu veux baiser ?

— Si tu veux, je suce seulement.

Toutes exhibaient des lettres sur papier timbré, tamponné et parfaitement imité qui certifiaient qu'un examen médical de la veille seulement, ou du jour d'avant, jurait devant Dieu, devant les hommes et devant notaire que le SIDA les avait épargnées.

— Mais si tu veux, je peux seulement sucer, répète la plus laide de toutes, déjà grosse, aux dents proéminentes.

Les autres sont d'ailleurs jolies, ou presque : jupe fendue, petits culs, croupes tendues, le ventre creux, les cuisses... Le cœur de Guillaume bat un peu plus fort : ces moiteurs, ces touffeurs surtout qu'il lui semble soudain reconnaître. Une main glisse sur son épaule, une autre autour de sa taille : la fille qui peut sucer si l'on veut a basculé derrière le bar, les Suzy, les Flower et les Cindy-Lou frôlent, effleurent, caressent déjà quand toutes se figent : une femme plus âgée, belle et haute, Eurasienne au visage peint, a soulevé un rideau.

— Tu te souviens de Mme Isa ? interroge Jacques.

Puis, à voix basse :

— La sœur de cette Mrs. Tan, qui fréquente chez le gouverneur.

A voix haute, alors :

— Une amie très proche de notre ami Chessman.

Guillaume ne la reconnaît pas plus qu'il ne reconnaît Chow-Fleur ou Cindy-Lou : ce sont seulement des odeurs, des moiteurs. Alors, le rideau de perles enfilées sur une corde de nylon s'est encore soulevé et la petite fille est arrivée.

— Meichun a treize ans, dit Mme Isa.

Mme Isa ment : Meichun a quatorze ou quinze ans, mais qu'importe ; c'est une Chinoise du Sud un peu épaisse qui, soudain, ressemble tant à ce que fut Kupah que le visage de Guillaume se crispe.

— Meichun arrive tout droit de Gueilin par la montagne et par la mer, dit encore Mme Isa, c'est son premier jour ici.

L'épaule nue, ronde, potelée de la jeune fille : ces touffeurs, une chaleur — et la main de Guillaume qui hésite.

Loin dans la brume, le ferry de Lantao quitte son port d'attache et les jonques dansent dans son sillage : c'était voilà vingt-deux ans et le journal chiffonné en boule sur le sol annonçait : « New U.S. action in V.N. : 700 VC... killed. » Le souvenir alors de John Chessman, qui avait rencontré une petite fille qui s'appelait Nahn.

— Allons, dit Mme Isa, encourageante, la petite est jolie et saine comme un petit cheval.

Les yeux de la petite fille : des larmes ? La main de Guillaume qui hésite... Un jour, à Haïti où il était de passage en compagnie d'un ami congolais, on leur avait amené comme cela deux petites filles et c'était Bob, l'ami congolais, qui avait protesté le premier. « Il ne faut tout de même pas exagérer ! » Bob avait un bon rire de bon Nègre à qui on ne la faisait pas ; après le départ des gamines — douze ans, celles-là, tout au plus —, il avait pourtant remarqué : « Eh bien, vois-tu, c'est quelquefois difficile de ne pas tringler ce qui vous fait le plus envie ! » Il était mort trois mois après d'une crise cardiaque, dans son lit, à Nemours où il enseignait le français à des fils d'émigrés. Alors, la main de Guillaume retombe.

Mme Isa a cependant tenu à entraîner ses deux visiteurs jusqu'au premier étage où elle a son bureau. Là, d'un secrétaire de bois de rose fendu par l'humidité, elle a tiré une liasse de papiers.

— Tu vois, dit Jacques à Guillaume, ton ami Chessman a passé six mois dans cette maison.

C'est le récit, par John Chessman, de tout ce qu'il a fait avec chacune des filles : le récit par le menu, haletant, déchiré.

— C'est peut-être ça qui l'a sauvé, conclut Jacques.

Lorsqu'ils ont quitté le bar de Mme Isa, la pluie s'était mise à tomber et une manière de lèpre s'accrochait aux murs, aux façades rongées par l'eau de mer que le ciel charrie, aux mendiants, même, écroulés dans la boue : des odeurs, encore une fois, retrouvées.

Ce n'est pas à son bureau que John Baker a reçu Laroche : il lui a donné rendez-vous au dix-septième étage de l'immeuble moderne où M. Ma Yuan, banquier chinois de Chine, comme M. Fei, banquier chinois de Hong Kong, c'est-à-dire de Singapour ou de Malaisie, ont leurs services ; l'un ou l'autre, selon les cas, prêtent discrètement un petit bureau au gouverneur qui affecte de venir là pour consulter un journaliste financier. Au dix-septième étage comme au vingt-deuxième, ce sont deux pièces anonymes, air-conditionnées, dont John Baker seul a la clef, et c'est lui qui se dérange pour ouvrir à son visiteur.

— J'avais peur que vous hésitiez à venir..., remarque Baker d'entrée de jeu : vous n'avez donc pas peur vous-même ?

Il sourit, mais Laroche, qui a expliqué le matin même à Jacques Benoist qu'il allait passer la journée au consulat de France, hausse les épaules :

— De quoi voulez-vous que j'aie peur ?

Baker tire alors des bouteilles d'un réfrigérateur, de la glace, des verres :

— A vous de jouer, mon vieux : je vous écoute.

Quarante-huit heures encore, à retrouver l'île, la ville, Hong Kong. Jadis, du temps de la première ambassade à Pékin, on faisait deux fois par mois le voyage de Hong Kong : c'était pour accompagner la valise diplomatique et on revenait chargé des commissions de tous ceux qui, peu à peu, avaient appris à vivre en Chine. On rapportait des petits pots pour les bébés ou des disques, des postes de radio, des magnétophones, des capotes anglaises pour ce couple d'archivistes qui nous le demandait à l'oreille, très vite, la veille du départ. Alors, perdu parmi les sacs de jute marqués « Valise diplomatique » et qui encombraient un compartiment entier, on faisait le trajet Canton-Pékin en chemin de fer, pareil à un Fafner veillant sur son trésor : Guillaume avait ainsi fait six ou sept fois la descente sur Hong Kong.

Quarante-huit heures, donc, à retrouver ce qui n'existe plus : des odeurs qui lentement vous reviennent, quand bien même la ville est désormais désespérément étrangère. Ainsi, dans cette boutique de l'arcade du Mandarin où notre ami François accumulait les trésors thaïs ou cambodgiens et ceux qu'il ramenait, deux fois l'an, de Pékin où il visitait des entrepôts interdits à tous et qui renfermaient bouddhas Wei, tapis mongols, peintures Ming qu'on vendait alors à des marchands étrangers pour si peu de dollars. Cette fois, c'est un Allemand anonyme qui reçoit Guillaume dans la boutique trop luxueuse, mais Jacques Benoist sait ce qu'il est venu chercher. Il dit quelques mots à l'oreille de l'antiquaire qui disparaît pour revenir tout aussitôt, une grande peinture sur verre à la main.

— Autrefois, tu collectionnais ça, non ? Les fixés, les *boli youhua ?* Qu'est-ce que tu penses de celui-là ?

La dame de ce fixé-là est jeune, très jeune ; c'est une Chinoise du Sud de quatorze ans, tout au plus, aux cheveux ramenés de part et d'autre du visage, que retient une agrafe d'or et Guillaume, bien sûr, la reconnaît aussitôt : c'est la petite fille de la maison de Wanchai où officie Mme Isa.

— Un cadeau, dit Jacques Benoist qui la lui met entre les mains.

Le soir même, dans l'avion qui le ramènera vers Paris — ils feront, de nuit, une escale déserte à Karachi —, Jacques Benoist fait remarquer à Laroche :

— Peut-être que, jusqu'à présent, nous n'avons pas fait assez confiance à Guillaume : je suis convaincu qu'il n'avait pas besoin de nous pour mener à bien toute cette affaire.

Laroche referme le numéro du *Monde* vieux de trois jours qu'il tient en main.

— Il n'avait probablement pas besoin de nous, en effet...

L'hôtesse en bleu distribue les petits traversins pour la nuit, les pantoufles bleues et le masque de sommeil.

Tandis que, dans l'Airbus de Shanghai — où il passera encore une journée : une présidente d'Université lui a donné le rendez-vous qu'il attendait, une coopération entre médecins français et chinois, pourquoi pas ? — Guillaume surveille du regard la peinture sur verre enveloppée d'un carton d'emballage qui, trop grande, n'a pas tenu dans le porte-bagages au-dessus de lui. Posée à plat sur deux fauteuils, elle tremble doucement. Et Guillaume se dit que, la peinture se casserait-elle, c'est tout un pan de ses souvenirs brusquement revécus qui s'en irait avec elle.

Dans son appartement de Conduit Road, Kelvin Young observe à travers les baies de son balcon le va-et-vient des ferries dans le port. C'est la fin du jour, le ciel est gris et le ululement des sirènes répond aux halètements étourdissants d'un marteau-piqueur qui abat à cent mètres de chez lui un immeuble de vingt étages construit voilà seulement cinq ans pour qu'on en élève à la place un autre de dix étages de plus.

Lorsqu'on sonne à la porte. Il se retourne brusquement : la nuit a envahi l'appartement, sans qu'il s'en soit rendu compte.

— Je ne vous dérange pas ?

C'est son voisin, ancien gardien de prison, un bouquet — une gerbe ! — de tulipes en plastique rouge à la main.

— Mes prisonniers..., explique-t-il

A la prison de Stanley, on fabrique des tulipes en plastique rouge. L'homme s'avance, subitement énorme, vieillard moustachu, major de quelle guerre perdue.

— Ma femme...

Puis il se laisse tomber dans un fauteuil. Kelvin a compris, qui va chercher une bouteille de scotch, un verre.

— Ma femme ne comprend pas.

Cela fait vingt ans que Ralph Johnson, gardien-chef à Stanley, a pris sa retraite ; et cela fait vingt ans qu'il revient, tous les matins, prendre un hypothétique service. Cela fait vingt ans que sa femme l'empêche de boire et vingt ans qu'il boit en cachette, rapporte chez lui chaque soir une gerbe de tulipes qu'on retrouve au matin dans la poubelle de l'immeuble, et vingt ans qu'il raconte à ses voisins de palier les mêmes histoires arrivées à la prison de Stanley, pendant la guerre, quand les Japonais qui occupaient Hong Kong y enfermaient des prisonniers britanniques, les y torturaient.

— Je vous ai parlé de cette Écossaise, Cecilia Birdley, qu'à coups de baïonnette...

« Cher George, écrit Kelvin à George Mulley, qu'il a connu à Londres et qui recueille depuis quinze ans les confidences de ses amis dont il remplit ses livres : cher George, voilà plus d'un an que je suis ici et que je mène la plus misérable, la plus inutile des vies.

« Je suis arrivé à Hong Kong à la fin du mois de février. Il pleuvait. Une pluie fine et grise, dans un brouillard glacial qui s'accrochait aux collines et aux pentes du pic.

« Je n'étais pas déçu. J'attendais bien sûr le soleil, le bras de mer entre l'île et Kowloon scintillant et bleu, des grands bateaux blancs qui se seraient balancés dans la rade, mais je n'étais pas venu pour cet exotisme et le temps maussade ne m'attristait pas. J'avais froid simplement.

« Très vite, j'ai trouvé un appartement gris dans l'un des immeubles géants et déjà vieillots qui dominent la ville. J'étais assez éloigné du centre pour ne pas être incommodé par ses rumeurs et assez proche pourtant de mon bureau pour pouvoir m'y rendre à pied. Le soir, je prenais un taxi qui me ramenait chez moi par les rues à pic qui s'accrochent à la montagne. J'y ai un balcon qui surplombe la mer, mais je me suis lassé rapidement des mouvements des ferries et des couchers de soleil invariablement cramoisis qui barrent à l'ouest l'horizon. Jusqu'à la nuit, j'allais à ma fenêtre ; ce n'était pas pour contempler les chaînons de lumières de Wan Chai ou de la presqu'île en face, mais seulement pour boire du gin et du tonic en fumant des cigarettes et sans penser à rien.

« Outre ce balcon, mon appartement comporte une grande pièce, dont j'ai fait à la fois mon salon et ma salle à manger, une chambre à coucher que défigure un énorme appareil à rafraîchir l'air installé sur la fenêtre, et une salle de bains. Il y a aussi une cuisine et derrière la cuisine une minuscule chambre de bonne. J'ai trouvé une bonne, une amah quinquagénaire dont le sourire perpétuel exhibe deux rangées de dents en or. C'est une grande femme aux cheveux ramenés sur le sommet du crâne, qui porte des pantalons de soie noire et glisse sans bruit d'une pièce à l'autre. Un soir où je contemplais sans la voir la chaîne des montagnes qui séparait Hong Kong de la Chine, j'ai remarqué qu'elle était derrière moi sur le balcon et qu'elle regardait aussi les montagnes, en silence... »

Chaque lettre de Kelvin Young à Mulley est une suite d'aveux : il y raconte ses silences, ses impuissances, la vie déserte qu'il mène auprès de John Baker.

« Lorsque je rentre chez moi, conclut-il ce jour-là, je regarde la mer puis, vers le soir, un gardien de prison à la retraite vient me raconter avec une délectation admirable les atrocités qu'il a vu commettre, voilà près de cinquante ans, sur les corps longs et sportifs de jeunes Anglaises flamboyantes qu'on défonçait à la baïonnette. Voilà, mon cher George... »

Un éclair, soudain, fulgurant : l'image d'une petite fille éventrée sur le bas-côté d'une allée du parc, le sang noirci qui macule les chairs blanches, bleues, verdies, tuméfiées — et ce qu'il reste de vêtements éparpillé dans l'herbe mouillée et les feuilles déjà pourries d'un automne de pluie. Insoutenable, l'image a traversé l'esprit de George Mulley et la lettre de Kelvin lui échappe des mains, tournoie, glisse à terre, feuilles mortes parmi d'autres feuilles mortes.

— Je crois, George, qu'il est temps de se préparer à aller au service.

La voix d'Ann, sa femme, les enfants qui courent dans l'escalier de bois, le regard de George Mulley est pâle, bleu, fixe.

Il a pris le premier train pour Londres et dans le taxi qui l'emmène de Saint-Pancrace à Hampstead, il sent qu'il transpire et que la sueur colle au front ses cheveux trop longs.

— Et vous croyez que je peux faire quelque chose pour vous ! s'écrie John Chessman qui reçoit son visiteur en pyjama, pas rasé, sur le seuil de sa porte.

Mulley soupire :

— Laissez-moi au moins entrer.

Puis, dans le bureau où le roman de John s'étend comme à l'infini sur les tapis usés jusqu'aux fenêtres, jusqu'à la cheminée, Mulley se laisse tomber dans un fauteuil. Cela fait vingt ans que Chessman n'a plus rien publié ; cela fait vingt ans que Mulley publie, tous les dix-huit mois, un roman très noir, très sombre, où le Diable et le bon Dieu se disputent l'âme d'un pécheur quelque part entre Castle Howard et Grimsby, sur les *moors* du Yorkshire et, depuis vingt ans, Mulley envie le silence de Chessman.

— Parce qu'au bout, explique-t-il, vous direz tout. Tandis que moi...

L'image de la petite fille atrocement éventrée sur le rebord d'une route : Mulley ferme les yeux.

— Ce que j'envie, dit-il enfin à Chessman, c'est votre liberté.

Le rire, alors, de John Chessman, qui pense : « Ma liberté ! »

Depuis que lord Avon a interrompu ses virements à la Barclay's Bank de Rosslyn Hill, la liberté de Chessman, ce sont les cinquante mètres carrés de son bureau et la fenêtre gothique qui ouvre sur le parc.

— Si vous avez besoin d'argent..., commence Mulley.

Le rire de John Chessman s'enfle, énorme soudain :

— Ma liberté !

Dès le lendemain du retour de Jacques, Julien est passé rue de la Harpe, où régnait un incroyable désordre : chemises et pull-overs voisinent sur les meubles et sur le plancher avec dossiers, notes, livres annotés.

— Tu déménages ?

— *On* déménage !

Jacques a insisté sur le *on.*

— Oui : Linlin est partie. Ou plutôt...

Il se mord la lèvre, avant de continuer.

— Ou plutôt, je lui ai fait comprendre qu'il n'était pas absolument nécessaire pour elle de poursuivre une liaison désormais parfaitement inutile pour l'un comme pour l'autre.

Par terre, une pile de disques : Léo Ferré, Jean Ferrat, Germaine Montero.

— Eh oui, commente Jacques qui a surpris le regard de son ami : je ne fais pas partie des happy few qu'on a élevés au parc Monceau en compagnie de Wagner ou qui ont joué avec ce vilain garnement de Mozart dans les allées du Luxembourg.

Julien a un sourire amusé pour entendre Jacques terminer :

— Chez moi, en Bretagne, c'était plutôt le biniou.

Il suffit peut-être de savoir partir.

Julien a bourré de robes claires, de chapeaux, de capelines le coffre de la vieille BMW cabossée qui le traîne depuis quinze ans à travers cette France des villages et des campagnes dont il avait fait l'objet de toutes ses attentions : répondant à l'invitation de Didier, il va partir pour Charny avec Lorraine.

— Tu vas voir : nous irons par les petites routes...

Le visage de la jeune femme, toute vêtue de bleu, demeure impassible et Julien pense : « Qu'un sourire, qu'un sourire seulement. » Mais les lèvres de Lorraine sont closes, ses yeux très fixes ; elle a seulement croisé ses deux mains sur son ventre, qui s'arrondit à peine.

Ils roulent quatre heures, en marge des autoroutes, des grandes routes même et c'est peut-être à Bayeux, presque au bout du chemin, qu'un peu de lumière, peut-être, sur les traits de la jeune femme... Les rues autour de la cathédrale sont pavées de belles pierres blondes ; le lierre ou la vigne vierge qui grimpe aux façades des maisons, les volets gris, l'odeur de printemps, de bourgeons qui flotte déjà dans l'air.

— Plus loin, nous nous arrêterons à Balleroy, dit Julien, là, des ballons montent vers le ciel.

A Balleroy, on a créé un musée des ballons et des montgolfières.

Laissant Chessman effondré parmi les feuillets maculés de son livre, Mulley qui remettra demain à son éditeur son prochain roman a traversé le nord de Londres à pied : Hampstead, Swiss Cottage, Regent's Park, Baker Street et Hyde Park. Parvenu à la hauteur de Brompton Road, et pour entrer plus vite dans la grande église, il a bousculé une vieille femme qui tendait la main devant la porte du Brompton Oratory. A l'intérieur de la nef déserte, son pas a résonné très fort, très loin. Puis, d'un seul mouvement de tout le corps, de l'âme aussi, peut-être, il s'est abattu dans un confessionnal.

— Pardonnez-moi, mon père, parce que j'ai péché.

Un silence, un soupir, puis :

— Pardonnez-moi, mon père, mais j'envie un homme, je jalouse un homme à en mourir.

Le nom de Chessman, qui lui brûle les lèvres. Et le père O'Flaherty, vieux curé irlandais du Brompton Oratory, hoche la tête.

Après Bayeux et Balleroy, la route traverse un moment de grands bois, presque une forêt.

— Tu verras, dit Julien, tu verras : à Charny, tout ce qui paraît difficile ailleurs, tout ce qui est sombre et triste peut sembler parfois possible. C'est peut-être une manière de miracle.

Julien tente d'expliquer à Lorraine — immobile, parfaitement immobile à côté de lui — pourquoi ce château, quelque part aux frontières de la Normandie et de la Bretagne, est un lieu à part sur l'échiquier de ses voyages : les amis qu'on y rencontre, la musique, les conversations du matin dans les allées du parc ou les longues soirées autour de la cheminée.

— Là, vois-tu, j'en arrive parfois à me sentir presque bon ; enfin : moins mauvais.

Mais le visage si totalement immobile de Lorraine reflète à nouveau la même tristesse.

George Mulley s'est remis à marcher dans les rues de Londres ; un moment, il a traîné autour de Kensington puis, sans réfléchir plus avant, il s'est jeté dans une bouche de métro. Leicester Square, alors, et Soho : à dix-huit ans, l'émotion qui lui tordait le ventre quand il s'aventurait — Gerard Street, Greek Street — dans cet univers de nuits ouvertes au grand jour où des filles, dans l'ombre de boîtes qui s'appelaient la Left Bank ou le Coq au Rico, enlevaient un à un des morceaux de tissu.

Un soir, de retour à Whitby où son père tenait alors la cure d'une église perchée au-dessus de la mer — une pelouse, le rocher tout en bas, le bruit de la marée, le fracas des galets ; un soir, son père l'avait giflé.

— Il paraît qu'on t'a vu, à Londres, dans un quartier où...

Le révérend Mulley était une manière de colosse et la lèvre de George Mulley saignait : dans un coin de la pièce, Catherine, sa sœur, ricanait. Et George, qui la voyait presque belle alors qu'elle était laide, lourde, blanchâtre, aurait voulu pouvoir l'aimer à la folie, alors qu'elle était méchante, teigneuse, et rapportait à son père la plus petite incartade de son frère.

Le souvenir de Catherine, mariée et qui ressemble tant, aujourd'hui, à Ann, sa femme, s'abat soudain sur lui. D'un pas rapide, il remonte Shaftsberry Avenue jusqu'à la hauteur de Greek Street, longe un instant des façades souillées, les restaurants chinois qui débordent de partout sur les trottoirs — et sonne enfin, haletant, au 23 bis, où une simple carte de visite épinglée sur la porte indique : « Jeanne Dubois, leçons de français. »

Charny, dès lors : un monde ouvert où chacun tente de se retrouver — et parfois se retrouve.

— Chez moi, dit Didier de Wandrille, on ne parle jamais que légèrement des choses les plus graves.

Le regard de Lorraine a fixé le sien. Comme un espoir...

Dans les allées du parc passe un cheval brun que monte une petite fille à la bombe enfoncée jusqu'aux sourcils.

— Chez moi, dit à nouveau Didier, on regarde, on écoute.

Un éclat, un éclair et le coup de tonnerre qui déchire le silence agité de la chambre bleue où Jeanne, cuisses ouvertes, attend le bon plaisir de Mulley, qui la regarde.

— On lui donnerait le bon Dieu sans confession..., murmure la putain.

Il y a son odeur, et Mulley bande, il s'approche, il a levé la main et puis cet éclair, cet éclat, le ventre de la petite fille éventrée, les taches rouges qui ont viré au noir, les bleuissures, les meurtrissures. La main de George Mulley retombe.

— Pédé..., murmure la fille qui referme les cuisses.

Chez lui, dans le Yorkshire, Ann, sa femme, sent les mamelles pleines, le lait aigre, les linges qui sèchent, et puis les gosses qui crient, Ben, le benjamin, qui a renversé son pot, la pisse et le petit tas de merde sur la moquette.

— Mon pauvre petit pédé...

La main de la putain sur la nuque de George Mulley qui pleure à ses genoux.

D'un château, l'autre ; d'un monde à l'autre : à Charny, univers ouvert, nos amis, nos attentes, répond la demeure de lord Avon, Avon Court, fermée, cadenassée sur ses habitants, leurs crimes ou leurs menues angoisses.

— On ne pouvait pas faire autrement, répète Iris : il fallait y aller. J'ai fait les comptes : nos comptes, les tiens et les miens. Je n'ai plus rien, toi non plus. Je suis sûre que le cher lord Avon peut encore se montrer généreux.

Iris rit — et son rire sonne faux.

— Allons ! l'argent n'a pas d'odeur !

Avon Court se dessine à l'horizon, tourelles élisabéthaines, longues murailles de briques et de lierre à l'assaut des fenêtres.

Avon Court, et son cérémonial figé, ses convives, domestiques et fantômes, mais les dîners aussi de Regent's Park où les Avon habitaient une maison de la Couronne, sur Hanover Terrace.

On y était invité à sept heures et demie pour huit heures et Giorgiana savait interdire ensuite sa porte à qui ne respectait pas la règle du jeu. Le *butler* s'appelait Port, on disait « Mr. Port » avec un sourire complice car, depuis plus de quarante ans, Port qui avait été élevé avec Gerald Avon, fermait les yeux sur les débordements de celui qui était presque un frère de lait — et depuis dix ans, avec la même discrétion aveugle, sur ceux de la troisième épouse de son maître.

Les habitués de la grande maison de Hanover Terrace pouvaient se compter sur les doigts de trois ou quatre mains. Outre Chessman et Iris, on trouvait sir Bernard Lew, lorsqu'il était de passage à Londres, et puis quelques écrivains, des journalistes, des aristocrates à tout faire qui ne faisaient rien, un peintre mondain au terrifiant doigté. On retrouvait aussi Ken Williams et Nicholas Pelley qui vendait des dessins anciens, et enfin George Mulley lui-même, dont nul n'ignorait que lady Giorgiana se consumait pour lui d'un impossible amour.

— Ce sera toujours jamais, n'est-ce pas ? lui avait-elle lancé un soir après avoir ordonné que, seul parmi les hommes, il ne restât pas à table à boire le porto qui va avec les cigares.

George Mulley, seul, donc, parmi les femmes, l'avait regardée dans les yeux :

— Ce sera jamais, à toujours, oui.

Elle fumait de longues cigarettes fabriquées exprès pour elle et marquées à son chiffre chez un importateur de Jermyn Street.

— Que faire, avait-elle demandé, pour vous montrer pourtant la folie de mon amour ?

Elle s'était levée, comme un défi. Il avait secoué la tête :

— Tout, rien : rien ne servira à rien.

Devant dix dames qui, au fond, auraient toujours rêvé d'en faire autant qu'elle, elle avait défait une boucle sur ses épaules et sa robe entière avait glissé à ses pieds.

— Alors, vous saurez au moins à quoi vous avez dit non.

Elle était nue, parfaitement nue avec seulement, autour du cou, trois rangs de perles roses, et le corps comme enduit d'un onguent, d'une huile qui le rendait brillant. Les femmes autour d'elle, George Mulley la regardaient en silence. Un applaudissement avait retenti derrière eux : c'était lord Avon, cigare aux lèvres, qui venait d'apparaître dans le salon, suivi des autres messieurs, les joues rougies de trop bon porto, de madère.

— Bravo, ma chère : n'aurais-je vécu jusqu'à ce jour que pour être témoin de cette scène, que j'en louerais cent fois le diable qui m'a prêté vie.

John Chessman, debout à ses côtés, avait applaudi à son tour : George Mulley lui-même avait imité Gerald Avon.

— Maintenant, ma chère, allez vite prendre une douche glacée, je crois que vous en avez besoin, avait conclu Avon.

— Dommage, avait alors remarqué Chessman : elle portait encore ses perles, on aurait pu la donner, avec ses perles, aux pourceaux que nous sommes.

C'était peu de jours après cette soirée-là que lord Avon avait décidé de ne plus verser à Chessman sa pension.

— Peut-être, avait déjà remarqué ce soir-là Nicholas Pelley à l'oreille de Chessman, peut-être qu'avec ces gens-là, il faut savoir jusqu'où ne pas aller trop loin.

Nicholas, comme Ken ou sir Bernard Lew, faisait partie de ceux qu'Avon appelait sa famille.

— Je ne sais pas comment te l'expliquer, tente de dire Julien à Lorraine dès le premier soir, mais ici, à Charny si nous sommes quinze, vingt, c'est l'énergie, la force, le rire de quinze ou vingt personnes qui s'accumule et se transforme en plus d'énergie encore, plus de force, plus de sérieux ou plus de rire. Chacun le ressent plus ou moins, mais ensemble, le soir au dîner, ou pendant les concerts dans le salon de musique, quelque chose se passe : quelque chose de totalement différent de ce qui peut se passer partout ailleurs et dont, à la fin, le château, Charny et Didier lui-même sont les artisans.

La chambre bleue sur l'étang : au loin, croisent deux cygnes noirs ; plus près des tours qui plongent dans l'eau, les cygnes blancs viennent manger du pain dans la main des enfants. Le front contre la vitre, Lorraine regarde : entend-elle ?

— Je voulais, je voulais seulement te dire encore une fois cette sorte de miracle.

En bout de table d'où, ce soir, elle préside, à l'anglaise, lady Giorgiana a levé son verre.

— Je bois à notre famille !

Les verres, autour d'elle, se lèvent : Chessman, donc, et Iris, mais aussi Mulley qui ne revient peut-être à Avon Court que pour humer l'odeur qu'il déteste — et puis les incontournables Nicholas, Ken, Davis — le portraitiste mondain — et les écrivains, les journalistes de service pour le temps d'un week-end ; et enfin Ismène.

— Puis-je savoir, chère Giorgiana, quelle place vous occupez vous-même dans la grande famille en question ? L'ingénue, l'enfant gâtée, la matrone romaine, ou la jeune grand-mère ?

C'est Bernard Lew qui a posé la question et lady Giorgiana le foudroie du regard.

— Vous ne le savez pas ? Dans toutes les villes romaines, il y avait le temple de la vestale sacrée qui veillait sur le feu de tous les foyers de la ville : déflorée à quinze ans par tous les grands prêtres et les petits curés du lieu, c'était en fait la putain sacrée : vous ne croyez pas que ce serait encore là mon meilleur rôle ?

Chessman, une fois de plus, a applaudi des deux mains. Mais Giorgiana s'est penchée vers Mulley, assis à sa gauche — brusquement douloureuse :

— Oh ! George ! pourquoi faut-il que votre silence me fasse dire ces monstruosités ?

Mulley s'est borné à sourire et à vider son verre d'eau. Alors, la voix de Giorgiana est devenue suraiguë : la harangère qui insulte son client maladroit.

— Savez-vous, mon cher George, que vous n'êtes qu'un cul-béni ? Un cul-froid ? Une bitte molle et des couilles tièdes ? Peut-être est-ce pour cela que vous n'avez jamais amené votre femme chez vos amis : vous avez peur qu'elle la dise enfin, la vérité !

Un peu plus tard, pendant le déjeuner, on a encore parlé des charades auxquelles on allait jouer le soir même ; de l'opéra qu'on donnera dans le théâtre privé du château ; puis on s'est levé de table, il pleuvait, on a joué au bridge et Bernard Lew a chaussé de grosses bottes de caoutchouc.

— Vous venez ? a-t-il proposé à Iris : nous allons faire le tour du propriétaire.

Sous la pluie.

Avant de quitter le salon où des groupes s'étaient formés — un jeune homme blond, grassouillet, qui pianotait Schubert seul au milieu des conversations — Iris s'est retournée pour tenter d'accrocher le regard d'Ismène. Mais la fille d'Irène Verviers, le front contre la vitre, elle aussi, regardait la pluie tomber.

Le front d'Ismène à nouveau contre la vitre : Iris et sir Bernard qui s'en vont sous l'averse et des gouttes d'eau qui zèbrent leurs silhouettes, images brouillées. Dans l'embrasure de la fenêtre d'un château du Yorkshire, Ismène pense qu'il est un vert de l'herbe mouillée au nord de l'Angleterre qui ressemble peut-être à certains paysages de pluie dans la Chine du Sud au début de l'hiver.

— Mais vous n'avez jamais vécu en Chine, n'est-ce pas ?

Elle sursaute. C'est George Mulley qui, derrière elle, soulève un pan de rideau. La jeune fille se retourne et le regarde longuement.

— Je n'ai jamais été en Chine, jamais. Mais ma mère y est née.

Minuscules, les deux lèvres réunies d'Ismène ressemblent bien à une petite cerise.

Lèvres closes, paupières baissées de Lorraine qui, devant la fenêtre, regarde l'étang. Et Julien, en face d'elle, sait maintenant qu'il ne pourra jamais rien pour cette femme enfermée dans son silence. Il observe l'eau autour du château, les douves, l'étang, et se rappelle cette cousine de Didier, une tante, une nièce, qu'en sait-il ? qui, voilà dix ans, quinze ans, s'est simplement laissée glisser là : lèvres alors closes, mais le sourire aussi de l'Inconnue de la Seine.

Ou d'autres morts, plus violentes et plus brutales. François Lecoq, son ami et l'ami de Patrick Vergnaud, qui s'est jeté par la fenêtre de son sixième étage en demandant à Isabelle, son amie, de prendre des photos, beaucoup de photographies en noir et en couleurs, de ce qu'elle verrait en bas, et de les vendre très cher en les signant de son nom, comme une dernière œuvre.

Pour la première fois, devant cette femme si près de lui et qu'il ne peut atteindre, Julien qui a tant vu mourir à côté de lui, caresse l'idée d'une autre mort, qui serait sa mort à lui.

Le parc de Charny, au-delà de l'étang, sous les fenêtres, est fait de prairies grasses où paissent des chevaux et d'allées sableuses ; souvent, des enfants jouent au ballon sur le grand perron où s'ouvrent, au nord, les jardins.

— Qui de nous aurait encore l'énergie de savoir ainsi attendre ? demande sir Bernard.

Ils sont parvenus au sommet du côteau d'où la vue sur le parc d'Avon Court s'étend aux quatre points de l'horizon. Le vieil homme souffle un peu, sous son chapeau de pluie, car ils ont gravi vite la pente raide — et Iris elle-même porte la main à sa poitrine.

— Qui ? répète sir Bernard Lew.

Autour d'eux, ce parc dessiné vers la fin du XVIIIe siècle par un William Avon qui savait que — cèdres, ormes, un rideau de frênes pour masquer une grange ou cet anneau de chênes autour d'un tumulus inventé pour le coup d'œil — qui savait, donc, que ni lui, ni son fils, ni même, probablement, le fils de son fils ne le verrait tel qu'on devrait le voir un jour, tous ormes et tous chênes adultes, les deux cèdres après quarante ans, cinquante ans peut-être.

— Vous imaginez, Iris, le don d'attente de celui qui dessine un parc, une province, un pays tout entier, pour un petit-fils dont il ne sait rien, pas même s'il aimera un jour les jardins ?

Mais Iris a sorti d'une poche de son imperméable le vieux Leica au boîtier cabossé qu'elle traîne toujours avec elle, et l'a porté à son œil :

— Voilà trente ans, quarante ans, que je leur vole leurs arbres et leurs jardins, moi, à tous les Avon du monde et en un soixantième de secondes, sous la pluie.

La photo d'Avon Court sous la pluie, grise et embuée, sera l'une des dernières et grandes photos qu'aura prises Iris.

Le vieil Anglais n'a pas répondu. Mais à Florence, au-delà de la Pietra de son ami et complice Harold Acton, il habite lui aussi une villa dans un jardin qu'a dessiné son père — et Arthur Lew, sinologue et esthète, amateur de jardins, aimait autant les jardins que son fils Bernard, sinologue et esthète.

Le soir tombe encore vite en cette demi-saison où la pluie vient brouiller les nuages, mais à son tour, Chessman a entraîné Mulley à travers les grandes prairies gorgées d'eau du parc.

— Marchons, voulez-vous ?

A grandes enjambées, ils sont arrivés jusqu'à un pont de pierre néo-palladien qui enjambe une rivière artificielle : le pont est en belle pierre d'un gris clair que même la pluie ne parvient pas à noircir ; à chaque extrémité, une sorte de double clocheton puis le chemin, à droite, conduit au château, à gauche à ce qui était autrefois le village, un hameau, quelques maisons.

— C'est ici, crie Chessman.

Et la pluie, qui a soudain repris, l'aveugle.

Il a montré, à l'entrée du parc, côté village, un gros massif de rhododendrons d'un vert dru, trop vert, violent.

— C'est ici, répète l'écrivain.

Qui martèle maintenant les mots dont, depuis plus de soixante ans, il n'a pu se délivrer : ici, dans ce massif de rhododendrons qui était déjà là, en bordure du chemin, à deux pas de la rivière artificielle et dans l'herbe mouillée, les feuilles mortes pourries — ici qu'ils ont retrouvé le corps éventré d'Emily, la petite sœur à jamais perdue.

— Ici..., répète encore Chessman dans un souffle.

Les grandes taches brunes, les taches noires et les morceaux de linge de petite fille éparpillés dans l'herbe.

— Mais qui ? hurle Mulley : qui avait fait cela ?

La pluie couvre presque la voix de Chessman qui lui lance, sans se retourner :

— Qui voulez-vous que ç'ait été ? Un rôdeur !

George Mulley pense : un rôdeur, et qu'on n'a jamais retrouvé.

— Trop, c'est souvent trop. Toutes ces années c'était déjà vraiment trop et, désormais, c'est devenu beaucoup trop, a simplement répondu Gerald Avon à Iris qui l'a rejoint dans la pièce qu'il appelle son bureau pour lui rappeler les mensualités qu'il doit à Chessman.

Le vieil homme est gros et laid, il semble malhabile mais Iris sait qu'il chasse encore le renard et qu'il fait trois ou quatre fois par semaine son parcours de golf entre sept heures et neuf heures et demie du matin.

— Mais n'avez-vous pas peur que certaines photographies...

Elle a compris que rien ne fera revenir Avon sur sa décision, elle bluffe pourtant ; mais le vieux monsieur hausse les épaules.

— Dites-vous bien, et dites à votre ami John par la même occasion, que non : je n'ai pas peur. Je n'ai plus peur de rien, ni de personne.

Il sourit, et Iris pense : son sourire est ignoble, j'aimerais pouvoir photographier toute l'ignominie de ce sourire — que le vieil homme achève en une grimace plus ignoble encore.

— Mais dites-vous bien aussi, et dites-le-lui par la même occasion, que ce sera avec le même plaisir que je vous accueillerai toujours tous les deux à Avon Court : un hôte n'a, en fin de compte, que les invités qu'il mérite et je crois bien, ma chère, vous avoir amplement mérités, John et vous.

— Tu as les cheveux trempés, remarque plus tard Iris.

Elle a passé une main sur les cheveux d'Ismène qui pendent en mèches encore mouillées, de part et d'autre de son visage. La jeune fille secoue la tête :

— Moi aussi, je me suis promenée sous la pluie...

Son regard reste vague.

— Je ne sais pas pourquoi, dit-elle en se retournant soudain, mais tout à l'heure, j'ai pensé à la Chine.

Alors, tendrement cette fois, la main de la photographe caresse les cheveux de la fille d'Irène.

— Peut-être que tu aimerais que je te parle de la Chine...

Jusqu'à l'heure du dîner, dans un salon-bibliothèque aux sages rangées de livres victoriens, Iris va raconter à la jeune fille la Chine qu'elle a connue.

— Peut-être qu'il faut commencer au commencement des choses, en 1949 et sur cette place de Tian' anmen où j'étais, un matin d'octobre.

Pendant la nuit qui a suivi et auprès d'un homme dont la présence lui est indifférente, Ismène a rêvé de la Chine. Des images floues qui, peu à peu, se sont fixées, une rue de Pékin, la maison de sa mère derrière le temple des Lamas et la statue du Bouddha-à-venir, le messie des lamas, dont la tête et les épaules disparaissaient dans les étages supérieurs d'un pavillon d'un rouge pourpre — ou la vue, simplement, qui s'étend du haut de la colline de Charbon sur les vagues des toitures dorées, la houle des palais, la marée des terrasses de marbre.

A l'aube, c'est du sommet du Huang Shan que la jeune fille a vu défiler sous ses yeux, nuages et à-pics mêlés, brouillards et grands éclats d'un soleil jaune, les montagnes du ciel.

— La Chine, disait André Verviers, qui citait son ami Allen, est une blessure que je porte au côté mais j'attends encore la Kundry qui viendra m'apporter le baume libérateur.

Meilin se contemple dans le miroir de la salle de bains qui renvoie sa silhouette de mannequin très à la mode, l'une de ces longues femmes chinoises ou japonaises qui, comme Linlin portent aujourd'hui mieux que les Suédoises d'hier les robes des grands couturiers parisiens.

— Tu te plais ? interroge Guillaume.

Meilin, subitement tout à fait exotique — il est vrai qu'on vient de publier à Pékin une édition du magazine *Elle* en chinois... — se regarde encore une fois, et ne répond pas.

— Vous blesserai-je, demande Bernard Lew à Iris qu'il a retrouvée au petit déjeuner, si je vous dis que vous me faites penser à ces personnages de roman de E.M. Forster — Mrs. Moore dans *Passage to India*, Mr. Emerson dans *A Room with a view*, qui portent en eux quelque chose de magique, de surnaturel en tout cas et par qui, un jour, une heure, hors du temps, quelque chose, parfois, arrive...

Port, le *butler*, lui repasse le plat de kippers bien chauds dont Lew se sert avec une délicatesse de vieille demoiselle gourmande :

— Je n'ai jamais su résister à un vrai breakfast anglais, fait-il remarquer avec un sourire qui demande un peu d'indulgence. Aussi, même à Florence, même en Chine, il m'a toujours manqué quelque chose : des saucisses grillées, des kippers.

Il a encore souri, et Iris lui a rendu son sourire.

A la même heure, Ismène se réveille à côté de l'avocat londonien qui l'a accompagnée jusqu'à Avon Court ; il porte un pyjama fait sur mesure à

Jermyn Street et, même la nuit, use d'un déodorant français au parfum de vétiver. Mais ce sont ses moustaches rousses aux pointes effilées à l'envers qui irritent le plus la jeune femme.

Il est sept heures du matin ; une lumière encore bleue traverse les rideaux entrouverts et — très loin — un coup de feu a retenti dans la campagne. La moustache de John Barley, avocat chez Barley, Barley and Brother, a frémi. « Ce n'est pourtant pas encore la période de la chasse », se dit Ismène qui se glisse hors du lit.

Devant la longue glace ovale de la psyché d'acajou dans l'angle d'une fenêtre, elle regarde un instant son corps d'un bel ocre, or et bronzé, qu'elle étire avec un soupir et un sourire. Puis, passant à la hâte quelque vêtement, elle rejoint Iris et sir Bernard dans la salle du petit déjeuner.

Il est maintenant dix heures. Le soleil a bien fini par percer la masse des nuages ; au-delà du parc, c'est un champ de bruyère où flotte une vapeur dorée, gazeuse, opalescente qui entoure Avon Court. Comme la veille, Mulley et Chessman ont chaussé une paire de bottes et s'avancent à grandes enjambées dans un sol spongieux, précaire, que parsèment çà et là de grandes flaques d'eau.

Une sorte d'exaltation a saisi Chessman ; alors, tout en marchant, l'écrivain qui ne peut plus écrire parle. Il parle et raconte, raconte encore et sans fin à l'écrivain qui ne peut plus qu'écrire — et qui ne fera jamais rien d'autre qu'écrire, qu'écrire sans fin — le visage de sa petite sœur qu'un rôdeur a violée, violentée, éventrée dans un coin du parc de Lord Avon.

— Qui ? Qui a fait cela ?

Mulley l'a interrogé, mais Chessman ne répond pas : il devine le sentiment obscur, les questions qui montent dans la tête de son compagnon, cette angoisse ; alors il déclame, il psalmodie.

— J'avais dix-sept ans, vous comprenez ? Elle en avait quatorze peut-être, et qu'elle dorme ou qu'elle sourie, qu'elle rêve, qu'elle joue, qu'elle lise ou me regarde encore ou simplement ferme les yeux, je n'avais qu'à me pencher sur elle pour lire sur son visage comme dans un livre ouvert, fût-ce à travers ses paupières closes, une vérité, une lumière — la foi, en somme — qui aurait pu m'éclairer toute une vie.

Un canard à nouveau, le second, qui s'envole entre leurs jambes — et puis le ciel qui déchire tout à fait les nuages et le carré de lumière bleue au-dessus d'eux.

— Ce visage, répète Chessman, ce visage qui ne m'a jamais quitté.

Mulley a du mal à le suivre ; plus petit que lui, il trébuche parfois dans les pieds de bruyère ; et lui qui n'a pour tout souvenir que le visage revêche d'une sœur qu'il aurait, quand même et malgré tout, voulu aimer, sent les larmes qui ruissellent le long de ses joues.

— Petite sœur ! crie soudain Chessman, petite sœur : tout ce que j'ai fait jusqu'ici, je l'ai fait pour toi.

Le soleil, de plein fouet, le frappe au front. Une alouette chante.

— Mais qui l'a tuée ? demande à nouveau Mulley dans un cri : qui ? Ce n'était pas un rôdeur, n'est-ce pas ?

D'un château l'autre, et retour : retour à Charny ce matin très calme. L'étang, les douves et les deux cygnes noirs qui s'avancent loin des autres, sur l'eau verte, immobile.

— Nous sauver..., murmure Julien. Nous sauver tous.

La nuit a été longue et désespérée car Lorraine ne dort plus jamais. Elle demeure étendue sur le dos, les yeux grands ouverts et son souffle, imperceptible, semble parfois s'éteindre tout à fait. Alors Julien reste éveillé, à ses côtés.

Puis Charny s'éveille. D'autres invités sont arrivés pendant la nuit, Jean-Noël qui est pianiste, Lavenant venu se reposer entre deux séances de travail sur son texte chinois en compagnie de Mina, la comédienne qu'il ne peut aimer que comédienne — et Cécile, échappée pour deux jours à l'emprise de Serge, avec Léo, son jeune amant. Il y a encore Henri Bonnaire, un très vieil homme qui est poète et Joseph, architecte qui a construit des maisons, des palais, une ville au Brésil et qui a décidé de se taire, si construire une ville, c'est aussi parler.

Un rire d'enfant ; un bruit de pas ; l'eau d'un bain, l'eau qui coule — et puis déjà un piano, Jean-Noël ou un autre : « La maison vit », pense Julien qui, sur le seuil de la chambre bleue, s'est arrêté ; il sait qu'il y retrouvera Lorraine étendue dans l'attitude même où il l'a laissée, les yeux ouverts et, à jamais, silencieuse.

Simon le lui a raconté : la première fois qu'il a vu la jeune femme, c'était à Bloomington, dans l'Illinois, sur le campus d'une école de musique ; elle était l'assistante d'un chef d'orchestre célèbre frappé d'aphasie et qui se taisait désespérément...

Dans la bibliothèque de lord Avon, Iris montre à Ismène des photos de Chine : photos d'Avon lui-même ou photos d'un temps plus ancien encore, celui où Auguste Verviers, le père d'André, portait déjà au flanc la même blessure, inguérissable.

— Tu vois, là, ce cavalier mongol qui revient peut-être de Gobi ?

Une caravane qui passe une porte, vers l'ouest ; ou simplement, en noir et blanc, un pavot que frappe un rayon de soleil, par-dessus le mur gris d'une maison basse au fond de la ville tartare.

— Ta mère habitait tout près de là, poursuit Iris. Lorsque André lui a montré cette photo, elle a écrit un poème ; c'était lui, en somme, qui

apportait les mots, les images : il était l'artisan, elle était l'architecte.
Le nom de Verviers, et de Verviers encore, Verviers à Montevideo devenu architecte à son tour, revient de plus en plus souvent dans leur conversation.

— Et maintenant ? interroge Melot.
C'est un mercredi matin, la réunion hebdomadaire des directeurs politiques dans son bureau. Jacques Benoist vient de commenter longuement les manifestations qui se déroulent au Tibet depuis la mort du Panchen-Lama, dans les derniers jours de janvier.
— Maintenant ? Mais le risque qui existe en Chine est le même que celui qu'on peut déceler un peu partout en Europe : les idéologies s'effritent et, derrière elles, réapparaissent les vieux démons de toujours, nationalismes ici, indépendantismes là...
Pour une fois, Bernard Vrin, le directeur d'Europe, est d'accord avec Jacques. Il établit un parallèle entre la table ronde qui a réuni à Varsovie cinquante-sept représentants de l'opposition, de l'Église et du pouvoir, et la condamnation à Prague de l'écrivain Vaclav Havel :
— Comme si tout craquait de partout...
Mais Jacques a repris la parole :
— A cette nuance près qu'en Chine, le moment venu — et si la nécessité s'en fait sentir ! — les vieux de la vieille sauront toujours resserrer les boulons qui flanchent, alors que ce n'est ni M. Jaruzelski, ni même un M. Husak qui prendront le risque d'une véritable répression.

— Est-ce que tu te rends compte, dit Liu Ting, que ce n'est plus dans ton pays à toi que tu vis ?
Les yeux de Meilin, qui riaient lorsqu'elle a retrouvé son ami, ne rient plus ; elle proteste pourtant.
— Tu sais bien que ce n'est pas vrai : au contraire, c'est au cœur même de la Chine que je passe mes jours et mes nuits. Là-bas, avec cet étranger, comme tu dis, j'en sais cent fois plus sur ce qui se passe vraiment chez nous ; pour le reste, je devine, je pressens...
Ils sont dans ce bar de Riujinlu que Jacques Benoist a fait découvrir à Guillaume. La main de Liu Ting joue sur la table façon formica. Un verre de Coca-Cola, du whisky : le bar que tient son ami Qing Aiqin où l'on entend du rock et du jazz est si loin de l'Occident qu'il veut imiter ; mais Qing Aiqin écrit des articles et publie avec Liu Ting des textes pour défendre leur Chine à eux, ouverte et chinoise encore. La main de Liu Ting s'est brusquement immobilisée.
— Je le sais ; et je sais que ton ambassadeur est un de nos amis. Mais toi, Meilin, toi ? Je te pose la même question : dans quelle Chine vis-tu ?

« Ah-ling m'a quitté, écrit Kelvin Young à Mulley.

« Sans raison. Un matin, ma domestique m'a servi mon petit déjeuner, elle a posé le *South China Morning Post* à côté de moi et m'a annoncé qu'elle s'en allait. Mais le jour même, Clara, ma secrétaire, m'a dit qu'elle avait peut-être quelqu'un pour moi...

« Cette Rosa m'a tout de suite fait bonne impression. C'est une métisse de Macao qui a servi plusieurs années dans un hôtel, là-bas, mais qui voulait travailler à Hong Kong. Elle a un corps déjà lourd mais encore très bien formé, une poitrine presque généreuse. Ma secrétaire m'a expliqué : Rosa a eu tant de malheurs qu'elle accepterait le salaire que je lui proposerais et que je lui rendrais un très grand service en voulant bien la prendre chez moi.

« Pourtant, dès le lendemain, aussitôt que je suis arrivé à mon bureau, une secrétaire du service juridique est venue me trouver. Elle m'a demandé si j'avais embauché l'amie de Clara et je lui ai répondu que c'était chose faite. Alors elle m'a raconté que je m'étais fait berner, que Rosa avait une fille idiote dont elle ne savait que faire et qu'elle avait été chassée de l'hôtel où elle travaillait parce qu'elle s'était laissé mettre enceinte par un voyageur. Elle venait de se faire avorter, il lui avait fallu quitter en toute hâte Macao.

« J'ai appelé Clara qui a fondu en larmes. On avait bien dit la vérité. Rosa avait beaucoup souffert, mais c'était une très brave femme et je n'aurais pas à me plaindre d'elle, je serais toujours satisfait de ses services. Quant à la petite fille, c'était un pauvre petit être qui ne bougeait pas, qui ne parlait pas et dont je n'aurais jamais à me plaindre non plus. Elle coucherait avec sa mère et je ne la verrais jamais. Je me suis laissé fléchir...

« Deux jours après, Rosa est arrivée. Elle tenait une valise à chaque main. Sa fille la suivait.

« Elle pouvait avoir dix ans. De longs cheveux noirs lui descendaient dans le dos et elle avait des yeux grands et tristes. Elle ne parlait pas. Sa mère l'a tout de suite emmenée dans sa chambre, derrière la cuisine. Les valises étaient restées dans l'entrée. Elle est revenue les prendre, puis a commencé à mettre de l'ordre dans l'appartement... »

— Oui..., reconnaît enfin Meilin, oui : s'il me le demande, je l'accompagnerai en France.

Même dans son bar du bas de Ruijinbu, Qing Aiqin peut être rétro à ses heures, et ce sont les Beatles — « Michèle, ma belle... » — qu'on entend en musique de fond.

— Tu quitteras la Chine ?

Le visage de Liu Ting est parfaitement lisse, et Meilin se dit que son ami est sans âge. Déjà, à vingt ans, avant de partir pour sa prison-étable, à la campagne, il n'avait ni vingt ans, ni quinze, ni trente : il était sans âge. Les textes qu'il écrit, aux côtés d'Aiqin et de ses compagnons, sont de tous les temps, qu'ils parlent de liberté, d'égalité ou de fraternité.

— La France..., murmure-t-elle.

Mais elle s'arrête.

— Alors, tu nous quitteras, n'est-ce pas ?

Le souffle rauque, l'accent plus guttural encore, et Meilin qui soutient ce regard, ce défi.

— Oui.

La France, oui...

Lavenant s'est installé au-dessus de son théâtre, au dernier étage du Palais de Chaillot, dans ce vaste espace clair d'où tout un Paris mythique semble se découvrir, fontaines du Trocadéro, tour Eiffel, la Seine et la grande lumière d'une journée d'après la pluie.

— Une histoire de la Chine parfaitement définie dans l'espace et le temps..., poursuit Serge qui discute maintenant, scène après scène, avec Lavenant.

Deux mois ont passé : le « dossier Chine » est déjà composé de quarante, soixante séquences parmi lesquelles il faudra couper, élaguer.

— Attends, l'interrompt Lavenant subitement saisi d'une autre inspiration : il faut que cette histoire de la Chine et des Chinois devienne aussi celle du monde ; celle de notre monde à nous comme celle de leur monde à eux.

Il réfléchit un instant, puis s'exclame :

— Bien sûr ! A travers la métaphore du printemps de Pékin de 1978, c'est notre espoir à tous que je veux raconter.

Meifang, qui prend des notes, a levé son crayon ; elle attend.

— Je crois que nous ne nous sommes pas compris, remarque Serge Lensky : c'est de la Chine que, moi, je parle.

Le regard étonné, presque enfantin, candide au moins, de Lavenant.

— Mais la Chine est au centre du monde : l'Empire du Milieu, non ? C'est bien, dès lors, du monde que nous parlons tous deux.

Serge Lensky a seulement soupiré.

— Somme toute, j'ai passé sept ans de ma vie en Chine, et depuis mon retour — cela fait soixante ans ! — j'ai de plus en plus l'impression que nous, Britanniques, avons seuls été capables de deviner la Chine telle qu'elle était derrière le rideau chinois que l'Occident tendait entre elle et lui, peint aux couleurs de la Chine telle qu'il la voulait voir.

La voix de sir Bernard Lew est celle d'un très vieux monsieur qui récite une sorte de poème : un poème d'amour entre la Chine et lui. Assise en face de lui dans la faible lumière de cette fin d'après-midi qui baigne les salons d'Avon Court, Iris tente de fixer quand même le visage du vieil homme à travers son objectif.

« Tout cela, pense Bernard Lew, n'est peut-être que le résultat de la malheureuse mission du pauvre Mac Cartney dont nous n'avons pas fini, après cent cinquante années d'apprentissage, de tirer la leçon. »

Il soupire, comme au souvenir d'un bonheur perdu ; puis il a un petit rire qui aurait pu être amer :

— Allons ! Puisque notre Chine d'hier est à jamais à l'eau, pataugeons allégrement dans le bel aujourd'hui : que pensez-vous, Iris, d'Avon Court enseveli dans la poussière et les cendres de cet aujourd'hui-là ?

Iris vient d'appuyer sur le déclencheur de son Leica : en cet instant, le visage de sir Bernard, penseur, est devenu celui d'un vieux sage chinois aux yeux presque bridés — mais les traits de Lew, comme de tant d'Occidentaux qui se sont frottés à la Chine, y ont emprunté sans que nul d'abord ne s'en soit rendu compte, là une ligne, ici un pli qui sont devenus ligne et pli de vrai Chinois.

Le soir a fini de tomber ; on a porté des flambeaux et Lady Giorgiana organise des jeux, des charades :

— Et si nous essayions, ce soir, de mettre en scène un très beau crime ? De mimer entre amis la mort la plus atroce du meilleur de nos ennemis, c'est-à-dire de notre ami le plus proche ?

Avon Court sous les décombres d'un aujourd'hui féroce : Ken et Nicholas, le peintre Davies, ont applaudi ; sir Bernard s'est penché vers Iris :

— Voilà où nous en sommes arrivés : et le pire, c'est que, moi aussi je me complais dans cette débâcle !

Alors, froidement, Chessman s'est levé, et il a mimé la mort d'un homme : le suicide par le feu d'un amant de Lady Giorgiana qui a joué à s'asperger de pétrole et à brûler vif devant cette même cheminée, voilà six ans ; Avon Court tout entier avait failli flamber. Puis, la question à la ronde :

— Il s'appelait Brendon, il était irlandais : quel sera le prochain ?

Qui, alors, a eu l'idée de mimer le viol et le meurtre d'une petite fille survenu voilà soixante ans dans un coin reculé du parc ?

— Très loin, reprend sir Bernard, dans un passé qui est devenu un présent tout aussi intemporel, j'imagine qu'il y a un ordre immuable. Une cité idéale, en somme, faite de carrés dans des carrés qui s'emboîtent les uns dans les autres autour d'un sanctuaire, d'un lieu unique vers lequel convergent toutes les forces, toutes les énergies, toutes les aspirations comme tous les regards d'un pays.

Ce sont ces vagues de toits dorés qu'on a dites, ces manières de cour, les forêts des colonnes des temples venus du Yunnan et les terrasses de marbre aux parapets ouvragés.

— Très loin, il existe peut-être encore le silence..., poursuit le vieux monsieur.

Mais le rire de Chessman est venu l'interrompre :

— Ah ! non ! sir Bernard ! Non ! Vous vivez dans un rêve qui n'a plus cours. Vous parlez de silence ? Mais c'est d'une rumeur infinie qu'il s'agit ! Vous nous parlez d'une Chine abstraite, transparente, alors que tout là-bas n'est que chaos, soubresauts, odeurs, intrigues... Que sont vos grandes cours vides et nues si la foule ne les envahit pas, fût-ce pour en briser le parapet de marbre, sinon des musées ?

Chessman a bu, il a passé une veste de smoking verdi car, après tout, c'est l'usage — et il éructe, il rote avec véhémence.

— Depuis vingt ans, je me tue à vouloir dire ce que j'ai vécu là-bas, les hommes et les femmes que j'y ai rencontrés tout simplement parce que c'est un bon sujet de roman, et vous, vous nous proposez des cadres vides !

C'est avec satisfaction que l'homme du cabinet, ce Philippe de Ligne qui, dans l'ombre, joue les petits maîtres de la grande maison où les Melot, voire les Vrin et les Jacques Benoist croient occuper le devant de la scène — c'est avec satisfaction, donc, que de Ligne a sorti le télégramme de Pékin de la pile des télégrammes arrivés le matin.

— Eh bien, monsieur Benoist ? Toujours aussi réservé sur l'évolution de la situation là-bas ? Votre ami l'ambassadeur est plus optimiste, il me semble !

Signé de Guillaume, le télégramme que le jeune conseiller technique agite sous le nez du directeur d'Asie commente la pétition signée par quarante personnalités du monde scientifique chinois pour demander davantage de démocratie, la libération des prisonniers politiques et une vraie liberté de la presse.

— Il y a seulement un an, aucun de ces messieurs n'aurait osé se mouiller de la sorte : c'est bien la preuve que le gouvernement est prêt à fermer les yeux, non ?

Jacques, que Philippe de Ligne a interpellé à la sortie d'une réunion, se garde bien de répondre.

— J'ai l'impression, remarque alors Serge Lensky, que personne ne s'en rend vraiment compte. On parle de libéralisation, d'ouverture ;

mais, dans le même temps les contrôles sur les étudiants comme sur les professeurs ont redoublé de rigueur. Sais-tu ce qu'une de mes petites copines m'a raconté ? Sa mère, qui habite Chengdu, doit se rendre trois fois par semaine au bureau de police local afin d'expliquer pourquoi sa fille — qui est boursière du gouvernement chinois, s'il te plaît, et dont la bourse est encore prévue pour six mois ! — n'est toujours pas rentrée en Chine.

Lavenant fume cigarette sur cigarette. Marinette, son assistante, prend des notes.

— Mais cette campagne pour les droits de l'homme ? Ces lettres d'intellectuels ? Ces messages...

Lensky hausse les épaules :

— Ça ne fait de mal à personne : la presse officielle les publie et Deng se donne à bon prix une allure de libéral.

Lavenant soupire ; il a laissé tomber son crayon sur la grande feuille de papier millimétré qui lui sert à dresser un plan de la pièce, à établir l'enchaînement des séquences et des scènes.

— Tout cela ne nous donne pas une fin.

Le rire ironique de Serge.

— Ne t'inquiète pas : tu l'auras, ta fin : provisoire, comme tout ce qui est chinois, c'est-à-dire éternelle — comme la Chine.

Les photos qu'Iris montre à Ismène sous la lampe :

— Ici, cette pagode que les diplomates étrangers louaient dans le parc de chasse et pour une saison.

Aujourd'hui, entre Xiang Shan et Badachu, la route longe sur des kilomètres une frange de collines. Là, des paysans au travail poussaient, tiraient, traînaient tout à la fois charrettes et mulets ; plus tard, des soldats en kaki y ont déambulé, les mains nues ou armées de fusils. Mais des tours tibétaines émergent encore de ce qu'il reste de forêts.

— André Verviers m'amenait là pour tenter de retrouver, parmi des usines de briques et des ateliers qu'on construisait à l'orée du parc de chasse, ce qu'on n'avait pas encore détruit de ce qu'il y avait aimé.

Le regard d'Ismène glisse sur les photographies qui, peu à peu, deviennent plus vraies pour elle que la Chine qu'elles ont figée dans un instant — sépia des images anciennes — d'éternité.

— Tenez, murmure alors Chessman tendant à Mulley une autre photographie : au point où j'en suis arrivé, je n'ai plus rien à faire de cela.

C'est le visage d'une petite fille aux yeux ronds, la bouche à peine entrouverte, qui sourit dans le vide à qui a besoin de ce sourire : la photo a été prise voilà soixante ans.

Remonté dans sa chambre, serrant contre lui comme un trésor la photo d'Emily, George Mulley sait qu'il a enfin retrouvé Catherine, sa petite sœur perdue, et que c'est de cette Emily morte il y a plus d'un demi-siècle qu'il sera amoureux pour le demi-siècle entier qu'il lui reste peut-être à vivre.

Une photographie encore, prise à Pékin celle-là, au milieu des années trente : c'est la même douzaine de jeunes hommes sur les marches d'un yamen de la ville tartare. Le crâne presque rasé, Bernard Lew ressemble déjà à un Chinois ; plus grand, plus maigre, Gerald Avon a passé un bras sur l'épaule d'un jeune Chinois vêtu d'une longue robe claire. De l'autre côté de ce William Lou, il y a encore Harold Acton, qu'on retrouvera à Florence. Et puis, deux Américains qui se sont suicidés ensemble, dans une maison de Beidahe le jour où le Japon a bombardé Pearl Harbor parce que l'un comme l'autre étaient amoureux du même jeune lieutenant japonais.

Les autres, ce sont des étudiants chinois de l'université de Beida. Mais, comme les deux Américains morts à Beidahe, Avon et Bernard Lew aimaient tous deux le même William qui, avec la meilleure volonté du monde, partageait entre eux ses faveurs sans le moindre favoritisme.

Dans un cadre d'argent, la photo figure en bonne place sur une table ronde enjuponnée de satin, parmi des photos de la famille royale, la reine Mary, George V et George VI et aussi, une image de ce Pu Yi qui fut empereur de Mandchourie par la grâce du Japon.

Vêtu à la chinoise, dans l'angle de la photo prise à Beida, un homme semblait vouloir arrêter le regard de l'objectif ; mais Chessman, qui a pris le cadre d'argent entre les mains, a reconnu Otrick.

Dix ans plus tard, et à leur manière, Otrick et Charlier étaient devenus les meilleurs amis du monde et leurs discussions les plus vives s'achevaient toujours autour d'une bouteille de vodka dans le bungalow au-dessus de Chaotianmen qui, promontoire entre les deux fleuves, ressemblait à un énorme vaisseau de pierre à demi immergé dans les eaux boueuses et mêlées du Yang-Tsé et de la rivière Jialing. Là, parmi les livres qui s'amoncelaient déjà le long des murs de brique, Otrick jouait à l'officier de renseignements pour le compte d'un gouvernement néerlandais qui n'existait plus. Un petit piano droit, toujours miraculeusement accordé, faisait face au confluent des deux rivières. Otrick s'y asseyait et jouait Mozart ou Liszt, tout en débitant des aphorismes soigneusement calculés.

— Battue en Europe, écrasée en Asie, la France n'a plus de place qu'au plus profond de nos mémoires : sachez, mon cher Charlier, que cette place est unique et que nous saurons la lui préserver.

— Et votre Hollande à vous, interrogeait Charlier, vous ne croyez pas qu'elle prend elle aussi l'eau de toutes parts ?

On parlait des grandes digues du Nord que l'aviation britannique pilonnait ; mais Otrick éclatait de rire :

— Ma Hollande, sa Hollande, notre Hollande, leur Hollande : à qui voulez-vous qu'appartienne ce petit bout de terre entre deux eaux, sinon à un peuple laborieux et aryen jusqu'au bout des ongles en qui je ne saurais me reconnaître ?

Schubert succédait à Liszt, la bouteille de vodka était vide et Otrick se retournait vers le Français :

— Savez-vous pourquoi vous, je vous aime bien, Charlier ? Parce que vous donnez presque l'impression de croire en ce que vous faites !

Puis, d'un air trop négligent pour que son interlocuteur ne comprît pas l'intention qu'il mettait dans sa question, il lançait encore :

— A propos : on me dit que votre ami Shi n'aime guère nos amis soviétiques ? Il a pourtant passé lui-même près d'un an à Moscou, non ?

C'était une information qu'il donnait à Charlier, puisque celui-ci n'en savait rien.

La version de Lavenant est simple : la Chine qu'il veut montrer est faite d'instantanés, de courtes séquences qui, enchaînées, montées en somme comme on monte un film de cinéma, devraient raconter une histoire.

— Je veux, demande-t-il à Lensky, que tu me trouves la matière vivante, l'histoire exemplaire, le dialogue brut de décoffrage qui sera, chaque fois, un moment d'une Chine qui a été celle de l'espoir.

Il faut alors remonter plus avant dans le temps. Jadis — à Palerme —, Otrick rendait deux fois par an visite à ce vieil homme qui habitait un palais à la façade ruinée, du côté du couvent des Capucins. C'était, entre la piazza della Vittoria et la via Porta di Castro, une construction baroque aux murs décrépis dont rien, de l'extérieur, ne révélait la splendeur des salles, les galeries, la bibliothèque qu'il renfermait.

Laurenzo, le maître des lieux, invitait là des amis qui venaient du monde entier. Charlier lui-même y avait passé quelques jours, mais il n'avait guère été sensible à l'atmosphère délétère qui régnait au palais Bernino. Le jour, on parlait politique, philosophie, on évoquait le cas Wagner, Nietzsche ou la Cabale — les mânes de Marx lui-même — et il se trouvait toujours un ancien de la Chine pour prononcer le nom de Confucius.

Le vieux Laurenzo trônait parmi ses hôtes dans un grand fauteuil de paille tressée installé en toute saison dans une sorte de jardin d'hiver. On lui attribuait des pouvoirs occultes, des amitiés secrètes, on disait qu'il correspondait avec des amis, écrivains, philosophes aux quatre coins de la planète. Il avait pris Otrick en affection et avait entrepris d'écrire avec lui ce qu'il avait intitulé une *Apologie du mensonge.*

Pour rien au monde, et pendant plus de vingt ans, Jan van Otrick n'aurait été infidèle aux rendez-vous que lui donnait, deux fois l'an, le vieil homme ; puis, sans que nul n'en ait jamais su la raison, Otrick avait cessé de se rendre à Palerme.

Quant à Bernard Lew, il avait quitté Pékin à la fin des années trente et sur un coup de tête pour n'y jamais revenir.

— Voulez-vous vraiment savoir pourquoi ?

Il a un bon rire, comme si lui-même était curieux de s'entendre dire la vérité.

— C'est à cause de ce William, dont je vous ai parlé. C'était un garçon de l'Anhuei, aux traits d'une immense finesse ; parfois, le soir, nous le faisions s'habiller en fille et il racolait les étrangers autour de l'Hôtel des Wagons-Lits ; plus d'un s'y est laissé prendre et c'était lui qui poussait ensuite des cris d'orfraie, affirmant à qui voulait l'entendre qu'un Américain rubicond ou un Autrichien moustachu avait tenté d'abuser de lui.

William Lou était aussi poète et, plus tard, Bernard Lew a fait publier à Londres des *Sonnets pour éventail* qu'il avait directement écrits en anglais, dans le plus pur style élisabéthain, mais où lotus et pivoines tenaient lieu de roses et de gazon.

— Et puis un soir, sur un coup de tête et sur un seul coup de poker, j'ai joué William à Gerald Avon, et je l'ai perdu.

Trois semaines après, incapable de vivre plus longtemps en Chine, Lew avait quitté Pékin ; trois jours après son départ, et semblable au dernier eunuque qui veilla jusqu'à la fin sur le dernier des empereurs Ming, William Lou se pendait à un arbre de la colline de Charbon.

— Un jour, si vous passez par Florence, je vous donnerai un exemplaire des *Sonnets pour éventail* de ce William qui était si bien Lou qu'il était devenu un peu Lew et n'avait pu supporter que l'autre moitié de son cœur s'en allât.

Un soir où Charlier, que la chaleur moite de la nuit sur Chongqing empêchait de dormir, était allé prendre le frais sur la véranda de son pavillon non loin de celui du consul, il vit la tache rouge d'une cigarette qui perçait la nuit. Du bas de la montagne montait une musique chinoise ; quelque part dans l'un des quartiers de la ville on fêtait un mariage ou l'ouverture d'un nouveau magasin ; parfois, des girandoles de pétards crépitaient.

— Vous écoutez la nuit ? demanda le consul.

C'était un homme entre deux âges ; sa femme l'avait quitté, emmenant leurs deux filles ; on le disait « curieux ».

— Cette fête, remarqua Charlier : dans une heure ou deux, le bruit des obus remplacera peut-être celui des pétards mais, à l'exception de quarante ou cinquante pauvres bougres qui vont y laisser leur peau, qui verra vraiment la différence ?

Le bout rouge de la cigarette du consul était maintenant à quelques centimètres du visage de Charlier :

— Qui verra la différence ? dites-vous : eh bien, moi. A chaque mort de cette ville, c'est un peu de moi qui s'en va, avec les eaux boueuses des deux fleuves qui se rejoignent au-dessous de nous et les cadavres de chiens ou de petites filles qu'on y voit parfois flotter.

L'homme avait lancé sa cigarette dans le vide et le point rouge avait décrit un long orbe descendant avant de disparaître dans la broussaille gorgée d'eau.

— Savez-vous, avait alors demandé le consul, qui a été à Chongqing le premier amant de ma femme ?

Il parlait de son épouse avec un détachement que ses collègues qualifiaient d'« absence totale de pudeur » — et comme Charlier ne répondait pas, il eut un rire presque amusé :

— Votre ami Otrick, figurez-vous !

Un silence, puis :

— Et savez-vous pour qui travaille réellement Jan van Otrick, représentant fantôme en Chine d'une Hollande qui n'existe plus ?

Pour la première fois, Charlier se posait à son tour vraiment la question :

— L'Union soviétique, je suppose..., finit-il par suggérer.

Mais le rire, très gai cette fois, du consul :

— Vous courez au plus facile, mon ami : voilà pourquoi vous êtes un si fervent gaulliste. Savez-vous que c'est aujourd'hui diablement difficile de demeurer fidèle à Vichy ? Peut-être, après tout, que ceci explique cela...

Il montra le vide, au-dessous d'eux, les odeurs qui montaient, pourries, en même temps que la musique.

— Il faut bien que les fêtes se passent, pour qu'on puisse ensuite tirer le canon.

A la fin de sa vie, Otrick l'avait dit à Iris :

— D'aucuns se croient nés pour refaire le monde ; moi, je sais que je suis né pour le défaire : question de vocation, voilà tout !

Il y avait autour de lui un amas de lettres postées à Florence ou à Francfort, à New York, à Montevideo — Palerme disparue... ; d'un geste un peu théâtral, il avait jeté le tout dans la cheminée où flamboyait, derrière lui, un grand feu de bois.

Détruire, alors, mais la rage au cœur...

Qu'on se souvienne de Jean-François Verviers : à dix-sept ans, il se rêvait Rimbaud, écrivait de médiocres poèmes, puis il avait passé des vacances en Auvergne. Quelque part sur les routes du Cantal, il avait rencontré un prêtre ouvrier embauché chez Michelin, à Clermont, qui vivait avec une petite fille maigre — cette Julie qu'on a vue préparer la tambouille de Max et de son copain dans la cabane de Montfort-l'Amaury.

Pendant trois ou quatre jours, ils avaient marché ensemble sur les hauts plateaux entre Cézallier et Plomb-du-Cantal ; la nuit, ils dormaient dans des granges et, avec la même bonne volonté, Julie allait de l'un à l'autre, le curé défroqué et l'adolescent exalté. Dès l'aube, ensuite, Perdreau, l'ancien curé, parlait. De la religion qui avait été la sienne, il avait gardé une foi absolue, aveugle, désespérée en la force de la haine. Son discours était simple : la haine seule menait le monde — et tout amour, toute tendresse était faiblesse.

Ils étaient remontés à Clermont dans les derniers jours d'août et s'étaient donc installés à trois dans le studio de Perdreau, derrière les usines Michelin, à Montferrand. Le soir, d'autres garçons les rejoignaient à qui Perdreau tenait le même discours et qui les enflammait. Il avait même publié à compte d'auteur une *Théorie de la haine créatrice* où un anarchisme grinçant se mêlait confusément à des idées libertaires et à l'apologie de la lutte d'un prolétariat armé et minoritaire au sein de la classe ouvrière. Le livre avait recueilli un certain écho. C'est ainsi que Max avait débarqué parmi eux : on lui avait fait un peu de place dans le studio mais il n'avait pas eu droit au grand lit à trois places, il dormait dans un sac de couchage sur le tapis, et chaque fois qu'il avait tenté d'approcher de Julie, celle-ci l'avait rabroué.

C'était pourtant lui qui avait donné à Patrick Vergnaud le nom de ce Perdreau, prêt à toutes les folies ; alors, Vergnaud s'était servi de lui ; l'infortuné Perdreau avait fini par mourir, écrasé par la locomotive d'un train de matériel de guerre en transit entre l'Italie et la Hollande qu'il voulait faire sauter.

A la mort de Perdreau, Jean-François avait pris sa relève. Sans un doigt d'humour, il déclarait d'un ton sentencieux :

— Il s'agit d'abord de détruire : on verra après.

Ces réseaux, ces haines, ces rencontres...

Sortant de chez un libraire où il avait rencontré Jean-René Pallas, John Baker s'était tout de suite rendu au service Sécurité du Foreign Office pour demander à y être entendu par le fonctionnaire de service.

Le colonel Busch, chauve et le visage constellé de taches de rousseur, tirait obstinément sur une pipe éteinte. Il avait écouté Baker pendant plus de deux heures pour lui demander, sur le ton qu'on a pour suggérer qu'on ajoute un sucre dans votre thé :

— Et quelle conclusion tirez-vous vous-même de tous ces recoupements, ces coïncidences, ces rencontres en somme fortuites ?

Le jeune diplomate l'avait regardé, étonné.

— Mais... que la bibliophilie passionnée d'un certain nombre de hauts fonctionnaires de chaque côté de la Manche dissimule nécessairement quelque chose...

La question de Busch l'avait désorienté : il s'attendait sinon à des remerciements, du moins à une curiosité moins tempérée.

— Mais encore...

L'autre tirait toujours sur sa pipe.

— Eh bien, je suis persuadé que Pallas, pour ne citer que lui, mais également X, Y, Z — il avait ici cité les noms de quelques-uns de ses collègues du Foreign Office, également amateurs de beaux livres — sont des agents qui travaillent pour l'autre côté.

Le regard du colonel Busch était parfaitement bleu, dans l'univers de ses taches de rousseur. Il avait pourtant souri :

— « L'autre côté... » : l'expression est un peu convenue, ne trouvez-vous pas ? Vous ne croyez pas que vous lisez trop de romans d'espionnage ? John Le Carré et ses complices n'ont pas fini de faire des ravages parmi les honorables fonctionnaires de cette honorable maison...

Puis Busch s'était levé, signifiant à Baker que l'entretien était terminé ; mais le jeune diplomate savait bien qu'une enquête allait être lancée — et c'était précisément ce qu'il avait voulu déclencher.

Peut-être la mort de la nièce du libraire de Cambridge avait-elle été un détonateur ? Jusqu'à ce que Jean-René ait regardé en face le cadavre déchiqueté de la petite fille — une roue du camion assassin était, à proprement parler, passée sur son visage — il n'était qu'un apprenti espion sans qualité particulière, prêt à travailler pour n'importe quel maître, pourvu qu'on lui donnât un lambeau d'idéal auquel se raccrocher ; après, c'était en espion qui ne travaillait plus que pour lui qu'il était revenu à la boutique de Petrus et l'avait incendiée en même temps que le cadavre du vieux libraire assommé à coups de bouteille de porto.

Otrick avait probablement tout deviné. Au matin des doubles funérailles — l'oncle et sa pseudo-nièce —, il avait déposé deux roses sur les deux cercueils : une rouge pour Petrus, une blanche pour Jenny, puis il avait pris le bras de Jean-René.

— Peut-être que nous sommes tous des hommes libres, désormais.

Mais, à la différence de Jean-René, nul n'a jamais su si Jan van Otrick avait ou n'avait pas de maître.

Entre Max et Jean-François, qui n'étaient, en somme, que les doubles bien ternes de ces sombres héros, c'était plutôt de la haine.

— Tu sais ce que tu es ? hurlait parfois Max, un bourgeois qui s'amuse à se faire peur en jouant les malfrats. Mais tu as une gueule de bourgeois, un cul de bourgeois, et la merde que tu chies est de la merde de bourgeois.

Il se retournait vers Julie, qui avait désormais pour lui les mêmes égards qu'elle avait jusque-là pour Jean-François :

— Tu ne l'as pas remarqué, que sa merde n'a pas la même odeur que la nôtre ?

Le père de Max était ouvrier-couvreur et, dans la meilleure tradition des mélos populaires, il était mort en tombant, ivre, d'un toit ; sa mère, comme celle de Julie, avait fait des ménages.

— Mais le père de Monsieur est ambassadeur et son grand-père l'était avant lui : on mélange les torchons et les serviettes, mais du bout des doigts !

Dans ces moments-là, Jean-François ne lui répondait pas : il attendait que le torrent d'insultes s'épuise, puis l'un ou l'autre baisait Julie, on ouvrait ensuite une boîte de cassoulet.

Sur la table de bois blanc, le dossier « Anglade », épais de quelques dizaines de feuillets, était maculé de gras et de ronds de bouteilles.

Parmi les hôtes du palais Bernino, à Palerme, il y avait un véritable assassin. Il s'appelait Piero et Otrick avait passé deux ou trois soirées à parler avec lui dans la bibliothèque du vieux Laurenzo.

Ce Piero avait alors à peine dix-huit ans, il était très beau et aimait les femmes.

— Je les aime même à la folie, avait-il avoué à Otrick, mais je pourrais les tuer avec la même passion : peut-être est-ce cela qui fait ma force ?

Il souriait, content de lui et sa beauté même — Otrick avait pensé : « Un visage de pâtre grec ! » — le rendait plus odieux, plus méprisable. Pendant trois soirées, Otrick l'avait pourtant écouté discourir : c'était un surprenant mélange de fatuité et de réelle innocence. A la fin, le Hollandais avait fini par l'interroger :

— J'aimerais quand même savoir comment tu as fait pour te retrouver ici !

Il voulait dire : dans ce palais, parmi les invités de Laurenzo qui discutaient un peu trop doctement de Marx ou de Wagner. Le garçon avait éclaté de rire :

— Comment j'ai fait ? Tout simple, mon vieux : personne n'a mieux que moi jamais taillé de pipes ! L'art et la technique : je suis un vrai artiste de la flûte à bec. Alors je fais des pipes à Laurenzo, et il aime ça. Ça t'intéresse ?

Otrick n'avait plus envie de rire.

— Je croyais que tu aimais les femmes ?

L'air étonné, presque candide, du garçon :

— Mais j'aime encore plus le fric, figure-toi.

Enrôlé peu à peu parmi les Chemises noires, ce Piero avait semé la mort avec une belle allégresse dans toute la Sicile jusqu'au débarquement américain. Il violentait les filles pour les achever d'un coup de revolver enfoncé jusqu'à la garde entre les cuisses. « Je suis sûr qu'elles aiment ça, les putes ! » affirmait-il à ses camarades qui n'osaient aller jusque-là.

L'un d'eux, beaucoup plus tard, avait tout raconté à Otrick, jusqu'à la mort de Piero, fusillé par les partisans dans les ruines d'Agrigente. « Il est mort en faisant dans sa culotte », avait conclu le déserteur qui avait assisté à la scène, caché parmi les blocs de marbre du temple des Dioscures.

Longtemps, Otrick avait porté en lui l'image de ces crimes et celle de ce châtiment.

George Mulley, lui, a placé la photographie de la petite Emily sur sa commode, appuyée contre un miroir tournant. Devant elle, il a posé deux bougies qu'il a allumées : c'est une sorte d'autel devant lequel, le soir, il vient s'agenouiller.

Et là, il prie.

Ainsi, Gérard Melot enferme-t-il dans le coffre de son bureau d'angle au monde peint en cartes sur les murs le cahier noir où il note quelques lignes à l'encre violette et marque la page écrite, sa semaine écoulée, d'une photographie de Raphaële, sa femme.

Mais il conserve aussi, dans un portefeuille de cuir fatigué — le portefeuille qui l'a suivi à travers le monde et jusqu'à Phnom Penh où, un jour, une tache de sang… — la photographie d'une jeune femme khmère élevée chez les bonnes sœurs et qui s'appelait Marie : les soirs de trop grande fatigue, le secrétaire général du Quai d'Orsay qui sort d'une réunion chez le ministre ou qui en a organisé cinq autres dans la journée dans son propre bureau — l'Asie, oui, mais aussi la relance à l'Est, l'affaire du Surinam, la Namibie qui va hisser son drapeau ou le Liban, bien sûr : à force de penser à la Chine nous oublions qu'il y a le monde autour... — les soirs de lassitude, d'épuisement, Gérard Melot parle à cette amie morte au Cambodge voilà vingt ans ; et cela, même Raphaële à qui il a désormais tout dit, ne le saura jamais. Marie le regardait jadis en disant : « Tu es un gros ambassadeur... » Il en était bouleversé.

Images, clichés, photos toujours dérobées, volées au visage qu'elles ont violé, au mort lui-même dont elles figent l'empreinte : John Chessman, ivre mort, s'est écroulé dans sa chambre au lit à baldaquin, au premier étage d'Avon Court. Il est étendu sur le dos, à demi appuyé à un meuble, il a vomi sur lui, et il ronfle.

Entrée dans la pièce pour lui suggérer de s'adresser enfin lui-même à lord Avon et d'obtenir par un autre chantage ce qu'elle n'a pu le persuader de lui donner — Iris a sorti son Leica de la poche de sa veste et a fixé le visage maculé, comme tuméfié, de l'ivrogne qui est son ami.

— Il faut tout garder, scrupuleusement, aveuglément..., murmure-t-elle en refermant sur elle la porte de la chambre.

Lorsque Chessman est revenu à lui, Mulley était debout devant lui ; il avait bu lui aussi et gesticulait en criant.

— Mais tu me le diras, hein ? Tu me le diras qui l'a tuée, ta sœur ? Tu ne vois pas que je l'aime et que je veux savoir ?

John Chessman s'était relevé en titubant, incapable de répondre ; alors Mulley l'a frappé en pleine poitrine

Le soir même, dans le théâtre du château, lord Avon a donné pour ses hôtes le *Turandot* de Puccini. Sir Max Rufus, OBE et professeur à la Guildhall School of Music, avait spécialement composé pour la représentation une réduction de la partition pour piano, trio à cordes et percussions ; on avait remplacé les chœurs par un quatuor vocal, et l'une des plus grandes chanteuses de ce temps avait fait le voyage de New York pour chanter le rôle de la princesse sanguinaire vaincue par l'amour. Mis en scène par lady Giorgiana — c'était le peintre Davies qui avait brossé les décors d'une Chine de pacotille —, le spectacle était le comble du kitsch et le mauvais goût de ce qui se déroulait sur la scène n'avait d'égal que la nullité absolue du tripatouillage musical de sir Max Rufus : personne ne fut dupe, lord Avon moins que quiconque, et chacun n'en applaudit pas moins à tout rompre, puis le peintre Davies, coiffé d'une toque de mandarin, vint saluer trois fois, dix fois au bras de la diva.

— Qui a dit que nous ne pouvions pas, chacun de nous, nous tailler une Chine à notre mesure ? lance sir Bernard à Iris.

— D'ailleurs, fait un peu plus tard remarquer la photographe à Ismène penchée sur un nouvel album de clichés jaunis découvert dans la bibliothèque de lord Avon, d'ailleurs, le Pékin que je te montre — ces photos, ces temples, ces pagodes sépia que hantent des diplomates en casque colonial — n'existe pas davantage que celui de Puccini, mais j'en arrive à me demander si la vraie Chine — toutes les Chines : la tienne, la mienne — n'est pas d'abord celle qui survit, après des années d'exil, dans le souvenir de ceux qui l'ont aimée...

La main de la jeune fille caresse une photographie plus grande que les autres qui représente une femme à la coiffure compliquée, les épaules et les seins nus et Iris devine que, sourdement, la mémoire qu'elle cherche à insuffler en sa compagne est en train de naître.

Serge s'est alors remis au travail. Il a commencé par rédiger de nouvelles fiches ; chacune d'elles est un morceau de dialogue emprunté à un article paru dans la presse chinoise de l'hiver 78-79, ou à une affiche murale, voire à l'une de ces nouvelles, un de ces reportages mi-romancés mi-vécus qu'on a publiés dans les mois qui ont suivi l'effacement du printemps de Pékin.

— Tu es une étudiante chinoise, a-t-il dit ensuite à Meifang : invente-moi le langage d'une étudiante d'alors face à ce texte, ce dialogue...

Puis il a enregistré Meifang qui, en français mais parfois en chinois, commentait l'article, la brève nouvelle, pour élaborer à partir de là, ce qui deviendra le dialogue même de la pièce.

— Il s'agit pour moi, explique-t-il à Lavenant, de tout dire en trois fois douze séquences réparties sur une chronologie interne de trois mois : trois mois d'une histoire de la Chine parfaitement située dans l'espace et dans le temps.

A vingt mille kilomètres de là, dans la nuit sombre qui vire au bleu plus clair, à l'argent, le miroitement enfin des vagues sous la lune qui se lève, la main de Verviers court sur le papier.

Il a les yeux grands ouverts et ne voit pourtant rien ; les bruits de la plage et de la mer, le chant d'une femme, une radio au loin : Verviers n'écoute rien, n'entend rien — il écrit.

Il écrit la Chine en des mots qui sont ceux d'Irène retrouvée.

A son retour de Hong Kong, Guillaume n'avait d'abord pas compris. Meilin était pourtant là qui l'attendait dans la laideur obscène du grand salon de l'ambassade, les tapisseries, les tapis trop épais et le vrai marbre, plus faux que tous les faux marbres inventés en Italie, brillant, poli, nu, glacé jusqu'au milieu de l'hiver, quand les radiateurs chauffent si fort qu'on est saisi d'une sorte de somnolence dès qu'on pénètre dans la villa 1960 qui tient lieu d'ambassade de France à Pékin.

— Tu n'as pas l'air heureuse de...

Elle avait souri, vague :

— Très heureuse, tu le sais bien.

Ils avaient alors écouté les nouvelles de France, dîné, regardé un film en vidéo qu'il avait rapporté de Hong Kong, un vieux film français : Jules Berry, Lucien Barroux, qu'elle avait ensuite affirmé avoir trouvé très drôle.

— Tiens ! Tu as remis cette blouse ?

C'était un chemisier blanc en coton acheté du temps où elle ne connaissait pas Guillaume : deux caractères brodés sur la pochette gauche y disent un mot : bonheur.

— Oui...

Puis :

— Pourquoi pas ?
Guillaume n'avait pas compris.

Le lendemain, lorsqu'il l'avait interrogée sur M. Liu, qu'il avait en vain cherché à joindre toute la journée, elle avait eu un air évasif :
— Je ne l'ai pas vu, ces derniers jours...
— Tu n'as pas la moindre idée de l'endroit où je peux le trouver ?
Elle avait secoué la tête.
— Tu sais, avec l'âge, mon grand-père est devenu plus discret encore, plus réticent à raconter, à se raconter.
— J'ai essayé ses deux bureaux, sa maison, chez Shi lui-même...
Il avait deviné qu'elle ne l'écoutait plus. Sur la table, devant elle, des dazibaos qui parlent de la jeunesse et d'une Chine qu'on allait reconstruire.
— Mais ton grand-père et moi..., commence-t-il.
Puis il s'est arrêté.

— Mon père..., dit alors Paul à Gilles.
Le petit Chinois a pris la main de son ami qu'une grande fatigue retient maintenant au lit depuis huit jours : une fatigue sans cause, la tête lourde, les jambes molles. Mais dans les arbres, les oiseaux jouent à se répondre : voilà trente ans — mais c'est déjà une manière de légende, un monde chimérique enfoui, une épopée héroïque et grotesque —, on avait décidé en haut lieu que les oiseaux mangeaient le blé des hommes, aussi convenait-il de tuer tous les oiseaux pour que tous les hommes puissent manger à leur faim. Alors, pendant six jours et six nuits et à travers toute la Chine, on avait tué tous les oiseaux de Chine. A coups de bâtons, de pelles, de balais. Les enfants frappaient sans fin sur des gongs ou des casseroles pour les effrayer, les faire voler sans trêve, les exténuer — jusqu'à ce qu'ils tombent tous à terre et que tous, par millions, on les écrasât.
Mais c'était un autre temps et il a suffi peut-être d'un seul couple épargné et d'un seul nid pour que les oiseaux reviennent. Celui qui chante dans l'arbre aux feuilles déjà vertes — les fleurs bientôt : le printemps est très proche — est un chardonneret et la main de Paul serre celle de son ami.
— Tu ne me quitteras pas, n'est-ce pas ?
Gilles secoue la tête.
— Mon père, poursuit Paul, est revenu un soir à Veere dans l'ancienne poudrière où ma mère vivait encore. Je me souviens : il avait l'air épuisé, les yeux rouges et des poches sous les yeux, les joues creuses, les cheveux en désordre et c'est ce jour-là que j'ai compris qu'il était mon père, parce que je lui ressemblais trop.

Oskar van Otrick avait voulu s'approcher de la mère de Paul, qui avait eu un geste de recul. Il s'était alors laissé tomber sur une chaise et, le regard vide, il avait prononcé des mots dont le jeune garçon n'avait d'abord pas saisi le sens. Plus tard, il avait compris que c'était des mots d'amour.

— Je suis arrivé au bout du chemin, avait-il soupiré enfin, avant de se lever, de repartir.

Le bout de la piste ; après, rien, que le rocher à pic où se dresse Chahara.

En bas, des hommes en armes, revolvers, kalachnikovs, des chevaux, une jeep, et puis ces petits camions Toyota tout-terrain, qui seuls peuvent grimper jusqu'à la ville perchée au sommet du rocher.

— Je vais vous laisser là, a dit le vieux cheikh à Jean-Michel : mes fils vous conduiront au sommet.

Yasmina est allée jusqu'à un buisson d'épineux gris pour y cueillir deux fleurs mauves, d'un mauve violent, éclatant, qu'elle a rapportées : une pour le vieil homme et une pour Jean-Michel.

— L'aubergiste, là-haut, vous attend.

L'extrémité de la piste : c'est une vallée dans la vallée où conduisent dix sentiers qui divergent pour se retrouver au bout du chemin ; l'un traverse une palmeraie, un véritable jardin qu'un Japonais venu du ciel et amoureux des mangues et des bananes cultive avec délectation au milieu des tribus qui se battent ; un autre longe un oued aride, un autre encore... Et puis tous convergent ici. Au-delà, à l'ouest, la plaine s'élargit à nouveau. Jusqu'à la chaîne de montagnes dont les pentes dégringolent vers la mer.

— Que Dieu vous bénisse, dit encore le vieil homme.

Jean-Michel Hessing et Yasmina sont montés à l'arrière du camion à quatre roues motrices. Un fils de leur ami est au volant ; un autre veille près de lui, fusil-mitrailleur à la main. De loin, déjà, le vieil homme fait des signes de la main et Jean-Michel lui répond avant qu'un premier cahot le jette presque à terre. Alors, debout sur la plate-forme ouverte du camion, il s'accroche des deux mains à la barre de fer qui les sépare de la cabine — il s'arrime en somme, jambes écartées — et le véhicule qui tangue de rocher en rocher commence son ascension.

A la dernière seconde, avant le premier tournant, deux gosses au crâne rasé ont sauté à bord. L'à-pic des rochers, la vallée ; çà et là, d'autres pitons, d'autres à-pics : un paysage. Éclats de rire.

Plongée, dérive...

Guillaume s'est alors abattu sur le corps de Meilin qui le serre contre elle, et l'aspire, et le boit.

— Ces choses..., murmure-t-il, ces choses.

Ces choses encore, ces gestes et ces ruades et ces folies et ces soubresauts : le désir nu. Meilin, écartelée sous lui, gémit.

Il fallait monter plus haut.

Arc-boutés, tendus en un équilibre solide, forts de toute leur force d'homme et de femme qui veulent parvenir au sommet, Jean-Michel et Yasmina n'ont pas un regard pour l'à-pic vertigineux au-dessous d'eux.

Pourtant, la vallée-plaine, des arbres, des forêts, un sommet beaucoup plus bas qui émerge des nuages et puis l'oued à sec, très loin cette palmeraie, très loin, beaucoup plus loin, la dernière crête avant la mer. Mer Rouge, plaine côtière alors brûlante, Moka, les plages nues, une voile.

Mais c'est en haut qu'ils regardent : accroché au rocher, le camion s'élève de cahot en cahot sur le chemin taillé à pleine pierre : roues parfois au bord du vide, virage impossible, roche nue et Chahara encore invisible qu'on gagnera en somme à la force des poignets.

— Je suis heureux ! crie soudain Jean-Michel.

Sa main, sur la barre de fer, frôle celle de la jeune femme dont les cheveux, dénoués avec le foulard, flottent derrière elle.

— Je suis heureux..., répète Jean-Michel, pour elle, pour lui seul aussi, parce qu'il respire plus fort et que le sommet est encore loin, qu'il est encore un homme accroché à cette barre de fer à côté d'une femme qui lui apprend un monde qu'il ne connaît pas.

— Mon père, a repris Paul van der Goes, avait traversé le monde, dix pays et trois ou quatre mers, pour tuer un homme.

C'était à Singapour, dans un bar. Débarqué le matin même d'un cargo qui l'amenait d'Aden, Oskar van Otrick n'avait pas eu un instant d'hésitation ; au taxi qu'il avait hélé sur le port, il avait donné l'adresse de ce Green Parrot qu'un marin malais lui avait glissée dans la paume de la main, trois mois auparavant à Alexandrie.

La longue salle sombre était presque vide ; deux putains attendaient près du bar et le barman lui-même semblait endormi sur son comptoir. A l'extrémité du bar, dans la pénombre morte que les pales géantes d'un ventilateur au plafond ne parvenaient pas à agiter, un homme l'avait reconnu.

— Le fils d'Otrick ! s'était-il exclamé : je croyais que notre ami Otrick n'avait mis au monde qu'une portée de chiots qui copuleraient entre eux jusqu'à ce que mort s'ensuive, et qu'il n'en était plus rien resté.

C'était un homme d'une cinquantaine d'années, corpulent et ivre. Oskar l'avait d'abord ignoré ; alors l'homme avait repris de plus belle, en allemand.

— C'est toi, le frère qui a baisé sa sœur et l'a laissée en cloque ?

Un moment, les deux hommes sont demeurés immobiles, à se regarder. Il n'y avait nul défi, aucune haine : ce n'était qu'un ivrogne face à un homme plus jeune que lui qui l'avait rencontré par hasard. Puis l'Allemand avait eu un gros rire :

— C'était bien, la petite sœur en chaleur ?

Oskar avait porté la main à sa poche, mais n'en avait pas tout de suite sorti l'énorme revolver qui déformait toute sa veste. Il pleurait.

— C'était bien ? a répété l'Allemand.

Oskar van Otrick avait alors sorti le revolver et tiré.

Deux heures plus tard, dans les bras d'une putain jaune, il se calmait enfin : pendant deux heures, il avait tremblé, gémi. Comme saisie d'une immense pitié, la fille le couvrait de baisers, inventait pour lui des noms en malais ; elle lui disait qu'elle l'aimerait, le suivrait au bout du monde. Au bout de deux heures, le fils d'Otrick s'est redressé. Il a donné à la fille ce qu'il lui restait de dollars, de sterlings et de marks dans son portefeuille usé, puis il a quitté l'hôtel où elle l'avait entraîné. Il se sentait un homme neuf : lui qui vivait de tendresse, de regrets, de nostalgie, il avait tué ; il savait qu'il tuerait encore. Son cœur battait très vite.

— C'était pour dire cela à ma mère qu'il était revenu à Veere, murmure Paul.

Déjà Otrick lui-même tenait un journal brûlant où, délectation, il décrivait ses échecs et ses plus grands crimes. Il racontait ses trahisons : celles envers ses chefs ou ses amis, qui n'étaient que menues menues, et celles envers lui-même qu'il redoutait et cultivait dans le même temps, comme des plantes très rares. « Au cours des ans, écrivait-il, j'ai si bien appris à me haïr : c'est un cuisant bonheur. »

C'est en pleine figure qu'il avait lancé un jour à son fils le mépris qu'il avait pour lui.

Oskar avait dix-sept ans, il avait fait le voyage à Pékin en compagnie d'un ami autrichien, Anton, et ils visitaient la ville avec l'acharnement de vrais touristes, guides, plans, carnet et crayon à la main. Tous deux revenaient le soir, fourbus : il n'était pas un temple, pas un yamen encore debout et visible qui n'échappât à leur quête studieuse.

Un soir, au cours d'une réception qu'il donnait, Otrick avait apostrophé son fils en public :

— Tu ne crois pas qu'il y a autre chose à voir en Chine que les vieilles pierres ?

Otrick avait bu, ou il avait fumé ; Clawdia avait tenté de l'arrêter. Calmement pourtant, à l'autre extrémité de la table, Oskar avait interrogé :

— Et quoi donc ?

— Mais les filles, mon garçon : les putes ! Grâce en soit rendue à sainte Rita, patronne des catins : quinze ans de puritanisme maotien n'ont pas réussi à extirper le plaisir du ventre des filles ! Le tout est de savoir les trouver, puis de pouvoir les enfiler, ce qui n'est pas donné à tout le monde !

Il y avait vingt personnes ce jour-là chez Otrick et M. Liu lui-même, assis entre une grosse Belge et un journaliste canadien de passage, n'avait pas oublié la scène. Oskar avait rougi.

— Peut-être que je ne suis pas — comme vous le dites si bien, père — de ceux qui enfilent les filles.

On regardait maintenant Otrick, qui vidait posément son verre de mouton-rothschild 1939 avant de répondre avec un haussement des épaules :

— Alors, n'en parlons plus et retourne à tes temples.

Puis il s'était adressé à ses hôtes.

— Je vous demanderai de pardonner à mon fils la liberté de son ton pour affirmer ainsi en public qu'il a la queue fragile et n'enfile qu'avec parcimonie et à bon escient.

Oskar s'était levé de table ; le surlendemain, il reprenait le train d'Oulan-Bator et le transsibérien : il n'était depuis jamais revenu à Pékin. Quelque part du côté d'Omsk ou d'Irkoutsk, il avait pensé : « Je suis un maudit. »

Il avait tourné longtemps autour de la Chine. Après quelques années en Europe, des études qu'il n'avait jamais achevées, sa sœur Hélène, enfin..., puis une femme qu'il avait même épousée, Oskar van Otrick avait fini par revenir en Asie. Singapour et la Malaisie, Bornéo : lui qui était chétif et malingre, il déchargeait des cargos et vivait dans le port. Il était resté maigre, mais râblé et portait au visage et sur le torse les cicatrices des coups qu'il avait reçus, moins nombreux pourtant que ceux qu'il avait donnés. Dans les cafés et les bars, il jouait les durs, les costauds et c'était seulement dans les bras des putains qu'il s'écroulait, à bout de souffle. A elles, qui ne parlaient, au mieux, qu'un anglais façonné, il racontait sa sœur, son amour. Il leur faisait l'amour avec une sorte de rage désespérée en prononçant le nom d'Hélène ou celui de ce fils qu'il avait eu d'elle et qui, comme lui, fuyait.

Il se réveillait au milieu d'une nuit remplie d'odeurs moites et pourries, dans une chambre qui sentait le crésyl, la Javel ou des parfums bon marché mêlés aux fumées d'encens d'un bâtonnet, devant une image pieuse.

Il déclamait alors des mots sans suite, qui étaient peut-être poèmes, mais poèmes d'amour et de haine. Inquiète — nue et inquiète : le ventre encore mouillé du sperme qu'il avait refusé de perdre en elle — il disait comme une prière (il pleurait parfois) : « Pas d'enfant ! Pas d'enfant ! » — la fille le regardait aller et venir nu dans la pièce. Il martelait ses mots, haletait ses phrases pour s'abattre enfin, saisi d'un vertige, de tremblements ; une douleur à la nuque raidissait tout son corps, de la bave peut-être aux commissures des lèvres... Il finissait par dormir quelques heures pour se lever épuisé comme si de rien n'était, donner ses dollars à la fille et repartir par le prochain bateau vers Djakarta ou Surabaya.

Les maudits, donc : sir John Baker, voilà vingt ans jeune secrétaire qui roulait en MG rouge décapotable à travers le Pékin nu de l'hiver, aujourd'hui gouverneur de Hong Kong, est-il devenu lui aussi un maudit ?

Il tourne parfois en rond pendant des heures dans son bureau, évitant de rentrer chez lui, de retrouver sa femme, Stefania, les enfants. Par une porte dérobée, des visiteurs dont le nom ne figure pas sur son carnet de rendez-vous viennent vers lui. Ou encore, dans les bureaux du *Da Gong Bao,* c'est lui qui se déplace pour rencontrer Chan Yumin qui est, à Hong Kong et depuis plus de trente ans, le représentant de toutes les Chines : toutes celles qui se sont succédé à Pékin, Mao, Lin Biao, Deng ensuite, et qu'il a également servies.

— Vous croyez vraiment, murmure le gouverneur, que ce voyage à Pékin de notre ami Benoist n'a aucune signification particulière ?

Le vieux Chinois éclate d'un rire de petit garçon — depuis qu'il est petit garçon, Chan rit du même rire qui sonne étrangement, aujourd'hui qu'il a plus de soixante-dix ans.

— Mais vous connaissez Benoist comme moi, ses rêves, ses lubies : notre ami Jacques Benoist est un utopiste qui prend ses rêves pour des réalités.

Comme lorsqu'en 1972, il était simple secrétaire d'ambassade à Pékin et que la visite de Nixon en Chine lui avait fait presque mal, c'est le voyage à Pékin du président Bush que Jacques Benoist, cette fois, considère avec inquiétude.

— Déjà la visite de M. Chevardnadze, au début du mois, qui a confirmé le voyage de Gorbatchev en mai prochain ; et maintenant dans la foulée de George Bush, la reprise des investissements américains : notre marge de manœuvre risque de se voir singulièrement réduite.

Melot l'écoute, presque distraitement ; comme il n'accorde qu'une attention distraite au nom de ce dissident chinois, l'astrophysicien Fang Lizhi, que les autorités chinoises ont empêché d'assister au banquet donné par l'ambassadeur des États-Unis.

— Est-ce que vous n'auriez pas un peu trop tendance à privilégier une seule approche des relations de la Chine avec le reste du monde ? interroge enfin Gérard Melot.

Le regard étonné de Jacques : d'abord indigné, puis amusé :

— Mais c'est bel et bien ce que je fais depuis vingt ans — et avec un bel acharnement, par-dessus le marché ! Jusqu'à présent, personne ne s'en est plaint dans cette maison, que je sache !

C'était du même rire que partait Chan Yumin lorsque, dans l'arrière-boutique du bar de Mme Isa, Chessman choisissait une fille plus jeune que toutes celles qu'il avait eues jusque-là.

— Je vous la garantis vierge à trois accrocs près, disait Mme Isa avec un premier sourire.

Et le rire alors du Chinois, qui avait les mêmes goûts que Chessman et l'accompagnait souvent dans ses pérégrinations nocturnes.

— Trois accrocs, oui : un devant, l'autre derrière et le troisième, je ne sais plus où. Mais je plaide coupable pour les trois.

Puis il s'éclipsait dans un ultime éclat de rire :

— Pardonnez-moi, cher ami, d'être encore une fois passé ici avant vous, mais Mme Isa me doit beaucoup et elle ne vous doit rien, sinon un peu d'argent — pas beaucoup !

Avant de quitter le bordel, il avait glissé dans la poche de l'Anglais une enveloppe, des dollars.

— Allez ! Ceci compense cela et vous pourrez faire encore trois fois trois petits accrocs à trois petites filles qu'au préalable je n'aurais, en somme, qu'inventoriées pour vous !

Les filles, les putes, les gamines un peu molles, déjà à demi nues, qui s'offraient pour si peu, ou que d'autres vendaient pour rien, parce que c'est la règle du jeu et qu'il y a des hommes qui vivent dans l'attente de ces moments-là.

Oskar van Otrick faisait ainsi chaque soir la même tournée des bars d'à peu près tout le Sud-Est asiatique. A toutes, il parlait d'Hélène : toutes, il les appelait Hélène.

De passage à Singapour, Jean-René Pallas — il venait d'où ? et allait où ? — avait découvert un bordel où le mot Hélène était devenu synonyme de putain. On demandait à la maquerelle : « Vous n'avez pas une Hélène bien grasse, pour me mouiller les couilles ? » D'ailleurs, parmi les filles de la maison, il y avait une Hollandaise blonde. Jean-René Pallas l'avait voulue, pour voir. Mais la fille s'était mise à pleurer lorsqu'il l'avait appelée Hélène.

Plus tard, ç'avait été le temps des filles à marins dans les bordels de Saigon : celles-là étaient tendres et pour rien, un caprice, une lubie, on les aurait épousées et ramenées à la maison. Elles avaient des gestes de petit animal apeuré pour faire ce qu'on exigeait d'elles et j'en ai vu, affirma Pallas, qui pleuraient à chaudes larmes sans pour autant cesser de sucer consciencieusement des quartiers-maîtres ivres morts et qui ne bandaient plus depuis longtemps.

Plonger, couler, se laisser ensevelir : dans les derniers jours de sa vie, Jean-René Pallas fréquentait assidûment une maison de Bayswater, à Londres, où d'aucuns prétendaient qu'il avait des intérêts. Un système de caméras cachées permettait d'enregistrer les ébats des clients et Pallas lui-même en visionnait les bandes à ses heures perdues.

— L'argent n'a pas d'odeur, affirmait-il sentencieusement : et s'il en était autrement — et à tout perdre —, j'aime encore mieux l'odeur du cul d'une fille à celle d'un billet graisseux de cent dollars.

Deux grandes bringues, Rose et Marthe, s'affairaient sur lui pour lui faire oublier ce qu'il ne savait que trop : il mourrait bientôt.

Un matin, tôt à l'aube, il achevait de jouir avec Marthe quand il fut saisi d'un éclat de rire inextinguible. Il rit longtemps. Interloquée, la fille le regardait. Lorsqu'il eut enfin repris son souffle, il avoua :

— Je viens seulement de m'en apercevoir — et grâce à toi, mon enfant ! : toute ma vie, je n'ai fait que m'amuser sans toujours avoir osé rire. A partir d'aujourd'hui, je te jure bien que je saurai en rire !

« Peu à peu, a encore écrit Kelvin Young à Mulley, je me suis habitué à Rosa et à son enfant. »

Hong Kong, à nouveau : nos légendes. Dans l'appartement voisin de celui du gardien de prison, le secrétaire particulier de John Baker s'était installé dans une vie nouvelle. Carma, la petite fille, était idiote. A dix ans, elle ne parlait pas, ne semblait rien sentir, à peine voir.

« Et chaque fois que je rentre du bureau, je la trouve assise sur le balcon. Elle me regarde. Je m'assois en face d'elle sur un fauteuil d'osier et je vois le blanc énorme de ses yeux. Elle a des lèvres très roses et très menues, une peau à peine brune et très blanche à la naissance du cou, sous les bras. Un soir, j'ai remarqué qu'elle était belle. Je l'ai dit en riant à sa mère qui a secoué la tête ; oui, Carma est belle.

« Je me suis levé, je l'ai prise dans mes bras et je me suis assis à nouveau. Elle était sur mes genoux, le regard immobile. J'ai voulu lui parler, lui demander si elle voyait un bateau qui sortait du port, mais elle ne m'a pas entendu. Par jeu, je lui ai dit qu'un chat avait mangé sa langue. J'ai ouvert sa bouche avec mes doigts, mais le chat n'avait pas mangé sa langue. Elle était bien là, rose entre deux rangées de dents très petites et très blanches. J'ai caressé ce bout de langue du bout de mon doigt, elle me regardait toujours.

« Alors, j'ai commencé à m'ennuyer à mon bureau. A partir de quatre heures, je regardais ma montre et à cinq heures moins cinq je rajustais ma cravate. J'avais envie d'être chez moi. De lire un journal face à la mer, Carma assise à mes pieds ou sur mes genoux... »

La main de Kelvin tremble lorsqu'il achève la dernière ligne.

Ce sont bien là des histoires de Hong Kong.

Dans le vieil immeuble de la Bank of China qui ressemble désormais au cénotaphe d'une colonie disparue qu'ont envahie les buildings de verre et d'acier, les voies surélevées et les escaliers mécaniques, John Baker s'est approché du coffre.

— C'est celui-là ?

L'inconnu qui tient en main l'autre clef a le visage glabre, les yeux bleus ; c'est un Occidental et sa main droite semble d'acier articulé ; un acier qu'on aurait recouvert de cire et qu'on aurait peint pour imiter les taches de l'âge qui vient.

— Je vous ai déjà rencontré quelque part ? s'étonne soudain Baker.

L'homme — il est français, a vécu aux États-Unis — secoue la tête.

— J'ai beaucoup voyagé.

Puis il se penche vers le coffre, fait jouer la clef qu'il a en main et s'éloigne discrètement ; Baker, à son tour, se penche, la lourde porte du coffre pivote : les dossiers sont là.

« Il faut, écrit encore Kelvin Young, que je te raconte la soirée d'hier.

« Le temps était sombre, à l'orage, et je suis rentré chez moi plus tôt que d'habitude. Rosa n'était pas à la maison. Carma était debout sur la terrasse et elle jouait avec un morceau de ficelle. A mon arrivée elle a jeté son jouet et elle est tout de suite venue s'asseoir sur mes genoux. Un orage rôdait autour de l'île.

« J'ai regardé la peau du cou de la petite fille. C'était une peau très pâle et veloutée. Je l'ai caressée du dos d'un doigt. J'ai tourné vers moi le visage de Carma. J'aurais voulu qu'elle sourie, qu'elle fasse un bruit avec la bouche, qu'elle dise quelque chose, mais elle se taisait.

« Je l'ai entourée d'un bras et elle s'est serrée contre mon épaule. Ma main droite est revenue sur sa jambe. Peu à peu elle a cessé de trembler et je me suis rendu compte que je lui parlais. L'orage me rend souvent nerveux mais j'étais calme, presque détendu.

« Tout en parlant, j'ai commencé à caresser la jambe de Carma. Elle était blottie contre ma poitrine et elle levait ses yeux vers moi. Ma main a avancé à l'intérieur de sa cuisse que j'ai sentie tiède sous mes doigts. Je n'ai plus bougé. Je l'ai regardée et un instant, j'ai vu passer quelque chose dans ses yeux. Un éclair rapide que je n'y avais jamais vu, comme un sursaut de vie. Puis l'orage s'est déchaîné, un coup de tonnerre tout proche a résonné dans la pièce, la pluie a battu les vitres à grand fracas et Carma s'est mise à trembler. Je tenais toujours mon pouce pressé entre ses jambes et l'orage s'est éloigné, elle s'est calmée à nouveau.

« J'ai entendu la clef tourner dans la serrure. Rosa est entrée, elle a allumé l'électricité car il faisait tout à fait noir et j'ai laissé glisser Carma à mes pieds. Il fallait que je sorte. La pluie achevait de tomber. Je suis descendu par la rue en rampe et j'ai fait signe à un taxi qui m'a conduit à Wanchai. Je suis entré dans un bar.

« Il y régnait une lumière bleutée. Des marins américains étaient affalés devant des verres vides. Cinq ou six filles les surveillaient d'un œil morne et n'ont pas bougé à mon arrivée. Je me suis assis sur une banquette grasse et un Philippin ou un Malais m'a apporté un whisky allongé de trop d'eau gazeuse. Une femme s'est détachée du groupe des entraîneuses et s'est plantée devant moi. Je l'ai invitée à boire. Elle était jeune encore et elle non plus n'était pas tout à fait chinoise. Elle m'a parlé. Elle m'a dit qu'elle n'était pas attachée à ce bar, qu'elle y était entrée par hasard et qu'elle voulait s'en aller. Je l'ai emmenée avec moi et elle m'a tout de suite proposé de chercher une chambre d'hôtel.

« Dans la chambre, la fille a aussitôt commencé à se déshabiller. Elle avait des cheveux très courts, la nuque rasée. Elle a enlevé sa robe. Ses sous-vêtements étaient d'un blanc gris. Quand elle a retiré son soutien-gorge, j'ai vu que ses seins étaient plus gros que ceux d'une Chinoise. Elle m'a demandé si je voulais qu'elle me déshabille et elle m'a dit très sérieusement qu'elle aimait son métier et le faisait bien. Elle s'est approchée de moi et j'ai caressé ses seins, mais je n'avais pas envie d'elle.

« Tout cela a duré longtemps, je ne sais, puis la fille s'est levée d'un coup et m'a giflé. Je suis tombé à terre. Elle m'a giflé encore plusieurs fois en jurant en cantonais. Enfin, elle s'est arrêtée et elle s'est assise sur le lit, les jambes écartées. Cela a duré encore longtemps, jusqu'à ce qu'elle retombe sur le dos, épuisée.

« Elle a pris ensuite l'argent que je lui ai donné, et m'a poussé dehors. »

Cette fois, la main de Kelvin Young ne tremble plus.

Le lendemain matin, Kelvin a marché dans les rues de Hong Kong ; toutes les brumes de l'hiver semblaient s'être dissipées en une nuit. Il faisait beau, clair, l'air était léger.

Il s'est avancé vers le grouillement du marché, les étals de fruits, de crabes, de crevettes, les odeurs de poulet ébouillanté, le gingembre, le soja et, lui qui haïssait ces odeurs, ces couleurs, la crasse et la graisse de Hong Kong, si loin, si loin de la Chine qu'il désirait — il s'est mis à les aimer avec une étrange ferveur.

Chaque visage de femme, le nez un peu écrasé, les cheveux tirés en arrière, chaque regard d'homme, ces marchands, ces coolies, portefaix ou vendeurs de tout et de n'importe quoi, lui devenait amical, complice, chaleureux.

« Je suis, pensa-t-il, un homme neuf. »

Peut-être Baker a-t-il eu la même tentation. Un matin, il a quitté en voiture son absurde palais perdu au milieu des gratte-ciel, puis il a demandé à son chauffeur de le laisser quelque part en bordure des Nouveaux Territoires.

Pendant deux heures, il a marché à travers des quartiers où nul Occidental ne s'aventure, non qu'ils soient dangereux, mais parce que aucun Occidental n'a rien à faire là, ni rien à y voir.

Baker regardait pourtant les immenses barrières de béton où, casier après casier — une fenêtre : une pièce : une famille — s'entassent depuis trente ans les réfugiés venus de Chine ; à travers des rues populeuses où, sans phares ni essuie-glaces, tous également enlevés, des voitures grises de poussière semblent immobilisées pour l'éternité. Marchands de beignets, de brochettes, de légumes bouillis. Et puis les odeurs.

Pendant deux heures, John Baker s'est frayé un chemin à travers une foule qui l'ignorait mais que lui, de toutes les fibres de son corps, sentait, devinait. C'était peut-être déjà de la compassion qu'il éprouvait pour ces hommes, ces femmes et cette misère sur laquelle il veillait.

Mais après deux heures, comme prévu, voiture et chauffeur l'attendaient à l'entrée d'un supermarché. Sir John Baker a repris sa place à l'arrière de la grosse Rover — moins voyante que la Bentley — et les images qui avaient pu traverser son esprit (ces foules qui attendaient, peut-être...) se sont évanouies.

— Conduisez-moi à la Banque de Chine.

Ma Yuan et Chan Yumin l'attendaient : des gages supplémentaires de sa loyauté, en somme, à leur donner.

La raison, donc. Raison d'État, et l'autre, celle qui nous échappe.

Simon a quitté à pied son bureau de la rue de l'Élysée. Il a tourné l'angle du Faubourg-Saint-Honoré pour remonter vers la rue Royale, la Madeleine.

Il s'est dit : « Je vais marcher jusqu'à Saint-Augustin, le parc Monceau... » Enfant, dans son Auvergne, les deux mots « parc Monceau » soulevaient en lui d'étranges souvenirs. A vingt ans, il avait découvert sur le boulevard Malesherbes un magasin dont la raison sociale l'avait ravi ; il s'appelait : « Aux Enfants voués au bleu et au blanc et aux Enfants du Parc réunis » ; c'était un peu comme si cette boutique qui vendait paletots de ratine à col de velours et chemisiers à col Claudine pour gamines des beaux quartiers lui faisait un clin d'œil complice : « Tout ce que tu n'as pas eu, mon grand ! » Alors, depuis plus de quarante ans, lorsqu'il n'a rien d'autre à faire qu'à se promener dans Paris, ses pas le portent vers le boulevard Malesherbes, la boutique disparue et son parc, les folies de Carmontelle, la pyramide, le pont de pierre.

Derrière lui, dans les allées du parc, Jean-François Verviers qui le suit.

— Monsieur Young, permettez-moi de vous dire que vous êtes un imbécile.

Kelvin Young s'est redressé, écarlate : c'est John Baker qui vient de l'apostropher devant ses autres collaborateurs. Depuis trois mois qu'il est arrivé à Hong Kong, le gouverneur parle Chine — l'avenir, les intérêts chinois, les limites à ne pas dépasser — et, invariablement, Kelvin Young répond désormais Hong Kong. Comme si, face à son chef chargé, au moins sur le papier, de veiller au salut de l'Empire sur ce morceau de colonie mais que la colonie n'intéresse guère, Young défendait lui, âprement, bec et ongles, ces quelques arpents d'une terre que les hommes, de partout, ont envahie.

Kelvin ne répond pas directement. Il sourit :

— Mais promenez-vous seulement, monsieur (il dit : *sir*) à travers les Nouveaux Territoires..., commence le jeune homme.

Baker l'interrompt aussitôt, vertement :

— Je m'y suis promené, monsieur.

Puis, d'un coup :

— Peut-être pas en si joyeuse compagnie que vous, mister Young, car les putains reconverties dans le service personnalisé à domicile ne m'intéressent guère plus que les petites filles impubères, mais je m'y suis promené, oui.

Cette fois, Kelvin Young n'a pas répondu.

Le soir, il a suivi des yeux Baker qui s'engouffrait dans sa Bentley. Plus tard, il a vu la Bentley arrêtée devant l'Hôtel Mandarin. Un petit homme en gris — un Occidental — est sorti de l'hôtel et a regardé à gauche et à droite avant de faire quelques pas en direction de la voiture et de s'adresser au chauffeur.

Debout devant la vitrine d'un antiquaire, Kelvin Young regardait : il n'attendait rien, pourtant. Mais il a vu John Baker quitter à son tour l'hôtel, apercevoir le petit homme en gris, et lui lancer une phrase — une seule, l'air furibond ; aussitôt, l'homme en gris a disparu. Baker s'est alors approché du chauffeur, comme pour l'interroger, avant de remonter en voiture.

La grosse Bentley est repartie en direction du tunnel.

Peut-être que ces lettres qu'il écrivait à George Mulley étaient, dès lors, le seul aveu possible.

« Je me suis réveillé la tête lourde et avec un violent mal de gorge. J'avais aussi de la fièvre et je n'ai pas pu me lever. A neuf heures et demie, j'ai téléphoné à mon bureau que j'étais malade. Rosa m'a apporté un petit déjeuner au lit mais je n'avais pas faim.

« J'ai beaucoup transpiré. A l'heure du déjeuner, Clara est montée m'apporter le courrier arrivé pour moi au bureau. Elle est restée quelques instants puis je l'ai entendue qui parlait avec Rosa dans le couloir. Au bout d'un moment, Rosa est venue me demander si je voulais voir Carma. Elle a installé la petite fille au pied de mon lit et elle lui a recommandé de ne pas me déranger et de ne pas faire de bruit. Elle est repartie en fermant doucement la porte derrière elle.

« Carma ne bougeait pas. Elle avait à la main deux morceaux de papier qu'elle considérait avec attention, elle les faisait passer d'une main à l'autre, le visage appliqué, un bout de langue qui pointait entre ses lèvres. Je lui ai parlé et elle a levé les yeux vers moi. Elle a voulu me tendre ses papiers mais je les ai refusés. Elle gardait un air grave, presque triste.

« Puis elle s'est levée. Elle est allée jusqu'à la fenêtre et s'est accoudée à côté de l'appareil à conditionner l'air. J'avais un journal près de moi que je ne lisais pas. Une lettre arrivée d'Europe que je n'ai pas ouverte. J'ai vu Carma qui, de la main, grattait doucement la surface de la vitre, avec application. Elle s'est retournée vers moi, comme pour prendre mon conseil, puis elle a repris son travail, lentement, sans s'énerver, contre la vitre plane.

« Je transpirais toujours, malgré l'air rafraîchi par l'appareil, et je sentais ma veste de pyjama qui collait à mes épaules.

« Enfin Carma s'est arrêtée, elle est revenue s'asseoir au pied de mon lit et elle m'a regardé. Elle ne faisait plus un geste. Je la regardais aussi et nous sommes restés longtemps ainsi, sans bouger. Tous les muscles de son visage étaient immobiles. Elle mordait un peu sa lèvre inférieure et je voyais des gouttes de sueur se former à la naissance de ses tempes. Je savais que j'aurais voulu la prendre dans mes bras mais aucun geste n'était plus possible. Nous étions figés l'un à l'autre par ce regard qui peu à peu me plongeait dans une sorte d'hypnose. Je ne sentais plus aucun de mes membres, ni même le poids du drap qui me recouvrait jusqu'à mi-corps. Je respirais de plus en plus lentement et ma respiration elle-même parut à son tour suspendue. J'avais le sentiment que le visage de Carma pâlissait, que ses yeux s'enfonçaient davantage dans les orbites, que ses lèvres tiraient vers le violet, mais je n'en étais pas sûr. Le temps me semblait arrêté.

« Soudain Carma a eu comme un sanglot, son nez a piqué vers le lit et elle a glissé à terre. Elle était évanouie. Je me suis penché sur elle et je l'ai prise dans mes bras. Je l'ai ramenée à sa mère qui était en train de repasser dans la cuisine. Elle a étendu Carma sur son lit et au bout d'un moment, la petite fille a rouvert les yeux.

« J'ai attendu... »

Simon, lui aussi, attend : c'est un véritable mécanisme de précision qui s'est mis en marche entre la Chine et lui, mais le moteur fonctionne désormais tout seul. Alors, les souvenirs du parc Monceau exorcisés, il a repris les marches dans Paris qu'il faisait à vingt ans, entre la rue de Seine et les quais, rue de Buci, rue de l'Ancienne-Comédie, les librairies, les galeries.

Derrière lui, sans vraiment songer à se cacher, Jean-François Verviers reste attaché à ses pas : c'est une autre machine qu'on a mise sur des rails, dont les voies vont finir par se rejoindre.

Ainsi, brusquement, au carrefour Buci — mais ce n'est qu'une fausse alerte.

La jeune femme au col de fourrure a traversé trop vite le bout de la rue Saint-André-des-Arts et le taxi qui en débouchait n'a pu l'éviter ; le choc, elle gît à terre et Simon et Jean-François sont penchés l'un en face de l'autre sur elle.

— Vous sentez quelque chose ?

— Ne bougez pas...

Pour un peu, leurs mains se seraient rencontrées, lorsque l'un remonte le col de fourrure, l'autre écarte les cheveux. Alors, le regard de Jean-François Verviers se pose sur Simon : il a en face de lui un homme qui s'occupe d'une femme ; un homme aux gestes attentifs.

— Enlevez-vous de là : vous ne servez à rien !

Un policier en uniforme a repoussé Jean-François qui s'est relevé lentement, comme s'il sortait d'un rêve. Le visage de la jeune femme aux yeux clos et, tout à côté, celui de cet homme encore incliné vers elle, Simon, qu'il doit tuer.

Au moment de s'en aller, son pied a heurté un objet mou, sur le bord de la chaussée ; dans l'affolement autour de la jeune femme blême, personne n'a vu Jean-François qui ramassait, maculé de poussière, le portefeuille de Simon, qui avait glissé de sa veste.

Plus tard, dans les toilettes d'un café du carrefour Odéon, Jean-François examine le contenu du portefeuille : papiers, un peu d'argent, une lettre de femme — la lettre est très ancienne et le papier qui était bleu a viré au gris pâle, l'encre elle-même a jauni.

Et une photo de femme aux cheveux longs, déployés comme une corolle — on dirait cette femme au col de fourrure ouvert tout à l'heure autour du visage — et dont les yeux bleus le regardent, fixes, désespérément vides.

La lettre est de Clawdia ; la photo est celle de Lorraine.

Clawdia, qui a basculé dans l'univers des oubliés.

Simon, seul parfois, se souvenait. Séquence. Images... C'est en 1960, 1961 peut-être.

Il existe encore dans la partie occidentale de la cité chinoise de nombreux temples que les démolisseurs et le temps ont épargnés. Simon venait souvent au début de son séjour errer un peu à l'aveuglette au milieu de rues inconnues dans un quartier populaire qu'il aimait, mais c'est Clawdia qui lui avait appris à le connaître.

Elle l'avait ainsi emmené au Fayuansi ou temple de la Règle juste. Un moine, prévenu par un des interprètes de l'ambassade des Pays-Pas, les y avait accueillis avec force sourires. Ils en avaient parcouru les cours désertes, les galeries de bois, les salles ornées jusqu'à l'excès de peintures et de statues tibétaines. C'était un jour de grand froid et Clawdia claquait des semelles pour se réchauffer dans le silence humide et sombre des plus grandes salles. Au-dessus d'eux, des bouddhas gigantesques et dorés disparaissaient dans les limbes de plafonds inaccessibles. A Simon qui s'émerveillait de tout ce qu'il découvrait, Clawdia montrait la différence entre les répliques mandchoues du siècle précédent et d'authentiques Ming bleu et blanc. Ils restèrent longtemps devant une admirable série de bannières tibétaines où des monstres, drapés dans l'ombre des salles moirées, paraissaient attendre — rouges, bleu vif, vert frais et lumineux — de tomber en poussière comme le moine fatigué, chauve et asthmatique qui les accompagnait. Ils burent du thé au jasmin dans une pièce où un portrait de Mao dominait quelques statuettes de lohan en terre.

Elle l'emmena aussi au milieu du printemps dans un jardin en fleurs où naissaient au hasard des cours des bouquets de pivoines. S'y élevait encore un temple à demi ruiné et les restes de statues de bois décolorées.

Un moinillon ridiculement jeune semblait méditer au milieu de livres de prières enfermés dans des housses de toile jaune.

Ils recherchèrent tout un jour sans le trouver le temple du Dragon, à l'ouest de la rue des Bijoutiers, mais découvrirent un autel dédié à Ghuan Di, le dieu de la Guerre, qu'aucun vieux Baedeker n'avait jamais mentionné.

Sur leur passage — elle, blonde, appuyée à son bras et lui, la chemise ouverte, les cheveux trop longs — les habitants du quartier s'amusaient et lançaient des quolibets. Une vieille leur offrit des gâteaux atrocement gras qu'ils mangèrent debout dans la poussière et des enfants leur tenaient de longs discours dont ils ne comprenaient rien mais que Clawdia aimait.

Lorraine, enfin, était arrivée : c'était en 1982 et peut-être Simon n'avait-il entrepris ce voyage à travers l'Amérique que pour la trouver. Il s'était ainsi arrêté à l'université de Bloomington et avait rendu visite à Carl Rosenberg — qui y avait enseigné la direction d'orchestre après avoir été — les années de Glyndebourne... — un des plus grands chefs de ce temps. Mais Rosenberg était désormais immobile et muet dans un fauteuil d'où il ne bougeait plus, et une jeune femme aux yeux bleus et pâles, les cheveux autour du visage, veillait sur lui.

— Vous pouvez lui parler, avait-elle dit, il entend tout.

Penché sur le vieil homme qu'il avait admiré, Simon guettait son regard, un souffle, mais c'était le regard, le souffle de la jeune femme qu'il rencontrait.

— Il se souvient de ce *Don Juan* qu'en 1936...

Les lèvres du vieil homme bougeaient.

— Je m'appelle Lorraine, avait soudain murmuré la jeune femme.

Depuis un moment, déjà, Simon ne regardait plus qu'elle.

Plus tard, une jeune fille est venue les rejoindre, un violon sous le bras ; sans se presser, elle a sorti le violon de l'étui, l'archet, puis elle a joué des sonates de Bach, une partita. Les mains de Lorraine tremblaient. A la fin, les deux jeunes femmes se sont embrassées. On aurait dit deux amantes qui se retrouvaient.

— Elle s'appelle Laura, a dit Lorraine à Simon.

Très droit dans son fauteuil, l'infirme les regardait, presque avidement.

— L'ordre, tu comprends : l'ordre !

André Verviers tente d'expliquer à son ami Miguel pourquoi les poèmes qu'il écrit maintenant parlent d'une Chine immobile, immémoriale, dressée pour toujours dans une éternité de légende.

— Mais le poème est cri, hurlement, douleur — et non cette extase figée où tu te complais ! réplique l'ancien Tupamaro qui a failli payer de sa vie le prix d'un seul vers d'amour ou de haine.

Dehors, devant la grande villa 1900 blanche qui donne sur la plage, les vagues ont des crêtes claires et c'est leur musique à elles, ce poème, qui rythme la nuit.

Lorsque Simon lui avait posé la question — « Est-ce que vous partiriez avec moi ? » —, Lorraine n'avait ni souri ni même répondu. Elle avait d'abord attendu un moment, puis elle avait jeté un regard à Rosenberg qui somnolait sur sa chaise d'infirme et s'était enfin levée. Sans un mot, elle était montée à l'étage de la petite maison en bordure du campus ; Simon l'avait entendue qui remuait des choses, ouvrait des tiroirs, refermait une porte — et il avait compris.

Elle était redescendue, une valise à la main.

— Je suis prête..., avait-elle murmuré dans un souffle.

Plus tard, dans la voiture qui les ramenait de l'aéroport de Chicago à l'Hôtel Drake où Simon avait retenu sa chambre, il l'avait interrogée.

— Vous ne regrettez pas trop...

Il n'avait pas terminé sa phrase. C'est elle, alors, qui avait prononcé un nom, et ç'avait été le nom de la violoniste qui jouait Bach.

— Je pense à Laura.

Elle s'était tue à nouveau.

Jan van Otrick avait quinze ans et il était seul avec son père, le vieil ambassadeur, dans les salons géants de l'Hôtel Raffles à Singapour. Il fumait son premier cigare et il buvait son premier scotch. Les pales des grands ventilateurs brassaient un air lourd, moite, et faisaient au-dessus de leurs têtes un crin-crin régulier de frelon entêté. La nuit était venue.

— Plus tu avanceras en âge, disait le vieil homme, plus tu te rendras compte que trois idées, et trois seulement, valent d'être retenues. Que les hommes sont bêtes. Un. Que l'argent permet tout. Deux. Que la mort n'est pas grand-chose. Trois. Et c'est tout. A ton âge, je n'en étais pas sûr et ma mère ne m'aurait jamais élevé dans de si bons principes. Il m'a fallu perdre le temps de les apprendre...

Jan van Otrick écoutait, le front plissé d'attention. Il était un peu grisé par l'alcool et la fumée de son cigare, et il croyait alors que son père était tout à la fois un penseur et un homme d'action. Il l'admirait et il le craignait.

— Un de mes vieux amis, continuait l'ambassadeur, m'a appris la Vérité : c'était en Sicile, à Palerme. Les notables de la ville étaient pourris jusqu'à la moelle et ils faisaient dans leur culotte en voyant approcher la fin. Lui, qui avait à peine quarante ans, vivait de leurs faiblesses. Il leur fournissait tout ce dont ils avaient besoin pour avoir l'impression de durer : l'opium, les petites filles... et les vieux avocats véreux, les marchands de vins en gros avec pignon sur rue le payaient royalement. Avec l'argent qu'il recevait d'eux, il employait une petite équipe de voyous à les faire chanter ; et les vieux notables payaient encore. Alors, il élargissait d'un degré l'éventail des plaisirs qu'il pouvait leur offrir. Il trouvait à acheter des enfants qui disparaissaient au fond des caves de ces messieurs ou dans leurs villas de bord de mer. Personne n'en entendait plus parler et personne ne les réclamait, ni les parents ni la police. Et les vieux payaient toujours. Ceux qui hésitaient savaient qu'ils risquaient tout simplement leur peau. Mon ami, lui, n'hésitait pas à envoyer l'un de ses compères picorer le cœur fragile de ces beaux messieurs avec un petit couteau pointu.

« Et tu sais ce que faisait Laurenzo pendant ce temps ? Il étudiait les philosophes ioniens, la mystique hindoue et la Cabale. Il lisait jour et nuit et écrivait des communications très sérieuses pour toutes les académies du monde. Il était universellement respecté et se reposait de sa gloire avec des petits garçons qu'il dépeçait quelquefois, pour le plaisir et par curiosité. Et personne, encore une fois, ne venait réclamer les chérubins.

Le vieil homme s'était arrêté de parler. Il buvait en silence et regardait son fils. Jan acheva son verre en une gorgée.

— Tu l'as beaucoup revu, ton ami ?

— Beaucoup, oui. Il n'a jamais quitté Palerme ou le petit village de Gibellina, près de Noto, où il passait l'hiver, mais je suis allé lui rendre visite chaque fois que je sentais que je perdais la foi.

Un silence encore, puis :

— Tu es maigre et petit, Jan. Tu as de beaux yeux mais tu serais perdu si tu ne commençais pas dès ce soir à apprendre la vie.

— Regarde-moi, supplie maintenant Guillaume, regarde-moi ; il faut que tu me dises.

Mais le visage de la jeune Chinoise est lisse, nu, mille fois plus nu que son corps nu pourtant.

— Regarde-moi..., supplie encore Guillaume.

La main de la jeune femme, alors, qui se pose simplement sur sa nuque ; et Guillaume, rasséréné, pense : « Comme si une nouvelle jeunesse... »

— Peut-être, remarque plus gravement Lavenant, peut-être qu'il faut commencer le voyage par une sorte de plongée aux enfers, c'est-à-dire jusqu'au plus profond de soi.

Sa main joue avec le verre de J&B vide qu'il tient en main ; d'un regard vers un serveur qui passait, Serge a fait signe qu'on le remplisse à nouveau.

— Je me demande si ta pièce ne s'en tient pas encore trop à la surface des choses, continue Lavenant : tout ce qui a pu t'effleurer un instant quand tu pensais à la Chine, tout ce qui m'effleure moi-même depuis que je me suis mis au travail compte autant que les tonnes d'informations que la presse ou les sinologues de tout poil nous débitent chaque jour.

Meifang, qui écoute, silencieuse, retient soudain son souffle et Cécile, en face d'elle, dans cette Closerie d'après minuit — le pianiste que nous aimions est mort voilà huit ans, et je ne m'en étais pas rendu compte : un autre joue la musique de *Casablanca* — écoute aussi : on dirait que cet homme de théâtre qui affronte en somme pour la première fois la Chine a trouvé ce que Serge et ceux qui lui ressemblent ont désespérément depuis longtemps perdu.

— Pourquoi la Chine ? avait demandé un jour, voilà longtemps, Simon à qui l'interrogeait sur la raison de son exil. Parce qu'il fallait briser net. Refuser toutes les tentations et tous les retours possibles. Aller droit au cœur de l'irrémédiable...

Ces toits gris pâle qui planent doucement, au ras du sol, de maison en maison.

Et au-dessus, brusquement démontée, la mer des Palais interdits, tuiles vernissées, vagues à l'assaut du Milieu.

De retour en France, Simon avait interrogé Lorraine : il voulait savoir si la petite violoniste au visage si pâle, cette Laura qui faisait chanter Bach dans la chambre de Rosenberg immobile...

— Tu ne veux pas me dire ce qu'il y avait entre elle et toi ? avait-il fini par demander, après de nombreux détours.

Mais le regard de la jeune femme était devenu très lointain. La chaconne que Laura jouait éperdument avait retenti dans la pièce.

Ce soir, le visage de Simon, son buste, son corps tout entier, sont aussi immobiles et figés que le corps de Carl Rosenberg le jour où Lorraine était partie. Et Rosenberg, pourtant, avait fait vivre *Don Juan, Tristan*, Wotan ou le Hollandais alors que Simon n'a jamais su — et si mal ! — que les écouter.

La chaconne de Bach résonne en lui, sourdement, mais il se sait en cet instant incapable de se lever, d'aller jusqu'à la machine à musique et, une fois de plus, d'écouter et d'écouter encore. Seul.

Dans le bureau d'Otrick à Pékin, il y avait aussi un immense classeur de bois sombre dont les tiroirs contenaient de minces fiches de carton et que protégeait une grille de bronze. Des numéros figuraient sur chaque tiroir et correspondaient à un plan de classement rigoureux. Si l'on ouvrait au hasard un tiroir et qu'on en tirait un paquet de fiches, on pouvait tenir entre les mains la Chine tout entière ou une de ses provinces, la biographie d'un général de Tchang Kaï-shek ou les faits et gestes légendaires d'un gouverneur de la dynastie des Song. La littérature chinoise, sa peinture, ses poètes étaient fichés, répertoriés, catalogués, et aussi les noms et adresses des Chinois les plus marquants qui vivaient à l'étranger et avec lesquels Otrick entretenait une correspondance active.

Une fois par an, avec l'aide de Clawdia, il vérifiait l'ordre de ses fichiers, complétait certains dossiers à l'aide des informations recueillies au cours des mois précédents, puis il refermait d'un tour de clef le cadenas qui verrouillait la grille et il attachait la clef à sa ceinture.

Un jour, deux Chinois se présentèrent à l'ambassade des Pays-Bas et vinrent enlever le classeur. Ils donnèrent à Otrick une décharge qu'il rangea soigneusement dans un tiroir de son bureau.

Lavenant s'est levé : chaque fois qu'il veut expliquer ce qu'il ressent, il se lève. Un jour, il avait dit :

— Il n'y a que mort qu'il me faudra bien raconter couché.

Puis il s'était repris :

— Remarquez que Molière est mort assis dans le fauteuil où il jouait *Le Malade imaginaire :* le Diable me fera peut-être la grâce de me laisser mourir assis, ce serait toujours autant de gagné !

Il s'est donc levé, pour décrire le geste d'un comédien dans un film qui eut son heure de gloire : le jeune homme y imite un héros de la Révolution culturelle chinoise blessé à Moscou par des révisionnistes soviétiques en colère et qui, sous l'œil ironique de dix caméras venues l'accueillir à l'aéroport de Pékin, défaisait très lentement le bandeau sans fin qui entourait sous son crâne une blessure qui n'existait pas.

— En somme, poursuit Lavenant, et pour continuer un vieux rêve, je veux toujours, et plus que jamais, faire théâtre de tout, y compris du cinéma que j'ai adoré ou haï.

Un jour, parlant des gestes presque rituels que les comédiens de son ami dessinaient sur l'espace de la scène, Julien lui avait dit qu'à sa manière — sujet, verbe, complément — il inventait une nouvelle grammaire.

Lavenant avait aimé la formule, avait écrit à Julien pour le remercier puis lui avait écrit à nouveau, quelques mois plus tard, pour qu'il l'excusât de l'avoir reprise à son compte. « Il s'agit — disait-il en parlant de sa manière de décrire l'univers de Claudel, de ses personnages, ses

Négresses et autres Chinois qui vont avec — de leur faire parler la langue de leur maître selon une grammaire qui serait la sienne et la mienne... »

Les lettres alors de Kelvin Young, de plus en plus fiévreuses — la passion qui monte — et plus crues encore, plus précises : haletantes.

— Autrefois, dit Lavenant, je m'amusais à représenter Napoléon ou Mao avec quelques bouts de tissu, une marionnette, un comédien que je costumais en pitre : pourquoi pas ? Et puis la Chine est arrivée.

Il rit et ajoute :

— Et depuis lors, ni Napoléon, Marilyn ou Mao ne m'intéressent plus : ce que je veux arriver à montrer, c'est un homme seul — un inconnu, un visage dans la foule — face à une armée, face aux autres, aux Napoléon ou Mao si vous voulez : je fais de l'interchangeabilité de mes personnages le ressort d'une action dramatique qui s'étend au monde entier.

Serge a un sourire rempli de commisération.

— Tout cela vous a un côté post-soixante-huitard, Living Theater and Co.

Mais Lavenant l'arrête net.

— Et alors ? Même si la recette est vieille de dix siècles, ce que je veux monter se passe aujourd'hui, à Pékin, et c'est toute la jeunesse du monde debout.

Des pantins, des fantoches et des guignols, a dit Lavenant : d'un bout du monde à l'autre bout.

Lavenant avait raison, car c'étaient bien des fantoches que ces officiers et ces bellâtres qui, à l'école de la Marine de Buenos Aires, s'acharnaient autour du corps de Miguel Carros étendu sur une dalle de béton.

— Tu nous le diras, dis ? Tu nous le diras, dis ? répétait le plus jeune.

Il avait une belle gueule de petite frappe gominée et Miguel, qui en était arrivé à ne plus sentir la douleur, se redisait si bien en lui-même le refrain de son bourreau : « Tu nous le diras, dis ? Tu nous le diras, dis ? » qu'il en était arrivé à en faire une sorte de chanson rythmée sur un air de tango qu'il répétait à son tour et sans fin : « Tu nous le diras, dis... Dis ? Dis ? » et pas plus que les hommes qui le bastonnaient n'étaient des hommes, mais les personnages parfaitement absurdes d'une tragi-comédie qui se jouait dans sa tête, son corps lui-même n'était plus une masse de chair, de sang, d'os et de peau abîmés, mais une chose malléable, déchirable, brûlable qui n'était plus à lui.

Lorsque le retour de la légalité en Argentine lui avait rendu la liberté, il avait publié un recueil de poèmes dont nul, d'abord, n'avait pu comprendre le vrai sens du titre : *Tu nous le diras, dis ?* On aurait pu croire que c'était la requête d'un enfant à un très vieil homme qui avait su, un jour, un très beau conte et qui l'avait un peu oublié : « Tu nous le diras, dis... »

Il s'y racontait pourtant la mort de deux femmes qui étaient françaises et qui avaient choisi Dieu pour servir l'homme : le bellâtre aux cheveux gominés acharné, dès lors, sur leurs corps sanglants.

Lavenant va multiplier les lieux, les personnages et les intrigues sur la scène du monde qui va être sa Chine.

— Mais enfin, s'indigne subitement Serge qui, après tout, est l'auteur de la pièce, tu n'as jamais foutu les pieds là-bas !

Et Lavenant, en réponse, de citer Segalen :

— Segalen lui-même est arrivé en Chine en apportant sa Chine à lui, plus vraie que la vraie Chine qu'il y a rencontrée : la Chine que je veux dire, c'est celle née de l'étincelle entre le réel que tu m'apprends et l'imaginaire que j'y porte.

Un silence, puis :

— Logique non ?

Multiplier les personnages, le temps, l'espace : faire du passé notre présent et du présent, déjà, un passé indéfini...

« Tu me le diras, dis ? » répète aujourd'hui Miguel qui sait pourtant qu'à vingt ans, en Espagne, il a, de cette même main droite qui couche sur le papier la mort atroce des bonnes sœurs françaises de Buenos Aires, appuyé sur une gâchette de revolver. Le canon du revolver était appuyé contre la nuque, il gicle du sang, des morceaux d'os et de cervelle sur sa main de bourreau déjà poète.

— Et pourtant, dit-il à Verviers, je ne regrette rien.

Le bruit de la mer qui va et revient sur les galets, sous la lune. La lune est rousse, ce soir, et les crêtes de la mer sanglantes.

Alors, Lorraine s'est mise à trembler.

— N'aie pas peur, a dit Julien, nous sommes ensemble.

Il chuchote à son oreille et sait, cette fois, que la jeune femme l'entend. Un feu flambe dans la cheminée du grand salon, et ceux qui les entourent sont tous, à leur manière, des amis retrouvés. Passant devant eux, tour à tour, Julien cite des noms. Il y a le plus ancien ami qui a été journaliste avec lui au Cambodge, cet autre qui jouait de l'alto ; une petite Chinoise, son violoncelle et sa fille, et puis ce romancier, et puis ce jeune homme qui n'est rien qu'un jeune homme, cette jeune femme qui est une femme.

— Tu vois, murmure Julien : nous sommes tous ensemble.

Le feu brûle plus fort encore dans la grande cheminée de marbre rouge ; Didier de Wandrille a apporté un fauteuil au haut dossier carré pour y faire asseoir Lorraine. Jacques Benoist, qui est l'un des hôtes de Charny ce soir-là, a l'idée, soudain, que Lorraine assise et muette devant ce feu est peut-être la métaphore de la Chine qu'il n'a pas retrouvée.

— Nous sommes ensemble..., répète Julien.

Le visage de Lorraine, incliné sur les flammes, et les flammes qui jouent à y faire bouger de belles lueurs rougeoyantes.

Hong Kong, un matin de brouillard. La pluie fine de ces journées de début de printemps : Kelvin Young a pris le Star Ferry pour traverser la baie. De l'autre côté, au Peninsula, un ami venu de Chine qui l'attend. Il pense : « La Chine, si loin... » ; puis l'image de Carma qui balaie tout. Il pense : « La Chine, ici... »

Le ferry vient de s'ébranler ; ces tremblements, le moteur qui donne à tout le bateau les vibrations qu'il connaît, les odeurs, et un très vieil homme à côté de Young : cheveux blancs, longs, le visage décharné, les pieds dans des sandales de cuir.

— Vous êtes britannique ?

Young a sursauté : si loin de tout cela.

— Vous avez l'air si britannique, poursuit le vieil homme.

Qui se présente : il s'appelle Pendergast, a quitté la Chine en 1953. Lorsqu'il découvre que le jeune Anglais travaille au bureau du gouverneur, son regard s'allume :

— J'avais tant d'amis, là-bas, autrefois.

Puis il raconte sa Chine, la colonie voilà tant d'années.

— Il faudra me rendre visite : j'aurai peut-être des choses amusantes à vous raconter.

Il parle de ses collections, des jades, des peintures ; il parle de photographies :

— J'avais une amie, une Anglaise, qui prenait de bien étranges photos.

La voix du vieil homme est hachée, un souffle. Il se penche vers Kelvin :

— Regardez, là-bas.

Hong Kong déjà presque lointain : le ferry va aborder Kowloon. Le vieux Pendergast habite au-dessus de Repulse Bay, un appartement bourré de livres, de photos, de dossiers : le seul hasard, c'est la rencontre de ces deux hommes : car le vieux Pendergast a vécu à Londres, à Paris, à Florence, et c'est à Palerme qu'il a connu Otrick, et cet homme, plus vieux encore, qu'on appelait Laurenzo : le hasard, donc. Pendergast montre l'autre rive

— Quand je suis arrivé ici, il n'y avait rien, là-bas, qu'une île...

— Une montagne à pic — dans les brumes d'un matin d'hiver — et les temples qui balisaient la route jusqu'au sommet : à chaque halte, un moine s'avance et offre au pèlerin un bol de riz, une coupe de pivoines sèches, un verre d'eau. Du bol ou de la coupe, de la coupe ou du verre, lequel nous est le plus nécessaire avant de parvenir au sommet ? interroge Verviers.

Et Miguel de répondre :

— A chaque halte sur le chemin qui menait à nos caches de la plaine, une femme était là, qui veillait. Lorsqu'un groupe de soldats se présentait, elle relevait ses jupes mais, sous l'oreiller, elle caressait aussi le couteau qui lui servait à égorger ses poules : peut-on dire qu'un militaire à la gorge tranchée par elle, et dans un moment pareil, mourait d'une mort heureuse ?

Mais André Verviers a secoué la tête :

— Il est des questions auxquelles je ne sais plus répondre.

Miguel Carros a souri :

— Moi non plus, je ne peux pas répondre.

André Verviers, alors, sourdement :

— Mais je te parlais de la Chine et cela suffit, je crois, à rendre toute autre question superflue.

Et les reflets d'argent qui rougissent à la crête des vagues.

Dans son bureau rue de l'Élysée, rue Guynemer au-dessus d'un autre jardin ou dans la salle des Archives, chez le bon M. Dignimont, Simon écrit toujours, note, annote, relève sans fin des faits, des noms, des dates, des coïncidences.

Il jubile : l'excitation oubliée, la fièvre retrouvée. Il ne lui manque que celui ou celle avec qui il pourrait partager cette hâte à aller de l'avant.

« Je me bats sur deux fronts, note-t-il : un passé dont je tente de décrypter les erreurs, les fausses manœuvres, les trahisons, que sais-je ?

qui conduisirent deux rêves à l'échec ; et un présent où je me dis que j'ai mission, moi, de mener ce même rêve à la réussite. Je raconte une histoire que mes amis ont faite et je fais une autre histoire et la même pourtant avec les mêmes amis et les mêmes hommes. »

Dans le bureau de la rue de l'Élysée, Simon a relu les quelques lignes maladroites qu'il vient de jeter sur le papier. Il se dit : « Ah ! si je savais écrire ! » et puis se dit encore que c'est sans importance et enferme le tout, les notes, les cahiers, les dossiers, dans le coffre sous le tableau rouge et noir qu'un inconnu qui s'appelait Patrick Vergnaud a peint, voilà plus de trente ans.

Désormais, Paul van der Goes ne sort plus de sa maison ; son univers est un carré — sa cour... — qu'entourent les deux étroits parallélépipèdes que sont les deux corps de bâtiments, charpente de bois et tuiles grises, et les deux murs qui les séparent du jardin voisin où les cerisiers n'ont porté leurs fleurs que deux jours, trois peut-être.

— Je voudrais tant, tu sais..., dit quelquefois Gilles qui se prépare à sortir.

Mais Paul secoue la tête.

— Ce n'est rien, je n'ai besoin de rien.

Le jeune Chinois se détache de l'univers réduit à la forme d'un carré qui est devenu celui de Paul, et le petit-fils d'Otrick se retrouve seul dans sa maison. Il traîne alors sa chaise de châtaignier tressé jusqu'au milieu de la cour et attend le soir. Vers les neuf ou dix heures, très tard, au retour de son compagnon, il ne pose pas de question, et Gilles ne dit rien. C'est Paul qui parle :

— Tout à l'heure, dit-il, j'ai fait un cauchemar. J'étais dans ma maison de Veere, et un homme est entré ; il s'est approché de ma mère.

Oskar van Otrick était revenu encore une fois. Il avait supplié Hélène qui se raidissait, le visage fermé ; puis, lentement, les traits de la jeune femme s'étaient détendus ; la main du frère avait glissé autour de la taille de la sœur, leurs lèvres s'étaient approchées et Paul, dans l'entrebâillement d'une porte, qui observait, le souffle court.

— Crois-tu, demande-t-il à Gilles, que l'on puisse vraiment — je dis bien : vraiment — pleurer des larmes de sang ?

On avait revu Oskar dans un camp de réfugiés à la frontière thaïlandaise. Arrivé là en pleine mousson, il s'était prétendu médecin puis, comme s'il avait voulu renoncer à un mensonge qui lui avait déjà coûté cher, il était revenu sur sa première affirmation et avait dit n'être qu'infirmier. Il s'était rendu utile, transportait du matériel, des enfants, des vieillards. Le médecin suisse qui dirigeait le camp s'étonnait de sa vigueur — il était, après tout, maigre et chétif — mais Oskar répondait d'un haussement d'épaules :

— Tout est dans la tête, docteur ; et quand on veut vraiment...

Puis le médecin s'était aperçu que, dès leur arrivée au camp, de nombreux jeunes Cambodgiens cherchaient à rencontrer Oskar ; ils portaient des paquets enveloppés de linges et un soupçon avait traversé son esprit ; il avait tout de suite pensé à un trafic d'antiquités et avait décidé de surveiller Oskar. Mais le père de Paul était d'une si formidable efficacité dans son travail et faisait preuve d'un tel dévouement que peu à peu les soupçons du Suisse s'étaient évanouis.

La mousson s'achevait ; il y avait encore des pluies très lourdes, très violentes, le sol était détrempé mais les averses s'espaçaient. Un homme était alors arrivé au camp ; c'était un Français très corpulent qu'Oskar, qui semblait bien le connaître, avait présenté à son chef sous le nom de Jean ; il avait dit : « Monsieur Jean », et la formule avait paru équivoque. Quelques jeunes Cambodgiens avaient à nouveau fait leur apparition, porteurs des mêmes lourds paquets enveloppés de linges et, cette fois, le Suisse s'était promis de ne pas relâcher sa surveillance. Une nuit, on l'avait réveillé : c'était un de ses espions qui lui annonçait que Monsieur Jean avait quitté le camp au volant d'une voiture volée ; à l'arrière, il y avait une douzaine des fameux paquets, entassés sur la banquette.

— Et tu n'as rien fait pour le retenir ? avait protesté le Suisse.

L'autre lui avait montré le corps d'un garde, à la gorge tranchée. Le médecin avait alors décidé d'agir mais, presque aussitôt, de violentes douleurs abdominales l'avaient ramené dans sa chambre. C'était une dysenterie foudroyante : il était mort en trois heures.

Pendant son agonie, Oskar l'avait veillé et portait lui-même jusqu'aux lèvres du moribond les verres d'eau bouillie que celui-ci rejetait aussitôt.

Patrick Vergnaud n'a fait que passer trois jours au Cambodge : Monsieur Jean là-bas, John Smith ailleurs, il est de ces voyageurs occupés que le temps harcèle parce que la police peut toujours être au rendez-vous qu'on ne lui a pas donné.

A son retour à Paris, il a aussitôt regagné la table d'angle face au bout du bar de la Closerie des Lilas, d'où il dirige toutes ses opérations. Le soir même, il a interrogé Max :

— Et ton copain Jean-François ? Où en est-il ?

Max fume cigarette sur cigarette et laisse ses mégots se consumer au bord des cendriers :

— Il prend son temps !

Vergnaud a juré entre ses dents ; puis il a fait signe au jeune homme de s'éloigner. Un homme âgé, le visage cireux derrière des lunettes rondes, s'approche de sa table.

— Monsieur Vergnaud ?

Patrick est devenu un aventurier, l'autre a pignon sur rue, il est antiquaire quai Voltaire et spécialisé dans les arts d'Extrême-Orient. Les petites figures khmères l'intéressent beaucoup.

Il y a des livres, des figures, des images qui deviennent, en somme, des mots de passe : un langage codé que nul n'a besoin de clef pour déchiffrer, pour peu qu'il en sache la vertu.

Ainsi, l'attrait que nous éprouvons tous pour ces formes graciles, ces corps déliés, ces seins parfaitement ronds qui — gris presque rose — ont atteint à Banteay Srei le point culminant de leur art.

John Baker lui-même n'y échappe pas, qui a rencontré dans une boutique des galeries marchandes de l'hôtel Peninsula un Français du consulat. Ce Briffot est un ami de Laroche : c'est ainsi qu'il s'est présenté au gouverneur, et celui-ci a manifesté juste ce qu'il fallait d'étonnement de la part d'un gouverneur de Hong Kong qu'un modeste vice-consul français aborde dans un magasin.

— Est-ce que vous savez que le Wang qui tient ce magasin possède de véritables trésors jalousement cachés dans son arrière-boutique ?

L'antiquaire, qui semble surveiller ses clients de loin, sourit béatement. Puis il a lui-même soulevé le rideau de sa réserve pour laisser passer les deux hommes ; sur une étagère, une figure énigmatique d'apsara, au visage immobile, illumine la pièce.

— Mais je suis certain qu'il y a encore beaucoup de choses qui pourraient vous intéresser, avait poursuivi Briffot en baissant la voix.

Discret, l'antiquaire a regagné son magasin ; il reçoit une confortable commission en échange de bien menus services et sa boutique sert de lieu de rendez-vous à des acheteurs de toutes les nationalités qui veulent se rencontrer à l'abri des regards, comme à d'authentiques amateurs de petites déesses arrachées au Bayon ou à Banteay Srei.

Le médecin australien qui avait remplacé le Suisse trop méfiant à la tête du camp fichait à Oskar une paix royale. Dès lors, celui-ci pouvait recevoir sans risques tous les visiteurs qui traversaient la frontière cambodgienne dans l'unique but de lui apporter un morceau de grès rose ou gris où parfois le sourire même de la danseuse sacrée avait été mutilé d'un coup de pic malheureux. Il enfouissait tout — les têtes volées comme les dollars nécessaires à les payer — dans une sorte de marigot où s'élevait la cahute de bois qui servait à entreposer les fûts d'essence. Deux ou trois sacs de plastique parfaitement étanches étaient immergés dans une eau croupie. Lorsqu'il passait au-dessus d'eux — les planches de bois des pontons étaient pourries — Oskar van Otrick aimait à se dire qu'à quelques centimètres au-dessous de lui, à même la vase, il y avait à la fois beaucoup de beauté et d'argent.

— C'est peut-être la seule femme au monde, voyez-vous la seule...

George Mulley a emmené Ismène se promener sur le Heath : une fois de plus, et loin au-dessous d'eux, Londres apparaît comme une mer. C'est un lointain brumeux, une marée de nuées qui monte à l'assaut de la colline de Hampstead.

— Je l'aime et je sais qu'elle est morte bien avant ma naissance : est-ce cela qu'on appelle l'amour fou ?

Les cheveux d'Ismène sont dénoués et le vent qui souffle en rafales violentes les lui envoie dans le visage ; alors, de la main gauche, elle contient les longues mèches qu'une nouvelle bouffée lui ramène tout aussitôt.

— Je crois qu'il n'y a que vous qui puissiez comprendre, poursuit Mulley : au début, lorsque Chessman m'a raconté le drame d'une petite sœur qu'il aimait à la folie et qu'un fou a assassinée, j'ai cru que ce pouvait être le sujet d'un livre. Je posais des questions, voulais savoir des détails et puis, peu à peu...

La fille d'Irène Verviers s'est arrêtée au pied d'un chêne car l'averse qui menaçait s'est abattue d'un coup, violente, uniforme. L'écrivain, à côté d'elle, ne porte qu'une veste dont il a relevé le col ; il grelotte.

— Et puis, peu à peu, l'amour que Chessman portait à la petite Emily m'a envahi tout entier.

A certains qui l'interrogeaient parfois, Paul van der Goes disait que son père était matelot : le mot *matelot* lui plaisait davantage que marin ; il renfermait toute la nostalgie des départs et la crainte, surtout, l'angoisse sourde des retours.

A d'autres, Paul disait que son père était mort. Il le prétendait alors mort en mer, arraché du gouvernail, emporté par une vague ; ou encore, c'était au cours d'une rixe dans un port des mers du Sud, Singapour ou Surabaya, qu'un marin ivre lui avait enfoncé dans le ventre son couteau.

Oskar avait d'ailleurs bel et bien failli mourir. Tandis que les Khmers rouges faisaient encore le coup de feu autour de Battambang et qu'Angkor même était un no man's land où nul n'osait s'aventurer à la tombée du jour, il avait emprunté une range-rover pour gagner les temples perdus dans la jungle d'où ses complices ramenaient visages maladroitement arrachés à la pierre et bras brisés, mains mutilées.

— Je veux faire moi-même un travail un peu propre, avait-il affirmé.

Son chauffeur s'appelait John ; en dépit des grandes croix rouges peintes un peu partout sur le véhicule, il était armé d'un fusil-mitrailleur dissimulé sous des sacs vides.

— Tu sais t'en servir ? avait interrogé John.

Oskar avait secoué la tête : il savait se servir d'un couteau, mais aussi d'un fusil-mitrailleur. Puis il s'était tu. De temps à autre, ils croisaient sur la route défoncée un convoi militaire, des soldats vietnamiens ou cambodgiens, plus rarement une voiture civile. Ils s'étaient retrouvés seuls. Parfois, une rafale éclatait, venue de nulle part.

Ils étaient arrivés aux environs d'Angkor à la tombée du soir. C'était ce que voulait Oskar qui avait décidé de passer la nuit parmi les ruines pour se mettre au travail au matin. Après avoir mangé deux sandwichs, ils s'étaient endormis.

Une lampe en plein visage avait brusquement réveillé Oskar. Il s'était redressé et, au même moment, une rafale de kalachnikov était partie, assourdissante, à ses oreilles. Il avait senti quelque chose de chaud qui lui giclait au visage et avait compris que c'était le sang de John, tué à côté de lui. Des hommes l'avaient alors extirpé de la range-rover pour l'interroger : c'étaient des pillards, comme lui, et la liasse de dollars qu'il portait toujours dans une ceinture de cuir, à même l'estomac, avait arrangé les choses, avec la promesse d'autres dollars, si leur collaboration s'avérait fructueuse. Deux heures plus tard, Oskar montrait aux meurtriers de son chauffeur comment arracher un visage à sa gangue de pierre sans trop l'écorcher.

Comme si aucun de nous pouvait un jour oublier.

Le corps de Raphaële Melot est long et fin, blanc, et ses cheveux blonds font, sur l'oreiller, une masse éparse et lumineuse : parfois, penché sur elle, Gérard Melot se demande pourquoi cette jeune femme — elle n'a pas trente ans — demeure auprès de lui ; il se voit nu et gros, pâle aussi mais de cette pâleur verte et bleuâtre, malsaine, des gros hommes qui ne quittent guère un bureau que pour un autre bureau et dont le seul sport est peut-être le bridge, pour ne pas dire les dîners en ville.

Mais la main de Raphaële se pose sur lui. Il soupire encore :

— Tout est, quelquefois, si difficile...

Et la main de la jeune femme, sa femme, sur lui — et qui apaise.

— Tout est difficile, oui... Mais nous sommes là.

Elle dit « nous » : c'est peut-être ça que Gérard Melot a d'abord aimé : tout de suite, elle n'a plus dit *toi* ni *moi*, mais nous.

— On peut aussi vivre, et vivre bien, vivre éperdument, d'une très belle haine, dit Paul van der Goes à Gilles.

Le jeune Chinois a détourné les yeux : depuis quelques jours, les mots de son compagnon, aussi désespérés fussent-ils, ne parviennent plus jusqu'à lui. Il passe ses journées à discuter avec quelques amis dans des salles vides de l'université de Beida, et le monde où se meut Paul n'est plus le sien.

Il prend pourtant sa main :

— Repose-toi.

Mais le visage de Paul est rouge de fièvre, comme si le mal qui le cloue depuis des semaines et qui n'était jusque-là qu'une grande fatigue devenait soudain une vraie maladie qu'on soigne avec des pilules, des piqûres.

— Tu ne crois pas que tu devrais voir un médecin ?

Le regard du jeune Hollandais est fixe, son souffle brusquement court :

— Une belle haine : en vivre, n'est-ce pas ? Ou en mourir...

La bouteille de gin qui a roulé sur le tapis usé jusqu'à la corde.

— Ça fait maintenant plus de cinquante ans que je porte cette haine en moi, dit Chessman.

Parce qu'il faut parler de toutes les haines. Iris, qui vient de prendre une nouvelle photo de son ami ivre, range posément le Leica dans son sac de cuir.

— C'est Avon, n'est-ce pas ?

— C'est Avon, oui...

Lord Avon, qui n'était alors que Gerald Avon et qui a tué de ses mains la petite Emily, après l'avoir violée sous le pont palladien d'Avon Court.

— L'argent qu'il te donnait, c'était pour cela ?

— C'était pour cela, oui.

Depuis le premier jour, Chessman savait, et depuis le premier jour — une preuve, un indice qu'il possédait... — il monnayait son silence. Iris le regarde : cet homme amoureux d'une petite sœur morte, ce souvenir vide et nu, cet amant magnifique de tant de femmes qui l'ont aimé — et cette épave, aujourd'hui, l'homme brisé qu'elle soigne — « Moi, une mère ! » pense-t-elle avec un sourire amer — comme son enfant.

— Et pourquoi, tout d'un coup, s'est-il arrêté de payer ?

Chessman a un hoquet et un peu de sang lui coule aux commissures des lèvres.

— Je lui ai vendu très cher, et d'un coup, la seule prise que j'avais sur lui.

Iris sort à nouveau son Leica du sac de cuir.

— Tu permets ?

Sur cette photo-là, John Chessman, romancier impuissant, porte une barbe de six jours ; un peu de bave, aussi, au bord des lèvres.

— Il faut que personne ne sache, n'est-ce pas...

Dans un souffle.

— Personne ne sait ?

Un souffle, encore.

— Baker. Baker sait. Un jour, j'ai eu besoin de lui, alors je lui ai dit.

A Hong Kong, l'homme en gris qui avait abordé la voiture du gouverneur devant l'Hôtel Mandarin s'est approché de Briffot, le vice-consul français.

— Vous permettez ? Je m'appelle Perry.

Il s'est assis à côté de lui, au bar, précisément, de l'Hôtel Mandarin.

— J'ai cru comprendre que vous étiez un ami du jeune Laroche, qui vient de passer quarante-huit heures ici.

Surpris, Briffot affecte de ne pas détourner le visage vers son interlocuteur.

— En effet.

— Eh bien, moi je suis un ami de sir John Baker : les amis de sir John et ceux du petit Laroche sont faits pour être amis, vous ne croyez pas ?

A contrecœur, Briffot s'est décidé à regarder ce Perry qui a gardé son chapeau enfoncé sur le crâne, comme dans un film policier américain des années cinquante.

— Et que puis-je pour vous, monsieur Perry ?

Perry joue avec son verre.

— Beaucoup de choses, monsieur Briffot, beaucoup de choses...

— Vous permettez ?

A intervalles irréguliers, Clément Pallas rend à son tour visite à Simon. Il n'a rien de particulier à lui demander ; il pose des questions en apparence anodines, mais Simon prend garde de ne jamais trop en dire. Son interlocuteur s'assoit en face de lui, dans l'un des grands fauteuils de cuir de ce bureau sur un jardin, il se croise presque frileusement les jambes.

— Vous permettez ?

Foulard de soie grise autour du cou — c'est tout juste si, lui, retire son chapeau en pénétrant dans le bureau —, il avale l'une après l'autre les pilules contre le mal de tête puis en croque d'autres contre les maux d'estomac et finit — vous permettez ? — par sucer lentement des bonbons pour la gorge.

— A la mort de mon frère, dit un jour Clément Pallas, j'ai trouvé dans ses affaires des lettres étranges. Il y parlait de vous. Le saviez-vous ?

Mais Simon a seulement soulevé les épaules.

— C'est très possible : nous nous sommes souvent rencontrés. Encore que...

Avec les jours, les filatures que fait Jean-François Verviers de Simon sont d'ailleurs devenues plus insouciantes. Comme il fait désormais de grandes promenades dans Paris, le jeune homme lui emboîte le pas, sans presque se cacher. Ils découvrent ainsi ensemble des quartiers où ni l'un ni l'autre n'était jamais allé : Belleville, la rue de Ménilmontant, la rue du Télégraphe. « Il y a vingt ans, se disait Simon, c'était des villages », mais là aussi, la même folie qu'à Pékin ou Hong Kong a fait mourir des rues, des maisons, des jardins, et élever des tours.

Derrière lui, mains dans les poches — le printemps qui vient... —, Jean-François pense à Lorraine dont il caresse la photographie dans sa poche et se dit qu'un homme comme Simon, qui peut aimer une telle femme et qu'une telle femme a pu aimer, ne doit pas être si mauvais que cela. Et s'il s'en veut ensuite de ces pensées-là — « en désaccord si radical avec la ligne politique qu'il s'était fixée... » — il ne les combat que mollement.

Ils reviennent ainsi dans le quartier du parc Monceau et Simon s'assoit sur un banc devant la colonnade. Des escouades de canards, suivis de leur brigade de canetons, fendent l'eau à quelques pas d'eux et Jean-François en est tout attendri.

Rue Guynemer, dans la pièce qui lui servait de bibliothèque, Simon possédait, parmi les éditions originales de Balzac ou de Stendhal — ce *De l'amour* qu'il venait de découvrir chez un libraire ami quelque part dans le IXe arrondissement —, une très belle figure khmère. Très belle ? Les mots sont pauvres pour décrire cette beauté-là, visage à demi souriant, l'arrondi des épaules et les seins surtout, légèrement écartés, comme vivants.

Parfois, Simon se disait qu'il aurait pu la caresser, longtemps. « Il n'y en a pas deux au monde comme elle », se disait-il aussi : il aurait pu parler ainsi d'une femme.

Il y en avait une autre, pourtant : le même sourire qu'on aurait dit énigmatique si le mot n'était pas trop galvaudé, les épaules et les seins vivants. C'était une jeune fille dont la figure aurait pu être celle du buste de grès qu'elle avait apportée à Oskar. Et Oskar, fasciné, regardait ce corps, ce visage.

— Tu en veux combien ?

La jeune fille avait dit un prix qui, au regard de ce qu'Oskar payait à ses fournisseurs habituels, était astronomique. Aussi s'était-il mis à discuter. Le regard de la figure de pierre le suivait : d'abord, c'était peut-être le torse qui l'avait ému mais maintenant, le visage lui-même le bouleversait ; il croyait y reconnaître des traits depuis longtemps effacés de sa mémoire et qui, lentement, remontaient à la surface.

— Sois raisonnable : dis un vrai prix !

La fille ne voulait pas baisser d'un dollar. C'était dans un pavillon de l'hôpital, elle s'était mise à crier, une infirmière avait passé la tête — « Tout va bien ? » — « Tout va bien, oui... » Tout allait, en fait, très mal : Oskar voulait ce buste, ce visage ; et la fille s'obstinait à lui en demander le double de ce qu'il voulait en donner. A bout d'arguments, il l'avait menacée, mais la fille, frémissante, aussi belle dans sa colère que l'apsara qu'elle voulait vendre, tenait bon. Et soudain, elle avait eu ce geste fou, comme sorti d'une légende ; près d'elle traînait une sorte de masse qui servait à enfoncer les pieux pour arrimer le pavillon.

— Tu n'en veux que la moitié, alors ? Eh bien, prends ta moitié !

D'un coup de masse, elle avait fracassé le torse, les épaules — et les seins ; les seins... — de la danseuse sacrée. Oskar l'avait regardée, qui le défiait ; elle avait ri : ce n'était pas une pourvoyeuse ordinaire, même pas une simple passeuse d'occasion, elle était de ces femmes qu'il avait, toute sa vie, fuies et désirées. Il avait alors arraché la masse de ses mains et c'était son visage à elle qu'il avait fracassé. D'un coup.

Le sang avait jailli partout, sur des serviettes, sur des draps qui séchaient ; il avait enveloppé dans ces linges sanglants ce qu'il restait de la tête de pierre et, sans un regard pour la tête écrasée de la fille qu'il avait tuée, il avait fui.

Cette tête-là, et celle-là seule au monde, lui appartenait — et n'appartenait qu'à lui.

— Et pourtant, je sais que tout n'est pas perdu.

Premiers jours de mai 1954. Investi de toutes parts, le camp de Diên Biên Phû tenait encore tandis qu'au Maroc le terrorisme déferlait sur les colons français.

— Je ne sais rien de la situation au Maroc, avait tout de suite fait remarquer Gérard Melot ; en Indochine, en revanche...

C'était Georges Boris qui l'avait présenté à Pierre Mendès France ; les deux hommes s'étaient serré la main, puis Mendès avait interrogé Melot :

— Si, le cas échéant, je vous demandais de faire un bout de chemin avec moi...

Melot n'avait pas eu besoin de répondre ; il revenait de Bangkok, qui avait été son premier poste, il pensait : « Je suis prêt. »

Trois jours plus tard, Diên Biên Phû tombait. Dans le XVIe arrondissement, on annulait quelques dîners en ville — une forme de deuil comme une autre.

Le 12 juin, Laniel était renversé par 306 voix contre 295 abstentions ; le 18, Pierre Mendès France était investi par 419 voix contre 47 et 143 abstentions — dont tous les communistes ; le 19 juin, Gérard Melot entrait au cabinet du nouveau président du Conseil.

Du parc Monceau, Simon regagne à pied son bureau par les jardins des Champs-Élysées et Jean-François, cigarette aux lèvres, le suit.

— Rien de spécial, dit celui-ci à Max lorsqu'il revient parfois, tous les deux ou trois jours, s'abattre à Montfort sur un sommier défoncé pour y dormir vingt heures d'affilée.

Max, qui ne se cache plus pour coucher avec Julie plus souvent qu'à son tour, grogne :

— Fils de pute et de bourgeois : il prend son temps pour le descendre, son bonhomme !

Lui-même tire vite, et juste — il s'exerce quelquefois sur des boîtes de conserve, des bouteilles vides, dans une clairière de la forêt de Rambouillet toute proche — en dépit d'un index droit coupé. Ça lui est arrivé à Lyon avec des copains, du temps où Perdreau était encore vivant. Ils s'étaient battus à la sortie d'un café avec un groupe d'Arabes que Max avait appelés bougnouls. L'un d'eux avait tiré un couteau ; plus rapide, Max avait sorti son revolver et tiré.

— Tu n'as pas honte ? avait grondé Perdreau ; tu tues ceux-là mêmes pour qui tu prétends te battre !

« Crime raciste », avait titré la presse. Alors Max était passé dans la pièce voisine, qui avait servi un temps d'atelier à un réparateur de bicyclettes ; il s'était coincé l'index droit dans un étau et, de la main gauche, avec un hachoir de boucher, avait tranché le doigt qui avait appuyé sur la gâchette et tué le bougnoul en question.

Et puis, Simon a constaté à nouveau la disparition d'une liasse de documents dans un dossier. Il a interrogé le vieux Dignimont :

— Mais la semaine dernière, ce dossier était tout de même complet ?

L'archiviste, qui a un orgelet à l'œil droit, porte des lunettes teintées bleues.

— Qui voulez-vous qui ait pu prendre ce qui manque ? Moi, peut-être ?

Il est bougon, irritable depuis quelques jours. Simon a haussé les épaules, mais c'est comme si des fils cassaient brusquement dans un filet pourtant solide qu'il est en train de tendre entre les années quarante et le présent, la Chine et quelques bureaux à Paris où des projets ont mûri dont il devine confusément que des hommes, aux aguets, observent le développement.

La tête d'Oskar — il fuyait, une tête de pierre dans un linge sanglant sur l'épaule — avait été mise à prix par les autorités vietnamiennes qui, en collaboration avec les médecins du camp, géraient les réfugiés dans cette partie de la zone frontalière. Alors, Oskar avait commencé à courir.

Gérard Melot a décidé de convoquer lui-même le chargé d'affaires vietnamien à Paris. Petit, affable et parfaitement francophone — il a fait à l'École normale de Hué une thèse sur le visage de Clélia dans *La Chartreuse de Parme* —, M. Niang est venu aussitôt, accompagné d'un certain M. Giap — rien à voir avec le général ! — qui traite le dossier cambodgien.

— Pardonnez-moi d'être direct avec vous, monsieur l'Ambassadeur, a tout de suite commencé Melot.

Le chargé d'affaires a souri :

— Mais je vous répondrai moi-même aussi directement. Si vous avez une question à me poser, cela s'entend.

Melot avait bien une question à poser — et la réponse de M. Niang a été aussi directe qu'il l'avait promis.

— Nous attendons beaucoup de la France ; et nous ne doutons pas un instant que les liens que nous souhaitons voir se rétablir entre nos deux pays passent, dans l'esprit du Président de la République, bien avant beaucoup d'autres amitiés auxquelles je ne doute pourtant pas un instant que la France ne tienne également...

Il est six heures du soir, le soleil, qui se couche dans l'axe d'une fenêtre, éclaire le bureau tout entier d'une lumière d'or. « Jadis, à Hué... », se souvient le secrétaire général.

Gilles revient chaque soir un peu plus tard de ses rencontres et de ses discussions à Beida. Il trouve parfois Paul endormi dans le fauteuil où le sommeil, la fatigue l'ont surpris.

Une nuit, vers les dix heures, le jeune Chinois est rentré à pas de loup dans la cour ; à travers la vitre de verre dépoli, une lumière tremblait.

— Tu es fou..., a murmuré le jeune homme en éteignant la loupiote, sur le point de mettre le feu à une guirlande de papier.

Paul ne s'est pas réveillé ; Gilles l'a aidé, endormi, à s'étendre. Puis il est revenu à l'espèce d'autel que le petit-fils d'Otrick a installé dans un angle de la pièce : autour d'une photo froissée, déchirée par lui et qu'il a lui-même recollée, Paul a piqué des baguettes d'encens, installé des guirlandes d'offrandes et allumé une veilleuse. La photo, à peine reconnaissable, est celle de cet homme qui, à trois ou quatre reprises, est venu à Veere pour y voir sa mère, ce matelot, ce bourlingueur mort ou vivant, son père...

— Je sais que je vais mourir, dit Chessman ; je suis déjà ivre mort, n'est-ce pas ? Alors, je mets en scène ma mort.

Il a allumé des bougies un peu partout dans la maison où l'électricité est désormais coupée ; à terre, les papiers qu'Iris avait tenté de classer et qu'il est venu une nuit arracher à sa chambre, pour y retrouver, disait-il, quelque chose : il a fouillé, cherché, déchiré.

A ses côtés, Iris commence d'ailleurs à lui ressembler ; elle boit comme lui, gin ou whisky, sans différence — et les mêmes cernes sous les yeux.

Le Leica gît sur une table, vide, le ventre ouvert, et le dernier film qu'elle n'a pas achevé s'en écoule en un long ruban gris, viscère malade.

— Mais tout ce fric ? interroge subitement la photographe, tout cet argent qu'Avon t'a donné d'un coup ? Tu sais au moins ce que tu en as fait ?

Le prix d'un silence, la preuve d'un crime — que sais-je ? un mouchoir taché de sang... Chessman rote, pète, boit, se tait.

— Tu ne veux rien dire ?

Des milliers de livres quelque part dans la maison.

Malade, lui aussi, Kelvin Young s'est pourtant rendu à son bureau, où il a passé toute une journée à travailler, lire des dépêches, rattraper le temps perdu.

— Je n'en peux plus, dit-il à Clara, sa secrétaire, mais il fallait que je remette un pied sur la terre ferme.

Il pense à Carma, aux lèvres de Carma.

— Et les télégrammes de Londres de ces derniers jours ?

La pile de documents, devant lui. Certains déjà annotés de la main de John Baker. Ainsi celui-ci, qui fait état d'une rumeur selon laquelle, à Pékin, certains dirigeants influents du Parti tenteraient de trouver une troisième voie, qui s'appuierait sur l'Europe en construction. La dépêche, déjà ancienne et classée ultra-confidentielle, est signée « Perry » — un nom de code.

Ce Perry précise, *in fine*, qu'à Hong Kong même, une telle évolution n'aurait guère de conséquences pour l'avenir de la colonie.

— Vous connaissez ce Perry, monsieur ? interroge un peu plus tard Kelvin Young.

Le regard de John Baker n'a pas cillé.

— Un nom de code, sûrement, mais je n'en sais pas plus.

Une fois encore, Young a l'impression très précise qu'entre le gouverneur et lui, une sorte de rideau de bambous est tombé : Baker est perdu quelque part en Chine, tandis que lui-même demeure soucieux du seul bien de la colonie, et chacun épie l'autre de loin, à travers les fentes des bambous.

Le chat et la souris : Clément Pallas observe Simon :

— Vous paraissez inquiet.

Simon, qui notait quelque chose sur une page de carnet, sursaute : il n'a pas entendu le haut fonctionnaire des services de Sécurité entrer dans son bureau. Celui-ci s'excuse.

— Votre secrétaire n'était pas là : l'huissier m'a dit que...

Puis il renoue consciencieusement son foulard gris autour de sa gorge qu'il se racle deux fois avant de poser la question la plus anodine qui soit :

— Rien de neuf ?

C'est en toute bonne foi que Simon joue les étonnés.

— Rien de neuf sur quoi ?

— Eh bien, vos recherches...

Les archives : Dignimont, Otrick, Charlier. Simon hausse les épaules :

— Oh ! mes recherches...

Puis :

— C'est un bien grand mot !

Lorsqu'il s'est ouvert à Melot de sa surprise de voir certains dossiers du service des Archives du ministère aussi outrageusement incomplets, le secrétaire général du Quai d'Orsay a aussitôt pris l'air mécontent qu'exigeait semblable information.

— Vous en êtes certain ?

— Absolument.

— Dans ce cas, je ne vois d'autre solution qu'en parler à l'Inspection, ou alors...

Un silence. Simon, qui devine obscurément que Melot ne tient pas à ébruiter cette découverte, attend que le secrétaire général du Quai d'Orsay achève sa phrase.

— ... ou alors, on pourrait voir avec les services de Pallas ; je sais qu'ils sont eux-mêmes sur une affaire chinoise.

Cette fois, Simon lève brusquement la tête :

— Clément Pallas ? Sur une affaire chinoise ?

L'air faussement étonné du secrétaire général :

— Vous n'en savez rien ? Je pensais que Pallas était déjà venu vous trouver à ce propos.

Mais Simon veut en savoir davantage.

— C'est une affaire de sécurité ?

Le geste évasif de Melot :

— Vous savez, avec ces gens... Mais si vous voulez, je vais leur en parler.

Brusquement, Simon a compris que toute intervention du service que dirige le frère de Jean-René Pallas ne ferait que multiplier les problèmes qu'il rencontre.

— Je vous en prie, n'en faites rien.

Puis, avec un sourire entendu :

— Il vaut mieux que ce genre d'affaire ne soit pas traité ailleurs que dans le cadre du Département, non ?

Saluant Simon à sa sortie du bureau du secrétaire général, Thierry Destutt a noté son nom sur le petit calepin rouge qu'il enfonce dans la poche de son veston : Simon Anglade, après les noms de l'ambassadeur des Pays-Bas, du secrétaire général de la Défense nationale, d'un directeur du ministère de la Coopération et de l'ambassadeur de Roumanie qu'il a connu, jadis, en Chine. Le Roumain lui a fait un geste amical :

— Alors, monsieur Destutt : on ne regrette pas trop Pékin ?

Thierry s'est forcé à sourire :

— Pas trop, monsieur l'Ambassadeur.

A Moscou, Jean-Marie Erlanger a commencé à épeler à son tour les noms de ses amis : Dominique, Thierry lui-même, Antoine, Didier, Beausséant, tout le groupe de la rue de Lille — le moyen, peut-être, d'oublier que le printemps met si longtemps à arriver jusqu'à lui.

Et puis la musique : comme le début d'une autre aventure.

Un nouveau consul a alors été nommé à Leningrad, et Delbart, l'ambassadeur, a demandé à Jean-Marie Erlanger de passer quelques jours au consulat avec lui, afin de mettre au point une méthode de travail entre les deux postes. Leningrad, le petit palais du consulat au bord du canal, le pont qui le traverse, au loin un alignement de colonnes néo-classiques et, autour, le silence.

— On se croirait revenu cent quatre-vingts ans en arrière, lui assure le consul.

Toute la seconde journée, Jean-Marie a marché dans les rues ; c'est presque par hasard qu'il est entré dans la belle librairie aux vitrines d'acajou où l'on trouve parfois — lui a-t-on assuré — quelques vieux livres français. Devant lui, la main d'une jeune femme, d'une jeune fille plutôt, qui cherche dans les rayonnages : Chateaubriand, Musset. Leurs doigts se sont presque rencontrés sur ce volume des *Contes d'Espagne et d'Italie*.

— Je vous demande pardon...

— C'est moi qui vous demande pardon...

Elle a vingt-cinq, vingt-six ans, les yeux pâles, les cheveux clairs et la peau, seulement, si blanche : sait-elle que ces *Contes* de Musset, à la date de 1830 et dans cette reliure romantique, sont un livre rare.

— Vous l'avez trouvé la première.

Elle rit :

— Mais non, c'est vous...

Elle s'excuse, il s'excuse, ils sont debout au milieu de la plus belle librairie de Leningrad, il décide de lui faire cadeau du livre qu'il cherchait pourtant depuis longtemps, elle s'appelle Irina, elle est interprète de français, étudiante en musique, ils sont tous les deux dans la rue, au milieu d'une belle flaque de soleil.

— Je veux être pianiste, précise la jeune fille, et j'habite Moscou...

Face à eux, la colonnade d'un palais néoclassique est illuminée du soleil rose et rasant du soleil qui va tomber dans la Neva.

Simon est revenu au parc Monceau. Sur le même banc devant la colonnade, il regarde les canards glisser sur l'eau. Les petits ont grandi, leur plumage est plus sombre : ils sont moins nombreux aussi.

Jean-François, à quelques pas de lui, observe. Il est neuf heures et demie du matin, les allées sont désertes. Il pense à Lorraine ; il essaie d'imaginer Simon et la jeune femme, et sa main, dans la poche droite de son veston gonflée par le revolver, se crispe sur la crosse tiède entre ses doigts. « Il faut en finir », se dit-il alors. Et il chasse, d'un coup, toutes les pensées qui pouvaient s'agiter en lui.

Il fait deux pas en avant. Les canards filent sur l'eau, droit en avant, laissant derrière eux des sillages en V qui se rencontrent, s'entrecroisent, se brouillent.

— En finir...

Il a parlé à haute voix. Il est à deux mètres de Simon. Les allées sont restées désertes.

Irina, jeune fille russe, a entraîné Jean-Marie jusqu'à la grande salle du Conservatoire où un pianiste qui a fui l'Union soviétique à vingt ans et qui revient au pays pour la première fois, va donner un concert.

— Vous ne trouvez pas que je suis trop hardie ? demande la jeune fille.

Ils sont assis côte à côte dans la salle aux colonnes blanches, les fauteuils bleus, la scène en face d'eux déjà remplie par les musiciens de l'orchestre.

— Trop hardie ? Et pourquoi ?

Elle rit :

— Trop hardie de vous avoir proposé de m'accompagner, comme cela, tout de suite, alors que je ne vous connais pas...

Il rit :

— Il me semble que c'est la première fois, depuis mon arrivée en Union soviétique, que je ne m'ennuie pas.

Il va peut-être continuer, mais le pianiste vient de s'avancer à son tour sur la scène. Les musiciens n'ont pas bougé, quelques rares applaudissements.

— On ne lui pardonne pas vraiment d'être parti, souffle la jeune fille à l'oreille de Jean-Marie.

Puis ce sont tout de suite les premières mesures, menaçantes, terribles, de ce concerto de Mozart où tout *Don Juan*, déjà, tremble ; c'est l'attaque du pianiste et le visage d'Irina, à côté de Jean-Marie, se fige.

Tout le temps que va durer le concerto — le deuxième mouvement, qui devient un murmure — Jean-Marie ne va cesser de regarder le profil de la jeune fille, et l'émotion qui le pénètre est neuve, belle, se dit-il.

« Je devenais vieux, pense-t-il encore, j'en arrivais à parler du temps de ma jeunesse comme s'en souvient un vieil homme ! » La musique, alors, le rondo final qui l'emporte, et les applaudissements qui éclatent, presque violents — des retrouvailles... — puis le visage d'Irina traversé par les larmes. Il a pris sa main, qu'elle lui laisse un instant. « Nos musiques... », se dit-il. Il la regarde.

C'est au tour de Chessman de regarder Iris : la photographe s'est assoupie dans l'un des canapés maculés de taches d'encre, de vin, d'autres souillures ; bouche ouverte, elle ronfle ; Iris n'est plus, à son tour, qu'une vieille femme ivre.

Alors Chessman s'est mis à rire ; de ce rire tonitruant qui lui déchire la poitrine — un peu de sang, à nouveau, sur les lèvres.

— Écrire..., murmure-t-il ensuite : écrire...

Sa table de travail, du papier blanc que parsèment les taches rondes qu'ont laissées les cercles de bouteilles ou les verres sales.

— Écrire...

Sa main droite tremble ; de la main gauche, il l'immobilise ; renverse l'encrier sur la table, trempe sa plume, puis commence : « Mon cher George... » C'est le soir de tous les aveux. D'une main ferme, maintenant, il continue : « Mon cher George, voulez-vous toujours connaître le nom de l'assassin d'Emily ? Eh bien, je crois que je puis vous le dire aujourd'hui, parce que aujourd'hui, immensément, foutralement, je m'en fous... »

Ce soir, à la lueur d'une bougie — la seule qui soit restée allumée — et devant Iris qui cuve son gin sur un canapé de cuir défoncé, John Chessman raconte tout. En quinze, vingt pages, trente qu'il rédigera d'un jet, en une nuit, Chessman décrit le meurtre de la petite sœur éventrée. Il écrit, boit, écrit encore et boit pour se donner la force d'aller jusqu'au bout.

Puis, à l'aube, il s'abat sur sa table. C'est une manière de court roman, de conte très noir, de nouvelle désespérée qu'il vient d'achever — et la nouvelle, le conte, le roman, se termine par un nom, celui de Gerald, lord Avon.

Jean-François Verviers s'est abattu à son tour ; il n'a pas pu. Sur le sommier nu d'une chambre de bonne quelque part dans le XVIIe arrondissement, une chambre qu'il avait gardée, quelques disques, Mozart lui-même parmi les vieux journaux, les tracts, les brochures imprimées du temps de Perdreau : le garçon, les bras en croix, dort. Il a commencé par pleurer longtemps. Le revolver inutile — une balle engagée dans le canon — gît à terre, à même le plancher.

C'était pendant les années londoniennes de Guillaume ; après un dîner chez John Baker, celui-ci l'avait retrouvé sur le Heath.

— Et toi ? avait demandé aussitôt l'Anglais.

— Moi ?

— Oui : toi ? Est-ce qu'il est resté quelque chose du Guillaume qui lisait Segalen et m'écoutait lui lire William Blake dans une maison derrière l'hôpital Rockefeller, à Pékin ?

La lune, à demi pleine, éclairait déjà bien la longue colline bosselée qui montait jusqu'au sommet du parc ; çà et là, des ombres semblaient bouger, presque bleues. Guillaume avait hésité :

— Je ne sais pas, je ne comprends pas...

Alors, le rire triste de John Baker :

— Moi je sais : du John Baker que tu as connu à Pékin, il ne reste rien. Je ne suis plus rien, tu comprends ? J'ai tout oublié de ce John Baker-là, que j'aimais bien pourtant et que tu aimais bien, je crois.

Pendant une demi-heure, plus, peut-être, il avait ainsi monologué sur l'herbe rase. Un chien aboyait, au loin. Et puis des cloches qui sonnaient : il expliquait à Guillaume, qui avait peur de trop se reconnaître en lui, que la Chine lui avait ouvert mille chemins et que, dans le même temps, elle avait tout refermé derrière elle.

— Comme un soleil trop violent, tu comprends ? Le soleil qui vous illumine, vous bouleverse et puis vous brûle, vous aveugle : je suis aveugle, brûlé, sourd...

Un instant, Guillaume crut que son ami anglais allait pleurer.

— « And did those feet in ancient time
Walk upon England's mountains green ? »
Et ces pas ont-ils jadis erré
A travers les vertes collines d'Angleterre ?

Une fois encore — la dernière... — il citait William Blake, puis il partit d'un rire presque méchant, comme s'il se ressaisissait.

— Allons ! Tout cela est absurde ! Je suis un haut fonctionnaire déjà presque puissant au service de Sa Gracieuse Majesté britannique, j'ai épousé une femme riche et belle : que vouloir de plus ?

Et plus jamais, en effet, John Baker n'allait citer William Blake ; plus jamais non plus Guillaume ne lui connaîtrait ces accès de faiblesse.

La Closerie, à deux heures du matin.

— J'aurais dû m'en douter, gronde Patrick Vergnaud, ce type était une lopette.

— Un bourgeois..., répond Max en écho.

En face d'eux, de l'autre côté du bar, Lavenant, Serge, qui discutent sans fin.

— A toi de jouer, petit, ordonne alors Vergnaud.

Puis :

— Essaie quand même de récupérer le revolver.

Alors, Max :

— Et lui, Jean-François ?

Haussement d'épaules du gros homme :

— Bah, lui, il est irrécupérable, pas la peine de se donner la peine de le récupérer.

Shi Jinan l'avait proposé à Charlier :

— Ça vous amuserait de venir nous voir à Chengdu ?

Le diplomate n'avait d'abord pas compris :

— Qui cela, nous ?

Le visage de Shi s'était éclairé :

— Eh bien, M. Chou et moi.

Pendant deux jours, on avait établi les plans du voyage : on prendrait le train de nuit qui circulait entre les deux grandes cités du Sichuan et une voiture des responsables locaux du Kuomintang les attendrait au matin dans l'ancienne ville impériale.

— De là, nous irons voir les grottes de Dazu. M. Chou ne les connaît pas et comme je suis né près de là, je lui avais depuis longtemps promis de l'y conduire.

La surprise de Jean Charlier allait grandissant :

— Mais pourquoi en ma compagnie ?

Shi Jinan avait affecté alors une aussi belle surprise :

— Pourquoi ? Mais parce que votre compagnie est l'une des plus plaisantes qui se puisse trouver en ce moment à Chongqing.

Ils étaient donc partis au soir du troisième jour. Arrêté par un bombardement, le train de nuit avait mis près de vingt heures à rallier Chengdu. Là-haut, un détachement de soldats du Kuomintang, colonel en tête, avait présenté les armes aux deux militants communistes et au diplomate français. Puis on avait mis trois jeeps à leur disposition et, le colonel assis aux côtés de Shi Jinan qui ouvrait la route puis Chou et Charlier dans la seconde voiture, ils avaient quitté les belles rues droites de la ville après en avoir longé les longs alignements de palais aux toits dorés pour s'avancer très vite dans une campagne escarpée, peuplée de myriades de paysans occupés à cultiver les minuscules champs en terrasses gorgés d'eau qui s'élevaient à flanc de montagne comme les marches miroitantes d'un escalier infini. Chou Enlai se taisait : on aurait dit qu'il respirait à proprement parler, comme un oxygène très riche, la beauté des sites qui s'ouvraient l'un après l'autre devant eux. Derrière eux, un fusil-mitrailleur monté sur la dernière jeep fermait la marche.

Arrivé à une manière de col d'où la vue s'étendait sur tous les horizons, Shi avait fait arrêter le convoi ; il avait mis pied à terre et montré, tout en bas, un point minuscule à son ami Chou. Tous deux parlaient très vite, mais Charlier avait compris que Shi Jinan était né dans cette minuscule maison perdue dans les rizières en étages ; comment, partis de là, Shi Jinan et Xiao Shi, son frère, s'étaient-ils retrouvés étudiants à Chengdu, puis militants à Canton, à Paris, à Moscou — et aujourd'hui à Chongqing, dans le sillage de l'habile diplomate qu'était Chou Enlai ? Ce fut lorsqu'ils se retrouvèrent tous en voiture que Chou expliqua à Charlier ce que la France aurait à gagner d'une neutralité bienveillante à l'endroit des communistes chinois qui traversaient la frontière indochinoise. Puis, lorsqu'ils déambulèrent à travers les grottes de Dazu où des paysans allumaient des offrandes devant des bouddhas peints, Chou et Shi s'éloignèrent en avant ; resté seul avec le colonel, Charlier eut la surprise d'entendre celui-ci faire l'éloge de leurs deux compagnons.

— Je croyais que vous autres, soldats du Kuomintang, haïssiez les communistes ?

Le colonel — il s'appelait Chang Malin — avait allumé une cigarette :

— Il y a soldats du Kuomintang et soldats du Kuomintang, comme il y a communiste et communiste.

Ils n'étaient revenus que le lendemain soir à Chengdu : le soleil se couchait au bas de la montagne qu'ils allaient dégringoler par une mauvaise route et le ciel tout entier était strié sur l'horizon de barres violettes et mauves, oripeaux déchirés d'un très ancien décor que le feu, quelque part un jour, aurait dévoré...

La première fois, ç'avait aussi été un éblouissement. Gérard Melot n'était pas depuis quinze jours à Phnom Penh qu'il avait voulu voir

Angkor. Un avion de l'armée régulière khmère l'avait conduit à Battambang et de là, une grosse limousine noire...

On l'avait installé à l'Hôtel des Temples, mais il n'avait même pas pris le temps de défaire sa valise. Un pousse à vélo l'avait tout de suite conduit au Bayon. Alors, dans le silence qui semblait s'abattre de très haut dans le ciel, il s'était avancé, à pied, vers ces pierres dévorées par le temps, la lèpre des roches, la végétation qui les envahissait de toutes parts. Une émotion qu'il n'avait jamais connue auparavant le bouleversait ; il était à l'affût de tout, du plus petit sourire d'une danseuse de pierre comme du frémissement d'une feuille, de l'appel d'un oiseau.

Plus tard, il dira :

— Le temps, pour moi, s'est arrêté dans les ruines du Bayon.

A minuit, sous la lune, il était encore à errer parmi les pierres, foudroyé par tant de mystère.

A Chengdu immense et blanche, jaunie avec les années, la statue de Mao Tsétoung se dresse toujours sur la place principale : elle semble un signe venu de très loin, génie, dieu d'un autre temps, qui est là, quand même et malgré tout, et qui bénit.

Juillet 1954, Genève. Dans le hall du Grand Hôtel de Bergues, parmi les négociateurs vietnamiens qu'entourent les principaux chefs de leur délégation, un homme petit, très jeune, au visage très rond ; lui seul semble un peu perdu comme si, loin de la jungle et du combat, il était de ces hommes que la jungle des villes effraie. A quelques pas de lui, attendant l'arrivée d'un interlocuteur à qui il doit soumettre un texte préparé pendant la nuit, Gérard Melot, qui suit désormais Pierre Mendès France comme une ombre. Le petit M. Lou et Gérard Melot se trouvent subitement l'un à côté de l'autre ; un journaliste français bouscule Melot qui échappe son discours : le petit M. Lou et Melot se penchent en même temps, se relèvent en même temps, confus, en riant.

Ils vont boire un verre ensemble au bar, tandis que la foule des journalistes cherche à tirer un mot, un seul, du président Mendès qui passe, souriant.

— J'étais à Diên Biên Phû..., dit tout de suite M. Lou.

Puis, comme s'il voulait se le faire pardonner par son nouvel ami français :

— Mais je ne suis pas vietnamien ; je suis né Chinois, au Cambodge ; tout à côté de Battambang.

Comment M. Lou, Cantonais né près d'Angkor, s'est-il retrouvé parmi les assaillants du camp retranché de Diên Biên Phû ?

C'est, probablement, une autre histoire.

Plus tard, ambassadeur à Phnom Penh, Gérard Melot retrouvera M. Lou, revenu chez lui, au Cambodge.

— Il faut bien choisir un jour de revenir, non ?

Lorsque Jean-François Verviers a fini par revenir à Montfort-l'Amaury, il a trouvé Julie seule dans la cahute.

— Et Max ?

La fille, les yeux brillants, la bouche mauvaise — quelle fièvre, à son tour ? — a éclaté de rire :

— Parti ! Pfft ! Pris le maquis, le beau Max avec son doigt coupé !

La main droite de Jean-François, serrée sur la crosse tiède du pistolet.

C'était Otrick, bien sûr — et nul n'en doute plus désormais —, qui avait fait capoter l'affaire de Chongqing. Il avait rencontré Jean-René Pallas dans un bar de Hanoi où se retrouvaient des soldats de tous bords, des trafiquants, des colons.

— A vous de jouer, mon vieux. Faites passer le message à Paris : leur Charlier est un homme généreux, plein d'idées, mais c'est un utopiste. Jamais personne, dans les rangs et à plus forte raison dans la hiérarchie du parti communiste chinois, ne pourra prendre ses rêves au sérieux.

Autour d'eux, des putains. L'une d'elles était belle. Pallas s'était levé :

— Vous permettez ?

Il avait dit quelques mots à la fille, arrangé un rendez-vous, puis était revenu vers Otrick.

— Je vous demande pardon, il y a deux sortes de pulsions auxquelles je n'ai jamais pu résister : le désir et l'envie de rire. La première sera satisfaite ce soir, la seconde dès mon retour à Paris, je vous le promets.

Cette nuit-là, couché de travers sur le corps de la fille, Jean-René Pallas lui avait dit, à l'oreille, de ces noms que l'on donne à des femmes aimées. La fille était vraiment très belle ; elle avait dix-sept ans, s'appelait Fang.

— Je te quitterai demain, Fang, avait dit enfin Pallas avant de s'endormir, mais il faut bien que tu saches que c'est en toi que je laisse ce que j'ai de meilleur : mon désir. Le reste...

Il avait eu presque un sanglot.

— Le reste est si laid !

La fille somnolait, les yeux clos. Alors Jean-René Pallas avait eu un énorme éclat de rire, puis il s'était endormi à son tour.

Chessman l'avait appris à Guillaume : le père de John Baker, ce Cedric qui, membre des services secrets britanniques pendant la guerre, était mort lorsque son fils avait sept ans, s'était suicidé.

— Une balle dans la tête, à son cabinet de travail : comme Otrick, avait expliqué Chessman.

C'était à Whitehall, au-dessus de Trafalgar Square, un envol de pigeons...

— La mère de John a fait alors une chose insensée et que personne n'a jamais comprise : aussitôt avisée de la mort de son mari, elle a débarqué dans le bureau du supérieur du malheureux avec son fils accroché à ses basques.

Et cette Jane Baker, qui avait reçu de son mari de si belles lettres, avait si bien crié et pleuré dans le bureau du patron de son mari que celui-ci n'avait pu l'empêcher de la laisser entrer dans la pièce où Baker s'était suicidé. On venait de retirer le corps, il y avait la tache de sang sur la table de travail, le sang sur la moquette, le sang qui avait éclaboussé une carte du monde, derrière le fauteuil.

— Toute sa vie, John a gardé l'image de cette carte du monde, tachée de sang.

Le rire de John Baker : colossal.

Il nous reste les dîners en ville : la mère de Bernard de Beausséant, Gladys de Beausséant, née Baudoche, possède une collection de peintures surréalistes célèbres et, dans la salle à manger, trois Tanguy se font face pour célébrer une manière de monde désert.

Simon s'est retrouvé assis à côté de Raphaële, la femme de Gérard Melot. On l'a dite longue et pâle : Raphaële Melot ressemble un peu à ce qu'a été Lorraine, et le cœur de Simon a battu.

— Vous aussi avez été en poste au Cambodge, je crois ? remarque la jeune femme.

Un léger accent étranger (suisse ?) teinte sa voix. Simon porte à ses lèvres un verre d'un sauvignon un peu trop rustique pour la table d'une Gladys de Beausséant.

— Non, pas au Cambodge, en Chine ; et je n'y étais pas en poste ; à l'époque je travaillais pour le gouvernement chinois.

Plus tard, au moment du café où ils se sont retrouvés près d'une cheminée, Melot les rejoindra :

— Raphaële m'a dit que vous lui aviez raconté des choses passionnantes sur la Chine !

Puis, se penchant vers sa femme :

— Depuis plus de vingt ans qu'il a quitté la Chine, notre ami Simon vit toujours à l'heure chinoise.

Un maître d'hôtel en veste blanche passe des liqueurs, un vieux cognac que Melot hume longuement avant d'en boire une gorgée.

— Ce qu'il ne t'a pas dit, notre ami Simon, c'est qu'il mène tout à la fois une enquête sur la Chine d'hier, une aventure avec la Chine d'aujourd'hui et qu'il trompe parfois la Chine de toujours avec nos amis cambodgiens : une vie d'enfer, quoi !

Surpris par le ton du secrétaire général — cette indiscrétion, aussi, comme calculée, devant sa femme... —, Simon s'est brusquement redressé.

— Simon est un homme merveilleux qui saura bien, le moment venu, choisir entre les trois vies qu'il s'invente, et il aura alors ma bénédiction.

D'un coup, Melot a tourné les talons, laissant de nouveau Simon en tête à tête avec sa jeune femme. Celle-ci a un petit rire :

— Tout cela est un rébus pour moi : dois-je en conclure que vous avez quelques différences d'opinion avec mon mari ?

Simon a retrouvé tout son calme.

— Pas le moins du monde, chère madame : votre mari et moi sommes comme les deux doigts de la main droite d'un bouddha de pierre qui lève la main pour bénir : rien ne peut se faire en Extrême-Orient sans notre double bénédiction.

— Est-ce que tu hais vraiment cet homme ? demandera plus tard Raphaële Melot à son mari.

Le secrétaire général est en train d'allumer une dernière cigarette avant de se coucher.

— Oh ! non, je ne le hais pas. D'une certaine manière, peut-être que je l'envie ; c'est pour cela que je ne lui pardonne rien !

La voix de la jeune femme, déjà étendue sur le lit : elle est nue, un drap simplement relevé jusqu'à mi-corps.

— Est-ce que ça ne serait pas plutôt lui qui pourrait un jour avoir quelque chose à te pardonner ?

Le lendemain, c'est seulement une ligne qu'il notera sur le cahier qu'il a tiré du coffre-fort entre les doubles fausses portes qui donnent sur le palier du troisième étage : une ligne de six mots, à l'encre violette.

Puis il posera côte à côte devant lui les deux photos, celle de Raphaële, vivante, et celle de la petite Marie, morte. Il sursautera lorsque Thierry Destutt passera une tête dans l'entrebâillement de la porte.

— Vous ne pouvez pas me foutre la paix, à la fin !

— Il ne s'agit pas de tenter, tant bien que mal, de parler de la Chine, dit Lavenant ; ni même de la reproduire ou de s'évertuer vainement à la raconter, mais bel et bien de l'imiter : je, tu, il, nous, vous, tous ensemble, ils imiteront — nous l'imitons déjà.

Sans même s'inquiéter des risques d'écoute — ici ou là-bas... —, Jacques a appelé Guillaume à Pékin. Leur conversation téléphonique a duré quarante minutes : pendant quarante minutes, c'est du projet né à Chongqing en 1945 dans la tête de Jean Charlier qu'ils ont parlé. L'évolution politique en Europe orientale, les initiatives de M. Gorbatchev et la perestroïka ne pouvaient pas ne pas avoir de conséquences sur la situation en Indochine, et en tout premier lieu au Cambodge.

— Il faut aller vite, maintenant, remarque le directeur d'Asie : très vite. Sinon toute l'affaire chinoise risque à nouveau de capoter.

« Amené à choisir un soutien sans faille à leurs alliés Khmers rouges et un règlement du conflit, Pékin devra faire la part du feu : avant que Deng Xiaoping ou son successeur se retrouvent ainsi au pied du mur, il importe que la négociation entreprise par le canal de M. Liu et de ses amis ait abouti. Sinon...

— Sinon ?

La voix de Guillaume résonne dans le récepteur téléphonique, prolongée d'un long écho.

— Eh bien, sinon même nos plus fidèles amis se découvriront peut-être d'autres priorités.

Après les quelques jours que Jacques a passés à Pékin, ses liens avec Guillaume ont fait plus que se resserrer : c'est une véritable complicité qui s'est désormais établie entre eux et que l'inquiétude, depuis quelques jours, cimente.

— Tu crois qu'il faut accélérer les choses ?

Le même écho, au-delà de la voix de Guillaume. D'un geste de la main, Jacques a écarté Laroche qui avait poussé la porte de communication avec le bureau du secrétaire.

— J'en suis convaincu, et la seule chose à faire...

La seule chose à faire : faire venir à Paris celui que M. Liu et M. Shi ont jour après jour tenu informé de l'affaire et qui, au faîte — ou presque — de la hiérarchie du parti communiste chinois, aura peut-être les commandes demain.

Le rire de Jacques Benoist :

— Alors ? Tu me l'organises, ce voyage ?

Et puis, avant de raccrocher :

— Mais, à ce stade, nous sommes bien d'accord : pas un mot à qui que ce soit.

L'autre voix, en écho :

— A personne.

Le directeur d'Asie et l'ambassadeur de France à Pékin ont raccroché en même temps. Puis Jacques Benoist a appelé sa secrétaire :

— Passez-moi le secrétaire général.

Un instant encore, et :

— Je viens d'avoir Pékin ; Guillaume va revoir les représentants de Pol Pot dès demain.

Le mensonge n'est après tout que la forme la plus élémentaire de la diplomatie et Jacques Benoist comme Gérard Melot sont tous deux trop fins diplomates pour ne pas le pratiquer entre eux à l'occasion...

Une à une, les pièces de ce jeu fabuleux se mettent en place comme sur un échiquier à la mesure d'un pays-continent que l'espace de la scène peut pourtant résumer.

— Toi, Meifang, suggère Lavenant, tu vas te lever à l'entrée de Léo et aller vers lui, l'embrasser, que sais-je ? Trouve quelque chose...

Puisque Meifang, venue pour voir, a fini par rejoindre la troupe de comédiens d'occasion qui jouent déjà leur propre rôle.

Plus tard, au Coq, place du Trocadéro, devant des sandwiches et des verres de bière, ils diront :

— Peut-être qu'à nous quinze — car ils ne sont que quinze : Léo, Cécile, Meifang, Lavenant lui-même et leurs autres compagnons — nous pourrons imiter tout un peuple.

Serge, à l'écart, ne dit plus rien.

Du côté de cette ville lointaine dressée sur un piton quelque part au nord de Sanaa : les sables, le rocher, la piste taillée dans le roc et Jean-Michel Hessing, enfin parvenu au sommet, avec cette jeune Yéménite entre deux mondes, Yasmina.

Trois virages encore, deux virages, un dernier et la cité est apparue, debout sur son piton, ville levée, droite, maisons de pierre hautes comme des tours et que décorent des plaques d'albâtre à l'endroit des fenêtres, des frises de pierre plus sombre.

— La Cité, dit Yasmina.

Avant de sauter à terre, elle s'est appuyée un instant contre l'épaule de Jean-Michel — et Jean-Michel, la voyant bondir hors du camion, a pensé : une petite chèvre... Et c'est vrai que Yasmina, parvenue enfin à Chahara, saute sur place, tourne, s'ébroue, regarde, s'exclame et fait un saut encore comme une petite chèvre sauvage, un cabri soudain lâché en liberté.

— Venez, dit-elle.

Et Jean-Michel vient. Il s'avance vers les premières maisons, plus hautes encore, et tout devient silence. Des enfants sont venus à leur rencontre — petites filles voilées de noir —, silencieux, des hommes, certains en armes, des femmes voilées, un âne, une chèvre : il n'y a rien, ici, que le rocher et les maisons plantées à son sommet, sur le ciel. De loin, très loin, là-bas, la plaine ; et puis, çà et là, sur d'autres rochers et jusqu'à l'horizon, d'autres villages debout.

— Mais aucun ne ressemble à Chahara, explique Yasmina.

Un homme s'approche, serrant la main des voyageurs. Il dit un mot en français :

— Bienvenue.

— C'est l'aubergiste du village, remarque Yasmina ; c'est aussi une sorte de sage...

De la main, il leur fait signe de le suivre. A la porte de ce qui est bien l'auberge, deux très jeunes femmes, vêtues de noir, masquées de noir, elles aussi.

— On va vous montrer vos chambres.

Yasmina commente des images muettes et Jean-Michel pense à ces villes idéales, ces cités abstraites qu'on voit sur des marqueteries en Italie, le palais de Laurana d'Urbino ou bien, à Urbino encore, ces peintures nues et vides, inspirées, où tout est beauté d'un mur, d'un arc, d'une coupole.

Soudain, sans savoir comment, Jean-Michel Hessing s'est retrouvé seul. Les autres, l'aubergiste, Yasmina elle-même semblent avoir glissé, très loin de lui, dans le même silence.

— You come...

C'est la plus petite, la plus menue des deux jeunes femmes en noir qui lui a adressé la parole en anglais ; elle seule est restée près de lui et elle l'entraîne maintenant dans l'escalier très sombre qui occupe tout le centre de la maison. A chaque palier, des tapis où des hommes, déjà, fument ou mâchent le qat ; des pièces communes, des chambres, murs nus, salpêtre, tapis.

— Ici.

Cette fois, c'est un mot français que la gamine prononce à son tour. Car c'est une gamine, en effet. Seule avec le Français dans la pièce qui servira de chambre à celui-ci, elle a fait glisser le masque qui lui cachait le bas du visage, et elle sourit, sourit, sourit éperdument. « Elle n'a pas quatorze ans... », pense Jean-Michel.

La petite fille, sans cesser de sourire, le prend par la main, lui montre la pièce, les coussins qui tiendront lieu de lit, elle dit :

— Ici.

Et ce sourire éblouit Jean-Michel Hessing dont le cœur, subitement, bat très vite.

— Ici..., répète la petite fille.

A Chahara, le temps pourrait s'arrêter.

A Paris, il dure, horriblement.

Thierry Destutt bâille. Il a déjeuné au Quai d'Orsay, un restaurant proche du ministère, où Bernard de Beausséant l'a invité « en souvenir du vieux temps », et, à deux, ils ont bu un de ces bordeaux dont Thierry Destutt disait jadis que c'était l'une des gloires de cette terre. Aussi, deux heures après et dans son bureau qui jouxte celui du secrétaire général, Thierry bâille-t-il.

— L'ambassadeur de Roumanie ! lance l'huissier qui vient d'entrouvrir la porte.

Thierry s'est réveillé en sursaut. La règle du jeu exige qu'il se rende dans l'antichambre au superbe Poliakoff bleu et gris pour attendre en compagnie de l'ambassadeur et du sous-directeur d'Europe qui est venu l'accueillir, que Melot fasse entrer ses visiteurs.

— Tiens ! Thierry !

Une fois encore, Thierry Destutt a sursauté ; puis il a reconnu Mircea Corneu, croisé lui aussi à Pékin. Corneu sert aujourd'hui d'interprète à l'ambassadeur de Roumanie.

— Je ne savais pas que vous étiez resté en France !

C'est un homme d'une quarantaine d'années, au beau visage un peu lourd. Tous deux échangent encore quelques mots avec l'ambassadeur puis, au moment où retentit la sonnette annonçant que le secrétaire général est prêt à recevoir ses hôtes, l'interprète :

— Il faudra nous revoir, n'est-ce pas ? Ça fera si plaisir à Aurelia.

Thierry avait oublié Aurelia, la femme de Corneu, belle aussi, un peu grasse, un peu mystérieuse.

— Ça me fera plaisir aussi, oui.

La porte capitonnée du bureau du secrétaire général s'est déjà refermée ; Thierry a regagné son antichambre, sa somnolence.

Julien est allé la chercher au train de midi à Saint-Lô. Toute pâle, les cheveux noirs, la même robe noire que celle qu'un jour Simon lui a vue à Bloomington, Laura, la petite violoniste américaine, a débarqué, son instrument sous le bras, un simple sac à la main.

— J'ai eu l'idée..., commence Julien, qui l'a tout de suite reconnue.

La jeune femme ne lui laisse pas le temps de finir :

— C'est une bonne idée.

Elle monte à côté de Julien dans la vieille deux-chevaux à demi défoncée, et pose devant elle, sous ses genoux, l'étui de son violon.

— Jamais, depuis son départ, Lorraine ne m'a donné de ses nouvelles, dit-elle.

Sans quitter des yeux la route — le bocage normand, des haies vives, un pré que coupe brusquement une rangée de peupliers — Julien répond :

— Je suis désolé de n'avoir que ces nouvelles-là à vous donner.

Trois jours auparavant, Julien a téléphoné à la jeune fille, la suppliant de venir à Charny :

— C'est peut-être la dernière chance.

Et Laura est venue.

Jean-Michel Erlanger, lui, est revenu à Moscou. Mais certains soirs, il prend le chemin de lointaines banlieues, bien après le stade Dynamo, le long de ces avenues trop larges qui semblent ne conduire qu'à d'autres avenues aussi larges, aussi vides, aussi grises.

La maison où habite Irina — qui lui a laissé son adresse sans hésiter : « C'est cela, vous viendrez me voir : voir comment on vit avec cinquante roubles par mois ! » — donne sur l'une de ces avenues ; son appartement est au cinquième étage et l'ascenseur est toujours en panne. Elle partage là deux pièces avec une jeune interprète de chinois, Sonia, et Sacha. La première fois qu'elle a parlé de Sacha, Jean-Marie a sursauté :

— Vous êtes mariée ?

Elle a rougi :

— J'étais mariée ; j'ai divorcé : Sacha est mon fils, il a deux ans.

Dans la pièce qu'elle occupe, un piano droit prend à peu près toute la place : coincés contre un mur, son lit et celui de Sacha, placés tête-bêche.

— Heureusement, Sonia est souvent absente. Alors, je dépose Sacha dans sa chambre.

Pour le reste : une armoire, deux chaises, des piles de livres, des assiettes, des casseroles sales :

— Je n'ai jamais le temps de faire le ménage.

Elle s'excuse en rougissant encore. Le volume de Musset est à la place d'honneur, à la tête du lit.

— Lorsque je dis que c'est mon livre de chevet, je ne mens pas.

Et puis, le piano, au milieu de tout cela : étroit et gigantesque. Lorsque Jean-Marie arrive, elle lui offre du thé, parle de son pays, l'Union soviétique, la Russie. Elle parle de Dieu, aussi, car elle est croyante et vient d'être baptisée :

— On baptise beaucoup, en ce moment, chez les Soviétiques : c'est aussi une façon d'être russe !

Elle parle enfin de musique.

— J'ai un peu appris les *Années de pèlerinage*, si vous voulez entendre.

Elle s'excuse encore :

— Je joue mal, vous savez.

Un *Sonnet de Pétrarque*. L'émotion de Jean-Marie. La musique.

Miguel a fait alors deux pas dans la pièce :

— Messieurs, lance-t-il dans son espagnol guttural, je vous présente mon ami André Verviers. Bien que diplomate, je le crois plus que digne de venir nous rejoindre.

Verviers à son tour est sorti de l'ombre. Face à lui, le feu qui brûle dans une vaste cheminée néogothique et ces huit ou dix vieux messieurs, enfoncés dans ces gros fauteuils de cuir qu'on appelait, du temps de sa jeunesse, des fauteuils-club. Autour d'eux, partout, immense, jusqu'au plafond à caissons, la bibliothèque dont les ultimes rayonnages, loin au fond de la pièce, se perdent dans la pénombre.

— Voilà Arthur Sacks, qui est anglais et qui a vécu en Chine, figure-toi ; Jim Merton, citoyen des Amériques — mon ami André Verviers.

Et puis Leopoldo Torre-Molina, Gunther Serence : un à un, les vieux messieurs se lèvent, serrent la main tendue, prononcent quelques phrases banales en français. Dehors, la mer, encore, les vagues qui remuent doucement dans la nuit : la villa où Miguel Carros a emmené Verviers est à une heure, pourtant, du centre de Montevideo.

— D'une certaine manière, dit Miguel, on peut dire que nous formons un club. Un groupe d'amis, au moins.

Il tend à Verviers un verre de cognac très sombre.

— Nous nous retrouvons une fois par mois, et je crois que ça nous suffit parce qu'il faut que je te fasse un aveu : nous sommes tous devenus si vieux que nous nous trouvons vraiment trop laids !

Jadis, George Mulley était un habitué des déjeuners du dimanche de Stefania Baker. La terrifiante euphorie de celle-ci multipliée par les silences, désormais, de son mari, l'intriguait.

— Il y a, disait-il à Chessman, dans l'œuvre de Henry James, un court roman, peu connu, qui s'appelle *The Sacred Fount,* « La Fontaine sacrée » ; on y voit des couples se modifier avec les ans : celui qui était fort devient plus faible et l'autre — le mari ou la femme — que le narrateur du livre avait connu timide, introverti, prend l'avantage et c'est lui qui mène la barque à son tour. C'est ce qui s'est passé entre John et Stefania.

Rire de Chessman.

— Une histoire de vampire ?

— Pas seulement, pas seulement...

Arrivé le premier dans la maison du haut de Hampstead un dimanche matin, George Mulley avait trouvé Baker assis dans son fauteuil, une bouteille de sherry à la main. Autour de lui, épars sur la moquette, les feuillets de l'*Observer* et du *Sunday Times* qui relataient un beau crime politique, à l'autre bout de la planète.

— Je me demande parfois, avait remarqué Baker, si je serais capable de tuer un homme...

Un silence, puis la réponse qu'il s'était faite à lui-même, devant Mulley d'abord stupéfait.

— Je crois que oui... Oui : en définitive, je crois bien que oui.

Otrick avait fait le voyage de Florence pour rejoindre Bernard Lew qui lui avait promis de l'aider à trouver une maison en Toscane et, tous les deux, ils parcouraient la campagne autour de Florence à l'arrière d'une Silver Ghost conduite par un chauffeur en livrée blanche qui s'appelait Bettino.

— Un jour, avait dit Otrick, je sais que je voudrai me reposer ; jeter l'ancre : m'arrêter, en somme.

Lew, à ses côtés, fumait une cigarette égyptienne avec un sourire en coin :

— Vous arrêter, vous, mon cher Otrick ? Vous vous moquez de moi ! Jusque sur votre lit de mort, si vous me pardonnez de faire allusion à un si fâcheux événement, vous aurez encore dix rendez-vous dans la journée, vingt lettres auxquelles il vous faudra absolument répondre — il avait dit *ab-so-lu-te-ly* en anglais, séparant chaque syllabe — et autant de coups de téléphone à passer à des femmes qu'il sera peut-être nécessaire de décommander.

Mais Otrick était grave.

— Je suis fatigué, Bernard ; peut-être aussi que j'en ai assez de cette vie-là.

Aussi gravement que lui, l'Anglais avait répondu, en soufflant de côté une bouffée de fumée.

— Je vous dirai alors d'en choisir une autre : je ne suis pas de ceux qui vous connaissent le mieux, Jan, mais je vous connais au moins quatre vies ! Vous avez le choix.

Otrick n'avait rien dit d'un moment. Ils arrivaient à une belle maison crépie en jaune au bout d'un chemin. C'était un double cube parfait, avec ses bordures de fenêtres, le cadre de sa porte et le blason au milieu en *pietra serena* grise. Des terrasses aux balustrades de pierre descendaient jusqu'à un jardin envahi par les herbes. A droite de la maison, on devinait une grande *limonaia* où ranger en hiver les dizaines de citronniers en pots qui peuplaient le jardin. Une fontaine chantait, dans une vasque, sous une fresque à demi effacée.

— Ce sera ici, dit Otrick.

Et ce fut là, en effet.

— Face à l'ordre toscan, âpre, rigoureux, exigeant, dit le soir même Bernard Lew à Otrick, je ne vois que l'ordre de la Chine du Nord capable de lui répondre. Ici, ces rangées de cyprès, ces collines, le crépi de votre villa et la *pietra serena* d'un chapiteau, la voûte blanchie, le Christ d'un Donatello qui se dresse dans la pénombre d'un couvent et le cloître dehors, lumineux, fragile, éclatant, éternel — et à Pékin ces vagues de palais qui succèdent à des vagues de palais, ces villes dans la ville et la cité, unique, au cœur de la cité : immuable.

M. Liu s'est levé difficilement ; il a tout juste passé un peu d'eau sur son visage, bu un verre d'eau chaude, puis il a quitté la petite maison qui lui sert de refuge contre l'autre partie de lui-même : celle qu'il déteste parfois car, secrète par nécessité — son travail, ses rencontres, les plans qu'il échafaude —, elle est pourtant la moins secrète.

Trottinant dans le hutong gris de poussière, il a marché vingt bonnes minutes avant d'atteindre la porte du docteur Ma.

Celui-ci paraît l'attendre. Les deux hommes resteront seuls une bonne heure.

Plus tard, dans l'après-midi, M. Liu demandera à son chauffeur de le conduire directement au siège du Comité central du Parti. Il sait qu'à cette heure il trouvera celui qu'il cherche en réunion avec les trois ou quatre seuls collaborateurs en qui il ait vraiment confiance ; il sait que celui-ci l'accueillera, une cigarette aux lèvres, le fera asseoir au bout de la table en le priant de lui permettre de terminer sa réunion ; puis que l'homme qui, demain peut-être, aura en main les destinées de la Chine lui adressera le vieux sourire complice que, plus jeune que lui de trente ans, il a toujours pour celui qu'il appelle son vieux maître.

— Alors ?

Il y aura un silence. M. Liu sentira peut-être battre son cœur un peu plus fort ; si c'est vraiment nécessaire, il tirera de sa minuscule tabatière d'argent l'une de ces pilules brunes que le docteur Ma lui a données tout à l'heure, il expliquera enfin la raison de sa visite : son tête-à-tête de la veille avec l'ambassadeur de France — et ce projet de visite en France.

Celui qui ne tient pas encore tout à fait en main les destinées du peuple chinois allumera une autre cigarette, et :

— Vous ne descendez pas ?

M. Liu a brusquement sursauté. Sa voiture vient de s'immobiliser devant le perron de pierre qu'il connaît bien ; son chauffeur a ouvert la portière ; précautionneusement, M. Liu met un pied à terre : il est arrivé, oui.

Des voix pourtant s'élèvent : écrivains, chercheurs, hommes de science qui signent des programmes, des manifestes...

— Après ce que ces vieux sages ont osé faire, remarque Xiao Qin qui n'a plus rien du « petit Gilles » de la maison fleurie près du marché de l'Est, tous les intellectuels, professeurs, étudiants, jusqu'au plus humble des traducteurs — il a eu un sourire pour parler de lui-même — doivent leur emboîter le pas.

Multiplier les pétitions, les protestations : les défis, en somme.

— Les défis ?

Meilin, qui fait partie du groupe réuni ce matin à la faculté des langues étrangères, a, la première, lancé le mot.

— Les défis, oui...

La petite Wang Li, Liu Ting ont tour à tour donné leur avis :

— Ceux qui ont eu le courage d'élever publiquement la voix, poursuit Meilin, étaient parfois de très vieux maîtres : peut-être serait-il temps de montrer que la jeunesse de ce pays respecte assez ceux qui lui ont montré le chemin en allant plus loin qu'eux.

Bien sûr, à ce moment, la jeune femme pense aux quarante hommes de science qui ont élevé la voix, mais peut-être pense-t-elle aussi à son grand-père ; peut-être pense-t-elle encore à Chou Enlai, leur unique grand mort à tous. Ou à ce Hu Yaobang, secrétaire général du Parti contraint à s'effacer deux ans et demi plus tôt parce que lui aussi osait dire à voix haute la même chose qu'eux — et qu'ils n'avaient alors pas su aider.

Laroche est en mission à Hô Chi Minh-Ville. Officiellement, il doit se rendre au Cambodge pour négocier l'ouverture d'une antenne culturelle française à Phnom Penh : l'idée d'une conférence internationale sur le Cambodge fait son chemin.

Dans le hall de cet ancien hôtel qui sous la poussière a gardé ses ors et ses stucs, un homme, jeune encore, est plongé dans la lecture d'un numéro du *Monde* vieux de trois mois. Laroche vérifie qu'il porte bien comme convenu une fleur rouge à la boutonnière, puis vient vers lui.

— Vous êtes Oskar van Otrick, n'est-ce pas ?

Oskar a acquiescé.

— Et vous n'avez pas peur que les Vietnamiens en veuillent à votre peau ?

L'autre a répondu d'un rire mauvais.

— Ne vous inquiétez pas pour moi : j'ai déjà eu la peau de quelques-uns de ces salopards, et j'en aurai encore quelques autres, avant qu'ils aient la mienne.

Mais Laroche n'est pas homme à s'émouvoir sur le sort d'un autre, fût-il un complice ; il l'a tout de suite interrogé :

— Alors ? Vous avez quelque chose d'intéressant pour nous ?

Il a dit « nous ». Oskar tient toujours, enveloppé maintenant dans un sac en plastique, la tête de la petite apsara. Il la serre plus fort de ses deux mains.

— Comment voulez-vous que je trouve quoi que ce soit en ce moment ? Vous l'avez dit vous-même : les Viêts sont à mes trousses.

Laroche a montré le sac en plastique, les linges rougis.

— Et ça ? Rien de particulier ? Si vous avez besoin d'argent...

Mais Oskar van Otrick s'est levé. Il est très pâle.

— Il n'y a rien là qui puisse vous intéresser. Je vous revois après-demain. Peut-être, alors...

Laroche avait voulu le suivre hors de l'hôtel, dans la rue, mais en quelques secondes, Oskar avait disparu dans la foule qui se pressait parmi les bicyclettes, sur les trottoirs et sur la chaussée.

— Si je vous disais, fait remarquer Miguel Carros à Verviers qu'il raccompagne chez lui en voiture, que chacun de ces vieux messieurs que vous avez rencontrés tout à l'heure, Sacks plus britannique que nature comme notre ami Gunther, né à Nuremberg et immigré ici voilà plus de soixante ans, a tué un homme.

Verviers écoutait distraitement ; dans les maquis d'Auvergne, aux côtés de Simon : cette sentinelle allemande à l'entrée du tunnel du Lioran, d'un seul coup de couteau.

— Ce n'est pas ce dont je veux parler : chacun de ces hommes a froidement, calmement, délibérément tué un autre homme.

Verviers avait souri. Il se sentait bien, reposé. Il savait que sa table de travail l'attendait, une feuille de papier blanc, le souvenir d'Irène : cette nuit, il ne voulait pas en savoir plus.

— Vous êtes un drôle de bonhomme, Miguel. Et vos amis sont de drôles de bonshommes aussi.

Un nuage, brusquement, qui se déchire : un éclair, et le noir absolu.

Ainsi Clément Pallas est-il entré encore une fois dans le bureau de Simon.

— J'espère que vous pardonnerez ma visite, mais aujourd'hui celle-ci n'est pas qu'officielle.

Il a quand même ri pour préciser :

— Si tant est qu'il y ait quelque chose d'officiel dans mes fonctions.

Il n'a même pas pris la peine de serrer autour de sa gorge son foulard de soie grise pour continuer :

— En effet, je ne crois pas qu'il soit bon pour personne, voyez-vous, de poursuivre les recherches que vous avez entreprises. Le présent est déjà assez difficile à assumer pour ne pas l'alourdir du poids du passé.

Il a parlé d'une seule haleine, sans s'arrêter, et paraît subitement épuisé, comme stupéfait de sa propre audace.

— Vous vous occupez en ce moment d'une affaire que nous jugeons tous importante : tenez-vous-en là, si vous voulez bien. Ou alors...

Il n'y a aucune menace dans sa voix, il énonce simplement des faits.

— Ou alors ? a demandé Simon.

Clément Pallas a repris son souffle.

— ... Ou alors, le poids du passé balaiera tous les espoirs du présent.

Il s'est levé d'un geste raide d'automate et a, cette fois, pris le temps de renouer son foulard avant de sortir :

— Je vous salue, mon cher Simon.

La porte s'est refermée doucement sur lui : un coup de tonnerre, pourtant, dans le ciel du présent.

— Jadis, murmure Bernard Lew, on osait raconter des histoires.

Il a acheté dans une boutique du Lungarno Accaccioli un de ces gros cahiers florentins reliés de cuir, qui font les délices des touristes, il en a coupé soigneusement les pages puis il a sorti de sa poche le vieux stylo Waterman à réservoir qui était déjà le sien quand à Pékin... Il en a dévissé le capuchon et, sur la première page, il a écrit la première phrase : « Je suis né dans le Yorkshire un matin de février ; la neige... »

Mais déjà sa plume retombe : si, à plus de quatre-vingt-cinq ans, sir Bernard Lew veut enfin rédiger ses mémoires, c'est pour sauver ce qui peut être sauvé — et parler de la Chine.

Dans le hall de l'ancien hôtel colonial d'une ville qui fut un jour Saigon, c'est Oskar, ce matin, qui a abordé Laroche. Et qui l'interpelle :

— Alors ?

— Alors, quoi ?

Le jeune homme a retrouvé toute sa morgue de diplomate sûr de la mission qu'on lui a confiée : c'est à lui d'interroger Oskar, qui n'est qu'un minuscule correspondant dans une vaste chaîne dont il se sait lui-même un maillon essentiel.

— Eh bien, vous avez trouvé un moyen de me sortir de là ?

Laroche, qui n'avait d'abord pas compris, donne une grande claque sur l'épaule du Hollandais — il pense : « un gosse » — et l'entraîne vers le bar : après tout, il y a toujours quelque chose à tirer de quelqu'un. Il commande deux whiskies, qu'il paiera en dollars, puis, comme si l'idée lui venait soudain à l'esprit :

— Tenez : j'ai une nouvelle à vous apprendre : je ne suis pas sûr qu'elle vous fera très plaisir, mais...

Il ne peut s'empêcher de loucher sur le paquet de plastique que, cette fois, Oskar van Otrick a enfermé dans une sorte de sac de matelot en toile verte. Mais le Hollandais ne se rend compte de rien ; il vide son verre, en commande un autre.

— Dites toujours.

Laroche, alors, l'air de ne pas y toucher :

— Eh bien, figurez-vous que j'ai rencontré votre fils à Pékin. Il travaille même là-bas pour l'ambassade de France.

Le regard bleu d'Oskar : vide. Un silence ; le trou : on a dit, des coups de tonnerre.

Lorsque la plume de Bernard Lew en arrive au mot *impuissance*, il doit bien, après tout, expliquer pourquoi là-bas, à Pékin, le jeune William pleurait des nuits entières ; et pourquoi, bien avant, à Cambridge, cet homme qui l'avait abordé dans la rue lui avait lancé au visage un verre d'alcool avant de l'insulter au milieu de ce pub où les hommes comme lui se retrouvaient : « Pédé, oui ; mais pédé impuissant : sûr ! et c'est pourtant ce que vous avez en face de vous, messieurs, un pédé qui ne peut pas ! » Les autres l'avaient alors mis nu et lui avaient cinglé les reins à coups de canne avant de le chasser, nu, dans une nuit d'hiver glacé.

Cette nuit-là, Bernard Lew avait voulu mourir. Il n'était pas mort et se disait, depuis lors, que rien ne pourrait plus l'atteindre. Mais le mot *impuissant* l'arrête et il doit tendre toutes ses forces de vieil homme, toute son énergie, toute sa volonté pour l'écrire enfin.

Sa main retombe, épuisée.

La lettre était arrivée par la valise diplomatique alors qu'Otrick était encore à Pékin. Signée du nom d'un obscur rédacteur au ministère néerlandais des Affaires étrangères, elle n'en constituait pas moins un ordre que l'ambassadeur avait suivi : sans l'ombre d'une hésitation. Il avait demandé à sa secrétaire que personne ne le dérange de la journée puis il avait allumé un feu dans la cheminée de son bureau.

Ensuite, un à un, il avait brûlé tous les cahiers sur lesquels, depuis plus de trente ans, il tenait au jour le jour l'emploi de ses journées, ses rendez-vous, ses rencontres et qui l'avaient suivi partout à travers le monde dans deux cantines plombées.

Lorsque le dernier cahier avait à son tour rougeoyé dans le feu avant de s'enflammer d'un coup, de se tordre et de crépiter dans la cheminée, ses feuilles dressées dans les flammes comme des bras qui auraient supplié, il avait compris que c'était une partie de sa vie qu'il avait tuée là.

A mi-voix et sur un ton sourd, amer, il répétait :

— C'était leur ordre, n'est-ce pas ?

Il pensait aussi : « ... et je suis leur chose... »

A Clawdia qui s'était inquiétée de son visage ravagé lorsqu'il avait quitté le bureau, il avait répondu :

— Ce n'est rien, j'ai fait un peu de toilette.

Lequel de ces cahiers a échappé au feu pour se retrouver entre les mains de Paul van der Goes, le petit-fils d'Otrick, qu'un mal dont il ne connaît pas encore le nom tient couché des journées entières dans la petite maison près du marché de l'Ouest ?

— C'est toi ?

Il a cru que Gilles, son ami, revenait ; mais le vent seulement a fait grincer une porte, ou l'un de ces esprits amis qui rôdent encore parfois après tant de révolutions pourtant, dans les maisons du vieux Pékin.

— C'est toi ?

Gilles est ailleurs, avec ses camarades ; il pense à la Chine, il parle de la Chinc : la Chine de demain ; et seul étendu sur un lit face à la petite flamme qu'il a à nouveau allumée devant la photographie à demi déchirée d'Oskar van Otrick, la main du jeune homme caresse la couverture souillée du seul cahier de Jan van Otrick qui ait échappé à cet autodafé.

— Un jour, a dit aussi Irina à Jean-Marie Erlanger, ma mère a passé toute une nuit à brûler des livres dans le poêle de sa chambre.

C'étaient des écrits de dissidents qui étaient ses amis et qu'elle cachait chez elle : qui l'avait dénoncée ?

— Il y avait des poèmes d'un jeune homme qui s'appelait Pavlov. Il était très beau — je n'étais qu'une petite fille mais je me souviens.

Quand ce Pavlov avait appris qu'on avait brûlé ses cahiers, il avait éclaté en sanglots, car c'était le seul exemplaire qui lui en était resté : trois années de poésie.

— Alors ? interroge Jean-Marie.

— Alors ? Eh bien, je n'ai jamais revu Pavlov. Plus tard, j'ai appris qu'il n'avait plus jamais écrit de poésie. Il est devenu fonctionnaire, je ne sais pas : diplomate, peut-être, ambassadeur !

Mais elle ne sourit pas.

— C'était autrefois, bien sûr. Aujourd'hui, tout cela me semble à moi-même impossible, et pourtant !

Jean-Marie a pris sa main, qu'elle lui a ensuite retirée. Il a approché ses lèvres de sa nuque inclinée sur une photographie de sa mère.

— Il ne faut pas, a protesté la jeune femme.

— Pourquoi ?

— C'est un péché...

Irina croit de toute son âme à Dieu, au diable, au péché, à la rédemption.

— J'essaie de penser, dit-elle, que je suis peut-être sauvée...

Puis elle s'est mise au piano. Du Chopin, une ballade. Plus tard, elle a dit :

— Je vais me coucher : vous pouvez rester, si vous voulez...

La femme de Jean-Marie est en France pour quelques jours avec les enfants. Sacha est chez sa grand-mère, en Crimée. Le jeune homme a pourtant un geste de surprise :

— Mais vous n'avez pas peur...

Elle rit :

— De quoi ? Mes voisins ? Il y a longtemps que je fais ce que je veux : je suis « brûlée », comme vous dites. Alors, les voisins...

Puis, lorsqu'elle est couchée et qu'elle l'invite à s'étendre près de lui :

— Mais vous me promettez, n'est-ce pas, de ne pas me toucher.

Il la regarde, effaré.

— Ce serait un péché, explique-t-elle à nouveau : il ne faut pas.

Dehors, la nuit devient lentement blanche.

— Il y a quelques jours, avait dit Otrick à Simon qui ramenait Clawdia à l'ambassade après une promenade dans les collines de l'Ouest — ils voulaient voir le Biyungsi sous la neige, le temple des Nuages azurés dans la lumière bleue de la campagne de Pékin —, il y a quelques jours, avait dit Otrick, j'ai bien failli me tuer.

Simon l'avait regardé sans comprendre.

— Lorsque le meilleur de vous-même vous échappe soudain, que vous reste-t-il, sinon le pire — et parfois, par miracle, le revolver et la balle qui savent y mettre fin.

Le regard de Simon était allé d'Otrick à sa femme. Sur le moment, il avait cru que l'ambassadeur venait de se découvrir gravement malade.

— Chacun de nous, expliquera alors Miguel Carros à Verviers quelques jours après leur visite au club des vieux messieurs perdu dans la banlieue nord de la ville — puisque c'est là, loin de la rumeur pourtant sourde de Montevideo que l'ancien Tupamaro et ses compagnons se réunissent — chacun de nous, donc, est suffisamment vieux et suffisamment sage (si on peut parler de sagesse au milieu de ce siècle en folie) pour savoir que s'il meurt quelques jours ou quelques mois, voire quelques années plus tôt que ne l'a prévu son médecin, cela n'a guère d'importance.

Dans la bibliothèque de Miguel, André Breton voisine avec Eluard, Benjamin Péret rejoint Auguste Perret, surréalisme, dadaïsme et architecture confondus.

— Chacun de nous, poursuit Carros, a beaucoup vécu, beaucoup vu et partage avec tous les autres une même idée du bien et du mal, donc de la justice.

— Alors ? interroge enfin Verviers, qui veut tout de même savoir.

— Alors, chacun de nous est prêt à tuer, ou, s'il ne le peut lui-même — l'âge, mon ami, l'âge ! — à faire exécuter un meurtre pour mettre fin à une autre vie, injuste celle-là, inique, criminelle au vrai sens du mot : aucun de nous n'a plus rien à perdre, aussi chacun de nous est-il prêt, le moment venu, à commettre un crime au nom du bien, contre le mal.

— Et qui décide du bien et du mal ? demande Verviers.

Le sourire de Miguel Carros s'éteint.

— Nous, dit-il simplement.

Brusquement, Gérard Melot a interpellé Thierry.

— Vous me les avez retrouvés, ces télégrammes ?

Le jeune homme bafouille un peu, avant de sortir le jeu de trois ou quatre feuillets marqués « Secret Défense » de l'enveloppe qu'il tient à la main.

— Les voilà, monsieur le Secrétaire général.

— Mais où étaient-ils passés ?

La fureur de Gérard Melot n'a pas désarmé : cela fait deux heures qu'il a demandé les télégrammes égarés qu'on lui présente enfin.

Thierry Destutt, cette fois, ne bafouille pas.

— C'est absurde : depuis leur arrivée, ils étaient sur mon bureau ; mais j'avais posé un dossier dessus ; je ne les retrouvais pas...

La fureur de Melot qui ne s'éteint pas encore.

— C'est absurde, en effet.

Il arrache presque les télégrammes de la main du jeune homme et commence à souligner, rageusement, au crayon rouge, les points qu'il a l'intention d'évoquer tout à l'heure avec le directeur du cabinet du ministre.

Des miracles, pourtant.

Jean-Michel Hessing s'est retourné : derrière lui, la petite fille de Chahara a ramené son voile sur le bas du visage. Mais ses yeux rient, rient, sourient, promettent — comme il n'a jamais vu d'yeux au monde rire, ni sourire, ni promettre. Elle agite la main en un au revoir qui veut vraiment dire au revoir.

— Vous êtes malade ?

Ils marchent maintenant à pas lents à travers les escarpements de la ville dressée, et Yasmina vient de l'interpeller :

— Vous ne vous sentez pas bien ?

Il sursaute : brusquement si loin de ce lointain déjà si absolu où il est venu vivre, quelques heures d'ailleurs.

— Non, non... L'émotion, peut-être, la beauté.

Mais Yasmina qui, comme lui, a vu rire les yeux de la petite fille a compris. Elle est grave.

Ils avancent parmi les maisons qu'on dirait nées de la roche, à la rencontre du ciel. Semblables à ces fleurs hautes et longues qui poussent d'un coup, tige raide et droite d'un bulbe simplement gris, les hautes maisons de Chahara se lèvent çà et là, dans un désordre apparent qui n'a d'autre raison qu'occuper l'espace : ici une maison, là une citerne. Citernes de Chahara, vastes cuves de silence, l'eau du ciel et les maisons qui les dominent... Pierre claire, jeu de pierres plus sombres au sommet des murs, le soir qui tombe et rosit, la vallée d'où ne monte aucune rumeur ; un chien là, seulement, jaune et qui aboie. Marcher, dès lors, respirer à pleins poumons, à plein cœur cette tiédeur claire de l'air, les fumées qui s'élèvent au-dessus des maisons, la roche nue que couvre à peine, parfois, une herbe rase ou une terre qui s'effrite et les maisons, les maisons encore elles, si droites, si hautes, d'une cité perdue.

De loin, une petite fille fait un signe de la main ; Jean-Michel Hessing sait qu'elle sourit.

— Vous ne regrettez rien, n'est-ce pas ? interroge Yasmina.

— Rien, non.

Dans la chambre minuscule que le piano écrase, sur cette avenue de Moscou vide, large et grise, Jean-Marie Erlanger sent le corps de la jeune femme, tout près du sien : une odeur ; et l'épaule droite, qui est nue.

— Vous ne m'en voulez pas trop ? a demandé Irina à Jean-Marie.

— Vous savez bien que je ne vous en voudrai jamais.

C'est elle, alors, qui l'interroge.

— Pourquoi ?

Il répond d'un coup, sans hésiter.

— Parce que vous êtes arrivée dans ma vie quand je n'attendais rien.

Il n'a pas dit : « quand je n'attendais plus rien » et elle n'a pas posé de question.

La nuit pâlit encore davantage. Un moment, Jean-Marie a cru que la jeune femme s'était endormie.

— J'ai si peur du péché, dit-elle, mais s'il n'y avait pas le péché, il n'y aurait pas la foi, et j'ai tant besoin de croire...

Longtemps, ensuite, Jean-Marie la regardera dormir, étendue à côté de lui comme une morte, comme une noyée heureuse.

Enfin, à son tour, Jean-Marie s'est endormi.

Et puis M. Liu est revenu dans la maison qui lui sert de refuge. La vieille femme qui veille là a compris ; elle a poussé la porte de bois et de papier huilé qui conduit à la dernière pièce, au bord d'un bout de jardin où poussent seulement des bambous dans une vasque. M. Liu s'est tout de suite étendu ; la vieille femme a allumé la lampe, préparé la petite boule de pâte noire, l'a malaxée longtemps avant de la glisser dans le foyer de la pipe.

M. Liu, épuisé, ferme enfin les yeux.

Lorsque Meilin est venue lui rendre visite — cela faisait près de huit jours qu'elle ne l'avait pas revu — elle n'a pas reconnu son grand-père, tant son visage avait maigri. Les yeux enfoncés profondément dans les orbites, les lèvres minces...

— Tu es sûr que tout va bien...

Le vieux M. Liu a eu un de ces gestes de la main qu'on a pour chasser une mouche comme une idée noire.

— Tout va bien, oui : le monde marche simplement un peu plus vite et le moment viendra où il me faudra bien, moi, sauter en marche.

— Il faudrait, dit Lavenant à Meifang, il faudrait que tu te transformes en statue de la jeunesse !

Le plateau nu de Chaillot : une caverne d'où peut naître la lumière.

— Moi ? s'étonne Meifang.

— Une statue de la jeunesse ? proteste Serge, et quoi encore ? Je n'ai jamais parlé de statue dans mon texte.

Mais Lavenant s'approche de Meifang qu'il place à contre-jour, face à un projecteur drapé de rouge.

— Tu parles de Chine et de jeunesse : Meifang est chinoise, elle est notre jeunesse à tous, je ne vois pas pourquoi je ne pourrais pas la statufier !

Il a éclaté de rire, satisfait de sa boutade ; puis, subitement redevenu sérieux :

— Je la vois au contraire très bien, ton amie Meifang : une statue vivante de la jeunesse dressée en plein milieu de la place Tian'anmen.

— Tu déraillles complètement ! Mais complètement, alors !

Cécile, Léo, les autres se sont arrêtés : au milieu de tous ces Français que Lavenant a baptisés chinois, seule Meifang.

— Au contraire ! Au contraire : elle sera la jeunesse venue du monde entier qui se retrouve en elle, toutes Amérique, Europe et Chine confondues ! Et j'ai besoin d'elle.

Léo s'avance, il tend à la jeune fille une torche électrique allumée.

— Regarde, poursuit Lavenant : regarde comme elle entre bien dans notre jeu.

Serge allume une cigarette et se tait.

Laura joue : des miracles, un miracle.

Ils sont réunis dans le salon de musique de Charny et Laura, la joue droite inclinée, comme tendrement, sur son instrument, a abordé cette chaconne de Bach qui, déjà, à Bloomington...

Ils sont tous là, le groupe, les amis de Charny, les musiciens, les écrivains, ce peintre, ce journaliste et tous les autres qui ne sont rien qu'eux-mêmes, des amis, Didier au milieu d'eux — et Lorraine, Julien.

Laura joue : magie de ce jeu des mains, du cœur, d'un archet et d'une boîte de bois assemblée voilà plus de deux siècles dans un atelier du nord de l'Italie — et magie de Bach : la musique va et vient, tourne et revient dans le salon rond qui donne sur les douves, revient encore et s'en va dans le grand salon voisin, puis la galerie, les corridors et les lancées d'escalier.

Les yeux de Lorraine, ouverts, et qui écoute, peut-être.

Julien la regarde et espère.

A Bloomington, la veille de son départ — et la veille du jour où il emmènerait Lorraine — Simon avait eu une longue conversation avec la jeune violoniste. C'était le début de l'été et la musique, alors, était partout : bribes de cor au détour d'un couloir, éclats d'une clarinette éperdue parmi les bouleaux ou d'autres violonistes, encore, qui jouaient pour eux seuls au milieu d'un gazon.

— J'ai peur parfois pour elle ., disait Laura.

Elle avait encore dit :

— Pourquoi vous, les hommes, nous faites-vous tant de mal avec tout votre amour ?

Peut-être avait-elle prononcé le mot blessure. Puis, dans un souffle :

— La musique, peut-être...

Simon n'avait retenu de cette conversation que le désarroi de la jeune femme dont il emmenait l'amie : farouche, presque orientale soudain.

La nuit et le sommeil enveloppent maintenant Charny. Un à un, ses hôtes se sont retirés ; cet écrivain qui va veiller peut-être, sur sa feuille de papier blanc, la bouteille d'encre ; cet autre, altiste, qui porte en lui la mélodie que Laura a laissée — ou Didier, solitaire, qui s'étend sur le dos sur son lit, les yeux grands ouverts, et qui attend.

Julien a regagné sa chambre le dernier, tenant Lorraine par le bras. Il lui semble que la jeune femme respire plus aisément, comme si la boule de douleur qui oppresse sa poitrine était moins lourde.

— Est-ce que tu as entendu Laura ? lui a-t-il glissé tout en l'aidant à se dévêtir.

Leur chambre donne d'un côté sur les douves et de l'autre sur la prairie. La main de Julien caresse le visage, la bouche, les yeux de Lorraine qui esquisse un sourire.

— Tu as entendu, n'est-ce pas...

Il s'est allongé à son tour, dans la même position que Didier de Wandrille, à l'autre extrémité de la galerie du premier étage que hantent parfois des ombres, la nuit ; comme lui, sur le dos, il est brusquement aussi seul que lui. Les yeux grands ouverts, Lorraine sourit cette fois pleinement, mais ce n'est pas à Julien que s'adresse ce sourire qu'il devine pourtant, mordoré, à la clarté de la lampe.

Dans les salons et les corridors, les paliers, les chambres, la galerie, la musique de Bach, à nouveau. Partout.

— C'est dans l'ordre des choses...

Le médecin que M. Liu est revenu visiter hoche la tête, et M. Liu répète après lui :

— L'ordre des choses...

Puis :

— Tout se passera très vite, n'est-ce pas ?

Cette inquiétude, soudaine ; mais le vieil homme, plus vieux encore que M. Liu, a le sourire de celui qui comprend.

— Tout se passera vite, simplement.

La pensée qui traverse l'esprit de M. Liu : tout ce qu'il lui reste à faire.

— Tenez, dit le médecin, chaque fois que vous sentirez ces faiblesses, je veux dire, une vraie faiblesse, vous avalerez une de ces pilules.

La boîte de carton contient peut-être une vingtaine de dragées d'un vert incertain. M. Liu a compris ; et le médecin répond à la question qu'il n'a pas posée :

— Vous n'en aurez pas besoin de plus.

Rentré chez lui, le soir, M. Liu a avalé la première pilule ; pour voir. Très vite, des bruits sont montés en lui, venus de très loin. Il a pris du papier, un pinceau, et s'est mis à écrire.

— La Chine, c'est d'abord une histoire que nous nous sommes tous racontée, enfants ; de mon temps, on mangeait beaucoup de chocolat, et sans remords, puisqu'on faisait des boules avec le papier d'argent qui l'enveloppait : on nous disait que chaque boule était un petit Chinois baptisé. Alors, vous penserez bien fort à ces boules d'argent et aux milliers de petits Chinois qui s'avancent vers elles.

Cécile, Léo, Meifang maintenant, écoutent Lavenant, fascinés.

— La Chine, poursuit-il, c'est notre histoire à tous — et son réveil, c'est notre premier matin.

Meifang, qui tient en main la torche de la jeunesse que lui a tendue Léo, s'avance la première.

— Imaginez la nuit sur la Cité interdite ; la nuit sur le Palais du Peuple et sur la place Tian'anmen : la nuit partout. Et puis une lumière, la première, venue de très loin.

Meifang éclaire un à un les visages de chacun des comédiens qui s'étirent tour à tour, comme tirés d'un profond sommeil.

— La Chine..., continue Lavenant.

Alors la voix de Serge, du fond de la salle :

— Tu ne vas tout de même pas nous expliquer la Chine, non ?

Puis, prenant les murs nus à témoin :

— Ce type ne doute de rien ! Il n'a jamais foutu un pied en Chine et il est là, à nous expliquer la Chine !

Mais Lavenant lève la main vers Meifang.

— A toi, Meifang : tu es toutes nos Chines...

Philippe de Ligne et Bernard Vrin, directeur d'Europe, étaient déjà assis en face du bureau de Melot lorsque Jacques est entré dans la pièce. Surpris, il s'est d'abord arrêté sur le pas de la porte.

— Je croyais que nous devions parler des affaires chinoises.

De Ligne, qui est devenu l'homme de confiance du ministre, s'est redressé, ironique :

— Ma présence vous dérange-t-elle ?

Jacques a secoué les épaules avant de venir s'asseoir à côté de lui.
— Personne ne me dérange. Je me demandais seulement pourquoi la direction d'Europe...
Camarade de promotion de Jacques Benoist, Bernard Vrin est roux, moustachu, ambitieux. Il a ri.
— Mais tout ce qui se passe là-bas a forcément une répercussion sur nos affaires.
Puis, plus sérieusement :
— Je ne voudrais pas, en tout cas, que nos relations avec Moscou aient à souffrir en quoi que ce soit de quoi que ce soit. Il ne faudrait à aucun prix mettre Gorbatchev en difficulté, à quelques semaines d'un voyage en Chine dont le moins que l'on puisse dire est qu'il se présente sous un jour très délicat pour lui.
Depuis cinq ans qu'il dirige le secteur Europe au ministère des Affaires étrangères, Bernard Vrin met un bel acharnement à s'occuper de ce qui se passe dans le reste du monde. Melot l'a écouté avec un sourire amusé.
— Si vous voulez bien, nous allons faire le point. Aux dernières nouvelles, il semble bien qu'à Pékin...
Le regard de Jacques s'est figé un instant. Les marronniers des Tuileries, de l'autre côté de la Seine, cachent presque le Sacré-Cœur qui se découpe sur un ciel un peu lourd.

C'est l'esprit subitement très clair, le cœur qui bat comme celui d'un jeune homme à l'un de ses premiers rendez-vous, que M. Liu a traversé les derniers jardins de Nanhai avant la porte rouge qui sépare les élus et les sages : le monde du Dedans — où rien n'a changé en somme depuis que des Empereurs s'y abritaient du regard du commun des mortels — du monde de ces mortels-là précisément, qui est celui de la Chine entière qu'ils observent de loin.
« Il m'aura fallu attendre quatre-vingt-cinq ans pour entendre cela... », pense M. Liu qui trottine, allègre, sur les sentiers sablonneux de ce parc au milieu de la ville : la joie, bien sûr, l'émotion, l'opium aussi, peut-être...
Il a demandé à son chauffeur de l'attendre à la porte de Zhongnanhai et c'est tous rideaux levés que la grosse limousine noire va traverser un Pékin grouillant de cinq heures du soir. Enfoncé en arrière dans ses coussins, M. Liu rêve. A travers les vitres de la voiture, des visages ; ce sont des hommes et des femmes, jeunes, vêtus, pense M. Liu, « comme vous et moi » : vestes claires, costumes, cravates même, parfois, et derrière eux, la foule des marchands de petits fours, de brochettes, de boissons gazeuses avec, encore, les grandes affiches peintes qui font en cette Chine-là la réclame d'un savon, d'une bicyclette ou, plus souvent, celle d'un poste de télévision japonais.

A l'ambassade de France, Guillaume le reçoit aussitôt, et M. Liu pense encore : « Voilà plus de soixante ans que j'attends cela. » Le oui que lui a répondu le secrétaire général du Parti, et que M. Liu, dans sa grosse limousine qui traverse Pékin, vient rapporter à la France.

— Écoute, murmure deux heures plus tard Guillaume à Meilin, écoute ce temps que la musique arrête...

Le bonheur : peut-être simplement celui de croire. Guillaume a accueilli la nouvelle apportée par M. Liu comme si c'était la chose la plus normale du monde. Après le départ du vieux monsieur, il a pourtant quitté son bureau et, dans le petit salon au-dessus du jardin triste, il a retrouvé Meilin. Meilin et Schubert : le deuxième mouvement du *Quintette pour deux violoncelles.*

— Écoute : c'est la plus grande tristesse, la dernière déchirure, et peut-être le plus grand bonheur.

Le visage de Meilin demeure impassible.

Le visage d'Irina pouvait avoir la même immobilité. Ainsi, ce soir, dans la chambre encombrée sur l'avenue grise — elle a joué Chopin, puis a doucement refermé le couvercle du piano, car Sacha, cette fois, dort comme une masse, coincé au pied du lit de sa mère. Face à l'écran de télévision, où le visage du Premier secrétaire du Parti, Mikhaïl Gorbatchev, apparaît en noir et blanc : l'écran fait jouer des couleurs d'ivoire sur le visage d'ivoire pâle de la jeune femme.

— Peut-être que cet homme est le symbole de tout ce qui fait que toi, tu es toi, et que moi, je suis moi, dit-elle à Jean-Marie Erlanger qu'elle tutoie maintenant.

Jean-Marie, qui ne comprend que très peu de russe, l'interroge :

— Pourquoi ? Il a dit des choses qui te choquent ?

Mais elle secoue la tête.

— Ce n'est pas ce qu'il dit, qui me choque, c'est ce qu'il pense : il pense d'abord à l'Europe, au monde et moi je pense d'abord à la Russie. Lui et toi, vous vous ressemblez : moi, les Russes, nous sommes différents.

Elle paraît soudain si grave. La main de Jean-Marie joue sur sa nuque. Elle lui permet ainsi de la caresser, un peu ; parfois, elle se presse contre lui, mais se reprend aussitôt.

— C'est un péché, je sais...

Elle ne joue plus ni Liszt, ni Mozart, mais seulement Chopin.

— La Chine, répète Lavenant, est le signe autour duquel nous allons organiser le monde.

Cette fois, Serge Lensky éclate :

— Ce n'est pas possible ! C'est lui, l'ancien stal, le petit curé du Kremlin, qui devient plus maoïste que tous les maos de Nanterre quand Nanterre vivait au rythme du Petit Livre rouge !

Le rire de Lavenant : très gai et d'un coup, très triste :

— Ce n'est que du théâtre, Serge ! que du théâtre !

Comme si, d'un coup, le désespoir... Puis, à Cécile, à Meifang qui sont restées debout sur le plateau nu de Chaillot :

— Ce n'est que du théâtre, n'est-ce pas, les filles ? Et si le théâtre était ici, ce soir, dans ce gouffre, plus vrai que la vraie vie ?

La torche électrique de Meifang a saisi dans son jet le visage du metteur en scène : Lavenant est pâle, les yeux bordés de rouge ; cela fait dix nuits qu'il se bat avec une image de la Chine qui se dérobe encore.

— Et si la Chine, tout entière, n'était qu'un théâtre ?

L'idée explose en lui, le foudroie. Cécile a compris, et Léo, et Meifang, et les autres.

— A partir de maintenant, dit Lavenant, nous n'allons plus faire que du théâtre !

Qui, hormis Meifang elle-même, l'a jamais su ?

La nuit, Serge Lensky lui téléphone parfois. Il est trois heures, quatre heures du matin et la jeune fille dort d'un sommeil si léger qu'à la première sonnerie, elle a décroché le combiné.

— C'est moi : je peux venir ?

Juste un mot :

— Viens.

Meifang a déjà raccroché. Elle enfile alors une robe de chambre, prépare du café et attend le coup de sonnette. Vingt minutes après, Serge est à demi étendu sur le lit de la jeune femme, il a bu deux tasses de café et semble reprendre son souffle.

— Je n'en pouvais plus, dit-il enfin.

Puis il explique : ses angoisses de la nuit, n'importe quoi, la peur qui, soudain, l'a paralysé, et Meifang, assise à côté de lui, écoute. Elle écoute ainsi souvent jusqu'aux petites heures du matin, penchée vers Serge dont la voix, peu à peu, s'estompe.

— Il y a des jours, vois-tu, où je voudrais...

Des aveux, un sanglot pas tout à fait étouffé — et Serge Lensky, venu s'écrouler chez la jeune fille face à qui il ose laisser tomber le masque, s'endort. Parfois, Meifang vient alors s'étendre près de lui et s'endort à son tour : jamais la main de Serge ne s'est avancée jusqu'à elle.

Lorsqu'il se réveille enfin, vers les neuf heures du matin, il éclate de rire :

— J'ai encore fait le con, non ?

Elle rit à son tour :

— Tu as fait le con, oui !

Deux heures plus tard, dans les bureaux de la rue Henri-Barbusse, ni l'un ni l'autre ne fera allusion à la nuit qu'ils ont ainsi passée, côte à côte.

Il ne restait plus à Oskar qu'à fuir : pendant quelques heures, il avait même pu croire que c'était Laroche qui l'avait dénoncé à la police vietnamienne. Alors, sa tête de jeune femme décapitée toujours enveloppée du même linge, il fuyait.

Quelques dollars lui avaient encore permis d'acheter son passage sur un bateau de réfugiés qui tentaient de gagner Hong Kong ; il y avait beaucoup de femmes et d'enfants, des vieillards et quelques hommes seuls. L'un d'eux avait un revolver passé dans sa ceinture, derrière sa veste de toile — et Oskar van Otrick l'avait remarqué.

— Toute ma vie, en somme, j'ai triché.

Jan van Otrick s'était astreint à écrire chaque nuit pendant deux heures : deux heures sur vingt-quatre, il reconstruisait ainsi l'édifice anéanti de ce qui avait été sa vie.

Les mots coulaient aisément, il inventait parfois, mais se souvenait de presque tout.

Lorsqu'il laissait enfin retomber sa plume, la nuit de Pékin l'enveloppait. Il portait à ses lèvres la bouteille de cognac qui l'aidait à trouver ces soirées moins longues, et avait un rire presque satisfait. Il se disait qu'il était heureux de tricher une fois encore : avec lui-même, cette fois — et c'était presque plus drôle.

Ou tuer : c'était devenu si facile au fils d'Otrick. Lorsqu'il avait compris que les hommes en armes qui étaient avec lui à bord n'avaient d'autre désir que de s'emparer du bateau et de se débarrasser des boat-people après les avoir dépouillés, il avait parlementé avec celui qui paraissait le chef. C'était aussi le plus jeune, il parlait le néerlandais, qu'il avait appris à Djakarta.

Alors, le moment venu et avec eux, Oskar a tué. Il avait caché la tête de grès rose sous un plancher et, armé d'un couteau de cuisine arraché à la cambuse, il égorgeait, tranchait, déchirait avec une ironie amère, faisant main basse sur un malheureux rouleau de dollars glissé dans une poche, jetant ensuite à la mer ce qu'il restait d'un corps.

Puis, sa tâche accomplie, il avait retrouvé le sac de toile verte qui contenait son trésor, avait eu sa part du butin et était demeuré sur ses gardes deux jours encore, et deux nuits.

« *A celui-là qui parvient jusqu'ici malgré les distances et les faux pas; au compagnon qui me livre ses yeux — que livrer en échange de ce compagnonnage ?* »

Simon ferme les yeux et relit les trois lignes du poème de Segalen qu'il vient de recopier sur une grande feuille blanche : comme si le temps n'avait plus de limite et qu'il renouait avec des amis dans une ferveur perdue.

« ... *A celui qui me dévisage et m'observe amicalement; à celui comme une caverne en qui retentit mon aboi,*

« *Je propose ma vie singulière : seule ma vie est à moi. — Qu'il vienne plus avant. Qu'il écoute plus profondément :*

« *Là même où ni père ni amante ni le Prince lui-même ne pourront accéder jamais.* »

— Je suis peut-être, murmure-t-il, très loin de tout, maintenant.

De vagues nuages qui passent, et les bambous dans la cour, ployés.

Une fois encore, Meilin a rejoint son grand-père dans la maison où il se repose.

— Grand-père..., dit-elle doucement.

Le vieux monsieur, étendu sur son lit, élève la main.

— Grand-père, répète la jeune fille, il faut que tu sois encore très fort, comme tu as toujours su être fort. Il faut que tu restes longtemps parmi nous pour voir le jour où...

La voix de M. Liu, en écho :

— Mais le jour où..., comme tu dis, petite Lin, je serai là !

Il sourit de ses yeux presque verts qui sont, ce soir-là, très jeunes.

Dehors, dans la cour, les bambous se sont relevés ; le vent s'est tu.

Après avoir serré la main de celui qui, conseiller parmi les conseillers, monte la garde à la porte du temple, Simon a franchi le seuil du bureau du Président. Assis à son bureau, celui-ci a lentement posé sa plume, s'est levé.

— Alors, monsieur Anglade, votre Chine se porte bien ?

— C'est notre Chine, monsieur le Président, a remarqué Simon avec un sourire.

Le Président l'a alors entraîné vers les fauteuils aux formes neuves, étrangers presque en ces lieux, qui sont dans la grande pièce carrée le lieu naturel de la conversation.

— Notre Chine, c'est cela...

La nouvelle de la visite en France de celui dont, depuis cinq ans, Simon négocie la venue, est encore tenue secrète.

— Et qu'elle le reste, n'est-ce pas ? conseille le Président : qu'elle le reste jusqu'à ce que nous soyons sûrs de tous les termes de cette affaire ; trop de gens trop bien intentionnés ont trop intérêt à ce que de grands projets bilatéraux comme le nôtre se fondent dans un consensus vague et confus où seuls nos grands amis toujours si bien intentionnés, qu'ils soient d'un bord ou de l'autre, sauraient trouver leur intérêt.

Le visage de l'homme qui, seul, sait parler à la fois de la France et du monde, est devenu grave. Puis il se détend soudain :

— Vous avez raison, monsieur Anglade, votre Chine est bien devenue notre Chine.

Il est prévu que le visiteur chinois passera cinq jours en France, qu'il rencontrera trois fois le Président et c'est au terme du troisième et dernier entretien, en tête à tête celui-là, que le projet dont, voilà plus de quarante ans, un Jean Charlier avait le premier rêvé, sera rendu public.

Guillaume n'a pas posé de question à Meilin lorsqu'elle est revenue à l'ambassade : elle a pris un taxi, peut-être, ou quelqu'un était venu la chercher, qui l'a ramenée. M. Liu avait disparu, il a réapparu, il a disparu à nouveau et Guillaume, brusquement, a peur. « Voilà douze mois, pense-t-il, que nous sommes une poignée d'hommes à tenter l'impossible : et si l'impossible n'était vraiment pas possible ? »

Meilin lit en face de lui, et se tait.

Tout de suite après la réunion de service que tient chaque jeudi matin le directeur d'Asie, Denis Laroche a quitté le bureau de Jacques Benoist. Longs corridors, à nouveau, du Quai d'Orsay. Mais Laroche n'est pas allé très loin : le bureau du directeur d'Europe est le deuxième à gauche, au début du couloir, et c'est sans frapper, sans même passer par le bureau des secrétaires, que le principal collaborateur de Jacques est entré chez lui.

Vrin a levé les yeux de la pile de télégrammes qu'il était en train d'annoter.

— Des nouvelles ?

Mais Denis Laroche a seulement secoué la tête :

— Rien du tout : pas de nouvelles. J'ai précisément cru que c'était cela, la nouvelle.

Bernard Vrin a la mauvaise habitude de se mettre l'index droit dans le nez chaque fois qu'il réfléchit.

— C'est peut-être une nouvelle, en effet.

A Chahara, maintenant, les citernes sous la lune : ce sont des ronds parfaits qui, dans leur arrondi de vase aux flancs modelés par une main amoureuse, reflètent une lune presque ronde, parfaite. Et Jean-Michel Hessing, le long de ces citernes, entend la voix de Yasmina qui parle de religions perdues, d'une sagesse millénaire encore vivante — et de ces hommes qui savent.

Plus tard, un vieil homme, le frère du cheikh du bas de la vallée, parlera à son tour de l'Islam et de Dieu, des hommes, de la mort et du devoir. Puis Jean-Michel reviendra à pas lents vers la plus haute maison : comme si un peu de cette sagesse était entrée en lui.

Il écoute encore et déambule sous la lune, entre les tours, les hautes maisons et les escaliers taillés dans le roc : ici, tout est roc et lune et citerne et silence.

La même nuit, Lorraine s'est levée sans que nul ne l'entende. Julien s'était enfin endormi ; Didier, loin dans les corridors, éveillé pourtant, ne pouvait rien ; quant à Laura, peut-être n'était-elle venue que pour cela.

Lorraine s'est levée en silence. Elle a enfilé une longue chemise à fleurs ornée au col de nœuds bleus et blancs puis, pieds nus, elle s'est glissée hors de sa chambre. Elle entendait une musique, Bach et la chaconne que Laura n'avait jouée que pour elle ; c'est en quête de cette musique qu'elle s'est avancée dans la galerie, l'escalier, les corridors ; elle a traversé les salons, longé le mur qui domine les douves et trouvé la petite porte qui mène jusqu'à l'eau.

Il suffisait de quelques marches, et l'eau, tout de suite, froide, qu'elle n'a pas sentie pourtant. Elle souriait, elle entendait encore, encore la musique que Laura n'était venue jusqu'ici que pour jouer pour elle, en cet instant ; puis elle s'est étendue dans l'eau et, doucement, a laissé l'eau l'envahir.

Il y a des suicides heureux : magie, miracles.

Les bras de Jean-Michel se sont alors refermés sur le corps de la petite fille qui s'est enfin glissée près de lui. Le silence est partout ; çà et là, le grondement d'un chien, un dormeur, la nuit. Coulée contre lui, lovée contre lui, refermée contre lui, la petite fille — ce miracle… — le regarde et lui la regarde. Il n'a nulle honte, aucun remords, aucune crainte. Il est très loin, en un pays où les pères tuent les amoureux de leur fille d'un coup de poignard ; dehors, deux hommes, bardés de cartouchières et kalachnikov à la main, montent la garde ; Yasmina dans la chambre voisine avec d'autres femmes — et lui, seul avec cette enfant qu'il imagine plus belle encore, plus tendre ; miraculeuse, en somme.

Pleine nuit, lune presque pleine : Meilin est à nouveau sortie. Elle se promène à pied dans la ville chinoise, au sud de Qianmen. Elle écoute, elle entend : des bruits jusqu'à ce milieu d'une nuit de début de printemps, des rires encore, des odeurs. Une ville vivante et qui frémit, qui tremble de trop d'attente. Anciens magasins luxueux aux avant-cours gardées de fer forgé que la rouille ici ronge ; les bordels d'autrefois, les maisons de plaisir : il y avait la rue de la Fourrure, la rue des Bijoutiers, la rue de la Soie, des Pelisses. Et pourtant ces bruits, ces odeurs, ces voix de femmes qui se répondent, une radio très loin, un disque de Hong Kong, tout près, une mélodie chinoise traditionnelle — ou un chant des Ouïgours, des Thaïs — et puis la Chine qui balaie tout, emporte tout, mélange tout dans un vent de poussière subitement levé.

Pour sortir, cette nuit, Meilin a simplement enfilé une veste bleue sur une blouse blanche, elle porte une jupe verte, des talons plats : elle avance, seule, parmi les siens.

— Il ne nous reste plus, dit Jacques Benoist, qu'à croiser les doigts.

Le directeur d'Asie a donné rendez-vous à Simon dans ce restaurant près du rond-point des Champs-Élysées où il est de bon ton de se persuader que la cuisine chinoise est une délicatesse qu'on ne partage qu'en compagnie de quelques happy few. Longue et mouvante, émouvante peut-être, l'hôtesse en robe fendue a pris leur commande, puis elle est revenue avec un vin d'Alsace qui, seul, peut accompagner cette cuisine-là. Simon lève alors un regard presque clair vers Jacques.

— Parce que vous craignez vraiment quelque chose ?

Sur le même ton qu'il a pour expliquer aux réunions hebdomadaires, devant le secrétaire général et les autres directeurs, les développements de la situation politique en Asie, Jacques Benoist s'interroge à haute voix.

— De deux choses l'une : ou bien la situation se débloque au Cambodge, et les États-Unis comme l'Union soviétique ne peuvent que constituer avec la Chine les trois points d'ancrage d'une *pax asiatica* où nous n'avons notre place que si c'est par nous que tout se joue ; ou bien l'affaire échoue, et la Chine est obligée de continuer à soutenir les Khmers rouges dont nous ne pouvons, nous, que rappeler le rôle au cours de ces quinze dernières années : dans les deux cas, notre marge de manœuvre est faible et, dans les deux cas, c'est ce qui va se passer au Cambodge qui nous ouvrira ou non la dernière porte.

Un silence. L'hôtesse à la jupe fendue a versé dans le verre de Jacques Benoist un peu de riesling que le directeur d'Asie goûte avant de poursuivre :

— Il faut aussi bien comprendre que tant à Moscou qu'à Washington, nul n'a intérêt à voir se concrétiser un projet que les Américains comme les Russes ont déjà, et par deux fois, réussi à faire capoter.

Une gorgée encore de ce verre d'alsace très frais puis :

— Sans oublier non plus que nos amis de Pékin et les amis de M. Liu ne représentent qu'un courant de la pensée politique chinoise et que, pour peu qu'ils perdent l'initiative...

Mais le pessimisme de Jacques Benoist est balayé par son sourire d'éternel adolescent lorsqu'il s'exclame :

— Allons ! Nous avons au moins autant de chances de réussir que de risques d'échouer ! Alors, n'oublions aucun risque, mais comptons plutôt sur nos chances et faisons confiance à ceux qui nous ont fait eux-mêmes confiance, et depuis tant d'années.

La nuit a été très courte et le matin, déjà, se lève sur Chahara. Derrière lui, par la fenêtre étroite au volet mal accroché, une lumière pâle et bleue inonde déjà Jean-Michel. Il est seul. Il sait qu'il est seul et que la petite fille de la nuit qui n'a que si peu duré a disparu depuis longtemps : est-elle seulement venue ? A-t-il seulement senti ce corps d'enfant — on a dit : nulle honte, alors ; et après : nul remords — contre le sien ? Il dira un jour qu'au matin, il a trouvé près de lui, sur l'oreiller, un petit miroir et un peigne. Il dira encore...

Mais la lumière pâle est déjà moins pâle, le ciel bleu moins bleu qui vire, lentement, au blanc avant de prendre, tout à l'heure, les grands reflets roses et rouges du soleil à venir ; Jean-Michel Hessing alors se lève, enfile à la hâte un vêtement et se retrouve dehors, dans le matin plus clair encore.

Maisons hautes, citernes, l'eau qui dort, des femmes passent, en noir, une urne sur la tête. Yasmina, lentement, vient vers lui.

Les mains d'Ismène jouent avec les photographies laissées par Iris : des temples autrefois, une rue tranquille encore, le mur gris d'une maison et, derrière, un tournesol unique, qui se dresse ; ou — au-delà de Qianmen, ce quartier de Dazhalan où, la nuit dernière, Meilin est venue retrouver un goût de Chine perdue. Des enfants jouent à même la poussière, le derrière nu, et rient. Ou ce lac : des gamins le traversaient en hiver sur des traîneaux improvisés : au printemps, le vent l'agite un peu — et des palais le bordent. A l'extrémité nord du Houhai, s'élevait le palais du prince Chun. Et puis encore ces rues, l'hiver, le vent qui soulève encore la poussière.

— Un goût de Chine.. , murmure Ismène, qui n'a jamais vu la Chine.

— Cette fois-ci, ils commencent à nous ennuyer, avec leur Chine, les Chinois de service !

Le directeur d'Europe a fourragé un moment dans sa narine droite avant d'en extraire le produit de sa chasse qu'il considère un moment.

— Je crois que le plus important c'est, maintenant, de verrouiller. A force de trop tirer sur la corde, nos bons Chinois vont finir par inquiéter Moscou. Sans parler de l'affaire cambodgienne que les Russes suivent aussi de près.

Debout en face de lui, Denis Laroche est demeuré silencieux. Alors, la main de Bernard Vrin se pose sur son téléphone :

— Passez-moi de Ligne, au cabinet du ministre.

La voix de Philippe de Ligne, dans le combiné : il est de ceux qui, derrière les paravents, observent et, le moment venu, tirent la ficelle qui déclenche — ou arrête, à volonté — le mécanisme qu'ils n'ont surveillé, pendant des mois ou des années, que pour cela. Philippe de Ligne a échoué au concours d'entrée de l'ENA, mais des amis puissants lui ont permis une carrière plus belle encore. Dans l'ombre. Entre Philippe de Ligne et Clément Pallas, aussi, quels liens ?

Après quelques instants, Vrin raccroche sans avoir prononcé d'autres paroles qu'un « Merci, mon vieux, je saurai m'en souvenir ».

— De Ligne est avec nous, dit-il en se retournant vers Laroche, c'est-à-dire que le ministre nous suivra, naturellement...

— Enfin, les choses bougent, dit Pierre Delbart à Jean-Marie Erlanger.

Delbart est ambassadeur de France à Moscou : les événements qui se précipitent, dans le monde entier — et en URSS, donc ! —, le voyage que Mikhaïl Gorbatchev va entreprendre en Chine lui donnent soudain un sentiment d'importance qu'il avait oublié.

— Nous autres, diplomates, sommes si bien habitués à répondre au téléphone à nos ministres que nous ne savons plus qu'il existe une rubrique diplomatique dans les grands journaux quotidiens, dit-il parfois.

Il se penche alors vers Jean-Marie :

— C'est ici, maintenant, que l'histoire commence ; ou recommence. Cette année, l'an prochain ? Tout va bouger. Et nous sommes, vous et moi, au milieu de l'histoire. Exactement au milieu, non ?

Jean-Marie Erlanger l'écoute sans répondre. Il sait que Pierre Delbart est un bon ambassadeur doué d'une médiocre intelligence : qu'attendre, d'ailleurs, de plus d'un grand diplomate ?

C'est à neuf heures du matin, heure de Paris, que le télégramme de Pékin est arrivé, envoyé en « immédiat ». Triant les télégrammes de la matinée, Thierry l'a lu autour de dix heures dix. Il l'a immédiatement marqué du double trait de crayon rouge qui souligne les informations les plus importantes puis a décidé qu'il convenait de le communiquer aussitôt au secrétaire général. En réunion avec le directeur du personnel et dix de ses collaborateurs, celui-ci a d'abord eu un mouvement d'humeur. Puis à la lecture du télégramme posé devant lui, il a levé les yeux vers Destutt.

— Prévenez le directeur d'Asie que je veux le voir dès que possible.

En sortant du bureau aux grandes cartes colorées sur les murs, Thierry Destutt avait les joues en feu.

— Peut-être, dira Jean-Michel Hessing avant de grimper à côté de Yasmina dans le petit camion râblé qui va les reconduire dans la plaine, peut-être que c'est la Chine qui m'a appris à connaître cette absence, cette béance qui était en moi et qui était l'autre partie de moi, cette part inconnue que je vis ici aussi pleinement.

La tête encore pleine des rumeurs et des discussions de Beida, Gilles a fini par revenir dans la petite maison près du marché de l'Est. La porte sur la rue était entrouverte. Il est trois heures, quatre heures du matin.

— Tu dors ?

La cour, le premier corps de bâtiment, plancher ciré qui craque sous ses pas ; mais Paul ne s'y trouve pas. Le jeune Chinois traverse à nouveau la cour et pousse un panneau de bois. Là, assoupi sur le livre qu'il lisait, Paul est étendu.

— Paul, Paul, tu ne vas pas bien ?

Le jeune homme gémit dans son sommeil, puis se redresse :

— Tu es là depuis longtemps ?

— Je viens d'arriver.

Sur la table devant lui, la feuille de papier de riz, l'encre, le pinceau : c'est Paul qui a essayé à son tour d'écrire un poème dans la langue de l'autre, mais les caractères qu'il a dessinés sont lourds et écrasés, laids. Alors, une immense tendresse emplit Gilles, qui prend Paul dans ses bras.

— Oh ! Paul ! Paul... Petit Paul !

Sur la feuille de papier de riz, les idéogrammes inachevés parlent d'amour, de lumière, d'avenir.

— Oh ! Paul... Mon petit Paul.

Gilles enlace et enlace encore son compagnon qui s'abandonne à ses caresses en fermant les yeux.

— Alors ? interroge Guillaume.

— Alors, le camarade Deng a donné son accord à la date que nous avions prévue.

En prononçant les mots « camarade Deng », M. Liu a eu un de ces petits sourires amusés que la maladie transforme en une rapide grimace crispée.

Les deux hommes sont assis de part et d'autre d'une table couverte d'une belle nappe blanche, immaculée, dans un coin du Maxim's. L'hôtesse à la robe fendue de demoiselle des années trente sait qu'il importe de laisser seuls l'ambassadeur de France et son invité chinois.

— Et le camarade Zhao ? demande encore Guillaume.

Le visage de M. Liu s'éclaire cette fois vraiment.

— Il est prêt, bien sûr : il n'attendait que cela !

Guillaume ne dira pas au vieux monsieur chinois que le télégramme qu'il a envoyé l'avant-veille annonçait déjà comme « quasi certaine la décision de M. Deng » : il avait lui-même marqué les guillemets sur le texte dactylographié par sa secrétaire.

— Il ne nous reste plus qu'à attendre, remarque-t-il seulement.

Il lui semble soudain qu'il a, désormais, tout le temps du monde devant lui.

Dix heures du matin, boulevard Saint-Germain, la Rhumerie Martiniquaise. C'est Meifang qui est arrivée la première. Elle a commandé un lait-grenadine.

— Je vous prie de me pardonner...

Jacques Benoist, son imperméable à la main, qui répète :

— Je vous prie de me pardonner : il a fallu que je passe d'abord à mon bureau — un télégramme arrivé de Pékin ! Je croyais n'en avoir que pour un instant, et puis...

Meifang sourit et termine pour lui :

— Et puis, la vaste Chine de là-bas vous est apparue plus importante que les petites Chinoises de par ici...

Jacques boit un premier café en se brûlant, en commande un autre. Alors, Meifang :

— Je peux quand même vous la poser, cette question ?

Le diplomate a reposé sa tasse de café.

— Allez-y.

— Pourquoi avez-vous voulu me rencontrer ? Pourquoi m'avez-vous appelée ? Après tout, je travaille avec Lensky et Lensky et vous n'êtes pas particulièrement amis !

Rire de Jacques :

— C'est le moins qu'on puisse dire.

La terrasse de la Rhumerie au début du printemps : il y passait jadis nos belles étrangères.

— Alors ?

Nouveau rire de Jacques :

— Eh bien, disons que votre question restera sans réponse, car je ne le sais pas moi-même : j'ai eu envie de vous voir, et voilà tout.

Le regard de Meifang s'est levé vers lui.

George Mulley était de ces hommes à qui tant d'autres hommes s'ouvrent, si redoutablement : il y a la pitié dangereuse, il est des confidences qui sont plus dangereuses encore.

Mulley et George Baker s'étaient retrouvés dans un pub derrière Leicester Square, un pub hanté par les hommes d'affaires à midi et les comédiens, les théâtreux le soir, toute une faune animée qui avalait sans désemparer pintes de bière brune sur saucisses à la mie de pain dans la fumée qui montait de partout, comme dans un film des années de guerre.

— J'ai une histoire à vous raconter, avait dit Baker lorsqu'il avait appelé Mulley, peut-être pour l'appâter : après tout, vous êtes romancier, les histoires des autres vous intéressent !

Il avait bu un cognac, deux cognacs, trois, puis avait commencé.

Cedric Baker s'était suicidé en 1945. De 1943 à la fin des bombardements allemands sur l'Angleterre, il avait été celui qui dirigeait les avions britanniques qu'on envoyait à la mort, pour faire croire aux chefs de la Luftwaffe que c'étaient ces pilotes-là qui les avaient repérés avant un raid aérien sur Londres ou Birmingham, alors que l'état-major en avait reçu l'information par les Allemands eux-mêmes, dont ils avaient percé le code.

— Mon père et ses amis savaient : ils savaient tout, le jour et l'heure... Mais comme il ne fallait pas que les Allemands puissent se douter qu'un Polonais qui travaillait pour eux nous transmettait régulièrement le code utilisé à Berlin, on sacrifiait chaque fois un pilote et son avion.

L'acteur Leslie Howard, qui jouait aux côtés de Clark Gable et de Vivien Leigh dans *Autant en emporte le vent,* était mort ainsi.

— Et mon père, sciemment, en toute connaissance des choses, désignait l'homme qui allait mourir.

Trente, quarante pilotes de la RAF assassinés en deux ou trois ans : Mulley écoute, avidement, et John Baker, alors, qui rit, qui rit très fort une dernière fois :

— C'est de ça qu'il est mort, mon père : d'en avoir tué tant d'autres, qui étaient ses frères !

Le rire de Baker meurt d'un coup.

A l'ambassade de Roumanie où Thierry Destutt s'est rendu à un cocktail malgré les consignes précises du secrétaire général — éviter en ce moment tous les contacts qui ne sont pas absolument nécessaires avec les représentants de Bucarest —, les événements vont aussi se précipiter. Mircea Corneu, le premier secrétaire interprète, tend au jeune homme une coupe d'un champagne tiède ; sa femme, Aurelia, a gardé à Paris le sourire vague, un peu triste, un peu mystérieux — plein d'étranges promesses aussi — qui était le sien à Pékin.

— Mon mari vous a dit l'amitié que nous avons pour vous.

Elle semble hésiter :

— Vous savez qu'entre la France et mon pays, il y a toujours eu une sorte d'histoire d'amour manqué.

Son curieux sourire un peu triste, un peu mystérieux aux lèvres, Mircea, le mari, s'éloigne ; puis se retourne :

— Ne partez pas encore, Thierry, j'ai quelque chose d'amusant à vous dire.

Autour d'eux, des Chinois, des Albanais, l'ambassadeur de l'Allemagne de l'Est et les indéfectibles amis de la Roumanie, membres d'improbables associations Paris-Bucarest ou roumano-françaises.

— Vous avez l'air triste, dit alors Aurelia Cornea.

Et c'est l'éblouissement.

Jean-Bernard André vient de poser le pied sur le sol chinois où il n'est pas revenu depuis dix ans ; en face de lui, une foule agite des foulards, des chapeaux de couleur ; il y a des chants, des tambourins : c'est une équipe de joueurs de ping-pong qui rentre d'une tournée à l'étranger.

Derrière Jean-Bernard, Gaston, son cameraman, écrasé par le poids du matériel qu'il transporte, mais ébloui, lui aussi.

— Nous y voilà quand même !

La lumière est claire, le ciel très bleu ; déjà les premières chaleurs, mais une chaleur sèche, qui fait frissonner la peau.

Sur la route qui mène à Pékin, la foule des vélos, des voitures qui klaxonnent, des camions avec, perdus dans les nuées de gaz d'échappement, des charrettes au pas lent d'un cheval qui se traîne.

Gaston a sorti une caméra d'un sac et filme déjà.

— Tu te rends compte ? Nous y sommes quand même arrivés !

Meilin est revenue dans la salle de la faculté des langues de Beida où dix ou quinze étudiants sont occupés à rédiger un manifeste en faveur de la liberté pour les étudiants chinois de poursuivre s'ils le souhaitent leurs études à l'étranger.

— Mais toi, Meilin, tu pourras sortir quand tu voudras, comme tu voudras !

Le gros petit homme à lunettes qui l'apostrophe s'appelle Xu Jing ; fervent de la musique rock, il n'a qu'un souhait : vivre aux États-Unis. Mais Meilin a compris que sa question n'était pas innocente.

— Rassure-toi, Xu Jing, ma liberté à moi, c'est de choisir de rester parmi vous, si je le veux.

— Et tu le veux vraiment ?

La voix de Liu Ting, l'ami des jours anciens. Et le sourire de Meilin.

— Qui de nous sait seulement ce qu'il veut vraiment, sinon précisément toutes les libertés à la fois ?

Xu Jing, ses lunettes rondes sur le haut du nez, la regarde. Incrédule.

Le lendemain, Thierry Destutt a retrouvé Mircea Corneu à la Closerie des Lilas. A la table voisine, une fille brune, pull-over noir serré sur des seins lourds : au souvenir de la poitrine d'Aurelia, comme une bouffée de chaleur qui traverse Thierry.

— Ma femme et moi avons beaucoup d'amitié pour vous, répète le Roumain.

Il boit sans sourciller trois, quatre verres de cherry-brandy puis, à mi-voix :

— Je sais bien que ce n'est pas une question d'argent..., remarque-t-il.

Thierry n'a pas sourcillé non plus. La brune un peu lourde, à la table voisine, sourit dans le vide.

L'appartement de Jacques rue de la Harpe : un disque qui joue Miles Davis, des ballades, la musique d'*Ascenseur pour l'échafaud :* et Meifang, venue pour la première fois jusque-là.

— On dirait une chambre d'étudiant.

Lorsqu'il rit, Jacques part d'un grand rire d'enfant.

— Vous ne le saviez pas ? Mais je suis resté étudiant : étudiant en tout, en rien, en Chine — en femmes, peut-être !

Il rit à nouveau :

— L'éternel étudiant selon Dostoïevski : vous ne l'aviez pas compris, que j'étais un personnage de roman russe ?

Meifang s'est assise sur le bord du canapé de cuir blanc terni.

— Je dois vous dire quelque chose : depuis mon arrivée à Paris, j'ai toujours refusé ce que voulaient les hommes, et je n'ai pas l'intention de changer d'avis ; même avec vous.

Nouveau rire de Jacques Benoist :

— Mais qui vous demande de changer d'avis ?

Au-dessus d'eux, la petite statue khmère semble répondre pour elle : personne, ce soir, ne demande rien à personne. Jacques aime la Chine à la folie ; Meifang est chinoise, ils passeront la soirée à écouter Miles Davis, John Coltrane, Oscar Peterson et Charlie Parker.

— Merci de tout, dira Meifang en s'en allant.

— Merci..., répondra seulement Jacques.

L'un et l'autre sont émus, mais Meifang est déjà partie.

Jean-Bernard va d'abord marcher dans les rues de Pékin.

Gaston le suit, sa caméra au côté, mais ce ne sont ni Gaston, ni sa caméra, ni les films qu'il pourra prendre qui comptent ce matin : Jean-Bernard André veut sentir la ville, la humer, en deviner les odeurs comme en percevoir, au-delà des avenues et des hutongs qui se coupent si bien en angles droits, la topographie secrète. Au-delà de la vraie ville qu'il parcourt déjà depuis plusieurs heures, il veut découvrir le Pékin de son imagination et de celle de tous ceux qui l'ont précédé jusqu'ici. Alors il marche, il regarde, il sent.

Autour du lac des Dix Monastères, des petites filles aux jupes écossaises chantent une chanson de Charles Trenet : vrai ou faux ? Il se retourne vers Gaston : vrai ou faux ? C'est vrai. Et c'est vrai que l'institutrice qui les accompagne les salue de la main.

— Vous êtes français ?

Plus loin, ce sont deux petits vieux qui fument lentement, très lentement, des Camel qu'ils ont tirées d'un vrai paquet de Camel et, plus loin encore, la fumée de brochettes de mouton qui s'en va, en gros nuages épais, pleins d'odeurs.

Jean-Bernard a tourné à main droite puis à nouveau à main gauche et, après le fracas de l'avenue, boutiques, vélos, marchands ambulants, des enfants qui braillent, des musiques, haut-parleurs, radios, c'est subitement le silence : il est désormais très loin, dans une ville ancienne au sol inégal que bordent des murs gris surmontés d'une rangée de tuiles ; à intervalles réguliers, l'ouverture d'une porte, une arche, un linteau de pierre décoré et, çà et là, de l'autre côté du mur, les fleurs de tournesol, qui s'élancent.

Une petite fille, sept ans tout au plus, traverse la ruelle. Elle tient un ballon rouge.

Alors Iris a cherché dans sa collection un album encore, le dernier, à donner à Ismène.

Puis elle a enfilé un vieux paletot gris, rongé par le temps et par les mites, et c'est une très vieille femme qu'elle a aperçue dans le miroir du corridor d'entrée, lorsqu'elle a voulu rajuster sa coiffure.

Au moment où elle allait sortir, son album et ses photos de Pékin sous le bras, la voix de Chessman — Chessman qui dormait toujours à même un canapé défoncé — s'est élevée.

— Il faut en finir !

Il criait dans la cage de l'escalier. Sans l'entendre, Iris est sortie dans la rue, à la hâte, claquant la porte sur elle.

L'album qu'elle tient à la main a été pris à la fin des années quarante lorsque Verviers, tout jeune diplomate, faisait ses premières armes dans la Chine d'avant Mao.

— Vous êtes certain de m'avoir tout donné ?

Il y a un léger tremblement dans la voix de Gérard Melot qui interroge sa secrétaire.

— Les deux dossiers verts que vous avez sortis du coffre ce matin, oui, monsieur le Secrétaire général.

— Dites-moi, Agnès...

Une pensée a subitement traversé l'esprit de Melot.

— Oui, monsieur le Secrétaire général ?

Mais le grand patron du Quai d'Orsay préfère l'écarter.

— Non, rien.

Resté seul, il pense : « Ce n'est pas possible... » ; mais il sait que l'impossible est soudain devenu possible.

Deux heures plus tard, revenant du déjeuner à l'ambassade d'Espagne où l'a rejoint Raphaële qui lui a dit : « Tu as l'air inquiet », il retrouve les deux dossiers verts, bien complets cette fois, sur le coin de son bureau : entre dix heures du matin et quinze heures trente, ce premier mardi de mars, trois télégrammes au moins, marqués « confidentiels », ont disparu du bureau du secrétaire général du Quai d'Orsay, puis y ont fait leur réapparition.

La rage qu'a Serge de dire tout cela.

Il s'est enfermé dans son bureau de la rue Henri-Barbusse, avec le petit Qing Bai dont il connaît les talents de calligraphe. Et là, tous rideaux tirés, une lampe très forte allumée sur sa table de travail :

— Petit Qing, il faut que tu commences par une allusion très précise à Zhao : je ne sais pas, moi ? une sorte d'appel à son arbitrage... Quelque chose, enfin, qui laisse supposer que le monde étudiant n'a pas oublié.

Petit Qing porte des lunettes rondes et il tire un peu la langue lorsqu'il réfléchit. Mais pour dessiner sur la grande feuille de papier de riz les caractères qui veulent dire espoir ou liberté, il rentre ce bout de langue et son visage semble se fermer.

— Voilà.

Le dazibao plus vrai que nature que vient de rédiger le jeune Chinois.

— Bravo. Il ne reste plus qu'à y ajouter une signature convaincante. Trouve un nom qu'on ait déjà lu au bas d'une vraie affiche.

Et la main de Petit Qing de signer : Wan Pulu ; et le sourire de satisfaction de Serge qui se fait fabriquer à domicile les dazibaos qui lui manquent pour étoffer ses thèses.

Seul Paul, peut-être, ne comprend pas dans quelle course ils sont tous entraînés.

— Je t'en prie, Gilles — il supplie, il pleure presque — je t'en prie, Gilles, petit frère, ne me laisse pas seul ce soir !

Gilles secoue la tête.

— Il faut que j'y aille, Paul ; ils m'attendent.

La lourde porte de bois qui donne sur la rue se referme doucement ; Paul entend les pas de son compagnon qui se perdent dans le hutong, puis la lune se lève.

Le texte du télégramme de Pékin commentant le discours du Premier ministre Li Peng devant la deuxième session de la VIIe Assemblée nationale populaire est arrivé sur le bureau du secrétaire général : « Une nouvelle manifestation de la volonté du pouvoir de reprendre en main une certaine forme de contrôle de l'économie... », a écrit Richard Blondin. Les mots inflation, surchauffe, mais aussi recul de la production, chômage, ont été soulignés au crayon rouge.

« Allons, pense Gérard Melot, peut-être que la Chine finira par ressembler au reste du monde — et ce n'est pas plus rassurant pour autant ! »

Il garde encore en main le télégramme quelques secondes puis le repose parmi la pile de ceux qui, de Moscou, analysent le bilan catastrophique de l'agriculture soviétique dressé quelques jours auparavant par Mikhaïl Gorbatchev ; ou qui, de Tel-Aviv, rendent compte d'un nouveau week-end meurtrier dans la guerre des pierres : depuis trois semaines, Pékin a imposé la loi martiale au Tibet, on ignore le nombre des victimes comme celui des arrestations.

— Pas plus rassurant pour autant...

Cette fois, Gérard Melot a parlé à mi-voix ; il y a très précisément deux cent quatre-vingt-dix-sept télégrammes devant lui ce matin — car Melot fait naturellement confiance à ses collaborateurs mais n'en exige pas moins de tout voir. Chaque télégramme analyse une déclaration, commente un vote, dissèque une démission ou autopsie un meurtre...

Ainsi devant Serge, les documents s'accumulent ; il y a toutes les affiches murales qu'on lui a rapportées de Pékin, les brochures, les journaux plus ou moins clandestins aujourd'hui déjà officieux et qui seront demain officiels, il y a ces autres qu'il a payés parfois très cher à celui-ci ou à celui-là, petits trafiquants jaunes aux grosses

Rolex argent ; et il y a ceux qui lui manquaient et que Qing Bai ou l'un de ses amis a fabriqués pour lui.

Regard de Cécile sur tout cela.

— Tu es certain que...

Mais Serge se redresse :

— Si je suis certain ? Mais lis ! Lis ce qui est écrit noir sur blanc, ou lis entre les lignes : tout cela ne peut se terminer autrement.

La théorie du balancier : un coup en avant, un autre en arrière. Seule Meifang détourne les yeux : ces centaines de pièces, de lettres, d'affiches, de pamphlets.

Ces milliers de pages : John Chessman face au livre qu'il n'a même plus le désir, désormais, d'achever. Ici Otrick, là Simon, là encore Verviers ou un poème de Segalen : ce monstrueux désordre. Il pense : « Tout est là, et pourtant... » Alors il vide d'un coup une dernière bouteille de gin. Sa main tremble : Hampstead, la nuit, il est onze heures du soir.

Minuit, Soho : George Mulley est revenu errer parmi les putains en déserrance, les masseuses thaïlandaises et les boîtes de nuit où le strip-tease est permanent. Une colère l'habite, qu'il ne connaît pas, ou qu'il reconnaît trop. Gerard Street, Greek Street, Soho Square, ces visages qu'il croise, ces silhouettes, ces femmes peintes — vraies prostituées au bout du rouleau ou travestis équivoques, Chinoises souveraines : ce sont les mille regards de celles qu'il a croisées un jour et qu'il veut depuis lors faire revivre jusqu'au plus profond de sa chair. Car le désir l'habite subitement — ces putes, ces catins — et le geste fou du magicien Klingsor éperdu de honte le hante. Il a, dans la poche droite de son imperméable, la lettre de Chessman où le nom de la petite Emily, morte voilà plus de soixante ans, et celui de Gerald Avon — qu'il hait maintenant d'une si belle haine — sont à jamais liés. Cette haine qu'il éprouve aussi pour lui-même, parce qu'il pourrait en désirer une autre. Il pense : « Tuer, tuer en moi l'homme qui... » Il marche et pense encore : « Tuer... »

A Charny, les amis de Didier sont venus de partout pour l'enterrement de Lorraine : peu la connaissaient, mais Didier les a conviés tous, ceux de Paris, ceux de la France entière et ceux-là mêmes, ses amis, aussi, qui se battent à l'autre bout du monde, médecins du tiers monde pour lesquels il a vécu. Quelques-uns ont fait le voyage : il les en a priés : « Venez, ne fût-ce que pour quelques heures, venez, je vous en prie. »

La douleur de Julien est silencieuse : Didier, qui n'a pourtant fait qu'aimer Lorraine de loin, veut, à travers ces autres, lui apporter le réconfort de tous. Si bien que la chapelle du château, à la limite du parc et du village, est trop petite pour accueillir ceux qui sont ainsi venus accompagner un instant encore Lorraine silencieuse.

Au milieu de la nef, le catafalque — et Laura qui s'approche, son violon à la main.

Tout s'est terminé très vite ; le coup de téléphone de Jean Charlier à Simon :

— Ça y est, mon vieux, c'est foutu.

Un silence à chaque bout du fil, puis la voix de Simon, brouillée.

— Vous en êtes sûr ?

Un rire qui sonne presque gai — et pourtant...

— J'ai mes informateurs, moi aussi.

La conclusion, enfin, du vieil homme :

— C'était l'imprévisible ; dans toute manœuvre militaire ou diplomatique, fût-elle totalement balisée, il y a une part d'imprévisible : nous sommes tombés dessus, mon vieux.

Le silence.

Bach.

La chaconne de la deuxième partita s'élève aux murs et aux piliers, aux voûtes, dans la nef entière de la petite église, pour éclater, souveraine, immense : devant Lorraine morte qu'on a si peu connue, à peine entendue — elle n'a fait que passer dans la foule de nos personnages — Laura, son amie venue d'Amérique, joue Bach.

Julien pleure : il pleure Lorraine.

Didier pleure : il regarde Laura, la violoniste en noir qui joue, qui joue éperdument. Quelque chose, peut-être, se passe.

L'imprévisible, dès lors, aussi parfaitement balisé qu'une longue manœuvre diplomatique ou militaire : c'est le mardi soir à cinq heures que le numéro du *Canard enchaîné* du lendemain est arrivé sur le bureau du secrétaire général du Quai d'Orsay.

« Le Quai mené en bateau », titre l'hebdomadaire satirique paraissant le mercredi. Suit un long article expliquant comment le secrétaire général du ministère des Affaires étrangères, son directeur d'Asie et Simon Anglade, qualifié de « conseiller pour les affaires d'Asie du président de la République », se sont lancés seuls dans une invraisemblable entreprise franco-chinoise dont les Américains comme les Soviétiques ont été tenus au jour le jour informés via les services secrets roumains par un agent du ministère des Affaires étrangères dont le nom a, comme par miracle, échappé pour le moment à toutes les investigations.

« Ces messieurs se serrent les coudes, faute de pouvoir se serrer la main », conclut l'article dans son admirable et vertueuse ingénuité.

Le regard de Gérard Melot est devenu très fixe.

Meilin, alors, se lève :

— C'est de votre liberté, de vos libertés fondamentales qu'il s'agit. Croyez-vous que dans le pays, la situation soit partout ce qu'elle est ici ?

Les autres l'écoutent ; même Liu Ting, qui lui a tout appris, se tait. Et le petit Jing à lunettes baisse les yeux.

— A Taiyuan, on a encore arrêté discrètement — oh ! très discrètement — un ami de Liu, qui vous le dira lui-même : il s'appelle Bai Jia. Et pourquoi ? Savez-vous pourquoi ?

Liu Ting prend la parole à son tour.

— Bai Jia a été pendant cinq mois rédacteur en chef de *L'Esprit de Février,* une revue qui a eu cinq numéros ; dans les cinq numéros, Bai Jia analysait la pensée de Wei Jingsheng, comme si la Cinquième Modernisation était un dogme aussi important pour la Chine que la pensée de Mao a pu l'être un moment.

Liu Ting est ému ; il se verse un verre d'eau chaude.

— Voilà pourquoi Meilin a décidé, ce soir, de reprendre le flambeau que Bai Jia nous a heureusement laissé allumé, lumineux, brûlant.

La main de Meilin se pose sur l'épaule de Liu.

— Il ne nous reste plus qu'à poursuivre l'œuvre de notre ami Bai Jia et à publier dès demain un *Nouvel Esprit de Février.*

Dans le laboratoire de langue de Beida où sont réunis cinquante, soixante étudiants, on applaudit très fort et Meilin doit calmer ses camarades pour continuer.

— Et maintenant, que ceux qui veulent...

Toutes les mains se sont levées.

— La vraie Chine, peut seulement répéter Iris à l'oreille d'Ismène, la vraie Chine est comme toute vraie patrie : patrie du cœur, de l'esprit, de la mémoire... La vraie Chine, donc, est celle que nous portons en nous ; ces visages, ces images, notre versant de l'âge.

Le Biyunsi, ou temple des Nuages azurés qui se levait dans la neige de février ; les kakis éclatés de l'automne dans la vallée des tombeaux Ming ; les folles envolées de fumée au-dessus des poêles à charbon qu'on allume en hiver à travers Pékin ou, encore, cette photo cent fois revue du vieux, très vieux Chinois, sa toque en forme de demi-pastèque sur la tête, ses pantalons rembourrés et bouffants, sa canne, et le minuscule petit garçon qui marche à ses côtés.

— La vraie Chine..., redit Ismène après elle.

Iris se souvient : la maison près du temple des Lamas, la cour, les cloches voisines...

— Celui qui a peut-être le mieux deviné tout cela, c'est Verviers. Verviers, plus que tout autre, a deviné la Chine de toujours.

La main d'Ismène s'est posée sur une photo d'André Verviers à vingt ans, fine moustache déjà d'un autre temps, si lointain, si révolu, et le regard qui rit.

— Verviers et ta mère, poursuit Iris : Irène et André... A eux deux, ils ont peut-être édifié mot à mot, image après image — comme j'ai tenté, moi, photo après photo — une Chine qui est désormais la nôtre à tous.

> « *Cette marque-là se dresse   à la croisée*
> *des routes   le signe qui dit tout   et*
> *que tu sauras lire : le milieu et le tout.* »

Un poème d'André qu'Irène, vivante encore, avait soufflé. Et puis la mort.

— Notre Chine, répond Meilin, n'est pas celle qu'ils nous ont prise, mais celle que nous ferons. Nous la ferons avec eux, s'ils l'acceptent — contre eux, si rien ne peut les y décider.

Elle a quitté Beida et c'est à l'Institut de Technologie n° 2 de Pékin qu'avec Liu Ting et la petite Wang Li, qui rêvait des États-Unis où elle a vu la Statue de la Liberté se dresser sur la mer, elle recueille les bonnes volontés, les signatures, les appels.

— Notre Chine, répète après elle Wang Li, qui a vingt-deux ans et a laissé pousser ses cheveux longs et droits jusqu'à ses épaules, notre Chine, c'est votre Chine et ce n'est que de bien loin, de très loin, qu'elle est leur Chine à eux.

A eux, les Deng et les Li Peng, les Chen Yun : eux.

L'article du *Canard enchaîné*, repris par toute la presse, a été dans nos chairs le signe du désastre et celui de la fin de bien des rêves ; aussi le petit-fils de Verviers l'a-t-il compris, qui tente maintenant, désespérément, d'arrêter la machine dont il n'est même plus l'un des rouages : dans la cabane de Montfort-l'Amaury, il secoue Julie par les épaules :

— Il faut que tu me le dises ! Il faut que tu me dises où est Max : tout cela ne sert plus à rien.

Le silence de la fille, buté, blond, épais, livide.

— Tu ne comprends pas que ça ne sert plus à rien ? Que ce Simon Anglade est fini, fichu, et que le tuer n'a aucune signification ?

Mais Julie, blonde aux cheveux sales dans la figure, secoue la tête.

— Que veux-tu que je te dise ? Je ne sais pas où il est, Max !

Max, quelque part dans Paris, qui marche comme Jean-François Verviers a marché : quelque part dans Paris, derrière Simon, tout près de lui, peut-être. Tandis que Patrick Vergnaud, à la Closerie des Lilas, qui a sorti un calepin noir de sa poche et qui mouille la mine de son crayon pour faire ses comptes : milliers, millions, l'argent du sang des autres vous a la même odeur que tous les frics du monde et elle est rudement bonne, cette odeur — merci !

Kelvin Young a quitté l'appartement de Conduit Road. Officiellement et pour son patron, John Baker, il est toujours malade. Alors il marche dans les rues vides d'un Hong Kong du dimanche, toutes boutiques fermées, devant de passerelles nues, de galeries vides, d'escaliers qui mènent à d'autres galeries surélevées et nues, elles aussi.

A mesure qu'il s'avance vers l'est et vers Wan Chai, les rues redeviennent pourtant des rues, les passants se font plus nombreux, les bars, les filles aussi, qui font signe de la main.

Puis, brusquement, une voiture parfaitement anonyme qui s'arrête à dix mètres de lui et trois hommes et une femme qui descendent, très vite : la femme est cette Eurasienne, Mrs. Tan, qu'il a vue à un dîner chez John Baker — et deux des hommes sont Chan Yumin, du très officieux *Da Gong Bao* et Perry, le petit monsieur en gris. Le troisième homme, parfaitement reconnaissable en dépit de son mackintosh remonté jusqu'au cou, est John Baker lui-même, gouverneur de la colonie. Les quatre silhouettes s'engouffrent très vite à l'intérieur d'un bar dont, aussitôt, le rideau de fer est retombé.

« Un mauvais film policier des années cinquante... », pense Kelvin, qui ne comprend pas ; enfin : qui ne comprend pas tout et tout de suite.

Autre chose vit en lui : cette folie, cette quête. En vingt minutes, il a regagné son appartement : Carma, la petite fille, joue sur le balcon.

Le soir même, il écrira enfin à Mulley :

« J'ai osé l'irréparable : j'ai possédé et j'ai joui, George : qui me le pardonnera ? Y a-t-il Dieu quelque part, dans ton paradis, pour pardonner cette offense ? J'ai joui, George : je te dirai alors que la petite fille, soudain, s'est mise à parler : appuyée contre moi, unie à moi, elle disait des mots en chinois que je ne comprenais pas mais qui n'étaient, en somme, que sa langue retrouvée.

« Oh ! George ! Qui me pardonnera mes offenses ? »

Tout est fini : Guillaume a reçu le télégramme signé du directeur d'Asie et s'est enfermé dans son bureau : Meilin absente, disparue quelque part parmi ses amis, il est seul. Richard Blondin hausse les épaules :

— L'ambassadeur a ses humeurs, qu'on ne le dérange pas.

Guillaume marche de long en large : ce sont toutes les Chines qu'il a traversées qui se télescopent dans sa mémoire : de ce Pékin d'octobre 1964, la première fois, à Qufu l'autre été où M. Liu l'avait conduit aux frontières extrêmes de l'espoir. Défilés dès lors des grands anniversaires, opéra de Pékin pendant une nuit d'hiver, les bouddhas de Yungang qui lèvent une main pour bénir et le sourire de Chou Enlai, un jour, voilà longtemps, à l'Hôtel Xin Qiao ; Iris, Kupah, John Baker qui était un ami et puis le télégramme, là, signé de Jacques, qui balaie tout cela.

Alors, avec des gestes d'automate, il prend du papier, son stylo et commence à écrire : « Monsieur le Ministre... »

L'idée folle, subitement : le règlement du Quai d'Orsay exige de ses agents qu'ils demandent l'autorisation du ministre pour épouser un ressortissant étranger : Guillaume a décidé d'épouser Meilin — la seule Chine, en somme, qui lui reste — et écrit à son ministre pour en obtenir l'autorisation.

— « Monsieur le Ministre... »

Il a relu sa lettre à haute voix. Il la glisse dans une enveloppe qu'il cachette lui-même. Sur l'enveloppe, la mention « confidentiel ». Puis il appelle sa secrétaire :

— Essayez de joindre M. Liu, voulez-vous ?

Comme si M. Liu pouvait encore répondre au coup de téléphone d'un ambassadeur de France.

— Cette fois, c'est moi qui m'en vais !

D'un geste, Meifang a lancé au visage de Serge le dossier qu'elle est venue lui rapporter : dans une belle envolée de papiers épars, les lettres, les documents, les coupures de presse se sont répandus à travers tout le bureau. Stupéfait, Serge Lensky la regarde :

— Mais enfin, Meifang...

Le petit Qing a compris. Prudemment, il ramasse deux chemises bourrées de ces « témoignages » que Lensky recueille pour achever son ouvrage et que Meifang, dans sa fureur, risquerait bien de détruire. Mais la rage de Meifang est retombée. Elle dévisage simplement Serge.

— Tu t'es servi de moi, Serge; tu t'es servi de nous tous, de nous toutes : eh bien, c'est fini.

La porte a claqué.

— Quel argent ?

Le ton de Mircea Corneu est celui de la plus sincère indignation.

— Quel argent ? Vous voulez rire, mon cher Thierry, ou bien vous vous moquez de nous !

Blême, Thierry Destutt sent qu'il tremble de tous ses membres. Il pense : « Ce n'est pas possible... » ; mais le Roumain repousse la main qui va s'accrocher au revers de son veston, dans ce café de la place d'Aligre où les deux hommes se sont retrouvés.

— Je ne comprends pas, balbutie Thierry, nous étions pourtant d'accord; vous deviez..., enfin, vous aviez dit que...

Le rire du Roumain :

— Vous ne vous rendez compte de rien, mon cher Thierry : je suis venu à ce rendez-vous parce que ma femme et moi avions beaucoup d'amitié pour vous. Mais l'article du *Canard enchaîné* change tout : rien de ce que vous nous avez donné n'a plus la moindre valeur ! Et par-dessus le marché, vous êtes devenu compromettant !

Sans un mot de plus, le Roumain a quitté le café. Traversant la rue derrière lui, Thierry manque se faire renverser par un taxi.

— Connard, crie le chauffeur, tu ne peux pas faire attention ?

Ils sont douze, le soir même, réunis chez Richard Blondin autour de Jean-Bernard André : douze écrivains, journalistes chinois, étudiants. Il y a Liu Binyan, porte-parole, en somme, de tous les autres, mais aussi Wang Li et Liu Ting, l'ami de Meilin. Et Meilin elle-même. Ghislaine Blondin a les yeux qui brillent : on parle de la Chine d'aujourd'hui, de celle de demain. Gaston, le cameraman, boit verre sur verre d'un petit beaujolais qui vient presque de France.

— Il faut bien que vous compreniez, cher ami...

Chacun, tour à tour, explique à Jean-Bernard la Chine qui est en train de devenir.

Le lendemain, Guillaume, a fait appeler Richard Blondin dans son bureau.

— Il paraît que vous avez vu Liu Binyan, hier soir.

Le jeune diplomate porte une veste de sport, une cravate jaune.

— Il a dîné chez moi, oui.

Puis, comme une provocation bien inutile :

— Il y avait aussi cet étudiant, Liu Ting, que je rencontre parfois. Et notre amie Meilin.

Il a dit : notre amie. Pas un mot de plus. Aussi, lorsque le successeur de Thierry Destutt a quitté la pièce : « Pourquoi me hait-il tant ? » se demande Guillaume.

Mais Guillaume se trompe : Richard Blondin n'éprouve pas plus de haine que d'intérêt pour lui. Pour Blondin, à peine sorti de l'ENA, Guillaume est seulement un ambassadeur qui a fait son temps.

A l'ambassade de Roumanie, où il est allé frapper à dix heures du soir, Thierry Destutt n'a d'abord pas réussi à se faire ouvrir. Puis un portier furibond lui a répondu, sous le regard goguenard du flic de service, qu'il n'y avait pas et qu'il n'y avait jamais eu aucun Mircea Corneu dans le personnel de l'ambassade.

Alors Thierry a su qu'il ne pouvait pas rentrer chez lui et il a commencé à marcher dans les rues de Paris.

Il fallait en finir.

Dans la cheminée néogothique du grand salon de Hampstead, John Chessman a allumé l'un de ces feux de bois que la réglementation londonienne interdit jalousement puis, une à une d'abord, par brassées ensuite, il y a jeté les feuilles éparses, maculées, froissées, souvent déjà déchiquetées, de son roman.

Longtemps, au-dessus du toit de la maison et au-dessus du village de Hampstead tout entier, une épaisse fumée a plané.

Puis George Mulley a sonné à la porte du 12, Hanover Terrace, sur Regent's Park. Il était sept heures du soir, une heure d'entre chien et loup où les réverbères du parc font déjà des taches jaunes dans la nuit grise encore.

— Je souhaiterais voir lord Avon.

Le butler aux favoris roux le connaissait, qui l'a fait monter au premier étage ; à mi-palier, dans le prolongement de l'escalier, un jardin d'hiver, une serre, des plantes rares : Giorgiana, qui joue à la jardinière, y a fait éclore une grande fleur rouge, éclatante, vénéneuse, grasse et perverse.

— Mylord va descendre tout de suite.

Le maître d'hôtel a refermé la porte du salon en forme de L : d'un côté Regent's Park, donc, où les halos des lampadaires s'élargissent, et de l'autre le jardin de glycines, tout à fait dans la nuit. Des objets rapportés de Chine, un visage fermé, grave, de bouddha : il est celui qui juge. Alors, soudain, sans réfléchir, Mulley a saisi un petit bronze de Maillol, large nudité offerte sur une table de scagliola, et a brisé, d'un coup, le visage du bouddha.

— Vous êtes fou.

Gerald Avon, interloqué sur le seuil de la porte, en veste d'intérieur de velours bleu.

— Mais vous êtes fou. Ce bouddha...

Celui qui juge : celui qui jugeait. Du même geste d'une violence et d'une force que Mulley n'aurait jamais soupçonnées en lui, il frappe Avon et frappe encore, en plein visage ; s'acharne sur sa tête et sur son crâne, sur sa nuque lorsqu'il est tombé à terre. Et frappe encore : le nu de Maillol sanguinolent qui lui poisse les mains : il frappe encore, frappe toujours, puis s'arrête. Écoute : rien, le silence. Il retient son souffle et attend dans ce silence mou, épais. Quelque part, dans les hauteurs de la maison, une voix de femme qui chante ; un disque, la radio, Bellini peut-être. Mais le silence.

En silence, il va poser le Maillol à terre ; en silence, il s'essuiera les mains sur le tissu qui recouvre une table. Puis, lentement, posément, il descendra l'escalier, la fleur immense et rouge au premier étage — et tirera sur lui la porte du numéro 12, Hanover Terrace.

Des ombres glissent dans le parc.

Iris est entrée dans le salon où Chessman, ivre de fatigue et de gin, s'est laissé tomber dans un fauteuil : dans la cheminée, les dernières cendres.

Elle s'approche du foyer et, du bout d'un tisonnier, remue ce qu'il reste du roman qui n'est plus : ultimes fragments de papier qui achèvent de se consumer.

Presque étendu sur le dos dans son fauteuil au tissu élimé, Chessman gît, le visage soudain apaisé : serein, le calme enfin trouvé. Alors Iris allume toutes les lampes du salon puis elle tire du sac de tapisserie qui, pendu à son épaule, ne la quitte jamais, le vieux Leica qui a fait avec elle tant de batailles : elle prendra dix photos, vingt photos, trente-six clichés de ce John Chessman, toute paix retrouvée qui, simplement, dort.

Kelvin Young se repose : comme une vague de calme entre deux tourmentes.

Son travail auprès de Baker lui devient chaque jour plus insupportable ; quant à Carma, c'est désormais une sorte d'angoisse qui le saisit, devant ce vertige. Alors, il vient s'abattre chez ce vieux monsieur qu'il a rencontré sur le Star Ferry, ce Pendergast qui lui montre des peintures sauvées de l'orage et des photographies d'Iris. La voix de Pendergast — ce souffle, cet halètement... — lui dit ce que fut la vie de la Chine, bien sûr, mais aussi celle de Hong Kong, voilà vingt ans seulement. Et c'est d'un amour étrange que Kelvin Young, lentement, apprend à aimer la colonie qui, déjà, coule comme un grand paquebot d'un autre temps.

— Ici, dit Pendergast, il y avait un marché couvert ; là un temple, et les petits bonzes qui le servaient...

Ces photos d'enfants, petits bonzes ou enfants nus, petites filles, aussi : mendiants, prostitués, petits voleurs, enfants humiliés, offensés qui nous tendent la main.

— Cette Iris était une amie de votre ami Chessman, dit Pendergast, elle seule savait photographier la douleur.

Un bateau qui prend l'eau de toutes parts.

Parlant de John Baker, David Allen, ambassadeur du Royaume-Uni à Pékin, avait dit un jour :

— Je ne sais pas si c'est mon ami John Baker qui s'est mis sur le visage le masque d'un inconnu : un certain Baker, qui lui ressemblerait : ou si c'est ce Baker inconnu qui s'est maquillé en mon ami John Baker. Mais le résultat est le même : il y a Baker, quelque part ; John quelque part ailleurs ; et puis ce masque qui ne me dit plus rien.

Le bureau de John Baker, au Foreign Office, était une cellule blanchie où seule une carte de la Chine faisait une tache jaunâtre, verdâtre, laide. Les premiers mois, il y avait au-dessus du bureau de Baker une petite lithographie de William Blake qui représentait un ange, devenu démon — ou un démon qui prenait l'allure d'un ange ; mais le chef du service Chine à Whitehall l'avait un jour retiré. Il avait d'ailleurs fait repeindre son bureau — ce même blanc — pour en effacer peut-être les traces.

Jacques Benoist a retrouvé Thierry dans le bar de la Fourche où son jeune collègue lui a donné rendez-vous. Il est cinq heures du soir : trois hommes et deux filles, ivres, qui s'invectivent. Et le patron qui frotte sans fin ses verres.

— Il n'y a que vous qui puissiez comprendre. Il n'y a que vous...

Les mots de Destutt se bousculent en vrac, ses idées, sa pensée. Jacques a commandé un cognac.

— Je ne suis pourtant pas sûr de comprendre...

Alors Destutt fond en larmes.

— Mais vous... Déjà à Pékin, il y avait l'ambassadeur : mais vous ?

Jacques ne comprend toujours pas pourquoi celui qui vient de réduire à néant des mois, des années d'efforts, a eu recours à lui. Mais il a pitié. Comme il a eu pitié de Linlin, le jour où il a découvert qu'elle répétait à Laroche tout ce qu'il lui disait. Il vide son verre de cognac d'un coup.

— Il faut que vous partiez. Que vous quittiez la France. Vous avez de l'argent ?

Destutt secoue la tête.

— Vous comprenez, n'est-ce pas ?

Jacques comprend peut-être. Il se lève, paie les consommations — Destutt a bu trois whiskies en l'attendant — puis il sort, fait signe à un taxi.

— Je vous ramène chez moi pour la nuit. Vous ne pouvez pas partir comme cela. Demain, je m'arrangerai pour vous faire filer en Amérique par Genève. Un de mes amis vous conduira.

La fuite de Thierry Destutt vient de commencer.

A leur arrivée au bas de la montagne de Chahara, Jean-Michel et Yasmina n'ont pas retrouvé le vieil Arabe avec qui, toute une nuit, ils avaient parlé. Leur chauffeur, qui les attendait dans la range-rover, leur a appris qu'un groupe d'hommes était arrivé la veille au soir, à la tombée de la nuit, et qu'ils avaient tranché la gorge du vieil homme qui fumait face à la montagne.

Une vraie douleur, soudain, sur le visage de la jeune femme. Et Hessing :

— Mais sait-on qui étaient ces hommes ?

Le geste du chauffeur pour lever la main et la laisser retomber.

— Qui sont les hommes qui tuent ? Qui sont les hommes qui meurent et qui sont les hommes qui naissent ? Des hommes...

Même envahie par ces chancres que sont les immeubles qui abolissent d'un coup des hutongs entiers ; même percée de part en part par ces avenues qui substituent à l'échiquier magique des alignements tortueux ; même cernée d'autoroutes, même ses murs anéantis — Pékin demeure.

C'est un carré magique — la ville tartare — qui repose sur le quadrilatère écrasé de la ville chinoise. Au centre, les murs de pourpre de la ville impériale puis, plus haut, si haut que nulle maison jadis ne devait les dominer, ceux de la Cité interdite : chaque ville s'emboîte ainsi, parfaitement, dans celle qu'elle occupe et c'est ainsi jusqu'au dernier temple, à la dernière terrasse. Pékin est une ville abstraite, une figure géométrique au sens très précis : c'est la tête et le cœur et la raison du Milieu du Monde.

Sous le petit tableau noir et rouge, taché d'encre et de sang que peignit Patrick Vergnaud voilà plus de trente ans alors que la guerre d'Algérie faisait rage, le coffre-fort de Simon est grand ouvert : comme si on avait voulu s'assurer qu'il savait bien qu'on était venu chercher jusque-là, au cœur de ce palais-forteresse, un dossier qui n'aurait pas dû s'y trouver.

La main de Simon se pose sur le téléphone : appeler quelqu'un ? mais qui ? Et la main de Simon retombe.

De même, à Pékin, après la mort d'Otrick, son coffre vide, et Clawdia, assise devant la tache de sang qui marquait sur le tapis l'endroit où était tombé son mari, qui pleurait en répondant aux questions du conseiller de l'ambassade des Pays-Bas venu l'interroger :

— Puisque je vous dis que je ne sais rien...

Ouvert, béant, le gros coffre blindé vert sombre était maintenant obscène dans cette pièce où un homme venait de mourir. Mais le conseiller d'ambassade néerlandais était un agent modèle et le mot « vol » n'avait pas effleuré sa pensée.

— Je crois, en effet, qu'il vaut mieux en rester là, dit enfin Lavenant.

Il a baissé les bras.

Sur la scène nue de Chaillot, les comédiens qui l'entourent — Léo, Cécile, Meifang et les autres — regardent le trou noir de la salle. Loin, très loin dans ce vide béant qu'on a creusé là où Gérard Philipe fut un jour le Cid et Maria Casarès Mère Courage, Serge Lensky gesticule.

Il est ivre, ou du moins il a bu, et c'est d'une voix d'homme ivre qu'il apostrophe le metteur en scène.

— Tout cela est absurde et ne correspond plus à rien : tu es devenu fou, Lavenant, fou ! Tu as vingt ans de retard !

D'un pas qui semble résonner dans toute la nef nue, il s'est avancé jusqu'au plateau où il se hisse enfin, péniblement.

— Tu veux que je te dise, Lavenant, ce que tu es devenu : un dinosaure, mon vieux ! Un maoïste ressuscité en un temps où tout le monde crie haro sur Mao !

Meifang et Cécile se sont approchées de Lavenant. Sa brochure à la main, Serge titube :

— Mao est mort, mon vieux ! et ton théâtre ne s'en est pas rendu compte. Ce n'est plus un texte que tu joues : ce sont tes images que tu accroches n'importe où sur mes mots. Mais je n'aime pas tes images et mes mots sont à moi !

Lavenant s'avance à son tour. On dirait un personnage de son propre théâtre et qu'il aurait mis en scène pour jouer son propre rôle.

— Eh bien, mon cher Serge, dans ce cas, nous garderons nos images et nous te rendrons ton texte.

Il a pris entre les mains sa propre brochure, l'a élevée à la hauteur de son visage et l'a lentement déchirée une fois, deux fois, trois fois, puis il en a éparpillé les morceaux sur le plateau devant lui : des papillons blancs qui, un à un, tombent à terre autour de leur auteur ; Serge, qui hausse les épaules, lance un dernier juron — « Bande de cons ! » — et tourne les talons.

Ses pas qui résonnent et décroissent dans la caverne ouverte.

Un autre coffre enfin, qu'on avait aussi retrouvé vide : celui de Jean-René Pallas, mort comme Otrick d'une balle dans la tête.

Son frère, Clément, avait haussé les épaules :

— Ils sont passés avant nous, mais peut-être que ça valait mieux comme ça !

Et c'est Richard Blondin qui entraîne maintenant Jean-Bernard André et son cameraman à travers les parcs et les rues de Pékin : le Pékin d'autrefois, fourmillant de la vie d'aujourd'hui et le Pékin d'aujourd'hui — où hier est toujours présent dans le mouvement lent d'un vieillard qui fait sa gymnastique du matin ou le regard d'un enfant, étonné, sa grosse culotte ouverte quand il s'accroupit dans la poussière.

Tour de la Cloche, tour du Tambour ou tour du Renard : Richard Blondin et Ghislaine, sa femme, passent très vite.

— Ils finissent par m'ennuyer, ceux qui se désolent sur le Pékin d'avant-hier et qui disparaît : il y a la Chine d'aujourd'hui, bon Dieu ! et bien vivante.

Richard et Ghislaine Blondin se tiennent par la main pour traverser Wangfujing et Gaston, derrière Jean-Bernard André, fait des gros plans d'un couple d'amoureux qui n'a presque pas détourné la tête devant la caméra.

— Ce que nous découvrons un peu plus chaque jour, dit Richard Blondin, c'est un monde debout.

Un monde aussi, immuable : assis sur les marches de la tour qui domine les douves, Didier de Wandrille voit, très loin sur la pelouse, une silhouette en noir qui s'avance, un violon à la main.

Autour de lui, des amis passent, une fille rit : Julien, un livre à la main, est assis devant la grande table de pierre de la terrasse — et Laura, qui joue maintenant Bartok à l'autre bout du parc, s'approche lentement de lui.

Le ciel est très bleu ; Julien, qui a levé les yeux vers la jeune fille, regarde du côté de la tour et son regard croise celui de Didier. Les deux hommes se sourient.

Sur l'eau de l'étang, deux cygnes noirs glissent, côte à côte. Bientôt Laura, la petite violoniste de Bloomington, sera tout près d'eux.

Le soir même, Ismène est partie pour retrouver sa Chine : elle a pris l'avion pour Buenos Aires ; de là, un autre avion la conduira à Montevideo où Verviers réinvente les images d'un Pékin immuable auquel la fille d'Irène sait désormais qu'elle appartient de toute éternité.

VII

Il est midi. A demi allongé sur un canapé du salon, Guillaume écoute un disque rapporté de Hong Kong ; ce sont des pièces pour piano de Schumann auxquelles il ne prête pourtant qu'une oreille distraite : si connues, et depuis si longtemps... Peut-être est-ce Jean-Noël, à Charny, qui les a jouées pour la dernière fois. Mais ici, à Pékin, ces *Phantasiestücke* évoquent un *Soir* si lointain, un *Envol* si parfaitement étranger que le titre de la troisième des brèves pièces que joue ici un pianiste inconnu, *Warum ?* — Pourquoi ? — est la seule question que Guillaume puisse encore se poser. Alors il se lève, traverse la pièce et éteint l'appareil à musique.

C'est à ce moment que Richard Blondin a frappé à la porte.

— Je suis désolé de vous déranger, monsieur l'Ambassadeur, mais j'ai pensé que ceci pouvait vous intéresser.

Samedi 15 avril, midi et quelques minutes : Richard Blondin, secrétaire de permanence pour cette fin de semaine, tient à la main une dépêche de l'agence de presse Chine nouvelle.

— Oui, poursuit Blondin, Hu Yaobang vient de mourir d'une crise cardiaque.

Il fait beau à Pékin, le jardin de l'ambassade est plus gris encore sous ce début de soleil de printemps : l'ancien secrétaire général du parti communiste chinois a été terrassé par une crise cardiaque le matin même à 7 h 53. Guillaume rend la feuille de papier à Blondin.

— Téléphonez à vos collègues, à l'AFP, à Deron (c'est le correspondant du *Monde*) et nous ferons un point dans mon bureau entre quatre et cinq heures.

Richard Blondin a repris la dépêche du bout des doigts, comme s'il s'agissait d'un papier sale ; il incline la tête et se retire, fermant doucement la porte derrière lui.

Resté seul, Guillaume a rallumé sa machine à musique et achève d'écouter les pièces de Schumann jusqu'à cette *Ende vom Lied,* « Fin de la chanson », qui vous a soudain des airs de *Marseillaise.*

— Vous n'avez pas vu Mlle Meilin ?

Wang, le maître d'hôtel, qui vient d'entrer secoue simplement la tête : non, il n'a pas vu Mlle Meilin ce matin. Sur le moment, Guillaume ne s'est pas inquiété davantage ; c'est peut-être aujourd'hui, à midi, que tout vient de commencer.

Dans le jardin de sa maison, M. Liu fait sa gymnastique quotidienne. Il est midi. Il pense : « Autrefois, c'était à sept heures du matin : à six heures en été, que je commençais à m'ouvrir au monde. » Il a lu tard dans la nuit quelques poèmes de la fin de la dynastie Ming. Il a rêvé ensuite de sources, de rivières, de forêts. Il pense : « La source va à la rivière, la rivière traverse la forêt, mais tout se perd dans la mer... »

De l'échec qu'il vient de subir, le projet qui était celui de toute une vie et qui, révélé trop tôt et au grand jour, s'est effondré comme un château de cartes, il ne veut plus se souvenir : « Château de cartes ! se dit-il : encore une image que je leur ai prise à eux ! Château de cartes ! Un château qu'ils m'avaient construit avec des cartes biseautées... »

Seule du quartier, la maison de M. Liu a un toit doré ; c'est signe qu'elle a été refaite après la chute du dernier souverain Qing, puisque seules les demeures impériales avaient droit à la toiture de tuiles vernissées jaunes, qui étaient l'or de l'Empereur.

« Mais nous avons les empereurs que nous méritons... », pense encore M. Liu.

Shi Jinan, lui, a été convoqué la veille par ce Li Tengshi qu'on a vu hanter comme lui les ambassades étrangères.

— Peut-être vous êtes-vous avancés un peu trop vite, a remarqué le vieil homme aux gros sourcils blancs, broussailleux.

— Peut-être que d'autres nous ont devancés encore plus vite, s'est borné à répondre M. Shi.

M. Li a haussé les épaules :

— Vos affaires ne me regardent pas. Mais il va de soi que la politique étrangère du pays est conduite par ceux-là mêmes qui en sont officiellement chargés, et par eux seuls.

Li Tengshi occupe un poste obscur dans un obscur Comité d'État, mais ses fonctions sont-elles aussi modestes qu'il le prétend ?

— Le camarade Zhao est secrétaire général du Parti, a rétorqué alors M. Shi, et tu sais les liens qui nous unissent.

Cette fois, Li Tengshi a secoué la tête :

— Je sais, je sais... Mais le camarade Zhao n'est pas seul à prendre des décisions au Comité central.

Il était une heure de l'après-midi, Shi Jinan, qui avait faim, avait planté là son interlocuteur. Toute la journée, ensuite, et une partie de la nuit, il a tenté en vain de joindre le camarade Zhao, pour lui rapporter sa conversation avec le secrétaire du Comité...

Guillaume est déjà à son bureau depuis dix minutes, occupé à relire un paquet d'anciennes dépêches qui relatent la chute, en 1987, de Hu Yaobang.

C'était au mois de janvier ; Hu paraissait au faîte de son pouvoir, il était plus jeune et plus dynamique que la plupart de ceux qui, à ses côtés, exerçaient un rôle dans l'édifice du parti communiste chinois : mis en minorité, accusé surtout de ne pas avoir su faire face aux manifestations étudiantes du mois de décembre précédent, Hu avait dû s'incliner. Il avait alors cédé sa place à Zhao, ce Zhao Ziyang dont M. Shi... Le souvenir, pourtant, de quelque rencontre — et le grand coup d'espoir de Guillaume, au milieu de l'été dernier, quand M. Li lui avait dit : « Ne vous inquiétez pas... » et qu'il avait cité des noms, celui de Hu Yaobang. Et puis, le nom de Hu avait peu à peu disparu de leurs pensées...

— Ah ! vous voilà !

Guillaume lève les yeux vers Blondin qui vient d'entrer, précédé de Philippe Barnier, le ministre-conseiller de l'ambassade qui a succédé à Hessing.

— Des nouvelles ?

Les deux hommes s'installent dans des fauteuils en face de l'ambassadeur ; ils secouent la tête : aucune nouvelle. Un gouvernant qui ne gouvernait plus s'est effacé, et voilà tout.

— Qu'en pense notre ami de l'AFP ?

Blondin, qui a passé une demi-heure avec le représentant de l'AFP au téléphone, secoue à nouveau la tête.

— Rien de particulier.

— Mais il serait peut-être bon de faire un petit bilan pour Paris, corrige Philippe Baillou.

Guillaume parcourt la liasse des dépêches qu'on lui tend et approuve.

— Vous me faites ça, Richard : je le signerai en repassant au bureau tout à l'heure.

Ce sera, ensuite, un samedi comme les autres : Guillaume classera de vieilles notes qu'il a prises, des photographies. Ce n'est qu'à huit heures du soir que Meilin lui passera un bref coup de téléphone.

— J'ai passé la soirée d'hier avec Liu Ting et ses amis...

Pas un mot sur la mort de Hu en qui certains avaient un jour mis tant d'espoir : il faudra attendre la presse du lendemain pour lire des éditoriaux dithyrambiques sur le grand mort de la veille — et Guillaume en sera le premier surpris.

A Beida, pourtant, toute cette fin d'après-midi, Meilin et ses amis ont discuté.

— Je vous répète que c'est nous qui avons tout provoqué, dit un Liu Ting accablé.

— Nous ?

Le petit Xu Jing à lunettes interroge : nous ?

— Nous, oui : qui, sinon nous autres, avec nos défilés inutiles, a fourni l'occasion au pouvoir de se débarrasser de Hu ?

Le regard de Liu Ting est très dur. La petite Wang Li, qui rêve d'Amérique, veut protester :

— Mais il fallait bien montrer alors que nous n'étions pas dupes.

Le regard de Liu Ting, plus dur encore :

— Qui peut dire, aujourd'hui, ce qu'il fallait faire hier ? Hu est mort loin de nous, à nous aujourd'hui...

Sur les murs de l'université, sur les panneaux d'affichage, commencent à fleurir les premiers dazibaos chantant les louanges de Hu — presque oublié, voilà si peu de temps... D'un beau trait vif aux enchaînements cursifs et miraculeux, Meilin écrit elle-même : « Hu est mort, sommes-nous vraiment plus vivants que lui ? » Le sourire de Wang Li près d'elle : des larmes.

— Je suis fatiguée, dit Henrietta — ou plutôt : je ne suis pas vraiment fatiguée, je suis lasse ; c'est ça : lasse. Je me sens lasse...

La femme de Jean-Michel est étendue sur le lit de repos que le maître d'hôtel l'a aidée à tirer jusqu'au seuil du jardin et, de là, elle regarde à l'horizon la ligne bleue des plateaux.

— Il faudra que tu repartes, dit-elle encore à Jean-Michel, à Chahara ou ailleurs ; il faudra que tu repartes pour pouvoir, ensuite, me raconter.

Cela fait dix jours que Hessing est revenu de Chahara. Sa femme l'attendait sur ce même lit de repos ; il lui a trouvé le teint pâle, les yeux cernés. Jean-Michel a raconté son voyage, Yasmina est venue le raconter à son tour et Henrietta, le teint plus pâle encore, les cernes violets autour des yeux, écoutait.

— Ainsi ce vieil homme...

La voix de Yasmina qui poursuit :

— Ce vieil homme, oui...

Ou alors, Henrietta qui se tourne vers son mari :

— Et cette petite fille...

Le regard de Jean-Michel s'éclaire :

— La petite fille de Chahara, oui...

Henrietta les écoute tous deux et tient dans une main la main de Jean-Michel, dans l'autre, sa main gauche, la main droite de Yasmina.

Au-dessus de Sanaa, le soleil vous a, au milieu du printemps, des couchers mauves, orangés, éclatants.

C'est Meifang qui a appris la nouvelle à Jacques. Au téléphone :
— Vous avez écouté la radio ? Hu est mort...
Le directeur d'Asie tentait, une fois encore, de traduire l'un de ces poèmes Song qui ont parsemé sa vie :

> « *La rivière est lente et grise*
> *Sur la rive l'oiseau dit à l'homme*
> *Qu'il court moins vite que la rivière et que*
> *L'oiseau...* »

Il tient l'écouteur d'une main ; de l'autre, il joue avec un crayon sur le papier : des mots qui veulent dire rivière, oiseau, homme.
— Je n'ai pas appelé la permanence du Ministère et personne ne m'a appelé.
Il devine la voix de la jeune fille qui hésite, à l'autre bout du fil :
— Je vous demande pardon : je vous ai dérangé.
Jacques s'est redressé ; il a laissé tomber son crayon.
— Pas du tout... d'ailleurs, si vous n'avez rien de mieux à faire...
Une heure plus tard, Meifang l'a rejoint dans son appartement de la rue de la Harpe.
— Ce pauvre Hu était tout de même un homme étonnant, remarque le diplomate qui prépare des verres, une bouteille, du Perrier.

Dimanche. Une brume flotte au-dessus du bras de mer entre Hong Kong et Kowloon — mais le soleil, déjà... Une grande lueur à l'est qui va rougeoyer, puis rosir avant de, doucement, virer au bleu très pâle.

Kelvin Young s'est levé, la bouche pâteuse du whisky qu'il a bu la veille. A peine a-t-il posé un pied sur le sol que la tête lui tourne. Et puis tout de suite, une angoisse. La vieille angoisse... Il se précipite vers la salle de bains, ouvre très grand le robinet de la douche.

Dix minutes plus tard, dans les cris qui montent de la rue, le bruit sec déjà des pièces de mah-jong qu'on pose à plat sur la table, et puis les radios, rock et mélodies faussement chinoises — sirupeuses, exaspérantes, — mêlés, il va vers la chambre de sa domestique.

Rosa a découché ; elle n'est pas rentrée de la nuit. Carma seule gît au milieu du lit, odeur moite, odeur sucrée, déjà presque odeur de femme, pense Kelvin qui s'agenouille au pied du lit.

Il regarde la petite fille qui dort et se dit qu'il pourrait épeler chaque fragment de son corps comme un chapelet fabuleux : sa bouche, ses lèvres, le morceau de langue rose qui dépasse, ou la naissance, ici, d'un sein. Alors, doucement, la vieille angoisse se dissipe...

Julien a eu un petit rire :

— Vous savez : parmi tous mes amis, je suis peut-être le seul à ne pas m'intéresser particulièrement à la Chine : je suis désolé !

L'homme qui se tient en face de lui, au pied de la tour ronde de Charny, est ce Joseph Rivière dont on a dit qu'il était architecte et rêvait de construire un jour une Cité de la Musique. Vêtu d'une veste de chasse et d'un pantalon de velours, les pieds chaussés de grosses bottes de cuir d'un autre temps, Joseph Rivière a ri à son tour.

— Mais je ne vous reproche rien, mon vieux ! Il se trouve que, pendant soixante ans, moi non plus, je n'avais jamais fichu un pied dans ce fichu pays et que, jusqu'à ces derniers temps, je ne suivais pas vraiment ce qui se passait là-bas. Et puis, j'y suis allé — comme tout le monde : c'est à peine si j'ai échappé au voyage organisé ! — et depuis, quand je vois un article sur la Chine, je le lis.

Il s'est appuyé à la grosse canne noueuse qu'il tient d'une main.

— Mais vous n'avez jamais eu envie, vous, d'y faire un tour ?

Julien se souvient du Liban, il y a deux mois seulement.

— Voulez-vous que je vous dise la vérité ? Je rêve plutôt de Normandie en ce moment ; ou d'Auvergne, ou de Beaujolais.

Joseph Rivière, qui a construit une ville en Inde, une autre sur l'Amazone, mais qui ne fera jamais que la rêver, sa Cité de la Musique, enfonce plus solidement encore la pointe de sa canne dans l'herbe.

— Si vous saviez comme je vous comprends !

Dimanche matin : rue de la Harpe, déjà un guitariste. L'homme porte un chapeau de cuir et des boucles d'argent aux oreilles ; il chante : *If I had a hammer* et parle d'écraser le monde.

Deux étages au-dessus, Meifang se réveille : cet homme à côté d'elle, c'est Jacques. Il lui faut quand même quelques instants pour comprendre. Jacques... Puis une immense tendresse la saisit. Elle avance une main, caresse le front du dormeur :

— Jacques... Jacques Benoist...

Depuis un an qu'elle vit à Paris, chaque fois que quelqu'un évoque devant elle la Chine et les Chinois, leurs problèmes à Paris ou là-bas, c'est le nom de Jacques Benoist qui revient. « Personne, a dit un jour le professeur Qu, qui tente, du mieux qu'il le peut, de diriger encore la thèse de la jeune fille : personne en France n'a fait plus aujourd'hui pour la Chine que Jacques Benoist. » La tendresse en Meifang grandit, la submerge. Elle répète à haute voix :

— Jacques, Jacques Benoist.

Et Jacques s'éveille. Il lui sourit. Tous deux boivent du thé pour leur petit déjeuner, et mangent des biscottes.

Puis Meifang commence :

— Peut-être que la mort de Hu est seulement le début d'une longue période de nouvelles incertitudes...

— Je suis désolée, dit simplement Meilin, qui est quand même revenue.

Elle porte toujours une jupe de coton très stricte, un chemisier blanc. Guillaume, qui l'a attendue une partie de la nuit, lève les yeux vers elle.

— J'étais inquiet, tu sais. Et puis il y avait ce dîner chez les Danois où tu devais me rejoindre...

Le chargé d'affaires danois : le regard bleu, la moustache d'un blond qui vire au rose, tant elle est pâle. Meilin a traversé la chambre, elle est passée dans la salle de bains.

— Je suis désolée, répète-t-elle. Il y a eu une réunion, sur le campus. Il fallait prendre des décisions...

Peut-être que si Guillaume, à ce moment-là, avait posé une question... Mais la soirée solitaire de la veille l'a irrité. Il se sent, il le dit lui-même parfois, après une mauvaise nuit : il se sent « maussade ». Si bien que ce n'est que lorsque Meilin est ressortie de la salle de bains, enveloppée dans un peignoir de coton blanc, qu'il l'a interrogée.

— C'est la mort de Hu qui vous dérange tant que ça ?

Il y a de l'ironie dans sa voix, que Meilin affecte de ne pas relever.

— La mort de Hu, en effet, nous a pris de court.

Il a dit : *vous,* elle a dit *nous :* il y a désormais *eux* et *lui,* et Guillaume l'a compris.

Dans l'après-midi, les cérémonies officielles ont commencé face à Zhongnanhai, où a vécu Hu Yaobang : gravement, les hiérarques du régime s'avancent tour à tour, parmi la masse des sans-grade du Parti. Il y a Deng Liqun et Qiao Shi, Ya Yilin, Wu Xueqian, vice-Premier ministre, et Hu Qili, fils spirituel du défunt : belle cohorte de pleureurs dont beaucoup, deux ans auparavant, avaient déjà enterré le mort d'aujourd'hui.

— On l'a assez remarqué, dira plus tard Richard Blondin : Zhao Ziyang lui-même n'était pas là.

Le haussement d'épaules de Baillou, vieux connaisseur des choses de la Chine.

— On ne peut pas dire qu'entre Hu et Zhao, les choses étaient au beau fixe...

Mais c'est ce qui se passe à l'extérieur et sur la place qui nous intéresse. Comme par hasard, venus de Beida, puis de Qinghua, l'université de Technologie, de Fazhixueyuan, l'Institut de sciences politiques et de droit, et d'une douzaine d'autres facultés, de Renmin Daxue — Renda, l'Université populaire — des étudiants s'approchent du centre de la ville.

Ils sont vêtus comme des étudiants : vrais et faux jeans made in Hong Kong ou fabriqués à Canton, chemisettes, pull-overs, une veste ; ils sont parfois par couples et se tiennent la main — et ils sont graves. Quelques-uns portent une grande couronne funéraire, ou des rubans et des fleurs de papier.

— On y va ?

On les imagine qui se regardent, indécis.

— On y va.

Ils ont d'abord hésité, sur le campus de Beida, bien sûr, mais à Renda, et ailleurs ils discutaient, ils évoquaient les figures de leurs grands morts : Chou, hier ; Hu, aujourd'hui. Alors, l'idée germe chez l'un d'entre eux : pour célébrer la mort de Chou Enlai, on a porté des couronnes place Tian'anmen. Du coup, ils ont fabriqué des couronnes de papier et sont partis par groupes, en couples ou se tenant la main et, dans la soirée, leurs couronnes à bout de bras, ils sont parvenus sur la place.

— Tout cela, fait observer sir David Allen, s'est déjà produit tant de fois...

Un dîner britannique suivi d'une réception : cinquante personnes réunies autour de sir David et de sa femme. Guillaume est là, bien sûr, en compagnie de Meilin ; et puis Richard Blondin et Ghislaine, sa femme. Blondin a fait inviter Jean-Bernard André qui observe, ironique :

— Pendant qu'on défile en ville, on dîne en ville — dans les banlieues !

Comme toutes les résidences diplomatiques à Pékin, l'ambassade de Grande-Bretagne est située à la périphérie de la ville.

Sir David est écossais. Des haut-parleurs diffusent *Danny Boy*, puis les *Bonnie, Bonnie Banks of Loch Lommond :*

— Parfaitement exotique, au demeurant, remarque encore Jean-Bernard André.

La femme de Blondin s'est approchée de Guillaume qui parle avec sir David.

— Vous savez que, moi aussi, j'ai un peu de sang écossais dans les veines ?

La nuit est tombée tout à fait : il est minuit, une heure du matin, quatre heures ; sa fenêtre ouverte sur la mer, André Verviers ne dort pas.

Il écoute le bruit des vagues qui vont et reviennent sur la plage ; le vent aussi, dans les arbres autour de la maison. Parfois une moto, très loin, qui pétarade ; un chien, le cri d'un oiseau de nuit : l'oreille aux aguets, il écoute, il écoute intensément jusqu'à ce que, parmi le reflux de la mer et l'aboiement du chien, le bruissement régulier d'un insecte sous ses fenêtres et le souffle du vent, il soit certain d'avoir perçu le souffle d'Ismène, qui dort dans la chambre voisine.

Alors, accroché comme à une bouée lumineuse à ce murmure à peine audible et qui ne résonne peut-être que dans sa tête, Verviers se laisse emporter par la grande vague des images, la mer, l'océan des visages qui, chaque nuit, le berce ; puis il coule à pic, endormi d'un coup dans la nuit qui entre à pleine fenêtre ouverte dans sa chambre.

Le va-et-vient, maintenant, des cortèges improvisés, dans la grande lumière de l'après-midi. Ce flux et ce reflux, le flux encore, et trente mille personnes peut-être rassemblées sur la place Tian'anmen ou dans ses alentours : étudiants et badauds qui ne demandent qu'à se joindre au mouvement. Une immense photographie de Hu, sur le monument aux Héros du Peuple, et les couronnes, les fleurs qui s'amoncellent. En face, presque hautain au-dessus de la porte de la Paix céleste, Mao — qui veille encore.

— Et si la mort de Hu, le deuil que nous marquons, n'étaient qu'un prétexte ? interroge Gilles.

Liu Ting, que l'ami de Paul a retrouvé dans la foule devant le Palais du Peuple, le regarde droit dans les yeux.

— Et si ce n'était qu'un prétexte, en effet, petit frère ?

Bannières, fleurs, dazibaos : des musiques pour la mort d'un héros qu'on a ignoré vivant — et puis ceux qui parlent, ceux qui racontent, qui nous abordent pour nous dire et pour en dire encore :

— Tu vois, s'exclame Richard Blondin à l'intention de Jean-Bernard André qui filme sans trêve : tu vois, en quelques jours, quelques heures presque, ils ont appris la liberté !

Une sage petite fille tire un bout de langue rose pour calligraphier un hommage à Hu Yaobang, qu'elle non plus n'a pas connu.

Dès le lendemain, dans le bureau aux murs peints de cartes du monde : Melot et Jacques Benoist, mais aussi Philippe de Ligne et Bernard Vrin.

— Pour moi, il y a une seule constatation à faire : c'est un échec sur toute la ligne.

Philippe de Ligne parle le premier : il représente le ministre, il est investi de toutes les autorités. Jacques l'interrompt pourtant :

— Personne ne pouvait prévoir la mort de Hu ni les événements d'hier.

Philippe de Ligne a un regard mauvais :

— Personne, bien sûr : vous voulez dire, même pas vous !

Jacques s'est retourné vers Melot qui évite son regard. Alors Jacques se rebiffe :

— Si je comprends bien, Guillaume et moi sommes tous les deux mis en accusation ?

Cette fois, Gérard Melot ne peut pas ne pas intervenir :

— Mais personne n'est mis en accusation, Jacques...

Et Philippe de Ligne continue :

— D'ailleurs, nous ne sommes ici que pour parler de notre ambassadeur à Pékin. Et pour constater : premièrement que ce sont en grande partie les retards qu'il a accumulés dans la phase finale qui ont fait échouer la mission dont il était chargé ; deuxièmement — mais ceci n'est qu'accessoire : que pas un instant il n'a suspecté quelque chose quant au rôle et à la gloire posthume de votre ami Hu Yaobang.

Jacques Benoist n'a pas jugé utile d'intervenir à nouveau. Il pense : quand on veut tuer son chien, on dit qu'il a la gale. Mais Bernard Vrin, qui s'était tu jusque-là, prend à son tour la parole.

— Si vous le permettez, monsieur le Secrétaire général, je voudrais faire remarquer que notre ambassadeur à Pékin n'a jusqu'ici failli en rien à sa mission. C'est à Paris, et à Paris seulement, qu'il faut chercher les causes de l'échec du projet Anglade. Quant à l'affaire Hu Yaobang...

Le regard intrigué de Jacques sur Bernard Vrin : le directeur d'Europe, toujours prêt à monter au créneau, à récriminer, paraît bien conciliant ce matin.

— Nous concluons quoi ? demande alors le conseiller technique du ministre, un peu trop précipitamment.

Et, un peu trop précipitamment lui aussi, Gérard Melot clôt la discussion.

— Si vous le voulez bien, nous conclurons que nous n'avons pas la plus petite idée de ce qui va se passer à Pékin dans les jours qui viennent ; et que ce n'est vraiment pas le moment de déstabiliser notre ambassadeur !

Car c'est subitement l'inimaginable : il est onze heures du soir, minuit — et quelques milliers d'étudiants, venus de Beida, mais aussi de Renda, l'université du Peuple, ont traversé la place Tian'anmen tout entière, et sont montés à l'assaut de l'avenue Chang'an pour tenter de pénétrer le saint des saints, Zhongnanhai, ces parcs, ces pavillons où les plus hauts dirigeants du pays ont leurs quartiers généraux, leur domaine.

Là, jadis, Mao seul...

Mille cinq cents ? Cinq mille ? Ils sont là, étudiants et badauds mêlés, qui demandent à rencontrer Li Peng, le Premier ministre : qu'il s'explique ! Qu'il explique pourquoi Hu, qu'on célèbre aujourd'hui avec tant de solennité, a été limogé, un jour de janvier 1987. Et comme Li Peng ne paraît pas, des cris s'élèvent : « A bas Li Peng ! A bas Deng Xiaoping ! A bas Yang Shangkun ! »

Yang Shangkun n'est que le Président de la République. Mais déjà les haut-parleurs ordonnent la dispersion : Zhongnanhai, le cœur vivant de la Chine depuis 1949, ne saurait être profané. Et la police charge ; une première fois.

... Au début de la matinée du lendemain, autobus et vélos circulent à nouveau sur l'avenue Chang'an.

— Ce qu'ils ont fait cette nuit, dit Richard Blondin à Jean-Bernard, était, hier encore, inimaginable.

— Difficile de savoir, remarque Jacques : les choses prennent soudain une ampleur nouvelle.

Il sait que son sort est scellé : l'article du *Canard*, bien sûr ; mais d'autres signes avant cela — et puis le silence de Melot, qui l'interroge pourtant :

— Selon vous, la disparition de Hu va-t-elle accélérer le processus de libéralisation ou, au contraire...

Sourire alors de Jacques, subitement très loin.

— La mort d'un libéral a rarement accéléré la libéralisation.

Hochement de tête du secrétaire général :

— A moins que Deng ne soit mis au pied du mur...

Jacques ne répond pas. De Pékin, les télégrammes de Guillaume décrivent ces étudiants qui annoncent leur intention de se retrouver sur la place Tian'anmen pour les funérailles officielles et en dépit d'une interdiction venue d'en haut.

— Déjà, à la mort de Chou..., remarque-t-il seulement.

Serge n'a pas eu une hésitation. Il a téléphoné à Cécile qu'il ne passerait pas rue Henri-Barbusse ce matin, puis il est descendu à pied vers la Seine, dans un état d'excitation extrême. De jubilation. Il se dit : « Tout recommence. »

Ce n'est qu'arrivé à la hauteur du Grand-Palais qu'il a hélé un taxi, pour se faire conduire aux services culturels de l'ambassade de Chine en France. Et là, aussitôt qu'il a aperçu M. Ba, qui est son interlocuteur depuis deux ans, il s'est élancé vers lui, les bras ouverts.

— Savez-vous la décision que j'ai prise, mon cher monsieur Ba ? Je pars pour la Chine.

Puis il a aussitôt rempli un formulaire de demande de visa, sorti deux photographies de lui un peu anciennes de son beau portefeuille neuf de chez Hermès — peau d'autruche naturelle — et a donné une tape vigoureuse sur l'épaule de M. Ba.

— Vous allez voir, monsieur Ba, qu'il va se passer des choses étonnantes dans votre pays !

Il reprendra ensuite un taxi qui le conduira à la Closerie des Lilas dont les portes viennent tout juste d'ouvrir — il n'est que onze heures du matin — et apostrophera le premier client qu'il a aperçu, au fond du bar.

— Tu sais la nouvelle ? Je pars pour la Chine. Je viens de recevoir une invitation officielle des autorités de Pékin, qui veulent que des regards étrangers et amis à la fois — impartiaux en somme — puissent servir de témoins à ce qui va se passer.

On rendra cette justice à Serge Lensky que, s'il a bluffé — quelle invitation officielle ? —, il a eu, du moins, le pressentiment que ce qui s'est passé quarante-huit heures auparavant à Pékin n'est qu'un prélude à beaucoup d'autres choses.

Et puis, il a plu. Il pleut. Pluie sur Pékin, pluie sur la Cité interdite aujourd'hui ville morte — et pluie sur la place Tian'anmen, où ceux qui sont restés pataugent dans les flaques d'eau.

Pluie : des haut-parleurs sous la pluie. Quelques étudiants ont encore tenté de passer la porte massive et rouge de Zhongnanhai mais ils ne sont pas allés plus loin. Dispersés, interpellés : pluie.

La presse du matin, celle du soir encore davantage, dénonce les excès de la nuit précédente. La télévision à son tour : ceux par qui le chaos arrive.

Au milieu de la place — et la pluie qui la balaie... — le monument aux Héros du Peuple, des couronnes, le gigantesque portrait de Hu et encore quelques milliers d'étudiants, qui attendent.

La fureur de Serge.

— Mais ce n'est pas possible : vous ne pouvez pas me faire ça ! Je suis un vieil ami de la Chine, vous le savez pourtant.

A l'autre bout du fil, la voix de M. Ba :

— Je le sais, monsieur Lensky, je le sais bien : nous savons tous cela, à Paris. Mais c'est un ordre venu de Pékin et ici, à Paris, nous n'y pouvons rien.

Il vient d'annoncer à Serge que le visa qu'il avait demandé lui a été refusé.

— Pourtant, monsieur Ba..., veut-il continuer.

Mais l'autre l'interrompt, presque sèchement.

— Je vous demande pardon, monsieur Lensky, on m'appelle sur une autre ligne. Au revoir, monsieur Lensky.

M. Ba a raccroché. La rage de Serge Lensky éclate alors, bruyante :

— Me faire ça à moi ! Après tout ce que j'ai fait pour eux !

Karine, l'assistante qui a remplacé Meifang, a entendu la conversation téléphonique — et sait qu'il vaut mieux ne rien dire.

— Les salauds ! répète Lensky, les salauds !

M. Liu, lui, s'est d'abord rendu jusqu'à ce qu'il appelle son « premier bureau », le grand immeuble triste derrière le zoo où parvient, de très loin, la rumeur des campus. Mais il a pensé : « Tout cela n'est plus pour moi. »

Il a croisé Li Ze dans l'escalier. Depuis trois ans, Mlle Li lui sert de secrétaire ; elle est diplômée de l'Institut des langues étrangères et, depuis le premier jour, M. Liu l'a suspectée d'être un peu espionne ; ou, du moins, de faire preuve de peu de discrétion sur les activités de son chef. Mais cet après-midi, Mlle Li paraît très excitée : elle quitte son bureau dès trois heures :

— Vous avez vu, commence-t-elle, il se passe des choses...

Elle rit, bat des mains comme une petite fille. M. Liu lui rend son sourire :

— Il se passe des choses, oui...

Il monte encore un escalier, jusqu'à l'étage de son bureau. Les couloirs sont déserts, beaucoup de bureaux vides ; la porte de celui de M. Liu est entrouverte. Alors, sans se presser mais avec un soin méticuleux, M. Liu commence à ranger ses papiers, dont il va faire trois piles : un énorme tas, qui ne sert à rien, une pile plus modeste, qui pourrait servir, et quelques feuillets, qu'il enferme dans une chemise.

Lorsqu'il a fini ce tri, il ouvre le couvercle du vieux poêle de fonte éteint depuis le 15 mars, et il y enfourne tous les papiers « qui pourraient servir ». Puis il gratte une allumette et regarde la flamme prendre, la bonne odeur de papier qui brûle et la fumée qui envahit la pièce, car le poêle tire très mal.

C'est dans Harley Street, chez le même médecin qui a révélé à Henrietta cette chose qu'elle avait dans le corps : épuisé, fiévreux, Chessman a fini par échouer chez son docteur, qui s'appelle Patrick et à qui il n'a pas rendu visite depuis dix ans.

— Dix ans ! Tu es fou !

Patrick Woodbeams est son ami ; jadis il réunissait dans sa cuisine en sous-sol de très vieux messieurs qui étaient ses clients mais aussi peintres ou écrivains fameux — un acteur, un chanteur... — et les petits jeunes gens qui réchauffaient leurs vieux jours. Chessman y était venu plusieurs fois en compagnie d'Iris : une femme comme Iris, on l'accepte sans problème, disait chaque fois Woodbeams, coiffé d'une toque de cuisinier et qui préparait un lapin à la moutarde.

— Tu es fou ! dit encore une fois le médecin, qui se penche avec un sourire sur son patient.

Lorsqu'il se relève, il ne sourit plus.

— Tu es fou...

Les deux hommes resteront encore un moment à parler. Gravement, le médecin évoquera les semaines à venir, les précautions à prendre ; mais Chessman l'écoute à peine : pour un peu, il rirait de l'air de circonstance que s'est cru obligé de prendre son médecin préféré.

— Tu sais, finit-il par lancer, foutu pour foutu, autant vivre le moins mal que je pourrai. Tu ne crois pas ?

Le visage de Woodbeams se détend, mais il reste sérieux.

— C'est toi l'écrivain : tu inventes ta vie. Moi, je ne fais que poser les balises...

Rentré à Hampstead, Chessman appellera Iris. Il hurlera dans la grande maison sonore :

— Iris ! Iris ! Je fous le camp ! Dans six mois, tout éclate : tout fout le camp !

Puis, Iris près de lui, il se laissera tomber dans un fauteuil râpé, une bouteille de gin à la main, qu'il a débouchée.

— C'est Woodbeams qui me l'a dit : le cœur, la rate, le foie — quoi encore ? Je ne sais plus : tout le système... Tout fout le camp, alors moi aussi je vais foutre le camp. Et le premier, encore !

Cependant qu'Henrietta, la petite fille des bords du Fleuve, au visage qui se creuse pourtant chaque jour un peu plus, aux paupières lourdes, aux lèvres mauves, se redresse :

— Je me sens mieux, dit-elle lorsque son mari et Yasmina reviennent vers elle. Regardez le ciel : je suis sûre que le coucher du soleil sera très beau, ce soir.

Guillaume a insisté : que Paul van der Goes se rende quand même à l'hôpital, qu'on lui fasse des examens, n'importe quoi : cette immense fatigue.

L'ambassadeur a envoyé sa voiture, que Chu conduit, un sourire ironique aux lèvres, parmi la foule de badauds qui se mêlent aux manifestants. L'avenue de Wangfujing est noire de monde mais

Paul, enfoncé à l'arrière de la voiture, n'a pas un regard pour ces hommes et ces femmes dont il se dit que ce sont eux, après tout, chaque jour un peu davantage, qui lui enlèvent Gilles, sans qui il ne saurait vivre.

Devant l'ancien hôpital Rockefeller, une vendeuse de pain mantow.

— J'ai faim ! dit subitement Paul, qui achète et mange l'un après l'autre deux petits pains cuits à la vapeur.

Puis il s'enfonce dans les couloirs de l'hôpital, à la recherche de ce docteur Ba, qui doit s'occuper de lui.

Pendant toute la journée, Serge a rongé son frein à la Closerie. Il a bu aussi : de la vodka pure, dont il a vidé sept, huit verres avant dîner ; puis une bouteille de sauvignon pendant le dîner ; de l'armagnac après le dîner.

Il répète :

— Les salauds... les salauds...

Karine, silencieuse, n'a bu que de l'eau minérale.

— Mais tu ne sais pas boire, ma belle : il faut oser !

Serge tend à la jeune fille le verre d'armagnac qu'il tient à la main.

— Tiens : avale-moi ça.

Karine a refusé ; une fois, deux fois ; alors Serge s'est levé pour le lui porter aux lèvres de force.

— A la santé de la Chine et du milliard de petits Chinois qui n'attendent que moi pour leur apporter la bonne parole !

La jeune fille a secoué la tête, serré les dents, et le verre s'est cassé : un peu de sang qui coule du menton de Karine, mêlé à l'armagnac. Elle se lève d'un bond.

— Espèce d'idiot !

Serge commande un cinquième armagnac...

A l'autre bout de la salle, Patrick Vergnaud n'a même pas levé les yeux vers celui qu'il a un jour appelé un pitre...

Une heure plus tard, le pitre a débarqué dans la petite salle de Chaillot où Lavenant achève la mise en place d'une scène. Meifang, debout, dressée, portée par trois de ses camarades, s'avance, une fois encore, une couronne à la main : le mouvement qu'elle a, de tout le corps, pour s'incliner, devant un mort qui n'existe pas, puis pour se redresser.

— Superbe, murmure Lavenant.

— Grotesque ! hurle Lensky.

Tous se sont retournés. Deux minutes encore, et c'est sur la scène de Chaillot un autre spectacle : Lavenant et Serge qui en sont venus aux mains, et Serge qui frappe, Lavenant qui encaisse, qui encaisse d'abord mal, puis mieux, qui reprend l'initiative et qui frappe à son tour, frappe à coups répétés, sans rien voir, sans entendre les cris de ses amis qui lui disent d'arrêter.

Serge a fini par glisser à terre, le visage en sang. Lavenant est revenu à lui :

— Je suis fou..., dit-il à mi-voix.

Deux hommes de cinquante ans se sont battus comme de vieux gamins.

— Je suis fou..., répète Lensky.

Serge se relève, lourdement ; il a tiré son mouchoir pour éponger le sang qui gicle de sa lèvre ouverte.

— Les salauds...

Il s'en va en titubant. Penchés sur Lavenant qui a fini par se laisser tomber sur une chaise, Meifang, Cécile, Léo, Mina.

— Les salauds...

Sur l'esplanade du Trocadéro, des projecteurs semblent suivre Serge de leur lumière crue.

A Beida, tôt ce matin, Meilin a rejoint Liu Ting et ses amis. Ils fument des Camel — en chinois, chameau se dit *luotuo* — et les idéogrammes qui le traduisent se dédoublent en deux figures qui se répondent.

Liu Ting, Aiqin qui a quitté son bar, et la petite Wang Li sont réunis autour d'un directeur de l'Institut de physique qui commente les nouvelles de Pologne. La Pologne, oui... La table ronde Solidarnosk-gouvernement a terminé ses travaux voilà quelques jours.

— Et nous ? demanda Wang Li.

La presse — *Le Quotidien du Peuple,* dans un article intitulé « Comment rendre hommage à Hu Yaobang » — dénonce la minorité d'excités qui, sous prétexte d'honorer la mort de Hu, s'attaque au Parti et au gouvernement. « Si ces gens-là pensent que la patience du gouvernement est une preuve de sa faiblesse, ils subiront les conséquences de leur entêtement. »

De son côté, *Le Quotidien de Pékin* publie un avis de la sécurité publique de la municipalité interdisant la circulation place Tian' anmen le 22 avril de huit heures à douze heures, afin de garantir le bon déroulement des cérémonies qui doivent avoir lieu au Palais du Peuple le 22 au matin.

— Et nous ? interroge cette fois le petit Xu Jing, qui a enlevé ses lunettes.

Plus tard, dans la soirée, c'est le peuple de Pékin qui s'est avancé. Des dizaines de milliers, des centaines de milliers de personnes : la foule enfle. Des banderoles appellent à la liberté : liberté des hommes, liberté des idées, liberté de la presse. Liberté. On s'amuse, pourtant, on rit encore. Dans la nuit, près de deux cent mille étudiants venus de la plupart des universités de Pékin et de Tianjin vont occuper la place. Alors que le mouvement s'organise et qu'un service d'ordre étudiant apparaît, certains représentants des manifestants vont négocier toute la nuit avec des membres du gouvernement qui leur permettront finalement de ne pas quitter la place le 22 au matin.

Meilin, une fois encore, n'est pas rentrée à l'ambassade.

Rue de l'Élysée, Simon empile des dossiers dans une caisse, sous le regard désolé de Fabienne, sa secrétaire.

— Mais vous êtes sûr, monsieur..., commence-t-elle.

Pour s'arrêter aussitôt : sûr de quoi ? Elle-même est-elle sûre de quelque chose ? Cependant, Simon vide méthodiquement ses tiroirs, jette dans un carton les papiers qu'il ne veut pas garder, les lettres, les dossiers qu'on lui a laissés.

Le coffre-fort, sous le petit tableau de Patrick Vergnaud, est ouvert : il était déjà vide, on l'a vidé pour lui. Il ne reste que deux albums de photos anciennes, quelques pages du journal que Simon avait repris : les pages de journal vont rejoindre, dans les cartons, les lettres à détruire ; les deux albums, posés à plat sur le bureau, seront mis en caisse avec les deux rayons de livres qu'il emporte.

— Si vous saviez, monsieur, combien on vous regrettera...

Simon se retourne ; il adresse un sourire à cette Fabienne dont il est presque sûr qu'elle est autant flic que secrétaire. Puis il décroche lui-même la petite toile rouge et blanc, noir et blanc, qui représente déjà la mort, ailleurs, et qu'a peinte voilà plus d'un quart de siècle un peintre qui ne peint plus.

Grève : l'université Qinghua est en grève. Les deux caractères — *Ba Ke* — qui le disent s'étalent, gigantesques, sur toute la façade d'un bâtiment. Et des gosses, devant, écoutent un gosse comme eux qui les harangue.

Il est tôt encore, la journée sera longue et déjà, la place entière, face à la porte de la Paix céleste, est devenue un gigantesque campement où les étudiants qui ont passé la nuit là attendent.

A 8 h 30, les funérailles de Hu Yaobang ont commencé au Palais de l'Assemblée du Peuple. L'éloge funèbre est prononcé par Zhao Ziyang — il va passer sous silence la période qui s'étend du limogeage de Hu en janvier 1987 à sa mort.

Dehors, on crie, on conspue : « A bas les mandarins » ou « Tremblez, les corrompus ! » et partout, la présence massive de la police dans toutes les rues qui mènent à la place Tian'anmen.

La cérémonie est retransmise en direct à la télévision mais on ne diffuse aucune image de la place, alors que c'était pourtant là l'une des demandes des étudiants.

Le pouvoir a d'ailleurs tout refusé : qu'il s'agisse de présenter publiquement des excuses aux étudiants blessés au cours de la nuit du 20 avril ; de permettre à un groupe des leurs de présenter un dernier hommage à Hu Yaobang ; ou d'autoriser les médias du régime à rendre compte de manière objective du mouvement qui se développe.

Après la cérémonie et une fois les membres du gouvernement dispersés, trois étudiants vont s'agenouiller devant le Palais de l'Assemblée du Peuple pour présenter une pétition. L'un d'entre eux s'appelle Guo Haifong.

Puis les étudiants vont retourner en cortège sur leurs campus et annoncer la grève des cours.

Près d'un million de Pékinois se sont massés le long de la route empruntée par le cortège funéraire ; le même jour, des émeutes ont eu lieu à Xi'an et Changsha.

— Continuer ? interroge Meilin.

— Il faut continuer.

Le 4 mai prochain sera le soixante-dixième anniversaire de la première grande manifestation étudiante de l'histoire de la Chine. C'était en 1919, on se battait déjà pour la liberté — et contre le Japon. La police avait chargé ; il y avait eu des arrestations, et le début d'une grève, déjà.

— Il faut tenir, au moins jusqu'au 4 mai !

Dans son « deuxième bureau », au sein même du Palais du Peuple, M. Liu n'a pas eu un grand travail de classement à faire : on était passé avant lui et les seuls dossiers encore en place dans le meuble à tiroirs qu'il avait fait laquer de rouge appartiennent à la catégorie des documents qui ne servent à rien. On les lui a laissés, il les laissera de même : après tout, on lui nommera peut-être un successeur, il faudra bien que celui-ci trouve quelque chose à se mettre sous la dent.

Ici, sa secrétaire s'appelle Mlle Deng : il avait une immense confiance en elle et aurait aimé pouvoir lui dire au revoir. Mais il ne croisera que Da Chu, le gros Chu, à la fois l'huissier et le factotum de tous ces messieurs qui ont un bureau à cet étage « réservé » du Palais du Peuple. Alors, c'est à lui qu'il fera ses adieux.

— Au revoir, Gros Chu, je m'en vais.

L'autre bégaie.

— Un j-jour c-comme aujourd'hui ? P-partir ?

M. Liu répète après lui :

— Partir, oui : un jour comme aujourd'hui.

Il a seulement emporté une très vieille photographie prise à Yan'an en 1939 qui se trouvait sur son bureau : M. et Mme Liu, jeunes mariés, en compagnie d'un gros garçon en uniforme qui s'appelait Zhu De. Zhu De est devenu maréchal, on l'a laissé mourir ignominieusement, comme la jeune Mme Liu, devenue la vieille Mme Liu et qui est morte un jour de 1967 dans le grand yamen, près de la gare, qu'elle partageait avec dix autres familles.

Il ne reste plus qu'à protester : cela fait trente ans que Serge Lensky a mis au point une signature à la fois parfaitement lisible et hautement décorative dont il paraphe avec soin tous les documents qu'il doit signer.

Serge Lensky : la haute signature achevée, à l'encre violette, au bas de la lettre qu'il adresse au directeur des cours de l'École des Hautes Études pour lui annoncer la dissolution du groupe de travail qu'il a mis sur pied voilà près de dix ans... Ces centaines de fiches, de dossiers, d'interviews, de témoignages ; les dazibaos qu'il a pu recueillir, les journaux clandestins de toutes les provinces de la Chine qui lui sont parvenus de tous les coins du monde : un trait dessus. Il emportera chez lui ce qui pourra lui servir. Pour le reste, à Dieu vat !

« Des circonstances indépendantes de ma volonté m'obligent, monsieur le Directeur et cher ami, à suspendre sine die... » Puis le beau paraphe à la fin de la lettre.

Le téléphone sonne. Une voix de femme.

— Je vous passe M. Laroche, au ministère des Affaires étrangères.

La voix de Denis Laroche.

— Allô, Lensky ? Pardonnez-moi de vous déranger, mais vous savez, les nouvelles vont vite : on m'a dit que...

Alors, le vif du sujet :

— Tous ces fichiers, toutes ces fiches, oui : si vous n'avez plus rien à en faire, je suis preneur.

Des étudiants chinois répartis aux quatre coins du monde, les amis de Meifang et tous les autres... Serge rit :

— Pourquoi pas ? Faites-moi une proposition...

— Peut-être qu'il suffit de savoir écouter..., dit Didier de Wandrille.

Ils sont dans le salon de musique, où Jean-Noël Bergame et Laura, la petite Américaine, achèvent une sonate de Brahms. Tout est très calme. Il y a Bonnaire, le vieux poète, Joseph Rivière, l'architecte, et un jeune homme aux cheveux noirs et longs qui s'appelle Alexandre Arnauld.

— Peut-être qu'il faut simplement réapprendre à écouter..., répond Julien.

Déchirante, la petite phrase qui ouvre le premier mouvement est revenue clore le dernier, comme un ultime salut, un au revoir complice. Le regard de Didier n'a pas quitté le visage de Laura, incliné sur son instrument. Lorsqu'elle le relève enfin, ses yeux croisent ceux du maître des lieux ; elle ne dit rien, ne sourit pas, mais entre la jeune fille venue du

Middle West pour accompagner une amie jusqu'à la mort, et celui qui a offert à cette amie l'eau et la lumière où elle a pu mourir, quelque chose de très fort, lentement, se construit.

— Savoir écouter, répète Didier de Wandrille.

Ba-ke : grève des cours : on se prépare à tenir jusqu'au 4 mai. Mais déjà, dans la foule, place Tian'anmen et aussi sur les campus, dans les rues, des photographes amateurs sont là, qui prennent des photos de ceux qui donnent des ordres, de ceux qui mènent... Photographies : bientôt des fiches, la police, les dossiers, les procès.

Pendant ce temps, le président de Beida a menacé de démissionner si le pouvoir le forçait à interdire l'entrée de l'université aux journalistes ; et le gouvernement s'est incliné. « La presse est presque libre... », affirme David Allen, venu passer un moment avec Guillaume.

Dans son édition du 23 avril, *Le Quotidien du Peuple* a publié l'éloge funèbre prononcé la veille par Zhao Ziyang. Il relate également les violents incidents de Xi'an : « Après la cérémonie d'adieux à Hu Yaobang, des pillards ont brûlé une vingtaine de maisons et des voitures. Hurlant des slogans réactionnaires, ils auraient même essayé d'attaquer la préfecture. » Sur le ton de la plus vive indignation.

— Et pendant ce temps, interroge sir David, vous savez ce que fait notre bon ami Zhao Ziyang ?

Pour montrer qu'il est libre, et qu'il est toujours le maître, Zhao Ziyang part pour la Corée — en visite officielle.

Sukarno se trouvait à Pékin, en visite officielle, lorsque Suharto a renversé son régime et commencé le massacre des communistes indonésiens : combien en ont réchappé ?

— Peut-être à ce stade convient-il de prendre une décision : s'agit-il seulement de nous faire entendre, ou devons-nous d'abord faire entendre ce que nous avons à dire ?

Depuis trois heures, Liu Ting est debout sur une manière d'estrade improvisée au milieu du campus et les quelque deux ou trois cents étudiants qui l'écoutent approuvent.

— Il faut que les vieux sachent d'abord que les jeunes existent, mais qu'ils sachent aussi ce que le peuple et la jeunesse réunis ont à dire.

C'est la voix de Meilin qui s'est élevée. Quelques-uns se sont retournés.

— Ce n'est pas une étudiante, celle-là ?

Alors Liu Ting fait un geste de la main.

— Taisez-vous, mes amis : vous ne savez pas qui est Meilin, moi je vais vous le dire.

Puis :

— Viens ici, Meilin, approche-toi.

Sur la scène de Chaillot, Lavenant fait signe à Meifang :

— Viens ici, Meifang : avance-toi jusqu'à moi. Tu ne joues pas le rôle de ton amie Meilin ; tu *es* Meilin. Tu es Meilin et tu dis ce que Meilin aurait dit là, à ta place, sur cette scène qui devient à la fois un campus d'étudiants, la place Tian'anmen et la scène entière du monde. Parle, Meifang, c'est à toi.

La voix de Meifang, alors :

— Je n'ai qu'un mot à dire : liberté.

Dans le fond de la salle, Serge, qui est entré sans que personne ne l'ait aperçu, ricane.

— Je sens, murmure-t-il, je sens que je suis en train de redevenir un vieux maoïste de la grande époque.

Il pense encore : « Toutes ces pitreries me font gerber. »

Paul est désormais seul dans la petite maison près du marché de l'Ouest. Sur la tablette, à côté du lit, le mot griffonné par Gilles pour dire qu'il ne sait quand il rentrera : les larmes lui sont montées aux yeux.

Le jeune homme a fini par se lever. Il a traîné une partie de la matinée dans sa chambre, sans même sortir dans le jardin. De partout, des rumeurs, des radios, le récit par dix, par vingt commentateurs dans la rue, autour de lui, de ce qui se passe ailleurs, ici, dans la rue, loin de lui ; pour en couvrir le bruit, Paul a mis un disque sur sa machine à musique. Du Bach, une suite pour violoncelle. Il pense : être loin de tout cela..

Chaque matin, aussi brève qu'ait été la nuit, Verviers se réveille de bonne heure. Il aime à penser : « Je me lève à l'aube, avec le soleil. » Il va jusqu'à sa fenêtre ouverte pour goûter — c'est son mot : il goûte — le fond de l'air, l'air du temps ; deviner — plein soleil ou la brume, si souvent sur la plage, une rafale de vent qui deviendra tornade — ce que sera la journée qui commence.

Sa chambre est nue, blanchie à la chaux et une seule photo d'Irène la décore — avec un crucifix aux bras étroitement refermés au-dessus de la tête ; sur le sol, un tapis de corde et, sous le tapis, les carreaux de terre cuite. Pieds nus, Verviers va jusqu'à la cuisine, prépare une cafetière qu'il boira, tout entière, en trois ou quatre tasses, puis il sort sur le perron, sur le boulevard qui longe la mer, sur le remblai, sur la plage.

Il marche. Des mouettes. Des gosses qui s'amusent, déjà. Et les volets qu'on ouvre, les fenêtres, des visages qui apparaissent : jusqu'à neuf heures, le temps passe très vite. A neuf heures, il rentre dans la cuisine, prépare du thé qu'il monte au premier étage. Il s'arrête sur le palier, frappe à la porte :

— Je peux entrer ?

Il entre. Ismène se réveille et s'étire.

— J'ai passé, dit-elle, une nuit merveilleuse...

Le Mouvement du 4 Mai ; l'Idéologie du 4 Mai : la Chine sera neuve et pourra renouer une fois de plus avec son histoire. Après tout, c'est à Beida qu'a commencé la journée historique du 4 mai 1919. Alors, à Beida encore, on se prépare.

On proclame la déchéance officielle des syndicats : pourquoi pas ? On fait des collectes, on recueille des signatures.

Et surtout, on le sait maintenant, les étudiants se sont constitués en une organisation indépendante intitulée Fédération autonome des étudiants. Et Chen Minyan, poète, fait un discours de poète et d'homme politique — et reproche à la presse officielle de déformer les objectifs du mouvement qui se développe dans tout le pays.

Cependant, le comité permanent du bureau politique du Comité central s'est réuni le 25 avril pour écouter le rapport de la municipalité. Et puis, Deng a prononcé le discours qui annonce tout ce qui va suivre : il faut éviter le bain de sang, bien sûr a-t-il affirmé : mais est-ce que ce sera possible ?

Le reste est à l'avenant. Ainsi, subitement, Hu est-il à nouveau condamné et l'évolution de la situation en Pologne est présentée comme une catastrophe : « Il ne faut pas se borner à régler l'environnement économique, il faut se préoccuper du politique... », lance le vieil homme qui donne enfin une directive précise : ce soir à 7 heures la télévision retransmettra l'éditorial du *Quotidien du Peuple* du lendemain.

Le discours du 25 avril, l'éditorial du 26 avril : des textes qui bâillonnent une révolution.

Le Président a fait prévenir Simon qu'il souhaitait le voir. Il est onze heures du matin et, dans l'antichambre aux meubles trop bas, inconfortables, Simon attend l'heure de l'audience qui lui a été accordée.

Il allume une Boyard, la fume, en écrase le mégot pour en allumer tout de suite une autre. Un huissier passe ; un jeune homme en uniforme ; une vieille dame qui tient un dossier et lui sourit. Elle ne dit rien, et Simon pense : « Elle sait. »

Puis une sonnerie retentit, l'huissier revient dans la pièce, on traverse un premier bureau, désert ce jour-là — et c'est le bureau présidentiel, les meubles modernes dans le cadre Second empire et l'homme qui vient vers lui, la main tendue.

— On m'a dit que vous vouliez nous quitter, monsieur Anglade...

Une demi-heure après, Simon quittera en effet l'Élysée par le grand perron. Déjà les gardes républicains se mettent en place, le tapis rouge, des voitures qui attendent ; quel souverain étranger ? Pendant trente minutes, le Président a interrogé Simon sur ce qui se passe à Pékin. C'est seulement au moment où son interlocuteur s'est levé qu'il a, avec un soupir, fait allusion à ce qu'il a appelé « une belle occasion manquée ».

— Nos amis chinois n'étaient pas prêts... Il vous aurait peut-être fallu six mois, un an de plus.

Il a encore posé quelques questions à Simon sur sa bibliothèque — lui aussi est bibliophile : sur ses dernières trouvailles — une édition originale de *Rome, Naples et Florence* reliée en maroquin d'époque, avec un envoi à Mme Daru, puis les deux hommes se sont quittés, sur une longue poignée de main.

— Portez-vous bien, monsieur Anglade.

Rue du Faubourg-Saint-Honoré, les policiers de service ont fait signe à Simon de changer de trottoir.

Karine et Meifang ont fait très vite, et lorsque Serge est revenu rue Henri-Barbusse chercher les dossiers qu'il a vendus à Laroche — on avait mis à sa disposition une camionnette des Domaines —, une autre camionnette était passée avant — et tous les fichiers avaient été déménagés. Cette fois, Lensky hurle de fureur :

— Les salauds ! Les petites salopes !

Ni Karine, ni Meifang ne répondront à ses coups de téléphone : Meifang vit désormais chez Jacques Benoist ; quant à la petite Karine, qui s'est méfiée d'un coup de sang de son ex-patron, elle a préféré s'installer pour quelques jours dans l'appartement de Cécile et de Léo.

L'éditorial du *Quotidien du Peuple* est intitulé « Il faut prendre une position claire contre les troubles ». Le ton est, cette fois, sans équivoque. « Les désordres actuels sont le fruit d'un complot prémédité par une petite minorité. Leur véritable objectif est d'abattre les dirigeants du parti communiste chinois et le système socialiste. Il faut interdire toute manifestation illégale, punir les casseurs et garantir le suivi des cours » : c'est la déclaration de guerre de Deng Xiaoping aux foules de la place Tian' anmen.

Celles-ci ne s'y sont pas trompées, et les étudiants ont réagi violemment à l'éditorial qu'ils ont commenté par haut-parleurs ; puis ils ont décidé une nouvelle manifestation le 27 avril.

Le Quotidien de Pékin publie alors un communiqué de la fédération des étudiants de Pékin : seules les associations étudiantes élues conformément à la charte de la Fédération nationale des étudiants sont légales, officielles et représentatives.

— Tout n'est pas perdu, peut faire remarquer Serge Lensky à Laroche qu'il a rencontré dans une brasserie de la place de l'Alma, les vieux reprennent du poil de la bête. Vous allez voir qu'ils vont y aller fort ; et très fort, même.

L'adjoint de Jacques Benoist se penche vers lui :

— Selon vous, la réaction pourrait être violente ?

Sourire narquois de Lensky.

— La violence, là-bas, qu'est-ce que c'est ? Un signe sur un mur est parfois plus violent qu'une armée qui tire et qui tue.

— Parce que vous croyez que l'armée...

— Je ne crois rien : j'observe.

Puis, brusquement et avec un soupir de satisfaction :

— Voulez-vous que je vous dise ? Jamais je ne me suis senti aussi maoïste qu'en ce moment. Les gamins avec leurs banderoles sont tout bonnement en train de flanquer en l'air ce que d'autres ont mis cinquante ans à construire. A Valmy, on disait que la patrie était en danger. Eh bien, la Chine est en danger. Il faut trancher net dans la chair vive, sinon...

— Sinon ?

— Sinon les signes succéderont aux signes et seront bientôt plus fort que les armes.

D'où le geste de Meifang, devenue Meilin, qui s'approche de la stèle élevée au centre de la scène et qui, lentement, très lentement, dépose devant elle la couronne de fleurs blanches — des fleurs de papier — que son camarade, vêtu de bleu et blanc, lui a tendues.

Elle demeure un instant parfaitement immobile, le visage grave, presque dur, et puis, soudain, des larmes — de vraies larmes — coulent sur ses joues.

— Je m'appelle Meilin, dit Meifang, et personne ne m'a laissée avoir quinze ans !

A quinze ans, l'étable-prison, dans le fond du Shandong, et le gros chef de section qui, un soir sur deux, la violait.

— Je m'appelle Meilin, dit encore Meifang, et demain j'aurai vingt ans.

Cette fois encore, on s'est levé tôt et c'est tôt que les défilés commencent. La police est là, bien sûr, mais sans armes.

A huit heures, le premier groupe d'étudiants est parti à pied de Beida pour le centre de la ville. Bientôt rejoint par des étudiants des autres universités, le cortège est encouragé sur tout le parcours par la présence massive de la population. Ce sont plusieurs centaines de milliers de manifestants qui parviendront ainsi place Tian'anmen pour réclamer une fois encore la démocratie, la liberté de la presse et s'opposer à la corruption.

Ce qui se passe, ce 27 avril 1989 ? C'est tout simplement la plus importante manifestation antigouvernementale depuis la création de la République populaire de Chine. Et c'est une mer humaine, une houle sans cesse renouvelée, un raz de marée qui converge vers la place. Tout : il y a de tout, parmi eux, ils sont tous là : même les étudiants de l'Institut des relations internationales, les futurs diplomates du pays. Et puis on cite Mao : pourquoi pas ? Lui, au moins, travaillait pour le peuple.

La police s'interpose, qui est, ligne de flics après ligne de flics, repoussée. Et les dizaines de milliers d'enfants qui s'avancent en criant : « Nous sommes une poignée d'agitateurs. »

A 18 heures, la place appartient aux étudiants, Pékin est aux Pékinois.

Les étudiants de l'Institut des langues étrangères chantent *La Marseillaise* en français, mais aussi *Frère Jacques,* en français — et en chinois.

Un assistant du docteur Ba est venu en vélo jusqu'à la rue des Trois-Cerisiers — jadis, peut-être, trois arbres blancs au printemps... — pour apporter à Paul van der Goes la lettre du médecin qui accompagne les résultats des examens subis à l'ancien hôpital Rockefeller.

— Il n'y a rien d'autre ? interroge le jeune homme.

L'homme — trente ans, le visage constellé de taches brunes et des lunettes, façon Ray-Ban, qui lui donnent l'allure d'un Chinois de Hong Kong — l'homme rit.

— Rien d'autre.

Paul a lu la lettre, il a tenté de déchiffrer la liasse de feuillets qui sont analyses de sang, d'urine, commentaires sur des radiographies, et il sait.

— Rien d'autre, répète-t-il.

Il a compris. Il a fait un geste à son visiteur, qui voulait dire qu'il pouvait s'en aller, et il est resté seul dans la petite maison à l'arbre unique qui se dresse au-dessus d'un bassin : trois poissons d'or...

Il sait que les choses n'en resteront pas là, qu'il recevra d'autres visites : sa maladie n'est pas de celles qu'on tolère dans la Chine d'aujourd'hui ; puis il pense à Gilles, et ses yeux se mouillent soudain. Si Gilles, lui-même...

— Je m'en fous : c'est un salaud, se surprend-il à dire à mi-voix.

Puis il se reprend et pense : « Pauvre Gilles... » Dans l'air très pur d'un printemps précoce, la même rumeur monte, avec les fumées des foyers qu'on allume maintenant dans les rues.

Toute la journée, rue Guynemer, Simon a continué à trier des livres, des papiers : depuis qu'il a décidé de partir, il a résolu de n'emporter avec lui que ce que pourra contenir sa grosse Volvo gris métallisé. « Mais elle peut contenir beaucoup de choses », s'est-il dit, pour se rassurer.

La vieille question idiote lui trotte dans la tête : « Si vous partiez pour une île déserte... » ; aussi est-ce la même réponse qu'il fait : Balzac, bien sûr, *La Comédie humaine.* Et il empile dans une caisse les douze volumes de la nouvelle édition de la Pléiade, avec le vieux Proust en quinze volumes qu'il traîne depuis toujours ; et Stendhal : le Journal, les écrits intimes, la correspondance. Et puis les douze volumes des nouvelles de Henry James, Musil, quelques livres encore, qu'il choisit soigneusement.

Dans un autre carton, il a placé le tableau de Patrick Vergnaud, rapporté de son bureau, et la petite tête khmère de Banteay Srei. Il pense : « Ma jeune fille décapitée... »

Sacrifiée, en somme, sur l'autel de la réconciliation cambodgienne : pourquoi pas ? Puis il s'assied sur un canapé, face aux arbres du Luxembourg, et allume une cigarette. La photo de Lorraine, prise l'autre printemps à Deauville, lui sourit.

— Il faut savoir s'en aller, mon ange, dit-il à la jeune femme morte : tu as su me le montrer, à moi de savoir aussi bien jouer.

A trois reprises, le téléphone a sonné : c'était Chong Baima, l'ambassadeur de Chine amateur de Stendhal, mais Simon a joué au valet de chambre stylé pour répondre que « Monsieur n'était pas là... ».

On dirait pourtant que les étudiants, la foule, le pouvoir lui-même reprennent leur souffle. Jusqu'au 2 mai, une sorte de calme.

Mais sous les banderoles qui se lèvent, de plus en plus glorieuses, de plus en plus joyeuses, une inquiétude. Et chez les hiérarques du pays, quelle décision, qui déjà mûrit ?

Le ton du pouvoir face au succès de la manifestation du 27 avril s'est radoucit. Yuan Mu, porte-parole du gouvernement, reconnaît aux manifestants sincérité et patriotisme et propose d'ouvrir le dialogue à deux conditions : qu'ils cessent de manifester et que les discussions se déroulent par les voies usuelles.

La presse revient sur l'épisode de la pétition présentée sur les marches du Palais du Peuple le 22 avril en soulignant qu'il rappelle certaines pratiques de la Révolution culturelle. En outre : « Refuser les interlocuteurs proposés et exiger de parler avec le Premier ministre est antidémocratique. »

Richard Blondin et Philippe Baillou relisent les notes prises ces derniers jours :

— Le problème, remarque Blondin, c'est qu'il y a d'un côté des gamins, de l'autre des vieillards — et rien entre les deux.

Zhao Ziyang n'est toujours pas rentré de Pyong-yang.

— Je suis convaincu que seul Zhao...

Richard Blondin se tait à son tour. Attendre.

Face aux gérontes du Parti, il y a les « vedettes » qu'on commence à remarquer dans la masse des étudiants : Wu'er Kaixi — qui multiplie les interviews, les rencontres et les déclarations et s'affirme un moment sous le coup d'un mandat d'arrestation ; et puis Wang Dan, d'autres...

On affirme que Zhao a protesté avec la dernière des énergies contre l'éditorial du *Quotidien du Peuple* du 26 avril qui appelait, en somme, à l'écrasement du mouvement.

Dans l'après-midi, Yuan Mu et He Dongchang vont dialoguer avec quarante-cinq étudiants sur la question de la corruption et de la liberté de la presse. La rencontre sera en partie retransmise le soir à la télévision. Parmi les quarante-cinq étudiants, quarante ont été choisis par le porte-parole du Conseil des affaires d'État et n'osent parler au nom de leurs camarades, tandis que quatre autres sont membres de la Fédération autonome des étudiants, non reconnue par les étudiants : personne ne se déclarera satisfait de cette rencontre.

Plus tard dans la soirée, Gilles est revenu rue des Trois-Cerisiers ; il a poussé la porte de bois et a aperçu Paul, assis au bord du bassin :

— Tu n'es pas allé voir ?

Il est surpris de trouver son ami immobile dans le jardin, comme perdu dans la contemplation des poissons rouges qui flottent, le ventre en l'air.

— Qu'est-ce qui leur est arrivé ? Ils ont été empoisonnés ?

Paul ne répond pas. Il hausse enfin les épaules :

— Tout est empoisonné ici.

Le jeune Chinois s'arrête, indécis. Puis :

— Je voulais te dire, Paul...

Il y a un silence ; mais, comme son ami semble à peine l'entendre, Gilles continue :

— Je voulais te dire : je vais partir — je dois partir, corrige-t-il — pour quelques jours.

Paul ne répond toujours pas.

— Tu ne m'en veux pas ?

Paul secoue la tête. Le Chinois a ramassé quelques vêtements qu'il a jetés en vrac dans un sac Adidas. Puis il revient vers son ami.

— Je te demande pardon...

Et, au moment de tirer la porte sur lui :

— Tu as reçu les résultats de tes analyses ?

Comme Paul s'est contenté, une fois encore, de secouer la tête, Gilles revient vers lui, effleure du bout des doigts le front de son ami :

— Je suis sûr que tout va bien.

Il est déjà parti : Paul van der Goes n'a rien dit à celui dont il partage la vie, depuis deux ans, du mal qui le ronge et qu'on vient de lui révéler.

Simon a alors arrêté sa Volvo grise, chargée jusqu'au plafond de caisses, de paquets, de valises, sur une aire de stationnement, après Bourges. Le temps de boire un café, fumer une cigarette.

A l'autre extrémité du bar, une femme de quarante ans, blonde, essuie des larmes avec un mouchoir de soie rouge. Elle est belle, de ces beautés un peu slaves qui l'émouvaient autrefois. Il pense aussi à Clawdia, et se dit que cette femme ressemble d'une manière stupéfiante à ce que Clawdia a pu être, voilà dix ou quinze ans. La femme le regarde, par-dessus sa tasse de café, puis elle pleure de plus belle et tire à nouveau son mouchoir. Ils sont seuls, dans cette cafétéria déserte, avec deux ou trois employés qui s'agitent mollement. Simon se dit encore : « Je suis seul, personne ne m'attend... » Il a presque un mouvement pour se lever ; aller vers cette femme. Mais elle le dévisage, le regard vide pourtant, et ce n'est pas Clawdia ; c'est une inconnue qui lui sourit soudain — et Simon vide sa tasse et quitte la salle.

Sur le parking, quelqu'un a forcé la portière de la Volvo. Quelques paquets ont disparu, on a fait très vite, on a pris n'importe quoi, au hasard, ce qui était le plus accessible, mais Simon a compris qu'il ne reverra jamais la petite tête décapitée de Banteay Srei, ni le tableau de Patrick Vergnaud.

Les derniers jours, les dernières heures : M. Liu s'est enfermé dans sa maison. Il a donné congé à la très vieille gouvernante qui veille sur lui depuis tant d'années et qui lui a préparé, ces derniers temps, la pipe qu'il lui arrivait de fumer le soir, quand la fatigue, l'émotion devenaient trop lourdes à supporter. Alors, sans se presser, il remplit une petite valise d'osier de quelques vêtements, quelques boîtes. Il a pensé : « Mon dernier voyage... » et cette idée le réjouit presque : qu'est-ce que les Empereurs qui dorment depuis tant de siècles dans la vallée des tombeaux Ming, sur la route de la Grande Muraille, emportaient pour leur dernier voyage ? Un petit musée, installé dans l'enceinte du tombeau de Yongle, à l'entrée de la vallée, révèle de belles ceintures de jade et de la vaisselle d'or, des colliers d'émaux bleus, des phénix et des dragons.

Dans la petite valise d'osier qui l'accompagnera dans son dernier voyage, M. Liu a seulement glissé un volume de poèmes de Du Fu, et ce livre qu'il a acheté à Paris chez un libraire de la rue de Seine, pour remplacer celui que Victor Segalen, poète français, avait donné à son père, Liu Tingle, poète chinois : l'édition originale de *Stèles.*

Zhao Ziyang n'est rentré de Corée du Nord que le 30 avril.

Le Quotidien du Peuple a publié le discours prononcé à la cérémonie du 1er mai par Hu Qili, « dauphin », disait-on, de Hu Yaobang, et qui porte pour titre : « L'unité et la stabilité sont les intérêts fondamentaux du peuple chinois ».

Le journal a publié également les principaux points abordés la veille entre gouvernement et étudiants : la punition du trafic d'influence, le réaménagement des entreprises, l'intégrité du gouvernement, le développement de l'éducation, la presse, la grève étudiante et les manifestations. Yuan Mu y déclare entre autres choses : « Les espoirs d'une partie des étudiants sont identiques aux désirs du gouvernement... » Mais une déclaration du porte-parole du ministère des Affaires étrangères chinois met en garde contre toute ingérence extérieure dans les affaires chinoises.

Avant de quitter Pékin, M. Liu a encore écrit une lettre à Meilin. Une lettre d'amour comme seul un grand-père peut parfois en écrire à sa petite-fille. Il lui parle d'elle et de la Chine ; il parle aussi de Guillaume, de la France. Il lui raconte enfin un rêve qu'il a fait : il était assis au bord d'une rivière et, comme dans les contes chinois qu'on racontait jadis aux petits enfants de l'Occident, il voyait passer des petites filles que leurs parents avaient jetées à l'eau, parce qu'elles étaient des petites filles, précisément ; mais toutes étaient vivantes et toutes tendaient leurs bras vers lui, assis au bord de l'eau, qui écrivait un poème.

Seule l'une d'elles était immobile et semblait dormir — ou noyée... Alors M. Liu s'était penché vers elle et l'avait prise dans ses bras ; dans le geste qu'il avait eu, incliné vers l'eau pour la cueillir, il avait laissé glisser le poème qu'il écrivait, le courant l'avait emporté. Mais la petite fille dormait seulement. M. Liu l'avait alors élevée comme son enfant et l'avait appelée Meilin. Le jour de ses vingt ans, alors que toute la jeunesse de Pékin défilait dans les rues en chantant des chansons gaies, la petite fille de la rivière était revenue vers le vieux monsieur qui lui avait sauvé la vie. Elle tenait à la main une feuille de papier et M. Liu avait reconnu ce poème qu'il écrivait le jour où il avait trouvé la petite fille.

« Je me suis réveillé, alors, et je t'ai vue devant moi, a écrit le vieux monsieur. Je t'ai parlé, tu m'as écouté, j'ai refermé les yeux. Lorsque je les ai rouverts, tu n'étais plus là mais le poème, lui, était toujours au bord de mon lit, où tu l'avais déposé... »

M. Liu a achevé sa lettre et l'a glissée dans l'enveloppe. Puis, au moment de la cacheter, il y a ajouté une feuille de papier de riz, sur laquelle était calligraphié un poème : le seul qu'il ait écrit depuis ce jour d'octobre 1949 où, pour la première fois, le drapeau rouge à cinq étoiles est monté dans le ciel de Pékin.

La voiture s'est arrêtée au sommet de la côte. Devant Simon, l'Auberge des Tilleuls ; l'église en contrebas, le cimetière où sont enterrés ses parents et, plus bas encore, dans la vallée, la maison de pierre rousse de la Morel où, pour lui, tout a commencé. Il sait, maintenant : il sait qu'il est revenu là. La maison n'est plus habitée depuis quatre-vingt-neuf ans ; depuis que son père a fait construire une villa moderne, à l'entrée de Riom-es-Montagne, à six kilomètres de là. Mais c'est ici qu'il est revenu ; pas même à Collandres où il ne va passer que quelques jours, quelques semaines peut-être, chez la mère Chaussade, qui tient l'Auberge des Tilleuls, mais là-bas, dans la vallée que la nuit gagne déjà.

Au-dessus de lui : les plateaux. L'odeur des plateaux, la gentiane, l'herbe sèche, drue — et le ciel par-dessus.

Il se souvient de ces plateaux sans fin, jadis, à Xi'an ou à Taiyuan, dans une Chine perdue.

— Tiens ! Te voilà revenu, Simon ?

La mère Chaussade s'avance vers lui ; derrière elle, la porte entrebâillée, la chaleur du feu de bois, l'odeur, déjà, de petit salé.

— Eh oui, la Jeanne : je suis revenu...

Meifang s'est approchée de Lavenant, pendant une pause.

— Je peux te parler ?

L'homme de théâtre lui fait une petite place, sur le banc de bois à l'arrière de la scène. Devant eux, le plateau, puis le gouffre noir de la salle.

— Je t'écoute.

Un silence.

— C'est difficile..., murmure alors la jeune fille.

Lavenant a un bon rire :

— Non, ce n'est pas très difficile : ce n'est même pas difficile du tout de dire à un ami que ce qui se passe chez toi te paraît, d'un coup, si important que tu as envie de rentrer au pays. Parce que c'est ça, n'est-ce pas ?

Meifang le regarde qui allume une cigarette et lui sourit à travers la fumée :

— C'est un peu ça, oui...

Puis :

— Mais je n'ai pris aucune décision : je ne sais pas...

La fumée de la cigarette dans la lumière du seul projecteur allumé : elle joue, tourne, virevolte et s'effiloche, s'estompe, s'enfuit.

— Réfléchis... Réfléchis bien. Tu sais que nous sommes tous avec toi.

A son tour, Henrietta a appelé Jean-Michel :

— Tu sais ce qui me ferait plaisir ?

Hessing était tout près d'elle : il voyait les veines bleues, gonflées, sous la peau blanche que parsemaient toujours les taches de rousseur de la petite fille qu'il avait connue à Calcutta.

— Tu sais ce qui me ferait plaisir ?

Elle a répété sa question. Alors lui, penché sur elle :

— Dis-moi, mon ange : dis-moi ce que je peux faire ?

Elle a eu le petit sourire presque humble en même temps qu'amusé de qui demande une très grande faveur tout en sachant bien qu'elle ne lui sera pas refusée.

— Voilà : Yasmina vit toute seule, en ville. Ses parents ne veulent plus d'elle ; son mari l'a oubliée, elle n'est plus chez elle ni ici ni là-bas, en France...

Jean-Michel se souvient de la jeune femme qui a dit : « Chez moi : le désert... »

— Eh bien, poursuit Henrietta : je voudrais — si tu le veux bien... — que Yasmima s'installe ici, à la maison, avec nous...

A quelques pas d'Henrietta qui chuchote maintenant à l'oreille de son mari, Yasmina marche dans le jardin. Elle regarde une rose qu'elle a cueillie.

Paul s'est levé. Il est allé vers sa chambre. Il sait : il sait ce qu'il a, il connaît le nom de sa maladie ; il sait que, dans les jours qui vont venir, unc voiture s'arrêtera devant sa porte et que, étranger, on lui demandera de quitter le pays. Aussi va-t-il prendre les devants.

« Jamais je ne quitterai Pékin », pense-t-il. Et bientôt, c'est à mi-voix, comme une rengaine, une scie qu'il se répète sans fin.

— Jamais je ne quitterai Pékin, jamais, jamais...

Comme l'a fait Gilles, il remplit à son tour un sac de toile de quelques vêtements ; et il s'en va. Sans se retourner. Sans un dernier regard pour cette maison, les deux pavillons de part et d'autre d'une cour et le bassin aux poissons morts sous l'arbre unique qu'il ne verra pas fleurir cette année.

— Jamais je ne quitterai Pékin ; jamais, jamais, répète-t-il.

A peu près à la même heure, dans le train de Canton, un homme lit un journal anglais vieux de quatre ou cinq jours. Seul Européen à voyager en classe « dure » — c'est ainsi qu'on appelle la deuxième classe —, il est assis entre une vieille femme qui, depuis le départ, voilà cinq heures, n'a pas cessé de manger, et deux jeunes gens qui, sans fin, jouent aux cartes en s'esclaffant à chaque carte posée.

Des marmots roulent dans le couloir, une petite cuisinière, bonnet sur la tête, passe avec son chariot de viande bouillie et de nouilles ; des soldats de l'APL en permission, un homme à la vaste cape moletonnée comme en plein hiver :

— Et vous, camarade, qu'est-ce que vous faites dans ce train de paysans ?

Ce doit être un étudiant qui lui a adressé la parole en anglais avec un clin d'œil ironique. L'homme au journal anglais replie soigneusement la feuille qu'il était en train de lire et lève les yeux vers son interlocuteur. Alors, avec le même anglais un peu cassé que celui du Chinois :

— Ce que je fais dans ce train de paysans ? J'essaie de lire un journal, mais un autre paysan m'en empêche.

Le jeune Chinois a rougi violemment : de tout le reste du voyage, qui va encore durer deux nuits et un jour, il n'adressera plus la parole à Oskar van Otrick qui a pris, à Canton, le train de Pékin. La tête khmère enveloppée d'un tissu souillé est posée entre ses pieds, sur le sol du wagon.

Tout droit au milieu du ciel qui est au milieu de la place Tian'anmen qui est au milieu de Pékin, un cerf-volant flotte. Il représente un tigre jaune qu'on a affublé des lunettes de Deng.

En dessous, des enfants applaudissent...

A trois heures de l'après-midi, deux garçons sont arrivés, avec deux accordéons. Ils ont commencé à jouer un air populaire, un air du folklore d'une province de l'Ouest, et deux filles, dix filles en jeans ou en jupes très courtes, se sont mises à danser. Un guitariste est venu rejoindre les deux accordéonistes, deux jeunes gens avec un gros tambour et, peu à peu, le rythme est devenu plus rapide, plus saccadé, comme si la musique du Xinjiang vous avait des allures de jazz ou de rock. Et quand le rock, enfin, a éclaté, ce sont cent, deux cents filles et garçons qui ont dansé sur ce bout de place, entre le monument aux Héros du Peuple et le Palais du Peuple. Debout à côté d'un Américain qui photographie à tour de bras, Gilles regarde, ébahi, ravi. Puis le rock est redevenu jazz, quelqu'un a entonné ensuite un spiritual et un Noir, venu d'on ne sait où, a saisi un micro : « *If I had a hammer...* » La foule, alors, a repris après lui. Dans le Palais du Peuple, de très vieilles ombres glissent.

On dialogue, on discute et par télévision interposée : devant le peuple, en somme.

Après la rencontre de Yuan Mu, porte-parole du gouvernement, et de He Dongchan, vice-ministre de l'Éducation, avec une dizaine d'étudiants le 30 avril, c'est celle du maire de Pékin le 31 avec de nouveaux étudiants ; mais Wang Dan, l'un des chefs, refuse tout net. Il parle de « manipulation » et accuse les organisateurs de trop bien choisir les étudiants qui participent à ces débats.

Le 1er mai, pourtant, et pour la première fois, les portraits de Marx, Engels, Lénine et Staline n'ont pas été disposés sur la place où seul figurait, face à Mao, un portrait de Sun Yat-sen : aucun journal ne l'a relevé.

Les cloches de l'église du village, loin au-delà du petit bois de chênes, et le cri d'un enfant, le piaillement régulier de Jammy auquel répondent les sanglots de Thilda, George Mulley s'est enfoncé la tête dans les oreillers : ne pas entendre.

Puis le pas d'Ann, sa femme, dans le couloir du premier étage, lourd, traînant, et la porte qui s'ouvre.

— Nous partons dans dix minutes. C'est l'anniversaire de tante Nina ; si tu viens, ne nous fais pas attendre.

Ann a déjà fait demi-tour, laissant la porte ouverte derrière elle. Alors, d'un coup, l'image de Gerald Avon pissant son sang — Mulley se répète en lui-même « pissant son sang », comme si l'expression bien vulgaire lui apportait une jouissance particulière — l'image d'Avon pissant son sang, donc, lui revient à la mémoire.

— Je ne peux pas rester là...

Il a parlé à haute voix. Mais cela fait vingt-quatre heures qu'enfermé dans sa chambre il se parle à haute voix et se raconte, se raconte encore, par le menu, le meurtre de lord Avon : il l'a tué, il est venu se réfugier chez lui, il doit aller plus loin.

Lorsque Iris est rentrée à Hampstead — elle venait de passer une semaine dans le Devonshire, chez une amie — elle a trouvé la maison vide. Vide et ouverte : Chessman est parti en laissant toutes les portes ouvertes, et n'a rien emporté avec lui, pas même une valise, un sac de voyage, rien...

Si : sur un rayon de bibliothèque, il y a un cadre vide et Iris se souvient : il contenait une photographie de Clawdia à vingt ans.

Iris s'est laissée tomber dans l'un des fauteuils râpés du bureau de

Chessman est s'est mise à pleurer. Elle pensait : « Je suis veuve à mon tour... »

Jacques est allé chercher Meifang à Chaillot, où la répétition se poursuit tard dans la nuit. Sur le plateau, la jeune femme s'approche de Léo, l'ami de Cécile ; Léo joue le rôle d'un jeune Européen, témoin en somme de ce qui se passe à Pékin. Elle pose la main sur son épaule.

— Vous voyez, souffle Lavenant à Jacques, notre Meifang joue le rôle de son amie Meilin : elle est déchirée entre deux mondes et n'a pas encore pris sa décision.

Meifang, qui s'était penchée vers Léo, se relève et cherche le regard de Lavenant.

— Ça allait, comme ça ?

— Parfait. Tu étais parfaite !

Mais, comme les autres comédiens vont se remettre en place, Lavenant frappe dans ses mains.

— Bon Dieu ! Deux heures du matin. Allez ! Tout le monde va se coucher.

Ni Lavenant lui-même, ni Mina et Meifang, ni Jacques non plus ne veulent se coucher. Ils sont montés au dernier étage du Palais de Chaillot, dans l'appartement du metteur en scène : Paris au-dessous d'eux ; un Paris de carte postale.

— Alors, les nouvelles ? interroge Lavenant, qui modifie chaque jour sa mise en scène, en fonction de ce que lui apprend Jacques.

Jacques boit d'un coup son verre de bordeaux, un saint-estèphe ma foi fort convenable, puis regarde la tour Eiffel, au-dessous de lui :

— Une carte postale, oui.

Un verre encore de ce vin qu'un ami bordelais envoie chaque année à Lavenant, puis il parle enfin de Pékin.

— Ils vont trop vite, remarque-t-il, trop vite, trop loin. J'aurais préféré que les vieux réagissent un bon coup : l'équilibre aurait été rétabli, on saurait où on va. Alors qu'aujourd'hui : un petit coup de barre à droite pour redresser la situation, un petit peu de mou, puis on resserre les vis : ces pauvres gosses... On navigue au jugé, mais le jeu n'est que trop sûr.

Mina est assise aux pieds de Lavenant ; elle a appuyé sa joue contre le genou du metteur en scène. Meifang se tait.

— Et toi, petite Meifang : qu'est-ce que tu penses de tout cela ?

C'est Mina qui a posé la question. Meifang rougit.

— Je pense que je voudrais quand même être là-bas !

A huit heures du matin, Meilin, qui est revenue au milieu de la nuit, a pris une douche. Puis, sans même toucher au petit déjeuner que Wang a apporté pour deux personnes, comme s'il avait su...

— Il faut que je parte !

Elle est déjà prête, habillée d'une jupe de coton rouge, des espadrilles. Guillaume, qui se rasait, s'est retourné.

— Tu ne vas pas partir comme ça ?

Il ne comprend plus, Guillaume ; ou il ne comprend que trop. Sa colère :

— Tu ne peux pas ! Tu n'as pas le droit de revenir ainsi pour repartir dès le lendemain matin.

Le regard de Meilin, qui se fixe sur lui :

— Je n'ai pas le droit ?

Il se trouble, mais répète :

— ... Pas le droit.

Elle le regarde toujours.

— Je suis très triste, tu sais, Guillaume.

Doucement, sans un mot de plus, sans un bruit, Meilin a quitté l'ambassade.

Subitement, le rythme s'accélère. Ainsi, une dizaine d'étudiants de Pékin ont-ils remis une pétition à l'attention du Conseil des affaires d'État et de l'Assemblée nationale populaire réclamant à nouveau une juste appréciation du mouvement étudiant, une réévaluation du rôle de Hu Yaobang, la réhabilitation des victimes des campagnes idéologiques des dernières années, l'adoption rapide d'une loi sur la presse, la lutte contre la corruption et un accroissement sensible des moyens mis à la disposition de l'éducation.

Et puis, cette déclaration faite aux journalistes étrangers, réunis par les responsables étudiants dans une salle de cours de Beida : « Si d'ici demain midi le gouvernement n'a pas déclaré son intention de négocier sérieusement avec nous, nous ferons une nouvelle marche après-demain. »

Nous sommes le 2 mai : après-demain sera le 4 mai : voilà soixante-dix ans... Liu Ting, Meilin passent devant nos yeux, si vite.

— Je suis triste, dit à son tour Jacques, le lendemain.

Il vient de se réveiller, Meifang à côté de lui, brune dans le blanc des draps.

— Triste, mon Jacques ?

Il pense : les mêmes mots, ou presque, que Linlin.

— Triste, oui, parce que tu vas t'en aller.

Lentement, la jeune fille se retourne : elle était couchée sur le ventre, la voilà sur le dos, les seins nus, minuscules, aux pointes très sombres.

— Je ne sais pas encore si je vais m'en aller.

— Moi je le sais ; tu vas t'en aller ; je sais aussi que ça ne servira à rien, que tout se terminera très mal, mais que tu dois t'en aller.

Elle se glisse vers lui, à travers toute la largeur du lit :

— Mon Jacques... Mon Jacques : tu es la seule bonne chose que j'aie trouvée dans ton foutu pays !

Il rit :

— Et dans ton foutu pays à toi : tu vas trouver quoi ?

Elle s'est redressée sur un coude et le regarde :

— Moi, je ne sais pas : la joie — ou la merde.

C'est Philippe de Ligne qui a appelé Melot.

— Alors, notre directeur d'Asie ? Toujours dans ses rêves chinois ?

Puis, sans transition :

— Le Ministre voudrait pourtant que nous parlions de choses sérieuses ; et que nous nous mettions au travail. Vous avez vu les télégrammes de Djakarta, ce matin ?

Les 2 et 3 mai, une nouvelle rencontre à Djakarta du prince Sihanouk et de M. Hun Sen, le Premier ministre de Phnom Penh : comme si le chemin vers la conférence internationale sur le Cambodge qu'on préconise en haut lieu — elle devrait se tenir à Paris... — semblait se dégager. Le point de vue positif de notre ambassadeur...

— J'ai vu, j'ai vu... Jacques a vu aussi. Je lui ai demandé d'organiser une réunion chez moi cet après-midi.

Le conseiller technique au cabinet du ministre semble réfléchir un instant.

— Cet après-midi, j'ai moi-même une réunion à Matignon. Mais je vous enverrai Chabot — c'est son collaborateur — : je compte en tout cas sur vous pour déblayer le terrain. L'Élysée s'impatiente.

Alors, pour river le clou :

— Comprenez-moi bien : nul ne méconnaît, ni chez le Ministre, ni à l'Élysée, l'importance de ce qui se passe en Chine. Mais ce n'est pas parce qu'il y a un mois nous avons raté une occasion là-bas qu'il faut maintenant en rater une autre au Cambodge.

Amsterdam : un entresol désaffecté. C'est là qu'est venu échouer Thierry, parmi une douzaine de garçons et de filles qui disent avoir inventé la liberté.

— Tu apportes combien ? a demandé Bach, leur chef, un Irlandais aux cheveux jaunes qu'on recherche à travers tout le Royaume-Uni et l'Irlande du Nord parce que, voilà très longtemps, il a été membre de l'IRA, qu'il a un peu tué — mais il a oublié tout cela.

Thierry Destutt a secoué la tête : diplomate en cavale, il n'apporte rien. Pas même ses dix doigts, car il ne sait rien faire. Mais Bach a haussé les épaules.

— T'inquiète pas : on t'appellera Schubert et les cinq doigts d'une main te suffiront à te démerder.

Chaque nuit, désormais, aux alentours du Dam, au cœur d'Amsterdam, Thierry traîne ; ses cheveux ont poussé, sa barbe : qui le reconnaîtrait ? Il écoule en trois ou quatre heures ce que Bach ou ses copains — qui s'appellent Schumann ou Bruckner — lui ont donné le soir avant de partir. Il rentre ensuite à l'entrepôt désaffecté et dort tout le jour.

« Quand je pense, se dit-il quelquefois, que je ne me doutais pas combien dormir était une occupation grave, dont il convenait de s'occuper gravement. »

Meifang tresse une couronne de papier : ses doigts vont si vite, dans les rubans de papier multicolores, qu'on dirait que, petite fille, à Pékin, elle fabriquait déjà des couronnes de papier pour des héros morts. Elle rit :

— Non, c'est la première fois.

Elle lève les yeux vers Lavenant :

— Dis-moi, toi, ce que je dois faire.

Alors, le metteur en scène qui met en scène une révolution de papier :

— Tu veux que je te dise ce que je crois vraiment ?

— Dis-moi.

— Eh bien, je crois que tu dois partir.

Elle le regarde, interloquée.

— C'est toi qui me dis ça ?

— Moi, oui.

Comme si elle ne comprenait toujours pas :

— Mais qui me remplacera ?

Il a ce petit rire glacé que ses ennemis ont appris à si bien redouter.

— Tu te crois irremplaçable, petite Meifang ?

Puis, soudain très tendrement :

— Je crois que ce serait bien que ce soit une Française qui joue ton rôle. Et qu'on donne le rôle de Léo à un de tes amis chinois.

On dirait que Meifang est presque déçue.

— Tu te passes facilement de moi.

Lavenant, plus tendrement encore :

— Non, petite Meifang, je ne peux pas me passer de toi, mais il va me falloir faire sans toi, c'est autre chose. Alors, je demanderai à Karine de jouer le rôle de Meilin.

Elle se lève et passe sa couronne de papier autour du cou du metteur en scène.

— Tu crois vraiment que je dois...

— Ce n'est pas moi qui crois, ni qui veux ; c'est toi : tu le crois, et tu le veux.

Meifang s'est levée sur la pointe des pieds et a embrassé Lavenant sur la bouche.

« L'esprit du 4 mai est toujours vivant, affirme l'astrophysicien et dissident Fang Lizhi, pour la bonne raison qu'il n'y a toujours pas de démocratie en Chine. »

Et la foule, sur la place, de répondre : « Nous sommes quatre cent mille et nous voulons la démocratie. »

Cette fois, c'est une jeunesse entière qui se dresse et qui, venue de Beida, de Renda et des autres universités, instituts, écoles supérieures, s'avance en masse vers la ville, entraînant avec elle ceux qui pensent, ceux qui regardent, ceux qui espèrent. Mais à Shanghai, à Changchun, à Nankin et à Wuhan, à Xi'an, à Shenyang, à Harbin, à Dalan, ce sont les mêmes foules.

La veille, lors d'une conférence de presse diffusée à la radio et à la télévision, Yuan Mu a pourtant déclaré qu'il espérait qu'il n'y aurait pas de manifestation ce 4 mai. Et *Le Quotidien de Pékin* a publié de son côté un communiqué de la Sécurité publique annonçant la fermeture à la circulation pendant toute la matinée du 4 mai de la place Tian'anmen.

Mais le défilé s'avance sans fin et la place devient le quadrilatère où se déroule peut-être un moment de l'avenir du monde.

Il y a ceux qui sont venus pour voir, et qui sont restés ; il y a la presse officielle elle-même, qui semble convaincue ; il y a ce petit vieux qui nous suit, une cage à grillons sous le bras, cette petite vieille qui offre des bonbons, ce vendeur de brochettes qui donne ses brochettes. Il y a Wang Dan, il y a Wu'er Kaixi, Fang Lizhi, tous les autres. Il y a Meilin, Liu Ting, Xu Jing, la petite Wang Li.

Au cours d'une réunion officielle qui se tient à côté du Palais du Peuple, Zhao Ziyang affirme que les revendications étudiantes ne peuvent être résolues que par davantage de réformes et une plus grande transparence...

— Tout ce qui se passe là-bas est de la plus totale absurdité !

L'accent de John Baker est péremptoire. Autour de lui, sont réunis ceux qui sont le plus souvent ses hôtes dans ce minuscule palais de gouverneur d'où la mer n'est plus qu'un fil, à l'horizon : un mois encore et le nouvel hôtel qu'on construit en contrebas aura achevé de former la muraille de verre, de ciment et d'acier qui entoure la résidence officielle du représentant de la Couronne à Hong Kong.

— Ce n'est pas en engageant une épreuve de force avec un gouvernement décidé à tenir bon que ces gamins obtiendront satisfaction en quoi que ce soit, poursuit le gouverneur.

Sa femme approuve, en silence ; gênés, les autres convives plongent le nez dans leur assiette. Seul Ma Yuan, le banquier chinois de Chine, s'offre le luxe de contredire son hôte.

— Je ne crois pas, mon cher John, que la situation soit aussi simple que cela.

Kelvin Young, qu'on a placé en bout de table à côté d'une protégée de Mrs. Tan qui, elle, trône à la droite de Baker, a surpris le rapide échange de regards entre Min et le gouverneur : « Allons, pense-t-il, tout cela est une comédie — parfaitement mise au point, au demeurant. »

— Bien entendu, poursuit Baker, ce que je dis doit demeurer entre nous : la position officielle du gouvernement britannique est en effet légèrement différente de celle qu'exprime ici, en privé, son représentant dans la colonie !

Il a un rire entendu et Kelvin Young, une fois de plus, ne peut qu'admirer la parfaite duplicité de son patron. M. Fei, banquier chinois de Hong Kong — et rival, au moins sur le papier, de M. Ma, acquiesce ; le major Laurie sourit finement, Chan Yumin, le directeur du *Da Gong Bao* communiste, porte un toast.

— A la santé de la reine d'Angleterre, qui nous comprend si bien !

Cécile est venue à son tour trouver Lavenant :

— Tu m'en voudras beaucoup si...

Mais le metteur en scène l'a aussitôt arrêtée.

— Je ne t'en voudrai pas si tu pars pour la Chine avec ta copine, non.

La jeune fille le regarde :

— Mais nous te quittons toutes ?

Alors lui corrige :

— Vous me quittez *tous*, tu veux dire. Parce que je suppose que Léo vous accompagne.

Cécile a un petit rire :

— Je n'allais pas le planter là !

Il est midi ; c'est l'heure de la pause. Les comédiens — les vrais, et ceux que Lavenant a embauchés pour l'occasion — boivent du café qu'ils sont allés chercher à un distributeur. A terre, sur le plateau, un portrait de Mao, maculé de taches sombres, et puis des fleurs de papier, encore des fleurs de papier. Cécile fait quelques pas, puis revient vers le metteur en scène.

— Et toi : comment vas-tu faire ?

— Moi ?

Lavenant semble beaucoup s'amuser.

— Moi ? Mais tu ne sais pas que ces dames — mais aussi ces messieurs ! — se bousculent au portillon pour jouer avec moi ? Meifang s'en va, Cécile s'en va, Léo : qui encore ? Mais il y a Jean-Jacques, Fabrice, Fabien qui ne demandent qu'à les remplacer ! Pour ne pas parler de ta copine Karine qui a déjà repris le rôle de Meifang.

Cécile a l'air subitement désolée.

— Allons, la console Lavenant, tu es sinologue, pas comédienne. Et ta place est à Pékin, où il se passe des choses, pas ici, où on les imite ! D'ailleurs, tu veux que je te dise la vérité ?

— Dis toujours...

— Eh bien, tu étais une exécrable comédienne !

C'était le mot de la fin. Satisfait de sa réplique, Lavenant pirouette sur lui-même et tape dans ses mains.

— Allons, les vrais comédiens et les autres : au travail !

Le temps n'est plus aux réceptions mondaines. Guillaume a pourtant invité Jean-Bernard André à déjeuner. Il a aussi invité Blondin et sa femme ; Philippe Baillou, le ministre-conseiller et Li Biannu, que Blondin est parvenu à repêcher Dieu sait où. Il y a encore une petite actrice de la troupe de l'Opéra de Pékin qui parle admirablement français et qui proclame *urbi et orbi* qu'elle ne fait pas de politique.

La conversation roule, bien sûr, sur les événements de la veille ; sur la manifestation prévue pour le lendemain.

— Je vous trouve, monsieur l'Ambassadeur, d'un pessimisme bien noir ! remarque Jean-Bernard André après une réflexion désabusée de Guillaume sur l'avenir du mouvement étudiant.

— Pessimiste ? Peut-être. J'essaie seulement d'être réaliste.

Li Biannu n'a pas ouvert la bouche pendant toute la conversation. Jean-Bernard se tourne vers lui.

— Et vous, monsieur Li, croyez-vous que...

Mais l'écrivain l'interrompt.

— Je ne crois rien : toute ma vie, je me suis refusé à croire. J'observe seulement ; et parfois, aussi, il m'arrive d'espérer.

Guillaume fait encore une réflexion sur la vertu d'espérance et, à la fin du déjeuner et au moment du café, Jean-Bernard André rejoindra Richard Blondin, dans l'encoignure d'une porte.

— Je le trouve bien fatigué, ton ambassadeur : il a toujours été comme ça ?

Blondin achève sa tasse de café :

— Je le connais mal et depuis trop peu de temps. Mais c'est vrai qu'il n'a pas l'air au mieux de sa forme.

Puis, à mi-voix :

— Les femmes, mon vieux, les femmes ! Passé cinquante ans, il suffit d'une bonne femme pour vous flanquer une carrière en l'air. Et on peut dire que, lui, il est tombé sur une sacrée bonne femme !

Conversations de salon ou entretiens officiels entre diplomates.

La Fédération autonome des étudiants de Pékin l'a annoncé le 4 au soir : les cours vont reprendre. D'où, le lendemain, une déclaration apaisante du bon M. Deng : tout va très bien ; d'ailleurs, les idées des étudiants sont à peu près les mêmes que les siennes : que demander de plus ?

— Mais la question est de savoir si ces chers vieux messieurs accepteront de reculer par rapport à l'éditorial du 26 avril, fait remarquer David Allen à Guillaume.

On vient de condamner à mort un « hooligan » surpris à Xi'an en train de se livrer à « des actes de vandalisme » — piller une boutique ? incendier un camion ? Mais *Le Quotidien du Peuple* publie un discours de Zhao Ziyang que les étudiants accueillent favorablement, et toute la presse rend compte des manifestations du 4 mai avec, pour la première fois, la publication de photos des manifestations : temporairement satisfaits, les étudiants appellent à la reprise des cours.

— Dans les faits, pourtant, répond l'ambassadeur d'Italie qui assiste à la réunion, rien ne montre que Deng Xiaoping ait capitulé en quoi que ce soit. Zhao lui-même peut-il encore se faire entendre ? Est-il même au courant des rencontres qui se préparent, des décisions qu'on annonce déjà ?

— Le plus grave, insiste David Allen, c'est que Deng va être obligé, pour asseoir à nouveau son autorité, de redonner du service à ceux-là mêmes — les *Baitoubang*, les « Cheveux blancs » — qu'il avait progressivement écartés grâce à des hommes plus jeunes, tels que Hu ou Zhao.

Guillaume n'a pas ouvert la bouche de toute la réunion de concertation à douze qui vient de se tenir à l'ambassade d'Espagne, puisque c'est l'Espagne qui assure la présidence des Communautés européennes. De retour à l'ambassade, il se plonge dans un album de photographies de la Révolution culturelle, puis de la Chine d'hier, toutes prises par Iris.

Il s'est souvenu : avant son départ, la photographe lui avait demandé d'écrire un texte pour elle. Il pense : aujourd'hui, dans cette grande fête qui conduit tout droit au drame de demain, comme lors des tragédies d'hier : pourquoi pas ?

Un cliché qu'il connaît bien : ce vieux couple photographié devant la gare de Pékin, en mai 1966, et la foule de gosses qui lui crachent dessus...

Pour fêter le départ de Cécile, de Léo et de Meifang, Lavenant a organisé une fête sur le plateau de Chaillot. Jacques, bien sûr, est du nombre des invités : pour le reste, il y a les comédiens de la troupe, les rescapés du séminaire de Lensky et puis une masse de jeunes Chinois, soudain surgis de partout, de Paris, du XIIIe arrondissement mais aussi de la Sorbonne et de Censier, des Langues O, de Nanterre. Ils ont apporté du mao-tai, du vin jaune et Lavenant porte un toast :

— A ceux qui partent !

Jacques aussitôt de l'imiter :

— A ceux qui restent, les malheureux !

Mais ils sont quarante, soixante à lever leur verre après lui.

— Allons, lance ensuite Lavenant à Meifang, tu vois qu'on t'a remplacée sans trop de problème !

Karine a déjà revêtu la blouse blanche et la grande jupe de coton bleu qui étaient celles de Meifang jouant le rôle de Meilin. A côté d'elle, un long garçon, maigre, qui s'appelle Qi Lu : c'est lui qui va jouer à la place de Léo l'Européen perdu dans les rues de Pékin.

— Alors, à ceux qui restent et qui vont jouer nos rôles, *ganbei !*

La voix de Meifang est subitement devenue celle, parfaitement artificielle, d'une chanteuse de l'Opéra de Pékin.

Lorsque Jean-Michel Hessing lui a fait part de la suggestion de Henrietta, Yasmina a simplement levé les yeux vers Hessing :

— Quand voulez-vous que je m'installe ?

Et dès le soir même, au volant de sa grosse 4 × 4 couleur des sables, elle passait le portail de la villa blanche de cette banlieue trop verte sous le regard réprobateur du maître d'hôtel yéménite pour qui une femme n'est qu'une femme et une femme yéménite moins encore qu'une femme.

Henrietta s'est levée pour accompagner la jeune femme jusqu'à la grande chambre qu'on lui a donnée sur la terrasse, face à la ligne bleue des plateaux ; puis le maître d'hôtel, aidé d'un chauffeur, a monté à l'étage les deux malles remplies de photographies, de dossiers, de fiches qui sont en ce pays de pierre et de sable un peu de la mémoire vivante de la pierre et du sable.

— Je travaillerai ici, a dit Yasmina en montrant la table de noyer clair devant la porte-fenêtre...

Le soir même, Jean-Michel et les deux femmes ont dîné dans la salle à manger au plafond bas puis ils sont restés tard dans la nuit à parler sous l'auvent qui la prolonge, en buvant du thé à la menthe.

Place Tian' anmen, la fête dure, il y a des chants et des musiques ; mais le gouvernement n'a toujours pas entamé le dialogue — le vrai dialogue — demandé par ceux qui sont là, devant lui.

A Chaillot, Karine a repris le rôle de Meilin : d'un trait de crayon noir, c'est Lavenant lui-même qui a bridé ses yeux. Elle s'avance en diagonale sur le grand plateau, une torche à la main. Autour d'elle, des hommes en blanc — qui sont occidentaux : trois étudiants chinois arrivés depuis un mois à Paris jouent à eux trois la colonie étrangère de Pékin, diplomates et banquiers, touristes, journalistes confondus — vont et viennent. Ils lui parlent : elle est jolie, après tout.

— Vous cherchez quelque chose ? On peut vous aider ?

Et Karine-Meilin les regarde.

— Merci : peut-être que ce jour de mai, j'ai trouvé...

A Beida, les responsables du mouvement ont fini par faire savoir que si rien de neuf n'intervient dans les jours qui viennent, ils salueront à leur façon Mikhaïl Gorbatchev, qui doit débarquer de Moscou le 15 mai dans l'après-midi.

— Et maintenant ? interroge sir David Allen.

Philippe Baillou, le ministre-conseiller, remplace aujourd'hui Guillaume à la réunion de consultation à douze qui se tient deux fois par semaine maintenant, à l'ambassade d'Espagne.

— Maintenant ?

De tous les diplomates réunis autour de Manuel Battista, l'Espagnol, Baillou est, avec Allen, le meilleur connaisseur de la Chine.

— Maintenant ? Eh bien, le pouvoir ne réagira pas à ce qu'il considère comme un chantage ; le 15 mai, les étudiants saboteront eux-mêmes la visite de leur homme providentiel et il ne nous restera plus qu'à attendre le coup de manivelle en retour : voilà notre seule certitude. Pour le reste, allez savoir le jour et l'heure !

— Peut-être, a pourtant fait remarquer John Baker, que nous devrions appuyer l'idée des étudiants de l'Université de Hong Kong de faire une collecte pour leurs camarades de Pékin...

Kelvin Young lève les yeux vers son patron. Il pense : « Qu'est-ce que ce type est encore en train de préparer ? » Mais John Baker ignore la question que son collaborateur n'a d'ailleurs pas posée.

— Vous ferez passer une annonce dans le *South China Morning Post* et, pourquoi pas ? dans le *Da Gong Bao.* Nous demanderons à M. Fei de nous ouvrir un compte spécial.

Comme s'il voulait ne rien perdre de ce qu'il lui reste de mer dans son maigre horizon, sir John Baker a fait tirer les rideaux de la fenêtre qui donne sur la baie. Mais, on l'a dit, la mer n'est plus, entre l'île et Kowloon, qu'une mince bande d'un bleu délavé qui se confond déjà avec la muraille d'immeubles qui l'asphyxie de toutes parts...

Dans une vieille mallette de cuir aux coins émoussés, toute tapissée d'étiquettes d'hôtels, de trains de luxe et de paquebots qu'il n'a jamais pris, George Mulley a jeté en vrac quelques vêtements et surtout des cahiers : les dix, les quinze volumes écrits serré, sur papier bible, qui sont le journal des dix, des quinze dernières années de sa vie. Auparavant, et d'un geste qu'il voulait symbolique, il avait brûlé dans la cheminée de sa chambre les manuscrits de ses deux romans en cours d'écriture, puis il s'est mis au volant d'une vieille Austin cabossée qu'il entretenait sans raison, dans un coin d'un hangar, et il a pris la route du Nord.

Comme s'il s'agissait d'une plaisanterie :

— Il y a longtemps que je voulais retourner en Écosse...

Avec un rire qui n'a plus rien de grave ni de tourmenté :

— Allons ! Il m'aura fallu tuer un homme pour voir enfin du pays !

Devant lui, un camion qui double en seconde position : la route est étroite ; à gauche et à droite, l'herbe rase, presque grise, des *moors*. Lorsque l'Austin rendra l'âme, deux cents kilomètres plus loin, il arrêtera une grosse Rover.

Amsterdam, quatre heures du matin. Thierry Destutt vient de rentrer au terrier Il s'est abattu parmi les siens, qui s'appellent Bach ou Beethoven. Martinù, Chostakovitch ou Mozart : seules les filles portent des noms de filles, Nane, Jane, Danny. Un grand feu de planches est allumé au milieu du hangar et ils sont réunis autour à parler, à écouter Nane qui, Américaine, joue des folksongs à la guitare. Chostakovitch, qui vient d'Union soviétique comme son nom l'indique, a été musicien ; il parle à voix basse du vrai Chostakovitch, dont il a été l'ami, et Thierry, devenu Schubert, écoute. La chaleur du groupe retrouvé.

« Nous sommes ensemble, se dit-il, et c'est bien. »

A Charny, ceux qui partent sont remplacés par leurs amis — ou les amis de nos amis. Henri Bonnaire, qui fait un voyage en Allemagne, a ainsi cédé la place à André Tassen, qui est aussi poète ; Jean-Noël, le pianiste, s'est vu rejoindre par un autre pianiste, musicologue aussi et auteur d'un grand volume sur Satie qui va paraître dans quelques semaines chez Lattès ; ce Claude Gellie joue Schumann, seulement Schumann, toujours Schumann.

Julien va de l'un à l'autre ; il écoute Joseph, l'architecte, parler du défi que représente pour lui ce nouveau chantier qui lui a été commandé à Katmandou, sur les flancs de l'Himalaya. Ou alors, il voit Laura, la petite violoniste qui ne se décide pas à rentrer en Amérique, s'avancer dans les allées du parc aux côtés de Didier, qui lui parle en se penchant vers elle : Julien Bidault est seul mais il a tant d'amis autour de lui.

— Tu vois, dit-il à Didier quand, le soir venu, les deux hommes se sont retrouvés dans le salon de musique où Cecilia, qui est chinoise et n'a jamais vu la Chine, joue une suite de Bach, tu vois, il me semble que je pourrais vivre tout le reste de ma vie ici, loin de tout.

Didier a un bon rire :

— Loin de tout ? Mais nous sommes au contraire au cœur de tout : regarde...

Cecilia qui s'applique, les sourcils froncés, presque courroucés, sur son instrument ; Jean-Noël qui parle à voix basse avec Gellie ; Joseph, Tassen, un journaliste qui rêvait de Pologne et qui raconte.

— Nous sommes au cœur de tout, ici : et tu peux y rester toute ta vie, si tu veux. Au cœur de tout...

Laura s'est endormie sur le récamier aux coussins bleus à l'angle d'une fenêtre.

— Au cœur de tout..., répète Julien.

On vient de remettre à l'Association des Journalistes de Chine une pétition signée par 1 031 reporters et rédacteurs qui demande le dialogue avec les véritables dirigeants du Parti et la mise en œuvre d'une loi sur la presse : une manifestation de plusieurs milliers de personnes soutient les signataires.

— Et pourtant, remarque Blondin, il est vraisemblable que jamais la presse n'a été si libre que ces derniers jours à Pékin.

— Moi, je ne redoute qu'une chose, répond Philippe Baillou, qui commente la presse du matin pour Guillaume et ses collaborateurs, c'est que le chaos soit tel, le 15 mai, pour l'arrivée de Gorbatchev, que Deng considère qu'il a perdu la face devant un hôte étranger.

Le lendemain, *Le Quotidien du Peuple* a publié un article sur la pétition des journalistes.

Au même moment, lents et silencieux — si lent, si long spectacle... —, une dizaine de milliers d'étudiants partis de Beida et de ses environs s'avancent à bicyclette dans les rues de Pékin. Le vent gonfle leurs banderoles, agite des bannières et eux, doucement, lentement, silencieusement, ils pédalent, pour protester, au nom de la liberté, contre toutes les entraves à la liberté. Dix mille, douze mille étudiants de Pékin se promènent ensemble dans les rues de Pékin pour proclamer au printemps très neuf que la liberté de la presse est aussi une de leurs libertés. Parmi eux, Meifang et Cécile, Léo qui sont arrivés : ils pédalent lentement dans la foule qui fait aux deux Français des saluts amicaux :

— Vous êtes venus de si loin pour nous rejoindre ?

Le sourire d'une jeune fille aux nattes pourtant sages, très « années de la Révolution culturelle ». C'est Cécile qui lui répond :

— On a fait huit mille kilomètres en avion pour être avec vous ce matin.

La jeune fille rit. Elle s'appelle Fei Yimin. Lentement, plus lentement encore, l'immense cohorte des vélos envahit la ville : un ordre silencieux.

Ils viennent de passer un groupe de journalistes étrangers, des cameramen italiens et français qui filment, filment...

— La beauté de ces visages... celui-là... cette fille..., remarque l'un d'entre eux qui vient de filmer longuement la petite Fei Yimin aux nattes sages.

C'est Gaston, l'opérateur de Jean-Bernard André.

— Suis-la, suggère Jean-Bernard, c'est une idée, viens, on va la suivre...

Et derrière le cortège, derrière Léo, Cécile et Meifang, derrière cette Fei Yimin qui les encourage de la main, Jean-Bernard André et Gaston filment.

Un ordre qui ne ressemble à aucun autre.

Karine et Qi Lu s'avancent à leur tour, côte à côte sur l'immense plateau de Chaillot où la stèle qu'on a plantée est bien, ce soir, un monument à tous les héros morts.

Et puis Lavenant a eu l'idée :

— Des bicyclettes à la main, comme à Pékin.

Karine et Qi Lu s'avancent donc à bicyclette, lents, silencieux.

Mina, qui ne les quitte plus, est la foule : elle joue la foule occidentale, immobile, et qui — de partout : le monde entier — observe.

— Je les regarde, dit-elle, ils sont jeunes, ils sont beaux.

Lavenant regarde alors Mina qui contemple les jeunes comédiens qui jouent à être toute la Chine.

— Ils sont beaux, répète Lavenant après elle.

Ainsi Karine et ses amis chinois sont-ils devenus la Chine comme Mina et Lavenant représentent le monde entier, silencieux, qui contemple un ordre neuf et qui passe.

Un ordre immuable : Toscanes.

Il est midi. A la verticale du jardin, sans une ombre, le soleil éclaire de sa belle lumière drue et droite l'alignement des orangers et des citronniers dans les gros pots de terre que sir Bernard Lew entretient avec un soin qui ressemble bien à de l'amour. Le 1er octobre, on range les pots côte à côte dans les belles serres ornées de figures de proue trouvées dans quel chantier légendaire ? et c'est le 15 mars qu'on les a sortis cette année de la *limonaia*. L'opération prend chaque fois deux jours et ce sont trois vieux jardiniers, bossus tous les trois et frères, naturellement, qui l'effectuent tous les ans pour sir Bernard.

Au-delà, l'allée de cyprès qui conduit à cette vasque où nagent des naïades de pierre, puis la colonnade et le théâtre de buis avec, au-dessous, Florence.

Sir Bernard marche à petits pas dans son jardin en se disant qu'ici, et nulle part ailleurs, l'ordre s'allie à l'absolue beauté. Il sait qu'il n'y a qu'ici, dans cette villa, qu'il puisse jouir d'une qualité de silence où même l'absurde pétarade d'un petit vélomoteur, sur la côte de la Pietra, fait partie du silence : il y a l'avant de ce fracas minuscule, et l'après, qu'on savoure mieux encore.

Simon a donné rendez-vous à l'architecte et à l'entrepreneur au bas du village, à cette maison de La Morel que les arbres semblent envahir de partout, les ronces, les noisetiers sauvages, les orties.

Charasse, l'architecte, est le fils de Lucien Charasse avec qui Simon jouait aux barres dans la cour de l'école de Collandres, à la fin des années trente. L'entrepreneur, c'est François Serre, d'Apchon ; il est venu avec son neveu, Fabrice, qui reprend peu à peu les affaires. François Serre tutoie Simon et Simon tutoie le neveu comme il tutoie le fils de Lucien Charasse.

— Tu me promets tout ça, fini, habitable, pour quand ?

Charasse regarde le père Serre, qui regarde son neveu.

— Disons, au début de l'hiver...

Les quatre hommes se regardent. Il pleut doucement sur la campagne. Jacques Albessard, le fermier de La Morel, passe avec les vingt-deux vaches rouges qu'il va traire à l'étable.

— 1er octobre : ça vous va ?

— Ça va.

Les quatre hommes se touchent la main, comme autrefois sur les champs de foire, à Riom, à Condat, à Marcenat ; et Simon sait qu'il peut compter sur les Serre et les Charasse : il aura sa maison prête pour le début de l'automne. La pluie soudain lui balaie le visage. Il pense : « Il fallait que je revienne... »

— Qu'est-ce que je fais ? demande alors Max.

Patrick Vergnaud n'a accepté cette fois de le voir que dans un bar parfaitement anonyme du XVIIIe arrondissement.

— Qu'est-ce que je fais ? Je continue ? Parce que, paraît qu'il n'est plus rien, ton gars : il a pris sa retraite.

En réponse, le grognement de Vergnaud :
— Tu crois que ce sera la première fois qu'un retraité va mourir de mort violente ?

A Sanaa, et comme presque tous les jours, Yasmina est venue s'asseoir sur une chaise basse à côté de la chaise longue de bois blanc où est étendue Henrietta. A voix basse, les deux femmes parlent. Et Jean-Michel, qui passe près d'elles, saisit des bribes de conversation, quelques mots.
— Là-bas, dit Henrietta qui se souvient de Calcutta, j'allais souvent chez un ami de mon père qui possédait un palais de marbre rose entièrement peuplé de statues de femmes de la fin du siècle dernier, qu'il avait fait venir d'Angleterre, de France, d'Italie : je me promenais parmi elles et je me disais qu'un jour, je deviendrais une d'elles. J'en avais peur, et je l'espérais en même temps...
— Mon père, répond Yasmina en écho, avait un palais au sud de Taez. C'était une succession de tours qui communiquaient entre elles par des couloirs bas, à la hauteur du premier étage : je me promenais dans ces couloirs, de tour en tour, et je croyais toujours que j'allais me perdre : je l'espérais, je le redoutais.
Lorsque Jean-Michel revient, il entend seulement la voix de Yasmina qui chante :
— ... je l'espérais, je le redoutais.
Il s'éloigne à nouveau sur la pointe des pieds pour ne pas déranger les deux femmes — mais c'est la voix d'Henrietta qui lui parvient :
— J'avais douze ans, et j'aurais voulu ne jamais grandir ; et pourtant, presque chaque nuit, je rêvais que j'étais une femme.

C'est le 13 mai, en milieu de journée et parce que le gouvernement retarde toujours la discussion directe avec les étudiants, qu'un millier d'entre eux ont entamé une grève de la faim. Ils sont mille, le front ceint d'un bandeau noir et rouge. Plusieurs hauts dirigeants du Parti et du gouvernement vont bien tenter d'amorcer un dialogue ; mais les représentants des vieux messieurs n'ont rien à proposer à ceux de la jeunesse.
— Nous sommes dans une situation totalement absurde, constate Bernard Vrin : dans quarante-huit heures, Gorbatchev débarque à Pékin, et personne, là-bas ou ici, n'est en mesure de dire — que dis-je : de dire ? de faire la moindre spéculation sur ce qu'il trouvera en arrivant ! On se demande parfois à quoi servent nos ambassades, pour ne pas parler de nos ambassadeurs !
Cette fois, c'est le directeur d'Europe qui dirige la réunion consacrée au voyage de Mikhaïl Gorbatchev que Melot a organisée dans son bureau. Jacques Benoist, en bout de table, fait presque figure d'accusé.

Il se lève soudain, très rouge.

— Le moins qu'on puisse dire est que le directeur d'Europe se moque de nous ! S'il veut savoir le temps qu'il fera quand l'avion de son cher Mikhaïl se posera sur l'aéroport de Pékin, qu'il consulte Mme Soleil ! Ni notre ambassadeur à Pékin, ni la direction d'Asie ne sont à ce stade en mesure de faire autre chose que d'observer ; et Bernard Vrin le sait parfaitement !

Le rire presque vulgaire du directeur d'Europe :

— Observer ! Tu me fais rire ! A quoi ça sert d'observer si, à quarante-huit heures de délai, tu ne peux pas...

Alors Jacques Benoist, sous le regard décontenancé de Melot, se lève.

— Vous me pardonnerez, monsieur le Secrétaire général, mais j'en ai assez entendu pour ce matin. Je retourne à mon poste d'observation.

Commentaire de Philippe de Ligne, après le départ du directeur d'Asie :

— Votre ami Benoist semble quelque peu dépassé par les événements.

Mais Gérard Melot est tout de même assez honnête pour reconnaître :

— Qui ne le serait pas...

La veillée d'armes commence.

La soirée va durer longtemps. Cécile et Meifang déambulent à travers les rues et Jean-Bernard et Gaston continuent à les filmer : à suivre, en somme, l'itinéraire de deux étudiantes dans le Pékin d'aujourd'hui.

Gaston ne quitte pas Fei Yimin, la jeune fille à bicyclette qu'il a rencontrée le 10 mai. Elle étudie l'anglais à l'Institut des langues étrangères, voudrait bien vivre en Amérique, mais Gaston ne désespère pas de la persuader que Paris vaut tous les New York du monde.

— La rue du Havre à huit heures du matin : tu ne peux pas savoir... explique le cameraman, qui habite la banlieue et arrive tous les matins à Paris par la gare Saint-Lazare

A l'Institut des langues étrangères, la petite Fei organise les collectes de fonds et fait le compte, chaque soir, de la cagnotte.

— Toi, dit alors Lavenant à celui qu'on appellera Pai Xin, toi, tu es un gréviste de la faim. Ton bandeau sur la tête...

Pai Xin est né dans le Guangdong. Il a commencé à dix-neuf ans des études de médecine à Canton et obtenu six ans plus tard une bourse pour la France — l'hôpital Cochin : il n'est pas revenu.

— Ton bandeau sur la tête, poursuit Lavenant, tu vas ouvrir les yeux, très grands...

Mina observe : on l'a dit, sous les yeux de l'Occident. Mais cette fois, ils sont cinq cents, ils sont huit cents dans la salle de Chaillot à regarder avec elle car, Lavenant l'a décidé, le temps n'est plus aux répétitions : il faut jouer.

— Jouer à mort, s'il est besoin, a-t-il ajouté.

C'est à Mina pourtant qu'en revient l'idée : chaque jour, sur le plateau de Chaillot et devant des spectateurs qui entrent comme ils veulent, comme ils peuvent et s'installent où ils veulent, Pai Xin et Karine, Qi Lu, Mina et Lavenant, tous, jouent en direct ce qui s'est passé le matin même à Pékin.

— Tout est dans le décalage horaire ! affirme Lavenant avec un clin d'œil.

A huit heures du soir à Paris, c'est une autre aube là-bas, il n'y a plus qu'à mettre en scène sur les hauteurs de Chaillot la journée, puis la nuit qui viennent de s'écouler.

— Mieux que la télévision ! affirme encore Lavenant à la journaliste du *Monde* venue l'interroger.

La recette de Chaillot est versée, chaque soir, aux étudiants chinois de Paris dont les bourses n'ont pas été payées par le gouvernement chinois.

Rosa, la bonne portugaise, a une cousine qui travaille à la Banque de Hong Kong. Elle s'appelle Julia, elle s'affirme plus portugaise encore que Rosa et prétend avoir les faveurs de M. La, le grand patron.

— Il s'amuse, M. La, a dit ce matin Rosa à Kelvin Young.

— Il s'amuse ? Qu'est-ce que vous voulez dire par là ?

— Je veux dire qu'il s'amuse : ce qui se passe à Pékin l'amuse. Et puis il gagne beaucoup d'argent.

Rosa est déjà partie : des courses à faire, affirme-t-elle. Carma dort dans la chambre de Kelvin qui va tout à l'heure la baigner, lui faire un shampooing peut-être — il pense parfois : « Avec elle, je joue à la poupée... » Et puis une idée le traverse soudain : c'est à la Banque de Hong Kong que Baker a fait ouvrir le compte spécial destiné au transfert vers la Chine continentale des collectes de fonds qu'on fait à Hong Kong pour les étudiants en grève. Et si...

Mais l'idée est trop absurde, il est très tôt encore, ce matin, Kelvin Young a décidé de ne se rendre que beaucoup plus tard à son bureau : avec des gestes d'une immense tendresse, il a pris Carma dans ses bras et la dépose dans la baignoire. L'eau est verte et mousseuse : elle sent l'aiguille de pin.

Toute la journée, dans sa chambre face à la ligne bleue des plateaux, au nord de Sanaa, Yasmina a écrit. Tôt ce matin, Henrietta lui a fait passer un mot pour lui dire qu'elle était fatiguée et qu'elle dormirait probablement jusqu'au soir. Alors la jeune Yéménite s'est fait monter un peu de thé, des biscottes et n'a pas quitté sa table de travail.

« Nous sommes deux sœurs... », pense-t-elle. Et ce qu'elle écrit, en belles lettres arabes joliment déliées, ce sont les souvenirs d'Henrietta tels que celle-ci les lui a racontés et les siens, mêlés : « Nous sommes deux sœurs et nous n'avons, en somme, vécu qu'une seule histoire et une seule vie. »

Elle entend un pas qui crisse au-dessous d'elle sur le gravillon du jardin et devine que c'est Jean-Michel qui marche là, devant sa fenêtre et devant celle d'Henrietta, en s'efforçant de ne les déranger ni l'une ni l'autre.

« Nous n'avons qu'une vie, qu'une histoire et qu'un homme », écrit alors la jeune femme qui se ravise brusquement et raye sa dernière phrase avec une belle et inutile énergie.

Amsterdam, une fin d'après-midi mouillée : Thierry, devenu Schubert, s'est réveillé plus tôt que d'habitude. Autour de lui, les grandes salles de l'entrepôt sont désertes, grises et sales, tout encombrées de poubelles et de détritus, de sommiers vides, de carcasses de voitures, de bahuts défoncés. Avec l'odeur d'urine qui flotte.

« Tout a une fin, mon cher Schubert, se dit Thierry avec délectation : même la musique de chambre avec deux gamines et le groupe qui va avec. »

En quelques jours, il est devenu aussi laid, aussi sale que ses compagnons, mais il a décidé de ne plus s'appeler Schubert.

Et il sait où il va : l'espèce de réduit, au sommet d'un escalier de bois où s'enferme Bach lorsqu'il veut travailler, faire ses comptes et surtout donner ces coups de téléphone que, deux fois par jour, il passe aux quatre coins du monde. Là, derrière un meuble-classeur de sapin, Thierry sait qu'il y a un coffre dont la petite Nane, qui passe une nuit sur deux dans le cagibi avec Bach, connaît la combinaison.

Deux minutes, et c'est fini : Thierry est déjà ressorti, les poches bourrées de dollars US et canadiens, de francs suisses et français, de deutschemarks, de tout ce qu'on peut espérer trouver dans le coffre d'un petit trafiquant qui trafique assez pour remplir un coffre entier de ces picaillons-là. Thierry court alors vers la station de taxis la plus proche en pensant — avec une certaine délectation — : « Diplomate puis espion, diplomate dévoyé, voleur, je vole aujourd'hui des voleurs : de quoi demain sera-t-il fait ? »

Ce lundi 15 mai, à midi, heure de Pékin, l'Iliouchine de Mikhaïl Gorbatchev s'est posé sur le territoire chinois. Yang Shangkun, Président de la République, est là pour l'accueillir, mais le protocole ne prévoit la présence ni de Zhao ni de Li Peng. Musique, coups de canon, des fleurs pour Raïssa et les grosses voitures noires quittent lentement, lourdement, le vieil aéroport de Pékin.

Mikhaïl Gorbatchev ne verra pourtant pas la place Tian'anmen, ni l'avenue Chang'an ni aucune de ces banderoles qui posent la question : « A Moscou, ils ont Gorbatchev : et nous ? »

Alors, on parle... Meilin est là, qui observe : quelques dirigeants, les Li Tieying, les Yan Mingfu, dialoguent toujours avec les étudiants ; chaque partie expose ses opinions sans parvenir à un accord.

Mais une dizaine de milliers de reporters et de rédacteurs chinois se sont joints aux étudiants et défilent dans la ville ; une équipe du *Quotidien du Peuple* chante « Le journal du peuple appartient au peuple » et sa bannière porte en caractères rouges : « La réforme de la presse est indispensable. » Qui écoute, dès lors, la nouvelle déclaration faite dans la nuit par Zhao Ziyang pour tenter de mettre fin au mouvement avant qu'il ne soit trop tard ?

Près de cent cinquante grévistes de la faim ont déjà été hospitalisés — pendant qu'on festoie au banquet officiel donné au Palais de l'Assemblée du Peuple. Meifang, Cécile avancent au hasard des rues : Jean-Bernard André, précédé de Gaston et de la petite Fei Yimin, s'avance parmi des fantômes hagards que la fatigue, peu à peu, terrasse.

Et pourtant, lentement, en dépit des cortèges et des défilés, de ces banderoles rouges qui disent en lettres d'or les mots qui sont liberté ou démocratie : lentement, cette Chine qui est nôtre bascule déjà vers la nuit.

Ailleurs, les aubes sont nouvelles : à Moscou, Jean-Marie Erlanger se lève dans le minuscule appartement de la petite Irina. Il a donné un bref baiser sur le front de Sacha qui dort encore, puis il a gagné son bureau de l'ambassade — sans s'arrêter chez lui où sa femme, revenue de Paris, dort encore.

Sa main joue parmi les dépêches d'agences, les coupures de presse, les télégrammes. Ensuite, d'une écriture rapide, il rédige à son tour une note d'information : « Vue de Moscou, la visite de Mikhaïl Gorbatchev à Pékin a soudain perdu de son importance... »

Il y a un peu plus de trente ans, experts soviétiques, conseillers, financiers avaient quitté la Chine pour n'y plus revenir.

« Vu de Moscou, l'événement qui devait se produire ne s'est peut-être pas produit... »

Alors, la lumière rasante du soir sur la prairie, et les douves à l'ombre du château, sombres, vertes, vénéneuses : Charny à la fin du jour.

Didier est assis avec Laura sur les marches de la tour ronde, Henri Bonnaire, le poète, qui parle avec Kléber, un journaliste venu achever un livre — il écrit sur l'Europe, sur l'Union soviétique, sur un monde qui change ; et puis Jean-Noël, le pianiste, mais aussi Bergeron, au cabinet du Premier ministre, et Jean-Charles de Lannes, député d'opposition de la Vendée.

— Tu vois, dit Julien, je n'ai pas pu partir.

Joseph, l'architecte, est revenu pour quelques jours et il a retrouvé Julien, à peine plus hâlé. Les deux hommes se tutoient désormais ; Julien sait qu'il a un ami.

— Peut-être, poursuit Julien, que le monde me fait peur.

Joseph a passé huit jours à Paris : des examens, des analyses, puis il est revenu chez son médecin : en sortant de son cabinet, il était rasséréné : à lui, le monde ne fait plus peur.

— Regarde-les, dit encore Julien.

L'architecte a eu un rire pour lui prendre le bras.

— Tu disais, il n'y a pas si longtemps, que tu étais le baroudeur du monde occidental !

Rire en retour de Julien :

— Et le voyeur : le voyeur impuissant ! Le voyeur figé devant son poste de télévision qui ne sait plus que regarder par la fenêtre des autres.

Retour de réception officielle.

Cela faisait bien deux mois que les quelques notes que Guillaume avait commencé à prendre en étaient restées là, comme en suspens. Ce soir, pourtant, il a ressorti le carnet qu'il avait glissé dans un tiroir. Visages, couleurs, odeurs, images : il n'écrit pas, il décrit. Avec un soin, une précision de scribe des jours anciens, Guillaume se penche sur ces images ou ces odeurs, ces sons, ces musiques et ces voix qui sont en lui — et les décrit. Les décrit simplement.

Une heure, deux heures : assis, à la résidence, dans la pièce qu'il appelle son bureau, au milieu de cette flambée d'autres jeunesses, d'autres couleurs, d'autres musiques, Guillaume décrit ce qu'il retrouve en lui — et qui était la Chine.

Puis il repose sa plume. Sa main joue encore avec les photos qu'Iris lui a, en somme, laissées en héritage.

La nuit, alors, enveloppe tout.

17 mai au matin : *Le Quotidien du Peuple* publie la déclaration télévisée de Zhao Ziyang. Précisant qu'il s'agit d'une révélation, Zhao a

affirmé que « le Parti a pris, au cours de son XIIIe Congrès en octobre 1987, la décision d'accepter la démission de Deng Xiaoping de ses fonctions au sein du Parti ; mais celui-ci reste le timonier et on le consulte sur tous les grands dossiers ».

Commentaire de Baillou : Zhao se défend comme il peut. Richard Blondin hoche la tête.

C'est qu'on en est au cinquième jour de la grève de la faim ; plus de mille étudiants sont déjà hospitalisés et trois mille poursuivent maintenant leur jeûne sur la place Tian'anmen.

Une réunion, cette fois, dans le bureau de Philippe de Ligne. Par la fenêtre, les jardins de l'hôtel du ministre ; au-delà, l'hôtel de Lassay, des voitures, une réception peut-être.

— Messieurs, je voudrais que cette réunion soit brève : le Ministre a besoin d'une note de synthèse pour dix-neuf heures.

La rencontre hebdomadaire du lendemain avec le chef de l'État.

— Voilà, poursuit de Ligne : dans le tohu-bohu qui entoure la visite de Mikhaïl Gorbatchev à Pékin, que ressort-il exactement de ce qui a pu être décidé entre les Russes et les Chinois sur le Cambodge ?

Les regards se tournent vers Jacques Benoist. Mais c'est Bernard Vrin qui prend la parole : après tout, les affaires soviétiques sont du ressort du directeur d'Europe.

— Pour le moment, rien de très positif. En fait, c'est sur ce point précis que le désaccord entre Moscou et Pékin serait encore le plus marqué.

La voix de Jacques Benoist s'élève :

— Je ne crois pourtant pas qu'il faille dénaturer la situation : aussi bien du côté de notre ambassade que du côté britannique — qui reste pour nous une excellente source d'information...

Le visage de David Allen dans les rues de Pékin au temps de la Révolution culturelle : un instant, Jacques a marqué une pause. Alors, Bernard Vrin :

— Tant que l'abcès Tian' anmen n'aura pas été crevé — il se retourne vers Jacques pour corriger, comme en s'excusant : tant que la situation n'aura pas été débloquée d'une façon ou d'une autre, j'entends bien —, rien ne pourra détendre l'atmosphère sur ce point et le problème cambodgien restera entier.

Philippe de Ligne :

— Ce qui veut dire ?

— Ce qui veut dire que, si nous souhaitons pouvoir prendre une initiative quelle qu'elle soit au Cambodge, il faut d'abord — pardonnez-moi d'être brutal : il faut que les étudiants de Pékin arrêtent de nous foutre la merde.

Il a dit : « nous ». Jacques ne peut que protester.

— Je ne vois pas pour quelle raison le directeur d'Europe peut se permettre d'avoir un avis si précis, et si négatif, sur une affaire — la Chine — dont on ne peut pas réellement affirmer qu'elle soit du domaine de sa compétence...

Gorbatchev à Pékin, donc : en dépit de l'appel au dialogue lancé dans la nuit par Zhao, près d'un million et demi de personnes se sont jointes aux étudiants. Des camions bariolés d'affiches et chargés de manifestants déferlent le long des avenues. Chaque unité de la capitale a tenu à être représentée et à manifester sa présence par des bannières : ouvriers, hommes d'affaires, fonctionnaires et même officiers de la police sont aux côtés des étudiants. Des slogans demandent la démission de certains dirigeants du Parti et du gouvernement.

Des manifestations ont également lieu dans toutes les capitales provinciales et villes moyennes.

Plusieurs dirigeants, dont Fie Xiaotong, président de la ligue communiste de Chine, et Sun Qimeng, président du parti de la construction nationale démocratique chinoise, ainsi que d'autres chefs de partis non communistes, ont demandé à Zhao Ziyang et à ses compagnons de se rendre place Tian' anmen pour entamer un dialogue immédiat avec les étudiants et faire cesser la grève de la faim.

— De toute façon, dit alors Baillou, les Fie Xiaotong et Sun Qimeng ne représentent rien, et nous le savons bien.

La visite de Gorbatchev se poursuit dans le chaos.

Kelvin Young n'a quitté son bureau qu'à dix heures du soir après avoir écouté les dernières nouvelles. Mais, pendant cinq heures et dès le départ des employés, de la dernière secrétaire, il est resté à vérifier les lettres, les messages de solidarité accumulés dans le bureau du jeune fonctionnaire chargé de rassembler tous les documents relatifs aux collectes organisées à travers la colonie en faveur du mouvement étudiant de Pékin.

Et maintenant, il sait.

Il a quitté à pied l'immeuble du gouvernement et descend vers le Star Ferry, puis oblique du côté de Wan Chai.

Derrière lui, cet homme qu'il a croisé deux ou trois fois déjà, le petit monsieur en gris que Baker lui a présenté sous le nom de Perry.

Ce Perry ne cherche même pas à se cacher : il suit Kelving Young, et c'est tout.

A deux kilomètres de là, l'hôtel de Wanchai, où John Chessman après une cuite de dix-sept heures — le trajet Londres-Hong Kong en boeing, par Karachi et deux heures d'escale — est revenu s'abattre :

— Vous me reconnaissez, madame Isa ?

La belle et longue Chinoise entre deux âges, à la jupe fendue :

— Je vous reconnais, John : vous êtes un vieil homme.

— Pourtant, nous avons le même âge, et vous n'êtes pas une vieille femme, madame Isa.

La tenancière du bar-hôtel-tripot-bordel sourit ; ses lèvres très minces sont dessinées au crayon violet.

— Je suis une femme, John : une vieille femme, une femme qui peut ne pas vieillir trop vite, mais d'abord une Chinoise. Il suffit de quelques coups de crayon sur le visage, d'un peu de poudre : je suis sans âge, John. Nous sommes toutes sans âge.

Chessman est debout dans l'étroit corridor qui conduit à l'escalier, aux chambres : déjà, des étages, viennent ces rumeurs, ces rires.

— Et elles ? dit encore Mme Isa, quel âge croyez-vous qu'elles puissent avoir ?

Chessman a compris, qui hausse les épaules.

— Elles ont toutes quinze ans.

La main de la Chinoise effleure la joue de l'écrivain venu échouer là.

— Comme vous les aimez, John !

Il sait qu'il est rentré au port.

Nos errances.

La Rover a laissé Mulley à l'entrée de la ville : faubourgs, rues grises aux maisons régulièrement alignées, semblables, l'univers infini des *bow-windows* et des cheminées de brique, les trois marches de pierre, le jardin derrière.

— Vous êtes sûr que vous ne voulez pas aller plus loin ?

Gros et suant, le conducteur a ouvert la portière de son côté, prêt à sortir à son tour : « Je suis boucher », a-t-il dit une heure auparavant, sur la route quelque quatre-vingts kilomètres avant Edimbourg. Un peu plus tard, il a dit : « Je n'ai pas mon pareil pour découper un bœuf : en dix-sept coups de couteau, l'essentiel est fait, le reste n'est plus que des finitions... » Et George Mulley a pensé que le rire du boucher qui découpe les bœufs était celui de Gerald Avon, heureux d'un méchant tour.

— Sûr, oui... J'ai des amis par ici.

A regret — quels regrets ? — le boucher a laissé l'écrivain s'enfoncer dans les profondeurs d'une ruelle : George Mulley fuit, il marche. L'Écosse...

A Montfort-l'Amaury, où il est revenu, Jean-François a trouvé la maison vide : des sacs-poubelle remplis de boîtes de conserve vides, des vieux journaux, quelques bidons de pétrole : de Max et de Julie, il ne reste que ces misérables traces.

A son arrivée à New York, Thierry avait appelé Dominique Flornoy, qui avait été son ami. Celui-ci l'attendait au bas de la ville, dans Battery Park qu'un soleil de véritable été semblait brusquement inonder... Les deux hommes avaient presque couru l'un vers l'autre. En face d'eux, la statue de la Liberté : c'était un trop beau symbole. Puis Flornoy a entraîné son ami vers un banc que des mouettes avaient envahi.

— Tu as besoin de quelque chose ? Je peux faire quelque chose pour toi ?

Une mouette à leurs pieds, qui cherchait parmi les détritus.

— On ne sent même pas l'odeur de la mer, a dit Thierry.

Flornoy l'a regardé, sans comprendre.

— Tu as de l'argent ?

Le rire de Destutt : ses poches bourrées de dollars, de marks et de francs.

— Tu veux venir chez moi ?

Le rire de Destutt, encore :

— Je veux seulement aller plus loin.

Puis :

— Je voulais seulement vous dire adieu à tous...

En avouer davantage ? Expliquer à cet homme presque mûr qu'est devenu Dominique Flornoy que c'est grâce à lui et à quatre autres garçons qui s'appelaient Jean-Marie, Bernard, Antoine, Didier, que, l'espace de quelques mois, il a pu avoir vingt ans ? Flornoy est devenu diplomate, comme lui ; il porte une cravate aux armes d'un collège. Il a une femme, comme lui, deux enfants : pas comme lui.

— Je voulais seulement..., dit encore Thierry.

— Quoi ?

Le jeune homme s'est levé ; il a chassé la mouette d'un coup de pied.

— Je voulais seulement voir ce que je ne serai jamais plus.

Ils sont restés encore deux heures à parler sans avoir rien à se dire, puis, à grandes enjambées, Thierry Destutt a traversé l'extrémité de Battery Park, et Flornoy l'a vu disparaître en direction de la minuscule église entre deux buildings de verre où est enterrée la première sainte qu'ait engendrée l'Amérique.

Les mouettes, par quatre ou cinq, sont revenues tournoyer autour du banc.

Joseph et Julien, alors à Charny et devant la télévision :

— Tu vois que le monde qui tremble ne t'est pas si étranger que cela !

Sur l'écran, les défilés, là-bas, les banderoles, les mots « Liberté » ou « Démocratie » en caractères d'or sur les bannières rouges.

— Si je te disais que je regarde ça comme une sorte de spectacle ?

Alexandre Kléber, le journaliste qui raconte l'URSS d'aujourd'hui, a un sourire :

— Ce qu'ils ont fait devant Gorbatchev, jamais les vieux ne leur pardonneront !

Puis il se retourne vers Julien :

— Tu as raison, Julien, c'est un spectacle. Mais quel formidable spectacle.

Jusqu'à Henri Bonnaire, qui les a rejoints : dans le parc, sur la prairie, il tentait de trouver des mots pour dire l'odeur de l'herbe coupée, les foins qu'on étale et qui sèchent. Et puis Didier de Wandrille, qui ne quitte plus la petite violoniste américaine : sur l'écran de la télévision, une jeune femme, un livre à la main, semble déclamer un poème. Elle est belle.

C'est ce que murmure Cecilia, la violoncelliste chinoise qui n'a jamais vu la Chine :

— Elle est belle...

Plus tard, ils dîneront, Joseph et Julien vont poursuivre leur dialogue, Laura, Cecilia et Jean-Noël joueront un trio de Schubert.

Le 18 mai à cinq heures, Gorbatchev quitte enfin Pékin pour Shanghai. Du coup, Zhao Ziyang, Li Peng, Qiao Shi et Hu Qili se rendent à l'hôpital pour rencontrer les grévistes de la faim.

Un peu plus tard, Li Peng et les membres du bureau politique rencontrent aussi quelques chefs, dont Wu'er Kaixi et Wang Dan. Mais Li Peng refuse de répondre à deux points : la reconnaissance du mouvement étudiant comme un mouvement démocratique et patriotique, et la retransmission en direct de leur conversation.

Wang Dan voudra encore poursuivre la discussion, continuer à argumenter mais Li Peng se lèvera, l'entretien est terminé et la dernière porte se referme.

Sur la place, il pleut toujours. Du coup, la compagnie des autobus urbains a mis à la disposition des étudiants des autobus articulés où on a transporté les grévistes.

Les millions de dollars arrivés de Hong Kong sont quelques centaines de milliers tout au plus : Kelvin Young compte et recompte les chiffres qui s'alignent dans les colonnes d'un registre tenu comme on les tenait voilà cinquante ans, à l'encre noire. Au bas de chaque colonne, une erreur savamment calculée de plusieurs zéros.

Ce n'est pourtant pas que M. Gorbatchev n'ait pas tenté de jouer les médiateurs entre les étudiants et le pouvoir. Mais les dirigeants chinois ont fait fermement comprendre à celui dont les foules de Tian'anmen auraient pu faire une idole qu'il n'était pas là pour cela.

Irina sourit.

— Ça t'amuse, hein ?

Jean-Marie Erlanger regarde le journal déployé devant la jeune fille et la photographie de Mikhaïl Gorbatchev, en première page, assortie d'un commentaire anodin.

— Pas plus prophète là-bas qu'en son pays, en somme...

Ils se sont retrouvés dans un café de l'Arbat. Devant eux, un petit trafiquant qui propose des roubles, des icônes, n'importe quoi à un couple de touristes. Tout en bas de la troisième page du journal, la dépêche de presse qui annonce la libération de Vaclav Havel, après quatre mois de prison.

— Là-bas aussi, quelque chose bouge, remarque la jeune interprète, est-ce que vous saurez vous en rendre compte à temps ?

Les pancartes et les banderoles montent de la nuit. Puis un projecteur violent, d'un coup, colore toute la salle, six cents, huit cents spectateurs arrivés depuis trois heures, quatre heures, et qui regardent : Chaillot, douze heures plus tard.

Le Premier ministre Li Peng s'appelle ici Xavier Delage, c'est un vieux comédien qui a fait les beaux jours de la décentralisation, du temps de Gignoux et de ses compagnons : on l'appelait le Maréchal parce qu'il avait croupi dans les cachots de Riom, du temps de Vichy. Wang Dan a vingt-cinq ans, il est élève de Vitez, il est né à Palaiseau et le dialogue qu'ils engagent n'est que le bruit lancinant de deux monologues qui s'affrontent.

Tandis que Karine, les cheveux dénoués, joue les interprètes et traduit en chinois les répliques que les deux comédiens échangent en français sur la scène du théâtre moins d'une journée après la rencontre qu'ont eue, dans un palais néo-stalinien, un vieillard hargneux qui ne peut pas comprendre et un jeune homme en colère qui ne voudra plus jamais comprendre.

L'orage qui couve...

— Tu ne vas pas sortir ? a lancé Richard Blondin.

Il est huit heures du matin. Sa femme prépare ses appareils de photo, des films.

— Tu ne vas tout de même pas sortir ?

Le regard de Blondin sur cette Ghislaine aux cheveux courts, décidée, qui dévore depuis un an la Chine à belles dents et se promène, rencontre. Et qui photographie.

— Tu es folle ! Tu ne vas tout de même pas sortir seule !

L'inquiétude sourde de Blondin. De son bureau de l'ambassade, au fond du faubourg de Sanlitun, il observe si bien la Chine et ce qui se passe à Pékin, sur la place Tian'anmen et ailleurs, qu'un doute le traverse : que verra donc de plus Ghislaine, au milieu des foules sages ou en délire ?

— Je sors, dit alors la jeune femme.

Elle est déjà sortie.

La chaleur devient étouffante ; Paul van der Goes titube dans la cage d'escalier sonore. L'ascenseur en panne : au deuxième étage, les cris et la volée de petits Pakistanais qui s'enfuient à l'arrivée de ce grand garçon blanc, lourd, livide, les cheveux taillés en une brosse ingrate.

Troisième étage, quatre portes, un paillasson rouge, Paul a du mal à déchiffrer le nom de l'instituteur français sur une carte de visite fixée par une punaise au panneau de contre-plaqué : Marcel Berlut. Il sonne enfin. Le pas rapide de Berlut, qui lui a arraché un œil d'un coup de poing, voilà combien de mois ?

— Eh bien, mon salaud : je savais qu'on se retrouverait !

Maigre et noiraud, ce Berlut sent la transpiration. Il est vêtu d'un maillot de débardeur et d'un slip sale.

— Allez, viens, mon mignon : au fond, peut-être que, sans le savoir, je t'attendais — comme dans la chanson !

L'aube est sombre, il pleut sur la place empuantie. C'est tout juste si quelques étudiants sont déjà debout quand Zhao et Li Peng apparaissent. On racontera que Li Peng talonne Zhao, pour surveiller ce qu'il va faire.

Li Peng fait vite demi-tour, rassuré : rien de grave, après tout, ne peut se passer. Mais Zhao va surtout parler : pour lui, pour les étudiants, pour la Chine, pour la postérité surtout. Il a les larmes aux yeux. « Nous arrivons trop tard, bien tard. » Il déclare encore : « Je suis trop vieux, mais vous, vous êtes encore jeunes, vous devez vivre pour voir... » Et puis : « Vos critiques sont justes mais nous ne sommes pas là pour vous demander pardon ; vous voulez tous que notre pays progresse et les problèmes que vous avez soulevés seront sans doute résolus, mais les choses sont compliquées et il faut du temps pour résoudre ces problèmes. »

Il promet aussi aux étudiants que le Parti et le gouvernement poursuivront le dialogue dès la fin de la grève de la faim.

« Je ne suis pas là pour négocier... », lance-t-il enfin avant de s'en aller.

Lentement, Zhao s'en va. On le voit disparaître dans la foule qui s'écarte ; il se retourne encore, puis sa silhouette s'efface, grise, pâle : quelques secondes, et Zhao Ziyang, secrétaire général du Parti, conciliant et qui voulait la paix, a disparu.

Seules nos mémoires...

Philippe Baillou a interrogé Blondin en milieu de matinée.

— Le chant du cygne ?

Blondin n'a pas répondu.

Et pourtant, les étudiants avaient bel et bien décidé de cesser la grève de la faim. Mais voilà qu'en fin d'après-midi, au cours d'une intervention télévisée, Li Peng proclame son intention de faire appel à l'armée. Du coup, les étudiants reprennent leur jeûne. Ils ne le cesseront que dans la matinée du lundi 22. Zhao ne va plus répondre. La rumeur court qu'il aurait démissionné, qu'il serait peut-être arrêté.

La pluie tombe.

C'est Lavenant lui-même — quelle coquetterie ? — qui a tenu à jouer le rôle de Zhao Ziyang, dont il devine sourdement qu'il tombera demain.

Au côté de Delage, dit le Maréchal et maintenant devenu Deng Xiaoping, il déambule à travers l'espace parfaitement circonscrit du plateau de Chaillot aux petites heures de l'aube.

A demi écroulés sur des bâches, enveloppés dans des toiles, des comédiens-étudiants dorment encore, se réveillent — Lavenant, metteur en scène, a dit : « Une belle houle, une vague dressée... » Delage-Deng se tait, et c'est Lavenant-Zhao qui prononce les mots :

— J'arrive trop tard... J'arrive bien trop tard...

Un à un, les comédiens se lèvent et Karine passe une main dans les cheveux de Meilin. Qi Lu, de loin, écoute. De plus loin encore, et devant un poste de télévision allumé, Mina observe.

— Je ne suis pas là pour négocier, répète encore Lavenant après Zhao, mais sachez que nos points de vue se sont rapprochés.

Tous se sont levés : c'était une belle houle. « Un bel adieu », pense Karine.

Jean-Michel a rendu visite au cadi Batzak, le frère du vieil homme assassiné au pied de la montagne de Chahara ; le frère aussi de cet autre vieillard qui, le soir de Chahara, lui a raconté des histoires, des contes très naïfs mais qui, dans le soleil couchant de la ville dressée sur son rocher, prenaient subitement le ton de légendes glorieuses.

Le vieillard l'attendait sur le seuil de la porte de sa maison, au milieu de la ville ancienne, sur une petite place où un puits semble plonger aux sources mêmes de la terre ; il s'est incliné et Jean-Michel l'a précédé dans l'escalier, palier après palier, jusqu'au salon du dernier étage, où l'on mâche le qat tout au long de l'après-midi. Quelques hommes étaient déjà là, accroupis autour de la pièce ; ils se sont levés à l'arrivée de l'ambassadeur de France, que le cadi a tout de suite présenté comme un de ses amis les plus chers :

— L'ambassadeur était un ami de mon frère, que des fous ont tué. Il l'a rencontré comme il faisait le voyage de Chahara : je voudrais qu'il nous dise les impressions qu'il a ressenties, là-bas.

Parmi les dix ou douze vieillards alignés le long des murs, un très jeune garçon, quinze ans, tout au plus, au crâne rasé, le nez en bec d'aigle. C'est lui qui a posé la première question.

— Savez-vous que les deux hommes qui vous ont conduits à Chahara, les fils de mon oncle, mes cousins, sont ceux-là mêmes qui, avant leur départ avec vous, ont ordonné sa mort ?

Il a le regard clair, sa bouche est rouge, dure, bien dessinée, presque cruelle...

C'est le général Chen qui a donné, voilà vingt ans, à M. Liu l'adresse des Trois-Dragons et c'est parce que leur vie à tous est ce roman que Chessman a tant voulu écrire que le vieux Chinois, à son tour, pénètre dans le bas bordel où, depuis quarante-huit heures, l'écrivain anglais a trouvé un refuge.

— Vous êtes l'ami de Chen Minyan, n'est-ce pas, a demandé Mme Isa.

— J'étais son ami, oui.

La grande femme à la jupe fendue a fait signe à deux des petites filles qui l'ont suivie dans le corridor de prendre la valise de paille tressée du vieux Chinois, le paquet de livres qu'il tient à la main.

— Autrefois, dit Mme Isa, des fenêtres du cinquième étage, on voyait la mer.

Deux, trois rangées de buildings, aujourd'hui. Mais M. Liu sourit :

— La mer est là, je sais ; elle est aussi dans ma tête, je l'imagine et n'ai aucune envie de la voir ni, à plus forte raison, le désir de monter cinq étages pour cela !

Comme celle de Chessman, la chambre de M. Liu donne sur le corridor de bois sonore du premier étage. Déjà, le vrombissement d'un appareil à rafraîchir l'air, que M. Liu arrête d'un geste rapide.

— J'ai toujours froid, dit-il.

La nuit n'est coupée que des hoquets d'une chanteuse d'opéra chinois, tout près, dans la maison voisine.

Là-bas : nuit de pleine lune : folie, amitié, révolution, fraternité.

La place, avec la nuit, est devenue noire de monde — et pourtant, des lumières. On redoute l'intervention militaire : des troupes, affirme-t-on, marcheraient sur Tian'anmen.

— On se battra.

Les mains nues.

On apprend alors que le 38e régiment a refusé de marcher : cris de joie. Mais on s'organise. Il s'agit de bloquer les points stratégiques : d'être prêts. Camions, autobus, taxis : on crée des barrages sur une dizaine de kilomètres autour de la place. Et puis des gardes, des garçons et des filles, qui attendent.

Dehors, sur le périphérique, les camions remplis de militaires sont prêts, eux aussi. Mais la capitale tout entière se dresse. Meifang, Cécile, Léo auraient pu croiser Meilin. Le petit Gilles, silencieux, observe.

Surgi de la foule, Oskar van Otrick a revêtu la veste bleue et les jeans trop neufs d'un étudiant chinois.

La campagne est blanche, ce matin : blancs, les plateaux, d'une gelée blanche qui va durer tard, jusqu'au plein soleil, et qui donne à chaque buisson, à l'herbe la plus petite, une allure irréelle et lumineuse de brindille magique. Collandres tout entière qui serait devenue terre de légende...

Simon s'est levé tôt, il a chaussée des bottes, il est parti vers la montagne. Après avoir passé la croix de l'Agneau — on dit que là, le diable, sous le pelage blanc d'une brebis égarée... — il s'est dirigé en diagonale, à travers champs, vers le ruisseau du Cheylat. Là : chaque branche, chaque herbe...

Souvenir de Pékin un matin de grand hiver : le temple du Ciel saisi par le gel, la glace : ce matin-là, dans la lumière bleue et sur la triple toiture de tuiles bleues, il n'était déjà pas une branche, pas une herbe... ; mais là-bas c'était de la glace, transparente, légère...

Au-delà du ruisseau de Cheylat, se dresse ce trône d'orgues de basalte que la nature a sciées et d'où l'on voit, très loin, le plateau remonter en pente douce jusqu'aux sucs qui, vus de là, deviennent l'horizon.

Simon marche à grandes enjambées, calmes.

En bas, dans la vallée, on reconstruit sa maison.

C'est le 20 mai au matin qu'a été annoncée la mise en vigueur de la loi martiale. Le communiqué du gouvernement est aussitôt repris d'heure en heure par les médias et les programmes de télévision sont interrompus.

Le résultat ? Aussitôt la proclamation de la loi martiale, c'est la population tout entière qui se mobilise : foules, masses, défilés, des cris, des bras qui se lèvent, bannières, service d'ordre, haut-parleurs...

Dans la soirée, des groupes se sont rassemblés aux carrefours et passent la nuit à empêcher l'armée de rentrer dans la ville, en bloquant toutes les portes et en disposant des bus en travers des principaux axes menant vers le centre.

L'armée, mollement, intervient çà et là — cherche à disperser un groupe, tente, essaie, mais n'insiste pas.

Sous le soleil, on harangue les soldats : « Comment : vous vous prétendez les amis du peuple, et vous reniez le peuple ? »

Images : la pluie s'arrête : des bâches de plastique blanc, jaune sur la place, et des jeunes hommes, des jeunes femmes dessous. Flaques d'eau : trois garçons en soutiennent un quatrième qui titube, baskets aux pieds dans l'eau qui renvoie son reflet, avec au front le bandeau blanc des grévistes de la faim. « Il me regarde », pense Ghislaine Blondin. Il la regarde : l'un des trois garçons qui le soutient lève au-dessus de sa tête un flacon de verre, un tuyau, la perfusion. « Il est passé... », se dit encore la femme de Richard Blondin.

La place soudain vide : seules les bâches de plastique et les flaques d'eau; quelques drapeaux rouges, solitaires : le jeune homme qui traverse la place, qui titube et patauge dans l'eau pour s'accrocher au bras d'un compagnon qui rit aux éclats pourrait bien être Gilles.

L'appartement de Marcel Berlut est petit, bas de plafond, et résonne de toutes les cavalcades de gosses dans l'escalier qui, petits Pakistanais et Tanzaniens confondus, ont installé des tourne-disques au rez-de-chaussée et dansent entre les étages.

— Allons, bon dodo mon joli ?

En dépit de l'air conditionné, Berlut sue de partout et son maillot de corps sans manches arbore l'auréole de sa poitrine velue. Il est venu retrouver Paul, une tasse de café à la main.

— Il paraît que tu es malade, mon joli ? Aussi, toi et moi, on fera ce qu'on pourra pour s'amuser un peu ; mais je te préviens que je n'ai pas envie d'attraper ta merde : tu comprends ça, ma belle ?

Alors : fermer les yeux.

La quête de Jean-François à travers Paris : retrouver Julie, pour retrouver Max, et empêcher l'irréparable.

Autrefois, Julie avait loué une chambre, rue des Fossés-Saint-Bernard ; mais Jean-François n'y a rencontré que deux Marocaines, à qui la jeune fille a sous-loué les lieux.

— Julie ? Il y a deux mois que je ne l'ai pas vue.

La plus jeune des Marocaines a vingt ans, un beau visage un peu épais, des yeux très noirs.

Cependant que Max, quelque part entre la Chapelle et Barbès, a trouvé refuge chez des amis tunisiens dont l'un a déjà tué trois hommes : c'est à ces décomptes-là qu'on reconnaît les vrais talents, se dit Max, très sérieusement. Comme Jean-François, il est armé d'un 38 mais il n'est plus pressé : il sait que Simon ne quittera pas l'Auvergne de sitôt et lui-même n'a aucune envie de quitter Paris pour le moment.

— Et si le gros Vergnaud n'est pas content, je l'emmerde !

Tous les matins, face à la mer, André et Ismène parlent. Il parle d'elle, elle lui parle de lui : ce qu'il a deviné d'elle et ce qu'elle sait de lui. Tous deux, en somme, parlent de la Chine.

La radio uruguayenne commente les événements de Pékin et Ismène écoute.

— Tu ne regrettes pas de ne pas être là-bas ?

Verviers, penché sur elle :

— Mais je suis là-bas...

La mer, sur la plage, ces lentes remontées du temps.

— Peut-être que la seule différence, ici, ce sont les étoiles, dit Ismène.

A dix-huit heures le 21 mai, la situation est à peu près inchangée. L'armée n'a pas tenté de faire évacuer Tian'anmen où continue de se masser une foule considérable ; on y voit des banderoles appelant la population de Pékin à se mobiliser pendant la nuit qui vient pour empêcher une intervention armée qu'on redoute de plus en plus. Des slogans réclament encore la démission de Deng Xiaoping et de Li Peng ; des camions transportent des sacs de sable pour consolider les barricades.

Mais on fait aussi état de heurts entre étudiants et soldats dans le nord de la capitale. Il y aurait eu plusieurs dizaines d'étudiants blessés. Les convois militaires sont toujours bloqués par la population...

Sur la place et dans le centre de la ville règne une anarchie pacifique. La population est maîtresse de la rue et c'est le service d'ordre étudiant qui règle la circulation et veille sur certains barrages. On ne constate pas de dégâts particuliers, mais les rues n'ont pas été nettoyées depuis plus d'une semaine et le personnel médical s'inquiète des risques d'épidémie. On se presse autour des affiches et des tracts placardés sur les murs et sur les arrêts de bus. On réclame le retour de Zhao Ziyang.

Hong Kong...

— Je savais que je retrouverais quelqu'un ici, a dit M. Liu en voyant Chessman.

L'Anglais, d'abord, ne l'a pas reconnu. Puis il est venu vers lui.

— Je sais, a dit encore M. Liu, je n'ai pas changé : je suis sans âge...

Les deux hommes sont demeurés un moment à parler dans le bar de l'hôtel. Aux tables voisines, des Américains et des filles.

— Je les hais, a remarqué Chessman.

— Pourquoi ?

— Parce qu'ils sont beaux, qu'ils sont jeunes, qu'ils vont vivre.

Le rire presque filé de M. Liu.

— On peut mourir très vite et très jeune, vous savez.

La pluie est tiède sur la ville ; la température, qui était torride, s'est rafraîchie. Deux Noirs, plus ivres que les autres, caressent à pleines mains les cuisses d'une fille qui pousse de petits glapissements.

— Le plaisir..., remarque Chessman, presque amer.

Le rire, encore, de M. Liu.

— Ce plaisir-là, vous le donnerez sans peine, je vous le jure.

Puis il a posé la question :

— Vous vous souvenez ? Autrefois, à Pékin, nous avons joué au go.

Hong Kong qui somnole...

Est-ce Fei ou Ma Yuan ? L'un des deux banquiers a prévenu Baker : son principal collaborateur, Kelvin Young, est au courant des détournements de fonds que, presque officiellement, le gouverneur fait opérer chaque jour sur l'argent recueilli dans la colonie pour les étudiants de Pékin.

— Je croyais, fulmine Baker, que tous les agents impliqués dans cette affaire étaient totalement sûrs ?

Fei — ou Ma Yuan — a baissé la tête :

— Ils sont sûrs, monsieur le Gouverneur.

Le gouverneur, alors, va le prendre de haut :

— C'est peut-être vous qui n'êtes pas sûr...

Puis, plus aigrement encore, à Fei, cette fois, le banquier des Chinois de Hong Kong :

— Est-ce que cet imbécile de Young sait pourquoi nous avons été contraints de prendre ces mesures ?

Mais le banquier Fei, gras aux lunettes cerclées d'or, secoue la tête.

— Sur ce plan, au moins, il n'y a aucun risque.

« Cette nuit encore, la loi martiale est demeurée lettre morte. Il n'en reste pas moins que... »

La plume de Guillaume en suspens au-dessus du télégramme que vient de lui apporter Blondin : sur la place Tian'anmen, cette nuit encore. Puis il lève les yeux vers son jeune collaborateur :

— « La loi martiale est *demeurée;* il n'en *reste* pas moins » : *demeurer, rester :* ce n'est pas très joli, tout ça ; trouvez-moi quelque chose d'autre !

Richard Blondin a reposé le télégramme sans rien dire. En passant devant le bureau de Philippe Baillou, il a poussé la porte, ironique :

— L'ambassadeur n'apprécie pas mon style !

Barnier, la pipe entre les dents, ricane :

— Mais je suis sûr, moi aussi, que vous pouvez faire mieux, mon petit Richard !

Entre les deux diplomates — trente ans et quarante-cinq ans —, déjà une vieille complicité.

Charny a désormais deux visages : il y a le Charny où chacun se promène, écoute des musiques, Julien qui parle à Joseph qui sait qu'il va mourir et ne désespère pas du monde, puisqu'il n'a plus d'espoir pour lui. Et puis il y a Charny aux heures où la télévision montre la Chine.

— Il faudrait pouvoir dire tout cela, remarque soudain Didier.

Bonnaire, le poète, se retourne :

— Dire tout cela ?

Didier, qui n'a pas quitté des yeux l'image de la télévision où trois jeunes garçons brandissent une oriflamme d'or, répète :

— Dire tout cela, mais ensemble.

Julien lui a jeté un coup d'œil rapide : les regards des deux hommes se sont croisés.

La situation est subitement plus calme ce matin. La veille, les étudiants rassemblés sur la place avaient annoncé par haut-parleurs qu'ils venaient de recevoir l'ultimatum de Li Peng leur ordonnant de quitter Tian' anmen sans quoi l'armée interviendrait ; comme les nuits précédentes, ils ont tout de suite appelé la population à se mobiliser et ont placé des autobus en guise de barricades autour de la place. Une foule immense a passé la nuit dehors mais l'armée, une fois encore, n'a pas bougé : plus que jamais elle semble en somme en position d'arbitre.

Tandis que le gouvernement demeure silencieux, c'est elle, en effet, qui fait entendre sa voix. La télévision diffuse ainsi un avis du commandement militaire de la loi martiale pour appeler la population à coopérer avec les forces armées.

Plus tard dans la nuit, la télévision a interrompu ses programmes pour annoncer la rencontre des deux maréchaux survivants de la génération de Yan' an, avec une délégation d'étudiants de l'Université des sciences et techniques. L'armée, encore une fois... Les deux vieillards ont démenti la rumeur selon laquelle Li Peng aurait ordonné de « nettoyer » la place avant cinq heures du matin. Mais que les étudiants regagnent plus tôt leurs universités...

Et puis, la vie paraît reprendre à peu près normalement dans la capitale, même si les transports publics restent peu nombreux et si la circulation est perturbée par les barrages dressés dans la nuit.

Images : l'aube alors sur Tian'anmen après la pluie. De grandes flaques roses reflètent le ciel dont les nuages s'en vont. Déjà la lumière bleuit ; déjà les longs glissements violets de la nuit s'effilochent. Le monument aux Héros du Peuple devient une masse sombre qui se dresse à main droite, devant les palais clos du communisme moribond, mais sa silhouette est brisée dans les flaques de la place que traversent des nuages de boue.

Dans cette lumière mauve, bientôt dorée, des silhouettes errent.

Inveriray est une ville blanche bâtie tout d'une pièce, au XVIIIe siècle, au bord d'un loch. Le château, qui a brûlé voilà quinze ans, a été reconstruit. La patronne du bed and breakfast où Mulley s'est réfugié a des joues d'une étonnante pâleur, elle sent l'éther ; Mulley s'est posé la question : « Un bobo ? A moins qu'elle le respire... ou qu'elle le boive. » A six ans, il avait une Nannie qui, en cachette, vidait les flacons d'éther. L'odeur...

— Vous partez déjà ?

Il est huit heures du matin. Mulley achève sa tasse de thé.

— Mais vous n'êtes même pas rasé...

Désolée, la vieille dame — car elle a plus de soixante-dix ans, le visage décharné, les bras constellés de taches rouges... — tend à Mulley son pardessus, sa casquette.

— Vous allez plus loin ?

— Plus loin, oui.

Il a fini par louer une voiture en pleine campagne à un garagiste qui lui a seulement demandé un gros dépôt : avant de quitter sa maison du Yorkshire, Mulley a vidé le coffre de sa femme, dissimulé derrière un secrétaire Chippendale.

— Plus loin, oui.

Images : ce sont des boisseaux d'images, des brassées de clichés, photos noir et blanc et couleurs que Ghislaine Blondin ramène chaque jour de ses randonnées à travers la ville.

Elle porte des jeans clairs, une chemise blanche, une vareuse bleue, et elle marche : seule. Deux appareils de photo en bandoulière, un sac entier de films au travers de la poitrine.

Après Inveriray, la route du Nord traverse le Glen Aray, puis la passe de Brandes. A mi-chemin d'Oben, Mulley a décidé de faire demi-tour : ce n'est pas la mer qu'il veut, mais la terre, la montagne, tout ce qui lui rappelle les *moors* qu'il a fuis. Fuit-il vraiment, d'ailleurs ? La mort de lord Avon n'est plus qu'un souvenir lointain, qui s'estompe encore ; quant à une police qui serait lancée à ses trousses ?

George Mulley ne fuit pas : il se promène à un rythme qui sera le sien, et il attend. Il est revenu vers Glen Orchy, traversé de torrents et de rapides devant lesquels il s'est arrêté longtemps : raconter cette course qui n'en est pas une ; l'Écosse, cette fuite qui devient balade à travers un paysage nu que l'hiver encore habite. A Glen Coe, le fracas de batailles perdues résonne toujours sur les pentes abruptes des monts gris et d'un vert si pâle, qui bordent de très loin la route. Là, des hommes, des armées se sont anéantis.

George Mulley respire plus fort : la route du Nord passe par Fort William, Kyle of Lochalsh, Ullapool.

Un hélicoptère Gazelle opère au-dessus de Pékin plusieurs lâchers de tracts de soutien aux discours de Li Peng.

Remarque de Gaston, qui filme des papillons multicolores sur la foule :

— Bravo, la France !

Mais le soir, les informations télévisées sont contradictoires. Un reportage montre d'abord un Pékin calme et rassurant : pas de militaires, la vie a retrouvé son cours normal. Puis, tout de suite après, un message alarmiste sur les difficultés d'approvisionnement.

Plus tard, à l'approche de la nuit, la population s'est de nouveau rassemblée aux carrefours. Un incident aurait eu lieu à Fengtai, dans la banlieue de Pékin, entre Pékinois et militaires.

Cécile, qui s'est foulé une cheville, boitille à côté de Meifang, qui l'aide à marcher.

Meilin revient parfois ; tous les trois ou quatre jours, elle vient s'abattre dans la grande chambre, au premier étage de la résidence. Si Guillaume n'est pas là, elle commence par prendre une douche ; s'il est là, elle s'approche de lui et, aussitôt, l'embrasse :

— Il faut que tu le croies, Guillaume : je ne peux pas me passer de toi.

Sa voix est rauque et quelque chose, en elle, tremble. Quelque chose tremble aussi en Guillaume, qui l'attire vers lui.

Lorsque c'est fini, ils se laisseront retomber côte à côte sur le lit et le silence, entre eux, s'installera. Jusqu'à ce que Meilin, la voix plus douce cette fois, plus calme aussi, répète :

— Tu dois le croire, Guillaume : je ne peux pas.

La souffrance, alors, en Guillaume.

— Moi, dit Chessman, je suis revenu, à cause des odeurs.

Devant lui, le *go-ban*, cet échiquier de bois traversé de lignes horizontales et verticales où chacun, à tour de rôle, dispose une pièce : M. Liu joue avec les ardoises, Chessman avec les galets de porcelaine. Lorsque, le premier jour, ils ont achevé leur première partie, Chessman a dit : « Imaginez que nous jouions à ce jeu jusqu'à notre dernier jour ? » Le rire fêlé du vieux Chinois, en écho : « Jouer, en somme, jusqu'à ce que mort s'ensuive. »

— Les odeurs, répète Chessman : l'Angleterre n'a plus d'odeurs sinon le bacon frit qui est, vous me l'avouerez, assez écœurante, et il n'y a qu'autour de Soho, Gerard Street, Greek Street où traînent encore des relents de quelque chose. Or, vous savez ce qu'est devenu Soho aujourd'hui : un bout de Chine et le quartier des strip-tease minables... Mais tout cela vous est compté, examiné, comptabilisé. Alors qu'ici...

Il pense : ici, à pleine gueule, les odeurs de filles et de putes, et puis la Chine.

— A vous de jouer, répond M. Liu.

Hessing a rendu une seconde visite au cadi Batzak, puis une troisième : chaque fois, les mêmes hommes, la même lente et grave cérémonie du qat et le même jeune garçon, à la peau tendue sous les pommettes saillantes, crâne rasé, le nez d'aigle, qui pose les mêmes questions :

— Dans votre pays, peut-on tuer au nom d'un Dieu qu'on ne connaît pas ?

Le vieil Arabe assassiné au pied de la montagne de Chahara par ses deux fils qui clament très fort leur foi dans l'enseignement du Prophète : pour eux, la foi du vieil homme, leur père, n'était pas assez puissante.

— Peut-on tuer, chez vous ? interroge encore le jeune homme.

Puis sa voix devient rauque, il prononce quelques mots que le cadi interrompt un instant :

— Mon petit-fils va vous dire un poème : il va improviser pour vous.

Le garçon ne sourit pas : plus grave que jamais, son visage. Les yeux brillants, il parle d'amour, de haine, de Dieu, du Prophète et de la mort.

Machinalement, la main de Jean-Michel joue avec la feuille de qat qu'il porte à sa bouche.

Ou la bruyère gorgée d'eau et les forêts qui sont rouges à l'approche de l'été : l'Écosse est lointaine, un exil, pense Mulley qui attend là, seul dans une maison vide dont il a fracturé la porte. Il n'ira pas plus loin. La nuit précédente, il a dérobé dans une station-service fermée des boîtes de petits gâteaux, des tablettes de chocolat : il a de quoi attendre huit jours, dix jours, que la police, enfin...

Les premiers jours, les journaux ont raconté le crime. Très vite, son nom est apparu en grandes lettres dans le *Daily Express* et les journaux populaires. Plus discret, le *Times* — il fut, après tout, un collaborateur du *Times...* — a failli reléguer dans sa rubrique littéraire le meurtre d'un grand de ce monde par un écrivain connu.

Au nord d'Ullapool, les routes semblent ne plus mener nulle part. Il est sept heures du soir, la nuit tombe. Mulley a trouvé un paquet de bougies dans une soupente de cette maison de vacances humide, glacée : il lui reste six bougies, pour six nuits. Dans un tiroir de la chambre à coucher, des romans populaires : pornographiques.

— A vous de jouer.

Le vieux Chinois ne répond pas. Il sait que c'est à lui de jouer et l'impatience de son adversaire ne le fait pas sourire. Les lèvres pincées — presque mordues —, il réfléchit, avance la main, dépose enfin une pierre noire sur le tableau de bois. Très vite alors, John Chessman dépose une pierre blanche.

— Votre mal de tête ?

— Mieux. Mieux, ce matin.

Dehors, toujours la pluie. L'île en perdition dans la grande marée des pluies du début de l'été. John Chessman porte la main à son front.

Trois jours après l'instauration de la loi martiale à Pékin, la situation n'a pas évolué et la loi martiale n'est toujours pas appliquée : les manifestations se poursuivent mais la vie quotidienne reprend peu à peu un cours plus normal.

Les étudiants, voire la population tout entière, continuent à défier le pouvoir dans une atmosphère d'« anarchie contrôlée » et sont les maîtres du centre de la ville. Plusieurs milliers de personnes, venues du monde des arts, des lettres et même de la presse les ont rejoints dans l'après-midi. Ainsi, ce sont toutes les forces intellectuelles du pays qui vont se retrouver côte à côte dans la nuit, où, comme tous les soirs, on a dressé des barrages. La presse et la télévision continuent à montrer les camions militaires bloqués autour de la ville par la population. Il semble pourtant que des affrontements aient eu lieu tandis qu'un convoi tentait quand même d'avancer. Près d'une centaine de personnes auraient été blessées.

En fait, l'anarchie règne bel et bien à Pékin. Le pouvoir n'a plus de visage, aucun dirigeant du Parti ou du gouvernement ne s'est encore manifesté. Seuls les propos de Wan Li, président du comité permanent de l'Assemblée nationale populaire, en visite en Amérique du Nord, sont rapportés par la presse. Wan Li aurait déclaré à Toronto qu'il fallait « protéger les aspirations patriotiques de la jeunesse et aussi restaurer l'ordre social ». Mais Wan Li est connu pour ses idées réformatrices.

Pékin reste donc dans l'attente d'une solution politique. Rien ne perce des débats qui se poursuivent en circuit fermé et on ne sait rien non plus de Zhao Ziyang, ni de Li Peng dont la démission est désormais au centre des revendications du mouvement étudiant.

Debout devant une affiche qui dit le mot « liberté », Oskar van Otrick hésite encore. Puis, d'un pas enfin résolu, il fend la foule et se dirige — à pied : six kilomètres ! — vers l'ambassade de France.

Le mardi 23 mai, dans l'après-midi, des jeunes gens ont lancé sur le grand portrait de Mao qui domine la porte face à la place Tian'anmen des pots de couleur jaunes et bleus.

Le sacrilège : le père trop tôt embaumé qu'on va tuer une seconde fois.

Les passants ont regardé, sans applaudir : les coupables sont un professeur, un journaliste, un imprimeur, tous trois originaires du Hunan — comme Mao lui-même.

Quelques heures après, c'est une immense peinture de Jean-Paul Chambaz, son ami, que Lavenant a fait installer sur la scène de Chaillot. Alors, un pot de couleur à la main, Karine s'avance la première.

Sous le regard de Guillaume, Blondin et Baillou s'affrontent soudain dans son bureau.

— La guerre, mon vieux : c'est la guerre qui va éclater d'une heure à l'autre au Politburo élargi !

— Alors ?

— Eh bien, les partisans de Deng et de Li Peng ne sont pas encore assez forts pour...

Rire narquois de Blondin.

— Pas assez forts pour quoi ? Mais ça fait huit jours, ça fait dix jours que Zhao est grillé. Il faut être un vieux Chinois de Chine pour refuser encore de l'admettre !

Baillou, le vieux Chinois de Chine, se lève brusquement.

— Mon vieux, apprenez d'abord à lire, vous discuterez après : vous l'avez remarqué vous-même, l'agence Chine Nouvelle vient d'appeler Li Peng « Monsieur » et non pas « Camarade » ni « le Premier ministre ». C'est plus qu'un signe, cela, beaucoup plus qu'un signe.

A la porte de l'ambassade, on vient d'éconduire un Hollandais habillé en étudiant qui demandait à voir Paul van der Goes. Rire du garde de sécurité :

— Van der Goes ? La pédale ? Ça fait trois mois au moins qu'on ne l'a pas vu par ici.

A tout hasard, le garde a donné à Oskar l'adresse du Centre culturel.

Le lendemain, 25 mai, la presse publie un message des différents organismes politiques de l'armée rappelant l'importance du fameux éditorial du 26 avril ; tandis qu'en ville, le retour à la normale s'accélère. Seule la place Tian'anmen reste occupée, surtout par des étudiants de province. Il faut d'ailleurs des laissez-passer pour s'approcher du cœur de la manifestation.

On discute ferme. Des étudiants venus de Beida et de Renda se pressent. Meilin passe, regarde, puis rejoint Liu Ting chez Qing Aiqin, qui tient table ouverte dans son café. « Ecrire tout cela, explique Meilin à Jean-Bernard qui les a retrouvés. Ou, mieux, le montrer. »

Mais, à l'occasion d'une audience accordée aux ambassadeurs nigérian, brésilien et birman, Li Peng a reparu aux informations télévisées pour la première fois depuis le 19 au soir, et le Premier ministre de déclarer : « Si les troupes ne sont pas entrées en ville, ce n'est pas parce qu'elles ne l'ont pas pu mais parce que le gouvernement est le gouvernement du peuple et que nos forces armées sont celles de nos frères et sœurs. » Li Peng a ajouté : « L'architecte en chef de la réforme, de l'ouverture sur le monde extérieur est Deng Xiaoping. » L'ordre règne à Pékin...

Dans une salle de cours à Beida, la ronéo tourne : c'est une vieille ronéo à manivelle, comme du temps de nos années d'étudiants.

— A vingt ans, je rédigeais des tracts à la gloire de Mendès France que j'appelais PMF, se souvient Jean-Bernard qui, la tête coiffée d'un casque de motocycliste et une barre de bois à la main, se demandait s'il oserait jamais frapper les manifestants hostiles qui s'avançaient vers lui, à l'entrée de la salle Wagram.

— Tu vois, dit Fei Yimin à Gaston, il faut l'expliquer aux peuples du monde entier : quinze jours n'ont pas suffi, il faudra des mois, des années — ou une heure, un jour peut-être ! — pour que le mot « liberté » retrouve un sens.

Tout frais sorti de son rouleau encré, le tract ronéoté s'appelle « Le

Nouvel Esprit de Février » — en hommage à ce Pai-Ji, qui fut un ami de Liu Ting et qui, l'un des premiers, a disparu.

Alors, Guillaume se lance en voiture, seul et sans chauffeur, dans les rues de Pékin : les grandes avenues autour de Sanlitun sont encore désertes. Et puis, à mesure que, de très loin, il aborde Chang' an à l'est, la foule naît devant lui : les larges chaussées couvertes de camions, d'autobus, de voitures en tous sens et, d'un coup, la folie de ces folles journées.

Guillaume avance comme il peut jusqu'au troisième périphérique dans le formidable encombrement de véhicules mais surtout de passants, les milliers, les dizaines de milliers de badauds, de touristes — de soldats, aussi, de policiers et bientôt d'étudiants.

Lorsque la foule devient trop compacte, l'ambassadeur de France abandonne sa voiture n'importe où sur le bord de l'avenue et il continue à pied. La lumière est parfois très belle, ces foules sont gaies. Les premiers jours, Guillaume pensait : « Meilin est quelque part, là... » ; puis il a cessé de penser. Il regarde.

Et revient trois, cinq heures plus tard à l'ambassade où Baillou, Blondin, l'attaché militaire discutent sans fin de ce que sera demain.

Image : armés de balais de bambou, quinze hommes en chapeau de paille — il y a même un panama ! — retournent allégrement un énorme tas d'immondices qui ne sont pourtant que lambeaux de couvertures, bouteilles, plastique, débris, toiles déchirées, cageots, cartons qu'on a éventrés.

Au loin, derrière les balayeurs de la Révolution, un drapeau rouge porte en jaune les caractères de « Démocratie ».

La première fois, Oskar van Otrick a eu beau secouer la porte du Centre culturel, personne n'est venu lui ouvrir ; ce matin, le regard soupçonneux d'une jeune femme :

— Paul ? Mais il est malade... Il faut aller chez lui...

Il y a seulement six mois, l'adresse de Gilles était un secret pour tout le monde, mais depuis la maladie du jeune homme, on sait que les deux garçons habitent ensemble, et l'employé griffonne quelque chose sur un bout de papier. Oskar alors repart en claudiquant — une petite blessure au pied, et qui s'infecte —, sa tête de grès rose sous le bras, toujours enveloppée du même linge souillé.

A Moscou, l'été est arrivé d'un coup : d'un coup, les rues sont blanches ou grises — d'un gris sale que le soleil écrase — mais c'est avec une sorte de fièvre que Jean-Marie Erlanger note chaque fait et geste de cet homme encore presque neuf qui s'appelle Mikhaïl Gorbatchev.

« Le 25 mai marque sur ce plan une étape décisive puisque les 2250 membres du Congrès ont enfin élu M. Gorbatchev chef de l'État... »

Irina, qu'il retrouve le soir dans un restaurant géorgien en perdition au bord d'un parc parmi de hauts immeubles déjà à demi ruinés, remarque :

— Vous autres, Français, mais les Allemands aussi, je pense, et les Italiens... — vous faites une manière de héros du seul homme en Union soviétique qui n'ait jamais compris ce qui se passait en Union soviétique.

La main de Jean-Marie sur la nuque de la jeune femme : si frêle..

— Vous voyez, explique M. Liu en posant un pion, je travaille encore pour mon pays ! Les Japonais nous ont volé le jeu des Perles de verre, ils en ont fait le « Go », l'ont livré aux enfants et aux champions de télévision et moi je suis là, seul en marge de la Chine, à tenter de le récupérer au fond d'un bordel en disputant d'inutiles parties — inutiles parce que, vous me le pardonnerez, sans gloire, ni pour vous ni pour moi — avec un Anglais amateur de petites filles. N'est-ce pas assez dérisoire ? A l'heure même où la Chine entière se lève, où M. Gorbatchev réveille enfin un peu l'Europe !

John Chessman sourit : il regarde le vieux Chinois qui, lui, ne sourit pas.

— Vous êtes de ce côté de la rivière, monsieur Liu.

M. Liu lève à son tour ses yeux ronds sur son interlocuteur.

— Vous êtes si aimable de me le rappeler. Je sais : je suis dans un bordel de Hong Kong. Mais est-ce que je ne viens pas de le reconnaître moi-même ? Je suis de ce côté de la rivière.

Où John Chessman, dans ses nuits d'insomnie, veille — écoute. Le bruit des chasses d'eau : cataractes successives qui rythment à intervalles qu'il finit par trouver réguliers les allées et venues dans les escaliers, les pieds nus qui traînent dans les couloirs ; ou les robinets qui coulent jusqu'au milieu de la nuit, jusqu'au petit matin ; ou les cris d'une fille qu'on bat — ceux à travers la cloison, tout proches, d'une autre fille qui râle. Les jurons d'un homme.

Étendu sur son lit, les yeux fixés au plafond, parfaitement immobile,

Chessman entend, guette. Son souffle devient plus court. Sa main sur son épaule gauche, sous l'épaule, se crispe. Et lorsque tout retombe dans le silence — seuls les craquements des bois pourris des planches — la pluie, dehors, seule aussi, incessante.

Dehors, sous les néons du bar, une ombre rôde : Kelvin Young, qui n'ose entrer.

John Baker a décidé de le faire parler.

— Vous l'avez compris, ce qui se passe à Pékin a parfois les conséquences les plus inattendues ici, dans la Colonie.

Young a incliné la tête :

— Je sais, monsieur — *I know, Sir...*

— Peut-être certaines informations qui ont pu arriver jusqu'à vous vous ont-elles surpris, continue Baker.

Nouveau signe de la tête de Kelvin Young.

— Certaines, en effet.

Heureusement étonné, Baker encourage son collaborateur.

— Par exemple ?

Mais le visage du jeune fonctionnaire se ferme.

— Je ne pensais à rien de particulier.

John Baker insistera encore quelques minutes, puis finira par renvoyer Young dans son bureau.

— Je vous remercie, Kelvin, ce sera tout pour aujourd'hui.

Il sait que le jeune homme a téléphoné plusieurs fois à Londres ces derniers jours et qu'il a un ami à l'inspection des Services diplomatiques et consulaires — la police des diplomates, en somme. Le gouverneur appuie sur le bouton de l'interphone.

— Jane ? Appelez-moi M. Perry. Sur ma ligne directe.

Le petit homme en gris, chapeau mou, imperméable, tout droit sorti d'un film policier en noir et blanc des années cinquante : Perry alors au bout du fil.

— Dites-moi, Perry : occupez-vous du monsieur dont je vous ai parlé. Il ne faut pas le laisser seul un instant, n'est-ce pas ?

Rentré chez lui, Kelvin Young a commencé une lettre à Mulley — qu'il ne peut achever.

La police a bien fini par retrouver sa trace. Trois, quatre voitures sont arrivées, on a entouré la maison au nord d'Ullapool, et George Mulley est sorti, les bras en l'air.

Caufield, son éditeur, était là : comment la police l'a-t-elle laissé venir ? Il pose un bras sur l'épaule de l'écrivain.

— Mon pauvre George, vous avez dû mourir de froid.

Les vêtements de Mulley sentent la laine humide, l'air glacé : une sale odeur de sueur qui n'est pas de la sueur. Et puis la poussière, l'eau croupie : depuis huit jours, Mulley n'a rien bu de chaud, rien mangé de chaud. Il tremble.

— Mon pauvre George..., répète Caufield.

Au nord d'Ullapool, les routes sont étroites et ne mènent nulle part : qui connaît les noms de Kirkboll ou de Doumeay ; qui même, parmi nous, est allé jusqu'à Thurso, d'où Mulley aurait peut-être pu s'embarquer pour les îles Orkrly : mais après ?

Les nuits calmes du bout du monde.

Le soir, dans sa chambre de l'Auberge des Tilleuls, sur la place en pente qui descend jusqu'à l'église — en bas, le cimetière, son père, sa mère l'oncle colonel dont les épaulettes dorées, dans une armoire... ; et plus bas encore, la maison dont, une à une, on a remis en place les lauzes qui recouvrent son toit — Simon lit et travaille. Il a déjà couvert quelques feuillets de son écriture fine et se lève pour relever l'abat-jour de la lampe : à onze heures, il est bien le seul à veiller dans la petite bâtisse carrée qui, voilà trente ans, portait encore, en lettres peintes sur la façade, l'inscription : « On loge à pied et à cheval » ; les lettres, à demi effacées, ont été recouvertes d'un badigeon.

En face, sous le porche de l'église, vivait la Mounette, qui s'était installée là au début des années vingt ; dans les derniers temps, Simon l'avait connue, qui s'emmitouflait de couvertures avec l'hiver, se dévêtait à peine au milieu de l'été et avait fui de tous les asiles où l'on avait tenté de l'enfermer. « Foutez-moi la paix ! » disait-elle à ceux qui l'approchaient. A la fin de sa vie, c'était même tout ce qu'elle était encore capable de gémir : « Foutez-moi la paix. »

Simon s'est à nouveau levé pour aller à la fenêtre ; puis il est revenu à sa table. C'est une belle table de noyer, qu'il a trouvée à la maison de La Morel, dans la pièce qu'on appelait « la chambre de la grand-mère Marie » et que Mme Chaussade, la patronne des Tilleuls, lui a fait monter pour qu'il puisse écrire.

Les mots, qui viennent parfois ; mais hachés, lents, difficiles. *La Mort des idéologies :* il possède au moins le titre du livre qu'il veut écrire. Pour le reste...

André Verviers, lui, écrit sans angoisse : il a installé sa table face à la mer. Derrière, un peu en retrait sur une chaise longue, Ismène lit ; ou, à un bureau jumeau du sien, elle corrige quelques pages de sa thèse sur les Jésuites français dans la Chine du XVIIIe siècle : Verviers ne la voit pas ; il lui arrive de ne pas se retourner d'une heure, d'une matinée entière —

mais il sait qu'elle est là, tout près. Sa plume à lui, libérée, court doucement sur le papier. Les mots sont âpres, difficultueux comme un sentier pentu qu'on gravit à pied d'homme, lentement, difficultueusement ; mais à l'extrémité de chaque phrase patiemment gagnée, au bout du paragraphe, il y a ce regard que le poète porte sur ce qu'il a écrit : l'œil du voyageur qui se retourne sur le chemin parcouru.

Le souffle d'Ismène, parfois ; ou un vent tiède qui vient de la mer : les mots, déliés, s'envolent. A quinze mille kilomètres de Pékin en colère, André Verviers parle d'une Chine immobile et pourtant bien vivante. Le regard d'Ismène se pose sur lui, derrière lui, qu'il ressent comme la main d'un ami qui vous guide sur ces sentiers.

Jean-François a fini par mettre la main sur Julie qui — dit-elle... — refait sa vie chez sa sœur, place Salvador-Allende, tout près du Théâtre des Amandiers de Nanterre.

— Max ?

Elle a grossi, mange des tartines de pain beurré qu'elle trempe dans sa tasse de café au lait.

— Max ? Je veux même plus en entendre parler.

Le trio de Montfort-l'Amaury, que rassemblait une si belle haine...

— Max ? Pour moi, tout ça, c'est fini, et bien fini.

Elle jette à Jean-François un regard soupçonneux : qu'est-ce qu'il a, ce fils de bourgeois, à venir encore l'emmerder alors qu'elle est rangée des voitures ?

— Max ? T'as qu'à voir du côté des frères Mehdi, rue Barbès : mais moi, je t'ai rien dit, hein ? Vos conneries, j'en ai plus rien à branler.

Ses cheveux, qui ont poussé, sont d'un jaune gras et le peignoir de bain grisâtre qu'elle porte encore à onze heures du matin dégage une vilaine et forte odeur de sueur et de coton mouillé.

— Max ? Après tout, vous n'avez qu'à vous démerder tous les deux. Moi, je bouffe mon petit déjeuner, et tu m'emmerdes plus.

Julie a pris une grande décision : elle sera coiffeuse. Si elle réussit le concours, qui est difficile...

Les poches bourrées de dollars en coupures de cent — il a passé, en outre, autour de sa taille une ceinture de cuir et de billets verts — Thierry Destutt dérive à travers les États-Unis.

Saint Paul, Detroit, Minneapolis : il a choisi des États et des villes où rien, se dit-il, ne s'est jamais passé. Il arrive dans des aéroports, prend des taxis, couche dans des chambres d'hôtel, il boit, il mange, il dort. « Je défèque... », se dit-il aussi, avec une certaine jubilation.

Un soir, dans les toilettes d'un grand hôtel, il a dépouillé un gros homme ivre dont la poche intérieure recélait un sachet de plastique rempli de diamants. Alors, à Detroit, à Saint Paul, il a vendu une ou deux pierres et les autres sont dans le fond de la poche droite de sa veste : il les touche, les égrène, les tripote.

A Minneapolis, il erre aujourd'hui dans une manière de ville sous la ville, univers de galeries marchandes creusées sous les immeubles et qui communiquent entre elles à l'infini, parce qu'à Minneapolis, la neige et le froid font, à la surface des choses, une croûte impénétrable, redoutable, qui dure quatre mois par an. En ce milieu de printemps, la ville sous la ville devient un univers glauque où s'estompent les saisons. Une fille, parfois...

Et Thierry Destutt qui entraîne cette fille rencontrée dans un magasin où il a acheté un tee-shirt et qui le suit dans ces couloirs, ces galeries, son hôtel, cette chambre enfin : Thierry qui s'abat alors sur la fille et qui gémit.

De sa poche, deux petits brillants ont roulé sur la moquette.

Souvent, Berlut rentre tôt dans l'après-midi. Paul n'a pas bougé du lit où l'instituteur le nourrit, le soigne comme un enfant. Toute la journée, seul et les rideaux tirés, il s'est raconté des histoires très tendres où Gilles, chaque fois, revenait. A l'arrivée de Berlut, le garçon se redresse un peu sur les couvertures.

— Tu vois, ma belle, que je pense qu'à toi...

L'instituteur rapporte une glace qui lui dégouline entre les doigts, une friandise achetée dans la rue, un illustré ; parfois, c'est un magazine pornographique pour messieurs seuls, rapporté de Hong Kong par un copain.

— Tu vois, ma belle...

Puis l'instituteur se penche vers le jeune homme et murmure quelque chose à son oreille ; Paul secoue la tête : il accepte, il refuse, à quoi bon ? Très délicatement, les doigts de Berlut attaquent l'œil de verre qui remplace l'autre, le vrai, celui que Paul a perdu par sa faute ; il retire — très délicatement... — la bille de verre de son orbite et, très délicatement, promène le bout d'un index dans le trou béant, Berlut devient d'une infinie tendresse :

— Ma belle, ma chatte, ma perdrix, mon petit lapin...

De grosses larmes roulent sur son visage ; Paul se laisse faire, insensible. Il pense à Gilles, il se dit que Gilles a disparu quelque part dans la foule, mais qu'il reviendra ; il se dit : « Je tiendrai jusqu'au retour de Gilles et Gilles, alors, m'aidera à tuer ce porc... » qui le caresse maintenant, à pleines mains, moite, dégoulinant, répugnant, le souffle tout d'un coup plus court, la bouche tordue.

Doubles autobus rouges et jaunes, au soufflet de toile dans le matin : ils barrent les avenues, grosses chenilles claires que contournent les fourmis à bicyclette, les vélos, les chemises parsemées de rouge et çà et là, d'un drapeau ou d'un pull-over.

Léo, Cécile se réveillent.

— Le matin, déjà...

Meifang, qui dormait près d'eux, s'est levée d'un bond.

— Le matin : ce n'est pas trop tôt !

Quand la nuit sur Pékin a été si longue...

« Enfants de tous les pays, unissez-vous »... Une bannière portée par des lycéens s'avance dans le nord de la ville. Des étudiants chantent, une gamine dévore à pleine bouche une tranche de pastèque qui lui ensanglante le visage.

— Bravo, les enfants, a crié le petit vieux qui vend des brochettes au coin de l'avenue et d'un hutong.

— Bravo, les enfants ! crie à son tour Lavenant qui, à travers le théâtre entier de Chaillot, a mis en scène la chaîne des lycéens.

26 mai : comme si tout, pourtant, se calmait soudain. La presse publie des mots d'ordre officiels et rassurants : les étudiants sont encouragés à retourner dans leurs provinces, des trains gratuits seront mis à leur disposition.

Et on dirait bien, en effet, que peu à peu les étudiants quittent la place. Alors, on organise un concert de rock, pour redonner un peu de moral aux troupes.

Gaston danse avec Fei Yimin et c'est Jean-Bernard qui a pris la caméra en main : il tourne, il valse autour des danseurs qu'entraîne un même tourbillon !

— Amoureux de tous les pays, unissez-vous...

La vie est redevenue normale, les étudiants, en moins grand nombre, n'occupent plus que Tian'anmen, et le service d'ordre à la remarquable efficacité a presque disparu.

Mais la loi martiale n'est toujours pas appliquée...

Ce matin, cette mer sur la place où les vagues retombées sont les corps de ceux qui dorment, molletons, bleus, kaki, couvertures bariolées en nappes régulières qui se reposent à l'infini avec, au bout, l'infini : la porte de la Paix céleste au grand toit doré.

Image encore, ultimes images : cette mer qui dort, où les chapeaux de paille sur les visages affleurent, avec au loin quelques drapeaux levés et puis, lentement sur la mer, cette houle : les corps qui s'étirent, et se dressent, et s'ébrouent. La nuit très longue, très courte, le matin clair :

c'est la marée de ceux qui se sont enfin levés pour un nouveau jour et dans l'espoir que ce jour-là sera différent de ceux qui sont venus avant.

Mais c'est aux anciennes photos d'Iris que Guillaume revient toujours. Les images qu'il a sous les yeux et son souvenir se mélangent. Il écrit. Il a réussi à écrire à nouveau. Des textes très brefs, à peine un peu plus qu'une légende sous un cliché en noir et blanc, mais ce sont déjà des mots qui deviennent des phrases et qui, au bout du compte, diront peut-être aussi ce qu'il voit.

Kelvin Young rend maintenant de plus en plus souvent visite au vieux Pendergast. Celui-ci, toujours vêtu d'un costume blanc trop large — il fut, assure-t-il, corpulent, et flotte aujourd'hui dans son pantalon à pattes d'éléphant — lui raconte le Pékin des années qui suivirent la victoire des communistes et ce complot qu'on aurait ourdi contre Mao Tsétoung.

— J'aime à imaginer, dit-il, que les services secrets américains avaient monté toute l'affaire avec la complicité tacite du KGB, qui ne voyait pas d'un mauvais œil la disparition de Mao. Et je suis convaincu que ce sont nos chers amis britanniques qui ont vendu la mèche.

Ses yeux se font vagues. Il prépare une pipe qu'il tend à Kelvin :

— Vous êtes sûr que vous ne voulez pas...

Le souffle plus court encore, rapide, haletant, puis subitement apaisé. Alors, il revient à la Chine, à ces petites Chinoises qu'Iris photographiait pour lui dans des maisons de Hong Kong. Et puis à l'Angleterre, qu'il hait :

— Savez-vous que votre patron, Baker, se conduit très mal, en ce moment ?

Jean-Marie Erlanger a emmené Irina faire une longue promenade dans la campagne à l'ouest de Moscou, loin à travers les plaines que la chaleur déjà écrase et les forêts de bouleaux : ailleurs.

— Nous sommes dans une pièce de Tchekhov, dit Jean-Marie.

Les longs étés à la campagne, la maison envahie de cousins, les roseaux et l'étang : une mouette est revenue s'abattre sur la berge et, dans la nuit, un coup de revolver met fin aux rêves d'Aliocha ou d'Ivanov.

— Il reste des maisons comme cela, dit Irina.

Qui porte un foulard noué sur les cheveux et s'est étendue dans l'herbe, au pied d'un prunier. Ils sont à l'entrée d'un village qu'on dirait sorti d'un vieux conte, petites isbas de bois peint et découpé, tournesols et pavots, deux grosses dames passent, un bidon de lait à la main, deux écolières, deux petits garçons.

— La prochaine fois, dit alors Jean-Marie, il faudra emmener Sacha.

Plus tard, ils s'avanceront jusqu'à un monastère qui semble surgi de l'eau, toits en bulbes, murailles crénelées, et Jean-Marie se dira qu'il est, lui aussi, ailleurs..

Images, images : vêtus de draps de coton bleu qu'ils ont échancrés aux bras et pour la tête, des garçons, le front ceint d'un bandeau rouge, s'avancent, dans la nuée des bicyclettes, un mégaphone à la main.

Sur le coton bleu, signes jaunes et signes noirs : les mots « liberté » et « démocratie ».

A travers la ville, de nouveaux cortèges : ils sont cent mille, cette fois, à venir de Beida, de Renda et d'ailleurs, pour crier : « Nous ne craignons pas la répression. »

Mais dans les usines, on diffuse des tracts pour interdire aux ouvriers de se joindre à eux ; on va jusqu'à supprimer les jours de congé : au cas où...

« Une toute petite minorité s'est livrée à un complot politique en utilisant les grèves des étudiants et en créant délibérément le désordre pour semer le chaos », affirme tel dirigeant dans les colonnes du *Quotidien du Peuple*.

Dans la rue, des policiers en civil.

— Regarde celui-là, dit Fei Yimin à Gaston : c'est un flic.

La caméra de l'opérateur suit le regard de l'homme en bras de chemise et qui souriait : il ne sourit plus, s'écarte, s'affole, s'enfuit.

— Tu sais comment ça s'appelle, ce que nous ressentons tous, plus ou moins fort ? demande Gilles au jeune garçon debout près de lui, presque sous les murs de Zhongnanhai.

— Je sais, dit l'étudiant, c'est la peur. Le début de la peur.

Quelques chefs étudiants ont déjà annoncé leur intention de mettre un terme à l'occupation de la place le 30 mai au soir.

— C'est peut-être la fin, dit le petit Xu Jing.

Liu Ting le regarde : ailleurs, un autre jour, il l'aurait foudroyé du regard. Ce soir, il sourit. Il pose sa main sur la nuque de l'étudiant aux lunettes rondes.

— Non, petit frère : c'est le début de tout.

Les plateaux, cette fois, sous la pluie. Un gros imperméable verdâtre et des bottes, une casquette de marin enfoncée jusqu'aux yeux, Simon avance à grandes enjambées dans la pluie, le vent qui se déchaînent. Au-delà du buron de la Ribeyrette, le sol est détrempé et de grandes flaques apparaissent dans l'herbe, qui deviennent bientôt de véritable mares. Autour, l'herbe spongieuse, rude et molle, et les rangs de gentianes dressées, jaunes, drues comme des piques.

Une année, au-dessus de Taiyuan, dans le Shanxi : la même tempête et le sol qui roulait sous ses pas. Otrick l'avait amené là pour voir ces grottes que leur guide lui-même ne trouvait pas : ils avaient tourné en rond au-dessus des falaises où des bouddhas Wei, le visage fracassé par toutes les révolutions, les guerres et les pillards, montaient une garde hautaine sous la pluie qui ruisselait de partout.

Le buron n'est déjà plus qu'une silhouette grise sur l'horizon cotonneux. Il fait froid, Simon marche très vite, il a très chaud. Il pense : « Je suis bien revenu. »

Jubilation.

Image après image, photo après photo, visage, douleur, ou cette joie féroce... : Guillaume passe chaque soir de longs tête-à-tête avec les enfants en colère ou les vieillards humiliés d'hier comme avec les clichés qu'Iris lui a laissés en partage.

— Jamais ! se dit-il.

Jamais il n'aurait cru qu'un corps à corps entre le texte et l'image, le visage et les mots qui le disent pouvait être cette incroyable méditation sur le verbe et le sens dans laquelle il s'est lancé : un combat solitaire dont, à chaque nouvelle image, il redoute l'issue et qui, chaque image tournée, se clôt sur cette double victoire : celle de la vieille femme qui a pris la photo et celle de ce diplomate mûrissant qui la commente, la décrit, la dit.

— Je me souviens, dit Guillaume à mi-voix, de cette petite fille dans les rues de Tianjin, triste, appuyée contre un arbre : ses amies autour d'elle jouaient à la guerre — elle ne jouait pas.

— Le mot qui veut dire : toujours..., murmure Ismène.

Verviers corrige :

— Le mot qui veut dire : longtemps.

Puis, après un temps :

— ... Pour le moment.

Le vent s'est levé de la mer, il apporte son fardeau de nuages.

— Le mot, dit alors Verviers, qui veut dire : le temps.

Ismène murmure :

— ... Le temps.

Puis elle raconte à son tour un rêve qu'elle a fait : c'était en Chine, bien sûr. Mais pas à Pékin ni à Shanghai, plutôt sur un plateau, quelque part au cœur de l'Empire, lœss pulvérulent, des grottes, des statues de pierre, debout.

— Si je vais un jour en Chine...

Le mot qui veut dire « jamais » : jamais Ismène n'ira en Chine. Mais c'est elle, pourtant, qui dit de l'intérieur cette Chine-là dont les mots, les phrases qui la racontent sont sagement, gravement alignés sur le papier blanc. En quelques semaines, mots, lignes, phrases, pages, Verviers a aligné des pages qu'il a envoyées de France à un poète ami. Pour voir ; pour savoir...

— Jadis, Irène..., commence-t-il.

Il raconte. Ismène a vingt-sept ans, comme Irène alors. Elle ferme les yeux.

— Je sais.

— Comment m'as-tu retrouvé, hein ?

Max est debout, furibond, dans la cuisine des frères Mehdi où il achève de laver une assiette, un bol : pour être un peu intégristes et tout à fait tueurs, les deux frères Mehdi n'en ont pas moins le goût de l'ordre et des cuisines propres.

— C'est cette salope de Julie, hein ?

Les deux garçons sont passés dans la pièce voisine, qui est un salon-salle à manger, canapé recouvert de coton cousu façon sellier et un joli vase de fleurs sur une table d'angle.

— Je veux te parler d'Anglade, dit Jean-François.

Ou bien, d'autres errances, et des plaines et le blé, le blé à l'infini mais sans Chartres au bout, comme la gagnait, à vingt ans, Thierry avec une si belle allégresse.

« On se levait à l'aube, se souvient-il, on marchait tout le matin et puis la double flèche épinglée sur l'horizon qui devenait vivante au cœur de cette houle, de cet océan. »

Ici, les plaines sont grasses de blé qui se dresse, immobile, sans un souffle qui le balaie, et Thierry égrène dans sa poche, comme les pierres d'un rosaire, les petits cailloux clairs. Arrêtée sur le bord de la route, la voiture qu'il a louée ressemble à un gros animal échoué sur une plage : les deux motards qui s'en approchent, Ray-Ban et casque sur le crâne, ont la main sur la crosse du revolver.

— Ah ! Frenchie ! s'exclame le premier.

— Diplomat ! répond en écho le second.

Le soir, ils se saouleront à trois dans un motel de campagne dont la fille, qui tient la caisse, là aussi, leur servira à tous trois : dérive...

Dans l'appartement de Berlut les rideaux restent tirés toute la journée. Avec les abat-jour roses des lampes et la guitare accrochée au mur, sous une photographie de Manolete — une grand-mère madrilène n'explique rien... —, le trois pièces que l'appareil à rafraîchir l'air, déréglé, remplit d'un bourdonnement ininterrompu, est une sorte d'habitacle absurde, cage de Faraday, bathyscaphe suspendu au cœur de rien dans une ville où naissent des orages qui ne pourront jamais l'atteindre.

Allongé sur le dos, Paul ne compte plus les jours ni les nuits ; parfois, il se lève, va jusqu'à la salle de bains, se glisse sous la douche tiède, en ressort frissonnant et, encore mouillé, revient s'abîmer sur le lit. Il pense : « Plus rien n'arrivera jamais. »

Marcel Berlut est parti pour quelques jours à Hong Kong — voir un ami. Il a rempli le réfrigérateur de boîtes de conserve. Du pain, déjà durci ; du lait, déjà tourné. Et les stores de la cuisine tirés, les bouteilles vides qui traînent, une poubelle éventrée : pestilence.

A l'École des beaux-arts, on assemble les morceaux d'une grande statue blanche.

— Mais, demande Meifang à Cécile, tu as remarqué ?

La statue presque achevée parmi les débris, les photos, l'échelle encore debout pour celui qui va lui apporter sa torche.

— Ses bras, n'est-ce pas ?

— Ses bras, oui : c'est à deux bras qu'elle élève la torche.

C'est bon dans le rêve américain, une Liberté à la torche nue qui tient de l'autre main un livre :

— Ici, lance un étudiant, on se bat à deux mains...

Les livres sont pour demain.

La Chine, encore, par la fenêtre : à Charny. « Comme chaque soir, la télévision nous rassemble tous », se dit Julien qui s'est surpris à prendre des notes : non sur lui-même ni sur ceux qui l'entourent, à plus forte raison pas sur la Chine — si loin... — mais sur eux et lui face à la Chine, vue de trop loin.

— Ce n'est plus là-bas que l'histoire va maintenant se passer, proteste Alexandre Kléber ; mais chez nous, ici, la porte à côté, dans notre bonne vieille Europe.

Il se tait, puis se retourne vers la violoncelliste chinoise qui n'a jamais vu la Chine :

— Tu vois, Cecilia, ces garçons et ces filles qui te ressemblent et qui se peignent le front ou la poitrine aux couleurs de la liberté basculent soudain si loin de nous : des années-lumière alors, entre ce qu'ils sont et ce que nous sommes. Ils sont les étrangers absolus, des indigènes, en somme.

Le rire de Cecilia :

— Salaud !

Et Didier qui tient Laura par les épaules :

— Tu ne t'intéresses pas à la Chine !

Alexandre Kléber bougonne :

— J'ai déjà le bifteck russe à me mettre sous la dent, je ne veux pas me mettre à manger le dragon chinois dans l'assiette des autres !

Julien a noté la formule. Il pense soudain : « Rassembler tout cela... »

— J'ai rêvé, se souvient alors Chessman pour M. Liu : j'ai rêvé qu'à la source même de toute écriture aurait été le corps de Clawdia. Qu'en elle, j'aurais trouvé ce sens oblique des mots qui m'a toujours échappé. Dans son corps ; je dis bien : son corps. Qu'à la prendre à plein corps, donc, à pleines mains, j'aurais puisé en elle une sorte d'encre magique qui aurait résolu enfin le combat que je mène depuis toujours contre la phrase. Ce combat, dont Otrick, qui possédait Clawdia, est malgré tout sorti vainqueur... J'ai rêvé que je devais la prendre pour devenir. Fouiller en elle pour m'y retrouver en même temps que pour découvrir les signes qui m'échappaient ; les mots, les gestes. Me gorger d'elle pour bâtir... Dans mon esprit et au fond de mon corps, je mêlais indiciblement l'acte d'amour à celui d'écrire. Et c'est parce que l'un m'était interdit, que l'autre...

Il regarde ses mains : grandes griffes blanches et grises, mortes déjà, au bout de ses bras maigres. Le dos de sa main. Le poil sale qui s'y accroche, maigre aussi, et triste. Il regarde ses paumes, l'intérieur de ses mains — puis tout son corps s'affaisse d'un coup dans le fauteuil de bois noir et dur qui lui meurtrit les reins.

— Moi : ce vieillard maintenant, qui parle du corps d'une femme que j'ai par deux fois laissée partir comme de mon unique espérance ! Dérisoire, vous ne trouvez pas ?

M. Liu, sentencieux :

— Que vous m'amusez, John, avec vos scrupules. N'avez-vous jamais écrit une ligne vraiment de vous ?

— Oh ! rien. Et puis de toute façon, nous et les nôtres, nous ne ferons plus que nous répéter, nous répéter, pour mourir doucement. Atrocement.

Il fume. Regarde la fumée monter en spirales épaisses dans la moiteur de la chambre.

— Vous ne descendez même plus au bar ? De quoi avez-vous peur ? De ces Américains ?

L'ancien maire de Pékin, Peng Zhen — il fut une des premières victimes de la Révolution culturelle — a fait une réapparition dans les colonnes du *Quotidien du Peuple* pour annoncer qu'il a convoqué en réunion sept vice-présidents du comité permanent de l'Assemblée nationale populaire. Il y rappelle que, selon l'article premier de la Constitution, « la République populaire de Chine est dirigée par la classe ouvrière et non la bourgeoisie, ni même partagée avec celle-ci... La pratique du libéralisme bourgeois est anticonstitutionnelle. » Vocabulaire et langue de bois.

Mais dans le même temps, Peng Zhen menace presque Deng, Yang Shankun et Li Peng : « Personne ne doit se mettre au-dessus de la Constitution. Les questions posées par les masses doivent être résolues par les moyens légaux et démocratiques, y compris par le dialogue. »

— Le dialogue !

Baillou ricane : dialoguer avec qui ?

Dans la soirée, les Pékinois vont venir toujours plus nombreux pour voir cette statue de la « déesse de la Démocratie » si vivement critiquée dans le journal télévisé de dix-neuf heures. Autour de la statue dressée, des pétards et des feux d'artifice ; à midi, lorsqu'on l'a officiellement dévoilée, c'étaient les chœurs de l'Institut central de musique qui chantaient l'*Hymne à la joie* de la *Neuvième Symphonie* de Beethoven. Mais les photographes étrangers ont été poliment invités à ne pas se rendre sur place...

Meilin pose la question à Gilles, qui fait tourner la ronéo à tour de bras :

— Tu avais quel âge, toi, en 1976 ?

Le garçon s'arrête et la regarde :

— Pourquoi ?

Le visage grave, alors, de Meilin :

— Parce que, en avril 1976, on a crié, comme aujourd'hui. Et puis la presse officielle a commencé à nous mettre en garde ; et puis on a publié des articles d'une exemplaire pureté idéologique, et puis...

— Et puis ?

— Et puis, on a frappé, tu le sais bien...

Il est midi : celui-ci qui dort, en pull-over bleu, étendu sur un drapeau rouge. Une cigarette, une bouteille de plastique vide, il a fait glisser sur ses yeux le bandeau blanc qui lui ceignait le front : il dort.

Quelques papiers chiffonnés, une enveloppe, une lettre qu'on n'a pas lue...

Images...

Karine tient très haut la torche que Pai Xin lui a donnée : le grand soleil de midi éclaire, violent, aveuglant, la place Tian'anmen à Chaillot où la clameur enfle et se déploie comme une mer.

— Debout ! crie Lavenant, debout, Meilin : tu es nos matins à venir, toutes les nuits qui seront d'espérance !

Dans la salle, des étudiants amis, droit, médecine, Sciences po, français, anglais mais chinois aussi, venus de partout, qui attendent. Certains, comme à Pékin, ont apporté une couverture et Mina déguisée en Mère Courage distribue des petits pains cuits à la vapeur que la sœur de Qi Lu fait bouillir en coulisses.

Côté jardin s'élèvent alors quelques mesures de *L'Internationale* et, côté cour, on répond par *La Marseillaise,* mais Beethoven les réunit tous.

— Les imbéciles..., murmure entre ses dents Serge Lensky, qui est venu en cachette.

Mais personne n'écoute un Serge Lensky quand une Meilin blonde et debout apostrophe la foule.

— L'armée ? remarque alors Baillou : franchement, je n'y crois plus. Dix pour cent de l'Armée populaire de libération sont stationnés autour de la ville. La 38ᵉ armée a déjà fait comprendre qu'elle n'interviendrait pas. Quant aux autres...

Les autres ? La 27ᵉ, de Datong, la 65ᵉ, de Shenyang.

— Les autres, remarque Richard Blondin, sont commandées par des fidèles de Yang Shangkun : tout reste possible...

Mais au pied de la statue debout au milieu de la place et qu'il ne quitte plus, Liu Ting a saisi Meilin par les épaules :

— Ils ne viendront plus, petite sœur : ils sont avec nous, ce sont tous nos frères !

La caméra de Gaston se fixe sur le visage de la jeune femme. Près de lui, Fei Yimin murmure à voix basse des noms, des explications, que Jean-Bernard note.

— L'armée ? répondra Jacques Benoist à Melot qui s'est mis à sourire, ironique dans sa certitude. L'armée ? Mais elle est aux ordres, monsieur le Secrétaire général, et nous l'avons tous oublié.

— Le Parti ? répondra à son tour Irina à Jean-Marie qui l'interrogeait ; mais c'est devenu une vieille machine à moudre des réformes que Mikhaïl Gorbatchev viole à tour de bras et sans plaisir, comme une vieille fille prude qui ne peut plus rien donner.

Ce même café de l'Arbat où ils se retrouvent parfois le soir, un joueur de guitare, un peintre abstrait qui expose de tristes toiles multicolores.

— Tant qu'on fera la grâce à un Boris Elstine d'obtenir un siège de député par la démission d'un autre, dûment élu, poursuit la jeune fille, ce pays restera ce qu'il est : une forteresse minée de l'intérieur par ceux-là mêmes qui prétendent la défendre.

Jean-Marie l'écoute en buvant un verre de thé tiède. Dehors, un haut-parleur diffuse une musique de rock.

— Et ne va pas me dire, lance enfin la jeune interprète, que tu nous plains d'être tombés du centralisme démocratique et autre culte de la personnalité dans le royaume du rock et du Coca-Cola : je te jure bien que nous avions *aussi* besoin de cela !

« Nous sommes tous là », pense Kelvin Young.

Ici aussi, la rumeur : une foule debout. Mais une foule qui se lève pour chanter ; pour dire à d'autres foules sœurs, au-delà de ce morceau de mer et au-delà du Tai Mo Shan, que toutes les Chines du monde sont à l'unisson de celle de Pékin.

Il est huit heures du soir. Le jour dure encore sur Hong Kong mais déjà, dans cette lumière bleue d'opale, des projecteurs font des éclats d'une violente clarté : dans cet entonnoir de la misère qu'on appelle, par quelle dérision, Happy Valley, au milieu de ces barrières de béton où les réfugiés de Chine se pressent pour ne pas mourir, on donne un concert pour que ceux de la place Tian'anmen vivent.

— Nous étions tous là, répétera Kelvin Young au vieux Pendergast, lorsqu'il lui racontera ces dizaines de milliers de garçons et de filles, chemises multicolores, banderoles, fanions, drapeaux, lanternes : ces dizaines de milliers d'enfants — et lui.

Mais la fatigue, soudain.

Kelvin Young est revenu chez lui et a balayé d'un coup de pied le bouquet de tulipes de plastique que le gardien de prison a déposé devant sa porte, puis il a poussé la porte de l'appartement, qu'il ne ferme plus à clef : à quoi bon ?

A l'intérieur, le désordre des verres qui traînent, les cendriers qu'on ne vide plus, des journaux à terre. Rosa, qui fume sur le balcon : elle grossit, ne se lave guère, des odeurs d'aisselles moites.

Alors Kelvin va droit à la chambre de bonne où Carma, étendue, se repose. La petite fille est nue, il se met à genoux, elle sourit.

Les rats qui se déchaînent : Meilin rit :

— Les chacals !

La presse s'attaque de plus en plus violemment à la « déesse de la Démocratie ». Elle publie même un tract officiel du « Bureau de gestion de la place Tian'anmen », qui manifeste son opposition à « une certaine statue : Tian'anmen est le symbole de la Chine. Le monument aux Héros du Peuple suffit à traduire la volonté du peuple à lutter avec acharnement pour la liberté ». La presse met de nouveau en garde les étrangers qui voudraient photographier la statue.

Mais Gaston, Jean-Bernard, tous ceux qui sont venus là pour voir et qui voient, voient encore, et filment, photographient sans fin.

Des images aux quatre coins du monde, télévision sans frontières. Images à New York, à Paris, à Londres. Mais images aussi à Pékin : images de Pékin à Pékin qu'on visionne, qu'on archive, qu'on conserve, et bientôt, à Pékin, mises en fiches, fichiers, réquisitions. Images, visages : demain, on verra les images et ces visages seront ceux de condamnés.

— On m'a dit que vous êtes en train de travailler sur d'anciennes photos de la Révolution culturelle...

Un dîner à l'ambassade en l'honneur de Raymond Vattier, ce sénateur qui est devenu un spécialiste de la Chine : il est revenu à Pékin pour voir. Et c'est Ghislaine Blondin, l'épouse de Richard, qui, au moment du café, a interpellé Guillaume. Celui-ci sursaute :

— Qui vous a raconté cela ?

La jeune femme est subitement belle, dans la lumière blanche de l'après-midi : visage hâlé, les mains surtout, qu'elle a très fines, les doigts longs, très bruns devant son visage comme pour le protéger du soleil, car Guillaume est à contre-jour.

— Qui vous a raconté cela ?

Le sénateur, Baillou, Blondin sont assis à l'autre extrémité de la pièce, en train de supputer les chances d'un retour de Zhao : « J'ai toujours dit... », remarque le sénateur.

— J'ai mes sources d'information...

L'air presque mystérieux de la femme de Blondin. Alors, à brûle-pourpoint :

— Moi aussi, je fais des photos. J'en fais beaucoup, en ce moment : je pourrai vous les montrer, si vous le voulez ?

Il suffit parfois de l'image d'un visage : penché au-dessus d'Irina, Jean-Marie Erlanger la photographie. Sans trêve : un film, deux films pris coup sur coup du visage de la jeune interprète.

— Ta douceur..., murmure Jean-Marie.

A Moscou, on parle bien sûr des émeutes du haut Karabakh, de l'agitation arménienne, des foules là-bas aussi. Jean-Marie se souvient d'un poème, d'une chanson :

— « Quand tu seras rentrée, là-bas, en Erevan. »

Irina lève la tête et sourit :

— Aragon ? Parce que les diplomates bourgeois français lisent aussi les écrivains communistes ?

Un rire, puis :

— C'est quelque chose qui m'a toujours surprise : comment, en 1989 et en France, peut-on encore être communiste ?

Au loin monte la clameur d'un match de football au stade Dynamo. Place Pouchkine, tout à l'heure, un orateur haranguait les badauds :

— Amoureux de tous les pays, unissez-vous !

Rire de Jean-Marie :

— En somme, vous vivez votre Mai 68 avec un retard de vingt et un ans : quelle belle majorité politique !

Dans la prison claire et propre où il attend de comparaître à nouveau devant un juge, Mulley ne compte pas les jours : il n'a nulle hâte. Il partage sa cellule avec un jeune homme bien élevé qui a assassiné une vieille dame pour très peu d'argent ; on lui a apporté une table de bois blanc, une chaise et du papier blanc. Et là, face à une fenêtre qui n'a même pas de barreaux, il écrit, il écrit sans s'arrêter, et raconte l'histoire de cette petite fille qu'un grand de ce monde a assassinée lorsqu'il était jeune homme, quelque part au nord de l'Angleterre, et qu'un écrivain qui ne l'a pas connue vengera, cinquante années plus tard.

Avec une infinie tendresse, Mulley décrit le visage, les lèvres, le regard de la petite fille morte.

— Mon pauvre George ! a répété Caufield, qui lui a rendu visite.

Mulley s'est redressé :

— Mon vieux Holden, je crois que je ne suis vraiment pas à plaindre : jamais je ne me suis senti mieux dans ma peau, et jamais je n'ai aussi bien écrit !

— Seul le Prophète, dit le petit-fils du cadi, connaît la raison de nos actes. Pourquoi j'ai tué hier mes deux cousins, je ne le sais pas. Ils avaient assassiné leur père ? Ils avaient trahi leur famille ? Ils avaient trahi la confiance d'un étranger ami ? Ils ne croyaient pas à l'Enseignement qu'ils prétendaient suivre ? Je ne sais pas : le Prophète sait, et cela me suffit.

Les hommes, autour de lui, approuvent, et le visage du cadi est demeuré de marbre. Jean-Michel Hessing regarde cet enfant qui continue à parler dans la grande lumière blanche de la maison-tour de Sanaa, tour au-dessus de toutes les tours : l'enfant est beau, il a quinze ans, il a tué deux hommes. Il se lève et va quitter ceux qui l'entourent pour remercier le Prophète de lui en avoir donné le courage.

— Avec cette main, dit-il à l'étranger, avec cette main, j'ai tué mes cousins, j'ai vengé un sang qui était le mien et je me prosterne devant le Prophète qui seul sait pourquoi j'ai, deux fois en une seule nuit, levé un poignard avec cette main.

Quelques heures avant de quitter Paris, Simon avait reçu une ultime visite de Clément Pallas.

Le bureau de la rue de l'Élysée était déjà désert, le coffre vide et, rue Guynemer, le carton de livres que Simon voulait emporter — Balzac, Proust, Stendhal... — était prêt, ceinturé d'un gros ruban de papier adhésif. En dépit de la tiédeur du printemps, Pallas avait gardé son pardessus, son écharpe.

— Je n'aurais pas voulu, avait-il lancé d'entrée de jeu, que nous nous quittions sur un malentendu.

Puis il s'était assis sur un canapé, à côté du carton de livres. Simon était resté debout, sans même lui proposer à boire.

— Je voulais que vous soyez bien certain, avait poursuivi l'homme de ces services qu'on dit spéciaux, que ni moi ni mon frère n'avons jamais éprouvé pour vous, et pour ce que vous représentez, que de l'amitié — je dirais même : de l'admiration. Et si, par moments, nos chemins ont divergé...

Là, Simon l'avait arrêté :

— Je ne vous demande aucune explication, monsieur.

L'autre était resté assis sur le canapé ; sa main jouait avec une statuette posée devant lui, sur une table basse.

— Je ne vous en donne aucune, mon ami. Je veux seulement que vous sachiez que si, par deux fois, mon frère d'abord, moi ensuite, nous nous sommes trouvés sur votre chemin, c'était pour des raisons différentes et que les buts poursuivis par Jean-René n'étaient en aucune manière les mêmes que les nôtres.

Cette fois, Simon n'avait pu résister à la tentation de mettre les pieds dans le plat.

— Je sais, l'avait-il interrompu, et c'est pour cela que vous avez éliminé vous-même — ou fait éliminer — votre frère.

Livide jusque-là, Clément Pallas avait violemment rougi. Il avait failli se lever mais s'était vite maîtrisé. C'est d'une voix presque trop calme qu'il avait tenté de répondre :

— Vous savez aussi bien que moi que Jean-René s'est suicidé.

Il était encore resté quelques instants à parler de la Chine, de l'article du *Canard enchaîné* dont il rejetait la responsabilité sur « ces messieurs du Quai d'Orsay » ; il avait aussi évoqué le « lobby indochinois » et l'affaire du Cambodge, puis s'était très vite éclipsé, parfaitement mal à l'aise.

Et Simon, qui n'avait fait que tenter le diable en accusant Clément

Pallas de la mort de son frère, savait qu'il ne s'était pas trompé : au sein même de l'État, il est bien des raisons qui divergent...

Il avait achevé ses bagages et quitterait bientôt Paris sans regret.

Du sommet du Suc-de-Rond, qu'il lui a fallu cinq heures de marche pour atteindre, la vue s'étend aux quatre coins du ciel : le Gévaudan au sud, la Corrèze vers l'ouest, les monts du Cantal, face à lui, et puis, partout, les vallées qui partent en étoile, les plateaux. Un peu au-dessous de lui, la vallée du Falgoux — et la route du col d'Aulac, qu'il devine accrochée au flanc de la montagne.

L'air est frais, à peine froid. Un vent léger... Simon s'était dit que, là-haut, il lirait ou travaillerait un peu. Dans sa besace : une tranche de pain, du fromage, du vin, un livre, du papier. Mais il a bu, il a mangé — et le livre reste fermé. Quant à travailler...

La mort des idéologies ? Il rit : serait-il venu jusque-là pour faire comme tous les autres, qui veulent si bien prouver qu'ils peuvent aussi penser ?

— Moi, je ne pense jamais ! dit-il soudain, à haute voix.

Comme une provocation qui ne s'adresserait qu'à lui-même.

A six cent cinquante kilomètres de Pékin, on paie six yuans par jour des ouvriers et des paysans amenés en camion au milieu de villages perdus pour manifester leur soutien au régime contre les petits-bourgeois rassemblés dans la ville. Banderoles, mégaphones : une certaine forme de silence.

Et *Le Quotidien du Peuple* relate ces manifestations d'ouvriers et de paysans, autorisées, qui ont eu lieu à Shunyi, Daxing et Huaizhou, dans les banlieues.

A Pékin même, des véhicules militaires, parfois, sillonnent les rues : ce n'est encore qu'une moto, qu'une voiture. En ressortant les noms de militaires qui semblaient, au début de la loi martiale, avoir des dissensions, tels que ceux de Zhang Aiping, Qin Qiwei, Nie Rongzhen..., les organes de presse essaient d'ailleurs de donner une image unie des militaires.

Et puis, la presse s'attaque toujours à la déesse de la Démocratie : elle publie maintenant — dérision — une déclaration du Comité du plan d'aménagement urbain des statues de la ville, selon lequel la statue de la place Tian'anmen a été élevée sans demande d'autorisation aux départements concernés...

Bernard Vrin a retrouvé Beausséant et Philippe de Ligne au restaurant de l'Assemblée nationale, où Julien Petit, qui surveille de très près le budget du Département à la commission des Affaires étrangères, les a invités tous les trois. Mais le député est en retard et les trois hommes en profitent pour parler librement.

— Vous avez la chance, remarque Beausséant, d'avoir un secrétaire général qui a été en poste au Cambodge et qui s'intéresse aux affaires cambodgiennes. Parce que, dans la tempête démago-médiatique qui déferle ces derniers temps sur la Chine, il faut d'abord et avant toute chose garder un cap.

Bernard Vrin ne boit pas d'alcool. Il porte à ses lèvres un verre de Coca-Cola, ce qui fait sourire Beausséant. Puis Vrin interroge :

— Le départ d'Anglade a dû simplifier la situation pour vous, non ?

C'est Philippe de Ligne qui va répondre :

— Tu sais, depuis plusieurs mois, Simon était sur la touche : Beausséant peut t'en dire quelque chose... Quant à Melot lui-même, il ne nous gêne pas beaucoup.

Le rire méprisant de Philippe de Ligne.

— Tu parles ! Sous ses airs de fin politique, Gérard Melot est aux ordres. D'ailleurs, il sait qu'il a tout à y gagner.

Le regard de Vrin s'allume.

— C'est-à-dire ?

Cette fois, Philippe de Ligne va baisser encore plus la voix.

— C'est-à-dire que le Ministre en a un peu assez de toute cette agitation. Alors, passé le cap de la présidence française...

La présidence française des Communautés européennes : le 1er juillet, c'est la France qui succède à l'Espagne.

— Passé le cap de la présidence ?

— Oui : passé ces six mois, qui vont être très durs pour tout le monde, il semble qu'à l'Élysée, on n'exclue pas qu'il veuille faire autre chose. Et alors...

La main du directeur d'Europe joue avec sa fourchette. Autour d'eux, le brouhaha des conversations si futiles de ces gens si vainement occupés que sont nos députés.

— Et alors ?

La silhouette de Julien Petit, membre éminent de la commission des Affaires étrangères de l'Assemblée nationale, se profile entre les tables.

— Et alors ? Eh bien, je crois qu'on ne lui verrait pas d'un mauvais œil un successeur diplomate. Je veux dire : venant de la maison.

Julien Petit est arrivé ; ses trois invités se lèvent.

— Je suis désolé, messieurs : une réunion qui a duré plus longtemps que prévu.

Vrin pense : « Il a l'air plus futilement occupé encore que tous les autres... » Le député s'assied : à quatre, ils pourront enfin refaire le monde.

— Alors ? interroge Baker.

— Alors ? ce fou de Pendergast a parlé à Young.

Le petit homme sorti d'un film policier en noir et blanc garde son chapeau jusque dans le bureau du gouverneur où, officiellement, il n'est qu'un employé de rang médiocre des services de relogement des immigrés de la colonie.

— Ce qui veut dire ? demande encore le gouverneur.

— Ce qui veut dire que votre collaborateur représente aujourd'hui un risque.

John Baker tire sur la pipe qu'il s'est remis à fumer depuis quelques semaines.

— Il y a des pressions possibles sur lui ?

Le petit homme retire son chapeau, se gratte la nuque et remet le chapeau en place.

— ... Cette gamine, la fille de sa femme de ménage, avec qui il fornique allégrement. Elle n'a pas douze ans : tout est possible !

Le regard de John Baker est devenu très vague.

Les deux putains dans le bar — les pales immobiles du ventilateur, l'odeur presque rance des tables, de la moleskine — se taisent. M. Liu tire un paquet de Gitanes de sa poche et le tend à John Chessman. Quand il fume une Gitane, M. Liu pense : « Exotisme... exotisme... »

— Non, merci.

— Vous ne fumez plus ?

Comme s'il ne voyait pas le cendrier plein de mégots écrasés.

— Pas maintenant...

— Vous devriez essayer de vous mettre comme moi à des rêves plus imprécis...

Le ton de la voix de M. Liu : pas même une invitation. Il remarque seulement que l'opium peut-être... Mais Chessman a un geste de la main :

— Non merci. Il est trop tard...

Il pense : « Le bateau prend l'eau de toutes parts. »

La porte du bar s'est ouverte et un marin américain s'arrête sur le seuil. Les deux filles se lèvent et lui font signe de s'approcher. La plus grande se caresse le sein. Derrière le comptoir apparaît la silhouette massive d'un gros Chinois qui sort une bouteille. Trois verres. Un quatrième, avec un geste en direction de John Chessman, mais celui-ci détourne les yeux.

— Pourquoi ce mépris ? demande M. Liu. Ils ne sont, après tout, que vos petits-fils... Votre sang. Vous les avez faits ce qu'ils sont... L'Amérique tout entière sortie de votre vieille Europe.

Dérision : un petit kiosque d'inscription à une association pour soutenir le Premier ministre a été installé place Tian'anmen. On peut y lire sur une pancarte : « Dix yuans offerts à ceux qui soutiennent Li Peng. »

Insolence : *Le Quotidien du Peuple* publie un encart intitulé : « Coup d'œil sur la place Tian' anmen », expliquant qu'à l'occasion de la fête des enfants, le 1er juin, des banderoles étaient accrochées sur les tentes des étudiants : « Bonne fête à nos petits amis. »

L'armée est pourtant venue : elle est venue, des soldats à pied et sans arme, qu'on a doucement repoussés.

Le calme. Une attente.

Pourtant... Pourtant, cette nuit, une jeep a foncé sur la foule et a tué deux ou trois personnes. Pourtant... Pourquoi ?

Pourtant... Demain, des troupes enfermées dans Zhongnanhai feront une brève sortie, brutale : ceinturons, grenades lacrymogènes, coups de matraque. Alors, d'un coup, Meilin qui se dresse :

— Mais vous ne comprenez pas ?

Meilin a compris.

Image, dernière image : cette très, très vieille dame vêtue de la vareuse bleu pétrole d'antan et du pantalon du même bleu, la chemise blanche, et qui marche en s'appuyant sur un bâton : elle a les cheveux gris ramenés en arrière et quelque chose, peut-être, oui, quelque chose du Mao de la fin, celui qui était devenu un si vieil homme.

Un grand garçon à lunettes Ray-Ban, chemise bleu de nuit et large pantalon beige, l'aide à marcher, main dans la main : sa grande main brune d'homme jeune et fort qui soutient la très vieille femme dans le soir de Pékin.

Derrière eux, dans la nuit, des chapeaux rouges, des banderoles, et la statue de la déesse de la Démocratie, presque rose, avec l'aube qui vient.

La dernière aube...

Lorsqu'on a frappé à la porte, Paul n'a d'abord pas compris : le tumulte de la rue et les gosses qui crient, un petit Tanzanien, qui est tombé dans les escaliers, hurle.

Mais on a frappé encore, tambouriné, bientôt des coups à fracasser la mince cloison de contre-plaqué de la porte.

Alors, avec des gestes de dormeur éveillé — il a pensé : « Je suis un scaphandrier qui remonte lentement des hautes profondeurs » — et les mots « hautes profondeurs » lui ont plu, Paul van der Goes s'est levé. Il a glissé sur le vilain plancher ciré, le carrelage du vestibule et les coups qui redoublent. Il a crié :

— Qui est là ?

Et la réponse, de l'autre côté de la porte :

— C'est moi, Paul : je suis ton père.

Oskar van Otrick, la tête khmère enveloppée d'un chiffon maculé de sang à la main, les pieds nus dans des espadrilles, a appuyé son front à la porte : il attend.

Simon ferme les yeux. Partir alors à la recherche de ces fonds de cabanes préhistoriques qu'à douze ans, déjà, il découvrait dans la montagne... Là, l'histoire et le temps n'avaient pas de frontières et des traces gallo-romaines se mêlaient encore aux pierres médiévales du siècle des grandes pestes.

L'air est clair, le vent se lève... A quinze ans, dans un trou de rocher qu'il avait biné, sous un amas de cailloux arrachés un à un à la gangue de terre que les ans avaient faite, il avait trouvé trois pièces de bronze. On aurait dit des monnaies, parfaitement rondes, de quatre centimètres de diamètre environ — et qui portaient toutes, sur une face, un visage presque effacé de femme. Le seul que le temps ait totalement épargné était terrible : une méduse aux yeux courroucés qui défiait Simon, à travers les siècles.

Il avait glissé les trois pièces dans un tiroir.

Du côté du buron de la Ribeyrette, il y a un cercle de chênes, des pierres debout, gigantesques, taillées : tout le jour, Simon va s'affairer là comme un enfant, dans l'espoir qu'une pièce, une seule...

Dès lors, le profil d'Irina devient à son tour un profil de médaille : Jean-Marie, qui la regarde à contre-jour, éprouve une curieuse émotion. Il se dit : « Pour cette jeune femme, je vais tout quitter... »

Car il a pris sa décision : Joëlle rentrera seule en France, avec les jumeaux. Lui-même devra aussi quitter Moscou puisqu'un diplomate français n'épouse pas une citoyenne soviétique sans quelques difficultés avec son propre ministère — mais Jean-Marie n'a aucun doute : dans un mois, dans un an, Irina et lui seront réunis.

— Où veux-tu aller ? demande-t-il par jeu à la jeune femme qui proteste encore contre son projet : Tirana ? Pyong Yong ? Cuba ?

Et celle-ci de rougir, en effet, très fort :

— Tu sais bien que tu ne dois pas faire cela : c'est un péché que de quitter sa femme. Tu le sais.

Des larmes dans les yeux. Alors, comme pour parler d'autre chose, Jean-Marie parle de la Chine :

— Sais-tu qu'hier, à Pékin...

Mais Irina rougit plus fort encore.

— Et avant-hier, en Ouzbékistan ? Et demain au Kazakhstan ? Tu crois qu'il n'y a que les Chinois pour oser lever la tête ?

La journée du 3 juin est celle de toutes les attentes. Au milieu de la nuit, la troupe a tenté de pénétrer dans Pékin par l'est et l'ouest. A nouveau, la population s'est massivement portée à sa rencontre. Des coups, la jeep dans la foule : non pas deux, mais quatre morts. Les soldats bloqués doivent refluer. Toute la ville est de nouveau paralysée.

Dans l'après-midi, des étudiants se sont emparés des armes des soldats qui tentaient de dégager Zhongnanhai. Mais la population semble rester pacifique.

Gaston filme sans trêve. Jean-Bernard, à côté de lui, n'a plus besoin de lui donner d'indication. Le regard de la petite Fei brille :

— Tout dire, tout montrer...

Meilin qui répète pourtant :

— Même vous, vous ne comprenez pas ?

La presse reproduit le communiqué du département de la propagande de la municipalité de Pékin qui attribue tout ce qui se passe à un complot qui justifie la loi martiale. Et surtout, le soir, la télévision diffuse un communiqué de l'état-major, qui demande à la population de rester chez elle « pour des raisons de sécurité ».

Meilin qui murmure :

— Vous comprenez, maintenant ?

Vers les onze heures du soir, les premiers affrontements ont lieu à Muxudi, à l'ouest de Pékin. La foule a mis le feu à une quarantaine de blindés. Diffusés par haut-parleurs place Tian' anmen, les appels du gouvernement se font de plus en plus menaçants : « Rentrez chez vous si vous ne voulez pas risquer votre vie. » La nuit commence.

Silence. Le noir.

Six hommes en uniforme pénètrent au pas de course sur l'espace de Tian'anmen, à Chaillot. Karine, Pai Xin leur apportent des fleurs.

Au loin, un coup de feu, pourtant. L'un des hommes lève les bras. Et puis, les accents d'une valse ; c'est Qi Lu, élégant diplomate, qui observe de loin le ballet des étudiants défendant la place que les militaires n'ont pas vraiment attaquée.

Un crissement de pneus, deux ou trois cris, une brève fusillade encore : Karine, toute de blanc vêtue, a remplacé au milieu de la scène la statue de la déesse de la Démocratie.

Silence. Le noir.

La nuit. L'appartement de Berlut, au plus fort de la chaleur de cette nuit.

Comme un silence : un silence qui dure. Sur la carpette souillée, la tête de grès rose qu'une tache de sang marque au front. Paul, à demi allongé sur le lit, nu jusqu'à la ceinture, a le haut du corps appuyé contre le mur et, sur les mains, sur la poitrine nue — si pâle, si blanche, blanchâtre... —, des grandes marques noires qui sont du sang séché. Il respire lentement, l'œil unique ouvert, fixé sur le plafond. Il pense : « Rien ne peut arriver... rien ne peut arriver... » Puis son œil se détourne de ce point perdu quelque part parmi les chiures de mouches du plafond et se pose sur le visage impassible — le sourire à l'intérieur des choses... — de la petite fille khmère décapitée à Banteay Srei.

Plus loin, à l'entrée de la chambre, le corps d'Oskar van Otrick, un pied nu, l'autre encore dans son espadrille — et la tête qui n'est plus qu'une masse noire, informe, faite de sang coagulé, les os écrasés par la petite fille de Banteay Srei que Paul a abattue dix fois, vingt fois sur le visage de son père.

Avant de frapper, Paul est resté trois heures, quatre heures, à écouter ce père qui lui racontait tout, depuis l'origine des choses, Jan van Otrick et son mépris, Hélène dans la maison de Veere, jusqu'aux camps aux frontières du Cambodge, jusqu'à la petite fille assassinée pour une tête de pierre, les boat-people. Puis Oskar a tendu à Paul la tête de grès rose : « Fais-en ce que tu veux. »

Il avait baissé la tête.

L'œil de Paul alors se fixe sur le visage de la petite fille qui sourit, grave, impassible ; il se dit qu'elle seule, peut-être, aurait pu le sauver.

La nuit.

Chronologie d'une nuit à Pékin : le dimanche 4 juin 1989.

A 2 h 30	:	Un blindé fonce à travers la foule sur l'avenue Chang'an.
A 5 heures	:	8 chars ratissent la place Tian'anmen. Jean-Bernard et Fei Yimin indiquent à Gaston le plan qu'il doit faire : un char qui s'avance. Deux camions, alors, qui reculent, et Gaston renversé par le second, broyé...
A 5 h 30	:	La place est nettoyée aux lance-flammes. Les tirs à la mitrailleuse se poursuivent.
A 6 heures	:	La radio reprend l'éditorial du *Quotidien de*

l'Armée populaire de libération. Le président Deng a fait appel à la « force principale de la dictature du prolétariat » pour « supprimer une rébellion contre-révolutionnaire ». Les corps des premières victimes étudiantes sont exposés à Zhengfa.

A 10 heures : *La Voix de l'Amérique* annonce 150 morts. La radio chinoise parle de 1000 soldats blessés et tués. La population parle de 3000 victimes : parmi elles, Gilles. Toute la journée, les tirs à la mitrailleuse vont continuer. Un ultimatum est lancé aux étudiants, leur demandant de rendre les armes et le blindé.
On a vu Cécile et Meifang courir vers l'Hôtel de Pékin.
Liu Ting entraîne Meilin, puis la foule les sépare.

La Chine qu'a dite Ismène, qui ne l'a jamais vue, celle aussi que Verviers a couchée, ligne après ligne, sur le papier face à la mer, exilé : le poème est né. Et la main d'Henri Bonnaire, le poète ami de Verviers, qui vient de le lire, tremble.

C'est à Paris, quelque part dans un bureau, une maison d'édition, chez des amis.

— Un vrai livre, dit Bonnaire.

Il tend le manuscrit de Verviers.

— Un vrai livre, qui dit un vrai pays qui s'appelle Chine.

A Chaillot, la salle et la scène sont toujours plongées dans le noir.

Seules, sur un écran de télévision géant, des images montrent l'insoutenable. Assis au dernier rang, Jacques regarde. Quelque part dans la salle, Serge s'est glissé comme un voleur parmi ceux qui furent ses amis.

Karine, qui a retrouvé son costume d'étudiante française née dans le XIVe arrondissement, tient la main de Qi Lu, qui pleure.

Images.

Carcasses de camions, d'autobus enchevêtrées ; pylônes abattus, vélos tordus, peintures brûlées... Un char seul, au milieu de l'avenue, les chenilles déchiquetées.

Et puis ces photos, photos d'enfants tristes ou battus, petites filles, petits garçons, enfants nus, enfants qu'on a payés pour cela : Pendergast, qui a eu quatre-vingt-neuf ans hier, tremble de tous ses membres devant ces corps rompus, déchirés, déchirés et déchirants.

Le souffle du vieux Pendergast est imperceptible : une manière de râle. Il est seul dans l'appartement moderne qui domine l'à-pic de Repulse Bay ; devant lui, le désordre des jonques et, derrière, devant, partout, d'autres buildings comme celui qu'il occupe — et la lumière du soleil de midi qui caresse, à plat, ce qu'il reste de mer.

A Varsovie, à Cracovie, un ordre, autre, qui se met en place.

« Vues de Moscou, écrit Jean-Marie Erlanger dans son télégramme d'information quotidien au Département, les élections qui se sont déroulées hier en Pologne n'apparaissent que comme la conséquence logique de la table ronde du mois d'août dernier... » Dès le premier tour des premières élections libres polonaises, l'opposition a très largement devancé le parti communiste POUP.

« La presse de Moscou ne s'est cependant pas indignée outre mesure du massacre de la place Tian' anmen... », poursuit Jean-Marie.

C'est fini. Les corps s'empilent dans les hôpitaux, morgues de fortune ; on montre avec insistance le cadavre d'un soldat pendu, un autre éventré, carbonisé.

« Nous avons obtenu une première victoire, mais le soulèvement contre-révolutionnaire n'a pas encore été complètement maîtrisé. C'est un combat très long et complexe qui commence », dit *Le Quotidien du Peuple :* il reste encore à tuer, à pourchasser, à menacer, à trahir et à vendre.

L'état-major, le département politique et le département logistique de l'armée ont adressé une lettre aux troupes chargées d'appliquer la loi martiale. « Vous avez remporté une grande victoire ! En protégeant la République et la capitale de notre glorieuse patrie, vous avez accompli un exploit historique impérissable ! Le peuple entier vous remercie. » Braves petits soldats couverts d'une gloire sanglante : dans la journée, des renforts de chars sont encore amenés et disposés dans toute la ville. Les étudiants ont quitté leurs universités pour se réfugier chez des parents ou amis. Les ambassades vont chercher leurs étudiants sur les campus.

A l'ambassade de France, Baillou, Blondin, Guillaume lui-même s'affairent.

Guillaume n'a demandé à personne des nouvelles de Meilin.

— Maintenant, fait remarquer Blondin, la propagande va s'organiser autour du thème facile à exploiter du vaste complot ourdi depuis longtemps et — pourquoi pas ? — manipulé de l'étranger.

Le vieux connaisseur des choses de la Chine qu'est Philippe Baillou ne répond pas ; pendant quelques jours, quelques heures, il a failli croire à l'impossible.

Déjà un télégramme arrivé de Londres interroge sir David : le Foreign Office se demande pourquoi l'ambassadeur à Pékin de Sa Gracieuse Majesté n'a pas, dès le premier jour, prévu le pire.

— Que voulez-vous y faire, constate John Baker, ce pauvre David a épousé la Chine et il est de la race des cocus-mais-contents : qui oserait soupçonner la femme de César ?

A la table de Stefania, le banquier Ma Yuan sourit.

— Je pense, dit enfin Didier, que ce qui se passe en ce moment dans le monde et dont Charny nous offre si bien le reflet à tous : à toi, à Alexandre, à Bonnaire, à Joseph, à Laure ; eh bien, tout cela...

La voix de Didier de Wandrille est un murmure. Il hésite :

— Eh bien, poursuit-il enfin, je crois qu'il faudrait que tout cela dure...

Il est cinq heures de l'après-midi. Dans le parc, deux chevaux clairs.

— Durer ?

— Durer, oui...

L'idée qui naît lentement, et les mots pour la dire : durer. Que Joseph et Alexandre, Julien, Bonnaire, Jean-Charles de Lannes ou Bergeron, Claude Gellie, le musicologue, les autres, tous ensemble, continuent ce dialogue qui dure.

— Je ne sais pas, une revue, peut-être...

L'idée de Didier se dégage de sa gangue d'incertitude.

— Une revue, oui, un magazine...

C'est cela : à eux tous et pour les autres : dire ensemble.

— Une revue qui nous rassemblerait.

L'idée se précise :

— Toi, Julien, tu la dirigerais et chacun de nous, chacun de ceux qui se retrouvent à Charny, comme de ceux qui vont encore y venir, y joindrait sa voix.

Éparpillés aux quatre coins du monde : ensemble.

Le soir, Alexandre Kléber a expliqué les difficultés du projet, les embûches, puis il a levé les yeux vers Laura, qui prenait son violon.

— Et merde ! Pourquoi pas ?

Jamais le corps de Carma n'aura plus cette douceur, la tendresse infinie de la petite fille qui demain sera femme mais ne l'est pas encore : ombre douce et qui naît, qui naîtra, qui n'est pas encore née, là, au bas du ventre — et puis le début, en somme, l'enfance des seins : la jeune fille se dégage de sa gangue de petite fille et Kelvin Young à genoux devant elle, éperdu, l'écoute parler, elle qui se taisait.

De même, Jean-Michel Hessing passe des journées entières dans la montagne au-dessus de Sanaa en compagnie d'un gamin grave de quinze ans. Le petit-fils du cadi l'entraîne à travers les rochers et lui parle sans trêve : l'homme sage, c'est l'enfant qui dit sa Foi, son Royaume ; et lui, ambassadeur d'une France si lointaine que le garçon en connaît à peine le nom, il est bel et bien l'enfant qui écoute, qui apprend, qui se souvient.

Parfois, le jeune homme s'arrête au milieu d'une plaine ou au sommet d'un roc d'où la vue s'étend loin sur les contreforts des montagnes ; il montre à Jean-Michel des villages abandonnés qu'on a construits, déjà, avec les pierres d'autres villages, abandonnés avant eux ; il raconte comment les hommes viennent après les hommes, comment la pierre la plus dure devient elle-même cailloutis puis sable, poussière, mais comment les mots, le Verbe demeurent.

— Le Verbe ? a interrogé — une fois, une seule... — Hessing.

Mais le garçon n'a pas répondu, comme si, pour dire le Verbe, il n'était besoin d'autre mot.

Le soir, l'ambassadeur de France à Sanaa retrouve sa femme et Yasmina qui lèvent vers lui un même regard.

Retour. La maison du fond de la vallée est entourée d'échafaudages. Le fils Charasse l'a promis : il tiendra les délais, terminera même plus tôt.

— Pour quelqu'un comme vous...

Simon pense : quelqu'un comme moi ! Il a envie de rire. A l'Auberge des Tilleuls, sur la table de noyer, les quelques pages de cette *Mort des idéologies* sont restées sans suite.

— A quoi bon ! dit Simon.

Seul, il parle souvent à voix haute, maintenant. Passant devant le porche de l'église, l'autre soir, il s'est souvenu de l'histoire de la Mounette, qu'on avait fini par trouver morte de froid, un hiver. Il a pensé : « Je serais bien, là, moi aussi. »

Puis il est reparti à pied vers la montagne.

Qui gouverne quoi ? A Pékin, deux jours après le massacre, le gouvernement n'a toujours pas de visage et les ambassades conseillent à leurs ressortissants de quitter le pays. Les firmes étrangères ont fermé leurs bureaux à Pékin. Souvenirs des Boxers ? Pourquoi pas...

Mais il faut aller de l'avant. Yuan Mu, porte-parole du gouvernement, fait quand même une déclaration à la télévision pour démentir la rumeur qui court de la mort de Deng Xiaoping ; et puis il donne son bilan de la nuit du 3 au 4 juin : 300 morts, dont 23 étudiants. Les autres n'étaient que des agitateurs. D'ailleurs la Chine « n'a pas peur de l'opinion mondiale, des condamnations ou des sanctions » et espère « que les hommes d'État et les gouvernements étrangers ne garderont pas cette attitude à courte vue ».

Zhang Gong, un des généraux chargé de la loi martiale, filmé à Tian' anmen, fait un récit de cette nuit et explique, lui, qu'il n'y a pas eu un seul mort lors du nettoyage de la place. Pourquoi pas ?

On s'inquiète pourtant à Sanlitun et dans ses environs. Des chars sont stationnés devant le quartier diplomatique de Jianguomenwai. De nombreux étrangers ont quitté leurs appartements, les troupes ayant fait savoir qu'elles tireraient à vue sur toute personne prenant des photos.

L'armée fait toujours des manœuvres à l'intérieur des murs et a commencé son nettoyage des avenues.

Lentement, la ville reprend une allure normale : l'ordre règne à Pékin.

Une fois encore, la petite Soviétique fait jouer sous ses doigts la musique de Liszt et, une fois de plus, Jean-Marie s'abîme dans une rêverie où tout ce qui est sa vie de tous les jours s'estompe ; le triste appartement « diplomatique » qui donne sur un parking, Joëlle et les jumeaux, la vie même qu'il menait en France jusqu à son arrivée à Moscou : ce sont des miettes informes que le piano charrie, entraîne, anéantit. Seuls demeurent ancrés en lui le visage d'Irina penché sur le clavier, le babil de Sacha, au pied du lit et la Russie entière et qui les entoure. Il se dit : « Je suis venu jusque-là pour ceci : écouter une petite interprète russe me jouer du Liszt dans un taudis de banlieue, quelque part à l'ouest de Moscou... » et il en éprouve un curieux réconfort.

L'idée traverse alors son esprit de s'arrêter là : quitter Joëlle et les enfants, bien sûr, mais aussi la vie diplomatique, le reste ; fermer les yeux, écouter, oublier. Ni Cuba, ni Tirana, mais Moscou : rester ici. Sa mère lui enverrait un peu d'argent de France et il passerait ses journées entre le piano d'Irina, le café de l'Arbat, les après-midi du dimanche au parc Gorki.

— Tu es fou ! s'exclame soudain Irina qui ne cesse de jouer, et à qui il n'a rien dit pourtant.

Il pense : « Je suis fou » ; et se répète : « Je suis bien... », et la musique l'enveloppe.

Bloomington, écrasé de chaleur, de lumière, de vide : le campus de la musique somnole ce matin dans l'ennui du printemps qui n'en finit pas de durer. Des filles passent, des étudiantes, un violon, une flûte à la main : elles sont grosses, désespérément grasses et velues. « Il y a les grosses, les obèses et les bien en chair », pense un Thierry Destutt à bout de souffle qui, cette fois, a arrêté sa vieille Cadillac rose achetée mille dollars au beau milieu du campus. Pour un peu, il ferait n'importe quoi pour secouer cette torpeur : baisser sa culotte, montrer son cul, exhiber sa queue.

Et puis, d'une porte entrouverte : un solo de clarinette. Les filles laides et grosses passent, indifférentes ; elles sucent des glaces, mangent des barres de chocolat — mais Thierry n'écoute que cette musique qui va le suivre, un jour, deux jours, aux confins de l'Illinois et de l'Indiana.

Alors Jean-François court dans les rues d'Amsterdam : après Paul et Thierry, c'est au tour du petit-fils de Verviers de chercher refuge dans les entrepôts d'une banlieue en marge de toutes les lois. S'il erre parmi les hangars désaffectés, les squatters, les cités libres où ce qu'il reste des soldats des guerres perdues d'après soixante-huit tente encore d'imaginer la guerre, c'est parce que Jean-François, à son tour, a tué.

Sur le carrelage très propre de la cuisine des frères Mehdi, à Barbès, il a laissé le corps de Max : tous deux ont sorti ensemble leur revolver et c'est Max qui a reçu la balle en pleine poitrine. Blessé à l'épaule, Jean-François s'est enfui. Et, l'épaule déchirée — la douleur, lancinante... — c'est lui qu'un trafiquant, ami pourtant de Patrick Vergnaud, abrite depuis deux jours.

— Au bout de trois jours, tu te tires...

Demain, Jean-François Verviers prendra un avion pour Buenos Aires : Montevideo n'est que de l'autre côté du fleuve large comme une mer et, marchant dans les rues d'Amsterdam, Jean-François s'est souvenu de son grand-père.

La nouvelle n'occupe aujourd'hui que quelques lignes en dernière page du *Monde ;* demain, *Le Figaro* y consacrera peut-être un bel article nostalgique sous la plume d'Alain Peyrefitte : Jean Charlier est mort dans sa bastide aixoise. Il s'est couché comme tous les soirs, a bu le bol d'infusion qu'il prépare avec les brins de romarin qu'il a lui-même cueillis dans le jardin autour de la maison — cette déesse de pierre blanche dont les pieds jaillissent des touffes bleues du romarin au début du printemps — et ne s'est pas réveillé.

Ce n'est que vingt-quatre heures plus tard que Simon l'apprendra, par un coup de téléphone de Clément Pallas : pourquoi Clément Pallas, ce jour-là ? Quant à Guillaume, il lui faudra trois jours, et l'arrivée d'un *Monde* daté de l'avant-veille, pour savoir que celui qui a tenté par trois fois d'établir entre la France et la Chine une amitié différente des amitiés que la Chine a tissées à travers le monde — que cet homme-là, donc, est mort cette nuit, dans son sommeil. La nuit, soudain...

Le vide : Hong Kong, l'appartement de Conduit Road est vide, la porte grande ouverte. A l'intérieur, les gerbes de tulipes rouges en plastique que le gardien de prison a disposées partout, sur les meubles, sur les planchers, sur les lits.

Dans la cuisine, des boîtes de conserve sur le sol, des écorces de fruits, des casseroles sales, une poêle brûlée, sacs-poubelle, des odeurs... Et puis, le lit de Kelvin Young, défait, les draps en désordre ; mais le lit de la domestique, comme fait au carré, l'oreiller appuyé contre le mur. Le lit de Carma est vide lui aussi, les draps en ont été retirés, soigneusement repliés. Béante, la porte du placard où la domestique rangeait ses vêtements laisse voir les planches nues.

Prostré dans la chambre derrière la cuisine, Kelvin Young pleure.

Le 7 juin, le gouvernement français annonce le gel des relations diplomatiques entre la Chine et la France : pourquoi pas ? Une fusillade a éclaté à quatorze heures dans le quartier diplomatique de Jianguomenwai. Les grilles sont fermées, le quartier cerné, quelques appartements visités. Puis le calme revient. On expliquera aux diplomates qu'il s'agissait de trouver quelques tireurs réfugiés dans les résidences des étrangers : pourquoi pas ?

Guillaume, sir David, l'ambassadeur des États-Unis, organisent le rapatriement de leurs ressortissants par avions spéciaux.

Les émeutes se poursuivent, sporadiques, à Shanghai, où un train brûle, à Wuhan, à Guiyang, à Chengdu, sous l'ombre de la statue gigantesque du président Mao.

Les pages se sont accumulées après les pages : chaque texte de Guillaume dit un moment de son passé et de celui d'Iris — qui l'a fait renaître — et tient sur une demi-page, un feuillet tout au plus : des fragments, des bribes. Guillaume se dit : des biffures ; et il éprouve à biffer un fragment de bribe une jubilation profonde, comme celle de la découverte, autrefois, des fragments du corps d'une femme aimée.

Chaque feuillet se compose de lignes régulières, à l'encre noire, de la même écriture penchée, presque illisible — que seule Annie, en somme, qui tapait jadis à Paris des textes pour lui, pourra jamais déchiffrer. Et chaque page, chaque demi-page, est une manière de nature morte, le tableau, le portrait aux contours très nets d'un homme ou d'une femme qui a vécu et que, le temps de ce tableau — fût-il un paysage — il a aimé.

A Charny, Julien, Didier, Alexandre Kléber qui relit le manuscrit de son livre, Bonnaire, reparti et revenu — et les autres : ils ne parlent plus que du projet de revue qui, en quelques jours, s'élabore. Didier a téléphoné à sa banque. Julien à un éditeur ami ; Alexandre à deux copains journalistes comme lui à *Libération*, un autre au *Figaro*. Et puis Laura a téléphoné en Amérique ; et Julien encore, à Jean-Marie Erlanger qui vit à Moscou ce que tant d'autres ont vécu à Pékin.

— Ensemble, répète Julien, ensemble, nous dirons ce que nous voudrons, mais ensemble.

Un titre pour la revue née à Charny ? *Ensemble,* bien sûr.

— Nous écrirons ensemble..., dit Joseph qui racontera le rêve qu'il a fait à Urbino d'une ville idéale à l'autre bout du monde.

— Je crois, dit alors Perry, le petit homme en gris, que notre ami Young ne nous posera plus de problème.

Le visage de John Baker, tendu. Un jour, il s'était posé la question : serait-il capable de tuer un homme ?

— Ne vous inquiétez pas, reprend Perry qui, cette fois, a enlevé son chapeau : la disparition de la gamine l'a mis dans un état épouvantable.

La main de John Baker joue avec une main de grès, la petite main de grès rose d'une statue, quelque part dans une jungle, de déesse enfantine, de danseuse amoureuse.

— Vous l'aviez dit vous-même, poursuit Perry, il devenait dangereux.

Au même moment, ou presque, Kelvin Young écrit une dernière lettre à George Mulley où il parle de la mort de ceux qu'on aime — des petites filles qui deviennent des femmes ou qu'on tue, ce qui revient au même.

Puis il glisse sa lettre dans une enveloppe qu'il cachette soigneusement ; il écrit l'adresse de Mulley, dans le Yorkshire, colle un timbre et enjambe le parapet de la terrasse.

Six étages plus bas, le carrelage souillé.

Le Quotidien du Peuple annonce que l'astrophysicien Fang Lizhi, dissident notoire, et son épouse ont demandé protection à l'ambassade des États-Unis depuis le 5 juin et précise qu'il ne s'agit pas d'une demande d'asile politique : offrir semblable protection est tout bonnement une insupportable ingérence dans les affaires intérieures de la Chine. Le porte-parole des Affaires étrangères regrette, de son côté, les reproches que le président Bush adresse à la Chine.

Autour de midi, la 27ᵉ armée, responsable du massacre de la nuit du 3 au 4, est relevée par la 38ᵉ armée de Pékin qui avait refusé de coopérer, lors de l'instauration de la loi martiale ; du coup, les rapports avec la population se détendent. Les soldats nettoient les avenues et enlèvent les carcasses de bus et de voitures. Et puis les activités de la ville reprennent au ralenti. Et Li Peng réapparaît enfin à la télévision pour la première fois depuis la nuit tragique : il félicite les troupes de la 27ᵉ armée pour leur action.

Dès lors c'est, à la télévision, une débauche de reportages sur les événements du 3 juin : soldats pendus, carcasses de camions militaires brûlés, exactions, blessés, martyrs... qui seront rediffusés d'heure en heure jusqu'à minuit. D'autres images montrent une centième fois la nouvelle 38ᵉ armée, mêlée à la population et aidant au nettoyage de la ville, s'activant à la remise en état des infrastructures. Pourquoi pas ?

Mais surtout, ce sont les premiers appels à la délation avec, à la télévision, un communiqué du gouvernement populaire de la municipalité de Pékin et du commandement des troupes chargées de la loi martiale, qui donne les numéros de téléphone des centres de délation : si vous avez un frère, une sœur, un cousin — ou un ennemi très cher — qui a participé aux événements que vous savez, n'hésitez pas à nous le dire. Votre appel sera traité en toute confidentialité. Et puis, on proteste encore violemment contre la protection accordée à Fang Lizhi et Li Shuxian par l'ambassade des États-Unis...

La lettre est arrivée quelques jours après : l'émotion de Simon en reconnaissant sur l'enveloppe postée à Aix-en-Provence, la belle écriture, haute et droite, de celui qui vient de mourir.

« Mon cher Simon », écrivait Jean Charlier — et ce sont tout de suite les images qui affluent à la mémoire de Simon : Chongqing, Shanghai, le Nankin du Kuomintang, Pékin, et puis les années de guerre au-dessus du Yang-Tsé, à la rencontre de deux fleuves, le voyage de 1963 et hier, encore, l'ultime espoir.

« Mon cher Simon... »

Ce qu'à la veille de la mort qu'il a sentie venir Jean Charlier écrit à Simon Anglade, c'est que tous ceux qui ont croisé autour de lui pendant plus d'un demi-siècle, et qui, en Chine, en Europe et dans le monde, n'ont bien souvent vécu que pour la Chine, ceux qui se sont battus, ceux qui n'en sont pas revenus, les Otrick et les Guillermaz, David Allen, John Baker, bien sûr, et Jacques Benoist aussi, avaient — rivé en eux, dans le cœur ou dans la tête — un même amour de cette terre-là : s'ils se battaient entre eux, c'est que chacun l'aimait à sa façon. Il y avait, du temps du général Chesnault et des Flying Tigers, ceux qui la voulaient proche de l'Amérique, Baker pensait à un ancien empire, Charlier, lui, l'avait voulue proche de la France et tous, pourtant, s'étaient trompés.

« Mon cher Simon, achevait le vieux ministre, il ne nous reste plus beaucoup de temps, ni à vous ni à moi. Ce qui se passe là-bas nous échappe une fois de plus — mais nous qui avons consacré notre vie à tenter de comprendre, nous devons comprendre encore... »

— C'est vrai, dit John Chessman, je l'avais oubliée...

La pluie qui bat à nouveau aux vitres de la chambre de M. Liu.

— J'ai froid, murmure encore Chessman.

Il a un frisson.

— Je crois qu'il n'y a plus que ce jeu pour nous garder vivants.

La stratégie de M. Liu est simple et millénaire. Elle consiste essentiellement à éviter la formation sur l'échiquier de tout ensemble trop important susceptible d'être réduit à néant par une attaque majeure. Les pierres noires, au contraire, harcèlent les formations blanches, bloquent leur développement et peu à peu les font dépérir. Le plus souvent, le groupe blanc demeure car John Chessman a su lui ménager deux ou trois cheminées d'aération, mais il est réduit à un squelette inutile et sans vie. Quelquefois, M. Liu réussit à tromper la vigilance de son adversaire et la formation blanche, harcelée de toutes parts, subit soudain une attaque rapide et qui, en deux ou trois coups, l'amène à disparaître.

— Je devrais vous battre très vite, et pourtant...

— Il me reste encore quelques forces.

— Si peu — presque aussi peu qu'à moi-même...

Ismène était sur la terrasse lorsqu'elle a vu le jeune homme arriver. Il portait un gros pull-over de marin sur un tee-shirt et des jeans : les cheveux blonds, en bataille et trop longs, un simple sac à la main.

— Vous êtes Jean-François, n'est-ce pas ?

Interloqué, le garçon s'est arrêté sur la première marche :

— Vous connaissez mon nom ?

La peur, subitement : la peur qu'on l'ait suivi jusqu'ici — que sais-je ? Mais la jeune femme secoue la tête.

— André n'a qu'un petit-fils, il s'appelle Jean-François et vous ressemblez à André.

Le garçon regarde cette femme qu'il reconnaît subitement :

— Irène ?

La surprise : il savait Irène morte. Ismène sourit :

— Ismène. Mais c'est la même chose. Viens, tu dois être fatigué.
Il était midi : Jean-François dormira jusqu'à midi le lendemain matin.
— Vous verrez, a dit Ismène à André Verviers, nous pourrons vivre très bien tous les trois ensemble. Au moins pour un temps.
Le mot qui veut dire : longtemps.

Le ministère chinois des Affaires étrangères a demandé par une note verbale aux diplomates étrangers de ne pas sortir la nuit. On joue au bridge dans les légations : pourquoi pas ?
D'ailleurs, le gouvernement de la Chine d'aujourd'hui se montre enfin à visage découvert, et le journal télévisé du soir achève de restaurer l'image d'un retour à la normale. Aussi, Deng Xiaoping apparaît — il est entouré de Li Peng, Wang Zhen, Peng Zhen, Qiao Shi, Yao Yilin et Hu Yibo, Yang Shangkun. Manquent Zhao Ziyang et Hu Qili. Tous sont encadrés par plusieurs rangées de militaires : les vieux se serrent les coudes. Après la photo de groupe et une minute de silence en hommage aux soldats morts, Deng déclare : « Ce chaos est indépendant de la volonté humaine ; une petite minorité a provoqué un début de désordre qui s'est développé en mouvement contre-révolutionnaire. Ils ont voulu abattre le système socialiste et renverser la République populaire de Chine pour établir une république bourgeoise. »
Dans la nuit, les chars quittent la place Tian'anmen.

Images : nos reflets.
— Et ce visage, dit Ghislaine qui a apporté pour Guillaume les liasses de photos prises ces derniers jours aux abords de la place Tian' anmen et dans toute la ville ; ce visage : on y lisait tout l'espoir du monde.
Le regard grave d'une petite fille de dix-huit ans qui a relevé ses cheveux avec un foulard : elle tient d'une main le tract qu'elle vient de lire, de l'autre une fleur de papier.
— Et cet autre...
Images, visages, nuages : un garçon au front ceint du bandeau blanc des grévistes de la faim qui tend le bras à la piqûre que va lui faire le médecin à peine plus âgé que lui : comme une grimace.
— On grimace aussi de bonheur, n'est-ce pas ?
Guillaume ne répond pas. Brusquement, la jeune femme ramasse le paquet de photographies.
— Vous avez l'air triste.
— Triste, moi ?
Il lève vers elle ce grand sourire étonné qui lui donne encore parfois, à plus de cinquante ans, un regard d'éternel adolescent.
— Triste, moi ?

Alors Ghislaine Blondin, plus brusquement encore :

— C'est vrai que vous avez couché avec la femme du prédécesseur de Richard ?

Elle s'est penchée vers lui, à travers la table ; les photos lui ont échappé et ont glissé à terre. Guillaume pense : « C'est vrai que ses photos sont belles. » Il a pris son poignet, la relève doucement ; l'écarte doucement.

— Vos photos sont très belles, Ghislaine.

Elle a soudain le visage boudeur d'une petite fille qu'on rabroue.

— Et vous êtes aussi très belle, Ghislaine.

Elle est relevée ; la main de Guillaume va lâcher son poignet.

— Je vous remercie de m'avoir fait confiance en me montrant vos photos. Un jour, il faudra les publier.

Les lèvres de la jeune femme tremblent.

— Alors, je continue...

— A en prendre ? Oui, bien sûr. A Paris, partout : on a bien davantage besoin de vos photographies que de tous nos télégrammes !

Elle sourit :

— Merci, monsieur l'Ambassadeur.

Elle n'a pas osé dire Guillaume. Il la raccompagne jusqu'à la porte du salon de la résidence.

— Et moi qui vous appelle Ghislaine ! Pardonnez-moi.

Elle rit.

— Merci... Guillaume.

A son tour, Simon a écrit à Guillaume.

« Ici, les plateaux sont si près du ciel que je ne peux pas ne pas penser à cet autre plateau, au-dessus de Yungang et à ses bouddhas dont quatorze siècles d'éternité n'ont pas réussi à figer le sourire : cette plaine haute où les murs d'une ville perdue se dressent dans l'herbe rase, face à l'inaccessible Mongolie. Ici, le basalte lève de la même manière les orgues d'une cité dont je caresse le rêve depuis qu'à douze ans j'en ai parcouru les routes... »

Puis, sur le ton de la confidence, Simon dit à Guillaume qu'en dépit de tout ce qu'il peut voir, entendre, de ce qui le blesse, le déchire, le crucifie, il doit croire encore en la Chine.

« Car elle est, et restera, à travers l'espace et les foules, le temps, la guerre, la répression, l'espoir et tous les rideaux dont elle s'entoure : car elle est, et restera, notre exil, le seul qui nous permette, par elle et grâce à elle, au cœur même d'elle, de nous deviner un peu nous-mêmes... »

Les chars sont partis. Mais la présence militaire s'est renforcée : des unités quadrillent la ville, les camions de propagande de l'armée sillonnent les avenues. Selon la presse officielle, il y aurait eu quatre cents arrestations. Les informations télévisées durent plus d'une heure. Et puis, surtout, on utilise des extraits de films de la télévision américaine pour appeler à la délation. Que dire, alors, de cet ultime morceau de film qu'a tourné Gaston avant que sa caméra lui échappe des mains : on y voit Meilin et Liu Ting, Gilles, côte à côte : « Si vous connaissez leur nom, leur adresse... » Le commentaire anonyme derrière les images. Gilles est mort, Liu Ting fuit vers Hong Kong. Personne n'a de nouvelles de Meilin.

Lorsqu'il a appris le drame qui s'est déroulé dans l'appartement de Berlut, Guillaume a voulu revoir Paul van der Goes. Mais celui-ci, sur un lit de l'hôpital de Wangfujing, ne l'entendait déjà plus.

— Il faut que vous me disiez, Paul...

L'œil unique du garçon, fixé sur les crottes de mouches, au plafond.

Alors Guillaume s'est rendu jusqu'à la maison, ouverte à tous vents, qui avait été celle du jeune homme : miraculeusement épargnée par la vague de violence qui s'est abattue sur la ville, on l'aurait dite quittée d'hier.

Les papiers de Paul, ses livres, ses cahiers, les poèmes du petit Gilles : tout est méticuleusement rangé sur des rangées de bibliothèque. Et parmi eux, il y a ce cahier d'Otrick.

Guillaume l'a emporté chez lui, avec un paquet de lettres qu'il a lues toute la nuit.

Otrick y disait, bien sûr, une vie offerte pour la Chine — et sa mort : la dernière lettre — au nom de la Chine. Au-delà des querelles entre l'Est et l'Occident, de l'uniforme soviétique qu'il avait porté à Chongqing ou de ses correspondances avec des agents de Hong Kong, à Taiwan, à Hanoi même, il y avait en lui, rivé au plus profond de lui-même, l'espoir d'une Chine seule et debout, que nulle puissance, Est ou Ouest, n'aurait plus asservie.

Une lettre, datée de Chongqing et adressée à ce vieux Laurenzo qu'on a vu, jadis, à Palerme, n'avait jamais été envoyée. Elle parlait de Jean-René Pallas comme d'un ami qui luttait avec d'autres armes mais pour la même cause. « Lui ne croit en rien, quand moi, et de toutes les fibres de mon être, je crois en la Chine, mais nous savons tous deux que l'Extrême Chine est la seule issue possible à tous ceux qu'une Europe exsangue a transformés en marionnettes fatiguées, tout juste capables de produire d'autres livres que d'autres encore liront mais qui vont mourir avec nous...

« L'heure n'est plus ni aux livres ni à l'écriture, disait encore Otrick, mais à la Chine, au combat, à la mort qui, seule, ne saurait mentir... »

La lettre d'Otrick entre les mains, Guillaume est allé jusqu'à sa fenêtre : il avait lu toute la nuit, l'aube était grise encore. Bientôt, l'est redeviendrait rouge.

John Chessman ferme les yeux. A côté de lui, la pipe fume ; une fumée grise, l'odeur âcre qu'il a appris à aimer. M. Liu se renverse à son tour en arrière. Entre eux : le jeu abandonné où les pierres noires enserrent un mince réseau de jetons de porcelaine.

Le vieux Chinois rompt le silence. La flamme de la veilleuse vacille sur la table basse.

— J'ai commencé à fumer il y a plus de soixante-dix ans. Presque par hasard. C'est un chanteur d'opéra de passage qui...

— Et là-bas ?

Chessman n'a pas osé dire : « Chez vous, en Chine. »

— Justement. C'était là le problème. Je veux dire : l'un des problèmes...

— Ils vous laissaient ?

Le « ils »... M. Liu sourit.

— Nous comprenons les besoins de chacun. Et nous savons fermer les yeux dans certains cas. Mais nous en payons le prix.

— Cher ?

— Il y a des choses que les mots ne suffisent pas à évaluer, vous le savez comme moi.

— Et pourtant, vous êtes resté.

— Oui, je suis resté.

M. Liu se redresse. Il s'appuie sur un coude.

— Si je vous disais qu'alors — il parle des années de la guerre anti-japonaise — j'aurais accepté de renoncer à fumer si on l'avait exigé de moi.

— On ne l'a pas exigé ?

— Jamais. Plus tard, bien sûr, c'est devenu plus délicat ; mais je n'avais plus envie de fumer...

— Vous avez toujours cru à l'aventure dans laquelle...

— Toujours, oui.

— Et maintenant ?

Le vieux Chinois baisse la voix :

— Plus que jamais.

— Et pourtant...

Chessman n'a pas osé dire : « Vous avez fui... »

— Je suis un cadavre vivant, remarque-t-il après un long silence, mais vous en êtes un autre, et qui sent fort, déjà.

Il étend la main, repose sa pipe vide à côté du divan.

— Nous pourrions, si vous le vouliez, mesurer l'avance de nos morts : leurs progrès, leurs reculs, l'effet du poison sur elles.

L'avenue Chang'an est de nouveau ouverte à la circulation. L'armée quadrille toujours la ville.

Aux informations télévisées, l'appel à la délation fait la veille a porté ses fruits. Le commentateur annonce que telle personne recherchée a été retrouvée moins d'une heure après son passage à la télévision. Le coupable apparaît à l'écran, le visage tuméfié, demandant pardon au Parti.

La lettre de Gérard Melot est arrivée à l'ambassade de France à Pékin marquée du double signe « Strictement confidentiel » et « Urgent ». C'est donc Guillaume lui-même qui l'a ouverte.

« Le ministre des Affaires étrangères, le Secrétaire général — à monsieur l'Ambassadeur de France en Chine... »

C'était l'autorisation donnée à l'ambassadeur d'épouser une ressortissante étrangère, à condition toutefois qu'il quitte dans les meilleurs délais le pays de sa résidence.

La lettre officielle était accompagnée d'un petit mot manuscrit de Melot qui souhaitait à Guillaume tout le bonheur du monde. « On m'a dit, concluait Melot, que l'heureuse élue s'appelait Meilin : j'espère la rencontrer bientôt. »

La lettre à la main, Guillaume est allé à la fenêtre : la garde renforcée devant la grille, une camionnette de l'ambassade qui manœuvre pour se garer dans la cour. Un murmure, au loin. « Meilin ? a pensé Guillaume : c'est vrai : elle s'appelait Meilin. »

Parmi les quatre cents étudiants arrêtés, figure le nom de Guo Haifeng, secrétaire général de la Fédération autonome des étudiants : c'est l'un des trois étudiants qui s'étaient agenouillés devant le Palais du Peuple pour présenter une pétition le 22 avril, jour des funérailles de Hu Yaobang. L'un des premiers...

Les informations télévisées durent cent deux minutes. Song Renqiong, vice-président de la commission des conseillers du Comité central, adjoint de Chen Yun, va voir les troupes victorieuses ; Yao Yilin, Tian Tiyun et cinq autres ministres rendent visite aux soldats blessés à l'hôpital : on s'agite, on fait montre d'une belle compassion pour les tueurs.

Cependant que Zhang Jun, Wang Wei, Li Zhiguo et Luo Durong sont arrêtés : dans tout le pays, on arrête des contre-révolutionnaires mais la Cité interdite sera ouverte le 13 ; seule restriction, on ne pourra y pénétrer que par la porte nord : Tian' anmen encore interdite. Et puis, on diffuse des portraits de Fang Lizhi et Li Shuxian pour les empêcher de sortir de Chine.

Comme il faut se battre sur tous les fronts, Li Ruihuan rassure en public les investisseurs japonais. Zhen Tuobin également : ce qui vient de se passer n'est qu'un frisson à la surface de l'océan. La Chine demeure ouverte à tous les appétits, il suffit d'approcher et de montrer son argent — et le dollar et le yen y font bon ménage! D'ailleurs, on annonce la réouverture du Magasin de l'Amitié : allons! nous pourrons y acheter nos toques en fourrure pour l'hiver prochain.

M. Liu sort d'une boîte de porcelaine une petite boule de pâte noire qu'il roule entre ses doigts.

— Je suis fatigué, ce soir.

Comme pour rompre le dialogue.

Il regarde ses mains, la fenêtre, un long poème calligraphié accroché au mur à côté d'une image en couleurs de la Révolution.

— J'écrivais encore des lettres. Je les cachais, mais ils les trouvaient. Ils ne disaient rien, mais je le savais. Je cherchais des cachettes plus compliquées, mais c'était un jeu d'enfant.

Son regard croise dans la glace celui de John Chessman qui est revenu au centre de la pièce.

— Je parle beaucoup de moi, n'est-ce pas ?

— Je vous écoute.

— Nous devons être durs — c'est notre force. Nous devons casser les branches mortes. Mes caprices, vos révoltes, ces haines que vous cultivez en vous, sont enfantines. Le danger est ailleurs.

Brusquement, les yeux du Chinois s'arrachent à la glace. Il se retourne vers la porte qu'il ouvre :

— Je vais vous demander de me laisser seul.

La petite boule noire — molle entre ses doigts à force d'avoir été pétrie.

John Chessman quitte la pièce. Il descend les deux étages qui conduisent au bar, des éclats de voix l'arrêtent à la porte. Lentement, une main pressée sur le côté, il remonte dans sa chambre.

Quand John Chessman a revu M. Liu, celui-ci était étendu sur son lit, les yeux fermés, la bouche ouverte. Mort. La fille d'étage qui l'avait découvert poussait des cris dans l'escalier et, sur le pas de leur porte, toutes les filles étaient sorties, nues ou en peignoir. Des clients aussi, gras et laids, tentaient de regarder. M. Liu était mort et, près de son lit, une grande coupe de jade était fendue : il y avait brûlé des papiers qui tomberont en cendres lorsque l'inspecteur de police qu'il a bien fallu appeler — short large et casquette plate — voudra les toucher...

— C'est, dit Jean-Marie Erlanger qui reçoit pour quelques jours à Moscou son ami Flornoy — venu de New York —, c'est comme si toute la poussière de la plus vieille Europe d'un seul coup secouée, un corps à la fois très ancien et très neuf réapparaissait à la surface de l'univers, avec ses divisions millénaires, ses frontières que l'âge a forgées, ses nationalismes subitement aussi vifs, aussi violents, aussi enflammés que voilà un siècle et demi...

Il est midi, autour de l'étang des Patriarches. L'immeuble aux lions de pierre néoclassique qui fut la résidence officielle du maréchal Joukov n'est plus qu'un palais à demi abandonné où vivent pourtant dix ou douze familles ; à l'autre extrémité de la place erre peut-être la silhouette de Marguerite que le Maître épie à l'arrêt du tram et l'ombre de Boulgakov, inquiète, les surveille. Pour la première fois devant un étranger, Irina a accepté que Jean-Marie lui prenne la main...

— C'est ici, comme à Prague ou à Varsovie, que se joue notre avenir à tous et, d'un coup, les grands conflits du monde, le Liban, Israël, la drogue en Colombie — pour ne pas parler de la Chine ! — nous paraissent des problèmes d'hier...

Un silence. La main de la jeune interprète qui serre un peu plus la sienne. Un silence... Le regard de Dominique Flornoy suit de loin un cygne au travers de l'étang, en plein cœur de Moscou où tous nos romans s'achèvent. Puis :

— Tout cela parce que aujourd'hui la poussière de la plus vieille Europe tombe, et que c'est un monde d'hier qui devient notre aujourd'hui...

— Il faut que vous compreniez bien, dit John Baker au banquier Fei, que j'aime la Chine autant que vous, mais que c'est cette colonie que j'ai reçu mission d'aider à mener à bon port.

Le port : l'an 1997 où Hong Kong reviendra à la Chine. « Savez-vous, a dit M. Fei à Baker, que j'ai encore acheté hier un immeuble de vingt étages ; d'ici 97, j'ai le temps de le détruire, d'en construire un autre de quarante étages à la place, d'amortir mes dépenses et de doubler ma mise puis de tirer ma révérence. » « Et ensuite ? » a demandé Baker. « Ensuite, le déluge. »

— Tout ce qui peut entraîner Pékin à une attitude hostile à l'égard de la colonie est, a priori, suspect et dangereux. Voilà pourquoi tout ce qui s'est passé ici, au rythme de ce qui arrivait là-bas, est pour moi suspect et dangereux. Et voilà pourquoi cet argent que vous n'avez pas fait partir alors même qu'on vous l'avait confié est notre obole à tous deux à l'avenir de la colonie.

La mer, enfin barrée par un dernier immeuble, a disparu de l'horizon : Hong Kong, ville murée. Le banquier Fei s'est incliné doucement, laissant le gouverneur seul dans son bureau.

John Baker est encore resté un moment, debout dans cette grande lumière de juin qui devient rose dès six heures du soir et qu'un jeu de vitres et de parois de verre lui renvoie, d'immeuble en immeuble, plus éclatante. Puis il a refermé son dossier, bouclé son coffre et regagné son appartement privé.

Les nuits sur Sanaa, la villa blanche et basse en bordure de la ville aux mille tours et le ciel qui reste clair jusqu'au matin.

Jean-Michel a posé ses lèvres sur le front de sa femme, puis il s'est glissé hors de la chambre. La nuit est tiède. Yasmina, enveloppée d'un vaste châle, accoudée au parapet de la terrasse.

— J'écoute, dit-elle.

Le silence ; la nuit qui dure ; un chien ; un oiseau, le cri d'un enfant. La main de Jean-Michel a saisi celle de la jeune Arabe.

— Vous ne regrettez rien ?

Elle a le visage et le regard clairs du petit-fils du cadi, là-haut, dans la montagne.

— Comment pourrais-je regretter quelque chose ?

Dans la chambre d'Henrietta, la main de la jeune femme s'est ouverte, et le livre qu'elle tenait a glissé sur le tapis.

— Ô ami, dit alors Yasmina, se retournant vers Hessing : pourquoi ?

Le regard de Jean-Michel qui scrute la lumière qui monte avec le matin.

— Pourquoi ? Parce que. Et parce que c'est bien ainsi et que le ciel l'a voulu, comme nous trois...

Ce mardi 13 juin les informations télévisées ont duré quatre-vingt-trois minutes. On y a vu Li Peng et Yao Yilin prononcer un discours à Zhongnanhai.

Liberté de la presse ? Li Peng a son avis sur le sujet : « Au cours de la lutte pour calmer le chaos contre-révolutionnaire, certains journaux, certaines télévisions ont fait du bon travail mais des erreurs de direction dans le travail d'information d'une petite minorité de camarades du Comité central, qui se sont écartés de la position du Parti, ont conduit à une tendance erronée des médias dans certaines unités. Nous demandons aux journalistes de prendre rapidement la position du Parti et du peuple, de redoubler d'efforts et de faire la propagande de la ligne du Parti... »

Quant aux éléments étrangers qui osent parler de ce qu'ils ne connaissent pas : « Nous les avertissons sévèrement que le peuple chinois s'est déjà levé et qu'il ne se soumettra pas à une telle pression. Nous espérons que tous les pays qui désirent développer des relations amicales avec la Chine n'en viendront pas à commettre d'actes qui blessent les sentiments du peuple chinois. »

Sentiments blessés : dans les hôpitaux, on meurt encore.

D'ailleurs, *Le Quotidien du Peuple* l'assure : « L'ingérence dans la politique intérieure de la Chine est inacceptable. »

Il parle des traîtres, des contre-révolutionnaires : « Les masses populaires exigent l'arrestation et le jugement public de Fang Lizhi et Li Shuxian. En leur accordant sa protection, l'ambassade des États-Unis empêche les organes de justice de les arrêter et les condamner selon la loi : c'est une violation de la souveraineté de la Chine. »

Et puis, on rive le clou :

« Que montrent les incidents qui se sont déroulés récemment dans quelques villes en Chine ? Ils montrent que la lutte de classes existe toujours... Qu'il y a toujours une minorité d'éléments réactionnaires qui haïssent le parti communiste et le système socialiste. »

Un mandat d'arrestation est lancé contre vingt et un leaders en fuite de la Fédération autonome des universités, avec photos et fiches signalétiques. On fouille les voyageurs en gare de Pékin pour protéger la sécurité et les biens des masses. On avertit les visiteurs étrangers de ne pas se mêler des affaires intérieures de la Chine.

Cécile a repris seule l'avion de Paris. Avant de la quitter, Meifang s'est serrée contre elle :

— Nous sommes toujours ensemble, petite sœur...

Meifang est restée.

Il a fallu quinze, cent coups de téléphone ; des rendez-vous : un ministre ; un banquier et puis tout le reste — Julien, Didier, Joseph, Alexandre et les autres, ensemble. La revue que Didier de Wandrille offre, en somme, à ses amis aura ses bureaux rue Grégoire-de-Tours.

Le reste — dire ensemble — n'est plus qu'une question de langage à élaborer, de contenu à définir, de textes enfin à écrire.

— Notre premier numéro sera chinois, si vous voulez, propose Didier.

Julien le regarde ; il regarde Alexandre :

— Je crois qu'il serait plus juste de consacrer notre premier numéro à cette vieille Europe qui bouge, qui bouge si fort qu'elle pourrait bien en trembler.

Les noms, alors, de ceux qu'on appellera : Thomas Bernhard, Hugo Claus, le Néerlandais Noteboom, le Roumain Haulica et le Tchèque Havel : la Chine, déjà, s'éloigne de nous.

Les enseignes au néon des Trois-Dragons brillent dans le soir — le jour encore.

Chessman s'arrête. Par la porte qui s'ouvre et se referme aussitôt, une musique syncopée : des batteries, des cuivres. Une fille devant l'entrée guette les clients sous la pluie. C'est une Malaise à la peau sombre qui lui fait signe d'avancer. Elle est maigre. Très jeune. Il fait un pas vers elle. La pluie s'est arrêtée. Elle fait un pas vers lui : il tend les mains, l'embrasse. La serre contre lui.

Et quand les deux marins ivres veulent en riant la lui arracher, il frappe brusquement, au hasard et bien au-dessus de lui, un menton carré.

Alors les coups pleuvent sur lui. Coups de pied, coups de poing, coups de pied quand il est à terre ; dans les reins, dans les côtes, le ventre, dans le visage.

Les marins rient et jurent.

Ils s'arrêtent enfin, l'un d'eux saisit la Malaise par la taille et la pousse devant lui. En braillant, ils entrent dans le bar.

Plus tard, étendu sur le dos, le visage tuméfié — des marques sombres sur tout le corps —, John Chessman tend la main vers la bouteille de bourbon vide — et tousse.

Une fille essuie la sueur de son front. Son corsage est ouvert sur ses seins nus.

— Dors...

Des pieds qui claquent sur le plancher du corridor. Les radios. Un robinet coule quelque part dans la maison. La pluie.

Une chasse d'eau. Et cette odeur...

« Peut-être est-ce simplement parce qu'elle est si faible et vulnérable, en même temps que décidée, têtue, raisonneuse... » Jean-Marie Erlanger fait ses bagages : « Peut-être est-ce simplement parce qu'elle est la plus triste aussi, que je n'ai pas pu faire autrement que l'aimer. » Il pense à mi-voix, les yeux brouillés de larmes qui sont des larmes d'émotion — il n'ose se dire : de bonheur.

Parce que tout s'est déroulé très vite. La veille, son ambassadeur l'a fait appeler pour le mettre en garde : ses relations avec une jeune Soviétique, la situation de sa femme, quasiment abandonnée en plein Moscou avec deux enfants ; et puis les inquiétudes du Département, du Quai...

— Vous comprendrez que dans ces conditions...

Un silence, pour ajouter :

— ... A moins que...

Une porte ouverte, si Jean-Marie le voulait... Mais le jeune homme s'est déjà levé. Il ne prononcera pourtant pas le nom d'Irina, mais :

— Ne vous inquiétez pas de cela, monsieur l'Ambassadeur : je serai tout à fait heureux d'occuper un poste à Paris, le temps de faire venir cette jeune femme en France.

Joëlle n'était pas là lorsqu'il est rentré à l'appartement pour préparer une valise. Il se dit encore : « Bien sûr, c'est parce qu'elle est la plus faible... » Puis il pense : « Quitter Moscou, ce soir, demain, maintenant... » Une vague de regret l'envahit, qu'il faudra tout à l'heure le visage d'Irina, penchée sur son piano, pour balayer d'un coup.

Ils sont désormais trois, face à la mer : Verviers, Jean-François et Ismène.

Ismène écrit. Elle se souvient d'une Chine que d'autres lui ont dite ; et Jean-François, qui la regarde, qui regarde son grand-père, qui regarde la mer, pense : « Je ne suis plus nulle part, nous ne sommes nulle part : nous sommes ici, ensemble... »

La main d'Ismène s'est reposée sur sa nuque. Elle a dit :

— Mon petit garçon.

Ismène a vingt-sept ans, Jean-François en a vingt-deux : Verviers se dit qu'il est à la fois père, amant, frère et que l'âge, somme toute, ne compte plus pour lui. Il vient de recevoir une lettre de Paris lui annonçant que ses poèmes vont paraître en septembre chez l'éditeur qui fut celui de Char, d'Artaud, de Jabès et de Saint-John Perse.

Zhou Fengsuo, l'un des leaders de la Fédération autonome des étudiants, se rend à la police à Xian. On arrête Xiong Yan à la descente du train à Datong.

Seattle sous la pluie : Thierry Destutt est venu échouer là ; en face il y a la mer, des îles, mais une barrière de verre et de ciment nous en sépare.

Une chambre en ville : Thierry compte et recompte les cailloux de verre qui lui restent en poche. Il écoute la rumeur d'un dancing, quelque part dans les entrailles de l'hôtel. A la télévision, un film pornographique où l'on voit une grosse fille manier une verge plus grosse encore à laquelle elle trouve cent usages. Thierry boit de la bière, achève un sandwich. Il porte une barbe de quinze jours et attend quelque chose : il ne sait pas quoi.

Puis il sort dans la rue et la pluie, d'un coup, l'enveloppe.

Un des leaders de la Fédération autonome des étudiants, Xiong Wei, se rend à la police de Shenyang sous la pression de sa famille. Et puis trois hommes sont condamnés à mort à Shanghai pour avoir participé à l'incendie du train de Shanghai : ils s'appellent Xu Guomin, Bian Hanwu et Yuan Xuerong. Ce ne sont certes pas des étudiants : tout au plus des ouvriers égarés... Deux autres leaders de la Fédération autonome des ouvriers ont été arrêtés : Liu Qiang et Liu Huanwen.

Seattle : Thierry n'a pas quitté cette ville océane au bout, au bord du monde. L'autre nuit, une putain jaune l'a entraîné dans une chambre du port, au sommet d'une échelle de fer : il l'a régalée de ses perles de verre et la fille, qui lui a dit s'appeler Fang, a ri. Elle porte un pantalon, une veste trop large, à carreaux, et une casquette d'homme.

— Tu en as encore beaucoup, des diamants comme ça ?

Il ment :

— Plein les poches, plein ma valise, plein ma chambre.

La fille rit encore :

— Et tu m'en donneras quelques-uns ?

Il répond :

— Tu en auras plein les poches, plein la bouche, plein le cul.

Alors la fille le force à s'habiller et elle le pousse dehors :

— Allons-y.

Ils déambulent dans les rues de la basse ville, sur le port auquel nul ne saurait plus atteindre, entrepôts vides, marée qui pue, grues, échelles encore de fer et des amis chinois de la putain qui lui parlent à l'oreille.

— Où c'est, ton hôtel ?

Thierry a bu de la bière dans tous les bars de la basse ville et c'est en titubant qu'il a gagné, derrière la petite Fang à la casquette de garçon, le Holyday Inn du County Hall. Regard froid — Thierry pense : vide — du portier qui les regarde entrer, du concierge qui les regarde attendre l'ascenseur, de l'inconnu dans l'ascenseur.

Qui les suit pourtant jusqu'à la chambre 1102 : Thierry a poussé la porte, la putain chinoise a fait un signe à l'inconnu qui a sorti un couteau — le reste n'est plus que la mort d'un inconnu, sans papiers, dans une chambre d'hôtel, à Seattle, au bout du monde.

> « *Ici le temps plonge dans l'âge et la terre*
> *Et le silence*
> *Ici la main qui s'est levée retombe*
> *Ici la terre est devenue demeure*
> *Et la demeure se dit signe*
> *En plein ciel.* »

La voix qui scande le poème de Verviers est celle de Serge Lensky qui commence un nouveau séminaire de littérature comparée. Il y traite, cette fois, des écrivains-voyageurs : Saint-John Perse, Segalen, André Verviers, qu'il vient de découvrir.

Dans l'assistance, dix-sept filles et deux malheureux garçons, seuls.

Il est midi : la vue s'étend enfin sur sept vallées.

Simon est parti avant l'aube. Il a d'abord traversé les plateaux familiers, le Cheylat, les burons, les tapis d'herbe rase hérissée de gentianes et puis, lentement, la montée jusqu'au Suc-de-Rond.

Ensuite, ç'a été des brèches ouvertes sur des abîmes verts et, maintenant, le sommet de ce Puy d'où la vue s'étend sur sept vallées : depuis qu'il est en âge de compter, Simon connaît le nom de chacune : il sait ici l'église trapue, le clocher roux et là cette forêt de sapins que des lichens nouent. Là encore, un plateau qui descend jusqu'à la rivière où, en des temps au-delà de la mémoire des hommes, des hommes ont vécu, laissé des traces, des pierres posées sur d'autres pierres.

Ces vallées, ces plateaux du Shanxi, dès lors ? « A quoi bon aller si loin, pense Simon, je suis ici chez moi, revenu dans ma mémoire, même si c'est la mémoire des plateaux et des vallées perdus au cœur de la Chine qui m'a rendu la vallée du Falgoux, celle de Cheylade comme celle de Collandres. »

Il s'étend sur le dos au sommet de la montagne, face au ciel : il écoute son cœur battre. Les bruits qui montent de sept vallées — un chien, l'appel d'un berger... — et se dit qu'il est revenu chez lui.

VIII

DEMAIN, une fois encore, Guillaume va prendre l'avion de Paris et ce sera, cette fois, sans retour.

Il est midi. La plus grande chaleur, le ciel blanc qui écrase toute chose et, une dernière fois, Guillaume s'avance à travers Pékin. Pourtant, le Pékin qu'il a choisi pour cette ultime promenade n'est pas celui qui vient de se battre pendant six semaines, debout, et qu'on a couché dans la poussière sale une nuit de juin ; ce n'est pas non plus celui, hiératique et solaire, de la Cité immobile où il a tant de fois su trouver une manière de sérénité parmi les cours, les balustrades de marbre et les longs fûts des colonnes de bois qu'on apportait du Yunnan traînées par des convois de bœufs : ces cours-là sont vides aujourd'hui, et Guillaume a oublié jusqu'au chant des petites pionnières au foulard rouge, qui s'y égaillaient voilà vingt ans, couettes au vent, avec des cris d'enfants sous l'ombre souriante, protectrice, d'un vieillard débonnaire partout présent au nom de qui on tuait si bien.

Ce Pékin du dernier jour n'est pas non plus la ville grouillante de vie — les fumées, les poussières, les braseros à ciel ouvert et les gosses au cul nu, pantalons écarlates, vieillards attendris, vestes molletonnées, galonnées, un canari ou la cage du grillon sous le bras — des hutongs qui se croisent sous la tour de la Cloche ou celle du Tambour avant que, d'un coup, le silence tombe à l'approche des beaux lacs immobiles sur les berges desquels se dressèrent, en des temps immémoriaux, dix monastères, leurs enceintes et les pailous, touffes de pivoines et portes monumentales, la lionne à gauche, un lionceau sous la patte, le lion à droite avec le monde devant lui : là Guillaume a vu, lorsqu'ils étaient encore bannis de la cité, des amoureux timides qui se tenaient la main, un couple sur la margelle du lac, enlacé, embrassé...

Aucun de ces Pékins-là, aimés pourtant à la folie, n'était ce matin à la mesure de son désespoir, et il a voulu aller plus loin, plus près aussi, au cœur de toutes les Chines dont il a fait, les ans ajoutés aux ans, sa mémoire.

Chu, le chauffeur, a compris. Ils ont d'abord traversé les quartiers nord qui longent ces temples et ces palais qui furent au début de tous nos souvenirs, près du temple des Lamas à l'ombre duquel tour à tour Simon et Verviers avaient trouvé refuge, puis du grand hall des Classiques, l'île de marbre parmi les cours et les bibliothèques que Meilin, un jour, a fait parcourir à Guillaume. Le vieil homme qui conservait là des livres plusieurs fois centenaires s'appelait le professeur Xie et, passant ce matin derrière ce qui fut son domaine, Guillaume se souvient des mains de M. Xie : étroites et plissées, racornies, comme usées d'avoir tant manié les livres, c'étaient les mains de M. Liu lorsqu'il allumait une cigarette avec des gestes économes pour lui parler de la France. M. Liu, ce M. Xie qui racontait à mi-voix l'histoire de très vieux livres toujours vivants, Meilin elle-même qui avait conduit Guillaume jusque-là ont disparu : seul, à l'arrière d'une grosse voiture française qui porte sur l'aile droite le fanion bleu, blanc, rouge de la République qui le rappelle, l'ambassadeur de France à Pékin va s'effacer à son tour.

Tant, déjà, se sont éclipsés un à un, sur la pointe des pieds ou dans un grand flamboiement de folie : M. Liu, Kelvin Young, Jean-René Pallas et Otrick, le premier... Quant à ceux qui restent... A Hong Kong, Chessman n'a fait que se rater. Demeuré seul à la mort de M. Liu, il a décidé de refuser à son tour ce que son complice des dernières semaines appelait une mort sale. Il a cherché dans l'unique valise qu'il avait apportée avec lui un gros revolver rouillé qui lui servait à tirer les corbeaux dans le parc de Hampstead à la tombée de la nuit. Il a fait venir dans sa chambre une fille qui ressemblait à une petite Nahn qu'il avait aimée quand, vingt ans auparavant, il s'était déjà retrouvé aux Trois Dragons. Nahn avait seize ans et, M. Chen lui en avait assuré la virginité presque entière : « Vous verrez, elle est timide, vous lui apprendrez les gestes les plus simples le plus simplement du monde... » : un jour, Nahn avait disparu, vendue à un marin américain, et Chessman s'était battu pour rien, seul contre sept ou huit gaillards de l'Ohio ou du Tennessee. On l'avait retrouvé dans une poubelle avec deux côtes défoncées.

« Tu vas d'abord... », a-t-il expliqué à Dingding, qui ressemble un peu à Nahn ; puis il lui a montré son gros revolver rouillé : « ... et ensuite, tu appuieras le canon contre mon front et tu presseras la gâchette, ici... » Dingding a d'abord protesté mais cinq cents dollars américains à prendre dans la poche gauche du suicidé ont suffi à la convaincre. Elle a sagement fait ce qu'on lui avait demandé ; elle est allée se laver, puis elle est revenue, elle a pris le revolver et a tiré : trop gros, l'instrument lui a sauté des mains et n'a fait que frôler la boîte crânienne.

Iris, arrivée de Londres en toute hâte, a retrouvé Chessman à l'hôpital, le front bandé. « Plus con que moi... », a dit Chessman à qui la gamine qui avait raté son coup avait quand même pris tous les dollars qui lui revenaient, les cinq cents dollars de la poche gauche et beaucoup plus dans le portefeuille qu'il avait caché sous son oreiller. « Plus con que moi... » Mais Chessman n'est pas resté dix jours à l'hôpital.

Depuis, chaque matin, à l'aube, Iris attend son retour, car il a recommencé ses errances dans Wanchai, parmi les bars, les filles et les putains. La mort de M. Liu l'a laissé seul, alors celui qui fut un jour écrivain use ce qu'il lui reste de forces à tenter encore de voir, d'épier, de désirer. De strip-tease obscène en bordel, il observe et tient son cœur à deux mains lorsqu'il le sent battre trop vite. La nuit met des heures à passer et les gamines aux seins plats sentent toutes la sueur et le déodorant : le sexe épilé, elles sont trop nues et Chessman se dit parfois, avec une sorte de sanglot : « Des mollusques... » Il se dit aussi : « Je suis venu me perdre au milieu de limaces, de vulves grises, d'aisselles sèches... » Et ce sont ces quelques lignes qu'il lui arrive de noter sur un carnet crasseux qu'il traîne avec lui dans sa poche.

Lorsqu'il revient aux Trois-Dragons aux petites heures du matin, Iris est debout, qui l'aide à se dévêtir, à se coucher. Elle lui tend le verre d'eau et les dragées roses ou vertes qui lui feront cette nuit plus douce puis, lorsqu'il dort enfin, étendu sur le dos comme un mort, le crâne encore bandé, elle le photographie encore. Elle dit de lui : « Mon gisant » et reste près de lui qui dort.

Dans la maison, des bruits de chasse d'eau et les rires des filles : le visage de John Chessman endormi sous les bandelettes d'une momie subitement apaisée est bien celui d'un mort.

Au-delà de ce qu'il reste de Deshengmen, la porte nord-est de la muraille, qui fut l'une des plus glorieuses de l'enceinte du Pékin tartare — c'est là qu'Hélène Hoppenot photographiait le sable envolé autour des caravanes venues de Mongolie — la voiture au fanion bleu, blanc, rouge a passé la route des tombeaux des Ming et de la Grande Muraille : tant de dimanches... Chu s'est retourné vers Guillaume :

— Je vais plus loin, n'est-ce pas ?

— Vous allez plus loin, oui.

C'est avant d'arriver au périmètre des universités, Beida, l'Institut des langues étrangères, l'Hôtel de l'Amitié, que le chauffeur a de lui-même obliqué à droite, vers une route à demi défoncée.

— Le Yuanmingyuan, a dit alors Chu.

— Le Yuanmingyuan, oui...

Le jardin de la Parfaite Harmonie : l'ancien palais d'Été, celui que les troupes françaises et anglaises ont mis à sac avec un si bel enthousiasme en ce début d'automne 1860 où il fallait qu'un empereur mandchou baissât la tête devant le monde — c'est-à-dire devant nous.

La route longe un mur. Au-delà, voilà vingt ans, des champs, encore, des rizières, des monticules pelés et des trous gorgés d'eau : ici, pendant deux siècles, les souverains de la dynastie des Qing venaient, loin des fastes et de l'inconfort des palais impériaux, passer les mois de printemps, l'été, une partie de l'automne. Mais c'est ici, surtout, à côté du Changchunyuan, ou : « Jardin où règne un agréable printemps », près du Jinshuiyuan, que Qianlong, le grand empereur mandchou, demanda à des jésuites italiens et français de lui construire cet ensemble de palais dans le goût baroque européen dont quelques ruines silencieuses s'élèvent encore au-dessus des champs et des fossés comblés, parmi des prairies et des trous d'eau. Il y a vingt ans, lorsque Guillaume y était venu pour la première fois, il avait dû demander dix fois son chemin et c'est bel et bien au milieu d'une rizière qu'il avait découvert une vasque, une volute de pierre, des colonnes brisées. Au loin, des paysans remuaient le sol et, au-delà d'une sorte de terrain vague, des pionniers aux foulards rouges chantaient leur joie d'aimer leur président. Verviers, qui l'avait conduit là, lui avait expliqué qu'un pavillon s'appelait le Belvédère, un autre le palais de la Mer calme, un autre encore le palais des Délices de l'Harmonie. Et Guillaume, jeune homme, avait commencé à rêver sur le temps qui recommence, les hommes qui viennent et qui regardent, les peuples qui demeurent, les soldats qui détruisent : ç'avait été le début de belles envolées lyriques, aux marges du romanesque et de l'histoire. « Regardez... », avait dit Verviers : Guillaume regardait. Il y avait une volière, un labyrinthe, un réservoir et des machines à eau dont il ne restait rien mais dont le souvenir naissait : tout cela parce qu'au milieu du XVIIIe siècle, un empereur éclairé avait vu une gravure qui représentait un jet d'eau et avait prié un jésuite venu de très loin de lui inventer un... « Nous étions là pour leur apporter un dieu, avait remarqué Verviers, nous leur avons donné une caricature de notre culture qu'un siècle après, avec cette belle allégresse, donc, nous avons joyeusement anéantie... » Verviers était songeur, Guillaume marchait à ses côtés à travers les mottes d'herbe en désordre et les pierres écroulées. « Il faudra revenir... », disait Verviers — qui n'était jamais revenu.

— Vous êtes l'ambassadeur de France ?

Guillaume a sursauté. A peine descendu de voiture, un jeune homme en bras de chemise, pantalons sombres, les pieds chaussés de sandales de caoutchouc, venait de lui adresser la parole en français.

— Vous me connaissez ?

Le garçon est jeune : vingt-cinq ans tout au plus. Il a sorti des lunettes de soleil d'une poche de la veste qu'il tient sur le bras avant de répondre :

— Je vous ai déjà vu, oui...

Puis il a expliqué qu'il était étudiant en architecture sur le site du Yuanmingyuan, et qu'il avait rencontré ici même l'ambassadeur de France lorsque, à deux ou trois reprises, celui-ci avait accompagné les membres de l'équipe française qui s'était attachée à la restauration des palais européens : la dernière fois, Meilin l'accompagnait. Elle en avait dit : « Ce n'est pas un endroit où j'aime venir ; j'ai peur de trop t'y reconnaître » et il avait serré plus fort sa main dans la sienne.

Pendant quelques minutes, Guillaume s'est avancé à l'intérieur de ce qu'il reste du jardin : des vestiges balisés auxquels Français et Chinois ont pu rêver un temps de redonner, ensemble, une nouvelle vie. Le jeune architecte lui décrivait le paysage autour de lui, qu'il connaissait bien :

— C'est moins la réalité des lieux qu'il s'agit de retrouver, a-t-il remarqué au bout d'un moment, que l'esprit même qui a présidé à leur mise en espace.

Son langage surprenait par sa précision, son occidentalisme, la pureté même de ses expressions.

— Je crois, a-t-il remarqué, qu'après tant de destructions et d'années, de siècles de néant, c'est une belle chose que de reconstruire ensemble...

Il allait continuer quand les silhouettes de deux hommes en uniforme se sont découpées sur un mur. D'un seul mot — « Adieu... » — le garçon s'est éclipsé : en deux pas, trois sauts rapides, il s'était fondu dans les ruines, Guillaume était à nouveau seul.

Une manière d'angoisse l'a envahi : comme si le poids de la solitude qui est la sienne depuis le départ de Meilin s'abattait subitement sur lui, et l'étouffait. Pour la seconde fois, il allait quitter Pékin seul. Pour la seconde fois, chassé en somme de lui-même, il revenait vers un pays qui était certes le sien mais où plus rien ne l'attendait. Des noms se sont alors bousculés dans sa tête et, marchant à grandes enjambées à travers les ruines d'un palais qu'il ne regardait même plus, il se les répétait comme une sorte de litanie absurde de la haine, de la vengeance impossible. Melot, Pallas, Laroche et Beausséant, ceux qu'il connaissait, ce Philippe de Ligne dont il savait bien qu'il avait été l'un des artisans de l'échec qui le chassait d'ici ; et puis tous les autres, dont il ignorait les noms et qui n'avaient, pas plus que les Melot et autres Beausséant, cru en un projet dont, subitement, Guillaume n'était plus sûr lui-même d'y avoir vraiment cru. L'angoisse, alors, de les trouver si semblables à lui : la Chine, oui, mais l'Est et l'Ouest, la Pologne qui se lève, les frontières qui tombent, le Cambodge — et eux, les rats, qui s'affairent sans trêve à ronger leurs espoirs. Simon, Jacques. Guillaume lui-même...

La conférence sur le Cambodge qu'ils étaient tant à attendre se tiendra enfin au début de l'été. Face à face, les quatre maîtres d'un pays écartelé n'auront guère à se dire, ou si peu ; comme si vingt ans de guerre avaient pu s'oublier en un jour. Pour la forme, Pékin se démarquera quelque peu des Khmers rouges, mais qui jouera vraiment le jeu de la paix ? Dans les rizières autour de Battambang, les mêmes corps gonflés d'eau, et ce ne sont pas les visages des danseuses sacrées qu'on arrache au grès rose des temples à Angkor ou à Banteay Srei qui nous apporteront le repos. Jacques Benoist suivra ces débats de loin : il saura que, dans quelques semaines tout au plus, un autre prendra sa place : ce Bernard Vrin trop aux aguets.

La vraie victime, en somme, du rendez-vous raté sera pourtant Melot lui-même. « Je suis désolé ! » dira Philippe de Ligne, l'homme de tous les cabinets. Le ministre hochera la tête : désolé lui aussi. Le soir venu, Melot regagnera l'appartement du quai de Bourbon ; Raphaële, sa femme, prendra sa main : « Tu es un homme amoureux d'un pays qu'on t'a refusé... » Peut-être que l'unique ambition du plus haut fonctionnaire du Quai d'Orsay était de revenir terminer sa carrière à Phnom Penh, qu'il avait quitté vingt ans avant. Alors, assis à son bureau, au milieu de la nuit, il écrira sa lettre de démission : « Monsieur le Ministre... » Et seul le visage de grès rose le sauvera ce matin-là du vrai désespoir.

La haine monte, et la grande boule de colère qui bout en Guillaume va et revient comme une houle : il est venu jusqu'ici pour tenter de retrouver quand même ce qui était perdu, et ce jeune architecte qu'il ne connaissait pas s'est enfui, comme Meilin a disparu, comme les ruines qu'on relève et qui pourtant ne ressemblent plus à rien : Guillaume ne reconnaît plus rien.

Il sait, bien sûr...

Vus du sommet de ce qui fut un belvédère, les palais européens du Yuanmingyuan révèlent un plan en forme de barre, un T qui vient clore au nord l'harmonie des autres jardins, ces palais mêmes où Qianlong travaillait, recevait, menait chaque matin sa vie d'empereur, avant de pénétrer autour de midi dans les jardins et les pavillons que les pères Benoist et Castiglione dessinèrent pour son seul plaisir et ses amours, au cœur d'un ensemble parfaitement défini de quelque cinq cents hectares où le souverain pouvait modeler à son gré l'univers : il y voulait un jour des rizières et, un autre jour, il y élevait des bibliothèques et y entassait pêle-mêle des trésors à contempler, des sages à écouter, des conversations à mener.

La colère, alors, emporte Guillaume tout entier : de tout cela il ne reste rien, tout est anéanti ; au mieux, sur le sol, un bossellement...

Seuls les palais européens ont laissé une trace, parce que faits de marbre et de pierre quand le reste n'était que tuiles et fûts de bois. Voilà vingt ans, Guillaume avait fait cinquante, cent photographies de la porte encore dressée qui domine la rampe d'accès principale et c'est là qu'il est maintenant revenu. De ce point de vue, on embrasse un paysage que seule l'imagination peut recréer : « Un moment de notre histoire où deux mondes ont failli s'épouser », avait dit Verviers ; au moment de quitter les palais où ces belles noces n'ont pas su durer, les mots de Verviers reviennent à la mémoire de Guillaume : « Un moment de notre histoire à tous... » Mais tous, un à un, nous sommes tour à tour partis.

Ainsi Jacques Benoist a-t-il quitté lui aussi Paris. Sur un coup de tête : sans rien dire. Il a reçu trois lettres de Meifang, et puis plus rien ; il sait pourtant que demain, dans un mois, la jeune fille écrira encore ; qu'elle reviendra. Dans sa dernière lettre, elle parlait d'un espoir, quand même : Jacques a pris le chemin de la Bretagne, comme Simon a retrouvé l'Auvergne. Quelque part près de Ploudamezeau, à cent mètres de la mer, il attend. Il lit Balzac. « Savoir attendre... », se répète-t-il. Si Guillaume appelle Paris tout à l'heure, en rentrant pour la dernière fois à l'ambassade, il sait qu'il ne trouvera pas le directeur d'Asie à l'autre bout du fil : il en éprouve soudain la redoutable certitude qu'il n'a plus rien ni personne à qui se raccrocher.

Avant-hier, il a voulu rendre visite à Paul. Enfermé dans une prison-hôpital — ou un hôpital-prison — du sud de la ville, le jeune homme n'a pas levé la tête quand l'ambassadeur est arrivé dans sa chambre. « Paul... » La voix de Guillaume venait de très loin. « Paul... » Le jeune homme avait l'œil fixé sur l'éclat de grès rose qu'il a fallu deux jours pour arracher à sa main et qu'on a posé devant lui, sur une tablette de bois. Une infirmière a expliqué que, dès que le malade le perd de vue, il se met à crier. « Votre père... », a tenté de dire Guillaume. Mais la voix de Paul s'est élevée, comme une prière : « J'avais un père, il était matelot, on l'a tué un jour, quelque part en Asie. » Deux ou trois fois encore, Paul van der Goes a répété : « J'avais un père... » Puis il s'est tu. Le médecin de cette prison modèle a pris Guillaume à part : « Il peut mettre trois mois, six mois encore à mourir. »

Guillaume a refermé la porte de la chambre-cellule sans avoir pu apercevoir le regard du petit-fils d'Otrick : déjà, il était seul.

Lorsque Iris avait annoncé à John Baker le suicide manqué de Chessman, le gouverneur de la colonie n'avait lui-même témoigné qu'une tristesse polie. Il venait d'être nommé ambassadeur à Pékin et ses amis de Londres faisaient partie d'un passé qu'il avait presque oublié.

Dès son arrivée à Pékin, et avant même de faire les visites protocolaires d'usage, le nouvel ambassadeur en Chine de Sa Majesté s'est rendu dans un bureau très anonyme, près du zoo, où un vieil homme, aux lunettes cerclées de métal d'un autre temps, l'attendait. Li Teng'shi et l'ambassadeur ont passé deux heures en tête à tête et sont convenus d'une rencontre mensuelle, discrète, loin des rumeurs des quartiers diplomatiques. « Votre ami Allen manquait par trop de discrétion ! », a fait remarquer M. Li avec un sourire. Puis John a repris le chemin de l'ambassade où il a pu dicter ses premiers télégrammes : « La situation est certes toujours sombre à Pékin, mais certains éléments permettent néanmoins de ne pas perdre tout espoir. »

Quelques jours plus tard, envoyé au fond du Xinjiang où il avait déjà passé plusieurs mois en compagnie de Zhao Ziyang, Shi Jinan entamait un nouvel exil. Il emportait dans sa valise quelques grands classiques, des romans de Ba Jin qu'il n'avait jamais eu le temps de lire — et *Le Rouge et le Noir*.

Seul, dans les bureaux de l'ambassade déserte, cette fin de semaine, Richard Blondin rédige télégramme sur télégramme : cette déclaration de Li Peng, cette autre de Peng Zhen et le silence, maintenant, de Zhao.

« Ce qu'il est devenu ? répond Philippe Baillou qui l'a rejoint : quelque part en résidence surveillée, n'importe où, au cœur de Pékin, peut-être. Mort aux yeux du monde pour un an, pour six ans, et puis il sera peut-être de retour ; nul ne dira rien des années oubliées. »

Du haut de ce qui s'appelait le Belvédère, Guillaume devine soudain l'agencement d'une partie du jardin pourtant totalement dévasté qui s'étend devant lui ; ici commençait le labyrinthe, à l'autre extrémité le miroir d'eau ou encore le Théâtre des Ombres. Guillaume sait, M. Liu le lui a tant de fois répété, qu'il y a ceux qui disent les mots sur le devant de la scène, et ceux qui, dans l'ombre, les leur ont soufflés. Et les soufflent encore.

Le silence de midi sur les lacs de Zhongnanhai, au cœur même du Pékin impérial.

La chaleur se fait plus lourde, humide, le sol gorgé d'eau qui respire et Guillaume a traversé l'espace gris entre ce qui était un labyrinthe et les quelques pierres encore levées, hautes et droites, du palais des Délices de l'Harmonie. La légende veut que le grand Qianlong y ait aimé Xiangfei, la courtisane parfumée enlevée à un époux mort quelque part au centre de l'Asie. Mais Xiangfei aurait refusé et cet amour et ces palais que l'empereur, pour lui plaire, aurait alors couverts de fresques qui lui disaient Aksu, son royaume : ainsi, sur la scène d'un théâtre d'eau quelque part à Pékin, l'Asie centrale a retrouvé l'art des hommes venus de l'Extrême-Occident pour les seules délices d'une femme qui s'y suicidera de chagrin.

Mais de ces femmes que nous avons aimées, il ne reste rien ; et c'est cette pensée qui accable soudain Guillaume : rien de Kupah pour qui, une première fois, il a quitté ce pays ; rien de Marianne, rien de Chloé, la chanteuse qui se peignait le visage de paillettes d'or, et rien, ce matin, de Meilin en qui il avait cru trouver une tendresse nouvelle, un désir plus fulgurant encore : le désir de l'homme de cinquante ans qu'il est devenu — et la mémoire, enfin, de toutes celles qui n'ont jamais fait que passer.

Son cœur s'est mis à battre plus vite. Parvenu à mi-chemin du grand quadrilatère — il sait que c'était là un miroir d'eau dont le sol gris n'a gardé nulle trace — il s'est retourné pour voir l'emplacement des murs de ce théâtre où Qianlong avait fait peindre ces cités des sables pour une femme qui ne l'aimait pas. Et c'est une nouvelle vague d'angoisse qui l'a submergé : pour un peu, que des barbares venus d'Occident aient détruit cet ordre fabuleux lui ferait monter les larmes aux yeux. Les silhouettes des Melot et des Vrin, des Beausséant, des Laroche s'éloignent tour à tour, ils sont des figurants, n'ont jamais été que des fantoches — et la haine, peu à peu, meurt en lui : il ne reste plus que la douleur.

Ainsi, voilà un peu plus d'un siècle, des hommes sont venus de France pour détruire avec une terrible rage ce que d'autres avaient bâti là, un siècle encore avant, avec une bouleversante inconscience. Car ces palais baroques, ces vasques ridicules, ces fontaines si somptueusement hors de propos parmi les rizières, étaient, en cette Asie extrême, l'unique signe que nous autres, bavards prétentieux, étions capables de laisser et que, bravaches sans scrupules, nous avons anéantis. Qu'en cette fin de siècle, où nous voulons tant et tout nous faire pardonner, nous ayons tenté d'en redresser les pierres tombées était une autre vanité — et que nous ayons tout laissé en plan est bien notre ultime défaite.

Avec une sorte de rage, Guillaume s'est mis alors à chercher, parmi les herbes hautes, les mottes de terre et les trous d'eau, autre chose qu'un éclat de pierre, davantage que ces morceaux de colonne dix fois photographiés ou qu'une vasque trop bien relevée devant un portique si admirablement debout que sa superbe, en ce lieu, n'est plus qu'exotisme déplacé.

Deux heures ont ainsi passé, d'une lente déambulation parmi les restes inutiles de ce qui n'a jamais eu le temps d'être, à peine celui d'avoir été. De temps à autre, Guillaume hors d'haleine devinait la silhouette de Chu, son chauffeur, qui se profilait derrière un mur ; lui aussi attendait. Après Guillaume, un autre allait venir, il visiterait comme lui ces palais anéantis et aurait lui aussi les mêmes banalités à en dire. Deux heures, trois heures, quand Guillaume a de nouveau sursauté.

— Américain ?

L'aîné des deux gosses qui se tenaient devant lui, surgis des ruines, pouvait avoir douze ans ; l'autre n'en avait pas plus de neuf. Guillaume a secoué la tête pour expliquer, avec les bribes de chinois que lui enseigna un jour M. Da, qu'il était français.

— Ah ! Français !

Petit Ma, l'aîné des deux garçons, a prononcé trois mots : Bastille, Napoléon et de Gaulle ; Grand Ni, le plus petit, a éclaté de rire : de Gaulle ! Et, du reste de la journée, les deux enfants ne l'ont plus quitté.

De la scène du Théâtre d'Eau, à l'est, Guillaume est revenu jusqu'à l'extrême pointe de ce qui fut, au nord-ouest, le labyrinthe ; et les deux gosses qui l'accompagnaient décrivaient pour lui le paysage tel qu'il était, et non plus tel qu'il avait été ou — pire ! — tel qu'il aurait pu être : ici, quelques rochers qui servaient d'abri à leurs jeux ; là, cette éminence qu'ils appelaient une tour ; là encore, le reste d'un bassin — ils y pataugeaient pieds nus — devenu leur piscine. Et puis des ronces qui étaient une forêt, un trou qu'ils appelaient gouffre.

— De Gaulle ! De Gaulle ! appelait Grand Ni qui avait dû finir par croire que c'était le nom de l'étranger vêtu de clair qui les suivait à travers les buttes escarpées.

Le petit garçon avait mis sa main dans celle de l'ambassadeur : lentement, comme s'ils s'avançaient un à un vers lui, Guillaume retrouvait tous ses amis : Hessing et Verviers, Didier de Wandrille.

Ainsi Didier : il est trois heures de l'après-midi et la porte de l'église va s'ouvrir toute grande ; six enfants vêtus de blanc précèdent la noce. Didier en jaquette, comme son père et comme le père de son père ; Laura, en robe claire. « Tu ne regrettes rien ? » interroge la jeune violoniste, au moment de franchir le seuil. « Rien, bien sûr... » Jean-Noël est à l'orgue et Cecilia, la jeune Chinoise qui n'a jamais vu la Chine, au violoncelle : un souffle nous emporte. « Tu sais que Lorraine et moi... », continue Laura. Mais Didier a pris son bras : « Je sais tout. Je sais surtout que tu es venue jusqu'ici et que je suis avec toi. »

Le chant du violoncelle emplit alors l'église et Guillaume devine obscurément qu'il est avec eux.

Comme c'est lui qui s'est avancé aux côtés de Jean-Marie Erlanger venu accueillir Irina à Roissy : en arrivant en France, la petite interprète russe a tout reconnu : « Je veux savoir... », dit-elle. Les quais de la Seine à midi, des enfants qui s'embrassent et les bouquinistes en train d'ouvrir leurs boîtes ; ou la nuit dans le quartier des Ternes, la porte d'un hôtel, deux musiciens qui remontent la rue du Faubourg-Saint-Honoré, un violon sur le bras. « J'ai un peu peur », dit encore Irina. Jean-Marie a baissé la voix : « Moi aussi... »

A Moscou, c'est sans eux qu'on construira peut-être un monde nouveau.

Tandis que, dans son jardin toscan, sir Bernard Lew parcourt des allées de buis pour arriver au théâtre de verdure dont, en arrière-plan, le rideau de scène est Florence tout entière. « Un ordre, murmure-t-il pour lui seul, auprès duquel toute harmonie est devenue désordre. »

Mais sir Bernard Lew possède dans sa bibliothèque le beau recueil des planches gravées pour l'impératrice Eugénie qui racontait la gloire — un autre ordre — du palais d'Été dont il a lui-même vingt fois traversé les ruines encore presque vivantes. Et dans un parterre de la villa où son père avait imaginé d'inventer un absurde jardin anglais, c'est le labyrinthe même du Yuanmingyuan que sir Bernard a amoureusement reconstitué :

entre un canal d'eau claire et deux collines, un chemin se fait et se défait au rythme d'une longue promenade.

— Si tu veux, dit alors Grand Ni à celui qu'il continue d'appeler de Gaulle, je vais te montrer quelque chose.

Ils sont arrivés au bout du labyrinthe et c'est seulement à ce moment que Guillaume a senti que ses angoisses commençaient à s'évanouir, comme il l'avait déjà deviné, voilà quinze jours.

Ghislaine, la femme de Blondin, était venue vers lui. C'était au cocktail de départ de David Allen. « Je suis très triste, vous savez, Guillaume... »

Elle avait les cheveux plus courts encore qu'au moment de son arrivée, et un beau hâle brun sur le visage. « J'aurais voulu que nous puissions mieux nous connaître... » Sa voix était sourde. Face à son mari qui croisait au loin dans la foule, un verre à la main, elle paraissait soudain plus grave. « Mais c'était difficile. »

Elle avait pris des milliers de photos de ce qu'elle avait vu depuis un an, depuis trois mois. « Un jour, plus tard, ailleurs, je vous les montrerai, dit-elle. Enfin : j'aimerais que vous les voyiez : j'ai souvent pensé à vous en les prenant. »

C'est à peine si Guillaume avait répondu à la jeune femme, le visage tendu vers lui, et qui parlait. Mais un immense sentiment de reconnaissance, soudain, l'avait traversé. Elle seule...

— Un jour, oui, ailleurs..., avait-il seulement répété après elle.

Elle seule, peut-être... Son mari pérorait à deux pas. David Allen est venu vers Guillaume : « Eh oui, mon vieux, vous et moi sommes déjà des hommes du passé ! »

« D'ailleurs, c'est fini », a dit Lavenant. Et c'était fini, en effet. L'homme de théâtre a réuni tous ses comédiens sur son théâtre : à l'heure où la Chine plonge dans la nuit. « Je ne me reconnais plus le droit de parler de la nuit... »

« C'était, pensait alors Lavenant, le spectacle le plus beau, le plus vrai, le plus exaltant que j'aie jamais inventé, et l'interrompre ce soir est une déchirure. Et pourtant... » Une sorte de honte, aussi, à discourir sur un espoir mort quand, autour de lui et dans le monde qu'on dit libre, c'est devenu une sorte d'industrie presque rentable que de parler de cette nuit-là.

Les autres, étudiants chinois, élèves du Conservatoire, comédiens de sa troupe mêlés, ont compris et se sont retirés en silence. Le gouffre de Chaillot que la nuit, lentement, envahit. « Je suis avec toi », dit Mina. Lavenant a pris sa main : « Merci. » Sur la Chine de Paris comme sur celle de Guillaume, le rideau va tomber.

D'un pas lent, le voilà parvenu à l'extrémité du labyrinthe et il n'a plus besoin de colline artificielle ni de belvédère trompeur pour deviner qu'il reste, de ce désert, à peine un remblai, l'éclat d'un fragment de marbre. Mais l'ambassadeur rappelé malgré lui n'en éprouve plus d'amertume, de même que son départ lui semble soudain devenu une évidence, une nécessité. Ce n'était, après tout, qu'un morceau de notre histoire.

Tout s'achève : d'ailleurs à Montevideo, Verviers a dit comme Guillaume : « Notre histoire... » et Ismène passe maintenant ses journées immobile, face à la mer, Jean-François, près d'elle, qui lit sans fin Chaque dimanche matin, le petit-fils prend la vieille Ford T de son grand-père pour s'enfoncer dans la ville jusqu'à une immense brocante qui déborde de partout dans les rues, sur les trottoirs et là, accroupi dans la poussière, il cherche parmi les livres français qui semblent surgir de chaque grenier, de chaque arrière-boutique, sa ration de la semaine.

Ces mondes, désormais réconciliés : à Sanaa, Yasmina écrit aux côtés d'Henrietta l'histoire de deux sœurs nées sous deux ciels et qu'un homme et le désert ont unies. Le visage d'Henrietta a retrouvé quelques couleurs, elle se lève parfois de sa méridienne et se penche sur l'épaule de son amie. « Là-bas, c'était le Fleuve... » — et ici le désert. Loin à l'est, aux frontières de l'Arabie, la digue de Mareb irriguait des jardins, des champs, les rosiers en fleur de la reine de Saba qu'on appelait Bilqis : petite reine Bilqis qui traversa le monde pour adorer un autre dieu. « A Mareb, dit Yasmina, seuls demeurent, arrachés aux sables, les points d'ancrage de la digue et les cinq colonnes droites d'un trône qui fut celui de Bilqis. » Une mission d'archéologues américains avait bien tenté d'en savoir plus, ils avaient fouillé un peu, quelques années, puis avaient dû s'enfuir. Yasmina rit : « De sombres histoires de femmes. »

C'est pourtant seul, avec le petit-fils du cadi, que Jean-Michel a repris la route de Mareb. Ils parlent, discourent sans répit, l'un raconte à l'autre, qui l'écoute avidement, le monde de ses pères ; et l'autre, Jean-Michel, sait bien qu'il n'a rien à dire, rien à offrir, rien à proposer à cet enfant-là. En chemin, ils vont s'arrêter à Barakish où une armée de gosses de quinze ans viendra les accueillir, kalachnikov aux côtés : tous des amis du jeune garçon, qui s'inclineront devant cet homme blond, ambassadeur venu d'un pays inconnu parmi les enfants d'Arabie. Ils resteront deux jours, à parler encore : comme si la sagesse des vieillards avait sauté une génération pour devenir celle de ces enfants qui racontent leur dieu, leur foi, leur combat. « Un jour, a dit le petit-fils du cadi, je reviendrai à Chahara avec toi » — et Jean-Michel, vêtu de blanc, attend le jour de ces retrouvailles-là. Mais la petite fille aux yeux qui riaient sous le voile existe déjà, vivante, dans le récit d'Henrietta, ou dans celui que Yasmina a écrit à son tour.

— Regarde, dit Grand Ni : voilà ce que je voulais te montrer.

Et Guillaume, penché sur le morceau de marbre que Grand Ni a déterré sous le regard complice de Petit Ma, ne comprend d'abord pas ce qu'est ce fragment informe, que le pic du vandale a brisé avant que la pluie, le sable qui vient de Mongolie et les années passées sur lui, en aient fait un éclat grisâtre rongé de veines blanches qui tracent à sa surface un autre labyrinthe. Mais Grand Ni a un grand rire :

— Elle est belle, la dame : elle est de France...

Guillaume s'est assis sur le bord d'un talus. Devant lui, et au-delà d'un labyrinthe qui n'existe que dans son imagination, les ultimes colonnes dressées du palais des Délices de l'Harmonie, le Xie Qi Qu qui, voilà vingt ans, émergeaient à peu près seules de ce désordre. Blanche jusqu'à présent, écrasante, la lumière est devenue plus chaleureuse, mordorée, déjà les rayons d'un soleil de milieu d'après-midi, déjà des traces roses à la surface des marbres et déjà le ciel délavé par la grande chaleur retrouve un peu de son bleu profond.

— La dame nue..., dit encore le petit Grand Ni avec ce rire qu'ont à travers le monde tous les enfants du monde devant un petit morceau de chair nue

Mais Guillaume a beau tourner et retourner entre ses mains le fragment de marbre gros comme un petit poulet et étrangement courbé en son milieu, allongé à chaque extrémité, il n'y voit rien qu'une sorte de triangle bizarrement renflé, un coin, peut-être, de maçonnerie, l'élément d'une structure plus vaste, un bloc de soutènement, que sais-je ? Un morceau de gouttière.

— Une dame venue d'ailleurs..., a murmuré alors Grand Ni, sur le ton d'une réflexion profonde et très ancienne qu'une Chine disparue depuis longtemps, celle des sages et de ces philosophes assis au bord d'un lac et sous un arbre en fleur à l'angle infime d'une peinture Song, aurait fait monter en lui.

L'ambassadeur s'est retourné vers le petit garçon et le visage de celui-ci était bien, en cet instant, le visage de l'un de ces enfants-rois, jeunes dieux ou moinillons qu'on voit aux murs de palais intemporels à travers le monde entier, Ferrare et Yunhang confondus : il était un moment d'une sagesse éternelle qui parlait de très loin. Ses mots mêmes — « ... venue d'ailleurs » — étaient ceux d'un poète arrivé d'Extrême-Occident qui racontait dans la langue de sa découverte sa découverte à lui de l'Orient Extrême. Parlant du bouddhisme et de Bouddha, Victor Segalen disait ainsi : « Un dieu venu d'ailleurs. »

Alors, entre les mains de Guillaume, ce morceau de marbre brisé par le barbare venu de chez lui et usé par le temps d'ici même a lentement retrouvé ses formes. Un texte de ce même Segalen qu'il avait cent fois cité revenait à sa mémoire : quelque part au milieu du Shanxi ou du Shaanxi en compagnie de son ami Gilbert de Voisins, Segalen raconte comment un guide chinois lui montre un bloc de marbre énorme, informe, qu'il lui dit être un tigre ou un lion mythique. Le poète tourne autour de ce rocher que vingt siècles d'intempéries ont rendu à sa forme de rocher, sans y voir autre chose que la pierre. A bout d'imagination, il décide alors de le dessiner et, traçant sur la feuille de papier les contours d'un gros fragment de roc arraché à une montagne absente, retrouvant là un arrondi, ici un coin plus saillant, il se rend soudain compte que c'est bel et bien ce tigre ou le lion de légende qui est né sur la feuille devant lui : disant le tigre ou le lion, le poète l'a fait lion — ou tigre.

Ainsi Guillaume lui-même, humblement, tourne et retourne l'éclat de marbre rongé que lui a donné Grand Ni en lui assurant que c'était là une femme et, imaginant cette femme, cherchant les mots pour la dire — le carnet dans sa poche, le crayon — Guillaume la devine qui se dégage peu à peu de sa gangue de signes vides. Ce qui n'était rien qu'un arrondi plus marqué devient épaule, et l'étrécissement d'un angle avant son renflement c'est un cou, un visage : les mots qui disent la déesse venue d'ailleurs la dessinent ainsi dans le marbre qui l'étouffe.

— Tu vois ? lance Grand Ni.

Et Guillaume voit. Il voit que cette femme est une femme sortie du plus profond de ses rêves, de ses images, de ses souvenirs. Femme, elle est aussi biche, ou lionne mythique : c'est une sphinge. C'est dès lors avec une aveuglante évidence qu'il voit la petite sphinge de marbre prendre vie entre ses mains : la tête et le visage, le cou, bien sûr, les épaules, mais les seins minuscules et gonflés, la croupe ambiguë, le ventre qui s'allonge : cette sphinge du Yuanmingyunan, il l'a vue à Versailles comme à Würzbourg, à Ratisbonne au-dessus du Danube mais aussi à Cheswick, près de Londres, en compagnie de Marianne et à Dux, au nord de la Bohême, le dernier royaume de Casanova. Elle dominait aussi le perron, les jardins d'un hôtel du VIIe arrondissement où il a passé un peu de sa vie : le morceau de marbre qu'un petit Chinois a ramassé dans un trou quelque part au nord de Pékin est l'image même de toutes ces femmes, sphinges, muettes, qu'à travers la plus vieille Europe et le temps, sa jeunesse, Guillaume n'a jamais su garder.

— Regarde..., a dit encore Petit Ma, l'aîné.

Tout devenait évident, lisible : comment Guillaume avait-il pu tenir en main ce morceau de pierre sans comprendre aussitôt ce qu'il était ? Ainsi a-t-il découvert que sa sphinge à la poitrine doucement renflée de toutes les femmes qu'il avait pu aimer avait l'arc du sourcil largement dessiné d'une et d'une seule qui était Meilin : comme la bouche minuscule — ce point à peine perceptible et si présent pourtant — était bien celle en forme de cerise de ces beautés chinoises dont, avec les mois, Meilin était devenue la peinture ; et le front, et les pommettes hautes : la sphinge amenée par des jésuites italiens ou français de Cheswick et de Duckov a été modelée ici, sur cette terre de Chine — et son visage est celui de la Chine même que Meilin, elle aussi aimée, illustre à travers toutes les autres.

— Tu vois ? a demandé à nouveau Grand Ni.
Guillaume voyait ; oui...

Sans qu'il s'en soit rendu compte, le temps avait passé ; le ciel rosissait au-delà des colonnes dressées et des volutes ouvertes sur le ciel. Petit Ma et Grand Ni l'ont accompagné encore un moment, puis il a gagné sa voiture où Chu, sans impatience, attendait.

Sur ses genoux, comme jadis, cette boîte à musique venue d'Occident et qu'il avait rapportée de Tianjin, il tenait serré entre les mains, précieux entre tous, le caillou de marbre devenu sphinge mythique aux traits d'une Chine aimée.

C'est trois fois quatre journées entières qu'a consacrées à la Chine la chaîne de télévision française qui avait commandé à Jean-Bernard André ses films. Yves Jaigu, le directeur des programmes, y a montré toutes les Chines. Et le reportage de Jean-Bernard a servi, heure après heure, de contrepoint aux récits croisés que les Guillermaz et les Bianco, les Peyrefitte, les Marie-Claire Bergère et les Alain Jacob faisaient de ce qui avait été leur Chine à eux ou leur Chine à tous : la dernière image, prise par Gaston, représentait un char qui s'avance.

En voix off, la petite Fei Yimin, que Jean-Bernard a réussi à faire sortir de Chine, raconte cette mort, ces morts, cette nuit-là, la longue nuit qui suit — et l'espoir quand même.

A Charny, pendant trois fois quatre journées, Didier et ses amis sont restés devant le poste de télévision du petit salon carré. Ensemble. « Seul, a dit Julien, je n'y serais jamais parvenu. » Et seul, il n'aurait jamais pu tout dire. Mais ils étaient dix, quinze, vingt — Bonnaire, le poète, et Gellie qui connaît la musique, Kléber, Joseph l'architecte, Didier, Julien lui-même — et, ensemble, ils ont fait naître ces mots, ces notes, ces textes, une revue — *Ensemble* — qui raconte peut-être elle aussi les destins et les Chines que Chessman, seul, n'a pu dire.

Il est maintenant sept heures du soir, le soleil de ce début d'été tombe doucement, blondit les pierres du château, donne aux grands chênes du parc, aux tilleuls, aux frênes, de belles couleurs chaudes. Par une fenêtre ouverte, arrive une chaconne de Bach, le violoncelle de Cecilia, la petite Chinoise qui...

Sur sa plage, celui qui fut ambassadeur à Pékin et s'est retrouvé une vie à l'autre bout du monde, a recommencé à écrire. La main de Jean-Marie Erlanger se pose sur la nuque d'Irina : « Nous reviendrons... », dit-il ; et, toute distance abolie, tous fuseaux horaires confondus, Iris veille le sommeil de Chessman, son vieux Leica aux aguets. « Je suis revenu... », pense Simon qui, très haut sur les plateaux, entend les sonnailles des grandes vaches rouges de Salers monter jusqu'à lui : en bas, dans la vallée, une cloche a sonné et la voiture qui emporte Guillaume traverse une dernière fois l'avenue de Chang'an, le long de la place Tian'anmen déserte : les mains sur sa déesse de pierre dont le sourire devient, avec les minutes d'intimité qu'il passe auprès d'elle, aussi vivant, aussi tendre, aussi ambigu que celui de ces petites danseuses sacrées de grès rose arrachées aux temples de Banteay Srei, des mots naissent à nouveau en lui, des images qui répondent à celles que lui donna Iris et qu'il a déjà tenté de dire : des phrases entières, alors, qu'il se répète, l'idée peut-être du livre qui sera.

La place Tian'anmen a disparu derrière lui, la masse grise et rose de l'Hôtel de Pékin, la grande avenue vide — à peine quelques cyclistes... — et déjà la marque dans la ville des remparts qui ne sont plus, l'observatoire de ces jésuites venus à la Chine pour lui dire un peu du savoir d'Occident et recevoir un peu de soie en échange : la tête de Guillaume se renverse en arrière, il a fermé les yeux, il rentrera demain.

Demain, après-demain, la semaine qui vient, ou le mois d'après : assis à son bureau, sur une table de noyer devant les arbres du boulevard Saint-Germain, il tentera de retrouver ces mots, ces images, ces phrases. Il tentera de retrouver la Chine, peut-être.

Du même auteur

Aux Éditions Albin Michel

ORIENT-EXPRESS, I
ORIENT-EXPRESS, II
DON GIOVANNI, MOZART-LOSEY, *essai*
PANDORA
DON JUAN
MATA-HARI
LA VIE D'UN HÉROS
UNE VILLE IMMORTELLE
Grand prix du roman de l'Académie française, 1986
ANNETTE OU L'ÉDUCATION DES FILLES
TOSCANES

Chez d'autres éditeurs

LE SAC DU PALAIS D'ÉTÉ, *Gallimard*
Prix Renaudot 1971
URBANISME, *poèmes, Gallimard*
UNE MORT SALE, *Gallimard*
AVA, *Gallimard*
MÉMOIRES SECRETS POUR SERVIR
À L'HISTOIRE DE CE SIÈCLE, *Gallimard*
RÊVER LA VIE, *Gallimard*
LA FIGURE DANS LA PIERRE, *Gallimard*
LES ENFANTS DU PARC, *Gallimard*
LES NOUVELLES AVENTURES DU CHEVALIER DE LA BARRE, *Gallimard*
CORDELIA OU DE L'ANGLETERRE, *Gallimard*
SALUE POUR MOI LE MONDE, *Gallimard*
UN VOYAGE D'HIVER, *Gallimard*
ET GULLIVER MOURUT DE SOMMEIL, *Julliard*
MIDI OU L'ATTENTAT, *Julliard*
LA VIE D'ADRIAN PUTNEY, POÈTE, *La Table Ronde*
LA MORT DE FLORIA TOSCA, *Mercure de France*
LE VICOMTE ÉPINGLÉ, *Mercure de France*
CHINE, UN ITINÉRAIRE, *Olivier Orban*
LA PETITE COMTESSE, *Le Signe*
CALLAS, UNE VIE, *Ramsay*
SI J'ÉTAIS ROMANCIER, *Garnier*
LE DERNIER ÉTÉ, *Flammarion*
COMÉDIES ITALIENNES, *Flammarion*
DES CHÂTEAUX EN ALLEMAGNE, *Flammarion*
BASTILLE : RÊVER UN OPÉRA, *Plon*
COVENT GARDEN, *Sand-Tchou*

La composition de ce livre
a été effectuée par Bussière à Saint-Amand,
l'impression et le brochage ont été effectués
sur presse CAMERON
dans les ateliers de la S.E.P.C. à Saint-Amand-Montrond (Cher)
pour les Éditions Albin Michel

AM

Achevé d'imprimer en septembre 1990
N° d'édition : 11245. N° d'impression : 2006-1511.
Dépôt légal : octobre 1990